Tom Clancy
Gnadenlos

Tom Clancy
Gnadenlos

ROMAN

Aus dem Amerikanischen von
Ulli Benedikt

Bechtermünz Verlag

Die Originalausgabe erschien 1993
bei G. P. Putnam's Sons, New York

Genehmigte Lizenzausgabe
für Weltbild Verlag GmbH, Augsburg 1999
Copyright © 1993 by Jack Ryan Limited Partnership
Copyright © der deutschsprachigen Ausgabe 1995
by Hoffmann und Campe Verlag, Hamburg
Umschlaggestaltung: DYADEsign, Düsseldorf
Umschlagmotiv: Deutsches Filminstitut - DIF, Frankfurt a. M.
Gesamtherstellung: Clausen & Bosse, Leck
Printed in Germany
ISBN 3-8289-6683-7

Und sollt ich gehn,
solange du noch hier ...
So wisse, daß ich weiterlebe,
nur tanz ich dann zu einer andren Weise
– und hinter einem Schleier, der mich dir verbirgt.
Sehen wirst du mich nicht,
jedoch, hab nur Vertraun.
Ich warte auf die Zeit, da wir gemeinsam neue Höhn erklimmen
– einer des anderen wahrhaftig.
Bis dorthin leere du den Becher deines Lebens
bis zur Neige, und wenn du mich einst brauchst,
laß nur dein Herz mich leise rufen
... ich werde da sein.

Er ist immer da.

In liebevoller Erinnerung an Kyle Haydock
5. Juli 1983–1. August 1991

Arma virumque cano
Publius Vergilius Maro

Hüte dich vor dem Zorn eines sanftmütigen Mannes
John Dryden

Prolog: Treffpunkte

November

Camille war entweder der stärkste Hurrikan oder der mächtigste Tornado der Weltgeschichte gewesen. Auf jeden Fall hatte er bei dieser Bohrinsel ganze Arbeit geleistet, dachte Kelly, während er sich die Sauerstoffflaschen für seinen letzten Tauchgang im Golf von Mexiko auf den Rücken schnallte. Die Aufbauten waren nur noch ein Trümmerhaufen, die vier wuchtigen Stelzen allesamt ramponiert – verbogen wie das kaputte Spielzeug eines Riesenbabys. Alles, was sich noch entfernen ließ, war bereits abmontiert und mit dem Kran auf die Barkasse verladen worden, die den Tauchern auch als Stützpunkt diente. Übrig blieb nur das Skelett der Plattform, das den Fischen bald einen hervorragenden Unterschlupf bieten würde, dachte Kelly, als er das Beiboot bestieg, das ihn hinüberbringen sollte. Zum Team gehörten noch zwei weitere Taucher, aber Kelly hatte das Kommando. Während sie ihre üblichen Vorbereitungen trafen, umkreiste sie ein Küstenwachboot in hektischen Bahnen, damit die Fischer vor Ort nicht zu nahe herankamen. Ganz schön dumm von ihnen, herzukommen – während der nächsten paar Stunden würde es hier sowieso nichts zu angeln geben –, aber solche Ereignisse zogen eben Neugierige an. Und schließlich wird ihnen hier ja auch was geboten, dachte Kelly mit einem Grinsen, als er sich rücklings ins Wasser fallen ließ.

Unter Wasser war es unheimlich, das war immer so, aber irgendwie auch behaglich. Sonnenstrahlen drangen durch die gekräuselte Oberfläche, bildeten sich ständig verändernde Lichtvorhänge, die um die Stelzen der Plattform schwebten. Das ermöglichte eine gute Sicht. Die C4-Ladungen, acht Zentimeter dicke Blöcke mit einem Durchmesser von gut 15 Zentimetern, waren bereits an ihrem Platz, mit Draht fest an den Stahl gebunden, und die Zündung so angebracht, daß sie nach innen detonierten. Kelly überprüfte jeden Block gründlich, beginnend mit der ersten Reihe, die drei Meter über dem Boden angebracht war. Er arbeitete dennoch rasch, weil er nicht länger als nötig hier unten bleiben wollte, genausowenig wie die anderen. Die Männer hinter ihm spulten die Zündleitung ab, die sie fest um die Blöcke wickelten. Beide waren erfahrene UDT-Männer aus der Gegend, beinahe ebenso gut ausgebildet wie Kelly. Er überwachte ihre Arbeit, und sie überwachten seine, denn Männer von diesem Schlag zeichneten sich durch Vorsicht und Gründlichkeit aus. Die untere Ebene erledigten sie in zwanzig Minuten und stiegen dann langsam zur oberen Reihe auf, die sich gerade drei Meter unter der Wasseroberfläche befand. Hier wiederholten sie gründlich und sorgfältig die gleiche Prozedur. Wer mit Sprengstoff umging, ließ sich Zeit und ging kein Risiko ein.

Colonel Robin Zacharias konzentrierte sich auf die vor ihm liegende Aufgabe. Gleich hinter dem nächsten Bergrücken befand sich eine SA-2-Stellung. Von dort waren bereits drei Raketen abgefeuert worden. Sie suchten nach den Kampfbombern, zu deren Schutz er hier war. Auf dem Rücksitz seiner F-105G Thunderchief, der Thud, saß Jack Tait, sein »Bär«, ein Lieutenant Colonel und Abwehrexperte. Die beiden Männer hatten die Taktik mit entwickelt, nach der sie gerade vorgingen. Er steuerte den Wild-Weasel-Jäger, zeigte sich, bot sich als Ziel an, tauchte dann weg und hielt auf die Raketenstellung zu. Es war ein tückisches, tödliches Spiel, nicht das von Jäger und Gejagtem, sondern von Jäger und Jäger – der eine klein, beweglich und empfindlich, der andere wuchtig, in fester Position und verschanzt. Diese Stellung hatte die Männer seines Geschwaders schon halb zur Verzweiflung getrieben. Der Kommandant war einfach zu gut mit seinem Radar, wußte genau, wann er ihn einschalten und wann er wieder ausschalten mußte. Wer dieses kleine Scheusal auch war, er hatte in der vorigen Woche zwei Weasels aus Robins Kommando abgeschossen. Deshalb hatte der Colonel den Auftrag selbst übernommen, als der Befehl kam, dieses Gebiet erneut zu beschießen. Darin war er Experte: Luftabwehr aufspüren, durchbrechen und zerstören – ein gewaltiges, schnelles, dreidimensionales Spiel. Dem Gewinner winkte das Überleben.

Zacharias donnerte im Tiefflug dahin; er ging nie höher als 200 Meter. Seine Finger betätigten halb automatisch den Steuerknüppel, während seine Augen die karstigen Berggipfel überflogen und seine Ohren den Worten vom Rücksitz lauschten.

»Er ist bei unserer Neun«, sagte ihm Jack. »Sucht noch, aber er hat uns nicht. Kreiselt hübsch herein.«

Wir werden ihm keine Shrike verpassen, dachte Zacharias. *Das haben sie das letzte Mal probiert, und er hat sie irgendwie ausgetrickst.* Dieser Irrtum hatte ihn einen Major, einen Captain und ein Flugzeug gekostet ... der eine, Al Wallace ... wie er aus Salt Lake City ... sie waren seit Jahren miteinander befreundet gewesen ... verdammt noch mal! Er schüttelte den Gedanken ab, tadelte sich nicht einmal für seine gotteslästerliche Ausdrucksweise.

»Werde ihm mal was anderes zu schmecken geben«, sagte Zacharias, während er den Knüppel nach hinten zog. Die Thud zog höher in den Radarbereich der Stellung und blieb dann in Wartestellung. Der Kommandant da unten war wahrscheinlich von den Russen ausgebildet. Sie wußten nicht genau, wie viele Flugzeuge der Mann abgeschossen hatte – nur daß es mehr als genug gewesen waren –, aber er mußte deswegen ganz schön stolz auf sich sein, und Stolz war in diesem Geschäft tödlich.

»Er hat abgefeuert ... zweimal, zwei Raketen, Robin«, warnte Tait von hinten.

»Bloß zwei?« fragte der Pilot.

»Vielleicht muß er sie selbst bezahlen«, meinte Tait kühl. »Ich hab sie auf neun. Zeit für etwas Pilotenzauber, Rob.«

»So etwa?« Zacharias kippte nach links, um die Stellung im Gesichtsfeld zu halten, hielt auf sie zu und tauchte dann in Spiralen wieder ab. Er hatte es gut geplant, denn er konnte sich hinter einen Bergrücken verziehen. Er fing sich erst gefährlich tief wieder ab, aber die SA-2-Lenkraketen rasten wie zwei wildgewordene Hummeln 1500 Meter über seinen Kopf hinweg ins Leere.

»Ich denke, es ist Zeit«, sagte Tait.

»Da hast du wohl recht.« Zacharias zog hart nach links, machte seine Splitterbomben abschußbereit. Die F-105 strich über den Bergrücken, sank wieder tiefer, und gleichzeitig taxierte Zacharias mit den Augen den nächsten Rücken, zwei Kilometer und 50 Sekunden entfernt.

»Sein Radar hat uns noch im Visier«, berichtete Tait. »Er weiß, daß wir kommen.«

»Aber er hat nur noch eine übrig.« *Außer, seine Geschützmannschaft ist heute extrem gut drauf. Sei's drum, man kann nicht alles bedenken.*

»Etwas leichte Flak auf zehn Uhr.« Sie war zu weit weg, um sich Sorgen darüber zu machen, wenn es ihm auch sagte, welchen Kurs er nicht nehmen durfte. »Da ist das Plateau.«

Vielleicht konnten sie ihn sehen, vielleicht auch nicht. Möglicherweise war er bloß ein beweglicher Lichtpunkt auf einem übervollen Bildschirm, den ein Radarbeobachter zu enträtseln versuchte. Die Thud bewegte sich im Tiefflug schneller als alles, was je gebaut worden war, und der Tarnanstrich auf den Außenflächen erfüllte seinen Zweck. Wahrscheinlich blickten sie nach oben. Da war jetzt eine Mauer aus Störsignalen, Teil des Plans, den er für den anderen Weasel-Vogel ausgeheckt hatte. Die normale amerikanische Taktik sah einen Anflug auf mittlerer Höhe mit anschließendem Sturzflug vor. Aber das hatten sie schon zweimal vergeblich versucht, und so hatte sich Zacharias für eine geänderte Vorgehensweise entschieden. Er würde die Stelle im Tiefflug mit Rockeyes belegen, dann würde die andere Weasel den Rest erledigen. Seine Aufgabe bestand darin, das Kommandofahrzeug und den Kommandeur zu töten. Er wich mit der Thud nach links und rechts, nach oben und unten aus, um den Schützen am Boden keine Ziellinie zu bieten. Es konnten ja noch Gewehre in Stellung sein.

»Da haben wir den Stern!« sagte Robin. Das russische SA-6-Handbuch schrieb sechs Startrampen um einen Kontrollpunkt in der Mitte vor. Mit all den Verbindungsgängen sah die typische Lenkraketenabschußbasis genau wie ein Davidstern aus, was dem Colonel ziemlich gotteslästerlich vorkam. Doch dieser Gedanke berührte ihn nicht weiter, als er das Kommandofahrzeug auf seinem Zielradar ins Visier nahm.

»Rockeye bereit«, sagte er laut, um sich selber die Durchführung zu bestätigen. Die letzten zehn Sekunden hielt er das Flugzeug felsenfest auf Kurs. »Sieht gut aus ... Abschuß ... jetzt!«

Vier der eindeutig nicht aerodynamischen Kanister fielen aus den Luken des Jägers, platzten noch in der Luft auf und verstreuten Tausende von kleinen Splittergeschossen über das Zielgebiet. Bevor sie auftrafen, war Zacharias schon weit von dem Gelände entfernt. Er sah niemanden in die Schützengräben rennen, blieb aber tief, bremste die Thud in eine enge Linkskurve und sah hoch, um sich zu vergewissern, daß er die Stellung ein für allemal erledigt hatte. Aus den Augenwinkeln konnte er eine gewaltige Rauchwolke im Mittelpunkt des Sterns erkennen.

Das ist für Al: Diesen Gedanken gestattete er sich. Keine Rolle mit dem Bomber zum Zeichen des Sieges. Es war nur ein Gedanke, als er wieder in die Waagerechte ging und sich die günstigste Stelle zum Ausbüxen suchte. Die Kampftruppen konnten jetzt kommen, diese Luftabwehrstellung war außer Gefecht gesetzt. Okay. Er wählte einen Einschnitt im Bergrücken aus und raste knapp unter Mach-1 darauf zu, direkt und gerade, nun, da die Gefahr hinter ihm lag.

Weihnachten zu Hause.

Die roten Leuchtspurgeschosse, die vom engen Paß aufstiegen, verblüfften ihn. Die sollten nicht hier sein. Keine Abweichung, sie kamen genau auf ihn zu. Er riß die Maschine hoch, wie der Schütze es vorausgesehen hatte, und der Rumpf des Flugzeugs rauschte direkt durch die Feuergarbe. Ein heftiges Schütteln, und im Verlauf einer Sekunde verwandelte sich Gut in Böse.

»Robin!« schrie eine Stimme über den Bordfunk, doch den größten Lärm machten die aufheulenden Alarmsignale, und Zacharias wußte im Bruchteil einer Sekunde, daß es aus war mit seinem Flieger. Bevor er überhaupt reagieren konnte, wurde alles nur noch schlimmer. Das Triebwerk ging in Flammen auf, und dann geriet die Thud ins Schlingern, was nur bedeuten konnte, daß das Leitwerk ausgefallen war. Zacharias reagierte automatisch, rief seinem Kameraden zu, den Schleudersitz zu betätigen, doch als er schon am Hebel zog, ließ ein weiterer unterdrückter Schrei ihn herumfahren, obwohl er wußte, daß diese Geste sinnlos war. Das letzte, was er von Jack Tait sah, war Blut, das wie eine Dunstwolke unter seinem Sitz schwebte. Doch da wurde sein eigener Rücken von einem unsäglichen Schmerz zerrissen.

»Okay«, sagte Kelly und feuerte eine Leuchtkugel ab. Von einem anderen Boot aus wurden kleine Sprengladungen ins Wasser geworfen, um die Fische zu vertreiben. Fünf Minuten beobachtete er die Gegend, dann blickte er fragend den Sicherheitsbeamten an.

»Alles klar.«

»Dann lassen wir's jetzt krachen.« Kelly wiederholte die Formel dreimal, bevor er den Griff am Sprengzünder umdrehte. Das Ergebnis war befriedigend. Inmitten von schäumenden Wasserstrudeln brachen die Stelzen der Plattform unten und oben aus ihrer Verankerung. Dann neigte sich die gesamte Konstruktion verblüffend langsam zur Seite. Mit einem gewaltigen Klatschen prallte sie auf die Wasseroberfläche, und einen Augenblick lang hatte man den irrwitzigen Eindruck, als ob Stahl schwimmen könnte. Doch dann senkte sich das Gerippe aus schmalen Metallstreben in die Tiefe, um auf dem Meeresgrund liegenzubleiben. Wieder eine Aufgabe gelöst.

Kelly zog die Stecker aus dem Generator und schob die Kabel zur Seite.

»Zwei Wochen früher als geplant. Sie waren wohl wirklich scharf auf die Prämie«, meinte der Geschäftsführer. Es gefiel dem ehemaligen Kampfpiloten der Navy, wenn jemand sein Geschäft verstand. Schließlich war kein Öl ausgelaufen. »Dutch hatte recht mit Ihnen.«

»Der Admiral ist eine Seele von Mensch. Er hat viel für Tish und mich getan.«

»Ja, wir sind zwei Jahre lang zusammen geflogen. Ein verdammt harter Kämpfer. Gut zu wissen, daß er mir nichts vorgelogen hat.« Der Geschäftsführer umgab sich gern mit Leuten, die Ähnliches erlebt hatten wie er selbst. Den Horror, von dem man im Gefecht gepackt wurde, hatte er irgendwie verdrängt. »Was soll das eigentlich bedeuten? Das habe ich schon immer mal fragen wollen.« Er zeigte auf die Tätowierung auf Kellys Arm, eine rote Robbe, die auf den Hinterflossen hockte und unverschämt grinste.

»Das haben alle aus meiner Einheit«, erklärte Kelly so lässig wie möglich.

»Und welche Einheit war das?«

»Darf ich nicht sagen.« Kelly lächelte beschwichtigend, damit seine Abfuhr nicht so schroff wirkte.

»Sie hatte bestimmt ihre Finger im Spiel, als man Sonny rausgeholt hat – aber gut.« Als ehemaliger Offizier der Navy hielt er sich an die Spielregeln. »Der Scheck wird noch heute ihrem Konto gutgeschrieben, Mr. Kelly. Ich sage über Funk Bescheid, daß Ihre Frau Sie abholen kann.«

Mit einem strahlenden Lächeln verkündete Tish Kelly den Frauen im Mutter-Kind-Laden, daß sie auch dazugehörte. Gerade erst im dritten Monat, konnte sie eigentlich noch alles anziehen, was ihr gefiel – oder zumindest fast alles. Sie brauchte bisher keine Umstandskleider, doch da ihr etwas Zeit geblieben war, wollte sie sich schon mal ansehen, was auf sie zukommen würde. Sie bedankte sich bei der Verkäuferin und beschloß, am Abend noch mal mit John vorbeizukommen. Es machte ihm immer soviel Spaß, Sachen für sie auszusuchen. Aber jetzt mußte sie ihn erst mal abholen. Der Plymouth-Kombi, mit dem sie von Maryland hierhergekommen war, stand direkt vor dem Laden, und sie kannte sich in den Straßen dieser Küstenstadt inzwischen einigermaßen aus. Die Fahrt zur Küste des Golf von Mexiko, wo sich der Sommer nie länger als für ein paar Tage verabschiedete, hatte ihr eine willkommene Abwechslung zu den eintönigen Herbstschauern in ihrer Heimatgegend geboten. Sie lenkte den Wagen auf die Straße und nahm den Weg nach Süden, in Richtung auf den riesigen Versorgungspark der Ölgesellschaft. Selbst die Verkehrsampeln waren ihr wohlgesonnen. Sie sprangen so rechtzeitig auf Grün, daß sie kein einziges Mal auf die Bremse zu treten brauchte.

Der Fahrer des Schwertransporters runzelte die Stirn, als die Ampel auf Gelb schaltete. Er war spät dran und fuhr ein bißchen zu schnell. Immerhin hatte er den größten Teil der neunhundert Kilometer von Oklahoma jetzt hinter sich gebracht. Seufzend trat er auf Kupplung und Bremse. Aus dem Seufzer wurde ein erstaunter Ausruf, als sich beide Pedale ohne Widerstand bis zum Anschlag heruntertreten ließen. Noch war die Kreuzung vor ihm leer, und so lenkte er geradeaus weiter, versuchte durch Herunterschalten die Geschwindigkeit zu drosseln und zog verzweifelt an der Schnur seines Diesel-Horns. Oh, mein Gott, bitte laß –

Sie sah nicht, was auf sie zukam. Sie blickte nicht zur Seite. Der Kombi glitt auf die Kreuzung, und alles, was der Fahrer im Gedächtnis behielt, war das Profil einer jungen Frau, das unter dem Kühler seiner schweren Zugmaschine verschwand. Dann das schreckliche Schlingern und das zitternde Aufbäumen, als der Kombi unter den Vorderrädern des Lasters zermalmt wurde.

Daß sie nichts fühlte, war am allerschlimmsten. Helen war ihre Freundin. Helen lag im Sterben, und Pam wußte, daß sie eigentlich etwas fühlen mußte. Aber sie empfand nichts. Helen war geknebelt, doch an den erstickten Geräuschen, die sie von sich gab, war zu erkennen, daß Billy und Rick das mit ihr machten, was sie gewöhnlich in solchen Fällen taten. Irgendwie bahnte sich der Atem seinen Weg, und obwohl sie den Mund nicht bewegen konnte, waren es die Laute einer Frau, die diese Welt bald verlassen würde. Doch bevor sie ihre Reise antreten konnte, mußte sie noch den Fahrpreis zahlen – dafür sorgten Rick und Billy und Burt und Henry in diesem Augenblick. Pam versuchte sich einzureden, daß sie woanders war, doch dieser rasselnde Atem zwang sie immer wieder hinzusehen, machte ihr bewußt, was jetzt ihre Realität war. Helen war schlecht. Helen war ausgerissen, und das konnten sie nicht zulassen. Das hatten sie ihnen allen mehr als einmal erklärt, und jetzt wurde es ihnen, wie Henry meinte, auf eine Art vor Augen geführt, die sie bestimmt nie vergessen würden. Noch immer konnte Pam die Stelle spüren, an der man ihr die Rippen gebrochen hatte, um ihr eine Lektion zu erteilen. Sie wußte, daß sie nichts tun konnte, als sich Helens Augen auf ihr Gesicht hefteten. Sie bemühte sich, Mitgefühl in ihrem Blick auszudrücken, mehr wagte sie nicht. Kurz darauf verstummte Helen. Zumindest für den Augenblick war es vorbei. Jetzt konnte Pam nur noch die Augen schließen und sich fragen, wann sie selber an der Reihe sein würde.

Die Mannschaft fand es äußerst lustig. Sie hatten den amerikanischen Piloten neben den Sandsäcken vor ihrer Unterkunft angebunden, so daß er die Geschütze sehen konnte, die ihn abgeschossen hatten. Was ihr Gefangener getan hatte, war weniger lustig, und sie zeigten ihm mit Fäusten und Stiefeln, was sie davon hielten. Den anderen Körper hatten sie auch gefunden und direkt neben ihn gesetzt, um sich daran zu weiden, mit wieviel Kummer und Verzweiflung der Feind seinen Kameraden musterte. Inzwischen war der Abwehroffizier aus Hanoi eingetroffen, der sich über den Mann beugte, um den Namen auf seiner Brust zu lesen, bevor er ihn auf einer mitgebrachten Liste heraussuchte. An seiner Reaktion merkten die Geschützsoldaten, daß ihr Gefangener etwas Besonderes sein mußte, denn der Abwehroffizier hängte sich hinterher gleich ans Telefon. Als der Gefangene vor Schmerzen ohnmächtig wurde, begoß der Mann aus Hanoi das Gesicht des Lebenden mit dem Blut des Toten. Dann schoß er ein paar Fotos. Die Geschützmannschaft wußte nicht, was sie davon halten sollte. Es sah beinahe so aus, als wollte er damit erreichen, daß der Lebende genauso tot aussah wie die Leiche neben ihm. Irgendwie seltsam.

Es war nicht die erste Leiche, die er identifizieren mußte. Eigentlich hatte Kelly angenommen, daß dieser Aspekt seines Lebens hinter ihm lag. Andere Leute waren da, um ihm beizustehen, doch daß er nicht zusammenbrach, hieß noch lange nicht, daß er es durchstehen würde. In solch einem Augenblick gab es keinen Trost. Als er die Notaufnahme verließ, folgten ihm die Ärzte und Schwestern mit den Blicken. Man hatte einen Priester herbeigerufen, damit er seines Amtes walten und ein paar Worte an Kelly richten konnte, die aber ganz offenbar ungehört blieben. Ein Polizeibeamter erklärte, den Fahrer treffe keine Schuld. Bremsversagen, technischer Defekt. Eigentlich sei niemand schuld. Pures Schicksal. Was man halt so sagt, wenn man einem völlig unschuldig Betroffenen erklären muß, warum es das Wichtigste in seinem Leben plötzlich nicht mehr gibt. Als ob man damit etwas ausrichten könnte. Dieser Mr. Kelly war ein zäher Bursche, das sah der Polizist gleich, und von daher auch um so verletzlicher. Seine Frau und sein ungeborenes Kind, die er wahrscheinlich vor allen Gefahren hatte schützen wollen, waren bei einem Verkehrsunfall ums Leben gekommen. Und niemand hatte schuld. Der Fahrer, selbst Familienvater, mußte ins Krankenhaus gebracht und mit Beruhigungsmitteln verarztet werden, nachdem er in der Hoffnung unter seinen Schlepper gekrochen war, sie vielleicht noch am Leben zu finden. Kelly war von Arbeitskollegen begleitet worden, und sie würden ihm wohl auch helfen, die Formalitäten zu erledigen. Mehr konnte man für einen Mann nicht tun, der jetzt sicher lieber in der Hölle gewesen wäre als hier. Denn die Hölle hatte er schon erlebt. Doch es gab mehr als eine Hölle, und er kannte sie längst noch nicht alle.

1 / Enfant perdu

Mai

Kelly konnte nicht sagen, warum er angehalten hatte. Ohne bewußt darüber nachzudenken, lenkte er seinen Scout auf den Seitenstreifen. Sie hatte nicht den Daumen in den Wind gehalten. Sie hatte nur am Straßenrand gestanden und beobachtet, wie die Autos splitaufwirbelnd und Abgase verbreitend vorbeirauschten. Aber sie stand wie eine Anhalterin da, das eine Knie durchgedrückt, das andere leicht angewinkelt. Ihre Kleidung war abgenützt, und ein Rucksack baumelte ihr locker über der Schulter. Ihr hellbraunes, schulterlanges Haar bewegte sich im Luftzug der vorbeifahrenden Autos. Ihr Gesicht war ausdruckslos, aber das sah Kelly erst, als er den rechten Fuß aufs Bremspedal drückte und auf den losen Schotter des Seitenstreifens zusteuerte. Er fragte sich, ob er sich wieder in den Verkehr einreihen sollte, aber nun hatte er den ersten Schritt schon getan, wenn er auch nicht genau wußte, wohin. Das Mädchen folgte dem Wagen mit den Augen, und als er in den Rückspiegel blickte, zuckte sie gleichgültig die Achseln und kam auf ihn zu. Das Seitenfenster war bereits heruntergekurbelt, und dann stand sie neben ihm.

»Wohin fahren Sie?« fragte sie.

Das überraschte Kelly. Die erste Frage – *Soll ich Sie mitnehmen?* – hätte eigentlich von ihm kommen sollen. Als er sie ansah, zögerte er ganz kurz. Vielleicht einundzwanzig, sah aber älter aus. Ihr Gesicht war nicht dreckig, aber auch nicht sauber, vielleicht kam das vom Wind und Staub der Überlandstraße. Sie trug ein Männerhemd aus Baumwolle, das monatelang nicht gebügelt worden war, und hatte das Haar im Nacken zusammengebunden. Aber am meisten überraschten ihn ihre Augen. Ein bezauberndes Graugrün. Sie starrten an Kelly vorbei ... wohin? Er kannte diesen Blick schon, doch nur von übermüdeten Männern. Er hatte selbst schon so ins Leere geblickt, erinnerte sich Kelly, und dabei nie gewußt, was seine Augen wahrnahmen. Es kam ihm nicht in den Sinn, daß er im Moment gar nicht viel anders guckte.

»Zu meinem Boot zurück«, antwortete er schließlich, da er nicht wußte, was er sonst sagen sollte. Und blitzschnell veränderte sich ihr Ausdruck.

»Sie haben ein Boot?« fragte sie. Ihre Augen fingen wie bei einem Kind zu strahlen an, ein Lächeln blitzte auf und breitete sich über ihr ganzes Gesicht aus, als hätte er gerade eine wichtige Frage beantwortet. Kelly sah, daß sie eine niedliche Lücke zwischen den Schneidezähnen hatte.

»Eine Zwölfmeterjacht – Diesel.« Er deutete auf die Ladefläche des Scout, die mit Kartons voller Lebensmittel vollgestellt war. »Wollen Sie mitkommen?« fragte er, ohne nachzudenken.

»Na klar!« Ohne zu zögern, riß sie die Tür auf und schmiß ihren Rucksack auf den Boden am Beifahrersitz.

Das Eingliedern in den Verkehr war gefährlich. Der Scout mit seinem kurzen Radabstand und den wenigen PS war nicht für Schnellstraßen gebaut, und Kelly mußte sich konzentrieren. Die Geschwindigkeit des Wagens reichte nur für die rechte Fahrspur aus, und da an jeder Kreuzung immerzu jemand ein- oder abbog, mußte er auf der Hut sein. Der Scout war nicht wendig genug, daß er allen Idioten ausweichen konnte, die zum Meer fuhren oder wohin zum Teufel sie auch immer an einem verlängerten Wochenende unterwegs waren.

Wollen Sie mitkommen? hatte er gefragt, und sie hatte darauf erwidert: *Na klar.* Was zum Teufel hatte er sich nur dabei gedacht? Kelly zog die Stirn in Falten, nicht nur, weil der Verkehr ihn nervte, sondern vor allem, weil er die Antwort nicht wußte. Aber in den letzten sechs Monaten hatte es eine Menge Fragen gegeben, auf die er keine Antwort wußte. Er brachte seine Gedanken zum Schweigen und konzentrierte sich auf den Verkehr, aber sie bohrten im Hinterkopf hartnäckig weiter. Die eigenen Gedanken gehorchen einem eben selten.

Memorial-Day-Wochenende, dachte er. Die Autos um ihn herum waren vollbesetzt mit Leuten, die von der Arbeit heimfuhren oder den Weg bereits hinter sich und ihre Familien abgeholt hatten. Kindergesichter starrten aus den Rückfenstern. Ein oder zwei Kinder winkten ihm zu, aber Kelly tat so, als habe er es nicht bemerkt. Es war schwer, keine Seele zu haben, besonders, wenn man sich erinnern konnte, daß man einmal eine gehabt hatte.

Kelly fuhr sich mit der Hand ans Kinn: rauh wie Sandpapier. Die Hand selbst war schmutzig. Kein Wunder, daß sie sich im Lebensmittelmarkt so komisch benommen hatten. *Läßt dich gehen, Kelly.*

Und? Wen zum Teufel juckt das?

Er wandte sich seiner Mitfahrerin zu und merkte, daß er ihren

Namen nicht kannte. Er nahm sie mit auf sein Boot und wußte nicht einmal, wie sie hieß. Seltsam. Sie starrte mit heiterem Gesicht nach vorn. Im Profil war es ein hübsches Gesicht. Sie war dünn – vielleicht war gertenschlank das richtige Wort –, ihr Haar so zwischen blond und braun. Ihre Jeans war an einigen Stellen abgewetzt und zerrissen und stammte aus einem jener Läden, wo sie einen Aufpreis für vorgebleichte Ware verlangten – oder was auch immer sie damit anstellten. Kelly wußte es nicht, es war ihm auch egal. Eine Sache mehr, um die er sich nicht zu scheren brauchte.

Herrgott, wie konntest du nur so herunterkommen? wollte sein Verstand von ihm wissen. Er wußte die Antwort, aber auch das war keine vollständige Erklärung. Verschiedene Bereiche des Organismus, der John Terence Kelly hieß, wußten jeweils einen Teil der ganzen Geschichte, aber irgendwie wollte sich nie alles zusammenreimen. Von dem, was einst ein harter, gewiefter, entschiedener Mann gewesen war, blieben nur vereinzelte Fragmente, die wirr durch die Gegend stolperten – und spielte da nicht auch Verzweiflung mit? Was für ein ungemein tröstender Gedanke.

Er erinnerte sich an sein früheres Leben. Er entsann sich all dessen, was er überlebt hatte; daß er überlebt hatte, erstaunte ihn noch immer. Und wohl die schlimmste Qual überhaupt war die, daß er nicht verstand, was schiefgegangen war. Sicher, er wußte, was *geschehen* war, aber das war alles äußerlich gewesen, und irgendwie war ihm das Verständnis der Dinge um ihn herum abhanden gekommen, und nun lebte er verwirrt und ziellos dahin. Er bewegte sich wie ein Automat. Das wußte er, aber nicht, wohin das Schicksal ihn führte.

Wer sie auch war, sie versuchte gar kein Gespräch, und das kam Kelly gerade recht, obwohl er spürte, daß da etwas war, was er wissen sollte. Die Erkenntnis kam überraschend, rein instinktiv, und er hatte schon immer seinen Instinkten vertraut, diesem kalten Schauer, der ihm wie zur Warnung über Arme und Rücken lief. Er sah sich nach dem Verkehr um und konnte nichts Gefährlicheres entdecken als Autos mit zuviel PS unter der Haube und zuwenig Verstand hinterm Lenkrad. Seine Augen suchten alles sorgfältig ab und fanden nichts. Aber das warnende Gefühl verschwand nicht, und Kelly ertappte sich dabei, wie er aus unerfindlichen Gründen immer wieder in den Rückspiegel sah, während seine Hand zwischen den Beinen hindurchlangte und nach dem geriffelten Griff seines automatischen Revolvers fühlte, der versteckt unter dem Sitz hing. Erst da wurde ihm bewußt, daß er die Waffe streichelte.

Wozu verdammt noch mal hast du das getan? Kelly zog die Hand zurück und schüttelte frustriert den Kopf. Aber er sah immer wieder in den Rückspiegel – bloß das normale Augenmerk auf den Verkehr, log er sich in den nächsten zwanzig Minuten vor.

Das Jachtgelände war sehr belebt. Natürlich wegen des langen Wochenendes. Auf dem kleinen und schlecht befestigten Parkplatz schossen die Autos viel zu schnell umher. Jeder Fahrer versuchte, dem Freitagsstoßverkehr zu entkommen, zu dem er selbst natürlich beitrug. Zumindest hier kam der Scout zur Geltung. Die große Bodenfreiheit und erhöhte Sicht waren für Kelly von Vorteil, als er den Wagen zum Heck der *Springer* manövierte und wendete, um rückwärts an die Anlegestelle zu fahren, die er erst vor sechs Stunden verlassen hatte. Kelly war erleichtert, den Wagen stehenlassen zu können. Sein Highway-Abenteuer war vorüber, und ihm winkte die Sicherheit des Wassers, auf dem es keine Fahrspuren gab.

Die *Springer* war eine dieselgetriebene Motorjacht, zwölf Meter lang, eine Einzelanfertigung, aber in den Umrissen und der Innenaufteilung einer Pacemaker Coho ähnlich. Sie war nicht besonders schön, aber sie hatte zwei ansehnliche Kabinen, und die Kajüte mittschiffs ließ sich leicht in eine dritte verwandeln. Sie verfügte über große Dieselmotoren, die aber nicht zu sehr hochgezüchtet waren, weil Kelly lieber eine bequem ausgelegte große Maschine als eine überdrehte kleine hatte. Er besaß einen hochwertigen Marineradar, alle möglichen gesetzlich erlaubten Kommunikationsinstrumente und Navigationshilfen, die normalerweise nur Hochseefischer benutzten. Der Fiberglasrumpf war makellos, an der verchromten Reling kein einziger Rostfleck, obwohl er auf die Hochglanzpolitur verzichtet hatte, auf die die meisten Jachtbesitzer schwörten. Es lohnte den Aufwand nicht. Die *Springer* war ein Arbeitsboot oder sollte es doch sein.

Kelly und sein Gast stiegen aus dem Wagen. Er öffnete die Laderaumtür und fing an, die Kartons an Bord zu bringen. Die junge Dame, sah er, war so vernünftig, ihm nicht in die Quere zu kommen.

»Yo, Kelly!« rief eine Stimme von der Brücke.

»Ja, Ed, was war denn?«

»Kaputte Anzeige. Die Bürsten an den Generatoren waren ein bißchen abgewetzt, da hab ich sie ersetzt, aber ich meine, es lag an der Anzeige. Die hab ich auch ausgewechselt.« Ed Murdock, der Chefmechaniker des Hafens, entdeckte das Mädchen erst, als er das Fallreep herunterkam. Murdock verfehlte die letzte Stufe und schlug vor Überraschung fast der Länge nach hin. Der Mechaniker be-

dachte das Mädchen mit einem rasch abschätzenden, anerkennenden Blick.
»Sonst noch was?« fragte Kelly betont.
»Hab die Tanks aufgefüllt. Die Motoren sind warm«, sagte Murdock, während er sich seinem Kunden zuwandte. »Ist alles auf Ihrer Rechnung.«
»Okay, danke, Ed.«
»Oh, Chip hat mir aufgetragen, Ihnen zu sagen, jemand hat ein Angebot gemacht, falls Sie das Boot je ...«
Kelly schnitt ihm das Wort ab. »Keine Chance, Ed.«
»Sie ist ein Juwel, Kelly«, meinte Murdock, als er sein Werkzeug aufsammelte und lächelnd davonschritt, höchst zufrieden mit sich, weil ihm diese doppeldeutige Bemerkung gelungen war.
Kelly brauchte einige Sekunden, bis er kapierte. Er ließ nur ein verspätetes, halb amüsiertes Knurren hören, als er die letzten Lebensmittel in die Kajüte lud.
»Was soll ich tun?« fragte das Mädchen. Sie hatte bisher nur herumgestanden, und Kelly hatte den Eindruck, daß sie ein wenig zitterte und das zu verbergen suchte.
»Nehmen Sie einfach oben Platz«, sagte Kelly, auf die Brücke deutend. »Ich werde ein paar Minuten brauchen, um alles fertigzumachen.«
»Okay.« Sie warf ihm ein strahlendes Lächeln zu, das garantiert jedes Eis zum Schmelzen gebracht hätte – als wüßte sie genau, was er brauchte.
Kelly ging nach achtern zu seiner Kabine, letztlich froh, daß er sein Boot in Ordnung gehalten hatte. Alles war sauber, und er ertappte sich dabei, wie er in den Spiegel schaute und fragte: »Na schön, und was wirst du jetzt tun?«
Es kam keine unmittelbare Antwort, aber der Anstand sagte ihm, er sollte sich erst mal waschen. Zwei Minuten später betrat er die Kajüte. Er sah noch einmal nach, ob die Lebensmittelkartons sicher verstaut waren, und ging dann nach oben.
»Ich, äh, hab vergessen, Sie etwas zu fragen ...« begann er.
»Pam«, sagte sie, die Hand ausstreckend. »Und Sie?«
»Kelly«, erwiderte er, wiederum verdutzt.
»Wohin soll's gehen, Mr. Kelly?«
»Nur Kelly«, verbesserte er sie, wahrte aber momentan noch die Distanz. Pam nickte nur und lächelte wieder.
»Okay, Kelly, wohin?«
»Ich besitze eine kleine Insel etwa dreißig ...«

»Du besitzt eine Insel?« Sie machte große Augen.
»Richtig.« Eigentlich hatte er sie nur gepachtet, aber das war schon so lange her, daß es Kelly gar nicht mehr der Rede wert fand.
»Dann mal los!« sagte sie begeistert mit einem Blick zurück auf die Küste.
Er warf die Kielraumentlüftung an. Die *Springer* hatte Dieselmotoren, und er brauchte sich wegen einer Abgasentwicklung eigentlich keine Sorgen zu machen, doch wenn er sich in letzter Zeit auch hatte gehenlassen, so war Kelly immer noch ein Seemann, und sein Leben auf dem Wasser gehorchte einer strikten Routine, was die Beachtung aller Sicherheitsvorschriften umfaßte, die mit dem Blut der Männer geschrieben worden waren, die nicht die nötige Sorgfalt hatten walten lassen. Nach den vorgeschriebenen zwei Minuten drückte er den Anlasser des Backborders, dann den für den Steuerborder. Die beiden großen Dieselmotoren sprangen sofort an und erwachten zu tuckerndem Leben, während Kelly die Anzeigen überprüfte. Alles sah gut aus.
Er verließ die Brücke, um die Vertäuungen zu lösen, dann kam er zurück, um in langsamer Fahrt vom Steg abzulegen, während er Gezeitenstand und Wind prüfte – derzeit war beides niedrig – und nach anderen Booten Ausschau hielt. Kelly schob den Gashebel des Backborders eine Markierung vor, während er am Steuerrad drehte, und ließ die *Springer* sich damit noch schneller in der engen Fahrrinne drehen, bis sie direkt hafenauswärts gerichtet war. Er schob den Gashebel des Steuerborders weiter vor und brachte seine Jacht auf manierliche fünf Knoten, während er an den aufgereihten Motor- und Segeljachten vorbeisteuerte. Pam schaute sich auch nach den Booten um, hauptsächlich achtern, und ihr Blick heftete sich mehrere Sekunden lang auf den Parkplatz, bis sie sich wieder nach vorn umdrehte. Dabei entspannte sich ihr Körper allmählich.
»Kennst du dich ein bißchen mit Booten aus?« fragte Kelly.
»Kaum«, gestand sie, und zum erstenmal bemerkte er ihren etwas schleppenden Akzent.
»Wo bist du her?«
»Texas. Und du?«
»Eigentlich aus Indianapolis, aber das ist schon eine Weile her.«
»Was ist das?« Sie berührte mit der ausgestreckten Hand die Tätowierung an seinem Unterarm.
»Das ist von einem der Orte, an denen ich gewesen bin«, sagte er. »Kein sehr netter Ort übrigens.«
»Oh, drüben.« Sie verstand.

»Genau da.« Kelly nickte sachlich. Sie waren nun aus dem Hafenbecken heraus, und er schob die Gashebel noch weiter vor.
»Was hast du dort gemacht?«
»Nichts, was ich einer Dame erzählen sollte«, erwiderte Kelly, während er sich umblickte.
»Wie kommst du darauf, daß ich eine Dame bin?«
Das traf ihn wieder unvorbereitet, aber allmählich gewöhnte er sich daran. Außerdem hatte er inzwischen festgestellt, daß er ein Gespräch mit einem Mädchen ziemlich nötig hatte, egal über welches Thema. Zum erstenmal erwiderte er ihr Lächeln.
»Na ja, es wäre nicht sehr nett von mir, etwas anderes anzunehmen.«
»Ich hab mich schon gefragt, wie lange es dauern würde, bis du mal lächelst.« *Du hast ein sehr nettes Lächeln,* sagte ihm ihr Tonfall. *Sechs Monate. Was sagst du nun?* hätte er beinahe geantwortet. Statt dessen lachte er, hauptsächlich über sich selbst. Auch etwas, das er schon lange nötig gehabt hatte.
»Es tut mir leid. Ich schätze, ich bin kein guter Gesellschafter.« Er wandte ihr wieder seinen Blick zu und sah Verständnis in ihren Augen. Nur ein stiller Blick, sehr menschlich und weiblich, aber Kelly fühlte sich ertappt. Er spürte die Wirkung, achtete aber nicht auf den Teil seines Bewußtseins, der ihm sagte, daß er auch das seit Monaten sehr nötig gehabt hatte. Das mußte ihm nicht extra gesagt werden, besonders nicht von ihm selbst. Einsamkeit war schon schlimm genug, ohne auch noch darüber nachzudenken, wie elend man sich dabei fühlte. Wieder streckte sie die Hand aus, offensichtlich, um die Tätowierung zu befühlen, aber das war nicht alles. Erstaunlich, wie warm ihre Berührung war, selbst unter einer heißen Nachmittagssonne. Vielleicht ließ sich daran ablesen, wie kalt es in seinem Leben geworden war.

Aber er hatte sein Boot zu steuern. Tausend Meter vor ihm lag ein Frachter. Kelly war nun in voller Fahrt, und die Trimmruder hatten sich automatisch so eingestellt, daß das Boot in den bestmöglichen Einstellwinkel gebracht war, sobald es seine achtzehn Knoten erreichte. Die Fahrt war glatt, bis sie in die Bugwelle des Handelsschiffes gerieten. Da fing die *Springer* heftig zu schaukeln an. Ihr Bug ging mehr als einen Meter auf und ab, während Kelly das Boot nach links manövrierte, um den schlimmsten Wellen auszuweichen. Als sie ihn überholten, ragte der Frachter wie eine Klippe vor ihnen auf.
»Kann ich mich hier irgendwo umziehen?«

»Meine Kabine ist achtern. Du kannst vorn einziehen, wenn du willst.«
»Oh, tatsächlich?« Sie kicherte. »Warum sollte ich das?«
»Hmm?« Sie hatte es wieder geschafft.

Pam ging mit ihrem Rucksack nach unten, wobei sie sich immer vorsichtig an der Reling festhielt. Sie hatte nicht viel angehabt. Nach ein paar Minuten kehrte sie sogar mit noch weniger zurück: Hot pants und ein Trägertop, keine Schuhe, und außerdem war sie sichtlich entspannter. Sie hatte die Beine einer Tänzerin, bemerkte Kelly, schlank und ungeheuer weiblich. Auch sehr bleich, was ihn überraschte. Das Top hing locker an ihr herunter und war an den Säumen ausgefranst. Vielleicht hatte sie in letzter Zeit abgenommen oder hatte bewußt eine Übergröße gekauft. Was auch immer der Grund war, es zeigte einiges von ihrem Oberkörper. Kelly ertappte sich dabei, wie er die Augen verdrehte, und tadelte sich selber dafür, daß er dem Mädchen nachgeschielt hatte. Aber Pam machte es ihm auch schwer, nicht hinzusehen. Und nun zog sie sich auch noch an seinem Oberarm hoch und setzte sich direkt neben ihn. Wenn er ihr den Kopf zudrehte, konnte er in das Top hineinsehen, so weit er nur wollte.

»Gefallen sie dir?« fragte sie.

Hirn und Mund versagten Kelly den Dienst. Er ließ ein paar verlegene Laute hören, und bevor er sich für eine Antwort entscheiden konnte, lachte sie los. Aber nicht über ihn. Sie winkte der Crew des Frachters zu, die zurückwinkte. Es war ein italienisches Schiff, über der Reling hingen etwa ein halbes Dutzend Männer, und einer davon warf ihr gerade eine Kußhand zu. Sie grüßte entsprechend zurück.

Es machte Kelly eifersüchtig.

Er drehte das Steuer wieder nach Backbord, ließ sein Boot über die Bugwelle des Frachters gleiten, und als es die Brücke des Schiffs passierte, ließ er sein Horn ertönen. Es war Vorschrift so, wenn auch wenige kleine Boote sich daran hielten. Gerade da hatte ein Wachoffizier sein Fernrohr auf Kelly gerichtet – eigentlich eher auf Pam. Er wandte sich um und rief etwas zum Ruderhaus. Einen Augenblick später tönte die gewaltige »Pfeife« des Frachters mit ihrem dumpfen Baß los und ließ das Mädchen fast von ihrem Platz hüpfen.

Kelly lachte, sie auch, dann wand sie die Arme fest um seinen Bizeps. Er spürte, wie ein Finger rund um die Tätowierung fuhr.

»Es fühlt sich gar nicht wie . . .«

Kelly nickte. »Ich weiß. Die meisten erwarten, daß es sich wie Farbe oder so anfühlt.«

»Warum hast du ...«
»... es mir machen lassen? Jeder in der Einheit hat es gemacht. Sogar die Offiziere. Gehörte zum guten Ton, schätze ich. Ganz schön dumm eigentlich.«
»Ich find's süß.«
»Nun, ich find dich ganz schön süß.«
»Du sagst lauter nette Sachen.« Sie drehte sich ein wenig und rieb dabei eine Brust an seinem Oberarm.

Kelly behielt eine konstante Fahrtgeschwindigkeit von achtzehn Knoten bei, während er aus dem Hafen von Baltimore auslief. Der italienische Frachter war das einzige Handelsschiff in Sichtweite, und die See war glatt, kräuselte sich nur minimal. Er hielt sich während des ganzen Weges hinaus in die Cheasapeake Bay an die Hauptfahrrinne.

»Hast du Durst?« fragte sie, als sie nach Süden drehten.
»Mhm. In der Kochnische ist ein Kühlschrank – die ist in der ...«
»Ich hab sie gesehen. Was möchtest du?«
»Bring einfach irgendwas.«
»Schön«, erwiderte sie strahlend. Als sie aufstand, kroch ihm das Gefühl von weicher Haut den ganzen Arm hoch und verließ ihn wieder an der Schulter.

»Was ist das?« fragte sie, als sie wieder da war. Kelly drehte sich um und schrak zusammen. Er war mit dem Mädchen am Arm so zufrieden gewesen, daß er nicht auf das Wetter geachtet hatte. »Das« war ein Gewitter, eine sich auftürmende Masse von dunklen Quellwolken, die mehr als zehn Kilometer in den Himmel ragten.

»Sieht aus, als würden wir ein paar Tropfen abbekommen«, sagte er, als er das Bier entgegennahm.

»Als ich noch klein war, war das die Umschreibung für einen Tornado.«

»Hier aber nicht«, erwiderte Kelly, während er sich auf dem Boot umschaute, ob irgendwo etwas lose herumlag. Unter Deck, das wußte er, war alles an seinem Platz, weil es das immer war, ob es einen nun anödete oder nicht. Dann schaltete er den Küstenfunk an. Sogleich erwischte er einen Wetterbericht, einen, der mit der üblichen Warnung endete.

»Ist das ein kleines Boot?« fragte Pam.
»Technisch gesehen ja, aber du kannst unbesorgt sein. Ich weiß, was ich tue. Ich bin Bosun's Mate gewesen.«
»Was ist das?«

»Ein Dienstgrad. In der Navy. Außerdem ist das hier ein ganz schön großes Bötchen. Die Überfahrt kann ein bißchen unruhig werden, das ist alles. Wenn du Angst hast, da sind Schwimmwesten unter deinem Sitz.«

»Hast du Angst?« fragte Pam. Kelly lächelte und schüttelte den Kopf. »Na gut.« Sie nahm ihre frühere Position wieder ein, mit dem Oberkörper an seinem Arm, dem Kopf an seiner Schulter. Ihre Augen hatten einen verträumten Ausdruck, als würde sie sich auf das Kommende freuen, ob Gewitter oder nicht.

Kelly hatte keine Bedenken – zumindest nicht wegen des Gewitters –, aber er nahm auch nichts auf die leichte Schulter. Als er an Bodkin Point vorbeikam, fuhr er östlich über die Schiffahrtsrinne weiter. Er drehte erst nach Süden ab, als er Gewässer erreicht hatte, die zu seicht für jedes andere Schiff waren, das groß genug gewesen wäre, ihn zu überrollen. Alle paar Minuten drehte er sich nach dem Gewitter um, das mit etwa zwanzig Knoten direkt hinter ihnen aufzog. Es hatte bereits die Sonne verdeckt. Wenn ein Gewitter schnell herankam, hieß das meistens, daß es auch heftig sein würde, und bei seinem südlichen Kurs konnte er ihm nicht länger ausweichen. Kelly trank sein Bier aus und beschloß, sich kein zweites mehr zu genehmigen. Die Sicht würde schnell abnehmen. Er zog eine plastiküberzogene Karte heraus und befestigte sie auf dem Tisch rechts vom Armaturenbrett, markierte seine Position mit einem Fettstift und versicherte sich noch mal, daß sein Kurs ihn auf keinen Fall in Untiefen bringen würde – die *Springer* hatte mehr als einen Meter Tiefgang, und für Kelly bedeutete alles unter zwei Meter zwanzig seichtes Gewässer. Zufrieden setzte er seinen Kompaßkurs und entspannte sich wieder. Seine Ausbildung diente ihm als Puffer sowohl gegen Gefahr als auch gegen Selbstzufriedenheit.

»Wird nicht mehr lange dauern«, bemerkte Pam mit nur einer Spur von Unbehagen in der Stimme, während sie sich an ihm festhielt.

»Du kannst nach unten gehen, wenn du willst«, sagte Kelly. »Es wird naß und windig werden. Und schaukeln.«

»Aber nicht gefährlich.«

»Nein, außer ich tue etwas wirklich Dummes. Ich werd's nicht darauf ankommen lassen«, versprach er.

»Kann ich hierbleiben und es mir ansehen?« fragte sie, eindeutig nicht gewillt, von seiner Seite zu weichen, wenn Kelly auch nicht wußte, warum.

»Es wird naß werden«, warnte er sie nochmals.

»Das macht nichts.« Sie lächelte strahlend, klammerte sich noch enger an seinen Arm.

Kelly drosselte etwas die Fahrt, so daß das Boot flacher lag. Es gab keinen Grund zur Eile. Bei gedrosselter Fahrt bestand keine Notwendigkeit mehr, mit zwei Händen zu steuern. Er legte den Arm um das Mädchen, dabei sank ihr Kopf automatisch wieder auf seine Schulter, und trotz des nahenden Gewitters war auf einmal alles mit der Welt im Lot. Zumindest soweit es Kellys Gefühle betraf. Seine Vernunft sagte etwas anderes, und die beiden Ansichten wollten sich nicht miteinander vereinbaren lassen. Seine Vernunft erinnerte ihn daran, daß das Mädchen an seiner Seite . . . ja, was war sie denn? Er wußte es nicht. Seine Gefühle sagten ihm, daß es absolut keinen Unterschied machte. Sie war, was er brauchte. Aber Kelly war kein Mann, der sich von seinen Gefühlen beherrschen ließ, und der innere Widerstreit ließ ihn finster auf den Horizont starren.

»Stimmt was nicht?« fragte Pam.

Kelly wollte etwas sagen, besann sich dann aber eines Besseren und rief sich ins Gedächtnis zurück, daß er auf seiner Jacht mit einem hübschen Mädchen allein war. Diese Runde ließ er zur Abwechslung mal an die Gefühle gehen.

»Ich bin etwas verwirrt, aber, nein, alles in Ordnung soweit.«

»Ich seh es dir doch an, daß . . .«

Kelly schüttelte den Kopf. »Mach dir keine Sorgen. Was es auch ist, es kann warten. Entspann dich und genieß die Fahrt.«

Einen Augenblick später kam der erste Windstoß, der das Boot ein paar Grad nach Backbord krängen ließ. Kelly adjustierte das Ruder, um es wieder aufzurichten. Der Regen kam schnell. Auf die ersten wenigen Spritzer folgten rasch dichte Streifen, die wie Vorhänge über die Oberfläche der Chesapeake Bay schleiften. Binnen einer Minute ging die Sicht auf ein paar hundert Meter zurück, und der Himmel war so dunkel, als wäre es schon spät abends. Kelly vergewisserte sich, daß seine Positionslichter an waren. Die Wellen schlugen nun wirklich hoch, von einem etwa dreißig Knoten starken Wind getrieben. Wetter und See kamen genau quer. Er entschied, daß er durchaus weiterfahren könnte, aber er war gerade an einem guten Ankerplatz, und das würde er die nächsten fünf Stunden nicht mehr sein. Kelly warf noch einen Blick auf die Karte, schaltete dann den Radar ein, um seine Position zu bestätigen. Wassertiefe drei Meter, sandiger Grund, der auf der Karte mit HRD bezeichnet war, griffiger Boden also. Er steuerte die *Springer* in den Wind und drosselte weiter die Fahrt, bis die Schiffsschrauben gerade genug

Schub entwickelten, um gegen die treibende Kraft des Windes anzukommen.
»Nimm mal das Steuer«, wies er Pam an.
»Aber ich weiß nicht, was ich damit machen soll.«
»Das geht schon. Halt es nur fest und steuere so, wie ich es dir sage. Ich muß nach vorn gehen, um die Anker zu setzen. Okay?«
»Paß auf dich auf!« schrie sie durch den peitschenden Wind. Die Wellen waren inzwischen knapp zwei Meter hoch, und der Bug des Bootes hüpfte auf und ab. Kelly klopfte ihr aufmunternd auf die Schulter und ging nach vorn.

Er mußte natürlich aufpassen, doch seine Schuhe hatten rutschfeste Sohlen, und Kelly kannte sich aus. Er behielt die Hände den ganzen Weg an den Aufbauten vorbei an der Reling, und binnen einer Minute war er auf dem Vordeck, wo zwei Anker festgemacht waren, ein Danforth und ein CQR-Pflugscharanker, beide ein klein wenig zu groß. Er warf erst den Danforth ins Wasser, dann signalisierte er Pam, sie solle das Steuer nach Backbord drehen. Als das Boot sich vielleicht 20 Meter nach Süden bewegt hatte, ließ er den CQR auch noch ab. Beide Trossen waren bereits auf die entsprechende Länge eingestellt, und nachdem er überprüft hatte, daß alles in Ordnung war, hangelte sich Kelly wieder zur Brücke zurück.

Pam sah nervös aus bis zu dem Moment, wo er sich wieder auf die Vinylbank setzte – alles war nun naß vom Wasser, und ihre Kleider waren völlig durchweicht. Kelly drosselte die Maschinen auf Leerlauf und überließ es dem Wind, die *Springer* fast dreißig Meter zurückzutreiben. Bis dahin hatten sich die beiden Anker in den Boden gegraben. Kelly war mit ihrer Plazierung nicht ganz zufrieden. Er hätte sie weiter auseinander setzen sollen. Aber eigentlich war sowieso nur ein Anker notwendig. Der zweite diente als reine Sicherheitsmaßnahme. Zufrieden schaltete er die Dieselmotoren ab.

»Ich könnte es auch auf der ganzen Strecke mit dem Sturm aufnehmen, aber ich lass' es lieber«, erklärte er.
»Also parken wir hier für die Nacht?«
»Genau. Du kannst runter in deine Kabine gehen und...«
»Du willst, daß ich weggehe?«
»Nein – ich meine nur, wenn es dir hier nicht gefällt...« Ihre Hand streckte sich seinem Gesicht entgegen. Durch den Wind und den Regen hindurch konnte er ihre Worte kaum verstehen.
»Mir gefällt's hier aber.« Irgendwie schien das überhaupt kein Widerspruch zu sein.

Einen Augenblick später fragte sich Kelly, warum es so lange gedauert hatte. Alle Anzeichen waren dagewesen. Es gab eine weitere kurze Diskussion zwischen Gefühl und Vernunft, und wieder verlor die Vernunft. Hier gab es nichts, wovor er hätte Angst haben müssen, nur einen Menschen, der genauso einsam war wie er. Es war so leicht, zu vergessen. Einsamkeit sagte einem nicht, was man verloren hatte, nur, daß etwas fehlte. Erst in einem Augenblick wie diesem konnte man die Leere bestimmen. Ihre Haut war weich, tropfnaß vom Regen, aber warm. Es war so anders, als sich Leidenschaft zu mieten, was er im vergangenen Monat zweimal ausprobiert hatte. Hinterher hatte er sich jedesmal vor sich selbst geekelt.

Das hier aber war anders. Das hier war echt. Die Vernunft rief ein letztes Mal, daß es nicht sein konnte, daß er sie vom Straßenrand aufgeklaubt hatte und sie erst eine kurze Zeit lang kannte. Das Gefühl sagte ihm, daß es nichts ausmachte. Als wisse sie um seinen inneren Widerstreit, streifte Pam das Top über den Kopf. Das Gefühl gewann.

»Ich finde sie einfach toll«, sagte Kelly. Er berührte zart ihre Brüste. Sie fühlten sich auch einfach toll an. Pam hängte das Top ans Steuerrad und drückte ihr Gesicht an seines, während ihre Hände ihn nach vorn zogen. Auf sehr weibliche Art ergriff sie die Initiative. Irgendwie hatte ihre Leidenschaft nichts Animalisches. Etwas machte sie anders. Kelly wußte nicht genau, was, suchte aber auch nicht nach dem Grund, nicht jetzt.

Beide standen auf. Pam glitt beinahe aus, aber Kelly fing sie auf und ließ sich auf die Knie nieder, um ihr beim Ausziehen ihrer Hot pants zu helfen. Dann war sie an der Reihe, sein Hemd aufzuknöpfen, nachdem sie seine Hände auf ihre Brüste gedrückt hatte. Das Hemd blieb noch eine lange Weile an seinem Körper, weil keiner von beiden wollte, daß seine Hände sich entfernten, doch dann war es geschafft, immer nur ein Arm, und als nächstes war die Jeans dran. Kelly schlüpfte aus den Schuhen, als die letzten Kleidungsstücke fielen. Dann umarmten sie sich im Stehen, schwankten hin und her, während das Boot unter ihnen schaukelte und schlingerte und Regen und Wind auf sie prasselten. Pam nahm ihn bei der Hand, führte ihn nur ein Stück vom Führerstand weg und drückte ihn sanft aufs Deck. Ohne Umschweife setzte sie sich auf ihn. Kelly versuchte sich aufzurichten, aber sie ließ es nicht zu und beugte sich statt dessen vor, während sich ihre Hüften mit sanftem Nachdruck bewegten. Kelly war darauf so wenig vorbereitet wie auf alles andere an diesem Nachmittag, und sein Schrei schien den Donner noch zu übertönen.

Als er die Augen aufschlug, befand sich ihr Gesicht nur Zentimeter von seinem entfernt, und ihr Lächeln glich dem eines steinernen Engels in einer Kirche.

»Es tut mir leid, Pam, ich ...«

Sie unterbrach seine Entschuldigung mit einem Kichern. »Bist du immer so gut?«

Viele Minuten später hielt Kelly die dünne Gestalt umschlungen, und so blieben sie, bis der Sturm vorüber war. Kelly hatte Angst, loszulassen, Angst vor der Möglichkeit, daß all das so irreal war, wie es sein müßte. Dann frischte der Wind auf, und sie gingen nach unten. Kelly holte Handtücher, und sie trockneten sich gegenseitig ab. Er versuchte sie anzulächeln, aber der Schmerz war wieder da, und das nur um so stärker nach der genüßlichen letzten Stunde; nun war Pam an der Reihe, überrascht zu sein. Sie setzte sich neben ihn und zog sein Gesicht an ihre Brust. Da mußte er weinen, bis ihr Oberkörper wieder ganz naß war. Sie war klug genug, keine Fragen zu stellen. Statt dessen hielt sie ihn fest, bis es vorüber war und er wieder normal atmete.

»Es tut mir leid«, sagte er nach einer Weile. Kelly versuchte sich zu bewegen, aber sie ließ es nicht zu.

»Du mußt nichts erklären. Aber ich möchte gerne helfen«, sagte sie und wußte doch genau, daß sie das schon getan hatte. Eigentlich hatte sie es schon ab dem ersten Augenblick im Auto gesehen: ein starker Mann, schwer angeschlagen. So anders als alle, die sie gekannt hatte. Als er endlich sprach, spürte sie seine Worte an ihrer Brust.

»Es ist fast sieben Monate her. Ich hatte unten am Mississippi einen Job. Sie war schwanger, hatten wir gerade erst erfahren. Sie ist zum Laden gefahren, und – es war ein Lastwagen, ein großer Sattelschlepper. Die Bremsleitung ist gerissen.« Mehr konnte er nicht herausbringen, und mehr war auch nicht nötig.

»Wie hieß sie?«

»Tish – Patricia.«

»Wie lange wart ihr ...«

»Eineinhalb Jahre. Dann war sie einfach ... nicht mehr da. Ich habe nie damit gerechnet. Ich meine, ich war viel weg, habe einige gefährliche Sachen gemacht, aber das ist alles vorbei, und das war eben ich, nicht sie. Ich habe nie gedacht ...« Seine Stimme versagte wieder. Pam blickte im gedämpften Licht der Kajüte auf ihn herunter und sah die Narben, die ihr bisher entgangen waren. Sie fragte sich, was sie wohl für eine Geschichte hatten. Aber das war nicht wichtig.

Sie legte die Wange auf seinen Kopf. *Er hätte etwa genau jetzt Vater sein sollen. Hätte eine Menge sein sollen.*
»Du hast es nie rausgelassen, oder?«
»Nein.«
»Und warum jetzt?«
»Ich weiß nicht«, flüsterte er.
»Danke schön.« Kelly blickte überrascht auf. »Das ist das Netteste, was ein Mann mir je angetan hat.«
»Ich verstehe nicht.«
»Doch, das tust du«, erwiderte Pam. »Und Tish versteht auch. Du läßt mich ihren Platz einnehmen. Oder vielleicht sogar sie. Sie hat dich geliebt, John. Sie muß dich unheimlich geliebt haben. Danke, daß du mich hast helfen lassen.«
Er fing erneut zu weinen an, und Pam bettete seinen Kopf wieder in ihren Schoß, wiegte ihn wie ein kleines Kind. So ging es zehn Minuten, aber keiner von ihnen sah auf die Uhr. Als er sich erholt hatte, küßte er sie voller Dankbarkeit, die sich rasch wieder in Leidenschaft verwandelte. Pam legte sich auf den Rücken, ließ ihm die Oberhand, wie er es jetzt brauchte, da er im Geiste wieder ein Mann war. Sie wurde mit so viel belohnt, wie sie ihm gegeben hatte, und diesmal blendeten ihre Schreie den Donner aus. Später schlief er neben ihr ein, und sie küßte sein unrasiertes Kinn. Da strömten dann ihre Tränen angesichts des Wunders, das ihr nach dem Schrecken, mit dem dieser Tag begonnen hatte, zuteil geworden war.

2 / Begegnungen

Kelly erwachte zur gewohnten Zeit eine halbe Stunde vor Sonnenaufgang. Möwen kreischten, und am östlichen Horizont erschien der erste trübe Schimmer. Zunächst war er verwirrt, daß über seiner Brust ein schlanker Arm lag, doch binnen kürzester Zeit kamen die Gefühle und Erinnerungen wieder. Er entschlüpfte ihr und breitete eine Decke über sie, um sie vor der morgendlichen Kühle zu schützen. Er mußte sich um das Schiff kümmern.

Kelly setzte die Kaffeemaschine in Gang, zog eine Badehose an und ging nach oben. Er hatte nicht vergessen, das Ankerlicht zu setzen, bemerkte er erleichtert. Der Himmel hatte aufgeklart, und die Luft war kühl nach den Gewitterstürmen der vorigen Nacht. Er ging nach vorn und sah überrascht, daß einer seiner Anker sich etwas verschoben hatte. Kelly machte sich Vorwürfe deswegen, obwohl ja nichts Schlimmes passiert war. Das Wasser war ruhig, ölig glatt, und es wehte eine sanfte Brise. Ein rosig-orangefarbener erster Lichtschimmer zierte die von Bäumen gesäumte Küstenlinie im Osten. Alles in allem schien das ein so schöner Morgen zu werden, wie er sich nur denken konnte. Dann fiel ihm ein, daß das, was sich geändert hatte, überhaupt nichts mit dem Wetter zu tun hatte.

»Verdammt«, flüsterte er der noch nicht angebrochenen Morgendämmerung zu. Kelly war steif, und er machte einige Streckübungen, um die Verspannungen zu lösen. Erst langsam dämmerte ihm, wie toll er sich ohne den üblichen Kater fühlte. Noch länger brauchte er, um sich zu erinnern, wann es das letzte Mal so gewesen war. Neun Stunden Schlaf? fragte er sich. So viel? Kein Wunder, daß er sich so gut fühlte. Als nächstes mußte er im Rahmen seiner morgendlichen Prozedur einen Deckabsetzer holen, um das Wasser zu beseitigen, das sich auf dem Fiberglasdeck angesammelt hatte.

Ein leises, gedämpftes Wummern von Dieselmotoren ließ ihn den Kopf wenden. Kelly blickte nach Westen, um es zu orten, aber in dieser Richtung lag ein wenig Nebel, der von der Brise dorthin geweht worden war, und er konnte nichts ausmachen. Er ging zum Kontrollpult auf der Brücke und holte sein Fernrohr, um durch das

7×50er gerade noch einen starken Scheinwerfer aufblitzen zu sehen. Kelly wurde vom Licht geblendet, das genauso plötzlich wieder abgeschaltet wurde, und ein Megaphon quäkte übers Wasser.
»Entschuldigung, Kelly. Wußte nicht, daß Sie es waren.« Zwei Minuten später legte das vertraute Zwölf-Meter-Patrouillenboot der Küstenwache längsseits der *Springer* an. Kelly stürzte nach Backbord, um die Gummifender anzubringen.
»Versuchen Sie mich umzubringen oder was?« sagte Kelly leichthin.
»Entschuldigung.« Der Quartermaster Erster Klasse Manuel »Portagee« Oreza stieg mit geübter Behendigkeit von einem Schanzdeck auf das andere. Er deutete auf die Gummifender. »Wollen Sie mich beleidigen?«
»Aber auch kein gutes seemännisches Benehmen«, fuhr Kelly fort, als er auf seinen Besucher zuging.
»Ich hab schon mit dem jungen Burschen darüber gesprochen«, versicherte ihm Oreza. Er streckte die Hand aus. »Morgen, Kelly.«
Die ausgestreckte Hand hielt einen Styroporbecher mit Kaffee. Kelly nahm ihn entgegen und lachte.
»Entschuldigung angenommen, Sir.« Oreza war berühmt für seinen Kaffee.
»Lange Nacht. Wir sind alle müde, und es ist eine junge Crew«, erklärte der Mann von der Küstenwache mit matter Stimme. Oreza war selbst fast 28 und bei weitem der älteste Mann in seinem Team.
»Schwierigkeiten?« fragte Kelly.
Oreza nickte, während er sich auf dem Wasser umblickte. »Irgendwie schon. So 'n verdammter Trottel in 'ner Jolle ist nach dem kleinen Gewitter letzten Abend vermißt gemeldet worden, und wir haben weiß Gott überall nach ihm gesucht.«
»Wind mit vierzig Knoten. Hat ganz schön gepustet, Portagee«, erklärte Kelly. »Ist auch ganz schön schnell rangekommen.«
»Jaja, wir haben auch schon sechs Boote gerettet, bloß das eine fehlt noch. Haben Sie letzte Nacht irgendwas Ungewöhnliches gesehen?«
»Nein. Bin von Baltimore rausgekommen um ... na, etwa 16 Uhr, denke ich. Zweieinhalb Stunden Herfahrt. Hab gleich, als das Gewitter da war, Anker geworfen. Sicht war ganz schön schlecht, hab so gut wie nichts gesehen, bevor wir nach unten sind.«
»Wir«, bemerkte Oreza und streckte sich. Er ging zum Steuerrad, hob das regendurchweichte Top auf und schob es Kelly zu. Sein Gesichtsausdruck blieb neutral, aber hinter seinen Augen leuchtete

Interesse auf. Er hoffte, daß sein Freund jemand gefunden hatte. Das Leben hatte es mit diesem Mann nicht besonders gut gemeint.

Kelly gab ihm den Becher mit einem gleichfalls neutralen Gesichtsausdruck zurück.

»Hinter uns ist ein Frachter rausgekommen«, fuhr er fort. »Unter italienischer Flagge, etwa halbvolles Containerschiff, muß etwa fünfzehn Knoten gemacht haben. Hat noch jemand den Hafen verlassen?«

»Mhm.« Oreza nickte und sagte dann in professionellem, leicht verärgertem Tonfall: »Das macht mir Sorgen. Diese Scheißfrachter, die mit Volldampf rausrauschen und nicht aufpassen.«

»Na ja, zum Teufel, wenn du außerhalb des Steuerhauses stehst, kannst du eben naß werden. Außerdem könnte vielleicht irgendwas an der Ausrüstung gegen eine Gewerkschaftsbestimmung verstoßen, nicht? Vielleicht ist Ihr Kerl untergegangen«, bemerkte Kelly düster. Das wäre nicht das erste Mal, selbst in einem so zahmen Gewässer wie der Chesapeake.

»Vielleicht«, sagte Oreza, während er seine Blicke forschend über den Horizont schweifen ließ. Er runzelte die Stirn, weil er der Vermutung keinen Glauben schenkte und außerdem zu müde war, um das zu verbergen. »Jedenfalls, wenn Sie eine kleine Jolle mit einem orange und weiß gestreiften Segel sehen, rufen Sie mich an?«

»Geht in Ordnung.«

Oreza schaute nach vorn und drehte sich um. »Zwei Anker für das bißchen Wind, das wir hatten? Sie sind nicht weit genug voneinander entfernt. Dachte, Sie wüßten es besser.«

»Ich bin Bosun's Mate«, erinnerte ihn Kelly. »Seit wann nimmt sich ein Buchhalter einem echten Seemann gegenüber Freiheiten heraus?« Es war nur ein Scherz. Kelly wußte, daß Portagee in einem kleinen Boot der Bessere war. Wenn auch nur um eine Kleinigkeit, aber das wußten beide ebenfalls.

Oreza grinste auf seinem Weg zurück zum Kutter. Nachdem er wieder an Bord gesprungen war, deutete er auf das Top in Kellys Hand. »Vergessen Sie nicht, Ihr Hemd anzuziehen, *Chief*! Sieht aus, als würde es gerade gut passen.« Ein lachender Oreza verschwand im Steuerhaus, bevor Kelly eine schlagfertige Erwiderung einfiel. Drüben bei ihnen schien jemand zu sein, der keine Uniform anhatte, was Kelly überraschte. Einen Augenblick später tuckerten die Motoren des Kutters wieder, und das Boot dampfte nach Nordwesten ab.

»Guten Morgen.« Das war Pam. »Was war das?«

Kelly drehte sich um. Sie trug nicht mehr als vorhin, da er die Decke über sie gezogen hatte, aber Kelly entschied augenblicklich, daß er sich von ihr nur noch überraschen lassen wollte, wenn sie etwas Vorhersagbares tat. Ihr Haar war eine medusagleiche Masse wirrer Flechten, und ihr Blick war verschwommen, als hätte sie gar nicht gut geschlafen.

»Küstenwache. Sie suchen nach einem vermißten Boot. Wie hast du geschlafen?«

»Ganz gut.« Sie kam zu ihm her. Ihre Augen hatten einen weichen Schlafzimmerblick, der ihm so früh am Morgen sonderbar vorkam, aber für den hellwachen Seemann nicht anziehender hätte sein können.

»Guten Morgen.« Ein Kuß. Eine Umarmung. Pam riß die Arme hoch und vollführte so etwas wie eine Pirouette. Kelly packte sie an der schlanken Taille und hob sie hoch.

»Was möchtest du zum Frühstück?« fragte er.

»Ich esse morgens nichts«, erwiderte Pam, während sie die Arme zu ihm hinunterstreckte.

»Oh.« Kelly lächelte. »Na gut.«

Etwa eine Stunde später änderte sie ihre Meinung. Kelly machte Eier mit Speck auf dem Kombüsenkocher, und Pam schlang sie so hungrig hinunter, daß er trotz ihrer Einwände eine zweite Portion machte. Bei genauerem Hinsehen war das Mädchen nicht bloß dünn, es zeigten sich sogar einige Rippen. Sie war unterernährt, eine Beobachtung, die eine weitere unausgesprochene Frage aufwarf. Doch was auch der Grund dafür war, das konnte er heilen. Als sie dann vier Eier, acht Scheiben Speck und fünf Scheiben Toast verzehrt hatte, grob genommen die doppelte Menge, die Kelly normalerweise zu sich nahm, war es Zeit, den Tag ordentlich zu beginnen. Er zeigte ihr, wie mit der Kombüseneinrichtung umzugehen war, während er sich daran machte, die Anker zu lichten.

Sie kamen gerade noch vor acht Uhr wieder in Fahrt. Es versprach, ein heißer, sonniger Samstag zu werden. Kelly setzte die Sonnenbrille auf, entspannte sich in seinem Sitz und nahm ab und zu einen Schluck aus seinem Kaffeebecher, um sich wach zu halten. Er steuerte nach Westen, sich dabei immer am Rande der Hauptschiffahrtsrinne haltend, um den Hunderten von Fischerbooten nicht in die Quere zu kommen, die heute aller Erwartung nach von ihren verschiedenen Häfen ausschwärmen würden, um sich auf die Jagd nach Klippenbarschen zu begeben.

»Was sind das für Dinger?« fragte Pam, die auf die Schwimmer deutete, die backbord über das Wasser verteilt waren.

»Schwimmer für Krebsfallen. Es sind eigentlich eher Käfige. Die Krebse gehen rein, kommen aber nicht wieder raus. Die Schwimmer sind da, um die Position zu markieren.« Kelly reichte Pam sein Fernglas und deutete auf ein Arbeitsboot etwa drei Meilen im Osten.

»Sie fangen die armen Tiere in Fallen?«

Kelly lachte. »Pam, denk an den Speck zum Frühstück. Das Schwein hat doch nicht Selbstmord begangen, oder?«

Sie warf ihm einen verschmitzten Blick zu. »Natürlich nicht.«

»Reg dich nicht zu sehr auf. Ein Krebs ist nur eine große Meeresspinne, auch wenn er gut schmeckt.«

Kelly wechselte den Kurs auf Steuerbord, um einer roten Spitzboje auszuweichen.

»Kommt mir trotzdem irgendwie grausam vor.«

»So ist das Leben«, sagte Kelly zu schnell und bedauerte es sofort. Pams Antwort kam ebenso von Herzen: »Ja, ich weiß.«

Kelly sah sie nicht an. Ihre Antwort war voller Gefühl gewesen, eine Erinnerung an ihn, daß auch sie ihre Dämonen hatte. Aber der Augenblick ging schnell vorüber. Sie lehnte sich in dem breiten Kommandositz zurück, schmiegte sich an ihn und brachte alles wieder ins Lot. Ein letztes Mal warnten Kelly seine Sinne, daß da irgend etwas überhaupt nicht in Ordnung war. Aber hier draußen gab es doch keine Dämonen, oder?

»Geh lieber nach unten.«

»Warum?«

»Die Sonne wird heute ganz schön heiß werden. Im Medizinschrank findest du eine Creme. Ab mit dir! Hol dir das Zeug und schmier dich gut damit ein, sonst siehst du vor Mittag wie eine frischgebackene Fritte aus.«

Pam verzog das Gesicht. »Ich müßte mich auch duschen. Geht das in Ordnung?«

»Gute Idee«, antwortete Kelly, ohne aufzusehen. »Besser, wenn du die Fische nicht verscheuchst.«

»Du!« Sie kniff ihn in den Arm und verschwand nach unten.

»Verschwunden, ganz einfach verschwunden«, grollte Oreza. Er stand über einen Kartentisch in der Küstenwachstation am Thomas Point gebeugt.

»Wir hätten Luftunterstützung anfordern sollen, Hubschrauber oder dergleichen«, bemerkte der Zivilist.

»Hätte nichts gebracht, nicht letzte Nacht. Zum Teufel, die Möwen haben diesen Wind doch auch ausgehalten.«

»Aber wo kann er hin sein?«

»Bin ich überfragt, vielleicht hat der Sturm ihm das Boot unterm Arsch versenkt.« Oreza starrte finster auf die Karte. »Sie haben gesagt, er wäre nach Norden gefahren. Wir haben alle diese Häfen hier abgesucht, und Max hat sich die Westküste vorgenommen. Sind Sie sicher, die Beschreibung des Boots stimmt?«

»Sicher? Zum Teufel, wir haben alles für ihn getan, außer ihm das Boot zu kaufen!« Der Zivilist war so leicht reizbar, wie es sich nur durch 28 Stunden mit Koffein aufgeputschten Wachbleibens erklären läßt. Zu allem Übel war er auf dem Patrouillenboot auch noch seekrank geworden, sehr zum Vergnügen der festen Crew. Sein Magen fühlte sich an, als wäre er mit Stahlwolle ausgekleidet. »Vielleicht ist es gesunken«, schloß er barsch, glaubte es aber keinen Augenblick lang.

»Würde das Ihr Problem nicht lösen?« Orezas Versuch, das Ganze leichtzunehmen, trug ihm ein Knurren ein, und der Quartermaster Erster Klasse Manuel Oreza fing einen warnenden Blick des Stationskommandanten auf, eines grauhaarigen Deckoffiziers namens Paul English.

»Wissen Sie«, sagte der Mann erschöpft, »ich glaube, daß dieses Problem nicht mehr zu lösen sein wird, aber es ist mein Job, es zu versuchen.«

»Sir, wir alle haben eine lange Nacht hinter uns. Meine Crew ist völlig am Ende, und wenn Sie nicht einen wirklich guten Grund haben, aufzubleiben, empfehle ich Ihnen, sich eine Koje zu suchen und sich aufs Ohr zu legen, Sir.«

Der Zivilist sah mit müdem Lächeln auf, um seine früheren Worte wiedergutzumachen. »Oreza, so schlau wie Sie sind, sollten Sie Offizier sein.«

»Wenn ich so schlau bin, wie kommt es dann, daß wir unseren Freund letzte Nacht verpaßt haben?«

»Und der Kerl, den wir in der Dämmerung gesehen haben?«

»Kelly? Ehemaliger Chief der Marine, verläßlicher Bursche.«

»Ein bißchen jung für einen Chief, nicht?« fragte English, der ein nicht besonders gutes Foto betrachtete, das im Licht des Scheinwerfers aufgenommen worden war. Er war neu auf der Station.

»Das kam zusammen mit einem Ehrenkreuz der Marine«, erklärte Oreza.

Der Zivilist blickte auf. »Sie meinen also nicht...«

»Nie im Leben eine Chance.«

Der Zivilist schüttelte den Kopf. Er zögerte einen Augenblick, dann machte er sich auf den Weg zu den Kojen. Sie würden vor Sonnenuntergang wieder rausfahren, und er brauchte die Ruhepause.

»Also wie war's?« fragte English, als der Mann das Zimmer verlassen hatte.

»Dieser Bursche hat 'ne Menge Zeug am Hals, Captain.« Als Stationskommandant war English zu diesem Titel berechtigt, noch dazu, weil er Portagee sein Boot ganz auf seine Art befehligen ließ. »Der schläft todsicher nicht viel.«

»Er wird eine Weile bei uns sein, hin und wieder, und ich möchte, daß Sie das in die Hand nehmen.«

Oreza tippte mit einem Bleistift auf die Karte. »Ich bleibe dabei, das wäre ein ausgezeichneter Beobachtungsposten, und ich weiß, daß wir dem Burschen vertrauen können.«

»Der Mann sagt nein.«

»Der Mann ist kein Seemann, Mr. English. Mir macht's nichts aus, wenn der Bursche mir sagt, was ich tun soll, aber er weiß nicht genug, daß er mir sagen kann, wie ich's machen soll.« Oreza umkringelte den Punkt auf der Karte.

»Das gefällt mir nicht.«

»Ist auch gar nicht nötig«, sagte der größere Mann. Er klappte sein Taschenmesser aus und schlitzte das dicke Papier auf. Zum Vorschein kam eine Plastiktüte mit weißem Pulver. »Ein paar Stunden Arbeit bringen uns dreihunderttausend. Ist da dran was faul, oder hab ich was nicht mitgekriegt?«

»Und das ist erst der Anfang«, sagte der dritte Mann.

»Was machen wir mit dem Boot?« fragte der Mann mit den Skrupeln.

Der Große sah von seiner Arbeit auf. »Bist du das Segel losgeworden?«

»Ja.«

»Na ja, wir können das Boot verstecken ... aber es ist vielleicht schlauer, es zu versenken. Ja, das werden wir machen.«

»Und Angelo?« Alle drei sahen dorthin, wo der Mann lag. Er war noch bewußtlos und blutete.

»Schätze, den versenken wir auch«, bemerkte der Große ohne große Gefühlsregung. »Genau hier wär's gut.«

»Vielleicht zwei Wochen, dann wird nichts mehr von ihm übrig

sein. Ein Haufen Biester hier draußen.« Der dritte zeigte auf die marschige Gezeitenzone.
»Seht ihr, wie einfach es ist? Kein Boot, kein Angelo, kein Risiko; und dreihunderttausend Mäuse. Also, was erwartest du noch, Eddie?«
»Seine Freunde werden es trotzdem nicht toll finden.« Der Kommentar erfolgte mehr aus einer Oppositionshaltung heraus als aus moralischer Überzeugung.
»Was für Freunde?« fragte Tony, ohne aufzublicken. »Er hat uns doch verpfiffen. Wie viele Freunde hat so eine miese Ratte?«
Eddie beugte sich der Logik der Situation und ging zu dem bewußtlosen Angelo hinüber. Aus den vielen Abschürfungen rann noch immer Blut, und die Brust bewegte sich langsam, da er kaum zu Atem kam. Es war Zeit, dem ein Ende zu machen. Eddie war es schon klar, er hatte nur versucht, das Unvermeidliche hinauszuschieben. Er zog eine kleine .22er Automatik aus der Tasche, setzte sie an Angelos Hinterkopf und drückte einmal ab. Der Körper zuckte, dann erschlaffte er. Eddie legte die Pistole beiseite und zog die Leiche nach draußen. Die wichtigen Arbeiten überließ er Henry und seinem Freund. Sie hatten ein Angelnetz mitgebracht, das er um die Leiche wickelte, bevor er sie vom Heck ihres kleinen Motorboots ins Wasser gleiten ließ. Vorsorglich sah Eddie sich um, aber hier bestand keine große Gefahr, daß sich irgendwelche Eindringlinge blicken lassen würden. Er dampfte davon, bis er eine günstige Stelle ein paar hundert Meter weiter fand, stoppte dann die Fahrt und hob ein paar Zementblöcke aus dem treibenden Boot, die er an das Netz band. Sechs reichten aus, um Angelo die etwa zweieinhalb Meter auf den Grund zu versenken. Das Wasser war hier ziemlich klar, was Eddie etwas beunruhigte, bis er all die Krebse sah. In weniger als zwei Wochen würde von Angelo nichts mehr übrigbleiben. Es war ein großer Fortschritt gegenüber der Art, wie sie solche Geschäfte üblicherweise erledigten, etwas, das er sich für die Zukunft merken sollte. Das kleine Segelboot loszuwerden, würde nicht ganz so einfach sein. Er würde eine tiefere Stelle finden müssen, aber er hatte den ganzen Tag Zeit, sich darüber Gedanken zu machen.

Kelly änderte den Kurs auf Steuerbord, um einer Schar Sportboote auszuweichen. Die Insel war jetzt etwa fünf Meilen voraus in Sicht. Sie machte nicht viel her, nur ein kleiner Buckel am Horizont, nicht einmal mit einem Baum, aber sie gehörte ihm und war so abgeschieden, wie es sich ein Mann nur wünschen konnte. So ziemlich der einzige Nachteil war der schlechte Fernsehempfang.

Battery Island hatte eine lange und unauffällige Geschichte. Ihr derzeitiger Name, eher ironisch als zutreffend, stammte aus dem frühen neunzehnten Jahrhundert, als einige kühne Bürgerwehrler beschlossen hatten, hier an einer Engstelle in der Chesapeake Bay eine kleine Geschützbatterie gegen die Briten aufzustellen, die auf Washington, D.C., zusegelten, um die neue Nation für ihre Vermessenheit zu bestrafen, die Macht der stärksten Marine der Welt herauszufordern. Ein britischer Bataillonskommandant hatte ein paar harmlose Rauchwölkchen auf dieser Insel entdeckt und wohl eher zum Spaß als aus Böswilligkeit ein Schiff in Schußweite gebracht und dann ein paar Salven aus den Kanonen vom Unterdeck abgefeuert. Die Bürgerwehrsoldaten der Batterie hatten keine weitere Aufforderung gebraucht, um zu ihren Booten zu rennen und eiligst aufs Festland überzusetzen. Kurz darauf war ein Landungstrupp mit Teerjacken und ein paar königlichen Marinesoldaten in einer Pinne an die Küste gerudert, um Nägel in die Zündlöcher zu treiben, was als »Kanonen spicken« bezeichnet wurde. Nach dieser kurzen Ablenkung waren die Briten in aller Gemütsruhe den Patuxent River hinaufgesegelt, von wo aus ihre Armee nach Washington vorgerückt war, wo sie Dolly Madison zur Evakuierung des Weißen Hauses gezwungen hatten. Der britische Feldzug war danach auf Baltimore zumarschiert, wo die Sache dann ein ganz und gar anderes Ende genommen hatte.

Battery Island, ein eher lästiger föderaler Besitz, wurde zu einer peinlichen Fußnote in einem einzigartig sinnlosen Krieg. Ohne auch nur einen Verwalter, der die Erdbefestigungen gepflegt hätte, wucherte die Insel zu, und dabei war es fast einhundert Jahre lang geblieben.

1917 kam Nordamerikas erster echter internationaler Krieg, und die US-Marine, die sich plötzlich von U-Booten bedroht sah, brauchte einen abgelegenen Ort, um ihre Geschütze zu testen. Dafür schien Battery Island ideal, nur ein paar Dampferstunden von Norfolk entfernt, und so hatten einige Monate lang im Herbst jenes Jahres 12- und 14-Zoll-Schlachtschiffgeschütze gekracht und gedonnert, bis sie schließlich fast ein Drittel der Insel unter den mittleren Ebbestand versenkt hatten, sehr zur Verärgerung der Zugvögel, die schon vor langer Zeit erkannt hatten, daß hier nie Jäger auf sie schossen. Das einzige, was sonst noch passierte, war die Versenkung von über hundert Frachtschiffen aus dem Ersten Weltkrieg ein paar

Meilen südlich, die bald auch von Unkraut überwuchert wurden und rasch selbst das Aussehen von Inseln annahmen.

Ein neuer Krieg und neue Waffen hatten das verschlafene Eiland wieder zum Leben erweckt. Der nahegelegene Marinefliegerhorst brauchte einen Platz, wo die Piloten Waffen testen konnten. Da traf es sich gut, daß Battery Island und die versenkten Schiffe aus dem Ersten Weltkrieg hier zusammenlagen; das Gebiet eignete sich ideal als Bombenabwurfgelände. Also baute man drei wichtige Beobachtungsbunker aus Beton, von denen aus Offiziere TBFs und SB2C-Bomber beobachten konnten, wie sie Ziele ins Visier nahmen, die wie schiffsförmige Inseln aussahen – wobei sie etliche in die Luft jagten, bis eine Bombe gerade so lange im Schacht hängenblieb, daß sie statt dessen einen der Bunker vernichtete. Glücklicherweise hatte sich dort gerade niemand aufgehalten. Das Gelände des zerstörten Bunkers war ordnungsgemäß geräumt worden, und die Insel wurde zu einer Rettungsstation umgewandelt, von der aus die Luftnotrettung nach einem Flugzeugabsturz mit einem Boot auslaufen konnte. Das hatte den Bau eines Betonkais, eines Bootshauses und die Renovierung der zwei übrigen Bunker erforderlich gemacht. Insgesamt hatte die Insel der örtlichen Wirtschaft, wenn nicht dem Staatsetat, gut gedient, bis das Aufkommen von Hubschraubern die Rettungsboote überflüssig gemacht hatte und die Insel zum überschüssigen Marinebestand erklärt worden war. Und so blieb sie eine von niemandem beachtete Position in einem Verzeichnis ungewollten Staatsbesitzes, bis Kelly die Pacht dafür bekommen hatte.

Pam lag während der Anfahrt ausgestreckt auf ihrem Handtuch und ließ sich unter einer dicken Cremeschicht die Sonne auf den Bauch scheinen. Sie hatte keinen Badeanzug, deshalb trug sie nur BH und Höschen. Kelly störte das nicht, wenn er sich auch durch die unschickliche Aufmachung leicht irritiert fühlte, aber dafür konnte er keinen Grund angeben, der einer logischen Analyse standgehalten hätte. Und außerdem mußte er jetzt erst mal sein Boot steuern. Eine weitere Betrachtung ihres Körpers hatte noch Zeit, sagte er sich etwa jede Minute, wenn seine Augen sich wieder zu ihr verirrt hatten, um sich zu vergewissern, daß sie noch da war.

Er machte einen weiten Rechtsbogen, um einer großen Sportjacht auszuweichen. Wiederum warf er einen Blick auf Pam. Sie hatte die Träger ihres BHs von den Schultern gestreift, um sich nahtloser zu bräunen. Kelly gefiel das.

Der Klang verblüffte beide: ein kurzes, schnelles Tuten der Signalhörner des Sportbootes. Kelly sah sich überall um, dann konzentrierte er sich auf das Boot, das zweihundert Meter backbord lag. Es war das einzige, das in Betracht kam, und schien auch die Lärmquelle zu sein. Von der Kommandobrücke winkte ihm ein Mann zu. Kelly drehte auf Backbord, um näher heranzukommen. Geschickt drehte er bei. Wer dieser Bursche auch war, er hatte keine Erfahrung im Umgang mit Booten, und als Kelly die *Springer* knapp zehn Meter entfernt zum Halten gebracht hatte, behielt er die Hand auf den Reglern.

»Was gibt's?« rief er durch das Megaphon.

»Haben unsere Schiffsschrauben verloren!« brüllte ein dunkelhäutiger Mann zurück. »Was machen wir da?«

Rudern, hätte Kelly beinahe erwidert, aber das war nicht sehr freundlich. Er brachte sein Boot näher heran, um die Lage abzuschätzen. Es war ein mittelgroßes Sportfischerboot, eine ziemlich neue Hatteras. Der Mann auf der Brücke war etwa 1,90 groß, in den Fünfzigern und hatte nichts am Oberkörper außer einem dunklen Haarpelz. Es war auch eine Frau zu sehen, die ebenfalls ziemlich niedergeschlagen wirkte.

»Überhaupt keine Schrauben?« fragte Kelly, als sie näher dran waren.

»Ich glaube, wir sind auf eine Sandbank gelaufen«, erklärte der Mann. »Etwa eine halbe Meile dort drüben.« Er wies auf eine Fläche, die Kelly umschifft hatte.

»Da drüben ist allerdings eine. Ich kann Sie ins Schlepptau nehmen, wenn Sie wollen. Haben Sie ein Tau, das das aushält?«

»Ja!« erwiderte der Mann augenblicklich. Er ging nach vorn zu dem Kasten mit den Leinen. Die Frau an Bord sah weiterhin verlegen aus.

Kelly manövrierte sich ein Stück weg und betrachtete den anderen »Kapitän«, den er nur in Gedanken und dazu ironisch so bezeichnen mochte. Der konnte nicht mal Karten lesen; wußte nicht, wie man ein anderes Boot auf sich aufmerksam machte; der hatte nicht einmal eine Ahnung, wie er die Küstenwache rufen sollte. Immerhin hatte er es fertiggebracht, sich eine Hatteras zu kaufen, was für seinen Sachverstand sprach, aber dann dachte Kelly bei sich, daß das wohl eher auf die Gerissenheit des Verkäufers zurückzuführen war. Aber dann überraschte der Mann Kelly doch. Er ging geschickt mit seinen Leinen um und wies die *Springer* ein.

Kelly bugsierte das Heck nah heran, dann ging er nach achtern aufs Brunnendeck, um das Schlepptau in Empfang zu nehmen, das er an der großen Klampe der Querversteifung befestigte. Pam hatte sich aufgesetzt und sah nun zu.

Kelly eilte zur Brücke zurück und gab dem Schaltknüppel nur einen kleinen Ruck.
»Gehen Sie an Ihren Funk«, sagte er dem Besitzer der Hatteras. »Lassen Sie Ihr Ruder mittschiffs, bis ich was anderes sage. Okay?«
»Kapiert.«
»Hoffentlich«, flüsterte Kelly, während er die Motorhebel gerade so weit drückte, bis das Schlepptau sich spannte.
»Was ist mit ihm passiert?« fragte Pam.
»Die Leute vergessen immer, daß unter dem Wasser Grund ist. Wenn du hart genug dranstößt, bricht eben was.« Er hielt kurz inne. »Du solltest vielleicht ein bißchen mehr anziehen.«
Pam kicherte und ging nach unten. Kelly erhöhte behutsam die Fahrt auf vier Knoten, bevor er sich nach Süden drehte. Es war nicht das erste Mal, daß er all dies durchexerzierte, und deshalb grummelte er vor sich hin, wenn er es nun auch nur noch einmal machen müßte, würde er sich einen extra Briefkopf für die Rechnungen drucken lassen.
Kelly brachte mit Rücksicht auf das Boot im Schlepptau die *Springer* sehr langsam längsseits des Kais. Er hastete von der Brücke, um seine Fender zu plazieren, sprang dann an Land, um erst sein Boot anzudocken, bevor er auf die Hatteras zuging. Der Besitzer hielt seine Vertäuungsleinen schon bereit und warf sie Kelly auf dem Kai zu, während er seine Fender anbrachte. Das Boot die paar Meter heranzuziehen, war eine gute Gelegenheit für Kelly, Pam seine Muskeln zu zeigen. Es dauerte nur fünf Minuten, bis die Hatteras hübsch vertäut war, dann machte Kelly mit der *Springer* das gleiche.
»Gehört das hier Ihnen?«
»Aber gewiß doch«, erwiderte Kelly. »Willkommen auf meiner Sandbank.«
»Sam Rosen«, sagte der Mann, während er Kelly die Hand hinstreckte. Er hatte sich ein Hemd angezogen, und obwohl er einen kräftigen Händedruck hatte, bemerkte Kelly, daß seine Hände sehr zart waren, geradezu zierlich.
»John Kelly.«
»Meine Frau Sarah.«
Kelly lachte. »Sie müssen die Navigatorin sein.«
Sarah war klein, übergewichtig, und der Ausdruck ihrer braunen Augen schwankte zwischen Belustigung und Verlegenheit. »Irgend jemand muß Ihnen ja danke sagen für Ihre Hilfe«, bemerkte sie mit New Yorker Akzent.
»Reine Seemannspflicht, Madam. Was ist schiefgelaufen?«

»Die Karte zeigt zwei Meter an, wo wir aufgelaufen sind. Das Boot hat aber nur einen Meter fünfzig! Und Ebbe war vor fünf Stunden!« schnaubte die Dame. Sie war nicht böse auf Kelly, aber er war das nächstgelegene Ziel, und ihrem Mann hatte sie schon die Meinung gesagt.

»Eine Sandbank, hat sich durch die Stürme im letzten Winter aufgebaut, aber meine Karte zeigt weniger an. Außerdem ist es weicher Grund.«

In diesem Moment gesellte sich Pam zu ihnen. Sie trug Kleider, die fast schon respektabel zu nennen waren. Kelly fiel ein, daß er ihren Nachnamen nicht kannte.

»Hi, ich bin Pam.«

»Wollen Sie sich nicht ein bißchen auffrischen? Wir haben den ganzen Tag, um uns um das Problem zu kümmern.« Dem stimmten alle zu, und Kelly führte sie zu seinem Heim.

»Was zum Teufel ist das denn?« fragte Sam Rosen. »Das« war einer der Bunker, die 1943 gebaut worden waren, 700 Quadratmeter, mit einem ein Meter dicken Dach. Das gesamte Gebäude bestand aus armiertem Beton und war fast so massiv, wie es aussah. Ein zweiter, kleinerer Bunker befand sich dicht daneben.

»Das hier gehörte früher der Navy«, erklärte Kelly, »aber ich hab's jetzt gepachtet.«

»Die haben ein schönes Dock für Sie gebaut«, bemerkte Rosen.

»Gar nicht so übel«, stimmte Kelly zu. »Darf ich fragen, was Sie von Beruf sind?«

»Chirurg«, erwiderte Rosen.

»Ach, ja?« Deshalb die zarten Hände.

»Professor für Chirurgie«, verbesserte Sarah. »Aber ein Boot steuern kann er ums Verrecken nicht!«

»Die gottverdammten Karten waren alt!« grollte der Professor, als Kelly sie auf die Insel führte. »Hast du das nicht gehört?«

»Hören Sie, das ist jetzt Vergangenheit. Besprechen wir das doch in aller Ruhe bei einem Bier und was zu essen.« Kelly war selbst überrascht, als er diese Worte aussprach. In dem Augenblick vernahm er ein scharfes *Peng* von irgendwoher aus dem Süden. Es war erstaunlich, wie weit der Schall über das Wasser hergetragen wurde.

»Was war das?« Sam Rosen hatte auch scharfe Ohren.

»Wahrscheinlich irgendein Bursche, der mit einer .22er eine Bisamratte erledigt hat«, vermutete Kelly. »Es ist ansonsten eine ruhige Gegend. Nur im Herbst kann es in der Morgendämmerung etwas laut werden – Enten und Gänse.«

»Ich sehe hier Schießvorrichtungen. Jagen Sie?«
»Nicht mehr«, erwiderte Kelly.
Rosens Blick zeigte, daß er verstanden hatte, und Kelly beschloß, sein Urteil über den Professor ein zweites Mal zu revidieren.
»Wie lange?«
»Lange genug. Woher wissen Sie?«
»Gleich nach meiner Assistenzzeit bin ich nach Iwo und Okinawa gekommen. Lazarettschiff.«
»Aha. Kleine Kamikazeeinlage, was?«
Rosen nickte. »Ja, war ein Mordsspaß. Worauf waren Sie?«
»Gewöhnlich auf dem Bauch«, antwortete Kelly grinsend.
»UDT? Sie sehen wie ein Froschmann aus«, sagte Rosen. »Von denen habe ich einige zusammengeflickt.«
»So ziemlich das gleiche, aber langweiliger.« Kelly drehte am Zahlenschloß und zog die schwere Stahltür auf.

Das Bunkerinnere überraschte die Besucher. Als Kelly das Gebäude übernommen hatte, war es durch feste Betonwände in drei große, kahle Räume aufgeteilt gewesen, aber nun sah es beinahe wie ein Haus aus, mit Tapeten und Teppichen. Sogar die Decke war getüncht. Die engen Sehschlitze waren das einzige, was noch von der früheren Bestimmung zeugte. Mobiliar und Teppiche zeigten den Einfluß von Patricia, doch die nur sehr oberflächliche Ordnung ließ erkennen, daß hier jetzt nur noch ein Mann lebte. Alles war sauber und aufgeräumt, aber eben nicht so, wie eine Frau es hinterlassen würde. Die Rosens bemerkten auch, daß es der Herr des Hauses war, der sie zur »Kombüse« führte und die Sachen aus dem altmodischen Kühlschrank holte, während Pam staunend umherlief.

»Nett und kühl«, bemerkte Sarah. »Aber im Winter feucht, kann ich mir vorstellen.«
»Nicht so schlimm, wie Sie glauben.« Kelly deutete auf die Radiatoren im Zimmer. »Dampfheizung. Dieses Gebäude ist nach Regierungsvorschrift erbaut worden; gut und teuer.«
»Wie sind Sie an so eine Wohnung gekommen?« fragte Sam.
»Ein Freund hat mir dabei geholfen, den Pachtvertrag zu bekommen. Überschüssiger Regierungsbestand.«
»Das muß aber ein besonderer Freund sein«, sagte Sarah, die den eingebauten Kühlschrank bewunderte.
»Ja, das ist er.«

Vizeadmiral Winslow Holland Maxwell, U.S. Navy, hatte sein Büro im E-Ring des Pentagons. Da es an der Außenseite lag, bot es ihm eine gute Sicht auf Washington – und auf die Demonstranten, bemerkte er erzürnt. *Baby killer!* hieß es auf einem Spruchband. Sogar eine nordvietnamesische Fahne war zu sehen. Der Sprechgesang an diesem Samstagmorgen wurde durch das dicke Fensterglas verzerrt. Er konnte das Skandieren hören, aber nicht die Worte, und der ehemalige Kampfpilot wußte nicht, was ihn mehr aufbrachte.

»Das ist nicht gut für dich, Dutch.«

»Weiß ich selber!« grollte Maxwell.

»Die Freiheit, daß sie das tun dürfen, die verteidigen wir unter anderem auch«, gab Konteradmiral Casimir Podulski zu bedenken, obwohl er eigentlich nicht hundertprozentig hinter seinen Worten stand. Es war einfach ein bißchen zuviel. Sein Sohn war über Haiphong in einem A-4-Kampfjäger gestorben. Weil die Eltern des jungen Fliegers prominent waren, hatte dieser Vorfall sogar Schlagzeilen gemacht. In der darauffolgenden Woche waren ganze elf anonyme Anrufe eingegangen; einige Leute hatten nur gelacht, andere hatten seine gepeinigte Frau gefragt, wohin die Knochen verschifft werden sollten. »Das sind doch alles nette, friedfertige, empfindsame junge Leute.«

»Und warum bist du in so guter Stimmung, Cas?«

»Das hier geht unter Verschluß, Dutch.« Podulski händigte ihm einen schweren Ordner aus. Dessen Ecken waren mit einem rot-weiß-gestreiften Band eingefaßt, und er trug den Codenamen BOXWOOD GREEN.

»Dann dürfen wir also damit spielen?« *Das* war eine faustdicke Überraschung.

»Ich habe bis halb vier in der Nacht dafür gebraucht, aber es sieht ganz so aus. Allerdings nur ein paar von uns. Wir haben die Genehmigung zu einer vollständigen Machbarkeitsstudie.« Admiral Podulski machte es sich in einem tiefen Ledersessel bequem und zündete sich eine Zigarette an. Sein Gesicht war seit dem Tod seines Sohnes schmaler geworden, doch die kristallblauen Augen leuchteten so intensiv wie eh und je.

»Dann lassen sie tatsächlich *uns* die Planung machen?« Maxwell und Podulski hatten seit etlichen Monaten auf dieses Ziel hingearbeitet, aber nie wirklich erwartet, daß sie das Projekt verfolgen dürften.

»Wer würde uns je verdächtigen?« fragte der gebürtige Pole mit einem ironischen Blick. »Sie wollen, daß wir es aus den Büchern raushalten.«

»Macht Jim Greer auch mit?« wollte Dutch wissen.

»Der beste Abwehrmann, den ich kenne, außer du hast noch irgendwo einen in der Hinterhand.«
»Er hat gerade beim CIA angefangen, hörte ich letzte Woche«, warnte Maxwell.
»Gut. Wir brauchen einen fähigen Spion, und er trägt immer noch Uniform, soviel ich weiß.«
»Wir werden uns damit einen Haufen Feinde machen.«
Podulski deutete auf das Fenster und die Demonstranten. Er hatte sich seit 1944, als er auf der USS *Essex* gewesen war, nicht besonders verändert. »Wenn ich mir diese Meute nur hundert Meter von uns entfernt ansehe, was machen da ein paar mehr schon aus?«

»Wie lange haben Sie das Boot schon?« fragte Kelly beim zweiten Bier. Das Essen war bescheiden, kalter Braten mit Brot und dazu Flaschenbier.
»Wir haben es letzten Oktober gekauft, aber wir fahren erst zwei Monate damit«, gab der Arzt zu. »Aber ich habe einen Crashkurs belegt und in meiner Klasse am besten abgeschnitten.« Kelly dachte sich, daß Rosen wohl zu der Sorte von Leuten gehörte, die fast überall als Bester abschnitten.
»Sie können ganz hübsch mit den Leinen umgehen«, bemerkte er, hauptsächlich, um den Mann aufzumuntern.
»Chirurgen können auch recht gut mit Knoten umgehen.«
»Sind Sie auch Medizinerin, Madam?« wollte Kelly von Sarah wissen.
»Pharmakologin. Ich lehre auch an der Hopkins-Universität.«
»Wie lange leben Sie und Ihre Frau schon hier?« fragte Sam, was zu einer etwas peinlichen Gesprächspause führte.
»Oh, wir haben uns gerade kennengelernt«, verkündete Pam geradeheraus. Kelly war freilich am peinlichsten berührt. Die beiden Mediziner nahmen die Aussage ganz ungerührt hin, aber Kelly befürchtete, daß sie ihn für einen Mann halten könnten, der junge Mädchen verführte. Dieser Gedanke schien in seinem Schädel immer im Kreis zu rasen, bis er merkte, daß niemand sonst sich weiter dabei aufzuhalten schien.
»Schauen wir uns mal die Schraube an.« Kelly stand auf. »Kommen Sie.«
Rosen folgte ihm nach draußen, wo es schon langsam heiß wurde. Es war das beste, die Angelegenheit schnell zu erledigen. Im zweiten Bunker auf der Insel war Kellys Werkstatt untergebracht. Er suchte

sich einige Schraubenschlüssel zusammen und schob einen tragbaren Kompressor auf die Tür zu.

Zwei Minuten später hatte Kelly ihn auch schon neben die Hatteras des Arztes geschafft, und schnallte sich den Bleigürtel um die Hüfte.

»Muß ich irgendwas tun?« fragte Rosen.

Kelly schüttelte den Kopf und zog dann sein Hemd aus. »Eigentlich nicht. Wenn der Kompressor den Geist aufgibt, merke ich das schnell genug, und ich werde ja nur in etwa zwei Meter Tiefe sein.«

»Das habe ich noch nie gemacht.« Rosen sah mit Medizinerblick auf Kellys Oberkörper, wo er drei verschiedene Narben entdeckte, die ein wirklich guter Chirurg mit einigem Geschick hätte verschwinden lassen können. Dann erinnerte er sich, daß ein Feldarzt nicht immer die Zeit für kosmetische Chirurgie hatte.

»Ich schon, da und dort«, sagte ihm Kelly auf dem Weg zur Leiter.

»Das glaube ich«, sagte Rosen für den anderen unhörbar.

Vier Minuten später (nach Rosens Uhr), kletterte Kelly schon wieder die Leiter hoch.

»Problem gefunden.« Er stellte die Überreste beider Propeller auf das Betondock.

»Mein Gott! Auf was sind wir gestoßen?«

Kelly setzte sich kurz hin, um die Gewichte abzuschnallen. Er mußte sich zusammenreißen, um nicht zu lachen. »Wasser, Doc, bloß Wasser.«

»Was?«

»Haben Sie das Boot vor dem Kauf untersuchen lassen?«

»Sicher, das hat die Versicherung verlangt. Ich habe den besten Kerl geholt, den es hier gibt. Er hat hundert Piepen verlangt.«

»Ach ja? Welche Mängel hat er denn angezeigt?« Kelly stand wieder auf und schaltete den Kompressor ab.

»Praktisch keine. Er hat gesagt, es wäre etwas mit dem Tank nicht in Ordnung, und ich habe ihn prüfen lassen, aber er war in Ordnung. Ich schätze, bei dem Geld hat er was angeben müssen, stimmt's?«

»Tank?«

»Das hat er mir am Telefon gesagt. Ich habe den schriftlichen Bericht irgendwo, aber die Information hat er mir durchtelefoniert.«

»Zink«, sagte Kelly lachend. »Nicht Tank.«

»Was?« Rosen ärgerte sich, daß er den Witz nicht mitbekam.

»Was Ihre Propeller zerstört hat, war Elektrolyse. Galvanische Reaktion. Das kommt daher, daß im Salzwasser mehr als eine Art von Metallen vorkommt; das korrodiert das Metall. Die Sandbank

hat sie nur weggeschnippt. Sie waren schon kaputt. Hat man Ihnen bei Ihrem Kursus denn nichts darüber beigebracht?«
»Na ja, schon, aber...«
»Aber – da haben Sie gerade was gelernt, Doktor Rosen.« Kelly hielt die Überreste der Schrauben hoch. Das Metall hatte die bröselige Konsistenz eines Kekses. »Das ist einmal Bronze gewesen.«
»Verdammt!« Der Chirurg nahm die Teile in die Hand und klaubte ein waffelartiges Bruchstück ab.
»Der Prüfer hat gemeint, Sie sollten die Zinkanoden an der Verstrebung austauschen. Die dienen dazu, die galvanische Energie zu absorbieren. Sie müssen alle paar Jahre ersetzt werden, und das schützt quasi ganz von allein die Schrauben und Ruder. Ich kenn mich mit dem wissenschaftlichen Kram nicht ganz aus, aber ich weiß, wie es wirkt. Ihr Ruder muß auch ausgewechselt werden, aber das ist nicht ganz so dringlich. Was Sie aber todsicher brauchen, sind zwei neue Schrauben.«
Rosen blickte aufs Wasser hinaus und fluchte. »Idiot.«
Kelly erlaubte sich ein mitfühlendes Lachen. »Doc, wenn das der größte Fehler ist, den Sie dieses Jahr machen, können Sie sich glücklich schätzen.«
»Also, was mache ich jetzt?«
»Ich werde telefonisch ein Paar Schrauben für Sie bestellen. Da rufe ich jemanden drüben in Solomons an, den ich gut kenne, und der wird sie dann herbringen lassen, vielleicht morgen.« Kelly winkte ab. »Ist doch halb so schlimm, oder? Ich möchte auch mal einen Blick auf Ihre Karten werfen.«
Und richtig, als er ihr Erscheinungsdatum prüfte, stellte sich heraus, daß sie schon fünf Jahre alt waren.
»Sie brauchen jedes Jahr neue, Doc.«
»Verdammt!« sagte Rosen.
»Nützlicher Hinweis?« fragte Kelly mit einem weiteren Lächeln. »Nehmen Sie es nicht so ernst. Die beste Art, etwas zu lernen. Es tut ein bißchen weh, aber nicht sehr. Sie lernen was draus und kommen dadurch weiter.«
Der Arzt entspannte sich endlich, gestattete sich sogar ein Lächeln. »Ich schätze, Sie haben recht, aber Sarah wird mir das nie verzeihen.«
»Schieben Sie die Schuld auf die Karten«, schlug Kelly vor.
»Werden Sie mir Rückendeckung geben?«
Kelly grinste. »In solchen Zeiten müssen Männer zusammenhalten.«
»Ich glaube, ich fange an, Sie zu mögen, Mr. Kelly.«

»Wo ist sie, verdammt noch mal?« wollte Billy wissen.

»Wie zum Teufel soll ich das wissen?« erwiderte Rick, genauso wütend – und voller Angst, was Henry sagen würde, wenn er zurückkam. Beide sahen jetzt zu der Frau hinüber, die sich mit ihnen im Raum befand.

»Du bist doch ihre Freundin«, sagte Billy.

Doris zitterte bereits und wünschte, sie könnte aus dem Zimmer rennen, aber das würde sie auch nicht in Sicherheit bringen. Ihre Hände flatterten, als Billy die drei Schritte auf sie zukam, und sie zuckte zusammen, versuchte aber gar nicht erst, dem Schlag auszuweichen, der sie zu Boden warf.

»*Schlampe.* Du sagst mir auf der Stelle, was du weißt!«

»Ich weiß gar nichts!« kreischte sie ihn an, während sie die brennende Stelle in ihrem Gesicht befühlte, wo sie geschlagen worden war. Sie sah mitleidheischend zu Rick hinüber, in dessen Gesicht sich aber nicht die geringste Regung zeigte.

»Du weißt doch was – also sag's mir lieber gleich jetzt«, meinte Billy. Er bückte sich, um ihre Shorts aufzuknöpfen, dann zog er den Gürtel aus seiner Hose. »Bring die anderen her«, befahl er Rick.

Doris erhob sich, ohne auf den Befehl zu warten. Sie war von der Taille abwärts nackt und weinte leise, während ihr Körper schon im voraus vor den Schmerzen erbebte, die bald kommen würden. Sie fürchtete sich sogar davor, sich zu ducken, denn sie wußte ja, daß sie nicht fliehen konnte. Sie war nirgends sicher. Die anderen Mädchen kamen langsam herein, sahen aber nicht in ihre Richtung. Sie hatte gewußt, daß Pam abhauen würde, aber das war alles, und als sie den Gürtel durch die Luft pfeifen hörte, war das einzig Befriedigende für sie, daß sie nichts preisgeben würde, das ihrer Freundin schaden könnte. So durchdringend der Schmerz war, Pam war die Flucht gelungen.

3 / In Gefangenschaft

Nachdem er die ganze Tauchausrüstung in die Werkstatt zurückverfrachtet hatte, schob Kelly einen zweirädrigen Handkarren auf den Kai, um die Lebensmittel zu verladen. Rosen bestand darauf, ihm zu helfen. Seine neuen Schrauben würden am nächsten Tag mit dem Boot ankommen, und der Chirurg schien es ohnehin nicht eilig zu haben, wieder mit seinem Boot hinauszufahren.
»Sie lehren also Chirurgie?« meinte Kelly.
»Schon seit acht Jahren, ja.« Rosen verteilte die Kartons gleichmäßig auf den Handkarren.
»Sie sehen nicht wie ein Chirurg aus.«
Rosen nahm das Kompliment gelassen hin. »Wir sind nicht alle Geiger. Mein Vater war Maurer.«
»Meiner war Feuerwehrmann.« Kelly schob die Lebensmittel auf den Bunker zu.
»Da wir gerade von Chirurgen reden...« Rosen deutete auf Kellys Brust. »An Ihnen haben sich einige gute versucht. Das da sieht nach was Schlimmem aus.«
Kelly hätte beinahe innegehalten. »Ja, da bin ich wirklich unvorsichtig gewesen. Nicht so schlimm, wie es aussieht; hat die Lunge nur gestreift.«
Rosen brummte. »Ich seh's. Muß Ihr Herz um fast sechs Zentimeter verfehlt haben. Keine große Sache.«
Kelly schaffte die Kartons in die Speisekammer. »Nett, mal mit jemandem zu reden, der was von der Sache versteht, Doc«, bemerkte er, während er innerlich bei der Erinnerung zusammenzuckte, wie das Geschoß ihn herumgewirbelt hatte. »Wie schon gesagt – unvorsichtig.«
»Wie lang sind Sie drüben gewesen?«
»Insgesamt? Vielleicht achtzehn Monate. Hängt davon ab, ob Sie die Zeit im Krankenhaus mitrechnen.«
»Sie haben da ein Ehrenkreuz der Navy an der Wand hängen. Haben Sie das dafür bekommen?«
Kelly schüttelte den Kopf. »Das war etwas anderes. Ich mußte in

den Norden, um jemand rauszuholen, einen A-6-Piloten. Ich wurde nicht verletzt, aber dafür sterbenskrank. Ich hab ein paar Kratzer abbekommen – wissen Sie – von den Dornen und so. Die haben sich dann durch das Flußwasser höllisch entzündet, können Sie sich das vorstellen? Drei Wochen Krankenhaus wegen so was. War schlimmer, als angeschossen zu werden.«

»Nicht gerade ein nettes Plätzchen, oder?« fragte Rosen, als sie die letzte Ladung holten.

»Es heißt, dort gebe es hundert verschiedene Schlangenarten. Neunundneunzig sind giftig.«

»Und die eine?«

Kelly gab dem Arzt einen Karton. »Die frißt deinen Hintern im ganzen.« Er lachte. »Nein, es hat mir dort nicht besonders gefallen. Aber es war mein Job, und ich hab diesen Piloten rausgekriegt, und der Admiral hat mich zum Chief gemacht und mir eine Medaille verschafft. Kommen Sie, ich zeig Ihnen meine Liebste.« Kelly winkte Rosen an Bord. Die Begehung dauerte fünf Minuten. Der Arzt bemerkte all die feinen Unterschiede. Alle Annehmlichkeiten waren vorhanden, aber nichts auf Hochglanz poliert. Der Mann, sah er, dachte rein geschäftsmäßig, und seine Karten waren alle brandneu. Kelly fischte für ihn noch ein Bier aus der Kühlbox und genehmigte sich selbst auch eins.

»Wie war's in Okinawa?« fragte Kelly mit einem Lächeln, während die beiden Männer sich gegenseitig taxierten, jeder offenbar sehr angetan von dem, was er sah.

Rosen zuckte die Schultern und knurrte vielsagend. »Knifflige Angelegenheit. Wir hatten viel zu tun, und die Kamikazes hielten das rote Kreuz auf unserem Schiff offenbar für eine verdammt gute Zielscheibe.«

»Sie haben gearbeitet, während die Sie unter Beschuß genommen haben?«

»Verletzte können nicht warten, Kelly.«

Kelly trank sein Bier aus. »Ich hätte lieber zurückgeschossen. Ich hol noch schnell Pams Sachen, dann können wir uns wieder den Segnungen der Klimaanlage hingeben.« Er ging nach achtern und hob ihren Rucksack auf. Rosen stand bereits auf dem Kai, und Kelly warf ihm den Rucksack zu. Der Arzt schaute zu spät auf, konnte ihn nicht mehr fangen, und das Gepäckstück landete auf dem Beton. Es fiel einiges heraus, und schon aus zehn Meter Entfernung sah Kelly augenblicklich, was los war, sogar noch bevor der Arzt den Kopf wenden konnte, um ihn anzusehen.

Da lag eine große braune Medizinflasche, aber ohne Etikett. Der Deckel hatte sich gelöst, und ein paar Kapseln waren herausgefallen. Es gibt Dinge, die einem augenblicklich klar werden. Kelly stieg langsam vom Boot auf den Kai. Rosen hob den Behälter auf und füllte die Kapseln wieder ein, bevor er den weißen Plastikdeckel zudrückte. Dann gab er ihn Kelly.

»Ich weiß, daß sie nicht dir gehören, John.«

»Was ist das, Sam?«

Seine Stimme hätte gar nicht nüchterner sein können. »Der Markenname lautet Quaalude. Methaqualon. Es ist ein Barbiturat, ein Beruhigungsmittel. Schlaftabletten. Wir benützen sie, um die Leute ins Traumland zu befördern. Ziemlich stark. Ein bißchen zu stark, wenn du mich fragst. Eine Menge Leute meinen, es sollte vom Markt genommen werden. Kein Etikett. Das ist nicht verschrieben worden.«

Kelly fühlte sich auf einmal müde und alt. Und auch irgendwie verraten. »So ist das also.«

»Du hast es nicht gewußt?«

»Sam, wir haben uns gerade erst kennengelernt – das ist jetzt nicht einmal vierundzwanzig Stunden her. Ich weiß überhaupt nichts von ihr.«

Rosen streckte sich und betrachtete einen Augenblick lang intensiv den Horizont. »Okay, jetzt werde ich mal den Arzt spielen, ja? Hast du je was mit Drogen zu tun gehabt?«

»Nein! Ich *hasse* das gottverdammte Zeug. Leute sterben daran!« Kelly platzte ungezügelt mit seiner Wut heraus, aber sie war nicht gegen Sam Rosen gerichtet.

Der Professor nahm den Ausbruch gelassen hin. Nun war er an der Reihe, sich geschäftsmäßig zu geben. »Immer mit der Ruhe. Die Leute werden abhängig von dem Zeug. Wie, spielt keine Rolle. Es hilft nichts, sich darüber aufzuregen. Jetzt atme erst mal ganz tief durch, laß es langsam raus.«

Das tat Kelly, und er brachte sogar ein Lächeln über diese ganze unmögliche Situation zustande. »Du klingst genau wie mein Vater.«

»Feuerwehrleute sind kluge Burschen.« Rosen verstummte. »Also gut, deine Bekannte mag ein Problem haben. Aber sie kommt mir sehr nett vor, und du scheinst mir ein Gemütsmensch zu sein. Also sollen wir das Problem angehen, oder nicht?«

»Ich schätze, das liegt an ihr«, bemerkte Kelly, während Bitterkeit sich in seine Stimme stahl. Er fühlte sich betrogen. Er hatte wieder sein Herz verloren, und nun mußte er sich der Tatsache stellen, daß er es wohl an Drogen verloren hatte, oder an das, was Drogen aus einer Persönlichkeit gemacht hatten. Vielleicht war alles nur vergeudete Zeit gewesen.

Nun wurde Rosen ein wenig streng. »Das stimmt, es liegt an ihr, aber vielleicht liegt es auch ein bißchen an dir, und wenn du dich jetzt wie ein Idiot benimmst, wirst du ihr damit nicht gerade helfen.«

Kelly war erstaunt, wie vernünftig der Mann sich anhörte, und das unter den gegebenen Umständen. »Du bist wohl ein ziemlich guter Arzt?«

»Ich bin ein verteufelt guter Arzt«, verkündete Rosen. »Das ist nicht mein Gebiet, aber Sarah ist da verdammt gut. Vielleicht habt ihr beide Glück. Sie ist kein schlimmes Mädchen, John. Etwas bedrückt sie. Sie ist wegen irgendwas nervös, falls du das noch nicht bemerkt hast.«

»Ja, schon, aber . . .« Und ein Teil von Kellys Gehirn sagte: *Siehst du!*

»Aber du hast hauptsächlich bemerkt, daß sie hübsch ist. Ich war auch mal zwanzig, John. Komm schon, wir haben vielleicht etwas Arbeit vor uns.« Er hielt inne und blickte auf Kelly. »Irgendwas kriege ich hier nicht mit. Was ist es?«

»Ich habe vor knapp einem Jahr meine Frau verloren«, erklärte Kelly in wenigen Worten.

»Und du hast gedacht, sie könnte vielleicht . . .«

»Ja, wahrscheinlich. Blödsinnig, nicht?« Kelly fragte sich, warum er so offen war. Warum sollte er Pam nicht einfach tun lassen, was sie wollte? Aber das war keine Antwort. Wenn er das tat, dann würde er sie bloß für seine eigennützigen Bedürfnisse benützen und sie fallenlassen, wenn der Lack ab war. Bei all den Wendungen, die sein Leben im vergangenen Jahr genommen hatte, wußte er, daß er das nicht tun konnte, nicht auch einer von diesen Männern sein konnte. Er ertappte Rosen dabei, wie dieser ihn intensiv anstarrte.

Rosen schüttelte weise sein Haupt. »Wir sind alle verletzbar. Du hast die Ausbildung und die Erfahrung, um mit deinen Problemen fertig zu werden. Sie nicht. Also komm, wir haben einiges an Arbeit vor uns.« Rosen packte mit seinen großen, zarten Händen den Handkarren und schob ihn zum Bunker hinüber.

Die kühle Luft drinnen brachte sie überraschend schnell auf den Boden der Tatsachen. Pam versuchte, Sarah zu unterhalten, hatte aber keinen Erfolg damit. Vielleicht hatte Sarah es den ungewohnten Umständen zugeschrieben, aber Ärzte sind im Geiste ununterbrochen bei der Arbeit, und mittlerweile betrachtete sie die Person, die da vor ihr saß, mit professionellem Interesse. Als Sam ins Wohnzimmer trat, wandte Sarah sich um und warf ihm einen Blick zu, den Kelly sofort verstand.

»Und, na ja, dann bin ich mit sechzehn von zu Hause abgehauen«, sagte Pam gerade mit eintöniger Stimme, die mehr verriet, als sie ahnte. Auch sie sah sich um, und ihr Blick blieb sofort an dem Rucksack in Kellys Händen hängen. Ihre Stimme hatte einen überraschend spröden Unterton, der Kelly bisher noch nie aufgefallen war.

»Oh, toll. Ich brauch was von den Sachen.« Sie kam herüber, nahm Kelly den Rucksack aus den Händen und steuerte dann auf das Schlafzimmer zu. Kelly und Rosen sahen ihr nach, dann gab Sam den Plastikbehälter seiner Frau. Sie brauchte nur einen Blick darauf zu werfen.

»Ich hatte keine Ahnung«, sagte Kelly in dem Bedürfnis, sich zu verteidigen. »Ich hab nicht gesehen, daß sie was genommen hat.« Er versuchte sich an die Zeiten zu erinnern, wo sie nicht in seinem Blickfeld gewesen war, und kam zu dem Schluß, daß sie wohl zwei- oder dreimal Pillen geschluckt haben könnte; da wurde ihm erst klar, wo sie ihren Schlafzimmerblick her hatte.

»Sarah?« fragte Sam.

»Dreihundert Milligramm. Dürfte kein besonders schwerer Fall sein, aber sie braucht auf jeden Fall Beistand.«

Pam kam ein paar Sekunden später wieder ins Zimmer und sagte Kelly, sie hätte etwas auf dem Boot vergessen. Ihre Hände zitterten nicht, aber nur, weil sie sie verschränkt hielt, um sie stillzuhalten. Es war alles so klar, wenn man erst mal wußte, worauf man zu achten hatte. Sie versuchte sich zu beherrschen, was ihr fast gelang, aber Pam war eben doch keine Schauspielerin.

»Ist es das?« fragte Kelly, die Flasche in der Hand. Die Reaktion auf seine schroffe Frage war wie ein wohlverdienter Messerstich direkt ins Herz.

Pam antwortete eine Weile gar nichts. Ihr Blick heftete sich auf den braunen Plastikbehälter, und Kelly sah zunächst nichts als diesen plötzlichen, hungrigen Ausdruck, als würden ihre Gedanken bereits nach der Flasche langen, eine oder mehr Tabletten herausgreifen und sich auf das freuen, was ihr das verdammte Zeug gab, wobei sie sich um die andern im Zimmer nicht kümmerte, ja sie nicht einmal wahrnahm. Dann packte sie die Scham, die Erkenntnis, daß das Bild, das sie den anderen hatte vermitteln wollen, jäh auseinanderfiel. Doch am schlimmsten war, daß ihr Blick, nachdem er Sam und Sarah gestreift hatte, sich wieder auf Kelly richtete und zwischen seiner Hand und seinem Gesicht hin und her flatterte. Zuerst stritten

Gier und Scham miteinander, doch die Scham gewann, und als sich ihr Blick in den seinen bohrte, hatte sie den Gesichtsausdruck eines Kindes, das bei einem bösen Streich ertappt worden ist. Das aber reifte zu etwas anderem, als sie sah, daß etwas, was Liebe hätte werden können, sich quasi zwischen zwei Herzschlägen in Verachtung und Abscheu verwandelte. Ihr Atem veränderte sich augenblicklich, wurde schneller, dann unregelmäßig, als das Schluchzen einsetzte und sie erkannte, daß sie sich selbst in ihrem Innersten am meisten verabscheute, denn auch eine Drogenabhängige muß nach innen schauen, sich aber überdies durch die Augen anderer zu betrachten, macht die Sache noch um einiges grausamer.

»Es t-t-tut mir leid, Kel-el-ly. Ich hab dir nicht gesagt...« versuchte sie zu stammeln, während sie regelrecht in sich zusammenfiel. Pam schien vor den Augen der anderen zusammenzuschrumpfen, als sie ihre vermeintliche Chance sich in Luft auflösen sah, und hinter dieser sich verflüchtigenden Wolke war nur Verzweiflung. Pam wandte sich schluchzend ab, denn sie konnte dem Mann, den sie zu lieben begonnen hatte, nicht mehr in die Augen sehen.

John Terrence Kelly mußte sich nun entscheiden. Er konnte sich betrogen fühlen, oder er konnte ihr das gleiche Mitgefühl entgegenbringen, das sie vor nicht einmal zwanzig Stunden ihm bekundet hatte. Ihr Blick gab den Ausschlag, diese ihr ins Gesicht geschriebene Scham. Er konnte nicht einfach nur so dastehen. Er mußte etwas tun, sonst würde sein eigenes stolzes Selbstbild sich ebenso schnell und unaufhaltsam auflösen wie ihres.

Nun füllten sich auch Kellys Augen mit Tränen. Er ging zu ihr, schlang die Arme um sie, damit sie nicht umkippte, wiegte sie wie ein Kind und zog ihren Kopf an seine Brust, denn jetzt war es an der Zeit, für sie stark zu sein. Jeder andere Gedanke mußte jetzt erst einmal zurückstehen, und selbst der widerstrebende Teil seines Verstandes weigerte sich, in diesem Augenblick sein *Ich hab's dir ja gesagt* zu krächzen, denn er hielt einen Menschen in den Armen, der verletzt worden war, und es war für solche Zweifel gerade wirklich nicht der richtige Moment. Ein paar Minuten standen sie so zusammen, während die anderen mit einer Mischung aus persönlichem Unbehagen und professioneller Gelassenheit zusahen.

»Ich hab's versucht«, sagte sie auf einmal. »Ich hab's wirklich – aber ich hatte solche Angst.«

»Ist schon gut«, beruhigte Kelly, der nicht genau verstanden hatte, wovon sie eigentlich sprach. »Du bist für mich dagewesen, und nun bin ich an der Reihe, für dich dazusein.«

»Aber...« Wieder fing sie zu schluchzen an, und sie brauchte etwa eine Minute, bis sie darüber hinweg war. »Ich bin nicht das, für was du mich hältst.«

Kelly ließ ein Lächeln sich in seine Stimme stehlen, während er auch diese zweite Warnung außer acht ließ. »Du weißt doch gar nicht, für was ich dich halte, Pammy. Es ist okay. Wirklich.« Er hatte sich so stark auf das Mädchen in seinen Armen konzentriert, daß er gar nicht bemerkt hatte, wie Sarah Rosen neben ihn getreten war.

»Pam, wie wär's, wenn wir einen kleinen Spaziergang machen?« Pam nickte zustimmend, und Sarah führte sie nach draußen. Kelly sah zu Sam hinüber.

»Du bist doch ein ziemlich guter Mensch«, verkündete Rosen, zufrieden mit seiner früheren Diagnose von Kellys Charakter. »Kelly, wie weit ist es zum nächsten Ort mit einer Apotheke?«

»Solomons wahrscheinlich. Sollte sie nicht in ein Krankenhaus?«

»Ich lasse Sarah darüber entscheiden, aber ich vermute, es ist nicht nötig.«

Kelly sah auf die Flasche hinunter, die er noch immer in der Hand hielt. »Also, ich werde dieses verdammte Zeug in der Versenkung verschwinden lassen.«

»Nein!« herrschte Rosen ihn an. »Ich nehme sie an mich. Die Dinger haben Seriennummern. Die Polizei kann herausbekommen, welche Lieferung da auf Abwege gebracht worden ist. Ich werde sie auf meinem Boot einschließen.«

»Und was machen wir jetzt?«

»Wir warten ein bißchen.«

Sarah und Pam kehrten zwanzig Minuten später zurück und hielten sich wie Mutter und Tochter an den Händen. Pam trug den Kopf wieder oben, aber in ihren Augen glitzerte es noch immer verdächtig.

»Wir haben hier eine Siegerin, Leute«, verkündete Sarah. »Sie hat es schon einen Monat lang ganz allein versucht.«

»Sie sagt, es sei nicht schwer«, meinte Pam.

»Wir können es ungeheuer erleichtern«, versicherte ihr Sarah. Sie gab ihrem Mann eine Liste. »Mach eine Drogerie ausfindig. John, setz dein Boot in Bewegung. Jetzt gleich.«

»Was passiert jetzt?« fragte Kelly dreißig Minuten und fünf Meilen später. Solomons zeichnete sich bereits als braungrüne Linie am nordwestlichen Horizont ab.

»Die Behandlung ist eigentlich recht einfach. Wir geben ihr eine Mindestdosis Barbiturate und entwöhnen sie langsam.«

»Du gibst ihr Drogen, um sie von Drogen runterzubekommen?«
»Genau.« Rosen nickte. »So wird's gemacht. Der Körper braucht Zeit, um die Rückstände im Gewebe herauszuspülen. Er wird von dem Zeug abhängig, und wenn du versuchst, sie zu rasch zu entwöhnen, kann es zu schlimmen Reaktionen kommen, Krämpfe und so. Manche Leute sterben daran.«

»Was?« sagte Kelly aufgeschreckt. »Ich versteh nichts von dem allen, Sam.«

»Wie solltest du? Das ist unser Job, Kelly. Sarah meint, es wäre in diesem Fall kein Problem. Entspann dich, John. Es werden –« Rosen nahm die Liste aus seiner Tasche – »ja, das hab ich mir gedacht, es werden Phenobarbiturate verabreicht, um die Entzugserscheinungen zu mildern. Schau, du bist für das Steuern des Bootes zuständig, nicht?«

»Ja«, sagte Kelly im Umdrehen und wußte schon, was als nächstes kam.

»Dann macht jetzt jeder von uns seinen Job. Einverstanden?«

Dem Mann war nicht sehr nach Schlaf zumute. Die Männer von der Küstenwache mußten es einsehen, ob es ihnen nun gefiel oder nicht. Bevor sie Gelegenheit gehabt hatten, sich von den Strapazen des vergangenen Tages zu erholen, war er auch schon wieder auf, trank Kaffee im Besprechungsraum und überprüfte zum soundsovielten Mal die Karten, während er mit der freien Hand Kreise einzeichnete, die er mit dem Kurs des Einsatzbootes verglich, so wie er ihn noch im Kopf hatte.

»Wie schnell ist ein Segelboot?« fragte er den verärgerten und gereizten Quartermaster Erster Klasse Manuel Oreza.

»Das? – Nicht sehr schnell, mit einer leichten Brise und ruhiger See vielleicht fünf Knoten oder etwas mehr, wenn der Skipper geschickt und erfahren ist. Als Faustregel gilt: eins Komma drei mal die Quadratwurzel der Länge der Wasserlinie ergibt die Bootsgeschwindigkeit, das heißt also für unser Objekt fünf oder sechs Knoten.« Und er hoffte, der Zivilist würde gebührend beeindruckt sein von dieser Kostprobe nautischen Grundwissens.

»Letzte Nacht war es windig«, bemerkte der Beamte mürrisch.

»Ein kleines Boot kommt bei kabbeliger See nicht schneller, sondern langsamer voran. Weil es viel Zeit für die Auf- und Abbewegung vertut, statt Fahrt zu machen.«

»Und wie ist es Ihnen dann entkommen?«

»Es ist nicht *mir* entkommen, verstanden?« Oreza war sich nicht klar, wer dieser Kerl war oder was für einen hohen Rang er in Wirklichkeit bekleidete, aber er hätte so eine Zurückweisung selbst von einem echten Offizier nicht hingenommen – aber ein echter Offizier hätte ihn auch nicht so angefahren; ein echter Offizier hätte zugehört und verstanden. Der Unteroffizier holte tief Luft und hoffte, nur dieses eine Mal, es wäre ein Offizier hier, um die Dinge zu klären. Zivilisten hörten auf Offiziere, was viel über die Intelligenz von Zivilisten aussagte. »Sehen Sie, Sir, Sie haben angeordnet, es ruhig anzugehen, oder etwa nicht? Ich habe Ihnen *ausdrücklich* gesagt, daß wir ihn in dem Chaos durch den Sturm verlieren würden, und das haben wir ja dann auch. Diese alten Radargeräte, die wir hier verwenden, sind bei schlechtem Wetter keinen Cent wert, zumindest nicht mit einer Nußschale wie dieser Jolle als Ziel.«

»Das haben Sie bereits gesagt.«

Und ich werde es weiterhin sagen, so oft, bis du es kapierst, konnte Oreza sich gerade noch verkneifen, da er einen warnenden Blick von Mr. English auffing. Portagee holte tief Luft und sah statt dessen auf die Karte.

»Also, wo vermuten Sie ihn?«

»Zum Teufel, die Bucht ist nicht sehr groß, also muß man sich um zwei Küstenlinien kümmern. Die meisten Häuser haben ihre eigenen kleinen Anlegestellen, und dann gibt es alle diese Zuflüsse. Wenn ich er wäre, würde ich so einen Wasserlauf hochfahren. Ein besseres Versteck als eine Anlegestelle, hab ich recht?«

»Und damit wollen Sie mir sagen, daß er auf und davon ist«, bemerkte der Zivilist finster.

»Todsicher«, bestätigte Oreza.

»Da drin stecken drei Monate Arbeit. *Monate!*«

»Ich kann's auch nicht ändern, Sir.« Der Mann von der Küstenwache verstummte kurz. »Schauen Sie, er ist wahrscheinlich eher nach Osten als nach Westen, verstehen Sie? Besser vor dem Wind laufen, als ihn gegen sich zu haben. Das ist die gute Nachricht. Das Problem ist nur, ein so kleines Boot läßt sich an Land ziehen und auf einen Anhänger laden. Verdammt, es könnte jetzt schon in Massachusetts sein.«

Der Zivilist blickte von der Karte auf. »Oh, genau das habe ich hören wollen!«

»Sir, wollen Sie, daß ich Sie anlüge?«

»Drei Monate!«

Er kann einfach nicht lockerlassen, dachten Oreza und English gleichzeitig. Das mußte erst gelernt werden. Manchmal nahm sich die See einfach etwas, da konnte sich einer noch so sehr die Augen ausgucken; meistens wurde es wieder gefunden, aber eben nicht immer, und dann mußte man der See ihre Beute lassen. Auch die beiden Männer hatten sich nie so richtig daran gewöhnen können, aber so lagen die Dinge nun mal.

»Vielleicht können Sie ein bißchen Hubschrauberunterstützung ranpfeifen. Die Navy hat 'ne ganze Ladung von den Dingern am Pax River«, warf English ein. Unter anderem würde der Mann sich dann nicht mehr auf seinem Wachboot herumtreiben, ein Ziel, das beträchtlichen Aufwand wert war, wenn man bedachte, was er English und seinen Männern für Unannehmlichkeiten bereitete.

»Wollen Sie mich loswerden?« fragte der Mann mit einem verkniffenen Lächeln.

»Wie bitte, Sir?« erwiderte English unschuldig. *Schade,* dachte der Stationskommandant, *daß der Mann doch kein kompletter Dummkopf ist.*

Kelly legte nach sieben wieder an seinem Kai an. Er überließ es Sam, die Medikamente an Land zu tragen, während er einige Schutzhüllen über seine Bordinstrumente warf und sein Boot für die Nacht fertigmachte. Die Rückfahrt von Solomons war schweigsam gewesen. Sam Rosen konnte einem Dinge gut erklären, und Kelly konnte gut Fragen stellen. Was es zu erfahren gab, hatte er auf dem Hinweg aufgeschnappt, und auf dem Rückweg war er die meiste Zeit mit seinen Gedanken allein gewesen und hatte sich gefragt, was er tun würde, wie er handeln sollte. Das waren nicht leicht zu beantwortende Fragen, und die Tatsache, daß er sich aufs Steuern konzentrieren mußte, trug nicht eben zu ihrer Lösung bei, obwohl er sich das eigentlich erhofft hatte. Er nahm sich mehr Zeit als nötig, um die Vertäuungen zu inspizieren, und ging die gleiche Prozedur auch beim Boot des Arztes durch, bevor er nach drinnen ging.

Die Lockheed DC-130E Hercules flog deutlich über der niederen Wolkendecke und glitt so sanft und stetig dahin wie in allen 2354 Stunden, die der Flugschreiber gezählt hatte, seit sie vor einigen Jahren die Fertigungshallen von Lockheed in Marietta, Georgia, verlassen hatte. Es sah alles nach einem angenehmen Tag in der Luft aus. In der geräumigen Kanzel beobachteten die vier Mitglieder der Crew pflichtgemäß die klare Luft und ihre zahlreichen Instrumente. Die vier Turbo-Prop-Motoren brummten mit gewohnter Zuverlässigkeit und vermittelten dem Flugzeug ein ständiges hochtouriges

Vibrieren, das sich durch die bequemen Pilotensessel mit den hohen Lehnen übertrug und stehende, kreisförmige Wellen in den Styroporbechern mit Kaffee erzeugte. Alles in allem herrschte eine völlig normale Atmosphäre. Doch jeder, der das Flugzeug von außen sah, wußte es besser. Die Hercules gehörte zum 99. Strategischen Aufklärungsgeschwader.

Neben den äußeren Motoren an jeder Tragfläche der Hercules hing noch je ein zusätzlicher Flieger. Es waren Modell-147SC-Drohnen. Ursprünglich als Hochgeschwindigkeitsziele mit der Bezeichnung »Feuerbiene«-II entworfen, trugen sie nun die informelle Bezeichnung »Büffeljäger«. Im rückwärtigen Laderaum der DC-130E befand sich eine zweite Mannschaft, die nun die Miniflieger bereitmachte, nachdem sie sie vorher für eine Mission programmiert hatte, die so geheim war, daß im Grunde keiner von der Mannschaft wußte, worum es eigentlich ging. Das mußten sie auch nicht. Für sie ging es nur darum, den Drohnen einzugeben, was sie tun und wann sie es tun sollten. Der Cheftechniker, ein dreißigjähriger Sergeant, hatte einen Vogel mit dem Codenamen Cody-193 zu betreuen. Sein Sitzplatz gestattete es ihm, sich umzudrehen und durch ein kleines Guckloch seinen Vogel direkt zu inspizieren, was er auch tat, obwohl das gar nicht nötig war. Der Sergeant liebte die Dinger, wie ein Kind ein besonders unterhaltsames Spielzeug liebt. Er hatte seit zehn Jahren am Drohnenprojekt gearbeitet, und diese eine war schon einundsechzigmal geflogen. Das war ein Rekord auf diesem Gebiet.

Cody-193 besaß eine ehrenwerte Ahnenreihe. Seine Hersteller, Teledyne-Ryan aus San Diego, Kalifornien, hatten Charles Lindberghs *Spirit of St. Louis* gebaut, aber die Firma hatte es nie ganz geschafft, aus diesem Kapitel der Luftfahrtgeschichte Profit zu machen. Nachdem sie sich von einem Vertrag zum anderen durchgewurstelt hatte, war sie schließlich durch die Herstellung von Zielobjekten finanziell ins Lot gekommen. Mit irgendwas mußten Kampfbomber schließlich das Zielen üben. Und genau das war die Feuerbienen-Drohne ursprünglich gewesen: ein Miniaturdüsenflugzeug, dessen Bestimmung es war, durch die Hände eines Kampfpiloten einen ehrenvollen Tod zu sterben – nur hatte der Sergeant die Dinge immer ein wenig anders betrachtet. Er war Drohnentechniker, und deshalb fand er, seine Aufgabe bestünde darin, es diesen aufgeblasenen Adlern einmal richtig zu zeigen, indem er »seinen« Vogel so fliegen ließ, daß sie mit ihren Geschossen nichts weiter trafen als pure Luft. Ja, die Kampfpiloten hatten gelernt, seinen Namen zu verfluchen, obwohl die Anstandsregeln der Luftwaffe auch verlangten, ihm für jede nicht abgeschossene Drohne eine Flasche Schnaps zu spendieren. Dann war vor ein paar Jahren jemandem aufgefallen, daß eine Feuerbienen-Drohne, wenn sie für die eigenen Leute schon so schwer zu treffen war, auch für andere kein einfaches Ziel bieten dürfte, die aus ernsteren Gründen auf ein Flugzeug feuerten als dem jährlichen Wilhelm-Tell-Wettbewerb. Auch den Mannschaften der bodennahen Aufklärungsflugzeuge hatte sie die Arbeit sehr viel leichter gemacht.

Der Motor von Cody-193 lief auf vollen Touren, während sie an ihrer Strebe hing und dem Mutterflugzeug sogar noch zu ein paar Knoten Fluggeschwindigkeit mehr verhalf. Der Sergeant warf ihr einen letzten Blick zu. Einundsechzig kleine Fallschirmsymbole waren knapp vor der Tragfläche auf die linke Seite gemalt, und mit ein bißchen Glück würde er in ein paar Tagen das zweiundsechzigste hinpinseln. Obwohl er sich über die genaue Art seines Auftrags nicht ganz im klaren war, war das Überbieten des Rekords Ansporn genug für ihn, bei der Vorbereitung seines Lieblingsspielzeugs auf den laufenden Wettbewerb äußerste Sorgfalt walten zu lassen.

»Paß auf dich auf, Baby«, flüsterte der Sergeant, als die Drohne ausklinkte. Cody-193 war auf sich allein gestellt.

Sarah hatte ein leichtes Abendessen auf dem Herd. Kelly roch es, noch bevor er die Tür aufmachte. Er trat ein und sah Rosen im Wohnzimmer sitzen.

»Wo ist Pam?«

»Wir haben ihr Medikamente gegeben«, antwortete Sam. »Sie dürfte jetzt schlafen.«

»Sie schläft«, bestätigte Sarah, die auf dem Weg in die Küche durch das Zimmer kam. »Ich hab gerade nachgesehen. Das arme Ding ist erschöpft; sie hat einige Zeit keinen Schlaf gehabt. Das setzt ihr jetzt zu.«

»Aber wenn sie doch Schlaftabletten genommen hat ...«

»John, der Körper reagiert merkwürdig auf das Zeug«, erklärte Sam. »Er kämpft dagegen an, oder er versucht es wenigstens, während er gleichzeitig davon abhängig wird. Das Schlafen wird ihr für eine Weile ganz schön Probleme bereiten.«

»Da ist noch etwas«, berichtete Sarah. »Sie hat furchtbare Angst vor etwas, aber was es ist, will sie nicht sagen.« Sie verstummte, dann entschied sie, daß Kelly davon wissen sollte. »Sie ist mißbraucht worden, John. Ich hab nicht danach gefragt – eins nach dem anderen –, aber jemand hat ihr schwer zugesetzt.«

»Oh?« Kelly sah vom Sofa hoch. »Was meinst du damit?«
»Ich meine, sie ist sexuell belästigt worden«, sagte Sarah mit ruhiger, berufsmäßiger Stimme, die im krassen Widerspruch zu ihren persönlichen Gefühlen stand.
»Du meinst, vergewaltigt?« fragte Kelly leise, während sich seine Armmuskeln anspannten.
Sarah nickte, unfähig, ihre Empörung länger zu verbergen. »So gut wie sicher. Wahrscheinlich nicht nur einmal. Es gibt auch Spuren von Gewalteinwirkung an Rücken und Gesäß.«
»Das habe ich nicht bemerkt.«
»Du bist kein Arzt«, beschied ihn Sarah. »Wie habt ihr euch kennengelernt?«
Kelly erzählte es ihr, während er sich an den Blick in Pams Augen erinnerte. Nun wußte er, woher er gekommen sein mußte. Warum war ihm das nicht aufgefallen? Warum waren ihm eine Menge Dinge nicht aufgefallen? Kelly packte die kalte Wut.
»Also hat sie auszureißen versucht... Ich frage mich, ob derselbe Mann sie auf Barbiturate gesetzt hat«, meinte Sarah. »Wirklich feiner Kerl, wer es auch war.«
»Du meinst, irgend jemand hat sie in die Mangel genommen und drogenabhängig gemacht?« fragte Kelly. »Aber warum?«
»Kelly, krieg das jetzt bitte nicht in den falschen Hals... aber sie könnte eine Prostituierte gewesen sein. Zuhälter machen sich Mädchen auf die Art gefügig.« Sarah Rosen haßte sich selbst für ihre Worte, aber es war ihre berufliche Pflicht, und Kelly mußte Bescheid wissen. »Sie ist jung, hübsch und aus einer gestörten Familie ausgerissen. Der körperliche Mißbrauch, die Unterernährung, das paßt alles ins Bild.«
Kelly sah zu Boden. »Aber sie ist nicht so eine. Ich versteh das nicht.« Aber irgendwie verstand er doch, sagte er sich, als er zurückdachte. Die Art, wie sie sich an ihn geschmiegt und ihn an sich gezogen hatte. Wieviel davon war nur eingeübt und wieviel echtes menschliches Gefühl gewesen? Es war eine Frage, die er sich nicht stellen wollte. Wie sollte er sich verhalten? Seinem Verstand folgen? Seinem Herzen folgen? Und wohin mochte das führen?
»Sie kämpft dagegen an, John, sie ist zäh.« Sarah setzte sich Kelly gegenüber. »Sie ist seit mehr als vier Jahren auf der Straße gewesen, hat Gott weiß was gemacht, aber etwas in ihr will nicht aufgeben. Aber sie schafft es nicht allein. Sie braucht dich. Ich muß dich jetzt etwas fragen.« Sarah blickte ihn scharf an. »Bist du bereit, ihr zu helfen?«

Kelly sah auf; seine blauen Augen waren eiskalt, während er sich über seine wahren Gefühle klarzuwerden suchte. »Euch geht das alles sehr nahe, nicht?«

Sarah nahm einen Schluck von ihrem Drink. Sie war eine eher plumpe Frau, klein und übergewichtig. Ihr schwarzes Haar hatte seit Monaten keinen Friseur mehr gesehen. Sie war ganz die Art von Frau, die sich den Haß männlicher Fahrer zuzieht, wenn sie hinter dem Steuer eines Wagens sitzt. Aber sie sprach mit eindringlicher Leidenschaft, und über ihre Intelligenz hatte ihr Gastgeber schon lange keine Zweifel mehr. »Hast du eine Ahnung, wie schlimm es derzeit steht? Vor zehn Jahren war Drogenmißbrauch so selten, daß ich kaum damit zu tun gehabt habe. Sicher, ich hab davon *gewußt*, hab die einschlägigen Artikel gelesen, und hin und wieder hatten wir mal einen Heroinfall. Nicht sehr viele. Bloß ein Problem der Schwarzen, dachten die Leute. Da hat sich im Grunde niemand einen Dreck drum gekümmert. Jetzt müssen wir für diesen Fehler bezahlen. Falls du es noch nicht bemerkt hast, das hat sich alles geändert – und es ist praktisch über Nacht eingetreten. Außer dem Projekt, an dem ich zur Zeit arbeite, habe ich rund um die Uhr mit Jugendlichen zu tun, die sich mit Drogenproblemen herumschlagen. Ich bin dafür nicht ausgebildet worden. Ich bin *Wissenschaftlerin*, Expertin für Abwehrreaktionen, chemische Verbindungen, dafür, wie wir neue Medikamente entwickeln können, um bestimmte Wirkungen zu erzielen – aber inzwischen muß ich fast meine ganze Zeit mit klinischer Arbeit verbringen und versuchen, Kinder am Leben zu erhalten, die so gerade eben ihre ersten Erfahrungen mit dem Biertrinken machen sollten, aber statt dessen ihren Organismus voller chemischer *Scheiße* haben, die niemals aus einem gottverdammten Labor hätte rauskommen sollen!«

»Und es wird schlimmer werden«, bemerkte Sam gedrückt.

Sarah nickte. »O ja, als nächstes wird Kokain groß rauskommen. Sie braucht dich, John«, sagte Sarah nochmals und beugte sich dabei vor. Es schien, als hätte sie sich mit einer eigenen Gewitterwolke voller elektrischer Energie umgeben. »Du solltest verdammt noch mal für sie dasein, Junge. Sei für sie da! Irgend jemand hat sie beschissen behandelt, aber sie *kämpft*! In ihr steckt eine Persönlichkeit.«

»Ja, Madam«, sagte Kelly ergeben. Er sah auf und lächelte, jetzt nicht mehr verwirrt. »Falls du Bedenken hattest, das habe ich schon vor einer Weile entschieden.«

»Gut«, nickte Sarah kurz angebunden.

»Was soll ich zuerst tun?«

»Vor allem braucht sie Ruhe, gutes Essen und Zeit, um die Barbiturate aus ihrem Organismus zu spülen. Wir werden ihr Phenobarbiturate als Ersatz geben, für den Fall, daß sie Entzugserscheinungen bekommt – ich rechne eigentlich nicht damit. Ich habe sie untersucht, während ihr beide weg wart. Körperlich hat sie nicht so sehr mit der Sucht als vielmehr mit Erschöpfung und Unterernährung zu kämpfen. Sie müßte zehn Pfund mehr wiegen als zur Zeit. Sie dürfte den Entzug ziemlich gut überstehen, wenn wir ihr in anderer Weise beistehen.«

»Damit bin wohl ich gemeint?« fragte Kelly.

»Das ist ein wichtiger Teil des Ganzen.« Sie schaute zur offenen Schlafzimmertür hinüber und seufzte, während sie sich langsam entspannte. »Nun, bei ihrer gegenwärtigen Konstitution wird das Phenobarbiturat sie wahrscheinlich für den Rest der Nacht ruhigstellen. Morgen fangen wir an, sie zu füttern und in Form zu bringen. Doch einstweilen können wir uns selber ein bißchen aufpäppeln.«

Das Tischgespräch kreiste bewußt um andere Themen, und Kelly merkte auf einmal, daß er einen längeren Vortrag über die Bodenbeschaffenheit der Chesapeake Bay hielt, um dann alles zum besten zu geben, was er von guten Angelstellen wußte. Bald wurde beschlossen, daß seine Gäste noch bis zum Montagabend bleiben sollten. Das Essen zog sich hin, und es war fast zehn Uhr, als sie vom Tisch aufstanden. Kelly räumte ab, dann betrat er lautlos sein Schlafzimmer, wo er Pam leise atmen hörte.

Der Büffeljäger, der nur gute vier Meter lang war und lächerliche 3065 Pfund wog – davon fast die Hälfte Treibstoff –, bewegte sich auf den Boden zu, während er auf die Ausgangsgeschwindigkeit von über vierhundert Knoten beschleunigte. Der Navigationscomputer zeichnete Flugzeit und -höhe nur beschränkt auf. Die Drohne war darauf programmiert, einer bestimmten Flugbahn und Höhe zu folgen. Es war alles peinlichst genau auf Systeme ausgerichtet, die, gemessen an späteren Maßstäben, geradezu jämmerlich primitiv waren. Dennoch sah Cody-193 recht schnittig aus. Das Profil mit der vorstehenden Nase und dem darunter angebrachten Lufteinsaugstutzen besaß auffallende Ähnlichkeit mit einem Blauhai – die Jungs in der Heimat malten oft noch eine Reihe angriffslustiger Zähne dazu. In diesem besonderen Fall sollte ein neuartiger Anstrich – unten stumpf weiß und oben braun und grün gesprenkelt – die Drohne sowohl vom Boden wie aus der Luft schwer aufspürbar machen. Sie hatte auch eine »Tarnkappe« – ein Begriff, der noch nicht erfunden worden war. Die Tragflächen waren mit radarabsorbierendem Material beschichtet, und der Lufteinsaugstutzen war so abgeschirmt, daß er die von den wirbelnden Turbinenblättern reflektierten Radarstrahlen abschwächte.

Cody-193 überquerte um 11 Uhr 41 Minuten und 38 Sekunden Ortszeit die Grenze zwischen Laos und Vietnam. Sie blieb im Sinkflug, bis sie sich in knapp zweihundert Meter Höhe parallel zum Boden ausrichtete und in nordöstlicher Richtung weiterflog, allerdings etwas langsamer wegen der dichteren Luft in dieser Bodennähe. Wegen ihrer geringen Flughöhe und Größe war die flinke Drohne sehr schwer zu treffen, ganz ausschließen konnte man diese Möglichkeit dennoch nicht. Tatsächlich wurde sie auch von vorgeschobenen Geschützstellungen des dichten und ausgeklügelten nordvietnamesischen Luftabwehrnetzes angepeilt. Die Drohne flog direkt auf eine kürzlich eingerichtete, doppelte 37-mm-Maschinengewehrbatterie zu, deren wachsame Mannschaft ihre Lafette rasch genug herumschwang, um zwanzig Schuß auf sie abzugeben, wovon drei das winzige Objekt nur um Zentimeter verfehlten. Cóby-193 registrierte das nicht, änderte nicht den Kurs und wich dem Gewehrfeuer auch nicht aus. Ohne Gehirn, ohne Augen zog sie weiter ihre Bahn, ganz so wie eine Spielzeugeisenbahn unter einem Weihnachtsbaum, während deren frischgebackener Besitzer in der Küche frühstückt. Sie wurde natürlich überwacht; ein EC-121 Warning Star spürte die 193 aus der Entfernung mittels eines codierten Radarsenders auf der Rückenflosse auf.

»Weiter so, Baby«, flüsterte ein Major, während er seinen Radarschirm beobachtete. Er wußte über die Mission Bescheid, wußte, wie wichtig sie war und warum niemand sonst davon wissen durfte. Neben ihm lag der Ausschnitt einer topographischen Landkarte. Die Drohne drehte an der richtigen Stelle nach Norden, sank auf hundert Meter, als sie das richtige Tal fand, und folgte einem kleinen Flußlauf. Die Leute, die sie programmiert hatten, verstanden jedenfalls etwas von ihrem Geschäft, dachte der Major.

Die 193 hatte mittlerweile ein Drittel ihres Treibstoffs verbrannt und verbrauchte nun die restliche Menge in der geringen Höhe sehr rasch, als sie unterhalb der von ihr ungesehenen Hügelrücken links und rechts dahinflog. Die Programmierer hatten ihr Bestes getan, aber dann gab es doch noch einen brenzligen Moment, als ein Windstoß sie nach rechts abdrängte, bevor der Autopilot korrigieren konnte, und die 193 einen ungewöhnlich hohen Baum um gerade mal 20 Meter verfehlte. Genau auf dem Hügel saßen zwei Milizposten, schossen ihre Gewehre auf sie ab, aber wieder verfehlten die Patronen ihr Ziel. Einer der beiden stürzte den Hügel hinunter zu einem Telefon, aber sein Kamerad rief ihn zurück, als die 193 blind weiterflog. Bis der Anruf entgegengenommen werden würde, wäre das feindliche Flugzeug schon längst über alle Berge, und außerdem hatten sie ihre Pflicht ja erfüllt, indem sie es beschossen hatten. Er machte sich Sorgen, wo ihre Geschosse wohl gelandet waren, aber dafür war es jetzt zu spät.

Oberst Robin Zacharias von der U.S. Air Force ging über den dreckigen Boden dessen, was zu anderen Zeiten und unter anderen Umständen vielleicht ein Aufmarschgelände genannt werden konnte, aber hier fanden keine Aufmärsche statt. Seit sechs Monaten war er ein Gefangener, jeder neue Tag war ein Kampf und konfrontierte ihn mit einem Elend, das schrecklicher und hoffnungsloser war als alles, was er sich je hatte vorstellen können. Er war auf seiner 89. Mission schon auf dem Heimflug abgeschossen worden. Eine voll und ganz erfolgreiche Mission, die durch reines Pech zu einem blutigen Ende gebracht worden war. Schlimmer noch, sein »Bär« war tot. Womöglich hat er das glücklichere Los gezogen, dachte der Colonel, als er von zwei kleinen, unfreundlichen Männern mit Gewehren über das Gelände geführt wurde. Die Arme hatte man ihm auf den Rücken gebunden, und seine Knöchel waren so gefesselt, daß er gerade noch gehen konnte, denn sie hatten trotz ihrer Gewehre Angst vor ihm. Und um ganz sicher zu gehen, wurde er auch noch von Männern in den Wachtürmen beobachtet. *Für diese kleinen Scheusale muß ich echt furchterregend aussehen,* sagte sich der Kampfpilot.

Zacharias fühlte sich nicht sehr gefährlich. Sein Rücken war vom Schleudersitzabsprung immer noch verletzt. Der Pilot war kampfunfähig auf dem Boden aufgeschlagen, und sein Bemühen, der Gefangennahme zu entgehen, war kaum mehr als ein Scheinmanöver gewesen, da er sich in fünf Minuten nur gute dreißig Meter vorangeschleppt hatte, direkt in die Arme der Geschützmannschaft, die seinen Flieger zu Schrott gemacht hatte.

Von da an war er mißhandelt worden, war in drei verschiedenen Dörfern vorgeführt, mit Steinen beworfen und bespuckt worden, bis er schließlich hier landete. Wo immer das auch war. Es gab Seevögel. Also war er vielleicht nahe am Meer, spekulierte der Oberst. Aber das Denkmal in Salt Lake City, einige Häuserblocks vom Haus seiner Kindheit entfernt, erinnerte ihn daran, daß da, wo Möwen waren, nicht unbedingt auch Meer sein mußte. In den vergangenen Monaten war er allen möglichen Mißhandlungen ausgesetzt gewesen, die aber seltsamerweise in den letzten paar Wochen nachgelassen hatten. Wahrscheinlich sind sie es leid geworden, mir weh zu tun, sagte sich Zacharias. *Und vielleicht gibt es den Weihnachtsmann wirklich*, dachte er, während er mit gesenktem Kopf auf den Dreck hinunterblickte. Einen kleinen Trost hatte er. Es gab noch andere Gefangene, aber seine Versuche, mit ihnen in Verbindung zu treten, waren alle fehlgeschlagen. Seine Zelle hatte keine Fenster. Er hatte zwei Gesichter gesehen, aber keines erkannt. Beide Male hatte er versucht, ihnen etwas zuzurufen, nur um sofort von einem seiner Bewacher zu Boden geprügelt zu werden. Die Männer hatten ihn gesehen, aber keinen Ton von sich gegeben. In beiden Fällen hatte er ein Lächeln und ein Nicken gesehen, mehr konnten sie beim besten Willen nicht tun. Beide Männer waren etwa in seinem Alter und bekleideten, wie er vermutete, auch ungefähr den gleichen militärischen Rang, aber das war schon alles, was er wußte. Am erschreckendsten für einen Mann, der vieles zu befürchten hatte, war der Umstand, daß das alles hier absolut nicht dem entsprach, was er zu erwarten gelernt hatte. Es war nicht das Hanoi Hilton, wo angeblich alle Kriegsgefangenen zusammengelegt worden waren. Darüber hinaus wußte er praktisch nichts, und gerade das Unbekannte kann besonders erschreckend sein, besonders für einen Mann, der sich in zwanzig Jahren daran gewöhnt hatte, absoluter Herr seines Schicksals zu sein. *Es ist immerhin so*, dachte er, *daß es, so schlecht wie es jetzt schon steht, wohl kaum noch schlimmer werden kann.* Aber da irrte er sich gewaltig.

»Guten Morgen, Oberst Zacharias«, rief eine Stimme über das Gelände. Er blickte auf und sah einen Mann, einen Indoeuropäer, der größer als er war und eine ganz andere Uniform trug als seine Bewacher. Er kam lächelnd auf den Gefangenen zu geschlendert. »Ganz anders als Omaha, nicht wahr?«

Genau in diesem Moment hörte er ein Geräusch, ein schrilles, langgezogenes Heulen, das sich aus Südwesten näherte. Instinktiv drehte er sich um – ein Flieger muß sich immer nach einem Flugzeug umsehen, egal, wo er sich auch befinden mag. Bevor die Wächter reagieren konnten, war es auch schon aufgetaucht.

Büffeljäger, dachte Zacharias, der aufrecht dastand und sich umdrehte, um es vorbeifliegen zu sehen. Er starrte nach oben, hielt den Kopf hoch, sah das schwarze Rechteck des Kamerafensters und flüsterte ein Stoßgebet, daß das Gerät auch funktioniere. Als die Wächter erkannten, was er tat, brachten sie den Major mit einem

Stoß ihrer Gewehrkolben in die Nieren zu Fall. Während er noch versuchte, mit einem unterdrückten Fluch dem Schmerz standzuhalten, trat ein Paar Stiefel in sein beschränktes Blickfeld.
»Freuen Sie sich nicht zu früh«, sagte der andere Mann. »Es fliegt nach Haiphong, um die Schiffe zu zählen. Und nun, mein Freund, sollten wir uns miteinander bekannt machen.«

Cody-193 flog mit fast konstanter Geschwindigkeit und auf gleicher Höhe nach Nordosten weiter, während sie in den dichten Luftabwehrgürtel um Nordvietnams einzigen größeren Hafen eindrang. Die Kameras im Büffeljäger nahmen einige Flak-Batterien, Beobachtungsposten und nicht wenige Leute mit AK-47ern auf, die alle, wenigstens um den Schein zu wahren, ein bißchen auf die Drohne schossen. Der einzige Vorteil der 193 war ihre geringe Größe. Ansonsten flog sie auf einem geraden und ebenen Kurs, während ihre Kameras klickten und die Bilder auf einem 80-mm-Film aufzeichneten. So ziemlich das einzige, was nicht auf sie abgefeuert wurde, waren Boden-Luft-Raketen; dafür flog die 193 zu tief.
»Weiter, Baby, weiter!« sagte der Major 70 Kilometer weit weg. Draußen bemühten sich die vier Kolbenmotoren des Warning Star, die notwendige Höhe zu halten, damit er das Vorankommen der Drohne beobachten konnte. Seine Augen waren auf den flachen Glasbildschirm fixiert und verfolgten das blinkende Piepen des Radarsenders. Weitere Überwachungsleute kontrollierten die Positionen von anderen amerikanischen Flugobjekten, die ebenfalls in Feindesland eingedrungen waren, dabei standen sie in ständiger Verbindung mit der *Red Crown*, dem Navy-Schiff, das die Luftoperationen vom Meer aus leitete. »Dreh nach Osten, Baby – jetzt!«
Ganz planmäßig kurvte Cody-193 hart nach rechts und sank eine Spur tiefer, während sie mit 500 Knoten über die Docks von Haiphong hinwegjaulte, mit hundert Schuß Spurmunition im Gefolge. Schauermänner und Matrosen auf den verschiedenen Schiffen blickten neugierig und irritiert auf, voller Angst vor all dem Stahl, der da über ihre Köpfe hinwegflog.
»Ja!« brüllte der Major laut genug, daß der beaufsichtigende Sergeant zu seiner Linken verwundert aufblickte. Temperamentsausbrüche waren in dieser Umgebung nicht gern gesehen. Er schaltete sein Mikro ein, um mit der *Red Crown* zu sprechen. »Cody-eins-neun-drei ist bingo.«
»Roger, wiederhole bingo für eins-neun-drei«, kam die Bestätigung zurück. Das war nicht der richtige Gebrauch für das Codewort,

denn »bingo« wurde normalerweise für ein Flugzeug verwendet, dem der Treibstoff ausging, aber es war ein so häufig benutzter Begriff, daß er eine mehr als angemessene Tarnung abgab. Der Angehörige der Navy am anderen Ende der Leitung gab daraufhin einer in der Luft befindlichen Hubschrauberbesatzung Bescheid, sie solle sich bereit machen.

Die Drohne verließ planmäßig die Küste und blieb noch ein paar Meilen im Tiefflug, bevor sie den letzten Aufstieg begann, um mit den letzten hundert Pfund Treibstoff ihren vorprogrammierten Zielpunkt dreißig Meilen vor der Küste zu erreichen, wo sie zu kreisen begann. Hier kam nun ein weiterer Radarsender zum Einsatz, der auf die Suchradare der amerikanischen Patrouillenboote eingestellt war. Eines von ihnen, der Zerstörer *Henry B. Wilson*, erfaßte das erwartete Ziel zum erwarteten Zeitpunkt und Ort.

Während sie so auf über zweitausend Meter Höhe kreiste, ging Cody-193 schließlich der Sprit aus, und sie wurde zum Segler. Als die Luftgeschwindigkeit auf die richtige Marke fiel, rissen Sprengladungen einen Deckel von der Oberseite und setzten einen Fallschirm frei. Der Navy-Hubschrauber befand sich bereits vor Ort, und der weiße Schirm war leicht auszumachen. Die Drohne wog nun nur noch spärliche fünfzehnhundert Pfund, nicht einmal soviel wie acht Männer. Wind und Sicht waren günstig an diesem Tag. Der Schirm wurde beim ersten Versuch aus dem Wasser gezogen, der Hubschrauber drehte sofort ab und steuerte auf den Flugzeugträger USS *Constellation* zu, wo die Drohne sorgfältig in ein Gerüst hinabgelassen wurde. Damit war die 62. Kampfmission beendet. Bevor noch der Hubschrauber seinen eigenen Platz auf dem Flugdeck finden konnte, machte ein Techniker bereits die Deckplatte der Kamerakammer ab und riß die schwere Filmkassette aus ihrer Verankerung. Er nahm sie sofort mit nach unten und übergab sie einem anderen Techniker im bestens ausgestatteten Fotolabor des Schiffes. Das Entwickeln dauerte nur sechs Minuten, und schon wurde der noch feuchte Film saubergewischt und an einen Geheimdienstoffizier weitergereicht. Der Film war unerwartet gut. Er wurde über einer Glasplatte, unter der sich zwei Leuchtlampen befanden, von einer Spule auf die andere gewickelt.

»Nun, Lieutenant?« fragte ein Captain gespannt.

»Okay, Sir, warten Sie eine...« Er spulte den Film langsam ab und deutete dann auf das dritte Bild. »Da ist unser erster Orientierungspunkt..., da ist Nummer zwei, sie war genau auf Kurs... okay, da haben wir's... ins Tal rein, über den Hügel – da, Sir! Davon gibt's

zwei, drei Aufnahmen! Die sind gut, die Sonne war genau richtig, ein klarer Tag – wissen Sie eigentlich, warum sie diese kleinen Dinger Büffeljäger nennen? Das kommt ...«
»Lassen Sie mich sehen!« Der Captain schubste den rangniedrigeren Offizier beinahe aus dem Weg. Da war ein Amerikaner zu sehen, mit zwei Bewachern und einem vierten Mann – aber er wollte den Amerikaner sehen.
»Hier, Sir.« Der Lieutenant hatte ein Vergrößerungsglas in der Hand. »Davon können wir ein gutes Porträt machen, und wir können an dem Negativ auch noch weiter herumfummeln, wenn Sie uns ein bißchen mehr Zeit geben. Wie schon gesagt, die Kamera kann den Unterschied zwischen einem Mann und einer Frau feststellen ...«
»Mmmmm.« Das Gesicht war schwarz, auf dem Negativ war also ein Weißer zu sehen. »Verdammt, ich erkenne nichts.«
»Captain, das ist unser Job, O. K.?« Er war Geheimdienstoffizier. Der Captain nicht. »Lassen Sie uns unsere Arbeit machen, Sir.«
»Er ist einer von unseren Leuten!«
»Todsicher, Sir, und der andere da nicht. Lassen Sie mich die noch mal ins Labor bringen, um Positive und Vergrößerungen zu machen. Die Luftwaffenabteilung will sicher auch einen Blick auf die Hafenaufnahmen werfen.«
»Die können warten.«
»Nein, Sir, das können sie nicht«, bemerkte der Lieutenant nachdrücklich. Aber er nahm eine Schere und schnitt die betreffenden Aufnahmen ab. Der Rest der Filmrolle wurde einem Unteroffizier übergeben, während der Lieutenant und der Captain wieder ins Fotolabor gingen. Volle zwei Monate Arbeit waren in diesen Flug von Cody-193 eingeflossen, und der Captain lechzte nach der Information, die sich auf diesem Filmschnipsel befinden mußte.
Eine Stunde später hatte er sie. Eine weitere Stunde darauf ging er an Bord eines Fluges nach Da Nang. Nach Ablauf einer weiteren Stunde befand er sich auf dem Flug zur Cubi-Point-Marineflugbasis auf den Philippinen, von wo er mit einem Aufklärungsflugzeug zum Luftwaffenstützpunkt Clark weiterreiste und dann mit einer KC-135 direkt nach Kalifornien flog. Ungeachtet der Strapazen der nächsten zwanzig Stunden Flugzeit schlief der Captain immer wieder kurz ein, denn er hatte ein Geheimnis enträtselt, dessen Lösung womöglich die Politik seiner Regierung ändern würde.

4 / Tagesanbruch

Kelly schlief fast acht Stunden, wachte wieder vom Möwengeschrei auf und stellte fest, daß Pam nicht da war. Er ging nach draußen, wo er sie am Kai stehen und über das Wasser schauen sah, immer noch ausgelaugt, immer noch unfähig, die nötige Ruhe zu finden. Die Bucht lag in der üblichen Morgenruhe da, die spiegelglatte Wasseroberfläche wurde nur von den Wellenringen durchbrochen, die die Blaufische bei ihrer Jagd nach Insekten erzeugten. Anscheinend genau die richtigen Voraussetzungen, einen neuen Tag zu beginnen: Eine sanfte Brise aus Westen strich Kelly übers Gesicht, und zwischendurch herrschte eine solche Stille, daß man von ganz weit her das Tuckern eines Motorbootes hören konnte, das selber noch gar nicht in Sicht war. Zu so einer Zeit konnte man ganz allein mit der Natur sein, aber Kelly wußte, daß Pam sich lediglich allein fühlte. Er schritt so leise er konnte auf sie zu und legte ihr beide Hände um die Taille.

»Guten Morgen.« Sie antwortete lange nicht, und Kelly blieb stumm stehen, sie ganz sanft haltend, gerade so, daß sie seine Hände spüren konnte. Sie trug eines seiner Hemden, und er wollte sie mit seiner Berührung nicht erregen, sondern nur beschützen. Er hatte Angst, sich einer Frau aufzudrängen, die derart mißhandelt worden war, und konnte nicht vorhersagen, wo die unsichtbare Grenze lag.

»Jetzt weißt du's also«, sagte sie, gerade laut genug, daß es in der Stille zu hören war. Sie brachte es nicht über sich, ihm ins Gesicht zu sehen.

»Ja«, antwortete Kelly genauso leise.

»Was denkst du jetzt?« Ihr Flüstern tat ihm weh.

»Ich weiß nicht genau, was du meinst, Pam.« Kelly spürte, wie sie zu zittern anfing, und mußte dem Drang widerstehen, sie fester zu halten.

»Von mir.«

»Von dir?« Er ließ sich nun doch auf mehr Nähe ein, änderte seinen Griff, so daß sich seine Hände um ihre Taille schlossen, aber

nicht fest. »Ich finde dich sehr schön. Ich denke, ich bin unheimlich froh, daß wir uns begegnet sind.«
»Ich nehme Drogen.«
»Die Ärzte sagen, daß du versuchst, davon wegzukommen. Das genügt mir.«
»Es ist noch schlimmer, ich hab Sachen gemacht...« Kelly schnitt ihr das Wort ab.
»Das kümmert mich nicht, Pam. Ich hab auch Sachen gemacht. Und etwas, was du getan hast, war unheimlich schön für mich. Du hast meinem Leben einen neuen Sinn gegeben, und ich hatte nicht erwartet, daß mir das je wieder passieren würde.« Kelly zog sie enger an sich. »Was du getan hast, bevor wir uns begegnet sind, spielt keine Rolle. Du bist nicht allein, Pam. Ich bin da, um dir zu helfen, wenn du willst.«
»Wenn du erst erfährst...« warnte sie.
»Ich werd's riskieren. Ich glaube, ich weiß das Wichtigste bereits. Ich liebe dich, Pam.« Kelly überraschte sich selbst mit diesen Worten. Er hatte sogar Angst gehabt, sich das selbst einzugestehen. Es war zu irrational, aber wiederum gewann das Gefühl gegen die Vernunft, und die Vernunft stimmte diesmal sogar zu.
»Wie kannst du das sagen?« fragte Pam. Kelly drehte sie sanft um und lächelte.
»Wenn ich das so genau wüßte! Vielleicht ist es dein wirres Haar – oder deine Schniefnase.« Er tippte ihr durch das Hemd auf die Brust. »Nein, ich denke, es ist dein Herz. Egal, was du hinter dir hast, dein Herz ist goldrichtig.«
»Meinst du das ernst, ja?« fragte sie, während sie vor sich hin auf seine Brust sah. Es dauerte lange, aber dann lächelte Pam zu ihm hoch, und das war auch wie eine Morgendämmerung. Das orangegelbe Leuchten der aufgehenden Sonne schien über ihre Züge und setzte ihrem blonden Haar Glanzlichter auf.
Kelly wischte ihr die Tränen vom Gesicht, und ihre feuchten Wangen löschten auch die letzten Bedenken aus, die er vielleicht noch gehabt hatte. »Wir müssen dir ein paar Kleider besorgen. Das ist keine Art für eine Dame, sich zu kleiden.«
»Wer sagt, daß ich eine Dame bin?«
»Na, ich.«
»Ich hab solche Angst!«
Kelly zog sie an seine Brust. »Es ist schon in Ordnung, wenn du Angst hast. Ich hab die ganze Zeit Angst gehabt. Das Wichtigste ist doch, zu wissen, daß du es schaffen wirst.« Seine Hände streichelten

ihren Rücken rauf und runter. Es war nicht seine Absicht gewesen, die Situation ins Sexuelle abgleiten zu lassen, aber ohne es zu wollen, erregte er sich immer mehr, bis ihm bewußt wurde, daß seine Hände über Narben fuhren, die von Männern mit Peitschen, Stricken, Gürteln oder anderen abscheulichen Gegenständen verursacht worden waren. Daraufhin blickte er starr aufs Wasser hinaus, und es war gut, daß sie sein Gesicht nicht sehen konnte.

»Du mußt Hunger haben«, sagte er, trat einen Schritt von ihr weg und nahm sie bei den Händen.

Sie nickte. »Ich komme um vor Hunger.«

»Das läßt sich beheben.« Kelly führte sie an der Hand zum Bunker zurück. Er liebte bereits ihre Nähe. Sie trafen auf Sam und Sarah, die nach einem sportlichen Morgenspaziergang von der anderen Seite der Insel kamen.

»Wie geht's euch beiden Turteltäubchen?« fragte Sarah – mit einem strahlenden Lächeln, weil sie keine Antwort mehr brauchte, denn sie hatte die beiden schon aus hundert Meter Entfernung beobachtet.

»Ich hab Hunger!« erwiderte Pam.

»Das hat lang genug gedauert«, bemerkte Tony, während er einen Schluck Kaffee aus seinem Pappbecher trank.

»Wo ist meiner?« wollte Eddie wissen, der gereizt war, weil er zu wenig geschlafen hatte.

»Du hast mir doch gesagt, ich soll den Scheißheizer raustun, weißt du das nicht mehr? Hol dir selber was.«

»Glaubst du, ich will den ganzen Rauch und den Scheiß hier haben? Von dem Scheißmonoxyd kannst du draufgehen«, sagte Eddie Morello gereizt.

Tony war genauso müde. Zu müde, um sich mit diesem Großmaul zu streiten. »Okay, Mann, also, die Kaffeekanne ist draußen. Und Becher sind da auch.«

Eddie grummelte und ging hinaus. Henry, der dritte, war beim Eintüten des Stoffs und hielt sich aus allem raus. Es hatte sich eigentlich alles etwas anders entwickelt, als er geplant hatte. Sie hatten ihm sogar die Geschichte mit Angelo abgenommen, und damit waren ein potentieller Teilhaber und ein Problem mehr aus der Welt geschafft. Gestreckte Drogen im Wert von mindestens dreihunderttausend Dollar wurden nun gewogen und zum Verkauf für die Dealer in Plastiktüten versiegelt. Die Dinge waren nicht ganz nach Plan gelaufen. Die erwarteten »paar Stunden« Arbeit hatten sich zu einem die ganze Nacht dauernden Marathon ausgedehnt, weil die drei entdecken mußten, daß die Arbeit, für die sie sonst andere bezahlten, nicht ganz so leicht war, wie sie aussah. Die drei Flaschen Bourbon, die sie mitgebracht hatten, waren auch nicht sehr förderlich gewesen. Aber dennoch waren dreihunderttausend Dollar Profit aus sechzehn Stunden Arbeit gar nicht so schlecht. Und das war erst der Anfang. Tucker hatte ihnen bloß eine Kostprobe gegeben.

Eddie machte sich immer noch Sorgen, was Angelos Beseitigung alles heraufbeschwören könnte. Aber nun gab es kein Zurück mehr, nicht nach dem Mord, und er war gezwungen worden, Tonys Spielchen mitzumachen. Er verzog das Gesicht, als er aus einem leeren Bullauge auf eine Insel nördlich von der blickte, die einmal ein Schiff gewesen war. Sonnenlicht blitzte vom Fenster einer wahrscheinlich hübschen und großen Motorjacht herüber. Wäre es nicht fein, so eine zu kriegen? Eddie Morello fischte gern, und vielleicht könnte er einmal seine Kinder mit rausnehmen. Wäre doch eine gute Tarnaktion?

Oder vielleicht Krebse. Schließlich wußte er, was Krebse fraßen. Der Gedanke rief ein tonloses Auflachen hervor, gefolgt von einem flüchtigen Erschauern. War er bei diesen Männern sicher? Sie – er – hatten gerade Angelo Vorano ermordet, es war noch keine vierundzwanzig Stunden her. Doch Angelo hatte nicht zur Familie gehört, dafür aber Tony Piaggi. Er war ihr Bürge, ihr Draht zur Straße, und das machte ihn unantastbar – einstweilen. Solange Eddie clever und wachsam blieb.

»Du, was ist das wohl früher für ein Raum gewesen?« fragte Tucker Piaggi, bloß um Unterhaltung zu haben.

»Was meinst du?«

»Als das noch ein Schiff war, muß das doch eine Kabine oder so was gewesen sein«, sagte er, während er die letzte Packung versiegelte und in die Kühlbox legte. »Ich hab nie darüber nachgedacht.« Das entsprach ganz und gar den Tatsachen.

»Was meint ihr, Kapitänskajüte vielleicht?« fragte Tony in den Raum. Es war ein Zeitvertreib, und er hatte das, was sie die ganze Nacht über getan hatten, gründlich satt.

»Kann schon sein, ich nehm's mal an. Ist nahe bei der Brücke.« Der Mann stand auf und streckte sich, während er sich fragte, warum immer gerade er die ganze harte Arbeit machen mußte. Nach der Antwort brauchte er nicht lange zu suchen. Tony war ein »Familienmitglied«. Eddie wollte eins werden. Er würde es nie werden, ebensowenig wie Angelo, dachte Henry Tucker und war froh darüber. Er hatte Angelo nie vertraut, aber der war ja nun kein Problem mehr. Eins mußte er diesen Leuten lassen, sie schienen Wort zu halten – und das würden sie auch weiterhin tun, solange er ihr Verbindungsmann zum Rohstoff war, jedoch keine Minute länger. Tucker machte sich darüber keine Illusionen. Angelo war gut genug gewesen, ihm die Verbindung zu Tony und Eddie zu verschaffen, und Angelos Tod hatte genau die Wirkung auf Henry, die sein eigener Tod auf die andern beiden gehabt hätte: gar keine. Jeder Mensch ist für irgend etwas gut, sagte sich Tucker, während er die Kühlbox zumachte. Und die Krebse hatten was zu futtern.

Mit etwas Glück würde das für eine Weile der letzte Mord sein. Tucker schreckte nicht davor zurück, aber er scheute die Komplikationen, die sich oft aus einem Mord ergaben. Ein gutes Geschäft lief reibungslos ab, ohne Stunk, und brachte jedem Geld, und auf diese Weise waren alle glücklich, sogar die Kunden am äußersten Ende der Kette. Diese Ladung hier würde sie gewiß glücklich machen. Es war gutes Heroin aus Asien, fachmännisch hergestellt und nur geringfügig mit ungiftigen Bestandteilen gestreckt, was die Konsumenten raketengleich in den Himmel schießen und dann wieder ruhig und sanft auf dem Boden der Tatsachen absetzen würde, wie auch immer diese Realität aussah, vor der sie zu flüchten versuchten. Diese Sorte Abheben würden sie wieder erleben wollen, und so würden sie zu ihren Dealern zurückkehren, die für diesen ungeheuer guten Stoff auch etwas mehr von ihnen verlangen konnten. Er lief bereits unter dem Handelsnamen »Asiatischer Zucker«.

Wenn sich so ein Name auf der Straße eingebürgert hat, bedeutete das auch eine Gefahr. Die Polizei bekam damit so etwas wie ein Ziel, einen Namen, dem sie nachjagen, wo sie besondere Fragen stellen konnte, aber das war eben das Risiko bei einem heißen Produkt, und aus diesem Grund hatte Henry seine Komplizen nach ihrer Erfahrung, ihren Verbindungen und mit Blick auf die Sicherheit ausgewählt. Auch bei der Wahl seines Fabrikationsortes hatte er vor allem auf Sicherheit geachtet. Die Sicht von hier aus betrug gute fünf Meilen, und sie hatten ein schnelles Boot, mit dem sie fliehen konnten. Natürlich gab es Gefahren, war doch klar, aber das ganze Leben war gefährlich, und das Risiko mußte gegen den Profit abgewogen werden. Henry Tuckers Belohnung für weniger als einen Tag Arbeit waren hunderttausend Dollar, bar, ohne Steuerabzug, und dafür war er bereit, eine Menge zu riskieren. Für das, was Piaggis Verbindungen erreichen konnten, würde er sogar noch weitaus mehr riskieren, und mit diesem Coup hatte er ihr Interesse. Bald würden sie so ehrgeizig werden wie er.

Das Boot aus Solomons mit den Schiffsschrauben kam ein paar Minuten zu früh an. Die Ärzte hatten Kelly nicht gesagt, er solle Pam mit etwas beschäftigen, aber es war das einleuchtendste Rezept für ihre Probleme. Kelly schob den fahrbaren Kompressor wieder auf das Dock und ließ ihn an, dann erklärte er ihr, wie sie die regelmäßige Luftzufuhr kontrollieren konnte. Als nächstes holte er die Schraubenschlüssel, die er brauchte, und legte sie auch auf das Dock.

»Ein Finger, diesen, zwei Finger, den da, und drei Finger, den hier, kapiert?«

»In Ordnung«, erwiderte Pam, von Kellys Sachverstand beeindruckt. Er spielte sich ein bißchen auf, das war den anderen durchaus klar, aber es machte niemandem etwas aus.

Kelly stieg die Leiter hinab ins Wasser. Als erstes prüfte er die Gewinde der Schraubenhalterungen, die in gutem Zustand zu sein schienen. Er streckte die Hand mit einem erhobenen Finger aus dem Wasser und erhielt den richtigen Schraubenschlüssel. Damit löste er die Muttern, die er dann eine nach der anderen nach oben reichte. Nach nur einer Viertelstunde waren die glänzenden neuen Schrauben komplett anmontiert. Neue Schutzanoden waren auch angebracht. Kelly besah sich die Ruder ausgiebig und entschied, daß sie noch bis Ende des Jahres halten würden, obwohl Sam sie im Auge behalten sollte. Es war wie üblich eine Erleichterung, wieder aus dem Wasser zu klettern und eine Luft zu atmen, die nicht nach Gummi roch.

»Was schulde ich dir?« fragte Rosen.

»Für was?« Kelly schnallte seine Ausrüstung ab und schaltete den Kompressor aus.

»Ich zahle einen Mann immer für seine Arbeit«, sagte der Chirurg mit einer Spur Selbstzufriedenheit.

Kelly mußte lachen. »Ich sag dir was, wenn ich je eine Rückenoperation brauche, dann kannst du sie kostenlos durchführen. Wie nennt ihr Ärzte so was?«

»Berufsmäßige Kulanz – aber du bist kein Arzt«, wandte Rosen ein.

»Und du bist kein Taucher. Du bist auch noch kein Seemann, aber das werden wir heute schon noch hinkriegen, Sam.«

»Ich war in meinem Bootslehrgang der beste!« brüstete sich Rosen.

»Doc, wenn wir Jungs von der Grundausbildung bekamen, haben wir immer gesagt: ›Schon ganz nett, Söhnchen, aber das hier ist die Flotte.‹ Ich verstau noch schnell das Zeug, und dann schauen wir mal, wie gut du wirklich diese Schaluppe fahren kannst.«

»Ich wette, ich bin ein besserer Fischer als du«, verkündete Rosen.

»Jetzt werden sie gleich noch feststellen wollen, wer am weitesten pinkeln kann«, bemerkte Sarah bissig zu Pam.

»Das auch, jawohl«, sagte Kelly lachend auf dem Weg nach drinnen. Zehn Minuten später hatte er alles abgeräumt und ein T-Shirt und Shorts angezogen.

Er nahm auf der Brücke Platz und sah zu, wie Rosen sein Boot für die Ausfahrt vorbereitete. Der Neurologe beeindruckte Kelly sogar, besonders dadurch, wie er mit den Leinen umging.

»Das nächste Mal läßt du dein Gebläse eine Weile laufen, bevor du die Motoren startest«, sagte Kelly, nachdem Rosen den Anlasser betätigt hatte.

»Aber das ist doch ein Diesel.«

»Nummer eins, ›das‹ ist eine ›sie‹, okay? Nummer zwei, es ist gut, sich das zur Gewohnheit werden zu lassen. Das nächste Boot, das du steuerst, könnte ein Benziner sein. Sicherheit, Doc. Hast du dir schon mal freigenommen und ein Boot gemietet?«

»Ja klar.«

»Beim Operieren machst du doch auch die gleichen Schritte jedesmal auf die gleiche Art, oder?« fragte Kelly. »Auch wenn es eigentlich gar nicht nötig ist?«

Rosen nickte nachdenklich. »Das leuchtet mir ein.«

»Bring sie raus«, bedeutete ihm Kelly. Und das tat Rosen auch, sogar recht geschickt, wie er meinte. Kelly war nicht dieser Ansicht. »Weniger Ruder, mehr Schrauben. Du wirst nicht immer eine Brise haben, die dir beim Anlegen hilft. Die Schiffsschrauben drücken das Wasser, die Ruder steuern es nur ein bißchen. Du kannst dich stets auf deine Motoren verlassen, besonders bei langsamer Fahrt. Und eine Steuerung bricht manchmal. Lerne, ohne sie auszukommen.«

»Aye aye, Käptn«, knurrte Rosen. Er kam sich wieder wie in seiner Assistenzzeit vor, dabei war er es doch gewohnt, daß die Leute nach seiner Pfeife tanzten. 48, dachte er, ist ein bißchen alt für einen Schüler.

»Du bist der Kapitän. Ich bin nur der Lotse. Das ist mein Gewässer, Sam.« Kelly drehte sich um und sah auf den tieferliegenden Teil des Oberdecks. »Lachen Sie nicht, meine Damen, Sie sind als nächstes dran. Also paßt lieber auf!« Leise: »Du bist ein guter Kamerad, Sam.«

Eine Viertelstunde später trieben sie träge in der Strömung und hatten in der warmen Feiertagssonne die Angeln ausgeworfen. Kelly interessierte sich nicht besonders für den Fischfang und hatte sich statt dessen zum Postendienst auf der Brücke abkommandiert, während Sam dabei war, Pam den Umgang mit Ködern beizubringen. Ihre Begeisterung überraschte sie alle. Sarah hatte dafür gesorgt, daß Pam sich gut mit Sonnencreme einschmierte, damit ihre blasse Haut geschützt war, und Kelly dachte bei sich, ob ein bißchen Sonnenbräune wohl ihre Narben hervortreten lassen würde. Als er auf der Brücke mit seinen Gedanken allein war, fragte er sich, welche Art von Mann eine Frau mißbrauchen würde. Aus zusammengekniffenen Augen starrte er auf die sanft wogende Wasseroberfläche, auf der hier und da ein paar Boote trieben. Wie viele solche Leute befanden sich in seinem Sichtbereich? Wie kam es, daß man es ihnen nicht ansehen konnte?

Das Beladen des Bootes war einigermaßen einfach. Sie hatten einen guten Vorrat an Chemikalien eingelagert, den sie von Zeit zu Zeit ergänzen müßten, aber Eddie und Tony hatten einen Chemikalienhandel als Quelle, dessen Besitzer mit der Organisation locker in Verbindung stand.

»Ich möcht's sehen«, sagte Tony, als sie ablegten. Es war nicht so einfach, wie er sich das vorgestellt hatte, ihr Sechsmeterboot durch die Sümpfe zu bugsieren, aber Eddie erinnerte sich gut genug an die Stelle, und das Wasser war immer noch klar.

»Heiliger Strohsack!« stieß Tony hervor.

»Wird ein gutes Jahr für Krebse«, bemerkte Eddie, froh darüber, daß Tony geschockt war. Eine passende Rache, dachte Eddie, aber es war für keinen von ihnen ein erfreulicher Anblick. Auf der Leiche befand sich schon eine ganze Ladung Krebse. Das Gesicht war völlig bedeckt, desgleichen ein Arm, und sie konnten noch mehr von den Biestern herankommen sehen, angezogen vom Verwesungsgeruch, der ebenso wirkungsvoll durch das Wasser trieb wie durch die Luft: Reklame nach Art der Natur. An Land, wußte Eddie, wären es Geier und Krähen.

»Was meinst du? Zwei Wochen, vielleicht drei, und dann war's das mit Angelo.«

»Was ist, wenn jemand . . .«

»Kaum eine Chance«, sagte Tucker, der keinen Wert darauf legte, hinzusehen. »Zu seicht, als daß ein Segelboot sich herwagen würde, und Motorboote brauchen uns nicht zu kümmern. Da ist ein schöner breiter Kanal eine halbe Meile südlich, dort läßt es sich besser angeln, heißt es. Ich schätze, den Krebsfischern gefällt es hier genausowenig.«

Piaggi konnte sich von dem Anblick nicht losreißen, obwohl es ihm schon einmal den Magen umgedreht hatte. Die Krebse der Chesapeake Bay waren dabei, mit ihren Scheren die vom warmen Wasser und den Bakterien bereits aufgeweichte Leiche zu zerlegen. Sie schnappten ein ums andere Mal mit ihren Scheren zu, rissen am Fleisch, zupften die Stückchen mit kleineren Zangen ab und schoben es in ihre merkwürdig fremdartigen Mäuler. Er fragte sich, ob vom Gesicht wohl noch etwas übrig war, ob es noch Augen gab, die auf die Welt starren konnten, aber da hockten die Krebse drauf, und irgendwie schien es wahrscheinlich, daß die Augen als erste drangekommen waren. Ein Gedanke aber an dem Ganzen war besonders erschreckend: Wenn ein Mann auf die Art sterben konnte, dann konnte ein anderer es auch, und auch wenn Angelo schon tot gewesen war, war sich Piaggi doch irgendwie sicher, daß es schlimmer war, als einfach nur zu sterben, wenn man hinterher auf diese Weise beseitigt wurde. Er hätte Angelos Tod bedauert, aber so was gehörte nun mal zum Geschäft, und ... Angelo hatte ihn verdient. Es war irgendwie schade, daß sein grausames Schicksal ein Geheimnis bleiben mußte, aber auch das gehörte zum Geschäft. Die Bullen mußten ja daran gehindert werden, etwas herauszufinden. Schwer, einen Mord ohne Leiche zu beweisen, und hier hatten sie zufällig einen Weg gefunden, etliche Morde zu vertuschen. Das einzige Problem war nur, die Leichen hierher zu schaffen – und niemanden sonst von dieser Beseitigungsmethode etwas erfahren zu lassen, denn die Leute reden, sagte sich Tony Piaggi, genauso wie Angelo geredet hatte. Gut, daß Henry ihm draufgekommen war.

»Wie wär's mit Krebstörtchen, wenn wir wieder in der Stadt sind?« fragte Eddie Morello mit einem Lachen, nur um zu sehen, ob er Tony zum Kotzen bringen konnte.

»Ach, Scheiße. Schauen wir, daß wir hier wegkommen«, erwiderte Piaggi ruhig und machte es sich auf seinem Sitz bequem. Tucker nahm den Leerlauf heraus und schlängelte sich durch die Sümpfe wieder zurück in die Bucht.

Piaggi brauchte ein paar Minuten, um den Anblick aus seinem Kopf zu verscheuchen, und hoffte, das Entsetzliche vergessen und nur die Wirksamkeit ihrer Beseitigungsmethode im Gedächtnis behalten zu können. Schließlich könnten sie sie wieder anwenden. Vielleicht würde er es nach ein paar Stunden ganz witzig finden, dachte Tony, während er auf die Kühlbox schaute. Unter den etwa fünfzehn Dosen mit National Bohemian Beer war eine Eisschicht, unter der sich zwanzig verschweißte Beutel mit Heroin befanden. Für den unwahrscheinlichen Fall, daß jemand sie anhielt, war es kaum denkbar, daß sie noch unterm Bier nachsehen würden, dem wahren Treibstoff für die Bootsleute in der Bucht. Tucker steuerte das Boot nach Norden, und die anderen stellten ihre Angelruten auf, als würden sie eine gute Stelle suchen, wo sie ein paar Klippenbarsche aus der Chesapeake ziehen konnten.

»Fischen verkehrt herum«, sagte Morello nach einer Weile und lachte dann laut genug, daß sich Piaggi anschloß.

»Schmeiß mir 'n Bier rüber!« befahl Tony noch unterm Lachen. Er war schließlich ein »Familienmitglied« und verdiente Respekt.

»Idioten«, sagte Kelly leise vor sich hin. Dieses Sechsmeterboot fuhr zu schnell, zu nah an anderen Fischerbooten. Der könnte einige Angelleinen erwischen und würde sicherlich eine Bugwelle aufwühlen, die andere ziemlich ins Schaukeln brachte. Das war schlechtes seemännisches Benehmen, was Kellys sicherem Augenmerk nie entging. Es war einfach zu leicht – ach, es war nicht mal schwierig genug, um »leicht« zu sein. Da brauchte sich einer nur ein Boot zu kaufen, dann hatte er das Recht, damit herumzuschippern. Keine Prüfungen, überhaupt nichts. Kelly entdeckte Rosens 7×50-Fernrohr und richtete es auf das Boot, das gefährlich nahe herankam. Drei Arschlöcher, von denen einer als ironischen Gruß eine Dose Bier hochhielt.

»Troll dich, Schwachkopf«, flüsterte Kelly vor sich hin. Blödmänner im Boot, die Bier soffen, wahrscheinlich schon mit leichter Schlagseite, wo es noch nicht einmal elf Uhr war. Er sah sie sich gut an und war ziemlich erleichtert, als sie in immerhin etwa dreißig Metern Entfernung vorbeifuhren. Er entzifferte den Namen: *Henrys Achte*. Wenn er den Namenszug wiedersah, sagte sich Kelly, würde er daran denken, sich fernzuhalten.

»Ich hab einen!« rief Sarah.

»Aufgepaßt, von Steuerbord rollt eine große Heckwelle an!« Gleich darauf war sie da und warf die große Hatteras links wie rechts um zwanzig Grad aus der Vertikalen.

»Das verstehe ich unter schlechtem seemännischen Benehmen«, sagte Kelly mit Blick auf die anderen drei.

»Aye aye!« rief Sam zurück.

»Ich hab ihn immer noch«, sagte Sarah. Sie holte den Fisch ein, und zwar mit vollendetem Geschick, wie Kelly nicht entging. »Und was für einen!«

Sam holte das Netz und beugte sich über die Bordwand. Einen Augenblick später richtete er sich wieder auf. Im Netz zappelte ein Klippenbarsch von vielleicht zwölf oder vierzehn Pfund. Er leerte es in einen mit Wasser gefüllten Behälter, in dem der Fisch auf den Tod warten konnte. Es erschien Kelly grausam, aber es war nur ein Fisch, und er hatte schon Schlimmeres gesehen.

Pam fing zu quieksen an, als sich kurz darauf später ihre Schnur straffte. Sarah steckte ihre Rute in die Halterung und begann ihr zu erklären, wie sie sich weiter verhalten mußte. Kelly sah zu. Die Freundschaft zwischen Pam und Sarah war ebenso bemerkenswert wie die zwischen ihm und dem Mädchen. Womöglich nahm Sarah die Stelle der Mutter ein, die es an Zuneigung hatte fehlen lassen, oder was immer Pan an ihrer Mutter gefehlt hatte. Egal was es war, Pam ging bereitwillig auf die Ratschläge ihrer neuen Freundin ein. Kelly beobachtete die Szene mit einem Lächeln, das Sam auffing und erwiderte. Für Pam war das alles neu, und sie stolperte zweimal, als sie den Fisch einholte. Wieder ging ihr Sam mit dem Netz zur Hand und förderte diesmal einen achtpfündigen Blaufisch zutage.

»Schmeiß ihn wieder rein«, riet Kelly. »Die schmecken nach gar nichts!«

Sarah sah auf. »Ihren ersten Fisch wieder zurückwerfen? Sag mal, bist du ein Nazi oder was? Hast du irgendwo in deinem Bunker vielleicht eine Zitrone, John?«

»Ja, warum?«

»Weil ich dir zeigen werde, was sich mit einem Blaufisch alles anstellen läßt, deshalb.« Sie flüsterte Pam etwas zu, das sie auflachen ließ. Der Blaufisch kam in denselben Behälter, und Kelly fragte sich, wie er sich wohl mit dem Klippenbarsch vertragen würde.

Memorial Day, dachte Dutch Maxwell, als er am Heldenfriedhof Arlington aus seinem Dienstwagen stieg. Für viele bedeutete das nicht mehr als ein 500-Meilen-Rennen in Indianapolis, ein freier Tag oder der traditionelle Beginn der Badesaison, wie sich am geringen Autoverkehr in Washington ablesen ließ. Doch für ihn galt das nicht und für seine Kollegen ebensowenig. Es war ihr Tag, eine Gelegenheit, der gefallenen Kameraden zu gedenken, während andere sich mit Dingen sowohl mehr wie weniger persönlicher Art beschäftigten. Admiral Podulski stieg mit ihm aus, und die beiden gingen langsam und nicht im Gleichschritt, wie bei Admirälen üblich. Casimirs Sohn, Lieutenant Stanislas Podulski, lag nicht hier, und das würde er wahrscheinlich auch nie. Seine A-4 war von einer Boden-Luft-Rakete vom Himmel geputzt worden, wie aus den Berichten zu entnehmen gewesen war, beinahe ein Volltreffer. Der junge Pilot war zu abgelenkt gewesen, um etwas zu bemerken, vielleicht sogar bis zur allerletzten Sekunde, als seine Stimme über die Sicherheitsfrequenz ihr letztes Schimpfwort ausgestoßen hatte. Vielleicht war auch eine der Bomben, die er dabeigehabt hatte, aus reiner Sympathie mit hochgegangen. Jedenfalls hatte sich der kleine Kampfbomber in einer ölig schwarzgelben Wolke aufgelöst, und es war kaum etwas übriggeblieben. Außerdem nahm es der Feind mit der Ehrfurcht gegenüber den sterblichen Überresten eines gefallenen Fliegers nicht gerade besonders genau, und so war dem Sohn eines tapferen Mannes sein Ruheplatz unter Kameraden versagt geblieben. Aber das gehörte nicht zu den Dingen, über die Cas Podulski redete. Solche Gefühle behielt er für sich.

Rear Admiral James Greer war, wie schon in den vergangenen zwei Jahren, an seinem Platz etwa dreißig Meter vom gepflasterten Fahrweg entfernt und legte Blumen neben der Flagge am Grabstein seines Sohnes nieder.

»James?« sagte Maxwell. Der jüngere Mann wandte sich um und salutierte, wobei er mit einem Lächeln seine Dankbarkeit für ihre Freundschaft an einem Tag wie diesem auszudrücken versuchte, was ihm aber nicht ganz gelang. Alle drei trugen ihre marineblauen Uniformen, weil sie einen dem Anlaß angemessenen feierlichen Ernst ausstrahlten. Ihre goldbetreßten Ärmel glitzerten in der Sonne. Ohne ein Wort zu sagen, nahmen die drei Männer gegenüber dem Grabstein von Robert White Greer, First Lieutenant der US-Marine, Aufstellung. Sie salutierten zackig, während jeder von ihnen an einen Knirps zurückdachte, den sie auf ihren Knien geschaukelt hatten und der zusammen mit Cas' Sohn – wie auch dem von Dutch – auf den Marinestationen Norfolk und Jacksonville mit dem Fahrrad herumgefahren war. Aus dem ein kräftiger, stolzer Junge geworden war, der am Kai stand, wenn die Schiffe seines Vaters in den Hafen zurückkehrten, und von nichts anderem sprach, als daß er in dessen Fußstapfen treten wollte, nur nicht zu nah dran, und der schließlich fünfzig Meilen südwestlich von Da Nang für einen kurzen Augenblick vom Glück im Stich gelassen worden war. Es war der Fluch ihres Berufs, gestanden sich alle unausgesprochen ein, daß ihre Söhne sich auch dazu hingezogen fühlten, teils aus Ehrfurcht vor der Stellung ihrer Väter, teils aus einer ihnen eingeimpften Vaterlandsliebe, vor allem aber aus Liebe zu ihren Mitmenschen. So wie jeder der hier stehenden Männer sein Leben aufs Spiel gesetzt hatte, hatten das auch Bobby Greer und Stas Podulski getan. Nur war zweien der drei Söhne das Glück nicht hold gewesen.

Greer und Podulski sagten sich in diesem Augenblick, daß es das dennoch wert gewesen war, daß Freiheit einen Preis hatte und einige Männer diesen Preis zahlen mußten, weil es sonst keine Flagge gäbe, keine Verfassung und keinen Feiertag, dessen Bedeutung die Leute ihretwegen auch ignorieren konnten. Doch in beiden Fällen klangen diese unausgesprochenen Worte hohl. Greers Ehe war zerbrochen, größtenteils am Kummer über Bobbys Tod. Podulskis Frau würde nie mehr wie früher sein. Obwohl jeder der beiden Männer weitere Kinder hatte, war die durch den Verlust des einen geschaffene Leere wie ein Abgrund, der sich nie überbrücken lassen würde, und sooft sie sich auch sagen mochten, daß es, ja, den Preis wert war, so war doch kein Mann, der den Tod eines Kindes rationalisieren konnte, ernsthaft ein Mann zu nennen, und ihre wahren Gefühle wurden von der gleichen Mitmenschlichkeit bestärkt, die sie zu einem aufopferungsvollen Leben nötigte. Das traf um so mehr zu, weil jeder dem Krieg gegenüber etwas empfand, was höflichere Menschen »Zweifel«, sie aber etwas ganz anderes nannten, aber nur, wenn sie unter sich waren.

»Wißt ihr noch, als Bobby ins Schwimmbecken gesprungen ist, um Mike Goodwins kleines Mädchen herauszuholen? Er hat ihr das Leben gerettet«, meinte Podulski. »Mike hat mich gerade benachrichtigt. Die kleine Amy hat letzte Woche Zwillinge bekommen, zwei kleine Mädchen. Sie hat unten in Houston einen Ingenieur geheiratet, der für die NASA arbeitet.«

»Ich hab nicht mal gewußt, daß sie verheiratet ist. Wie alt ist sie jetzt?« fragte James.

»Oh, sie muß zwanzig ... fünfundzwanzig sein. Erinnert ihr euch an ihre Sommersprossen, wie sie in der Sonne unten in Jax immer mehr wurden?«

»Die kleine Amy«, sagte Greer leise. »Wie sie alle groß werden.« Vielleicht wäre sie an jenem heißen Julitag gar nicht ertrunken, aber es war eine Sache mehr, die ihn an seinen Sohn erinnerte. *Ein Leben gerettet, vielleicht sogar drei?* Das war doch etwas, oder etwa nicht? Für Greer ließ sich diese Frage so eindeutig nicht beantworten.

Die drei Männer wandten sich um und verließen wortlos das Grab. Langsam gingen sie den Fahrweg zurück. Dort mußten sie haltmachen. Ein Leichenzug kam den Hügel herauf, Soldaten des Dritten

Infanterieregiments. »Die alte Garde« tat ihre traurige Pflicht, indem sie einen weiteren Mann zur letzten Ruhe bettete. Die Admiräle nahmen ein weiteres Mal Aufstellung und salutierten vor der über den Sarg mit dem Mann darin gebreiteten Flagge. Der junge Lieutenant, der hier das Kommando hatte, tat es ihnen gleich. Er sah, daß einer der Flaggoffiziere bei der Flagge das hellblaue Band trug, das auf eine Ehrenmedaille hinwies, und mit einer zackigen Ehrenbezeugung bekundete er seine Hochachtung.

»Da geht schon wieder einer«, sagte Greer mit leiser Bitterkeit, nachdem der Zug vorüber war. »Lieber Gott, wofür beerdigen wir diese Kinder?«

»... jeden Preis zu zahlen, jede Bürde zu tragen, jede Mühsal auf mich zu nehmen, jedem Freund beizustehen, mich jedem Feind entgegenzustellen...« zitierte Cas. »Ist noch gar nicht so lange her, nicht? Doch als es Zeit war, den Einsatz auf den Tisch zu legen, wo waren die Hunde da?«

»*Wir* sind der Einsatz, Cas«, erwiderte Dutch Maxwell. »Das hier ist der Tisch.«

Gewöhnliche Männer hätten wohl geweint, aber sie waren keine gewöhnlichen Männer. Jeder blickte über das von weißen Grabsteinen übersäte Gelände. Das war einmal der Rasen von Robert E. Lee gewesen – das Haus stand noch oben am Hügel –, und die Plazierung des Friedhofs war die grausame Geste einer Regierung gewesen, die sich von dem Offizier betrogen gefühlt hatte. Und doch hatte Lee am Ende seinen Familiensitz dem Dienst an jenen Männern geweiht, die er am meisten geliebt hatte. Das war an diesem Tag die tröstlichste Ironie, kam es Maxwell in den Sinn.

»Wie sieht's oben am Fluß aus, James?«

»Könnte besser sein, Dutch. Ich habe Anweisung, mal anständig aufzuräumen. Da werde ich wohl einen ziemlich großen Besen brauchen.«

»Bist du über BOXWOOD GREEN informiert?«

»Nein.« Greer drehte sich um und brachte sein erstes Lächeln an diesem Tag zustande. Es war nicht viel, aber wenigstens etwas, sagten sich die anderen. »Sollte ich das?«

»Wir werden wahrscheinlich deine Hilfe brauchen.«

»Unter der Hand?«

»Du weißt, was mit KINGPIN passiert ist«, bemerkte Casimir Podulski.

»Die hatten verdammtes Glück, da rauszukommen«, pflichtete Greer bei. »Strengste Geheimhaltung diesmal, was?«

»Darauf kannst du dich verlassen.«

»Laßt mich wissen, was ihr braucht. Ihr sollt alles bekommen, was ich auftreiben kann. Machst du die ›Dreier‹-Arbeit, Cas?«

»Genau.« Eine Kennziffer mit einer 3 am Ende hieß soviel wie Durchführungs- und Planungsabteilung, und Podulski hatte eine besondere Begabung dafür. Seine Augen glitzerten in der Morgensonne mit seinen goldenen Pilotenstreifen um die Wette.

»Gut«, bemerkte Greer. »Wie macht sich der kleine Dutch?«

»Fliegt jetzt für Delta. Copilot, in absehbarer Zeit wird er zum Kapitän befördert, und in gut einem Monat werde ich Großvater sein.«

»Wirklich? Glückwunsch, mein Freund.«

»Ich kann es ihm nicht vorwerfen, daß er ausgestiegen ist. Früher habe ich das getan, aber jetzt nicht mehr.«

»Wie hieß noch gleich der SEAL, der ihn rausgeholt hat?«

»Kelly. Er ist auch ausgestiegen«, sagte Maxwell.

»Du hättest ihm die Medaille verschaffen sollen, Dutch«, sagte Podulski. »Ich hab die ehrenvolle Erwähnung gelesen. Er hat die denkbar brenzligsten Situationen durchgestanden.«

»Ich habe ihn zum Chief Bosun's Mate gemacht. Die Medaille konnte ich nicht durchsetzen.« Maxwell schüttelte den Kopf. »Nicht für die Rettung eines Admiralssohns, Cas. Du weißt doch, wie das ist in der Politik.«

»Jaja.« Podulski blickte zum Hügel hinauf. Der Leichenzug hatte angehalten, der Sarg wurde von der Geschützlafette gehoben. Eine junge Witwe begleitete ihren Mann bei seinem allerletzten Gang auf Erden. »Jaja, mit Politik kenn ich mich aus.«

Tucker bugsierte das Boot langsam an die Anlegestelle. Er schaltete den Motor aus und hantierte rasch mit den Leinen, bis das Boot vertäut war. Tony und Eddie machten sich mit der Kühlbox auf den Weg, während Tucker die herumliegenden Sachen aufsammelte und ein paar Abdeckungen festhakte, bevor er zu seinen Gefährten auf dem Parkplatz stieß.

»Na, das war ja ziemlich einfach«, bemerkte Tony. Die Kühlbox stand bereits auf der Ladefläche seines Ford-Kombi Country Squire.

»Was meinst du, wer heute das Rennen gewonnen hat?« fragte Eddie. Sie hatten nicht daran gedacht, ein Radio auf den Ausflug mitzunehmen.

»Ich hab auf Foyt gesetzt, um es ein bißchen interessanter zu machen.«

»Nicht Andretti?« fragte Tucker.

»Der ist ein Speedy Gonzales, aber er hat kein Glück. Wetten ist ein Geschäft«, betonte Piaggi. Angelo gehörte jetzt der Vergangenheit an, und die Art, wie er beseitigt worden war, hatte, wenn man es recht bedachte, doch auch etwas Komisches, allerdings würde Piaggi wohl im Leben keine Krebstörtchen mehr essen.

»Also gut«, sagte Tucker, »ihr wißt, wo ihr mich finden könnt.«

»Du kriegst dein Geld«, meinte Eddie etwas unpassend. »Ende der Woche, am üblichen Ort.« Er hielt inne. »Was ist, wenn die Nachfrage steigt?«

»Das kann ich schaukeln«, versicherte ihm Tucker. »Ich schaff soviel ran, wie ihr wollt.«

»Was für einen verdammten Draht hast du eigentlich?« fragte Eddie in der Hoffnung, noch ein bißchen mehr zu erfahren.

»Genau das hat Angelo auch wissen wollen, denk dran. Gentlemen, wenn ich euch das verraten würde, bräuchtet ihr mich nicht, oder?«

Tony Piaggi lächelte. »Traust du uns etwa nicht?«

»Klar doch.« Tucker grinste. »Ich verlaß mich drauf, daß ihr den Stoff verkauft und das Geld mit mir teilt.«

Piaggi nickte zustimmend. »Ich mag clevere Geschäftspartner. Bleib so. Tut uns allen gut. Hast du einen Bankmenschen?«

»Noch nicht, hab noch nicht groß drüber nachgedacht«, log Tucker.

»Solltest du aber, Henry. Wir können dir dabei helfen, eine Bank in Übersee. Sichere Sache, Nummernkonto und so weiter. Du kannst das von einem Bekannten überprüfen lassen. Denk dran, die können Geld zurückverfolgen, wenn du nicht aufpaßt. Wirf bloß nicht zuviel damit um dich. Wir haben 'ne Menge Freunde auf die Art verloren.«

»Ich geh kein Risiko ein, Tony.«

Piaggi nickte. »Das ist genau die richtige Einstellung. In dem Geschäft mußt du auf der Hut sein. Die Bullen werden allmählich schlau.«

»Nicht schlau genug.« Genau wie seine Partner, wenn man schon mal dabei war, aber eins nach dem anderen.

5 / Verpflichtungen

Die Sendung traf mit einem sichtlich vom Jetlag geplagten Captain in der Marine-Geheimdienstzentrale in Suitland, Maryland, ein. Zum Stab gehörende Fotoauswertungsexperten wurden noch durch Spezialisten aus der zur Luftwaffe gehörenden 1127. Truppenüberwachungseinheit in Fort Belvoir verstärkt. Nach insgesamt zwanzig Stunden war alles entwickelt; dabei stellte sich heraus, daß die Aufnahmen des Büffeljägers ungewöhnlich gut waren, und der Amerikaner am Boden hatte ganz genau so reagiert, wie es seine Aufgabe gewesen war: hochsehen und den Blick immer auf die vorbeifliegende Aufklärungsdrohne halten.

»Der arme Hund hat dafür bezahlen müssen«, bemerkte ein Navy Chief zu seinem Kollegen von der Luftwaffe. Auf dem Foto war genau hinter dem Amerikaner ein Soldat der NVA, der nordvietnamesischen Volksarmee, abgebildet, der gerade mit dem Gewehrkolben ausholte. »Dir möchte ich mal in einer dunklen Gasse begegnen, du kleiner Scheißer.«

»Was halten Sie davon?« Der dienstältere Master Sergeant der Luftwaffe schob ein Paßfoto herüber.

»Bei der Ähnlichkeit wäre ich bereit, mein Geld zu verwetten.« Beide Geheimdienstspezialisten fanden es sonderbar, daß sie eine so spärliche Fotoauswahl zum Vergleichen mit diesen Aufnahmen bekommen hatten, aber wer da vorsortiert hatte, hatte seine Sache gut gemacht. Sie hatten das passende Gegenstück gefunden. Was sie aber nicht wußten, war, daß sie Fotos von einem offiziell bereits toten Mann vor sich hatten.

Kelly ließ Pam schlafen, froh, daß sie auch ohne chemische Hilfe dazu in der Lage war. Er zog sich an, ging nach draußen und lief zweimal um seine Insel – etwa ein Kilometer pro Runde –, bis er in der stillen Morgenluft ins Schwitzen kam. Sam und Sarah, ebenfalls Frühaufsteher, stießen zu ihm, während er sich auf dem Dock abkühlte.

»Wie du dich verändert hast, ist auch bemerkenswert«, meinte sie. Und dann, nach einer kurzen Pause: »Wie war Pam letzte Nacht?«

Die Frage raubte Kelly kurzfristig die Fassung, dann stieß er hervor: »*Waas?*«

»Oh, Mist, Sarah...« Sam sah beiseite und mußte beinahe lachen. Seine Frau wurde fast so rot wie die Morgendämmerung.

»Sie hat mich überredet, ihr letzte Nacht nichts zu geben«, erklärte Sarah. »Sie ist etwas nervös geworden, aber sie wollte es probieren, und ich hab mich überzeugen lassen. Das hab ich mit meiner Frage gemeint, John. Entschuldigung.«

Wie sollte er die letzte Nacht erklären? Erst hatte er Angst gehabt, sie zu berühren, Angst davor, aufdringlich zu erscheinen; sie hatte das als Zeichen dafür genommen, daß er sie nicht mehr mochte, und dann... hatte es sich ergeben.

»Sie hat vor allem die hirnrissige Vorstellung...« Kelly brachte sich selbst zum Schweigen. Pam sollte selber mit ihr darüber reden, es war nicht angebracht, wenn er das tat, oder? »Sie hat gut geschlafen, Sarah. Sie hat sich gestern wirklich erschöpft.«

»Ich weiß nicht, ob ich je eine entschlossenere Patientin gehabt habe.« Sie stieß Kelly fest mit dem Finger in die Brust. »Sie haben unheimlich geholfen, junger Mann.«

Kelly schaute weg, da er nicht wußte, was er darauf sagen sollte. *Die Freude war ganz meinerseits?* Zum Teil glaubte er immer noch daran, daß er sie ausnutzte. Er war über ein verstörtes Mädchen gestolpert und... hatte sie ausgebeutet? Nein, das stimmte nicht. Er liebte sie. So verwunderlich das schien. Sein Leben verwandelte sich in etwas erkennbar Normales – so sah es jedenfalls aus. Er heilte sie, aber sie heilte ihn genauso.

»Sie... sie macht sich Sorgen, daß ich nicht... all das aus ihrer Vergangenheit, meine ich. Mir macht das echt nicht besonders viel aus. Du hast recht, sie ist ein sehr starkes Mädchen. Zum Teufel, ich hab auch eine bewegte Vergangenheit, wißt ihr? Ich bin kein Unschuldslamm.«

»Laß sie sich aussprechen«, sagte Sam. »Sie braucht das. Die Dinge müssen ans Licht, bevor du dich damit auseinandersetzen kannst.«

»Bist du sicher, daß es dich nicht zu sehr mitnehmen wird? Es könnten einige ganz schön häßliche Dinge zur Sprache kommen«, bemerkte Sarah und beobachtete seine Augen.

»Häßlicher als der Krieg?« Kelly schüttelte den Kopf. Dann wechselte er das Thema. »Was ist mit den... Medikamenten?«

Die Frage erleichterte alle, und Sarah konnte wieder von der Arbeit sprechen. »Sie hat die schlimmste Zeit schon hinter sich. Wenn mit einer ernsten Entzugsreaktion zu rechnen gewesen wäre, müßte sie bereits eingetreten sein. Es kann sein, daß sie phasenweise noch mal unruhig wird, wenn sie unter Streß gerät beispielsweise. In dem Fall hast du das Phenobarb, und ich habe dir schon entsprechende Anweisungen notiert; aber sie steht das tapfer durch. Ihre Persönlichkeit ist bei weitem stärker, als sie sich selber zugesteht. Du bist intelligent genug, um zu merken, wann es ihr dreckig geht. In dem Fall mußt du, hörst du, *mußt* du sie unbedingt dazu bringen, eine der Tabletten zu nehmen.«

Kelly wehrte sich gegen die Vorstellung, Pam irgend etwas aufzuzwingen. »Also, Doc, ich kann . . .«

»Immer ruhig, John. Ich meine ja nicht, du sollst sie ihr in den Schlund stopfen. Wenn du ihr sagst, daß sie das wirklich braucht, wird sie auf dich hören, okay?«

»Wie lange?«

»Vielleicht noch eine Woche, vielleicht zehn Tage«, sagte Sarah nach kurzem Überlegen.

»Und dann?«

»Dann kannst du an die Zukunft denken, die ihr vielleicht vor euch habt«, verkündete sie.

Sam war diese doch sehr persönliche Bemerkung ein wenig unbehaglich. »Ich möchte, daß sie gründlich untersucht wird, Kelly. Wann mußt du das nächste Mal nach Baltimore?«

»In ein paar Wochen, vielleicht auch früher. Warum?«

Das war wieder Sarahs Revier. »Ich konnte sie nicht gründlich untersuchen. Sie ist schon lange bei keinem Arzt mehr gewesen, und mir wäre wohler, wenn sie mal so richtig auf Herz und Nieren geprüft würde – Krankengeschichte und körperlicher Zustand und so weiter. Wen würdest du vorschlagen, Sam?«

»Kennst du Madge North?«

»Die wäre genau richtig«, meinte Sarah. »Weißt du, Kelly, es kann nicht schaden, wenn du dich auch mal untersuchen läßt.«

»Sehe ich krank aus?« Kelly streckte die Arme aus und ließ sie seinen gestählten Körper begutachten.

»Hör auf mit dem Blödsinn«, herrschte Sarah ihn an. »Wenn sie hingeht, gehst du auch hin. Ich möchte sichergehen, daß ihr beide vollständig gesund seid – Punktum! Kapiert?«

»Jawohl, gnädige Frau.«

»Noch eins, und ich möchte, daß du gut zuhörst«, fuhr Sarah fort. »Sie sollte auch zu einem Psychiater gehen.«

»Warum?«

»John, das Leben ist kein Film. Die Leute lassen im wirklichen

Leben nicht einfach ihre Probleme hinter sich und reiten in den Sonnenuntergang, okay? Sie ist sexuell mißbraucht worden. Sie war auf Drogen. Ihr Selbstwertgefühl ist momentan nicht gerade das tollste. Leute in ihrer Lage geben *sich selbst* die Schuld dafür, daß sie zu Opfern geworden sind. Die richtige Therapie kann das beheben helfen. Was du tust, ist wichtig, aber sie braucht auch professionelle Hilfe. Okay?«

Kelly nickte. »Okay.«

»Gut«, sagte Sarah und blickte zu ihm hoch. »Ich mag dich. Du hörst gut zu.«

»Habe ich eine andere Wahl?« fragte Kelly mit einem schiefen Lächeln.

Sie lachte. »Nein, eigentlich nicht.«

»So ist sie immer«, teilte Sam Kelly mit. »Eine richtige Kommandeuse. Sie sollte Krankenschwester werden. Von Ärzten kann man normalerweise einen höflichen Umgangston erwarten, aber die Krankenschwestern, die kommandieren uns herum.« Sarah gab ihrem Mann einen spielerischen Tritt.

»Dann sollte ich lieber nie einer Krankenschwester über den Weg laufen«, meinte Kelly und verließ mit ihnen das Dock.

Pam schlief schließlich mehr als zehn Stunden, und das ganz ohne Barbiturate, beim Aufwachen hatte sie dann allerdings stechende Kopfschmerzen, gegen die Kelly ihr ein Aspirin gab.

»Besorg dir Tylenol«, wies Sarah ihn an. »Belastet den Magen nicht so sehr.« Die Pharmakologin untersuchte Pam noch einmal demonstrativ, während Sam ihrer beider Sachen zusammenpackte. Alles in allem war sie mit dem Ergebnis zufrieden. »Ich möchte, daß du fünf Pfund zunimmst, bis ich dich wiedersehe.«

»Aber...«

»Und John wird dich zu uns bringen, damit wir dich gründlich untersuchen lassen können – sagen wir in zwei Wochen?«

»Jawohl, Madam«, nickte Kelly ergeben wie schon zuvor.

»Aber...«

»Pam, sie haben sich gegen mich verschworen. Ich muß auch hin«, berichtete er in bemerkenswert zahmem Ton.

»Ihr müßt so früh weg?«

Sarah nickte. »Wir hätten eigentlich schon gestern abreisen sollen, aber was soll's.« Sie sah Kelly an. »Wenn du nicht wie vereinbart auftauchst, dann rufe ich dich an und werde dir was flüstern.«

»Sarah. Herrgott, bist du ein autoritäres Weib!«

»Du solltest erst mal hören, was Sam dazu zu sagen hat.«
Kelly ging mit ihr zum Dock, wo Sams Boot bereits vor sich hin tuckerte. Sarah und Pam umarmten sich. Kelly versuchte, ihr nur die Hand zu geben, mußte dann aber doch einen Kuß über sich ergehen lassen. Sam kam heruntergesprungen, um ihnen die Hände zu schütteln.
»Neue Karten!« schärfte Kelly dem Chirurgen ein.
»Aye aye, Käptn.«
»Ich mach die Leinen los.«
Rosen gab sich alle Mühe, Kelly zu zeigen, was er gelernt hatte. Er stieß ab, indem er hauptsächlich mit dem Steuerborder manövrierte und die Hatteras um die eigene Achse drehte. Der Mann vergaß nichts. Einen Augenblick später gab Sam mit beiden Motoren Gas und fuhr geradeaus davon, mit Kurs auf garantiert tiefes Gewässer. Pam stand einfach so da und hielt Kellys Hand, bis das Boot zu einem weißen Fleck am Horizont geworden war.
»Ich hab vergessen, mich bei ihr zu bedanken«, meinte sie schließlich.
»Nein, das hast du nicht. Du hast es nur nicht gesagt, das ist alles. Na, wie geht's dir heute?«
»Meine Kopfschmerzen sind weg.« Sie sah zu ihm auf. Ihr Haar mußte mal wieder gewaschen werden, aber ihre Augen waren klar, und ihr Gang war beschwingt. Kelly verspürte das Bedürfnis, sie zu küssen, was er auch tat. »Und was machen wir nun?«
»Wir müssen miteinander reden«, sagte Pam leise. »Es ist Zeit.«
»Warte hier.« Kelly ging in die Werkstatt und kam mit zwei Liegestühlen zurück. Er bot ihr einen Platz an. »Jetzt erzähl mir, wie schlimm du bist.«
Pamela Starr Madden stand drei Wochen vor ihrem einundzwanzigsten Geburtstag, erfuhr Kelly, womit er endlich auch ihren Nachnamen genannt bekam. Sie stammte aus einer einfachen Arbeiterfamilie aus der sogenannten Panhandle im Norden von Texas und war unter der strengen Hand eines Vaters aufgewachsen, der zu der Sorte von Männern gehörte, die selbst einen Baptistenpfarrer zur Verzweiflung bringen können. Donald Madden war ein Mann, der zwar die Grundregeln der Religion verstand, nicht aber deren Gehalt; der streng war, weil er nicht wußte, wie er seine Liebe zeigen sollte; der aus Lebensüberdruß trank – und deswegen auch auf sich selbst wütend war –, aber damit nie zurechtkam. Wenn seine Kinder nicht gehorchten, schlug er sie, gewöhnlich mit einem Gürtel oder einem Stecken, bis ihn das schlechte Gewissen packte, was aber selten eher

eintrat als die Erschöpfung. Pam war nie ein glückliches Kind gewesen, aber erst der Tag nach ihrem sechzehnten Geburtstag brachte das Faß zum Überlaufen. Sie hatte bis spät in der Kirche zu tun gehabt und war schließlich noch mit Freunden ausgegangen, in dem sicheren Gefühl, daß sie nun endlich das Recht dazu hatte. Am Ende hatte es nicht mal einen Kuß gegeben von dem Jungen, dessen Elternhaus beinahe ebenso streng war wie ihr eigenes. Aber das focht Donald Madden nicht an. Als Pam an diesem Freitag abend zwanzig nach zehn heimkam, trat sie in ein hell erleuchtetes Haus, wo sie sich einem wutentbrannten Vater und einer völlig eingeschüchterten Mutter gegenübersah.

»Die Sachen, die er gesagt hat...« Pam sah beim Reden aufs Gras hinunter. »Die habe ich alle nicht gemacht. Ich hab nicht mal daran gedacht, und Albert war so ein unschuldiger Junge ... genau wie ich – damals.«

Kelly drückte ihr die Hand. »Du brauchst mir davon gar nichts zu erzählen, Pam.« Aber genau das mußte sie, und Kelly wußte das auch, deshalb hörte er einfach weiter zu.

Nachdem sie die schlimmste Tracht Prügel ihrer ganzen sechzehn Jahre verpaßt bekommen hatte, war Pamela Madden aus dem Fenster ihres Schlafzimmers im ersten Stock geschlüpft und die zehn Kilometer ins Zentrum der öden, staubigen Stadt gelaufen. Vor Tagesanbruch hatte sie einen Greyhound-Bus nach Houston bestiegen, nur weil es der erste Bus gewesen war, und es war ihr nicht eingefallen, irgendwo unterwegs auszusteigen. Soweit sie feststellen konnte, hatten ihre Eltern sie nicht einmal vermißt gemeldet. Eine Reihe mieser Jobs und eine noch schlimmere Unterkunft in Houston hatten ihr Elend nur noch vergrößert, und bald darauf hatte sie sich entschlossen, woandershin zu gehen. Mit dem wenigen Geld, das sie gespart hatte, stieg sie wieder in einen Bus – diesmal von Continental Trailways – und fuhr bis New Orleans. Verschüchtert, mager und jung, wie sie war, hatte Pam nicht die geringste Ahnung, daß es Männer gab, die sich auf minderjährige Ausreißerinnen als leichte Beute stürzten. Fast augenblicklich war sie von einem gutgekleideten und in schmeichlerischen Worten auf sie einredenden Fünfundzwanzigjährigen namens Pierre Lamarck aufgespürt worden und hatte sein Angebot, ihr Unterkunft und Hilfe zu bieten, schließlich angenommen, nachdem er ihr mitfühlend ein Abendessen spendiert hatte. Drei Tage später war er ihr erster Liebhaber geworden. Eine Woche darauf hatte ein Schlag ins Gesicht das sechzehnjährige Mädchen zu seinem zweiten sexuellen Abenteuer gezwungen, diesmal mit einem Handelsvertreter aus Springfield, Illinois, den Pam an seine eigene Tochter erinnerte – und zwar so sehr, daß er sie für den ganzen Abend engagiert und Lamarck fünfzig Dollar für dieses Erlebnis gezahlt hatte. Am Tag darauf hatte Pam sich den Inhalt einer ganzen Dose mit Pillen von ihrem Zuhälter in den Rachen geschüttet, damit aber nichts erreicht, als daß sie sich übergeben mußte und obendrein noch eine gehörige Tracht Prügel bezog, weil sie es gewagt hatte, sich zu widersetzen.

Kelly hörte der Erzählung ruhig und scheinbar ungerührt zu, mit festem Blick und regelmäßigen Atemzügen. In seinem Innern sah es allerdings ganz anders aus. Die Mädchen, die er in Vietnam gehabt hatte, diese kindlichen Dinger, und die wenigen, die er seit Tishs Tod genommen hatte. Es war ihm nie eingefallen, daß diese jungen Frauen ihr Leben und ihre Arbeit vielleicht gar nicht genossen. Keinen Gedanken hatte er daran verschwendet, die ganze Zeit hatte er ihre vorgetäuschten Reaktionen für echte menschliche Gefühle gehalten – war er denn etwa kein anständiger, ehrenhafter Mann? Aber er hatte für die Dienste junger Frauen bezahlt, deren Geschichten insgesamt gesehen wohl kein bißchen anders gewesen waren als die von Pam, und die Scham darüber brannte in seinem Innern wie eine Fackel.

Mit neunzehn war sie mittlerweile Lamarck und drei anderen Loddeln entwischt, und jedesmal landete sie doch nur wieder bei einem Zuhälter. Einer in Atlanta hatte sich einen besonderen Spaß daraus gemacht, seine Pferdchen vor seinen Kumpels auszupeitschen, wozu er gern ein dünnes Kabel benutzte. Ein anderer in Chicago hatte Pam auf Heroin gesetzt, um dieses Mädchen besser kontrollieren zu können, das ihm ein bißchen zu unabhängig vorkam, aber sie hatte ihn schon am nächsten Tag verlassen und seine Einschätzung damit nur bestätigt. Sie hatte mit angesehen, wie ein anderes Mädchen vor ihren Augen an einer Überdosis unverschnittenen Stoffs zugrunde ging, und das hatte ihr mehr Angst eingejagt als alle angedrohten Prügel. Da sie nicht wieder nach Hause zurückkonnte – einmal hatte sie angerufen, aber ihre Mutter hatte den Hörer aufgeknallt, noch bevor sie um Hilfe bitten konnte – und den Sozialbehörden auch nicht traute, die ihr vielleicht auf einem anderen Weg geholfen hätten, fand sie sich unversehens in Washington, D.C., wieder, eine erfahrene Straßenhure mit einem Hang zu Drogen, der ihr half, sich vor dem zu verstecken, was sie von sich selber dachte. Ganz gelang es ihr dennoch nicht. Und das, dachte Kelly, hat sie wahrscheinlich gerettet. Während ihrer »Laufbahn« hatte sie zwei

Abtreibungen gehabt, hatte sich dreimal eine Geschlechtskrankheit geholt und war viermal verhaftet worden, ohne daß es allerdings je zu einer Anklage gekommen wäre. Jetzt weinte Pam, und Kelly rückte näher an sie heran.
»Siehst du jetzt, was ich wirklich bin?«
»Ja, Pam. Ich sehe eine verdammt mutige junge Dame.« Er umarmte sie ganz fest. »Schätzchen, laß es gut sein. Jeder kann mal was verpfuschen. Du brauchst Mumm, um das zu ändern, und noch viel mehr Mumm, um darüber zu reden.«

Das letzte Kapitel hatte in Washington begonnen, mit einem Kerl namens Roscoe Fleming. Inzwischen war Pam völlig von Barbituraten abhängig, sah aber noch immer blühend und hübsch aus, wenn sich jemand die Zeit nahm, sie entsprechend herzurichten, jedenfalls gut genug, um Typen mit einem Hang zu jungen Gesichtern einen anständigen Preis zu entlocken. Einer von denen hatte eine Idee aufgebracht, so eine Art Nebenerwerb. Dieser Mann, er hieß Henry, hatte sein Drogengeschäft größer aufziehen wollen, und da er ein vorsichtiger Kerl war, daran gewöhnt, daß andere nach seiner Pfeife tanzten, hatte er sich einen Stall voller Pferdchen angeschafft, die die Drogen von seinem Stützpunkt an seine Verteiler lieferten. Die Mädchen kaufte er von eingesessenen Zuhältern in anderen Städten, wobei er jedesmal gleich bar auf die Hand zahlte, was die Mädchen schon nichts Gutes ahnen ließ. Diesmal versuchte Pam fast sofort zu fliehen, aber sie wurde geschnappt und so heftig verprügelt, daß drei Rippen dabei brachen. Erst später erfuhr sie, wieviel Glück sie gehabt hatte, daß ihre erste Lektion nicht schlimmer ausgefallen war. Henry hatte die Gelegenheit genützt, sie mit Barbituraten vollzupumpen, was gleichzeitig den Schmerz linderte und ihre Abhängigkeit vergrößerte. Als zusätzliche Maßnahme hatte er sie auch noch jedem seiner Komplizen zur Verfügung gestellt, der sie wollte. Damit hatte Henry das erreicht, was all den anderen vor ihm nicht gelungen war. Er hatte ihren Willen gebrochen.

Während fünf ganzer Monate hatte die Kombination von Prügeln, sexuellem Mißbrauch und Drogen sie in einen beinahe katatonischen Zustand versetzt, bis sie vor nur vier Wochen mit einem Ruck wieder von der Realität eingeholt worden war, als sie in einem Hauseingang über den Körper eines zwölfjährigen Jungen stolperte, dem die Nadel noch im Arm steckte. Während sie nach außen hin gefügig blieb, hatte Pam sich mit aller Kraft bemüht, ihren Drogenkonsum einzuschränken. Henrys Freunde hatten sich nicht beschwert. Auf die Art war sie viel besser im Bett, dachten sie und schoben das als überzeugte Machos natürlich eher der eigenen umwerfenden Potenz zu statt Pams wacherem Zustand. Sie hatte auf ihre Chance gewartet, darauf, daß Henry einmal nicht da sein würde, denn die anderen wurden nachlässiger, wenn er nicht in der Nähe war. Es war jetzt fünf Tage her, da hatte sie ihre wenigen Habseligkeiten gepackt und war ausgebüxt. Ohne einen Cent in der Tasche – Henry hatte ihnen nie eigenes Geld gelassen – hatte sie per Anhalter die Stadt verlassen.

»Erzähl mir von Henry«, sagte Kelly sachte, als sie geendet hatte.

»Dreißig, schwarz, etwa deine Größe.«

»Sind noch andere Mädchen entkommen?«

Pams Stimme wurde so kalt wie Eis. »Ich weiß nur von einer, die es probiert hat. Es war so gegen November. Er ... er hat sie umgebracht. Er dachte, sie würde zu den Bullen laufen, und –« sie blickte auf – »er hat es uns alle mit ansehen lassen. Es war furchtbar.«

Kelly sagte leise: »Warum hast du es dann probiert, Pam?«

»Ich würde lieber sterben, als das wieder machen«, flüsterte sie; damit war der Gedanke heraus. »Ich wollte sterben. Dieser kleine Junge. Weißt du, was passiert? Du hörst einfach auf. Alles hört auf. Und ich habe geholfen. Ich habe mitgeholfen, ihn umzubringen.«

»Wie bist du rausgekommen?«

»Die Nacht davor ... habe ich ... alle drüber gelassen ... damit sie mich mochten ... mich ... mich aus den Augen ließen. Verstehst du jetzt?«

»Du hast getan, was zur Flucht notwendig war«, erwiderte Kelly. Er mußte alle verfügbare Kraft aufwenden, um seine Stimme zu beherrschen. »Gott sei Dank.«

»Ich würde es dir nicht übelnehmen, wenn du mich wieder zurückbrächtest und meiner Wege gehen ließest. Vielleicht hat Daddy recht gehabt mit dem, was er über mich gesagt hat.«

»Pam, erinnerst du dich noch, wie du zur Kirche gegangen bist?«

»Ja.«

»Erinnerst du dich an die Geschichte, die so aufhört: ›Gehe hin und sündige nicht mehr‹? Denkst du, ich hab noch nie was Schlechtes getan? Mich nie geschämt? Nie Schiß gehabt? Du bist nicht allein, Pam. Hast du überhaupt eine Ahnung, wie mutig du gewesen bist, mir all das zu erzählen?«

Ihrer Stimme fehlte mittlerweile jede Gefühlsregung. »Du hast ein Recht, es zu erfahren.«

»Und jetzt weiß ich es, und es macht keinen Unterschied.« Er

schwieg einen Moment. »Doch, es macht einen Unterschied: Du hast sogar noch mehr Mumm, Schätzchen, als ich dachte.«
»Bist du sicher? Was ist mit später?«
»Das einzige, was mir an ›später‹ Sorgen macht, sind diese Leute, von denen du weg bist«, sagte Kelly.
»Wenn sie mich je finden...« Jetzt ließ sie ihren Gefühlen wieder freien Lauf. Sie hatte Angst. »Jedesmal, wenn wir in die Stadt gehen, könnten sie mich sehen.«
»Da werden wir schon aufpassen«, sagte Kelly.
»Ich werde nie sicher sein. Niemals.«
»Na ja, also, es gibt zwei Wege, damit umzugehen. Du kannst einfach immer weiter davonrennen und dich verstecken. Oder du kannst mithelfen, sie aus dem Verkehr zu ziehen.«
Sie schüttelte energisch den Kopf. »Das Mädchen, das sie ermordet haben. Sie haben Bescheid gewußt. Sie haben gewußt, daß sie zu den Bullen wollte. Deshalb kann ich der Polizei nicht trauen. Außerdem weißt du überhaupt nicht, wie schrecklich diese Leute sind!«
Kelly merkte, daß Sarah auch noch mit etwas anderem recht behalten hatte. Pam trug jetzt wieder ihr Top, und die Sonne hatte die Narben an ihrem Rücken hervortreten lassen. Es gab Stellen, die die Sonne nicht so gebräunt hatte wie die anderen. Ein Nachhall der Schrammen und blutigen Striemen, die andere ihr aus Vergnügen zugefügt hatten. Es hatte alles mit Pierre Lamarck oder, korrekter, mit Donald Madden angefangen, kleinen, feigen Männern, die ihre Beziehungen zu Frauen mit Gewalt regelten.
Männer? fragte sich Kelly.
Nein.
Kelly sagte ihr, sie solle noch sitzen bleiben, und ging nach hinten in den Werkzeugbunker. Er kam mit acht leeren Mineralwasser- und Bierdosen zurück, die er etwa zehn Meter von ihren Stühlen entfernt auf den Boden stellte.
»Steck dir die Finger in die Ohren«, befahl er.
»Warum?«
»Bitte«, erwiderte er. Nachdem sie gehorcht hatte, wirbelte Kellys rechte Hand durch die Luft und zog einen .45er Colt Automatik unterm Hemd hervor. Er brachte sie mit beiden Händen in Anschlag, schwenkte dann von links nach rechts. Nacheinander fielen zum lauten Knallen des Revolvers die Dosen im Abstand von etwa einer halben Sekunde um oder flogen fast einen halben Meter in die Luft. Bevor noch die letzte nach ihrem kurzen Flug auf dem Boden landen konnte, hatte Kelly auch schon das leere Magazin ausgeworfen und

ein neues hineingeschoben, und noch einmal hüpften sieben der Dosen durch die Luft. Er vergewisserte sich, daß die Waffe auch wirklich leer war, schob den Hahn zurück und steckte den Revolver zurück in den Gürtel. Dann setzte er sich wieder neben sie.

»Es gehört nicht viel dazu, einem jungen Mädchen ohne Freunde Angst einzujagen. Aber um mich einzuschüchtern, braucht es schon ein bißchen mehr. Pam, wenn jemand auch nur daran *denkt*, dir weh zu tun, dann bekommt er's erst einmal mit mir zu tun.«

Sie blickte zu den Dosen hinüber, dann zu Kelly, der mit sich und seiner Schießkunst durchaus zufrieden war. Die Vorführung hatte ihm die notwendige Erleichterung verschafft, und in seinem kurzen Anfall von Aktivität hatte er jeder Dose einen Namen oder ein Gesicht zugeschrieben. Aber er konnte sehen, daß sie immer noch nicht überzeugt war. Das würde noch etwas Zeit brauchen.

»Wie auch immer.« Er setzte sich wieder zu Pam. »Okay, du hast mir deine Geschichte erzählt, richtig?«

»Ja.«

»Glaubst du immer noch, daß es mir was ausmacht?«

»Nein. Du sagst, es ist nicht so. Das werd ich dir wohl glauben müssen.«

»Pam, nicht alle Männer auf der Welt sind so – eigentlich nicht sehr viele. Du hast Pech gehabt, das ist alles. Mit dir ist nichts verkehrt. Einige Leute werden bei Unfällen verletzt oder werden krank. Drüben in Vietnam habe ich Männer gesehen, die umgekommen sind, weil sie Pech hatten. Mir ist das auch fast passiert. Es lag nicht etwa daran, daß mit ihnen etwas nicht in Ordnung war. Es war einfach Pech, sie waren am falschen Ort, bogen nach links ab statt nach rechts, schauten in die falsche Richtung. Sarah möchte, daß du einige Ärzte aufsuchst und es mit ihnen durchsprichst. Ich denke, sie hat recht. Wir werden dich schon wieder hinkriegen. Und zwar völlig.«

»Und dann?« fragte Pam Madden. Kelly holte einmal tief Luft, aber es gab schon kein Zurück mehr.

»Wirst du ... bei mir bleiben, Pam?«

Sie sah aus, als hätte sie eine Ohrfeige bekommen. Kelly war völlig verblüfft über ihre Reaktion. »Du kannst doch nicht, du tust das doch bloß, weil...«

Kelly stand auf und zog sie an den Armen hoch. »Jetzt hör mir mal zu, ja? Du bist krank gewesen. Du bist auf dem Weg der Besserung. Du hast alles geschluckt, was diese gottverdammte Welt dir zugeschoben hat, aber du hast nicht aufgegeben. Ich *glaube* an dich! Es wird Zeit brauchen. Alle Dinge brauchen Zeit. Aber am Ende wirst du ein gottverdammt feiner Mensch sein.« Er setzte sie wieder auf die Füße und trat einen Schritt zurück. Er bebte vor Zorn, nicht nur auf das, was man ihr angetan hatte, sondern auch auf sich, weil er selber schon dabei war, ihr seinen Willen aufzuzwingen. »Es tut mir leid. Das hätte ich nicht tun sollen. Bitte, Pam... glaub doch einfach ein wenig an dich selbst.«

»Es ist schwer. Ich hab fürchterliche Sachen gemacht.«

Sarah hatte recht. Sie brauchte professionelle Hilfe. Er ärgerte sich über sich selbst, weil er nicht genau wußte, was er sagen sollte.

Die nächsten paar Tage verflossen überraschend unbeschwert. Abgesehen von ihren anderen Eigenschaften war Pam eine schreckliche Köchin. Zweimal hatte sie deswegen schon vor Enttäuschung geweint, obwohl es Kelly gelungen war, alles, was sie zubereitete, mit einem Lächeln und einem netten Wort hinunterzuwürgen. Aber sie lernte auch rasch, und bis zum Freitag hatte sie inzwischen herausbekommen, wie man einen Hamburger macht, der nach mehr schmeckt als einem Stück Holzkohle. Bei alledem war Kelly an ihrer Seite, um sie zu ermutigen, dabei stets bemüht, ihr nicht allzusehr den eigenen Willen aufzudrängen, was ihm meistens auch gelang. Ein leises Wort, eine zarte Berührung ein Lächeln zur rechten Zeit; stärkere Mittel brauchte er nicht einzusetzen. Schon bald ahmte sie seine Gewohnheit nach, vor Tagesanbruch aufzustehen. Er gewöhnte sie an sportliche Übungen. Eine nicht ganz leichte Aufgabe, denn obwohl sie im Grunde körperlich gesund war, hatte sie über Jahre hinaus nie mehr als einen halben Häuserblock rennend hinter sich gebracht, und so ließ er sie um die Insel gehen, am Anfang erst mal zwei Runden, zum Ende der Woche waren es schon fünf. Die Nachmittage verbrachte sie in der Sonne, und da sie nicht viel anzuziehen hatte, lag sie meistens nur in Höschen und BH da. Sie wurde allmählich braun und schien nie die feinen, blassen Male auf ihrem Rücken zu bemerken, die Kelly vor Wut das Blut stocken ließen. Sie begann, stärker auf ihr Aussehen zu achten, duschte mindestens einmal am Tag und wusch ihr Haar, das sie so lange bürstete, bis es seidig glänzte, und Kelly versäumte nie, ihr Komplimente dafür zu machen. Kein einziges Mal schien sie das Phenobarbital zu brauchen, das Sarah dagelassen hatte. Vielleicht mußte sie das eine oder andere Mal mit sich kämpfen, aber durch Trimmen statt Chemikalienschlucken kam sie auf einen normalen Schlaf- und Wachrhythmus. Ihr Lächeln gewann mehr Zutrauen, und zweimal ertappte er sie dabei, wie sie mit etwas anderem als Schmerz im Blick in den Spiegel sah.

»Ganz hübsch, nicht wahr?« fragte er am Samstag abend, gleich nach dem Duschen.

»Kann sein«, gab sie zu.

Kelly nahm einen Kamm vom Waschbecken und begann, ihr nasses Haar durchzukämmen. »Die Sonne hat es für dich aufgehellt.«

»Es hat ganz schön gedauert, den ganzen Dreck rauszubringen«, sagte sie, während sie sich unter seinen Händen entspannte.

Kelly mühte sich mit einem Knoten ab und gab acht, nicht zu fest zu ziehen. »Aber rausgekommen ist er trotzdem, Pammy, nicht wahr?«

»Mhm, ich schätze schon«, sagte sie zu dem Gesicht im Spiegel.

»Wie schwer ist es dir gefallen, das auszusprechen, Schätzchen?«

»Ziemlich schwer.« Ein Lächeln, echt, voller Wärme und Zuversicht.

Kelly legte den Kamm hin und küßte ihren Nacken, ließ sie im Spiegel zusehen. Dann nahm er den Kamm wieder auf und machte weiter. Es kam ihm ausgesprochen unmännlich vor, aber es gefiel ihm trotzdem. »Da, alles glatt, keine Knoten.«

»Du solltest wirklich einen Fön anschaffen.«

Kelly zuckte mit den Achseln. »Ich hab nie einen gebraucht.«

Pam drehte sich um und nahm seine Hände. »Du wirst aber, wenn du mich immer noch willst.«

Er schwieg vielleicht zehn Sekunden, und als er sprach, brachte er die Worte nicht ganz so heraus wie beabsichtigt, denn nun bekam er es mit der Angst zu tun. »Bist du sicher?«

»Willst du noch . . .«

»Ja!« Es war nicht leicht, sie mit ihrem nassen Haar, noch nackt und feucht vom Duschen, hochzuheben, aber in so einem Augenblick mußte ein Mann seine Frau einfach in den Arm nehmen. Sie hatte sich schon verändert. Ihre Rippen stachen nicht mehr so hervor. Durch die regelmäßige, gesunde Ernährung hatte sie zugenommen. Aber innerlich hatte sich am meisten getan. Kelly wunderte sich, was da für ein Wunder stattgefunden hatte; er mochte kaum glauben, daß er daran Anteil hatte, und doch wußte er, daß es so war. Nach einer Weile setzte er sie wieder ab, betrachtete die Fröhlichkeit in ihren Augen und war stolz, daß er mitgeholfen hatte, sie in ihr zu wecken.

»Ich hab auch meine Ecken und Kanten«, warnte Kelly, ohne sich des Ausdrucks in seinen eigenen Augen bewußt zu sein.

»Die meisten hab ich schon gesehen«, versicherte sie ihm. Ihre Hände fuhren über seine gebräunte Brust, die dunkel behaart und von Narben aus Kampfeinsätzen an einem fernen Ort gezeichnet war. Ihre Narben waren innerlich, aber solche gab es bei ihm auch, und wenn sie zusammenblieben, würde jeder den anderen heilen. Pam war sich dessen nun ganz sicher. Sie hatte begonnen, die Zukunft nicht mehr als einen düsteren Ort zu betrachten, wo sie sich verstecken und vergessen konnte. Nun war es ein Ort der Hoffnung.

6 / Hinterhalt

Alles übrige war einfach. Sie machten einen kurzen Bootsausflug nach Solomons, wo Pam ein paar Dinge einkaufen konnte. In einem Schönheitssalon ließ sie sich die Haare machen. Nach Ablauf der zweiten Woche bei Kelly unternahm sie schon Dauerläufe und hatte zugenommen. Sie konnte bereits einen Bikini tragen, ohne daß ihre Rippen allzu deutlich hervortraten. Ihre Beinmuskulatur kräftigte sich; was vorher schlaff gewesen war, war nun straff, wie es sich für ein Mädchen in ihrem Alter gehörte. Ab und zu wurde sie noch immer von der Vergangenheit verfolgt. Zweimal wachte Kelly auf, weil sie neben ihm zitterte, schwitzte und irgend etwas vor sich hin murmelte, was nie zu richtigen Worten wurde, aber dennoch nur allzuleicht zu verstehen war. Beide Male hatte seine Berührung sie beruhigt, aber nicht ihn. Bald brachte er ihr bei, die *Springer* zu steuern, und sosehr auch ihre Bildung zu wünschen übriglassen mochte, dumm war sie bestimmt nicht. Mühelos erlernte sie Handgriffe, die den meisten Bootsleuten ewig ein Rätsel blieben. Kelly ging auch mit ihr schwimmen, nicht wenig überrascht, daß sie das mitten in Texas gelernt hatte.

Das wichtigste war seine Liebe zu ihr. Er genoß den Anblick, die Laute, den Geruch von Pam Madden, und am meisten liebte er, wie sich ihr Körper anfühlte. Kelly merkte, daß er bereits leicht unruhig wurde, wenn er sie nicht alle paar Minuten sah, als könnte sie irgendwie verschwinden. Doch sie war stets da, erwiderte seinen Blick und lächelte verschmitzt zurück. Meistens. Manchmal ertappte er sie mit einem anderen Gesichtsausdruck, wenn sie sich hatte hinreißen lassen, einen Blick zurück in das Dunkel ihrer Vergangenheit oder auch nach vorn in eine Zukunft zu werfen, die vielleicht ganz anders war als die, die Kelly für sie vorgesehen hatte. In solchen Augenblicken wünschte er sich, er könnte nach ihrer Seele greifen und die beschädigten Teile einfach herausnehmen, aber er wußte, daß er diese Aufgabe anderen würde anvertrauen müssen. Wenn ihm solche Gedanken kamen – und im übrigen auch, wenn es nicht so war –, suchte er sich irgendeinen Vorwand, um zu ihr hinüberzugehen und ihr mit den Fingerspitzen zart über die Schultern zu streichen, nur damit sie sicher sein konnte, daß er für sie da war.

Zehn Tage nachdem Sam und Sarah die Insel verlassen hatten, veranstalteten sie eine kleine Zeremonie. Kelly ließ sie mit dem Boot hinausfahren, die Flasche mit dem Phenobarbital an einen großen Stein binden und ins Wasser werfen. Das satte Platschen im Wasser schien zumindest einem ihrer Probleme ein angemessenes und unwiderrufliches Ende zu setzen. Kelly stand hinter ihr, die Arme um ihre Taille geschlungen, während er den durch die Bucht fahrenden Booten zusah. Er blickte in eine strahlende, vielversprechende Zukunft.

»Du hattest recht«, sagte sie und streichelte seine Unterarme.

»Das kommt manchmal vor«, erwiderte Kelly mit einem Anflug von Lächeln, aber was sie dann sagte, verschlug ihm die Sprache.

»Da sind noch andere, John, andere Frauen bei Henry ... so wie Helen, die er umgebracht hat.«

»Was willst du damit sagen?«

»Ich muß zurück. Ich muß ihnen helfen ... bevor Henry – bevor er noch mehr von ihnen tötet.«

»Das kann gefährlich werden, Pammy«, sagte Kelly langsam.

»Ich weiß ... aber was soll aus ihnen werden?«

Kelly wußte, daß ihre Worte ein Zeichen ihrer Genesung waren. Sie war wieder ein normaler Mensch geworden, und normale Menschen machten sich Sorgen um andere.

»Ich kann mich ja nicht ewig verstecken, oder?« Kelly spürte ihre Angst, aber ihre Worte begehrten dagegen auf, und er drückte sie etwas fester an sich.

»Nein, natürlich nicht, nicht wirklich. Das ist das Problem. Es ist zu schwer, dauernd Verstecken zu spielen.«

»Bist du sicher, daß du deinem Freund bei der Polizei trauen kannst?« fragte sie.

»Ja; er kennt mich. Er ist ein Lieutenant, für den ich vor einem Jahr was erledigt habe. Irgend jemand hatte ein Gewehr über Bord geworfen, und ich hab ihm geholfen, es wieder rauszufischen. Also schuldet er mir was. Im übrigen ging die ganze Geschichte damit aus, daß ich ihre Taucher ausgebildet habe, und ein paar von denen sind jetzt meine Freunde.« Kelly verstummte. »Du mußt es nicht tun, Pam. Wenn du dich da einfach raushalten willst, hab ich absolut nichts dagegen. Ich *muß* nicht nach Baltimore zurück, außer wegen dieser Arztgeschichte.«

»Alles, was sie mir angetan haben, fügen sie auch den anderen zu.

Wenn ich nichts unternehme, wird es mich immer verfolgen, oder nicht?«

Kelly dachte darüber nach, auch über seine eigene Vergangenheit, die ihn nie ganz loslassen würde. Vor manchen Dingen konnte man einfach nicht davonlaufen. Er wußte das. Er hatte es versucht. Pams Erfahrungen waren in gewisser Hinsicht schrecklicher als das, was er erlebt hatte, und wenn ihre Beziehung weiterbestehen sollte, mußten diese Dämonen der Vergangenheit endgültig zum Schweigen gebracht werden.

»Dann werde ich jetzt wohl mal einen kleinen Anruf tätigen.«

»Lieutenant Allen«, sagte der Mann im Western District in die Telefonmuschel. Die Klimaanlage funktionierte an diesem Tag nicht gut, und auf seinem Schreibtisch stapelte sich unerledigte Arbeit.

»Frank? Hier John Kelly«, hörte der Kriminalbeamte, und sein Gesicht hellte sich auf.

»Wie ist denn so das Leben in der Bucht, Kumpel?« *Wie gern wäre ich jetzt dort.*

»Ruhig und faul. Und wie geht's dir?« fragte die Stimme.

»Das hätte ich auch gern«, antwortete Allen und lehnte sich in seinem Drehsessel zurück. Er war großgewachsen und wie die meisten Polizisten seiner Generation ein Veteran aus dem Zweiten Weltkrieg – in seinem Fall ein Marineartillerist. Allen war vom Streifendienst auf der East Monument Street zur Mordkommission aufgestiegen. Die Arbeit war eigentlich nicht so anstrengend, wie die meisten dachten, aber daß man ständig mit dem vorzeitigen Ableben seiner Mitmenschen zu tun hatte, war schon eine schwere Belastung. Allen bemerkte gleich, daß Kellys Stimme anders klang als sonst. »Was kann ich für dich tun?«

»Ich, äh, habe eine Person kennengelernt, die vielleicht mit dir sprechen sollte.«

»Wie das?« fragte der Kripobeamte, während er in der Brusttasche nach Zigaretten und Streichhölzern fingerte.

»Geschäftlich, Frank. Informationen zu einem Mord.«

Die Augen des Kripobeamten verengten sich ein wenig, während sein Gehirn umgehend einen anderen Gang einlegte. »Wann und wo?«

»Das weiß ich noch nicht, und ich will das alles auch nicht am Telefon besprechen.«

»Wie ernst?«

»Bleibt das vorläufig unter uns?«

Allen nickte und starrte aus dem Fenster. »Wird gemacht, okay.«
»Drogendealer.«
In Allens Kopf machte es *klick*. Kelly hatte von einer »Person« gesprochen. »Ein Mann« hatte er nicht gesagt. Kelly war schlau, aber in diesem Bereich nicht ganz so ausgebufft. Allen hatte dunkel etwas von einem Drogenring munkeln hören, der Frauen für so einiges einsetzte. Weiter nichts. Es war nicht sein Fall. Der wurde von Emmet Ryan und Tom Douglas in der Innenstadt bearbeitet, und Allen sollte eigentlich nicht einmal das wissen.

»Mindestens drei verschiedene Drogenklüngel sind derzeit bei uns aktiv. Keine sehr netten Typen«, sagte Allen gelassen. »Erzähl mir mehr.«

»Diese Person möchte möglichst wenig da mit hineingezogen werden. Bloß ein paar Informationen für dich, damit hat sich's, Frank. Wenn es weitere Kreise zieht, können wir vielleicht noch mal darüber reden. Es geht hier um ein paar schwere Jungs, wenn die Geschichte stimmt.«

Allen bedachte das. Er hatte sich nie weiter mit Kellys Hintergrund befaßt, aber er wußte genug. Kelly war ein ausgebildeter Taucher, ein Bosun's Mate der Küstenmarine im Mekongdelta, der bei den Operationen der 9. Infanteriedivision Unterstützung geleistet hatte, ein Froschmann, und zwar ein sehr zuverlässiger, sorgfältiger, dessen Dienste von jemand aus dem Pentagon der Polizei gegenüber hoch gelobt worden waren und der bei der weiteren Ausbildung ihrer Taucher gute Arbeit geleistet und so nebenbei auch einen dicken Scheck dafür eingesteckt hatte. Das alles fiel Allen jetzt wieder ein. Die »Person« mußte eine Frau sein, Kelly würde sich nicht die Mühe machen, einen Mann so vorsichtig abzuschirmen. Wenn es um andere Männer ging, machten Männer sich einfach keine derartigen Gedanken. Auf jeden Fall hörte sich das Ganze ziemlich interessant an.

»Du willst mich doch nicht auf den Arm nehmen, oder?« fühlte er sich genötigt zu fragen.

»Das ist nicht meine Art, Mann«, versicherte ihm Kelly. »Meine Bedingungen: nur zu Informationszwecken und ein geheimes Treffen. Okay?«

»Du weißt, bei jemand anderem würde ich wahrscheinlich sagen, komm doch einfach her, und das wär's dann, aber ich werde mitspielen. Du hast den Gooding-Fall für mich geknackt. Wir haben ihn übrigens geschnappt, wußtest du das schon? Lebenslänglich plus dreißig Jahre. Dafür schulde ich dir was. Okay, ich laß mich erst mal drauf ein. Ist das entgegenkommend genug?«

»Danke. Wie sieht dein Terminplan aus?«

»Diese Woche hab ich Spätschicht.« Es war kurz nach vier Uhr nachmittags, und Allen hatte gerade seinen Dienst angetreten. Er wußte nicht, daß Kelly bereits dreimal an dem Tag angerufen hatte, ohne eine Nachricht zu hinterlassen. »Ich komme so gegen Mitternacht, ein Uhr raus. Hängt davon ab, wie die Nacht ist«, erklärte er.

»Manchmal ist mehr los.«

»Morgen nacht. Ich hol dich am Eingang ab. Wir können noch eine Kleinigkeit zu Abend essen.«

Allen zog die Stirn in Falten. Das war fast wie in einem James-Bond-Film, Geheimagentenkram. Aber er kannte Kelly als ernst zu nehmenden Menschen, wenn er auch von Polizeiarbeit keinen blassen Schimmer hatte.

»Also bis dann, Sportsfreund.«

»Danke, Frank. Bye.« Die Leitung wurde unterbrochen, und Allen machte sich wieder an die Arbeit, nachdem er sich eine Notiz in seinem Terminkalender gemacht hatte.

»Hast du Angst?« fragte Kelly.

»Ein bißchen schon«, gab Pam zu.

Er lächelte. »Das ist normal. Aber du hast gehört, was ich gesagt habe. Er weiß gar nichts über dich. Du kannst immer noch da raus, wenn du willst. Ich hab immer eine Knarre bei mir. Und es ist nur ein Gespräch. Du kannst es jederzeit sein lassen. Wir werden es in einem Tag erledigen – eigentlich einer Nacht. Und ich werde die ganze Zeit bei dir sein.«

»Jede Minute?«

»Außer, wenn du auf die Toilette mußt, Schätzchen. Da mußt du schon auf dich selber aufpassen.« Sie lächelte und entspannte sich.

»Ich muß das Essen machen«, sagte sie und verschwand in die Küche.

Kelly ging nach draußen. Etwas in ihm drängte ihn dazu, weitere Schießübungen zu absolvieren, aber das hatte er längst ausreichend getan. Statt dessen ging er in den Ausrüstungsbunker und holte die .45er vom Haken. Erst drückte er den Schlittenfanghebel und die Federung. Dann drehte er an der Spannhülse, bis die Feder heraussprang. Kelly baute den Verschlußblock aus, entfernte den Lauf, und nun hatte er die Pistole in ihre Bauteile zerlegt. Er hielt den Lauf ans Licht, der wie erwartet vom Schießen leicht verschmutzt war. Er säuberte ihn mit Lappen, Reinigungsflüssigkeit und Zahnbürste, bis keine Spur von Dreck mehr auf dem Metall zu sehen war. Dann ölte er die Waffe leicht ein. Nicht zuviel Öl, denn das würde nur Dreck und Staub anziehen und eventuell im ungünstigsten Fall zu einer Ladehemmung führen. Als er mit dem Säubern fertig war, baute er die Waffe rasch und geschickt wieder zusammen – das konnte er sogar mit geschlossenen Augen, und manchmal tat er es auch. Sie fühlte sich gut an in seiner Hand, als er den Schlitten ein paarmal zurückschob, um sicherzugehen, daß alles richtig zusammengebaut war. Ein letzter prüfender Blick gab ihm die Bestätigung.

Kelly nahm zwei geladene Magazine und noch eine Patrone aus einer Schublade. Eines der Magazine setzte er ein und repetierte den Schlitten, um die Patronen in die Kammer gleiten zu lassen. Dann legte er sorgfältig den Hahn um, bevor er das Magazin herausschnappen ließ und eine weitere Patrone einschob. Mit acht Patronen in der Waffe und einem Reservemagazin hatte er nun insgesamt fünfzehn Schuß, mit denen er sich der Gefahr stellen konnte. Nicht ganz ausreichend für einen Spaziergang im vietnamesischen Urwald, aber für die dunklen Straßenschluchten einer Großstadt würde es wohl reichen. Er konnte einen Menschen mit einem einzigen gezielten Schuß aus zehn Metern in den Kopf treffen, am Tag wie in der Nacht. Er hatte sich im Gefecht noch nie aus der Ruhe bringen lassen, und er hatte schon Menschen erschossen. Kelly war für jede denkbare Gefahr gerüstet. Außerdem war er ja nicht hinter den Vietcong her. Er fuhr in der Nacht in die Stadt, und die Nacht war sein Freund. Es würden weniger Leute unterwegs sein, um die er sich Gedanken machen mußte, und solange seine Gegner nicht wußten, daß er unter ihnen war – und das würden sie ja nicht –, brauchte er sich auch vor keinem Hinterhalt in acht zu nehmen. Er mußte einfach nur wachsam bleiben, und damit hatte er absolut keine Probleme.

Zum Abendessen gab es Hühnchen, eins der Gerichte, mit denen Pam gut zurechtkam. Kelly war schon drauf und dran, eine Flasche Wein zu holen, überlegte es sich dann aber anders. Warum sie mit Alkohol in Versuchung führen? Vielleicht würde er sogar selber mit dem Trinken aufhören. Es wäre kein großer Verlust, und ein solches Opfer würde seine Bindung an Pam zusätzlich betonen. Während sie sich unterhielten, bemühten sie sich, keine ernsten Themen anzuschneiden. Er hatte die Gefahren längst aus seinen Gedanken ausgeklammert. Es hatte keinen Sinn, sich weiter damit aufzuhalten. Zuviel Phantasie machte alles schlimmer als besser.

»Meinst du wirklich, wir brauchen neue Vorhänge?« fragte er.

»Sie passen nicht besonders gut zu den Möbeln.«

Kelly knurrte. »Für ein Boot?«
»Es wirkt irgendwie fade, weißt du.«
»Fade«, wiederholte er, während er den Tisch abräumte. »Jetzt kommst du mir bald noch damit, daß alle Männer gleich sind . . .« Kelly verstummte abrupt. Es war das erste Mal, daß er sich so einen Schnitzer erlaubt hatte. »Entschuldige . . .«
Sie warf ihm ein schelmisches Lächeln zu. »Na ja, in gewisser Weise seid ihr das doch auch. Und hör auf, mich so übervorsichtig zu behandeln, wenn du etwas mit mir besprichst, okay?«
Kelly entspannte sich. »Okay.« Er packte sie und zog sie eng an sich. »Wenn das deine Einstellung ist . . . also dann . . .«
»Mmm.« Sie lächelte und ließ sich küssen. Kelly fuhr mit den Händen über ihren Rücken und spürte keinen BH unter der Baumwollbluse. Sie kicherte ihn an. »Ich hab mich schon gefragt, wie lang du brauchen würdest, bis du es merkst.«
»Die Kerzen standen im Weg«, erklärte er.
»Die Kerzen waren fein, aber sie haben gerochen.« Da hatte sie recht. Der Bunker besaß keine gute Lüftung. Noch etwas, das verbessert werden mußte. Kelly sah viel Arbeit auf sich zukommen, während er die Hände an eine angenehmere Stelle legte.
»Habe ich genug zugenommen?«
»Bilde ich mir das nur ein oder . . .?«
»Na ja, vielleicht ein ganz kleines bißchen«, gab Pam zu und drückte seine Hände an sich.

»Wir müssen dir ein paar neue Kleider besorgen«, sagte Kelly, und beobachtete ihr Gesicht, ihr neues Selbstvertrauen. Er hatte sie ans Steuer gelassen und sie den richtigen Kompaßkurs am Leuchtturm von Sharp's Island vorbei steuern lassen, weit im Osten der Schiffahrtsrinne, auf der heute viel los war.
»Keine schlechte Idee«, pflichtete sie bei. »Aber ich kenne keine guten Läden.« Sie überwachte den Kompaß wie ein guter Steuermann.
»Die lassen sich leicht finden. Brauchst bloß einen Blick auf die Parkplätze zu werfen.«
»Hä?«
»Lincolns und Cadillacs, Schätzchen. Bedeuten immer gute Kleidung«, bemerkte Kelly. »Kann gar nicht schiefgehen.«
Sie lachte, wie er es erwartet hatte. Kelly wunderte sich, wie sehr sie sich doch wieder in der Gewalt hatte, obwohl immer noch ein langer Weg vor ihnen lag.

»Wo werden wir übernachten?«
»An Bord«, antwortete Kelly. »Hier sind wir sicher.« Pam nickte nur, aber er erklärte es ihr trotzdem.
»Du siehst jetzt anders aus, und mich kennen sie überhaupt nicht. Sie kennen weder meinen Wagen noch mein Boot. Frank Allen kennt deinen Namen nicht, er weiß nicht einmal, daß du ein Mädchen bist. So was nennt man operative Sicherheit. Da dürfte keine Gefahr drohen.«
»Ich bin sicher, du hast recht«, sagte Pam und wandte sich lächelnd zu ihm um. Das Vertrauen in ihrem Gesicht tat ihm im Herzen wohl und fütterte sein ohnehin kräftiges Ego.
»Wird heute nacht regnen«, bemerkte Kelly und wies auf ferne Wolken. »Das ist auch gut. Verringert die Sicht. Wir haben früher vieles im Regen unternommen. Die Leute sind einfach nicht so wachsam, wenn sie naß sind.«
»Du kennst dich damit wirklich aus, nicht?«
Ein männliches Lächeln. »Ich bin durch eine echt harte Schule gegangen, Schätzchen.«
Drei Stunden später legten sie im Hafen an. Kelly stellte ostentativ seine Wachsamkeit zur Schau, überprüfte den Parkplatz, wobei er feststellte, daß sein Scout an der gewohnten Stelle stand. Er schickte sie unter Deck, während er das Boot vertäute, dann ließ er sie kurz allein, um den Wagen bis ans Dock heranzufahren. Wie er ihr aufgetragen hatte, ging Pam geradewegs vom Boot zum Scout, ohne sich nach rechts oder links umzusehen, danach steuerte er den Wagen sofort vom Gelände herunter. Es war noch früh am Tag, und sie fuhren gleich aus der Stadt heraus, bis sie zu einem Vorstadteinkaufszentrum in Timonium kamen, wo Pam sich zwei – für Kelly unendliche – Stunden lang damit beschäftigte, drei hübsche Kostüme auszusuchen, die er bar bezahlte. Eines davon, das ihm am besten gefiel, zog sie gleich an; ein unauffälliger Rock und eine Bluse, die gut zu seinem Jackett ohne Krawatte paßten. Kellys Kleidung entsprach ausnahmsweise genau seiner Selbsteinschätzung, was ihm ein Gefühl der Sicherheit gab.
In der gleichen Gegend aßen sie auch zu Abend; ein feines Restaurant mit einer dunklen Ecknische. Kelly hatte es nicht ausgesprochen, aber er hatte eine anständige Mahlzeit mal dringend nötig gehabt, denn obwohl Pams Hühnchen durchaus eßbar war, mußte sie beim Kochen schon noch eine ganze Menge lernen.
»Du siehst ziemlich gut aus – entspannt, meine ich«, sagte er beim Kaffee nach dem Essen.

»Ich hab nicht gedacht, daß ich mich so fühlen könnte. Ich meine, es ist ja erst ... nicht mal drei Wochen her?«

»Stimmt.« Kelly stellte den Kaffee hin. »Morgen besuchen wir Sarah und ihre Freunde. In ein paar Monaten sieht die Welt ganz anders aus, Pam.« Er ergriff ihre linke Hand und hoffte, daß sie eines späteren Tages einen goldenen Ring am dritten Finger tragen würde.

»Ich glaube dir sogar. Wirklich.«

»Gut.«

»Was machen wir jetzt?« fragte sie. Das Essen war vorüber, und es blieben noch einige Stunden bis zu dem klammheimlichen Treffen mit Lieutenant Allen.

»Fahren wir einfach ein bißchen durch die Gegend?« Kelly legte das Geld auf den Tisch und führte sie zum Wagen.

Es dunkelte bereits. Die Sonne war fast untergegangen, und gerade fing es an zu regnen. Kelly fuhr auf der York Road nach Süden zur Innenstadt. Satt und entspannt nach dem guten Essen, sah er zuversichtlich den nächtlichen Unternehmungen entgegen. Als er nach Towson hineinfuhr, fiel ihm die kürzlich aufgelassene Straßenbahnstrecke ins Auge, die schon die Nähe der Innenstadt und ihrer vermeintlichen Gefahren ankündigte. Das schärfte augenblicklich seine Sinne. Kellys Augen schweiften nach links und rechts, überflogen die Straßen und Gehsteige und blickten alle fünf Sekunden in seine drei Rückspiegel. Beim Einsteigen hatte er seine .45er Automatik an dem gewohnten Platz verstaut, einem Halfter genau unter dem Vordersitz, wo er schneller hinlangen konnte als in seinen Gürtel – und außerdem war es so viel bequemer.

»Pam?« fragte er, während er den Verkehr beobachtete und sich vergewisserte, daß die Türen verriegelt waren – eine Sicherheitsvorkehrung, die bei all seiner Wachsamkeit geradezu paranoid wirkte.

»Ja?«

»Wie stark vertraust du mir?«

»Ich vertraue dir ganz, John.«

»Wo hast du – äh, gearbeitet?«

»Wie meinst du das?«

»Ich meine, es ist dunkel und regnerisch, und ich würde gerne sehen, wie es dort ausschaut.« Ohne hinzusehen spürte er, wie ihr Körper sich anspannte. »Schau, ich werde aufpassen. Wenn du irgendwas siehst, das dich ängstigt, werde ich mich so schnell aus dem Staub machen, wie du es nicht für möglich halten würdest.«

»Ich hab Angst davor«, sagte Pam augenblicklich, sprach dann aber nicht weiter. Sie vertraute ihrem Mann doch, oder etwa nicht?

Er hatte soviel für sie getan. Er hatte sie gerettet. Sie mußte ihm vertrauen – nein, sie mußte es ihn wissen lassen. Sie mußte es ihm zeigen. Und deshalb fragte sie: »Versprichst du, daß du vorsichtig sein wirst?«

»Glaub mir, Pam«, versicherte er ihr. »Wenn du auch nur die geringste Kleinigkeit siehst, die dir Angst macht, zischen wir sofort ab.«

»Gut, also dann.«

Schon verblüffend, dachte Kelly fünfzig Minuten später. Was es alles für Dinge gab, die einem nie wirklich auffielen. Wie oft war er nicht schon durch diesen Teil der Stadt gefahren, ohne je anzuhalten, ohne je etwas zu bemerken. Und dabei hatte sein Überleben jahrelang nur davon abgehangen, daß er alles wahrnahm, jeden geknickten Zweig, jeden plötzlichen Vogelruf, jeden Fußabdruck im Schlamm. Aber er war doch hundertmal durch diese Gegend gefahren und hatte nie bemerkt, was hier ablief, weil es ein ganz anderer Dschungel mit ganz anderem Wild war. Ein Teil von ihm blieb davon unbeeindruckt und meinte: *Na und, was hast du erwartet?* Ein anderer Teil aber stellte fest, daß es hier schon immer gefährlich gewesen war und er nur nie darauf geachtet hatte, doch diese Warnung war nicht so laut und deutlich, wie sie hätte sein sollen.

Die Verhältnisse waren ideal. Dunkelheit unter einem bewölkten, mondlosen Himmel. Die einzige Beleuchtung kam von spärlich verteilten Straßenlampen, die isolierte Lichthöfe entlang sowohl verlassener wie belebter Gehsteige bildeten. Immer wieder gingen Schauer nieder, einige davon ziemlich heftig, aber die meisten nur ganz leicht, eben unangenehm genug, um die Köpfe gesenkt zu halten und die Sicht zu verringern, genug, um die normale Neugier eines Menschen einzudämmen. Das paßte Kelly ausgezeichnet, da er immer wieder um die Häuserblocks fuhr und registrierte, wie sich an einer bestimmten Stelle zwischen der zweiten und dritten Umrundung einiges veränderte. Ihm fiel auf, daß nicht einmal alle Straßenlampen funktionierten. War das nur die Nachlässigkeit der städtischen Arbeiter oder »kreative« Wartung auf seiten der örtlichen »Geschäftsleute«? Wahrscheinlich von beidem etwas, dachte Kelly. Die Kerle, die die Birnen austauschten, konnten vielleicht nicht alles schaffen, und so ein Zwanzigdollar-Schein überzeugte sie höchstwahrscheinlich, es langsamer angehen zu lassen oder einfach die Birne nicht ganz reinzuschrauben. Jedenfalls bestimmten diese fehlenden Lichter die ganze Atmosphäre. In den Straßen war es dunkel, und die Dunkelheit war schon immer Kellys verläßlicher Freund gewesen.

Das Viertel ist so ... traurig, dachte er. Schäbige Fassaden früherer Tante-Emma-Läden, wahrscheinlich in den Ruin getrieben durch Supermärkte, die ihrerseits bei den 68er-Unruhen verwüstet worden waren und ein Loch im Wirtschaftsgefüge der Gegend hinterlassen hatten, das noch nicht wieder gestopft war. Der gesprungene Zement der Gehsteige war mit allem möglichen Unrat übersät. Gab es Menschen, die hier wohnten? Wer waren sie? Was taten sie? Was waren ihre Träume? Sicherlich konnten nicht alle Kriminelle sein. Versteckten sie sich nachts? Und wenn, wie war es bei Tageslicht? In Asien hatte Kelly gelernt: Gib dem Feind einen Teil des Tages, und er wird ihn sich sichern und dann ausdehnen, denn der Tag hat vierundzwanzig Stunden, die er alle für sich und seine Aktivitäten in Anspruch nehmen will. Nein, der Gegenseite durfte nichts überlassen werden, keine Zeit, kein Ort, nichts, was sie zuverlässig für sich nützen konnte. So wurden Kriege verloren, und was sich hier abspielte, *war* Krieg. Und die Sieger dabei waren nicht die Kräfte des Guten. Diese Erkenntnis traf ihn hart. Kelly hatte schon einmal an einem Krieg teilgenommen, von dem er wußte, daß er nicht zu gewinnen war.

Die Dealer waren eine buntgemischte Truppe, bemerkte Kelly, als er ihre Standorte umrundete. Ihre Haltung verriet ihm, daß sie sich vollkommen sicher fühlten: Um diese Stunde gehörte die Straße ihnen. Es mochte zwischen dem einen und dem anderen eine gewisse Konkurrenz geben, den unschönen darwinistischen Kampf um die Vorherrschaft über einen bestimmten Abschnitt des Bürgersteigs, um die Territorialrechte vor diesem oder jenem zerbrochenen Fenster, doch trotz aller Streitigkeiten würden die Verhältnisse sich bald stabilisieren, und die Geschäfte würden laufen, weil Konkurrenz schließlich das Geschäft belebt.

Er bog nach rechts in eine neue Straße ein. Der Gedanke rief ein leises Grunzen und ein dünnes, ironisches Lächeln hervor. Neue Straße? Nein, diese Straßen waren alt, so alt, daß die »guten« Leute sie vor Jahren verlassen hatten, um aus der Stadt in grünere Gegenden zu ziehen, womit sie anderen Leuten, die sie für weniger achtbar hielten, den Zuzug ermöglichten. Dann hatten auch die wegziehen müssen, und dieser Kreislauf hatte sich einige Generationen lang immer wiederholt, bis eines Tages alles schiefgelaufen war und die Gegend den desolaten Zustand erreicht hatte, den er nun hier sah. Er hatte etwa eine Stunde gebraucht, um überhaupt zu begreifen, daß es hier Menschen gab, nicht bloß müllübersäte Gehsteige und Kriminelle. Er sah eine Frau, die sich mit ihrem Kind an der Hand von einer

Bushaltestelle entfernte, und fragte sich, woher die beiden wohl heimkehrten. Von einem Besuch bei der Tante? Aus der öffentlichen Bibliothek? Von irgendeinem Ort jedenfalls, dessen Vorzüge den ungemütlichen Weg von der Bushaltestelle nach Hause aufwogen, vorbei an Anblicken, Geräuschen und Leuten, deren bloße Existenz dem kleinen Kind Schaden zufügen konnte.

Kellys Rücken straffte sich, und seine Augen zogen sich zusammen. Das hatte er schon einmal gesehen. Selbst in Vietnam, einem Land, das sich schon vor seiner Geburt im Kriegszustand befunden hatte, gab es noch Eltern und Kinder und – selbst im Krieg – ein verzweifeltes Bemühen um Normalität. Kinder brauchten Zeit, um zu spielen, um umarmt und geliebt, vor den rauheren Seiten der Wirklichkeit beschützt zu werden, solange der Mut und die Fähigkeiten ihrer Eltern dies ermöglichen konnten. Auch hier war das so. Überall gab es Opfer, alle mehr oder weniger unschuldig, aber die Kinder waren von allen die unschuldigsten. Das konnte er hier, fünfzig Meter vor sich, sehen, als die junge Mutter ihr Kind über die Straße führte, knapp vor der Ecke, an der ein Dealer stand und gerade ein Geschäft abwickelte. Kelly bremste ab, um sie sicher die Straße überqueren zu lassen, und hoffte, die Fürsorge und Liebe, die sie heute nacht zeigte, würden bei ihrem Kind etwas ausrichten. Nahmen die Dealer Notiz von ihr? Waren die gewöhnlichen Bürger für sie überhaupt einen Blick wert? Waren sie ihre Tarnung? Potentielle Kunden? Störfaktoren? Beute? Und was war mit dem Kind? Kümmerte es sie überhaupt? Wahrscheinlich nicht.

»Scheiße«, flüsterte er leise, zu sehr in seine Gedanken versunken, um seine Wut offen zu zeigen.

»Was?« fragte Pam. Sie saß still da und beugte sich vom Fenster weg.

»Nichts, entschuldige.« Kelly schüttelte den Kopf und fuhr in seiner Beobachtung fort. Eigentlich machte es ihm allmählich Spaß. Es war ähnlich wie bei einem Spähtrupp. Eine Erkundung war ein Lernprozeß, und Kelly hatte schon immer leidenschaftlich gern gelernt. Das hier war etwas völlig Neues. Gewiß war es böse, zerstörerisch, häßlich, aber es war auch anders, und deshalb aufregend. Seine Hände am Lenkrad kribbelten.

Auch die Kunden waren unterschiedlich. Einige kamen eindeutig aus dem Viertel, was an ihrer Hautfarbe und der schäbigen Kleidung ersichtlich war. Einige waren süchtiger als andere, und Kelly fragte sich, was das wohl bedeutete. Waren die scheinbar noch ganz Lebenstüchtigen die neu Versklavten? Die Schlurfenden, die Veteranen der Selbstzerstörung, die unwiderruflich auf ihren eigenen Tod zusteuerten? Wie konnte ein gewöhnlicher Mensch sie ansehen und nicht darüber erschrecken, daß eine solche Selbstzerstörung in kleinen Raten möglich war? Was trieb die Leute dazu? Kelly hielt bei diesem Gedanken fast den Wagen an. Das hier war etwas, womit er keinerlei Erfahrung hatte.

Dann waren da noch die anderen, die in so sauberen Mittelklassewagen vorfuhren, daß sie aus den Vorstädten kommen mußten, wo man gewisse Formen zu wahren hatte. Er überholte einen von ihnen und sah sich den Fahrer kurz an. *Trägt sogar eine Krawatte!* Allerdings gelockert, was seine Nervosität in einem solchen Viertel offenbarte; er kurbelte mit der einen Hand das Fenster herunter, während er die andere am Lenkrad behielt und zweifellos den Fuß direkt über dem Gaspedal in der Schwebe hielt, bereit, durchzustarten, sollte irgendeine Gefahr drohen. Dem geht der Arsch auf Grundeis, dachte Kelly, als er den Fahrer im Rückspiegel beobachtete. Wohl kann der sich hier nicht fühlen, aber hergekommen ist er trotzdem. Ja, da war es. Geld wurde aus dem Auto gereicht, und etwas dafür entgegengenommen, und dann brauste der Wagen so schnell davon, wie die verkehrsbelebte Straße es zuließ. Aus einer Laune heraus folgte Kelly dem Buick ein paar Häuserblocks, bog rechts ab, dann links in eine Hauptstraße, wo das Auto auf die linke Spur zog, dort blieb und so schnell fuhr, wie es gerade eben noch zulässig war, um zwar schnellstmöglich aus diesem trostlosen Stadtteil herauszukommen, aber dennoch nicht die unerwünschte Aufmerksamkeit eines Polizisten mit einem Strafzettelblock auf sich zu ziehen.

Jaja, die Polizei, dachte Kelly, als er die Verfolgung aufgab. *Wo zum Teufel sind die Kerle?* Da wurde das Recht gebrochen, so unverhohlen, als würden Würstchen verkauft bei einem Straßenfest, und die Polizei ließ sich einfach nicht blicken. Er schüttelte den Kopf, als er in die Dealerzone zurückfuhr. In seinem eigenen Viertel in Indianapolis, in dem er vor knapp zehn Jahren noch gewohnt hatte, hatte es absolut nichts in dieser Art gegeben. Wie konnten sich die Verhältnisse so rasch geändert haben? Wie konnte er das versäumt haben? Seine Zeit bei der Navy, sein Leben auf der Insel hatten ihn von allem isoliert. Er war in seinem eigenen Land ein Tölpel, ein Unwissender, ein Tourist.

Er blickte zu Pam hinüber. Sie erschien ihm ganz in Ordnung, wenn auch etwas angespannt. Diese Leute waren gefährlich, aber nicht für sie beide. Er hatte darauf geachtet, nicht aufzufallen, so zu fahren wie alle anderen und nach einem unregelmäßigen Muster um die paar Blocks des »Geschäftsgebiets« zu kurven. Er verschloß nicht die Augen vor den Gefahren, sagte sich Kelly. Auf der Suche nach den Verhaltensmustern hatte er selber keines geschaffen. Wenn jemand ihn und sein Fahrzeug speziell aufs Korn genommen hätte, wäre es ihm aufgefallen. Außerdem hatte er ja immer noch seinen .45er-Revolver zwischen den Beinen. Wie furchteinflößend dieses lichtscheue Gesindel auch sein mochte, mit den Nordvietnamesen und dem Vietcong, mit denen er es zu tun gehabt hatte, konnte es sich nicht vergleichen. Die waren gut gewesen. Er besser. Auf diesen Straßen lauerte Gefahr, aber er hatte schon weit Schlimmeres überlebt.

Fünfzig Meter vor ihm stand ein Dealer in einem Seidenhemd, das entweder braun oder dunkelrot war. Bei dem schlechten Licht war die Farbe schwer festzustellen, aber es mußte aus Seide sein, so wie es das Licht reflektierte. Wahrscheinlich echte Seide. Darauf hätte Kelly jede Wette abgeschlossen. Dieses Ungeziefer liebte es protzig. Denen genügte es offenbar nicht, einfach nur das Gesetz zu übertreten. O nein, sie mußten den Leuten auch noch vorführen, wie waghalsig und draufgängerisch sie waren.

Blöd, dachte Kelly. *Echt blöd, so die Aufmerksamkeit auf sich zu ziehen. Bei gefährlichen Unternehmungen mußt du deine Identität verbergen, deine bloße Gegenwart verheimlichen und dir stets mindestens einen Fluchtweg freihalten.*

»Schon erstaunlich, wie sie damit durchkommen«, flüsterte Kelly bei sich.

»Hm?« Pam wandte ihm den Kopf zu.

»Die sind so dumm.« Kelly zeigte auf den Dealer an der Ecke. »Selbst wenn die Bullen nichts unternehmen, was ist, wenn jemand beschließt, ihn – ich meine, er hat doch einen Haufen Geld bei sich, stimmt's?«

»Wahrscheinlich tausend, vielleicht auch zweitausend«, erwiderte Pam.

»Also, was ist, wenn jemand ihn auszurauben versucht?«

»Kommt vor, aber er hat auch eine Knarre bei sich, und wenn's einer versucht . . .«

»Oh – der Kerl im Hauseingang?«

»Das ist der richtige Dealer, Kelly. Wußtest du das nicht? Der Typ im Hemd ist sein Leutnant. Er ist der, der die eigentliche – wie heißt das?«

»Transaktion«, erwiderte Kelly trocken, der sich ins Gedächtnis rief, daß er da etwas nicht mitbekommen hatte, und genau wußte, daß er seinen Stolz die Oberhand über seine Vorsicht hatte gewinnen lassen. *Keine gute Angewohnheit*, sagte er sich.

Pam nickte. »Ja richtig. Da – sieh dir das an.«

Und wirklich, nun bekam Kelly erst die volle Transaktion zu sehen. Jemand in einem Auto – ein weiterer Besucher aus den Vorstädten, dachte Kelly – übergab das Geld (eine Annahme, da Kelly es nicht richtig sehen konnte, aber es war gewiß keine Scheckkarte). Der Leutnant griff in sein Hemd und gab etwas dafür zurück. Als der Wagen davonfuhr, ging der in dem auffallenden Hemd über den Gehsteig, und dann spielte sich in den Schatten, die Kellys Augen nicht ganz durchdringen konnten, eine weitere Übergabe ab.

»Aha, jetzt hab ich's. Der Leutnant hat die Drogen und macht den Austausch, aber er gibt das Geld seinem Boss. Der Boss hat die Einnahmen, aber er hat auch eine Knarre, damit ja nichts schiefgeht. Die sind doch nicht so blöd, wie ich gedacht hatte.«

»Die sind clever genug.«

Kelly nickte und prägte es sich ein, während er sich selber dafür rügte, daß er mindestens zwei falsche Vermutungen angestellt hatte. Aber dazu war so eine Erkundungsfahrt schließlich da.

Nicht zu nachlässig werden, Kelly, sagte er sich. *Jetzt weißt du, daß da zwei Kerle sind, einer bewaffnet und gut verborgen in dem Hauseingang.* Er lehnte sich in seinem Sitz zurück und heftete den Blick auf die potentielle Bedrohung, während er versuchte, weitere Verhaltensmuster zu entdecken. Der im Hausgang war das eigentliche Ziel. Der völlig unpassend so bezeichnete »Leutnant« war nur ein Scherge, vielleicht ein Lehrling und zweifellos verzichtbar. Er lebte entweder von dem, was so abfiel, oder er bekam Kommission. Der, den er kaum sehen konnte, war der wahre Feind. Und das paßte ins uralte Schema, oder etwa nicht? Kelly lächelte und mußte an einen untergeordneten Politoffizier bei der Nordvietnamesischen Volksarmee denken. Der Einsatz hatte sogar einen Codenamen gehabt. ERMINE COAT. Vier Tage lang hatten sie diesem Hund nachgespürt, *nachdem* sie ihn ohne jeden Zweifel identifiziert hatten, nur um sicherzugehen, daß sie auch den Richtigen am Wickel hatten. Dabei hatten sie sich seine Gewohnheiten genau eingeprägt, um herauszufinden, wie man ihm am besten die Tour vermasseln konnte. Kelly würde nie vergessen, was der Mann für ein dummes Gesicht gemacht hatte, als die Kugel in seine Brust drang. Ebensowenig den 5000-Meter-Lauf zu ihrem Landeplatz, während die NVA-Einheit sich von dem Brandsatz, den er gelegt hatte, in die entgegengesetzte Richtung locken ließ.

Was also, wenn der Mann im Schatten sein wahres Ziel war? Wie würde er es anstellen? Es war ein interessantes Gedankenspiel. Komischerweise fühlte man sich dabei wie Gott persönlich oder wie ein wachsamer Adler, der hoch über allem schwebte, alles registrierte, ein Raubvogel am obersten Ende der Nahrungskette, der im Moment gerade keinen Hunger hatte und sich immer über seiner Beute in der Thermik treiben ließ.

Er lächelte und achtete nicht auf die Warnungen, die der kampferprobte Teil seines Gehirns vorzubringen begann.

Hmm. Den Wagen da hatte er bisher noch nicht gesehen. Ein Angeberschlitten, ein Plymouth Roadrunner, rot wie ein Jahrmarktsapfel, einen halben Block weiter vorn. Irgendwie sonderbar, wie der ...

»Kelly ...« Pam zuckte auf einmal in ihrem Sitz zusammen.

»Was ist?« Seine Hand griff zu seiner .45er hinunter und lockerte sie vielleicht nur einen Millimeter, in ihrem Halfter. Die abgenützten Holzteile am Griff hatten etwas Beruhigendes. Aber daß er überhaupt nach seiner Automatik gegriffen hatte, daß er plötzlich diese Beruhigung gebraucht hatte, das war eine Botschaft, die sein Verstand nicht ignorieren konnte. Der vorsichtige Teil seines Gehirns setzte sich langsam durch, seine Kampfinstinkte meldeten sich schon lauter. Und selbst das brachte ein Aufwallen von Stolz mit sich. *Wie gut,* überlegte er im Bruchteil einer Sekunde, *daß ich sie noch habe, wenn ich sie brauche.*

»Ich kenn das Auto – es ist ...«

Kellys Stimme war ruhig. »Okay, ich bring uns hier raus. Du hast recht, es ist Zeit zu verschwinden.« Er erhöhte die Geschwindigkeit und zog nach links, um an dem Roadrunner vorbeizukommen. Er dachte daran, Pam zu sagen, sie solle sich ducken, aber das war wirklich nicht nötig. In weniger als einer Minute würde er auf und davon sein und – *verdammt!*

Es war einer der feineren Kunden, jemand in einem schwarzen Karmann-Ghia-Cabriolet, der gerade seine Transaktion gemacht hatte und in seinem Eifer, diese Gegend hinter sich zu lassen, plötzlich vor dem Roadrunner nach links ausgeschert war, nur um dann abrupt wieder anzuhalten, weil noch ein anderer Wagen so ziemlich das gleiche Manöver vollführt hatte. Kelly trat die Bremse voll durch, um einen Zusammenstoß zu vermeiden; das mußte gerade jetzt doch nicht sein, oder? Aber er verschätzte sich ziemlich und kam so fast direkt neben dem Roadrunner zum Stehen, dessen Fahrer sich unbedingt diesen Augenblick aussuchen mußte, um auszusteigen. Anstatt sich nach vorn zu wenden, entschied er sich, hinten um den Wagen herumzugehen, und als er sich nun umdrehte, waren seine Augen schließlich nicht mehr als einen Meter von Pams schreckverzerrtem Gesicht entfernt. Kelly sah auch in die Richtung, denn er wußte ja, daß der Mann eine potentielle Gefahr darstellte, und so konnte er den Ausdruck in den Augen des Mannes sehen. Er hatte Pam erkannt.

»Okay, alles klar«, tönte mit unheimlicher Ruhe seine Stimme, seine Kampfstimme. Er zog mit dem Steuerrad weiter nach links, stieg aufs Gas und fuhr an dem kleinen Sportwagen und seinem unsichtbaren Fahrer vorbei. Ein paar Sekunden später erreichte Kelly die Ecke und vollführte nach einem ganz kurzen Blick auf den Verkehr eine harte Linkskehre, um das Feld zu räumen.

»Er hat mich gesehen!« Ihre Stimme war kurz davor, in Kreischen umzuschlagen.

»Es ist schon gut, Pam«, erwiderte Kelly, der abwechselnd die Straße vor sich und den Rückspiegel beobachtete. »Wir fahren jetzt aus dieser Gegend weg. Du bist bei mir, und du bist sicher.«

Idiot, beschimpften seine Instinkte den Rest seines Bewußtseins. *Hoffentlich folgen sie dir nicht. Dieser Wagen hat dreimal soviel PS und...*

»Okay.« Helle, tiefliegende Scheinwerfer vollführten dieselbe Kehre, die er vor zwanzig Sekunden gemacht hatte. Er sah sie nach links und rechts schlingern. Der Wagen beschleunigte stark und kam auf dem nassen Asphalt ins Schleudern. Doppelscheinwerfer. Das war nicht der Karmann.

Jetzt bist du in Gefahr, sagten ihm seine Instinkte in aller Gelassenheit. *Wir wissen noch nicht, wie sehr, aber es ist Zeit, aufzuwachen.*

Verstanden.

Kelly packte das Lenkrad mit beiden Händen. Den Revolver brauchte er noch nicht. Er begann, die Situation einzuschätzen, die Dinge standen nicht besonders günstig. Sein Scout war nicht für so etwas gebaut. Es war kein Sportwagen, nicht so ein Angeberschlitten. Er hatte vier lächerliche Zylinder unter der Haube. Der Plymouth Roadrunner hatte acht, jeder davon größer als die, auf die Kelly nun setzen mußte. Erschwerend kam noch hinzu, daß der Roadrunner auf kurzfristige Beschleunigung und Wendigkeit ausgelegt war, während man den Scout dazu gebaut hatte, mit heißen 25 Stundenkilometern über unebenes Gelände zu rumpeln. Das war nicht gut.

Kellys Blick ging zwischen der Windschutzscheibe und dem Rückspiegel hin und her. Der Abstand war nicht besonders groß, und der Roadrunner holte rasch auf.

Aktivposten, zählte sein Gehirn jetzt auf. *Der Wagen ist nicht völlig unbrauchbar. Er ist ein ruppiges kleines Biest. Du hast große, bissige*

Stoßdämpfer, und die hohe Bodenfreiheit bedeutet, daß du wirkungsvoll rammen kannst. Und wie sieht's mit der Karosserie aus? Dieser Plymouth mag ein Statussymbol für Blödmänner sein, aber dieses kleine Baby hier kann eine Waffe sein, es ist eine. Und wie man mit Waffen umgeht, weißt du. Sein Gehirn arbeitete auf Hochtouren.

»Pam«, sagte Kelly, so ruhig er konnte, »willst du dich nicht auf den Boden legen, Schätzchen?«

»Sind sie ...« war ihre ängstliche Stimme zu vernehmen. Sie wollte sich umdrehen, aber Kelly schob sie mit der rechten Hand auf den Boden.

»Sieht so aus, als ob sie hinter uns her sind, ja. Laß mich nur machen, okay?« Der letzte Teil von Kellys Bewußtsein, der noch Raum für einen anderen Gedanken hatte, war stolz, wie ruhig und zuversichtlich er bei alldem blieb. Ja, es bestand Gefahr, aber Kelly kannte sich mit Gefahren aus, und zwar verdammt viel besser als diese Typen im Roadrunner. Wenn sie eine Lektion wollten, was Gefahr wirklich war, dann hatten sie sich zum Teufel noch mal genau den Richtigen ausgesucht.

Kellys Hände flogen nur so über das Lenkrad, als er nach links rüberzog, dann bremste und scharf rechts abbog. Er war nicht so wendig wie der Roadrunner, aber die Straßen hier waren breit – und da er den vorderen Wagen lenkte, konnte er Streckenführung und Zeitablauf bestimmen. Sie abzuhängen würde schwer sein, aber er wußte, wo die Polizeiwache war. Es ging nur darum, sie dorthin zu führen. Einmal dort angekommen, würden sie sofort von ihm ablassen.

Vielleicht würden sie schießen, auf irgendeine Art den Wagen lahmlegen, aber wenn das geschah, hatte er immer noch die .45er mit dem Ersatzmagazin und eine Schachtel Munition im Handschuhfach. Sie waren vielleicht bewaffnet, aber sie waren todsicher nicht geübt. Er würde sie nah herankommen lassen ... wie viele? Zwei? Vielleicht drei? Er hätte das feststellen müssen, sagte sich Kelly, erinnerte sich dann aber, daß dazu keine Zeit gewesen war. *Wahrscheinlich nicht, aber lassen wir uns besser nicht auf Vermutungen ein,* erwiderte sein Gehirn.

Seine .45er war im Nahkampf so tödlich wie ein Gewehr. Während er links abbog, pries er im stillen seine wöchentlichen Schießübungen. *Wenn es soweit kommt, laß sie nah ran und such dir schnell einen Hinterhalt.* Kelly wußte alles Notwendige über Hinterhalte. *Laß sie auflaufen, und dann putz sie weg.*

Der Roadrunner war nun zehn Meter hinter ihnen, und sein Fahrer fragte sich, was wohl als nächstes kommen würde.

Das ist der schwierige Teil, nicht wahr? dachte Kelly für den Verfolger. *Du kannst so nah ran, wie du willst, aber der andere ist immer noch von einer Tonne Metall umgeben. Was wirst du tun? Vielleicht rammen?* Nein, der andere Fahrer war kein totaler Dummkopf. Unter der hinteren Stoßstange ragte die Anhängerkupplung hervor, und die würde sich direkt in den Kühler bohren, wenn man den Scout zu rammen versuchte. Jammerschade.

Der Roadrunner bewegte sich nach rechts. Kelly sah, wie seine Scheinwerfer aufzuckten, als der Fahrer das letzte aus seinem Achtzylinder herausholte, aber er war ja glücklicherweise noch vorn. Kelly riß das Lenkrad nach rechts, um abzublocken. Sofort wurde ihm klar, daß der andere Fahrer es nicht über sich bringen würde, seinen Wagen zu beschädigen. Er hörte Reifen quietschen, als der Roadrunner abbremste, um einen Zusammenstoß zu vermeiden. *Wir wollen doch keinen Kratzer in so 'nen schönen roten Lack bekommen, nicht wahr? Das ist zur Abwechslung mal eine gute Nachricht!* Dann zog der Roadrunner nach links, aber Kelly wehrte auch dieses Manöver ab. Auch nicht viel anders, als wenn man mit einem anderen Segelboot um die Wette lavierte, stellte er fest.

»Kelly, was ist los?« fragte Pam mit brüchiger Stimme.

Seine Erwiderung erfolgte in dem gleichen ruhigen Tonfall, den er schon in den letzten Minuten angeschlagen hatte. »Was hier los ist? Na, ich würde sagen, die sind nicht besonders schlau.«

»Das ist Billys Wagen – er fährt gern Rennen.«

»Billy, ja? Nun, Billy hängt ein bißchen zu sehr an seinem Wagen. Wenn du jemandem weh tun willst, dann mußt du bereit sein . . .«

Bloß um die anderen zu überraschen, stieg Kelly auf die Bremse. Die Kühlerhaube des Scout senkte sich und gab Billy einen guten Blick auf die verchromte Anhängerkupplung frei. Dann beschleunigte Kelly wieder und beobachtete, wie der Roadrunner darauf reagierte. *Aha, er will mir dicht auf den Fersen bleiben, aber ich kann ihn ganz leicht einschüchtern, und das wird ihm gar nicht gefallen. Der ist doch bestimmt ein ziemlich stolzer kleiner Mistkerl.*

Da, so mach ich das.

Kelly entschied sich, seinen Gegner einfach nur unschädlich zu machen. Wozu die Dinge unnötig verkomplizieren? Dabei war ihm bewußt, daß er sehr sorgfältig und überaus gerissen vorgehen mußte. Im Geiste schätzte er bereits Winkel und Entfernungen ab.

Kelly stieg beim Abbiegen etwas zu stark aufs Gas. Das ließ ihn fast einen Dreher fabrizieren, aber das war so vorgesehen, und er fing den Wagen gerade so stümperhaft ab, daß sein Fahrstil auf Billy schludrig wirkte, der zweifellos von seinem eigenen fahrerischen Können schwer beeindruckt war. Der Roadrunner nützte seine Wendigkeit und seine breiten Reifen aus, um aufzuschließen und sich an Kellys Steuerbordseite zu halten. Eine gezielte Rempelei konnte den Scout jetzt völlig aus der Kontrolle bringen. Der Roadrunner hatte die Oberhand, oder wenigstens dachte das sein Fahrer.

Okay...

Kelly konnte jetzt nicht rechts abbiegen, den Weg hatte Billy ihm abgeschnitten. Also bog er scharf nach links in eine Straße, die durch einen breiten Streifen mit leeren Grundstücken führte. Da würde wohl eine Autobahn gebaut werden. Die Häuser waren abgerissen und die Keller mit Schutt aufgefüllt worden, den der nächtliche Regen in Schlamm verwandelt hatte.

Kelly warf dem Roadrunner über die Schulter einen Blick zu. *Aha!* Das Beifahrerfenster wurde heruntergekurbelt. Daß sie eine Knarre hatten, war also schon mal sicher. *Jetzt wird's allmählich eng, Kelly...* Aber dem, erkannte er im selben Moment, konnte abgeholfen werden. Kelly ließ sie sein Gesicht sehen, das auf den Roadrunner starrte, mit weit offenem Mund und unverhohlener Angst. Er stieg auf die Bremse und zog scharf nach rechts. Der Scout hüpfte über den halb zerstörten Randstein, eindeutig eine Panikreaktion. Pam kreischte bei dem plötzlichen Stoß auf.

Der Roadrunner war stärker, das wußte sein Fahrer. Bessere Reifen, bessere Bremsen, und der Mann hinter dem Steuer hatte ausgezeichnete Reflexe. Alles Dinge, die Kelly längst bemerkt hatte und auf die er nun zählte. Sein Bremsmanöver wurde nachgeahmt, und der Roadrunner bog ebenfalls ab, holperte über den bröckligen Zement des Abrißviertels, folgte dem Scout über das Gelände, auf dem kürzlich noch Wohnblocks gestanden hatten, und ging direkt in die Falle, die Kelly für ihn aufgestellt hatte. Der Roadrunner kam etwa fünfzig Meter weit.

Kelly hatte bereits heruntergeschaltet. Der Schlamm war gute zwanzig Zentimeter tief, und es war nicht ganz ausgeschlossen, daß der Scout vorübergehend steckenbleiben würde, aber man mußte nicht wirklich damit rechnen. Er spürte, wie der Wagen langsamer wurde und die Reifen ein paar Zentimeter in die zähe Masse einsanken, doch dann faßten die Reifen mit ihrem groben Profil und zogen wieder an. *Ja!* Erst dann drehte Kelly sich um.

Die Scheinwerfer waren beredt genug. Der Roadbrunner, ohnehin tiefergelegt, damit man mit ihm schnittig über geteerte Stadtstraßen kurven konnte, scherte wild nach links aus, als die Reifen auf dem schleimigen Untergrund durchdrehten, und als dann das Fahrzeug langsamer wurde, bohrten sich die wirbelnden Räder nur noch weiter in den Dreck. Die Scheinwerfer versackten zusehends, während der starke Motor des Wagens sich sein eigenes Grab schaufelte. Und als der heiße Motor schließlich eine Wasserlache zum Kochen brachte, stieg augenblicklich Dampf auf.

Das Rennen war vorbei.

Drei Männer stiegen aus dem Wagen, standen dumm herum, ärgerten sich über den Schlamm an ihren glänzenden Aufschneiderschuhen und betrachteten ihr einst sauberes Auto, das da wie eine träge Muttersau im Schlamm saß. Was auch immer sie für üble Pläne gehabt hatten, war durch ein bißchen Regen und Schmutz vereitelt worden. *Gut zu wissen, daß ich's noch kann*, dachte Kelly.

Dann sahen sie die dreißig Meter zu ihm herüber.

»Ihr Strohköpfe!« rief er durch den Nieselregen. »Bis zum nächstenmal, Arschlöcher!« Er setzte sich wieder in Bewegung, natürlich vorsichtig, um sie auch weiter im Auge zu behalten. Damit hatte er das Rennen gewonnen, sagte sich Kelly. Umsicht, Grips, Erfahrung. Mumm auch, aber Kelly verscheuchte den Gedanken gleich wieder, nachdem er sich nur flüchtig damit abgegeben hatte. Behutsam dirigierte er den Scout wieder auf einen Pflasterstreifen, schaltete hoch und fuhr davon, während er darauf lauschte, wie Schlammklümpchen von den Reifen in den Radkasten geschleudert wurden.

»Du kannst wieder hochkommen, Pam. Wir werden sie eine Weile nicht mehr sehen.«

Pam folgte seiner Aufforderung und drehte sich nach Billy und seinem Roadrunner um. Als sie sah, wie nahe sie ihm war, wurde sie gleich wieder blaß im Gesicht. »Was hast du gemacht?«

»Ich hab mich nur an einen Ort jagen lassen, den ich mir selber ausgesucht hatte«, erklärte Kelly. »Zum Fahren auf der Straße ist das ein feines Auto, aber im Dreck ist es nicht so toll.«

Pam lächelte ihn an. Sie zeigte eine Tapferkeit, die sie im Augenblick nicht verspürte, und schloß damit die Geschichte nicht ganz so ab, wie Kelly sie gerne einem Freund erzählt hätte. Er schaute auf die Uhr. Noch etwa eine Stunde bis zum Schichtwechsel auf der Polizeiwache. Billy und seine Freunde würden ziemlich lange festsitzen. Das Schlaueste war jetzt, sich ein ruhiges Plätzchen zum Abwarten zu suchen. Außerdem sah Pam so aus, als müßte sie sich erst mal wieder beruhigen. Er fuhr eine Weile weiter, dann, als er ein unbelebtes Gebiet gefunden hatte, parkte er.

»Wie fühlst du dich?«

»Das war knapp«, erwiderte sie, wobei sie zu Boden sah und heftig zitterte.
»Hör zu, wir können direkt aufs Boot zurück und ...«
»Nein! Billy hat mich vergewaltigt ... und Helen umgebracht. Wenn ich ihn nicht aufhalte, wird er das mit Leuten, die ich kenne, einfach weitermachen.« Kelly wußte, daß ihre Worte ebensosehr dazu dienten, sich selbst zu überreden wie ihn. Er hatte das schon früher gesehen. Es war Mut, aber mit Angst gekoppelt. Es war das, was Leute dazu brachte, Einsätze durchzuführen, und auch der Grund, weswegen sie letztlich ausgesucht wurden. Weil Pam die Finsternis kannte und nun das Licht gefunden hatte, mußte sie dessen Glanz auch für andere erreichbar machen.
»Okay, aber nachdem wir mit Frank gesprochen haben, machen wir, daß wir dich schleunigst aus Dodge City rausbringen.«
»Ich bin okay«, sagte Pam und log, in dem vollen Bewußtsein, daß er die Lüge erkannte, und sie schämte sich dafür, weil ihr nicht klar war, wie gut er ihre augenblicklichen Gefühle verstand.
Das bist du wirklich, wollte er ihr sagen, aber von diesen Dingen hatte sie noch nichts gelernt. Und so fragte er etwas anderes: »Wie viele andere Mädchen?«
»Doris, Xantha, Paula, Maria und Roberta ... sie sind alle wie ich, John. Und Helen ... als sie sie umgebracht haben, mußten wir zusehen.«
»Na schön, mit etwas Glück kannst du dagegen was tun, Schätzchen.« Er legte den Arm um sie, und nach einer Weile hörte das Zittern auf.
»Ich hab Durst«, sagte sie.
»Auf dem Rücksitz ist eine Kühltasche.«
Pam lächelte. »Das ist fein.« Sie drehte sich nach hinten, um sich eine Cola zu holen – und erstarrte plötzlich am ganzen Körper. Sie japste auf, und Kelly spürte das allzu vertraute unangenehme Gefühl auf der Haut, als würde Strom über sie hinweg kriechen. Das Gefühl von Gefahr.
»Kelly!« kreischte Pam auf. Sie schaute auf das linke Heck des Wagens. Kelly langte bereits nach seinem Revolver, drehte dabei den Körper, aber es war zu spät, und ein Teil von ihm hatte das auch schon gewußt. Der grauenvolle Gedanke fuhr ihm in den Sinn, daß er einen gewaltigen, tödlichen Irrtum begangen hatte, aber er wußte nicht, wie, und es blieb keine Zeit mehr, das herauszufinden, denn noch bevor er seinen Revolver erreichen konnte, gab es einen Lichtblitz und einen Schlag an seinem Kopf, dann nur noch Dunkelheit.

7 / Genesung

Eine Polizeistreife entdeckte den Scout. Officer Chuck Monroe, seit sechzehn Monaten im Dienst, gerade lange genug dabei, um seinen eigenen Funkwagen zu haben, hatte es sich zur Gewohnheit gemacht, seinen Teil des Reviers regelmäßig zu überwachen, nachdem er dem Straßeneinsatz zugeteilt worden war. Gegen die Dealer konnte er nicht viel ausrichten – das war Aufgabe des Rauschgiftdezernats –, aber er konnte Flagge zeigen, ein Ausdruck, den er bei der Marine gelernt hatte. Dem fünfundzwanzigjährigen, frisch verheirateten Polizeibeamten, der noch jung genug war, um seinen Beruf ernst zu nehmen und über die Vorgänge in dieser Stadt und seinem alten Viertel wütend zu sein, fiel auf, daß der Scout ein Fahrzeug war, das nicht in diese Gegend paßte. Er entschied, ihn zu überprüfen und sich die Nummer zu notieren. Sein Herz setzte fast aus, als er erkannte, daß auf die linke Wagenseite mindestens zwei Schrotladungen abgeschossen worden waren. Monroe bremste, stellte sein Blaulicht an und gab über Funk die erste vorläufige Meldung durch, daß es womöglich Schwierigkeiten gab, sie sollten in der Leitung bleiben. Er stieg aus dem Wagen, wechselte den Schlagstock in die linke Hand, während er mit der rechten seinen Dienstrevolver gepackt hielt. Erst dann näherte er sich dem Auto. Als gut ausgebildeter Beamter bewegte sich Chuck Monroe langsam und behutsam, während seine Augen alles in seinem Gesichtskreis genau beobachteten.

»Oh, Scheiße!« Blitzschnell kehrte er ans Funkgerät zurück. Zuerst bat Monroe um Verstärkung und dann um einen Krankenwagen, und schließlich gab er seinem Revier das Autokennzeichen durch. Dann schnappte er sich seinen Verbandskasten und ging wieder zum Scout. Die Tür war abgesperrt, aber das Fenster war zerschossen, und er langte nach innen, um sie zu entriegeln. Was er nun zu sehen bekam, ließ ihn wie angewurzelt stehenbleiben.

Der Kopf ruhte auf dem Lenkrad, die linke Hand ebenfalls, während die rechte im Schoß lag. Der gesamte Innenraum war von Blut bespritzt. Der Mann atmete noch, was den Polizeibeamten überraschte. Es war eindeutig eine Schrotladung gewesen, die durch das

Metall und das Fiberglas der Karosserie des Scout gedrungen und das Opfer an Kopf, Hals und am oberen Rücken getroffen hatte. Die bloßliegende Haut zeigte zahlreiche kleine Löcher, aus denen Blut rann. Die Wunde sah schrecklicher aus als alles, was er im Streifendienst oder beim Marinekorps gesehen hatte, und doch lebte der Mann. Das allein war so verblüffend, daß Monroe beschloß, seinen Verbandskasten geschlossen zu lassen. In wenigen Minuten würde ein Krankenwagen hier sein, und er kam zu dem Schluß, daß jede Maßnahme, die er ergriff, wahrscheinlich alles eher schlimmer als besser machen würde. Monroe hielt den Kasten wie ein Buch in der rechten Hand und betrachtete das Opfer mit dem frustrierten Ausdruck eines tatkräftigen Mannes, dem es verwehrt ist, zu handeln. Wenigstens war der arme Kerl bewußtlos.

Wer war er? Monroe schaute auf die zusammengesunkene Gestalt und entschied, daß er immerhin die Brieftasche herausziehen konnte. Der Polizist nahm den Verbandskasten in die linke Hand und griff mit der rechten in die Jackentasche. Es war nicht weiter überraschend, daß sie leer war, aber die Berührung hatte eine Reaktion ausgelöst. Der Körper bewegte sich ein wenig, und das war nicht gut. Monroe stützte ihn mit der Hand ab, aber da bewegte sich auch der Kopf, und er wußte, daß der am besten ruhig bleiben sollte, und so berührte er ihn automatisch, aber falsch, mit der Hand. Irgend etwas rieb gegen etwas anderes, und ein Schmerzensschrei hallte auf die dunkle, nasse Straße, bevor der Körper wieder erschlaffte.

»Scheiße!« Monroe blickte auf das Blut an seinen Fingerspitzen und wischte sie unwillkürlich an seiner blauen Uniformhose ab. Da hörte er schon das durchdringende Jaulen einer Feuerwehrambulanz, die sich von Osten näherte, und der Polizist flüsterte ein Dankgebet, daß Männer, die damit sachgerecht umgehen konnten, ihn bald aus dieser Klemme erlösen würden.

Wenige Sekunden später bog die Ambulanz um die Ecke. Das große, kantige, rotweiße Fahrzeug hielt direkt hinter dem Funkwagen an, und seine zwei Insassen gingen sofort zu dem Polizisten.

»Na, was haben wir denn da.« Sonderbarerweise kam das nicht wie eine Frage heraus. Der leitende Feuerwehrsanitäter brauchte in diesem Fall auch kaum zu fragen. Zu dieser nachtschlafenden Zeit würde es sich in diesem Teil der Stadt nicht um einen Verkehrsunfall handeln, sondern eher ein »Penetrationstrauma« sein, wie es in der trockenen Ausdrucksweise seines Berufsstandes lautete. »Du lieber Gott!«

Der andere Sanitäter war schon auf dem Weg zurück zum Krankenwagen, als ein weiteres Polizeifahrzeug auf dem Schauplatz auftauchte.

»Was gibt's?« fragte der Wachhabende.

»Schrotflinte aus nächster Nähe, aber der Mann lebt noch!« berichtete Monroe.

»Diese Nackenschüsse gefallen mir nicht«, bemerkte der erste Sanitäter knapp.

»Halskrause?« rief der andere vom Gerätebord.

»Ja, wenn er den Kopf bewegt ... verdammt.« Der ranghöhere Feuerwehrangehörige legte dem Opfer die Hände an den Kopf, um ihn festzuhalten.

»Ausweis?« fragte der Sergeant.

»Keine Brieftasche. Ich hab mich noch nicht umsehen können.«

»Kennzeichen durchgegeben?«

Jefferson nickte. »Hab ich; das dauert aber eine Weile.«

Der Sergeant leuchtete mit der Taschenlampe ins Wageninnere, um den Sanitätern zu helfen. Eine Menge Blut, sonst alles leer. Eine Art Kühlbox auf dem Rücksitz. »Was noch?« fragte er Monroe.

»Der Block war leer, als ich herkam.« Monroe blickte auf die Uhr. »Vor elf Minuten.« Beide Polizisten traten zurück, damit die Sanitäter Platz zum Arbeiten hatten.

»Haben Sie ihn schon mal gesehen?«

»Nein, Sergeant.«

»Überprüfen Sie die Gehsteige.«

»In Ordnung.« Monroe begann, die Umgebung des Wagens abzusuchen.

»Ich frage mich, worum es hier ging«, sagte der Sergeant, ohne jemand dabei anzusehen. Nachdem er einen Blick auf das Opfer und das ganze Blut geworfen hatte, war sein nächster Gedanke, daß sie es wohl nie herausfinden würden. So viele in diesem Gebiet begangene Verbrechen wurden nie wirklich aufgeklärt. Nicht eben etwas, was dem Sergeant irgendwelche Freude bereitet hätte. Er sah zu den Sanitätern hinüber. »Wie geht's ihm, Mike?«

»Beinahe verblutet, Bert. Eindeutig eine Schrotflinte«, antwortete der Mann, während er die Halskrause umlegte. »Einige Geschosse im Nacken, einige nahe am Rückgrat. Gefällt mir gar nicht.«

»Wo bringt ihr ihn hin?« fragte der Polizeisergeant.

»Die Universität ist überfüllt«, meinte der untergeordnete Sanitäter. »Busunfall auf dem Umgehungsring. Wir müssen ihn ins Hopkins bringen.«

»Das sind zehn Minuten mehr«, schimpfte Mike. »Du fährst, Phil, und sag ihnen, wir haben ein schweres Trauma und brauchen einen Neurochirurgen in Bereitschaft.«

»Das will ich meinen.« Die beiden Männer hoben ihn auf die Bahre. Der Körper reagierte auf die Bewegung, und die beiden Polizisten – gerade waren noch drei weitere Funkstreifenwagen eingetroffen – halfen mit, den Mann ruhigzuhalten, während die Feuerwehrleute ihn anschnallten.

»Du hast ganz schön was abgekriegt, mein Freund, aber wir bringen dich jetzt ganz schnell ins Krankenhaus«, sagte Phil dem Bewußtlosen, der vielleicht noch so weit am Leben war, daß er die Worte verstehen konnte. »Dann wollen wir mal, Mike.«

Sie schoben den Verwundeten hinten in den Krankenwagen. Mike Eaton, der verantwortliche Sanitäter, befestigte bereits eine Infusionsflasche mit Plasmaexpander. An die Vene zu kommen war nicht gerade einfach, da der Mann auf dem Bauch lag, aber es gelang ihm gerade noch, bevor der Krankenwagen sich in Bewegung setzte. Die sechzehnminütige Fahrt ins Johns-Hopkins-Krankenhaus war damit ausgefüllt, die Vitalwerte zu messen – der Blutdruck war gefährlich niedrig – und vorbereitend einige Formulare auszufüllen.

Wer bist du?, fragte Eaton stumm. Gute körperliche Verfassung, stellte er fest, etwa sechs- oder siebenundzwanzig. Sonderbar für jemanden, der wahrscheinlich Drogen nahm. In aufrechter Haltung hätte dieser Kerl recht imposant ausgesehen, jetzt aber nicht. Jetzt war er eher ein großes, schlafendes Kind mit offenem Mund, der Sauerstoff aus einer durchsichtigen Plastikmaske einsog. Der Atem ging flach und viel zu langsam, wenn man Eaton fragte.

»Mach schneller«, rief er dem Fahrer, Phil Marconi, zu.

»Die Straßen sind ziemlich naß, Mike, ich tu mein Bestes.«

»Komm schon, Phil, ihr Spaghettifresser fahrt doch angeblich wie die Verrückten!«

»Aber wir saufen nicht soviel wie ihr«, kam lachend die Antwort. »Ich hab sie schon benachrichtigt, es wartet bereits ein Knochenklempner auf uns. Ruhige Nacht im Hopkins, sie sind für uns bereit.«

»Gut«, erwiderte Eaton leise. Er besah sich seinen angeschossenen Patienten. Manchmal wurde es ihm hinten im Krankenwagen einsam und etwas unheimlich, und deshalb war er über das ansonsten nervenaufreibende Heulen der elektronischen Sirene froh. Blut tropfte von der Bahre auf den Boden des Fahrzeugs; die Tropfen rollten auf dem Metallboden herum, als führten sie ein Eigenleben. An so etwas würde er sich wohl nie gewöhnen.

»Zwei Minuten«, sagte Marconi über die Schulter. Eaton rückte an die hintere Tür vor, bereit, sie sofort zu öffnen. Kurz darauf spürte er, wie der Krankenwagen abbog, anhielt und dann rasch rückwärts fuhr, bevor er wieder zum Stehen kam. Die Türflügel wurden aufgerissen, bevor Eaton noch seine Hand ausstrecken konnte.

»Herr im Himmel!« entfuhr es dem Arzt von der Notaufnahme.
»Okay, Leute, wir bringen ihn nach Drei.« Zwei stämmige Krankenpfleger zogen die Bahre heraus, während Eaton die Infusionsflasche vom Haken nahm und sie neben dem rollenden Gefährt hertrug.

»Schwierigkeiten bei der Universität?« fragte der Stationsarzt.
»Busunfall«, berichtete Marconi, der jetzt neben ihm ging.
»Ist hier sowieso besser aufgehoben. Mein Gott, in was ist der denn geraten?« Der Arzt beugte sich herunter, um im Gehen die Wunde zu inspizieren. »Müssen etwa hundert Schrotkugeln drinstecken!«
»Warten Sie, bis Sie den Nacken sehen«, sagte ihm Eaton.
»Scheiße . . .« zischte der Arzt.

Sie schoben den Patienten in die geräumige Notaufnahme in ein Abteil in der Ecke. Zu fünft wuchteten sie das Opfer von der Bahre auf einen Behandlungstisch, und das Medizinerteam machte sich an die Arbeit. Ein weiterer Arzt stand mit zwei Schwestern in Bereitschaft.

Nachdem er den Kopf auf Sandsäckchen gebettet hatte, entfernte der wachhabende Arzt Cliff Severn behutsam die Halskrause. Ein Blick genügte.

»Möglicherweise das Rückgrat«, verkündete er auf der Stelle.
»Aber erst brauchen wir eine Bluttransfusion.« Er schnarrte eine Reihe von Befehlen herunter. Während die Schwestern zwei weitere Infusionen anbrachten, zog Severn dem Patienten die Schuhe aus, fuhr mit einem scharfen Metallinstrument über die linke Fußsohle. Der Fuß zuckte. Die Nerven waren also nicht unmittelbar geschädigt. Eine gute Nachricht. Ein paar weitere leichte Schläge auf die Beine riefen ebenfalls Reaktionen hervor. Bemerkenswert. Währenddessen entnahm die Schwester Blut für die übliche Testreihe. Severn mußte sein gut eingespieltes Team kaum im Auge behalten, als jeder seine verschiedenen Aufgaben erfüllte. Was wie ein hektisches Wirrwarr aussah, glich eher den Spielzügen im hinteren Feld beim Football, es war das Endergebnis von Monaten intensiven Trainings.

»Wo zum Teufel steckt der Neuro?« Severn richtete die Frage an die Decke.
»Hier bin ich«, antwortete eine Stimme.

Severn blickte auf. »Oh – Professor Rosen.«
Die Begrüßung wurde nicht erwidert. Sam Rosen war schlechter Laune, das sah der Stationsarzt sofort. Der Professor hatte bereits einen Zwanzig-Stunden-Tag hinter sich. Was eigentlich in sechs Stunden hätte vorüber sein sollen, hatte sich zu einem Marathonwettlauf mit dem Tode entwickelt. Es ging um eine ältere Frau, die eine Treppe hinuntergestürzt war. Und vor knapp einer Stunde hatte Rosen diesen Wettlauf schließlich verloren. Er hätte sie retten müssen, sagte sich Sam, der sich immer noch nicht darüber klar werden konnte, was schiefgegangen war. Er war über diese Verlängerung eines ohnehin höllischen Tages eher dankbar als aufgebracht. Vielleicht konnte er wenigstens diesen Patienten retten.

»Also, was haben wir hier«, fragte der Professor kurz angebunden.

»Schußverletzung durch eine Schrotflinte, etliche Körner sehr nahe am Rückenmark, Sir.«

»Okay.« Rosen bückte sich, die Hände hinter dem Rücken. »Woher kommt das Glas?«

»Er saß in einem Auto«, rief ihm Eaton von der anderen Seite des Abteils zu.

»Das müssen wir beseitigen und ihm auch den Kopf rasieren«, sagte Rosen, während er noch die Verletzung taxierte. »Blutdruck?«

»Blutdruck fünfzig zu dreißig«, meldete eine Krankenschwester. »Puls einhundertvierzig und schwach.«

»Da werden wir einiges zu tun haben«, bemerkte Rosen. »Steht ziemlich unter Schock, unser Mann. Hmm.« Er verstummte für einen Moment. »Die Gesamtkonstitution des Patienten sieht gut aus, guter Muskeltonus. Erst mal müssen wir ihm wieder Blut zuführen.« Rosen sah, wie zwei Einheiten angeschlossen wurden, noch während er sprach. Die Notaufnahmeschwestern waren äußerst tüchtig, und er nickte ihnen anerkennend zu.

»Wie geht's Ihrem Sohn, Margaret?« fragte er die Oberschwester.

»Fängt im September an der Carnegie an«, antwortete sie, während sie die Tropffrequenz an der Infusionsflasche einstellte.

»Margaret, als nächstes muß der Nacken gesäubert werden. Ich will ihn mir ansehen.«

»Ja, Doktor.«

Die Schwester suchte sich eine Zange, schnappte sich einen großen Wattebausch, den sie in destilliertes Wasser tauchte, und wischte damit behutsam das Genick des Patienten ab, sog das Blut auf und legte die Einschußlöcher bloß. Es sah schlimmer aus, als es in Wirklichkeit vielleicht war, das sah sie sofort. Während sie den Patienten saubertupfte, zog Rosen sich einen sterilen Operationskittel über. Als er wieder beim Verletzten war, hatte Margaret Wilson bereits die sterilen Instrumente aufgedeckt. Eaton und Marconi blieben in der Ecke und beobachteten alles genau.

»Gut gemacht, Margaret«, sagte Rosen, während er seine Brille aufsetzte. »In was wird er seinen Abschluß machen?«

»Ingenieurwesen.«

»Das ist gut.« Rosen hielt die Hand hoch. »Pinzette.« Schwester Wilson drückte ihm eine in die Hand. »Ein aufgeweckter junger Ingenieur findet überall was.«

Rosen suchte sich ein kleines, rundes Loch in der Schulter des Patienten aus, das ein gutes Stück von jeder lebenswichtigen Stelle entfernt war. Mit einer Behutsamkeit, die seine Handbewegungen beinahe komisch aussehen ließ, tastete er vorsichtig hinein und holte ein einzelnes Bleikügelchen heraus, das er gegen das Licht hielt. »Siebener Korn, glaube ich. Jemand hat unseren Freund hier mit einer Taube verwechselt. Das läßt hoffen«, sagte er zu den Sanitätern. Nun, da er die Korngröße und die mögliche Einschlagtiefe kannte, beugte er sich tief über das Genick. »Hmmm. Wie ist der Druck jetzt?«

»Ich prüfe gerade«, sagte eine Schwester vom anderen Ende des Tisches. »Fünfzig zu vierzig, steigend.«

»Danke«, sagte Rosen, noch immer über den Patienten gebeugt. »Wer hat die erste Infusion gemacht?«

»Ich«, erwiderte Eaton.

»Gute Arbeit.« Rosen blickte auf und blinzelte. »Manchmal denke ich, daß ihr Feuerwehrleute mehr Leben rettet als wir. Das hier haben Sie gerettet, todsicher.«

»Besten Dank, Doktor.« Eaton kannte Rosen nicht besonders gut, aber er vermerkte es, daß sein Ruf wohlverdient war. Ein Feuerwehrsanitäter bekam nicht jeden Tag ein solches Lob von einem ordentlichen Professor. »Wie wird er es – ich meine, die Genickverletzung?«

Rosen hatte sich schon wieder prüfend über den Patienten gebeugt. »Reaktionen, Doktor?« fragte er den Notarzt.

»Positiv. Guter Babinsky. Keine massiven Anzeichen für eine Beeinträchtigung der Oberflächennerven«, erwiderte Severn. Das war wie in einer Prüfung, was den jungen Stationsarzt immer nervös machte.

»Es ist möglicherweise nicht so schlimm, wie es aussieht, aber wir müssen diese Kügelchen schleunigst rauskriegen, bevor sie zu wandern anfangen. Zwei Stunden?« fragte er Severn. Rosen wußte, daß der Notarzt sich bei Traumata besser auskannte als er.

»Vielleicht drei.«
»Dann hab ich ja noch Zeit für ein Nickerchen.« Rosen blickte auf seine Uhr. »Ich nehm ihn mir, sagen wir, um sechs vor.«
»Sie wollen das persönlich übernehmen?«
»Warum nicht? Ich bin ja da. Das hier ist komplikationslos, braucht nur etwas Fingerspitzengefühl.« Rosen meinte, wenigstens einmal im Monat hätte er auch das Recht auf einen leichten Fall. Als ordentlicher Professor blieben die schwierigen ständig an ihm hängen.
»Mir ist es nur recht, Sir.«
»Wissen wir, wer der Patient ist?«
»Nein, Sir«, erwiderte Marconi. »Die Polizei müßte bald hier sein.«
»Gut.« Rosen streckte sich. »Wissen Sie, Margaret, Leute wie wir sollten nicht so viele Stunden am Stück arbeiten.«
»Ich brauche die Schichtzulage«, erwiderte Schwester Wilson. Im übrigen war sie die Leiterin des Schwesternteams für diese Schicht. »Ich frage mich, was das ist?« sagte sie nach einer Weile.
»Hm?« Rosen trat neben sie an den Tisch, während der Rest des Teams seine Arbeit verrichtete.
»Eine Tätowierung auf seinem Arm«, berichtete Schwester Wilson. Sie war sehr überrascht, wie heftig Professor Rosen darauf reagierte.

Der Übergang vom Schlafen zum Wachen fiel Kelly gewöhnlich leicht, nur diesmal nicht. Sein erster zusammenhängender Eindruck war Überraschung, doch er wußte nicht, warum. Als nächstes kam Schmerz, aber nicht so sehr der Schmerz selbst als vielmehr die vage Ahnung, daß er Schmerzen haben würde, und zwar jede Menge. Als er merkte, daß er seine Augen öffnen konnte, tat er es, und stellte fest, daß er auf einen grauen Linoleumboden starrte. Ein paar versprengte Tropfen Flüssigkeit reflektierten die grellen Neonröhren an der Decke. Er spürte Nadeln in den Augen, und erst dann erkannte er, daß die eigentlichen Stiche in seinen Armen saßen.
Ich bin am Leben.
Warum überrascht mich das?
Er konnte die Schritte von Leuten, gedämpfte Gespräche und entferntes Klingeln hören. Der Klang rauschender Luft erklärte sich durch die Lüftungsschlitze, von denen einer ganz in der Nähe sein mußte, weil er den kühlen Hauch auf dem Rücken spürte. Etwas sagte ihm, er sollte sich rühren, da er so unbeweglich eher verletzbar war, doch selbst, als er einen entsprechenden Befehl an seine Glieder schickte, rührte sich nichts. Dafür meldete sich jetzt der Schmerz.

Wie Kräuselwellen auf einem Teich, wenn ein Insekt hineingefallen ist, begann er irgendwo an der Schulter und breitete sich von dort immer weiter aus. Es dauerte eine Weile, bis er ihn bestimmen konnte. Am ehesten glich er noch einem schlimmen Sonnenbrand, weil alles von der linken Halsseite bis hin zu seinem linken Ellbogen sich verbrannt anfühlte. Er wußte, daß da etwas war, woran er sich im Moment nicht erinnern konnte, womöglich etwas Wichtiges.

Wo zum Teufel bin ich?

Kelly meinte, ein entferntes Vibrieren zu spüren. Aber von was? Schiffsmotoren? Nein, das konnte irgendwie nicht sein, und nach ein paar weiteren Sekunden erkannte er, daß es sich um das ferne Geräusch eines von einer Haltestelle abfahrenden städtischen Busses handelte. Also kein Schiff. Eine Stadt. *Warum bin ich in einer Stadt?*

Ein Schatten strich über sein Gesicht. Er öffnete die Augen und erblickte die untere Hälfte einer Gestalt, die ganz in hellgrüne Baumwolle gekleidet war. Die Hände hielten so etwas wie ein Klemmbrett. Kelly konnte seinen Blick nicht gut genug fixieren, um auch nur zu erkennen, ob die Gestalt männlich oder weiblich war, bevor sie verschwand, und es kam ihm auch nicht in den Sinn, irgend etwas zu sagen, bevor er wieder in den Schlaf hinüberdämmerte.

»Die Schulterverletzung war ausgedehnt, aber nur oberflächlich«, sagte Rosen zehn Meter weiter weg der Neurochirurgin der Station.

»Blutig genug. Vier Einheiten«, bemerkte sie.

»Wunden von Schrotflinten sind eben so. Das Rückgrat war nur an einer Stelle ernsthaft bedroht. Hab eine Weile gebraucht, um herauszukriegen, wie ich das Ding da herausholen sollte, ohne irgend etwas zu gefährden.«

»Zweihundertsiebenunddreißig Kügelchen –« sie hielt die Röntgenaufnahme ins Licht – »doch es sieht so aus, als hätten Sie alle erwischt. Hat sich eine schöne Sammlung Sommersprossen eingehandelt, der Junge.«

»Hat auch lange genug gedauert«, sagte Sam müde, wohl wissend, daß er das Ganze jemand anderem hätte überlassen sollen, aber schließlich hatte er sich freiwillig gemeldet.

»Sie kennen diesen Patienten, nicht wahr?« sagte Sandy O'Toole, die aus der Wachstation kam.

»Mhm.«

»Er kommt zu sich, aber es wird noch etwas dauern.« Sie gab ihm das Krankenblatt mit den neuesten Eintragungen. »Sieht gut aus, Doktor.«

Professor Rosen nickte und fuhr in seinen Erklärungen an die Stationsärztin fort. »Tolle körperliche Verfassung. Die Leute von der Feuerwehr haben einiges geleistet, um seinen Blutdruck hochzuhalten. Er ist fast verblutet, aber die Wunden sahen schlimmer aus, als sie waren. Sandy?«

Sie drehte sich um. »Ja, Doktor?«

»Das ist ein Freund von mir. Würde es Ihnen sehr viel ausmachen, wenn ich Sie bitten würde, sich um diesen Patienten ...«

». . . besonders aufmerksam zu kümmern?«

»Sie sind unsere Beste, Sandy.«

»Irgend etwas, das ich wissen sollte?« fragte sie, erfreut über das Kompliment.

»Er ist ein guter Kerl, Sandy.« Sam sagte es auf eine Art, die wirklich bedeutungsvoll klang. »Sarah mag ihn auch.«

»Dann muß er in Ordnung sein.« Während sie in die Notaufnahme zurückging, fragte sie sich, ob der Professor wohl wieder mal den Kuppler spielte.

»Was soll ich der Polizei sagen?«

»Daß er in frühestens vier Stunden ansprechbar ist. Ich möchte dabeisein.« Rosen warf einen Blick auf die Kaffeekanne und entschied sich dagegen. Noch eine Tasse, und die Säure würde seinen Magen auffressen.

»Also, wer ist er nun?«

»So gut kenne ich ihn auch wieder nicht, aber ich habe in der Bucht auf meinem Boot Probleme bekommen, und er hat mir geholfen. Am Ende lief es darauf hinaus, daß wir das Wochenende über bei ihm geblieben sind.« Sam ließ sich nicht weiter aus. Er wußte im Grunde nicht sehr viel, aber er hatte eine Menge Schlußfolgerungen gezogen, und die waren nicht gerade wenig beängstigend. Er hatte seinen Teil getan. Er hatte Kelly zwar nicht das Leben gerettet – dafür waren eine gehörige Portion Glück und die Leute von der Feuerwehr verantwortlich –, aber er hatte doch eine überaus geschickte Operation durchgeführt, damit allerdings die Stationsärztin, Dr. Ann Pretlow, nachhaltig verärgert, der nicht viel mehr als die Rolle einer Zuschauerin geblieben war. »Ich brauche eine Mütze voll Schlaf. Für heute steht nicht viel auf dem Plan. Können Sie die Nachbehandlung bei Mrs. Baker übernehmen?«

»Gewiß.«

»Jemand soll mich in drei Stunden wecken«, sagte Rosen, schon auf dem Weg in sein Büro, wo eine bequeme Liege auf ihn wartete.

»Schön braun geworden«, bemerkte Billy grinsend. »Ich frage mich, wo sie das wohl her hat.« Allgemeine Heiterkeit. »Was machen wir mit ihr?«

Henry dachte darüber nach. Gerade hatte er eine feine Art entdeckt, Leichen zu beseitigen, die auf gewisse Weise viel sauberer war und weitaus sicherer als ihre frühere Methode. Aber sie erforderte auch eine längere Bootsfahrt, und er hatte im Augenblick keine Zeit, sich um so was auch noch zu kümmern. Und daß andere diese besondere Methode übernahmen, wollte er auch wieder nicht. Sie war einfach zu gut, um sie an irgend jemanden weiterzugeben. Er wußte, daß der eine oder andere was ausplaudern würde. Das war eines seiner Probleme.

»Sucht einfach irgendeine Stelle aus«, sagte er nach kurzer Überlegung. »Wenn sie gefunden wird, macht's auch nichts.« Dann blickte er sich im Zimmer um und prägte sich sämtliche Mienen genau ein. Die Lektion saß. Keine würde das wieder probieren, zumindest nicht bald. Er brauchte nicht einmal etwas zu sagen.

»Heute nacht? Nachts ist immer besser.«

»Wunderbar. Keine Eile.« Die anderen konnten nur um so mehr lernen, wenn sie sie den ganzen Tag vor Augen hatten, wie sie da mitten im Zimmer lag. Es machte ihm kein großes Vergnügen, aber die Leute mußten ihre Lektionen lernen, und selbst wenn es für die eine zu spät war, konnten die anderen aus ihrem Fehler lernen. Besonders, wenn die Lektion eindeutig und hart war. Selbst unter Drogen würden sie das hier nicht vergessen können.

»Was ist mit dem Typ?« fragte er Billy.

Billy grinste wieder, was er am liebsten und häufigsten tat. »Hab ihn weggeblasen. Beide Patronen, aus drei Meter Entfernung. Den sehen wir bestimmt nicht wieder.«

»Okay.« Er ging. Es gab Arbeit zu erledigen und Geld zu kassieren. Dieses kleine Problem hatte er jetzt hinter sich. Schade, dachte er auf dem Weg zu seinem Auto, daß sich nicht alle so leicht lösen ließen.

Die Leiche blieb, wo sie war. Doris und die anderen saßen im selben Raum, unfähig, ihre Blicke von der früheren Freundin abzuwenden. Sie lernten ihre Lektion, genau wie Henry sich das vorgestellt hatte.

Kelly registrierte nur vage, daß er bewegt wurde. Der Boden glitt unter ihm dahin. Er sah zu, wie die Lücken zwischen den Bodenfliesen abrollten, wie bei einem Filmabspann, bis man ihn rückwärts in ein neues kleines Zimmer schob. Diesmal versuchte er den Kopf zu heben, und er bewegte sich sogar ein paar Zentimeter, genug, daß er die Beine einer Frau sehen konnte. Die grüne OP-Hose endete über den Knöcheln, und die waren eindeutig die einer Frau. Es surrte, und sein Horizont bewegte sich nach unten. Nach einem Augenblick erkannte er, daß er auf einem elektrisch verstellbaren Bett lag und zwischen zwei Bügeln aus rostfreiem Stahl aufgehängt war. Sein Körper war irgendwie ans Bett geschnallt, und als sein Lager rotierte, fühlte er den Druck der Gurte, die ihn festhielten. Nicht unbedingt unangenehm, aber spürbar. Dann sah er eine Frau. Sein Alter, vielleicht ein oder zwei Jahre jünger, mit braunem, unter eine grüne Haube gestecktem Haar und hellen Augen, die freundlich funkelten.

»Hallo«, sagte sie durch ihren Mundschutz. »Ich bin Ihre Krankenschwester.«

»Wo bin ich?« fragte Kelly mit rauher Stimme.

»Johns-Hopkins-Krankenhaus.«

»Was ...«

»Jemand hat auf Sie geschossen.« Sie berührte seine Hand.

Ihre weiche Hand ließ etwas in seinem von der Betäubung benebelten Bewußtsein aufflammen. Aber Kelly konnte sich nicht gleich darüber klarwerden, was es war. Wie eine Rauchwolke verschob und drehte es sich, bis vor seinen Augen ein Bild entstand. Die fehlenden Teile setzten sich zusammen, und obwohl er begriff, daß ihn schieres Entsetzen erwartete, bemühte sich sein Verstand, den Prozeß zu beschleunigen. Schließlich erledigte die Schwester das für ihn.

Sandy O'Toole hatte aus gutem Grund ihren Mundschutz anbehalten. Als gutaussehende Frau spürte sie wie viele Krankenschwestern, daß männliche Patienten gut darauf ansprachen, wenn jemand wie sie persönlichen Anteil an ihnen bekundete. Nun, da der Patient Kelly, John, mehr oder weniger aufnahmefähig war, band sie den Mundschutz ab, um ihm ihr strahlendes Frauenlächeln zu schenken, die erste Nettigkeit für ihn an diesem Tag. Männer mochten Sandra O'Toole, von ihrem großen, athletischen Körperbau bis zu der Zahnlücke zwischen den Schneidezähnen. Sie hatte keine Ahnung, warum sie die Lücke sexy fanden – da verfingen sich ja nur Essensreste –, aber solange es funktionierte, war es nur ein weiteres Hilfsmittel in ihrem Beruf, Kranke gesund zu pflegen. Und so lächelte sie ihn rein aus beruflichen Gründen an. Was dieses Lächeln bewirkte, war mit nichts zu vergleichen, was sie bisher erlebt hatte.

Ihr Patient wurde leichenblaß, nicht so weiß wie Schnee oder ein Bettlaken, sondern wie fleckiges, ungesund aussehendes Styropor. Ihr erster Gedanke war, daß irgend etwas ernsthaft danebengegan-

gen war, vielleicht eine heftige innere Blutung oder eine durch ein Gerinnsel verursachte Thrombose. Er hätte wohl aufgeschrien, aber er bekam keine Luft, und seine Hände erschlafften. Seine Augen ließen nicht von ihr ab, und nach einer Weile merkte O'Toole, daß irgendwie sie alles ausgelöst hatte, was es auch war. Instinktiv wollte O'Toole als erstes seine Hand nehmen und sagen, alles sei in Ordnung, aber sie wußte augenblicklich, daß dem nicht so wahr.
»O Gott... o mein Gott... Pam.« Der Blick in dem sonst bestimmt markant hübschen Gesicht drückte tiefste Verzweiflung aus.

»Sie war bei mir«, sagte Kelly ein paar Minuten später zu Professor Rosen. »Weißt du irgendwas, Doc?«
»Die Polizei wird in ein paar Minuten hier sein, John, aber, nein, ich weiß gar nichts. Vielleicht haben sie sie in ein anderes Krankenhaus gebracht.« Sam wollte Hoffnung vermitteln. Aber er wußte, daß es gelogen war, und er haßte sich für diese Lüge. Er machte sich mit viel Brimborium daran, Kelly den Puls zu messen, etwas, das Sandy genauso gut hätte erledigen können, und untersuchte dann den Rücken seines Patienten. »Es wird gut werden. Wie geht's der Schulter?«
»Nicht besonders, Sam«, erwiderte Kelly, immer noch groggy.
»Wie schlimm?«
»Schrotflinte – du hast einiges abbekommen, aber – war das Wagenfenster hochgekurbelt?«
»Ja«, sagte Kelly, sich an den Regen erinnernd.
»Das hat dir mit das Leben gerettet. Die Schultermuskeln sind ganz schön kaputt, und du warst verdammt nah am Verbluten, aber du wirst keinen bleibenden Schaden davontragen, außer ein paar Narben. Ich hab's selbst gemacht.«
Kelly blickte auf. »Danke, Sam. Der Schmerz ist nicht so schlimm... war schlimmer, als ich das letzte Mal...«
»Beruhige dich, John«, befahl Rosen sanft, während er sich das Genick genauer ansah. Er merkte sich vor, eine völlig neue Serie von Röntgenaufnahmen anzufordern, um wirklich sicherzugehen, daß er nichts übersehen hatte, womöglich noch in Nähe des Rückgrats. »Die Schmerzmittel werden ziemlich schnell wirken. Deinen Heldenmut kannst du dir für andere Gelegenheiten aufsparen. Dafür gibt es hier keine Punkte. Okay?«
»Aye aye. Bitte frag in den anderen Krankenhäusern nach Pam, ja?« bat Kelly mit Hoffnung in der Stimme, obwohl auch er es besser wußte.

Zwei uniformierte Beamte hatten die ganze Zeit darauf gewartet, daß Kelly zu sich kommen würde. Rosen führte den älteren der beiden ein paar Minuten später herein. Die Befragung wurde auf Anweisung des Arztes kurz gehalten. Nachdem er seine Personalien bestätigt hatte, fragten sie ihn nach Pam; sie hatten von Rosen bereits eine Personenbeschreibung, aber keinen Nachnamen, den mußte Kelly erst liefern. Die Beamten vermerkten seine Verabredung mit Kriminalkommissar Allen und gingen nach ein paar Minuten, als das Opfer allmählich wieder wegdämmerte. Der Schock der Schüsse und die Operation würden zusätzlich zu den Schmerzmitteln sowieso den Wert seiner Aussage mindern, betonte Rosen.

»Wer ist also das Mädchen?« fragte der ranghöhere Beamte.

»Ich habe bis vor ein paar Minuten nicht mal ihren Nachnamen gewußt«, bekannte Rosen, als sie in seinem Büro saßen. Er war wegen des Schlafmangels benommen, und das beeinträchtigte auch seine Erläuterungen. »Sie war von Barbituraten abhängig, als wir sie kennenlernten – sie und Kelly lebten zusammen. Wir haben ihr bei der Entziehung geholfen.«

»Wer ist ›wir‹?«

»Meine Frau Sarah. Sie ist Pharmakologin hier. Sie können mit ihr reden, wenn Sie wollen.«

»Werden wir«, versicherte ihm der Beamte. »Was ist mit Mr. Kelly?«

»Ehemaliger Angehöriger der Navy, Vietnam-Veteran.«

»Haben Sie Grund zur Annahme, daß er Drogen nimmt, Sir?«

»Auf keinen Fall«, antwortete Rosen mit leichtem Unmut in der Stimme. »Seine körperliche Verfassung ist zu gut dafür, und ich habe seine Reaktion gesehen, als wir herausfanden, daß Pam regelmäßig Tabletten schluckte. Ich mußte ihn beruhigen. Eindeutig kein Süchtiger. Ich bin Arzt, es wäre mir aufgefallen.«

Der Polizist war nicht besonders beeindruckt, verließ sich aber auf Rosens Worte. Die Kripo wird daran viel Spaß haben, dachte er. Was nach einem einfachen Raubüberfall ausgesehen hatte, war jetzt zumindest auch noch eine Entführung. Wunderbare Neuigkeiten. »Was hat er also in jenem Teil der Stadt gewollt?«

»Das weiß ich nicht«, gab Sam zu. »Wer ist dieser Lieutenant Allen?«

»Morddezernat, Western District«, erklärte der Cop.

»Ich frage mich, warum sie einen Termin hatten.«

»Das werden wir vom Lieutenant erfahren, Sir.«

»War das ein Raubüberfall?«

»Wahrscheinlich. Sieht ganz danach aus. Wir haben seine Brieftasche einen Block weiter gefunden, kein Bargeld, keine Kreditkarten, bloß seinen Führerschein. Er hatte auch eine Handfeuerwaffe im Auto. Wer auch immer ihn ausgeraubt hat, muß sie übersehen haben. Das ist übrigens illegal«, bemerkte der Cop. Ein weiterer Polizeibeamter kam herein.

»Ich habe den Namen noch mal überprüft – ich *wußte*, ich habe ihn schon irgendwo gehört. Er hat für Allen einen Auftrag erledigt. Wissen Sie noch, letztes Jahr, der Gooding-Fall?«

Der Vorgesetzte blickte von seinen Notizen auf. »Ach klar! Er ist der Kerl, der das Gewehr gefunden hat, oder?«

»Richtig, und am Ende hat er unsere Taucher ausgebildet.«

»Das erklärt aber noch nicht, was zum Teufel er dort drüben wollte«, betonte der Bulle.

»Stimmt«, gab sein Kollege zu. »Aber es macht es schwer, zu glauben, daß er ein Kunde ist.«

Der Vorgesetzte schüttelte den Kopf. »Er hatte ein Mädchen dabei. Sie wird vermißt.«

»Entführung auch noch? Was haben wir über sie?«

»Bloß den Namen. Pamela Madden. Zwanzig, auf Drogenentzug, vermißt. Wir haben Mr. Kelly, sein Auto, seinen Revolver, und das wär's dann auch schon. Keine Patronenhülsen von der Flinte. Überhaupt keine Zeugen. Ein wahrscheinlich vermißtes Mädchen, aber eine Beschreibung, die auf zehntausend Mädchen in der Stadt zutreffen könnte. Raub mit Entführung.« Alles in allem kein ganz untypischer Fall. Sie wußten oft am Anfang nur verdammt wenig. Jedenfalls waren sich die zwei uniformierten Beamten bereits weitgehend einig, daß die Kripo diesen Fall hier umgehend übernehmen würde.

»Sie war nicht von hier. Sie sprach Dialekt. Von irgendwo aus Texas.«

»Sonst noch was?« fragte der vorgesetzte Beamte. »Kommen Sie, Doc, wissen Sie sonst noch was?«

Sam verzog das Gesicht. »Sie war sexuell mißbraucht worden. Sie könnte eine Nutte gewesen sein. Meine Frau hat gesagt – zum Teufel, ich hab's selbst gesehen, Narbenspuren auf ihrem Rücken. Sie ist ausgepeitscht worden, hatte bleibende Narben von Striemen, so etwas. Wir haben ihr nicht auf den Zahn gefühlt, aber sie könnte Prostituierte gewesen sein.«

»Mr. Kelly hat merkwürdige Angewohnheiten und Bekanntschaften, nicht wahr?« bemerkte der Polizist, während er sich Notizen machte.

»Aus Ihren Worten schließe ich, daß er auch der Polizei hilft, oder nicht?« Professor Rosen wurde allmählich zornig. »Noch etwas? Ich muß Visite machen.«

»Doktor, wir haben hier einen eindeutigen Mordversuch, wahrscheinlich in Verbindung mit einem Raubüberfall und obendrein noch einer Entführung. Das sind Schwerverbrechen. Ich muß meinen Anweisungen folgen, genau wie Sie. Wann ist Kelly für eine echte Befragung ansprechbar?«

»Möglicherweise morgen, aber er wird noch ein paar Tage lang sehr wacklig sein.«

»Ist Ihnen zehn Uhr früh recht, Sir?«

»Ja.«

Die Cops erhoben sich. »Es wird dann jemand vorbeischauen, Sir.«

Rosen sah ihnen nach, als sie gingen. Es war seltsamerweise das erste Mal, daß er in die polizeilichen Ermittlungen bei einem Schwerverbrechen hineingezogen worden war. Seine Arbeit war normalerweise eher bei Verkehrs- und Arbeitsunfällen gefragt. Er konnte einfach nicht glauben, daß Kelly ein Verbrecher war, aber genau das war ja wohl der Tenor ihrer Fragen gewesen, oder etwa nicht? In diesem Moment trat Dr. Pretlow ein.

»Wir haben die Blutuntersuchung bei Kelly abgeschlossen.« Sie händigte ihm die Daten aus. »Syphilis. Er sollte vorsichtiger sein. Ich empfehle Penizillin. Irgendwelche bekannten Allergien?«

»Nein.« Rosen machte die Augen zu und fluchte. Was zum Teufel würde heute noch alles passieren?

»Keine große Sache, Sir. Sieht aus, als wäre sie in einem sehr frühen Stadium. Wenn er sich besser fühlt, werde ich jemand vom Sozialamt zu ihm ...«

»Das werden Sie nicht!« sagte Rosen mit dumpfem Grollen.

»Aber ...«

»Nichts aber. Das Mädchen, von dem er sie hat, ist aller Wahrscheinlichkeit nach tot, und wir werden ihn *nicht* zwingen, sie auf die Art in Erinnerung zu behalten.« Es war das erste Mal, daß Sam sich selber die wahrscheinlichen Fakten eingestanden hatte, und sie so für tot zu erklären, machte es noch schlimmer. Er konnte sich auf wenig stützen, aber sein Instinkt sagte ihm, daß es so sein mußte.

»Doktor, das Gesetz schreibt vor ...«

Das war zuviel. Rosen stand kurz davor, zu explodieren. »Das da drin ist ein *guter* Mann. Ich habe miterlebt, wie er sich in ein Mädchen verliebt hat, die wahrscheinlich ermordet worden ist, und seine letzte Erinnerung an sie wird *nicht* die sein, daß sie ihm eine Geschlechtskrankheit verpaßt hat. Ist das klar, Frau Doktor? Falls der Patient fragt, so ist die Medikation nur dazu gedacht, eine postoperative Infektion zu verhindern. Vermerken Sie das entsprechend auf dem Krankenblatt.«

»Nein, Doktor, das werde ich nicht tun.«

Also machte Professor Rosen die entsprechenden Vermerke. »Erledigt.« Er blickte auf. »Doktor Pretlow, Sie haben das Zeug zu einer technisch exzellenten Ärztin. Aber denken Sie gelegentlich mal daran, daß die Patienten, die wir behandeln, menschliche Wesen mit Gefühlen sind, ja? Wenn Sie sich daran halten, denke ich, wird Ihnen auf lange Sicht der Beruf etwas leichter fallen. Es wird Sie auch zu einer sehr viel besseren Ärztin machen.«

Worüber hat der sich bloß wieder so aufgeregt? fragte sich Dr. Pretlow, als sie hinausging.

8 / Abschottung

Mehrere Dinge kamen zusammen. Der 20. Juni war ein heißer und langweiliger Tag. Bob Preis von der *Baltimore Sun* hatte eine neue Kamera, eine Nikon. Obgleich er noch um sein altes Modell, eine ehrwürdige Honeywell Pentax, trauerte, verlockte ihn die neue Kamera wie eine frische Liebe, alle möglichen neuen Eigenschaften zu erkunden und genießen. Der Spender hatte auch noch einen ganzen Satz Teleobjektive zur Verfügung gestellt. Die Nikon war neu auf dem Markt, und der Firma war daran gelegen, daß ihr Produkt in der Gemeinde der Pressefotografen rasch Aufnahme fand, und so hatten zwanzig Fotografen bei verschiedenen Zeitungen im Land Gratisexemplare erhalten. Bob Preis hatte seines aufgrund eines vor drei Jahren erhaltenen Pulitzer-Preises bekommen. Er saß in seinem Wagen am Druid Lake Drive und hörte den Polizeifunk ab, in der Hoffnung, daß irgend etwas Aufregendes passieren würde, aber es geschah nichts. Und so spielte er mit seiner neuen Kamera herum und übte sich ein bißchen im Wechseln der Objektive. Die Nikon war ein technisches Meisterwerk, und so wie ein Infanterist das Zerlegen und Reinigen seines Gewehrs in völliger Dunkelheit zu beherrschen lernen muß, wechselte Preis ein Objektiv nach dem anderen aus, ohne hinzusehen, und zwang sich, mit den Augen das Gelände abzusuchen, bloß um seinen Blick von einem Vorgang abzulenken, der für ihn so natürlich und automatisch werden mußte wie das Zuziehen des Reißverschlusses an seiner Hose.

Krähen weckten seine Neugier. Nicht ganz in der Mitte des unregelmäßig geformten Sees befand sich eine Fontäne. Sie war kein architektonisches Wunderwerk, nur ein schmuckloser Betonzylinder, der über zwei Meter aus dem Seespiegel ragte und ein paar Düsen enthielt, die die Strahlen mehr oder weniger gerade in die Luft spritzten, wenngleich heute wechselnde Winde das Wasser aufs Geratewohl in alle Richtungen verstreuten. Die Krähen umkreisten die Fontäne und versuchten gelegentlich, in deren Mitte zu kommen, woran sie aber immer wieder von den starken weißen Gischtstrahlen gehindert wurden, die ihnen wohl nicht geheuer waren.

Was zog die Krähen an? Preis fischte das 200er-Tele aus der Kameratasche, schraubte es an das Kameragehäuse und setzte es schwungvoll an die Augen.

»Heiliger Strohsack!« Preis machte rasch zehn Aufnahmen, erst dann schaltete er den Funk ein und wies sein Büro an, sofort die Polizei zu benachrichtigen. Er wechselte nochmals das Zubehör und wählte diesmal das 300-mm-Objektiv, sein stärkstes. Nachdem er einen Film verschossen hatte, spulte er einen neuen ein, diesmal einen Farbfilm mit 100 ASA. Er stützte die Kamera auf die Fensterleiste seines klapprigen alten Chevy und verschoß die nächste Rolle. Eine Krähe, sah er, gelangte direkt in die Fontäne und setzte sich auf...

»O Gott, nein...« Denn dort lag ein toter Mensch, eine junge Frau, weiß wie Alabaster, und durch das Objektiv konnte er die Krähe auf ihr sehen, wie sie mit ihren Krallenfüßen über die Leiche stolzierte und aus mitleidlosen schwarzen Augen das musterte, was für sie nichts weiter als ein riesiges und üppiges Fressen war. Preis setzte die Kamera ab und schaltete den Wagen in den ersten Gang. Er übertrat zwei Verkehrsregeln, als er so nah an die Fontäne heranfuhr, wie er nur konnte, und in einem bei ihm seltenen Anfall von Menschlichkeit, die über sein Berufsethos siegte, wie wild auf die Hupe drückte, in der Hoffnung, den Vogel damit zu verscheuchen. Die Krähe blickte auf, sah aber gleich, daß der Lärm, wo er auch herkam, keine unmittelbare Bedrohung darstellte, und machte sich wieder daran, den ersten Happen für ihren eisenharten Schnabel auszusuchen. Da hatte Preis eine zufällige, jedoch wirkungsvolle Eingebung. Er ließ seine Scheinwerfer ein paarmal aufblinken, und das war für den Vogel ungewöhnlich genug, als daß er sich die Sache noch mal überlegte, und er flog davon. Es könnte ja eine Eule sein, und seine Mahlzeit würde sich schließlich nicht vom Fleck rühren. Der Vogel würde einfach warten, bis die Gefahr vorüber war, und dann zum Fressen zurückkehren.

»Was gibt's?« fragte ein Cop, der gerade neben Preis angehalten hatte.

»Dort auf der Fontäne ist eine Leiche. Schauen Sie.« Er gab ihm die Kamera.

»Mein Gott«, flüsterte der Polizist und gab ihm nach langem Schweigen die Kamera wieder zurück. Er gab seinen Funkspruch durch, während Preis eine weitere Filmrolle verschoß. Polizeiwagen trafen ein, fast so wie die Krähen, einer nach dem anderen, bis im Bereich der Fontäne acht Wagen geparkt waren. Nach zehn Minuten waren auch ein Feuerwehrwagen sowie jemand von der Parkverwaltung da, der an seinem Transporter ein Boot mitschleppte. Das wurde schnell ins Wasser gelassen. Dann kamen die Gerichtsmediziner mit einem Laborwagen, und nun konnten sie zur Fontäne hinausfahren. Preis bat darum, mitkommen zu dürfen – er war ein besserer Fotograf als der von der Polizei –, wurde aber abgewiesen, und so machte er weiter Aufnahmen vom Rand des Sees aus. Einen weiteren Pulitzer würde ihm das hier nicht einbringen. Wäre aber drin gewesen, dachte er. Allerdings nur um den Preis, daß er das instinktgesteuerte Verhalten eines Aasvogels auf Film gebannt hätte, der mitten in einer Großstadt die Leiche eines Mädchens zerfledderte. Das war die Alpträume nicht wert. Von denen hatte er so schon genug.

Es hatten sich bereits Schaulustige versammelt. Die Polizeibeamten standen in vereinzelten Grüppchen beisammen und ergingen sich in leisen Kommentaren und ein paar aufgesetzt abgebrühten Bemerkungen. Ein TV-Übertragungswagen kam vom Studio am Television Hill gleich nördlich des Parks, in dem auch der Zoo untergebracht war. Bob Preis ging oft mit seinen Kindern dorthin. Den Löwen mit dem nicht gerade originellen Namen Leo mochten sie besonders, aber auch die Eisbären, überhaupt alle Raubtiere, die sicher hinter Eisenstäben und Steinmauern weggesperrt waren. *Ganz im Gegensatz zu gewissen Leuten,* dachte er, während er beobachtete, wie die Leiche aufgehoben und in einen Plastiksack gesteckt wurde. Zumindest war ihr Leiden beendet. Preis wechselte nochmals den Film, um das Verladen des Leichnams in den Kombiwagen des Gerichtsmediziners aufzunehmen. Nun war auch ein Reporter der *Sun* hier. Er würde die Fragen stellen, während sich Preis in seiner Dunkelkammer in der Calvert Street schon mal ein Urteil darüber bilden würde, wie gut seine neue Kamera wirklich war.

»John, sie ist gefunden worden«, sagte Rosen.
»Tot?« Kelly konnte nicht hochsehen. Sams Tonfall hatte ihm bereits alles gesagt. Es kam nicht überraschend, aber das Ende aller Hoffnungen ist für niemanden leicht zu verdauen.
Sam nickte. »Ja.«
»Wie?«
»Ich weiß es noch nicht. Die Polizei hat mich vor ein paar Minuten erst angerufen, und ich bin so schnell ich konnte hergekommen.«
»Danke, Doc.« Wenn eine menschliche Stimme tot klingen konnte, sagte sich Sam, dann jetzt die von Kelly.

»Es tut mir leid, John. Ich – du weißt ja, wie ich zu ihr stand.«
»Ja, ich weiß. Es ist nicht deine Schuld, Sam.«
»Du ißt ja gar nichts.« Rosen deutete auf das Essenstablett.
»Ich hab keinen Hunger.«
»Wenn du genesen willst, mußt du zu Kräften kommen.«
»Warum?« fragte Kelly und starrte zu Boden.
Rosen trat zu ihm hin und ergriff seine rechte Hand. Es gab nicht viel zu sagen. Der Neurologe brachte es nicht über sich, Kelly ins Gesicht zu sehen. Er hatte sich die Dinge schon gut genug zusammengereimt, um zu wissen, daß sein Freund sich selbst die Schuld dafür zuschrieb, aber er wußte nicht genug, um mit ihm darüber zu reden, zumindest jetzt noch nicht. Der Tod war für Professor Sam Rosen ständig präsent. Neurochirurgen behandelten größere Verletzungen des empfindlichsten Teils der menschlichen Anatomie, und bei den Verletzungen, um die sie sich meist kümmern mußten, war häufig jede ärztliche Kunst vergebens. Doch der unerwartete Tod eines Menschen, den man gekannt hat, ist wohl für niemanden leicht zu bewältigen.
»Kann ich irgend etwas tun?« fragte er nach etwa einer Minute.
»Im Moment nichts, Sam. Danke.«
»Vielleicht ein Geistlicher?«
»Nein, jetzt nicht.«
»Es war nicht deine Schuld, John.«
»Wessen dann? Sie hat mir vertraut, Sam. Ich hab alles vermasselt.«
»Die Polizei möchte noch mal mit dir reden. Ich habe ihnen gesagt, morgen früh.«
Kelly hatte an diesem Morgen die zweite Befragung hinter sich gebracht. Er hatte ihnen bereits das meiste erzählt. Ihren vollen Namen, ihre Heimatstadt, wie sie sich kennengelernt hatten. Ja, sie waren miteinander intim gewesen. Ja, sie war eine Prostituierte gewesen, eine Ausreißerin. Ja, ihr Körper wies Anzeichen von Mißhandlungen auf. Aber es war noch nicht alles gewesen. Irgendwie hatte er es nicht fertiggebracht, freiwillig mit Informationen rauszurücken, denn das hätte auch bedeutet, anderen Männern gegenüber das ganze Ausmaß seines eigenen Versagens zuzugeben. Und so war er einigen ihrer Fragen ausgewichen, indem er Schmerzen vorschützte, was halbwegs zutraf, aber eben nicht ganz. Er hatte schon gemerkt, daß die Polizisten ihn nicht leiden konnten, aber das war ihm gleich. Derzeit mochte er sich selber nicht besonders.
»Okay.«

»Ich kann – ich sollte dich noch etwas besser mit Medikamenten versorgen. Ich hab versucht, sie gering zu dosieren, ich übertreib nicht gerne, aber sie werden dir helfen, dich zu entspannen, John.«

»Mich noch mehr unter Drogen setzen?« Kelly hob den Kopf mit einem Ausdruck, den Rosen nie wieder sehen wollte. »Glaubst du echt, das ändert noch was, Sam?«

Rosen schaute weg. Nun, da es möglich gewesen wäre, konnte er seinem Freund nicht in die Augen sehen. »Du darfst jetzt in ein normales Bett. Ich werde dich in ein paar Minuten dahin verlegen lassen.«

»Okay.«

Der Chirurg wollte noch mehr sagen, fand aber nicht die richtigen Worte. Deshalb schwieg er und ging.

Sandy O'Toole mußte noch zwei andere Schwestern zu Hilfe holen, um Kelly behutsam in ein normales Krankenhausbett zu verlegen. Sie stellte das Kopfteil hoch, um den Druck auf seine verletzte Schulter zu mindern.

»Ich hab's gehört«, sagte sie ihm. Es bedrückte sie, daß er nicht so trauerte, wie es eigentlich richtig war. Er war ein zäher Bursche, aber doch kein Narr. Vielleicht gehörte er zu der Art von Männern, die nur weinen können, wenn sie allein sind, aber Sandy war sich sicher, daß er das noch nicht getan hatte. Und dabei wußte sie doch, wie notwendig es war. Tränen setzten Gifte aus dem Inneren frei. Wenn sie nicht freigesetzt wurden, konnten diese Gifte so tödlich wirken wie die echten Substanzen. Die Schwester setzte sich zu ihm ans Bett. »Ich bin Witwe«, sagte sie ihm.

»Vietnam?«

»Ja. Tim war Captain in der Ersten Kavallerie.«

»Tut mir leid«, sagte Kelly, ohne den Kopf zu wenden. »Die haben mich mal rausgehauen.«

»Es ist schwer, ich weiß.«

»Nächste Woche wird es ein Jahr, ich meine, daß ich Tish verloren habe, und jetzt . . .«

»Sarah hat's mir erzählt. Mr. Kelly . . .«

»John«, sagte er sanft. Er brachte es nicht über sich, ihr gegenüber abweisend zu sein.

»Danke, John. Ich heiße Sandy. Nur weil Sie Pech hatten, sind Sie noch kein schlechter Mensch«, tröstete sie ihn mit einer Stimme, die meinte, was sie sagte, auch wenn sie nicht ganz so klang.

»Es war kein Pech. Sie hat mir erzählt, es wäre gefährlich dort, und ich hab sie trotzdem mitgenommen, weil ich es mit eigenen Augen sehen wollte.«

»Sie sind beinahe umgebracht worden, weil Sie sie beschützen wollten.«

»Ich habe sie nicht beschützt, Sandy. Ich habe sie ermordet.« Kellys Augen waren weit offen und blickten zur Decke. »Ich war unvorsichtig und dumm, und ich habe sie ermordet.«

»Ermordet haben sie andere Leute, und genauso haben andere Leute Sie selbst zu ermorden versucht. Sie sind ein Opfer.«

»Kein Opfer, bloß ein Dummkopf.«

Das werden wir später regeln, sagte sich Schwester O'Toole. »Was war sie für ein Mädchen?«

»Ein unglückliches.« Kelly strengte sich an, ihr ins Gesicht zu sehen, aber das machte alles noch schlimmer. Er gab der Schwester eine kurze Zusammenfassung des Lebens der verstorbenen Pamela Starr Madden.

»Da haben Sie ihr nach all den Männern, die sie verletzt und mißbraucht haben, etwas gegeben, was sie noch von keinem bekommen hat.« O'Toole verstummte, wartete auf eine Erwiderung, erhielt aber keine. »Sie haben ihr doch Liebe gegeben?«

»Ja.« Kelly überlief ein Schauer. »Ja, ich habe sie geliebt.«

»Lassen Sie es raus«, riet ihm die Schwester. »Es muß sein.«

Erst schloß er die Augen. Dann schüttelte er den Kopf. »Ich kann's nicht.«

Das wird ein schwieriger Patient, sagte sie sich. Dieser Männlichkeitskult war ihr fremd. Sie kannte ihn von ihrem Mann her, der eine Dienstzeit in Vietnam als Lieutenant abgeleistet hatte und dann nochmals als Kompaniechef zurückgegangen war. Er war nicht begeistert gewesen von der Idee, hatte sich auch nicht darauf gefreut, aber er hatte sich auch nicht gedrückt. Das gehöre nun mal zum Beruf, hatte er ihr in ihrer Hochzeitsnacht gesagt, zwei Monate vor seiner Abkommandierung. Ein dummer, vernichtender Auftrag hatte sie ihres Mannes beraubt und – so fürchtete sie – ihres Lebens. Wen kümmerte es wirklich, was an einem so entfernten Ort geschah? Aber für Tim war es wichtig gewesen. Was auch die Kraft dahinter gewesen war, in Sandy hatte sie eine Leere hinterlassen, und das hatte nicht mehr wirkliche Bedeutung als der grimmige Schmerz, den sie im Gesicht ihres Patienten sah. O'Toole hätte mehr über diesen Schmerz erfahren, wenn sie ihren Gedanken nur einen Schritt hätte weiterführen können.

»Das war echt blöd.«

»So kann man es auch sehen«, lenkte Tucker ein. »Aber ich kann meine Pferdchen doch nicht ohne meine Erlaubnis weggehen lassen, oder?«

»Schon mal was von Begraben gehört?«

»Das kann doch jeder.« Der Mann lächelte im Dunkeln, während er auf die Leinwand schaute. Sie befanden sich in der hinteren Reihe eines Kinos in der City, ein Lichtspielhaus für Filme aus den 30er Jahren, das allmählich verkam und deshalb angefangen hatte, schon um 9 Uhr früh Filme zu zeigen, um wenigstens den Maler bezahlen zu können. Es war immer noch ein sehr geeigneter Ort für ein geheimes Treffen mit einem vertraulichen Informanten, wie diese Zusammenkunft im Terminkalender des Polizeibeamten verzeichnet werden würde.

»Und den Kerl nicht ganz umzulegen, war genauso fahrlässig.«

»Wird er uns Schwierigkeiten machen?« fragte Tucker.

»Nein. Er hat ja nichts gesehen, oder?«

»Das müssen Sie mir sagen.«

»Ich komme nicht so nah an den Fall ran, schon vergessen?« Der Mann verstummte, mampfte mit einer Handvoll Popcorn seine Unsicherheit weg. »Er ist unserer Abteilung bekannt. Ehemaliger Navy-Angehöriger, Taucher, wohnt irgendwo an der Ostküste, so was wie ein reicher Strandheini, was ich so höre. Die erste Befragung hat überhaupt nichts ergeben. Ryan und Douglas werden jetzt den Fall bearbeiten, aber es sieht nicht danach aus, als hätten sie viel in Händen.«

»Das ist so ungefähr das, was sie erzählt hat, als wir mit ihr ... ›geredet‹ haben. Er hat sie aufgegabelt, und es sieht so aus, als hätten sie sich prächtig miteinander amüsiert, aber ihr sind die Pillen ausgegangen, hat sie gesagt, und deshalb hat sie sich von ihm in die Stadt bringen lassen, um Nachschub zu besorgen. Also ist doch kein Schaden angerichtet, oder?«

»Möglicherweise nicht, aber wir müssen versuchen, die offenen Fragen in den Griff zu kriegen, okay?«

»Wollen Sie, daß ich ihn im Krankenhaus erledige?« fragte Tucker leichthin. »Das ließe sich einfädeln.«

»Nein! Sie Esel, das wird bisher als Raubüberfall geführt. Wenn noch was passiert, wird die ganze Sache nur weiter aufgeblasen. Und das wollen wir doch nicht, was? Lassen Sie ihn in Ruhe. Er weiß gar nichts.«

»Also stellt er kein Problem dar?« Tucker wollte Klarheit.

»Genau. Aber denken Sie doch in Zukunft vielleicht dran, daß es ohne eine Leiche auch keine Mordermittlungen gibt.«
»Ich muß meine Leute im Zaum halten.«
»Also, nach dem, was Sie ihr so alles angetan haben sollen ...«
»Nur um sie im Zaum zu halten«, betonte Tucker nochmals. »Exempel statuieren und so. Du brauchst das nur richtig zu machen, und schon bist du deine Probleme für eine Weile los. Sie haben damit nichts zu tun. Warum beschäftigen Sie sich also damit?«
Eine weitere Handvoll Popcorn half dem Beamten, sich der Logik des Augenblicks zu beugen. »Was haben Sie für mich?«
Tucker lächelte im Dunkeln. »Mr. Piaggi macht neuerdings gerne Geschäfte mit mir.«
Ein Knurren im abgedunkelten Kino. »Ich würde ihm nicht trauen.«
»Es wird allmählich kompliziert, nicht wahr?« Tucker verstummte einen Moment. »Aber ich brauche seine Verbindungen. Wir sind dabei, groß rauszukommen.«
»Wann denn?«
»Bald«, sagte Tucker wohlüberlegt. »Ich denke, im nächsten Schritt werden wir Stoff in den Norden pumpen. Tony ist übrigens heute oben, um mit einigen Leuten zu reden.«
»Was ist mit jetzt? Ich könnte was Saftiges gebrauchen.«
»Drei Kerle mit einer Tonne Gras, reicht das?« fragte Tucker.
»Wissen die von Ihnen?«
»Nein, aber ich weiß von ihnen.« Das war's eben – seine Organisation hielt dicht. Nur eine Handvoll Leute wußte, wer er war, und die wußten, was geschehen würde, wenn sie leichtsinnig wurden. Wenn man sich Respekt verschaffen wollte, mußte man immer die Trümpfe in der Hand behalten.

»Gehen Sie schonend mit ihm um«, sagte Rosen vor dem Privatzimmer. »Er ist dabei, sich von einer größeren Verletzung zu erholen, und steht immer noch unter verschiedenen Medikamenten. Er ist wirklich noch nicht vollständig vernehmungsfähig.«
»Ich habe auch meinen Beruf zu erfüllen, Doktor.« Den Fall bearbeitete nun ein neuer Beamter, ein Kriminalkommissar namens Tom Douglas. Er war um die Vierzig und sah genauso müde wie Kelly aus, dachte Rosen, und genauso zornig.
»Ich verstehe. Aber er ist schwer verletzt worden, dazu kommt noch der Schock über das, was seiner Freundin widerfahren ist.«
»Je schneller wir die nötige Information bekommen, desto besser

stehen unsere Chancen, die Schweinehunde zu erwischen. Sie sind den Lebenden verpflichtet, Sir, ich den Toten.«

»Wenn Sie meinen ärztlichen Rat wollen, er ist im Moment nicht imstande, Ihnen wirklich zu helfen. Er hat zuviel durchgemacht. Er ist im klinischen Sinne depressiv, und das wirkt sich negativ auf seine körperliche Wiederherstellung aus.«

»Wollen Sie mir damit sagen, Sie wollen dabeisein?« fragte Douglas. *Das hat mir gerade noch gefehlt – ein Amateur-Sherlock-Holmes, der uns beaufsichtigt.* Aber das war ein Kampf, den er nicht gewinnen konnte und eigentlich auch nicht führen wollte.

»Ich habe ein besseres Gefühl, wenn ich die Dinge im Auge behalten kann. Gehen Sie schonend mit ihm um«, wiederholte Sam, während er die Tür öffnete.

»Mr. Kelly, es tut uns leid«, sagte der Kommissar, als er sich vorgestellt hatte. Douglas schlug sein Notizbuch auf. Der Fall war bis zu seinem Büro hinaufgereicht worden, weil er soviel Wirbel gemacht hatte. Das Farbfoto auf der Titelseite der *Evening Sun* hatte sich so haarscharf am Rande der Pornografie bewegt, wie es sich die Medien gerade noch leisten konnten, und der Bürgermeister höchstpersönlich hatte nach sofortigen Maßnahmen zur Aufdeckung des Falles verlangt. Deshalb hatte Douglas den Fall übernommen, wobei er sich fragte, wie lange das Interesse des Bürgermeisters wohl anhalten würde. *Nicht besonders lange*, dachte der Kommissar. Das einzige, was die Gedanken eines Politikers länger als eine Woche beschäftigte, war, wie er sich Stimmen sichern konnte. Dieser Fall brachte mehr Wirbel mit sich als die aufregendste Fernsehshow, aber es war sein Fall, und das, was stets das Schlimmste war, würde jetzt stattfinden. »Vorgestern nacht waren Sie in Gesellschaft einer jungen Dame namens Pamela Madden?«

»Ja.« Kellys Augen waren geschlossen, als Schwester O'Toole mit seiner morgendlichen Dosis Antibiotika hereinkam. Überrascht stellte sie fest, daß noch zwei weitere Männer anwesend waren, und blieb in der Tür stehen, weil sie nicht wußte, ob sie stören sollte oder nicht.

»Mr. Kelly, gestern abend haben wir die Leiche einer jungen Frau aufgefunden, die der Personenbeschreibung von Miss Madden entspricht.« Douglas griff in seine Manteltasche.

»Nein!« sagte Rosen, der gleichzeitig von seinem Stuhl aufstand.

»Ist sie das?« fragte Douglas, der Kelly das Foto vors Gesicht hielt und hoffte, daß die absolute Sachlichkeit seiner Frage irgendwie die Wirkung mindern würde.

»Zum Teufel noch mal!« Der Chirurg drehte den Cop herum und stieß ihn an die Wand. Dabei fiel das Bild auf die Brust des Patienten. Kellys Augen weiteten sich vor Entsetzen. Sein Körper bäumte sich auf, kämpfte gegen die Gurte. Dann fiel er in sich zusammen, die Haut schneeweiß. Alle im Zimmer wandten sich ab, außer der Schwester, deren Blick fest auf ihren Patienten gerichtet blieb.«
»Hören Sie, Doc, ich ...« machte Douglas einen Erklärungsversuch.
»Verlassen Sie auf der Stelle mein Krankenhaus!« Rosen brüllte beinahe. »Mit so einem Schock können Sie einen Menschen *umbringen*! Warum haben Sie mir nicht gesagt ...«
»Er muß sie identifizieren.«
»Das hätte *ich* erledigen können!«
O'Toole hörte den Lärm, als die beiden Männer sich wie Kinder auf dem Spielplatz balgten, aber ihre Sorge galt John Kelly. Die Tabletten hielt sie noch immer in der Hand. Sie versuchte, die Fotografie Kellys Blick zu entziehen, aber ihre eigenen Augen wurden erst vom Bild angezogen und dann abgestoßen, als Kelly den Abzug in die Hand nahm und ihn kaum in zehn Zentimeter Entfernung vor seine weit geöffneten Augen hielt. Der Ausdruck, der jetzt auf seinem Gesicht erschien, sollte die Schwester noch lange beschäftigen. Sandy zuckte kurz vor dem zurück, was sie sah, doch da faßte sich Kelly auch schon und begann zu sprechen.
»Ist schon gut, Sam. Er macht auch nur seinen Job.« Kelly blickte ein letztes Mal auf das Foto. Dann schloß er die Augen und hielt es der Schwester hin.
Die Lage beruhigte sich für alle außer für Schwester O'Toole. Sie sah zu, wie Kelly die übergroße Pille schluckte, und trat dann den Rückzug in den Flur an.
Sandra O'Toole ging zur Schwesternstation zurück, wobei sie noch einmal an sich vorüberziehen ließ, was sie allein gesehen hatte. Wie Kellys Gesicht so blaß geworden war, daß sie erst gemeint hatte, er müsse einen Schock erlitten haben, dann der Tumult hinter ihr, als sie sich ihres Patienten annahm – aber was war dann gewesen? Etwas völlig anderes als beim erstenmal. Kellys Gesicht hatte sich verwandelt. Nur einen Augenblick lang, wie wenn sich eine Tür zu einem anderen Ort öffnet, und dabei hatte sie etwas gesehen, was sie sich niemals hätte vorstellen können. Etwas sehr Altes, Barbarisches und Häßliches. Die Augen nicht schreckensweit, sondern fest auf etwas gerichtet, was sie selber nicht sehen konnte. Sein Gesicht nicht vor Schock so bleich, sondern vor Zorn. Seine Hände, die sich für einen

kurzen Moment zu bebenden, steinharten Fäusten ballten. Gleich darauf hatte sich sein Gesicht wieder verändert. Verständnis war an die Stelle blinden, mörderischen Zorns getreten, und was sie als nächstes gesehen hatte, war das Gefährlichste gewesen, was sie je zu Gesicht bekommen hatte, wenn sie auch nicht wußte, warum. Dann war die Tür wieder zugegangen. Kelly hatte die Augen geschlossen, und als er sie öffnete, war sein Gesicht unnatürlich gelöst gewesen. Das Ganze hatte keine vier Sekunden gedauert, wurde ihr jetzt bewußt, alles in der Zeit, während der Rosen und Douglas an der Wand miteinander gerungen hatten. Entsetzen, Zorn und Verständnis hatten sich in seinem Gesicht gespiegelt – dann endlich eine Abschottung, aber was zwischen dem Verständnis und der Verschleierung gekommen war, war das Erschreckendste von allem gewesen.

Was hatte sie im Gesicht dieses Mannes gesehen? Sie brauchte eine Weile, um diese Frage zu beantworten. Den Tod hatte sie gesehen. Kontrolliert. Geplant. Diszipliniert.

Ja, es war der Tod, der im Geist eines Mannes sein Unwesen trieb.

»Ich mache so was wirklich nicht gern, Mr. Kelly«, sagte Douglas im Krankenzimmer, während er seinen Mantel ordnete. Der Kommissar und der Chirurg warfen sich gegenseitig verlegene Blicke zu.

»John, bist du in Ordnung?« Rosen sah ihn prüfend an und nahm rasch seinen Puls, der überraschenderweise fast normal war.

»Ja.« Kelly nickte. Er richtete den Blick auf den Kriminalbeamten. »Das ist sie. Das ist Pam.«

»Es tut mir leid; es tut mir wirklich leid«, sagte Douglas voller Aufrichtigkeit. »Wir können es Ihnen nicht leichter machen, das geht nie. Was auch geschehen ist, es ist vorbei, und jetzt ist es unsere Aufgabe, die Täter ausfindig zu machen. Dazu brauchen wir Ihre Hilfe.«

»Okay«, sagte Kelly gleichgültig. »Wo ist Frank? Wie kommt es, daß er nicht hier ist?«

»Er kann nicht in diese Untersuchung einbezogen werden«, antwortete Sergeant Douglas mit einem Blick auf den Chirurgen. »Er kennt Sie. Persönliche Interessen bei einer polizeilichen Ermittlung sind nicht gerade besonders professionell.« Das stimmte nicht ganz – tatsächlich stimmte es so gut wie gar nicht –, aber es erfüllte seinen Zweck. »Haben Sie die Leute gesehen, die Sie . . .«

Kelly schüttelte den Kopf. Er blickte auf sein Bett und sprach beinahe flüsternd. »Nein. Ich habe in die andere Richtung geschaut.

Sie hat etwas gesagt, aber ich habe mich nicht umdrehen können. Pam hat sie gesehen. Ich habe mich erst nach rechts gewandt, dann nach links. Ich hab's nicht mehr geschafft.«
»Was haben Sie zur Tatzeit gemacht?«
»Beobachtet. Hören Sie, Sie haben doch mit Allen gesprochen?«
»Das ist richtig.« Douglas nickte.
»Pam war Zeugin eines Mords. Ich war mit ihr unterwegs zu einem Gespräch mit Frank.«
»Und weiter?«
»Sie hatte mit Leuten zu tun, die mit Drogen handeln. Sie hat gesehen, wie die jemand umgebracht haben, ein Mädchen. Ich habe ihr gesagt, sie sollte etwas unternehmen. Ich war neugierig, was da los war«, sagte Kelly tonlos, da er sich immer noch in seinen Schuldgefühlen suhlte, während sein Geist sich die Bilder wieder vor Augen rief.
»Namen?«
»Ich kann mich an keine erinnern«, antwortete Kelly.
»Kommen Sie«, meinte Douglas und beugte sich vor. »Sie muß Ihnen doch irgendwas verraten haben.«
»Ich hab nicht viel Fragen gestellt. Ich war der Meinung, das ist Ihr Job – ich meine, der von Frank. Wir sollten uns an diesem Abend mit Frank treffen. Ich weiß nur, es geht um einen Klüngel von Drogendealern, die Frauen für irgend etwas einsetzen.«
»Mehr wissen Sie nicht?«
Kelly blickte ihm geradewegs in die Augen. »Nein. Nicht sehr hilfreich, was?«
Douglas wartete ein paar Sekunden, bis er weitermachte. Was ein wichtiger Durchbruch bei einem bedeutenden Fall hätte sein können, wollte sich nicht einstellen, und so mußte er wieder zu einer Lüge greifen, leitete sie aber mit einer Wahrheit ein, um es einfacher zu machen. »Im Westen der Stadt ist ein Ganovenduo am Werk. Zwei Schwarze, mittelgroß, eine genauere Beschreibung haben wir nicht. Sie benützen eine abgesägte Schrotflinte. Sie sind darauf spezialisiert, Leute zu überfallen, die sich gerade Drogen besorgen wollen, und sie haben es besonders auf betuchte Kunden abgesehen. Wahrscheinlich werden die meisten ihrer Raubüberfälle gar nicht gemeldet. Sie werden mit zwei Morden in Verbindung gebracht. Das hier könnte der dritte sein.«
»Das ist alles?« fragte Rosen.
»Raub und Mord sind Schwerverbrechen, Doktor.«
»Aber dann wäre es doch purer Zufall!«

»So läßt es sich auch sehen«, stimmte Douglas zu und wandte sich wieder an seinen Zeugen. »Mr. Kelly, Sie müssen etwas mitbekommen haben. Was zum Teufel haben Sie in der Gegend gemacht? Wollte Miss Madden etwas kaufen . . .«

»Nein!«

»Schauen Sie, es ist vorbei. Sie ist tot. Sie können es mir sagen. Ich muß es wissen.«

»Wie schon gesagt, sie hatte mit diesen Leuten zu tun, und ich – so blöd es klingt, ich weiß nicht das geringste über Drogen.« *Aber ich krieg das schon noch raus.*

Allein im Bett, allein mit seinen Gedanken, blickte Kelly gelassen zur Decke, sah auf den weißen Putz wie auf eine Filmleinwand.

Erstens irrt sich die Polizei, sagte er sich. Er wußte nicht, warum er das annahm, aber es war eben so, und das genügte. *Das waren keine Räuber, das waren sie, die Leute, vor denen Pam Angst hatte.*

Der Tathergang paßte zu Pams Aussagen. Sie hatten das schon mal gemacht. Er hatte sich von ihnen aufspüren lassen – und das gleich zweimal. Sein Schuldgefühl war immer noch ziemlich gegenwärtig, aber das gehörte schon der Vergangenheit an und war nicht mehr zu ändern. Was er auch falsch gemacht hatte, es war geschehen. Aber diejenigen, die Pam das angetan hatten, liefen noch frei herum, und wenn sie es schon zweimal gemacht hatten, würden sie es weiter tun. Aber das war es gar nicht, was seinen Geist hinter der ausdruckslos starrenden Maske beschäftigte.

Okay, dachte er. *Okay. Mit jemandem wie mir haben sie bisher noch nicht zu tun bekommen.*

Ich muß mich wieder in Form bringen, sagte sich Chief Bosun's Mate John Terrence Kelly.

Seine gravierenden Verletzungen würde er überleben. Er kannte sich mit den einzelnen Schritten genau aus. Die Genesung würde schmerzhaft werden, aber er würde sich ganz nach ihren Anweisungen richten, sogar ein wenig übertreiben, gerade so, daß sie stolz auf ihren Patienten waren. Dann würde der wirklich harte Teil beginnen. Das Laufen, das Schwimmen, das Gewichtheben. Schließlich die Waffenübungen. Dann die geistige Vorbereitung – aber die war ja schon im Gange . . .

Oh, nein. Selbst in ihren wildesten Alpträumen sind sie noch keinem wie mir begegnet.

Der Name, den sie ihm in Vietnam verpaßt hatten, tauchte wieder aus der Vergangenheit auf.

Schlange.
Kelly drückte auf den Rufknopf neben seinem Kopfkissen. Schwester O'Toole erschien innerhalb von zwei Minuten.
»Ich habe Hunger«, teilte er ihr mit.

»Hoffentlich muß ich so was nicht noch einmal machen«, sagte Douglas nicht zum erstenmal zu seinem Assistenten.
»Wie ist es gelaufen?«
»Na ja, der Professor könnte eine förmliche Beschwerde einreichen. Ich denke aber, ich habe ihn einigermaßen beruhigt, aber bei solchen Leuten kann man nie wissen.«
»Weiß Kelly irgend etwas?«
»Nichts Brauchbares«, erwiderte Douglas. »Er ist noch zu durcheinander von den Schüssen und allem, um sich klar auszudrücken, aber er hat keine Gesichter gesehen, hat – verdammt, wenn er was gesehen hätte, hätte er wahrscheinlich was unternommen. Ich habe ihm sogar das Foto gezeigt, um ihn vielleicht etwas aufzurütteln. Ich hab gedacht, der arme Kerl kriegt gleich einen Herzanfall. Der Doktor ist in die Luft gegangen. Ich bin nicht besonders stolz darauf, Em. Niemand sollte so etwas zu Gesicht bekommen.«
»Uns eingeschlossen, Tom, uns eingeschlossen.« Lieutenant Emmet Ryan sah von einer reichhaltigen Sammlung von Fotos auf, die zum Teil am Schauplatz, zum Teil im Leichenschauhaus aufgenommen worden waren. Was er da sah, verursachte ihm trotz all seiner Dienstjahre Übelkeit, besonders, da es kein Verbrechen aus Leidenschaft oder von einem Verrückten war. Nein, diese Tat war von kalt und überlegt handelnden Männern verübt worden, zu einem ganz bestimmten Zweck. »Ich habe mit Frank gesprochen. Dieser Kelly ist ein guter Spürhund, hat ihm geholfen, den Gooding-Fall zu klären. Er hat keine Verbindungen. Die Ärzte sagen alle, daß er sauber ist, kein Konsument.«
»Irgendwas über das Mädchen?« Douglas mußte nicht erwähnen, daß dies den nötigen Durchbruch hätte bringen können. Wenn Kelly bloß sie statt Allen angerufen hätte, der von ihrer Untersuchung nichts wußte. Aber so war es eben nicht gewesen, und ihre beste potentielle Informationsquelle war tot.
»Die Fingerabdrücke sind zurück. Pamela Madden. Sie ist in Chicago, Atlanta und New Orleans wegen Prostitution aufgegriffen worden. Es kam nie zum Prozeß, sie hat nie gesessen. Die Richter haben sie immer wieder laufenlassen. Tat ohne Opfer, nicht wahr?«
Der Sergeant unterdrückte einen Fluch über die vielen Idioten auf

der Richterbank. »Sicher, Em, überhaupt keine Opfer. Wir sind diesen Leuten also nicht näher gekommen als vor sechs Monaten, oder? Wir brauchen Verstärkung«, sagte Douglas und sprach damit nur aus, was alle schon wußten.

»Um den Mord an einer Straßennutte zu verfolgen?« fragte der Lieutenant. »Dem Bürgermeister hat das Bild nicht gefallen, aber sie haben ihm bereits mitgeteilt, was sie war, und nach einer Woche normalisiert sich alles wieder. Meinst du, wir decken bis in einer Woche was auf, Tom?«

»Du könntest ihn davon unterrichten...«

»Nein.« Ryan schüttelte den Kopf. »Er würde es ausplaudern. Schon einen Politiker kennengelernt, der das nicht getan hat? Die haben jemand bei uns sitzen, Tom. Du willst Verstärkung? Dann sag mir, wo wir vertrauenswürdige Leute herbekommen?«

»Ich weiß, Em.« Douglas gab ihm recht. »Aber wir kommen nicht weiter.«

»Vielleicht macht das Rauschgiftdezernat was locker.«

»Bestimmt«, lachte Douglas höhnisch auf.

»Kann Kelly uns helfen?«

»Nein. Der Trottel hat in die falsche Richtung gesehen.«

»Dann mach die üblichen Nachforschungen, bloß um sicherzustellen, daß alles tipptopp aussieht, und dabei belassen wir es. Der Bericht aus der Gerichtsmedizin ist noch nicht da. Vielleicht decken die was auf.«

»Jawohl, Sir«, erwiderte Douglas. Wie so oft bei den Ermittlungen wurde auf Zeit gespielt, auf einen Fehler der anderen Seite gewartet. Diese Kerle machten nicht viele, doch früher oder später machte jeder einen, sagten sich beide Polizeibeamte. Sie kamen bloß nie früh genug.

Ryan sah noch einmal auf die Fotos. »Die hatten noch ganz schön ihren Spaß mit ihr. Genau wie bei der anderen.«

»Schön, dich essen zu sehen.«

Kelly blickte von einem größtenteils leeren Teller auf. »Der Cop hatte recht, Sam. Es ist vorbei. Ich muß wieder zu Kräften kommen, mich auf etwas konzentrieren, stimmt's?«

»Was wirst du tun?«

»Ich weiß nicht. Was soll's, ich könnte jederzeit wieder zur Navy gehen oder so.«

»Du mußt erst mal deinen Kummer bewältigen, John«, sagte Sam und setzte sich neben ihn aufs Bett.

»Ich weiß schon, wie. Das hab ich schon mal tun müssen, erinnerst du dich?« Er blickte auf. »Oh – was hast du der Polizei von mir erzählt?«

»Wie wir uns kennengelernt haben, so Zeug. Warum?«

»Was ich dort drüben gemacht hab, unterliegt der Geheimhaltung, Sam.« Kelly brachte einen verlegenen Blick zustande. »Die Einheit, bei der ich war, existiert offiziell nicht. Was wir getan haben, na ja, ist nie wirklich passiert, wenn du verstehst, was ich meine.«

»Sie haben nicht danach gefragt. Außerdem hast du mir nie was erzählt«, sagte der Chirurg verdutzt – besonders, als er die Erleichterung sah, die sich im Gesicht seines Patienten abzeichnete.

»Ich bin denen durch einen Kumpel in der Navy empfohlen worden, hauptsächlich, um ihre Taucher mit auszubilden. Was sie wissen, ist das, was ich sagen durfte. Es ist nicht genau das, was ich wirklich getan habe, aber es klingt nach was.«

»Okay.«

»Ich habe mich noch nicht bei dir bedankt, daß du dich so gut um mich gekümmert hast.«

Rosen stand auf, ging zur Tür, blieb aber drei Schritt davor wie angewurzelt stehen und drehte sich um.

»Meinst du, du kannst mich verarschen?«

»Ich schätze nicht, Sam«, antwortete Kelly vorsichtig.

»John, ich habe mein ganzes verdammtes Leben lang mit diesen Händen Leute zusammengeflickt. Ich muß Distanz wahren, darf mich nicht zu sehr hineinziehen lassen, denn sonst bin ich der Verlierer, verliere die Präzision, verliere die Konzentration. Ich habe noch nie in meinem Leben jemandem weh getan. Verstehst du mich?«

»Jawohl, Sir, verstanden.«

»Was also wirst du tun?«

»Das willst du bestimmt nicht wissen, Sam.«

»Ich möchte helfen, wirklich«, sagte Rosen mit echter Verwunderung in der Stimme. »Ich hab sie auch gern gehabt, John.«

»Das weiß ich.«

»Also, was kann ich tun?« fragte der Chirurg. Er befürchtete, Kelly würde um etwas bitten, das er nicht erfüllen konnte, und noch mehr fürchtete er, daß er einwilligen würde.

»Mach mich gesund.«

9 / Knochenarbeit

Das kann man kaum noch mitansehen, dachte Sandy. Seltsamerweise war Kelly ein guter Patient. Er jammerte nicht, meckerte nicht, sondern tat einfach, was man ihm sagte. Jeder Physiotherapeut hatte etwas von einem Sadisten. Das mußte auch so sein, denn schließlich sollte er die Leute weiter antreiben, als sie eigentlich gehen wollten – so ähnlich wie ein Trainer von Spitzensportlern. Aber dahinter stand schließlich das Ziel zu helfen. Ein guter Physiotherapeut mußte seine Patienten schurigeln, die Schwachen ermutigen und die Starken mit fester Hand anpacken, im Namen der Gesundheit. Das hieß, Befriedigung aus der Qual und Mühsal der anderen zu ziehen, und O'Toole hätte das nicht fertiggebracht. Aber bei Kelly, das sah sie, war dergleichen nicht nötig. Er tat, was man von ihm erwartete, und wenn der Therapeut mehr verlangte, bekam er es geliefert, und so ging es weiter und weiter, bis der Therapeut über den Punkt hinaus war, wo er über das Ergebnis seiner Bemühungen noch Stolz empfinden konnte, und begann, sich Sorgen zu machen.

»Sie können jetzt langsamer machen«, sagte er.
»Warum?« fragte Kelly, ziemlich außer Atem.
»Ihr Puls ist bei einhundertfünfundneunzig.« Und das schon seit fünf Minuten.
»Und wo steht der Rekord?«
»Bei null«, antwortete der Therapeut, ohne die Miene zu verziehen. Dafür erntete er ein Lachen, und in den nächsten zwei Minuten verlangsamte Kelly seinen Rhythmus auf dem Heimtrainer, bis er widerwillig zum Halten kam.
»Ich wollte ihn abholen«, verkündete Sandy O'Toole.
»Gut, tun Sie das, bevor er uns noch was kaputtmacht.«
Kelly stieg ab und wischte sich das Gesicht mit einem Handtuch trocken. Er war froh, daß sie keinen Rollstuhl oder etwas ähnlich Beschämendes mitgebracht hatte. »Wie komme ich zu dieser Ehre, Gnädigste?«
»Ich soll ein Auge auf Sie haben«, antwortete Sandy. »Wollen Sie uns vorführen, was für ein zäher Bursche Sie sind?«

Kelly, der eben noch ironisch gewirkt hatte, wurde ernst. »Mrs. O'Toole, ich soll nicht mehr soviel an meine Probleme denken, nicht wahr? Und das erreiche ich durch Training. Mit meinem verbundenen Arm kann ich weder joggen noch Liegestütze machen oder Gewichte heben. Aber radfahren, *das* kann ich. Alles klar?«

»Gut, das sehe ich ein.« Sie zeigte zur Tür. Draußen, in der geschäftigen Anonymität des Krankenhausflurs, sagte sie: »Das mit Ihrer Freundin tut mir leid.«

»Danke, Madam.« Ein wenig benommen von der Anstrengung schüttelte er den Kopf, als sie sich ihren Weg durch die Menge bahnten. »Wir Leute in Uniform haben unsere Rituale. Die Hymne, die Flagge, die Jungs mit den Salutschüssen – für uns Männer hat das eine Bedeutung. Es ist ein Trost, wenn man weiß, daß das alles nicht völlig sinnlos war. Deshalb tut es nicht weniger weh, aber es ist doch immerhin ein formeller Abschied. Wir haben gelernt, damit fertig zu werden. Doch was Sie durchgemacht haben, war anders, und mir geht es jetzt genauso. Was haben Sie getan? Sich mehr in die Arbeit vergraben?«

»Ich habe meine Prüfung zur Oberschwester abgelegt, und ich gebe Unterricht. Außerdem sorge ich mich um meine Patienten.« Das war alles, woraus ihr Leben jetzt noch bestand.

»Okay, aber um mich brauchen Sie sich nicht zu sorgen. Ich weiß, wo meine Grenzen sind.«

»Und wo sind Ihre Grenzen?«

»Die habe ich noch längst nicht erreicht«, sagte Kelly mit dem Anflug eines Lächelns, das aber schnell wieder verschwand. »Mache ich Fortschritte?«

»Ja, große sogar.«

Allerdings war nicht alles so glatt verlaufen, und das wußten sie beide. Donald Madden war ohne seine Frau aus Baltimore gekommen, um die Freigabe der Leiche seiner Tochter zu beantragen. Trotz hartnäckiger Bitten von Sarah Rosen war er nicht bereit gewesen, sich mit irgend jemandem zu treffen. Er habe kein Interesse, mit einem Hurenbock zu sprechen, hatte der Mann am Telefon gesagt, eine Bemerkung, von der allein Sandy wußte, da die beiden Ärzte sie nicht weiter verbreitet hatten. Der Chirurg hatte ihr die Geschichte des Mädchens erzählt, und dies war nun lediglich der Schlußpunkt eines kurzen und traurigen Lebens, von dem ihr Patient nicht zu wissen brauchte. Kelly hatte sich nach der Beerdigung erkundigt, doch sie hatten ihm beide erklärt, er könnte das Krankenhaus auf keinen Fall verlassen. Zur Überraschung der Schwester hatte Kelly das ohne Widerrede akzeptiert.

Noch immer durfte seine linke Schulter nicht bewegt werden, und die Schwester wußte, daß er Schmerzen hatte. Ihr und den anderen fiel auf, daß er gelegentlich das Gesicht verzog, besonders kurz bevor er wieder neue Schmerzmittel bekam. Aber Kelly war nicht der Typ, der sich beklagte. Und selbst jetzt, wo er nach seiner mörderischen halben Stunde auf dem Fahrrad nach Luft japste, gab er sich größte Mühe, so schnell zu gehen, wie er konnte.

»Wozu dieses Theater?« fragte sie.

»Weiß ich nicht. Muß es für alles einen Grund geben? So bin ich nun mal, Sandy.«

»Gut, aber Sie haben längere Beine als ich. Also gehen Sie bitte ein bißchen langsamer.«

»Aber natürlich.« Kelly verlangsamte seinen Schritt, bis sie den Aufzug erreicht hatten. »Wie viele Mädchen dieser Art gibt es hier eigentlich – wie Pam, meine ich?«

»Viel zu viele.« Sie kannte die genauen Zahlen nicht, obwohl es so viele waren, daß man sie als eigene Gruppe von Patienten betrachtete, genug, um das Problem nicht ignorieren zu können.

»Wer kümmert sich um sie?«

Die Schwester drückte auf den Knopf am Aufzug. »Niemand. Es werden immer neue Programme entwickelt, um das Drogenproblem in den Griff zu bekommen, aber die wahren Probleme, die schlimmen familiären Verhältnisse und all die Schwierigkeiten, die sich allein daraus entwickeln – dafür gibt es jetzt einen neuen Begriff: ›abweichendes Verhalten‹. Wir haben Programme für Diebe, und wir haben Programme für Leute, die Kinder mißhandeln. Aber diese Mädchen werden eingestuft wie Aussätzige. Es gibt niemanden, der sich ernsthaft für sie einsetzt. Die einzigen, die sich darum kümmern, sind kirchliche Mitarbeiter. Vielleicht würde mehr unternommen, wenn man den Drogenmißbrauch als Krankheit betrachten würde.«

»Und ist es eine Krankheit?«

»John, ich bin kein Arzt, nur eine Krankenschwester, und das liegt nicht einmal in meinem Gebiet. Ich bin für die postoperative Betreuung von Patienten mit größeren Eingriffen zuständig. Aber gut, treffen wir uns zum Essen, und ich erzähle Ihnen, was ich weiß. Es ist erstaunlich, wie viele von ihnen dabei draufgehen. Überdosis, ob aus Versehen oder freiwillig, wer weiß das schon? Oder sie geraten an die falschen Leute, oder ihr Zuhälter faßt sie ein bißchen zu grob an. Und dann werden sie hier eingeliefert, und der schlechte gesundheitliche Allgemeinzustand macht es natürlich auch nicht gerade besser. Viele kommen nicht wieder auf die Beine. Eine Gelbsucht durch verschmutzte Nadeln oder eine Lungenentzündung in Verbindung mit einer schweren Verletzung, das ergibt eine tödliche Kombination. Und niemand unternimmt etwas dagegen.« Sandy O'Toole blickte zu Boden, als der Fahrstuhl eintraf. »Es ist einfach nicht richtig, wenn junge Leute auf diese Weise sterben.«

»Das stimmt.« Mit einer Handbewegung deutete Kelly an, daß er ihr den Vortritt lassen wollte.

»Sie sind der Patient«, wandte sie ein.

»Ladies first«, beharrte er. »So hieß es jedenfalls in meiner Jugend.«

Was ist das für ein Mensch? fragte sich Sandy. Natürlich hatte sie mehr als einen Patienten in ihrer Obhut. Trotzdem hatte der Professor sie angewiesen – nun, ganz so war es nicht gewesen, korrigierte sie sich, doch ein »Vorschlag« von Dr. Rosen hatte großes Gewicht, besonders da sie ihn als ihren Freund und Ratgeber ansah –, ein Auge auf ihn zu haben. Ihre erste Vermutung, er wolle sie verkuppeln, hatte sich nicht bestätigt. Kelly hatte seinen Schmerz noch nicht verwunden – ebenso wie sie, obwohl sie es nie zugegeben hätte. Wirklich ein seltsamer Mann. In vielerlei Hinsicht wie Tim, nur sehr viel zurückhaltender. Eine seltsame Mischung aus Feingefühl und Kraft. Sie hatte sein Verhalten von der letzten Woche noch nicht vergessen, obwohl jetzt davon nichts mehr zu spüren war, nicht einmal ansatzweise. Er behandelte sie mit Respekt und einer Prise Humor und ließ niemals, wie so viele andere Patienten, eine Bemerkung über ihre Figur fallen (die sie gewöhnlich mit vorgegebenem Protest überging). Er war unglücklich und doch so zielgerichtet. Mit welcher Verbissenheit er sich in die Rehabilitation gestürzt hatte! Und wie ungerührt er sich nach außen hin gab! Wie ließ sich das mit seinen unverändert guten Manieren vereinbaren?

»Wann werde ich entlassen?« fragte Kelly in einem Tonfall, der nicht so beiläufig ausfiel, wie er es sich vielleicht gewünscht hätte.

»In einer Woche«, erwiderte O'Toole, während sie den Fahrstuhl verließen. »Morgen nehmen wir Ihnen den Verband am Arm ab.«

»Wirklich? Sam hat mir nichts davon gesagt. Kann ich den Arm dann wieder gebrauchen?«

»Ja, aber es wird weh tun«, warnte ihn die Schwester.

»Verdammt, Sandy, das tut es jetzt auch«, meinte Kelly grinsend. »Aber dann ist der Schmerz wenigstens zu etwas nutze.«

»Legen Sie sich hin«, befahl die Schwester. Noch ehe er protestieren konnte, hatte sie ihm ein Thermometer in den Mund gesteckt und fühlte seinen Puls. Dann maß sie den Blutdruck. Die Zahlen, die sie in sein Krankenblatt eintrug, lauteten 36,9, 64 und 105/60. Die letzten beiden waren bemerkenswert. Was immer sie auch sonst von ihrem Patienten halten mochte, er kam außerordentlich schnell wieder zu Kräften. Und sie fragte sich, was ihn wohl antrieb.

Noch eine Woche, dachte Kelly, nachdem sie gegangen war. *Ich muß den verdammten Arm wieder in Schuß kriegen.*

»Also, was kannst du uns berichten?« fragte Maxwell.

»Ich habe gute und schlechte Nachrichten«, antwortete Greer. »Die gute ist, daß der Feind in relevanter Entfernung zum Ziel nur über relativ bescheidene reguläre Bodentruppen verfügt. Wir haben drei Bataillone ausgemacht. Zwei befinden sich im Aufbruch Richtung Süden. Und das dritte ist gerade erst von einer Auseinandersetzung mit dem Ersten Korps zurückgekehrt und ziemlich aufgerieben. Es wird gerade wieder verstärkt. Dazu die übliche Ausstattung. Nicht viel an schweren Waffen. Und ihre motorisierten Formationen sind ziemlich weit von dort entfernt.«

»Und die schlechten Nachrichten?« fragte Admiral Podulski.

»Das brauche ich euch ja wohl nicht zu erklären. Genügend Flak entlang der Küste, um den Himmel schwarz zu färben. SA-2-Batterien hier und wahrscheinlich auch da drüben. Gefährlich für alles, was sich schnell bewegt, Cas. Ob aber auch für Hubschrauber? Ein oder zwei Rettungsmaschinen, sicher, das ist machbar, aber ein größerer Einsatz wäre wirklich riskant. Das sind wir doch alles schon mal durchgegangen, als wir KINGPIN geplant haben, nicht wahr?«

»Es sind nur knapp fünfzig Kilometer bis zur Küste.«

»Das heißt für einen Hubschrauber fünfzehn bis zwanzig Minuten, wenn er Luftlinie fliegt. Aber das können wir uns abschminken, Cas. Ich habe mir die Lagekarten selbst angesehen. Die beste Route, die ich finden konnte – das ist eigentlich dein Gebiet, Cas, aber ich kenne mich da auch ein wenig aus –, dauert ungefähr fünfundzwanzig Minuten, und bei Tageslicht würde ich die Strecke nur höchst ungern zurücklegen.«

»Wir können ein paar B-52 vorausschicken, damit sie uns einen Korridor freibomben«, schlug Podulski vor. Er war noch nie besonders heikel gewesen.

»Ich dachte, das sollte nur ein begrenzter Einsatz werden«, meinte Greer. »Am schlimmsten finde ich, daß kaum jemand große Begeisterung für eine derartige Mission aufbringen wird. KINGPIN ist in die Hose gegangen . . .«

»Das war nicht unsere Schuld«, wandte Podulski ein.
»Ich weiß, Cas«, erwiderte Greer geduldig. Podulski verfocht seinen Standpunkt immer mit Leidenschaft.
»Es ließe sich machen«, brummte Cas.
Die drei Männer beugten sich über die Aufklärungsfotos. Sie verfügten über gutes Material; zwei stammten von Satelliten, zwei von SR-71 Blackbirds, und drei waren aktuelle flachwinklige Aufnahmen von Büffeljäger-Drohnen. Das Lager hatte eine Größe von zweihundert mal zweihundert Meter; mit seiner exakt quadratischen Ausrichtung schien es geradewegs aus einem Ostblock-Handbuch für die Konstruktion von Sicherheitseinrichtungen zu stammen. In jeder Ecke stand ein genau zehn Meter hoher bemannter Wachturm. Und jeder Wachturm hatte zum Schutz der leichten RPD-Maschinengewehre der NVA, einem veralteten russischen Modell, ein Blechdach. Innerhalb des Drahtzauns befanden sich drei große und zwei kleinere Gebäude. Und in einem der kleineren Gebäude, so glaubten sie jedenfalls, waren zwanzig amerikanische Offiziere untergebracht, alles höhere Chargen – denn das hier war ein ganz besonderes Lager.

Greer waren die Aufnahmen aus dem Büffeljäger als erstes aufgefallen. Eine war scharf genug, daß man ein Gesicht erkennen konnte, nämlich das von Colonel Robin Zacharias, U.S. Air Force. Seine F-105 Wild Weasel war vor acht Monaten abgeschossen worden, und er und sein Bordschütze waren von den Nordvietnamesen als tot gemeldet. Man hatte sogar ein Foto von seiner Leiche veröffentlicht. Von diesem Lager, das den Codenamen SENDER GREEN erhalten hatte, wußten nicht einmal fünfzig Männer und Frauen. Es hatte einen anderen Status als das allgemein bekannte Hanoi Hilton, das von amerikanischen Bürgern besichtigt worden war und wo seit dem spektakulären, jedoch erfolglosen Sturm auf das Lager Song Tay nahezu alle amerikanischen Kriegsgefangenen zusammengezogen wurden. Mit seiner abgelegenen Lage, an einem Ort, wo es am wenigsten zu erwarten war, noch dazu ohne jegliche Bestätigung seiner Existenz, war SENDER GREEN höchst verdächtig. Wie immer der Krieg auch ausgehen würde, Amerika wollte seine Piloten zurückhaben. Aber allein schon die Existenz dieses Lagers ließ vermuten, daß einige nie ausgeliefert werden würden. Eine statistische Aufschlüsselung der Verluste hatte erstaunliche Unregelmäßigkeiten ergeben – Fliegeroffiziere von höherem Rang wurden viel öfter als getötet gemeldet als die mit niedrigerem Rang. Es war bekannt, daß der Feind über gute geheimdienstliche Quellen verfügte, besonders in den Kreisen der amerikanischen »Friedensbewegung«, daß er Dossiers über ranghöhere Offiziere angelegt hatte, in denen stand, wer sie waren, was sie wußten und welchen Beruf sie im Zivilleben ausübten. Es war denkbar, daß diese Offiziere an einem besonderen Ort gefangengehalten und ihr Wissen von den Nordvietnamesen bei den Verhandlungen mit ihren russischen Geldgebern als Faustpfand benutzt wurde. Vielleicht erkaufte man sich mit den Kenntnissen der Gefangenen in Bereichen von besonderem strategischen Interesse eine Fortdauer der Unterstützung, da die Geldgeber in Moskau angesichts der Entspannungspolitik immer weniger Begeisterung für diesen langwierigen Krieg aufbrachten. Da waren so viele Spielchen am Laufen.

»Eine gewagte Aktion«, seufzte Maxwell. Die drei Vergrößerungen zeigten das Gesicht des Mannes, der jedesmal direkt in die Kamera blickte. Die letzte Aufnahme hatte außerdem seinen Wächter erfaßt, wie er das Gewehr hochriß, um es dem Gefangenen in den Rücken zu stoßen. An der Identität des Amerikaners gab es keinen Zweifel. Es war Zacharias.

»Dieser Kerl hier ist Russe.« Casimir Podulski stieß mit dem Finger auf eines der Drohnenfotos. Die Uniform war unverkennbar.

Sie wußten, was Cas dachte. Er war der Sohn des einstigen polnischen Botschafters in Washington, von Geburt Graf und Sproß einer Familie, die in früheren Zeiten an der Seite von König Johann Sobieski gekämpft hatte. Podulskis Angehörige waren entweder gemeinsam mit anderen polnischen Adligen von den Nazis ermordet worden oder aber, wie zwei seiner Brüder, nach einem kurzen, unergiebigen Zwei-Fronten-Krieg auf der anderen Seite der Grenze im Wald von Katyn von den Russen. Einen Tag nach seinem Abschluß an der Universität Princeton im Jahre 1941 war Podulski in die Navy eingetreten und hatte die Fliegerlaufbahn eingeschlagen. Er hatte dieses neue Land als sein eigenes angenommen und ihm von da an mit all seinen Fähigkeiten und großem Stolz gedient. Aber dahinter stand auch Haß. Dieser war inzwischen nur um so stärker, als der Tag seines Ausscheidens aus dem Dienst unausweichlich näher rückte. Greer wußte, warum: An Podulskis erstaunlich schmalen Händen zeichneten sich Arthritisknoten ab. Mochte er sich auch noch soviel Mühe geben, sie zu verbergen, bei der nächsten medizinischen Untersuchung würde er endgültig ausgemustert werden, und dann stand Podulski vor seiner Pensionierung. Und von einer Karriere, die ihm trotz all seiner Auszeichnungen und einer persönlichen Flagge wahrscheinlich als gescheitert erscheinen würde, blie-

ben ihm lediglich die Erinnerung an einen gefallenen Sohn und eine Frau, die von antidepressiven Medikamenten abhängig war.
»Wir müssen eine Möglichkeit finden«, sagte Podulski. »Wenn wir das nicht tun, sehen wir diese Männer nie wieder. Vielleicht sind Pete Francis und Hank Osborne ja auch dort, Dutch.«
»Pete hat zu meiner Zeit auf der *Enterprise* für mich gearbeitet«, fügte Maxwell hinzu. Beide Männer blickten Greer an.
»Ich stimme mit euch überein, was die Art des Lagers betrifft, obwohl ich ja anfangs meine Zweifel hatte. Aber Zacharias, Francis und Osborne, das sind Männer, die sie bestimmt gern in die Finger kriegen würden.« Der Offizier der Air Force hatte als Mitglied des gemeinsamen Stabs, der die Ziele für strategische Waffen auswählte, eine Dienstzeit in Omaha abgeleistet und besaß von daher ein umfassendes Wissen über die geheimen Kriegspläne der Amerikaner. Die beiden Marineoffiziere verfügten über ähnlich bedeutsame Informationen. Doch mochte ein jeder für sich auch noch so tapfer und entschlossen dienen und kompromißlos leugnen, verheimlichen und verstecken, was er wußte, so waren sie doch auch nur Menschen, deren Standfestigkeit Grenzen hatte, und der Feind konnte sich Zeit lassen. »Wenn ihr wollt, kann ich versuchen, diese Idee an den Mann zu bringen. Aber ich verspreche mir nicht viel davon.«
»Aber wenn wir es nicht versuchen, enttäuschen wir die Erwartungen unserer Männer!« Podulski schlug mit der Faust auf den Tisch. Allerdings sah Cas noch einen anderen Gesichtspunkt. Wenn man die Existenz dieses Lagers aufdeckte und die Gefangenen befreite, würde man unmißverständlich klarmachen, daß die Nordvietnamesen gelogen hatten. Das konnte die Friedensverhandlungen eventuell so weit negativ beeinflussen, daß Nixon gezwungen wäre, auf einen anderen Plan zurückzugreifen, der von einer größeren Arbeitsgruppe des Pentagon ausgearbeitet worden war: die Invasion Nordvietnams. Es wäre der amerikanischste aller Kampfeinsätze, eine Aktion, die an Wagemut, Umfang und auch an den damit verbundenen Gefahren ihresgleichen suchte: eine Luftlandung mitten in Hanoi, eine Division von Marines, die die Küstenstadt Haiphong von zwei Seiten in die Zange nahm, während die Landesmitte mobil aus der Luft angegriffen wurde. Amerika würde jede nur verfügbare Unterstützung aufbieten, um mit einem gewaltigen, vernichtenden Schlag den Norden in die Knie zu zwingen, indem man sich seiner politischen Führung bemächtigte. Dieser Plan, dessen Deckname im Monatsturnus geändert wurde – im Augenblick hieß er CERTAIN CORNET –, war so etwas wie der heilige Gral der Rache

für all jene Berufsmilitärs, die seit sechs Jahren ohnmächtig zusehen mußten, wie ihr Vaterland unzählige seiner Söhne opferte, weil es sich zu keinem entschlossenen Durchgreifen überwinden konnte.

»Glaubt ihr, ich wüßte das nicht? Osborne hat in Suitland mit mir zusammengearbeitet. Ich habe den Geistlichen begleitet, als er das verfluchte Telegramm überbracht hat. Also vergeßt nicht, ich bin auf eurer Seite.« Im Gegensatz zu Cas und Dutch wußte Greer allerdings, daß CERTAIN CORNET auch zukünftig nichts anderes als eine Studie des Generalstabs bleiben würde. Dieser Plan konnte nicht durchgeführt werden, jedenfalls nicht, ohne den Kongreß einzuweihen, und im Kongreß gab es zu viele undichte Stellen. 1966, 1967 und vielleicht auch 1968 wäre eine derartige Operation noch möglich gewesen, doch jetzt war sie schlichtweg undenkbar. Aber sie hatten ja noch SENDER GREEN, und eine Aktion in dieser Größenordnung ließ sich gerade noch durchsetzen.

»Beruhige dich, Cas«, sagte Maxwell.

»Jawohl, Sir.«

Greer nahm sich derweilen die Höhenkarte vor. »Ihr Marineflieger habt einen begrenzten Horizont.«

»Was willst du damit sagen?« fragte Maxwell.

Greer zeigte auf eine rote Linie, die von der Küstenstadt bis fast direkt zum Haupteingang des Lagers verlief. Auf den Weltraumfotos sah sie wie eine brauchbare Straße aus, mit Teerbelag und allem Drum und Dran. »Die feindlichen Stellungen liegen hier, hier und hier. Die Straße verläuft die meiste Zeit parallel zum Fluß. In dieser Gegend wimmelt es von Flakstellungen, die über die Straße versorgt werden. Aber ihr wißt ja selbst am besten, daß die Luftabwehr bei bestimmtem Gerät gar nicht erst gefährlich werden kann.«

»Das bedeutet eine Invasion«, stellte Podulski fest.

»Ist es etwa keine, wenn man ihnen zwei Kompanien Luftlandetruppen auf den Hals schickt?«

»Du warst schon immer ein kluges Köpfchen, James«, meinte Maxwell. »Das ist die Gegend, über der mein Sohn abgeschossen wurde. Dieser SEAL hat sich damals bis hierhin vorgearbeitet und ihn dann etwa von dort rausgeholt.« Der Admiral zeigte die Stelle auf der Karte.

»Dann gibt es also jemanden, der die Gegend vom Boden her kennt?« fragte Greer. »Das kann uns weiterhelfen. Wo zum Teufel steckt der Kerl?«

»Hallo, Sarah.« Kelly winkte sie heran und bot ihr einen Stuhl an. Sie sieht älter aus, dachte er.

»Das ist jetzt schon mein dritter Anlauf, John. Die beiden anderen Male hast du geschlafen.«

»Wie so häufig im Augenblick. Mach dir keine Gedanken«, versicherte er ihr. »Sam schaut ein paarmal am Tag zu mir herein.« Schon jetzt fühlte er sich unwohl. Das schwerste war doch immer die Begegnung mit Freunden, sagte sich Kelly.

»Ich hatte soviel im Labor zu tun.« Sarah sprach hastig. »John, ich wollte dir sagen, wie leid es mir tut, daß ich euch gebeten habe, in die Stadt zu kommen. Ich hätte Pam ja auch woandershin schicken können; sie hätte nicht unbedingt zu Madge gehen müssen. Ich kenne nämlich auch einen Mann in Annapolis, einen wirklich guten Arzt . . .« Ihre Stimme sprudelte weiter.

So viele Selbstvorwürfe, dachte Kelly. »Das war doch nicht deine Schuld, Sarah«, sagte er, als ihr Redestrom versiegte. »Du warst Pam eine gute Freundin. Wenn ihre Mutter so gewesen wäre wie du, vielleicht . . .«

Es war, als hätte sie ihn nicht gehört. »Oder wenn ich euch einen späteren Termin gegeben hätte. Wenn ihr zu einem anderen Zeitpunkt in die Stadt gekommen wärt . . .«

In dem Punkt hatte sie recht, dachte Kelly. Zufall, alles nur Zufall. Was wäre, wenn? Wenn er an einer anderen Ecke geparkt hätte? Wenn Billy ihn nie entdeckt hätte? *Oder wenn ich mich erst gar nicht von der Stelle gerührt und diesen Schweinehund einfach hätte seiner Wege gehen lassen?* Ein anderer Tag, eine andere Woche. Und so viele zusätzliche Kleinigkeiten. Dies alles war nur deshalb geschehen, weil zufällig ein paar hundert Einzelheiten auf ganz bestimmte Weise in der richtigen Reihenfolge zusammengetroffen waren, und während es in der Regel leicht war, die angenehmen Ergebnisse zu akzeptieren, haderte man mit den schlechten. Was wäre gewesen, wenn er vom Lebensmittelmarkt eine andere Richtung eingeschlagen oder wenn er Pam am Straßenrand gar nicht erst entdeckt und mitgenommen hätte? Was, wenn er nicht auf die Pillen gestoßen wäre? Wenn es ihm nichts ausgemacht oder er sie voller Wut rausgeschmissen hätte? Würde sie dann noch leben? Wenn ihr Vater verständnisvoller gewesen wäre, wäre sie nicht weggelaufen, und sie hätten sich nie kennengelernt. Wäre das gut oder schlecht gewesen?

Und wenn dies alles so war, was spielte dann überhaupt noch eine Rolle? Beruhte das ganze Leben denn *nur* auf Zufällen? Das Problem dabei war, daß sich auch das nicht entscheiden ließ. Für Gott, der alles von oben betrachten konnte, ergab sich vielleicht ein Muster, aber für die mittendrin sah es verdammt nach Zufall aus, dachte Kelly. Man versuchte, sein Bestes zu tun und aus seinen Fehlern zu lernen, um besser gewappnet zu sein, wenn der nächste Zufall eintrat. Aber ergab das einen Sinn? Gab es überhaupt etwas, was Sinn machte? Die Frage war zu kompliziert, als daß der frühere Navy Chief in seinem Krankenhausbett sie hätte beantworten können.

»Sarah, das alles ist nicht deine Schuld. Du hast dein Bestes getan, um ihr zu helfen. Was hättest du daran ändern können?«

»Verdammt noch mal, Kelly, sie war bereits über den Berg!«

»Ich weiß, und ich war es, der sie hergebracht hat und nicht richtig aufgepaßt hat, nicht du, Sarah. Mir erzählt jeder, es sei nicht meine Schuld gewesen, und dann kommst du und sagst mir, es sei deine.« Die Grimasse, die er zog, war schon beinahe ein Lächeln. »Das ist alles reichlich rätselhaft; alles, bis auf eins.«

»Es war kein Unfall, nicht wahr?«

»Nein, es war keiner.«

»Da sind sie«, sagte Oreza gelassen, während er sein Fernglas starr auf den Punkt am Horizont gerichtet hielt. »Genau, wie Sie gesagt haben.«

»Komm heim zu Papa«, flüsterte der Polizist in die Dunkelheit.

Also denk dran, es war ein glücklicher Zufall, sagte der Officer zu sich selbst. Die Leute, um die es ging, bauten in Dorchester County Mais an, nur daß bei ihnen zwischen dem Mais auch noch Marihuanapflanzen wuchsen. Einfach, aber praktisch, wie man so sagte. Zu jeder Farm gehörten Scheunen und Wirtschaftsgebäude und vor allem viel Privatsphäre. Diese Leute waren gewitzt und wollten deshalb nicht ihre Ernte auf dem Pritschenwagen über die Bay Bridge transportieren, wo es durch den Urlauberverkehr immer wieder zu unvorhersehbaren Staus kam – abgesehen davon, daß das wachsame Auge eines Mautkassierers der Staatspolizei letzten Monat schon zu einer Festnahme verholfen hatte. Sie waren so umsichtig, daß sie für seinen Freund eine Bedrohung darstellen konnten. Und das mußte abgestellt werden.

Sie benutzten also ein Boot. Dieser gottgesandte Zufall gab der Küstenwache die Möglichkeit, an einer Festnahme teilzunehmen und sein Image bei ihr aufzupolieren. Das konnte auch nicht schaden, nachdem er sie vorgeschoben hatte, um dafür zu sorgen, daß Angelo Vorano umgebracht wurde, dachte Lieutenant Charon, während er im Ruderhaus in sich hinein grinste.

»Nehmen wir sie jetzt gleich hoch?« fragte Oreza.
»Ja. Die Leute, an die sie ausliefern, haben wir unter Kontrolle. Aber erzählen Sie das niemandem«, fügte er hinzu. »Wir wollen ihnen keine Schwierigkeiten machen.«
»Recht haben Sie.« Der Quartermaster drückte den Gashebel durch und drehte das Ruder nach Steuerbord. »Aufwachen, Leute«, rief er seiner Besatzung zu.
Die erhöhte Geschwindigkeit drückte das Heck des Bootes tiefer ins Wasser. Das Gebrumm des Dieselmotors weckte die Lebensgeister des Bootsführers, und das kleine Stahlrad vibrierte unter seinen Händen, als er den neuen Kurs einstellte. Es würde ihm Spaß machen, sie zu überraschen. Obwohl die Küstenwache der oberste Gesetzeshüter auf dem Wasser war, beschränkte sich ihre Tätigkeit gewöhnlich auf Such- und Rettungsaktionen, und bis jetzt brachte man sie nicht in Zusammenhang mit einer Drogenrazzia. Zu schade, dachte Oreza. In den letzten Jahren hatte er gelegentlich einige Männer von der Küstenwache dabei erwischt, wie sie Shit rauchten, und von dem Wutanfall, den er dann jedesmal bekommen hatte, sprachen die Augenzeugen heute noch.
Das fragliche Objekt, ein etwa zehn Meter langes Fischerboot, wie sie zu Hunderten die Bucht durchkreuzten, war jetzt deutlicher zu sehen. Wahrscheinlich wurde es von einem alten Chevrolet-Motor angetrieben und war deshalb bestimmt nicht schneller als das Polizeiboot. War ja nicht das schlechteste, wenn man sich eine Tarnung zulegte, dachte Oreza mit einem Grinsen, aber es zeugte nicht gerade von Klugheit, wenn man sein Leben und seine Freiheit auf eine einzige Karte setzte, sei sie auch noch so gut.
»Es muß alles so aussehen wie ein Routineeinsatz«, warnte der Polizist.
»Sehen Sie sich mal um, Chef«, war die Antwort. Man sah der Besatzung nicht an, daß sie in Alarmbereitschaft war, und ihre Waffen steckten nach wie vor im Holster. Sie steuerten fast in direktem Kurs auf ihre Wachstation Thomas Point zu, und wenn sie den anderen überhaupt auffielen – obwohl keiner von ihnen in ihre Richtung blickte –, dann würden diese anderen höchstwahrscheinlich annehmen, daß das Polizeiboot den heimischen Hafen anlaufen wollte. Jetzt waren es noch fünfhundert Meter Abstand. Oreza drückte den Gashebel bis zum Anschlag durch, um noch ein oder zwei Knoten mehr Fahrt zu machen und die anderen auch wirklich überholen zu können.
»Da drüben ist Mr. English«, rief ein Mitglied der Mannschaft. Das

andere Zwölfmeter-Boot kam ihnen von der Wachstation entgegen. In gerader Linie steuerte es allem Anschein nach den Leuchtturm an, der ebenfalls von der Wachstation betreut wurde.
»Besonders klug stellen die sich ja nicht gerade an«, bemerkte Oreza.
»Wenn sie klug wären, würden sie nicht gegen das Gesetz verstoßen.«
»Da haben Sie recht.« Dreihundert Meter noch, und jetzt wandte einer den Kopf und erblickte die strahlend weißen Umrisse des kleinen Wachbootes. Auf dem fraglichen Objekt befanden sich drei Personen, und derjenige, der das Polizeiboot entdeckt hatte, beugte sich vor, um mit dem Mann am Steuerrad zu sprechen. Es war fast schon ein komischer Anblick. Oreza konnte sich jedes Wort ihres Dialogs denken. *Da draußen ist ein Boot der Küstenwache. Ach reg dich nicht auf, wahrscheinlich haben sie einfach nur Schichtwechsel. Sieh mal, da kommt ja auch schon das andere Boot ... O je, das gefällt mir aber gar nicht ... Reg dich ab, verdammt noch mal! Das gefällt mir ganz und gar nicht. Beruhige dich, um Himmels willen, sie haben kein Blaulicht an, und ihre Station liegt direkt vor uns.*
Genau der richtige Augenblick. Oreza lächelte in sich hinein. *Genau der Augenblick für ... o Scheiße!*
Immer noch grinsend beobachtete er, was dann folgte. Der Typ am Steuerrad drehte sich um, sein Mund ging auf und wieder zu, nachdem er genau dieselben zwei Worte gesprochen hatte. Eines der jüngeren Mannschaftsmitglieder las ihm die Worte von den Lippen ab und lachte laut auf.
»Ich glaube, jetzt haben sie's begriffen, Skipper.«
»Macht das Blaulicht an«, befahl Oreza, und dann begannen, irgendwie doch zu seinem Mißfallen, die Polizeilichter auf dem Ruderhaus zu blinken.
»Aye aye!«
Das Fischerboot drehte unverzüglich nach Süden ab, doch der auslaufende Polizeikutter stellte sich dem Manöver in den Weg, und in dem Moment war klar, daß sie den Polizeibooten mit Doppelschraube nicht entkommen konnten.
»Ihr Kerle hättet euren Gewinn besser in was Sportlicheres investiert«, meinte Oreza leise. Allerdings wußte er, daß auch Kriminelle aus ihren Fehlern lernten, und sich ein Boot zuzulegen, das einen Kutter der Küstenwache hinter sich ließ, war nicht gerade ein Kunststück. Hier hatten sie noch ein leichtes Spiel. Auch ein gewisses anderes kleines Segelboot zu verfolgen, wäre gar keine Sache gewe-

sen, wenn dieser Blödmann von Polizist sie nur gelassen hätte. Aber so einfach würde es nicht immer bleiben.

Das Fischerboot, das von den beiden Kuttern der Küstenwache in die Zange genommen wurde, drosselte die Fahrt. Warrant Officer English schnitt ihnen ein paar hundert Meter draußen den Fluchtweg ab, während Oreza längsseits ging.

»Hallo«, sagte er durch seine Sprechtüte. »Wir sind von der US-Küstenwache und nehmen unser Recht in Anspruch, an Bord zu kommen und eine Sicherheitsüberprüfung vorzunehmen. Lassen Sie Ihre Leute bitte dort Stellung beziehen, wo wir sie sehen können.«

Sie boten einen jämmerlichen Anblick, wie eine Mannschaft von Football-Profis, die gerade ihr Spiel verloren hatte. Da sie wußten, daß sie nichts mehr an ihrer Situation ändern konnten, blieben sie resigniert stehen und fügten sich in ihr Schicksal. Oreza fragte sich, wie lange diese Haltung wohl andauern würde. Wie lange hielten sie das aus, bevor einer dumm genug war, zur Waffe zu greifen?

Zwei seiner Seeleute sprangen unter der Deckung von zwei anderen auf dem Polizeischiff an Bord des Fischerboots. Währenddessen zog auch Mr. English näher heran. Ein guter Bootsführer, erkannte Oreza, so wie man das von einem Warrant erwartete. English wies seine Leute an, ebenfalls Deckung zu geben, nur für den Fall, daß die Verdächtigen auf dumme Gedanken kamen. Während die drei auf dem Fischerboot für alle sichtbar mit ergeben gesenktem Kopf dastanden und innerlich wohl hofften, daß es sich tatsächlich nur um eine Sicherheitsüberprüfung handelte, gingen die beiden Männer aus Orezas Mannschaft in die vordere Kajüte. Nach weniger als einer Minute tauchten sie wieder auf. Mit einem Tippen an die Mütze seines Schirms deutete der eine an, daß alles klar war. Dann klopfte er sich auf den Bauch. Ja, sie hatten an Bord Drogen gefunden. Ein fünfmaliges Klopfen – eine ganze Menge Drogen.

»Fertig zur Festnahme, Sir«, bemerkte Oreza gelassen.

Lieutenant Mark Charon vom Rauschgiftdezernat der städtischen Polizei von Baltimore lehnte sich lächelnd an den Türrahmen – vielmehr an die Luke, oder wie immer das Ding auch bei diesen Seeleuten hieß. Er trug Zivilkleidung, und mit seiner vorschriftsmäßig angelegten orangefarbenen Schwimmweste hätte man ihn leicht für ein Mitglied der Küstenwache halten können.

»Dann übernehmen Sie die Sache. Als was kommt es in die Bücher?«

»Routinemäßige Sicherheitsüberprüfung, und wie der Zufall so spielt, hatten die Leute doch tatsächlich Rauschgift an Bord.«

»Ausgezeichnet, Mr. Oreza.«
»Vielen Dank, Sir.«
»War mir ein Vergnügen, Captain.«

Zuvor hatte er mit Oreza und English ihr Vorgehen abgesprochen. Um seine Informanten zu schützen, sollte die Festnahme auf das Konto der Küstenwache gehen, was dem Quartermaster und dem Warrant Officer natürlich nicht gerade ungelegen kam. Oreza durfte sich ein Siegeszeichen auf den Mast malen – oder wie immer der Pfahl auch hieß, an dem der Radar befestigt war –, eine stilisierte Darstellung des fünfzackigen Blatts der Marihuanapflanze, und die Mannschaft hatte etwas, womit sie angeben konnte. Vielleicht durften sie ja sogar vor dem Obersten Gerichtshof von ihrem Abenteuer erzählen – obwohl das unwahrscheinlich war, da diese Kleinkrämer sich zweifellos nur der geringfügigsten Anklage für schuldig bekennen würden, die ihre Rechtsanwälte für sie aushandeln konnten. Außerdem würden sie verkünden, daß sie von den Leuten, an die sie ausliefern wollten, verpfiffen worden waren. Diese wiederum würden sich daraufhin absetzen, wenn er Glück hatte. Und dann hätte er leichtes Spiel. In der Drogenkette entstünde eine Lücke, und er hätte es letzten Endes doch noch geschafft, einen potentiellen Rivalen vom Markt zu verdrängen. Zudem würde es Lieutenant Charon ein Schulterklopfen von seinem Captain einbringen, eventuell ein blumiges Dankschreiben von der Küstenwache und dem Bundesanwalt. Von dem Lob für seine diskrete und wirksame Untersuchung, in der seine Informanten nicht bloßgestellt worden waren, ganz zu schweigen. Einer unserer besten Männer, würde sein Captain wieder mal bestätigen. Woher haben Sie nur immer derartig gute Informanten? Captain, Sie wissen doch, wie das läuft; ich muß die Leute schützen. Klar, Mark, das kann ich verstehen. Nur weiter so!

Ich werde mein Bestes tun, Sir, dachte Charon, während er den Sonnenuntergang beobachtete. Er verschwendete keinen Blick auf die Beamten von der Küstenwache, die den Verdächtigen Handschellen anlegten und ihnen von einer Karte in einer Plastikhülle ihre verfassungsmäßigen Rechte vorlasen. Als er merkte, wie sehr sie dieses Spiel genossen, lächelte er. Warum auch nicht? Charon machte es mindestens genausoviel Spaß.

Wo blieben bloß diese verdammten Hubschrauber, fragte sich Kelly.

Bei diesem verfluchten Einsatz war von Anfang an alles schiefgelaufen. Pickett, sein üblicher Begleiter, litt unter einem bösen Anfall von Ruhr, und so mußte Kelly allein losziehen. Nicht gerade die besten Voraussetzungen, doch diese Mission war einfach zu wichtig, und sie mußten jedes auch noch so kleine Dörfchen, diese angeblichen *villes*, erfassen. Also hatte er sich allein vorgearbeitet, mit vorsichtigen Bewegungen in dem stinkenden – nun, auf der Karte stand Fluß, doch dieses Rinnsal hatte diesen Namen nach Kellys Ansicht nun wirklich nicht verdient.

Und ausgerechnet in dieser *ville* waren die Arschlöcher aufgetaucht.

PLASTIC FLOWER, dachte er, während er mit gespitzten Ohren in seinem Versteck hockte. *Wer zum Teufel hatte sich nur diesen Namen ausgedacht?*

PLASTIC FLOWER war der Deckname für eine politische Agitationsgruppe der NVA, oder was immer sie auch genau sein mochte. In Kellys Team hatte man dafür noch andere, weniger schmeichelhafte Bezeichnungen. Mit einem lokalen Wahlkampfteam, wie er es aus Indianapolis kannte, hatten die Trupps nicht das geringste gemein. Nicht diese Leute, die in Hanoi eine todsichere Methode gelernt hatten, die Herzen und die Unterstützung der Bevölkerung zu gewinnen.

Der Dorfälteste, der Vorsteher, Bürgermeister oder wie immer man ihn nennen mochte, war so töricht, seinen Mut unter Beweis stellen zu wollen. Und für diese Torheit mußte er nun unter den Augen von Bosun's Mate J. T. Kelly teuer bezahlen. Der Trupp war nachts um halb zwei in Reih und Glied und noch relativ zivilisiert ins Dorf einmarschiert. Dann waren die Soldaten in jede auch noch so kleine Hütte gestürmt, hatten die schlafenden Bewohner geweckt und zum Dorfplatz zitiert, wo der irregeleitete Held, seine Frau und seine drei Töchter mit schmerzhaft im Rücken zusammengebundenen Händen bereits auf sie warteten. Der Major der NVA, der Anführer von PLASTIC FLOWER, wies sie mit einer sonoren Stimme, die bis zu Kellys Beobachtungspunkt zweihundert Meter entfernt vordrang, an, sich hinzusetzen. Was die *ville* brauchte, war eine Lektion, welche Folgen törichter Widerstand gegen die Volksbefreiungsfront nach sich zog. Sie waren nicht unbedingt schlechte Leute, nur fehlgeleitet, und er hoffte, durch diese simple Lektion würden sie ihren Fehler einsehen.

Sie fingen mit der Frau des Bürgermeisters an. Das dauerte zwanzig Minuten.

Ich muß etwas unternehmen! hielt Kelly sich vor.

Aber das sind elf Mann, du Idiot! Der Major mochte ja ein sadistisches Arschloch sein, aber es war auch nicht anzunehmen, daß seine zehn Soldaten wegen ihrer Menschenfreundlichkeit für diese Aufgabe ausgesucht worden waren. Ohne Zweifel würden auch sie zuverlässig, routiniert und voller Hingabe ans Werk gehen. Wie jemand so etwas hingebungsvoll ausführen konnte, ging über Kellys Vorstellungsvermögen. Aber er konnte es sich nicht leisten, die Tatsache zu ignorieren, daß es so war.

Wo blieb das verdammte Team, das den Gegenschlag führen sollte? Er hatte sie bereits vor vierzig Minuten angefunkt, und ein Hubschrauber brauchte vom Basislager bis zum Dorf nicht mehr als zwanzig Minuten. Es ging ihnen um diesen Major. Sein Trupp wäre sicherlich auch recht nützlich, aber vor allem wollten sie diesen Major in die Finger kriegen, und zwar lebend. Er wußte nämlich, wo sich die örtlichen politischen Führer aufhielten, die den Marines bei ihrer Razzia sechs Wochen zuvor durch die Lappen gegangen waren. Wahrscheinlich war dieser heutige Einsatz als Gegenschlag zu werten, eine bewußt in der Nähe des amerikanischen Lagers angelegte Aktion, die ausdrücken sollte, seht her, alle habt ihr uns doch nicht gekriegt, und das werdet ihr auch nie.

Wahrscheinlich haben sie auch noch recht, dachte Kelly, aber diese Frage ging weit über seinen augenblicklichen Einsatz hinaus.

Die älteste Tochter war ungefähr fünfzehn, obwohl das bei diesen kleinen, ausgesprochen zierlichen vietnamesischen Frauen nur schwer einzuschätzen war. Nach fünfundzwanzig Minuten war sie immer noch nicht tot. Schrill drangen ihre Schreie über die Ebene bis zu Kellys feuchtem Versteck, und er klammerte seine Hände so fest um das Plastik seiner CAR-15, daß er, wäre es ihm bewußt geworden, Angst bekommen hätte, etwas zu zerbrechen.

Die zehn Soldaten und ihr Major hatten sich genau so im Dorf verteilt, wie es die Situation erforderte. Die zwei aus der Mannschaft, die sich in der Nähe des Oberst aufhielten, wurden regelmäßig gegen die Wachsoldaten im Außenring ausgetauscht, damit jeder mal an den Vergnügungen dieses Abends teilhaben konnte. Einer von ihnen erledigte das Mädchen mit einem Messer. Die nächste Tochter war vielleicht zwölf.

Kelly lauschte angestrengt, ob er nicht endlich das unverwechselbare Geräusch des Huey-Hubschraubers mit seinen zwei Rotorblättern hören konnte. Doch er vernahm lediglich das Grummeln der 155er von der Marinebasis im Osten und das Kreischen einiger Düsenjets. Beides war nicht laut genug, um die hohen Schreie des Mädchens zu übertönen, und sie waren zu elft, er aber war ganz allein. Selbst wenn Pickett ihn begleitet hätte, wären sie nicht nahe genug an diese Kerle herangekommen, um ein Spielchen mit ihnen zu wagen. Kelly war mit dem CAR-15 bewaffnet, geladen mit einem Dreißig-Schuß-Magazin, an dessen Ende mit Klebeband ein weiteres Magazin befestigt war. Zwei weitere Sets dieser Art hatte er bereits vorbereitet. Außerdem besaß er zwei Splittergranaten, zwei Phosphorgranaten und zwei Rauchbomben. Seine tödlichste Waffe aber war sein Funkgerät, und deshalb hatte er schon zwei Funksprüche losgeschickt, die beide bestätigt worden waren – gemeinsam mit der Anweisung, sich nicht von der Stelle zu rühren.

Die im Basislager hatten gut reden.

Zwölf Jahre alt vielleicht. Zu jung, um so zu sterben. Aber gab es dafür überhaupt ein richtiges Alter? fragte er sich. Er allein konnte nichts ausrichten, und es hatte keinen Sinn, wenn er sein Leben opferte, ohne den Tod dieser Familie verhindern zu können.

Wie konnten sie nur so etwas tun? Waren sie nicht Männer, Soldaten, berufsmäßige Krieger wie er selbst? Was war so wichtig, daß sie all ihre menschlichen Gefühle ausschalteten? Was er da mitansehen mußte, war unfaßbar, so schlimm, daß es eigentlich nicht wahr sein konnte. Und doch war es das. Das Gegrummel der Artillerie in der Ferne dauerte an, der gezielte Beschuß einer vermuteten Nachschubroute. Auch der Strom der Flugzeuge riß nicht ab, womöglich Intruder von den Marines, die ein Flächenbombardement durchführten, wahrscheinlich, wie in fast allen Fällen, auf menschenleere Wälder. Hier, wo der Feind agierte, ließen sie sich nicht blicken, aber letztlich hätte das auch nichts geändert. Diese Dorfbewohner hatten ihr Leben und ihre Sicherheit auf etwas gesetzt, das ihr Vertrauen nicht wert war, und vielleicht hielt sich dieser Major auch noch für human, weil er nur eine Familie auf spektakuläre Art umbrachte und nicht mit einem effektiveren Schlag das ganze Dorf. Aber Tote konnten nichts mehr erzählen, und was hier geschah, sollte sich herumsprechen. Mit Terror kannten die sich aus, und zwar gut.

Die Zeit verstrich, für den einen langsam und für den anderen schnell, und mittlerweile hatte die Zwölfjährige ihren letzten Atemzug getan und wurde beiseite geworfen. Die verbliebene jüngste Tochter war etwa acht, stellte er durch sein Fernglas fest. Welche *Arroganz* diese Schweinehunde besaßen, jetzt auch noch ein großes Feuer anzuzünden. Offensichtlich wollten sie dafür sorgen, daß dieses Schauspiel auch wirklich niemandem entging.

Acht Jahre, und ihre Kehle war noch zu zart, als daß sich ihr ein richtiger Schrei entringen konnte. Kelly beobachtete den Wachwechsel. Wieder kamen zwei Männer vom Rand des Dorfes in das Zentrum. Urlaubsvergnügen für Soldaten des politischen Einsatztrupps, die keine Möglichkeit hatten, sich wie Kelly in Taiwan zu amüsieren. Der Mann, der Kelly am nächsten stand, hatte seine Chance noch nicht bekommen, und es sah ganz so aus, als würde es dabei bleiben. Der Dorfhäuptling hatte nicht genügend Töchter, oder vielleicht war der Mann auch bei seinem Major schlecht angeschrieben. Was auch immer, an diesem Abend kam er nicht zum Zuge, und das mußte ihm gewaltig stinken. Er beobachtete seine Kameraden bei dem Vergnügen, das ihm verwehrt blieb. Vielleicht nächstes Mal ... wenigstens konnte er zusehen ... und als er das tat, merkte Kelly, vergaß er zum erstenmal an diesem Abend seine Pflichten.

Kelly hatte bereits die Hälfte der Distanz zurückgelegt, als ihm bewußt wurde, was er da tat. So schnell und behutsam wie möglich kroch er voran, wobei ihm entgegenkam, daß der feuchte Grund alle Geräusche schluckte. Er hielt sich flach an den Boden gepreßt, und je näher er heranrückte, desto tiefer duckte er sich, obwohl ihn das Winseln des Mädchens zur Schnelligkeit ermahnte.

Das hättest du schon früher tun sollen, Johnny.
Aber da war's noch nicht möglich.
Verdammt, jetzt geht's doch genausowenig!

In diesem Moment griff das Schicksal in Form eines Huey-Hubschraubers ein. Vielleicht waren es auch mehr als einer, die da von Südosten herankamen. Zuerst hörte Kelly nur ihr Rattern, während er sich mit gezogenem Messer leise hinter dem Soldaten aufrichtete. Als er zustieß, ihm die Klinge unterhalb der Schädelbasis, dort, wo die Spinalnerven vom Hirn ausgehen, in den Hals bohrte, hatten die NVA-Soldaten den Hubschrauber noch nicht bemerkt. Er drehte das Messer um, wie man einen Schraubenzieher dreht. Die andere Hand hatte er dem Soldaten über den Mund gelegt. Es funktionierte. Der Körper wurde schlaff, und Kelly ließ ihn behutsam zu Boden gleiten, nicht etwa in einer Anwandlung von Mitleid, sondern nur, um Lärm zu vermeiden.

Aber dann gab es mehr Lärm als genug. Die Hubschrauber waren näher gekommen. Der Major blickte nach oben in Richtung Südosten und erkannte die Gefahr. Mit einem Ruf wies er seine Leute an, sich zu sammeln. Dann wandte er sich um und schoß dem Mädchen in den Kopf, nachdem einer seiner Soldaten von ihr abgelassen hatte.

Nach wenigen Sekunden hatte sich der Trupp gesammelt. Beim hastigen routinemäßigen Durchzählen stellte der Major fest, daß ein

Soldat fehlte. Er blickte in Kellys Richtung, doch seine Sehfähigkeit war durch den längeren Aufenthalt am Feuer beeinträchtigt. Das einzige, was er sah, war ein farbiger Schimmer in der Luft.

»Eins, zwei, drei«, flüsterte Kelly, als er den Bolzen aus einer seiner Splittergranaten zog. Die Männer aus der 3. Sondereinsatztruppe fertigten ihre eigenen Zünder, denn man wußte ja nie, was die kleine alte Frau in der Fabrik so zusammengebastelt hatte. Ihre eigenen brannten genau fünf Sekunden, und bei »drei« schleuderte er die Granate fort. Die metallene Hülse spiegelte den orangefarbenen Schimmer des Feuers wider, und nach einem beinahe vollkommenen Wurf landete die Granate mitten im Kreis der Soldaten. Kelly lag bereits auf dem Bauch, als sie aufprallte. Dann kam der Warnruf, eine Sekunde zu spät, um noch jemanden retten zu können.

Die Granate tötete oder verwundete sieben der Soldaten. Kelly stand schon mit seinem Karabiner im Anschlag und legte den ersten Überlebenden mit drei Kugeln in den Kopf um. Der Major war noch am Leben, er lag auf dem Boden und versuchte, seine Pistole zu ziehen, als fünf von Kellys Kugeln in seine Brust einschlugen. Sein Tod machte die Nacht zum Erfolg. Jetzt ging es nur noch um Kellys eigenes Überleben. Er hatte sich auf eine waghalsige Aktion eingelassen, und Vorsicht konnte sich jetzt als tödlich erweisen.

Mit hochgerecktem Karabiner lief Kelly nach rechts. Mindestens zwei der NVA-Soldaten waren noch immer einsatzfähig. Sie trugen Waffen und waren wütend und verwirrt, so daß sie nicht fortliefen, wie es eigentlich ratsam gewesen wäre. Der erste der Hubschrauber da oben war ein Beleuchter und warf Leuchtbomben ab. Kelly fluchte, denn gerade jetzt brauchte er die Dunkelheit dringender denn je. Er entdeckte einen NVA-Soldaten und mähte ihn um, indem er sein Magazin in die laufende Figur leerte. Während er sich weiterhin nach rechts bewegte, wechselte er das Magazin. Er hoffte, den anderen Soldaten zu finden, doch in diesem Moment fiel sein Blick auf den Dorfplatz. Die Leute rannten in Panik in alle Richtungen, einige offenbar verletzt durch die Splittergranate. Darüber konnte er sich jetzt keine Gedanken erlauben. Sein Blick blieb wie festgewurzelt an den Opfern hängen – schlimmer noch, er fixierte das Feuer, und als er sich abwandte, flimmerten blau und orangefarbene Phantombilder der Flammen vor seinen Augen und trübten seine Nachtsicht. Laut genug, um sogar die Schreie der Dorfbewohner zu übertönen, setzte einer der Huey-Hubschrauber in der Nähe des Dorfes zur Landung an. Kelly versteckte sich hinter der Mauer einer Hütte, starrte in die Dunkelheit und versuchte, durch Blinzeln wieder klare

Sicht zu bekommen. Solange noch dieser eine NVA-Soldat im Einsatz war, würde Kelly es nicht wagen, auf den Hubschrauber zuzulaufen. Also hielt er sich weiterhin nach rechts, obwohl er sich jetzt nur noch langsam voranpirschte. Zwischen seiner und der nächsten Hütte klaffte eine Lücke von zehn Metern; durch den Schein des Feuers wirkte sie wie ein lichtdurchfluteter Korridor. Bevor Kelly loslief, sah er noch um die Ecke, dann setzte er, zur Abwechslung mit gesenktem Kopf, zu seinem Sprint an. In seinem Blickfeld bewegte sich ein Schatten, und als er sich umwandte, um genauer hinzusehen, stolperte er und fiel zu Boden.

Um ihn herum wirbelte Staub auf, doch er konnte nicht schnell genug ausmachen, woher der Lärm kam. Kelly rollte sich nach links, um den Schüssen auszuweichen, aber damit gelangte er genau ins Licht. Er richtete sich halb auf und ließ sich nach hinten gleiten, und während seine Augen verzweifelt nach dem Mündungsfeuer des Gewehrs suchten, stieß er mit dem Rücken gegen eine Hütte. Da! Er riß sein Gewehr hoch und feuerte, als zwei 7.62er-Kugeln in seine Brust einschlugen. Der Aufprall riß ihn um, und zwei weitere Kugeln zerstörten den Karabiner in seinen Händen. Als er die Augen wieder öffnete, lag er auf dem Rücken, und in dem Dorf war alles still. Sein erster Versuch, sich zu bewegen, hatte nichts als einen stechenden Schmerz zur Folge. Dann wurde ihm die Mündung eines Gewehrs auf die Brust gedrückt.

»Hierher, Lieutenant!« Und dann: »Sanitäter.«

Alles drehte sich ihm vor Augen, als man ihn näher ans Feuer schleifte. Kelly, dessen Kopf schlaff zur Seite herabhing, beobachtete, wie die Soldaten das Dorf durchkämmten und zwei der NVA-Soldaten entwaffneten und filzten.

»Dieser Schweinehund hier lebt noch«, rief einer von ihnen.

»Ach wirklich?« Ein anderer kam von der Leiche der Achtjährigen herüber, setzte die Mündung an die Stirn des NVA-Soldaten und drückte ab.

»Verdammt, Harry!«

»Laßt den Scheiß!« schrie der Lieutenant.

»Dann sehen Sie sich mal an, was die getan haben, Sir«, schrie Harry zurück, bevor er in die Knie ging und kotzte.

»Wo haben Sie Schmerzen?« fragte der Sanitäter, doch Kelly brachte kein Wort heraus. »Du meine Güte«, sagte er. »Lieutenant, das muß der Kerl sein, der uns gerufen hat.«

Ein weiteres Gesicht erschien in Kellys Blickfeld, wahrscheinlich der Lieutenant, der das Kommando über das Blue Team innehatte.

Auf einem übergroßen Abzeichen auf seiner Schulter stand, daß er der 1. Kavalleriedivision angehörte.

»Es sieht zwar alles sauber aus, Lieutenant, aber wir durchsuchen jetzt noch mal die Umgebung«, rief die Stimme eines älteren Mannes.

»Alle tot?«

»Das steht fest, Sir!«

»Wer zum Teufel sind Sie?« fragte der Lieutenant und beugte sich wieder über ihn. »Ach, einer von diesen wahnsinnigen Marines!«

»Navy!« keuchte Kelly, wobei der Sanitäter mit einem Sprühregen von Blut eingedeckt wurde.

»Wie bitte?« fragte Schwester O'Toole.

Kelly riß die Augen auf. Sein rechter Arm tastete hastig seine Brust ab, während er gleichzeitig den Kopf nach allen Seiten wandte und das Zimmer absuchte. In der Ecke saß Sandy O'Toole. Sie las im Schein einer einzelnen Glühlampe.

»Was machen Sie hier?«

»Ich höre mir Ihren Alptraum an«, antwortete sie. »Schon zum zweitenmal. Also, Sie sollten wirklich...«

»Ich weiß«, sagte Kelly. »Ich weiß.«

10 / Pathologie

»Ihr Revolver liegt hinten im Auto«, sagte Sergeant Douglas. »Ungeladen. Und das sollte er auch bleiben.«
»Was ist mit Pam?« fragte Kelly von seinem Rollstuhl aus.
»Wir haben ein paar Hinweise.« Douglas strengte sich nicht besonders an, seine Lüge zu vertuschen.

Damit ist wohl alles klar, dachte Kelly. Irgend jemand hatte an die Zeitungen durchsickern lassen, daß Pam bereits mehrmals als Prostituierte aufgegriffen worden war, und mit dieser Enthüllung hatte der Fall all seine Dringlichkeit verloren.

Sam brachte den Scout persönlich zum Eingang an der Wolfe Street. Die Karosserie war ausgebessert, und man hatte ein neues Fenster an der Fahrerseite eingesetzt. Kelly stand aus dem Rollstuhl auf und ging prüfend um den Wagen herum. Rahmen und Holm der Tür hatten die Geschoßsalve abgemildert und ihm das Leben gerettet. Irgend jemand hatte sich in aller Ruhe vorsichtig angeschlichen – und dann trotzdem schlecht gezielt. Dabei hatte er leichtes Spiel gehabt, wo Kelly sich nicht einmal die Mühe gemacht hatte, einen Blick in den Rückspiegel zu werfen. Obwohl er sich deswegen Vorwürfe machte, blieb er nach außen hin unbeteiligt. Wie hatte er das nur vergessen können? fragte er sich zum hundertstenmal. Ein so einfacher Grundsatz. Genau das hatte er jedem Neuling in der 3. Sondereinsatztruppe immer wieder eingeschärft: Sichere immer deinen Rücken, denn es könnte jemand hinter dir hersein. So etwas vergaß man doch nicht!

Doch vorbei war vorbei und ließ sich nicht mehr ändern.
»Geht's jetzt zurück auf deine Insel?« erkundigte sich Rosen.
Kelly nickte. »Ja, es wartet Arbeit auf mich, und ich muß zusehen, daß ich wieder in Form komme.«
»Ich erwarte dich hier in, sagen wir mal, zwei Wochen zur Nachuntersuchung.«
»Jawohl, Sir, wird gemacht«, versprach Kelly. Er bedankte sich bei Sandy O'Toole für ihre gute Pflege und wurde mit einem Lächeln belohnt. In den vergangenen achtzehn Tagen waren sie beinahe

Freunde geworden. Beinahe? Wenn er sich erlauben würde, in derartigen Kategorien zu denken, dann waren sie Freunde. Kelly stieg ins Auto und legte den Sicherheitsgurt an. Abschiede hatten noch nie zu seinen Stärken gehört. Er nickte, lächelte den anderen zu und fuhr dann los, nach rechts, auf die Mulberry Street. Zum erstenmal seit seiner Einlieferung ins Krankenhaus war er wieder allein.

Endlich! Neben ihm, auf dem Beifahrersitz, auf dem er Pam zum letztenmal lebend gesehen hatte, lag ein großer brauner Umschlag mit der Aufschrift *Patientenberichte/Rechnungen* in Sam Rosens markanter Handschrift.

»O mein Gott«, seufzte Kelly, während er nach Westen abbog. Im Augenblick achtete er nicht sonderlich auf den Verkehr. Für John Kelly hatte sich die Stadt unwiderruflich verändert. In den Straßen herrschte eine eigenartige Mischung aus Geschäftigkeit und Leere, und er überflog das Geschehen mit einem Blick, den er fast schon vergessen hatte. Dabei konzentrierte er sich auf Personen, deren Inaktivität mit einem Zweck verbunden zu sein schien. Es würde eine Zeitlang dauern, stellte er fest, die Spreu vom Weizen zu trennen. Es herrschte nur wenig Verkehr, und eins war sicher: Auf diesen Straßen lungerte man nicht ohne eine bestimmte Absicht herum. Mit einem Blick nach beiden Seiten stellte Kelly fest, daß die anderen Fahrer unverwandt geradeaus starrten, daß sie, ebenso wie er es neulich getan hatte, sich vor dem verschlossen, was sich um sie herum abspielte. Nur widerwillig hielten sie an, wenn die Ampeln umsprangen und sie keine Chance mehr hatten, sie noch zu schaffen, und bei Grün fuhren sie mit quietschenden Reifen los. Wahrscheinlich wollten sie das alles schnell hinter sich lassen und hofften, daß die Probleme auf diesen Bezirk beschränkt bleiben und niemals dorthin vordringen würden, wo die guten Bürger lebten. In dieser Hinsicht war es genau das Gegenteil von Vietnam. Dort befand sich das Schlechte in der Wildnis, und man mußte dafür sorgen, daß es nicht hereinkam. Dennoch war sich Kelly bewußt, daß er hier, so andersartig der Ort auch war, mit der gleichen Art von Irrsinn und mit dem gleichen Versagen konfrontiert wurde. Und er war genauso schuldig und dumm wie alle anderen auch.

Er wandte den Scout nach links und fuhr südlich an einem anderen Krankenhaus, einem großen weißen Gebäude, vorbei. Das Geschäftsviertel, Banken und Büros, das Gerichtsgebäude und die Stadtverwaltung, ein sauberer Stadtteil, wo sich die guten Bürger bei Tageslicht einfanden und den sie des Abends eilig wieder verließen, weil sie sich nur in der hastenden Menge sicher fühlten. Von der

Polizei gut bewacht, denn ohne diese Leute und ihre Geschäfte würde die Stadt sterben. Oder so ähnlich. Vielleicht war es ja auch gar keine Frage von Leben und Tod mehr. Vielleicht war es nur noch eine Frage der Zeit.

Nur etwas mehr als zwei Kilometer, staunte Kelly. *So wenig?* Er mußte es auf der Karte nachprüfen. Wie auch immer, für diese Leute war es eine gefährlich kurze Distanz zu dem, was sie fürchteten. Als er an einer Ampel anhielt, bot sich ihm eine weite Aussicht nach vorn, eine Straßenschlucht wie eine Feuerschneise. Die Ampel sprang um, und er setzte seine Fahrt fort.

Zwanzig Minuten danach fand er die *Springer* an ihrem üblichen Platz vor. Kelly sammelte seine Sachen zusammen und ging an Bord. Weitere zehn Minuten später tuckerte der Dieselmotor, die Klimaanlage arbeitete, und er war wieder in seinem eigenen kleinen, weißen Kokon der Zivilisation, bereit zum Ablegen. Er bekam ja nun keine Schmerzmittel mehr und verspürte den Wunsch nach einem Bier und der damit verbundenen Entspannung – als symbolische Rückkehr in die Normalität –, aber er ließ dennoch die Finger vom Alkohol. Seine Schulter war noch immer steif, obwohl er sie nun schon fast eine Woche lang – in Grenzen, versteht sich – bewegt hatte. Er wanderte mit weit schwingenden Armen durch den Salon, obwohl er dabei vor Schmerzen das Gesicht verzog. Aber dann machte er sich ans Ablegen. Murdock trat aus der Tür seines Büros, um ihm zuzusehen, doch er sprach ihn nicht an. Kellys Erlebnisse waren durch die Zeitungen gegangen, wenn auch keine Verbindung zu Pam hergestellt worden war. Die war den Reportern irgendwie entgangen. Die Treibstofftanks waren aufgefüllt, und die gesamte Technik an Bord schien einwandfrei zu funktionieren, aber Kelly konnte keine Rechnung für irgendwelche Wartungsarbeiten finden.

Beim Lösen der Leine hatte er Schwierigkeiten, da sein linker Arm die Befehle seines Gehirns noch nicht wieder in der gewohnten glatten Art ausführen mochte. Schließlich war es geschafft, und die *Springer* stach in See. Nachdem er den Yachthafen verlassen hatte, ließ Kelly sich am Armaturenbrett im Salon nieder und stellte in der wohltuenden Kühle der Klimaanlage und der Sicherheit der geschlossenen Kajüte den geraden Kurs durch die Bucht ein. Erst als er eine Stunde später überprüfen mußte, ob der Schiffahrtskanal frei war, wandte er seinen Blick von der Wasserfläche ab. Mit einem alkoholfreien Getränk spülte er zwei Tylenol hinunter – das einzige Medikament, das er sich in den letzten drei Tagen zugestanden hatte. Dann lehnte er sich in seinem Kapitänssessel zurück und öffnete den

Umschlag, den Sam für ihn dagelassen hatte, während der Autopilot das Boot nach Süden steuerte.

Sie hatten nur die Fotos weggelassen. Aber auf dem einen, das man ihm gezeigt hatte, hatte er bereits genug gesehen. Aus einer handschriftlichen Notiz entnahm er – bei den Seiten im Umschlag handelte es sich nicht um Originale, sondern um Fotokopien –, daß der Professor für Neurologie dieses Material von seinem Freund, dem Gerichtsmediziner, erhalten hatte. Er bat Sam, Sorgfalt im Umgang mit den Papieren walten zu lassen. Seine Unterschrift konnte Kelly nicht entziffern.

Auf dem Deckblatt waren »gewaltsamer Tod« und »Gewaltverbrechen« angekreuzt. Die Todesursache, so hieß es im Bericht, war manuelle Strangulation, denn der Hals des Opfers wies tiefe, eng zusammenliegende Würgemale auf. Die Tiefe und die Akzentuiertheit dieser Male ließen darauf schließen, daß der Gehirntod aufgrund des von der Strangulation herbeigeführten Sauerstoffmangels eingetreten war, noch bevor der Bruch der Larynx den Sauerstoffzufluß zu den Lungen unterbunden hatte. Angesichts der Striemen auf der Haut war anzunehmen, daß das dafür benutzte Instrument ein Schuhband gewesen war, und die Prellungen, die wahrscheinlich von den Fingerknöcheln eines Mannes mit einer großen Hand herrührten, deuteten an, daß der Mörder seinem Opfer während der Tat ins Gesicht gesehen hatte. Abgesehen davon, so führte der Bericht auf fünf einzeilig beschriebenen Seiten aus, waren dem Opfer vor seinem Tod brutale und gravierende traumatische Verletzungen zugefügt worden, die in allen Einzelheiten in der trockenen Medizinersprache aufgezählt wurden. In einem neuen Absatz stellte man fest, daß sie vergewaltigt worden war und daß der Genitalbereich zudem Prellungen und andere typische Zeichen von Mißhandlungen aufwies. Zum Zeitpunkt ihres Auffindens und der Autopsie befand sich noch immer eine ungewöhnlich große Menge an Samenflüssigkeit in ihrer Vagina, woraus sich ableiten ließ, daß an der Vergewaltigung nicht nur der Mörder beteiligt gewesen war (»Blutgruppen Null positiv, Null negativ und AB negativ, wie im beigefügten serologischen Gutachten aufgeführt«). Die zahlreichen Schnitte und Prellungen an Händen und Unterarmen des Opfers wurden als »verteidigungstypisch« bezeichnet. Pam hatte um ihr Leben gekämpft. Ihr Kiefer und drei andere Knochen waren gebrochen: So hatte sie beispielsweise eine komplizierte Fraktur des linken Ellenbogens davongetragen. Kelly legte den Bericht beiseite und starrte eine Weile auf den Horizont, bevor er wieder in der Lage war, weiterzulesen. Zwar zitterten seine Hände nicht, und kein Wort kam über seine Lippen, doch er brauchte Abstand zu der kalten medizinischen Terminologie.

»Wie du an den Fotos selbst siehst, Sam«, stand auf einer hinzugefügten Seite in Handschrift, »waren hier offensichtlich Wahnsinnige am Werk. Es war bewußte Folter, und sie muß Stunden gedauert haben. Auf eine Sache geht der Bericht nicht ein. Sieh dir mal Foto Nr. 6 an. Jemand hat ihr die Haare gekämmt oder gebürstet, wahrscheinlich, oder sogar mit ziemlicher Sicherheit, post mortem. Das ist dem zuständigen Pathologen anscheinend entgangen, aber er ist auch noch ein Neuling (Alan war gerade verreist, als wir sie hereinbekamen, sonst hätte er den Fall sicher selbst behandelt). Das wirkt zwar ein wenig verrückt, aber auf dem Foto erkennt man es ganz deutlich. Komisch, daß er dieses eindeutige Indiz übersehen hat. Vielleicht war es sein erster Fall von diesem Kaliber, und er hat sich zu sehr darauf konzentriert, die bedeutenden Verletzungen aufzuführen, als daß er auch noch so etwas Geringfügiges bemerkt hätte. Ich höre, du hast das Mädchen gekannt. Es tut mir leid, mein Freund. Brent«, lautete die Unterschrift, besser lesbar als auf dem Deckblatt. Kelly schob die Blätter zurück in den Umschlag.

Er öffnete die Schublade einer Kommode und holte eine Schachtel Munition für seine .45er heraus, lud die Automatik mit zwei Magazinen und legte die Waffe in die Schublade zurück. Es gab wohl kaum etwas Nutzloseres als eine ungeladene Pistole. Anschließend ging er in die Kombüse und fischte sich die größte Dose, die er entdecken konnte, aus dem Regal. Auf seinem Platz am Armaturenbrett nahm er die Dose in die linke Hand und setzte das fort, was er nun schon fast eine Woche lang praktizierte. Er stemmte die Dose wie eine Hantel, nach oben und unten, nach innen und außen, und während sein Blick über das Wasser glitt, begrüßte er den Schmerz. Er genoß ihn.

»Niemals wieder, Johnny«, sagte er laut zu sich selbst. »Wir machen keinen Fehler mehr. Keinen einzigen.«

Die C-14 landete kurz nach Mittag auf dem neben Fort Bragg gelegenen Luftwaffenstützpunkt Pope in North Carolina. Es war das Ende eines Routineflugs, der mehr als zwölftausend Kilometer entfernt seinen Anfang genommen hatte. Unsanft setzte der Jet mit den vier Triebwerken auf der Landebahn auf. Die Besatzung war trotz der gelegentlichen Pausen, die sie unterwegs eingelegt hatten, müde, und auf ihre Passagiere brauchten sie keine Rücksicht zu nehmen. Auf Flügen wie diesem wurde meist nur tote Fracht transportiert. Soldaten, die vom Schauplatz der Ereignisse zurückkehrten, flogen gewöhnlich in »Freiheitsfliegern«, den sogenannten »Freedom Birds«. Das waren zumeist von kommerziellen Fluglinien gecharterte Maschinen mit Stewardessen, die auf dem langen Flug zurück in die normale Welt großzügig ihr Lächeln und kostenlose Drinks austeilten. Derartige Annehmlichkeiten waren auf dem Flug nach Pope überflüssig. Die Piloten begnügten sich mit den üblichen Lunchpaketen der U.S. Air Force, und die meiste Zeit verkniffen sie sich sogar die bei jungen Fliegern üblichen dummen Sprüche.

Als die Maschine auf der Landebahn ausrollte, streckte sich die Besatzung in den Sesseln. Der Pilot, ein Captain, kannte die Prozedur auswendig; trotzdem wurde er von einem grell angemalten Jeep empfangen, für den Fall, daß er sie vergessen hatte. Hinter dem Jeep rollte er zu den Lagerhallen. Er und seine Mannschaft machten sich schon lange keine Gedanken mehr über die Art ihrer Aufgabe. Es war eine Arbeit, die nun mal getan werden mußte, und damit basta, dachten sie, als sie die Maschine verließen, um die vorgeschriebene Freizeit anzutreten. Gewöhnlich bedeutete dies nach einem kurzen Bericht und der Meldung sämtlicher Mängel, die in den vergangenen dreißig Stunden an der Maschine aufgetreten waren, einen Sprung in die Offiziersmesse zu einem Drink, bevor sie sich zum Duschen und Ausschlafen in die Quartiere zurückzogen. Keiner von ihnen warf einen Blick auf das Flugzeug. Das würden sie schon früh genug wiedersehen.

Daß ihr Auftrag zur Routine geworden war, war ein Widerspruch in sich. In nahezu allen früheren Kriegen hatte man die Amerikaner dort begraben, wo sie gefallen waren, wovon die Soldatenfriedhöfe in Frankreich und anderswo Zeugnis ablegten. Doch im Fall von Vietnam war das anders. Anscheinend hatte sich die Erkenntnis durchgesetzt, daß kein Amerikaner freiwillig dort bleiben wollte, lebendig oder tot. Und so wurde jeder aufgefundene Leichnam in die Heimat gebracht. Obwohl sie bereits vor den Toren von Saigon zur Bestattung hergerichtet worden waren, wurden einzelne Särge hier noch einmal geöffnet, bevor sie ihre Reise in die im ganzen Land verteilten Orte antraten, die ihre Söhne zum Sterben in ein fremdes Land geschickt hatten. Die Familien hatten in der Zwischenzeit entscheiden können, wo die Beerdigung stattfinden sollte, und in den Frachtpapieren der Maschine waren für jeden namentlich identifizierten Gefallenen entsprechende Anweisungen aufgeführt.

In der Lagerhalle wurden die sterblichen Überreste der Soldaten von zivilen Leichenbestattern erwartet. Sie übernahmen jene Aufgabe, die in den zahlreichen militärischen Ausbildungsgängen nicht vorgesehen war. Zwar wohnte unweigerlich ein Offizier in Uniform der offiziellen Identifikation bei – denn sicherzustellen, daß der richtige Leichnam an die richtige Familie überführt wurde, *war* eine Aufgabe der Armee – doch in den meisten Fällen waren die Särge ohnehin versiegelt. Die körperlichen Verstümmelungen durch den Tod im Gefecht und die verheerenden Auswirkungen der tropischen Hitze, wenn der Gefallene wie so oft erst nach Tagen entdeckt wurde, waren Dinge, die die Angehörigen sicher nicht sehen wollten und ganz bestimmt nicht sollten. Aus diesem Grunde war eine eindeutige Identifikation der sterblichen Überreste oft von niemandem wirklich überprüfbar – und gerade deshalb führten die Militärs diese Aufgabe so sorgfältig durch, wie es eben ging.

Es war eine große Halle, in der viele Leichen auf einmal abgefertigt werden konnten – wenn es hier auch nicht mehr so hektisch zuging wie in der Vergangenheit. Die Männer, die hier arbeiteten, schreckten vor brutalen Witzen nicht zurück, und einige verfolgten sogar den Wetterbericht für jenen fernen Teil der Erde und ergingen sich in Vorhersagen, in welchem Zustand die Ladung nächste Woche wohl bei ihnen eintreffen würde. Der Geruch allein reichte aus, um einen unbeteiligten Beobachter in die Flucht zu treiben, und einen ranghöheren Offizier bekam man hier nur selten zu Gesicht, von einem zivilen Mitarbeiter des Verteidigungsministeriums ganz zu schweigen – wahrscheinlich würde der Anblick, dem er hier ausgesetzt wäre, sein seelisches Gleichgewicht doch zu sehr aus den Fugen bringen. Aber man gewöhnt sich mit der Zeit an jeden Gestank, und außerdem war der Geruch der Konservierungsmittel den anderen, die üblicherweise mit dem Tod einhergingen, immer noch bei weitem vorzuziehen. Ein Leichnam, der des Specialist Fourth Class Duane Kendall, wies zahlreiche Wunden auf. Wie der Leichenbestatter sehen konnte, hatte er es noch bis zum Feldlazarett geschafft. Ein Teil der Schnitte war eindeutig auf die verzweifelten Bemühungen des Frontarztes zurückzuführen – doch diese Schnitte, die den Zorn eines jeden Chefarztes in einem Zivilkrankenhaus erregt hätten, waren weniger markant als die Wunden, die von den Splittern einer versteckten Sprengladung herrührten. Der Leichenbestatter vermutete, daß sich der Arzt mindestens zwanzig Minuten lang um ihn bemüht hatte, und er hätte gern gewußt, warum ihm kein Erfolg beschieden war – vielleicht die Leber, vermutete er anhand der Größe und Anordnung der Schnitte. Ohne die hatte man keine

Chance, ganz gleich, wie gut der Arzt auch war. Doch im Grunde interessierte ihn viel mehr der weiße Anhänger, der zwischen den rechten Arm und die Brust des Leichnams geklemmt war, und das ergänzende, wie zufällig wirkende Zeichen auf der Karte an der Außenseite des Stahlsargs.

»Identifizierung ist klar«, sagte der Leichenbestatter zu dem Captain, der in Begleitung eines Sergeant mit einer Liste die Runde machte. Der Officer verglich die Daten des Gefallenen mit denen auf seiner Liste und ging mit einem Nicken weiter. Sollte der Leichenbestatter seine Arbeit tun.

Nun mußte er lediglich noch die erforderlichen Routinehandgriffe ausführen, und nachdem er sich vergewissert hatte, daß der Captain inzwischen am anderen Ende der Halle angelangt war, machte er sich ohne übertriebene Hast, aber auch ohne zu zögern ans Werk. Er zog den Faden aus der Naht, die von dem Leichenbestatter am anderen Ende des Kanals stammte. Praktisch auf der Stelle lösten sich die Stiche und gaben eine weite Öffnung frei, in die er nur noch hineinzugreifen brauchte, um vier durchsichtige Plastikbeutel mit weißem Pulver herauszuholen, die er schnell in seiner Tasche verschwinden ließ, bevor er das klaffende Loch in Duane Kendells Leichnam wieder schloß. Es war seine dritte und für diesen Tag letzte Bergung dieser Art. Nachdem er sich eine halbe Stunde lang mit einem anderen Gefallenen beschäftigt hatte, war sein Arbeitstag zu Ende. Der Leichenbestatter ging zu seinem Auto, einem Mercury Cougar, und verließ das Militärgelände. Bei einem Winn-Dixie-Supermarkt hielt er an, um Brot zu kaufen. Nebenbei warf er ein paar Münzen in einen öffentlichen Fernsprecher.

»Ja?« fragte Henry Tucker, der den Hörer nach dem ersten Klingeln aufgenommen hatte.

»Acht.« Am anderen Ende der Leitung klickte es.

»Gut«, sagte Tucker noch, während er den Hörer auflegte. Acht Kilo diesmal. Sieben von dem anderen Mann. Keiner der beiden wußte, daß er nicht der einzige war, und die Übergabe fand an unterschiedlichen Wochentagen statt. Nun, da er seine Probleme mit der Verteilung allmählich in den Griff bekam, konnte es nur noch aufwärts gehen.

Die Rechnung war einfach. Jedes Kilo bestand aus eintausend Gramm. Und diese eintausend Gramm wurden mit ungiftigen Stoffen wie Milchpulver, das sich seine Freunde in einem Lebensmittelgroßhandel besorgten, gestreckt. Es wurde mit größter Sorgfalt gemischt, um sicherzustellen, daß die gesamte Lieferung von einheitlicher Qualität war. Dann erst wurde das Pulver von anderen in einzelne »Schüsse« aufgeteilt, die nur etappenweise auf den Markt kamen. Durch die Qualität und den wachsenden Ruhm seines Produkts erzielten sie einen etwas höheren als den durchschnittlichen Marktpreis, was sich natürlich auf den Großhandelspreis niederschlug, den er von seinen weißen Freunden kassierte.

Das Ausmaß des Ganzen würde demnächst zum Problem werden. Tucker hatte klein angefangen, denn er war vorsichtig, und ein zu großer Einstieg hätte die Gier der anderen geweckt. Doch so sollte es nicht ewig weitergehen. Seine Quelle für unverschnittenes Heroin war viel reichhaltiger, als seine Geschäftspartner ahnten. Fürs erste waren sie jedenfalls zufrieden mit der guten Qualität, und nur ganz allmählich wollte er sie einweihen, über welche Mengen er tatsächlich verfügen konnte – ohne allerdings auch nur ein Wort über den Lieferweg zu verlieren, zu dem er sich unentwegt selber gratulierte. Die Eleganz, mit der die Sache über die Bühne ging, verblüffte sogar ihn. Die besten Schätzungen von seiten der Regierung – er sorgte dafür, daß er in diesen Dingen auf dem laufenden blieb – über die Heroinimporte aus Europa, aus jenen Quellen, die als »French« oder »Sicilian Connection« bezeichnet wurden, offenbar konnten die sich nie auf einen Begriff einigen, beliefen sich auf ungefähr eine Tonne unverschnittenen Stoffs pro Jahr. Das, so glaubte Tucker, würde zukünftig nicht ausreichen, denn den Drogen gehörte die Zukunft in der amerikanischen Unterwelt. Wenn er zwanzig Kilo pro Woche einführte – und seine Nachschubroute war noch für weit mehr gut –, würde er diese Menge überbieten, ohne sich Gedanken über die Zollinspektoren machen zu müssen. Tucker hatte beim Aufbau seiner Organisation vor allem auf Sicherheit Wert gelegt. Zunächst einmal ließen alle wirklich wichtigen Leute in seinem Team persönlich die Finger von Drogen. Wer dagegen verstieß, war ein toter Mann, und daß er es ernst damit meinte, hatte er ihnen auf die einfachste und verständlichste Weise klargemacht. Am anderen Ende des Versorgungskanals arbeiteten lediglich sechs Leute. Zwei besorgten den Stoff bei den örtlichen Produzenten, deren Sicherheit durch die übliche Methode garantiert wurde: größere Geldbeträge an die richtige Adresse. Die vier Leichenbestatter drüben wurden ebenfalls großzügig entlohnt und waren wegen ihrer Geschäftstüchtigkeit für diese Aufgabe ausgesucht worden. Den Transport, also den für gewöhnlich schwierigsten und gefährlichsten Teil des Imports, übernahm die U.S. Air Force, wodurch Kosten und Kopfschmerzen auf ein Minimum reduziert wurden. Die zwei in der hiesigen Lagerhalle waren ebenfalls äußerst vorsichtige Leute. Mehr als einmal, so hatten sie berichtet, seien sie durch die Umstände gezwungen gewesen, das Heroin in den Leichen zu belassen, und so war ihm denn ein unerwartet würdiges Begräbnis zuteil geworden. Gewiß, ein Jammer, aber ein guter Geschäftsmann ließ Vorsicht walten, und die Preiserhöhung auf dem Markt hatte die Verluste schnell wieder ausgeglichen. Abgesehen davon wußten die beiden, was sie erwartete, sollten sie auf die Idee kommen, ein paar Kilo für eigene Zwecke abzuzweigen.

Somit blieb nur noch der Transport per Auto zu einem passenden Ort, und dafür war ein vertrauenswürdiger, gutbezahlter Mitarbeiter zuständig, der grundsätzlich nie die vorgeschriebene Höchstgeschwindigkeit übertrat. Daß er die Arbeiten in der Bucht erledigen ließ, dachte Tucker, der mit einem Bier vor dem Fernseher saß und ein Basketballspiel verfolgte, war sein eigentlicher Geniestreich. Zusätzlich zu all den anderen Vorzügen hatte diese Ortswahl seine neuen Partner nämlich auf die Idee gebracht, daß die Ware von den großen Schiffen stammte, die die Chesapeake Bay auf ihrem Weg zum Hafen von Baltimore durchquerten – was sie ausgesprochen klug fanden –, während er sie selbst von seinem geheimen Übergabeort mitbrachte. Das wußte er, seit Angelo Vorano dieses bescheuerte Segelboot gekauft und sich erboten hatte, die Übergabe abzuwickeln. Eddie und Tony klarzumachen, daß Angelo sie an die Polizei verraten hatte, war ein Kinderspiel gewesen.

Mit ein wenig Glück konnte er den gesamten Heroinmarkt der Ostküste übernehmen, solange nur weiterhin Amerikaner in Vietnam ihr Leben ließen. Trotzdem war es bald an der Zeit, hielt er sich vor, an den Frieden zu denken, der wahrscheinlich eines Tages ausbrechen würde. Zuvor mußte er sich jedoch eine Methode einfallen lassen, um sein Verteilernetz zu erweitern. Obwohl das jetzige funktionierte und ihm die Bekanntschaft mit seinen neuen Partnern eingebracht hatte, war es doch fast schon wieder überholt. Es war zu klein für seine ehrgeizigen Absichten, und demnächst mußte er es umorganisieren. Aber immer schön eins nach dem anderen.

»Gut, damit ist es also offiziell.« Douglas klatschte die Akte auf den Tisch und sah seinen Chef an.
»Was soll das?« fragte Lieutenant Ryan.
»Erstens hat niemand was gesehen. Zweitens kannte keiner ihren Zuhälter. Drittens wußte niemand, wer sie war. Ihr Vater hat mir er-

klärt, er hätte seit vier Jahren nicht mehr mit seiner Tochter gesprochen, und dann eingehängt. Und ihr Freund hat vor oder nach dem Schuß nichts mitgekriegt.« Der Detective ließ sich auf einen Stuhl sinken.

»Und der Bürgermeister hat kein Interesse mehr an dem Fall«, beendete Ryan das Resümee.

»Weißt du, Em, eine verdeckte Ermittlung macht mir eigentlich nichts aus, aber sie ruiniert meine Erfolgsquote. Womöglich werde ich bei der nächsten Beförderung übergangen.«

»Daß ich nicht lache, Tom.«

Douglas schüttelte den Kopf. »Verdammt, und wenn es doch das ›Dynamische Duo‹ war?« fragte der Sergeant bekümmert. Das Paar hatte vor zwei Nächten wieder zugeschlagen; diesmal war dabei ein Anwalt aus Essex ums Leben gekommen. Ein Zeuge hatte gesehen, wie sie ungefähr fünfzig Meter vom Tatort entfernt ihren Wagen geparkt hatten, und bestätigt, daß es zwei waren – nicht gerade eine Neuigkeit. Und während sich in Polizeikreisen hartnäckig die Überzeugung hielt, daß die Ermordung eines Rechtsanwalts nicht unbedingt als Straftat einzuordnen sei, mochte doch keiner der beiden Beamten über diese Ermittlung Witze reißen.

»Laß es mich wissen, wenn du das wirklich glaubst«, entgegnete Ryan, ohne die Miene zu verziehen. Natürlich wußten sie beide es besser. Das Duo waren einfache Räuber. Sie hatten einige Male gemordet und zweimal das Auto ihrer Opfer einige Straßenecken weitergefahren. In beiden Fällen hatte es sich um einen Sportwagen gehandelt, und wahrscheinlich war es ihnen lediglich darum gegangen, mit einem flotten Flitzer unterm Arsch eine Runde zu drehen. Die Polizei kannte ihre Größe, Hautfarbe und noch ein paar andere Einzelheiten. Doch die beiden waren Berufsgangster, der Mörder von Pamela Madden dagegen hatte sich alle Mühe gegeben, einen ganz bestimmten Eindruck zu hinterlassen. Oder aber da war ein neuer, geisteskranker Killer am Werk, eine Möglichkeit, die ihrem ohnehin schon hektischen Berufsalltag nur noch eine weitere Komplikation hinzufügte.

»Und dabei waren wir schon so nahe dran«, stöhnte Douglas. »Das Mädchen kannte Namen und Gesichter, sie war eine Augenzeugin.«

»Aber wir wußten erst, daß es sie gab, nachdem dieser Knallkopf sie verloren hatte«, wandte Ryan ein.

»Nun, er ist jetzt wieder da, wo er hingehört, und wir stehen wieder dort, wo wir vorher schon waren.« Douglas nahm die Akte und kehrte an seinen Schreibtisch zurück.

Es war schon dunkel, als Kelly die *Springer* vertäute. Bei einem Blick zum Himmel entdeckte er einen Hubschrauber, der wahrscheinlich in irgendeinem Auftrag vom nahegelegenen Fliegerhorst unterwegs war. Jedenfalls kreiste er nicht, und er blieb auch nicht über ihm stehen. Die Luft im Freien war schon feucht, schwer und schwül, doch im Inneren des Bunkers war es noch schlimmer. Es dauerte eine Stunde, bis er die Wirkung der Klimaanlage spürte. Zum zweitenmal in diesem Jahr litt er unter der Leere seiner »Wohnung«; denn ohne einen zweiten Menschen, der die Räume mit ihm ausfüllte, wirkte sie automatisch größer. Etwa eine Viertelstunde lang wanderte Kelly ziellos durch die Zimmer, bis er sich dabei ertappte, daß er Pams Kleider anstarrte. Erst da schaltete sich sein Verstand ein und hielt ihm vor, daß er auf jemand wartete, der nicht mehr da war. Er sammelte ihre Sachen zusammen und legte sie in einem säuberlichen Haufen auf Tishs einstigen und Pams, wie sie damals dachten, zukünftigen Schminktisch. Voller Trauer stellte er fest, wie wenige es waren. Ihre Shorts, das Top, ein paar andere intime Dinge, das Flanellhemd, das sie nachts getragen hatte, und oben drauf ihre abgetragenen Schuhe. Nicht gerade viele Andenken.

Kelly hockte sich auf den Rand seines Betts und blickte auf die Sachen. Wie lange hatte es überhaupt gedauert? Drei Wochen? Nicht mehr? Eigentlich ging es doch gar nicht um Kalendertage, denn gemeinsame Zeit ließ sich so nicht wirklich messen. Zeit war etwas, das die leeren Augenblicke im Leben ausfüllte, und diese drei Wochen mit Pam hatten länger gewährt und waren tiefer gegangen als alles andere seit Tishs Tod. Doch all das lag nun schon eine Weile zurück. Der Krankenhausaufenthalt kam ihm nicht viel länger vor als ein Wimpernschlag, aber er schien eine Mauer zwischen diesen kostbarsten Momenten seines Lebens und der Gegenwart errichtet zu haben. Zwar konnte er an die Mauer treten und über sie hinweg auf das schauen, was gewesen war, doch nie mehr konnte er es mit den Händen berühren. Das Leben war grausam, und die Erinnerung, die höhnischen Gedanken an das, was einmal gewesen war und sich daraus hätte entwickeln können, wenn er sich nur anders verhalten hätte, waren wie ein Fluch. Schlimmer noch, die Mauer zwischen seinem Leben heute und dem, was hätte sein können, war die Arbeit seiner eigenen Hände, so wie er gerade eben eigenhändig das Häufchen von Pams Hinterlassenschaften errichtet hatte, weil sie niemandem mehr von Nutzen waren. Wenn er die Augen schloß, sah er sie vor sich. In der Stille konnte er sie hören, doch ihr Geruch und ihre warme Berührung waren fort.

Kelly beugte sich vor und strich über das Flanellhemd. Er sah vor sich, was es einst umhüllt hatte, erinnerte sich, wie er mit ungelenken Fingern an den Knöpfen genestelt hatte, um seine Liebe zu finden. Und jetzt war es nur noch ein Stoffetzen. Zum erstenmal, seit er von Pams Tod erfahren hatte, begann er zu schluchzen. Sein Körper bebte unter dem Ansturm der Gefühle, und allein zwischen den Wänden aus Stahlbeton rief er ihren Namen, hoffte, daß sie ihn hören konnte und ihm verzieh, daß er sie in seiner Dummheit in den Tod geführt hatte. Vielleicht hatte sie jetzt endlich Ruhe gefunden. Kelly betete, Gott möge erkennen, daß sie nie wirklich eine Chance gehabt hatte, daß ihr Charakter gut war. Hoffentlich nahm er sie in Gnaden auf. Sein Blick kehrte zu dem Häufchen Kleider zurück.

Diese Hundesöhne hatten ihr nicht einmal die Würde gelassen, ihren Leichnam vor den Elementen und den neugierigen Blicken der Menschen zu verbergen. Jeder sollte wissen, daß man sie bestraft, sich an ihr vergnügt und dann weggeworfen hatte wie Abfall, in dem die Vögel herumpicken konnten. Pam Madden war für sie ein Objekt gewesen, das sie sich nicht nur im Leben zunutze gemacht hatten, sondern auch in ihrem Tod, als Beweis ihrer männlichen Großmacht. So wichtig sie für Kelly gewesen war, so wenig Bedeutung hatte sie für sie gehabt – genau wie die Familie des Dorfvorstehers, erkannte Kelly. Eine Demonstration: Wer sich gegen uns auflehnt, muß leiden. Und wenn andere es mitbekamen, um so besser. Das war eine Frage des Stolzes.

Erschöpft von den Wochen der Bettruhe und dem langen Tag mit all seinen Anstrengungen, ließ Kelly sich aufs Bett zurücksinken. Er starrte an die Decke, ohne das Licht zu löschen, und hoffte, daß er Schlaf finden, hoffte, daß er von Pam träumen würde. Doch sein letzter Gedanke, bevor er einschlief, beschäftigte sich schon mit etwas anderem.

Wenn seine Überheblichkeit ein Leben kosten konnte, dann sollte es diesen Meistern der Selbstherrlichkeit auch nicht besser gehen.

Wie üblich traf Dutch Maxwell um Viertel nach sechs in seinem Büro ein. Obwohl er als Assistant Chief of Naval Operations (Air) nicht länger Mitglied der Kommandohierarchie war, hatte er nach wie vor den Rang eines Vizeadmirals, und in seiner augenblicklichen Stellung wurde von ihm erwartet, daß er jedes einzelne Flugzeug der Navy als sein eigenes betrachtete. Deshalb befand sich ganz oben auf dem Stapel mit den täglich zu bearbeitenden Akten ein zusammenfassender Bericht über die gestrigen Einsätze über Vietnam – im

Grunde waren es die heutigen, und nur durch die Eigentümlichkeit der Zeitgrenze kam es zustande, daß sie dem vorigen Tag zugerechnet wurden. Diese Besonderheit war ihm schon immer irgendwie frevelhaft vorgekommen, obwohl er selbst schon einmal sozusagen direkt über dieser unsichtbaren Grenze im Pazifik in eine Schlacht verwickelt gewesen war.

Er erinnerte sich noch gut daran. Vor nicht ganz dreißig Jahren hatte er den Jäger F4F-4 Wildcat vom Flugzeugträger USS *Enterprise* aus geflogen – als junger Leutnant zur See, noch mit all seinen, wenn auch kurzgeschnittenen, Haaren, jungverheiratet und mal gerade dreihundert Flugstunden auf dem Buckel. Am Nachmittag des vierten Juni 1942 war er auf drei japanische Sturzbomber vom Typ »Val« gestoßen, die eigentlich dem Rest ihres Hiryu-Luftgeschwaders zum Angriff auf die *Yorktown* hätten folgen sollen, sich jedoch verirrt und versehentlich seinen Flugzeugträger angesteuert hatten. Unter Ausnutzung des Überraschungseffekts, als er aus einer Wolke hervorgetaucht kam, hatte er zwei von ihnen an Ort und Stelle abgeschossen. Beim dritten hatte es etwas länger gedauert. Er erinnerte sich noch genau an das blitzende Sonnenlicht auf den Flügeln seines Gegners und an das Mündungsfeuer, als der feindliche Schütze immer wieder vergeblich versuchte, ihn in die Flucht zu schlagen. Bei seiner Landung auf dem Flugzeugträger vierzig Minuten später hatte er seinem ungläubigen Staffelkommandeur drei Abschüsse gemeldet – die dann von den Bordkameras bestätigt wurden. Über Nacht wurde sein ihm so verhaßter Spitzname »Winny« auf dem »offiziellen« Kaffeebecher der Staffel in »Dutch«, der »Wilde«, umgeändert, und nachdem er einmal in blutroten Lettern auf das Porzellan gepinselt stand, sollte er für den Rest seiner Laufbahn an ihm hängenbleiben.

In vier weiteren Kampfeinsätzen hatte er zwölf Abschüsse für sich verzeichnen können, und in kürzester Zeit wurde er erst Kommandeur einer Kampfstaffel, dann eines Fluggeschwaders auf einem Flugzeugträger, dann eines Flugzeugträgers selbst, dann eines Geschwaders und schließlich, bevor er seine jetzige Stellung angetreten hatte, Kommandeur der US-Luftstreitkräfte der Pazifischen Flotte. Mit ein wenig Glück hielt die Zukunft vielleicht ein Flottenkommando für ihn bereit, und das war das Höchste, was er sich je für sich hatte vorstellen können. Maxwells Büro entsprach seiner Position und Erfahrung. Links von seinem Mahagonischreibtisch hing die Seitenplatte der F6F Hellcat an der Wand, die er über dem Philippinenbecken und vor der Küste Japans geflogen hatte. Auf den tiefblauen Untergrund gemalt, prangten fünfzehn Flaggen mit der aufgehenden Sonne, nur für den Fall, daß jemand vergaß, daß dieser bedeutende Marineflieger dabeigewesen war und seine Arbeit besser gemacht hatte als die meisten anderen. Der Becher von der guten alten *Enterprise* hatte einen Ehrenplatz auf seinem Schreibtisch, nun nicht mehr im Einsatz für so triviale Dinge wie Kaffeetrinken und ganz bestimmt nicht zum Aufbewahren von Stiften.

Eigentlich hätte sich Maxwell beim Gedanken an seine Karriere zufrieden zurücklehnen können, doch statt dessen warf er einen Blick auf die tägliche Verlustliste der Yankee-Station. Zwei leichte Kampfbomber vom Typ A-7A Corsair waren abgestürzt, und in einer Notiz hieß es, daß sie vom gleichen Schiff und aus der gleichen Staffel stammten.

»Was steckt hinter dieser Geschichte?« fragte Maxwell Konteradmiral Podulski.

»Ich habe schon nachgeforscht«, antwortete Casimir. »Womöglich eine Kollision. Der Leiter der Einheit hieß Anders, und Robertson, sein Wingman, war noch ziemlich unerfahren. Niemand hat gesehen, was da schiefgelaufen ist. Keine Meldung von Boden-Luft-Raketen, und für die Flak flogen sie zu hoch.«

»Fallschirme?«

»Nein.« Podulski schüttelte den Kopf. »Der Divisionschef hat die Explosion gesehen. Nichts als Trümmer, was da durch die Luft flog.«

»Was war ihr Ziel?«

Casimirs Gesicht sagte alles. »Ein vermuteter Standort von Schwerfahrzeugen. Der Rest der Einheit ist hingeflogen und hat ihn unter Beschuß genommen. Gutes Trefferbild, aber keine Folgeexplosionen.«

»Also reine Zeitverschwendung.« Maxwell schloß die Augen. Er fragte sich, was mit den beiden Flugzeugen schiefgelaufen war, mit dem Einsatzbefehl, mit seiner Karriere, mit seiner Navy und mit dem ganzen Land.

»Keineswegs, Dutch. Irgend jemand war der Überzeugung, es handele sich um ein wichtiges Ziel.«

»Cas, für diese Diskussion ist es noch zu früh am Morgen.«

»Jawohl, Sir. Die Trägerkampfgruppe untersucht den Vorfall und wird gegebenenfalls die nötigen Maßnahmen ergreifen. Und wenn du eine Erklärung brauchst – vielleicht war dieser Robertson wirklich noch zu unerfahren. Schließlich war es erst sein zweiter Kampfeinsatz. Er war nervös, meinte, er hätte was gesehen, und hat sein Ausweichmanöver zu scharf angesetzt, so daß er mit dem Hintermann kollidierte. Niemand hat was gesehen. Verdammt, Dutch, das haben wir doch früher auch erlebt.«

Maxwell nickte. »Und was gab's sonst noch?«

»Eine A-6 hat nördlich von Haiphong einen Treffer abgekriegt, Boden-Luft-Raketen, aber sie haben es noch bis zum Flugzeugträger geschafft. Pilot und Bordnavigator kriegen dafür einen Orden verpaßt«, berichtete Podulski. »Ansonsten war im Südchinesischen Meer nicht viel los. Im Atlantik auch nicht. Im östlichen Mittelmeer gibt es Hinweise, daß die Syrer mit ihren neuen MiGs übermütig werden, aber das ist jetzt nicht unser Problem. Morgen haben wir ein Treffen mit Grumman, und anschließend geht's rauf aufs Capitol, um mit unseren ehrenwerten Staatsdienern über das F-14-Programm zu sprechen.«

»Wie gefallen dir die Nummern auf den neuen Bombern?«

»Manchmal wünsche ich mir, wir wären noch so jung, daß wir uns für Einsätze mit den Maschinen melden könnten, Dutch.« Cas konnte sogar wieder lächeln. »Aber für das Geld, das diese Vögel kosten, hat es früher einen ganzen Flugzeugträger gegeben.«

»Das ist der Fortschritt, Cas.«

»Ja, Fortschritt, wo man auch hinsieht«, brummte Podulski. »Was anderes. Ich habe einen Anruf bekommen. Es sieht so aus, als ob dein Freund wieder zu Hause wäre. Sein Boot ist jedenfalls angedockt.«

»Und das sagst du mir erst jetzt?«

»Kein Grund zur Eile. Schließlich ist er jetzt Zivilist. Wahrscheinlich schläft er bis in die Puppen.«

Maxwell grunzte. »Das würde ich auch gern mal.«

11 / Vorbereitung

Acht Kilometer sind für manche ein ziemlicher Fußmarsch. Zum Schwimmen sind sie für jeden eine lange Strecke, ganz besonders, wenn man sie allein und zum erstenmal seit mehreren Wochen wieder schwimmt. Kelly wurde sich darüber klar, noch bevor er die Hälfte zurückgelegt hatte. Doch obwohl das Wasser östlich von seiner Insel so seicht war, daß er an manchen Stellen stehen konnte, hielt er nicht an, erlaubte er sich keine Atempause. Statt dessen änderte er seinen Schwimmstil, marterte die linke Schulter noch mehr als zuvor und hieß den Schmerz als Indikator des Fortschritts willkommen. Die Wassertemperatur war nahezu ideal, hielt er sich vor, nicht so warm, daß er sich überhitzte, und nicht so kalt, daß es ihn auslaugte. Knapp einen Kilometer vor seiner Insel wurde er langsamer, doch er mobilisierte noch Kraftreserven, wo immer ein Mann sie auch hernehmen mochte, und holte das letzte aus sich heraus. Als seine Füße den schlammigen Boden des östlichen Ufers von Battery Island berührten, konnte er sich kaum noch bewegen. Ohne Vorwarnung verspannten sich seine Muskeln, und Kelly mußte sich zusammenreißen, damit er nicht umsank und überhaupt ein paar Schritte tun konnte. Erst dann entdeckte er den Hubschrauber. Zweimal war ihm beim Schwimmen sein Lärm aufgefallen, doch er hatte ihm weiter keine Beachtung geschenkt. Da er so lange mit Hubschraubern zu tun gehabt hatte, war ihr Knattern für ihn so normal wie das Summen eines Insekts. Daß aber einer auf der Düne vor seinem Bunker landete, war nicht mehr ganz so normal, und Kelly ging auf ihn zu, bis ihn eine Stimme zurück zum Bunker rief.

»Hierher, Chief!«

Kelly wandte sich um. Die Stimme klang vertraut, und nachdem er sich die Augen gerieben hatte, erkannte er an dem Weiß der Uniform, daß es sich um einen hochrangigen Marineoffizier handeln mußte – eine Annahme, die durch die goldenen, im Licht der Morgensonne blitzenden Schulterabzeichen bestätigt wurde.

»Admiral Maxwell!« Zwar freute sich Kelly über den Besuch dieses

Mannes, doch es war ihm unangenehm, daß der Admiral ihn mit schmutzverkrusteten Beinen antraf. »Ich wünschte, Sie hätten sich vorher angemeldet, Sir.«

»Das wollte ich auch, Kelly.« Maxwell kam auf ihn zu und gab ihm die Hand. »Wir versuchen schon seit Tagen, Sie zu erreichen. Wo haben Sie bloß gesteckt? Hatten Sie einen Auftrag?« Erstaunt sah der Admiral, daß ein Schatten über das Gesicht des jungen Mannes zog.

»Nicht ganz.«

»Nun machen Sie sich erst einmal sauber. Ich hole uns derweilen was zu trinken.« In diesem Augenblick entdeckte Maxwell die frischen Narben auf Kellys Schulter. *Du meine Güte!*

Kennengelernt hatten sie sich vor drei Jahren an Bord des US-Flugzeugträgers *Kitty Hawk*, als er Kommandeur der Luftstreitkräfte im Pazifik war und Kelly Bosun's Mate First Class – und sehr krank. Es war eine Sache gewesen, die ein Mann in Maxwells Position nie vergaß. Kelly war weit nach Nordvietnam eingedrungen, um die Besatzung der Nova One One zu retten, die von Lieutenant Winslow Holland Maxwell III., U.S. Navy, geflogen worden war. Nachdem Kelly zwei Tage durch ein Gebiet gekrochen war, das selbst für einen Rettungshubschrauber zu viele Gefahren barg, hatte er Maxwell junior verletzt, aber lebendig herausgebracht. Kelly selbst hatte sich durch das faulige Wasser eine böse Infektion zugezogen. Wie, das fragte sich Maxwell heute noch, konnte er einem Mann seinen Dank beweisen, der seinen einzigen Sohn gerettet hatte? Im Krankenhausbett hatte er so jung ausgesehen, ihn mit seinem bescheidenen Stolz und seiner schüchternen Intelligenz so sehr an seinen Sohn erinnert. In einer gerechteren Welt hätte Kelly die Ehrenmedaille für seinen Alleingang den trüben Fluß hinauf erhalten, doch Maxwell hatte den Orden gar nicht erst beantragt. Tut mir leid, Dutch, hätte der Oberkommandierende der Pazifikflotte gesagt. Ich würde mich ja gern dafür stark machen, aber es ist verlorene Liebesmüh, es würde, nun ja, verdächtig wirken. Deshalb hatte er getan, was er konnte.

»Erzählen Sie mir von sich.«

»Kelly, Sir, John T., Bosun's Mate First . . .«

Mit einem Kopfschütteln hatte Maxwell ihn unterbrochen. »Für mich sehen Sie eher wie ein *Chief* Bosun's Mate aus.«

Maxwell war noch drei Tage auf der *Kitty Hawk* geblieben, vorgeblich, um eine persönliche Inspektion der Flugeinsätze durchzuführen, doch im Grunde, um ein Auge auf seinen verwundeten Sohn und dessen Retter, den SEAL, zu haben. Er war bei Kelly, als dieser in einem Telegramm vom Tod seines Vaters erfuhr, der als Feuerwehrmann bei einem Einsatz einen Herzanfall erlitten hatte. Und nun war er offenbar eingetroffen, nachdem gerade wieder etwas passiert war.

Kelly kam in T-Shirt und Shorts vom Duschen zurück, körperlich ein wenig erschöpft, doch mit einem entschlossenen, harten Ausdruck in den Augen.

»Wie weit sind Sie geschwommen, John?«

»Knappe acht Kilometer.«

»Gutes Training«, bemerkte Maxwell und schenkte seinem Gastgeber eine Cola ein. »Kühlen Sie sich erst mal ein bißchen ab.«

»Danke, Sir.«

»Was ist mit Ihnen passiert? Diese Narben auf Ihrer Schulter sind neu.« In knappen Worten, von einem Krieger zum anderen, berichtete Kelly, was vorgefallen war, denn trotz ihres Rangunterschieds und obwohl Jahre sie trennten, waren sie doch vom gleichen Schlag, und zum zweitenmal nahm Dutch Maxwell nun die Rolle des Ersatzvaters ein, der dasaß und zuhörte.

»Das ist eine schlimme Sache, John«, bestätigte der Admiral schließlich.

»Jawohl, Sir«, sagte Kelly, der nicht wußte, was er sonst antworten sollte. Einen Moment lang starrte er zu Boden. »Ich habe mich noch gar nicht für Ihre Karte bedankt ... damals, als Tish starb. Das war sehr nett von Ihnen, Sir. Wie geht es Ihrem Sohn?«

»Er fliegt eine 727 für Delta Airlines. Ich kann jetzt jeden Tag Großvater werden«, berichtete der Admiral stolz. Erst dann fiel ihm ein, wie schmerzlich die letzte Bemerkung diesen einsamen jungen Mann treffen mußte.

»Prima!« Kelly zwang sich zu einem Lächeln. Er war froh über diese Nachricht, froh zu wissen, daß eine seiner Aktionen etwas Gutes erbracht hatte.

»Ich möchte etwas mit Ihnen besprechen.« Maxwell öffnete seine Aktentasche und breitete mehrere Karten auf Kellys Couchtisch aus.

Der jüngere Mann stöhnte. »O ja, an diese Gegend kann ich mich noch gut erinnern.« Sein Blick blieb an einigen Zeichen hängen, die mit der Hand eingetragen worden waren. »Das hier sind Geheiminformationen, Sir?«

»Worüber ich mit Ihnen sprechen will, ist eine heikle Sache, Chief.«

Kelly wandte sich um. Ein Admiral war immer mit einem Adjutanten unterwegs, gewöhnlich einem schneidigen jungen Lieutenant, der ihm die Aktentasche trug, seinem Chef zeigte, wo es langging, eine große Sache daraus machte, wo der Wagen geparkt war, und überhaupt alles erledigte, was unter der Würde eines hart arbeitenden Offiziers lag. Erst jetzt merkte Kelly, daß abgesehen von der Hubschrauberbesatzung, die an Bord geblieben war, niemand vor dem Bunker auf und ab schlenderte. Vizeadmiral Maxwell war allein, und das war höchst ungewöhnlich.

»Warum kommen Sie damit zu mir, Sir?«

»Weil Sie der einzige im ganzen Land sind, der dieses Gebiet vom Boden her kennt.«

»Und wenn wir klug sind, dann belassen wir's auch dabei.« Was Kelly von dieser Gegend wußte, war alles andere als erfreulich. Beim ersten Blick auf die zweidimensionale Karte kehrten seine dreidimensionalen Erinnerungen zurück.

»Wie weit sind Sie den Fluß hinaufgelangt, John?«

»Ungefähr bis hier.« Kellys Finger glitt über die Karte. »Beim ersten Anlauf habe ich Ihren Sohn nicht gefunden; deshalb bin ich noch einmal los und habe ihn dann genau hier entdeckt.«

Gar nicht mal schlecht, dachte Maxwell. Verlockend nahe an ihrem Ziel. »Diese Straßenbrücke gibt es nicht mehr. Wir haben zwar sechzehn Einsätze gebraucht, aber sie liegt jetzt im Fluß.«

»Und sicher wissen Sie auch, was das bedeutet. Wahrscheinlich haben sie eine Furt gebaut oder mehrere Unterwasserbrücken. Wollen Sie meinen Rat einholen, wie man die hochgehen läßt?«

»Zeitverschwendung. Unser Ziel liegt hier.« Maxwell wies auf eine Stelle, die mit einem roten Stift markiert war.

»Da muß man aber weit schwimmen, Sir. Und was gibt es dort?«

»Chief, als Sie Ihren Abschied genommen haben, haben Sie das Kästchen angekreuzt, bei dem Flottenreserve steht«, sagte Maxwell freundlich.

»Moment mal, Sir!«

»Immer mit der Ruhe, mein Sohn, ich will Sie nicht zurückholen.« *Noch nicht*, dachte Maxwell. »Sie hatten Zugang zu Vorgängen höchster Geheimhaltungsstufe.«

»Ja, das hatten wir alle, weil –«

»Diese Sache ist mehr als top secret, John.« Dann erklärte ihm Maxwell, warum. Zur Unterstützung zog er verschiedene Unterlagen aus seiner Aktentasche.

»Diese Schweinehunde ...« Kelly wandte den Blick von dem Aufklärungsfoto ab. »Wollen Sie hingehen und sie rausholen, wie bei Song Tay?«

»Was wissen Sie davon?«

»Nur das, was jeder weiß«, erklärte Kelly. »Wir haben es in

der Gruppe durchgesprochen. Der Einsatz war geschickt eingefädelt, fanden wir. Die Jungs von den Special Forces können wirklich was auf die Beine stellen, wenn sie sich an die Arbeit machen. Aber –«

»Genau, aber unsere Leute waren ausgeflogen. Dieser Mann –« Maxwell zeigte aufs Foto – »ist eindeutig als Colonel der Air Force identifiziert. Aber dieser Einsatz läßt sich nicht wiederholen, Kelly.«

»Ich verstehe, Sir. Was haben Sie statt dessen vor?«

»Wir wissen es noch nicht genau. Da Sie sich in der Gegend einigermaßen auskennen, brauchen wir Ihr Wissen, um die verschiedenen Möglichkeiten durchzuspielen.«

Kelly dachte an damals. Er hatte fünfzig Stunden ohne Schlaf in jenem Gebiet verbracht. »Ein Vorstoß mit dem Hubschrauber wäre äußerst gewagt. Es gibt dort einen Haufen Flakstellungen. Song Tay hatte den Vorteil, daß es in der Nähe nichts weiter von Bedeutung gab, aber dies hier liegt gar nicht so weit von Haiphong entfernt, und da sind die Straßen und all der Mist. Das kann haarig werden, Sir.«

»Es hat auch niemand behauptet, es wäre leicht.«

»Wenn Sie sich hier einschleichen, können Sie diesen Hügelrücken als Deckung benutzen, aber irgendwann müssen Sie den Fluß überqueren ... hier, und dann stoßen Sie auf diese Flakstellung hier ... und die ist, den Notizen nach zu urteilen, sogar noch schlimmer.«

»Hatten die SEALs dort Lufteinsätze geplant, John?« fragte Maxwell gelinde amüsiert. Von der Antwort war er überrascht.

»Die 3. Sondereinsatztruppe war immer knapp an Offizieren. Sie wurden nämlich ständig abgeschossen. Ich war selbst zwei Monate lang als Offizier verantwortlich für die Einheit. Wir *alle* wußten, wie solche Vorstöße ins Hinterland geplant werden mußten. Denn das war schließlich immer der schwierigste Teil der Einsätze. Verstehen Sie mich bitte nicht falsch, aber auch in den unteren Rängen gibt es Leute mit Grips.«

»Ich habe nie das Gegenteil behauptet«, wandte Maxwell ein.

Kelly grinste. »Das ist aber noch nicht zu allen Offizieren durchgedrungen, Sir.« Er beugte sich wieder über die Karte. »Bei der Planung von solchen Sachen muß man von hinten anfangen. Zuerst überlegen Sie, was Sie alles brauchen, wenn Sie bis zu Ihrem Ziel vorgedrungen sind, und dann müssen Sie einen Weg finden, wie Sie es dorthin bringen.«

»Dazu kommen wir später. Erzählen Sie mir von dem Flußtal«, befahl Maxwell.

Fünfzig Stunden, erinnerte sich Kelly. Ein Hubschrauber hatte ihn in Da Nang abgeholt und auf der *Skate*, einem U-Boot der US-Marine, abgesetzt. Dieses hatte Kelly in die erstaunlich tiefe Mündung jenes verdammten stinkenden Flusses gebracht, von wo er sich hinter einem elektrisch betriebenen Seascooter gegen die Strömung vorangekämpft hatte. Der Scooter lag wahrscheinlich immer noch dort, es sei denn, er hatte sich in den Netzen eines Fischers verfangen. Solange sein Luftvorrat reichte, war er unter Wasser geblieben, und er wußte noch, wieviel Angst er gehabt hatte, nun, da er sich nicht mehr unter der kräuseligen Wasseroberfläche verstecken konnte, da es zu gefährlich wurde, sich weiter voranzupirschen, und er sich im hohen Schilf am Ufer verstecken mußte, während auf der Straße am Fluß die Autos vorbeifuhren, dazu das zerfetzende Donnern der Flak auf den Hügelkuppen, und erinnerte sich, wie er sich überlegte, was eine 37-mm-Kugel wohl mit ihm anrichten würde, wenn ihm ein nordvietnamesischer Pfadfinder über den Weg lief und dafür sorgte, daß sein Vater die Antwort auf diese Frage erfuhr. Und nun wollte sein Flaggoffizier das Leben anderer Männer in dieser Gegend aufs Spiel setzen und baute dabei auf sein Urteil, so wie Pam seinem Urteil vertraut hatte. Bei diesem Gedanken lief es dem früheren Chief Bonsun's Mate kalt den Rücken hinunter.

»Da draußen ist es nicht gerade gemütlich, Sir. Ihr Sohn kann Ihnen das bestätigen.«

»Aber nicht aus Ihrer Perspektive«, entgegnete Maxwell.

Damit hatte er recht. Dutch, der jüngere, hatte sich in einem hübschen kleinen Versteck eingenistet, jede zweite Stunde einen Funkspruch losgelassen und in stiller Qual sein gebrochenes Bein gepflegt, während er darauf wartete, daß die *Schlange* ihn rausholte. Maxwell junior hatte dem Donnern eben jener Flak gelauscht, die seine A-6 am Himmel in Stücke gerissen hatte und sich jetzt gegen Maschinen richtete, die eben jene Brücke von der Landkarte zu tilgen versuchten, die seine eigenen Bomben verfehlt hatten. *Fünfzig Stunden*, dachte Kelly, ohne Atempause, ohne Schlaf, besessen von Angst und dem Gedanken an seinen Auftrag.

»Wieviel Zeit haben Sie, Sir?«

»Keine Ahnung. Ehrlich gesagt, weiß ich noch nicht mal, ob wir überhaupt grünes Licht für diesen Einsatz kriegen. Wenn wir den Plan fertig haben, müssen wir ihn vorlegen. Und erst wenn er genehmigt ist, können wir uns Kandidaten suchen, sie trainieren und loslegen.«

»Was ist mit dem Wetter?« fragte Kelly.

»Es geht nur im Herbst, und zwar in diesem Herbst, oder wir können es uns abschminken.«

»Glauben Sie, diese Männer kehren nie zurück, wenn wir sie da nicht rausholen?«

»Warum sonst hätten sie ein derartiges Lager einrichten sollen?« entgegnete Maxwell.

»Admiral, ich bin zwar ziemlich gut, aber vergessen Sie nicht, ich gehöre nur zum Fußvolk.«

»Sie sind als einziger jemals in die Nähe dieses Lagers gekommen.« Der Admiral sammelte Fotos und Karten zusammen. Dann drückte er Kelly einen Satz neuer Karten in die Hand. »Und Sie haben dreimal das Angebot ausgeschlagen, die Offiziersschule zu besuchen. Warum eigentlich, John?«

»Wollen Sie die Wahrheit wissen? Das hätte bedeutet, wieder nach Vietnam zu gehen. Und ich habe mein Schicksal oft genug herausgefordert.«

Maxwell akzeptierte die Erklärung widerspruchslos, doch innerlich wünschte er, sein bester Informant über die örtlichen Gegebenheiten hätte einen Rang, der seiner Erfahrung entsprach. Allerdings erinnerte er sich auch daran, daß es bei den Kampfeinsätzen, die von der guten alten *Enterprise* aus geflogen wurden, in den unteren Rängen Piloten gegeben hatte, die über ausreichend Grips verfügten, um Kommandeur einer Kampfgruppe zu werden. Außerdem wußte er, daß die besten Hubschrauberpiloten aus den Reihen der Zeitsoldaten stammten, die in Fort Rucker ausgebildet wurden. In diesen Tagen konnte man sich keinen Standesdünkel leisten.

»Song Tay hatte einen Fehler«, sagte Kelly nach einer Pause.

»Und der wäre?«

»Wahrscheinlich hat die Vorbereitungsphase zu lange gedauert. Irgendwann ist der Bogen überspannt. Wenn man die richtigen Leute ausgesucht hat, sind ein paar Wochen genug. Alles, was darüber hinausgeht, sind nur Schönheitskorrekturen.«

»Sie sind nicht der erste, der das sagt«, versicherte ihm Maxwell.

»Wird das ein Einsatz für die SEALs?«

»Keine Ahnung, Kelly. Ich gebe Ihnen zwei Wochen, und wir kümmern uns derweilen um die anderen Einzelheiten des Auftrags.«

»Wie halten wir Verbindung?«

Maxwell legte einen Ausweis für das Pentagon auf den Tisch. »Keine Telefongespräche und keine Briefe, sondern alles nur unter vier Augen.«

Kelly begleitete ihn zum Hubschrauber. Sobald die Besatzung den

Admiral erblickte, ließ sie die Motoren des SH-2 Sea Sprite an. Kelly griff Maxwell am Arm, als die Rotoren sich zu drehen begannen.
»War der Feind von Song Tay informiert?«
Maxwell erstarrte in seiner Bewegung. »Warum fragen Sie das?«
Kelly nickte. »Das genügt mir schon als Antwort, Admiral.«
»Wir wissen es nicht, John.« Maxwell duckte sich unter den Rotorblättern und stieg in den Helikopter. Beim Abheben ertappte er sich erneut bei dem Wunsch, Kelly hätte die Einladung, die Offiziersschule zu besuchen, angenommen. Der Junge war klüger, als ihm bisher bewußt geworden war, und der Admiral nahm sich vor, sich bei Kellys früherem Kommandanten nach weiteren Einzelheiten zu erkundigen. Außerdem fragte er sich, wie der junge Mann auf seine offizielle Wiedereinberufung in den aktiven Dienst reagieren würde. Es war eine Schande, sein Vertrauen auf diese Weise zu enttäuschen – denn so mußte er es ja wohl auffassen. Doch während der Sea Sprite abdrehte und sich nach Nordosten wandte, kehrten Maxwells Gedanken zu den zwanzig Soldaten zurück, die sie in SENDER GREEN vermuteten, und er hielt sich vor Augen, daß er zuerst und vor allem ihnen verpflichtet war. Abgesehen davon konnte Kelly eine Ablenkung von seinen persönlichen Problemen vielleicht ganz gut brauchen. Mit diesen Gedanken tröstete sich der Admiral.

Kelly sah dem Hubschrauber nach, bis er vom Morgendunst verschluckt wurde. Dann ging er zu seiner Werkstatt. Normalerweise hätte er zu dieser Stunde körperlich erschöpft, aber geistig entspannt sein müssen. Seltsamerweise war genau das Gegenteil der Fall. Zwar war er von der Kondition her noch nicht ganz der alte, aber seine Schulter reagierte auf die Tortur nach den gewohnten Anfangsschmerzen mit beachtlicher Gutmütigkeit. Nachdem er das übliche Muskelreißen im Anschluß an das Training überstanden hatte, begann nun die Phase der Euphorie. Und die würde den ganzen Tag über anhalten, vermutete Kelly. Trotzdem wollte er wegen des für den folgenden Tag angesetzten harten Trainings früh schlafen gehen, denn jetzt war es an der Zeit, daß er seine Fortschritte mit der Stoppuhr festhielt. Der Admiral hatte ihm eine Frist von zwei Wochen gelassen. Etwa den gleichen Zeitraum hatte er sich selbst für seine völlige Genesung zugestanden. Jetzt war also eine härtere Gangart angesagt.

Unabhängig von Größe und Zweck waren sich sämtliche Marinestützpunkte zum Verwechseln ähnlich. Ein paar Dinge gehörten zur Grundausstattung, und eins davon war eine Werkstatt. Auf Battery

Island waren sechs Jahre lang Spezialboote zur Rettung abgestürzter Flugzeugbesatzungen stationiert gewesen, und zu ihrer Wartung, um defekte Maschinenteile zu reparieren oder nachzufertigen, gab es eine Werkstatt mit den entsprechenden Maschinen. Die Sammlung, die Kelly zur Verfügung stand, hätte man gut und gern auch auf einem Zerstörer finden können, und nach dem Prinzip war sie wahrscheinlich auch zusammengestellt worden – Navy-Werkstatt-Modell 08/15, geradewegs aus dem Bestellkatalog. Soweit er wußte, hatte sogar die Air Force die gleiche. Kelly schaltete eine South-Bend-Fräse ein und überprüfte die verschiedenen Teile. Nur so konnte er sicher sein, daß sie auch tat, was er wollte.

Direkt neben der Fräse waren zahlreiche Handwerkzeuge und Meßgeräte untergebracht sowie Kästen mit unzähligen Stahlteilen und grob vorgefertigten Metallstücken, die weiter bearbeitet werden konnten. Kelly setzte sich auf einen Hocker, um in aller Ruhe auszuwählen, was er brauchte. Aber zunächst, merkte er, brauchte er noch etwas anderes. Er holte seine .45er Automatik von ihrem Platz an der Wand und entlud sie, bevor er sie auseinandernahm. Dann inspizierte er Schlitten und Lauf sorgfältig von innen und außen.

Ich brauche alles in doppelter Ausfertigung, überlegte Kelly. Aber eins nach dem anderen. Er spannte den Lauf in den Schraubstock und bohrte mit der Fräse zwei kleine Löcher in seine Oberseite. Die South-Bend-Maschine hatte eine außerordentlich gute Bohrkraft, das Rad mit den vier Griffen mußte gerade mal um ein Zehntel gedreht werden, und schon hatte das winzige Schneidstück den Waffenstahl der Automatik durchstochen. Kelly wiederholte die Übung und bohrte ein zweites Loch. Ebenso schnell waren die Löcher für die Gewinde gebohrt, und mit einem Schraubenzieher vollendete er die Arbeit. Mit diesen relativ einfachen Handgriffen machte er sich wieder mit der Maschine vertraut, die er seit mehr als einem Jahr nicht mehr angerührt hatte. Mit einem letzten Blick versicherte er sich, daß er durch diese Eingriffe am Lauf nichts verändert hatte. Nun kam der schwierigere Teil.

Er hatte weder die Zeit noch die Ausrüstung für eine wirklich fachmännische Arbeit. Mit dem Schweißgerät konnte er zwar einigermaßen umgehen, aber ihm fehlte das Zubehör, um die speziellen Teile herzustellen, die für eine Waffe nötig waren, wie er sie gerne gehabt hätte. Um diese zu bekommen, hätte er sich an eine kleine Gießerei wenden müssen, und deren Arbeiter hätten leicht erraten können, was er vorhatte. Das durfte er nicht riskieren. Er tröstete sich mit dem Gedanken, daß auch ein Provisorium seinen

Zweck erfüllen würde und zu große Perfektion ohnehin oft eher hinderlich war.

Zunächst nahm er ein kräftiges Stahlteil, geformt wie eine Dose, aber schmaler und mit dickeren Wänden. Wieder fräste und bohrte er ein Loch, diesmal in die Mitte des Bodens, in einer Achse zum Körper der »Dose«, wie er das Teil bereits getauft hatte. Das Loch hatte einen Durchmesser von 1,5 Zentimetern, wie er es bereits vorher mit einer Schublehre ausgemessen hatte. Er suchte sich sieben ähnliche Dosen, allerdings mit kleinerem Außendurchmesser. Diese schnitt er bis auf eine Länge von 2 Zentimetern zurück, bevor er Löcher in ihren Boden bohrte. Die Löcher wiederum maßen im Durchmesser 60 Millimeter, und was er da schließlich in den Händen hatte, sah aus wie kleine Tassen mit Löchern in der Unterseite oder Miniaturausgaben eines Blumentopfes mit geraden Wänden, dachte er mit einem Grinsen. In Wirklichkeit waren es natürlich »Schallwände«. Er versuchte, sie in die »Dose« zu schieben, mußte aber feststellen, daß sie zu dick waren. Kelly kommentierte diese Entdeckung mit einem Stöhnen. Jetzt mußte jede einzelne Schallwand an der Drehbank bearbeitet werden. Er machte sich sogleich ans Werk und schliff so lange, bis sie jeweils genau einen Millimeter schmaler waren als das Innenmaß der Dose, eine langwierige Prozedur, die ihn während der gesamten fünfzig Minuten fluchen und schimpfen ließ. Bevor er die Schallwände in die Dose schob, genehmigte er sich eine Cola zur Belohnung. Glücklicherweise ließen sie sich nun mit ein oder zwei Schüttelbewegungen leicht einführen, waren aber auch nicht so klein, daß sie klapperten. Gut. Er ließ sie wieder herausplumpsen und fertigte als nächstes einen Deckel für die Dose, der gleichfalls ein Gewinde bekam. Zum Ausprobieren schraubte er ihn zunächst ohne die Schallwände im Innern der Dose auf und dann mit ihnen. Er war froh, daß alle Teile so gut paßten – erst dann merkte er, daß er vergessen hatte, ein Loch in den Deckel zu bohren. Also machte er sich noch einmal mit der Fräse an die Arbeit. Dieses Loch bekam lediglich einen Durchmesser von 58 Millimetern, aber trotzdem konnte er durch das gesamte Gerät hindurchsehen, als er es zusammengesetzt hatte. Wenigstens saßen die Löcher dort, wo sie hingehörten.

Der nächste Schritt war der wichtigste. Deshalb ließ Kelly sich beim Einrichten der Maschine Zeit und überprüfte alle Einstellungen mindestens fünfmal. Erst dann – nach einem tiefen Seufzer – betätigte er den Griff zur abschließenden Gewindebohrung. Diesen Vorgang hatte er bisher nur ein paarmal beobachtet, aber noch nie selbst ausgeführt, und obwohl er mit Werkzeugmaschinen recht gut umgehen konnte, war er lediglich ein früherer Bosun's Mate und kein Maschinist. Schließlich schraubte er den Schalldämpfer aus dem Schraubstock und setzte die Pistole wieder zusammen. Mit einer Schachtel .22er Long-Rifle-Munition ging er nach draußen.

Daß sein Colt so groß und schwer war, hatte Kelly noch nie gestört, doch die Munition für den .45er ACP kostete weitaus mehr als die Patronen für eine .22er Rimfire. Aus diesem Grunde hatte er sich letztes Jahr einen Wechsellauf gekauft, der es ihm ermöglichte, die kleineren Kugeln mit seiner Pistole abzufeuern. Er stieß eine Coladose ungefähr fünf Meter von sich fort, bevor er drei Kugeln in das Magazin lud. Sich jetzt auch noch einen Ohrenschutz zu holen, war ihm zu lästig. Wie immer stellte er sich entspannt und mit locker herabhängenden Armen hin. Dann riß er die Pistole in Anschlag und nahm leicht geduckt Schußposition ein. Die Waffe umklammerte er mit beiden Händen. Sogleich aber ließ Kelly sie wieder sinken, denn erst jetzt merkte er, daß ihm die auf den Lauf geschraubte Dose die Sicht raubte. Das war ein Problem. Er zog die Pistole erneut hoch und feuerte die erste Kugel ab, ohne sein Ziel im Blick zu haben. Das Ergebnis fiel nicht weiter überraschend aus: Beim Nachsehen fand er die Cola-Dose unbeschädigt. Das war unerfreulich. Dafür hatte aber der Schalldämpfer seine Aufgabe erfüllt. Zwar wird das Geräusch eines Schusses aus einer Pistole mit Schalldämpfer bei Film und Fernsehen oft als leiser Pfiff wiedergegeben, aber im Grunde gleicht es bei einer guten Abdämpfung eher dem Kratzen einer Metallbürste auf poliertem Holz. Das aus der Patrone austretende Gas wurde in den Schallwänden festgehalten, während die Kugel durch die Löcher nach außen schoß. Das austretende Gas blieb im geschlossenen Raum im Inneren der Dose. Die sieben inneren Schallwände – der Deckel diente als Nummer acht – dämmten die Schallwellen ein, und so wurde der Knall zu einem Flüstern.

So weit, so gut, dachte Kelly, doch wenn man seine Zielperson verfehlte, würde sie höchstwahrscheinlich die weitaus lauteren Geräusche hören, die der Schlitten beim Vor- und Zurückschnellen machte. Und diese mechanischen Geräusche einer Waffe ließen sich kaum als harmlos interpretieren. Daß er eine Getränkedose aus fünf Meter Entfernung verfehlte, sprach nicht gerade für seine Eigenkonstruktion. Natürlich war der Kopf eines Menschen größer, aber das gleiche galt leider nicht für sein eigentliches Zielgebiet im Inneren des Kopfes. Kelly entspannte sich und versuchte es erneut; in einem weichen Bogen und dennoch schnell zog er die Pistole von der Seite in Brusthöhe. Diesmal drückte er in dem Augenblick auf den Abzug, als sich der Schalldämpfer vor sein Ziel schob. Das funktionierte einigermaßen. Die Dose kippte mit einem .22er-Loch einen Viertelzentimeter oberhalb des Rands um. Doch noch hatte Kelly den richtigen Zeitpunkt nicht erwischt. Sein nächster Schuß traf immerhin fast in die Mitte der Dose, was er mit einem Grinsen quittierte. Er nahm das Magazin heraus und lud die Pistole mit fünf einzelnen Kugeln. Eine Minute später hatte die Cola-Dose angesichts der sieben Einschußlöcher, von denen sich sechs um die Mitte gruppierten, als Ziel ausgedient.

»Du bist immer noch der alte, Johnny«, sagte Kelly zu sich selbst, während er die Waffe sicherte. Allerdings mußte er bedenken, daß es heller Tag und sein Ziel ein feststehendes knallrotes Stück Metall war. Doch Kelly wußte schon, wie er sich helfen würde. Er kehrte in die Werkstatt zurück und nahm die Pistole noch einmal auseinander. Der Schalldämpfer hatte seinen Einsatz ohne erkennbaren Schaden überstanden; trotzdem reinigte Kelly ihn und ölte die inneren Teile leicht ein. Nur eine Sache noch, dachte er. Mit einem feinen Pinsel malte er mit weißer Emaillefarbe eine gerade weiße Linie auf die Oberseite des Schlittens. Mittlerweile war es zwei Uhr. Kelly genehmigte sich eine leichte Mahlzeit, bevor er mit seinem Nachmittagstraining begann.

»Was, so viel?«

»Paßt dir das etwa nicht?« fuhr Tucker ihn an. »Was ist los? Kannst du es nicht absetzen?«

»Henry, ich setze alles ab, was du mir lieferst«, entgegnete Piaggi. Er war sauer auf den arroganten Kerl und fragte sich, was er als nächstes in petto hatte.

»Damit sind wir drei Tage lang beschäftigt«, jammerte Eddie Morello.

»Traust du deiner Alten nicht mal drei Tage über den Weg?« Tucker grinste den Mann an. Eddie war als nächster dran, das hatte er bereits beschlossen. Konnte der nicht mal einen Spaß verstehen? Sein Gesicht lief blutrot an.

»Also hör mal, Henry . . .«

»Beruhigt euch, Leute.« Piaggi warf einen Blick auf die acht Kilo Rohmaterial, die vor ihnen auf dem Tisch lagen, bevor er sich zu Tucker umwandte. »Ich wüßte zu gern, woher du den Stoff beziehst.«

»Das kann ich mir vorstellen, Tony, aber dieses Thema hatten wir doch schon abgehakt, oder? Also, wirst du damit fertig?«

»Mensch, ist doch klar, daß du diese Sache nicht mehr stoppen kannst, wenn du erst mal damit angefangen hat. Die Leute werden von dir abhängig, so in dem Stil, was sagst du zu dem Bären, wenn dir die Kekse ausgegangen sind?« Piaggi beschäftigte sich schon mit den Einzelheiten. Er hatte Bekannte in Philadelphia und in New York – junge Männer wie er, die die Nase voll hatten, für einen alten Knacker mit Methoden von anno dazumal zu arbeiten. Es war ein faszinierender Gedanke, was dieses Geschäft langfristig abwerfen würde. Henry hatte Zugang zu – ja, zu was? fragte er sich. Erst vor zwei Monaten waren sie ins Geschäft eingestiegen, und zwar mit zwei Kilo, die so rein waren, daß es nur der beste weiße Sizilianer damit aufnehmen konnte, und noch dazu zum halben Einkaufspreis. Und der Lieferweg war allein Henrys Problem, was das Geschäft doppelt so verlockend machte. Aber am meisten beeindruckten Piaggi doch die Sicherheitsvorkehrungen. Henry war kein Schaumschläger, kein Senkrechtstarter mit großen Plänen und kleinem Verstand. Ein richtiger Geschäftsmann, gelassen und tüchtig, und langfristig durchaus ein ernsthafter Verbündeter und Partner, davon war Piaggi mittlerweile überzeugt.

»Der Nachschub ist gesichert. Zerbrich dir darüber nicht den Kopf, Kumpel.«

»Okay.« Piaggi nickte. »Da ist nur ein Problem. Es wird ein Weilchen dauern, bis ich das nötige Kleingeld für eine Lieferung in dieser Größenordnung aufgetrieben habe. Du hättest mich vorwarnen müssen.«

Tucker lachte auf. »Ich wollte verhindern, daß du dir die Hosen vollmachst.«

»Vertraust du mir mit dem Geld?«

Tucker blickte ihn an und nickte. »Ich weiß, daß du ehrlich bist.« Ein kluger Schachzug, denn Piaggi würde sich die Chance nicht entgehen lassen, seine Komplizen regelmäßig mit Ware versorgen zu können. Außerdem waren die langfristigen Verdienstmöglichkeiten einfach viel zu reizvoll. Angelo Vorano hatte das vielleicht nicht geschnallt, aber immerhin hatte er ihm den Kontakt zu Piaggi vermittelt und damit seinen Zweck erfüllt. Abgesehen davon war Angelo mittlerweile Krebsscheiße.

»Ist dieser Stoff wieder so rein wie der letzte?« Morello ging den beiden anderen mit dieser Bemerkung auf die Nerven.

»Eddie, dieser Mann wird uns ja wohl kaum Kredit geben und zur gleichen Zeit reinlegen, oder?« fragte Piaggi.

»So, meine Herren, jetzt will ich mal erklären, was heute hier abläuft! Also, ich habe eine hervorragende Quelle für eins a Stoff. Woher und auf welchem Weg ich ihn kriege, ist meine Angelegenheit. Außerdem habe ich ein Revier, von dem ihr euch gefälligst fernhaltet. Aber bis jetzt haben wir uns auf der Straße noch nicht die Köpfe eingeschlagen, und dabei soll es auch bleiben.« Beide Italiener nickten, Eddie dumpf und ergeben, Tony voller Verständnis und Respekt. Piaggi selbst spann den Faden weiter.

»Und du wiederum brauchst jemanden, der das Zeug an den Mann bringt. Das übernehmen wir. Und wenn du ein Gebiet für dich reservieren willst, dann stellen wir uns darauf ein.«

Es war Zeit für den nächsten Zug. »Ich habe es in diesem Geschäft nicht so weit gebracht, weil ich dumm bin. Mit der nächsten Lieferung seid ihr aus dieser Sache draußen.«

»Was soll das heißen?«

»Damit meine ich unsere Bootsausflüge. Ihr Jungs braucht nicht mehr abzupacken.«

Piaggi lächelte. Er hatte das jetzt viermal mitgemacht, und inzwischen war der Reiz des Neuen verflogen. »Dagegen habe ich nichts einzuwenden. Meine Leute stehen jederzeit für eine Lieferung bereit, wenn du willst.«

»Wir übergeben Geld und Ware nicht gemeinsam. Schließlich sind wir Profis«, sagte Tucker. »Wir arbeiten gewissermaßen mit Kreditrahmen.«

»Aber erst die Ware.«

»Ist doch klar, Tony. Sucht euch gute Leute aus, hört ihr. Es funktioniert nach dem Prinzip, daß wir selbst so wenig wie möglich mit dem Stoff in Berührung kommen.«

»Aber wenn Leute geschnappt werden, dann reden sie auch«, wandte Morello ein. Er fühlte sich vom Gespräch ausgeschlossen, doch er war nicht gewitzt genug, um die trübe Bedeutung dieser Tatsache zu verstehen.

»Meine nicht«, erwiderte Tucker ungerührt. »Meine haben kapiert, daß sie das besser bleiben lassen.«

»Das warst also du, nicht wahr?« Piaggi stellte die Ereignisse in Zusammenhang, und Tucker antwortete mit einem Nicken. »Dein Stil gefällt mir, Henry. Aber versuche trotzdem, das nächste Mal vorsichtiger zu sein.«

»Ich habe zwei Jahre und einen Haufen Geld investiert, um das alles aufzubauen. Dafür will ich auch so lange wie möglich im Geschäft bleiben und kein unnötiges Risiko mehr eingehen. Also, wann könnt ihr mich für diese Lieferung bezahlen?«

»Ich habe glatte hundert dabei.« Tony wies auf die Stofftasche, die auf dem Deck stand. Diese kleine Unternehmung war in erstaunlichem Tempo an Umfang gewachsen. Die ersten drei Lieferungen hatten sich zu einem beachtlichen Preis verkaufen lassen, und Tucker, dachte Piaggi, konnte man trauen, soweit man überhaupt jemandem in dieser Branche trauen konnte. Wenn er sie hätte reinlegen wollen, hätte er schon längst die Möglichkeit dazu gehabt, und solche Mengen an Drogen waren zuviel für einen Mann, der diese Art von Schau abziehen wollte. »Das gehört dir, Henry. Sieht so aus, als schulden wir dir noch weitere... fünfhundert? Ich brauche ein bißchen Zeit, so etwa eine Woche. Tut mir leid, Mann, aber du hast mich überrumpelt. Ich kann aus dem Handgelenk nicht soviel Bargeld vorstrecken.«

»Sagen wir vier, Tony. Ich will meine Freunde für den Anfang doch nicht gleich bis aufs Hemd ausnehmen. Erst mal meinen guten Willen zeigen. Du hast ja wohl kaum was dagegen, oder?«

»Besonderer Einführungspreis!« Tony lachte und schob Henry ein Bier hinüber. »Ich glaube, du hast doch italienisches Blut in den Adern, Junge. Abgemacht. Ich nehme dich beim Wort.« *Und wie gut ist deine Quelle nun wirklich, Henry?* Das durfte Piaggi nicht fragen.

»Dann wollen wir mal!« Tucker schlitzte den ersten Plastikbeutel auf und schüttete seinen Inhalt in eine Schüssel aus Edelstahl. Er war froh, daß er mit diesem Mist zukünftig nichts mehr zu tun haben würde. Die siebte Stufe seines Marketingplans war vollendet. Von nun an würden andere – zunächst natürlich unter seiner Aufsicht – diese Hausfrauenarbeit erledigen, und Henry Tucker würde sich als der Manager präsentieren, der er inzwischen war. Während er den Füllstoff in die Schüssel rührte, gratulierte er sich zu seiner Klugheit. Bisher hatte er beim Aufbau seines Geschäfts keine Fehler begangen, war nur wohlkalkulierte Risiken eingegangen und hatte, indem er sich selbst die Hände schmutzig machte, seine Organisation von unten her aufgezogen. Vielleicht hatten Piaggis Vorgänger ja ähnlich angefangen, dachte Tucker. Tony hatte das offensichtlich vergessen, das und die damit verbundenen Folgen. Aber das sollte nicht Tuckers Problem sein.

»Also hören Sie, Oberst, ich war nur ein einfacher Adjutant. Wie oft soll ich Ihnen das noch erklären? Ich habe das gleiche getan wie ein Adjutant bei Ihnen zu Hause, nämlich einem General den täglichen Kleinkram aus dem Weg geräumt.«

»Ich verstehe nicht, warum Sie solch eine Aufgabe übernommen haben.« Es war traurig, dachte Oberst Nikolai Jewgenijewitsch Grischanow, daß ein Mann all dies durchmachen mußte. Aber Colonel Zacharias war kein Mann. Er war ein Feind, hielt er sich widerstrebend vor, und er mußte diesen Kerl wieder zum Sprechen bringen.

»Das läuft in Ihrer Luftwaffe doch bestimmt ähnlich, oder? Wenn ein General auf Sie aufmerksam geworden ist, werden Sie ein ganzes Stück schneller befördert.« Der Amerikaner schwieg einen Augenblick. »Außerdem habe ich Reden geschrieben.« Das konnte ihm ja wohl kaum Schwierigkeiten einbringen, oder doch?

»In meiner Luftwaffe ist dafür ein Politoffizier zuständig.« Grischanow wischte diese Banalität mit einer Handbewegung beiseite.

Es war ihre sechste Sitzung. Grischanow war der einzige Sowjetoffizier, dem man gestattete, die Amerikaner zu verhören, denn die Vietnamesen spielten ihre Karten geschickt aus. Zwanzig Gefangene, einander so ähnlich und doch so grundverschieden. In Zacharias' Dossier stand, daß er nicht nur Kampfpilot, sondern auch Geheimdienstoffizier war. In seiner etwa zwanzigjährigen Karriere hatte er sich hauptsächlich mit Luftabwehrsystemen beschäftigt. Sein Studium als Elektroingenieur hatte er mit dem Magister an der Universität Berkeley in Kalifornien abgeschlossen. Das Dossier enthielt sogar seine kürzlich eingetroffene Magisterarbeit mit dem Titel »Aspekte der Ausbreitung und Streuung von Mikrowellen über winkligem Gelände«, die eine hilfreiche Hand, eine der drei Quellen, aus der sie ihr Wissen über den Colonel bezogen, in der Universitätsbibliothek kopiert hatte. Eigentlich hätte diese Arbeit direkt nach der Veröffentlichung unter Geheimhaltung gestellt werden müssen – wie es Grischanows Wissen nach in der Sowjetunion geschehen wäre. Es war eine ausgesprochen intelligente Untersuchung über die Wirkungsweise von Suchradar-Strahlen aus niedrigem Frequenzbereich und beschrieb, wie Flugzeuge Berge und Hügel dazu benutzen konnten, sich vor diesen Strahlen abzuschirmen. Nach einer dreijährigen Dienstzeit in einer Bomberstaffel war Zacharias für eine weitere Dienstzeit an den Luftwaffenstützpunkt Offutt in Nebraska, direkt bei Omaha, versetzt worden. Als Mitglied der Kommandotruppe, die die strategischen Pläne für den Luftkrieg ausarbeitete, entwickelte er Flugprofile, die den amerikanischen B-52-Bombern ermöglichen sollten, die sowjetische Luftabwehr zu überwinden. So fanden seine theoretischen Kenntnisse der Physik eine praktische Anwendung im Bereich des strategischen Atomkriegs.

Grischanow schaffte es nicht, diesen Mann zu hassen. Schließlich war er selber Kampfpilot, hatte gerade eine Regimentskommandantur in Strany abgeschlossen, wo die sowjetische Luftabwehr zusammengezogen war, und die nächste Kommandantur stand schon in Aussicht. Dieser amerikanische Colonel war das exakte Gegenstück zu ihm, dessen Aufgabe im Falle eines Krieges darin bestand, die feindlichen Bomber an der Zerstörung seines Landes zu hindern, und im Frieden mußte er Methoden entwickeln, den sowjetischen Luftraum so gut wie möglich abzuschirmen. Von daher war seine gegenwärtige Aufgabe ebenso schwierig wie notwendig. Da er weder beim KGB war noch zu diesen kleinen braunen Teufeln gehörte, machte es ihm nicht das geringste Vergnügen, anderen Schmerz zuzufügen – sie abzuschießen war in seinen Augen etwas völlig anderes –, und das galt sogar für Amerikaner, die es darauf abgesehen hatten, sein Land zu zerstören. Aber diejenigen, die wußten, wie man einem Gefangenen Informationen entlockte, hatten keine Vorstellung, wie das Gesagte einzuordnen war. Sie wußten nicht einmal, welche Fragen sie stellen sollten, und es würde auch nichts nützen, ihnen die Fragen schriftlich vorzugeben – bei einem Verhör mußte man dem anderen in die Augen sehen können. Ein Mann, der klug genug war, derartige Pläne zu entwickeln, war sicher auch in der Lage, so überzeugend und mit so viel Autorität zu lügen, daß er die meisten damit hinters Licht führen konnte.

Was Grischanow jetzt vor sich sah, gefiel ihm überhaupt nicht. Dieser Mann war intelligent und mutig, er hatte dazu beigetragen, daß die Amerikaner über spezielle, Wild Weasel genannte Einsatzbomber verfügten, mit denen sie Jagd auf feindliche Raketen machen konnten. Die Russen hätten wahrscheinlich einen ähnlichen Namen für derartige Einsätze gewählt – Wiesel, jene bösen kleinen Raubtiere, die ihre Beute in ihren eigenen Höhlen aufspürten. Sein Gefangener hatte 89 dieser Einsätze geflogen, vorausgesetzt, die Vietnamesen hatten das richtige Wrackteil dem richtigen Flugzeug zugeordnet. Wie die Russen führten auch die Amerikaner mit Aufschriften auf ihren Maschinen Buch über ihre Taten. Er war also genau der richtige Gesprächspartner für Grischanow. Vielleicht sollte er über diese Erkenntnis Bericht erstatten, dachte der Russe. Denn mit diesem zur Schau getragenen Stolz verriet man dem Feind, wen er da gefangengenommen hatte, und ließ Aufschlüsse zu über das, was man wußte. Aber so war das nun mal unter Kampfpiloten, und auch Grischanow hätte sich gesträubt, wenn er sich mit seinen Taten im Kampf nicht hätte brüsten dürfen. Zugleich versuchte der Russe, sich einzureden, daß er dem Mann auf der anderen Seite des Tisches Probleme ersparte. Zacharias hatte womöglich viele Vietnamesen auf dem Gewissen – keine Bauern, sondern versierte, in Rußland ausgebildete Raketentechniker –, und wahrscheinlich würde ihn die Regierung dieses Landes gern dafür bestrafen. Doch das sollte nicht seine Sorge sein, und er mußte verhindern, daß politische Überlegungen seinen beruflichen Verpflichtungen in die Quere kamen. Seine Aufgabe beinhaltete den anspruchsvollsten und ohne Zweifel komplexesten Aspekt nationaler Verteidigung. Es war seine Pflicht, den Angriff auf Hunderte von Flugzeugen zu planen, die alle von einem Team geschulter Spezialisten geflogen wurden. Deshalb war es ebenso wichtig, ihre Denkweise, ihre taktischen Leitlinien zu kennen wie ihre Absichten. Und wenn es nach ihm ging, konnten die Amerikaner so viele von den braunen Bastarden umbringen, wie sie wollten. Diese widerlichen kleinen Faschisten hatten mit der politischen Philosophie seines Landes soviel gemein wie ein Kannibale mit einem Drei-Sterne-Koch.

»Colonel, versuchen Sie nicht, mich für dumm zu verkaufen«, sagte Grischanow geduldig. Er legte das neu eingetroffene Dokument auf den Tisch. »Ich habe Ihre Arbeit letzte Nacht gelesen. Sie ist ausgezeichnet.«

Der Russe wandte den Blick keinen Moment von Colonel Zacharias ab. Die körperliche Reaktion des Amerikaners war erstaunlich. Obwohl Grischanow selbst beinahe ein Geheimdienstoffizier war, hätte er sich nie träumen lassen, daß jemand in Vietnam Meldung nach Moskau machen würde und von dort aus über amerikanische Gefolgsleute diese Arbeit zutage gefördert werden konnte. Zacharias' Gesicht spiegelte seine Gedanken wider. *Wie kommt es, daß sie soviel über mich wissen?* Wie konnten sie Dinge ausgraben, die so weit zurücklagen. Wer war zu so etwas in der Lage? War tatsächlich irgend jemand so versiert? Die Vietnamesen waren doch Trottel! Wie viele russische Offiziere hatte sich Grischanow gewissenhaft und ausführlich mit Militärgeschichte beschäftigt. Während der Wartezeiten im Bereitschaftsraum seines Regiments hatte er alle Arten von Geheimmaterial gelesen. Aus einem Dossier, das er nie vergessen würde, hatte er gelernt, auf welche Weise Hitlers Luftwaffe gefangengenommene Flieger verhört hatte, und dieses Wissen wollte er jetzt hier einsetzen. Während körperliche Mißhandlungen den Widerstand dieses Mannes verstärkt hatten, wurde er durch einen einfachen Stapel Papiere bis ins Mark erschüttert. Ein jeder Mann hatte seine Schwächen und seine Stärken. Und man mußte über eine gewisse Intelligenz verfügen, um sich entsprechend auf ihn einzustellen.

»Wieso ist es nicht geheim?« fragte Grischanow, während er sich eine Zigarette anzündete.

»Das ist doch nur theoretische Physik«, meinte Zacharias und zuckte die mageren Achseln. Seine Verzweiflung konnte er damit allerdings nicht ganz verbergen. »Am meisten hat sich ohnehin nur die Telefongesellschaft dafür interessiert.«

Grischanow stubste mit dem Finger auf die Arbeit. »Also, ich muß sagen, ich habe letzte Nacht einiges daraus gelernt... Man kann auf diese Weise eine Route planen, Manöver ausarbeiten, indem man sich von einem dieser Punkte zum nächsten vorarbeitet. Einfach genial! Erzählen Sie mal, wie sieht es in Berkeley aus?«

»Es ist eine normale Universität, nur eben im kalifornischen Stil«, antwortete Zacharias, bevor ihm bewußt wurde, was er tat. Er hatte angefangen zu reden. Und er durfte nicht reden. In der Ausbildung hatte er gelernt, daß er nicht reden sollte. Er hatte auch gelernt, was er zu erwarten hatte und was im Rahmen des Erlaubten lag, wie er ausweichen und sich verstellen konnte. Doch jene Ausbildung hatte das hier nicht vorgesehen. Wie war er müde! Er hatte Angst und die Nase voll davon, nach einem Verhaltenskodex zu leben, um den sich doch niemand scherte.

»Ich weiß nur wenig von Ihrem Land – außer den beruflichen Dingen natürlich. Sind die Unterschiede zwischen den einzelnen Regionen groß? Sie beispielsweise kommen aus Utah. Wie ist es dort?«

»Zacharias, Colonel Robin G. –«

Grischanow hob die Hände. »Bitte, Colonel. Das weiß ich doch schon! Ich kenne nicht nur Ihr Geburtsdatum, sondern auch Ihren Geburtsort. In der Nähe von Salt Lake City gibt es keinen Luftwaffenstützpunkt. Ich beziehe mein ganzes Wissen über Ihr Land nur aus den Karten. Ich werde diesen Teil – oder überhaupt irgendeinen Teil – wahrscheinlich nie kennenlernen. In Kalifornien, dort, wo Berkeley liegt, ist es da grün? Ich habe mal gehört, dort wächst Wein. Aber von Utah weiß ich gar nichts. Es gibt dort einen großen See, aber er heißt Salt Lake. Ist sein Wasser salzig?«

»Ja, deshalb heißt er –«

»Wie kann das angehen? Der Ozean ist tausend Kilometer entfernt, und außerdem liegen Berge dazwischen, oder nicht?« Er ließ dem Amerikaner keine Zeit zum Antworten. »Ich kenne das Kaspische Meer sehr gut, weil ich dort eine Zeitlang stationiert war. Das Wasser dort ist nicht salzig. Und der Salt Lake hat Salzwasser? Wirklich seltsam!« Er drückte seine Zigarette aus.

Der Amerikaner hob leicht den Kopf. »Keine Ahnung, warum. Ich bin kein Geologe. Wahrscheinlich ist es aus früheren Zeiten dort zurückgeblieben.«

»Vielleicht. Dort gibt es auch Berge, nicht wahr?«

»Die Wasatch Mountains«, bestätigte Zacharias benommen.

Eines muß man den Vietnamesen lassen, dachte Grischanow. Es war ausgesprochen clever, daß sie ihren Gefangenen Essen vorsetzten, das selbst ein Schwein nur in äußerster Not angerührt hätte. Er fragte sich, ob dies auf einem bewußten, durchdachten Konzept beruhte oder ein Zufallsprodukt ihrer Barbarei war. Selbst die politischen Gefangenen in einem sibirischen Gulag bekamen besser zu essen. Durch den Nahrungsmangel wurde die körperliche Widerstandskraft dieser Amerikaner herabgesetzt, und sie wurden so weit entkräftet, daß eine Flucht allein schon durch den Konditionsmangel unmöglich war. In etwa das, was die Faschisten mit ihren sowjetischen Gefangenen gemacht hatten, und so verabscheuungswürdig das auch sein mochte, Grischanow konnte davon nur profitieren. Körperlicher und geistiger Widerstand verschlang Energie, und während der Verhörstunden konnte man praktisch zusehen, wie diesen Männern die Kräfte ausgingen, wie ihr Mut im gleichen Maße schwand wie ihr innerer Schutzwall. Allmählich lernte er, wie er damit umgehen mußte. Es kostete Zeit, aber es war eine durchaus interessante Angelegenheit, wenn man langsam lernte, die Denkmuster von Männern aufzubrechen, die einem selber nicht unähnlich waren.

»Kann man dort Ski laufen?«

Zacharias blinzelte, als würde ihn die Frage in eine andere Zeit und an einen anderen Ort versetzen. »Ja, sehr gut sogar.«

»Das wird sich hier nie durchsetzen, Colonel. Mein Sport ist das Langlaufen, gut für die Kondition, und außerdem kann man dabei wunderbar abschalten. Zuerst hatte ich Skier aus Holz, aber in meinem letzten Regiment hat mir ein Offizier ein Paar aus Stahl gemacht, aus Flugzeugteilen.«

»Aus Stahl?«

»Edelstahl, schwerer als Aluminium, aber geschmeidiger. Ich fand sie besser. Aus einem Flügelelement von unserem neuen Abfangjäger, Projekt E-266.«

»Was ist das?« Zacharias hatte von der neuen MiG-25 noch nichts gehört.

»Ihre Leute nennen sie jetzt Foxbat. Sie ist schnell und so konstruiert, daß sie Ihre B-70-Bomber ohne Schwierigkeiten einholt.«

»Aber dieses Projekt haben wir doch eingestellt«, wandte Zacharias ein.

»Ja, ich weiß. Aber dank Ihres Projekts habe ich einen wunderbaren schnellen Jäger zum Fliegen bekommen. Wenn ich in die Heimat zurückkehre, werde ich das erste dieser Regimenter kommandieren.«

»Abfangjäger aus Stahl? Warum das?«

»Weil Stahl die aerodynamische Erhitzung besser ableitet als Aluminium«, erklärte Grischanow. »Und weil man aus ausgemusterten Teilen gute Skier basteln kann.« Zacharias war jetzt verwirrt. »Was meinen Sie, wie würden wir abschneiden? Ich mit unseren Jägern aus Stahl und Sie mit Ihren Aluminium-Bombern?«

»Ich glaube, das hängt von –« setzte Zacharias an. Dann hielt er mitten im Satz inne. In dem Blick, mit dem er sein Gegenüber musterte, drückte sich aus, daß er beinahe etwas Wichtiges preisgegeben hätte. Er hatte sich eben noch zusammengerissen.

Zu früh, dachte Grischanow enttäuscht. Das war ein kleines bißchen zuviel Druck gewesen. Dieser Mann hatte Schneid. Genug Schneid, um seine Wild Weasel mehr als achtzigmal ins Gefecht zu fliegen. Genug, um ihm so lange Widerstand zu leisten. Aber Grischanow hatte es nicht eilig.

12 / Rüstzeug

VW, Bj. 63, wenig gefahren, voll überh. . . .

Kelly warf eine Zehncentmünze in den Apparat und rief die Nummer an. Es war ein glühend heißer Samstag, Temperatur und Feuchtigkeit lieferten sich ein Kopf-an-Kopf-Rennen um neue Rekordmarken, während Kelly schäumte über seine eigene Dummheit. Manche Dinge waren so himmelschreiend offensichtlich, daß man sie nicht sah, bevor man sich die Nase aufgeschlagen hatte und blutete wie ein Schwein.

»Hallo? Ich rufe wegen der Anzeige mit dem Wagen an ... ja, stimmt«, sagte Kelly. »Gleich jetzt, wenn Sie möchten ... Okay, sagen wir in zirka fünfzehn Minuten? Fein, danke, Madam. Ich bin gleich da. Bis gleich.« Er hängte auf. Wenigstens das klappte. Kelly bedachte das Innere der Telefonzelle mit einem schiefen Grinsen. Die *Springer* war an einem der Gästeplätze in einem Yachthafen des Potomac vertäut. Er mußte einen neuen Wagen kaufen, aber wie dorthin kommen, wo der neue Wagen war? Wenn er hinfuhr, konnte er mit dem neuen Auto zurückfahren, aber was war dann mit dem alten? Es war so komisch, daß er über sich selber lachen mußte. Da griff das Schicksal ein in Gestalt eines leeren Taxis, das am Eingang des Hafens vorbeifuhr, und so konnte er sein Versprechen an die alte Dame halten.

»Der 4500er-Block, Essex Avenue«, wies er den Fahrer an.

»Wo ist das, Mann?«

»Bethesda.«

»Das kostet aber extra, Mann«, erklärte der Fahrer und steuerte nach Norden.

Kelly gab ihm einen Zehndollar-Schein. »Da ist noch so einer drin, wenn Sie mich in fünfzehn Minuten hinbringen.«

»Spitze.« Und schon wurde Kelly von der Beschleunigung in seinen Sitz gedrückt. Das Taxi mied die Wisconsin Avenue fast auf der ganzen Strecke. An einer roten Ampel fand der Fahrer die Essex Avenue auf dem Stadtplan und konnte schließlich zwanzig Sekunden vor Ablauf der Frist die zehn Dollar extra einheimsen.

Es war ein gehobenes Wohnviertel, und das Haus war leicht zu finden. Da stand er, ein VW-Käfer, unschön tortencremegelb mit ein paar Rostflecken. Es hätte kaum besser sein können. Kelly sprang die vier Holzstufen hoch und klopfte an die Tür.

»Hallo?« Das Gesicht entsprach ganz der Stimme. Sie mußte schon an die achtzig sein, klein und gebrechlich, aber mit entrückten grünen Augen, die von einer glücklicheren Vergangenheit kündeten und durch die dicke Brille vergrößert wurden. Ihr graues Haar zeigte noch ein paar blonde Strähnen.

»Mrs. Boyd? Ich habe vorhin wegen des Wagens angerufen.«

»Wie heißen Sie?«

»Bill Murphy, Madam.« Kelly lächelte gutmütig. »Schrecklich heiß, nicht wahr?«

»Fchtlich«, meinte sie, was wohl *fürchterlich* heißen sollte. »Warten Sie einen Augenblick.« Gloria Boyd verschwand und kam gleich mit den Schlüsseln wieder. Sie begleitete ihn sogar mit zum Auto. Kelly führte sie am Arm die Stufen hinunter.

»Vielen Dank, junger Mann.«

»Gern geschehen, Madam«, erwiderte er galant.

»Wir haben den Wagen für unsere Enkelin angeschafft. Als sie aufs College ging, nahm ihn dann Ken«, sagte sie, selbstverständlich voraussetzend, daß Kelly wußte, wer Ken war.

»Wer, bitte?«

»Mein Mann«, sagte Gloria, ohne sich umzudrehen. »Er ist vor einem Monat gestorben.«

»Mein herzliches Beileid, Madam.«

»Er war lange krank«, sagte die Frau, die sich noch nicht ganz von dem Schock des Verlusts erholt, aber die Tatsache schon akzeptiert hatte. Sie übergab ihm die Schlüssel. »Hier, sehen Sie ihn sich an.«

Kelly sperrte den Wagen auf. Er sah ganz wie das Auto eines Collegestudenten aus, das dann von einem älteren Mann gefahren worden war. Die Sitze waren abgenutzt, einer hatte einen langen Riß, womöglich von einer Kiste mit Kleidern oder Büchern. Er drehte den Schlüssel um, und das Auto sprang sofort an. Der Tank war sogar voll. Die Anzeige hatte bezüglich der gefahrenen Kilometer nicht gelogen, nur 70 000 auf dem Tacho. Er bat darum, einmal um den Block fahren zu dürfen, und erhielt die Erlaubnis dazu. Mechanisch war das Auto in Ordnung, entschied er, während er bei der wartenden Besitzerin wieder vorfuhr.

»Woher kommt all der Rost?« fragte er sie, während er ihr die Schlüssel wieder aushändigte.

»Sie ist in Chicago zur Schule gegangen, auf die Northwestern; bei dem schrecklichen Schnee da oben ist viel Salz gestreut worden.«
»Eine gute Schule. Gehen wir wieder hinein.« Kelly nahm ihren Arm und führte sie ins Haus zurück. Es roch wie im Haus eines alten Menschen, in der Luft hing schwer der Geruch nach Staub, den abzuwischen sie zu müde war, und nach abgestandenem Essen, denn sie bereitete die Mahlzeiten immer noch für zwei Personen zu.
»Haben Sie Durst?«
»Ja, danke, Madam. Ein Glas Wasser wäre nett.« Kelly sah sich um, während sie in der Küche war. An der Wand hing ein Foto, ein Mann in einer strammen Uniform und einem Sam-Browne-Gürtel, der eine junge Frau in einem sehr engen, fast zylindrischen weißen Hochzeitskleid am Arm hielt. Andere Aufnahmen ergaben eine Chronik des Ehelebens von Kenneth und Gloria Boyd. Zwei Töchter und ein Sohn, eine Reise ans Meer, ein alter Wagen, Enkel, alles, was zu einem ausgefüllten und strebsamen Leben dazugehörte.
»Hier, bitte.« Sie gab ihm ein Glas.
»Danke schön. Was hat Ihr Mann gemacht?«
»Er hat zweiundvierzig Jahre für das Handelsministerium gearbeitet. Wir wollten schon nach Florida ziehen, aber da ist er krank geworden, und nun gehe ich allein dorthin. Meine Schwester lebt in Fort Pierce, sie ist auch Witwe, ihr Mann war Polizist...« Ihre Stimme verklang. Als die Katze hereinkam, um den neuen Besucher zu mustern, schien das Mrs. Boyd wieder zu beleben. »Ich werde nächste Woche dorthin ziehen. Das Haus ist bereits verkauft, nächsten Donnerstag muß ich raus. Ich habe es einem netten jungen Arzt verkauft.«
»Hoffentlich gefällt es Ihnen dort unten, Madam. Wieviel möchten Sie für das Auto?«
»Ich kann wegen meiner Augen nicht mehr fahren. Grauer Star. Ich muß überall hingefahren werden. Mein Enkel sagt, es sei eintausendfünfhundert Dollar wert.«
Dein Enkel muß Anwalt sein bei der Geldgier, dachte Kelly. »Wie wär's mit zwölfhundert? Ich kann bar zahlen.«
»Bar?« Ihre Augen bekamen wieder diesen entrückten Schimmer.
»Ja, Madam.«
»Dann können Sie den Wagen haben.« Sie hielt Kelly die Hand hin, und Kelly ergriff sie vorsichtig.
»Haben Sie die Papiere?« Kelly fühlte sich schuldig, daß sie wieder aufstehen mußte, diesmal, um langsam nach oben zu gehen, wobei

sie sich am Geländer festhielt. Inzwischen zückte Kelly seine Brieftasche und zählte zwölf druckfrische Scheine ab.

Es hätte nun eigentlich nicht mehr als zehn Minuten dauern sollen, aber am Ende wurden dreißig daraus. Kelly hatte sich schon erkundigt, wie der Fahrzeugschein umgeschrieben wurde, und im übrigen würde er sich das alles sowieso schenken. Die Versicherungskarte steckte im gleichen Pappumschlag wie der Fahrzeugschein, ausgestellt auf Kenneth W. Boyd. Kelly versprach, sich an ihrer Stelle darum zu kümmern, und natürlich auch um das Nummernschild. Doch es stellte sich heraus, daß all das Bargeld Mrs. Boyd nervös machte, und so half Kelly ihr, einen Einzahlungsschein auszustellen, und fuhr sie auch gleich noch zur Bank, wo sie alles in den Nachttresor einwerfen konnte. Dann fuhr er noch beim Supermarkt vorbei, damit sie Milch und Katzenfutter einkaufen konnte, bevor er sie schließlich nach Hause brachte und wieder bis zur Haustür führte.

»Vielen Dank für das Auto, Mrs. Boyd«, sagte er zum Abschied.

»Wofür werden Sie es brauchen?«

»Beruflich.« Kelly lächelte und ging.

Um Viertel nach neun in jener Nacht fuhren zwei Autos auf den Rastplatz des Interstate 95. Der vordere war ein Dodge Dart, und der hintere ein roter Plymouth Roadrunner. Hintereinander steuerten sie einen halbvollen Parkplatz nördlich des Maryland House an, einer Raststätte auf halbem Weg zum John F. Kennedy Airport, mit einer Tankstelle und einem richtigen Gasthaus, wo es guten Kaffee, aber wie üblich keine alkoholischen Getränke gab. Der Dart kurvte ein paarmal um den Parkplatz, bis er drei Buchten entfernt von einem weißen Oldsmobile mit einem Nummernschild aus Pennsylvania und braunem Dach einparkte. Der Roadrunner schob sich in eine Lücke in der nächsten Reihe. Eine Frau stieg aus und stiefelte auf das Backsteinrestaurant zu. Auf diesem Weg mußte sie am Oldsmobile vorbei.

»Hey, Baby«, sagte ein Mann. Die Frau hielt inne und trat ein paar Schritte auf das Auto mit dem Vinyldach zu. Der Mann war ein Weißer mit langem, aber sauber gekämmtem Haar und einem halboffenen weißen Hemd.

»Henry hat mich geschickt«, sagte sie.

»Ich weiß.« Er streckte die Hand aus, um ihr das Gesicht zu streicheln, wogegen sie sich nicht wehrte. Er blickte sich kurz um, bevor er die Hand tiefer gleiten ließ. »Hast du, was ich will, Baby?«

»Ja.« Sie lächelte. Es war ein gezwungenes, unbehagliches Lächeln, eingeschüchtert, aber nicht verlegen. Doris wußte schon lange nicht mehr, was Verlegenheit war.

»Nette Titten«, sagte der Mann ohne auch nur einen Hauch von Gefühl in der Stimme. »Hol das Zeug.«

Doris ging wieder zu ihrem Auto, als hätte sie etwas vergessen. Sie kehrte mit einer großen Tasche zurück, eigentlich fast ein Seesack. Als sie am Oldsmobile vorbeiging, streckte der Mann die Hand heraus und nahm sie ihr ab. Doris ging weiter in das Gebäude hinein und kam nach einer Minute mit einer Dose Mineralwasser wieder heraus, den Blick auf den Roadrunner gerichtet und in der Hoffnung, daß sie alles richtig gemacht hatte. Der Motor des Oldsmobile lief, und der Fahrer warf ihr eine Kußhand zu, was sie mit einem matten Lächeln beantwortete.

»Na, das war doch kinderleicht«, meinte Henry Tucker, der dreißig Meter entfernt auf der anderen Seite des Gebäudes an einem Tisch im Freien saß.

»Guter Stoff?« fragte ein anderer Mann Tony Piaggi. Sie saßen zu dritt am selben Tisch und »genossen« den schwülen Abend im Freien, während die meisten Gäste sich lieber drinnen im klimatisierten Raum aufhielten.

»Beste Qualität. Der gleiche wie die Probe, die wir vor zwei Wochen geliefert haben. Gleiche Sendung und alles«, versicherte ihm Piaggi.

»Und wenn das Pferdchen scheut?« fragte der Mann aus Philadelphia.

»Sie wird nicht reden«, versicherte ihm Tucker. »Die haben alle gesehen, was mit ungezogenen Mädchen passiert.« Während sie zusahen, stieg ein Mann aus dem Roadrunner und setzte sich auf den Fahrersitz des Dart.

»Sehr gut«, meinte Rick zu Doris.

»Können wir jetzt gehen?« fragte sie. Nun, da ihre Arbeit getan war, zitterte sie und nippte nervös an ihrem Mineralwasser.

»Natürlich, Baby, ich weiß, was du brauchst.« Rick lächelte und ließ das Auto an. »Und nun sei ein braves Mädchen. Zeig mir ein bißchen was.«

»Hier sind Leute«, sagte Doris.

»Na und?«

Ohne ein weiteres Wort knöpfte Doris ihre Bluse auf – es war ein Herrenhemd –, ließ sie aber in ihren verblichenen Shorts stecken. Rick griff hin und lächelte, während er das Lenkrad mit der linken

Hand drehte. *Es hätte schlimmer kommen können,* sagte sich Doris, schloß die Augen und redete sich ein, daß sie jemand anderes an einem anderen Ort war. Sie fragte sich, wie lange es wohl dauern würde, bis auch ihr Leben zu Ende war. Hoffentlich war es bald vorbei.
»Das Geld?« fragte Piaggi.
»Ich brauch 'ne Tasse Kaffee.« Der andere Mann stand auf und ging nach drinnen. Seine Aktentasche ließ er liegen, Piaggi nahm sie in die Hand. Ohne die Rückkehr des anderen abzuwarten, gingen er und Tucker zu dessen Auto, einem blauen Cadillac.
»Willst du's nicht zählen?« fragte Tucker auf halbem Wege.
»Wenn er uns linkt, weiß er, was passiert. So läuft das Geschäft, Henry.«
»Da hast du auch wieder recht«, pflichtete Tucker ihm bei.

»Bill Murphy«, sagte Kelly. »Soviel ich weiß, haben Sie Wohnungen zu vermieten.« Er hielt die Sonntagszeitung hoch.
»Wonach suchen Sie?«
»Ein Zimmer wäre schon in Ordnung. Ich brauche eigentlich nur etwas, wo ich meine Kleider aufhängen kann«, sagte Kelly dem Mann. »Ich bin viel unterwegs.«
»Vertreter?« fragte der Hausverwalter.
»Stimmt genau. Werkzeugmaschinen. Ich bin neu hier – neues Gebiet, meine ich.«
Es war ein alter Gebäudekomplex mit Vorgärten, der bald nach dem Zweiten Weltkrieg für rückkehrende Veteranen erbaut worden war und ausschließlich aus dreistöckigen Backsteinhäusern bestand. An den Bäumen war die Entstehungszeit abzulesen. Sie waren damals gepflanzt worden und waren schön gewachsen, nun hoch genug, um einem guten Bestand an Eichhörnchen Unterschlupf zu bieten, und ausladend genug, um den Parkplätzen Schatten zu geben. Kelly sah sich anerkennend um, während der Verwalter ihn zu einem möblierten Apartment im Erdgeschoß führte.
»Das paßt wunderbar«, verkündete Kelly. Er blickte sich um, überprüfte das Waschbecken in der Küche und andere Installationsanlagen. Das Mobiliar war sichtbar gebraucht, aber in gutem Zustand. Unter jedem Zimmerfenster gab es sogar eine Klimaanlage.
»Ich habe noch andere . . .«
»Das hier ist genau, was ich brauche. Wieviel?«
»Hundertsiebzig im Monat, eine Monatsmiete Kaution.«
»Strom und Gas?«

»Können Sie selber zahlen, oder wir stellen es Ihnen in Rechnung. Einige unserer Mieter mögen es lieber so. Das kommt so im Durchschnitt auf fünfundvierzig Dollar im Monat.«

»Einfacher, eine Rechnung statt zwei oder drei zu zahlen. Also ... Hundertsiebzig plus fünfundvierzig ...«

»Zwei-zwanzig«, sprang der Verwalter ein.

»Vier-vierzig«, korrigierte Kelly. »Zwei Monate, in Ordnung? Ich kann Ihnen einen Scheck geben, aber er ist von einer auswärtigen Bank. Ich habe hier noch kein Konto. Nehmen Sie auch Bargeld?«

»Bargeld nehm ich immer«, versicherte ihm der Verwalter.

»Fein.« Kelly zückte seine Brieftasche und gab ihm die Scheine. Er hielt inne. »Nein, sechs-sechzig, nehmen wir gleich drei Monate, wenn es Ihnen recht ist. Und ich brauche eine Quittung.« Der hilfreiche Verwalter zog einen Block aus seiner Tasche und stellte sofort eine aus. »Wie ist es mit Telefon?« fragte Kelly.

»Das kann ich bis Dienstag regeln, wenn Sie wünschen. Dafür brauche ich aber einen weiteren Vorschuß.«

»Kümmern Sie sich bitte darum, wenn es geht.« Kelly reichte ihm noch mehr Geld. »Meine Sachen habe ich noch nicht mit; wo kann ich denn Bettzeug und so bekommen?«

»Heute ist nicht viel offen. Morgen jede Menge.«

Kelly tat einen Blick durch die Schlafzimmertür auf die blanke Matratze. Schon aus dieser Entfernung konnte er die Dellen sehen. Er zuckte die Achseln. »Na ja, ich hab schon auf Schlimmerem geschlafen.«

»Veteran?«

»Marine«, sagte Kelly.

»War ich auch mal«, erwiderte der Verwalter, womit er Kelly überraschte. »Sie machen keine verrückten Sachen, oder?« Er erwarte das nicht, aber der Besitzer bestehe darauf, daß er es fragte, auch ehemalige Marineangehörige. Die Antwort bestand aus einem einfältigen, besänftigenden Grinsen.

»Es heißt, ich schnarche ziemlich furchtbar.«

Zwanzig Minuten später befand sich Kelly in einem Taxi in Richtung Innenstadt. Er stieg am Bahnhof aus und nahm den nächsten Zug nach Washington, D.C., wo ein weiteres Taxi ihn zu seinem Boot beförderte. Bei Einbruch der Nacht steuerte die *Springer* bereits den Potomac hinab. Es wäre alles so viel leichter gewesen, sagte sich Kelly, wenn er bloß einen Helfer gehabt hätte. Soviel Zeit ging mit nutzlosem Herumfahren drauf. Aber war es denn wirklich nutzlos? Vielleicht nicht. Dabei blieb viel Zeit zum Nachdenken, und das war ebenso wichtig wie sein körperliches Training. Nach sechs mit Denken und Planen ausgefüllten Stunden kam Kelly kurz vor Mitternacht zu Hause an.

Auch nach einem Wochenende, an dem er fast rund um die Uhr auf den Beinen gewesen war, blieb keine Zeit zum Trödeln. Kelly packte seine Kleidung ein; das meiste hatte er in den Vorstädten Washingtons gekauft. Bettzeug würde er in Baltimore besorgen. Essen genauso. Seine .45er Automatik und der Umbausatz von 22 auf 45 mm wurden mit der alten Kleidung zusammengepackt, dazu noch zwei Schachteln Munition. Mehr sollte er wohl nicht brauchen, dachte Kelly, und Munition war schwer. Während er einen weiteren Schalldämpfer fabrizierte, diesmal für die Woodsman, dachte er seine Vorbereitungen noch einmal durch. Er befand sich in ausgezeichneter körperlicher Verfassung, beinahe so gut wie zu seiner Zeit im 3. Sondereinsatzkommando, und er hatte täglich Schießen geübt. Seine Zielgenauigkeit war wahrscheinlich besser denn je, sagte er sich, während er die verschiedenen mechanischen Handbewegungen an den Werkzeugmaschinen durchführte, die ihm mittlerweile in Fleisch und Blut übergegangen waren. Bis drei Uhr früh war der neue Schalldämpfer an der Woodsman befestigt und getestet. Eine halbe Stunde später war er wieder an Bord der *Springer* mit Kurs nach Norden und freute sich darauf, ein paar Stunden zu schlafen, sobald Annapolis hinter ihm lag.

Es war eine einsame Nacht mit vereinzelten Wolken, und er träumte ein wenig vor sich hin, bis er sich selbst wieder zur Ordnung rief. Er war nun kein fauler Zivilist mehr, aber Kelly genehmigte sich trotzdem sein erstes Bier nach Wochen, während er im Geist verschiedenes abhakte. Was hatte er vergessen? Die beruhigende Antwort lautete, daß er sich auf nichts besinnen konnte. Das einzige, was ihn etwas unsicher machte, war sein geringes Wissen. Billy mit seinem roten Angeber-Plymouth. Ein Schwarzer namens Henry. Er kannte ihr Operationsgebiet. Und das war auch schon alles.

Aber?

Aber er hatte schon mit weniger Vorwissen gegen bewaffnete und gut ausgebildete Feinde gekämpft, und auch wenn er sich zwingen müßte, nun genauso sorgfältig zu sein wie dort, wußte er tief im Innern, daß er diesen Auftrag erfolgreich durchführen würde. Einesteils, weil er ihnen körperlich überlegen war – und bei weitem motivierter. Zum anderen, erkannte Kelly überrascht, weil er sich nicht um die Folgen scherte, nur um die Ergebnisse. Ihm fiel etwas aus seiner katholischen College-Vorbereitungsschule ein, eine Stelle aus Vergils *Äneis*, die seinen Auftrag schon fast zweitausend Jahre zuvor umrissen hatte: *Una salus victus nullam sperare salutem.* Das einzige Heil der Besiegten ist es, nicht auf Sicherheit zu hoffen. Was für ein unbarmherziger Gedanke. Kelly lächelte zufrieden, während er unter den Sternen dahinsegelte, die ihr Licht aus so riesigen Entfernungen zu ihm herunterschickten, daß es schon lange vor seinem oder sogar vor Vergils Geburt seine Reise angetreten haben mußte.

Die Pillen halfen, die Realität auszuschalten, aber eben nicht ganz. Der Gedanke war Doris eigentlich nicht bewußt, er schien vielmehr wie eine Stimme, ein Gefühl, wie etwas, das sich hartnäckig im Hintergrund hält, auch wenn man es noch so sehr zu verdrängen sucht. Sie war schon zu abhängig von den Barbituraten. Es fiel ihr schwer einzuschlafen, und in der Leere des Zimmers gab es keine Ausflucht vor ihren Gefühlen. Sie hätte noch mehr Pillen genommen, wenn sie gekonnt hätte, aber sie bekam von ihnen nie, was sie wollte. Dabei wollte sie doch nur so wenig. Nur ein kurzes Vergessen, eine vorübergehende Befreiung von ihrer Angst, das war alles – aber genau das wollten sie ihr bewußt nicht gewähren. Sie bekam mehr mit, als sie wußten oder erwartet hätten, sie sah ihre Zukunft vor sich, aber das hatte wenig Tröstliches. Früher oder später würde die Polizei sie schnappen. Doris war schon öfter verhaftet worden, aber nicht wegen so einer großen Sache. Dafür würde sie lange Zeit hinter Gittern verschwinden. Die Polizei würde versuchen, sie zum Sprechen zu bringen, ihr Schutz versprechen. Aber Doris wußte es besser. Zweimal schon hatte sie Freundinnen sterben sehen. Freundinnen? So weit es eben ging; Frauen, mit denen sie reden konnte, die ihr Leben teilten, so wie es nun mal war, denn selbst in dieser Gefangenschaft gab es kleine Freuden, kleine Siege, die wie ferne Lichter an einem düsteren Himmel auftauchten. Frauen, die mit ihr weinten. Aber zwei von ihnen waren tot, und sie hatte ihrem Sterben zugesehen, vollgepumpt mit Drogen, aber dennoch unfähig einzuschlafen und das Gesehene einfach auszublenden. Das Entsetzen war so ungeheuer, daß es gefühllos machte. Ihre Augen zu sehen, ihre Schmerzen, alles mitzufühlen und zu wissen, daß sie nichts tun konnte und die andere da vorne das ebenso wußte wie sie. Ein Alptraum war schon schlimm genug, aber er ließ sich wenigstens nicht mit Händen greifen. Man konnte aufwachen und ihm entfliehen. Dem hier aber nicht. Sie konnte sich von außen beobachten, als wäre sie ein hilfloser Roboter, der von anderen gesteuert wurde. Ihr

Körper rührte sich nicht, wenn nicht andere es ihm befahlen. Sie mußte selbst ihre Gedanken geheimhalten, ja, sie fürchtete sich sogar davor, sie in ihrem Kopf laut werden zu lassen, damit die anderen sie nicht hören oder von ihrem Gesicht ablesen konnten. Jetzt aber konnte sie machen, was sie wollte, die Gedanken ließen sich nicht mehr verscheuchen.

Rick lag in langen Zügen atmend neben ihr in der Dunkelheit. Etwas in ihr mochte Rick. Er war der freundlichste von allen, und weil er sie nicht so schlimm verprügelte, ließ sie sich manchmal zu dem Gedanken verleiten, daß er sie mochte, wenigstens ein bißchen. Sie durfte aber natürlich nicht aus der Reihe tanzen, denn er konnte genauso wütend werden wie Billy, und so strengte sie sich ungeheuer an, ihm alles recht zu machen. Irgendwo tief im Innern wußte sie, wie dumm das war, aber ihre Realität wurde nun einmal von anderen Leuten bestimmt. Und sie hatte gesehen, was dabei herauskam, wenn eine von ihnen wirklich Widerstand leistete. Nach einer besonders schlimmen Nacht hatte Pam sie in die Arme genommen und ihr flüsternd anvertraut, daß sie fliehen wollte. Später hatte Doris gebetet, daß Pams Flucht gelingen möge und es vielleicht trotz allem noch einen Funken Hoffnung gab, und alles nur, um mitansehen zu müssen, wie ihre Freundin wieder angeschleppt und langsam zu Tode gequält wurde, während sie in nur fünf Metern Entfernung hilflos dasaß und zusah, wie sie Pam alle Grausamkeiten antaten, die ihnen nur in den Sinn kamen. Wie ihr Leben endete, ihr Körper sich aufbäumte, als sie keine Luft mehr bekam, der Mann sie anstarrte und ihr aus wenigen Zentimetern Entfernung ins Gesicht lachte. Ihr einziger Widerstand, und der war glücklicherweise von den Männern unbemerkt geblieben, hatte darin bestanden, daß sie ihrer Freundin das Haar bürstete, wobei sie unentwegt weinte und hoffte, Pam würde spüren, daß es jemanden gab, der etwas für sie empfand, selbst noch im Tod. Aber noch während sie es tat, war es Doris wie eine leere Geste erschienen, und sie hatte deshalb nur um so bitterer geweint.

Was hatte sie nur falsch gemacht? fragte sich Doris, wie schlimm hatte sie sich gegen Gott versündigt, daß ihr Leben so aussah? Konnte denn überhaupt jemand solch ein elendes und hoffnungsloses Leben wirklich verdient haben?

»Ich bin beeindruckt, John«, sagte Rosen und sah seinem Patienten direkt ins Gesicht. Kelly saß mit bloßem Oberkörper auf dem Untersuchungstisch. »Was hast du denn gemacht?«

»Etwa acht Kilometer Schwimmen für die Schultern. Besser als Gewichtheben, was ich aber abends auch noch probiert habe. Ein bißchen Dauerlauf. Etwa das, was ich früher absolviert habe.«

»Ich wünschte, ich hätte deinen Blutdruck«, bemerkte der Chirurg, während er die Armmanschette entfernte. Er hatte an diesem Morgen eine größere Operation gehabt, aber für seinen Freund ließ er sich Zeit.

»Alles Übung, Sam«, riet Kelly.

»Dazu hab ich nicht die Zeit, John«, meinte der Chirurg – nicht sehr überzeugend, wie beide dachten.

»Ein Doktor sollte es besser wissen.«

»Stimmt«, gestand Rosen ein. »Wie geht's dir sonst?«

Er bekam nur einen Blick als Erwiderung, weder ein Lächeln noch ein Grinsen, bloß eine ausdruckslose Miene, die Rosen alles verriet, was er wissen mußte. Noch ein Versuch: »Es gibt ein altes Sprichwort: Bevor du dich an die Rache machst, heb erst zwei Gräber aus.«

»Bloß zwei?« fragte Kelly obenhin.

Rosen nickte. »Ich habe den Obduktionsbericht auch gelesen. Ich kann's dir also nicht ausreden?«

»Wie geht's Sarah?«

Rosen nahm das Ablenkungsmanöver kommentarlos hin. »Steckt tief in ihrem Projekt. Sie ist so begeistert, daß sie mir sogar davon erzählt. Eine ziemlich interessante Sache.«

In diesem Moment kam Sandy O'Toole herein. Kelly verblüffte beide, indem er nach seinem T-Shirt schnappte und sich die Brust bedeckte. »Ich muß doch bitten!«

Die Schwester war so verdutzt, daß sie lachte, und das tat auch Sam, bis ihm klar wurde, daß Kelly tatsächlich bereit war, auszuführen, was auch immer er plante. Das Training, die Lockerheit, die stetigen, ernsten Augen, die in Fröhlichkeit umschlugen, sobald er es wollte. *Wie ein Chirurg,* dachte Rosen. Was war das für ein sonderbarer Gedanke, aber je mehr er den Mann anschaute, desto mehr Intelligenz sah er.

»Sie sehen gesund aus für jemanden, der vor ein paar Wochen angeschossen worden ist«, sagte O'Toole mit einem freundlichen Blick.

»Gesund leben, Madam. Ein einziges Bier in bald dreißig Tagen.«

»Mrs. Lott ist jetzt bei Bewußtsein, Doktor Rosen«, meldete die Schwester. »Nichts Ungewöhnliches, es scheint ihr gutzugehen. Ihr Mann ist schon dagewesen, um sie zu besuchen. Ich denke, er wird auch wieder werden. Ich hatte so meine Zweifel.«

»Danke, Sandy.«
»Also, John, du bist auch gesund. Zieh dein Hemd wieder an, bevor Sandy noch rot wird«, fügte Rosen mit einem leisen Lachen hinzu.
»Wo krieg ich hier was zu essen?« fragte Kelly.
»Ich würde es dir selber zeigen, aber ich muß in etwa zehn Minuten zu einer Konferenz. Sandy?«
Sie warf einen prüfenden Blick auf die Uhr. »So etwa meine Zeit. Wollen Sie sich aufs Krankenhausessen einlassen oder lieber raus?«
»Sie sind die Fremdenführerin, Madam.«
Sie führte ihn zur Kantine, wo das Essen erwartungsgemäß krankenhausfade war, aber wer wollte, konnte ja nachsalzen und stärker würzen. Kelly wählte etwas aus, das hoffentlich satt machte und vielleicht sogar gesund war, um den Mangel an Geschmack wettzumachen.
»Viel zu tun?« fragte er, nachdem sie sich einen Tisch gesucht hatten.
»Immer«, versicherte ihm Sandy.
»Wo wohnen Sie?«
»Beim Loch Raven Boulevard, außerhalb.« Sie hatte sich nicht verändert, sah Kelly. Sandy O'Toole lebte ihr geregeltes Leben, sogar ziemlich gut, aber die Leere in ihrem Leben unterschied sich nicht wesentlich von seiner. Der einzige Unterschied war der, daß er etwas dagegen tun konnte, sie nicht. Sie gab sich offen, besaß eine ordentliche Portion Humor, aber ihr Kummer überwältigte sie doch immer wieder. Kummer war eine starke Macht. Es bot schon gewisse Vorteile, wenn man Feinde hatte, die man aufspüren und ausschalten konnte. Gegen einen Schatten zu kämpfen, war viel schwieriger.
»Reihenhaus, wie hier in der Gegend?«
»Nein, es ist ein alter Bungalow, oder wie Sie es nennen wollen, ein großes, viereckiges Haus mit zwei Stockwerken. Auf zweitausend Quadratmetern. Da fällt mir ein«, fügte sie hinzu, »ich muß dieses Wochenende den Rasen mähen.« Dann erinnerte sie sich, daß Tim immer gern den Rasen gemäht hatte, daß er vorgehabt hatte, die Armee nach seinem zweiten Vietnamaufenthalt zu verlassen und seinen Doktor in Jura zu machen, um dann ein ganz normales Leben zu führen. All das war ihr genommen worden. Von kleinwüchsigen Leuten an einem weit entfernten Ort.
Kelly wußte nicht, was sie genau dachte, aber das war auch nicht nötig. Der veränderte Gesichtsausdruck, die Art, wie sich ihre Stimme verlor, besagte alles. Wie sollte er sie aufmuntern? Eine

sonderbare Frage für ihn, wenn man bedachte, was er in den nächsten Wochen vorhatte.
»Sie sind sehr nett zu mir gewesen, während ich da oben war. Vielen Dank.«
»Wir versuchen, uns gut um unsere Patienten zu kümmern«, sagte sie mit einer freundlichen und ihm ungewohnten Miene.
»Mit einem so hübschen Gesicht sollten Sie den kleinen Schritt auch noch wagen«, forderte Kelly sie auf.
»Wohin?«
»Zum Lächeln.«
»Es ist schwer«, sagte sie, gleich wieder ernst.
»Ich weiß. Aber ich habe Sie vorhin schon zum Lachen gebracht«, meinte Kelly.
»Da haben Sie mich überrascht.«
»Es ist Tim, nicht wahr?« fragte er. Eigentlich sollte das kein Gesprächsthema sein.
Sie blickte Kelly etwa fünf Sekunden lang starr in die Augen. »Ich versteh es einfach nicht.«
»In gewisser Weise ist es einfach. Andererseits auch wieder nicht. Das Schwere«, sagte Kelly, »ist, zu verstehen, warum die Menschen so was heraufbeschwören, warum sie so was tun. Es läuft doch alles darauf hinaus, daß dort draußen böse Menschen sind, und jemand muß sich mit ihnen herumschlagen, denn wenn du es nicht tust, dann werden sie sich eines Tages mit dir herumschlagen. Du kannst versuchen, sie zu ignorieren, aber das funktioniert eigentlich nie. Manchen Dingen kannst du einfach nicht aus dem Weg gehen.«
Kelly lehnte sich zurück, während er überlegte, was er ihr sonst noch sagen konnte. »Sie sehen viele schlimme Dinge hier, Sandy, ich hab schlimmere gesehen. Ich habe gesehen, wie Menschen Dinge ...«
»Ihr Alptraum?«
Kelly nickte. »Ja, stimmt. Ich bin in jener Nacht beinahe selber draufgegangen.«
»Was war ...«
»Es ist besser für Sie, wenn ich es Ihnen nicht erzähle. Ehrlich. Ich meine, ich versteh das Ganze auch nicht, wie Leute so was tun können. Vielleicht glauben sie so sehr an irgend etwas, daß sie nicht mehr daran denken, wie wichtig es ist, Mensch zu bleiben. Vielleicht wollen sie etwas so sehr, daß ihnen sonst alles egal ist. Vielleicht stimmt mit ihnen einfach etwas nicht, wie sie denken, wie sie empfinden. Ich weiß es nicht. Aber was sie tun, ist Realität. Jemand muß sie aufzuhalten versuchen.« *Auch wenn klar ist, daß es nicht funktionieren*

wird, hatte Kelly nicht den Mut hinzuzufügen. Wie konnte er ihr sagen, daß ihr Mann für eine aussichtslose Sache gefallen war?

»Mein Mann ist ein Ritter in strahlender Rüstung auf einem weißen Pferd gewesen? Wollen Sie mir das sagen?«

»Sie sind die Frau in Weiß, Sandy. Sie kämpfen gegen den einen Feind, aber es gibt noch andere. Jemand muß auch sie bekämpfen.«

»Ich werde nie verstehen, warum Tim sterben mußte.«

Darauf lief es letztlich hinaus, dachte Kelly. Es ging nicht um hohe Politik oder irgendwelche sozialen Fragen. Jeder hatte ein Leben, und das sollte sein natürliches Ende finden, nach einer Frist, die von Gott oder dem Schicksal oder irgend etwas anderem, das außerhalb menschlicher Kontrolle lag, bestimmt wurde. Er hatte junge Männer sterben sehen und selber nicht wenige Tode herbeigeführt. Jedes Leben war für den Betroffenen und einige andere wertvoll, und wie sollte er diesen anderen erklären, worum es ging? Und wenn man schon mal dabei war, wie sollte er sich das selbst erklären? Aber das war alles von außen betrachtet. Von innen sah es ganz anders aus. Vielleicht war das die Antwort.

»Sie haben ziemliche Schwerarbeit zu leisten, stimmt's?«

»Ja«, erwiderte Sandy mit einem leichten Nicken.

»Warum suchen Sie sich nicht was Leichteres? Ich meine, in einer Abteilung, wo es anders ist, ich weiß nicht – in der Babystation vielleicht? Da geht's doch fröhlich zu, oder?«

»Schon ziemlich«, gab die Schwester zu.

»Und das ist doch auch wichtig, nicht? Sich um Babies kümmern. Sicher ist da viel Routine dabei, aber es muß trotzdem richtig gemacht werden, oder?«

»Natürlich.«

»Aber Sie tun das nicht. Sie arbeiten in der Neurochirurgie. Sie machen die Schwerarbeit.«

»Irgend jemand muß sie ja ...« *Bingo!* dachte Kelly und schnitt ihr das Wort ab.

»Es ist schwer ... schwer, die Arbeit zu tun ..., schwer für Sie. Sie müssen sich manchmal überwinden, stimmt's?«

»Manchmal.«

»Aber Sie tun es trotzdem.«

»Ja«, sagte Sandy, was mehr als ein Eingeständnis war.

»Aus demselben Grund hat Tim das getan, was er getan hat.« Er sah Verständnis aufblitzen, oder wenigstens einen Anflug davon, bevor ihr lauernder Kummer das Argument wieder beiseite schob.

»Es ergibt dennoch keinen Sinn.«

»Vielleicht macht die *Sache* keinen Sinn, aber die *Menschen* geben ihr einen«, schlug Kelly vor. Viel weiter reichte sein Begriffsvermögen nicht. »Tut mir leid, ich bin kein Priester, nur ein abgehalfterter Navy-Chief.«

»Nicht übermäßig abgehalftert«, sagte O'Toole und beendete ihre Mahlzeit.

»Das habe ich zum Teil Ihnen zu verdanken.« Was ihm ein weiteres Lächeln eintrug.

»Nicht alle unsere Patienten erholen sich. Wir sind schon stolz auf die, denen es gelingt.«

»Vielleicht versuchen wir alle, die Welt zu retten, Sandy, jeder ein kleines Stückchen«, sagte Kelly. Er erhob sich und bestand darauf, Sie in ihre Abteilung zurückzubegleiten. Er brauchte die ganzen fünf Minuten, um ihr zu sagen, was er sich vorgenommen hatte.

»Wissen Sie, ich möchte gern mal mit Ihnen ausgehen. Nicht jetzt, aber...«

»Ich werd's mir überlegen«, meinte sie, die Idee halb verwerfend. Aber sie würde es sich überlegen. Im Moment wußte sie so gut wie Kelly, daß es für sie beide noch zu früh war, für ihn vielleicht noch mehr als für sie. Was war das bloß für ein Mann? fragte sie sich. Wie gefährlich war es, ihn näher kennenzulernen?

13 / Planungen

Es war sein erster Besuch im Pentagon überhaupt. Kelly fühlte sich ungemütlich. Er fragte sich, ob er nicht besser seine Khakiuniform angezogen hätte, aber jetzt war es sowieso zu spät. Statt dessen trug er nun einen blauen Sommeranzug mit der Miniaturausgabe seines Ordensbandes am Revers. Nach der Ankunft im Bus- und Autotiefgeschoß ging er eine Rampe hoch und suchte nach dem Lageplan des Gebäudekomplexes, den er rasch überflog und in sein Gedächtnis speicherte. Fünf Minuten später betrat er das richtige Büro.

»Ja?« fragte ein Unteroffizier.

»John Kelly, ich habe einen Termin bei Admiral Maxwell.« Er wurde aufgefordert, Platz zu nehmen. Auf dem Beistelltisch lag eine Ausgabe der *Navy Times*, die er nicht mehr gelesen hatte, seit er den Militärdienst verlassen hatte. Doch Kelly konnte seine nostalgischen Gefühle leicht im Zaum halten. Die Beschwerden und Meckereien, die er da zu lesen bekam, hatten sich nicht viel verändert.

»Mr. Kelly?« rief eine Stimme. Er erhob sich und schritt durch die offene Tür. Nachdem sie sich hinter ihm geschlossen hatte, blinkte ein rotes Licht auf zur Warnung, daß jetzt nicht gestört werden durfte.

»Wie fühlen Sie sich, John?« fragte Maxwell als erstes.

»Sehr gut, Sir, danke, Sir.« Zivilist hin oder her, Kelly konnte eine gewisse Beklommenheit in Anwesenheit eines Flaggoffiziers nicht verleugnen. Aber es kam noch schlimmer, als sich eine weitere Tür öffnete und zwei Männer eintraten, der eine in Zivil, der andere in der Uniform eines Konteradmirals – noch ein Flieger, sah Kelly, der von dessen Orden zusätzlich eingeschüchtert wurde. Maxwell stellte die beiden vor.

»Ich habe schon viel von Ihnen gehört«, sagte Podulski, als er dem jüngeren Mann die Hand schüttelte.

»Danke, Sir.« Kelly fiel nichts anderes ein.

»Cas und ich haben schon ewig miteinander zu tun«, bemerkte Maxwell, um die Verlegenheit zu überbrücken. »Ich habe fünfzehn erwischt –« er deutete auf die Aluminiumplatte an der Wand – »und Cas achtzehn.«

»Und auf Film«, versicherte ihm Podulski.

»Ich habe gar keinen erwischt«, warf Greer ein, »aber ich habe mir auch nicht das Hirn vom Sauerstoff zerfressen lassen.« Dieser Admiral in Zivil hatte die Kartentasche mitgebracht. Er zog eine Landkarte heraus, das gleiche Blatt, das Kelly, allerdings mit mehr Markierungen versehen, auch zu Hause hatte. Dann kamen die Fotografien, und Kelly warf einen weiteren Blick auf Colonel Zacharias' Gesicht, das diesmal irgendwie verbessert worden und dem Paßbild eindeutig ähnlich war, das Greer danebenlegte.

»Dem Ort bin ich schon auf wenige Kilometer nahegekommen«, meinte Kelly. »Mir hat nie jemand gesagt...«

»Das war damals noch nicht da. Die Anlage ist neu, noch keine zwei Jahre alt«, erklärte Greer.

»Noch weitere Bilder, James?« fragte Maxwell.

»Bloß noch einige SR-71-Aufnahmen aus sehr schrägem Winkel, die nichts Neues enthalten. Ich habe jemanden, der jede Aufnahme von diesem Ort überprüft, ein guter Mann, war früher bei der Luftwaffe. Er untersteht allein mir.«

»Du wirst noch ein guter Spion«, bemerkte Podulski mit einem leisen Lachen.

»Sie brauchen mich eben«, erwiderte Greer mit unbeschwerter Stimme, der es aber nicht an Ernsthaftigkeit fehlte. Kelly besah sich diese drei. Das Wortgeplänkel war nicht viel anders als in der Mannschaftsmesse, nur die Sprache war gewählter. Greer sah nun wieder auf Kelly. »Was können Sie mir von dem Tal erzählen?«

»Das Schönste daran ist, nicht hinzugehen...«

»Erzählen Sie mir erst mal, wie Sie den kleinen Dutch rausgeholt haben. Jeden einzelnen Schritt«, befahl Greer.

Kelly brauchte dafür eine Viertelstunde, von der Zeit, als er die USS *Skate* verließ, bis zu dem Augenblick, als der Hubschrauber ihn und Lieutenant Maxwell aus der Flußmündung gefischt hatte, um sie auf die *Kitty Hawk* zu fliegen. Die Geschichte war schnell erzählt. Es überraschte ihn daher, was für Blicke sich die Admiräle zuwarfen.

Kelly war noch nicht in der Lage, diese Blicke zu verstehen. Die Admiräle waren für ihn weder alt noch wirklich menschlich. Sie waren *Admiräle*, göttergleiche, alterslose Wesen, die wichtige Entscheidungen fällten und so aussahen, wie sie aussehen sollten, auch wenn der eine keine Uniform trug. Kelly schätzte auch sich nicht jung ein. Er hatte Gefechte erlebt, nach denen jeder Mann für immer verändert ist. Aber Maxwell, Podulski und Greer sahen ihn aus einer anderen Perspektive, denn für sie war dieser junge Mann gar nicht so furchtbar anders als sie selber vor dreißig Jahren. Ihnen war im Nu klargeworden, daß Kelly ein Kämpfer war, und in ihm sahen sie sich selbst. Die verstohlenen Blicke, die sie sich zuwarfen, glichen sehr denen eines Großvaters, der seinem Enkel zuschaut, wie er seinen ersten zaghaften Schritt auf dem Wohnzimmerteppich macht. Aber hier ging es um größere und ernsthaftere Schritte.

»Das war schon eine knifflige Aufgabe«, sagte Greer, als Kelly geendet hatte. »Also die Gegend ist dicht bevölkert?«

»Ja und nein, Sir. Ich meine, da ist keine Stadt oder so, aber einige Bauernhöfe und dergleichen. Ich habe auf dieser Straße Verkehr gesehen und gehört. Nur ein paar LKWs, aber jede Menge Fahrräder, Ochsenkarren, so Zeug eben.«

»Nicht viel Militärtransporte?« fragte Podulski.

»Admiral, das wäre eher auf dieser Straße hier zu erwarten.« Kelly tippte auf die Karte. Er sah, wo die Einheiten der NVA eingetragen waren. »Was sehen Sie denn vor, um da reinzukommen?«

»Das ist alles nicht einfach, John. Wir ziehen die Möglichkeit in Betracht, jemanden mit dem Hubschrauber abzusetzen, vielleicht sogar einen Angriff mit Landungsbooten und einen schnellen Vorstoß auf dieser Straße.«

Kelly schüttelte den Kopf. »Zu weit. Die Straße ist zu leicht zu verteidigen. Meine Herren, Sie müssen verstehen, die Vietnamesen sind wirklich ein Volk in Waffen. Praktisch jeder dort hat schon mal in einer Uniform gesteckt, und wenn man den Leuten Gewehre gibt, fühlen sie sich gleich wieder der Truppe zugehörig. Da drüben gibt es genug Leute mit Gewehren, um Ihnen einen Vorstoß auf diesem Weg verdammt schwer zu machen. Sie würden es nie schaffen.«

»Unterstützen die Leute wirklich die kommunistische Regierung?« fragte Podulski. Er konnte es einfach nicht glauben. Kelly schon.

»Mein Gott, Admiral, warum, meinen Sie, kämpfen wir dort schon so lange? Warum, denken Sie, hilft niemand den Piloten, die abgeschossen werden? Die sind einfach nicht wie wir hier. Das ist etwas, was wir nie verstanden haben. Jedenfalls, wenn Sie Marineeinheiten an der Küste absetzen, wird sie niemand mit offenen Armen empfangen. Vergessen Sie den Vorstoß über diese Straße, Sir. Ich bin dort gewesen. Es ist keine richtige Straße, nicht mal so gut, wie sie auf diesen Bildern ausschaut. Ein paar gefällte Bäume, und schon ist sie blockiert.« Kelly sah auf. »Hubschrauber sind die einzige Lösung.«

Er konnte sehen, daß die anderen seine Worte nicht gerade gern aufgenommen haben, und es war auch nicht schwer zu verstehen, warum. Dieser Landesteil war mit Flugabwehrbatterien übersät. Eine Kampftruppe dorthin zu bringen, würde nicht einfach sein. Mindestens zwei dieser Männer waren Piloten, und wenn ihnen ein Bodenangriff vielversprechend erschienen war, dann mußten die Flakstellungen ein schlimmeres Problem darstellen, als Kelly bisher geschätzt hatte.

»Wir können die Flak unschädlich machen«, dachte Maxwell laut.

»Du fängst doch nicht schon wieder mit B-52-Bombern an, oder?« fragte Greer.

»Die *Newport News* geht in ein paar Wochen wieder in Gefechtsbereitschaft. John, haben Sie die jemals schießen sehen?«

Kelly nickte. »Und ob. Sie hat uns zweimal Rückendeckung gegeben, als wir in Küstennähe operiert haben. Schon beeindruckend, was deren Geschosse alles ausrichten können. Sir, das Problem ist: Wie viele Dinge müssen klappen, damit die Mission ein Erfolg wird? Je komplizierter alles aufgebaut ist, desto leichter kann was schiefgehen, und eine Sache allein kann schon furchtbar kompliziert werden.« Kelly lehnte sich auf der Couch zurück und erinnerte sich selbst daran, daß das, was er eben gesagt hatte, nicht nur für die Admiräle ein Grund zum Nachdenken war.

»Dutch, wir haben in fünf Minuten eine Sitzung«, sagte Podulski widerstrebend. Dieses Treffen war nicht erfolgreich gewesen, dachte er. Greer und Maxwell waren sich da nicht sicher. Sie hatten ein paar Dinge davon gelernt. Das war immerhin etwas wert.

»Darf ich fragen, warum Sie diese Sache so unter Verschluß halten?« fragte Kelly.

»Sie haben es schon erraten.« Maxwell sah zu dem ihm untergeordneten Flaggoffizier hinüber und nickte.

»Die Song-Tay-Geschichte ist aufgeflogen«, sagte Greer. »Wir wissen nicht, wie, aber wir haben später durch eine unserer Quellen herausgefunden, daß die anderen davon Wind bekommen hatten – zumindest geahnt haben –, daß etwas im Gange war. Sie hatten es später erwartet, und am Ende kamen wir an Ort und Stelle an, ganz kurz nachdem sie die Gefangenen evakuiert hatten, aber bevor sie noch ihren Hinterhalt legen konnten. Glück und Pech in einem. Sie hatten die Operation KINGPIN erst einen Monat später erwartet.«

»Lieber Gott«, zischte Kelly. »Jemand hier hat sie absichtlich verraten?«

»Willkommen in der Welt der Geheimdienstunternehmungen, Chief«, sagte Greer mit einem grimmigen Lächeln.
»Aber *warum* bloß?«
»Sollte ich den Herrn je treffen, werde ich ihn auf jeden Fall fragen.« Greer schaute die anderen an. »Da könnten wir gut einhaken. Sollen wir die Berichte von der Operation prüfen, ganz unauffällig?«
»Wo sind sie?«
»Auf dem Luftwaffenstützpunkt Eglin, wo die KINGPIN-Leute vorbereitet wurden.«
»Wen schicken wir?« fragte Podulski.
Kelly spürte, wie sich alle Blicke ihm zuwandten. »Meine Herren, ich war nur ein Chief, vergessen Sie das nicht.«
»Mr. Kelly, wo haben Sie Ihren Wagen geparkt?«
»In der Stadt, Sir. Ich bin mit dem Bus hergekommen.«
»Kommen Sie mit. Es gibt einen Pendelbus, mit dem Sie zurückfahren können.«
Schweigend verließen sie das Gebäude. Greers Wagen, ein Mercury, war in einem für Besucher reservierten Platz beim Eingang am Fluß geparkt. Er bedeutete Kelly einzusteigen und steuerte auf den George Washington Parkway zu.
»Dutch hat Ihre Akte wieder rausgekramt. Ich konnte sie lesen. Bin beeindruckt, mein Sohn.« Greer erwähnte nicht, daß Kelly bei seinen zahllosen Einstellungsprüfungen in drei unterschiedlich aufgebauten Intelligenztests im Durchschnitt auf einen IQ von 147 gekommen war. »Jeder einzelne Ihrer ehemaligen Kommandanten hat Sie in den höchsten Tönen gelobt.«
»Ich habe für einige gute Leute gearbeitet, Sir.«
»So sieht es aus, und drei von denen haben versucht, Sie in die Schule für Offiziersanwärter zu bekommen, aber das hat Dutch Sie schon gefragt. Ich möchte auch wissen, warum Sie das College-Stipendium nicht angenommen haben.«
»Ich hatte die Schulen satt. Und das Stipendium war fürs Schwimmen, Admiral.«
»Das ist in Indiana eine große Sache, soviel ich weiß, aber Ihre Noten waren so gut, daß Sie auch ein akademisches Stipendium hätten bekommen können. Sie waren auf einer ziemlich feinen Privatschule . . .«
»Das war auch ein Stipendium.« Kelly zuckte die Achseln. »Aus meiner Familie ist noch nie einer auf dem College gewesen. Mein Vater hat während des Krieges mal kurz in der Marine gedient. Ich

schätze, er hat sich dazu einfach verpflichtet gefühlt.« Daß es für seinen Vater eine schwere Enttäuschung gewesen war, hatte er nie jemandem erzählt.

Greer ließ sich das durch den Kopf gehen. Es war immer noch keine ausreichende Antwort. »Das letzte Schiff, das ich kommandiert habe, war ein U-Boot, die *Daniel Webster*. Mein Chief an Bord, der für das Sonar verantwortlich war, hatte einen Doktor in Physik. Guter Mann, verstand seinen Job besser als ich meinen, aber er war keine Führungspersönlichkeit, hat sich irgendwie davor gescheut. Sie nicht, Kelly. Sie haben es versucht, aber Sie haben es nicht wirklich gemacht.«

»Schauen Sie, Sir, wenn Sie da draußen sind, und ständig passiert irgendwas, muß doch jemand die Dinge in die Hand nehmen.«

»Nicht jeder sieht das so. Kelly, es gibt zwei Arten von Leuten auf der Welt, diejenigen, die alles gesagt bekommen müssen, und diejenigen, die alles selber herausfinden«, verkündete Greer.

Auf dem Wegweiser stand irgend etwas, das Kelly nicht mitbekam, aber vom CIA stand da sicher nichts drauf. Ihm ging erst ein Licht auf, als er das überdimensionale Wachhaus sah.

»Haben Sie schon mit Leuten vom Dienst zusammengearbeitet, als Sie drüben waren?«

Kelly nickte. »Mit einigen. Wir waren – na ja, Sie werden es ja wissen, Projekt PHOENIX. Wir waren ein Teil davon, ein kleiner Teil.«

»Was haben Sie von ihnen gehalten?«

»Zwei oder drei waren ganz gut. Der Rest – wollen Sie eine ehrliche Antwort?«

»Genau die will ich«, versicherte ihm Greer.

»Der Rest versteht wahrscheinlich mehr davon, Martinis zu mixen, geschüttelt, nicht gerührt«, sagte Kelly gleichgültig. Das trug ihm ein bedauerndes Lachen ein.

»Ja, die Leute hier sehen sich gerne Filme an!« Greer fand seinen Parkplatz und stieß die Wagentür auf. »Kommen Sie mit, Chief.« Der Admiral in Zivil führte Kelly zum Haupteingang und verschaffte ihm einen besonderen Besucherausweis, mit dem er nur in Begleitung aufs Gelände durfte.

Kelly fühlte sich hier wie ein Tourist in einem fernen und fremden Land. Gerade die Unauffälligkeit der Gebäude verlieh ihnen eine düstere Note. Auch wenn es ein ganz gewöhnliches, sogar ziemlich neues Bürohaus war, besaß das CIA-Hauptquartier doch eine gewisse Aura. Es war nicht ganz wie in der wirklichen Welt. Greer fing

Kellys Blick auf und lachte in sich hinein. Er geleitete ihn zu einem Aufzug, mit dem sie in sein Büro im sechsten Stock gelangten. Erst als sie sich hinter der geschlossenen Holztür befanden, nahm er das Gespräch wieder auf.
»Wie sieht Ihr Zeitplan für die nächste Woche aus?«
»Flexibel. Ich bin ungebunden«, antwortete Kelly vorsichtig.
James Greer nickte nüchtern. »Dutch hat mir schon davon berichtet. Es tut mir sehr leid, Chief, aber meine derzeitige Aufgabe betrifft zwanzig gute Männer, die ihre Familien wahrscheinlich nie wieder sehen werden, wenn wir nicht bald etwas unternehmen.« Er öffnete seine Schreibtischschublade.
»Sir, jetzt verwirren Sie mich aber.«
»Na ja, wir können es auf die schwere oder leichte Tour machen. Die harte wäre, daß Dutch einen Anruf tätigt, und Sie werden wieder in den aktiven Dienst versetzt«, sagte Greer streng. »Die leichte wäre, wenn Sie sich für mich als ziviler Berater zur Verfügung stellten. Wir zahlen Ihnen einen Tagessatz, der erheblich höher ist als der Sold eines Chief.«
»Für was?«
»Sie fliegen zum Luftwaffenstützpunkt Eglin, über New Orleans und Avis, nehme ich an. Das hier –« Greer schob Kelly einen brieftaschengroßen Ausweis zu – »ermöglicht Ihnen den Zugang zu deren Akten. Ich möchte, daß Sie die Operationspläne durchgehen, als Modell für das, was wir unternehmen wollen.« Kelly sah auf den Ausweis. Er enthielt sogar sein altes Navy-Paßbild.
»Einen Augenblick mal, Sir. Ich bin nicht qualifiziert ...«
»Ich denke, sachlich gesehen sind Sie es, aber von außen wird es so aussehen, als wären Sie es nicht. Nein, Sie sind nichts weiter als ein ganz untergeordneter Mitarbeiter, der Informationen für einen unbedeutenden Bericht sammelt, den kein hohes Tier je lesen wird. Die Hälfte des Geldes, das wir in diesem verdammten Dienst ausgeben, schmeißen wir auf diese Art zum Fenster raus, falls Ihnen das noch niemand gesagt hat«, meinte Greer, wobei er sich durch seinen Verdruß über den CIA zu einer geringfügigen Übertreibung hinreißen ließ. »So soll es unserer Meinung nach aussehen: routinemäßig und völlig unerheblich.«
»Meinen Sie das wirklich ernst?«
»Chief, Dutch Maxwell ist gewillt, seine Karriere für diese Männer aufs Spiel zu setzen. Ich genauso. Wenn es einen Weg gibt, sie aus ...«
»Was ist mit den Friedensgesprächen?«

Wie soll ich das diesem Jüngling erklären? fragte sich Greer. »Colonel Zacharias ist offiziell gefallen. Die Gegenseite hat das behauptet und sogar das Foto einer Leiche veröffentlicht. Seiner Frau ist es mitgeteilt worden; sogar ein Militärgeistlicher und die Gattin eines anderen Luftwaffenangehörigen sind dabeigewesen, um es ihr leichter zu machen. Dann hat sie eine Woche Zeit bekommen, um aus der Dienstwohnung auszuziehen, bloß um alles offiziell zu machen«, fügte Greer hinzu. »Er ist *offiziell* tot. Ich habe einige sehr vorsichtige Gespräche mit Leuten geführt, und wir –« das, was jetzt kam, fiel ihm sehr schwer – »unser Land wird wegen so was nicht die Friedensgespräche vermasseln. Das Foto, das wir haben, wäre vor Gericht selbst in der Vergrößerung kein ausreichender Beweis, und das ist der Standard, der auch für uns gilt. Wir könnten die üblichen Beweisforderungen nicht einmal annähernd erfüllen, und die Leute, die die Entscheidung getroffen haben, wissen das auch. Sie wollen nicht, daß die Friedensgespräche unterlaufen werden, und wenn das Leben von zwanzig weiteren Männern geopfert werden muß, um diesen gottverdammten Krieg zu beenden, dann ist das eben notwendig. Diese Männer werden abgeschrieben.«

Kelly konnte es nicht fassen. Wie viele Menschen wurden von den USA jedes Jahr »abgeschrieben«? Und nicht alle waren Uniformierte, oder? Einige waren daheim, in amerikanischen Städten.

»Ist es wirklich so schlimm?«

Die Ermüdung in Greers Gesicht war unverkennbar. »Wissen Sie, warum ich mich für diesen Posten entschieden habe? Ich wollte schon in Pension gehen. Ich habe meine Dienstzeit abgeleistet, habe meine Schiffe befehligt, meine Arbeit getan. Ich bin reif für ein nettes Häuschen und zwei Runden Golf in der Woche, daneben noch ein bißchen Beraterarbeit, nicht? Chief, zu viele Leute kommen auf solche Posten, für die die Wirklichkeit nichts weiter ist als eine Aktennotiz. Sie schalten auf ›Abwicklung‹ und vergessen, daß sich ganz am Ende des Papierkrams ein menschliches Wesen befindet. Deswegen habe ich mich wieder gemeldet. Jemand muß doch versuchen, wieder ein bißchen Realität in das Ganze zu bringen. Wir behandeln diese Sache als ›schwarzes‹ Projekt. Wissen Sie, was das heißt?«

»Nein, das weiß ich nicht, Sir.«

»Es ist ein neu aufgekommener Begriff. Er bedeutet, es existiert nicht. Verrückt, was? Es sollte nicht so sein, aber so ist es eben. Machen Sie mit oder nicht?«

New Orleans ... Kelly kniff die Augen in schmalen Schlitzen zusammen. Es dauerte fünfzehn Sekunden, dann begann er langsam zu nicken. »Wenn Sie meinen, daß ich helfen kann, Sir, dann bin ich dabei. Wieviel Zeit habe ich?«

Greer brachte ein Lächeln zustande und schnippte Kelly einen Fahrkartenumschlag in den Schoß. »Ihr Ausweis lautet auf den Namen John Clark; sollten Sie sich leicht merken können. Sie fliegen morgen nachmittag runter. Der Rückflug ist offen, aber ich möchte Sie am nächsten Freitag hier sehen. Ich erwarte gute Arbeit von Ihnen. Meine Karte und Privatnummer sind da mit drin. Packen Sie Ihre Sachen, mein Sohn.«

»Aye, aye, Sir.«

Greer stand auf und begleitete Kelly zur Tür. »Und lassen Sie sich für alles Quittungen geben. Wer für Onkel Sam arbeitet, muß sicherstellen, daß auch alle anständig bezahlt werden.«

»Das werde ich tun, Sir.« Kelly lächelte.

»Sie können den blauen Bus zurück zum Pentagon nehmen.« Als Kelly das Büro verlassen hatte, machte sich Greer wieder an die Arbeit.

Der blaue Pendelbus kam fast sofort, nachdem er bei der überdachten Haltestelle angelangt war. Es war eine merkwürdige Fahrt. Etwa die Hälfte der Mitfahrenden trug Uniform, die andere nicht. Niemand sprach mit dem anderen, als würde der bloße Austausch von Freundlichkeiten oder ein Kommentar dazu, daß die Washington Senators immer noch am unteren Tabellenende der American Ligue herumkrebsten, schon die Sicherheitsvorschriften verletzen. Er lächelte und schüttelte den Kopf, bis ihm seine eigenen Geheimnisse und Absichten einfielen. Und doch – Greer hatte ihm eine Möglichkeit geboten, die er nicht bedacht hatte. Kelly lehnte sich in seinem Sitz zurück und blickte aus dem Fenster, während die übrigen Fahrgäste im Bus starr geradeaus sahen.

»Die sind richtig glücklich«, sagte Piaggi.

»Sag ich doch die ganze Zeit, Mann. Es bringt eben was, das beste Produkt auf der Straße zu haben.«

»Alle sind aber nicht so glücklich. Einige Leute sitzen jetzt auf ein paar hundert Kilo französischem Stoff, und wir haben mit unserem speziellen Einführungsangebot auch noch die Preise in den Keller purzeln lassen.«

Tucker mußte herzhaft lachen. Die »alte Garde« hatte jahrelang überhöhte Preise verlangt. Das wäre geradezu ein Fall für das Kartellamt. Ein jeder hätte die zwei für Geschäftsleute gehalten oder für

Anwälte. In diesem Restaurant zwei Blocks vom neuen Garmatz-Gerichtsgebäude entfernt waren beide Berufsgruppen reichlich vertreten. Piaggi war etwas besser gekleidet, italienische Seide, und er merkte sich vor, Henry einmal seinem Schneider vorzustellen. Zumindest hatte der Kerl inzwischen gelernt, wie man sich ein bißchen pflegte. Als nächstes mußte man ihm noch beibringen, sich nicht so auffallend zu kleiden. Respektabilität hieß das Zauberwort. Gerade so viel davon, daß einen die Leute mit Achtung behandelten.

Diese bunt herausgeputzten Lackaffen wie die Zuhälter spielten ein gefährliches Spiel, das sie zu dumm waren zu verstehen.

»Bei der nächsten Lieferung kommt doppelt soviel. Können deine Freunde das bewältigen?«

»Leicht. Die Leute in Philly sind ganz besonders glücklich. Ihr Hauptlieferant hatte einen kleinen Unfall.«

»Ja, hab's gestern in der Zeitung gesehen. Schlampig. Zu viele Leute in der Mannschaft, stimmt's?«

»Henry, du wirst immer schlauer. Werd nur nicht zu gerissen, okay? Ein guter Rat«, sagte Piaggi mit leisem Nachdruck.

»Ganz ruhig, Tony. Ich will damit bloß sagen, wir sollten nicht den gleichen Fehler machen, okay?«

Piaggi entspannte sich und nahm einen Schluck Bier. »Du hast recht, Henry. Und ich sage dir offen, daß es nett ist, mit jemandem Geschäfte zu machen, der was von Organisation versteht. Alle sind ungeheuer neugierig, wo dein Stoff herkommt. Ich wimmle das ab für dich. Später allerdings, wenn du mehr Kohle brauchst...«

Tuckers Augen blitzten kurz auf. »Nein, Tony. Wenn ich nein sage, meine ich nein.«

»Na gut. Darüber können wir später nachdenken.«

Tucker nickte, als wolle er es dabei bewenden lassen, aber er fragte sich, was für einen Zug sein »Geschäftspartner« wohl vorhaben mochte. Vertrauen war in dieser Branche eine veränderliche Größe. Er vertraute Tony, daß er rechtzeitig zahlte. Er hatte Piaggi günstige Bedingungen angeboten, die waren angenommen worden, und die Eier, die diese goldene Gans legte, waren seine Lebensversicherung. Er hatte bereits den Punkt erreicht, wo eine versäumte Zahlung seinem Geschäft nicht mehr schaden konnte, und solange er einen ständigen Nachschub an gutem Heroin hatte, würden sie sich weiter durchaus geschäftsmäßig verhalten, deswegen hatte er sich ja überhaupt nur für die Zusammenarbeit mit ihnen entschieden. Aber bei der Sache gab es keine wirkliche Loyalität. Das Vertrauen reichte nur so weit, wie einer nützlich war. Henry hatte nie mehr erwartet, aber wenn sein Komplize je aufdringlich wegen seiner Lieferwege werden sollte ...

Piaggi wußte nicht sicher, ob er zu weit gegangen war, und zweifelte etwas, ob Tucker über alle Möglichkeiten, die sich ihm boten, den Überblick hatte. Die Verteilung an der gesamten Ostküste zu kontrollieren, und das aus einer vorsichtigen und sicheren Organisation heraus, glich der Verwirklichung eines langgehegten Traums. Sicherlich würde er bald mehr Kapital brauchen, und Piaggis Kontaktleute fragten bereits, wie sie helfen konnten. Aber er sah, daß Tucker nicht erkannte, wie arglos seine Frage im Grunde war, und wenn er das Thema weiter verfolgte und immer wieder seine guten Absichten betonte, würde alles nur schlimmer werden. Und so widmete sich Piaggi wieder seinem Essen und beschloß, die Dinge eine Weile auf sich beruhen zu lassen. Einfach zu schade. Tucker war ein gerissener kleiner Gauner, aber eben einer aus Überzeugung. Vielleicht würde er noch lernen, größer zu werden. Henry würde zwar nie zur Familie gehören, aber ein wichtiger Verbindungsmann konnte er trotzdem werden.

»Paßt es dir nächsten Freitag?«
»Fein. Immer schön sauber bleiben. Und immer schön auf der Hut sein.«
»Du sagst es, Mann.«

Vom Friendship International Airport startete Kelly, der Business class flog, zu einem ruhigen Flug mit einer Boeing-737. Die Stewardeß brachte ihm eine leichte Mahlzeit. So ein Flug über die Staaten unterschied sich deutlich von seinen anderen Abenteuern in der Luft. Es überraschte ihn, wie viele Swimmingpools es gab. Überall, selbst in der welligen Hügellandschaft Tennessees, ließ die Sonne über ihm von grünem Gras gesäumte, kleine quadratische Flecken chlorblauen Wassers aufblitzen. Sein Land wirkte aus dieser Perspektive so gemütlich, so behaglich, solange niemand näher hinsah. Doch zumindest mußte Kelly nicht auf Leuchtspurmuniton achten.

Am Avis-Schalter stand schon ein Wagen inklusive Stadtplan für ihn bereit. Es stellte sich heraus, daß er auch nach Panama City, Florida, hätte fliegen können, aber New Orleans, entschied er, kam ihm gerade recht. Kelly verstaute seine beiden Koffer und fuhr los in Richtung Osten. Es war beinahe wie am Steuer seines Bootes, wenn auch etwas hektischer, eine tote Zeit, in der er seinen Verstand arbeiten lassen und Möglichkeiten und Vorgehensweisen durchdenken konnte, während seine Augen den Verkehr beobachteten, sein

Geist aber etwas vollkommen anderes sah. Er begann sogar zu lächeln, ein Hauch von Gelassenheit in seinen Zügen, was ihm gar nicht bewußt wurde, als er sich in der Phantasie einen vorsichtigen und wohlbedachten Ausblick auf die nächsten paar Wochen genehmigte.

Vier Stunden nach der Landung, nachdem er die südlichen Landstriche von Mississippi und Alabama durchquert hatte, hielt er den Wagen am Haupttor des Luftwaffenstützpunktes Eglin an. Genau das passende Übungsgelände für die KINGPIN-Truppe; Hitze und Feuchtigkeit entsprachen exakt dem Land, in dem sie schließlich gelandet waren. Kelly wartete vor dem Wachhäuschen auf eine blaue Luftwaffenlimousine, die ihn abholen sollte. Als sie kam, stieg ein Offizier aus.

»Mr. Clark?«

»Ja.« Er übergab ihm seine Ausweismappe. Der Offizier salutierte sogar vor ihm, eine neue Erfahrung für Kelly. Da war jemand überaus beeindruckt vom CIA. Dieser junge Offizier hatte wahrscheinlich noch nie mit jemandem vom Dienst zu tun gehabt. Freilich hatte sich Kelly sogar die Mühe gemacht, eine Krawatte umzubinden, in der Hoffnung, so respektabel wie möglich auszusehen.

»Wenn Sie mir bitte folgen wollen, Sir.« Der Offizier, Captain Griffin, führte ihn zu einem Zimmer im ersten Stock der Wohngebäude für unverheiratete Offiziere, das etwa einem Mittelklasse-Motel entsprach und angenehm nahe am Strand lag. Nachdem er Kelly beim Auspacken geholfen hatte, ging Griffin mit ihm in den Offiziersklub, wo, wie er sagte, Kelly Besucherstatus genoß. Er bräuchte nur seinen Zimmerschlüssel vorzuzeigen.

»Ich kann diese Gastfreundschaft nicht erwidern, Captain.« Kelly fühlte sich verpflichtet, das erste Bier zu kaufen. »Sie wissen, warum ich hier bin?«

»Ich bin dem Geheimdienst zugeteilt«, erwiderte Griffin.

»KINGPIN?« Wie in einem Film blickte der Offizier sich erst nach allen Seiten um, bevor er antwortete.

»Ja, Sir. Wir haben Ihnen alle Dokumente bereitgelegt, die Sie brauchen. Ich habe gehört, Sie haben drüben auch Sonderoperationen durchgeführt.«

»Stimmt.«

»Ich möchte Sie etwas fragen, Sir«, sagte der Captain.

»Schießen Sie los«, lud Kelly ihn zwischen zwei Schlucken ein. Er war nach der Fahrt von New Orleans richtig ausgetrocknet.

»Wissen Sie, wer den Einsatz hat auffliegen lassen?«

»Nein«, erwiderte Kelly und fügte aus einer Laune heraus hinzu: »Vielleicht kann ich dazu was aufspüren.«
»Wir glauben, daß mein großer Bruder in diesem Lager gewesen ist. Er wäre jetzt daheim, wenn da nicht so ein ...«
»Scheißkerl«, ergänzte Kelly hilfreich. Der Captain wurde tatsächlich rot.
»Wenn Sie ihn identifizieren, was dann?«
»Nicht meine Abteilung«, erwiderte Kelly, der seine Bemerkung bereits bedauerte. »Wann fange ich an?«
»Das ist für morgen früh vorgesehen, Mr. Clark, aber die Dokumente sind schon alle in meinem Büro.«
»Ich brauche ein ruhiges Zimmer, eine Kanne Kaffee und vielleicht ein paar Sandwiches.«
»Ich denke, dafür läßt sich sorgen, Sir.«
»Dann fangen wir doch gleich an.«
Zehn Minuten später wurden Kellys Wünsche erfüllt. Captain Griffin hatte ihn mit einem großen gelben Notizblock und einer Reihe von Bleistiften ausgestattet. Kelly begann mit dem ersten Satz Aufklärungsfotos, die von einer RF-101 Voodoo von oben aufgenommen worden waren. Wie bei SENDER GREEN war Song Tay rein zufällig aufgespürt worden, die beiläufige und unerwartete Entdeckung einer Anlage an einem Ort, der eigentlich nur ein kleines militärisches Übungsgelände hätte sein sollen. Doch auf dem Hof des Lagers waren unter den Augen der Wachleute Buchstaben in den weichen Boden gestampft oder mit Steinen oder Wäscheleinen angeordnet worden: »K« für »Kommt und holt uns hier raus« und andere Zeichen. Die Liste derjenigen, die an dem Unternehmen beteiligt gewesen waren, las sich wie ein Who's Who der Sondereinheitenelite, Personen, die Kelly nur dem Namen nach kannte.
Er sah gleich, daß die Anordnung des Lagers nicht wesentlich anders war als bei dem, um das es ihm jetzt ging, und machte sich entsprechende Notizen. Ein Dokument überraschte ihn besonders. Es war ein Schreiben von einem General mit drei Sternen an einen mit nur zwei davon, in dem angedeutet wurde, daß das Song-Tay-Unternehmen, obwohl an und für sich wichtig, auch als Mittel zum Zweck dienen sollte. Der Dreisternegeneral hatte prüfen wollen, ob es ihm möglich war, die Entsendung von Sondereinheiten nach Nordvietnam durchzusetzen. Das, so meinte er, würde etliche weitere Optionen eröffnen, zum Beispiel bei einem gewissen Damm mit einem Generatorenraum ... Aha, dämmerte es Kelly. Der Dreisterner wollte einen Freibrief, um verschiedene Einheiten ins Land

einschleusen zu können und dieselben Spielchen zu treiben, die der militärische Geheimdienst der USA im Zweiten Weltkrieg hinter den deutschen Linien veranstaltet hatte. Das Schreiben schloß mit der Bemerkung, daß der letztere Aspekt von POLAR CIRCLE – einem der ersten Decknamen für das, was später Operation KINGPIN hieß – wegen seiner politischen Implikationen äußerst heikel sei. So mancher würde die Aktion als Ausweitung des Krieges betrachten. Kelly hob den Blick von seiner Lektüre und trank den letzten Schluck aus seiner zweiten Tasse Kaffee. Was hatten diese Politiker nur? fragte er sich. Der Feind konnte alles tun, was er wollte, und unsere Seite zitterte ständig davor, daß man sie der Ausweitung des Krieges bezichtigen könnte. Etwas von dieser Haltung hatte er sogar auf seiner Ebene mitbekommen. Das PHOENIX-Projekt, mit dem bewußt die politische Infrastruktur des Feindes aufs Korn genommen werden sollte, war eine Angelegenheit von größter Sensibilität. Zum Teufel, dabei trugen sie doch Uniform, oder nicht? Ein Mann, der im Gefechtsgebiet im Kampfanzug herumlief, hielt sich doch an alle Regeln der Kriegsführung, oder? Die andere Seite fischte sich hemmungslos Bürgermeister und Schullehrer in den Dörfern für Strafaktionen raus. Es war einfach unerhört, wie hier mit zweierlei Maß gemessen wurde. Dieser Gedanke war beunruhigend, aber Kelly schob ihn beiseite, als er den zweiten Dokumentenstapel in Angriff nahm.

Die Zusammenstellung der Einheit und die Planung der Operation hatten eine halbe Ewigkeit gedauert. Aber es waren alles gute Männer. Colonel Bull Simons zum Beispiel, von dem Kelly wußte, daß er als einer der härtesten Kommandanten für gezielte Kampfeinsätze galt, den je eine Armee hervorgebracht hatte. Dick Meadows, ein jüngerer Mann von gleichem Schrot und Korn. Sie dachten Tag und Nacht nur daran, wie sie dem Feind schaden und ihn zur Verzweiflung bringen konnten, und entfalteten ihre größte Geschicklichkeit mit kleinen Trupps, die möglichst verdeckt operierten. Wie die nach diesem Einsatz gelechzt haben mußten, dachte Kelly. Aber die Kontrollinstanzen, mit denen sie sich hatten herumschlagen müssen ... Kelly zählte zehn verschiedene Schreiben an übergeordnete Stellen, in denen ein erfolgreicher Abschluß versprochen wurde – als könnte ein Papier in der harten Welt der Kampfeinsätze dafür einstehen –, bevor er die Lust verlor, noch weiter zu zählen. Überall war das gleiche zu lesen, bis er den Verdacht schöpfte, daß da irgendein Schreibstubenhengst einen Formbrief ausgeknobelt hatte. Womöglich, weil ihm keine neuen Formulierungen mehr für seinen

Colonel eingefallen waren und er mit den immer gleichen Worten ein Ventil zum Ausdruck seiner unmaßgeblichen Verachtung für die Gesprächspartner gefunden hatte. Seine Erwartung, daß die Wiederholungen nie auffallen würden, hatte sich vollauf bestätigt. Kelly arbeitete sich drei Stunden lang durch Stapel von Schreiben, die zwischen Eglin und dem CIA hin und her gegangen waren und nur voller Einwände von Korinthenkackern steckten, deren Horizont nicht über ihre Schreibtischkante hinausreichte. Diese »hilfreichen« Vorschläge von Leuten, die wahrscheinlich mit ihrer Krawatte ins Bett gingen, lenkten die Männer in den grünen Uniformen nur ab. Aber alles mußte von den Einsatzleuten, die mit Waffen umgingen, wieder beantwortet werden ... und so war KINGPIN von einem relativ unbedeutenden Einschleusungsunternehmen zu einem filmreifen Epos im Stile von Cecil B. DeMille geworden, das mehr als einmal bis zum Weißen Haus gelangt und den Angehörigen des Nationalen Sicherheitsrates vorgelegt worden war ...

Es war halb drei Uhr früh, als Kelly abbrach. Vor dem nächsten Stapel Papier gab er sich geschlagen. Er schloß alles in die dafür vorhandenen Fächer ein und joggte zu seinem Zimmer zurück. Zuvor hinterließ er noch einen Zettel mit der Bitte, um sieben Uhr geweckt zu werden.

Es war erstaunlich, mit wie wenig Schlaf er auskam, wenn wichtige Arbeit zu erledigen war. Als um sieben das Telefon klingelte, sprang Kelly aus dem Bett und rannte schon fünfzehn Minuten später barfuß und mit kurzen Hosen am Strand entlang. Er war nicht allein. Er wußte nicht, wie viele Leute in Eglin stationiert waren, aber sie waren alle nicht viel anders als er. Einige mußten zu Sondereinheiten gehören, mit Aufgaben betraut, die er nur erraten konnte. Man erkannte sie an den etwas breiteren Schultern. Das Laufen war nur ein Teil ihres Fitneßprogramms. Ganz automatisch wurden mit Kennermiene abschätzende Blicke ausgetauscht, da jeder Mann wußte, was der andere dachte – *Wie zäh ist er wirklich?* Lächelnd stellte Kelly fest, daß er soweit Teil der Gemeinschaft war, um mit dieser Art von Konkurrenzneid gewürdigt zu werden. Nach dem ausgiebigen Frühstück und einer Dusche fühlte er sich wieder frisch, jedenfalls frisch genug, um an seine Schreibtischarbeit zu gehen. Auf dem Weg zum Bürogebäude fragte er sich zu seiner eigenen Überraschung, warum er je diese Männergemeinschaft verlassen hatte. Es war schließlich das einzige wirkliche Zuhause gewesen, das er seit dem Weggang von Indianapolis gekannt hatte.

Und so verstrichen die Tage. Kelly genehmigte sich zwei Tage mit sechs Stunden Schlaf, aber nie mehr als zwanzig Minuten für eine Mahlzeit und keinen Tropfen Alkohol seit jenem ersten Bier. Seine Fitneßübungen hingegen nahmen allmählich mehrere Stunden pro Tag in Anspruch, hauptsächlich, so sagte er sich, um sich besser in Form zu bringen. Den wahren Grund gestand er sich selbst nie ganz ein. Er wollte frühmorgens am Strand der härteste Mann sein, nicht bloß ein durchschnittliches Mitglied der kleinen Elitegemeinschaft. Kelly war wieder ein SEAL, ja, eigentlich mehr, er wurde wieder zur *Schlange*. Am dritten oder vierten Morgen konnte er die Veränderung sehen. Sein Gesicht und seine Gestalt wurden von den anderen nun schon als fester Bestandteil der morgendlichen Übungen erwartet. Die Anonymität kam ihm sehr zustatten, auch was die Kampfnarben betraf, denn da würden sich einige fragen, was Kelly wohl falsch gemacht, welche Fehler er begangen hatte. Dann würden sie sich in Erinnerung rufen, daß er noch immer dabei war, trotz der Narben. Sie wußten ja nicht, daß er den Dienst quittiert hatte – *verlassen*, verbesserte ihn sein Verstand mit nicht geringem Schuldgefühl.

Der Papierkram war überraschend anregend. Kelly hatte noch nie zuvor derartige Recherchen betrieben und war erstaunt, als er in sich ein Talent dafür entdeckte. Die Eleganz der Operationsplanung, sah er, war durch Zeit und Wiederholung verdorben worden, wie ein schönes Mädchen, das von einem eifersüchtigen Vater zu lange im Haus behalten wird. Jeden Tag war die Nachbildung des Lagers Song Tay von den Akteuren errichtet und jeden Tag – unter Umständen auch mehr als einmal – wieder abgebaut worden, damit sowjetische Aufklärungssatelliten nicht aufzeichnen konnten, was da vor sich ging. Wie das die Soldaten geschwächt haben mußte! Es hatte auch alles zu lange gedauert; während die Soldaten mit ihren Übungen beschäftigt waren, hatten die Vorgesetzten gezaudert und so lange über den Geheimdienstinformationen gebrütet, bis ... die Gefangenen verlegt worden waren.

»Verdammt«, flüsterte Kelly vor sich hin. Es lag gar nicht so sehr daran, daß das Unternehmen womöglich verraten worden war. Es war einfach zu sehr verschleppt worden – und das hieß, wenn es überhaupt einen Verrat gegeben hatte, mußte der Informant unter denjenigen zu suchen sein, die erst ganz zum Schluß entdeckt hatten, was im Gange war. Er notierte sich diesen Gedanken mit einem Bleistift und versah ihn mit einem Fragezeichen.

Das Unternehmen selbst war überaus sorgfältig und ohne erkennbare Fehler geplant worden. Es hatte einen ersten Plan sowie eine

Anzahl von Alternativen gegeben, und jede Abteilung des Teams war so ausführlich unterwiesen und ausgebildet gewesen, daß ein jeder seine Aufgabe im Schlaf beherrschte. Mit einem großen Sikorsky-Hubschrauber waren sie mitten ins Lager eingefallen, so daß die Einsatztruppe gleich vor Ort gewesen war. Mit Minikanonen waren die Wachtürme beschossen worden, gerade so, als würde einer mit Kettensägen gegen Baumschößlinge vorgehen. Keine Finessen, kein langes Gefackel, kein filmreifer Bockmist, einfach brutale, rohe Gewalt. Die Abschlußberichte nach der Aktion zeigten, daß die Lagerbewachung innerhalb von Sekunden abgeschlachtet worden war. Was für ein Hochgefühl mußte die Soldaten befallen haben, nachdem die ersten Minuten des Unternehmens glatter abgelaufen waren als bei der Simulation, doch dann die bittere, niederschmetternde Enttäuschung, als über Funk immer wieder die Meldungen mit »negativem Befund« durchgekommen waren. »Negativer Befund« war das schlichte Codewort dafür gewesen, daß sie keinen amerikanischen Kriegsgefangenen mehr vorgefunden hatten. Die Soldaten hatten ein leeres Lager überfallen und befreit. Es war nicht schwer, sich das betroffene Schweigen der Hubschrauberbesatzung auf dem Rückflug nach Thailand vorzustellen, die öde Leere des Versagens, nachdem sie alles besser als gut gemacht hatten.

Trotzdem konnte man daraus viel lernen. Kelly machte sich Notizen, schrieb sich die Finger wund und verbrauchte zahlreiche Bleistifte. Ungeachtet des Fehlschlags war KINGPIN ein höchst wertvoller Einsatz gewesen. So vieles hatte geklappt, erkannte er, und all das ließ sich schamlos kopieren. Eigentlich war nur die Zeitplanung falsch gelaufen. Eine Truppe von solchem Format hätte viel früher losschlagen können. Die immer größere Perfektionssucht war nicht auf der Aktionsebene verlangt worden, sondern weiter oben, von Männern, die älter geworden waren und den Kontakt mit der Begeisterungsfähigkeit und der Intelligenz der Jugend verloren hatten. Und folglich war die Mission gescheitert, nicht wegen Bull Simons, Dick Meadows oder der Ledernacken, die für Männer, die sie noch nie gesehen hatten, bereitwillig ihr Leben aufs Spiel gesetzt hatten, sondern wegen anderer, die zu ängstlich gewesen waren, um ihre Karriere oder ihren Posten zu riskieren – weitaus bedeutendere Faktoren natürlich als das Blut der Kameraden, die in vorderster Linie standen. In Song Tay war alles zusammengefaßt, was sich über Vietnam sagen ließ, kondensiert in den wenigen Minuten, die das ausgezeichnet ausgebildete Team gebraucht hatte, um mit seiner

Mission zu scheitern, im Stich gelassen sowohl vom Planungsablauf wie von einer fehlgeleiteten und verräterischen Person, die sich in der staatlichen Bürokratie versteckt hielt.

SENDER GREEN würde anders ablaufen, sagte sich Kelly. Und sei es nur aus keinem anderen Grund als dem, daß es ein Spiel war, das nur von ganz wenigen durchexerziert wurde. Wenn die wirkliche Bedrohung für das Unternehmen die Kontrollinstanzen waren, warum dann nicht die Kontrollinstanzen ausschalten?

»Captain, Sie haben mir sehr geholfen«, sagte Kelly.

»Gefunden, was Sie wollten, Mr. Clark?« fragte Griffin.

»Ja, Mr. Griffin«, sagte er, indem er unbewußt dem jungen Offizier gegenüber wieder in den Marineton verfiel. »Ihre Analyse des zweiten Lagers war erstklassig. Falls Ihnen das noch niemand gesagt hat, das hätte ein paar Leben gerettet. Lassen Sie mich etwas in eigener Sache sagen: Ich wünschte, so ein Geheimdienst-Fritze wie Sie hätte für uns gearbeitet, als ich draußen im Dschungel war.«

»Ich kann nicht fliegen, Sir. Ich muß etwas Nützliches tun«, erwiderte Griffin, ein wenig verlegen ob des Lobes.

»Das tun Sie.« Kelly händigte ihm seine Notizen aus. Unter seinen Augen wurden sie in einen Umschlag gesteckt, der dann mit Siegellack verschlossen wurde. »Schicken Sie das Päckchen an diese Adresse.«

»Ja, Sir. Sie haben sich eine Verschnaufpause verdient. Haben Sie zwischendurch überhaupt mal geschlafen?« fragte Captain Griffin.

»Nun, ich denke, ich werde mich ein bißchen in New Orleans entspannen, bevor ich zurückfliege.«

»Kein schlechter Ort dafür, Sir.« Griffin ging mit Kelly zum Auto, in dem bereits alles verstaut war.

Eine weitere kleine Information war verblüffend einfach zu erhalten gewesen, dachte Kelly beim Hinausfahren. In seinem Zimmer im Schlafquartier hatte es ein Telefonbuch von New Orleans gegeben, in dem er zu seinem Erstaunen den Namen fand, den er ausfindig zu machen beschlossen hatte, als er in Greers Büro beim CIA gewesen war.

Das war die Lieferung, mit der er Ehre einlegen würde, dachte Tucker, während er zusah, wie Rick und Billy alles einluden. Ein Teil davon würde bis nach New York gelangen. Bis jetzt war er ein Eindringling gewesen, ein ehrgeiziger Außenseiter. Er hatte genügend Heroin besorgt, daß die Leute an ihm und seinen Teilhabern

Interesse gefaßt hatten – schon allein die Tatsache, daß er Teilhaber hatte, hatte Neugier geweckt. Aber jetzt war es anders. Jetzt machte er seinen entscheidenden Zug, um Teil der Mannschaft zu werden. Man würde ihn als ernsthaften Geschäftsmann betrachten, denn diese Lieferung deckte natürlich die Bedürfnisse von Baltimore und Philadelphia für . . . na, vielleicht einen Monat, schätzte er. Vielleicht auch weniger, wenn ihr Verteilernetz tatsächlich so gut war, wie sie behaupteten. Was übrig blieb, würde dann die steigende Nachfrage im Big Apple befriedigen, wo sie nach einer größeren Razzia Nachschub brauchten. Nachdem er so lange Zeit kleine Schritte gemacht hatte, kam jetzt der große. Billy schaltete das Radio ein, um die Sportnachrichten mitzubekommen, stieß aber statt dessen auf einen Wetterbericht.

»Ich bin froh, daß wir jetzt gehen. Es wird ein Gewitter geben.«

Tucker blickte nach draußen. Der Himmel war noch klar und ungetrübt. »Nichts, was uns Sorgen machen könnte«, sagte er.

Kelly liebte New Orleans, eine Stadt in der europäischen Tradition, die den Charme der Alten Welt mit dem amerikanischen Schwung vermischte. Es war eine geschichtsträchtige Stadt, die abwechselnd im Besitz von Franzosen und Spaniern gewesen war und nie ihre Traditionen verloren hatte, bis hin zur Beibehaltung einer Gesetzgebung, die mit den anderen neunundvierzig Staaten kaum vereinbar war, was den Bundesbehörden oft einiges Kopfzerbrechen bereitete. Das galt auch für das hier gesprochene Patois, denn viele versahen ihre Sätze mit französischen Brocken, oder dem, was sie dafür hielten.

Pierre Lamarcks Vorfahren waren Akadier gewesen, und einige seiner entfernteren Verwandten bewohnten noch immer die sumpfigen Gegenden der Bayous. Doch Gepflogenheiten, die für Touristen exzentrisch und unterhaltsam waren und den anderen ein bequemes Leben reich an Tradition boten, waren für Lamarck kaum von Interesse außer als Bezugspunkt, als persönliches Wesensmerkmal, um ihn von seinesgleichen abzuheben. Das war schwer genug, da sein Beruf einen gewissen Glanz, ein persönliches Flair verlangte. Er akzentuierte seine Einzigartigkeit mit einem weißen Leinenanzug, zu dem selbstverständlich auch eine Weste gehörte, einem weißen, langärmeligen Hemd und einer knallroten Krawatte, was seinem Image als respektabler, wenn auch auffälliger Geschäftsmann entsprach. Sein Privatwagen, ein eierschalenfarbener Cadillac, paßte perfekt ins Bild. Er suchte den übertriebenen Zierat zu vermeiden,

den einige andere Zuhälter an ihren Autos anbrachten, wie etwa diese völlig funktionslosen Auspuffrohre. Ein angeblicher Texaner hatte sogar die Hörner eines Longhorn-Stiers an seinen Lincoln montiert, aber in Wirklichkeit war der natürlich schäbiger weißer Abschaum aus dem untersten Alabama, und noch dazu ein Junge, der nicht wußte, wie man seine Damen richtig behandelte.

Dieser letztere Vorzug war Lamarcks größter Pluspunkt, sagte er sich voller Zufriedenheit, während er den Wagenschlag für seine neueste Eroberung öffnete, fünfzehn Jahre alt und kürzlich erst hereingeschneit, gesegnet mit einer Unschuldsmiene und ungelenken Bewegungen, was sie zu einem bemerkenswerten und reizvollen Mitglied seines Stalls mit acht Pferdchen machte. Die ungewohnte Zuvorkommenheit des Zuhälters hatte sie sich früher am Tag mit einer ganz speziellen persönlichen Dienstleistung erworben. Die Luxuslimousine sprang bei der ersten Schlüsseldrehung an, und um halb acht machte sich Pierre Lamarck auf zu einer weiteren Nacht voller Arbeit, denn das Nachtleben in seiner Stadt begann früh und endete spät. In New Orleans lief gerade ein Kongreß von Großhändlern für irgend etwas. Hier fanden oft Kongresse statt, und deren Kommen und Gehen ließ sich am Geldfluß seines Geschäfts ablesen. Es sah ganz nach einer warmen und erträgreichen Nacht aus.

Das muß er sein, dachte Kelly einen halben Block entfernt hinter dem Steuer seines immer noch gemieteten Wagens. Wer sonst würde einen dreiteiligen Anzug tragen und sich von einem jungen Mädchen in einem engen Mini begleiten lassen? Sicherlich kein Versicherungsvertreter. Der Schmuck des Mädchens sah selbst aus der Entfernung billig-effekthascherisch aus. Kelly legte den Gang ein und folgte ihnen. Er konnte es lässig angehen lassen. Wie viele weiße Cadillacs mochte es geben? fragte er sich, als er den Fluß überquerte, drei Wagen weiter hinten, die Augen fest auf sein Ziel gerichtet, während Randbereiche seines Verstandes sich mit dem übrigen Verkehr beschäftigten. Einmal mußte er einen Strafzettel an einer Ampel riskieren, aber sonst war die Verfolgung einfach. Der Cadillac hielt am Eingang eines besseren Hotels, und er sah das Mädchen aussteigen und auf die Tür zugehen, ihr Gang eine Mischung aus Geschäftsmäßigkeit und Resignation. Er wollte ihr Gesicht nicht aus zu großer Nähe sehen. Er hatte Angst vor den Erinnerungen, die dadurch geweckt werden könnten. Und das war keine Nacht für Gefühlsduseleien. Gefühle hatten ihm diese Mission eingebracht. Ihr Erfolg hing von etwas anderem ab. Es würde ein unablässiger Kampf werden, sagte sich Kelly, aber einer, den er erfolgreich hinter sich bringen mußte. Deswegen war er diesen Abend ja schließlich hergekommen.

Der Cadillac fuhr noch ein paar Blocks weiter, fand einen Parkplatz bei einer zweifelhaften, grellen Bar, die nahe genug bei den feinen Hotels und Geschäften lag, daß man rasch dorthin gehen konnte, man durfte sich nie zu weit von der Sicherheit und den Annehmlichkeiten einer gepflegten Gegend entfernen. Ein ziemlich gleichmäßiger Strom von Taxis sagte Kelly, daß diese Stelle des sozialen Lebens hier auf solidem Grund stand. Er merkte sich die fragliche Bar und suchte sich einen Parkplatz drei Blocks weiter.

Er hatte zwei Gründe, so weit von seinem Zielort entfernt zu parken. Der Hinweg auf der Decatur Street vermittelte ihm ein Gefühl für die Gegend und gab ihm gleichzeitig Gelegenheit, sich ein paar Ecken anzusehen, die sich für seine Aktion eigneten. Es würde sicherlich eine lange Nacht werden. Einige Mädchen in kurzen Röcken stellten ihr Lächeln so mechanisch an wie eine Ampel, die von Rot auf Grün schaltet, doch er schritt weiter und ließ seine Augen nach links und rechts schweifen, während eine ferne Stimme ihn an das erinnerte, was er früher von solchen Gesten gehalten hatte. Er brachte jene Stimme mit einem anderen, aktuelleren Gedanken zum Schweigen. Er trug legere Kleidung, dunkel und unauffällig, locker und weit, was eben ein einigermaßen gutsituierter Mann in diesem feuchtheißen und schwülen Klima so tragen würde. Er sah nach Geld aus, aber nicht zu sehr, und sein Schritt teilte den Leuten mit, daß mit ihm nicht zu spaßen war. Ein sich eher bedeckt haltender Mann, der sich diskret eine ausgelassene Nacht gönnte.

Um 17 Minuten nach acht betrat er das ›Chats Sauvages‹. In der Bar schlugen ihm als erstes Rauch und Lärm entgegen. Eine kleine, aber rührige Rockband spielte im hinteren Teil des Raumes. Es gab eine Tanzfläche, die vielleicht acht Quadratmeter groß war, wo sich Leute seines Alters und jüngere zur Musik bewegten; und da war auch Pierre Lamarck, der an einem Tisch in der Ecke saß, mit ein paar Bekannten, wie aus ihrem Benehmen zu schließen war. Kelly ging zur Toilette, aus einem dringenden Bedürfnis heraus, aber auch, weil er damit Gelegenheit bekam, sich einen Überblick zu verschaffen. Es gab an der Seite noch einen weiteren Eingang, der aber Lamarcks Tisch nicht näher lag als der, durch den sowohl er wie Kelly gekommen waren. Der direkteste Weg zum weißen Cadillac führte an Kellys Platz an der Bar vorbei, und das sagte ihm, wo er Posten beziehen mußte. Kelly bestellte ein Bier und drehte sich so, daß er der Band zusehen konnte.

Um zehn nach neun kamen zwei junge Frauen zu Lamarck. Eine setzte sich auf seinen Schoß, während die andere an seinem Ohr knabberte. Die anderen zwei Männer am Tisch sahen ohne große Anteilnahme zu, wie die beiden Frauen ihm etwas aushändigten. Kelly konnte nicht genau sagen, was es war, weil er auf die Band sah und darauf achtete, nicht zu oft in Lamarcks Richtung zu starren. Der Zuhälter löste das Rätsel sofort: Es stellte sich heraus, was ja nicht weiter überraschend war, daß es sich um Bargeld handelte, und der Mann steckte die Scheine ziemlich auffällig zu einem Bündel, das er aus seiner Tasche gezogen hatte. Das Vorzeigen von Geld, soviel hatte Kelly bereits gelernt, förderte das öffentliche Image eines Zuhälters nicht unbeträchtlich. Die ersten beiden Frauen gingen wieder, und schon bald darauf bekam Lamarck Besuch von einer dritten, was sich danach zu einem beständigen Kommen und Gehen entwickelte, das auch Lamarcks Tischgenossen einbezog, wie Kelly sehen konnte. Sie tranken von ihren Drinks, zahlten bar, neckten und betatschten gelegentlich die Bedienung und gaben ihr quasi als Entschuldigung ein hohes Trinkgeld. Kelly wechselte von Zeit zu Zeit den Platz. Er entledigte sich seines Jacketts, rollte die Ärmel auf, um den Gästen an der Bar ein unterschiedliches Bild zu liefern, und beschränkte sich auf zwei Biere, mit denen er so sparsam wie möglich umging. So schwer es ihm auch fiel, er ignorierte die unerfreulichen Seiten des Abends, und beschränkte sich darauf, zu beobachten. Wer wohin ging. Wer kam und ging. Wer blieb. Wer sich immer an einer Stelle aufhielt. Kelly begann Muster zu erkennen und einzelne Gesichter zu unterscheiden, denen er selbsterfundene Namen zuordnete. Vor allem beobachtete er alles, was mit Lamarck zu tun hatte. Der zog nie seine Anzugjacke aus und hielt sich stets mit dem Rücken zur Wand. Er sprach freundlich mit seinen beiden Gefährten, aber ihre Vertraulichkeit war nicht die guter Freunde. Die Witze waren zu affektiert. Ihre Gesten waren zu übertrieben, ihnen fehlte die selbstverständliche Gelassenheit, wie man sie bei Leuten sieht, die einen anderen Grund haben, beisammenzusitzen, als nur das Geld. Selbst Zuhälter konnten sich einsam fühlen, dachte Kelly, und obwohl sie ihresgleichen suchten, fanden sie dort keine Freundschaft, sondern nur eine lockere Zweckgemeinschaft. Kelly verschob die philosophischen Betrachtungen auf einen späteren Zeitpunkt. Wenn Lamarck nie seine Jacke auszog, mußte er eine Waffe tragen.

Kurz nach Mitternacht zog Kelly sein Jackett wieder an und

machte einen weiteren Ausflug zur Toilette. In einer Kabine nahm er die Automatik heraus, die er in der Hose versteckt hatte, und schob sie in den Bund. Zwei Bier in vier Stunden, dachte er. Seine Leber sollte den Alkohol bereits wieder aus seinem Organismus entfernt haben, und selbst wenn dem nicht so war, dürften zwei Bier bei einem stämmigen Burschen wie ihm wohl nicht besonders viel Wirkung haben. Eine wichtige Feststellung, die sich, wie er hoffte, nicht als Lüge entpuppen würde.

Sein Timing war gut. Während er seine Hände zum fünftenmal wusch, sah Kelly im Spiegel die Tür aufgehen. Nur der Hinterkopf eines Mannes, aber unter dem dunklen Haar befand sich ein weißer Anzug, und so wartete Kelly und ließ sich Zeit, bis er die Spülung des Urinals hörte. Da der Mann auf Sauberkeit bedacht war, drehte er sich um, und ihre Blicke trafen sich im Spiegel.

»Entschuldigen Sie«, sagte Pierre Lamarck. Kelly trat vom Waschbecken zurück, während er sich noch die Hände mit einem Papierhandtuch abtrocknete.

»Ich mag die Damen«, sagte er leise.

»Hmm?« Lamarck hatte nicht weniger als sechs Drinks intus, und seine Leber war dieser Aufgabe nicht gewachsen, was aber seiner Selbstbewunderung vor dem schmutzigen Spiegel keinen Abbruch tat.

»Die, die zu Ihnen kommen.« Kelly senkte die Stimme. »Die, äh, arbeiten für Sie?«

»Das könnte man so sagen, Mister.« Lamarck zog einen schwarzen Plastikkamm heraus, um seine Frisur in Ordnung zu bringen. »Warum fragen Sie?«

»Ich könnte ein paar brauchen«, sagte Kelly verlegen.

»Ein paar? Sind Sie sicher, daß Sie das in den Griff kriegen, Mister?« fragte Lamarck mit einem schmierigen Grinsen.

»Ich bin mit ein paar Freunden in der Stadt. Einer hat Geburtstag, und...«

»Eine Party«, bemerkte der Zuhälter fröhlich.

»Stimmt.« Kelly versuchte, sich scheu zu geben, aber es wirkte hauptsächlich unbeholfen. Der Irrtum wirkte sich zu seinen Gunsten aus.

»Nun, warum haben Sie das nicht gleich gesagt? Wie viele Mädchen brauchen Sie denn, Sir?«

»Drei, vielleicht vier. Sollen wir draußen darüber reden? Ich könnte ein bißchen frische Luft gebrauchen.«

»Aber klar doch. Ich wasch mir nur noch die Hände, okay?«

»Ich warte vor der Tür.«

Auf der Straße regte sich kaum etwas. Auch in dem geschäftigen New Orleans war so mitten in der Woche nicht viel los, und die Gehsteige waren zwar nicht leer, aber auch nicht gerade belebt. Kelly wartete, ohne den Eingang zur Bar im Auge zu behalten, bis er eine freundliche Hand auf seinem Rücken spürte.

»Das muß Ihnen nicht peinlich sein. Wir alle haben doch gern ein bißchen Spaß, besonders, wenn wir weit weg sind von daheim, stimmt's?«

»Ich zahle sehr gut«, versprach Kelly mit einem verlegenen Lächeln.

Lamarck grinste, ganz Weltmann, um seinen Hühnerzüchter zu beschwichtigen. »Bei meinen Damen müssen Sie das auch. Brauchen Sie vielleicht noch etwas anderes?«

Kelly hüstelte und ging ein paar Schritte, weil er wollte, daß Lamarck ihm nachging, was dieser auch prompt tat. »Vielleicht was, na ja, was uns in Stimmung bringt?«

»Das kann ich auch erledigen«, sagte Lamarck, während sie sich einer Gasse näherten.

»Ich glaube, ich hab Sie schon mal getroffen, vor ein paar Jahren. Ich erinnere mich noch an das Mädchen, ja echt, sie hieß ... Pam? Ja, Pam. Dünn, hellbraunes Haar.«

»O ja, mit der konnte man viel Spaß haben. Ist nicht mehr bei mir«, sagte Lamarck leichthin. »Aber ich habe eine Menge andere. Ich beliefere Männer, die es gern jung und knackig haben.«

»Dessen bin ich mir sicher«, sagte Kelly und griff sich hinter den Rücken. »Sie sind alle auf – ich meine, sie nehmen alle Sachen, die sie ...«

»Glücksbringer, Mister. Damit sie immer in Partystimmung sind. Eine Lady muß doch die richtige Einstellung haben.« Lamarck blieb am Eingang der Gasse stehen und sah nach draußen, vielleicht aus Sorge wegen der Bullen, was Kelly gerade zupaß kam. Hinter ihm – er hatte sich nicht die Mühe gemacht, nachzusehen – befand sich eine dunkle, kaum erleuchtete Flucht blanker Backsteinmauern, von nichts anderem als Abfalltonnen und streunenden Katzen bevölkert und am anderen Ende offen. »Schauen wir mal. Vier Mädchen für den Rest des Abends, sagen wir mal, und ein bißchen was, um die Party in Schwung zu bringen ... fünfhundert sollten reichen. Meine Mädchen sind nicht billig, aber Sie werden was für Ihr Geld ...«

»Beide Hände hoch«, sagte Kelly, die Automatik wenige Zentimeter vor der Brust des Mannes im Anschlag.

Lamarcks erste Reaktion war ein ungläubiges Gestammel. »Mister, das ist eine sehr dumme . . .«

Kellys Stimme klang absolut geschäftsmäßig. »Mit einer Waffe zu diskutieren, ist noch dümmer, mein Herr. Drehen Sie sich um und gehen Sie die Gasse entlang, dann könnten Sie es vielleicht noch zu einem Schlummertrunk bis zur Bar schaffen.«

»Sie müssen ganz schön dringend Geld brauchen, um etwas so Dummes zu probieren«, sagte der Zuhälter und versuchte so, eine unterschwellige Drohung anzubringen.

»Lohnt es sich, für Ihr Geld zu sterben?« fragte Kelly nüchtern. Lamarck wog die Chancen ab und drehte sich um, um im Schatten zu verschwinden.

»Stopp!« sagte Kelly nach fünfzig Metern, immer noch hinter der blanken Mauer der Bar oder vielleicht einer anderen von derselben Sorte. Mit dem linken Arm packte er den Mann am Genick und stieß ihn gegen die Backsteine. Seine Augen suchten dreimal die Gasse nach rechts und links ab. Seine Ohren lauschten auf Geräusche, die sich vom Verkehrslärm und der verzerrten Musik abhoben. Im Augenblick war es still und sicher. »Geben Sie mir Ihre Waffe – ganz vorsichtig.«

»Ich habe . . .« Der Klang eines aufschnappenden Hahns war so nah am Ohr schrecklich laut.

»Seh ich so blöd aus?«

»Okay, okay«, sagte Lamarck, dessen Stimme jedes bißchen ihrer üblichen Geschmeidigkeit eingebüßt hatte. »Bleiben wir cool. Es ist schließlich nur Geld.«

»Das ist klug«, sagte Kelly anerkennend. Eine kleine Automatik kam zum Vorschein. Kelly steckte den rechten Zeigefinger in den Abzugsring. Es war nicht ratsam, Fingerabdrücke an der Waffe zu hinterlassen. Er riskierte schon genug, und so sorgfältig er auch bisher gewesen war, jetzt waren die Gefahren seiner Handlungsweise doch auf einmal sehr real und sehr groß. Die Pistole paßte schön in seine Jackentasche.

»Dann wollen wir jetzt mal das Bündel sehen.«

»Hier, Mann.« Lamarck begann die Kontrolle zu verlieren. Das war sowohl gut wie schlecht. Gut, weil es erfreulich anzusehen war. Schlecht, weil ein verängstiger Mann etwas Dummes anstellen konnte. Anstatt sich zu entspannen, wurde Kelly sogar noch wachsamer.

»Danke schön, Mr. Lamarck«, sagte Kelly höflich, um den Mann zu beruhigen.

Gerade da wackelte er etwas, und sein Kopf drehte sich etwa ein paar Zentimeter, als sein Bewußtsein sich durch die sechs Drinks dieses Abends wieder hervorarbeitete. »Einen Augenblick mal – Sie sagten, Sie haben Pam gekannt.«
»Habe ich«, antwortete Kelly.
»Aber warum . . .« Er drehte sich weiter um, bis er ein Gesicht erblickte, das in Dunkelheit getaucht war, nur die Augen glitzerten von ihrer eigenen Feuchtigkeit, der Rest des Gesichts war nur ein weißer Schatten.
»Sie sind einer der Kerle, die ihr Leben ruiniert haben.«
Empörung: »He, Mann, sie ist zu mir gekommen!«
»Und Sie haben sie auf Pillen gesetzt, damit sie die richtige Einstellung hatte, stimmt's?« fragte die körperlose Stimme. Lamarck konnte sich schon kaum mehr erinnern, wie der Mann ausgesehen hatte.
»Das war reines Geschäft. Also Sie haben sie getroffen; sie war toll zu vögeln, nicht?«
»Das war sie gewiß.«
»Ich hätte sie besser abrichten sollen, dann hätten Sie sie wieder haben können, anstatt – war, sagten Sie?«
»Sie ist tot«, teilte ihm Kelly mit und langte in die Tasche. »Jemand hat sie umgebracht.«
»So? Ich hab's nicht getan!« Lamarck schien es, als stünde er vor einer letzten Prüfung, einer, die er nicht verstand und die auf Regeln beruhte, die er nicht kannte.
»Ja, ich weiß«, sagte Kelly, während er den Schalldämpfer auf die Pistole schraubte. Lamarck sah das irgendwie, weil sich seine Augen an die Dunkelheit gewöhnten. Seine Stimme wurde zu einem schrillen Schnarren.
»Also, warum machen Sie das dann?« sagte der Mann, zu verdutzt, um zu schreien, zu gelähmt von der Ungereimtheit der wenigen letzten Minuten und davon, wie sein Leben von der Normalität seiner Stammkneipe nur gute zehn Meter davon entfernt vor einer fensterlosen Backsteinmauer an sein Ende gelangen konnte, dabei mußte er doch unbedingt eine Antwort haben. Irgendwie war das wichtiger als die Flucht, die, soviel war ihm klar, ohnehin von vornherein zum Scheitern verurteilt war.
Kelly dachte ein oder zwei Sekunden darüber nach. Er hätte vieles sagen können, aber es war nur fair, entschied er, dem Mann die Wahrheit zu sagen, als er die Waffe rasch und endgültig zog.
»Übungshalber.«

14 / Lektionen lernen

Der Frühflug von New Orleans zurück nach Washington war für eine Filmvorführung zu kurz, und Kelly hatte bereits gefrühstückt. Er beließ es bei einem Glas Saft an seinem Fensterplatz und war dankbar, daß der Flug nur zu einem Drittel belegt war, denn, wie er das nach jedem Kampfeinsatz in seinem Leben getan hatte, ging er alle Einzelheiten noch einmal durch. Das hatte er sich bei den SEALs so angewöhnt. Nach jeder Übungsstunde hatten sie eine Besprechung abgehalten, die von verschiedenen Kommandanten jeweils unterschiedlich benannt worden war. »Manöverkritik« schien im Augenblick am geeignetsten.

Sein erster Fehler war ebenso auf einen Wunsch wie auf ein Versehen zurückzuführen. Weil er Lamarck im Dunkeln hatte sterben sehen wollen, war er zu nahe an ihn herangetreten und hatte dabei vergessen, daß Kopfwunden oft ungeheuer heftig bluten. Er war vor dem spritzenden Blut weggesprungen wie ein Kind, das in seinem Hof vor einer Wespe ausreißt, aber er hatte ihm nicht ganz ausweichen können. Das Gute war, daß er nur diesen einen Fehler gemacht hatte; und seine dunkle Kleidung hatte in diesem Fall die Gefahr begrenzt. Lamarcks Wunden waren augenblicklich und eindeutig tödlich gewesen. Der Zuhälter war so schlaff wie eine Gliederpuppe zu Boden gefallen. An den beiden Schrauben, die Kelly oben an seiner Pistole angebracht hatte, war ein kleiner Stoffbeutel befestigt, den er selbst genäht hatte, und dieser Beutel hatte die beiden leeren Patronenhülsen aufgefangen. Die Polizei würde bei der Untersuchung des Schauplatzes diese wertvollen Beweisstücke nicht finden. Sein Schlag war erfolgreich ausgeführt, nur ein weiteres anonymes Gesicht in einer großen und anonymen Bar.

Der hastig ausgewählte Platz für die ›Exekution‹ hatte sich auch als günstig erwiesen. Er erinnerte sich, wie er die Gasse entlanggegangen war und sich wieder zwischen die Passanten auf dem Gehsteig gemischt hatte, bis zu seinem Auto gelaufen und dann ins Motel zurückgefahren war. Dort hatte er sich umgezogen, Hose und Hemd mit den paar Blutflecken und sicherheitshalber auch noch die

Unterwäsche zusammengebündelt und in eine Plastiktüte gestopft, die er über die Straße getragen und in die Abfalltonne eines Supermarkts geworfen hatte. Wenn die Kleidungsstücke entdeckt wurden, konnte man sie ebensogut für die beschmutzte Kleidung eines nachlässigen Fleischverkäufers halten. Niemand hatte gesehen, daß er mit Lamarck zusammengewesen war. Der einzig helle Ort, an dem sie gesprochen hatten, war die Toilette der Bar, und da war ihm das Glück – oder seine Umsicht – hold gewesen. Das Stück Gehsteig, auf dem sie miteinander gegangen waren, war zu dunkel und zu anonym. Unter Umständen könnte ein zufälliger Beobachter, der Lamarck vielleicht gekannt hatte, einem Ermittlungsbeamten eine grobe Vorstellung von Kellys Größe geben, aber kaum mehr, und das war ein kalkulierbares Risiko gewesen, schätzte Kelly, als er auf die waldigen Hügel von Nordalabama blickte. Offensichtlich konnte es sich nur um einen Raubüberfall handeln, denn die 1470 Dollar Renommiergeld waren in seiner Tasche verstaut. Es war schließlich Bargeld, und wenn er es nicht an sich genommen hätte, wäre das für die Polizei ein Fingerzeig gewesen, daß es ein ernsteres Motiv als ein so leicht verständliches und angenehm zufälliges gegeben hatte. Der technische Ablauf der Ereignisse – er konnte es nicht als Verbrechen sehen – war seiner Einschätzung nach so sauber gewesen, wie er nur hatte sein können.

Und das Psychologische? fragte sich Kelly. Vor allem hatte Kelly mit dieser Sache seine Nerven testen wollen. Die Beseitigung Pierre Lamarcks war eine Art Feldexperiment gewesen, und dabei hatte er sich selbst überrascht. Es war schon einige Jahre her, seit Kelly zum Kämpfer geworden war, und er hatte schon halb erwartet, daß er danach das große Zittern bekäme. Er hatte so etwas schon mehr als einmal erlebt, doch obwohl er ein wenig weich in den Knien war, als er sich von Lamarcks Leiche entfernte, hatte er sein Entkommen doch mit der gleichen konzentrierten Selbstsicherheit bewerkstelligt, die er auch bei vielen seiner Unternehmungen in Vietnam an den Tag gelegt hatte. Es war ihm so vieles wieder eingefallen. Er konnte die vertrauten Empfindungen einzeln aufzählen, die über ihn gekommen waren, als hätte er einen von ihm selbst gedrehten Übungsfilm angesehen: die erhöhte Wachsamkeit der Sinne, als wäre seine Haut mit einem Sandstrahlgebläse bearbeitet worden, das jeden Nerv bloßgelegt hatte; Gehör, Sehfähigkeit und Geruchssinn waren geschärft. *Ich war in dem Augenblick so verdammt lebendig,* dachte er. Es war schon irgendwie bedauerlich, daß man so auf den Tod eines Menschen reagierte, doch Lamarck hatte sein Recht auf

Leben bereits vor langer Zeit verwirkt. In einem gerechten Universum stand einer Person – Kelly konnte ihn einfach keinen *Mann* nennen –, die hilflose Mädchen ausbeutete, nicht das Recht zu, die gleiche Luft wie andere Menschen zu atmen. Vielleicht war er vom Weg abgekommen, weil seine Mutter ihn nicht geliebt und sein Vater ihn verprügelt hatte. Vielleicht war er sozial benachteiligt gewesen, war in Armut aufgewachsen und hatte keine ausreichende Schulbildung genossen. Doch das waren Dinge, mit denen sich Psychiater oder Sozialarbeiter herumschlagen sollten. Lamarck hatte sich normal genug verhalten, um in seiner Umgebung zu funktionieren, und die einzige für Kelly erhebliche Frage war die, ob er sein Leben in Einklang mit seinem eigenen freien Willen gelebt hatte oder nicht. Das war eindeutig der Fall gewesen, und diejenigen, die sich nicht anständig aufführten, hatte er schon seit langem entschieden, hätten sich die möglichen Konsequenzen ihrer Verhaltensweise eben vorher überlegen müssen. Jedes Mädchen, das sie ausgebeutet hatten, konnte einen Vater, eine Mutter, eine Schwester, einen Bruder oder einen Geliebten gehabt haben, der auszog, um das an ihr begangene Unrecht zu rächen. Lamarck hatte das gewußt und das Risiko trotzdem auf sich genommen, er hatte also wissentlich mehr oder weniger mit seinem Leben gespielt. *Und wer spielt, kann auch mal verlieren,* sagte sich Kelly. Wenn Lamarck die Risiken nicht sorgsam genug abgewogen hatte, war das doch nicht Kellys Problem, oder?

Nein, sagte er dem Boden mehr als zehntausend Meter unter sich.

Und was empfand Kelly dabei? Er überlegte sich diese Frage eine Weile, lehnte sich zurück und schloß die Augen wie bei einem Nickerchen. Eine leise Stimme, vielleicht das Gewissen, sagte ihm, er müsse doch etwas empfinden, und er suchte nach einer echten Emotion. Aber auch nach einigen Minuten des Nachdenkens konnte er keine finden. Es gab kein Verlustgefühl, keinen Kummer, keine Reue. Lamarck hatte ihm nichts bedeutet und war vermutlich für niemanden ein Verlust. Vielleicht für seine Mädchen – Kelly hatte fünf in der Bar gezählt –, die nun ohne Zuhälter waren, aber vielleicht würde eine von ihnen die Gelegenheit beim Schopf packen und ihr Leben ändern. Unwahrscheinlich, mag sein, aber möglich. Sein Sinn für die Realität sagte Kelly, daß er nicht alle Probleme dieser Welt lösen konnte; sein Idealismus sagte ihm, daß diese Tatsache ihn deshalb aber noch lange nicht davon abhalten mußte, wenigstens einige der Dinge, die im argen lagen, zu beheben.

Doch all das führte ihn von der ursprünglichen Frage weg: Was empfand er wirklich ob der Auslöschung von Pierre Lamarck? Nichts, war die einzige Antwort, die er finden konnte. Das professionelle Hochgefühl, etwas Schwieriges durchgestanden zu haben, hatte nichts mit Genugtuung zu tun und auch nichts mit der Art seiner Aufgabe. Indem er das Leben von Pierre Lamarck ausgelöscht hatte, hatte er den Planeten von etwas Schädlichem befreit. Er war dadurch nicht reicher geworden – daß er das Geld an sich genommen hatte, war nur ein Schachzug gewesen, ein Vertuschungsmanöver, aber ganz gewiß nicht sein Ziel. Das alles hatte Pams Leben nicht gerächt. Es hatte überhaupt nicht sehr viel geändert. Es war etwa so gewesen, wie wenn man auf ein lästiges Insekt trat – man tat es und ging weiter. Er würde sich nichts anderes einzureden versuchen, aber genausowenig würde sein Gewissen ihm zusetzen, und das genügte für den Augenblick. Sein kleines Experiment war erfolgreich gewesen. Nach all der geistigen und körperlichen Vorbereitung hatte er sich der vor ihm liegenden Aufgabe gewachsen gezeigt. Kellys Verstand stellte sich hinter geschlossenen Augen auf die vor ihm liegende Mission ein. Da er schon bessere Männer als Pierre Lamarck getötet hatte, konnte er nun voller Zuversicht daran denken, schlimmere als den Zuhälter aus New Orleans umzulegen.

Diesmal statteten sie ihm einen Besuch ab, registrierte Greer mit zufriedener Miene. Im großen und ganzen war die Gastlichkeit des CIA besser. James Greer hatte für einen Parkplatz im VIP-Bereich – was beim Pentagon immer unsicherer und schwieriger zu regeln war – und ein sicheres Konferenzzimmer gesorgt. Cas Podulski suchte sich mit Bedacht einen Platz am hinteren Ende, nahe bei den Schlitzen der Klimaanlage, wo sein Rauchen niemanden belästigen würde.

»Dutch, du hattest recht mit dem Kleinen«, sagte Greer, der getippte Abschriften der handschriftlichen Notizen austeilte, die vor zwei Tagen eingetroffen waren.

»Jemand hätte ihn mit vorgehaltener Waffe in die Schule für Offiziersanwärter bringen müssen. Er wäre die Sorte von Unteroffizier geworden, die wir selber mal waren.«

Podulski am Ende des Tisches lachte in sich hinein. »Kein Wunder, daß er raus ist«, sagte er mit einem leicht bitteren Unterton.

»Ich würde mich hüten, ihm die Pistole auf die Brust zu setzen«, bemerkte Greer ebenfalls ein wenig lachend. »Ich hab letzte Woche eine ganze Nacht damit zugebracht, seine Papiere durchzugehen. Der Kerl ist ein Raubtier, wenn es ums Kämpfen geht.«

»Ein Raubtier?« fragte Maxwell mit leicht mißbilligendem Ton in der Stimme. »Du meinst wohl eher ein Vollblut, James?«
Vielleicht ein Kompromiß, dachte Greer. »Ein Selbstgänger. Er hatte drei Kommandanten, und die haben ihn bei jedem seiner Alleingänge unterstützt, bis auf einen.«
»PLASTIC FLOWER? Der Politoffizier, den er umgelegt hat?«
»Stimmt. Sein Lieutenant war deswegen fuchsteufelswild, aber wenn es stimmt, was er hat mitansehen müssen, dann kann man ihm höchstens zur Last legen, daß er nicht auf andere Weise eingegriffen hat.«
»Ich habe das auch gelesen, James. Und ich bezweifle, ob ich mich hätte zurückhalten können«, sagte Cas und sah von den Notizen auf. Einmal ein Kampfpilot, immer ein Kampfpilot. »Schaut euch das an, sogar seine Grammatik ist gut!« Trotz seines Akzents hatte Podulski sich größte Mühe gegeben, die Sprache seiner neuen Heimat zu lernen.
»Eine Jesuitenschule«, erläuterte Greer. »Ich bin unsere interne Einschätzung von KINGPIN durchgegangen. Kellys Analyse spürt alle wichtigen Punkte auf, außer wo er die Dinge beim Namen nennt.«
»Wer hat das für den CIA analysiert?« fragte Maxwell.
»Robert Ritter. Er ist ein Europa-Spezialist, den sie hinzugezogen haben. Guter Mann, etwas kurz angebunden, kennt sich aber aus.«
»Einer, der mit Einsätzen zu tun hat?« fragte Maxwell.
»Richtig.« Greer nickte. »Hat gute Arbeit am Standort Budapest geleistet.«
»Und warum«, wollte Podulski wissen, »haben sie einen Kerl von dieser Abteilung im Haus hinzugezogen, um das Unternehmen KINGPIN durchzugehen?«
»Ich denke, du weißt die Antwort, Cas«, beschied ihm Maxwell. »Wenn BOXWOOD GREEN läuft, brauchen wir einen Einsatzmenschen aus diesem Haus. Das ist unabdingbar. Ich kann nicht alles allein regeln. Sind wir uns da einig?« Greer blickte über den Tisch und sah die anderen widerstrebend nicken. Podulski sah wieder in seine Dokumente, bevor er sagte, was alle dachten.
»Können wir ihm trauen?«
»Er ist nicht derjenige, der KINGPIN verpfiffen hat, Cas. Darum kümmert sich Jim Angleton. Es war seine Idee, Ritter hinzuzuziehen. Leute, ich bin neu hier. Ritter kennt die Bürokratie hier besser als ich. Er ist ein Einsatzleiter; ich bin bloß ein Analytiker. Und er hat das Herz an rechten Fleck. Um ein Haar hätte er seinen Posten verloren,

weil er jemanden gedeckt hat – er hatte einen Agenten im GRU arbeiten, und es war Zeit, ihn da rauszuholen. Die Entscheidungsfritzen weiter oben konnten sich nicht mit dem Zeitpunkt anfreunden, wo doch gerade die Abrüstungsverhandlungen liefen, und haben es ihm untersagt. Ritter hat den Burschen trotzdem rausgeholt. Es stellte sich heraus, daß sein Mann etwas hatte, was der Staat brauchte, und das hat Ritters Karriere gerettet.« *Dem Martini-Mixer weiter oben ist es nicht so gut bekommen,* fügte Greer nicht mehr hinzu, aber das war jemand, ohne den der CIA ganz gut zurechtkam.

»Ein Draufgänger?« fragte Maxwell.

»Er hat zu seinem Agenten gestanden. Das vergessen die Leute hier manchmal«, sagte Greer.

Admiral Podulski sah einmal über den ganzen Tisch hinweg. »Klingt, als wäre er unser Mann.«

»Weih ihn ein«, ordnete Maxwell an. »Aber schärfe ihm auch ein, wenn ich je rausfinde, daß ein Zivilist in diesem Gebäude unsere Chance vermasselt hat, diese Männer herauszubekommen, werde ich höchstpersönlich zum Pax River runterfahren, höchstpersönlich eine A-4 raussuchen und *höchstpersönlich* sein Haus mit Napalm ausräuchern.«

»Das solltest du mich tun lassen, Dutch«, fügte Cas mit einem Lächeln hinzu. »Ich hab schon immer ein besseres Händchen gehabt beim Abwerfen. Außerdem habe ich sechshundert Stunden in fliegenden Kisten verbracht.«

Greer fragte sich, wieviel davon als Witz gemeint war.

»Was ist mit Kelly?« fragte Maxwell.

»Sein CIA-Name ist jetzt ›Clark‹. Wenn wir ihn wollen, können wir ihn besser als Zivilisten verwenden. Er würde nie darüber hinwegkommen, daß er bloß ein Chief ist, aber ein Zivilist braucht sich um Ränge nicht zu kümmern.«

»Mach es so«, sagte Maxwell. Wie praktisch, dachte er, dem CIA einen Marineangehörigen zu unterstellen, der Zivilkleidung trug, aber dennoch der Militärdisziplin untergeordnet war.

»Aye, aye, Sir. Wo soll denn der Probelauf stattfinden?«

»Marinebasis Quantico«, erwiderte Maxwell. »General Young ist ein Kumpel aus alten Tagen. Flieger. Er hat Verständnis.«

»Marty und ich haben die Testpilotenschule gemeinsam absolviert«, erklärte Podulski. »Nach dem, was Kelly sagt, brauchen wir nicht so viele Soldaten. Ich habe schon immer gedacht, daß KINGPIN überbesetzt war. Du weißt, wenn wir das durchführen, müssen wir Kelly seine Medaille verpassen.«

»Eins nach dem anderen, Cas.« Maxwell wischte das beiseite und schaute zu Greer hin, als er aufstand. »Läßt du uns wissen, wenn Angleton irgendwas rausfindet?«

»Verlaßt euch darauf«, versprach Greer. »Wenn sich da ein Bösewicht eingeschlichen hat, werden wir ihn am Wickel haben. Mit dem Kerl bin ich jetzt schon fertig.«

Nachdem sie gegangen waren, setzte er eine Nachmittagssitzung mit Robert Ritter an. Das bedeutete, Kelly abzusagen, aber Ritter war jetzt wichtiger, und wenn die Mission auch eilig war, so eilig war sie nun auch wieder nicht.

Flughäfen mit ihrer geschäftigen Anonymität und ihren Telefonen waren doch ganz nützliche Orte. Kelly machte seinen Anruf, während er darauf wartete, daß sein Gepäck – wie er hoffte – an der richtigen Stelle erschien.

»Greer«, sagte die Stimme.

»Clark«, erwiderte Kelly und mußte über sich selber lächeln. Er kam sich mit diesem Decknamen wie James Bond vor. »Ich bin am Flughafen, Sir. Möchten Sie noch, daß ich heute nachmittag vorbeikomme?«

»Nein, ich bin beschäftigt.« Greer blätterte seinen Terminkalender durch. »Dienstag ... drei Uhr dreißig. Sie können reinfahren. Geben Sie mir Ihre Automarke und Ihr Kennzeichen durch.«

Kelly tat es, überrascht, daß er versetzt worden war. »Haben Sie meine Notizen erhalten, Sir?«

»Ja, das haben Sie fein gemacht, Mr. Clark. Wir werden sie am Dienstag durchgehen. Wir sind sehr zufrieden mit Ihrer Arbeit.«

»Danke sehr, Sir«, sprach Kelly ins Telefon.

»Also bis Dienstag.« Die Leitung war tot.

»Und auch dafür vielen Dank«, sagte Kelly, nachdem er aufgehängt hatte. Zwanzig Minuten später hatte er sein Gepäck und war auf dem Weg zu seinem Wagen. Etwa eine Stunde danach kam er in seiner Wohnung in Baltimore an. Es war Mittagszeit, und er machte sich ein paar Sandwiches, die er mit Cola hinunterspülte. Er hatte sich heute nicht rasiert, und als er in den Spiegel sah, bemerkte er, daß seine dichten Stoppeln einen Schatten in seinem Gesicht bildeten. Das würde er so lassen. Kelly ging ins Schlafzimmer zu einem ausgiebigen Nickerchen.

Die zivilen Bauarbeiter verstanden wahrlich nicht, was das sollte, aber sie wurden dafür bezahlt. Mehr verlangten sie nicht, sie hatten

Familien zu ernähren und Häuser abzuzahlen. Die Gebäude, die sie eben errichtet hatten, waren im wahrsten Sinne spartanisch: reine Betonklötze, ohne irgendwelche sanitären Einrichtungen, nach sonderbaren Maßen gefertigt, mit keinem amerikanischen Bau zu vergleichen, nur das Baumaterial war einheimisch. Größe und Form schienen einem ausländischen Bauhandbuch entnommen zu sein. Alle Maße waren metrisch, bemerkte ein Arbeiter, wenn auch die tatsächlichen Pläne in Inches und Feet angegeben waren, wie es bei amerikanischen Gebäuden üblich war. Es war ein ziemlich einfacher Job gewesen, da der Bauplatz schon planiert war, als sie anrückten. Einige Bauarbeiter hatten bei der Armee gedient, sogar einige ehemalige Marinesoldaten waren darunter, und sie fühlten sich zwischen Freude und Unbehagen hin- und hergerissen, daß sie sich auf dieser großflächigen Marinebasis in den bewaldeten Hügeln im nördlichen Virginia befanden. Auf der Fahrt zur Baustelle konnten sie morgens die Trupps der Offiziersanwärter die Straßen entlangjoggen sehen. So viele prächtige junge Kerle mit kahlgeschorenen Köpfen, hatte sich ein früherer Corporal der Marine gerade heute morgen gedacht. Wie viele würden ihre Ernennungsurkunden erhalten? Wie viele würden *drüben* stationiert werden? Wie viele würden vorzeitig wieder nach Hause verfrachtet werden, in Stahlkisten? Natürlich konnte er das nicht vorhersehen oder beeinflussen. Er hatte seine Zeit in der Hölle abgeleistet und war ohne einen Kratzer zurückgekehrt, was dem ehemaligen Infanteristen noch immer bemerkenswert vorkam, der allzu oft den Überschallknall von Gewehrkugeln gehört hatte. Allein die Tatsache, daß er überlebt hatte, war verblüffend.

Die Dächer waren fertig. Schon bald würde es an der Zeit sein, die Baustelle endgültig zu verlassen, und das nach nur drei Wochen gut bezahlter Arbeit. Siebentagewochen allerdings. Jeden Arbeitstag hier hatte er dazu eine Menge Überstunden geleistet. Irgend jemand hatte gewollt, daß dieser Bau in aller Eile hochgezogen wurde. Da war so einiges merkwürdig. Zum Beispiel die Parkplätze. Eine geteerte Fläche für hundert Wagen. Jemand malte gerade die weißen Streifen hin. Für Gebäude ohne sanitäre Anlagen? Das Sonderbarste aber war sein gegenwärtiger Job, den er zugeteilt bekommen hatte, weil der Kapo ihn mochte. Spielplatzausrüstung. Eine große Schaukel. Ein riesiges Klettergerüst. Ein Sandkasten mit einer halben Lastwagenladung voll Sand. All das, worin sein zweijähriger Sohn eines Tages herumtollen würde, wenn er alt genug für den Kindergarten in einer der Schulen von Fairfax County war. Aber auch so etwas mußte erst mal zusammengesetzt werden, und der ehemalige Marinecorporal fummelte sich mit zwei Kollegen durch die Pläne, ganz wie Väter in einem Hinterhof, und rätselte, welche Schraube nun wohin gehörte. Sie hatten bei einem Regierungsauftrag keine Fragen zu stellen, auch nicht als Mitglieder der Arbeitergewerkschaft. Außerdem war die Militärmaschinerie sowieso nicht zu verstehen, dachte er. Die Streitkräfte gingen nach einem Plan vor, in dem sich kein Mensch wirklich auskannte, und wenn sie ihm dafür Überstunden bezahlten, dann ergab das schon nach drei Tagen hier eine weitere Monatsrate für das Haus. Solche Arbeiten waren vielleicht verrückt, aber das Geld war nicht zu verachten. Das einzige, was ihm dabei nicht so gut gefiel, war der Anfahrtsweg. Vielleicht würden sie mal was genauso Verrücktes in Fort Belvoir kriegen, hoffte er, als er das letzte Teil des Klettergerüsts festschraubte. Von seinem Haus wäre er mit dem Auto in etwa zwanzig Minuten dort. Aber das Heer war ein bißchen vernünftiger als die Marine. Das mußte so sein.

»Was gibt's Neues?« fragte Peter Henderson Wally Hicks beim Abendessen in der Nähe des Capitolhügels. Sie kannten sich aus Neuengland, der eine war Harvard-Absolvent, der andere von der Brown-Universität. Und nun arbeitete der eine als Berater eines Senators, und der andere gehörte zum Mitarbeiterstab des Weißen Hauses.

»Es bleibt alles beim alten, Peter«, sagte Hicks resigniert. »Die Friedensgespräche führen zu nichts. Wir massakrieren weiter ihre Leute und sie unsre. Ich glaube nicht, daß es, jedenfalls solange wir leben, je Frieden geben wird.«

»Muß es aber, Wally«, sagte Henderson, der sich sein zweites Bier genehmigte.

»Wenn nicht...« setzte Hicks trübsinnig an.

Beide hatten im Oktober 1962 die Andover-Akademie abgeschlossen, sie waren enge Freunde und Zimmergenossen gewesen und hatten sich Seminararbeiten und Freundinnen geteilt. Zur eigentlichen politischen Reife waren sie an einem Dienstag abend gelangt, als sie am Schwarzweiß-Fernseher im Aufenthaltsraum eine spannungsgeladene Ansprache des Präsidenten ihres Landes verfolgt hatten. In Kuba seien Raketen stationiert, erfuhren sie. Zwar kursierte das in den Zeitungen schon seit einigen Tagen, doch sie waren Kinder der Fernsehgeneration, und Realität war nur das, was ihnen aus einer Bildröhre entgegenflimmerte. Für beide war es ein bestürzender, wenn auch etwas später Eintritt in die wirkliche Welt gewesen, auf die sie ihr teures Internat eigentlich früher hätte vorbereiten sollen. Aber sie gehörten zu der behäbigen und trägen Generation von amerikanischen jungen Leuten, um so mehr, als ihre wohlhabenden Eltern sie mit allen für Geld käuflichen Vorrechten nur noch weiter von der Wirklichkeit isoliert hatten, ohne ihnen allerdings beizubringen, wie man mit Geld vernünftig umging.

Beiden war gleichzeitig bestürzend klargeworden: Es konnte alles plötzlich *vorbei* sein. Aus den aufgeregten Reden im Raum erfuhren sie mehr. Sie waren von Angriffszielen regelrecht *umzingelt*. Boston im Südosten, der Luftwaffenstützpunkt Westover im Südwesten, zwei weitere Basen des Strategischen Luftkommandos, Pease und Loring, innerhalb eines Umkreises von hundertfünfzig Kilometern. Im Marinehafen Portsmouth waren atomgetriebene U-Boote stationiert. Wenn die Raketen erst flogen, dann würden sie beide nicht überleben; entweder würden die Explosion oder der Fallout sie erwischen. Und sie hatten es beide bisher noch nicht einmal richtig *getrieben*. Andere Jungen aus dem Schlafsaal hatten das schon von sich behauptet – in einigen Fällen mochte es sogar zutreffen –, aber Peter und Wally logen sich nicht an, und keiner war bisher ans Ziel gelangt, trotz wiederholter und ernsthafter Versuche. Wie war es möglich, daß die Welt ihre persönlichen Bedürfnisse nicht berücksichtigte? Gehörten sie nicht zur Elite? Bedeutete ihr Leben denn *gar nichts*?

In jener Dienstagnacht im Oktober waren Henderson und Hicks aufgeblieben, hatten sich flüsternd unterhalten und versucht, mit einer Welt zurechtzukommen, die sich ohne gebührende Vorwarnung von einem behaglichen in einen gefährlichen Ort verwandelt hatte. Sie mußten eindeutig einen Weg finden, die Verhältnisse zu ändern. Nach dem Schulabschluß gingen sie getrennte Wege, aber da Brown und Harvard nur eine kurze Strecke voneinander entfernt lagen, widmeten sie sich mit wachsendem Ernst sowohl ihrer Freundschaft als auch ihrem Lebensziel. Beide wählten Politologie als Hauptfach, denn das eröffnete ihnen den Zugang zu den Entscheidungen, die auf der Welt wirklich zählten. Beide schlossen mit dem Magister ab, aber vor allem fielen sie einflußreichen Leuten auf – ihre Eltern halfen nicht nur dabei, sondern auch bei der Suche nach einem Regierungsamt, durch das sie vom Militärdienst befreit waren. Man hatte sich früh genug darum gekümmert, daß sich mit einem diskreten Telefonanruf beim richtigen Regierungsbeamten noch alles regeln ließ.

Und so hatten nun beide jungen Männer ihre persönlichen Einstiegspositionen in sensible Ämter erreicht, jeweils als Berater wichtiger Leute. Ihre überspitzten Erwartungen, bereits vor dem dreißigsten Lebensjahr entscheidende politische Rollen zu übernehmen, waren hart gegen die glatte Wand der Realität geprallt, doch tatsächlich waren sie schon näher dran, als ihnen selbst bewußt war. Indem sie Informationen für ihre Chefs sichteten und entschieden, was in welcher Reihenfolge auf dem Schreibtisch ihrer Vorgesetzten landete, konnten sie durchaus auf den Entscheidungsprozeß einwirken; zudem hatten sie Zugang zu den unterschiedlichsten, sogar vertraulichen Daten. Demzufolge wußten sie beide in vieler Hinsicht mehr als ihre Chefs. Und das, dachten Hicks und Henderson, war auch sehr angebracht, denn sie *verstanden* die wirklich wichtigen Angelegenheiten oft einfach besser als ihre Vorgesetzten. Es war alles so klar. Der Krieg war eine ganz *schlimme Sache* und mußte unter allen Umständen vermieden oder, wenn das nicht möglich war, so rasch wie möglich beendet werden, weil Krieg Leben forderte, und das war etwas *ganz besonders Schlimmes*. Wenn es erst keinen Krieg mehr gab, mußten die Leute lernen, ihre Unstimmigkeiten auf friedlichem Wege zu regeln. Das war so sonnenklar, daß sich beide nur wundern konnten, wie derartig viele Menschen diese schlichte Wahrheit nicht begriffen, die sie beide schon auf der High-School entdeckt hatten.

Es bestand im Grunde nur ein Unterschied zwischen den zweien. Hicks arbeitete im Beraterstab des Weißen Hauses, also innerhalb des Systems. Doch er gab alles an seinen Klassenkameraden weiter, was ja in Ordnung ging, weil sowieso beide Zugang zu Geheimdokumenten hatten – und außerdem brauchte Hicks das Feedback eines klugen Kopfes, den er begriff und dem er vertraute.

Hicks wußte nicht, daß Henderson noch einen Schritt weiter gegangen war als er. Wenn er schon die Regierungspolitik nicht von innen ändern konnte, hatte Henderson während der »Tage des Zorns« nach dem Einfall in Kambodscha beschlossen, so brauchte er Hilfe von außen – eine außenstehende Gruppierung, die ihm helfen konnte, Schritte der Regierung zu blockieren, die die Welt gefährdeten. Auf der ganzen Welt gab es Leute, die seine Abneigung gegen den Krieg teilten, Menschen, die die Meinung vertraten, daß niemand gezwungen werden konnte, eine Regierungsform zu akzeptieren, die er eigentlich nicht wollte. Der erste Kontakt war in Harvard zustande gekommen, es war ein Freund in der Friedensbewegung. Nun hielt Henderson mit jemand anderem Verbindung. Er hätte diesen Umstand seinem Freund mitteilen sollen, sagte er sich, aber er hatte irgendwie den richtigen Zeitpunkt verpaßt. Wally würde es vielleicht nicht verstehen.

». . . das muß es und wird es«, sagte Henderson, der eine weitere Runde bei der Kellnerin bestellte. »Der Krieg wird zu Ende gehen. Wir werden uns zurückziehen. Vietnam wird die Regierung bekommen, die es will. Wir werden einen Krieg verloren haben, und das wird unserem Land guttun. Wir werden daraus lernen. Wir werden die Grenzen unserer Macht erfahren. Leben und leben lassen, wenn wir das gelernt haben, dann hat der Frieden eine Chance.«

Kelly stand nach fünf Uhr nachmittags auf. Die Ereignisse des vorangegangenen Tages hatten ihm doch mehr zugesetzt, als er gedacht hatte, und außerdem ermüdete ihn Reisen immer. Aber jetzt war er nicht mehr müde. Nach insgesamt elf Stunden Schlaf in den letzten vierundzwanzig Stunden fühlte er sich vollkommen ausgeruht und wach. Ein Blick in den Spiegel zeigte ihm seinen dichten Zweitagebart. Gut. Dann suchte er sich seine Kleidung aus. Dunkel, weit und alt. Er hatte das ganze Bündel in den Waschraum gebracht, alles heiß und mit Bleichstoff gewaschen, damit der Stoff alterte und die Farben auslaugten. Bereits abgetragene Kleidung war so noch unansehnlicher geworden. Alte weiße Tennissocken und Turnschuhe rundeten die Sache ab, obwohl sie mehr taugten, als es den Anschein hatte. Das Hemd war eine Nummer zu groß und zu lang, was seiner Absicht nur entgegenkam. Eine Perücke vervollständigte das gewünschte Bild. Sie war aus grobem, asiatischem Haar gefertigt, das nicht zu lang war. Er hielt sie unter den Heißwasserhahn und weichte sie ein, dann bürstete er sie in bewußt schlampiger Weise aus. Nun mußte er sich nur noch etwas ausdenken, damit sie so richtig roch, dachte Kelly.

Die Natur sorgte wieder mal für zusätzliche Deckung. Abendgewitter zogen herauf, schon wirbelte der Wind Laub auf, und Kelly mußte im Regen zu seinem Volkswagen spurten. Zehn Minuten später parkte er bei einem Spirituosenladen, wo er eine Flasche billigen gelben Wein und eine Papiertüte als Hülle dazu kaufte. Er machte den Verschluß ab und goß etwa die Hälfte in den Rinnstein. Dann war es Zeit, aufzubrechen.

Es sah jetzt alles anders aus, dachte Kelly. Es war keine Gegend mehr, die er einfach so hinter sich lassen konnte, ob er nun Gefahren sah oder nicht. Es war zu einem Ort geworden, an dem er die Gefahr suchte. Er fuhr an der Stelle vorbei, wo er Billy und seinen Roadrunner hingelotst hatte, und sah nach, ob die Reifenspuren noch zu sehen waren – sie waren es nicht. Er schüttelte den Kopf. Das war Vergangenheit, und was ihn jetzt beschäftigte, war die Zukunft.

In Vietnam schien es immer einen Waldrand zu geben, einen Punkt, wo es vom offenen Gelände oder Ackerland in den Dschungel ging, und im Geiste war das die Stelle, an der die Sicherheit aufhörte und die Gefahr begann, weil Charlie in den Wäldern lebte. Sie war im Kopf, eine eher imaginäre als tatsächlich vorhandene Grenze, aber als er sich in dieser Gegend umschaute, war es genau das gleiche. Nur diesmal kam er nicht mit fünf oder zehn Kameraden in gefleckten Tarnanzügen angerückt. Er fuhr in einer Rostlaube über die Grenze. Ein Tritt aufs Gaspedal, und Kelly war mir nichts dir nichts im Dschungel und wieder im Krieg.

Er fand eine Parklücke zwischen ebenso heruntergekommenen Autos wie seinem, stieg rasch aus, ganz so wie er früher von einem Hubschrauberlandeplatz weggerannt war, den der Feind entdecken und angreifen könnte, und steuerte auf eine Gasse zu, die mit Müll und verschiedenen weggeworfenen Geräten übersät war. Seine Sinne waren nun hellwach. Kelly schwitzte bereits, und das war gut. Er wollte schwitzen und riechen. Er nahm einen Schluck von dem billigen Wein und spülte sich damit den Mund aus, bevor er ihn über sein Gesicht und am Hals hinunter in die Kleidung laufen ließ. Er bückte sich kurz und beschmierte sich Hände, Unterarme und sogar das Gesicht mit Dreck. Nach kurzer Überlegung landete auch etwas davon auf seiner Perücke. Als Kelly in der Gasse am ganzen Häuserblock entlanggegangen war, war er bloß noch so ein Penner, einer von diesen Herumtreibern, von denen es hier in der Gegend sogar noch mehr gab als Drogendealer. Kelly paßte seinen Schritt der Situation an, er ging langsamer und wurde betont nachlässig in seinen Bewegungen, während seine Augen nach einem guten Beobachtungsposten suchten. Es war gar nicht so schwer. Etliche Häuser in der Gegend standen leer, und es ging nur darum, eines zu finden, das einen guten Ausblick bot. Das dauerte eine halbe Stunde. Er entschied sich für ein Eckhaus mit vorgewölbten Erkerfenstern im ersten Stock. Kelly betrat es durch die Hintertür. Er fuhr fast aus der Haut, als er zwei Ratten in den Trümmern dessen sah, was vor ein paar Jahren noch eine Küche gewesen war. *Verdammte Ratten!* Es war dumm, Angst vor ihnen zu haben, aber er fand ihre kleinen schwarzen Augen, die schorfige Haut und die nackten Schwänze geradezu widerlich.

»Scheiße!« flüsterte er. Warum hatte er daran nicht gedacht? Jeder bekam vor irgend etwas Gänsehaut: Spinnen, Schlangen oder hohen

Gebäuden. Bei Kelly waren es Ratten. Er ging durch den Flur und achtete sorgfältig darauf, Abstand zu halten. Die Ratten schauten ihn bloß an und huschten zur Seite, offenbar hatten sie aber weniger Angst vor ihm als er vor ihnen. »Leckt mich!« flüsterte er, als er sie ihrem Fraß überließ.

Danach kam die Wut. Kelly stieg über die geländerlose Treppe nach oben und fand das Eckschlafzimmer mit den vorgewölbten Erkerfenstern. Er war wütend auf sich, weil er sich so dumm und feige hatte ablenken lassen. Besaß er denn nicht eine ausgezeichnete Waffe, um mit Ratten fertig zu werden? Was würden sie tun, sich zu einem Bataillon versammeln und gestaffelt angreifen? Bei diesem Gedanken mußte er in der Dunkelheit des Zimmers schließlich doch verlegen lächeln. Kelly kauerte sich bei den Fenstern hin und schätzte sein Gesichtsfeld und seine eigene Sichtbarkeit ab. Die Fenster waren verschmutzt und gesprungen. Einige Scheiben fehlten ganz, aber jedes Fenster hatte einen bequemen Sims, auf den er sich setzen konnte, und da das Haus an einer Straßenkreuzung lag, konnte er weit in alle vier Himmelsrichtungen sehen, da in diesem Teil der Stadt die Straßen exakt nach Norden und Süden sowie Osten und Westen ausgerichtet waren. Die Verkehrsadern waren so mangelhaft beleuchtet, daß die unten Vorbeigehenden keinen Einblick ins Haus hatten. Mit seiner dunklen, schäbigen Kleidung war Kelly in diesem baufälligen und verkommenen Haus sozusagen unsichtbar. Er holte ein kleines Fernrohr heraus und fing mit seiner Erkundung an. Seine erste Aufgabe bestand darin, die Umgebung kennenzulernen. Die Regenschauer zogen vorüber, aber in der noch feuchten Luft bildeten sich kleine Lichthöfe um die Straßenlampen, umschwärmt von Insekten, die ihrem endgültigen Schicksal entgegenflogen. Die Luft war noch warm, vielleicht noch dreißig Grad. Es kühlte nur langsam ab, und Kelly schwitzte ein bißchen. Sein erster analytischer Gedanke war der, daß er Wasser zum Trinken hätte mitnehmen sollen. Schön, das ließe sich in Zukunft ändern, und in den nächsten Stunden würde er nichts Flüssiges brauchen. Er hatte daran gedacht, Kaugummi mitzubringen, und das war eine gewisse Erleichterung. Die Straßengeräusche waren merkwürdig. Im Dschungel hatte er das Zirpen der Insekten gehört, die Vogelrufe, das Flattern der Fledermäuse. Hier waren es nahe oder ferne Verkehrsgeräusche, das gelegentliche Quietschen von Bremsen, laute oder leise Gespräche, bellende Hunde, klappernde Mülltonnen. All das registrierte er, während er durch das Fernrohr sah und sich seine nächsten Schritte an diesem Abend überlegte.

Freitag abend, Start ins Wochenende, und die Leute machten ihre Besorgungen. Anscheinend waren die feineren Kunden heute stärker vertreten. Er erkannte einen Dealer eineinhalb Blocks entfernt. Gerade über zwanzig. Nach zwanzig Minuten Beobachtung hatte er sich ein gutes Bild sowohl vom Dealer wie von seinem »Leutnant« gemacht. Beide bewegten sich mit der Unbekümmertheit, die bei Leuten wie ihnen nur lange Erfahrung und Sicherheit mit sich bringen konnte, und Kelly fragte sich, ob sie darum hatten kämpfen müssen, diesen Standort zu ergattern oder auch zu verteidigen. Wahrscheinlich beides. Ihr Geschäft blühte, sie hatten vermutlich Stammkunden, dachte er, als er den beiden Männern zusah, wie sie an einen importierten Wagen herantraten und mit Fahrer und Beifahrer scherzten, bevor der Austausch stattfand. Dann wurden Hände geschüttelt und noch ein bißchen hinterhergewunken. Die beiden waren von etwa gleicher Statur, und Kelly verpaßte ihnen die Namen Archie und Knacki.

Herrgott, wie unbedarft bin ich gewesen, sagte sich Kelly, während er eine andere Straße entlangblickte. Ihm fiel jener Armleuchter bei der 3. Sondereinsatztruppe wieder ein, der beim Marihuanarauchen erwischt worden war – kurz bevor sie ausrücken sollten. Er hatte zu Kellys Trupp gehört, und obwohl er ein absoluter Grünschnabel direkt von der SEAL-Schule gewesen war, galt das keinesfalls als Entschuldigung. Kelly hatte den Mann zur Rede gestellt und ihm vernünftig, aber bestimmt erklärt, daß jeder, der nicht hundertprozentig klar im Kopf ins Gefecht zog, der ganzen Truppe den Tod bringen konnte. »He, Mann, das ist cool, ich weiß, was ich tu«, hatte Kelly als nicht gerade intelligente Erwiderung zu hören bekommen, und dreißig Sekunden später sah sich ein anderes Mitglied des Trupps veranlaßt, Kelly von dem auf der Stelle entlassenen Teammitglied zu trennen, das am nächsten Tag auf Nimmerwiedersehen verschwand.

Und das war auch der einzige Drogenzwischenfall in der gesamten Einheit gewesen, soweit Kelly wußte. Sicher, außer Dienst dröhnten sie sich voll, und als Kelly mit zwei anderen nach Taiwan zum Ausspannen geflogen war, hatten sie nach ihren gemeinsamen Trinkgelagen eine wahre Erdbebenschneise der Verwüstung hinterlassen. Kelly glaubte allen Ernstes, daß das etwas ganz anderes war. Er war sich nicht bewußt, daß er hier eindeutig zweierlei Maß anlegte. Aber sie tranken ja auch kein Bier, bevor sie in den Dschungel vorrückten. Das war allein schon eine Frage des gesunden Menschenverstands. Und außerdem ging es dabei auch um die Kampfmoral der Einheit. Kelly kannte keine echte Elitetruppe, bei der es je

Drogenprobleme gegeben hätte. Das Problem – ein wirklich ernsthaftes, hatte er gehört – lag hauptsächlich bei den Etappenhengsten und den Einheiten mit den Wehrpflichtigen, die aus jungen Männern bestanden, die noch unwilliger nach Vietnam gegangen waren als er selber, und deren Offiziere es auch nicht geschafft hatten, das Problem zu bewältigen, entweder wegen ihrer eigenen Fehler oder weil sie so ziemlich die gleiche Einstellung wie ihre Untergebenen hatten.

Was auch immer der Grund war, die Tatsache, daß Kelly kaum je über das Drogenproblem nachgedacht hatte, war sowohl logisch wie absurd. Er schob das alles beiseite. Egal, wie spät ihm die Wahrheit aufgegangen war, hier jedenfalls hatte er sie direkt vor Augen.

In einer anderen Straße war ein auf sich allein gestellter Dealer, der wohl keinen Leutnant wollte, brauchte oder hatte. Er trug ein gestreiftes Hemd und hatte seine eigene Kundschaft. Kelly gab ihm den Namen Charlie Brown. Während der nächsten fünf Stunden erkannte und klassifizierte er drei weitere Dealergruppen in seinem Blickfeld. Dann begann der Ausleseprozeß. Archie und Knacki schienen das größte Geschäft zu machen, aber sie befanden sich in Sichtweite von zwei anderen. Charlie Brown schien seinen Block ganz für sich zu haben, aber ein paar Meter entfernt war eine Bushaltestelle. Dagwood befand sich auf der gegenüberliegenden Straßenseite von Wizard. Beide hatten Leutnants, und das erledigte die Sache. Big Bob war größer als Kelly, und sein Leutnant sogar noch hünenhafter. Das war eine Herausforderung. Kelly suchte aber keine Herausforderung – noch nicht.

Ich muß mir einen guten Plan der Umgebung besorgen, ihn mir einprägen und in getrennte Bereiche aufteilen, dachte Kelly. *Ich muß die Buslinien und Polizeiwachen einordnen, die Schichtwechsel der Polizei in Erfahrung bringen, die Muster der Streifengänge. Ich muß dieses ganze Gebiet sozusagen auswendig lernen, ein Zehn-Block-Radius dürfte genügen. Den Wagen darf ich nie zweimal an derselben Stelle parken, nicht einmal in der Nähe des jeweils letzten Platzes.*

Du kannst in einem bestimmten Gebiet nur einmal jagen. Das heißt, du mußt dir genau überlegen, wen du dir raussuchst. Nur nachts auf die Straße gehen. Eine zweite Waffe besorgen ... kein Gewehr ... ein Messer, ein gutes. Ein paar Längen Seil oder Draht. Handschuhe, die Gummidinger, die Frauen zum Spülen benutzen. Noch etwas zum Anziehen, vielleicht eine Buschjacke, mit vielen Taschen – nein, eine mit Innentaschen. Eine Flasche Wasser, etwas zu essen, einen Schokoriegel für die Energiezufuhr. Mehr Kaugummis ... vielleicht Bubble Gum? dachte

Kelly, der es jetzt etwas gelassener angehen ließ. Er schaute auf die Uhr: zwanzig nach drei.

Dort unten beruhigte sich allmählich alles. Wizard und seine Nummer zwei verließen ihr Territorium auf dem Gehsteig und verschwanden um eine Ecke. Dagwood machte es ihnen bald darauf nach. Er stieg in sein Auto und ließ sich von seinem Leutnant chauffieren. Charlie war weg, als Kelly das nächste Mal hinsah. Blieben noch Archie und Knacki im Süden und Big Bob im Westen, die beide noch sporadisch was verkauften, viel an begüterte Kunden. Kelly sah noch eine weitere Stunde zu, bis Archie und Knacki als letzte Schluß gemacht hatten für diese Nacht ... und sie verschwanden ziemlich schnell, dachte Kelly, nicht sicher, wie sie das bewerkstelligt hatten. Noch etwas zum Nachprüfen. Er war steif, als er aufstand, und wollte auch das künftig beherzigen. Er durfte nicht soviel stillsitzen. Seine ans Dunkel gewöhnten Augen achteten genau auf die Stufen, als er so leise er konnte heruntersteig, denn das Nachbarhaus war bewohnt. Zum Glück waren die Ratten jetzt weg. Kelly blickte zur Hintertür hinaus, und als er die Gasse leer fand, verließ er das Haus, wieder mit dem Gang eines Betrunkenen. Zehn Minuten später war sein Auto in Sicht. Aus fünfzig Meter Entfernung erkannte Kelly, daß er gedankenlos genug gewesen war, den Wagen in der Nähe einer Straßenlaterne zu parken. Das war ein Fehler, der kein zweites Mal vorkommen durfte, tadelte er sich, während er sich langsam und schwankend näherte, bis er nur noch eine Wagenlänge entfernt war. Dann, nach prüfenden Blicken die leer daliegende Straße hinauf und hinunter, stieg er schnell ein, ließ den Motor an und rauschte davon. Erst als er zwei Blocks weiter war, schaltete er die Scheinwerfer ein. Dann bog er nach links ab und gelangte wieder auf die breite leere Durchfahrtsstraße, verließ den gar nicht so imaginären Dschungel und fuhr nach Norden zu seiner Wohnung.

Wieder bequem und sicher im Auto, ging er alles durch, was er in den vergangenen neun Stunden gesehen hatte. Die Dealer waren allesamt Raucher. Sie zündeten ihre Zigaretten mit Einmal-Feuerzeugen an, deren helle Flammen ihre Nachtsicht beeinträchtigten. Je später die Nacht, desto geringer das Geschäft, und desto nachlässiger schienen sie zu werden. Waren schließlich auch nur Menschen. Sie wurden müde. Einige blieben länger draußen als andere. Alles, was er gesehen hatte, war nützlich und wichtig. In ihrem charakteristischen Vorgehen und besonders in ihren Unterschieden lagen ihre wunden Punkte.

Es war eine feine Nacht gewesen, dachte Kelly, als er am Baseballstadion der Stadt vorbeifuhr, nach links in den Loch Raven Boulevard einbog und sich endlich entspannte. Er überlegte sich sogar, ob er einen Schluck von dem Wein nehmen sollte, aber jetzt war nicht die Zeit, in schlechte Gewohnheiten zu verfallen. Er nahm die Perücke vom Kopf und wischte sich damit den durch sie verursachten Schweiß ab. Er hatte einen Mordsdurst.

Zehn Minuten später half er dem ab, nachdem er seinen Wagen an der richtigen Stelle geparkt und leise in seine Wohnung geschlüpft war. Er blickte sehnsüchtig zur Dusche hinüber, denn er brauchte das Gefühl von Sauberkeit, nachdem er von Staub, Dreck und ... Ratten umgeben gewesen war. Bei diesem letzten Gedanken schüttelte es ihn gründlich. *Verdammte Ratten*, dachte er, während er Eiswürfel in ein großes Glas tat und dann Leitungswasser hineinfüllte. Dem ersten Glas folgten noch etliche weitere, während er sich mit der freien Hand schon auszuziehen begann. Die Klimaanlage tat unheimlich gut, und so stellte er sich direkt vor das Gerät, ließ die kühle Luft über seinen Körper streichen. Die ganze Zeit hatte er nicht pinkeln müssen. Mußte in Zukunft Wasser mitnehmen. Kelly nahm sich eine Portion Dosenwurst aus dem Kühlschrank und belegte zwei dicke Sandwiches damit, die er mit noch einem halben Liter Eiswasser hinunterspülte.

Brauch dringend eine Dusche, sagte er sich. Aber er durfte es sich nicht gestatten. Er würde sich an das Gefühl eines klebrigen, plastikähnlichen Überzugs auf seinem ganzen Körper gewöhnen müssen. Er mußte es mögen, es kultivieren, denn davon hing zum Teil seine persönliche Sicherheit ab. Sein Dreck und Gestank gehörten zu seiner Verkleidung. Wegen seines Aussehens und seines Geruchs sollten die Leute von ihm wegschauen und ihm nicht zu nahe kommen. Er konnte jetzt keine normale Person sein, er mußte sich in eine Straßenkreatur verwandeln, um die jeder einen Bogen machte. Die von niemandem beachtet wurde. Der Bart war noch dunkler geworden, sah er im Spiegel, bevor er sich ins Schlafzimmer verzog. Sein letzter Entschluß an diesem Tag war der, daß er auf dem Boden schlafen würde. Er brachte es nicht über sich, neue Laken zu verdrecken.

15 / Lektionen anwenden

Pünktlich um elf Uhr früh setzte die Hölle ein, obwohl Colonel Zacharias natürlich keine Möglichkeit hatte, die Zeit zu bestimmen. Die Tropensonne schien stets über ihm zu sein und unbarmherzig herniederzubrennen. Selbst in seiner fensterlosen Zelle entkam er ihr nicht, genausowenig wie er den Insekten entging, die in der Hitze prächtig zu gedeihen schienen. Er wunderte sich, daß hier überhaupt etwas gedeihen konnte, doch wenn, dann war es etwas, was ihm weh tat oder ihn belästigte, und das entsprach präzise der Beschreibung der Hölle, wie er sie als Kind in der Kirche gehört hatte. Zacharias war auf eine mögliche Gefangennahme vorbereitet worden. Er hatte Trainingsprogramme fürs Überleben, Ausweichen, den Widerstandskampf und das Flüchten mitgemacht. Das war unabdingbar für jemand, der seinen Lebensunterhalt als Kampfpilot verdienen wollte, und diese Schulung wurde im Militär entschieden am meisten gehaßt, weil es die sonst so gehätschelten Luftwaffen- und Marineoffiziere Gemeinheiten unterwarf, bei denen selbst die strengen Marineausbilder der Mut verlassen hätte – Gemeinheiten, die unter anderen Umständen für ein Kriegsgerichtsverfahren, gefolgt von einer längeren Strafe in Leavenworth oder Portsmouth, ausgereicht hätten. Zacharias hatte wie die meisten anderen im Leben nicht noch einmal erleben wollen, was er da mitgemacht hatte. Aber seine gegenwärtige Lage hatte er sich ja nicht selber ausgesucht, oder? Denn was er hier durchmachte, *war* die Wiederholung des kompletten Schulungsprogramms.

Er hatte sich nur entfernt mit einer eventuellen Gefangennahme auseinandergesetzt. Sie ließ sich einfach nicht völlig wegdenken, sobald einer mal das scheußliche, zur Verzweiflung treibende elektronische Krächzen der Notrufmeldungen gehört, die Fallschirmjäger gesehen und versucht hatte, eine Befreiungsaktion zu organisieren, in der Hoffnung, einer der grashüpfergrünen Hubschrauber würde von seinem Stützpunkt in Laos einfliegen, oder vielleicht sogar eine »Dicke Mammi« – wie die Froschmänner die Rettungsvögel nannten – von der See herzischen. Zacharias hatte schon mal gesehen, daß es funktionierte, aber meistens war es mißglückt. Er hatte die panischen und grausam unmännlichen Schreie von Piloten gehört, die die Gefangennahme vor Augen hatten. »Bringt mich raus hier«, hatte ein Major gekreischt, doch gleich darauf war über Funk eine andere Stimme ertönt, die haßerfüllte Worte voller Bitterkeit und Mordgier hervorsprudelte, die zwar niemand genau entschlüsseln konnte, die sie aber dennoch verstanden hatten. Die Grashüpfer-Besatzungen und ihre Kollegen von der Navy taten ihr Bestes, und obwohl Zacharias Mormone war und nie in seinem Leben Alkohol angerührt hatte, für diese Helikopterbesatzungen hatte er genügend Drinks besorgt, um einen ganzen Marinetrupp damit flachzulegen, in Dankbarkeit und Ehrfurcht vor ihrer Tapferkeit. Auf diese Weise drückte man unter Kriegskameraden eben seine Bewunderung aus.

Doch wie jeder andere Kamerad hatte er nie ernsthaft gedacht, daß gerade er gefangengenommen werden würde. Tod, diese Möglichkeit hatte er erwogen. Zacharias war König der Weasel gewesen. Er hatte mitgeholfen, diesen Berufszweig zu erfinden. Mit seinem Intellekt und ausgezeichneten fliegerischen Geschick hatte er die Doktrin aufgestellt und in der Luft ihre Gültigkeit bewiesen. Er hatte seine F-105 in das dichteste Luftabwehrnetz gesteuert, das je aufgebaut worden war, hatte noch dazu die gefährlichsten Waffen bewußt auf sich gelenkt und seine Ausbildung und Intelligenz benützt, um sich mit ihnen zu duellieren, hatte alle taktischen Finessen ausgeschöpft, sein ganzes Geschick eingesetzt, sie geneckt, ihnen getrotzt, sie geködert in dem berauschendsten Wettkampf, den je ein Mensch erlebt hatte, ein dreidimensional mit Über- und Unterschallgeschwindigkeit durchgeführtes Schachspiel mit ihm in seiner zweisitzigen Thud und den anderen an den russischen Radargeräten und Raketenrampen. Wie Mungo und Kobra fochten sie jeden Tag aufs neue eine private Vendetta aus, und in seinem Stolz und seiner Erfahrenheit hatte er gemeint, er würde gewinnen oder schlimmstenfalls sein Ende in Form einer gelbschwarzen Wolke erleben, die den charakteristischen Tod eines richtigen Piloten kennzeichnete: unmittelbar, dramatisch und in luftiger Höhe.

Er hatte sich nie für besonders tapfer gehalten. Aber er hatte seinen Glauben. Sollte ihn der Tod in der Luft ereilen, dann konnte er sich darauf freuen, Gott ins Antlitz zu blicken, wenn er demütig angesichts seines bescheidenen Rangs und stolz auf sein vergangenes Leben vor ihm stand, denn Robin Zacharias war ein rechtschaffener Mann, der kaum je vom Pfad der Tugend abgewichen war. Seinen Kameraden war er ein guter Freund, ein pflichtbewußter Anführer, der auf die Bedürfnisse seiner Männer Rücksicht nahm; ein aufrechter Familienvater mit starken, aufgeweckten und stolzen Kindern; aber vor allem war er ein Kirchenältester, der einen Zehnten seines Luftwaffensolds abgab, wie seine Stellung in der Kirche Jesu Christi der Heiligen der Letzten Tage es erforderte. Aus all diesen Gründen hatte er den Tod nie gefürchtet. Was jenseits des Grabes lag, erwartete er mit Zuversicht. Das Leben selber war eine unsichere Angelegenheit, und sein gegenwärtiges Leben ganz besonders, und selbst einem Glauben so stark wie dem seinen waren durch den Körper, in dem er steckte, Grenzen gesetzt. Diesen Umstand begriff er entweder nicht ganz, oder er wollte ihm keinen rechten Glauben schenken. Seine Religiosität, sagte sich der Oberst, sollte doch ausreichen, ihm über alles hinwegzuhelfen. Tat sie doch. Sie sollte es wenigstens. Nein, es *war* so. Das hatte er als Kind von seinen Lehrern gelernt. Doch diese Stunden waren in bequemen Klassenzimmern mit Blick auf die Wasatch Mountains erteilt worden, von Lehrern mit einem sauberen weißen Hemd und Krawatte, die ihre Unterrichtsbücher vor sich hielten und mit all dem Zutrauen redeten, das ihnen die Geschichte ihrer Kirche und deren Mitglieder vermittelt hatten.

Hier ist es anders. Zacharias hörte die zaghafte Stimme, die das sagte, versuchte, sie zu ignorieren, versuchte nach Kräften, ihr nicht zu glauben, denn wenn er ihr glaubte, widersprach das seinem Gottvertrauen, und genau diesen Widerspruch konnte sein Denken nicht zulassen. Joseph Smith war für seinen Glauben gestorben, in Illinois ermordet. Andere hatten das gleiche Schicksal erlitten. Die Geschichte des Judentums und der Christenheit war voller Märtyrer – Helden für Robin Zacharias, denn so hieß das in seinen Berufskreisen –, die Folter durch römische oder andere Hände erlitten hatten und mit dem Namen Gottes auf den Lippen gestorben waren.

Aber sie haben nicht so lange gelitten wie du, beteuerte die Stimme. Ein paar Stunden nur. Die kurzen höllischen Minuten auf dem brennenden Scheiterhaufen, vielleicht ein oder zwei Tage, ans Kreuz genagelt. Das nämlich war es: Ihr Ende war absehbar, und wenn man wußte, was nach dem Ende kam, konnte man sich darauf konzentrieren. Aber um über das Ende hinauszusehen, mußte einer erst mal wissen, wann genau dieses Ende kam.

Robin Zacharias war allein. Es waren aber noch andere da. Nur kurz hatte er sie gesehen, ohne sich mit ihnen verständigen zu können. Er hatte versucht, einen Code zu klopfen, aber nie hatte jemand geantwortet. Wo sie auch waren, sie waren zu weit weg, oder die Anordnung der Gebäude ließ es nicht zu, oder vielleicht hatte er sein Gehör verloren. Und so hatte er niemanden, mit dem er seine Gedanken austauschen konnte; selbst Gebete halfen bei seinem so regen Verstand nur begrenzt. Er wagte nicht, um Erlösung zu beten – ein Gedanke, den er sich nicht eingestehen konnte, denn da hätte er auch gleich zugeben müssen, daß sein Gottvertrauen schon erschüttert war, und das konnte er nicht zulassen. Doch etwas in ihm wußte, daß er gerade dadurch, daß er nicht um Erlösung betete, durch Unterlassung etwas eingestand. Wenn er nämlich betete und die Erlösung nicht eintrat, könnte sein Gottvertrauen schwinden, und seine Seele wäre verloren. Für Robin Zacharias begann die Verzweiflung nicht mit einem Gedanken, sondern mit der Weigerung, von seinem Gott etwas zu erflehen, das eventuell nicht eintreten würde.

Das übrige konnte er nicht wissen: Sein Nahrungsmangel, die für einen Mann von seiner Intelligenz so besonders qualvolle Isolation und die nagende Furcht vor dem Schmerz, denn selbst Gottvertrauen konnte Schmerz nicht lindern, und alle Männer kennen diese Furcht. Wenn jemand eine schwere Last trug, ging seine Kraft irgendwann zu Ende, ganz gleich, wie stark er war. Die Schwerkraft hingegen wirkte weiter. Körperkräfte waren leicht zu verstehen, aber in dem Stolz und der Rechtschaffenheit, die er aus seinem Gottvertrauen bezog, hatte er nicht bedacht, daß die Psyche auf den Körper genauso sicher einwirkte wie die Schwerkraft, nur weitaus heimtückischer. Für ihn rührte die überwältigende geistige Erschöpfung aus seiner Anstrengung her, sich nicht brechen zu lassen. Er gab sich für nichts geringeres die Schuld, als menschlich zu sein. Eine Aussprache mit einem anderen Kirchenältesten hätte alles wieder ins Lot gebracht, aber das war nicht möglich, und indem er sich die Ausflucht versagte, seine menschliche Gebrechlichkeit vor sich einzugestehen, trieb Zacharias sich immer weiter in eine selbstgestellte Falle, wozu die Leute, die ihn körperlich und seelisch zerstören wollten, allerdings kräftig beitrugen.

An diesem Punkt wurde alles noch schlimmer. Die Tür seiner Zelle ging auf. Zwei Vietnamesen in Khakiuniformen schauten ihn an, als wäre er ein Schandfleck in ihrem Land. Zacharias wußte, warum sie hier waren. Er versuchte, ihnen mutig entgegenzutreten. Sie packten ihn, jeder an einem Arm, und ein dritter folgte ihnen mit einem Gewehr in einen größeren Raum – doch bevor er noch durch die Tür trat, wurde ihm der Lauf des Gewehrs fest in den Rücken gestoßen, genau an die Stelle, die immer noch weh tat, volle neun Monate nach seiner Notlandung, und er schnappte vor Schmerz nach Luft. Die Vietnamesen bekundeten nicht einmal Freude über seine Pein. Sie stellten keine Fragen. Ihre Mißhandlungen folgten keinem erkennbaren Muster, die fünf Männer schlugen einfach alle gleichzeitig auf ihn ein, und Zacharias wußte, daß Widerstand den Tod bedeutete. Obwohl er ein Ende seiner Gefangenschaft herbeisehnte, wäre es vielleicht nichts anderes als Selbstmord, auf diese Art den Tod zu suchen, und das war ihm verboten.

Es war sowieso egal. In Sekundenschnelle wurde ihm jede Möglichkeit, irgend etwas zu tun, genommen. Er brach auf dem rauhen Betonboden zusammen und spürte, wie sich die Schläge und Tritte und Schmerzen wie die Zahlen in einem Kontobuch addierten. Seine Muskeln waren vor Schmerz gelähmt, er konnte seine Glieder kaum mehr bewegen; er wünschte, daß es aufhörte, wußte aber, daß dies nie eintreten würde. Bei alldem hörte er nun das hohe Meckern ihrer Stimmen, wie Schakale, Teufel, die ihn peinigten, weil er zu den Aufrechten gehörte und weil sie ihn in die Finger bekommen hatten. Das setzte sich endlos fort.

Eine laut schreiende Stimme drang durch seine katatonische Erstarrung. Noch ein eher planloser, halb ausgeführter Tritt gegen seine Brust, dann sah er ihre Stiefel sich entfernen. Aus den Augenwinkeln bekam er mit, wie ihre Gesichter zusammenzuckten, während sie zur Tür schauten, wo der Lärm herkam. Ein letztes Brüllen, und schon verschwanden sie hastig. Die Stimme wechselte. Das war doch eine ... weiße Stimme? Wie wußte er das? Starke Hände richteten ihn auf, setzten ihn an eine Wand, und er sah ein Gesicht. Es war Grischanow.

»Mein Gott«, sagte der Russe, die Wangen rotglühend vor Wut. Er drehte sich um und brüllte noch einmal etwas in seltsam klingendem Vietnamesisch. Augenblicklich erschien eine Feldflasche, und er goß den Inhalt über das Gesicht des Amerikaners. Dann brüllte er wieder, und Zacharias hörte, wie die Tür zuging.

»Trink, Robin, trink das.« Er hielt dem Amerikaner eine kleine Metallflasche an die Lippen.

Zacharias nahm den ersten Schluck so rasch, daß die Flüssigkeit schon in seinem Magen war, bevor er den beißenden Geschmack von Wodka registrieren konnte. Entsetzt hob er die Hand und versuchte, die Flasche wegzuschieben.

»Ich darf nicht«, japste der Amerikaner, »darf das nicht ... trinken ...«

»Robin, es ist Medizin. Das ist nicht zum losen Zeitvertreib. Dagegen hat deine Religion doch wohl nichts einzuwenden. Bitte, mein Freund, du brauchst das. Es ist alles, was ich für dich tun kann«, fügte Grischanow mit einer Stimme hinzu, die vor Enttäuschung bebte. »Du mußt, Robin.«

Vielleicht ist es Medizin, dachte Zacharias. Einige Arzneien waren mit Alkohol versetzt, um sie haltbar zu machen, und seine Kirche ließ das zu, oder nicht? Er konnte sich nicht erinnern, und da er es nicht wußte, nahm er noch einen Schluck. Genausowenig wußte er, daß zugleich mit der Auflösung des Adrenalins, das während der Mißhandlungen in seinen Organismus ausgeschüttet worden war, sein Körper sich durch das Trinken nur weiter entspannte.

»Nicht zuviel, Robin.« Grischanow entzog ihm die Flasche, versorgte dann Robins Wunden, streckte dessen Beine aus und wischte ihm mit einem feuchten Tuch das Gesicht ab.

»Wilde!« knurrte der Russe. »Dreckige, stinkende Wilde. Major Vinh werde ich dafür den Kragen umdrehen, ihm das knochige kleine Affengenick brechen.« Der russische Oberst setzte sich neben den amerikanischen Offizier auf den Boden und sprach frisch von der Leber weg. »Robin, wir sind Feinde, aber wir sind auch Männer, und selbst im Krieg gibt es Regeln. Du dienst deinem Land, ich diene meinem. Diese ... diese Leute verstehen nicht, daß es ohne Ehre keinen wahren Dienst gibt, nur Barbarei.« Er hielt die Flasche wieder hoch. »Hier. Ich kann nichts anderes gegen die Schmerzen beschaffen. Es tut mir leid, mein Freund, aber ich kann es nicht.«

Und Zacharias nahm einen weiteren Schluck, immer noch betäubt, immer noch desorientiert und verwirrter als je zuvor.

»Guter Mann«, sagte Grischanow. »Ich habe das noch nie gesagt, aber du bist tapfer, mein Freund, daß du diesen Ratten so gut widerstehst.«

»Muß ich ja«, stieß Zacharias hervor.

»Selbstverständlich«, sagte Grischanow, während er dem Mann das Gesicht sauber wischte, so wie er es bei einem seiner Kinder getan hätte. »Das würde ich auch.« Er verstummte. »Mein Gott, einmal wieder fliegen können!«

»Ja, Oberst, ich wünschte ...«

»Sag Kolja zu mir.« Grischanow wedelte mit der Hand. »Du kennst mich schon lange genug.«

»Kolja?«

»Mein Vorname ist Nikolaj. Kolja ist der – Spitzname, heißt es so?« Zacharias hielt den Kopf weiter an die Wand gedrückt, schloß die

Augen und dachte an das Hochgefühl beim Fliegen. »Ja, Kolja, ich würde auch gerne wieder fliegen.«

»Kein großer Unterschied, stelle ich mir vor«, sagte Kolja, der sich nun neben den Mann setzte und ihm brüderlich den Arm um die zerschlagenen und schmerzenden Schultern legte, in dem Wissen, daß dies die erste menschlich warme Geste war, die er seit bald einem Jahr erfuhr. »Ich habe die MiG-17 am liebsten. Schon veraltet, aber mein Gott, was für eine Freude, sie zu fliegen. Den Steuerknüppel brauchst du bloß mit den Fingerspitzen anzutippen – du brauchst nur zu denken, es dir im Geiste vorzustellen, und das Flugzeug tut, was du willst.«

»Die 86er war genauso«, erwiderte Zacharias. »Die sind auch alle weg.«

Der Russe lachte kurz auf. »Wie deine erste Liebe, ja? Das erste Mädchen, das du als Kind angesehen hast, das dir zum erstenmal das Gefühl gab, ein Mann zu sein, ja? Das erste Flugzeug ist für unsereinen noch besser. Nicht so warm wie eine Frau, aber leichter zu beherrschen.« Robin versuchte zu lachen, mußte aber würgen. Grischanow bot ihm einen weiteren Schluck an. »Beruhige dich, mein Freund. Sag mir, welches hast du am liebsten?«

Der Amerikaner zuckte mit den Achseln, spürte das leichte Brennen im Bauch. »Ich habe so ziemlich alles geflogen. Nur die F-94 und -89 habe ich verpaßt. Nach dem, was ich so höre, ist mir nicht viel entgangen. Die 104 hat Spaß gemacht, wie ein Sportwagen, aber nicht viel Stehvermögen. Nein, die 86H habe ich wahrscheinlich am liebsten, wegen der Handhabung.«

»Und die Thud?« fragte Grischanow, indem er den Spitznamen der F-105 verwendete.

Robin hustete kurz. »Du brauchst den ganzen Staat Utah als Landebahn, aber sie hat eben verdammt rasante Triebwerke. Ich bin schon hundertzwanzig Knoten über der roten Linie geflogen.«

»Es heißt, sie ist eigentlich kein Kampfflugzeug. Eher so was wie ein Bombenschlepper.« Grischanow hatte den Jargon amerikanischer Piloten aufmerksam studiert.

»Das paßt. Die bringt dich im Nu aus Schwierigkeiten heraus. Mit der würdest du dich bestimmt nicht gern auf einen Nahkampf einlassen. Da muß der erste Hieb sitzen.«

»Aber was das Bombardieren angeht – unter uns Piloten, euer Bombenabwurf in dieser elenden Gegend ist ausgezeichnet.«

»Wir bemühen uns, Kolja, wir geben uns große Mühe«, sagte Zacharias mit schleppender Stimme. Es verblüffte den Russen, daß der Alkohol so schnell wirkte. Der Mann war in seinem Leben noch nie mit scharfen Getränken in Berührung gekommen, zum erstenmal vor zwanzig Minuten. Wie außergewöhnlich, daß sich ein Mensch für ein Leben ganz ohne Alkohol entschied.

»Und wie ihr die Raketenstellungen angreift! Weißt du, ich habe das beobachtet. Wir sind Feinde, Robin«, sagte Kolja wieder. »Aber wir sind auch Piloten. Was ich da an Mut und Geschick beobachtet habe, habe ich noch nie gesehen. Sicher bist du daheim ein professioneller Spieler, oder?«

»Spielen?« Robin schüttelte den Kopf. »Nein, das darf ich nicht.«

»Aber was du in deiner Thud...«

»Das ist kein Spiel. Kalkuliertes Risiko. Du planst genau, du weißt, was möglich ist, und daran hältst du dich, du kriegst ein Gefühl für das, was der andere denkt.«

Grischanow merkte sich vor, seine Feldflasche für den nächsten Piloten auf seinem Zeitplan wieder aufzufüllen. Es hatte einige Monate gedauert, aber nun hatte er doch etwas gefunden, was wirkte. Schade, daß diese kleinen braunen Wilden nicht intelligent genug waren, um zu verstehen, daß Mißhandlungen meist den Mut eines Mannes wachsen ließen. Bei all ihrer beträchtlichen Hochmütigkeit sahen sie die Welt durch eine Linse, die alles so klein wie sie und so kleinkariert wie ihre Kultur machte. Sie schienen unfähig, Lektionen zu lernen. Grischanow hingegen suchte solche Lektionen. Merkwürdigerweise hatte er diese von einem Nazi-Offizier der Luftwaffe gelernt. Schade auch, daß die Vietnamesen nur ihm und niemandem sonst diese speziellen Befragungen gestatteten. Er würde deswegen bald mal nach Moskau schreiben. Wenn sie den richtigen Druck ausübten, könnte ihnen dieses Lager ungeheuer viel nützen. Welch unerwartete Schlauheit hatten die Wilden mit der Einrichtung dieses Lagers bewiesen, doch wie enttäuschend andererseits, mit welcher Hartnäckigkeit sie dessen Möglichkeiten ungenutzt ließen. Es war schon widerlich, daß er in diesem heißen, feuchten, mückenverseuchten Land leben mußte, umgeben von arroganten kleinen Menschen mit ihrem bißchen arroganten Verstand und der tückischen Wesensart von Schlangen. Aber hier waren nun mal die Informationen, die er brauchte. So verabscheuenswert seine derzeitige Beschäftigung auch war, es gab dafür eine Bezeichnung, die er ausgerechnet in einem der modernen amerikanischen Romane entdeckt hatte, die er las, um seine bereits beeindruckenden Fremdsprachenkenntnisse aufzupolieren. Es war ein typisch amerikanischer Begriff. Was er tat, war »rein geschäftlich«. Das war eine

Weltanschauung, die er gut verstand. Schade, daß der Amerikaner neben ihm das womöglich nicht einsehen würde, dachte Kolja, während er auf jedes Wort der weitschweifigen Erklärungen über das Leben eines Weasel-Piloten lauschte.

Das Gesicht im Spiegel wurde ihm immer fremder, und das war gut so. Die Macht der Gewohnheit war schon sonderbar. Er hatte bereits das Waschbecken mit heißem Wasser vollaufen lassen und die Hände eingeseift, da erst meldete sich sein Verstand und erinnerte ihn daran, daß er sich nicht waschen oder rasieren durfte. Kelly putzte sich wenigstens die Zähne. Er konnte diesen pelzigen Belag auf den Zähnen nicht ausstehen, und er hatte ja immer noch seine Weinflasche zur Tarnung. *Was für ein übles Zeug*, dachte Kelly, *so süß und schwer und so merkwürdig in der Farbe.* Kelly war kein Weinkenner, aber er wußte, daß ein anständiger Tafelwein nicht die Farbe von Urin haben sollte. Fluchtartig verließ er das Badezimmer. Seinen Anblick im Spiegel konnte er einfach nicht länger ertragen.

Er stärkte sich mit einer guten Mahlzeit, aß sich satt an milden Speisen, die seinem Körper Energie geben würden, ohne daß sein Magen rumorte. Dann kam das Training. Seine Erdgeschoßwohnung erlaubte es ihm, auf der Stelle zu laufen, ohne irgendwelche Nachbarn zu stören. Es war nicht das gleiche wie ein richtiger Dauerlauf, aber es mußte genügen. Als nächstes waren die Stemmübungen an der Reihe. Seine linke Schulter war endlich völlig wiederhergestellt, und wenn es in den Muskeln zog, dann auf beiden Seiten gleich stark. Zum Schluß übte er seine Fingerfertigkeit, nicht bloß für die offensichtlichen Zwecke, sondern um darüber hinaus allgemein flinker zu werden.

Er hatte gestern bei Tageslicht seine Wohnung verlassen, war das Risiko eingegangen, in seiner verkommenen Aufmachung gesehen zu werden, um einen Laden für gebrauchte Kleidung aufzusuchen. Dort hatte er eine Buschjacke aufgetrieben, etliche Nummern zu groß und so fadenscheinig, daß er sie umsonst bekommen hatte. Kelly hatte inzwischen begriffen, daß es nicht leicht war, seine Größe und seine körperliche Verfassung zu verbergen. Aber mit lockerer, abgetragener Kleidung ließ es sich bewerkstelligen. Er hatte es auch nicht versäumt, sich mit den anderen Kunden im Laden zu vergleichen. Dabei hatte er festgestellt, daß seine Verkleidung anscheinend ihre Wirkung erzielte. Wenn er auch nicht die übelste Ausgabe eines Stadtstreichers war, gehörte er doch sicherlich in die untere Kategorie. Wahrscheinlich hatte der Verkäufer ihm die Buschjacke nicht nur deshalb gratis ausgehändigt, um ihn schnell wieder aus dem Geschäft zu bekommen, sondern auch, um Mitleid mit seinen Lebensumständen zu bekunden. War das nicht gelungen? Was hätte er drum gegeben, in Vietnam als einfacher Dorfbewohner durchgehen und in aller Ruhe auf die Ankunft der bösen Buben warten zu können.

In der vergangenen Nacht hatte er seine Erkundungen fortgesetzt. Niemand hatte groß Notiz von ihm genommen, als er durch die Straßen gegangen war, bloß ein weiterer dreckiger, stinkiger Trunkenbold, den zu überfallen sich nicht lohnte. Damit hatten sich seine Sorgen, daß man ihm ansehen könnte, wer er wirklich war, erledigt. Er hatte wieder fünf Stunden in seinem Ausguck verbracht, die Straßen vom Fenster im zweiten Stock des leerstehenden Hauses aus beobachtet und dabei festgestellt, daß die Polizeistreifen nur rein routinemäßig vorbeikamen und die Busse regelmäßiger fuhren, als er ursprünglich geschätzt hatte.

Als er mit seinen Übungen fertig war, nahm er seine Pistole auseinander und reinigte sie, obwohl sie seit dem Rückflug von New Orleans nicht mehr benützt worden war. Den Schalldämpfer unterzog er der gleichen Prozedur. Er baute beides wieder zusammen, prüfte, ob alle Teile auch gut saßen. Er hatte eine kleine Änderung vorgenommen. Nun war oben auf dem Schalldämpfer eine feine weiße Linie, damit er nachts besser peilen konnte. Für Schüsse aus großer Entfernung reichte das nicht, aber so etwas hatte er auch nicht vor. Als die Pistole wieder einsatzbereit war, lud er eine Patrone in die Kammer und klappte vorsichtig den Hahn zurück, bevor er die restliche Munition unten in den Griff schob. Er hatte sich auch in einem Laden für Armeerestbestände ein Ka-Bar-Marinekampfmesser angeschafft. Während seiner Straßenbeobachtung in der vorigen Nacht hatte er die fünfzehn Zentimeter lange Klinge sorgsam an einem Schleifstein gewetzt. Die Leute fürchteten ein Messer sogar noch mehr als eine Kugel, was dumm war, aber nützlich. Pistole und Messer wurden nebeneinander hinten im Gürtel verstaut, gut verborgen durch das bauschige dunkle Hemd und die Buschjacke. In eine der Jackentaschen kam eine Whiskeyflasche mit Leitungswasser. In die andere vier Snickers. Um die Hüfte hatte er sich ein Elektrokabel geschlungen. In der Hosentasche befand sich ein Paar Gummihandschuhe. Sie waren gelb, was sie sehr auffällig machte, aber er hatte keine anderen finden können. Sie bedeckten seine Hände, ohne Tastsinn und Beweglichkeit zu beeinträchtigen, und er beschloß, sie mitzunehmen. Er hatte bereits ein Paar Arbeitshandschuhe aus Baumwolle im Auto, die er beim Fahren trug. Nach dem Kauf des Wagens hatte er ihn innen und außen gewaschen, alle Glas-, Metall- und Plastikflächen abgewischt, in der Hoffnung, daß damit alle Fingerabdrücke entfernt waren. Kelly war insgeheim dankbar für jede Polizeivorführung und jeden Film, den er gesehen hatte, und betete darum, daß er sich bei jedem seiner Schritte genauso übervorsichtig verhalten würde.

Was noch? fragte er sich. Er hatte keinen Ausweis mit, aber ein paar Dollar Kleingeld in einem Portemonnaie, das er auch in dem Gebrauchtwarenladen erworben hatte. Kelly hatte daran gedacht, mehr mitzunehmen, aber das war nicht nötig. Wasser. Essen. Waffen. Kabel. Das Fernglas würde er heute zu Hause lassen. Sein Nutzen wog seine Sperrigkeit nicht auf. Vielleicht sollte er sich so etwas wie ein Opernglas besorgen – also vormerken. Er war bereit. Kelly schaltete den Fernseher ein und sah die Nachrichten, um den Wetterbericht zu hören – wolkig, vereinzelte Schauer, Tiefdruck bei gut zwanzig Grad. Er machte sich zwei Tassen Instant-Kaffee und trank sie hintereinander weg, um genügend Koffein zu speichern. Dann wartete er auf den Einbruch der Nacht. Nach kurzer Zeit war es soweit.

Das Verlassen der Wohnanlage war sonderbarerweise einer der schwierigsten Schritte. Kelly blickte aus den Fenstern, das Zimmerlicht hatte er bereits ausgeschaltet, und vergewisserte sich, daß niemand draußen war, bevor er sich hinauswagte. Vor der Tür des Gebäudes blieb er noch mal stehen, schaute und lauschte, bevor er stracks auf seinen VW zuging, aufsperrte und einstieg. Sofort zog er die Arbeitshandschuhe über, und erst danach machte er die Wagentür zu und ließ den Motor an. Zwei Minuten später kam er an der Stelle vorbei, wo er den Scout geparkt hatte, und fragte sich, wie einsam es dem Wagen nun sein mochte. Kelly suchte sich einen Sender, der moderne Musik spielte, Softrock und Folk, bloß um während der Fahrt nach Süden in die Innenstadt vertraute Töne um sich zu haben.

Er war schon ein wenig überrascht, was für eine Spannung sich während der Fahrt aufbaute. Sobald er angekommen war, würde sich das wieder legen, aber die Herfahrt war die Zeit, in der er, wie auf dem Flug zum Einsatzort, in Gedanken das Unbekannte erwog, und dabei mußte er sich zwingen, gelassen zu bleiben und ein gleichgültiges Gesicht zu machen, während seine Hände in den Handschuhen dennoch ein wenig schwitzten. Er befolgte sorgfältig jede Verkehrsregel, achtete auf alle Ampeln und kümmerte sich nicht um die

Autos, die an ihm vorbeirauschten. Schon erstaunlich, dachte er, wie lang einem zwanzig Minuten vorkommen konnten. Diesmal wählte er eine etwas andere Strecke zur Einsatzstelle. Er hatte in der vorigen Nacht schon den Parkplatz ausgekundschaftet, zwei Blocks vom Zielort entfernt – im Geiste entsprach bei ihm ein Block im gegenwärtigen taktischen Operationsgebiet einem Kilometer im echten Dschungel, ein Vergleich, der ihn kurz auflächeln ließ, als er sein Auto hinter einem schwarzen 57er Chevy einparkte. Wie schon zuvor entfernte er sich schnell vom Wagen und flüchtete in den Schutz der Dunkelheit einer Gasse. Nach zwanzig Metern war er bloß noch ein torkelnder Betrunkener.

»He du!« rief eine junge Stimme. Es waren drei Teenager, die auf einer Vorgartenmauer saßen und Bier tranken. Kelly wechselte auf die andere Seite der Gasse, um möglichst viel Abstand zu halten, aber das klappte nicht. Einer von ihnen sprang herab und kam auf ihn zu.

»Was suchst'n, Herumtreiber?« wollte der Junge mit der ganzen gefühllosen Arroganz eines jungen Draufgängers wissen. »Himmel, du stinkst aber, Mann! Hat dir deine Mama nicht das Waschen beigebracht?«

Kelly drehte sich nicht einmal um, er krümmte sich nur zusammen und ging weiter. Das war nicht vorgesehen. Mit gesenktem Kopf, den er etwas von dem Burschen wegdrehte, der neben ihm herging, trottete er weiter. Doch dieser hielt gemeinerweise Schritt mit dem alten Strolch, der die Flasche nun in die andere Hand wechselte.

»Ich brauch was zum Trinken, Mann«, sagte der Junge und streckte schon die Hand nach der Flasche aus.

Kelly gab sie nicht her, weil ein Tippelbruder das nicht tat. Das Jüngelchen stellte ihm ein Bein, schubste ihn gegen das eiserne Gitter links, aber damit ließ er es bewenden. Er ging lachend wieder zu seinen Freunden, als der Penner sich aufrappelte und weiterzockelte.

»Und komm ja nicht wieder her, Mann!« hörte Kelly noch, als er am Ende des Blocks angelangt war. Das hatte er auch nicht vor. Er kam während der nächsten zehn Minuten an zwei weiteren Grüppchen von jungen Leuten vorbei, doch niemand bedachte ihn mit mehr als einem spöttischen Lachen. Die Hintertür zu seinem Ausguck war noch angelehnt, diesmal waren glücklicherweise keine Ratten da. Drinnen hielt Kelly lauschend inne, und da er nichts hörte, richtete er sich zu voller Größe auf und gönnte sich etwas Entspannung.

»Schlange an Chicago«, flüsterte er sich in der Erinnerung an seinen alten Decknamen zu. »Bin unbemerkt am Beobachtungspunkt angelangt.« Kelly stieg zum dritten- und letztenmal die gleiche baufällige Treppe hoch, fand seinen gewohnten Platz in der Südostecke, setzte sich hin und schaute hinaus.

Archie und Knacki waren auch an ihrem gewohnten Platz einen Block entfernt. Er sah sie sofort, wie sie gerade mit einem Autofahrer redeten. Es war zwölf nach zehn. Kelly genehmigte sich einen Schluck Wasser und einen Schokoriegel, lehnte sich zurück, hielt nach Veränderungen in ihrem gewöhnlichen Aktivitätsmuster Ausschau, konnte aber nach einer halbstündigen Beobachtungsphase keine feststellen. Big Bob war ebenfalls an seinem Platz, desgleichen sein Leutnant, den Kelly nun Little Bob nannte. Auch Charlie Brown war heute nacht wieder im Geschäft, ebenso Dagwood. Der erstere arbeitete immer noch allein, während der letztere sich mit einem Leutnant zusammengetan hatte, für den Kelly noch keinen Namen gefunden hatte. Aber Wizard war heute nicht zu sehen. Es stellte sich heraus, daß er später kam, kurz nach elf, zusammen mit seinem Komplizen, den Kelly Toto nannte, denn er wieselte gern wie ein Hündchen herum, das in das Körbchen hinten auf dem Fahrrad der bösen Hexe gehörte. »Und dein Hündchen auch ...« flüsterte Kelly belustigt.

Wie erwartet, war Sonntag nacht weniger los als in den beiden vorhergehenden Nächten, doch Archie und Knackie schienen beschäftigter zu sein als die anderen. Das lag vielleicht daran, daß sie einen gehobeneren Kundenstamm hatten. Obgleich alle die örtlichen wie die auswärtigen Kunden bedienten, schienen zu Archie und Knackie doch öfter größere Wagen zu kommen, deren blitzblanke Sauberkeit Kelly zu dem Schluß veranlaßte, daß sie nicht aus diesem Teil der Stadt stammten. Die Vermutung war vielleicht nicht richtig, aber für seine Mission war sie ohnehin unbedeutend. Was wirklich wichtig war, hatte er in der vorigen Nacht auf seinem Gang in das Gebiet beobachtet und auch heute wieder bestätigt bekommen. Nun mußte er nur noch warten.

Kelly machte es sich bequem. Sein Körper entspannte sich nun, da alle Entscheidungen getroffen waren. Er starrte auf die Straße hinunter, immer noch hellwach, beobachtete, lauschte und registrierte das Kommen und Gehen, während die Minuten verrannen. Um zwanzig vor eins überquerte ein Funkstreifenwagen die Kreuzung, er tat nichts anderes, als Flagge zu zeigen. In ein paar Minuten würde er wahrscheinlich noch mal zurückkommen. Die Linienbusse mit

ihren Dieselmotoren brummten vorbei, und Kelly erkannte den um ein Uhr zehn, dessen Bremsen repariert werden mußten. Ihr schrilles Quietschen mußte jedem Menschen auf die Nerven gehen, der entlang dieser Linie zu schlafen versuchte. Nach zwei wurde der Verkehr merklich weniger. Die Dealer rauchten und redeten nun mehr. Big Bob kam über die Straße, um Wizard etwas zu sagen, und sie schienen ein recht herzliches Verhältnis zueinander zu haben, was Kelly überraschte. Das hatte er vorher noch nicht gesehen. Vielleicht brauchte der Mann nur Wechselgeld für einen Hunderter. Der Polizeiwagen kam planmäßig vorbei. Kelly verspeiste den dritten Riegel Snickers. Die Verpackung steckte er ein. Er überprüfte noch mal seine Wachstation. Es war nichts liegengeblieben. Er hatte nichts angefaßt, wo eventuell Fingerabdrücke zurückbleiben konnten. Hier gab es einfach zuviel Staub und Schutt, und er hatte sehr sorgfältig darauf geachtet, keine Fensterscheibe zu berühren.
Okay.
Kelly ging die Treppe hinunter und zur Hintertür hinaus. Er überquerte die Straße und verschwand in der Verlängerung der parallel verlaufenden Gasse, die ganze Zeit hielt er sich soweit wie möglich im Schatten und bewegte sich mit den üblichen schlurfenden Schritten. Trotzdem kam er jetzt zielstrebiger und auch leiser voran.
Das Geheimnis der ersten Nacht hatte sich als Segen erwiesen. Archie und Knacki waren im Verlauf von nicht mehr als zwei oder drei Sekunden von der Bildfläche verschwunden. Länger hatte er sie nicht aus den Augen gelassen. Sie waren nicht weggefahren, und sie hatten nicht die Zeit gehabt, bis zum Ende des Blocks zu gehen. Kelly war in der vorigen Nacht draufgekommen. Diese überlangen Blocks mit ihren Reihenhäusern waren ja nicht von Dummköpfen erbaut worden. Auf halber Strecke hatten viele der geschlossenen Blocks einen Durchgang, so daß die Leute schneller in die Gasse dahinter kamen. Für Archie und Knacki war das ein ausgezeichneter Fluchtweg, und während sie ihren Geschäften nachgingen, entfernten sie sich nie mehr als zehn Meter davon. Aber sie schienen ihn auch nie wirklich im Auge zu behalten.
Kelly vergewisserte sich dessen, als er sich an einen Anbau lehnte, in dem vielleicht ein Ford Modell T Platz gefunden hätte. Er verband ein paar herumliegende Bierdosen mit einer Schnur und legte sie quer über den Zementweg, der zum Durchgang führte, um sicherzugehen, daß sich von hinten niemand nähern konnte, ohne einigen Lärm zu machen. Dann ging er mit sehr vorsichtigen Schritten hinein und zog die schallgedämpfte Pistole aus dem Hosenbund. Die

Strecke betrug nun fünfundzwanzig Meter, aber ein geschlossener Durchgang war ein besserer Klangverstärker als jedes Telefon, und Kelly suchte den Boden vor sich nach allem ab, über das er eventuell stolpern und das Lärm machen könnte. Er umging eine Zeitung und eine Glasscherbe und kam schließlich ganz nahe ans andere Ende des Durchgangs.

Aus der Nähe sahen sie anders aus, beinahe wie Menschen. Archie lehnte sich an die braunen Wandsteine und rauchte eine Zigarette. Knacki rauchte ebenfalls, während er auf dem Kotflügel eines Autos saß und die Straße hinunterschaute. Und alle zehn Sekunden beeinträchtigte das Aufglühen der Zigaretten ihr Sehvermögen. Kelly sah sie, doch sie konnten ihn selbst auf die drei Meter nicht erkennen. Günstiger ging es nicht.

»Rühr dich nicht«, flüsterte er Archie zu. Der Mann drehte den Kopf, eher verärgert als aufgeschreckt, bis er die Pistole mit dem großen, an den Lauf geschraubten Zylinder sah. Sein Blick glitt zu seinem Leutnant, der immer noch in die andere Richtung schaute und irgendeinen Song summte, während er auf einen Kunden wartete, der nie mehr kommen würde. Kelly mußte erst auf sich aufmerksam machen.

»He!« Immer noch ein Flüstern, aber es übertönte die gedämpften Straßengeräusche. Knacki drehte sich um und sah die auf den Kopf seines Arbeitgebers gerichtete Waffe. Er erstarrte, ohne daß er noch dazu aufgefordert werden mußte. Archie hatte die Knarre und das Geld und den größten Teil der Drogen. Er sah, wie Kelly ihn mit der Hand heranwinkte, und da ihm nichts Besseres einfiel, ging er hin.

»Gutes Geschäft heute abend?« fragte Kelly.

»Ging so«, erwiderte Archie leise. »Was willst du?«

»Na, was glaubst du wohl?« fragte Kelly lächelnd.

»Bist du'n Bulle?« fragte Knacki, was, wie die beiden anderen dachten, eine ziemlich dämliche Frage war.

»Nein, ich bin nicht hier, um jemanden zu verhaften.« Er winkte mit der Hand. »In den Tunnel, Gesicht auf den Boden, schnell.« Kelly ließ sie etwa fünf Meter gehen, gerade genug, bis sie sich außer Sichtweite befanden, also auch wieder nicht so weit, daß er nicht noch genug Licht von außen hatte, um einigermaßen sehen zu können. Zunächst durchsuchte er sie nach Waffen. Archie hatte einen rostigen .32er Revolver, der gleich eingesackt wurde. Als nächstes nahm Kelly das Elektrokabel von seiner Hüfte und fesselte den beiden die Hände. Dann drehte er die Kerle um.

»Ihr beide wart sehr hilfsbereit.«

»Du kommst besser nicht mehr hierher, Mann«, informierte ihn Archie, der noch gar nicht bemerkt hatte, daß er überhaupt nicht ausgeraubt worden war. Knacki nickte und brummelte etwas in sich hinein. Die Erwiderung verblüffte beide.
»Eigentlich brauche ich eure Hilfe.«
»Für was?« fragte Archie.
»Ich such nach einem Burschen namens Billy, fährt einen roten Roadrunner.«
»Was? Willst du mich verarschen?« fragte Archie mit ziemlich angewiderter Stimme.
»Bitte beantworte meine Frage«, sagte Kelly ungerührt.
»Sieh zu, daß du deinen verdammten Arsch außer Reichweite kriegst«, schlug Archie gehässig vor.
Kelly drehte die Waffe leicht und jagte Knacki zwei Kugeln in den Kopf. Der Körper zuckte heftig, und das Blut spritzte, aber diesmal bekam Kelly nichts davon ab. Statt dessen regneten dicke Tropfen auf Archies Gesicht nieder, und Kelly sah, wie sich die Augen des Dealers vor Entsetzen und Überraschung weiteten, wie kleine Lichter in der Dunkelheit. Das hatte Archie nicht erwartet. Knacki schien sowieso nicht sehr zum Reden aufgelegt gewesen zu sein, und die Zeit lief ab.
»Ich habe doch bitte gesagt, oder nicht?«
»Heiliger Strohsack, Mann!« schnarrte die Stimme leise, denn, soviel wußte er, lauteres Sprechen hätte den Tod bedeutet.
»Billy. Roter Plymouth Roadrunner, gibt gern ein bißchen an. Er ist ein Verteiler. Ich möchte wissen, wo er sich rumtreibt«, sagte Kelly leise.
»Wenn ich dir das verrate ...«
»Dann kriegst du einen neuen Lieferanten. Mich«, sagte Kelly. »Und wenn du Billy sagst, daß ich hier bin, dann wirst du bald mit deinem Freund Wiedersehen feiern«, fügte er hinzu und deutete auf die noch warme Leiche, die wie ein schlaffer Sack an Archies Seite gepreßt lag. Er mußte dem Mann schließlich Hoffnung machen. Vielleicht sogar eine etwas zweifelhafte Wahrheit auftischen, dachte Kelly. »Verstehst du? Billy und seine Freunde haben sich mit den falschen Leuten rumgetrieben, und es ist mein Job, das zu regeln. Tut mir leid um deinen Freund, aber ich mußte doch zeigen, daß ich es ernst meine und so.«
Archie versuchte, seine Stimme in den Griff zu kriegen, was ihm aber nicht ganz gelang, obwohl er jetzt nach dem angebotenen Rettungsring griff. »Sieh mal, Mann, ich kann doch nicht ...«

»Ich kann jederzeit jemand anderen fragen.« Kelly legte eine bedeutsame Pause ein. »Verstehst du, was ich gerade gesagt habe?«

Das tat Archie, zumindest dachte er das, und so redete er freiweg, bis es Zeit für ihn war, seinem Freund Knacki Gesellschaft zu leisten.

Eine rasche Durchsuchung von Archies Taschen förderte ein ansehnliches Bündel Scheine und eine Anzahl kleiner Briefchen mit Drogen zutage, die in Kellys Jackentaschen wanderten. Er stieg vorsichtig über die beiden Leichen hinweg und ging wieder zu der Gasse zurück, wobei er sich noch einmal umdrehte, um sicherzugehen, daß er nicht in Blut getreten war. Die Schuhe würde er sowieso wegwerfen. Kelly band die Dosen los und legte sie wieder dorthin, wo er sie gefunden hatte. Dann verfiel er in seine betrunkene Gangart und machte sich in einem großen Bogen auf den Weg zu seinem Auto, wobei er mit jedem Schritt sein sorgfältig antrainiertes Verhalten aufrechterhielt. Gott sei Dank, dachte er, als er wieder nach Norden fuhr, heute nacht würde er duschen und sich rasieren können. Aber was zum Teufel sollte er mit den Drogen anfangen? Diese Frage würde das Schicksal für ihn beantworten müssen.

Die Wagen trafen kurz nach sechs Uhr ein, eine durchaus nicht unpassende Stunde für die erwachende Betriebsamkeit auf einem Marinestützpunkt. Es waren fünfzehn Schrottkisten, nicht älter als drei Jahre, aber alles Totalschäden von Autounfällen und für ein Butterbrot erworben. Das einzig Ungewöhnliche an ihnen war, daß sie, auch wenn sie nicht mehr fahrtüchtig waren, doch so aussahen, als wären sie es. Der Arbeitstrupp bestand aus Marinesoldaten unter Aufsicht eines Artillerieoffiziers, der keine Ahnung hatte, was das alles bedeuten sollte. Aber das brauchte er auch gar nicht. Die Autos wurden aufs Geratewohl hingestellt, nicht ordentlich militärisch ausgerichtet, sondern eher so, wie wirkliche Menschen einparkten. Das dauerte eineinhalb Stunden, dann verschwand der Arbeitstrupp. Um acht Uhr früh traf ein weiterer Trupp ein, diesmal mit Schaufensterpuppen. Sie waren unterschiedlich groß und in alte Kleidung gesteckt worden. Die Kindergrößen kamen auf die Schaukeln und in den Sandkasten. Die Erwachsenenpuppen wurden mit Hilfe der Metallständer aufgestellt, die mitgeliefert worden waren. Auch der zweite Arbeitstrupp verschwand, sollte aber auf unbestimmte Zeit zweimal am Tag wiederkommen, um die Puppen nach dem Zufallsprinzip herumzuschieben. Die Anweisungen dazu waren von irgendeinem Trottel von Offizier, der nichts Besseres zu tun hatte, erdacht und niedergeschrieben worden.

Kellys Aufzeichnungen hatten sich mit der Tatsache auseinandergesetzt, daß einer der erschöpfendsten und zeitraubendsten Aspekte des Unternehmens KINGPIN in der Notwendigkeit bestanden hatte, die Nachbildung des Lagers jeden Tag neu aufzubauen und niederzureißen. Ihm war das nicht als erstem aufgefallen. Wenn ein sowjetischer Aufklärungssatellit auf dieses Gelände aufmerksam wurde, würde er eine merkwürdige Ansammlung von Gebäuden sehen, die keinem erfindlichen Zweck dienten. Er würde auch einen Kinderspielplatz registrieren, mit Kindern, Eltern, geparkten Wagen, die allesamt jeden Tag anders angeordnet waren. Diese Information würde die andere, viel offensichtlichere Feststellung aufwiegen, daß sich nämlich dieses Freizeitgelände einen Kilometer von jeder geteerten Straße entfernt und außer Sicht der übrigen Anlagen befand.

16 / Übungen

Ryan und Douglas hielten sich im Hintergrund und ließen die Gerichtsmediziner ihre Arbeit erledigen. Die Entdeckung war kurz nach fünf Uhr früh gemacht worden. Der Polizist Chuck Monroe war auf seiner routinemäßigen Streife die Straße entlanggefahren und hatte, als er einen ungewöhnlichen Schatten in dieser Unterführung erspähte, mit den Scheinwerfern hineingeleuchtet. Die dunkle Gestalt hätte leicht ein Betrunkener sein können, der seinen Rausch ausschlief, aber das helle Licht hatte sich auch in einer roten Lache gespiegelt und das Backsteingewölbe in einen rosa Schimmer getaucht, der vom ersten Augenblick an unpassend ausgesehen hatte. Monroe hatte seinen Wagen abgestellt und sich die Sache näher angesehen, dann bei der Wache angerufen. Der Polizeibeamte lehnte nun an seinem Auto, rauchte eine Zigarette und ging die Einzelheiten seiner Entdeckung durch, was für ihn weniger schrecklich war, als sich Zivilisten vielleicht vorstellten, da es ganz routinemäßig geschah. Er hatte sich nicht einmal die Mühe gemacht, einen Krankenwagen zu rufen. Für diese beiden Männer kam eindeutig jede ärztliche Hilfe zu spät.

»Körper können ganz schön bluten«, bemerkte Douglas. Es war keine Äußerung von irgendeiner Bedeutung, nur Worte, um das Schweigen zu füllen, während die Kameras aufblitzten und einen letzten Farbfilm verschossen. Es sah aus, als wären zwei große Kanister rote Farbe ausgegossen worden.

»Zeitpunkt des Todes?« fragte Ryan den Leichenbeschauer.

»Nicht allzu lange her«, erwiderte der Mann und hob zur Verdeutlichung eine Hand. »Noch kein Rigor. Auf jeden Fall nach Mitternacht, wahrscheinlich nach zwei.«

Nach der Todesursache brauchte nicht gefragt zu werden. Die Löcher in der Stirn der beiden Männer beantworteten das von selbst.

»Monroe?« rief Ryan. Der junge Beamte kam herüber. »Was wissen Sie von den beiden?«

»Beides Dealer. Der ältere hier rechts ist Maceo Donald, Straßenname Ju-Ju. Den links kenne ich nicht, aber er hat mit Donald zusammengearbeitet.«

»Scharfes Auge, daß Sie die entdeckt haben. Sonst noch etwas?« fragte Kommissar Douglas.

Monroe schüttelte den Kopf. »Nein, Sir. Überhaupt nichts. An sich eine ziemlich ruhige Nacht im Bezirk. Ich bin während meiner Schicht etwa viermal hier vorbeigekommen, und alles sah ganz normal aus. Die üblichen Dealer bei ihren üblichen Geschäften.« Die unterschwellige Kritik an der Situation, die für alle schon als normal galt, blieb unerwidert. Schließlich war es Montag früh, und das allein war für alle Beteiligten schon schlimm genug.

»Fertig«, sagte der ältere Fotograf. Er und sein Kollege auf der anderen Seite der Leichen räumten das Feld.

Ryan sah sich schon um. Der Durchgang war bereits ganz gut erhellt, doch der Kommissar knipste zusätzlich seine große Taschenlampe an und leuchtete damit in die Ecken der Passage, weil er sehen wollte, ob da nicht irgendwo etwas kupferfarbenes aufblitzte.

»Irgendwelche Patronenhülsen gesehen, Tom?« fragte er Douglas, der genau das gleiche tat.

»Negativ. Sie wurden doch aus dieser Richtung erschossen, meinst du nicht auch?«

»Die Leichen sind nicht bewegt worden«, sagte der Leichenbeschauer überflüssigerweise und fügte hinzu: »Ja, eindeutig beide von dieser Seite aus erschossen. Beide lagen am Boden, als sie abgeknallt wurden.«

Douglas und Ryan untersuchten dreimal gründlich jeden Zentimeter des Durchgangs, denn Gründlichkeit war in ihrem Beruf die stärkste Waffe, und sie konnten sich so viel Zeit lassen, wie sie nur wollten – zumindest ein paar Stunden, was aufs gleiche hinauslief. So einen Tatort hatten sie sich schon immer gewünscht. Kein Gras, um Beweisstücke zu verbergen, keine Möbel, nur ein blanker, nicht einmal zwei Meter breiter Backsteingang ohne irgendwelche Nischen. Das würde ungeheuer viel Zeit sparen.

»Rein gar nichts, Em«, sagte Douglas nach seiner dritten Runde.

»Dann wahrscheinlich ein Revolver.« Es war eine logische Schlußfolgerung. Die leichten .22er-Hülsen aus einer Automatik konnten unglaublich weit fliegen und waren so klein, daß ihr Auffinden einen zur Verzweiflung treiben konnte. Der Verbrecher war selten, der sein Messing wieder aufsammelte, und vier kleine .22er im Dunkeln wieder aufzuspüren – nein, das war zu unwahrscheinlich.

»Raubüberfall mit 'ner billigen, wollen wir wetten?« fragte Douglas.

»Kann sein.« Die beiden Männer traten an die Leichen heran und gingen jetzt zum erstenmal neben ihnen in die Hocke.

»Keine deutlichen Schmauchspuren«, sagte der Sergeant ziemlich überrascht.

»Sind irgendwelche Häuser hier bewohnt?« fragte Ryan Monroe.

»Von denen hier keins, Sir«, sagte Monroe und deutete auf die zwei unmittelbar an den Durchgang anschließenden. »In den meisten auf der anderen Seite wohnt aber jemand.«

»Vier Schüsse, frühmorgens; meinen Sie, jemand könnte was gehört haben?« *Der Backsteintunnel müßte den Knall doch wie eine Teleskoplinse gebündelt haben,* dachte Ryan. Und eine .22er ging laut und scharf los. Aber wie oft hatte es schon Fälle wie diesen gegeben, bei denen kein Mensch einen Ton gehört hatte? Außerdem, so wie sich dieses Viertel entwickelt hatte, teilten sich die Leute in zwei Klassen: diejenigen, die nicht hinsahen, weil es ihnen egal war, und diejenigen, die wußten, daß Hinsehen nur ihre eigenen Chancen erhöhte, auch einmal eine Kugel abzubekommen.

»Zwei Beamte klappern gerade die Wohnungen ab. Bis jetzt noch nichts.«

»Nicht schlecht geschossen, Em.« Douglas hatte seinen Stift herausgeholt und deutete auf die Löcher in der Stirn des nicht identifizierten Opfers. Sie waren kaum einen Zentimeter auseinander, grade über dem Nasenrücken. »Keine Schmauchspuren. Der Mörder muß gestanden haben ... sagen wir, ein, vielleicht zwei Meter, maximal.« Douglas stellte sich zu Füßen der Leichen auf und streckte den Arm aus. Es war ein direkter Schuß, mit ausgestrecktem Arm nach unten gezielt.

»Glaube ich nicht. Vielleicht sind da Schmauchspuren, die wir nicht sehen können, Tom. Wozu gibt es schließlich die Gerichtsmediziner?« Was er meinte, war: daß die beiden Männer dunkelhäutig waren, und das Licht war auch nicht besonders. Aber wenn es denn Pulverpünktchen um die kleinen Einschußwunden gab, dann konnte sie jedenfalls keiner von ihnen sehen. Douglas ging wieder in die Hocke, um sich die Einschußlöcher noch einmal anzusehen.

»Schön zu wissen, daß jemand unsere Arbeit zu schätzen weiß«, bemerkte der Leichenbeschauer, der sich drei Meter weiter weg seine eigenen Notizen machte.

»Wie dem auch sei, Em, unser Schütze hat eine sehr ruhige Hand.« Der Stift näherte sich dem Kopf von Maceo Donald. Die zwei Löcher in seiner Stirn, vielleicht ein bißchen höher als beim andern Mann, lagen fast noch näher beieinander. »Das ist ungewöhnlich.«

Ryan zuckte die Achseln und begann mit der Durchsuchung der Leichen. Obwohl er der dienstältere war, machte er das doch lieber selbst, während Douglas alles notierte. Er fand bei keinem der Männer eine Waffe, und obwohl beide Brieftaschen und Pässe bei sich trugen, was den Unbekannten als Charles Barker, 20 Jahre alt, auswies, entsprach die aufgefundene Geldmenge nicht annähernd dem, was Männer in ihrem Gewerbe normalerweise bei sich haben. Es waren auch keine Drogen zu finden ...

»Wart mal, hier ist was – drei kleine durchsichtige Tütchen mit einer weißen, pulvrigen Substanz«, sagte Ryan amtlich. »Kleingeld, ein Dollar fünfundsiebzig, Wegwerffeuerzeug. Packung Pall Mall in der Hemdtasche – und ein weiteres durchsichtiges Tütchen mit einer weißen, pulvrigen Substanz.«

»Ein Drogenklau«, diagnostizierte Douglas. Nicht unbedingt professionell, aber ziemlich offensichtlich. »Monroe?«

»Zu Befehl, Sir?« Der junge Polizist würde sein Leben lang ein Marinesoldat bleiben. Wie Douglas bemerkte, endete fast alles, was er sagte, mit »Sir«.

»Unsere Freunde Barker und Donald – erfahrene Dealer?«

»Ju-Ju war schon hier, als ich in diesem Bezirk angefangen habe, Sir. Ich wüßte nicht, daß sich je einer mit ihm angelegt hätte.«

»Keine Kampfspuren«, sagte Ryan, nachdem er sie umgedreht hatte. »Hände sind zusammengebunden mit ... Stromkabel, Kupferdraht, weiße Isolierung mit Markenbezeichnung, kann ich noch nicht lesen. Keine erkennbaren Zeichen eines Kampfes.«

»Da hat also jemand Ju-Ju erwischt!« Das kam von Mark Charon, der gerade eingetroffen war. »Ich hab mit diesem Scheißkerl auch was laufen gehabt.«

»Zwei Austrittslöcher am Hinterkopf von Mr. Donald«, fuhr Ryan fort, verärgert über die Unterbrechung. »Ich schätze, wir finden die Kugeln irgendwo am Grunde dieses Sees«, fügte er säuerlich hinzu.

»Vergiß die Ballistik«, knurrte Douglas. Bei der .22er war das nicht ungewöhnlich. Erstens einmal bestand die Kugel aus weichem Blei, das so leicht verformt wurde, daß die Riefen vom Lauf meistens unmöglich zu identifizieren waren. Und zweitens hatte die kleine .22er eine ungeheure Durchschlagskraft, stärker als die .45er, und zersprang oft an irgendeinem Objekt hinter dem Opfer. In diesem Fall am Zement des Durchgangs.

»Na gut, dann erzählen Sie mir mal ein bißchen was von ihm«, befahl Ryan.

»Größerer Straßendealer, große Kundschaft. Fährt einen hübschen roten Caddy«, gehorchte Charon. »Ziemlich schlaues Kerlchen.«

»Jetzt nicht mehr. Sein Gehirn ist ihm vor sechs Stunden weggeblasen worden.«

»Überfall?« fragte Charon.

Douglas antwortete. »Sieht ganz so aus. Keine Waffe, keine Drogen oder Geld in nennenswerten Mengen. Wer immer es auch getan hat, verstand was von seinem Geschäft. Sieht sehr profimäßig aus, Em. Das war kein Junkie mit einem Glückstreffer.«

»Ich würde sagen, weiter kommen wir heute morgen nicht, Tom«, erwiderte Ryan und stand auf. »Wahrscheinlich ein Revolver, kommen nicht viele Typen in Frage für so eine Samstagnacht-Extratour. Mark, ist irgendwas bekannt über einen erfahrenen Straßengangster, der sich hier in der Gegend rumtreibt?«

»Das Duo«, sagte Charon. »Aber die arbeiten mit einer Schrotflinte.«

»Sieht fast so aus wie eine bandeninterne Strafaktion. Ich schau dir in die Augen, Kleiner – Wumm.« Douglas dachte über seine Worte nach. Nein, das stimmte auch nicht ganz, oder? So ein Mord von Gauner zu Gauner war fast nie so elegant. Kriminelle waren keine geübten Schützen, und sie benützten meist billige Waffen. Ryan und er hatten eine Handvoll Mordfälle aus dem Umfeld der Bandenkriminalität untersucht, und es war typisch für sie, daß das Opfer entweder durch einen aufgesetzten Schuß in den Hinterkopf mit all den dadurch verursachten deutlichen, gerichtsmedizinisch erkennbaren Spuren getötet wurde, oder der Überfall war so unüberlegt abgelaufen, daß das Opfer eher ein Dutzend weit verstreuter Löcher in seiner Anatomie hatte. Diese beiden waren von jemandem ausgeschaltet worden, der sein Geschäft verstand, und die kleine Schar gut ausgebildeter Mafiakiller war an ein paar Fingern abzuzählen. Aber wer hatte je behauptet, daß die Ermittlung in einem Mordfall eine exakte Wissenschaft sei? Dieser Tatort hier bot eine Mischung aus Routinemäßigem und Ungewöhnlichem. Ein einfacher Raubüberfall, da Drogen und Geld der Opfer fehlten, aber ein ungewöhnlich geschickter Mord, weil der Schütze entweder großes Glück gehabt hatte – gleich zweimal – oder außergewöhnlich zielsicher war. Und eine Strafaktion wurde gewöhnlich nicht als Raubüberfall oder dergleichen getarnt. Eine Strafaktion war meistens eine öffentliche Erklärung.

»Mark, wird auf der Straße irgendwas von einem Krieg im Milieu gemunkelt?«

»Nein, eigentlich nicht, nichts Organisiertes, 'ne Menge Zoff unter den Dealern wegen Straßenecken, aber das ist ja nichts Neues.«

»Du könntest dich vielleicht mal umhören«, schlug Kommissar Ryan vor.

»Kein Problem, Em. Ich lass' meine Leute das nachprüfen.«

Das hier werden wir nicht so schnell aufklären – vielleicht nie, dachte Ryan. *Na ja,* dachte er weiter, *so was geht eben nur im Fernsehen, wo nach der ersten halben Stunde alles klar ist – mal so eben zwischen zwei Werbeblöcken.*

»Kann ich sie jetzt haben?«

»Gehört alles Ihnen«, sagte Ryan dem Leichenbeschauer. Sein schwarzer Kombiwagen stand bereit, und es wurde allmählich warm. Schon schwirrten Fliegen herum, vom Geruch des Bluts angezogen. Ryan ging zu seinem eigenen Auto, Tom Douglas begleitete ihn. Den Rest der Routinearbeit würden irgendwelche Assistenten erledigen.

»Jemand, der sich mit Schießen auskennt – sogar besser als ich«, sagte Douglas, als sie in die Innenstadt zurückfuhren. Er hatte sich einmal für das Schützenteam des Dezernats beworben.

»Nun, momentan gibt es viele Leute, die davon einiges verstehen, Tom. Vielleicht haben sich ein paar von ihnen bei unseren organisierten Freunden anheuern lassen.«

»Also ein Profikiller?«

»Nennen wir ihn erst mal besonders talentiert«, schlug Ryan als Alternative vor. »Soll Mark doch die Dreckarbeit machen und sich darüber den Kopf zerbrechen.«

»Das geht mir runter wie Butter«, schnaubte Douglas.

Kelly stand um halb elf auf und fühlte sich das erste Mal seit mehreren Tagen wieder sauber. Er hatte gleich nach seiner Rückkehr in die Wohnung geduscht, wobei er sich gefragt hatte, ob der viele Dreck nicht vielleicht sogar den Abflußrohren den Rest geben würde. Jetzt konnte er sich sogar rasieren, und das entschädigte für den Schlafmangel. Vor dem Frühstück – oder eher Brunch – fuhr Kelly einen Kilometer zum nächsten Park und machte einen halbstündigen Dauerlauf, dann kehrte er wieder zurück, um nochmals in aller Genüßlichkeit zu duschen und etwas zu essen. Danach gab es Arbeit zu erledigen. Alle Kleidungsstücke vom gestrigen Abend befanden sich bereits in einer braunen Einkaufstüte – Hose, Hemd, Unterwäsche, Socken und Schuhe. Es schien ein Jammer, sich von der Buschjacke zu trennen, deren Größe und Taschen sich als so nützlich erwiesen hatten. Er würde sich wieder so eine besorgen, wahrscheinlich sogar mehrere. Er war ganz sicher, daß er diesmal kein Blut abgekriegt hatte, aber bei den dunklen Farben konnte man da nie ganz sicher sein, und Pulverrückstände gab es bestimmt irgendwo. Es war nicht der richtige Zeitpunkt, ein Risiko einzugehen. Übriggebliebenes Essen und Kaffeesatz flogen auf die Kleidung und wanderten mit in eine der zur Wohnanlage gehörenden Mülltonnen. Kelly hatte sich überlegt, ob er sie nicht besser zu einem Müllplatz weiter weg bringen sollte, aber das konnte ihm unter Umständen mehr Schwierigkeiten einbringen als lösen. Jemand könnte ihn sehen, bemerken, was er tat, und sich fragen, warum. Die Beseitigung der vier leeren .22er-Hüllen war leicht gewesen. Er hatte sie beim Dauerlauf in einen Gulli geworfen. Die Mittagsnachrichten meldeten etwas von der Entdeckung zweier Leichen, aber keine Einzelheiten. Vielleicht würde die Zeitung mehr bringen. Nun blieb nur noch eins.

»Hi, Sam.«

»Hallo, John. Bist du in der Stadt?« fragte Rosen von seinem Büro aus.

»Ja. Macht es dir was aus, wenn ich für ein paar Minuten rüberkomme? Sagen wir gegen zwei?«

»Was kann ich für dich tun?« fragte Rosen hinter seinem Schreibtisch.

»Handschuhe«, sagte Kelly und hielt die Hände hoch. »So welche, wie ihr sie benützt, aus dünnem Gummi. Kosten die viel?«

Rosen war nahe daran, zu fragen, wofür er die Handschuhe denn brauchte, beschloß dann aber, daß er das gar nicht unbedingt wissen mußte. »Hm, die werden in Schachteln mit einhundert Paar geliefert.«

»So viele brauche ich nicht.«

Der Chirurg zog eine seiner vielen Schubladen auf und schob ihm zehn von den Papier-und-Plastik-Beuteln zu. »Du siehst schrecklich respektabel aus.« Da hatte er vollkommen recht, denn Kelly trug ein Hemd mit verdeckter Knopfleiste und seinen blauen CIA-Anzug, wie er ihn nannte. Es war das erste Mal, daß Rosen ihn mit einer Krawatte sah.

»Mach's halblang, Doc.« Kelly lächelte. »Manchmal bleibt mir nichts anderes übrig. Ich hab gewissermaßen einen neuen Job.«

»Was denn?«

»So eine Art Beraterfunktion.« Kelly winkte ab. »Ich kann nicht sagen, wofür, aber jedenfalls muß ich mich dafür anständig anziehen.«

»Fühlst du dich gut?«

»Danke der Nachfrage, wunderbar. Dauerlauf und so Zeug. Und wie steht's mit dir?«

»Das übliche. Mehr Papierkram als Operationen, aber ich habe eben eine ganze Abteilung zu beaufsichtigen.« Sam klopfte auf den Stapel mit Ordnern auf seinem Schreibtisch. Der Smalltalk bereitete ihm Unbehagen. Es schien, als verberge sein Freund irgend etwas. Er wußte, daß Kelly etwas im Schilde führte, aber solange er nicht genau erfuhr, worum es sich dabei handelte, konnte er sein Gewissen im Zaum halten. »Kannst du mir einen Gefallen tun?«

»Aber sicher, Doc.«

»Sandys Auto ist kaputt. Ich wollte sie heimfahren, aber ich habe eine Sitzung, die bis vier Uhr gehen wird. Sie beendet ihre Schicht um drei.«

»Läßt du sie jetzt die normale Arbeitszeit ableisten?« fragte Kelly mit einem Lächeln.

»Manchmal, wenn sie nicht Unterricht gibt.«

»Wenn es ihr recht ist, ist es mir auch recht.«

Kelly brauchte nur zwanzig Minuten zu warten, die er mit einem Gang in die Kantine überbrückte, um sich einen leichten Imbiß zu holen. Sandy O'Toole traf ihn dort, kurz nach ihrem Schichtwechsel um drei Uhr.

»Mögen Sie das Essen jetzt lieber?« fragte sie ihn.

»Selbst ein Krankenhaus kann einem Salat nicht viel antun.« Worauf sich die allgemeine Vorliebe in diesem Haus für Götterspeise zurückführen ließ, hatte er allerdings noch nicht herausfinden können. »Ich habe gehört, Ihr Wagen ist kaputt.«

Sie nickte, und Kelly merkte jetzt, warum Rosen sie nach einem regelmäßigeren Zeitplan arbeiten ließ. Sandy sah sehr müde aus, ihre helle Haut war blaß, unter den Augen hatte sie tiefe dunkle Ringe. »Irgendwas mit dem Anlasser, äh Kabel. Er ist in der Werkstatt.«

Kelly stand auf. »Nun denn, die Kutsche für die gnädige Frau steht bereit.« Seine Bemerkung wurde mit einem Lächeln quittiert, allerdings eher aus Höflichkeit als aus wirklicher Belustigung.

»Ich habe Sie noch nie so tipptopp angezogen gesehen«, sagte sie auf dem Weg zum Parkhaus.

»Nun machen Sie nicht zuviel davon her. Ich kann mich immer

noch mit den Besten im Schlamm wälzen.« Auch dieser Scherz mißlang.

»Ich wollte nicht sagen...«

»Immer mit der Ruhe, Madam. Sie haben einen langen Arbeitstag hinter sich, und Ihr Fahrer hat einen lausigen Humor.«

Schwester O'Toole blieb stehen und drehte sich um. »Es ist nicht Ihre Schuld. Schlimme Woche. Wir hatten ein Kind da, Autounfall. Doktor Rosen hat alles versucht, aber es war zu schwer verletzt. Sie starb, als ich Dienst hatte. Manchmal hasse ich diese Arbeit«, schloß Sandy.

»Ich verstehe«, sagte Kelly, während er ihr die Tür aufhielt. »Hören Sie, wollen Sie die Kurzfassung? Es trifft nie die richtige Person. Es ist nie die richtige Zeit. Es ergibt nie einen Sinn.«

»Das ist eine feine Art, die Dinge zu sehen. Wollten Sie mich nicht aufmuntern?« Und nun mußte sie verrückterweise doch lächeln, aber es war nicht die Art von Lächeln, die Kelly sehen wollte.

»Wir alle versuchen, die kaputten Teile so gut wir können wieder hinzukriegen, Sandy. Sie kämpfen gegen Ihre Drachen, ich gegen meine«, sagte Kelly, ohne zu überlegen.

»Und wie viele Drachen haben Sie schon erschlagen?«

»Ein oder zwei«, meinte Kelly abwesend, der nicht zuviel sagen wollte. Es überraschte ihn, wie schwierig das geworden war. Mit Sandy konnte man so gut reden.

»Und was ist dadurch besser geworden, John?«

»Mein Vater war Feuerwehrmann. Er ist gestorben, als ich drüben war. Ein brennendes Haus, er ist reingegangen und hat zwei Kinder mit Rauchvergiftung gefunden. Dad hat sie zwar rausgebracht, aber gleich darauf bekam er einen Herzschlag. Sie sagen, er war auf der Stelle tot. Das war wenigstens was«, sagte Kelly, sich an die Worte Admiral Maxwells in der Krankenabteilung der USS *Kitty Hawk* erinnernd, daß Tod etwas bedeuten sollte, und vom Tod seines Vaters konnte man das ganz bestimmt sagen.

»Sie haben schon Menschen umgebracht, nicht wahr?« fragte Sandy.

»Soll vorkommen im Krieg«, meinte Kelly bejahend.

»Was hat das für Sie bedeutet? Was hat es ausgelöst?«

»Wenn Sie die ganz große Antwort wollen, ich hab sie nicht. Aber die, die ich umgelegt habe, haben nie mehr jemand anderem weh getan.« PLASTIC FLOWER gehörte todsicher dazu, sagte er sich. Keine Dorfoberhäupter und ihre Familien mehr. Vielleicht hatte ein anderer die Arbeit übernommen, vielleicht auch nicht.

Sandy beobachtete den Verkehr, als er auf dem Broadway nach Norden fuhr. »Und diejenigen, die Tim umgebracht haben, haben die das gleiche gedacht?«

»Ja, vielleicht, aber da gibt es einen Unterschied.« Kelly lag es auf der Zunge, zu sagen, daß er nie einen seiner Leute jemanden hatte ermorden sehen, aber genau das konnte er nicht mehr sagen, oder?

»Aber wenn alle das glauben, wohin soll das führen? Das ist nicht wie mit Krankheiten. Da wird gegen etwas gekämpft, das allen weh tut. Keine Politik, keine Lügen. Wir bringen keine Menschen um. Deswegen tue ich diese Arbeit, John.«

»Sandy, vor dreißig Jahren gab es einen Kerl namens Hitler, der voll darauf abfuhr, Leute wie Sam und Sarah bloß wegen ihrer gottverdammten Namen umzubringen. Er mußte erledigt werden, und das wurde er auch, verdammt viel zu spät, aber er wurde es.« War das denn nicht einfach genug zu verstehen?

»Wir haben hier bei uns genügend Probleme«, betonte sie. Das ließ sich allein schon an den Bürgersteigen ablesen, an denen sie vorbeifuhren, denn das Johns Hopkins lag nicht gerade in einer besonders angenehmen Gegend.

»Das weiß ich wohl am besten.«

Diese Feststellung ernüchterte sie sofort. »Es tut mir leid, John.«

»Mir auch.« Kelly verstummte. Er suchte nach Worten. »Da gibt es einen Unterschied, Sandy. Es gibt auch gute Menschen. Ich nehme an, die meisten sind anständig. Aber es gibt auch böse Menschen. Die lassen sich nicht wegwünschen, und nur vom Wünschen werden sie auch nicht gut, weil die meisten sich nicht ändern werden, und jemand muß die einen vor den anderen schützen. Das habe ich getan.«

»Aber wie können Sie verhindern, einer von denen zu werden?«

Kelly erwog diese Frage sorgfältig, schon bedauerte er, daß Sandy überhaupt hier war. Er brauchte das nicht anzuhören, wollte nicht sein eigenes Gewissen erforschen müssen. Alles war in den vergangenen Tagen so klar gewesen. Sobald er einmal entschieden hatte, daß es einen Feind gab, bestand alles Weitere nur noch darin, seine Ausbildung und Erfahrung umzusetzen. Nichts, worüber er *nachdenken* mußte. Aber die Erforschung des eigenen Gewissens war nicht so einfach, oder?

»Das Problem hat sich mir nie gestellt«, antwortete er ausweichend. Aber plötzlich erkannte er den Unterschied. Sandy und ihre Zunft kämpften gegen eine *Sache*. Unermüdlich und tapfer setzten sie ihre Gesundheit aufs Spiel und geboten dem Wirken von Kräften

Einhalt, deren grundlegende Ursachen sie nicht angreifen konnten. Kelly und seinesgleichen aber kämpften gegen *Menschen*. Um die Taten ihrer Feinde mochten sich andere kümmern, sie aber konnten ihre Beute aufspüren und angreifen, ja, sie konnten sie sogar töten, wenn sie Glück hatten. Die einen hatten die lautersten Absichten, aber die Genugtuung war ihnen versagt. Die anderen bekamen zwar die Genugtuung, den Feind vernichtet zu haben, aber der Preis dafür war, daß sie sich dem, wogegen sie ankämpften, allzusehr angleichen mußten. Krieger und Heiler, zwei nebeneinander her geführte Kriege, auf beiden Seiten die gleichen Absichten, aber welch ein Unterschied in der Vorgehensweise. Krankheiten des Körpers und Krankheiten der Menschheit selbst. War das nicht ein interessanter Gesichtspunkt?

»Vielleicht ist es so: Es geht nicht darum, gegen was man kämpft, sondern darum, wofür.«

»Wofür kämpfen wir in Vietnam?« wollte Sandy diesmal von Kelly wissen, nachdem sie sich diese Frage seit dem Erhalt des unseligen Telegramms mindestens zehnmal pro Tag gestellt hatte. »Mein Mann ist dort gestorben, und ich verstehe immer noch nicht, warum.«

Kelly wollte etwas sagen, hielt sich aber zurück. Eigentlich gab es keine Antwort. Pech, falsche Entscheidungen, ungünstige zeitliche Umstände auf mehr als einer Handlungsebene schufen die Zufallsereignisse, die Soldaten auf einem fernen Schlachtfeld den Tod brachten, und selbst für diejenigen, die drüben waren, ergab es nicht immer einen Sinn. Außerdem hatte sie wahrscheinlich von dem Mann, dessen Tod sie betrauerte, schon jede Rechtfertigung mehr als einmal gehört. Vielleicht war die Suche nach dieser Art von Bedeutung zwangsläufig zum Scheitern verurteilt. Vielleicht sollte es gar keinen Sinn ergeben. Und wenn das nun tatsächlich zutraf, wie konnte man leben, ohne sich vorzumachen, daß es irgendwie doch so war? Er grübelte noch immer darüber nach, als er in ihre Straße einbog.

»Ihr Haus bräuchte mal einen Anstrich«, sagte Kelly und war froh, daß es so war.

»Ich weiß. Aber ich kann mir keinen Maler leisten, und selber habe ich nicht die Zeit dazu.«

»Sandy – ein Vorschlag?«

»Der wäre?«

»Fangen Sie wieder an zu leben. Es tut mir leid, daß Tim nicht mehr da ist, aber es ist nun mal so, und Sie *sind* noch da. Ich hab dort drüben auch Freunde verloren. Sie müssen weitermachen.«

Es tat weh, die Erschöpfung in ihrem Gesicht zu sehen. Ihr Blick musterte ihn irgendwie berufsmäßig, er enthüllte nichts von ihren Gedanken oder Gefühlen, aber allein schon, daß sie sich bemühte, sich vor ihm zu verstellen, war für Kelly Information genug. *Etwas hat sich in dir verändert. Ich frage mich, was. Und ich wüßte gern, warum,* dachte Sandy. Irgend etwas war anders geworden. Er war immer höflich gewesen, beinahe komisch in seiner überwältigenden Zuvorkommenheit, aber die Trauer, die sie gesehen hatte, beinahe so groß wie ihr immerwährender Kummer, war jetzt verschwunden, ersetzt durch etwas, das sie nicht ganz ergründen konnte. Es war sonderbar, weil er sich nie bemüht hatte, sich vor ihr zu verbergen, und sie hielt sich eigentlich für fähig, jede von ihm angelegte Tarnung zu durchschauen. Das war ein Irrtum, oder vielleicht kannte sie nur die Regeln nicht. Sie sah zu, wie er ausstieg, um den Wagen herumlief und ihr die Tür aufmachte.

»Gnädigste?« Er wies auf das Haus.

»Warum sind Sie so nett? Hat Doktor Rosen...?«

»Er hat nur gesagt, ich soll Sie mitnehmen, Sandy, ehrlich. Außerdem sehen Sie schrecklich müde aus.« Kelly begleitete sie zur Haustür.

»Ich weiß gar nicht, warum ich so gern mit Ihnen rede«, sagte sie, schon mit einem Fuß auf der Treppe zum Vorbau.

»Ich war mir nicht ganz sicher. Tun Sie's wirklich?«

»Ich denke schon«, erwiderte O'Toole mit einem angedeuteten Lächeln. Nach einer Sekunde war es wieder verschwunden. »John, mir kommt das alles zu früh.«

»Sandy, mir geht's genauso. Aber ist es zu früh, um Freundschaft zu schließen?«

Sie dachte darüber nach. »Nein, dafür nicht.«

»Gehen wir mal abends essen? Ich hab das ja schon mal gefragt, erinnern Sie sich?«

»Wie oft sind Sie in der Stadt?«

»Neuerdings öfter. Ich hab einen Job – na ja, eine Aufgabe in Washington.«

»Was denn?«

»Ach, nichts Wichtiges.« Sandy roch förmlich die Lüge, aber es war sicher keine, die sie verletzen sollte.

»Vielleicht nächste Woche?«

»Ich ruf Sie an. Aber ich kenne hier kein einziges gutes Lokal.«

»Ich schon.«

»Ruhen Sie sich aus«, riet ihr Kelly. Er versuchte nicht, sie zu küssen, gab ihr nicht einmal die Hand. Nur ein freundliches, liebevolles Lächeln, bevor er davonging. Sandy sah ihm nach, als er abfuhr, und fragte sich die ganze Zeit, was an dem Mann nur so anders war. Sie würde seinen Gesichtsausdruck damals im Krankenhausbett nie vergessen, aber was immer das auch gewesen sein mochte, es war nichts, wovor sie Angst haben mußte.

Kelly fluchte im Auto still vor sich hin. Er trug nun die Arbeitshandschuhe und rieb damit über jede erreichbare Fläche im Wagen. Er konnte nicht viele solcher Gespräche riskieren. Was war der Sinn bei alledem? Wie zum Teufel sollte er denn das wissen? Draußen im Feld war es einfach. Da machte man den Feind ausfindig, oder irgend jemand sagte dir, so war das meistens, was eigentlich vorging, wer der Feind war und wo er stand – oft war die Information dann falsch, aber wenigstens hatte man erst mal einen Ansatzpunkt. Aber auf welche Weise die kommende Aktion die Welt verändern oder vielleicht den Krieg beenden würde, war kein Thema bei den Einsatzbesprechungen. So etwas gab es nur in den Zeitungen zu lesen, Informationen, die gleichgültige Reporter immer wieder vorbeteten, nachdem sie sie aus dem Munde von nichtswissenden Pressesprechern oder unbekümmerten Politikern bekommen hatten. »Infrastruktur« und »Rahmenbedingungen« waren deren Lieblingsworte, aber er hatte *Menschen* gejagt, keine Infrastruktur, was zum Teufel das auch sein sollte. Infrastruktur war etwas Abstraktes, so wie das, wogegen Sandy ankämpfte. Es war keine Person, die Böses tat und die wie angriffslustiges Großwild in die Enge getrieben werden konnte. Und was bedeutete das nun für sein gegenwärtiges Tun? Kelly sagte sich, er müsse sein Denken im Zaum halten, bei den einfachen Dingen bleiben, nur immer im Gedächtnis behalten, daß er Jagd auf Menschen machte, so wie früher. Er würde nicht die ganze Welt verändern, er würde nur eine kleine Ecke davon säubern.

»Tut es noch weh, mein Freund?« fragte Grischanow.

»Ich glaube, ich habe einige Rippen gebrochen.«

Zacharias setzte sich auf einen Stuhl. Er atmete langsam und offenbar nur unter Schmerzen. Das beunruhigte den Russen. Eine solche Verletzung konnte zu einer Lungenentzündung führen, und die konnte einen Mann in diesem körperlichen Zustand umbringen. Die Bewacher hatten sich etwas zu eifrig auf ihr Opfer gestürzt, und obwohl es auf Grischanows Verlangen hin geschehen war, hatte er ihm doch nicht mehr als ein kleines bißchen Schmerz zufügen wollen. Ein toter Gefangener würde ihm nicht erzählen können, was er wissen wollte.

»Ich habe mit Major Vinh gesprochen. Der kleine Wilde sagt, er hat keine Medikamente übrig.« Grischanow zuckte mit den Achseln. »Könnte sogar stimmen. Tut es sehr weh?«

»Bei jedem Atemzug«, erwiderte Zacharias, und er sprach eindeutig die Wahrheit. Seine Haut war sogar noch blasser als gewöhnlich.

»Gegen den Schmerz habe ich nur ein Mittel, Robin«, sagte Kolja entschuldigend und hielt ihm die Flasche hin.

Der amerikanische Colonel schüttelte den Kopf, und selbst das schien ihm weh zu tun. »Ich kann nicht.«

Grischanow klang so frustriert wie jemand, der einem Freund vergeblich gut zuzureden versucht. »Dann bist du ein Narr, Robin. Schmerz nützt niemandem was, nicht dir, nicht mir, nicht deinem Gott. Bitte, laß mich dir ein bißchen helfen, ja?«

Ich kann nicht, sagte sich Zacharias. Es hieße, seinen Bund aufzukündigen. Sein Körper war ein Tempel, und den mußte er von solchen Dingen reinhalten. Doch der Tempel war nicht mehr intakt. Am meisten fürchtete er innere Blutungen. War sein Körper in der Lage, sich selbst zu heilen? Das sollte er eigentlich, und unter halbwegs normalen Umständen würde er das auch leicht schaffen, aber Robin wußte, daß seine körperliche Verfassung miserabel war, sein Rücken immer noch verletzt, und nun auch noch seine Rippen. Schmerz war sein ständiger Begleiter, und der Schmerz würde es ihm schwerer machen, sich den Fragen zu widersetzen, also mußte er seine Religion gegen die Widerstandspflicht abwägen. Es war alles nicht mehr so klar. Eine Linderung der Schmerzen würde die Heilung erleichtern und ihm eher die Erfüllung seiner Pflicht ermöglichen. Wie sollte er sich richtig verhalten? Eine an sich leichte Frage war nun schwer zu beantworten, und seine Augen hefteten sich auf die Feldflasche. Dort war Erleichterung. Nicht viel, aber immerhin ein bißchen, und etwas Erleichterung brauchte er, wenn er sich weiter in der Gewalt haben wollte.

Grischanow schraubte den Verschluß auf. »Fährst du Ski, Robin?«

Zacharias war von dieser Frage überrascht. »Ja, ich hab's als Kind gelernt.«

»Langlauf?«

Der Amerikaner schüttelte den Kopf. »Nein, Abfahrt.«

»Der Schnee in den Wasatch Mountains, ist er gut zum Skilaufen?«

Robin lächelte bei der Erinnerung. »Sehr gut, Kolja. Es ist trockener Schnee. Pulvrig, fast wie ganz feiner Sand.«
»Ah, der beste von allen. Hier.« Er reichte ihm die Flasche.
Nur dieses eine Mal, dachte Zacharias. *Bloß gegen den Schmerz.* Er nahm einen Schluck. *Ich dränge den Schmerz ein wenig zurück, gerade so viel, daß ich mich zusammenreißen kann.*
Grischanow sah zu, wie sich Zacharias' Augen mit Tränen füllten, und hoffte, der Mann würde nicht husten müssen und sich dadurch noch mehr Schmerzen zufügen. Es war guter Wodka, aus dem Lagerbestand der Botschaft in Hanoi, das einzige, was sein Land immer reichlich lieferte, und das einzige, wovon die Botschaft immer genügend auf Lager hatte. Erstklassiger Papierwodka, Koljas Lieblingssorte, die wurde tatsächlich mit altem Papier abgeschmeckt, etwas, das der Amerikaner wahrscheinlich gar nicht bemerkte – und etwas, was, um der Wahrheit die Ehre zu geben, auch ihm nach dem dritten oder vierten Gläschen entging.
»Bist du ein guter Skifahrer, Robin?«
Zacharias spürte die Wärme im Bauch, die sich ausbreitete und seinem Körper Entspannung brachte. Durch diese Gelöstheit verringerte sich der Schmerz, und der Colonel fühlte sich ein wenig stärker, und wenn der Russe übers Skifahren sprechen wollte, nun, das konnte nicht viel schaden, oder?
»Ich fahre die schwierigsten Pisten«, sagte Robin mit Genugtuung. »Ich habe als Kind schon angefangen. Ich glaube, ich war fünf, als mein Vater mich das erste Mal mitnahm.«
»Dein Vater – auch ein Pilot?«
Der Amerikaner schüttelte den Kopf. »Nein, Anwalt.«
»Mein Vater ist Gerichtsprofessor an der staatlichen Universität Moskau. Wir haben eine Datscha, und im Winter bin ich, als ich noch klein war, mit den Langlaufskiern in die Wälder. Ich liebe die Stille. Das einzige, was du hörst, ist das – wie heißt das, Schwirren? . . . das Schwirren der Skier im Schnee. Nichts sonst. Wie ein Tuch über der Erde, kein Geräusch, nur Stille.«
»Wenn du früh aufsteigst, kann es im Gebirge auch so sein. Am besten an einem Tag direkt nach dem Schneefall, wenn kaum Wind geht.«
Kolja lächelte. »Das ist wie Fliegen, nicht? Fliegen in einem einsitzigen Flugzeug an einem schönen Tag mit ein paar weißen Wolken.« Er beugte sich mit Kennermiene vor. »Sag mir, schaltest du manchmal den Funk für ein paar Minuten ab, bloß um allein zu sein?«

»Ist das bei euch erlaubt?« fragte Zacharias.
Grischanow lachte auf und schüttelte den Kopf. »Nein, aber ich mache es trotzdem.«
»Schön für dich«, sagte Robin und lächelte in sich hinein, während er daran dachte, was das für ein Gefühl war. Er erinnerte sich an einen bestimmten Nachmittag im Februar 1964, als er vom Luftwaffenstützpunkt Mountain Home aus einen Flug absolviert hatte.«
»So muß sich Gott fühlen, meinst du nicht? Ganz allein. Den Lärm der Triebwerke kannst du ausblenden. Ich bemerke ihn nach wenigen Minuten gar nicht mehr. Ist es bei dir auch so?«
»Ja, wenn der Helm richtig sitzt.«
»Das ist der wahre Grund, warum ich fliege«, log Grischanow. »Der andere Quatsch, der Papierkram, die mechanischen Arbeiten und die Lehrstunden sind der Preis dafür. Dort oben zu sein, ganz allein, genauso wie beim Langlaufen in den Wäldern als Kind – nur besser. An einem klaren Wintertag kannst du so weit sehen.« Er hielt Zacharias wieder die Flasche hin. »Meinst du, diese kleinen Wilden würden das verstehen?«
»Wahrscheinlich nicht.« Er schwankte einen Augenblick. Ach was, er hatte ja schon einen Schluck genommen. Da konnte einer mehr auch nicht schaden, oder? Und Zacharias setzte die Flasche wieder an.
»Weißt du, wie ich es mache, Robin? Ich halte den Knüppel nur mit den Fingerspitzen, so.« Er führte es an der Flaschenöffnung vor. »Ich schließe einen Moment die Augen, und wenn ich sie wieder aufmache, ist die Welt ganz anders. Dann bin ich kein Teil dieser Welt mehr. Ich bin jemand anderes – ein Engel vielleicht«, sagte er gutgelaunt. »Dann nehme ich den Himmel in Besitz, wie ich gerne eine Frau in Besitz nehmen würde, aber es ist nie ganz das gleiche. Die besten Gefühle hat jeder wohl allein, denke ich.«
Der Kerl versteht es wirklich. Er hat voll erfaßt, was Fliegen ist. »Bist du so was wie ein Dichter?«
»Ich liebe Poesie. Ich habe nicht genug Talent, um selbst Gedichte zu schreiben, aber das hindert mich nicht, sie zu lesen und auswendig zu lernen, zu spüren, was der Dichter mir für Gefühle vermitteln will«, sagte Grischanow leise und meinte diesmal tatsächlich, was er sagte, während er zusah, wie der Blick des Amerikaners sich langsam trübte und einen träumerischen Ausdruck annahm. »Wir sind uns sehr ähnlich, mein Freund.«

»Was war denn nun mit Ju-Ju?« fragte Tucker.

»Sieht so aus, als hätte man ihn ausgenommen. Er ist unvorsichtig geworden. Einer von Ihren Leuten, was?« fragte Charon.

»Ja, hat 'ne Menge für uns umgesetzt.«

»Und wer war's?« Sie standen in der Zentrale der Enoch-Pratt-Bücherei, unbemerkt irgendwo zwischen den Regalen, wirklich ein idealer Ort. Absolut abhörsicher, und außerdem konnte ihnen kaum jemand zu nahe kommen, ohne daß man ihn schon von weitem hörte. Obwohl hier große Stille herrschte, gab es einfach zu viele von diesen kleinen Nischen.

»Läßt sich nicht sagen, Henry. Ryan und Douglas waren da, und es hat mir nicht so ausgesehen, als hätten sie viel in der Hand. He, wollen Sie sich etwa wegen eines einzigen kleinen Dealers aufregen?«

»Das wissen Sie doch besser, aber es stört den Ablauf. Bisher ist von meinen Leuten noch keiner hops gegangen.«

»Das sollten *Sie* nun aber besser wissen, Henry.« Charon blätterte einige Seiten durch. »Es ist ein Geschäft mit hohem Risiko. Jemand hat ein bißchen Geld gebraucht, vielleicht auch ein paar Drogen, wollte womöglich auf die schnelle Tour ins Geschäft einsteigen? Sehen Sie sich doch nach einem neuen Dealer um, der Ihren Stoff verkauft. Zum Teufel, Mann, so gut wie die die Sache durchgeführt haben, können Sie vielleicht sogar mit denen zu einer Verständigung kommen.«

»Ich habe genug Dealer. Und es ist schlecht fürs Geschäft, auf die Art Frieden zu schließen. Wie haben sie es denn gemacht?«

»Sehr professionell. Jeder zwei in den Kopf. Douglas meinte, es könnte vielleicht eine bandeninterne Strafaktion sein.«

Tuckers Kopf schnellte herum. »So?«

Charon sprach ruhig und drehte seinem Gesprächspartner den Rücken zu. »Henry, das war nicht die Familie. Tony würde doch so was nicht machen, oder?«

»Wahrscheinlich nicht.« *Aber Eddie vielleicht.*

»Ich brauche etwas«, sagte Charon als nächstes.

»Was?«

»Einen Dealer. Was haben Sie erwartet, einen Tip fürs zweite Rennen in Pimlico?«

»Zu viele von denen unterstehen mir, denken Sie daran.« Es war schon ganz okay gewesen – eigentlich viel mehr als das –, Charon zu benützen, um die Hauptkonkurrenten auszuschalten, aber nachdem Tucker seine Vorherrschaft im örtlichen Handel gefestigt hatte, gab es immer weniger unabhängige Geschäftemacher, die er den Vertretern des öffentlichen Rechts zum Fraß vorwerfen konnte. Er hatte sich systematisch Leute herausgepickt, mit denen er nicht zusammenarbeiten wollte, und die wenigen, die übriggeblieben waren, taugten eher zu nützlichen Verbündeten als zu Rivalen, wenn er nur einen Weg finden könnte, mit ihnen ins Gespräch zu kommen.

»Henry, wenn Sie wollen, daß ich Sie beschütze, dann brauche ich die Kontrolle über die Ermittlungen. Und dafür muß ich von Zeit zu Zeit einen großen Fisch an Land ziehen.« Charon stellte das Buch wieder ins Regal. Warum mußte er dem Mann solche Sachen noch erklären?

»Wann?«

»Anfang der Woche, irgendwas Nettes. Ich möchte etwas auffliegen lassen, was richtig gut aussieht.«

»Ich melde mich wieder.« Tucker stellte seinerseits sein Buch zurück und ging davon. Charon verbrachte noch ein paar Minuten mit der Suche nach dem richtigen Band. Er fand ihn, ebenso wie den Umschlag, der direkt daneben steckte. Der Polizeibeamte machte sich nicht die Mühe, zu zählen. Er wußte, die Summe würde stimmen.

Greer machte sie miteinander bekannt.

»Mr. Clark, das ist General Martin Young, und das ist Robert Ritter.«

Kelly gab beiden die Hand. Der Marineangehörige war ein Flieger wie Maxwell und Podulski, die beide an diesem Treffen nicht teilnahmen. Er hatte keine Ahnung, wer Ritter war, aber dieser ergriff als erster das Wort.

»Feine Analyse. Sie haben sich nicht ganz an den amtlichen Ton gehalten, aber es sind alle wichtigen Punkte enthalten.«

»Sir, so schwer war das alles gar nicht herauszufinden. Der Bodenangriff dürfte ziemlich einfach sein. An einem Ort wie diesem hält man sich nicht viel mit der Verteidigung nach außen hin auf. Die Mannschaften, die da sind, konzentrieren sich auf das Innere des Lagers. Nehmen wir mal an, es gibt zwei Leute in jedem Turm. Die MGs sind aller Wahrscheinlichkeit nach auch nach innen gerichtet, nicht? Es dauert schon ein paar Sekunden, die umzudrehen. Mit dem Wald als Deckung können Sie nahe genug rankommen. In Reichweite für eine M-79.« Kelly fuhr mit dem Finger über den Lageplan. »Das hier ist das Mannschaftsquartier, nur zwei Türen, und ich wette, da sind keine vierzig Leute drin.«

»Angriff von hier?« General Young tippte auf die südwestliche Ecke des Geländes.

»Jawohl, Sir.« Für einen Flieger begriff der Marinemensch ziemlich schnell. »Der ganze Trick liegt darin, die Leute, die den Erstschlag führen, nahe genug ranzubringen. Da müssen wir das Wetter ausnützen, in dieser Jahreszeit sollte das nicht so schwer sein. Zwei Kampfhubschrauber, nur normale Raketen und Minikanonen, um diese beiden Gebäude einzudecken. Die Evakuierungshubschrauber sollten hier landen. In weniger als fünf Minuten nach dem ersten Schuß ist alles schon wieder vorbei. Soviel zum Geschehen am Boden. Den Rest überlasse ich den Fliegern.«

»Sie sagen also, der Schlüssel zum Erfolg besteht darin, die Angriffseinheit am Boden nahe genug heranzuführen...«

»Nein, Sir. Wenn Sie ein zweites Song Tay wollen, können Sie gleich den ganzen Plan reproduzieren, gleich mit dem Hubschrauber im Lager landen und alles zusammenschießen – aber ich höre dauernd, Sie wollen das Ganze möglichst klein halten.«

»Korrekt«, sagte Ritter. »Die Sache muß unbedingt klein gehalten werden. Wenn wir das als größeren Einsatz zu verkaufen versuchen, haben wir nicht die geringste Chance.«

»Weniger Aktivposten, Sir, und Sie müssen die Taktik ändern. Aber jetzt die gute Nachricht: Es ist ein kleines Ziel, es müssen nicht gerade Unmengen von Leuten evakuiert werden, und es sind nur wenige Bösewichter vor Ort, die einem in die Quere kommen können.«

»Aber kein Sicherheitsfaktor«, sagte General Young stirnrunzelnd.

»Nichts Nennenswertes«, stimmte Kelly zu. »Fünfundzwanzig Leute. Setzen Sie sie in diesem Tal hier ab, sie stapfen über diesen Hügel, gehen in Stellung, erledigen die Türme, jagen dieses Tor hier in die Luft. Dann kommen die Kampfhubschrauber zum Zug und decken diese beiden Gebäude ein, während der Angriffstrupp zu diesem Gebäude hier vorstößt. Die Cobras bleiben in der Luft, während die Grashüpfer die Leute aufnehmen, und dann mit Volldampf ab durchs Tal.«

»Mr. Clark, Sie sind ein Optimist«, bemerkte Greer, während er gleichzeitig Kelly an seinen Decknamen erinnerte. Wenn General Young herausfand, daß Kelly bloß ein Chief gewesen war, würden sie nie dessen Unterstützung bekommen, und Young hatte sich bereits sehr für sie ins Zeug gelegt, indem er sein Baubudget für das ganze Jahr verwendet hatte, um die Nachbildung in den Wäldern von Quantico zu errichten.

»Das alles haben wir schon mal getan, Admiral.«

»Wer stellt die Leute zusammen?« fragte Ritter.

»Wird schon erledigt«, versicherte ihm James Greer.

Ritter lehnte sich zurück und betrachtete die Fotos und Pläne. Mit dieser Sache setzte er seine Karriere aufs Spiel, wie Greer und alle anderen übrigens auch. Aber die Alternative dazu wäre, gar nichts zu unternehmen. Und das würde bedeuten, daß zumindest ein guter Mann, und vielleicht zwanzig weitere, nie wieder nach Hause kommen würde. Aber das war nicht der wahre Grund, gestand Ritter sich ein. Der wahre Grund war der, daß andere entschieden hatten, das Leben dieser Männer einfach abzuschreiben, und diese anderen konnten die gleiche Entscheidung immer wieder treffen. Eine solche Einstellung würde eines Tages seine Behörde vernichten. Man brauchte gar nicht mehr daran zu denken, Agenten anzuwerben, wenn es sich herumsprach, daß Amerika nicht bereit war, seine eigenen Leute zu schützen. Ihnen die Treue zu bewahren, war mehr als richtig. Es war auch gutes Geschäftsgebaren.

»Wir sollten besser die Sache ins Laufen bringen, bevor wir uns alles verderben«, sagte er. »Es wird leichter sein, grünes Licht zu bekommen, wenn wir schon zum Losschlagen bereit sind. Wir müssen es als einmalige Gelegenheit hinstellen. Das ist nämlich der andere große Fehler gewesen, den sie bei KINGPIN gemacht haben. Es war zu offensichtlich darauf angelegt, eine offizielle Lizenz für Jagdausflüge dieser Art zu bekommen, und das war von Anfang an nicht im Bereich des Möglichen. Hier haben wir eine einmalige Rettungsaktion. Das kann ich meinen Freunden im Nationalen Sicherheitsrat vermitteln. Wir werden wahrscheinlich damit durchkommen, aber wir müssen zum Losschlagen bereit sein, wenn ich die Sache vorlege.«

»Bob, heißt das, Sie sind auf unserer Seite?« fragte Greer.

Ritter brauchte lange, bevor er antwortete. »Ja, das heißt es.«

»Wir brauchen einen zusätzlichen Sicherheitsfaktor«, sagte Young, während er auf die detailgenaue Karte schaute und sich ausmalte, welchen Weg die Hubschrauber nehmen würden.

»Ja, Sir«, sagte Kelly. »Jemand muß vorher hin und die Sache auskundschaften.« Beide Fotos von Robin Zacharias lagen noch auf dem Tisch, eines zeigte den Colonel der Air Force in aufrechter Haltung, die Kappe unter den Arm geklemmt, die Brust mit silbernen Abzeichen und Bändern dekoriert und zuversichtlich im Kreise seiner Familie in die Kamera lächelnd; auf dem anderen sah man einen gebeugten, dreckigen Mann, der kurz davor stand, einen Gewehrkolben in den Rücken gerammt zu bekommen. *Zum Teufel*, dachte er, *warum nicht noch ein Kreuzzug?*

»Ich schätze, das werde ich wohl machen müssen.«

17 / Komplikationen

Archie hatte nicht viel gewußt, aber für Kellys Absichten reichte es, wie sich herausstellte, völlig. Was Kelly jetzt vor allem brauchte, war noch etwas Schlaf.

Er stellte fest, daß es schwieriger war, in dieser Gegend jemanden mit dem Wagen zu verfolgen, als es im Fernsehen aussah, und auch schwieriger als sein erster Versuch in New Orleans. Wenn er zu dicht auffuhr, riskierte er, entdeckt zu werden. Wenn er zuviel Abstand hielt, konnte er den Burschen verlieren. Der Verkehr machte alles noch komplizierter. Lastwagen nahmen ihm die Sicht. Wenn er ein Auto einen halben Block weiter vorn im Auge behielt, führte das notwendigerweise dazu, daß er die Wagen direkt um ihn herum übersah, und die, merkte er, konnten die wildesten Sachen machen. Ungeachtet dessen lobte er sich Billys roten Roadrunner. Er war mit seiner grellen Lackierung leicht auszumachen, und obwohl der Fahrer gerne einen heißen Reifen fuhr, konnte er so viele Verkehrsregeln auch wieder nicht übertreten, ohne die Polizei auf sich aufmerksam zu machen, was er genausowenig wollte wie Kelly.

Kelly hatte den Wagen kurz nach sieben Uhr abends gesichtet, in der Nähe der Bar, die Archie ihm genannt hatte. Was immer der Kerl auch war, dachte Kelly, er legte nicht viel Wert darauf, sich bedeckt zu halten, aber das ließ sich ja schon an seinem Wagen ablesen. Der Schlamm war weg, das sah er sofort. Der Wagen sah frisch gewaschen und gewachst aus, und von seiner ersten Erfahrung her wußte Kelly, daß Billy seine Karre sehr mochte. Das bot einige interessante Möglichkeiten, die sich Kelly durch den Kopf gehen ließ, während er ihn verfolgte, nie dichter dran als einen halben Block, und ein Gespür dafür entwickelte, wie Billy sich bewegte. Es wurde bald deutlich, daß Billy die Hauptstraßen so weit wie möglich mied und die Nebenstraßen so gut kannte wie ein Wiesel seinen Bau. Das brachte Kelly ins Hintertreffen. Es wurde nur dadurch aufgewogen, daß Kelly einen Wagen fuhr, der niemandem weiter auffiel. Es kurvten einfach zu viele gebrauchte Käfer in diesen Straßen herum, als daß noch irgend jemand gemerkt hätte, ob es nun einer mehr oder weniger war.

Nach vierzig Minuten war das Muster klar. Der Roadrunner bog rasch rechts ab und blieb am Ende des Blocks stehen. Kelly erwog, wie er sich jetzt am besten verhielt, und fuhr langsam weiter. Als er näher kam, sah er ein Mädchen aussteigen, das eine kleine Tasche trug. Sie ging zu seinem alten Freund Wizard hinüber, der einige Blocks von seinem Stammplatz entfernt war. Kelly konnte keine Übergabe irgendwelcher Art sehen – die zwei gingen in ein Gebäude und blieben ein paar Minuten verschwunden, bis das Mädchen wieder herauskam –, aber das brauchte er auch nicht. Der Vorgang entsprach dem, was Pam ihm beschrieben hatte. Besser noch, es nagelte Wizard fest, sagte sich Kelly, der jetzt links abbog und auf eine rote Ampel zufuhr. Jetzt wußte er zwei Dinge, die ihm vorher nicht bekannt gewesen waren. Im Rückspiegel sah er den Roadrunner die Straße überqueren. Das Mädchen ging in dieselbe Richtung und verschwand aus dem Blickfeld, als die Ampel umschaltete. Kelly bog zweimal rechts ab, da hatte er den Plymouth wieder im Blick, der mit drei Insassen nach Süden fuhr. Den Mann – wahrscheinlich war es einer –, der hinten hockte, hatte er bisher noch nicht gesehen.

Die Dunkelheit, die für Kelly günstige Zeit, kam schnell. Er folgte weiter dem Roadrunner, schaltete die Scheinwerfer erst an, als es unumgänglich war, und sah ihn schließlich vor einem Sandsteinhaus an einer Ecke halten, wo alle drei Insassen ausstiegen. Die Lieferungen an vier Dealer für diese Nacht waren erledigt. Kelly gab ihnen ein paar Minuten, parkte sein Auto einige Blocks entfernt und ging zu Fuß zum Beobachten zurück, wieder als betrunkener Tippelbruder getarnt. Die Architektur hier machte es ihm leichter. Alle Häuser auf der anderen Straßenseite hatten marmorne Eingangstreppen, große, rechteckige Steinblöcke, die gute Deckung gaben. Er brauchte sich bloß auf den Gehsteig zu setzen und sich an sie zu lehnen, schon wurde er von hinten nicht mehr gesehen. Er suchte sich die günstigste Treppe nahe, aber nicht zu nahe an einer funktionierenden Straßenlaterne aus, die ihm einen schönen Schatten bot, in dem er sich verbergen konnte; und überhaupt, wer beachtete schon einen Penner? Kelly nahm die gleiche zusammengekauerte Haltung ein, die er bei anderen gesehen hatte, hob gelegentlich seine in der braunen Einkaufstüte steckende Flasche an den Mund, als wollte er trinken, und beobachtete das Eckhaus, mehrere Stunden lang.

Blutgruppen 0 positiv, 0 negativ und AB negativ, fiel ihm aus dem gerichtsmedizinischen Bericht wieder ein. Pam hatte Samen von diesen Blutgruppen in sich gehabt, und während er dort dreißig

Meter vom Haus entfernt saß, fragte er sich, welche Blutgruppe Billy wohl hatte. Auf der Straße war viel Verkehr, der Gehsteig voller Leute. Vielleicht drei Vorbeigehende hatten einen kurzen Blick auf ihn geworfen, mehr aber auch nicht, denn er tat so, als ob er schliefe, beobachtete das Haus aus fast geschlossenen Augen und lauschte dabei im Verlauf all dieser Stunden auf jedes erdenkliche Geräusch, das Gefahr bedeuten konnte. Ein Dealer tätigte etwa fünfzehn Meter hinter ihm auf dem Gehsteig seine Geschäfte, und John lauschte auf die Stimme des Mannes, hörte zum erstenmal, wie er sein Produkt beschrieb und den Preis aushandelte. Er bekam natürlich auch die Stimmen der Kunden mit. Kelly hatte schon immer ungewöhnlich gut gehört – das hatte ihm mehr als einmal das Leben gerettet –, und auch hier erhielt er eine wertvolle Feindinformation, die er im Verlauf der Stunden im Geiste katalogisierte und analysierte. Ein streunender Hund kam zu ihm heran, beschnupperte ihn neugierig und freundlich, und Kelly scheuchte ihn nicht fort. Das hätte nicht zu seiner Rolle gepaßt – wenn es eine Ratte gewesen wäre, hätte es wohl anders ausgesehen –, und seine Tarnung mußte unbedingt aufrechterhalten werden.

Was war das einmal für ein Viertel gewesen? fragte sich Kelly. Auf seiner Seite befanden sich ziemlich durchschnittliche Backsteinreihenhäuser. Die andere Seite unterschied sich ein bißchen davon, denn die solideren Sandsteinhäuser waren wohl um die Hälfte breiter. Vielleicht war diese Straße die Grenze gewesen zwischen einfachen Arbeiterfamilien und den etwas wohlhabenderen Angehörigen des mittleren Bürgertums um die Jahrhundertwende. Vielleicht war jener Sandsteinbau das vornehme Heim eines Händlers oder Schiffskapitäns gewesen. Vielleicht war dort an Wochenenden ein Klavier erklungen, gespielt von einer Tochter, die am Peabody-Konservatorium studiert hatte. Aber sie waren alle an Orte gezogen, wo es mehr Grün gab, und dieses Haus war nun auch leer, ein brauner dreistöckiger Geist aus einer anderen Zeit. Es überraschte ihn, wie breit die Straßen waren, vielleicht deswegen, weil zur Zeit der Planung die vorherrschenden Verkehrsmittel breite Pferdekutschen gewesen waren. Kelly verscheuchte den Gedanken. Es war nicht relevant, und sein Verstand mußte sich auf solche Dinge konzentrieren, die es waren.

Schließlich waren vier Stunden vergangen, als die drei wieder herauskamen, die Männer voran, das Mädchen hinterdrein. Sie war kleiner als Pam, untersetzter. Kelly riskierte es, den Kopf leicht zu heben, um hinzuschauen. Er brauchte einen richtigen Eindruck von

Billy, der wohl der Fahrer sein würde. Keine sehr beeindruckende Gestalt, vielleicht eins achtzig, schlank bei etwa 75 Kilo, etwas Glänzendes am Handgelenk, eine Uhr oder ein Kettchen; er bewegte sich gewandt – und mit Arroganz. Der andere war größer und feister, aber ein Untergebener, dachte Kelly, so, wie er sich bewegte und hinterherging. Das Mädchen, sah er, folgte ihnen noch unterwürfiger, mit gesenktem Kopf. Ihre Bluse, wenn es eine war, war nicht ganz zugeknöpft, und sie stieg in den Wagen, ohne ihren Kopf zu heben, um sich umzusehen oder sonst etwas zu tun, das ein Interesse an der Welt um sie herum bekundete. Das Mädchen bewegte sich langsam und unstet, wahrscheinlich wegen der Drogen, aber das war nicht alles. Da war noch was anderes, was Kelly nicht ganz deuten konnte, ihn aber dennoch nachhaltig irritierte ... eine gewisse Schlaffheit vielleicht. Keine Trägheit in ihren Bewegungen, sondern etwas anderes. Kelly mußte heftig blinzeln, als ihm einfiel, wo er das schon gesehen hatte. In der *ville* beim Unternehmen PLASTIC FLOWER. So hatten sich die Dorfbewohner bewegt, um sich zu versammeln, wenn sie dazu aufgerufen worden waren. Resignierte, automatische Bewegungen wie bei lebendigen Robotern unter der Kontrolle jenes Major und seiner Soldaten. Genauso wären sie auch in ihren Tod gegangen. Und so bewegte sie sich. Und auch sie würde es genauso machen.

Es stimmt also, dachte Kelly. *Sie benutzen die Mädchen tatsächlich als Kuriere... unter anderem.* Das Auto startete vor seinen Augen, und so, wie der Fahrer mit dem Wagen umging, konnte es nur Billy sein. Der Wagen preschte die paar Meter bis zur Ecke vor, bog dann links ab und beschleunigte mit quietschenden Reifen über die Kreuzung, bis Kelly ihn nicht mehr sah. *Billy, eins achtzig, schlank, Uhr oder Kettchen, arrogant.* Die genaue Personenbeschreibung war in Kellys Gehirn eingebrannt, zusammen mit dem Gesicht und der Haarfarbe. Er würde nichts davon vergessen. Die andere männliche Gestalt, die ohne Namen, war auch registriert – ihr Schicksal stand ihr sehr viel unmittelbarer bevor, als sie dachte.

Kelly zog die Uhr aus seiner Tasche. Zwanzig vor zwei. Was hatten sie dort drinnen getan? Da fielen ihm andere Dinge ein, die Pam erzählt hatte. Eine kleine Party wahrscheinlich. Dieses Mädchen, wer immer sie auch war, hatte nun womöglich auch Samenflüssigkeit der Gruppen 0 positiv, 0 negativ oder AB negativ in sich. Aber Kelly konnte nicht die ganze Welt retten, und das Beste, was er zur Rettung des Mädchens tun konnte, war ganz bestimmt nicht, sie direkt zu befreien. Er entspannte sich, nur ein kleines bißchen, und wartete noch, weil er nicht wollte, daß seine Aktionen so aussahen, als würden sie mit irgend etwas in Verbindung stehen, falls jemand ihn gesehen hatte oder ihn jetzt noch beobachtete. In einigen dieser Häuser brannte Licht, und so harrte er noch weitere dreißig Minuten an seinem Platz aus und kämpfte gegen den Durst und einige leichtere Krämpfe an, bevor er aufstand und zur Ecke schlurfte. Heute war er sehr umsichtig gewesen, sehr umsichtig und sehr erfolgreich, und jetzt war es Zeit für die zweite Phase der Nachtarbeit. Zeit, seine Ablenkungsmanöver fortzuführen.

Er hielt sich hauptsächlich an die Nebengassen, bewegte sich langsam, schwankte mehrere Blocks lang in Schlangenlinien von links nach rechts, bis er wieder auf die Straßen zurückging. Er hatte nur einmal kurz innegehalten, um sich die Gummihandschuhe aus dem Krankenhaus überzustreifen. Er kam an einigen Dealern und ihren Leutnants vorbei, suchte nach dem richtigen. Sein Weg bestand aus einer Folge von rechtwinkligen Haken, mit dem Parkplatz seines VW im Zentrum. Er mußte auf der Hut sein wie immer, aber er war der unbekannte Jäger, und die Beutetiere hatten keine Ahnung, daß sie Opfer waren, da sie sich selbst für Raubtiere hielten. Sie sollten ihre Illusionen nur behalten.

Es war schon fast drei, als Kelly ihn aussuchte. Ein Einzelgänger, wie Kelly ihn genannt hatte. Dieser hatte keinen Leutnant, war vielleicht neu im Geschäft, sozusagen noch ein Lehrling. Er war nicht besonders alt, zumindest sah er aus fünfundzwanzig Metern Entfernung nicht so aus. Er zählte gerade sein Geldbündel nach den nächtlichen Verkäufen. An der rechten Hüfte war eine Beule zu sehen, zweifellos eine Handfeuerwaffe, aber er hielt den Kopf gesenkt. Dennoch war er irgendwie wachsam. Als er Kellys Schritte hörte, hob er den Kopf und wandte sich um, musterte ihn rasch von oben bis unten, widmete sich dann aber gleich wieder dem Geldzählen und achtete nicht weiter auf die näher kommende Gestalt.

Kelly hatte sich früher am Tage zu seinem Boot bemüht, wohin er mit dem Scout gefahren war, weil auf dem Hafengelände niemand erfahren sollte, daß er einen anderen Wagen besaß, und hatte etwas geholt. Als er sich Junior näherte – jeder mußte einen Namen haben, für wie kurze Zeit auch immer –, wechselte Kelly die Weinflasche von der rechten in die linke Hand. Dann zog die rechte Hand den Splint von der Spitze des Schlagrohrs, das in seiner neuen Buschjacke steckte und von Stoffschlaufen auf der linken Seite des nun aufgeknöpften Kleidungsstücks gehalten wurde. Es war ein schlichtes Metallrohr, zwölf Zentimeter lang, mit einem angeschraubten

Zylinder an der Spitze, und der Splint baumelte an einer kurzen, leichten Kette. Kelly zog das Stück mit der rechten Hand aus den Schlaufen und hielt es fest, während er Junior auf die Pelle rückte.

Der Kopf des Dealers fuhr wieder irritiert hoch. Womöglich hatte er sich verzählt, und nun ordnete er die Scheine nach den Werten. Vielleicht hatte Kellys Näherkommen ihn in seiner Konzentration gestört, oder vielleicht war er bloß dumm, was wohl die wahrscheinlichere Erklärung war.

Kelly stolperte, fiel auf den Gehsteig, den Kopf gesenkt, was ihn noch harmloser aussehen ließ. Im Aufstehen blickte er sich um. Im Umkreis von hundert Metern waren keine weiteren Fußgänger zu sehen, und die einzig sichtbaren Autolichter waren rot, entfernten sich also von ihm. Als er den Kopf hob, war in seinem Blickfeld niemand außer Junior, der seine Nachtarbeit abschloß, sich bereit machte, wer weiß wohin heim zu gehen, um eine Runde zu schlafen oder was auch immer.

Drei Meter noch, und der Dealer schenkte ihm immer noch keine Beachtung, als wäre er ein streunender Hund, und Kelly durchlebte schon das Hochgefühl, das kam, bevor es geschah, dieser letzte Augenblick erregter Befriedigung, wenn er genau wußte, daß es klappen würde, den Feind im Visier, der keinen Verdacht schöpfte, daß es ihm an den Kragen ging. Der Augenblick, in dem er das Blut in seinen Adern spüren konnte, da er allein wußte, daß die Stille gleich zerrissen werden würde. Die wunderbare Befriedigung der Gewißheit. Kelly zog die rechte Hand unterm Gehen schon etwas heraus, lief aber nicht direkt auf sein Ziel zu, wollte eindeutig an ihm vorbei gehen statt zu ihm hin, und der Gauner sah wieder hoch, bloß für eine Sekunde, um sich zu vergewissern, ohne Angst im Blick, nicht einmal Verärgerung; natürlich rührte er sich nicht, denn die Leute pflegten einen Bogen um *ihn* zu machen, nicht umgekehrt. Kelly war für ihn nur ein Objekt, eines von den Dingen, die es auf der Straße gab, so belanglos wie ein Ölfleck auf dem Asphalt.

Bei der Marine hieß das DAK, Direkter Annäherungskurs, die geradeste Kurslinie zu einem anderen Schiff oder Küstenstreifen. Der DAK betrug hier gut einen Meter. Als er einen nur noch halben Schritt entfernt war, zog Kelly mit der rechten Hand das Schlagrohr unter der Jacke hervor. Dann drehte er sich auf dem linken Fuß und schwang den rechten aus, während der rechte Arm wie zu einem Schlag ausholte mit der ganzen Wucht von fünfundneunzig Pfund Körpergewicht in der Bewegung. Die verbreiterte Spitze des Rohrs traf den Dealer von unten her direkt unter dem Brustbein. Dabei schob die vereinte Wucht von Kellys Arm und der verharrenden Masse des anderen Körpers die Sprengkapsel auf die Zündnadel, und die Schrotladung ging direkt an Juniors Hemd hoch.

Es klang, wie wenn jemand einen Karton auf einen Holzboden fallen läßt. *Wumpp.* Weiter nichts. Mit einem Schuß hatte das überhaupt nichts zu tun, weil das ganze sich entladene Gas des Pulvers innerhalb des Schußkanals in Juniors Körper drang. Die leichte Trapladung – eine Messingpatrone mit Achter-Vogelschrot, wie man sie beim Sportschießen oder eventuell einer Taubenjagd verwendet – hätte einen Mann auf mehr als zehn Meter nur verletzt, aber in Kontakt mit seiner Brust hätte es genausogut ein Elefantengewehr sein können. Die gewaltige Explosionskraft trieb mit einem überraschend lauten *Wuusch* die Luft aus der Lunge und öffnete gewaltsam Juniors Mund, als wäre er überrascht. Und das war er wahrlich auch. Seine Augen starrten auf Kelly, da war Junior noch am Leben, obwohl sein Herz bereits so zerplatzt war wie ein Kinderluftballon und von den unteren Lungenflügeln nur noch Fetzen übrig waren. Aus der Wunde trat nichts aus. Der nach oben gerichtete Schlag ließ die geballte Energie der Geschosse in der Brust verpuffen, und die Gewalt der Explosion hielt den Körper eine Sekunde lang aufrecht – nicht länger, aber für Junior und Kelly schien es Stunden zu dauern. Dann fiel die Gestalt einfach um, wie ein in sich zusammenstürzendes Gebäude. Es gab einen sonderbaren, tiefen Seufzer, als Luft und Gase durch den Sturz aus dem Einschußloch ausgetrieben wurden, ein fauliger Geruch nach beißendem Rauch, Blut und anderen die Luft verpestenden Stoffen, der stimmige letzte Lebenshauch. Junior hatte die Augen noch offen, schaute immer noch zu Kelly und versuchte, den Blick an dessen Gesicht festzuhalten und etwas zu sagen, der Mund offen und zitternd, bis sich nichts mehr rührte und die Frage nicht gestellt und nicht beantwortet war. Kelly wand das Bündel Scheine aus Juniors noch festem Griff und ging weiter die Straße entlang, während er Augen und Ohren nach Gefahren offenhielt, aber keine entdecken konnte. An der Ecke trat er an den Rinnstein und schwenkte die Spitze des Schlagrohrs in etwas Wasser, um eventuell anhaftendes Blut wegzuspülen. Dann bog er ab und steuerte immer noch langsam und torkelnd auf sein Auto zu. Nach vierzig Minuten war er in der Wohnung, um achthundertvierzig Dollar reicher und eine Schrotpatrone ärmer.

»Und wer ist das jetzt?« fragte Ryan.

»Ob Sie's glauben oder nicht, Bandanna«, erwiderte der uniformierte Beamte. Er war ein erfahrener Streifenbeamter, weiß, zweiunddreißig Jahre alt. »Handelt mit üblem Zeug. Na ja, jetzt nicht mehr.«

Die Augen waren noch offen, was bei Mordopfern nicht allzu häufig vorkam, aber hier war der Tod überraschend gekommen, überaus traumatisch noch dazu. Dennoch war die Leiche in verblüffend ordentlichem Zustand. Sie hatte ein zwei Zentimeter großes Einschußloch mit einem pechschwarzen Ring in Form eines Donuts darum, der wahrscheinlich nicht dicker als dreißig Millimeter war. Das kam vom Pulver, und der Durchmesser des Lochs stammte unverkennbar von einer .12er Schrotflinte. Unter der Haut war nur ein Loch, als handelte es sich um eine leere Schachtel. Alle inneren Organe hatte es entweder zerfleischt, oder sie waren durch die Schwerkraft nach unten gesackt. Emmet Ryan blickte zum erstenmal in seinem Leben in einen toten Körper, als wäre das gar kein Körper, sondern eine Modepuppe.

»Todesursache ist die völlige Verdampfung seines Herzens. Herzgewebe werden wir wohl nur noch unterm Mikroskop identifizieren können. Steak Tatar«, stellte der Leichenbeschauer mit frühmorgendlichem Sarkasmus fest. »Eindeutig eine Kontaktwunde. Der Kerl muß ihm den Lauf direkt aufgesetzt und dann abgedrückt haben«, fügte der Mann kopfschüttelnd hinzu.

»Mein Gott, er hat nicht einmal Blut gespuckt«, sagte Douglas. Da es keine Austrittsöffnung gab, war auf dem Gehsteig kein Blut, und von weitem sah Bandanna tatsächlich so aus, als würde er schlafen – wären da nicht die weit offenen, leblosen Augen gewesen.

»Kein Zwerchfell«, erklärte der Leichenbeschauer und deutete auf das Einschußloch. »Das liegt zwischen hier und dem Herzen. Wir werden womöglich feststellen, daß sich auch die Lunge komplett aufgelöst hat. Wissen Sie, so etwas Sauberes habe ich noch nie in meinem Leben gesehen.« Dabei übte der Mann schon seit sechzehn Jahren seinen Beruf aus. »Da brauchen wir eine *Menge* Fotos. Der hier wird Eingang in ein Lehrbuch finden.«

»Wieviel Erfahrung hatte er?« fragte Ryan den Uniformierten.

»Genug, daß er es hätte besser wissen können.«

Der Kommissar bückte sich und fühlte an der linken Hüfte nach. »Seine Knarre ist noch da.«

»Jemand, den er gekannt hat?« wunderte sich Douglas. »Jemand, den er ganz nah hat herankommen lassen, das ist mal verdammt sicher.«

»Eine Schrotflinte ist nicht so leicht zu verstecken. Zum Teufel, selbst mit abgesägtem Lauf ist sie noch sperrig. Keine Vorwarnung?« Ryan trat zurück, um den Leichenbeschauer an seine Arbeit zu lassen.

»Die Hände sind sauber, keine Anzeichen eines Kampfes. Wer das auch getan hat, ist echt nah rangekommen, ohne unseren Freund zu irritieren.« Douglas verstummte. »Verdammt noch mal, eine Schrotflinte macht doch Lärm. Hat niemand was gehört?«

»Todeszeitpunkt, sagen wir einstweilen mal, drei oder vier Uhr«, schätzte der Leichenbeschauer, denn wieder war noch keine Totenstarre eingetreten.

»Da ist auf den Straßen nichts los«, ergänzte Douglas. »Aber eine Schrotflinte macht einen Höllenlärm.«

Ryan untersuchte die Hosentaschen. Wieder kein Bündel Geldscheine. Er blickte sich um. Etwa fünfzehn Personen standen hinter der Absperrung und starrten herüber. Das war ein gefundenes Fressen für Gaffer, und ihre Gesichter waren nicht weniger klinisch und unbeteiligt als das des Leichenbeschauers.

»Vielleicht das Duo?« fragte Ryan niemand bestimmten.

»Nein, die nicht«, sagte der Leichenbeschauer sofort. »Das war eine einläufige Flinte. Eine doppelläufige hätte links oder rechts vom Einschußloch einen Abdruck hinterlassen, und das Pulver hätte sich anders verteilt. Eine Schrotflinte von so nah, da genügt eine Ladung. Jedenfalls eine einläufige Waffe.«

»Amen«, bekräftigte Douglas. »Da spielt sich einer als Gott auf. Drei Dealer in wenigen Tagen. Könnte Mark Charon seinen Job kosten, wenn das so weitergeht.«

»Tom«, sagte Ryan, »nicht heute.« *Eine Akte mehr*, dachte er. *Wieder ein Drogendealer ausgeraubt, sehr sauber erledigt – aber nicht der gleiche, der Ju-Ju auf dem Gewissen hat. Anderer Modus operandi.*

Wieder duschte Kelly, rasierte sich und joggte im Chinquapin-Park. Dabei konnte er nachdenken. Jetzt hatte er zu dem Wagen einen Ort und ein Gesicht. Das Unternehmen nahm Gestalt an, dachte er, während er rechts in die Belvedere Avenue einbog, um den Bach zu überqueren, bevor er auf der anderen Seite zurücklief und seine dritte Runde absolvierte. Es war ein angenehmer Park. Nicht besonders viele Spielgeräte, aber dafür hatten die Kinder viel Patz zum Herumrennen und konnten sich selbst was ausdenken, was einige von ihnen auch taten, zum Teil natürlich unter den wachsamen Augen von ein paar Müttern aus dem Viertel, von denen viele aber nebenher ein Buch lasen, während das Baby im Wagen schlummerte, das auch bald den Rasen und die Spielflächen genießen würde. Eine nicht vollzählige und spontan gebildete Mannschaft spielte Baseball. Der Ball sauste am Fanghandschuh eines Neunjährigen vorbei und landete vor Kellys Füßen. Kelly bückte sich, ohne im Laufen innezuhalten, und warf dem Kleinen den Ball zu, der ihn diesmal fing und Kelly ein Dankeschön hinterherrief. Ein jüngeres Kind spielte noch ungeschickt mit einem Frisbee und stolperte vor Kellys Füße, so daß er rasch ausweichen mußte, worauf die Mutter Kelly einen verlegenen Blick zuwarf, den er mit einem freundlichen Winken und einem Lächeln beantwortete.

So sollte es sein, sagte er sich. Nicht viel anders als seine Kindheit in Indianapolis. Papa ist bei der Arbeit, Mama paßt auf die Kinder auf, weil es schwer war, eine gute Mutter und gleichzeitig auch noch berufstätig zu sein, besonders, wenn sie noch so klein waren. Doch die Mütter, die arbeiten mußten oder sich für ihren Beruf entschieden hatten, konnten zumindest die Kleinen bei einer zuverlässigen Freundin lassen und sicher sein, daß ihr Nachwuchs wohlbehütet spielen und die Sommerferien im Freien und im Grünen genießen konnte, um Ballspielen zu lernen. Aber die Gesellschaft hatte sich mittlerweile mit der Tatsache abgefunden, daß es für viele nicht so war. Diese Gegend unterschied sich so sehr von seinem Operationsgebiet, und die Privilegien, die diese Kinder genossen, sollten gar keine Privilegien sein, denn wie konnte ein Kind ohne eine solche Umgebung zu einem guten Erwachsenen werden?

Das sind gefährliche Gedanken, sagte sich Kelly. Der logische Schluß lautete, die ganze Welt müßte verändert werden, aber das überstieg seine Möglichkeiten, dachte er gegen Ende seines 5000-Meter-Laufs, als sich das übliche angenehme verschwitzte und ausgelaugte Gefühl einstellte. Zum Abkühlen ging er noch ein paar Schritte in langsamem Tempo, bevor er sich in seinen Wagen setzte und davonfuhr. In ihm hallten Kinderlachen, Kreischen, erboste »Mogler«-Rufe nach, wenn einer eine Spielregel verletzt hatte, die keiner der Beteiligten schon voll begriff, oder wenn es Meinungsverschiedenheiten darüber gab, wer im Spiel draußen oder »dran« war. Dann verdrängte er die Geräusche und die damit verbundenen Gedanken, denn er war ja selber auch ein »Mogler«, oder etwa nicht? Er verletzte die Regeln, wichtige Regeln, die er *durchaus* begriffen hatte, aber er tat es um der Gerechtigkeit willen oder für das, was in seinem Denken Gerechtigkeit hieß.

Rache? fragte sich Kelly beim Überqueren einer Kreuzung. Der Begriff *Vigilant* kam ihm als nächstes in den Sinn. Das war ein besseres Wort, dachte Kelly. Es kam von *vigiles*, einer lateinischen Bezeichnung für diejenigen, die während der Nacht in den Straßen der Stadt Wache, *vigilia*, hielten, hauptsächlich, um Feuer zu verhüten, wenn er sich korrekt an seinen Lateinunterricht an der St.-Ignatius-Schule erinnerte. Da es sich um Römer handelte, hatten sie womöglich auch Schwerter getragen. Er fragte sich, ob die Straßen Roms sicher gewesen waren, sicherer als die Straßen dieser Stadt. Vielleicht schon – wahrscheinlich sogar. Die römische Justiz war... streng gewesen. Die Kreuzigung war sicher keine angenehme Todesart gewesen, und für manche Verbrechen wie etwa Vatermord sah das Strafrecht vor, den Delinquenten zusammen mit einem Hund und einem Huhn oder einem anderen Tier in einen Sack zu sperren und dann in den Tiber zu werfen – nicht, damit er ertrank, sondern damit er beim Ertrinken von Tieren zerfleischt wurde, die wie von Sinnen aus dem Sack zu entkommen suchten. Wahrscheinlich war er ein direkter Nachfahre aus dieser Zeit, von einem *vigile*, sagte sich Kelly, der nachts Wache hielt. Das gab ihm irgendwie ein besseres Gefühl, als wenn er sich sagen mußte, daß er Gesetze übertrat. Er war seine eigene Bürgerwehr. Und die »Vigilanten« in den amerikanischen Geschichtsbüchern unterschieden sich sehr von denen, wie sie in der Presse porträtiert wurden. Vor der Einrichtung offizieller Polizeidienststellen hatten einfache Bürger Streifendienst getan und mehr schlecht als recht für Ordnung gesorgt. War er so wie sie?

Na ja, nicht direkt, gestand Kelly sich ein, als er den Käfer einparkte. Und wenn es doch Rache war? Na und? Zehn Minuten später wanderte wieder ein Müllsack mit einem weiteren Satz abgelegter Kleidungsstücke in die Mülltonne, und Kelly duschte noch einmal, bevor er einen Anruf erledigte.

»Schwesternstation, O'Toole.«

»Sandy? John. Machen Sie immer noch um drei Schluß?«

»Sie treffen wirklich immer den richtigen Augenblick«, sagte sie an ihrem Stehpult und gestattete sich ein privates Lächeln. »Der verdammte Wagen ist wieder kaputt. Und Taxis kosten zuviel.«

»Soll ich ihn mir mal ansehen?« fragte Kelly.

»Ich wünschte, jemand könnte ihn reparieren.«

»Ich will nichts versprechen«, hörte sie ihn sagen, »aber ich bin billig.«

»Wie billig?« fragte Sandy, wußte aber die Antwort schon im voraus.
»Erlauben Sie mir, Sie zum Essen einzuladen? Sie dürfen sogar das Lokal auswählen.«
»Ja, einverstanden ... aber ...«
»Aber es ist für uns beide noch zu früh. Ja, gnädige Frau, ich weiß. Ihre Unbescholtenheit ist nicht in Gefahr – ehrlich.«
Sie mußte lachen. Ein derart zurückhaltendes Wesen paßte einfach nicht zu so einem imposanten Mann. Doch sie wußte, daß sie ihm vertrauen konnte, hatte es auch satt, immer nur für sich selbst zu kochen und immer wieder allein und allein und allein zu sein. Ob es nun zu früh war oder nicht, sie brauchte einfach mal Gesellschaft.
»Viertel nach drei am Haupteingang«, sagte sie ihm.
»Ich werde sogar mein Patientenarmband tragen.«
»Okay.« Ein weiteres Lachen überraschte eine andere Schwester, die gerade mit einem Tablett voller Medikamente vorbeikam. »Also gut, ich habe doch zugesagt, oder etwa nicht?«

»Jawohl, Madam. Also bis dann«, sagte Kelly mit einem Auflachen und hängte ein.
Ein wenig menschlicher Kontakt wäre fein, sagte er sich, als er zur Tür hinausging. Zunächst suchte er einen Schuhladen auf, wo er ein schwarzes Paar Größe 44 erstand. Dann fand er vier weitere Schuhläden, wo er das gleiche tat, er versuchte, nicht jedesmal dieselbe Marke zu erwischen, aber schließlich hatte er doch zwei genau gleiche Paare. Dasselbe Problem stellte sich beim Erwerb von Buschjacken. Er konnte nur zwei Marken für diese Art von Kleidungsstücken finden, und erwischte dann zwei sehr ähnliche Jacken, wobei er schließlich entdecken mußte, daß sie bis auf die Namensetiketten im Kragen völlig identisch waren. Sich immer anders zu tarnen, merkte er, war schwieriger als erwartet, aber das beeinträchtigte nicht die Notwendigkeit, sich an seinen Plan zu halten. In seiner Wohnung – perverserweise nannte er sie in Gedanken schon »Zuhause«, obwohl er es besser wußte – trennte er alle Etiketten heraus und begab sich zum Waschraum, wo sämtliche Kleidungsstücke in die Maschine wanderten, um zusammen mit der übrigen dunklen Kleidung, die er sich auf kleinen Privatflohmärkten besorgt hatte, im Kochwaschgang mit viel Chlorbleiche ausgelaugt zu werden. Nun hatte er vier komplette Kleiderausrüstungen, und dann wurde ihm klar, daß er noch eine Menge mehr davon einkaufen mußte.
Das paßte ihm gar nicht. Er fand es mühselig, in diesen Vorgärten

mit all dem Haushaltskrempel herumzustehen, besonders, da er ja jetzt eine feste Vorgehensweise entwickelt hatte. Wie die meisten Männer haßte er Einkaufen, und jetzt, da seine Abenteuer sich notwendigerweise wiederholen würden, fand er es noch schlimmer. Seine inzwischen zur Routine gewordene Lebensweise war auch ziemlich ermüdend, sowohl wegen des Schlafmangels als auch wegen der unablässigen Anspannung bei seinen Aktionen. Eigentlich war es natürlich keine Routine. Alles war gefährlich. Zwar gewöhnte er sich allmählich an seine Mission, aber deswegen würde er nicht gegen Gefahren gefeit sein, also blieb der Streß immer der gleiche. Zum Teil war es gut so, daß er nichts auf die leichte Schulter nahm, aber Streß konnte einen Mann auch auslaugen, und zwar ohne daß man es groß merkte. Das Herz schlug schneller, der Blutdruck erhöhte sich, das führte zu Erschöpfung. Das alles konnte er mit seinen sportlichen Übungen in den Griff kriegen, meinte Kelly, aber dann blieb immer noch das Problem mit dem Schlafen. Es war eigentlich nicht anders als die Plackerei bei der 3. Sondereinsatzgruppe, aber er war inzwischen älter, und er hatte keine Hintermänner, keine Kameraden, die den Streß mit ihm teilten und mit denen er sich in seiner Freizeit gemeinsam entspannen konnte. *Schlaf*, sagte er sich nach einem Blick auf die Uhr. Kelly schaltete den Fernseher im Schlafzimmer ein und erwischte gerade eine Nachrichtensendung.

»Erneut wurde im Westen von Baltimore ein Drogenhändler tot aufgefunden«, verkündete der Reporter.

»Ich weiß«, brachte Kelly noch heraus, und dann döste er auch schon ein.

»Es geht um Folgendes«, sagte ein Marinecolonel in Camp Lejeune, North Carolina, während ein anderer in Camp Pendleton, Kalifornien, mehr oder weniger das gleiche zu genau derselben Zeit verkündete. »Wir haben einen besonderen Job für euch. Wir suchen Freiwillige ausschließlich von den Aufklärungstruppen. Fünfzehn Leute werden benötigt. Es ist gefährlich, es ist wichtig, und es ist etwas, worauf ihr hinterher stolz sein könnt. Das Ganze wird zwei bis drei Monate dauern. Mehr kann ich nicht sagen.«

In Lejeune saß eine Schar von etwa fünfundsiebzig Männern auf ihren harten Stühlen. Alle waren erprobte Kämpfer, alle gehörten als Marines zu der exklusivsten Einheit des Korps, den Aufklärungstrupps, und hatten sich freiwillig zur Navy gemeldet – es gab da keine Wehrpflichtigen. Der Elite der Elite hatten sie sich ebenso freiwillig angeschlossen. Minderheiten waren leicht überrepräsentiert, aber das interessierte nur die Soziologen. Diese Männer waren Marinesoldaten vom Scheitel bis zur Sohle, einander soweit gleich, wie es in ihren grünen Uniformen nur möglich war. Viele trugen Narben am Körper, weil ihre Aufgaben gefährlicher waren und ihnen mehr abverlangten als gewöhnlichen Infanteristen. Sie waren darauf spezialisiert, in kleinen Gruppen auszuschwärmen, um etwas in Erfahrung zu bringen oder ganz gezielt jemanden zu töten. Einige von ihnen waren bestens ausgebildete Scharfschützen, imstande, mit einem Schuß einen Kopf aus vierhundert Metern oder eine Brust aus mehr als tausend Metern zu treffen, wenn das Ziel so anständig war, die ein oder zwei Sekunden stillzuhalten, die die Kugel für die Überwindung der größeren Entfernung brauchte. Sie waren Jäger. Nur wenigen verursachte ihr Dienst nachts Alpträume, und keiner würde einem verzögerten Streß-Syndrom zum Opfer fallen, weil sie sich alle für Raubtiere hielten, nicht für die Beute, und Löwen kennen solche Gefühle nicht.

Aber sie waren auch Männer. Mehr als die Hälfte hatte Frau und/oder Kinder, die erwarteten, daß Daddy ab und zu heimkehrte; die übrigen hatten Bräute und freuten sich darauf, in unbestimmter Zukunft ein häusliches Leben zu führen. Alle hatten eine dreizehnmonatige Dienstzeit abgeleistet. Viele hatten auch zwei hinter sich, eine Handvoll sogar drei, und aus dieser letzten Gruppe würde sich keiner freiwillig melden. Einige, eventuell sogar die meisten, hätten sich vielleicht trotzdem gemeldet, wenn sie gewußt hätten, worum es bei diesem Unternehmen ging, weil sie ein ungewöhnlich starkes Pflichtgefühl besaßen. Aber das kann sich auf unterschiedliche Weise äußern. Diese Männer waren jedenfalls der Meinung, sie hätten so viel, wie ein Mann nur tun konnte, für diesen Krieg geleistet. Nun sahen sie ihre Aufgabe darin, die Jüngeren auszubilden, das Wissen weiterzugeben, das es ihnen ermöglicht hatte, wieder zurückzukommen, während andere, obwohl sie fast so gut gewesen waren sie, es nicht mehr geschafft hatten. Das war nun ihre Pflicht gegenüber dem Marinekorps, dachten sie alle, als sie still auf ihren Stühlen saßen und zum Oberst auf dem Podest hinauf blickten. Dabei fragten sie sich voller Neugier, was »es« war. Aber dieses Gefühl war auch wieder nicht so stark, daß sie noch einmal ihr Leben aufs Spiel gesetzt hätten. Das hatten sie schon zu oft getan. Einige sahen sich verstohlen nach rechts und links um. An den Gesichtern der jüngeren Männer konnten sie schon ablesen, welche nachher zurückbleiben und ihre Namen in den Hut werfen würden. Viele würden es später bedauern, nicht geblieben zu sein, das wußten sie jetzt schon. Denn allein aufgrund der Tatsache, daß sie den Zweck des Unternehmens wohl nie erfahren würden, würden sie für immer ein schlechtes Gewissen haben. In Gedanken wogen sie die Gesichter ihrer Frauen und Kinder dagegen ab und entschieden: nein, diesmal nicht.

Nach einiger Zeit standen die Männer auf und traten der Reihe nach ab. Etwa fünfundzwanzig oder dreißig blieben zurück, um sich als Freiwillige eintragen zu lassen. Ihre Personalakten würden rasch eingesammelt und ausgewertet werden, worauf dann fünfzehn von ihnen nach einem nur scheinbar zufälligen Verfahren ausgewählt werden würden. Besondere Nischen mußten mit besonderen Fertigkeiten ausgefüllt werden, und es lag in der Natur dieser Freiwilligenmission, daß einige der zurückgewiesenen Männer eigentlich besser und kampferfahrener waren als manche, die aufgenommen wurden. Aber sie mußten zurückstecken, weil ihre Fertigkeiten durch einen anderen Freiwilligen schon überflüssig gemacht worden waren. So war eben das Leben in Uniform, und alle Männer akzeptierten das sowohl mit Bedauern wie Erleichterung, als sie wieder zu ihren normalen Pflichten zurückkehrten. Am Ende des Tages wurden die ausgewählten Männer zusammengerufen und erfuhren lediglich ihre Abfahrtszeit. Sie würden mit dem Bus weggebracht werden, also konnte es nicht weit gehen. Zumindest jetzt noch nicht.

Kelly wachte um zwei Uhr auf und machte sich fein. Sein Vorhaben an diesem Nachmittag erforderte ein gepflegtes Aussehen, und so trug er ein Hemd mit Krawatte und ein Jackett. Er hätte eigentlich noch zum Friseur gehen sollen, aber dafür war es zu spät. Er suchte sich zu seinem blauen Blazer und dem weißen Hemd eine blaue Krawatte aus und ging zu seinem geparkten Scout. So sah er ganz wie der gehobene Vertreter aus, der er zu sein vorgab, als er auf seinem Weg dem Hausverwalter zuwinkte.

Das Glück war Kelly hold. An der Auffahrt zum Haupteingang des Krankenhauses war eine Lücke frei. Er ging hinein und sah eine große Christusfigur in der Vorhalle, etwa zehn bis zwölf Meter hoch, die mit gütiger Miene auf ihn niedersah, ein Ausdruck, der einem Krankenhaus bei weitem angemesser war als dem, was Kelly noch vor zwölf Stunden getan hatte. Er ging um die Statue herum und kehrte ihr den Rücken zu. Diese Art von Gewissenserforschung konnte er nicht verkraften – jedenfalls nicht jetzt.

Sandy O'Toole erschien zwölf nach drei, und als er sie durch die

Eichentüren kommen sah, lächelte Kelly, bis er ihren Gesichtsausdruck bemerkte. Einen Augenblick später erfuhr er den Grund dafür. Ein Arzt kam direkt hinter ihr her, ein kleiner, dunkelhaariger Mann in Grün, der so rasch lief, wie seine kurzen Beine ihn tragen konnten, und laut auf sie einredete. Kelly zögerte, neugierig beobachtend, wie Sandy stehenblieb und sich umdrehte, wahrscheinlich, weil sie es leid war, davonzulaufen, oder sich nur der augenblicklichen Notwendigkeit beugte. Der Arzt war etwa so groß wie sie und sprach so rasch, daß Kelly gar nicht alles verstand. Sandy blickte ihn ausdruckslos an.

»Der Bericht zu dem Vorfall ist abgelegt, Doktor«, sagte sie in eine kurze Pause seiner Tirade hinein.

»Sie haben kein Recht, das zu tun!« Die Augen in dem dunklen, schwammigen Gesicht blitzten wütend auf. Kelly sah sich veranlaßt, näher heranzugehen.

»Doch, das habe ich, Doktor. Ihre Anweisungen waren nicht korrekt. Ich bin die Oberschwester, und ich bin verpflichtet, Irrtümer bei der medizinischen Behandlung zu melden.«

»Ich befehle Ihnen, diese Meldung zurückzuziehen! Schwestern haben doch Ärzten keine Anweisungen zu erteilen!« Was er dann hörte, gefiel Kelly, vor allem in Anwesenheit von Gottes Ebenbild, überhaupt nicht. Während er zusah, wurde das Gesicht des Arztes immer dunkler, und er beugte sich zur Schwester vor, wobei seine Stimme lauter und lauter wurde. Sandy ihrerseits wich keinen Schritt zurück, sie ließ sich nicht einschüchtern, was den Arzt nur weiter aufstachelte.

»Entschuldigen Sie«, Kelly mischte sich in den Disput ein, aber nur so weit, daß seine Anwesenheit bemerkt wurde, was ihm aber gleich einen erbosten Blick von Sandra O'Toole eintrug. »Ich weiß nicht, worüber Sie beide sich streiten, aber wenn Sie ein Doktor sind und die Dame hier eine Schwester ist, dann könnten sie Ihre Meinungsverschiedenheiten vielleicht auf professionellere Weise austragen«, schlug er mit leiser Stimme vor.

Der Arzt schien keinen Ton gehört zu haben. Seit seinem sechzehnten Lebensjahr war Kelly nicht mehr so offensichtlich ignoriert worden. Er zog sich zurück, wollte die Sache Sandy allein überlassen, aber die Stimme des Arztes wurde nur noch lauter, und nun verfiel er in eine Sprache, die Kelly nicht verstand, irgendeine Mischung aus englischen Verbalinjurien und einem fremdländischen Dialekt. Sandy ließ alles standhaft über sich ergehen, und Kelly war stolz auf sie, doch ihre steinerne Miene mußte nun wirkliche Angst verbergen. Ihr ungebrochener Widerstand brachte den Doktor nur weiter auf, und er erhob die Hand und wurde noch lauter. Erst als er sie eine »dreckige Fotze« nannte, was er zweifellos von einem Einheimischen aufgeschnappt hatte, trat eine Unterbrechung ein. Die Faust, mit der er wenige Zentimeter vor Sandys Nase herumgefuchtelt hatte, war, wie er überrascht feststellte, auf einmal von der haarigen Pranke eines sehr großen Mannes umschlossen.

»Entschuldigen Sie«, sagte Kelly mit ausgesuchter Höflichkeit. »Gibt es da oben jemand, der weiß, wie er eine gebrochene Hand wieder hinkriegt?« Kelly hatte die Faust um die kleinere, zartere Hand des Chirurgen geschlossen und drückte deren Finger zusammen, zunächst nur ein bißchen.

Ein Sicherheitsbeamter kam gerade durch die Tür, von der lautstarken Auseinandersetzung angezogen. Die Augen des Doktors richteten sich sofort auf ihn.

»Er wird nicht schnell genug herkommen, um Ihnen zu helfen, Doktor. Wie viele Knochen enthält die menschliche Hand, Sir?« fragte Kelly.

»Achtundzwanzig«, erwiderte der Arzt automatisch.

»Möchten Sie sechsundfünfzig?« Kelly verstärkte den Druck.

Der Blick des Arztes fixierte Kelly, und der kleinere Mann sah ein Gesicht, das weder Wut noch Freude ausdrückte, das einfach da war, ihn ansah, als wäre er irgendein Gegenstand, und dessen höfliche Stimme nur ein spöttischer Ausdruck seiner Überlegenheit war. Vor allem wußte er, daß der Mann ernst machen würde.

»Entschuldigen Sie sich bei der Dame«, sagte Kelly.

»Ich lasse mich vor Frauen nicht demütigen!« zischte der Arzt. Noch etwas mehr Druck auf die Hand ließ seine Gesichtszüge entgleisen. Nur noch ein Quentchen mehr Kraft, das wußte er, dann würde etwas splittern.

»Sie haben sehr schlechte Manieren, Sir. Sie haben nur noch wenig Zeit, bessere zu lernen.« Kelly lächelte. »Jetzt«, befahl er. »Bitte.«

»Es tut mir leid, Schwester O'Toole«, sagte der Mann, ohne es wirklich zu meinen, aber die Demütigung hinterließ dennoch eine klaffende Wunde in seinem Bewußtsein. Kelly ließ die Hand los. Dann hob er das Namensschild des Arztes hoch und las es, bevor er ihm wieder in die Augen starrte.

»Fühlen Sie sich nicht gleich besser, Doktor Khofan? Jetzt werden Sie die Schwester aber nie mehr anbrüllen, zumindest nicht, wenn sie recht hat und Sie nicht, Sir, nicht wahr? Und Sie werden sie nie

wieder körperlich bedrohen, ja?« Kelly mußte nicht erläutern, warum das gar nicht gut wäre. Der Arzt knetete seine Finger, um den Schmerz zu verjagen. »Das mögen wir hier gar nicht, verstanden?«
»Ja, in Ordnung«, sagte der Mann, der am liebsten weggelaufen wäre.
Kelly nahm wieder seine Hand und drückte sie lächelnd, gerade stark genug für eine kleine Gedächtnisstütze. »Ich freue mich, daß Sie Verständnis zeigen, Sir. Ich denke, Sie können jetzt gehen.«
Und Dr. Khofan zog sich zurück. Er ging am Sicherheitsposten vorbei, ohne ihn eines Blickes zu würdigen. Der Wachmann warf Kelly einen Blick zu, ließ es jedoch dabei bewenden.
»Mußten Sie das tun?« fragte Sandy.
»Was meinen Sie?« erwiderte Kelly und wandte sich ihr zu.
»Ich hatte es doch im Griff«, sagte sie, schon auf dem Weg zur Tür.
»Ja, das hatten Sie. Worum ging es denn überhaupt?« fragte Kelly in vernünftigem Ton.
»Er hat die falsche Medizin verschrieben; ein älterer Mann, der was am Genick hatte und allergisch gegen das Mittel ist, was auch auf dem Krankenblatt steht«, sagte Sandy, und ihre Worte sprudelten nur so aus ihr heraus, als die Anspannung allmählich von ihr wich. »Es hätte Mr. Johnston wirklich schaden können. Es ist auch nicht das erste Mal bei ihm. Vielleicht wird Doktor Rosen ihn diesmal entlassen, und er will unbedingt bleiben. Er scheucht gern die Schwestern herum. Das gefällt uns auch nicht. Aber ich hatte es im Griff!«
»Na gut, dann lasse ich ihn das nächste Mal Ihre Nase einschlagen.« Kelly deutete auf die Tür. Ein nächstes Mal würde es nicht geben; das hatte er in den Augen des kleinen Schuftes gesehen.
»Und was dann?« fragte Sandy.
»Dann wird er eine Weile aufhören, Chirurg zu sein. Sandy, ich sehe es nicht gern, wenn Leute sich so benehmen, okay? Ich mag keine Menschenschänder, und ich mag es schon gar nicht, wenn sie Frauen herumscheuchen.«
»Und solche Leute machen Sie fertig, oder wie.«
Kelly hielt ihr die Tür auf. »Nein, nicht sehr oft. Meist hören sie auf meine Ermahnungen. Sehen Sie es doch so: Wenn er Sie schlägt, schadet es Ihnen sowie auch ihm. Auf meine Art entsteht kein Schaden, außer vielleicht ein paar verletzten Gefühlen, und daran ist noch keiner gestorben.«
Sandy verfolgte das Thema nicht weiter. Zum Teil war sie verärgert, da sie eigentlich fand, daß sie dem Arzt gut die Stirn geboten

hatte. Er war kein besonders guter Mediziner, weil er bei der Nachbehandlung von Patienten viel zu nachlässig arbeitete. Er behandelte zwar nur Sozialfälle mit einfachen Erkrankungen, aber das war nicht der Punkt, das wußte sie. Patienten, für die die Wohlfahrt aufkommen mußte, waren auch Menschen, und in ihrem Beruf verdienten alle Menschen die bestmögliche Pflege. Er hatte ihr Angst gemacht. Sandy war über den Schutz froh gewesen, fühlte sich aber irgendwie hintergangen, weil sie Khofan nicht selbst in die Schranken hatte weisen können. Ihr Bericht zu dem Vorfall würde ihn wahrscheinlich endgültig den Kragen kosten, und die Schwestern auf ihrer Station würden sich darüber ins Fäustchen lachen. Die Schwestern hielten, wie die unteren Dienstränge in einem Truppenteil, in Krankenhäusern den Betrieb aufrecht, und der Arzt war schlecht beraten, der sich mit ihnen anlegte.

Aber O'Toole hatte heute etwas über Kelly gelernt. Jener Blick, den sie gesehen und nicht mehr vergessen hatte, war keine Illusion gewesen. Als er Khofans rechte Hand gehalten hatte, war Johns Miene – ja, völlig ausdruckslos gewesen, er hatte nicht einmal Freude über die Demütigung des kleinen Wurms bekundet, und das machte ihr irgendwie Angst.

»Also, was fehlt Ihrem Wagen?« fragte Kelly, während er auf den Broadway fuhr und nach Norden steuerte.

»Wenn ich das wüßte, wäre er nicht kaputt.«

»Mhm, klingt logisch«, gab Kelly mit einem Lächeln zu.

Er ist ein Wechselbalg, sagte sich Sandy. Er konnte sein Verhalten einfach ein- und ausschalten. Mit Khofan war er wie ein Gangster oder so was umgegangen. Erst hatte er versucht, mit einem vernünftigen Wort die Lage zu beruhigen, aber dann hatte er sich so aufgeführt, als würde er ihm einen bleibenden Schaden zufügen. Einfach so. Völlig emotionslos. Wie das Zertreten eines Ungeziefers. Aber wenn das stimmte, was war er dann? War er jähzornig? Nein, sagte sie sich, wahrscheinlich nicht. Dafür hatte er sich zu sehr unter Kontrolle. Ein Psychopath? Das war ein erschreckender Gedanke – aber nein, das war auch nicht möglich. Sam und Sarah würden so jemanden nicht als Freund haben, und die beiden waren sehr kluge Menschen. *Aber was dann?*

»Also, ich habe meinen Werkzeugkasten dabei. Mit Dieselmotoren kann ich ganz gut umgehen. Abgesehen von unserem kleinen Freund, wie war's in der Arbeit?«

»Ein guter Tag«, sagte Sandy, froh über die Ablenkung. »Wir haben einen Fall entlassen, um den wir uns echt Sorgen gemacht haben. Ein kleines schwarzes Mädchen, drei, ist aus seinem Bettchen gefallen. Doktor Rosen hat sich wundervoll um sie bemüht. In ein oder zwei Monaten wird niemand mehr sehen können, daß sie sich überhaupt verletzt hat.«

»Sam ist ein prima Kamerad«, bemerkte Kelly. »Nicht bloß ein guter Arzt – er ist auch sonst Klasse.«

»Sarah genauso.« *Prima Kamerad, das hätte Tim auch gesagt.*

»Großartige Person«, nickte Kelly und bog nach links in die North Avenue ein. »Sie hat viel für Pam getan«, sagte er, Informationen preisgebend, ohne weiter darüber nachzudenken. Dann sah Sandy wieder, wie sein Gesicht in sich erstarrte, als hätte er die Worte von der Stimme eines anderen gehört.

Der Schmerz wird nie wieder weggehen, oder? fragte sich Kelly. Wieder sah er sie im Geiste, und eine kurze, grausame Sekunde lang sagte er sich – log er sich vor, wie er im selben Augenblick wußte –, daß sie neben ihm war, dort rechts im Sitz saß. Aber es war nicht Pam, würde es nie wieder sein. Seine Hände packten den Plastiküberzug des Lenkrads fester, die Knöchel wurden auf einmal weiß, als er sich befahl, das auf sich beruhen zu lassen. Solche Gedanken waren wie Minenfelder. *Du gehst rein, unschuldig, rechnest mit nichts Bösem, dann merkst du zu spät, daß da Gefahr lauert. Es wäre besser, wenn man sich nicht erinnern könnte,* dachte Kelly. *Es würde mir wirklich bessergehen.* Doch was war das Leben ohne Erinnerungen, gute oder schlechte, und was sollte aus ihm werden, wenn er die Menschen vergaß, die ihm lieb und teuer waren? Und wenn er sich nicht nach diesen Erinnerungen richtete, was für einen Wert hatte dann das Leben?

Sandy sah das alles in seinem Gesicht. Ein Wechselbalg, vielleicht, aber manchmal vergaß er sich zu verstellen. *Du bist kein Psychopath. Du spürst Schmerz, Psychopathen nicht – zumindest nicht über den Tod einer Freundin. Also was bist du dann?*

18 / Intervention

»Versuchen Sie's noch mal«, forderte er sie auf.
Klack.
»Alles klar. Ich weiß, woran es liegt«, sagte Kelly. Er hatte sein Sakko ausgezogen, den Schlips gelöst und die Ärmel aufgerollt. So beugte er sich über ihren Plymouth Satellite. Bereits seit einer halben Stunde bastelte er am Motor herum, und entsprechend schmutzig waren seine Hände.
»Einfach so?« Sandy stieg aus dem Auto. Sie zog den Schlüssel ab, was bei näherer Betrachtung überflüssig war, da der Wagen sowieso nicht anspringen wollte. *Warum lasse ich ihn nicht stehen und einen Dieb daran verzweifeln?* fragte sie sich.
»Es kann nur eins sein. Der Zylinderkopfkontakt.«
»Was ist das denn?« fragte sie. Sie stand neben Kelly und starrte ratlos auf das ölig schwarze Mysterium, das ein Motor war.
»Der kleine Kontakt an der Zündung ist nicht stark genug, soviel Saft zu liefern, wie der Motor zum Starten braucht. Also wird damit lediglich ein stärkerer Kontakt aktiviert.« Kelly wies mit einem Schraubenschlüssel auf die betreffende Stelle. »Ein Elektromagnet, der einen stärkeren Impuls aussendet, so daß der Motor elektrisch gestartet werden kann. Soweit alles klar?«
»Ich glaube schon.« Was beinahe stimmte. »Man hat mir gesagt, ich bräuchte eine neue Batterie.«
»Na ja, es hat sich wohl schon rumgesprochen, daß Mechaniker Frauen gern –«
»– übers Ohr hauen, weil wir von Autos sowieso keine Ahnung haben«, stellte Sandy mit einer Grimasse fest.
»So in der Art. Aber ich verlange dafür auch eine Bezahlung«, erklärte Kelly, während er in seiner Werkzeugkiste wühlte.
»Und was soll das sein?«
»Da ich mir hier die Finger schmutzig mache, kann ich Sie nicht in ein Restaurant ausführen. Wir müssen hier essen«, sagte er, während er mit seinem weißen Oberhemd und den Kammgarnhosen unter dem Wagen verschwand. Eine Minute später tauchte er

mit ölverschmierten Händen wieder auf. »Versuchen Sie's noch mal.«

Sandy ließ sich wieder auf den Fahrersitz sinken und drehte den Schlüssel um. Die Batterie war nicht mehr die neueste; trotzdem startete der Motor fast auf Anhieb.

»Lassen Sie ihn ein wenig laufen, damit sich die Batterie auflädt.«
»Und woran lag es nun?«
»Ein Kabel hatte sich gelöst. Ich mußte es nur wieder festklemmen.« Kelly sah an sich hinunter und verzog das Gesicht. »Sie müssen in eine Werkstatt fahren und eine neue Dichtung am Zylinderkopf anbringen lassen. Dann dürfte es sich nicht wieder lösen.«
»Das hätten Sie aber nicht . . .«
»Sie müssen morgen schließlich zur Arbeit fahren, oder?« fragte Kelly berechtigterweise. »Wo kann ich mir die Hände waschen?«

Sandy ging mit ihm ins Haus und zeigte ihm das Badezimmer. Nachdem Kelly sich die Hände tüchtig geschrubbt hatte, kam er wieder zu ihr ins Wohnzimmer.

»Wo haben Sie gelernt, wie man Autos repariert?« fragte sie, während sie ihm ein Glas Wein reichte.

»Mein Vater war Hobby-Mechaniker. Wie ich schon sagte, er war bei der Feuerwehr. Da mußte er alles mögliche lernen, und das hat ihm viel Spaß gemacht. Zum Glück hat er es mir dann auch beigebracht.« Kelly prostete ihr zu. Er trank nicht oft Wein, aber dieser schmeckte ihm.

»War?«
»Er ist gestorben, während ich in Vietnam war, an einem Herzanfall bei einem Einsatz. Meine Mutter ist auch tot, sie starb an Leberkrebs, als ich noch zur Grundschule ging«, erzählte Kelly so gelassen wie möglich. Allerdings war der Schmerz auch nicht mehr so intensiv wie früher. »Damals war das hart, denn mein Dad und ich standen uns sehr nahe. Er hat geraucht, wahrscheinlich ist er deshalb so früh gestorben. Ich war selbst krank, als es passierte, eine Infektion, die ich mir bei einem Einsatz geholt hatte. Deshalb konnte ich nicht nach Hause. Ich bin dann erst dort aufgetaucht, als es mir wieder besserging.«

»Ich habe mich schon gewundert, daß Sie keinen Besuch bekommen haben. Aber ich wollte nicht fragen«, sagte Sandy. Jetzt wurde ihr erst bewußt, wie einsam dieser John Kelly war.

»Ich habe zwar ein paar Onkel und Cousinen und Cousins, aber wir sehen uns nicht oft.«

Das erklärte einiges, dachte Sandy, wenn man seine Mutter schon als Kind verliert, und dazu durch eine so grausame und langwierige Krankheit. Wahrscheinlich war er immer noch ein großes Kind, stolz und unnahbar, aber hilflos den Ereignissen ausgeliefert. Jede Frau, die ihm etwas bedeutete, war ihm durch die eine oder andere Macht genommen worden: seine Mutter, seine Frau, seine Geliebte. *Wieviel Wut sich in ihm angestaut haben muß*, sagte sich Sandy. Wirklich, sie sah jetzt klarer. Als Khofan ihr gedroht hatte, hatte Kelly geglaubt, sie in Schutz nehmen zu müssen. Sie dachte zwar immer noch, daß sie mit der Situation allein fertig geworden wäre, doch jetzt konnte sie ihn besser verstehen. Diese Erkenntnis milderte ihren unterschwelligen Ärger; aber auch sein Verhalten trug dazu bei. Er trat ihr nicht zu nahe, zog sie nicht mit seinen Blicken aus – etwas, was Sandy ganz besonders verhaßt war, obwohl sie es ihren Patienten paradoxerweise gestattete, weil sie den Eindruck hatte, daß es ihnen auf die Beine half. Er behandelte sie wie ein Freund, wie einer von Tims Kollegen, mit einer Mischung aus Vertrautheit und Respekt, sah sie als Mensch und erst dann als Frau. Sandra Manning O'Toole stellte fest, daß ihr das gefiel. Obwohl er groß und kräftig war, brauchte sie ihn nicht zu fürchten. Für den Beginn einer Beziehung – wenn es darauf hinauslief – schien das eine seltsame Feststellung.

Ein klapperndes Geräusch kündigte das Eintreffen der Abendzeitung an. Kelly holte sie und überflog die Titelseite, bevor er sie auf den Couchtisch legte. Die Schlagzeile in der sommerlichen Saure-Gurken-Zeit berichtete vom Tod eines weiteren Drogendealers. Sandy fiel auf, daß Kelly neugierig die ersten Absätze überflog.

Da Henry den örtlichen Drogenhandel immer mehr an sich riß, gehörte auch der jüngst ermordete Dealer zu seiner Organisation. Er kannte ihn lediglich unter seinem Bandennamen und erfuhr erst aus der Zeitung, daß er Lionell Hall hieß. Persönlich waren sie sich nie begegnet, doch man hatte ihm Bandanna als kluges Köpfchen beschrieben, als jemand, den er besser im Auge behalten sollte. Aber anscheinend nicht clever genug, dachte Tucker. Die Stufen zum Erfolg waren steil und schlüpfrig in dieser Branche, ein brutaler darwinistischer Ausleseprozeß, und anscheinend war Lionell Hall den Anforderungen seines neuen Berufes nicht gewachsen gewesen. Bedauerlich, aber davon ging die Welt nicht unter. Henry erhob sich aus seinem Sessel und streckte sich. Er hatte lange geschlafen, denn nachdem er vor zwei Tagen volle fünfzehn Kilo »Material«, wie er es jetzt immer häufiger nannte, bekommen hatte, war wieder einer dieser Bootsausflüge zum Abpacken fällig gewesen – und der forderte jetzt seinen Tribut. Allmählich wuchsen sich diese Fahrten, die zur Wahrung seiner vorzüglichen Deckung nötig waren, zu einer echten Tortur aus, dachte Henry. Aber gleichzeitig wußte er, daß er gefährlichen Gedanken nachhing. Diesmal hatte er die Leute lediglich bei der Arbeit beaufsichtigt. Damit waren zwar wieder zwei weitere in seine Geheimnisse eingeweiht, doch Henry hatte es einfach satt, Handlangerarbeiten zu tun. Schließlich hatte er dafür seine Untergebenen, unbedeutende Helfer, die wußten, daß sie unbedeutend waren und nur dann aufsteigen würden, wenn sie gehorsam seine Befehle ausführten.

Frauen konnten das besser als Männer. Männer hatten ein Ego, das von ihrem produktiven Geist ständig gestreichelt werden wollte, und je beschränkter der Geist, desto größer das Ego. Früher oder später würde einer seiner Männer rebellieren, einen kleinen Aufstand anzetteln. Dagegen ließen sich die Nutten, die er einsetzte, viel leichter in Schach halten, und zusätzlich boten sie den Vorteil, daß er immer eine zur Verfügung hatte. Tucker lächelte.

Gegen fünf Uhr wachte Doris auf. Das Pochen hinter ihren Schläfen verhieß einen weiteren Kater, teils wegen der Barbiturate, aber vor allem auch wegen der zwei Whiskeys, die ihr irgend jemand eingeflößt hatte. Der Schmerz machte ihr klar, daß sie einen weiteren Tag leben mußte, daß die Mischung aus Drogen und Alkohol nicht den Effekt erzielt hatte, den sie sich bei ihrem Blick in das Glas gewünscht hatte, bevor sie es nach kurzem Zögern vor versammelter Mannschaft leerte. Was nach dem Whiskey und den Drogen kam, wußte sie nur noch annäherungsweise. Es vermischte sich mit den Erinnerungen an so viele ähnliche Nächte, daß sie zwischen der gestern und den vielen davor kaum noch unterscheiden konnte.

Sie waren jetzt vorsichtiger, hatten aus der Erfahrung mit Pam gelernt. Doris setzte sich auf, und ihr Blick fiel auf die Handschellen an einem ihrer Handgelenke. Durch das freie Teil war eine Kette gezogen, die an einem in die Wand gedübelten Haken befestigt war. Bei näherer Betrachtung wäre sie wahrscheinlich auf den Gedanken verfallen, den Haken aus der Wand zu reißen, was eine gesunde Frau mit entsprechender Entschlossenheit in ein paar Stunden durchaus geschafft hätte. Doch Flucht bedeutete den Tod, einen ausgesprochen schmerzhaften und langwierigen Tod. Zwar sehnte sie das Ende herbei, ein Ende ihres Lebens, das entsetzlichere Formen angenommen hatte als jeder Alptraum, aber noch mehr fürchtete sie den Schmerz. Sie stand auf und rasselte mit der Kette. Nach einem Augenblick kam Rick herein.

»Hallo, Baby«, sagte der junge Mann mit einem Lächeln, das mehr Belustigung als Zuneigung ausdrückte. Er beugte sich über sie, schloß die Handschellen auf und wies aufs Badezimmer. »Geh duschen. Du hast es nötig.«

»Wo haben Sie chinesisch kochen gelernt?« fragte Kelly.

»Bei einer Krankenschwester namens Nancy Wu, mit der ich letztes Jahr zusammengearbeitet habe. Sie unterrichtet jetzt an der Universität von Virginia. Schmeckt es Ihnen?«

»Wollen Sie mich auf den Arm nehmen?« Wenn Liebe durch den Magen geht, dann ist die Bitte um einen Nachschlag eines der größten Komplimente, das ein Mann einer Frau machen kann. Mehr als ein Glas Wein gestand er sich nicht zu, doch er stürzte sich so gierig auf das Essen, wie es die Tischsitten nur erlaubten.

»Dabei ist es gar nicht besonders gut«, sagte Sandy, die ganz offen nach Komplimenten fischte.

»Aber weitaus besser als das, was ich selbst zustande bringe. Wenn Sie vorhaben, ein Kochbuch zu schreiben, sollten Sie sich allerdings einen Vorkoster mit einem besseren Geschmack suchen.« Er blickte auf. »Ich war mal eine Woche in Taipeh, und das hier schmeckt beinahe genauso gut.«

»Was haben Sie dort gemacht?«

»Eine Art Genesungsurlaub nach einer Schußverletzung.« Kelly ließ es dabei bewenden. Nicht alles, was seine Freunde und er getan hatten, war für die Ohren einer Dame geeignet. Dann merkte er, daß er bereits zuviel gesagt hatte.

»Tim und ich haben das auch – ich hatte vor, mich mit ihm in Hawaii zu treffen, aber –« Sie führte den Satz nicht zu Ende.

Kelly hätte am liebsten über den Tisch nach ihrer Hand gegriffen, um sie zu trösten, aber er fürchtete, das könnte als Annäherungsversuch ausgelegt werden.

»Ich weiß, Sandy. Haben Sie noch weitere Rezepte auf Lager?«

»O ja, viele. Nancy hat ein paar Monate bei mir gewohnt, und ich habe in der Zeit immer unter ihrer Aufsicht gekocht. Sie ist eine wunderbare Lehrerin.«

»Das kann ich mir vorstellen.« Kelly kratzte seinen Teller leer. »Wie sieht normalerweise Ihr Tagesablauf aus?«

»Gewöhnlich stehe ich um Viertel nach fünf auf, weil ich schon kurz nach sechs losfahren muß. Ich bin gern eine halbe Stunde vor Schichtwechsel in der Klinik. So kann ich mich über den Zustand der Patienten informieren, bevor ich mich auf die neuen vorbereite, die

aus dem OP kommen. Dort geht es oft ziemlich hektisch zu. Und was ist mit Ihnen?«
»Das hängt von meinen Aufträgen ab. Wenn ich was zu schießen habe...«
»Schießen?« fragte Sandy überrascht.
»Sprengstoff. Das ist meine Spezialität. Man verbringt einen Haufen Zeit mit der Planung und Anordnung. Dabei stehen mir dann meistens noch ein paar Ingenieure im Weg, die mir ihre Ängste und Befürchtungen vorjammern und mir sagen, was ich tun soll. Die vergessen immer, daß es viel leichter ist, etwas in die Luft zu sprengen, als es zu bauen. Ich habe dabei ein Markenzeichen.«
»Und was ist das?«
»Wenn ich unter Wasser arbeite, lasse ich ein paar Minuten vor der richtigen Sprengung einige kleinere Kapseln hochgehen.« Kelly lachte in sich hinein. »Um die Fische zu verscheuchen.«
Sie brauchte einen Moment, um es zu begreifen. »Ach so – damit sie nicht verletzt werden?«
»Genau. Das ist so ein Tick von mir.«
Schon wieder so eine Sache. Im Krieg brachte er Menschen um, drohte einem Chirurgen vor den Augen des Sicherheitsbeamten mit einer dauerhaften Verletzung, doch er riß sich beide Beine aus, damit keine *Fische* getötet wurden!
»Sie sind mir ein Rätsel.«
Er war so anständig zu nicken. »Ich töte nicht zum Spaß. Früher bin ich zur Jagd gegangen, aber das habe ich aufgegeben. Manchmal gehe ich fischen, aber nicht mit Dynamit. Die Kapseln werden ein ganzes Stück von der eigentlichen Explosionsstelle entfernt gezündet – damit sie den Sprengsatz nicht gleich mit hochgehen lassen. Die Fische werden hauptsächlich vom Knall vertrieben. Warum soll man gute Fische verschwenden?«

Es lief ganz automatisch ab. Doris war ein wenig kurzsichtig. Und unter dem Wasserschleier vor ihren Augen sahen die Male zunächst wie Schmutzflecken aus. Aber sie waren kein Schmutz, ließen sich nicht abwaschen. Eigentlich hatte sie immer welche, nur an unterschiedlichen Stellen, je nach den Vorlieben der Männer, die sie ihr beibrachten. Sie rieb mit den Händen über die Flecken, und der Schmerz machte ihr deutlich, was sie waren, Andenken an die letzten Partys. Damit waren auch ihre Versuche, sich zu säubern, zum Scheitern verurteilt. Sie würde sich nie wieder sauber fühlen. Die Dusche half lediglich gegen den Geruch. Selbst Rick hatte ihr das unmißverständlich klargemacht, und der war noch immer der harmloseste von allen, dachte Doris, als sie ein blasses braunes Mal entdeckte, das von ihm stammte. Es tat nicht ganz so weh wie die Verletzungen, an denen Billy seinen Spaß hatte.

Sie begann sich abzutrocknen. Die Dusche war als einziger Teil des Raumes wenigstens ansatzweise sauber. Niemand machte sich die Mühe, das Waschbecken oder die Toilette zu putzen, und der Spiegel hatte einen Sprung.

»So ist's besser«, sagte Rick, der sie beobachtete. Er streckte die Hand aus und gab ihr eine Pille.

»Danke.« So begann ein weiterer Tag, mit einem Barbiturat, das einen Abstand zwischen ihr und der Realität schaffen sollte, ihr das Leben, wenn schon nicht angenehm, so doch zumindest erträglich machte. Ihre kleinen Helfer, die dafür sorgten, daß sie die Realität ertragen konnte, die sie ihr geschaffen hatten. Doris spülte die Pille mit ein wenig Wasser aus der hohlen Hand hinunter und hoffte, daß die Wirkung rasch einsetzen würde. Dadurch wurde das Leben leichter, die Kanten weniger scharf, sie konnte einen Abstand schaffen zwischen sich und ihrem wahren Selbst. Früher war dieser Abstand so groß gewesen, daß sie nicht auf die andere Seite sehen konnte, doch das hatte sich geändert. Sie blickte in Ricks lächelndes Gesicht, das sich schon wieder über sie schob.

»Du weißt, daß ich dich liebe, Baby«, sagte er, während seine Hände sich ihren Weg suchten.

Sie lächelte vage unter seinem tastenden Griff. »Ja.«

»Heute nacht geht's rund, Doris. Henry will vorbeikommen.«

Klick. Als er vier Blocks von dem Sandsteinhaus an der Ecke entfernt aus dem Volkswagen stieg, konnte Kelly fast hören, wie sein Bewußtsein umschaltete. In den »Dschungel« einzutauchen war inzwischen fast schon zur Routine geworden. Dadurch, daß er an diesem Abend – seit ... waren es fünf Wochen oder sechs? – zum erstenmal wieder mit einem menschlichen Wesen gegessen hatte, hatte sich in ihm ein gewisses Wohlbefinden ausgebreitet. Aber nun mußte er sich wieder der Aufgabe widmen, die vor ihm lag.

Er suchte sich ein Plätzchen gegenüber der Straßenecke, erneut einen Eingang mit Marmorstufen, auf denen sich jeder entgegenkommende Schatten abzeichnen würde, und wartete auf den Roadrunner. Alle paar Minuten hob er die Weinflasche an den Mund – eine neue, zur Abwechslung mit rotem Fusel anstatt weißem –, um sich vorgeblich einen Schluck zu genehmigen, während er unablässig nach rechts und links, sogar nach oben und unten spähte, um auch die Fenster im zweiten und dritten Stock im Auge zu haben.

Einige der Autos waren ihm inzwischen schon vertraut. Er entdeckte den schwarzen Karmann-Ghia, der bei Pams Tod eine Rolle gespielt hatte. Kelly sah, wie sein Fahrer, ein Mann seines Alters mit Schnauzbart, auf der Suche nach seiner Connection durch die Straßen strich. Er hätte gern gewußt, unter welchem Problem der Mann litt, daß er es nötig hatte, von seinem wo auch immer gelegenen Wohnort hierher zu kommen, seine körperliche Sicherheit aufs Spiel zu setzen und sein Leben womöglich durch Drogen zu verkürzen. Mit seinem Geld, das in den illegalen Drogenhandel floß, bereitete er außerdem Korruption und sozialer Auflösung den Weg. War ihm das egal? Verschloß er die Augen vor dem, was die Drogengelder in dieser Umgebung anrichteten?

Doch auf diese Begleiterscheinungen wollte Kelly erst gar nicht weiter eingehen. Noch immer wohnten hier normale Bürger, die sich mehr schlecht als recht durchs Leben schlugen. Ob sie nun von der Sozialhilfe abhängig waren oder von Hilfsarbeiterjobs, für diese Leute lauerte hier Gefahr, und wahrscheinlich hofften sie, irgendwann in eine Gegend ausweichen zu können, wo ein normales Leben möglich war. Sie ignorierten die Dealer, und in ihrer armseligen Rechtschaffenheit gingen sie auch Pennern wie Kelly aus dem Weg. Er konnte sie nicht einmal dafür verurteilen, denn in solch einer Umgebung mußten sie – ebenso wie er – alle Kräfte aufs eigene Überleben konzentrieren. Soziales Mitgefühl war ein Luxus, den sich hier kaum jemand leisten konnte. Bevor man etwas übrig hatte und es demjenigen gab, der bedürftiger war als man selbst, brauchte man zunächst einmal ein gewisses Ausmaß an persönlicher Sicherheit – und abgesehen davon gab es nur wenige, die wirklich bedürftiger waren.

In gewissen Momenten war es ein Vergnügen, ein Mann zu sein, dachte Henry im Badezimmer. Diese Doris hatte ihre Reize. Maria, das spindeldürre dumme Huhn aus Florida. Xantha, die am stärksten von Drogen abhängig war und den geringsten Anlaß zur Sorge gab, und dann noch Roberta und Paula. Zwei unter zwanzig, und die anderen nur wenig darüber. Einander so ähnlich und doch grundverschieden. Er klopfte sich ein wenig After Shave ins Gesicht. Eigentlich müßte er sich ja eine richtige Lady zulegen, eine, die so toll aussah, daß bei ihrem Anblick den anderen Männern die Augen aus dem Kopf fielen. Aber das war zu gefährlich, damit erregte man

Aufsehen. Nein, dieses Arrangement hatte durchaus was für sich. Entspannt und erfrischt verließ er das Badezimmer. Doris lag noch immer da, fast völlig weggetreten durch das Erlebte und die zur Belohnung verabreichten zwei Pillen, und blickte ihn mit einem Lächeln an, das für seine augenblicklichen Bedürfnisse respektvoll genug war. Sie machte die richtigen Laute zum richtigen Zeitpunkt und tat das, was er gern hatte, ohne daß er sie dazu auffordern mußte. Schließlich konnte er sich seine Drinks auch selbst mixen, und die Stille, die durch Alleinsein entstand, war weitaus erträglicher als das öde Schweigen einer dummen Kuh. Als Beweis seines Wohlwollens beugte er sich über Doris und hielt ihr den Finger an die Lippen, den sie mit abwesendem Blick pflichtschuldig küßte.

»Laß sie schlafen«, wies Henry Billy beim Fortgehen an.

»In Ordnung. Ich habe sowieso noch eine Übergabe abzuwickeln«, erinnerte ihn Billy.

»Ach ja.« Das hatte Tucker im Eifer des Gefechts ganz vergessen. Tucker war auch nur ein Mensch.

»Little Man hatte gestern abend tausend zuwenig dabei. Ich habe es mal durchgehen lassen, war bei ihm ja schließlich das erste Mal. Er sagte, er hätte beim Zählen Mist gebaut, und schlägt vor, daß er zum Ausgleich fünfhundert drauflegt.«

Tucker nickte. Es war wirklich das erste Mal, daß Little Man einen derartigen Fehler machte. Bis jetzt hatte er immer den angemessenen Respekt bewiesen und auf seinem Stück Bürgersteig ein hübsches Geschäft gemacht. »Aber schärf ihm ein, daß mit einem Fehler in unserer Firma die Grenze erreicht ist.«

»Jawohl, Sir.« Billy nickte lebhaft und bewies damit seinerseits den angemessenen Respekt.

»Und paß auf, daß sich die Geschichte nicht rumspricht.«

Das war das echte Problem, oder eigentlich sogar mehrere, dachte Tucker. Die Straßendealer waren Kleinkrämer, raffgierig bis an die Grenze zur Dummheit, unfähig zu verstehen, daß ihnen eine geordnete Abwicklung der Geschäfte ein stabiles Einkommen sicherte und Stabilität im Interesse aller Beteiligten lag. Aber Straßendealer blieben nun mal Straßendealer – das konnte er nicht ändern. Oft genug kamen sie bei einem Raubüberfall oder bei Revierkämpfen ums Leben. Einige waren sogar so dämlich, ihren eigenen Stoff zu konsumieren – Henry achtete peinlich darauf, diesen Typen aus dem Weg zu gehen, im großen und ganzen mit Erfolg. Hin und wieder versuchte einer, die Grenze zu überschreiten, und behauptete, er sei knapp an Bargeld, um ein paar Hunderter herauszuschlagen, wo doch das Straßengeschäft ein Vielfaches davon abwarf. In solchen Fällen gab es nur eine einzige Medizin, und Henry hatte das Gesetz mit so viel Konsequenz und Brutalität angewandt, daß es lange Zeit nicht mehr nötig gewesen war, ein Exempel zu statuieren. Möglicherweise hatte Little Man die Wahrheit gesagt. Angesichts der großen Summe, die er als Strafe entrichten wollte, sah es ganz danach aus; sie war auch ein Hinweis dafür, daß er den regelmäßigen und immer noch anwachsenden Nachschub und die damit verbundenen Gewinne schätzen gelernt hatte. Dennoch würde man ihn in den kommenden Monaten gut im Auge behalten müssen.

Am meisten ärgerte Tucker, daß er sich mit solchen Banalitäten wie dem Abrechnungsfehler von Little Man herumschlagen mußte. Er wußte, er würde da herauswachsen, denn das war der natürliche Übergangsprozeß vom Lokalmatador zum Großverteiler. Er mußte lernen, Aufgaben zu delegieren, und jemandem – wie Billy beispielsweise – eine größere Verantwortung übertragen. Konnte Billy damit umgehen? Eine gute Frage, dachte Henry beim Verlassen des Hauses. Noch immer in Gedanken bei seinem Problem, gab er dem Jungen, der auf sein Auto aufgepaßt hatte, einen Zehner. Bei den Mädchen hatte Billy vorzügliche Arbeit geleistet, denn sie spurten wie eine Eins. Ein kluger, nicht vorbestrafter weißer Junge aus der Kohlenregion von Kentucky. Ehrgeizig und mit Teamgeist. Eigentlich hatte er sich eine Beförderung verdient.

Endlich, dachte Kelly. Nachdem er sich schon eine Stunde lang gefragt hatte, ob der Roadrunner womöglich nie auftauchen würde, fuhr der Wagen Viertel nach zwei endlich vor. Kelly zog sich weiter in den Schatten zurück, ein wenig höher aufgerichtet als zuvor, und wandte den Kopf, um den Mann genauer zu betrachten. Billy und sein Kompagnon lachten laut über einen Witz. Der andere stolperte auf den Stufen, hatte wohl einen Drink zuviel intus. Wichtiger war jedoch, daß bei seinem Fall lauter kleine Rechtecke zu Boden flatterten, die verdammt nach Geldscheinen aussahen.

Zählen sie hier etwa ihr Geld? fragte sich Kelly. *Das ist ja interessant.* Beide Männer bückten sich, um das Geld aufzusammeln, und Billy schlug dem anderen spielerisch auf die Schulter. Er machte eine Bemerkung, die Kelly aus fünfzig Meter Entfernung nicht verstand.

Zu dieser nachtschlafenden Zeit kamen die Busse nur alle fünfundvierzig Minuten vorbei, außerdem führte sie ihre Route durch eine Straße, die mehrere Blocks weiter unten lag. Das Auftauchen der Polizeistreife konnte man in etwa vorhersagen, so wie eben das ganze Viertel recht überschaubar war. Gegen acht versiegte der normale Verkehr, und um halb zehn waren fast alle Anwohner von den Straßen verschwunden. Sie verbarrikadierten sich hinter Türen mit dreifacher Sicherheitsverriegelung, dankten der Vorsehung, daß sie einen weiteren Tag überlebt hatten, und fürchteten die Gefahren des nächsten. Nun blieben die Straßen den illegalen Geschäften überlassen. Diese nahmen ihren Gang bis gegen zwei, das hatte Kelly nun mehrfach festgestellt. Nach sorgfältiger Überlegung kam er zu dem Schluß, daß er alles wußte, worauf es ankam. Jetzt mußte er sich nur noch auf die Zufallselemente einstellen. Die gab es immer; doch der Zufall ließ sich nicht vorhersagen, er konnte sich nur innerlich darauf vorbereiten. Alternative Fluchtwege, unausgesetzte Wachsamkeit und Waffen konnten ihm dabei helfen. Doch vieles hing einfach nur vom Glück ab, und so unangenehm das auch sein mochte, das gehörte nun mal zum normalen Leben – nicht daß irgendwas an seiner Mission normal gewesen wäre –, und Kelly mußte es akzeptieren.

Er stand auf, schleppte sich müde über die Straße und ging mit den gewohnten unsicheren Schritten eines Betrunkenen auf das Sandsteinhaus zu. Die Tür, stellte er fest, war unverschlossen. Die Messingscheibe hinter dem Türknopf hing schief herunter, das sah er mit einem einzigen Blick im Vorübergehen. Dieses Bild setzte sich in seinem Kopf fest, und noch auf dem Rückweg begann er mit der Planung für die kommende Nacht. Wieder hörte er Billys Stimme, sein Lachen – ein seltsamer Klang und ganz bestimmt nicht musikalisch – drang durch das Oberfenster. Eine Stimme, die ihm bereits verhaßt war und für deren Besitzer er etwas ganz Besonderes vorgesehen hatte. Zum erstenmal war er einem der Männer, die Pam ermordet hatten, und womöglich sogar zweien, wirklich nahe. Das hatte jedoch nicht den körperlichen Effekt, den man vielleicht erwartet hätte. Sein Körper entspannte sich. Diesmal würde er es richtig machen.

Wir sehen uns wieder, Jungs, versprach er sich in der Stille der Nacht. Er stand vor seinem nächsten wichtigen Schritt und mußte aufpassen, daß er keinen Fehler beging. Den Blick fest auf den großen und den kleinen Bob knapp dreihundert Meter vor ihm gerichtet, die wegen ihrer Größe und der leeren breiten Bürgersteige deutlich zu erkennen waren, taumelte Kelly weiter voran.

Dies war sein nächster Test – er mußte sich seiner selbst sicher sein. Er wandte sich nach Norden, ohne die Straße zu überqueren, denn wenn er geradewegs auf sie zuging, würde er ihnen auffallen, und sie würden neugierig, wenn nicht sogar mißtrauisch werden. Beim Anpirschen mußte er unsichtbar bleiben. Indem er den Winkel zu seinem Ziel änderte und im Zickzack auf sie zusteuerte, konnten seine gebeugten Umrisse mit den Häuserwänden oder geparkten Autos verschmelzen. Nur ein Kopf, eine kleine dunkle Gestalt, nicht weiter gefährlich. Eine Ecke vor ihnen überquerte er die Straße, nutzte auch diese Gelegenheit, um in alle vier Himmelsrichtungen zu spähen. Mit einer Wendung nach links trat er auf den Bürgersteig. Etwa drei Meter breit, nur unterbrochen von den Marmorstufen an den Hauseingängen, bot er genügend Raum für seine unsicheren, schwankenden Schritte. Kelly blieb stehen und setzte die in der Papiertüte steckende Weinflasche an die Lippen. Es war besser, dachte er, wenn er ihnen noch einen zusätzlichen Beweis für seine Harmlosigkeit lieferte. Er hielt vor einem Gully an, und pinkelte hinein.

»Scheiße!« sagte eine Stimme. Ob es Big oder Little war, kümmerte Kelly nicht. Ihm reichte der Ekel in der Stimme, jener Ton, den ein Mann anschlägt, bevor er sich angewidert von etwas abwendet. Abgesehen davon hatte er sich wirklich erleichtern müssen.

Beide Männer waren größer als er. Big Bob, der Dealer, maß zwei Meter, und Little Bob, sein Leutnant, war sogar noch größer. Dazu war er muskulös, obwohl sich bereits der Ansatz eines Bierbauchs abzeichnete. Diese beiden waren nicht zu unterschätzen, merkte Kelly, während er fieberhaft seine Taktik noch einmal durchspielte. Sollte er weitergehen und sie unbehelligt lassen?

Nein.

Trotzdem ging er zunächst an ihnen vorbei. Little Bob blickte auf die andere Straßenseite; Big Bob lehnte mit dem Rücken gegen eine Hauswand. Kelly zog in Gedanken zwischen den beiden eine Linie und zählte bis drei, bevor er sich langsam, um sie nicht mißtrauisch zu machen, nach links wandte. Gleichzeitig ließ er seine rechte Hand unter die neue alte Buschjacke gleiten. Als sie wieder zum Vorschein kam, legte er die linke darüber und umschloß den Griff der Colt Automatik. Kelly senkte die Augen und suchte den weißen Strich auf der Oberseite des Schalldämpfers. Dann streckte er, ohne die Ellenbogen anzuwinkeln, die Arme nach vorn. Schnell und fließend richtete sich die Mündung der Automatik auf sein erstes Ziel. Das menschliche Auge reagiert auf Bewegung, besonders nachts. Big Bob bemerkte eine Veränderung, witterte, daß etwas im Anzug war, wußte aber nicht, was. Seine auf den Straßen geschärften Sinne zogen die richtigen Schlußfolgerungen, und er schrie auf. Zu spät.

Pistole, dachte er, ließ die Hand zur eigenen Waffe gleiten, anstatt auszuweichen, was seinen Tod vielleicht hinausgezögert hätte.

Kelly zog den Abzug zweimal durch; zuerst, als der Schalldämpfer voll auf das Opfer gerichtet war, und dann, direkt nachdem sein Handgelenk den leichten Rückschlag der .22er aufgefangen hatte. Ohne die Fußstellung zu verändern, wandte er sich mit einer mechanischen Drehung nach rechts, wodurch die Pistole in einer exakten horizontalen Linie auf Little Bob zeigte. Dieser hatte bereits reagiert, nachdem er seinen Boß zu Boden sinken sah, seine Hand lag auf der Waffe an seiner Hüfte. Doch er war nicht schnell genug. Kellys erster Schuß war schlecht, er traf zu tief und richtete nur wenig Schaden an. Doch der zweite schlug in die Stirn ein, wurde von den dickeren Partien der Schädeldecke abgelenkt und raste im Inneren des Schädels umher wie ein Hamster in seinem Käfig. Little Bob fiel aufs Gesicht. Kelly blieb nur so lange dort, bis er wußte, daß beide tot waren. Dann wandte er sich ab und ging weiter.

Sechs, dachte er auf dem Weg zur Ecke. Nach dem plötzlichen Adrenalinstoß beruhigte sich sein Herzschlag wieder. Kelly steckte die Pistole an ihren Platz neben dem Messer. Um zwei Uhr sechsundfünfzig trat er den Rückzug an.

Nicht gerade ein guter Anfang, dachte der Marinesoldat von der Aufklärungstruppe. Der gemietete Bus hatte unterwegs eine Panne gehabt, und die »Abkürzung«, durch die der Fahrer die verlorene Zeit wieder einholen wollte, endete an einem Sperrschild. Erst kurz nach drei traf der Bus im Marinestützpunkt Quantico ein. Ein Jeep führte ihn zu seinem Bestimmungsort. Dort fanden die Marines ein alleinstehendes Kasernengebäude, das bereits zur Hälfte von schnarchenden Männer belegt war. Kurzerhand nahmen sie ihrerseits Pritschen in Beschlag, um wenigstens ein paar Stunden Schlaf zu bekommen. Mochte ihre Mission auch noch so interessant, aufregend und gefährlich sein, zu Anfang mußten sie erst einmal den beim Kommiß üblichen Drill über sich ergehen lassen.

Auch für eine gewisse Virginia Charles nahm der Tag keinen besonders zufriedenstellenden Ausklang. Die Schwesternhelferin im St.-Agnes-Krankenhaus, nur wenige Kilometer von ihrer Wohnung entfernt, mußte Überstunden machen, da ihre Ablösung sich verspätet hatte und sie ihren Teil der Station nicht ohne Aufsicht lassen wollte. Selbst nach acht Jahren Spätschicht in diesem Krankenhaus wußte sie immer noch nicht, daß die Busse kurz nach ihrem normalen Dienstschluß nur noch in größeren Abständen fuhren, und nachdem ihr einer vor der Nase weggefahren war, mußte sie schier eine Ewigkeit auf den nächsten warten. Erst zwei Stunden nach ihrer üblichen Schlafenszeit stieg sie aus und ärgerte sich, daß sie die »Tonight Show« verpaßt hatte, die sie an Werktagen mit fanatischer Regelmäßigkeit verfolgte. Die Vierzigjährige war geschieden von einem Mann, der ihr außer zwei Söhnen – der eine war Soldat, zum Glück in Deutschland und nicht in Vietnam, und der andere noch in der High-School – nur wenig hinterlassen hatte. Trotz ihrer nicht gerade gehobenen Position kam sie mit ihren beiden Söhnen gut über die Runden, obwohl deren Umgang und ihre Zukunftsaussichten ihr wie allen Müttern ständigen Kummer bereiteten.

Als sie müde aus dem Bus stieg, fragte sie sich zum soundsovieltenmal, warum sie sich von den Ersparnissen der letzten Jahre kein Auto gekauft hatte. Doch ein Auto mußte versichert werden, und durch ihren halbwüchsigen Sohn zu Hause würden nicht nur die Benzinrechnungen steigen, sondern auch ihre Sorgen. Vielleicht in ein paar Jahren, wenn der zweite ebenfalls in die Armee eingetreten war, seine einzige Aussicht auf eine Hochschulbildung, die sie ihm zwar wünschte, aber allein nie finanzieren konnte.

Mit wachsamen Blicken eilte sie auf ihre Wohnung zu, obwohl ihre müden Beine steif und verkrampft waren. Wie die Gegend sich verändert hatte! Sie wohnte von Kindheit an in diesem Viertel und erinnerte sich noch gut an die Zeiten, als die Straßen voller Leben und sicher und die Nachbarn freundlich gewesen waren. Damals konnte sie mittwochs, wenn sie einen ihrer seltenen freien Abende hatte, zur nahegelegenen Methodistenkirche gehen, ohne Angst haben zu müssen. Wegen ihrer Arbeit hatte sie den Gottesdienst auch diese Woche wieder verpaßt. Doch sie tröstete sich mit dem Gedanken an die zwei bezahlten Überstunden und hielt sorgfältig nach möglichen Gefahren Ausschau. Nur noch drei Straßenecken weiter, sagte sie sich. Sie schritt rascher aus, rauchte eine Zigarette, um munter zu bleiben, und mahnte sich innerlich zur Ruhe. Im vergangenen Jahr war sie zweimal Straßenräubern in die Hände gefallen, beide Male Drogenabhängigen, die sich so das Geld für ihre wie auch immer gearteten Süchte beschafften. Immerhin hatte sie diese Erfahrungen als praktischen Anschauungsunterricht für ihre Söhne verwenden können. Außerdem hatte sich der finanzielle Verlust in Grenzen gehalten. Virginia Charles trug nie mehr bei sich als ein bißchen Kleingeld für den Bus und ihr Abendessen in der Kantine des Krankenhauses. Zwar schmerzte sie die Verletzung ihrer

Würde, doch viel mehr litt sie unter dem Vergleich zu den besseren Zeiten, als die Gegend größtenteils noch von gesetzestreuen Bürgern bewohnt war. Jetzt nur noch bis zur nächsten Querstraße, sagte sie sich, als sie um die Ecke bog.

»He, Muttchen, haste mal 'nen Dollar für mich?« fragte eine Stimme hinter ihr. Sie hatte den Schatten gesehen, war ihm, ohne den Kopf zu wenden und ohne einen Blick in seine Richtung, ausgewichen und hatte ihn ignoriert in der Hoffnung, daß ihr die gleiche Höflichkeit zuteil werden würde. Doch diese Art von Höflichkeit war selten heutzutage. Mit gesenktem Kopf zwang sie sich zum Weitergehen und hielt sich vor Augen, daß wohl nicht viele Straßenräuber die Gemeinheit besaßen, eine Frau von hinten anzugreifen. Doch die Hand auf ihrer Schulter strafte diese Annahme Lügen.

»Ich will Geld sehen, Alte«, sagte die Stimme, nicht einmal wütend, sondern in einem sachlichen Befehlston, der die neuen Spielregeln auf der Straße kennzeichnete.

»Das bißchen, was ich habe, bringt dich auch nicht weiter, Junge«, sagte Virginia Charles. Sie wand sich aus seinem Griff, so daß sie, ohne sich umzublicken, weitergehen konnte, denn in der Bewegung lag Sicherheit. Da hörte sie ein Klicken.

»Soll ich dich vielleicht abstechen?« fragte die Stimme seelenruhig. Dieser alten Schachtel mußte man anscheinend erst mal zeigen, wo's langging.

Das Geräusch machte ihr Angst. Sie hielt an, flüsterte ein stummes Gebet und öffnete ihre kleine Geldbörse. Dann wandte sie sich langsam um, noch immer eher ärgerlich als ängstlich. Sie hätte schreien können, und noch wenige Jahre zuvor hätte sie damit wohl auch was erreicht. Männer hätten sie gehört und zu ihr herübergeschaut, einige wären vielleicht herbeigelaufen und hätten den Angreifer in die Flucht geschlagen. Jetzt sah sie ihn vor sich, diesen Jungen von siebzehn oder achtzehn. Neben der arroganten Unmenschlichkeit der Macht zeigten seine Augen in den Pupillen eine starre Erweiterung, die typische Folge des Drogenkonsums. Nun gut, dachte sie, dann kaufe ich mich eben frei und gehe dann nach Hause. Sie holte ihre Fünf-Dollar-Note aus der Börse.

»Ganze fünf Dollar?« Der Junge grinste. »Das reicht nicht, Alte. Rück es raus, oder es ist aus mit dir.«

Der Ausdruck in seinen Augen machte ihr angst, jagte ihr eine Gänsehaut über den Rücken. »Mehr habe ich nicht«, beteuerte sie.

»Mehr, oder ich stech dich ab.«

Nur einen halben Block entfernt bog Kelly in die Straße ein, wo sein Auto stand. Gerade war er so weit, daß er aufatmen konnte. Vor der Ecke hatte er nichts gehört, doch nun sah er keine sechs Meter von seinem verrosteten Volkswagen entfernt zwei Personen stehen, und ein kurzes, helles Aufblitzen verriet ihm, daß eine davon ein Messer in der Hand hielt.

Sein erster Gedanke war: *So ein Mist!* Bei seinen Vorbereitungen hatte er sich überlegt, wie er sich bei einem derartigen Vorfall verhalten würde. Er konnte nicht die ganze Welt retten und wollte es auch gar nicht erst versuchen. Einen Straßenraub zu verhindern, machte sich sicher gut im Fernsehen, aber bei ihm ging es um etwas Größeres. Nur hatte er in seine Überlegungen nicht einbezogen, daß sich so etwas in der Nähe seines Autos ereignen könnte.

Er blieb stehen und blickte sich um. Angeregt von dem erneuten Adrenalinausstoß begann sein Hirn, fieberhaft zu arbeiten. Wenn hier ein Verbrechen geschah, würde die Polizei kommen und vielleicht stundenlang dableiben. Und er hatte ein paar hundert Meter entfernt – in Luftlinie vielleicht sogar noch weniger – zwei Leichen zurückgelassen! Das war eine brenzlige Situation, und viel Zeit zum Nachdenken blieb ihm nicht. Der Junge, der ihm den Rücken zudrehte, hielt die Frau am Arm gepackt und bedrohte sie mit einem Messer. Für Kelly wäre es ein Kinderspiel gewesen, ein Ziel auf sechs Meter Entfernung zu treffen, sogar im Dunkeln. Doch nicht mit einer .22er, die womöglich durchschlug und die unschuldige, harmlose Frau dahinter verletzte. Sie trug eine Art Uniform und war vielleicht vierzig, erkannte Kelly, als er sich in Bewegung setzte. Dann veränderte sich die Situation erneut. Der Junge stach mit dem Messer auf sie ein, traf den Oberarm. Das hervorschießende Blut schimmerte rot im Schein der Straßenlaterne.

Virginia Charles rang nach Luft, als er zustieß, und versuchte, sich seinem Griff zu entwinden. Die Fünf-Dollar-Note fiel zu Boden. Der Junge legte ihr die freie Hand um die Kehle, um sie besser festhalten zu können, und sie erkannte in seinem Blick, daß er überlegte, wo er jetzt zustechen sollte. Plötzlich entdeckte sie in etwa fünf Metern Entfernung einen Mann, und in ihrem Schmerz und ihrer Angst rief sie um Hilfe. Sie brachte nur einen verstümmelten Laut zustande, doch er genügte, um den Straßenräuber zu alarmieren. Er merkte, daß sie etwas entdeckt hatte – aber was?

Als der Junge sich umblickte, sah er drei Meter hinter sich einen Penner. Sein eben noch so wachsamer Ausdruck verwandelte sich in ein schmutziges Grinsen.

Scheiße! Das lief gar nicht nach Plan. Mit gesenktem Kopf sah Kelly zu dem Jungen hinüber. Er wußte, daß er die Situation noch nicht unter Kontrolle hatte.

»Na, Alter, du kannst deine Knete gleich dazulegen«, sagte der Junge im Bewußtsein seiner Überlegenheit. Unverzüglich trat er einen Schritt auf den Mann zu, der einfach mehr Geld haben mußte als diese alte Schachtel.

Das hatte Kelly nicht erwartet; es brachte seinen Zeitplan durcheinander. Er griff nach seiner Pistole, doch der Schalldämpfer verfing sich im Gürtel, und der Straßenräuber interpretierte die Bewegung im Näherkommen instinktiv als den bedrohlichen Akt, der sie war. Mit gezücktem Messer trat er einen Schritt vor. Kelly hatte keine Zeit mehr, die Automatik zu ziehen. So hielt er an, wich etwas zurück und richtete sich auf.

Trotz seiner Aggressivität war der Straßenräuber kein guter Kämpfer. Sein erster Vorstoß mit dem Messer war unbeholfen, und er war verblüfft, mit welcher Leichtigkeit der Penner ihn abwehrte. Eine kraftvolle gerade Rechte auf den Solar Plexus ließ ihn nach Luft schnappen, setzte ihn jedoch noch nicht völlig außer Gefecht. Während er sich auf die Füße rappelte, schwang er wütend sein Messer. Kelly griff nach seinem Arm, drehte ihn mit einer Zugbewegung um und stellte sich dann über den Jugendlichen, der schon auf das Pflaster sank. Ein Knacken verriet ihm, daß er dem Jungen die Schulter ausgerenkt hatte. Kelly drehte den Arm weiter nach hinten, um ihn vollends nutzlos zu machen.

»Gehen Sie nach Hause, Madam«, sagte er mit abgewandtem Kopf zu Virginia Charles. Er hoffte, daß sie ihn bisher noch nicht genau gesehen hatte. Eigentlich hatte sie dazu keine Gelegenheit gehabt, sagte sich Kelly, denn er hatte sich blitzschnell bewegt.

Die Schwesternhelferin bückte sich und nahm die Fünf-Dollar-Note vom Bürgersteig auf. Dann ging sie, ohne ein Wort zu sagen, davon. Kelly sah, daß sie mit der rechten Hand die blutende Wunde am linken Oberarm umklammert hielt. Ihre Schritte waren unbeholfen, wahrscheinlich wegen des Schocks. Er war froh, daß sie keine Hilfe brauchte. Mit Sicherheit würde sie jemanden rufen, womöglich einen Krankenwagen. Eigentlich hätte er sich ja um ihre Verletzung kümmern müssen, doch das Risiko, das er dabei einging, wog schwerer als das, was er hätte ausrichten können. Der Möchtegern-Straßenräuber begann zu stöhnen, als der Schmerz von seiner ausgerenkten Schulter den schützenden Nebel seiner Rauschmittel durchdrang. Und dieser Junge hatte Kellys Gesicht mit Sicherheit gesehen, ganz aus der Nähe.

Scheiße, fluchte Kelly in Gedanken. Nun, er hatte eine Frau verletzt und Kelly mit dem Messer angegriffen, also konnte man ihm, wenn man es genau nahm, zwei Mordversuche anlasten. Und sicher war das nicht sein erster Versuch gewesen. Aber heute hatte er das falsche Spiel am falschen Ort gewagt, und derartige Fehler hatten ihren Preis. Kelly nahm das Messer aus seiner reglosen Hand und stach es ihm fest in den Nacken, unterhalb der Schädelbasis. Dort ließ er es stecken. In der nächsten Minute war er mit dem Volkswagen schon einen halben Straßenzug weiter.

Sieben, sagte er sich, als er nach Osten abbog.

Scheiße!

19 / Ausmaß an Gnade

Es wurde fast schon ebenso zur Routine wie der Morgenkaffee und der Kopenhagener auf seinem Schreibtisch, dachte Lieutenant Ryan. Zwei Dealer umgelegt, beide mit zwei Kugeln einer .22er im Kopf, aber diesmal nicht ausgeraubt. Keine Patronenhülsen in der Umgebung, kein Anzeichen für einen Kampf. Einer hatte die Hand am Pistolengriff, die Waffe jedoch nicht mehr aus der Hosentasche ziehen können. Das war unter den Umständen ungewöhnlich. Immerhin hatte er die Gefahr gesehen und darauf reagiert, wenn auch ohne Erfolg. Und dann war die Meldung von ein paar Straßenecken weiter eingetroffen. Douglas und er waren hingefahren und hatten den ersten Tatort den unerfahreneren Beamten überlassen. Der Meldung nach schien der neue Fall interessanter zu sein.

»Oha«, sagte Douglas, der als erster ausstieg. Man sah nicht oft ein Messer, das aus dem Hinterkopf eines Toten ragte wie ein Zaunpfahl. »Die haben ja wirklich nicht zuviel versprochen.«

Der durchschnittliche Mord in diesem Stadtviertel, oder in jedem Viertel, wenn man es genau nahm, war das Ergebnis eines häuslichen Streits. Familienangehörige oder enge Freunde wurden aus den banalsten Anlässen ermordet. Letztes Thanksgiving hatte ein Vater seinen Sohn wegen eines Truthahnschenkels umgebracht. Ryans »Lieblingsfall« war ein Gewaltverbrechen wegen einer Krebspastete – weniger Anlaß zur Belustigung als zur Frage nach der Verhältnismäßigkeit. In all diesen Fällen kam zusätzlich Alkohol ins Spiel sowie ein ödes Leben, wodurch an sich gewöhnliche Auseinandersetzungen zu einer Sache von größter Bedeutung wurden. *Das habe ich nicht gewollt,* lautete der Satz, den er hinterher fast immer zu hören bekam, gefolgt von: *Warum konnte er denn nicht nachgeben?* Diese traurigen Ereignisse wirkten wie ein schleichendes Gift in Ryans Seele. Am schlimmsten war die Gleichförmigkeit dieser Taten. Das Leben von Menschen sollte nicht in der immer gleichen Variation eines einzigen Themas beendet werden. Dafür war es zu kostbar, wie er als junger Fallschirmspringer der 101. Luftlandetruppe in den Hainen der Normandie und den schneebedeckten Wäldern bei Bastogne gelernt hatte. Der durchschnittliche Mörder behauptete hinterher, er hätte es nicht gewollt, und legte oft unverzüglich ein Geständnis ab. Dabei kam meistens soviel Reue über den Tod eines Freundes oder geliebten Menschen zum Ausdruck, wie er oder sie überhaupt aufbringen konnte, und so waren durch das Verbrechen oft zwei Leben zerstört. Diese Taten beruhten auf Leidenschaft und mangelndem Urteilsvermögen, wie überhaupt die meisten Morde. Doch der Fall, mit dem sie es hier zu tun hatten, war anders.

»Was zum Teufel ist mit seinem Arm passiert?« fragte Ryan den Gerichtsmediziner. Der Arm wies nicht nur Einstiche auf, sondern er war so weit herumgedreht, daß Ryan die falsche Seite anstarrte.

»Anscheinend wurde dem Opfer die Schulter ausgerenkt. Völlig zerstört«, bemerkte der Gerichtsmediziner nach kurzer Überlegung. »Der Griff hat am Handgelenk Blutergüsse hinterlassen. Jemand hielt es mit beiden Händen umklammert und hat ihm beinahe den Arm abgebrochen, wie den Ast eines Baumes.«

»Karategriff?« fragte Douglas.

»So was in der Art. Das Opfer war mit Sicherheit nicht mehr handlungsfähig. Die Todesursache sehen Sie ja selbst.«

»Kommen Sie mal her, Lieutenant«, rief ein Streifenpolizist. »Das hier ist Virginia Charles. Sie wohnt nur einen Block entfernt und hat das Verbrechen gemeldet.«

»Wie geht es Ihnen, Mrs. Charles?« erkundigte sich Ryan. Ein Feuerwehrsanitäter prüfte den Verband, den sie sich selbst am Arm angelegt hatte, und ihr Sohn aus einer der oberen Klassen der Dunbar-High-School stand neben ihr und betrachtete ohne große Sympathie das Mordopfer. Innerhalb weniger Minuten verfügte Ryan über beträchtliche Informationen.

»Ein Penner, sagen Sie?«

»Ein Säufer – dort ist die Weinflasche, die er bei sich hatte.« Sie zeigte, wo sie lag. Douglas nahm sie mit äußerster Vorsicht auf.

»Können Sie ihn beschreiben?« fragte Lieutenant Ryan.

Ihr Tag verlief in den gewohnten anstrengenden Bahnen, so daß sie sich auf jedem Marinestützpunkt zwischen Lejeune und Okinawa hätten befinden können. Der Morgengymnastik folgte der Dauerlauf im Gleichschritt, angeführt von einem dienstälteren Unteroffizier, der die Kadenz anstimmte. Es bereitete ihnen Vergnügen, eine Formation von Leutnants aus dem Grundkurs für Offiziersanwärter oder noch schlaffere Ausgaben von Möchtegern-Offizieren zu überholen, die den Sommerkurs in Quantico absolvierten. Insgesamt acht Kilometer, vorbei an dem fünfhundert Meter langen Schießstand und anderen Ausbildungseinrichtungen, die alle nach gefallenen Marinesoldaten benannt waren, in Richtung auf die FBI-Akademie zu und dann fort von der Straße in den Wald zu ihrem Trainingsgelände. Die morgendlichen Übungen erinnerten sie daran, daß sie Marinesoldaten waren, und erst durch die Länge der Laufstrecke wurden sie zu Angehörigen der Aufklärungseinheiten, für die die Fitneß eines Zehnkämpfers die Norm war. Überrascht stellten sie fest, daß sie von einem Offizier im Generalsrang erwartet wurden. Ganz zu schweigen von der Sandkiste und der Schaukel neben ihm.

»Willkommen in Quantico«, begrüßte sie Marty Young, nachdem sie ein wenig Atem geschöpft und das Rührt-euch-Kommando ausgegeben war. Am Rande des Geländes erblickten sie zwei Marineoffiziere in untadeligem, schimmernden Weiß und eine Gruppe Zivilisten, die sie neugierig beobachteten. Nun machte sich in den Augen aller ein fragender Ausdruck breit, und plötzlich hatte ihre Mission eine neue Bedeutung gewonnen.

»Sieht ganz so aus wie auf den Fotos«, stellte Cas mit einem Blick über das Trainingsgelände fest. »Aber was soll dieser Spielplatz-Krempel?«

»Das war meine Idee«, erklärte Greer. »Der Iwan hat schließlich auch Satelliten. Der Plan für die Himmelsbeobachtung hängt in Gebäude A. Wir wissen nicht, wie gut ihre Kameras sind, und deshalb gehe ich davon aus, daß sie es mit unseren aufnehmen können. Du mußt der anderen Seite zeigen, was sie sehen will, oder du machst es ihr leicht, sich eine Erklärung auszudenken. Und an jedem harmlosen Ort gibt es einen Parkplatz.« Der Drill war bereits festgelegt. Jeden Tag würden die Neuankömmlinge die Autos nach einem Zufallsmuster umstellen. Gegen zehn wurden die Schaufensterpuppen aus den Autos geholt und über den Spielplatz verteilt. Zwischen zwei und drei mußten die Schaufensterpuppen und Autos erneut umgruppiert werden. Sie nahmen ganz richtig an, daß die Arbeiten eine ganze Menge Spaß mit sich bringen würden.

»Und wenn alles vorbei ist, wird das dann wirklich ein Spielplatz?« fragte Ritter. Er beantwortete seine Frage gleich selbst. »Warum eigentlich nicht? Prima Arbeit, James.«

»Danke, Bob.«

»Irgendwie wirkt es so kleiner«, zweifelte Admiral Maxwell.

»Die Abmessungen stimmen fast bis auf den Zentimeter genau. Ein bißchen haben wir gemogelt«, erklärte Ritter. »Wir besitzen das

sowjetische Handbuch für den Bau von derartigen Einrichtungen. Ihr General Young hat gute Arbeit geleistet.«
»Die Fenster in Gebäude C haben keine Scheiben«, stellte Casimir fest.
»Sieh dir die Fotos an, Cas«, meinte Greer. »Da drüben herrscht Mangel an Fensterglas. Das Gebäude hat lediglich Fensterläden, und zwar hier und hier. Das Callback –« er wies auf Gebäude C – »ist vergittert. Aber nur mit Holz, damit sie sich später wieder abbauen lassen. Wie die Inneneinrichtung aussieht, können wir nur vermuten. Immerhin gibt es ein paar Leute, die von der anderen Seite entlassen worden sind, und die haben uns Anleitungen gegeben. Es ist also nicht völlig aus der Luft gegriffen.«
Die Marinesoldaten, die sich neugierig umblickten, hatten inzwischen eine Vorstellung, worauf ihre Mission hinauslaufen würde. Einen Großteil des Plans kannten sie bereits, und jetzt überlegten sie, wie sie ihre Erfahrungen mit Kampfeinsätzen auf diesem absurden Spielplatz anwenden sollten, mit all den Schaufensterpuppen, die ihr Training mit blauen Glasaugen beobachten würden. M-79-Granaten, um die Wachtürme in die Luft zu jagen. Phosphorgranaten durch die Barackenfenster. Kampfhubschrauber, die hinterher alles dem Erdboden gleichmachten ... Die »Frauen« und »Kinder« als Zeugen ihrer Proben würden niemandem davon erzählen.
Das Gelände war wegen seiner Ähnlichkeit zu einem anderen Ort ausgewählt worden – das mußte den Marines nicht extra gesagt werden; eine andere Möglichkeit gab es nicht –, und einige richteten ihren Blick auf den Hügel knapp einen Kilometer von der Anlage entfernt. Von dort aus konnte man alles überblicken. Nach einer Begrüßungsrede teilten sich die Männer für das Waffentraining in schon vorher bestimmte Einheiten auf. Anstelle der M16A1-Gewehre hatten sie Car-15, die kürzeren, handlicheren Karabiner, die sie für den Nahkampf vorzogen. Die Grenadiere waren mit M-79-Granatwerfern ausgerüstet, deren Visiere mit radioaktivem, im Dunkeln leuchtendem Tritium bemalt waren. Ihre Patronengurte waren mit Übungsmunition gefüllt, weil das Training an den Waffen unverzüglich beginnen sollte. Damit sie sich an die Gegebenheiten gewöhnen konnten, fingen sie bei Tageslicht an, doch demnächst würden sie nur noch nachts trainieren. Das hatte ihnen der General zwar noch nicht mitgeteilt, aber sie konnten es sich schon denken. Ein derartiger Einsatz fand immer nachts statt. Die Soldaten marschierten zum nächsten Schießstand, um sich mit den Waffen vertraut zu machen. Zu diesem Zweck waren bereits Fensterrahmen

aufgestellt worden, sechs an der Zahl. Die Grenadiere blickten sich an und feuerten ihre erste Salve ab. Zu seiner Schande verfehlte einer das Ziel. Nachdem sich die anderen fünf vergewissert hatten, daß die weiße Rauchwolke ihrer Trainingsmunition hinter den Fensterrahmen aufgetaucht war, fielen sie über ihn her.

»Ist ja gut, ist ja gut. Ich muß erst mal auf Touren kommen«, sagte der Corporal abwehrend. Dann setzte er innerhalb von vierzig Sekunden fünf Schüsse durchs Ziel. Er war heute ein wenig langsam – aber schließlich hatte er in der Nacht auch kaum geschlafen.

»Wie stark muß man sein, um das hinzukriegen?« fragte Ryan.

»Nicht unbedingt ein Schwergewichtler«, bemerkte der Gerichtsmediziner. »Das Messer hat die Spinalnerven genau an der Stelle durchtrennt, wo sie in das verlängerte Rückenmark münden. Der Tod trat auf der Stelle ein.«

»Dabei hatte er den Jungen doch schon verletzt. Ist die Schulter so schwer geschädigt, wie sie aussieht?« fragte Douglas, der zur Seite trat, um einen Fotografen nicht bei seiner Arbeit zu behindern.

»Wahrscheinlich sogar schlimmer. Wir sehen es uns noch genauer an, aber ich vermute, das Gelenk ist völlig zerstört. Eine solche Verletzung kann man nicht mehr heilen, jedenfalls nicht mehr vollständig. Schon bevor er erstochen wurde, hätte er keinen Baseball mehr abschlagen können.«

Weiß, vierzig oder älter, langes schwarzes Haar, gedrungen, schmutzig. Ryan sah in seine Notizen. »Sie können nach Hause gehen, Madam«, hatte er zu Virginia Charles gesagt.

Madam.

»Als sie fortging, war unser Opfer noch am Leben.« Douglas stellte sich neben seinen Lieutenant. »Er muß ihm dann das Messer abgenommen und zugestochen haben. In der letzten Woche haben wir vier perfekt ausgeführte Morde und sechs Opfer gehabt, Em.«

»Und vier unterschiedliche Vorgehensweisen. Zwei waren gefesselt, wurden beraubt und dann hingerichtet. .22er Revolver und kein Anzeichen für einen Kampf. Einer mit einem Schuß in die Innereien, gleichfalls ausgeraubt und ohne eine Chance, sich zu wehren. Letzte Nacht zwei erschossen, womöglich wieder mit einem .22er, aber diesmal weder gefesselt noch ausgeraubt. Sie waren alarmiert, bevor sie von den Kugeln getroffen wurden. Und immer waren es Dealer. Aber dieser Junge ist ein einfacher Straßenräuber. Nicht das gleiche Kaliber, Tom.« Doch der Lieutenant war mittlerweile nachdenklich geworden. »Haben wir ihn schon identifiziert?«

Der Streifenpolizist antwortete. »Ein Junkie. Hat ein hübsches Vorstrafenregister. Sechs Festnahmen wegen Raub. Der Himmel allein weiß, was er sonst noch angestellt hat.«

»Irgendwie paßt das nicht zusammen«, sagte Ryan. »Das paßt ganz und gar nicht. Wenn dieser Kerl tatsächlich so klug ist, warum hat er sich dann gezeigt? Warum hat er die Frau gehen lassen, warum hat er mit ihr gesprochen – warum hat er diesen Jungen hier überhaupt fertiggemacht? Paßt das in irgendein Schema?« Aber es gab kein Schema. Sicher, zweimal waren zwei Drogendealer mit .22ern niedergestreckt worden, doch dieses Kleinkaliber war die gebräuchlichste Waffe auf der Straße. Zwei waren ausgeraubt worden, die anderen jedoch nicht; die anderen zwei waren auch nicht mit der gleichen tödlichen Präzision hingerichtet worden wie die ersten, obwohl auch sie zwei Einschüsse aufwiesen. Der einzelne ausgeraubte Dealer war einem Schuß aus einer Schrotflinte zum Opfer gefallen. »Aber wir haben die Mordwaffe und die Weinflasche, und auf einem oder beiden werden wir wohl Fingerabdrücke finden. Wer dieser Kerl auch gewesen sein mag, besonders vorsichtig hat er sich nicht gerade angestellt.«

»Ein Penner als Kämpfer für Recht und Ordnung, Em?« frotzelte Douglas. »Wer diesen Lumpen umgelegt hat –«

»Ja, ja, ich weiß schon, was du sagen willst.« *Aber wer und was zum Teufel war es dann?*

Dem Himmel sei Dank für die Handschuhe, dachte Kelly, als er die Schrammen auf seiner rechten Hand betrachtete. Er hatte sich von seiner Wut überwältigen lassen, und das war nicht gerade klug gewesen. Während er den Vorfall in Gedanken noch einmal durchspielte, erkannte er, daß er vor einer schwierigen Entscheidung gestanden hatte. Wenn er tatenlos zugesehen hätte, wie die Frau schwer verletzt oder ermordet wurde, wenn er einfach in sein Auto gestiegen und fortgefahren wäre, hätte er sich das nie verzeihen können. Bei dieser Vorstellung entfuhr ihm ein entrüstetes Schnauben. Jetzt *war* er ein Mordverdächtiger. Besser gesagt: Der Mordverdächtige war ein gewisser Mr. Unbekannt. Nach seiner Heimkehr hatte er sich noch mit Perücke und in der kompletten Verkleidung vor den Spiegel gestellt. Der Mann, den die Frau gesehen hatte, war nicht John Kelly, nicht mit diesem vom Bart überschatteten, schmutzverkrusteten Gesicht unter der struppigen Langhaarperücke. Seine vorgebeugte Haltung ließ ihn mehrere Zentimeter kleiner wirken, als er war. Und das Licht der Straßenlampe war auch nicht gerade das beste gewesen. Und ihr war mehr als an allem anderen daran gelegen gewesen, fortzukommen. Trotzdem, er hatte die Weinflasche zurückgelassen. Er wußte noch, wie er sie fallen ließ, um den Angriff mit dem Messer abzuwehren, und dann hatte er in der Hitze des Gefechts vergessen, sie mitzunehmen. *Dummkopf,* hielt Kelly sich vor.

Was konnte die Polizei schon wissen? Die Personenbeschreibung war sicher nicht besonders genau. Er hatte Gummihandschuhe getragen, und obwohl sie ihn nicht gegen die Handverletzung hatten schützen können, waren sie weder gerissen, noch hatte er Blut verloren. Doch vor allem hatte er die Weinflasche nie ohne Handschuhe angefaßt. Das wußte er deshalb so genau, weil er sich schon zu Anfang fest vorgenommen hatte, in dieser Hinsicht kein Risiko einzugehen. Also wußte die Polizei lediglich, daß der Kleingangster von einem Penner umgebracht worden war. Doch davon gab es viele, und er brauchte nur noch eine einzige Nacht. Allerdings mußte er seine Vorgehensweise ändern, und sein Einsatz heute nacht würde gefährlicher sein als zuvor. Aber seine Informationen über Billy waren einfach zu gut, als daß er sie ignorieren konnte, und dieser kleine Schweinehund war womöglich klug genug, um seine eigene Vorgehensweise zu ändern. Und wenn er sich nun ein anderes Haus suchte, um sein Geld zu zählen, oder ein bestimmtes immer nur für ein paar Nächte benutzte? Wenn dem so war, würde jedes Hinauszögern um ein oder zwei Nächte Kellys gesamte Aufklärungsarbeit hinfällig machen. Kelly wäre gezwungen, wieder ganz von vorn anzufangen, mit einer neuen Verkleidung – wenn er überhaupt eine ähnlich wirkungsvolle finden konnte, was nicht sehr wahrscheinlich war. Kelly hielt sich vor Augen, daß er sechs Menschen hatte töten müssen, um so weit zu kommen – der siebte war ein Fehler und durfte nicht mitgezählt werden ... abgesehen von dieser Frau, wer sie auch sein mochte. Er seufzte tief auf. Wenn er zugesehen hätte, wie sie verwundet oder ermordet wurde, hätte er sich dann noch in die Augen sehen können? Er mußte sich einfach sagen, daß er in einer schlimmen Situation immer noch das Bestmögliche getan hatte. Vor Mißgeschicken war man nie gefeit. Sein Risiko war größer geworden, doch seine einzige Sorge betraf das Gelingen seiner Mission und nicht etwa die Gefahr, in der er selber schwebte. Er durfte jetzt nicht mehr länger darüber nachgrübeln. Er hatte schließlich noch andere Verpflichtungen. Kelly nahm den Hörer ab und wählte eine Nummer.

»Greer.«

»Clark«, antwortete Kelly. Das machte wenigstens noch Spaß.
»Sie sind spät dran«, erklärte ihm der Admiral. Ursprünglich hatte Kelly vormittags anrufen sollen, und jetzt verkrampfte sich sein Magen bei der Zurechtweisung. »Ist nicht schlimm, ich bin auch gerade erst zurückgekommen. Wir brauchen Sie demnächst. Es hat angefangen.«

Das geht aber schnell, dachte Kelly. *Verdammt.* »In Ordnung, Sir.«

»Ich hoffe, Sie sind in Form. Dutch meint, Sie trainieren viel«, sagte James Greer, jetzt schon freundlicher.

»Ich glaube, ich brauche mich nicht zu verstecken, Sir.«

»Waren Sie schon mal in Quantico?«

»Nein, Admiral.«

»Kommen Sie mit dem Boot. Es gibt dort einen Anlegesteg, und dort können wir uns dann in Ruhe unterhalten. Sonntag morgen, Punkt zehn. Wir erwarten Sie, Mr. Clark.«

»Aye, aye, Sir.« Kelly hörte, wie der Hörer aufgelegt wurde.

Sonntag morgen. Damit hatte er nicht gerechnet. Es war zu früh, und seine andere Mission wurde dadurch dringender denn je. Seit wann trat die Regierung so schnell in Aktion? Welche Gründe auch dahinterstanden, Kelly paßte es ganz und gar nicht.

»Es gefällt mir nicht, aber so arbeiten wir nun mal«, sagte Grischanow.

»Seid ihr tatsächlich so eng an den Bodenradar gekoppelt?«

»Robin, es gibt sogar Überlegungen, die Raketen durch den Fliegerleitoffizier am Boden abfeuern zu lassen.« Die Mißbilligung in seiner Stimme war unverkennbar.

»Aber dann bist du ja nichts anderes als ein Chauffeur«, entrüstete sich Zacharias. »Ihr müßt euren Piloten trauen.«

Ich sollte diesen Mann wirklich mal einen Vortrag vor dem Generalstab halten lassen, dachte Grischanow mit Abscheu. *Auf mich will ja keiner hören. Vielleicht hörten sie ja auf ihn.* Seine Landsleute hatten großen Respekt für die Pläne und Praktiken der Amerikaner, obwohl sie darauf abzielten, gegen sie zu kämpfen und sie zu schlagen.

»Dafür sind eine ganze Reihe von Faktoren verantwortlich. Du mußt wissen, die neuen Kampfverbände werden an der Grenze nach China stationiert ...«

»Was soll das heißen?«

»Weißt du das gar nicht? Wir waren dieses Jahr schon dreimal mit den Chinesen in Kämpfe verwickelt. Einmal am Amur und zweimal weiter westlich.«

»Ach, erzähl mir nichts!« Für einen Amerikaner war das unvorstellbar. »Ihr seid doch Verbündete.«

Grischanow schnaubte. »Verbündete? Freunde? Nach außen hin, ja; vielleicht sieht es so aus, als wären alle Sozialisten gleich. Aber wir kämpfen gegen die Chinesen seit Hunderten von Jahren, mein Freund. Kennst du nicht die Geschichte? Wir haben Chiang Kai-shek lange Zeit gegen Mao unterstützt – als Ausbilder seiner Soldaten. Mao haßt uns. Dummerweise haben wir ihm Atomreaktoren hingestellt, und jetzt besitzen die Chinesen Atomwaffen. Und wessen Land bedrohen sie wohl damit, deins oder meins? Ihre TU-16-Bomber – ihr nennt sie Badger, nicht wahr? –, reichen die etwa bis nach Amerika?«

Zacharias kannte die Antwort. »Nein, natürlich nicht.«

»Gut, aber Moskau liegt durchaus in ihrer Reichweite, da kannst du Gift drauf nehmen. Sie tragen Atombomben mit einer halben Megatonne, und aus diesem Grund stationieren wir die Regimente mit MiG-25-Bombern entlang der chinesischen Grenze. Auf dieser Achse haben wir keine strategische Tiefe. Ganze Divisionen waren in die Kämpfe mit den gelben Teufeln verwickelt. Letzten Winter konnten wir gerade noch verhindern, daß sie sich eine Insel unter den Nagel reißen, die uns gehört. Sie haben ohne Vorwarnung zugeschlagen und ein Bataillon unserer Grenzwachen getötet und die Gefallenen verstümmelt. Warum haben sie das getan, Robin? Weil sie rote Haare hatten oder wegen ihrer Sommersprossen?« Grischanow stellte diese bittere Frage in Anlehnung an einen zornigen Artikel aus dem *Roten Stern*. In den Augen des Russen entwickelten sich die Dinge wirklich auf eine seltsame Weise. Er sprach zwar die Wahrheit, aber dennoch konnte er Zacharias schwerer von seinen Worten überzeugen als von der ganzen Anzahl kluger Lügen, die er ihm auch hätte auftischen können. »Wir sind keine Verbündeten. Wir haben sogar die Waffenlieferungen per Zug in dieses Land hier eingestellt – die Chinesen klauen die Waffen noch direkt aus den Eisenbahnwaggons!«

»Und verwenden sie dann gegen euch?«

»Gegen wen sonst? Gegen die Inder? Gegen Tibet? Robin, diese Leute sind anders als du und ich. Sie haben ein anderes Weltbild. Sie denken wie die Nazis, gegen die mein Vater gekämpft hat, und halten sich für besser als die übrigen Menschen – wie heißt das noch?«

»Herrenrasse?« schlug der Amerikaner vor.

»Genau, das ist der Begriff. Daran glauben sie. Wir sind in ihren

Augen Tiere, wenn auch nützliche, aber im Grunde verachten sie uns. Sie wollen haben, was uns gehört, wollen unser Öl, unser Holz und unser Land.«

»Wieso hat man mir das nie erklärt?« fragte Zacharias.

»Denk dir nichts«, antwortete der Russe. »Bei euch läuft das doch auch nicht anders. Als Frankreich aus der NATO ausgetreten ist, als die Franzosen euren Leuten gesagt haben, sie sollen ihre Stützpunkte räumen, glaubst du, da hat man uns vorher informiert? Ich war damals beim Stab in Deutschland, und niemand hat sich die Mühe gemacht, mir zu erklären, daß da etwas im Busch ist. Ihr schätzt uns ähnlich ein wie wir euch: Ihr haltet uns für einen Koloß. Doch die Innenpolitik in eurem Land ist mir genauso ein Rätsel wie dir die unsere. Das kann alles äußerst verwirrend sein, aber ich sage dir eins, mein Freund, mein neues MiG-Regiment wird zwischen China und Moskau stationiert sein. Ich bringe dir mal eine Karte mit und zeige dir, wo.«

Zacharias lehnte sich rückwärts gegen die Wand. Als er erneut den Schmerz in seinem Rücken spürte, zuckte er zusammen. Er konnte kaum glauben, was er da hörte.

»Tut es noch weh, Robin?«

»Ja.«

»Hier, mein Freund.« Grischanow reichte ihm die Feldflasche hinüber, und diesmal wurde sie ohne Widerspruch akzeptiert. Er sah zu, wie Zacharias einen langen Zug nahm, bevor er sie ihm zurückgab.

»Und wie gut ist eure neue Maschine wirklich?«

»Die MiG-25? Das ist eine *Rakete*!« erklärte ihm Grischanow begeistert. »Bei Wendemanövern ist sie wahrscheinlich noch schlechter als eure Thud, aber was die Geschwindigkeit im Geradeausflug betrifft, gibt es wohl keinen Bomber, der es mit ihr aufnehmen kann. Vier Bodenraketen, aber keine Kanone. Der Radar ist der stärkste, den ein Bomber je hatte. Man kann ihn nicht stören.«

»Kurzstrecken?« fragte Zacharias.

»Etwa vierzig Kilometer.« Der Russe nickte. »Uns war die Verläßlichkeit wichtiger als die Reichweite. Wir wollten eigentlich beides, aber das ließ sich nicht vereinbaren.«

»Damit hatten wir auch Probleme«, gab Zacharias mit einem Seufzer zu.

»Eigentlich glaube ich nicht, daß es zwischen deinem Land und unserem Krieg gibt. Ehrlich nicht. Wir haben nicht viel, was euch interessieren könnte. Was wir besitzen – Bodenschätze, Platz und

Land –, habt ihr alles selbst. Aber die Chinesen«, sagte er, »die brauchen diese Sachen, und wir haben eine gemeinsame Grenze. Von uns haben sie ausreichend Waffen, die sie eines Tages gegen uns einsetzen können, und sie sind so ungeheuer *viele*. Kleine böse Gnome, wie diese hier, aber eben viel, viel zahlreicher.«

»Was habt ihr also vor?«

Grischanow zuckte die Achseln. »Ich werde mein Regiment kommandieren und mein Vaterland gegen einen möglichen Nuklearangriff Chinas verteidigen. Ich weiß nur noch nicht, wie.«

»Das ist nicht einfach. Wenn man beim Training räumlich nicht eingeschränkt ist, auf Zeit spielen kann und die richtigen Leute als Gegenspieler hat, ist schon viel gewonnen.«

»Wir haben ein paar Bomberpiloten, aber nicht von eurem Kaliber. Selbst wenn von euch kein Widerstand käme, bezweifle ich, ob wir mehr als zwanzig Bomber zu eurem Land hinüberschicken könnten. Die chinesischen Stützpunkte befinden sich alle mehr als zweitausend Kilometer von dem Ort entfernt, wo ich stationiert sein werde. Und weißt du, was das heißt? Wir haben niemanden, gegen den wir üben können.«

»Du meinst, ein Red Team?«

»Wir würden es Blue Team nennen, Robin, das verstehst du doch hoffentlich.« Grischanow lachte leise, wurde dann aber gleich wieder ernst. »Ja, es läuft alles nur in der Theorie ab, oder einige Kampfjäger tun so, als wären sie Bomber. Aber ihre Reichweite ist zu klein für ein anständiges Training.«

»Und das ist tatsächlich wahr?«

»Robin, ich erwarte nicht, daß du mir vertraust. Das wäre zuviel verlangt. Du weißt es, und ich weiß es auch. Aber frag dich doch mal selbst. Glaubst du wirklich, daß dein Land je gegen meins einen Krieg beginnen wird?«

»Wahrscheinlich nicht«, gab Zacharias zu.

»Habe ich dich nach euren Kriegsplänen gefragt? Sicher gibt es bei euch äußerst interessante theoretische Überlegungen, und für mich wären sie wahrscheinlich ein faszinierendes Kriegsspiel, aber habe ich dich danach gefragt?« Er sprach wie ein geduldiger Lehrer.

»Nein, Kolja, es stimmt, das hast du nicht.«

»Robin, ich mache mir keine Sorgen wegen der B-52. Ich fürchte die Chinesen. Das ist der Krieg, auf den mein Land sich vorbereitet.« Grischanow starrte auf den Zementboden und zog an seiner Zigarette. Dann fuhr er in eindringlichem Ton fort. »Als ich elf war, standen die Deutschen hundert Kilometer vor Moskau. Mein Vater ist zu seinem Transportregiment aufgebrochen – es bestand aus Universitätsprofessoren. Die Hälfte kam nie zurück. Meine Mutter hat mit mir die Stadt verlassen, ging in ein kleines Dorf im Osten, dessen Namen ich vergessen habe – es war alles so verwirrend, und in meiner Erinnerung war es immer dunkel. Wir machten uns Sorgen um meinen Vater, einen Professor für Geschichte, der jetzt einen LKW fuhr. Wir haben im Krieg mit den Deutschen zwanzig Millionen Menschen verloren, Robin! Zwanzig Millionen! Es waren auch Leute darunter, die ich kannte. Väter meiner Freunde – der Vater meiner Frau ist im Krieg gefallen. Und auch zwei meiner Onkel. Als ich damals mit meiner Mutter durch den Schnee gestapft bin, habe ich mir geschworen, daß ich mein Vaterland eines Tages ebenfalls verteidigen würde. Deshalb bin ich Abfangjäger-Pilot geworden. Ich dringe nicht in fremde Gebiete ein. Ich greife niemanden an. Ich verteidige nur. Verstehst du, was ich sagen will, Robin? Meine Aufgabe besteht darin, mein Land zu schützen, so daß die Kinder von heute nicht mitten im Winter aus ihren Wohnungen flüchten müssen. Ein paar meiner Klassenkameraden sind damals erfroren. Deshalb will ich mein Land verteidigen. Damals wollten sich die Deutschen holen, was wir haben, und heute sind es die Chinesen.« Er wies auf die Zellentür. »Leute . . . Leute wie die hier.«

Noch bevor Zacharias antwortete, wußte Kolja, daß er ihn hatte. Monate harter Arbeit für diesen einen Moment. Wie die Verführung einer Jungfrau, dachte Grischanow, nur viel trauriger. Dieser Mann würde seine Heimat nie wiedersehen. Die Vietnamesen waren fest entschlossen, diese Männer umzubringen, sobald sie nicht mehr von Nutzen waren. Welch eine ungeheure Verschwendung von Talenten. Seine Antipathie gegen seine vermeintlichen Verbündeten war nicht länger vorgespielt, sondern mittlerweile so real geworden, wie er es immer befürchtet hatte – seit jenem Tag, als er in Hanoi eingetroffen war und mit eigenen Augen ihre arrogante Überheblichkeit, ihre unvorstellbare Grausamkeit und ihre Dummheit gesehen hatte. Mit freundlichen Worten und nicht mal einem Liter Wodka hatte er mehr erreicht als sie mit ihren Folterungen und geistlosen Haßgefühlen. Er hatte seinem Gefangenen keine Schmerzen zugefügt, sondern sie mit ihm geteilt. Anstatt ihn zu demütigen, war er ihm freundlich gegenübergetreten, hatte ihn respektiert, nach besten Kräften seine Schmerzen gelindert, ihn vor weiteren bewahrt. Und jetzt bedauerte er bitterlich, daß er gezwungenermaßen Ursache der meisten Schmerzen gewesen war.

Allerdings hatte dieses Vorgehen auch seine Schattenseite. Um diesen Durchbruch zu erreichen, hatte er sein Innerstes geöffnet, wahre Erlebnisse erzählt, die Alpträume seiner Kindheit wieder heraufbeschworen und noch einmal die alte Frage gestellt, was ihn denn unwirklich zur Wahl seines geliebten Berufes bewogen hatte. Das war nur denkbar, ja, möglich gewesen, weil er gewußt hatte, daß der Mann an seiner Seite – von seiner Familie und seinem Land ohnehin schon totgeglaubt – zu einem einsamen, unregistrierten Tod und einem anonymen Grab verurteilt war. Dieser Mann war keiner von Hitlers Nazis. Zwar war er ein Feind, aber einer von der ehrlichen Sorte, der sich wahrscheinlich so weit wie möglich bemüht hatte, die Zivilbevölkerung vor Schaden zu bewahren, weil er schließlich selber auch eine Familie hatte. Er zeigte keinerlei Anzeichen von Rassendünkel – nicht einmal Haß auf die Nordvietnamesen. Für Grischanow war dies das Bemerkenswerteste an der Sache, denn er selbst hatte sie immer mehr hassen gelernt. Zacharias hatte den Tod nicht verdient, sagte sich Grischanow und war sich gleichzeitig bewußt, daß dies die größte Ironie überhaupt war.

Kolja Grischanow und Robin Zacharias waren Freunde geworden.

»Wie findest du denn das?« fragte Douglas, während er die Flasche auf Ryans Schreibtisch stellte. Sie steckte in einem durchsichtigen Plastikbeutel, und ihr glattes, schimmerndes Glas war gleichmäßig mit einem feinen gelben Pulver eingestäubt.

»Keine Fingerabdrücke?« Emmet blickte überrascht auf.

»Nicht mal ein verschmierter, Em. Null.« Als nächstes legte er das Messer hin. Es war ein einfaches Klappmesser, ebenfalls eingestäubt und in einer Tüte.

»Aber dort sind Spuren.«

»Ein unvollständiger Daumenabdruck, gehört dem Opfer. Nichts, was uns weiterhelfen würde, bloß Schlieren, strukturlose Schlieren, wie die von der Spurensicherung sagen. Entweder hat er sich das Messer selbst in den Nacken gerammt, oder der Verdächtige trug Handschuhe.«

Ganz schön heiße Jahreszeit für Handschuhe. Emmet Ryan lehnte sich zurück, starrte die Beweisstücke auf seinem Schreibtisch an und sah dann Tom Ryan an, der neben ihm stand. »Gut, Tom, mach weiter.«

»Wir haben vier Tatorte mit insgesamt sechs Opfern. Kein einziges Indiz. Fünf der Opfer – an drei Schauplätzen – waren Dealer. Zwei unterschiedliche Tathergänge. In keinem dieser Fälle Zeugen, in etwa die gleiche Tatzeit und alle innerhalb eines Gebiets von fünf Blocks.«

»Solide Arbeit.« Lieutenant Ryan nickte. Vor geschlossenen Augen ließ er die einzelnen Tatorte an sich vorüberziehen, dann verglich er die Fakten. Mal Raub, mal kein Raub, unterschiedliche Vorgehensweise. Doch im letzten Fall gab es eine Zeugin. *Gehen Sie nach Hause, Madam.* Warum war er so höflich? Ryan schüttelte den Kopf. »Im wahren Leben geht es nicht zu wie bei Agatha Christie, Tom.«

»Dieser Knabe von heute nacht, Em. Erklär mir die Methode, mit der unser Freund ihn umgelegt hat.«

»Er hat das Messer dort angesetzt ... etwas in der Art habe ich schon seit langem nicht mehr gesehen. Starker Kerl. Einmal hatte ich einen Fall ... das war so 58, 59.« Ryan hielt inne, um seine Gedanken zu ordnen. »Ein Klempner, glaube ich, so ein richtig vierschrötiger Typ, fand seine Frau im Bett mit einem anderen. Er ließ den Mann abziehen, dann nahm er ein Stemmeisen, hob ihren Kopf an –«

»Da muß einer aber schon ganz schön ausgerastet sein, um so eine harte Tour durchzuziehen. Also Wut, ja? Warum gerade diese Methode?« fragte Douglas. »Eine Kehle läßt sich viel einfacher durchschneiden, und das Opfer ist genauso tot.«

»Aber mit viel mehr Schweinerei. Und Lärm ...« Ryan setzte den Satz nicht fort, er dachte die Sache durch. Die meisten Menschen wußten nicht, daß ein Opfer, dem die Kehle durchgeschnitten wurde, viel Lärm machte. Beim Durchtrennen der Luftröhre gab es ein entsetzliches gurgelndes Geräusch, und wenn nicht, schrien die Leute bis zu dem Zeitpunkt ihres Todes. Und dann war da noch das Blut, das wie Wasser aus einem aufgeschnittenen Schlauch sprudelte und sich über Hände und Kleider des Mörders ergoß.

Wenn man aber jemanden auf die Schnelle töten wollte, stark genug war und den anderen sowieso schon halb außer Gefecht gesetzt hatte, dann war die Schädelbasis an der Stelle, wo Rückenmark und Gehirn zusammentreffen, geradezu ideal: Die Sache war schnell vorbei und noch dazu geräuschlos und relativ sauber.

»Die zwei Dealer lagen nur wenige Blocks entfernt, und die Todeszeit ist fast identisch. Unser Freund erledigt sie, marschiert davon, biegt um die Ecke, und sieht, wie Mrs. Charles überfallen wird.«

Lieutenant Ryan schüttelte den Kopf. »Aber warum geht er nicht weiter, rüber auf die andere Straßenseite? Das wäre doch das Nächstliegende gewesen. Warum mischt er sich ein? Ein Killer mit moralischen Grundsätzen, was?« fragte Ryan. Dies war der Punkt, an dem ihre Theorie in sich zusammenstürzte. »Und wenn es derselbe ist, der die Dealer umnietet, was ist dann sein Motiv? Außer bei den beiden in der letzten Nacht sieht es nach Raub aus. Vielleicht hat ihn gestern irgendwas in die Flucht getrieben, bevor er Geld und Drogen einsakken konnte. Ein Auto auf der Straße oder irgendein Geräusch. Aber wenn wir es als Raub betrachten, paßt das nicht zu Mrs. Charles und ihrem Freund. Tja, Tom, alles nur Spekulation.«

»Vier einzelne Fälle, keine greifbaren Beweise und ein Täter, der Handschuhe trägt. Ein Penner mit Handschuhen!«

»Das reicht nicht, Tom.«

»Trotzdem habe ich die vom Western District angewiesen, die Penner mal ordentlich durchzusieben.«

Ryan nickte. Das war nur recht und billig.

Gegen Mitternacht verließ Kelly die Wohnung. Unter der Woche war seine Umgebung angenehm ruhig in der Nacht. In der alten Apartmentsiedlung wohnten nur Leute, die sich um ihre eigenen Angelegenheiten kümmerten. Nach seinem Abschied vom Verwalter hatte er keine Hand mehr geschüttelt. Ein paar Leute hatten ihm freundlich zugenickt, das war alles. Kinder gab es in diesem Komplex fast keine; die meisten Anwohner waren Ehepaare im mittleren Alter, abgesehen von einigen wenigen verwitweten Alleinstehenden. Zumeist Büroangestellte, von denen erstaunlich viele mit dem Bus zur Arbeit in die Stadt fuhren, abends das Fernsehgerät einschalteten und zwischen zehn und elf ins Bett gingen. Kelly schlich sich lautlos nach draußen und fuhr mit dem VW den Loch Raven Boulevard entlang, vorbei an Kirchen, weiteren Apartmentanlagen und dem städtischen Sportstadion. Schrittweise wandelten sich die Viertel von einer kleinbürgerlichen zur Arbeitergegend und von Arbeitergegend zum Wohngebiet der Sozialhilfeempfänger. Wie immer fuhr er weiter auf seinem Weg an den dunklen Bürogebäuden in der Innenstadt vorbei. Trotzdem war in dieser Nacht alles anders.

Heute würde er seinen ersten großen Schlag führen. Damit war zwar ein Risiko verbunden, aber das gehörte nun mal zur Natur der Sache, dachte Kelly, während sich seine Finger um das Plastik-Lenkrad klammerten. Er mochte die Gummihandschuhe nicht. Im Inneren staute sich die Hitze, und obwohl der Schweiß seinen Griff nicht unsicher machte, war ihm das Gefühl höchst unangenehm. Doch es gab keine Alternative, und er erinnerte sich noch gut, wie ihm in Vietnam auch vieles nicht gefallen hatte. Zum Beispiel die Blutegel, und allein schon bei dem Gedanken an diese Tiere stellten

sich ihm die Haare auf. Sie waren sogar noch schlimmer als Ratten, denn die saugten einem wenigstens nicht das Blut aus.
　Kelly ließ sich Zeit. Scheinbar zufällig fuhr er an seinem Zielort vorbei und peilte vorsichtig die Lage. Das machte sich bezahlt. Er sah zwei Polizeibeamte, die mit einem Penner sprachen. Einer stand dicht vor ihm, der andere zwei Schritte zurück. Was wie Zufall aussah, verriet Kelly, was er wissen wollte. Der eine deckte den anderen. Sie hielten den Penner für eine potentielle Gefahr.
　Die suchen nach dir Johnnyboy, sagte er sich, während er das Auto wendete und in eine andere Straße einbog.
　Aber die Polizisten würden doch nicht ihre gesamte Einsatzroutine ändern – oder etwa doch? Sich die Penner genauer anzusehen und ein paar Worte mit ihnen zu wechseln würde in den kommenden Nächten eine Zusatzaufgabe darstellen. Deshalb gab es aber immer noch andere Dinge, die Vorrang hatten, wie beispielsweise der Einsatz bei einem Überfall im Schnapsladen, das Eingreifen bei Familienstreitigkeiten, ja sogar Verletzungen der Verkehrsregeln. Nein, stänkernde Betrunkene wären nur eine zusätzliche Belastung für diese ohnehin schon überarbeiteten Männer. Es würde ihnen auf ihren routinemäßigen Streifenfahrten Abwechslung bringen, und Kelly hatte sich schließlich die Mühe gemacht, ihre Routen genauestens zu studieren. Von daher war die zusätzliche Bedrohung in etwa abzuschätzen, und Kelly war der Meinung, daß er seinen Anteil an Pech bei dieser Mission schon abbekommen hatte. Nur einmal noch, und dann würde er seine Vorgehensweise ändern. Wie er dann agieren wollte, wußte er noch nicht, aber wenn alles gut verlief – wie er hoffte –, würde er die nötigen Informationen erhalten.
　Er bedankte sich beim Schicksal, als er nur noch eine Straßenecke vom Sandsteinhaus entfernt war. Der Roadrunner parkte vor der Tür, also eine Nacht, in der die Gelder kassiert wurden; das Mädchen würde nicht da sein. Er fuhr am Haus vorbei bis zur übernächsten Straßenecke, bevor er nach rechts abbog. Dann einen weiteren Block und noch einmal nach rechts. Beim Anblick eines Streifenwagens sah Kelly auf die Uhr. Das Polizeiauto war nur fünf Minuten von seiner üblichen Zeit abgewichen, und es saß nur ein Beamter drin. Innerhalb der nächsten zwei Stunden würde kein weiteres mehr vorbeikommen, sagte sich Kelly und bog zum letztenmal um eine Ecke, auf das Sandsteinhaus zu. Er parkte so nahe am Gebäude, wie es ihm gerade noch ratsam erschien. Dann entfernte er sich gut einen Block von seinem Zielort, bevor er in seine Tarnhaltung verfiel.

In diesem Block hatten zwei Dealer ihr Revier, beides Einzelgänger. Sie wirkten ein wenig angespannt. Vielleicht hatte es sich bereits herumgesprochen, dachte Kelly mit einem unterdrückten Grinsen. Ein paar ihrer Brüder waren ausradiert worden, und das bot ja wohl Grund genug zur Sorge. Er behielt die beiden im Auge, während er die Straße entlangschlurfte, und amüsierte sich innerlich bei der Vorstellung, daß sie nicht wußten, wie nahe der Tod an ihnen vorüberging. Daß ihr Leben an einem seidenen Faden hing und sie keine Ahnung davon hatten. Aber laß dich nicht ablenken, hielt Kelly sich vor. Erneut bog er um eine Ecke und ging jetzt auf sein Ziel zu. An der Ecke blieb er kurz stehen und blickte sich um. Es war mittlerweile ein Uhr nachts. Allmählich setzte die übliche Erschöpfung ein, die zum Ende eines Arbeitstages gehörte, selbst unter Kriminellen. Die Straßen wurden zunehmend leerer, genau wie es nach all seiner Aufklärungsarbeit zu vermuten war. Nichts in dieser Straße deutete auf etwas Unvorhersehbares hin, und Kelly wandte sich zwischen den Sandsteinhäusern auf der einen Seite und den Reihenhäusern aus Ziegelsteinen auf der anderen Richtung Süden. Es kostete ihn seine gesamte Konzentrationsfähigkeit, seine unregelmäßige, harmlos wirkende Gangart beizubehalten. Einer der Männer, der Pam gequält hatte, war nun nur noch hundert Meter von ihm entfernt. Vielleicht sogar zwei von ihnen. Kelly gab sich noch einmal der Erinnerung hin. Er sah ihr Gesicht, hörte ihre Stimme und fühlte die Weichheit ihres Körpers. Sein Gesicht erstarrte zu einer Maske aus Stein, und seine Hände ballten sich zu Fäusten, während er über den breiten Bürgersteig schwankte. Aber es währte nur einen kurzen Augenblick. Dann wischte er diese Gedanken beiseite und atmete fünfmal langsam und tief durch.

»Taktik«, murmelte er, während er sein Tempo verlangsamte und das nun nur dreißig Meter entfernte Eckhaus beobachtete. Kelly nahm einen Schluck Wein und ließ die Flüssigkeit wieder auf sein Hemd tropfen. *Schlange an Chicago, Objekt in Sicht. Gehe jetzt rein.*

Der Wachposten, wenn es einer war, verriet sich selbst. Die im Licht der Straßenlaterne aufschimmernden Rauchwölkchen zeigten Kelly deutlich, wo sich sein erstes Angriffsziel befand. Kelly ließ die Weinflasche in die linke Hand gleiten und winkelte den rechten Arm an, wobei er durch mehrmaliges Drehen des Handgelenks sicherstellte, daß die Muskeln entspannt und einsatzbereit waren. Stolpernd und hustend näherte er sich dem breiten Treppenaufgang. Dann trat er auf die Tür zu, von der er wußte, daß sie unverschlossen war, und ließ sich, noch immer hustend, gegen sie fallen. Er taumelte auf den Boden und fand sich zu Füßen des Mannes, den er in Begleitung von Billy gesehen hatte. Bei seinem Fall zerbrach die Weinflasche. Ohne den Mann zu beachten, setzte sich Kelly jammernd vor die Glasscherben und die sich ausbreitende Lache billigen kalifornischen Rotweins.

»Pech gehabt, Alter«, sagte eine Stimme. Sie war erstaunlich freundlich. »Aber nun sieh zu, daß du weiterkommst.«

Doch Kelly setzte, immer auf allen vieren und schwankend, sein Jammern fort. Während er weiterhustete, drehte er den Kopf zur Seite und betrachtete Beine und Schuhe des Wachmanns, um sicherzugehen, wen er vor sich hatte.

»Komm hoch, Väterchen.« Er wurde von starken Händen ergriffen und in die Höhe gezogen. Kelly ließ die Arme baumeln. Unmerklich glitt eine Hand hinter seinen Körper, während ihn der Mann zur Tür schob. Kelly stolperte, taumelte, und der Wachmann stützte ihn jetzt mit seinem ganzen Körper. Wochen des Trainings, der Vorbereitung und der sorgfältigen Aufklärungsarbeit flossen in diesem Moment zusammen.

Mit der linken Hand schlug Kelly ihm ins Gesicht. Mit der rechten stieß er ihm das Ka-Bar zwischen die Rippen. Kellys Sinne waren so hellwach, daß er mit den Fingerspitzen das Herz spürte, wie es zu schlagen versuchte, sich dabei jedoch an der rasierklingenscharfen Schneide des Kampfmessers selbst zerstörte. Kelly drehte die Klinge um und ließ sie in dem zuckenden Körper stecken. Die dunklen Augen waren vor Entsetzen geweitet, und die Knie gaben bereits nach. Kelly ließ ihn langsam und leise zu Boden sinken, die Hand noch immer um den Griff des Messers geklammert, aber auf eine Genugtuung wollte er diesmal nicht verzichten. Er hatte zu lange auf diesen Augenblick hingearbeitet, um seine Gefühle völlig ausschalten zu können.

»Erinnerst du dich an Pam?« flüsterte er dem Sterbenden zu, dessen Reaktion ihn von Grund auf zufriedenstellte. Unter seinem Schmerz blitzte Erkenntnis durch, bevor seine Augen brachen.

Schlange.

Kelly zählte bis sechzig. Erst dann zog er das Messer heraus. Die Klinge wischte er am Hemd des Opfers ab. Es war ein gutes Messer und sollte nicht mit dem Blut eines solchen Mannes befleckt bleiben.

Einen kurzen Augenblick ruhte Kelly sich schweratmend aus. Er hatte den richtigen erwischt, den Untergebenen. Sein wichtigstes Ziel befand sich im ersten Stock. Alles lief genau nach Plan. Er nahm sich exakt eine Minute Zeit, um sich zu erholen und wieder zu konzentrieren.

Die Treppenstufen knarrten. Aus diesem Grunde hielt Kelly sich dicht an der Wand und bewegte sich äußerst langsam, so daß die hölzerne Trittfläche so wenig wie möglich unter seinem Gewicht nachgeben konnte. Unbeirrt blickte er nach oben, weil es unten nichts mehr gab, was ihm Sorge bereiten konnte. Das Messer hatte er bereits in die Scheide zurückgesteckt. Statt dessen hielt er den .45er mit dem auf den .22er-Wechsellauf aufgeschraubten Schalldämpfer in der rechten Hand, während er sich mit der linken an der rissigen Mörtelwand abstützte.

Etwa auf der Hälfte der Treppe hörte er von oben Laute, die das Pochen des Bluts in seinen Adern übertönten. Ein Schlag, ein Wimmern und dann Winseln. Gedämpfte, unmenschliche Laute, gefolgt von einem brutalen Lachen, kaum hörbar, selbst als er schon den Treppenabsatz erreicht hatte und sich nach links ihrem Ursprungsort zuwandte. Dann kam Atmen, schwer und schnell und tief.

Oh ... Scheiße! Doch er konnte jetzt nicht mehr zurück.

»Bitte ...« Bei dem verzweifelten Flehen klammerte sich Kellys Hand so fest um den Pistolengriff, daß seine Knöchel weiß hervortraten. Immer noch an die Wand gepreßt, schlich er vorsichtig über den Flur im Obergeschoß. Aus dem Schlafzimmer drang schwach der Widerschein der Straßenlaternen durch das verschmutzte Fensterglas, doch Kellys Augen hatten sich inzwischen an die Dunkelheit gewöhnt, und so konnte er die Schatten an der Wand gut erkennen.

»Was ist los mit dir, Doris?« fragte eine Männerstimme, als Kelly am Türrahmen angelangt war. So vorsichtig wie möglich spähte er um den lackierten Türpfosten herum.

In dem Zimmer lag eine Matratze, und auf der Matratze kniete mit gesenktem Kopf eine Frau. Eine Männerhand knetete grob an ihren Brüsten und schüttelte sie dann. Als Kelly sah, wie sie in stummem Schmerz den Mund aufriß, trat ihm unversehens das Foto vor Augen, das der Detective ihm gezeigt hatte. *Das hast du auch mit Pam getan, nicht wahr ... du Mistkerl!* Flüssigkeit tropfte vom Gesicht des Mädchens, und der Mann sah grinsend auf sie herunter, als Kelly mit einem großen Schritt ins Zimmer trat.

Er sprach leichthin, locker und beinahe schon amüsiert. »Sieht aus, als ob es Spaß macht. Darf ich mitspielen?«

Billy wandte sich um zu dem Schatten, der gerade gesprochen hatte, und sah die Automatik in seiner ausgestreckten Hand. Dann

blickte er zu dem Häufchen Kleider und der Tragetasche. Nackt, wie er war, hielt er dennoch einen Gegenstand in der linken Hand, der aber weder Messer noch Pistole zu sein schien. Diese Hilfsmittelchen lagen etwa drei Meter von ihm entfernt und reagierten nicht auf Psychokinese.
»Vergiß es, Billy«, sagte Kelly freundlich.
»Scheiße, wer sind –«
»Aufs Gesicht und die Beine auseinander, oder ich schieße dir auf der Stelle deinen kleinen Schrumpelschwanz ab.« Kelly senkte den Pistolenlauf. Es erstaunte ihn immer wieder, welche Bedeutung Männer diesem Organ beimaßen, so daß jede Drohung in diese Richtung sie sofort einschüchterte. Nicht einmal eine besonders ernste Drohung, wenn man den Umfang des genannten Zieles bedachte. Das Gehirn war viel größer und viel leichter zu treffen.
»Runter! Auf der Stelle!«
Billy tat wie geheißen. Kelly stieß das Mädchen zurück auf die Matratze und nahm das Elektrokabel vom Gürtel. Innerhalb weniger Sekunden hatte er dem Mann die Hände gefesselt und die Knoten gesichert. Dieser hielt in der linken noch immer eine Drahtzange, die Kelly ihm jetzt abnahm und benutzte, um das Kabel fester anzuziehen. Billy zog scharf die Luft ein.
Drahtzangen?
Herr im Himmel!
Das Mädchen starrte Kelly schweratmend und mit aufgerissenen Augen an. Ihre Bewegungen waren träge, und ihr Kopf hing schlaff nach unten. Sie war ziemlich gründlich von Drogen benebelt. Dennoch hatte sie sein Gesicht gesehen, sie sah es immer noch an und prägte es sich ein.
Warum mußt du hier sein? Das war nicht eingeplant. Du machst alles noch komplizierter, und eigentlich müßte ich ... müßte ich ...
Wenn du das tust, Johnny, was bist du dann für ein Mensch?
O Scheiße!
In diesem Moment begannen Kellys Hände zu zittern. Das hier war eine echte Gefahr. Wenn er sie am Leben ließ, gab es jemanden, der wußte, wer er war – eine Beschreibung, die ausreichte, um eine ordentliche Fahndung in Gang zu setzen. Das wiederum würde – könnte – ihn daran hindern, sein Ziel zu erreichen. Doch noch größer war die Gefahr für seinen Seelenfrieden. Wenn er das Mädchen tötete, hätte er seine Seele für immer verloren. Dessen war er sich sicher. Kelly schloß die Augen und schüttelte den Kopf. Es hätte alles so einfach sein können.

Aber so was passiert eben, Johnnyboy.
»Zieh dich an«, befahl Kelly und schob ihr die Kleider zu. »Jetzt mach schon. Aber verhalte dich ruhig und bleib, wo du bist.«
»Wer sind Sie?« fragte Billy. Damit verschaffte er Kelly ein Ventil für seine Wut. Der Drogenhändler fühlte etwas Kaltes, Rundes an seinem Hinterkopf.
»Noch ein Mucks, und dein Hirn klebt auf dem Fußboden. Hast du verstanden?« Anstelle einer Antwort nickte der Angesprochene.
Was zum Teufel soll ich tun? fragte sich Kelly. Er blickte auf die junge Frau, die mit ihren Hosen kämpfte. Ein Lichtschimmer fiel auf ihre Brüste, und als Kelly die Male dort sah, krampfte sich sein Magen zusammen. »Beeil dich«, rief er ihr zu.
Verdammt, verdammt, verdammt! Kelly prüfte den Draht an Billys Handgelenken und entschloß sich, ihn auch an den Ellenbogen zu fesseln. Zum einen würde es weh tun, weil dadurch die Schultern belastet wurden, und zum anderen sicherstellen, daß er keinerlei Widerstand mehr leistete. Um seine Schmerzen zu verstärken, zog er Billy in stehende Position hoch. Dies wurde mit einem Schrei quittiert.
»Tja, das tut weh, nicht wahr?« fragte Kelly. Dann knebelte er den Mann und schob ihn zur Tür. »Los!« Und zu dem Mädchen: »Du auch!«
Kelly ließ die beiden vor sich die Treppe hinuntergehen. Billy mit seinen bloßen Füßen wich tänzelnd den Glasscherben aus. Das Mädchen hingegen überraschte Kelly mit seiner Reaktion auf den Toten, der im Erdgeschoß lag.
»Rick!« Sie schnappte nach Luft. Dann beugte sie sich hinunter und strich über seinen Körper.
Der hat ja einen Namen, dachte Kelly, während er das Mädchen hochzog. »Hinten raus.«
In der Küche machte er halt und ließ die beiden für einen Moment allein, um aus der Hintertür zu spähen. Dort hinten stand sein Auto, und soweit er feststellen konnte, gab es nichts, was sich in seinem Blickfeld regte. Das, was als nächstes kam, war gefährlich, doch das war nicht neu – die Gefahr war wieder zu seinem ständigen Begleiter geworden. Also führte Kelly die beiden nach draußen. Das Mädchen blickte auf Billy, und der gab ihr Zeichen mit den Augen. Zu seinem Ärger reagierte sie auf das stumme Flehen des Mannes. Barsch nahm er ihren Arm und zog sie zur Seite.
»Machen Sie sich um den keine Sorgen, Miss.« Kelly wies auf das Auto. Billy schob er, am Oberarm gepackt, vor sich her.

Eine ferne Stimme sagte ihm, wenn sie Billy helfen würde, hätte er eine Ausrede, um sie –
Nein, verdammt noch mal!
Nachdem Kelly das Auto aufgeschlossen hatte, zwang er erst Billy nach hinten und dann das Mädchen auf den Vordersitz. Dann beugte er sich nach unten und löste die Fesseln an Billys Knien und Fußgelenken, bevor er den Motor anließ.
»Wer sind Sie?« fragte das Mädchen, als sich das Auto in Bewegung setzte.
»Ein Freund«, sagte Kelly ungerührt. »Ich werde Ihnen nichts tun. Wenn ich das gewollt hätte, würden Sie jetzt neben Rick liegen.«
Ihre Antwort kam langsam und ungleichmäßig; trotzdem erstaunte sie Kelly. »Warum haben Sie ihn umgebracht? Er war nett zu mir.«
Was soll das heißen? Kelly warf ihr einen Blick zu. Ihr Gesicht war zerkratzt, das Haar zerzaust. Er wandte seine Aufmerksamkeit wieder der Straße zu. Ein Streifenwagen kam ihnen entgegen. Einen kurzen Moment lang wurde Kelly von Panik ergriffen, doch der Wagen fuhr weiter und verschwand aus Kellys Blickfeld, als er nach Norden abbog.
Jetzt komm mal zu einem Ergebnis, Junge.
Kelly hatte verschiedene Möglichkeiten, doch nur eine davon erschien ihm realistisch. *Realistisch?* fragte er sich. *Ja, natürlich.*

Normalerweise erwartet man nicht, daß es um Viertel vor drei in der Nacht an der Haustür klingelt. Sandy glaubte zunächst, sie hätte es geträumt, doch dann öffnete sie die Augen, und wie der Verstand so spielt, hallte das Echo des Klangs in ihren Ohren, als sei sie bereits eine Sekunde früher erwacht. Trotzdem mußte sie es geträumt haben, sagte sich die Schwester, während sie den Kopf schüttelte. Sie schloß gerade wieder die Augen, als es erneut klingelte. Sandy stand auf, schlüpfte in ihren Morgenmantel und ging nach unten, noch zu benommen, um Angst zu empfinden. Auf der Veranda sah sie einen Schatten. Bevor sie die Tür öffnete, schaltete sie das Licht ein.
»Machen Sie das verdammte Licht aus!« So rauh die Stimme klang, war sie ihr doch vertraut, und der Befehl veranlaßte sie, ohne weiteres Nachdenken das Licht zu löschen.
»Was tun Sie hier?« Neben ihm stand ein Mädchen, das einfach fürchterlich aussah.
»Melden Sie sich krank, und gehen Sie heute nicht zur Arbeit. Sie müssen sich um sie kümmern. Sie heißt Doris.« Kelly sprach in dem

sachlichen Kommandoton eines Chirurgen bei einer komplizierten Operation.
»Warten Sie einen Moment!« Sandy richtete sich auf, ihre Gedanken überschlugen sich. Kelly trug eine Frauenperücke – die eigentlich zu schmutzig war, um als solche durchgehen zu können. Außerdem war er unrasiert. Sein ganzer Aufzug war entsetzlich. Aber in seinen Augen brannte etwas Undefinierbares. Zum Teil war es Wut, Wut auf irgend etwas Bestimmtes. Seine starken Männerhände zitterten.
»Erinnern Sie sich an Pam?« fragte er eindringlich.
»Ja, natürlich. Aber –«
»Dieses Mädchen ist in der gleichen Lage. Ich kann mich nicht um sie kümmern, jedenfalls nicht im Augenblick. Ich muß noch was erledigen.«
»Was haben Sie vor, John?« fragte Sandy mit einer ganz anderen Art von Dringlichkeit in der Stimme. Und dann plötzlich wurde ihr alles klar. Die Fernsehnachrichten, die sie auf ihrem Schwarzweißfernseher in der Küche verfolgt hatte. Der Ausdruck in seinen Augen, der ihr damals im Krankenhaus aufgefallen war, jetzt sah sie ihn wieder, nur daß er außerdem noch ihr Mitgefühl und ihr Vertrauen erbat.
»Man hat sie fast zu Tode geprügelt, Sandy. Sie braucht Ihre Hilfe.«
»John«, flüsterte sie. »Sie . . . Sie legen Ihr Leben in meine Hände, John.«
Auf diese Bemerkung brachte Kelly fast etwas wie ein Lachen zustande; ohne jeden Funken von Ironie platzte es aus ihm heraus. »Na ja, das erste Mal haben Sie das ja auch ganz gut hingekriegt.« Er schob Doris über die Schwelle und ging dann, ohne zurückzublicken, zu seinem Auto.
»Mir ist schlecht«, sagte Doris. Sandy eilte mit ihr in das Badezimmer im ersten Stock. Sie schafften es gerade noch rechtzeitig bis zur Toilette. Die junge Frau kniete sich ein oder zwei Minuten davor und leerte ihren Mageninhalt in die weiße Porzellanschüssel. Als sie fertig war, sah sie auf. Für Sandy O'Toole wirkte ihr Gesicht im Schein der Neonröhren, der von den weißen Wänden zurückgeworfen wurde, als käme sie geradewegs aus der Hölle.

20 / Unter Druck

Es war bereits vier Uhr vorbei, als Kelly auf den Parkplatz des Yachthafens einbog. Er parkte den Scout mit der Rückseite zum Heck seines Bootes und stieg aus, um die Ladeluke zu öffnen. Er sah sich um, ob in der Dunkelheit keine unerwünschten Zuschauer verborgen waren, aber zum Glück war niemand da.

»Raus da«, wies er Billy an. Der folgte dem Befehl. Kelly schob ihn an Bord und führte ihn in den Salon. Dort nahm er eine Kette, die zur normalen Bootsausstattung gehörte, und fesselte Billy mit den Handgelenken an eine Metallverstrebung. Zehn Minuten später hatte die *Springer* abgelegt und steuerte hinaus in die Bucht. Jetzt endlich konnte Kelly aufatmen. Während er das Boot dem Autopiloten anvertraute, lockerte er das Elektrokabel an Billys Armen und Beinen.

Kelly war müde. Billy vom Volkswagen in den Scout zu bugsieren war schwerer gewesen als erwartet. Zum Glück war ihm wenigstens nicht der Zeitungsverteiler über den Weg gelaufen, der seine Stapel an den Straßenecken deponierte, damit die Zeitungsjungen sie dort abholen und noch vor sechs austrugen. Kelly ließ sich in den Sessel am Kontrollpult sinken und trank eine Tasse Kaffee. Dabei streckte er sich, um seinen Körper für die Anstrengungen zu belohnen.

Er hatte die Lampen so weit wie möglich heruntergedreht, damit ihn der Lichtschein in der Kajüte nicht beim Navigieren blendete. Weit draußen auf Backbord lagen ein halbes Dutzend Frachtschiffe am Seehafen Dundolk, doch die Bucht vor ihm war leer. Zu dieser Tageszeit hatte das Meer etwas Beruhigendes. Da sich der Wind gelegt hatte, glich die Wasserfläche einem glatten, leicht wogenden Spiegel, der die Lichter am Ufer reflektierte. Von den Bojen blinkten rote und grüne Signale, um die Schiffe von gefährlichen Untiefen fernzuhalten. Die *Springer* zog an Fort Carroll vorbei, dem niedrigen Achteck aus grauem Stein, das von Lieutenant Robert E. Lee von dem Ingenieurcorps der U.S. Army erbaut worden war; noch vor sechzig Jahren hatte es Zwölf-Zoll-Gewehre beherbergt. Im Norden schimmerte das gelb-rote Feuer aus den Hochöfen der Bethlehem-Stahlwerke am Sparrow Point. Einer nach dem anderen verließen jetzt die kleinen Schlepper ihre Liegeplätze, um die Schiffe vom Kai ins offene Meer zu ziehen oder einfach nur in ein anderes Hafenbecken. Das Tuckern ihrer Dieselmotoren klang leise und freundlich über die stille Wasserfläche. Irgendwie wurde durch ihr Geräusch der Frieden vor Sonnenaufgang nur noch mehr betont. In der Stille lag etwas überwältigend Tröstliches, so wie es sein sollte, wenn man sich auf einen neuen Tag vorbereitete.

»Verdammt, wer sind Sie?« fragte Billy, als Kelly ihm den Knebel abgenommen hatte. Offensichtlich konnte er das Schweigen nicht länger ertragen. Die Hände waren ihm weiterhin am Rücken zusammengebunden, doch da seine Füße frei waren, hatte er sich auf den Boden der Kajüte gesetzt.

Kelly nahm einen Schluck von seinem Kaffee und entspannte die müden Armmuskeln. Die Worte des Mannes hinter sich beachtete er nicht.

»Verdammt, ich habe gefragt, wer Sie sind!« rief Billy, lauter als zuvor.

Es würde ein heißer Tag werden. Der Himmel war klar, und kein einziges Wölkchen verdeckte die schimmernden Sterne. »Morgenrot, schlecht Wetter droht« – dieser Spruch hatte heute keine Gültigkeit. Die Außentemperatur betrug bereits 25 Grad, und das ließ einiges für den kommenden Tag befürchten. Wahrscheinlich würde die Augustsonne gnadenlos auf die Erde herabbrennen.

»He, du Arschloch, ich will wissen, wer du bist!«

Kelly verlagerte sein Gewicht in dem breiten Sessel vor dem Kontrollpult und trank einen weiteren Schluck Kaffee. Wie üblich verlief sein Kurs am südlichen Rand der Fahrrinne. Ein hellerleuchteter Schlepper kam mit zwei Lastkähnen im Schlepptau herein, wahrscheinlich von Norfolk. Es war zu dunkel, um die Ladung der Kähne zu erkennen. Kelly musterte ihre Lichter und sah, daß sie ordnungsgemäß angeordnet waren. Das würde der Küstenwache gefallen, die nicht immer mit der Art einverstanden war, wie die örtlichen Schlepper operierten. Kelly fragte sich, was das für ein Leben war, wenn man Lastkähne durch die Bucht schleppte. Es mußte furchtbar langweilig sein, tagaus, tagein das gleiche zu tun, hin und zurück, nach Norden und nach Süden, mit nie mehr als sechs Knoten und ohne je was Neues zu sehen. Allerdings lohnte sich das Geschäft. Ein Kapitän, ein Maat, ein Maschinist und ein Koch – ein Koch gehörte unbedingt dazu. Vielleicht noch ein oder zwei Matrosen, aber das wußte Kelly nicht genau. Und ein jeder bekam seinen Tariflohn, der nicht von schlechten Eltern war.

»Also gut. Ich weiß zwar nicht, wo das Problem liegt, aber wir können doch wenigstens drüber sprechen!«

Frachtschiffe in den Hafen zu bringen war allerdings keine leichte Sache. Besonders bei Wind, denn die Kähne ließen sich nur schwer manövrieren. Aber heute nicht, heute würde es windstill bleiben. Und heiß wie in der Hölle. Nachdem Kelly Bodkin Point passiert hatte, steuerte er die *Springer* nach Süden. Jetzt sah er die roten Warnlichter der Brücke über der Bucht bei Annapolis. Am östlichen Horizont zeigte sich der erste Schimmer der Morgendämmerung. Im Grunde fand er es traurig, denn die letzten beiden Stunden vor Sonnenaufgang waren die schönste Zeit des Tages. Doch nur wenigen Menschen war dies bewußt; es gehörte zu den Dingen, die die meisten Leute nicht mitbekamen. Kelly glaubte, etwas vor sich zu sehen, doch die Glasscheibe begrenzte sein Sichtfeld. Deshalb verließ er das Kontrollpult und ging an Deck. Dort nahm er erst sein Fernglas und dann das Mikrofon seines Funkgeräts zur Hand.

»Motorjacht Springer ruft das Boot der Küstenwache, over.«

»Hier spricht die Küstenwache, Portagee am Mikrofon. Was machen Sie denn in aller Hergottsfrühe hier draußen, Kelly? Over.«

»Ich gehe meinen Geschäften nach, Oreza. Und welche Ausrede haben Sie? Over.«

»Wir halten Ausschau nach solchen Leichtgewichten wie Ihnen, damit wir sie retten können. Wir müssen schließlich in Übung bleiben. Over«

»Das höre ich gern, Küstenwache. Also: Sie verschieben diese Hebeldingsbums in Richtung Vorderseite des Boots – das ist gewöhnlich das spitze Teil –, und es fährt schneller. Und das spitze Teil fährt genau in die Richtung, in die Sie den Hebel drehen – bei links geht's nach links, und bei rechts geht's nach rechts. Over.«

Kelly hörte über die UKW-Frequenz, wie Orezas Leute lachten. »Roger. Ich werde die Mannschaft davon in Kenntnis setzen. Vielen Dank für den guten Rat, Sir. Over.«

Nach langen acht Stunden Patrouillendienst war die Mannschaft auf dem Wachboot erschöpft und nicht mehr zum Arbeiten aufgelegt. Oreza überließ das Steuerrad einem jungen Seemann. Er selbst lehnte sich gegen das Schott des Ruderhauses, trank seinen Kaffee und spielte mit dem Mikrofon.

»Wissen Sie, Springer, einen solchen Quatsch lasse ich mir nicht von jedermann bieten. Over.«

»Ein guter Seebär hat Respekt vor dem besseren, Küstenwache.

He, stimmt es, daß Ihre Boote auf der Unterseite Räder haben? Over.«
»Oioioi!« bemerkte ein junger Auszubildender.
»Negativ, Springer. Wir nehmen die Räder nach dem Training ab, sobald die Kotzbrocken von der Navy die Werft verlassen haben. Wir wollen doch vermeiden, daß solche Zimperliesen wie Sie bei dem Anblick seekrank werden. Over!«

Kelly lachte leise und änderte seinen Kurs, um einem kleinen Kutter auszuweichen. »Gut zu wissen, daß unsere Wasserwege in fähigen Händen sind, Küstenwache. Besonders, wo uns das Wochenende ins Haus steht.«
»Passen Sie auf, Springer, oder ich komme an Bord zu einer Sicherheitsinspektion!«
»Damit meine Steuergelder sinnvoll ausgegeben werden?«
»Wir wollen sie doch nicht verschwenden.«
»Nun gut, Küstenwache, ich wollte ja auch nur dafür sorgen, daß Sie alle wach bleiben.«
»Roger, und vielen Dank, Sir. Wir dösen nur ein bißchen. Gut zu wissen, daß es hier draußen ein paar echte Profis wie Sie gibt, die uns auf die Zehen steigen.«
»Guten Wind in den Segeln, Portagee.«
»Ihnen auch, Kelly. Ende.« Aus dem Funkgerät drang wieder das übliche statische Rauschen.
Damit wäre dieses Problem auch erledigt, dachte Kelly. Er hätte es nicht gebrauchen können, wenn Oreza für ein Schwätzchen längsseits gekommen wäre. Nicht heute. Kelly stellte das Funkgerät ab und ging nach unten. Der östliche Horizont hatte mittlerweile eine orange-rosa Färbung angenommen. In etwa zehn Minuten würde sich die Sonne zeigen.
»Was sollte das Ganze?« fragte Billy.
Kelly goß sich eine weitere Tasse Kaffee ein und überprüfte den Autopiloten. Ihm war heiß geworden, und er zog sein Hemd aus. Die Narben auf seinem Rücken, die von der Schrotladung herrührten, hätten sich kaum deutlicher abzeichnen können, selbst im Zwielicht der Morgendämmerung. Billys außergewöhnlich langes Schweigen wurde nur von einem lauten Einziehen der Luft durchbrochen.
»Sie sind ...«
Diesmal drehte Kelly sich um und blickte auf den nackten Mann in Ketten. »Ganz richtig.«
»Aber ich habe Sie doch umgebracht!« stammelte Billy. Er war

über den letzten Stand der Dinge nicht informiert. Henry hatte es nicht für nötig befunden, ihn einzuweihen, da es ihm für seine Organisation unwichtig erschien.

»Glaubst du?« fragte Kelly, der schon wieder nach vorn blickte. Einer der Dieselmotoren hatte sich im Verhältnis zum anderen ein wenig warmgelaufen, und Kelly machte sich eine Notiz, daß er das Kühlsystem überprüfen mußte, wenn er das andere hier erledigt hatte. Ansonsten funktionierte das Boot so einwandfrei wie immer, schlug sanft gegen die unsichtbare Dünung, und zog mit konstanten zwanzig Knoten voran, den Bug im idealen Winkel von etwa fünfzehn Grad aufgerichtet. Er streckte sich erneut, dehnte die Muskeln und zeigte Billy die Narben und das, was darunter lag.

»Darum geht es also ... Bevor sie krepiert ist, hat sie uns alles von Ihnen erzählt.«

Kelly ließ den Blick über die Instrumententafel gleiten. Dann prüfte er die Karte. Sie näherten sich jetzt der Bay Bridge. Demnächst mußte er auf die östliche Seite der Fahrrinne übersetzen. Mittlerweile sah er mindestens einmal in der Minute auf die Bootsuhr.

»Pam war 'ne heiße Nummer. Bis ganz zum Schluß«, sagte Billy. Er forderte Kelly heraus, füllte das Schweigen mit seinen Bosheiten und schöpfte daraus offensichtlich einen gewissen Mut. »Allerdings nicht besonders helle. Ganz und gar nicht.«

Direkt hinter der Bay Bridge setzte Kelly den Autopiloten außer Betrieb und wandte das Steuerruder um zehn Grad auf den Hafen zu. Bis jetzt herrschte noch nicht der übliche Morgenverkehr, aber trotzdem blickte er sich sorgfältig um, bevor er das Manöver einleitete. Einige bewegliche Lichter am Horizont wiesen auf ein Handelsschiff, das sich aus etwa zwölf Kilometer Entfernung dem Hafen näherte. Kelly hätte den Radar anschalten können, um sicherzugehen, doch bei dieser Wetterlage wäre das reine Energieverschwendung gewesen.

»Hat sie Ihnen erzählt, woher sie ihre Narben hatte?« höhnte Billy. Er konnte nicht sehen, daß sich Kellys Hände fester um das Steuerrad klammerten.

Die Male auf den Brüsten scheinen von einer gewöhnlichen Zange herzurühren, hatte es im Obduktionsbefund geheißen. Kelly kannte ihn auswendig, erinnerte sich an jedes einzelne Wort dieses trockenen medizinischen Berichts, als wären sie mit einem Diamantbohrer in eine Stahlplatte eingemeißelt worden. Er hätte gern gewußt, ob die Mediziner dabei ähnliches gefühlt hatten wie er. Möglich war es.

Vielleicht hatte sich ihre Wut in der erhöhten Sachlichkeit des diktierten Textes ausgedrückt. Ärzte verhielten sich so.

»Wissen Sie, sie hat geredet, uns alles erzählt. Wie Sie sie mitgenommen und welche Orgien Sie gefeiert haben. Das hat sie bei uns gelernt, Mister. Dafür müssen Sie sich bei uns bedanken. Ich wette, sie hat ihnen nicht gesagt, daß sie uns alle drei- oder viermal gefickt hat, bevor sie weglief. Wahrscheinlich hielt sie sich für clever. Aber daß wir sie dann alle noch mal ficken würden, das hat sie sich wohl nicht träumen lassen.«

0 positiv, 0 negativ, AB negativ, dachte Kelly. Blutgruppe 0 war mit Abstand die häufigste. Deshalb konnten es auch mehr als drei gewesen sein. *Und welche Blutgruppe hast du, Billy?*

»Nur eine Hure. Eine hübsche zwar, aber nichts weiter als eine dumme, kleine Hure. Und so ist sie auch gestorben, müssen Sie wissen. Sie starb beim Ficken. Wir haben sie stranguliert, und sie hat ihren süßen kleinen Arsch bewegt, bis ihr Gesicht purpurrot wurde. Ein komischer Anblick«, versicherte ihm Billy mit einem schmutzigen Grinsen, das Kelly nicht zu sehen brauchte, um zu wissen, daß es da war. »Ich hatte meinen Spaß mit ihr – dreimal! Und ich habe ihr weh getan, ordentlich weh getan. Verstehen Sie?«

Kelly öffnete den Mund und atmete langsam und regelmäßig aus und ein. Er erlaubte seinen Muskeln nicht, sich zu verkrampfen. Die Morgenbrise war aufgefrischt und ließ das Boot fünf Grad nach rechts und links von seinem geraden Kurs schlingern. Kelly zwang sich, den tröstlichen Bewegungen der See nachzugeben.

»Ich verstehe nicht, was an der Sache so großartig ist. Ich meine, jetzt ist sie nichts weiter als eine tote Hure. Wir sollten ein Geschäft abschließen, Sie und ich. Wissen Sie eigentlich, wie blöd Sie sind? In dem Haus waren siebzig Riesen, Sie Idiot. Siebzigtausend!« Billy hielt inne, denn er merkte, daß seine Worte ohne Wirkung blieben. Trotzdem, ein wütender Mann beging Fehler, und er hatte den Kerl schon einmal aus der Fassung gebracht. Deshalb machte er weiter.

»Welch eine Schande, daß sie Drogen brauchte! Wenn sie einen anderen Platz zum Einkaufen gekannt hätte, wärt ihr uns gar nicht erst über den Weg gelaufen. Und dann haben Sie's auch noch vermasselt. Wissen Sie noch?«

Ja, das habe ich nicht vergessen.

»Sie waren ganz schön bescheuert. Noch nie von Telefonzellen gehört? Meine Güte, Mann! Als Sie unser Auto außer Gefecht gesetzt haben, brauchten wir nur Burt zu rufen. Der hat uns sein Auto gegeben, und wir sind einfach durch die Gegend gefahren, bis wir

Sie gefunden hatten. Mit Ihrem Jeep war das ein Kinderspiel. Sie muß Ihnen ganz schön den Kopf verdreht haben, Mann!«

Telefon? So etwas Einfaches hatte Pams Schicksal besiegelt? Kellys Muskeln krampften sich zusammen. *Kelly! Du gottverdammter Idiot!* Bei der Erkenntnis, wie gründlich er sie enttäuscht hatte, sank er einen Moment in sich zusammen, und ihm dämmerte, wie sinnlos seine Versuche waren, sie zu rächen. Dann gab er sich einen Ruck und saß aufrechter als zuvor in seinem Sessel am Kontrollpult.

»Ich meine, ein Auto, das man so leicht wiedererkennt. Dämlicher kann man ja wohl kaum noch sein!« Billy war die Wirkung seiner Sticheleien nicht entgangen. Vielleicht konnte er jetzt mit den richtigen Verhandlungen beginnen. »Hat mich ganz schön überrascht, daß Sie noch leben – he, und das war auch nicht persönlich gemeint. Vielleicht hatten Sie keine Ahnung, für welche Dienste wir sie eingespannt hatten. Wir durften sie einfach nicht frei rumlaufen lassen, mit dem, was sie wußte. Ich kann Sie dafür entschädigen. Machen wir doch ein Geschäft, okay?«

Kelly prüfte den Autopilot und die Wasseroberfläche. Die *Springer* zog auf einem geraden und sicheren Kurs dahin, und es kam kein einziges Schiff entgegen. Er verließ den Sessel und setzte sich auf einen anderen, nur wenige Schritte von Billy entfernt.

»Hat sie dir gesagt, wir wären in die Stadt gefahren, um Drogen zu kaufen? Hat sie das wirklich gesagt?« fragte Kelly, dessen Gesicht nun auf gleicher Höhe mit Billys war.

»Ja, das hat sie gesagt.« Billy entspannte sich. Doch als Kelly direkt vor ihm zu weinen begann, verstand er die Welt nicht mehr. Aber vielleicht ergab sich jetzt eine Möglichkeit, seine mißliche Lage zu ändern. »Tut mir leid, Mann«, sagte Billy mit einer Stimme, die seine Worte Lügen strafte. »Ich meine, Sie haben eben Pech gehabt.«

Pech gehabt? Kelly schloß die Augen. *Herr im Himmel, sie hat mich beschützt. Und das, nachdem ich sie so enttäuscht habe. Obwohl sie nicht wußte, ob ich überhaupt noch lebe, hat sie gelogen, um mich zu schützen!* Das war mehr, als er ertragen konnte, und ein paar Minuten lang ließ Kelly sich einfach gehen. Aber selbst das erfüllte einen ganz bestimmten Zweck. Als Kelly einige Zeit später seine Tränen trocknete, wischte er mit ihnen jedes menschliche Gefühl fort, das er für seinen Gast vielleicht noch verspürt hatte.

Kelly stand auf und kehrte ans Kontrollpult zurück. Er wollte diesem widerlichen Halunken nicht länger ins Gesicht sehen. Womöglich hätte er dann die Beherrschung verloren, und das durfte er nicht riskieren.

»Tom, ich glaube, du hast doch recht«, sagte Ryan.

Dem Führerschein nach – das war alles bereits überpüft: keine Festnahme, aber eine lange Liste mit Verkehrsverstößen – war Richard Oliver Farmer vierundzwanzig. Älter würde er auch nicht werden. Gestorben war er an einem einzigen Messerstich in die Brust, durch das Rippenfell mitten ins Herz. Aufgrund der Form der Wunde – normalerweise schlossen sich derartige traumatische Wunden wieder, so daß sie für den Laien nur noch schwer zu erkennen waren – mußte man annehmen, daß der Täter die Klinge so weit gedreht hatte, wie es der Abstand zwischen den Rippen erlaubte. Es war eine große Wunde, wahrscheinlich von einer Klinge mit annähernd fünf Zentimetern Breite. Aufschlußreicher war allerdings ein zusätzliches Indiz.

»Nicht besonders klug«, stellte der Gerichtsmediziner fest. Ryan und Douglas nickten. Mr. Farmer hatte ein weißes Oberhemd mit verdeckter Knopfleiste getragen, und am Türknauf hatte noch sein Anzugsakko gehangen. Der Mörder hatte das Messer an dem Oberhemd abgewischt. Dreimal, so schien es, und einmal hatte er dabei mit dem Blut des Opfers einen säuberlichen Abdruck der Klinge hinterlassen. Der Tote trug zwar einen Revolver in seinem Gürtel, hatte aber offenbar keine Möglichkeit mehr gehabt, ihn einzusetzen. Ein weiterer routinierter Mord, bei dem das Opfer überrascht worden war, doch diesmal weniger umsichtig ausgeführt. Douglas wies mit dem Kugelschreiber auf die Flecken.

»Wissen Sie, was das ist?« Diese Frage war rein rhetorisch, und er beantwortete sie gleich selbst. »Ein Ka-Bar, das reguläre Kampfmesser der Marinesoldaten. Ich besitze selbst eins.«

»Und ganz schön scharf«, ergänzte der Mediziner. »Ein außergewöhnlich sauberer, fast schon chirurgischer Schnitt. Muß das Herz praktisch in zwei Teile zerlegt haben. Äußerst akkurat angesetzt, meine Herren, in der exakten Horizontalen, damit es nicht von den Rippen abgelenkt wurde. Die meisten Leute denken, das Herz sitzt links. Unser Freund wußte es besser. Nur ein einziger Stich. Der Kerl kennt sich aus.«

»Also haben wir noch eins, Em. Gewaltverbrechen mit Waffe. Unser Freund hat sich eingeschlichen und ihn so schnell –«

»Ja, Tom, inzwischen glaube ich, du hast recht.« Ryan nickte und ging in den ersten Stock zu den anderen Beamten. Im vorderen Schlafzimmer hatten sie ein Häufchen mit Männerkleidung, eine Stofftasche mit einer Unmenge Bargeld, eine Pistole und ein Messer gefunden. Außerdem eine Matratze mit Flecken von Samenflüssig-

keit, zum Teil noch feucht. Und eine Damenhandtasche. Es gab also genügend Hinweise, denen die jüngeren Beamten nachgehen konnten. Die Blutgruppen der Samenflüssigkeit. Erkennungsdienstliche Behandlung der Spuren der drei Personen – zumindest vermuteten sie, daß drei Personen hier gewesen waren. Draußen stand sogar ein Auto, das sie sich vornehmen konnten. Endlich mal ein ganz normaler Mordfall. Fingerabdrücke konnten sie hier wahrscheinlich überall finden. Die Fotografen hatten Dutzende Rollen Film verknipst. Doch für Ryan und Douglas war die Angelegenheit auf seltsame Weise bereits erledigt.
»Kennst du diesen Farber drüben am Hopkins-Krankenhaus?«
»Ja, er hat mit Frank Allen am Gooding-Fall zusammengearbeitet. Ich habe mit ihm einen Termin vereinbart. Er hat wirklich Ahnung«, bestätigte Douglas. »Ist zwar ein bißchen komisch, aber er weiß, wovon er spricht. Heute nachmittag muß ich allerdings ins Gericht.«
»Gut, dann übernehme ich das. Ich bin dir wohl ein Bier schuldig, Tom. Du hast eher durchgeblickt als ich.«
»Vielen Dank. Vielleicht reicht es bei mir ja auch mal irgendwann zum Lieutenant.«
Ryan lachte und zog seine Zigaretten aus der Tasche, als er wieder nach unten ging.

»Willst du dich wehren?« fragte Kelly lächelnd. Er war gerade in die Kajüte zurückgekehrt, nachdem er das Boot am Steg festgetäut hatte.
»Warum sollte ich Ihnen die Arbeit erleichtern?« fragte Billy mit einem Ausdruck, den er wohl für Trotz hielt.
»Wie du willst.« Kelly zog das Ka-Bar und setzte es an ein ausgesprochen empfindliches Körperteil. »Wir können auch gleich anfangen, wenn dir das lieber ist.«
Der ganze Mann schrumpfte zusammen, ein Teil jedoch noch mehr als der Rest. »Ist ja gut. Ist ja gut.«
»Gut. Ich möchte, daß du was lernst. Ich will dafür sorgen, daß du nie wieder einem Mädchen weh tust.« Kelly löste die Kette von der Metallverstrebung, ließ jedoch die Armfesseln des Mannes eng zusammengeschnürt, als er ihn auf die Füße zog.
»Fahren Sie zur Hölle. Sie wollen mich umbringen. Aber von mir erfahren Sie kein Sterbenswörtchen.«
Kelly drehte ihn um, so daß er ihm in die Augen sehen konnte. »Ich werde dich nicht umbringen, Billy. Ich verspreche dir, du verläßt diese Insel lebend.«

Billy sah ihn so verwirrt an, daß Kelly tatsächlich für einen Moment grinsen mußte. Dann schüttelte er den Kopf. Er hielt sich vor, daß er sich auf einem äußerst schmalen und gefährlichen Grat zwischen zwei gleichermaßen steilen Abgründen bewegte. Auf beiden Seiten drohte der Wahnsinn, zwar von unterschiedlicher Art, aber ähnlich zerstörerisch. Er mußte sich von der Realität des Augenblicks lösen, sie gleichzeitig jedoch im Auge behalten. Kelly half Billy vom Boot und führte ihn dann zum Werkzeugschuppen.
»Durstig?«
»Ja, und pinkeln muß ich auch.«
Kelly führte ihn zu einem Grasflecken. »Mach schon.« Er wartete. Offensichtlich gefiel es Billy ganz und gar nicht, sich vor einem anderen Mann nackt zu bewegen, vor allem in unterlegener Position. Dumm wie er war, versuchte er jetzt nicht mehr, mit Kelly zu reden, zumindest nicht in der richtigen Art. In seiner Feigheit hatte er die früheren Versuche dazu eingesetzt, seine Männlichkeit zu stärken, indem er nicht zu Kelly sprach, sondern sich selbst seine Rolle bei Pams Tod vor Augen führte. So hatte er vor sich selbst die Illusion von Macht genährt, während Schweigen – nun, gerettet hätte es ihn wohl auch nicht. Aber es hätte Zweifel wecken können, besonders wenn er soviel Grips bewiesen hätte, sich eine vernünftige Geschichte auszudenken. Aber Feigheit und Dummheit gingen ja meist Hand in Hand. Kelly ließ Billy einen Moment unbeaufsichtigt und stellte die Zahlen am Nummernschloß ein. Nachdem er das Licht eingeschaltet hatte, schob er Billy nach drinnen.

Es sah aus wie – nein, es war ein Stahlzylinder von knapp über vierzig Zentimetern Durchmesser, der dort auf seinen an den Beinen befestigten Walzen stand, genauso, wie er ihn verlassen hatte. Der Stahldeckel unten war aufgeklappt und hing schief an seinen Scharnieren.

»Du gehst da rein!« erklärte er Billy.

»Sie haben wohl 'nen Knall?« Wieder Trotz. Kelly schlug ihm mit dem Griff des Ka-Bar hinten auf den Hals, und Billy fiel auf die Knie.

»Du gehst da auf alle Fälle rein – ob ich dir nun ein paar verpassen muß oder nicht. Mir ist das völlig gleich.« Das war zwar eine Lüge, aber sie zeitigte ihre Wirkung. Kelly zog Billy am Hals wieder auf die Beine und zwang ihn, Kopf und Schultern in die Luke zu schieben. »Bleib so.«

Es war um einiges leichter als erwartet. Kelly nahm einen Schlüssel vom Haken an der Wand und schloß die Kette an Billys Handgelenken auf. Er merkte, wie sein Gefangener sich versteifte, wahrscheinlich witterte er seine Chance, aber Kelly drehte sich rasch wieder um. Er brauchte nur ein Schloß zu öffnen, um beide Arme zu befreien, und ein Druck mit dem Messer an der richtigen Stelle hielt Billy davon ab, sich aufzurichten, was die Voraussetzung für jede Art von wirksamem Widerstand gewesen wäre. Er war zu feige, um Schmerz als Preis für eine mögliche Flucht in Kauf zu nehmen. Sosehr er auch zitterte, widersetzte er sich trotz seiner sich überschlagenden, verzweifelten Gedanken nicht.

»Rein mit dir.« Ein Stoß tat ein übriges, und als Billy die Füße über den Rand gezogen hatte, schob Kelly den Deckel vor und schloß die Bolzen. Dann schaltete er das Licht aus und ging nach draußen. Er brauchte jetzt etwas zu essen und ein paar Stunden Schlaf. Billy sollte ruhig warten. Das würde es Kelly nur leichter machen.

»Hallo?« Ihre Stimme klang sehr besorgt.
»Hallo, Sandra, hier ist John.«
»John! Was ist passiert?«
»Wie geht es ihr?«
»Sie meinen Doris? Sie schläft jetzt«, berichtete Sandy. »John, wer – ich meine, was ist mit ihr geschehen?«
Kelly klammerte die Hand fester um den Telefonhörer. »Sandy, ich möchte, daß Sie mir gut zuhören. Was ich jetzt sage, ist sehr wichtig.«
»Gut, schießen Sie los.« Sandy war in der Küche und starrte auf ihre Kaffeetasse. Draußen spielten die Nachbarskinder auf einem Stück Brachland Baseball. Die tröstliche Normalität, die dieser Szene innewohnte, schien ihr plötzlich sehr fremd. Unsinn!
»Erstens dürfen Sie niemandem erzählen, daß Doris bei Ihnen ist. Am allerwenigsten der Polizei.«
»John, sie ist verletzt, sie braucht ihre Pillen, und zu allem Überfluß hat sie womöglich noch ernste gesundheitliche Schäden. Ich muß –«
»Gut, Sam und Sarah. Aber sonst niemand. Haben Sie verstanden, Sandy, niemand außer den beiden. Sandy . . .« Kelly hielt inne. Es fiel ihm schwer, die folgenden Worte auszusprechen, aber die Wahrheit mußte auf den Tisch. »Sandy, ich habe Sie in Gefahr gebracht. Die Leute, die Doris so zugerichtet haben, sind die gleichen –«
»Ich weiß, John. Das habe ich mir selber schon gedacht.« Das Gesicht der Krankenschwester zeigte keine Regung, obwohl sie die Bilder von Pamela Starr Maddens Leiche ebenfalls gesehen hatte. »John, Doris sagte, daß Sie jemanden – getötet haben.«
»Ja, Sandy, das habe ich.«

Sandra O'Toole war nicht weiter überrascht. Sie hatte schon vor ein paar Stunden die richtigen Schlußfolgerungen gezogen. Es aber von ihm selbst zu hören, war dann doch noch einmal etwas anderes – vor allem wegen der Art, wie er darüber sprach. Ruhig und sachlich. *Ja, Sandy, das habe ich.* Hast du den Müll rausgebracht? Ja, Sandy, das habe ich.

»Sandy, diese Leute sind sehr gefährlich. Ich hätte Doris auch dort zurücklassen können – aber das habe ich einfach nicht fertiggebracht. Sie sehen ja selbst, was die –«

»Ja.« Es war lange her, daß sie in der Notaufnahme gearbeitet hatte, und so hatte sie beinahe vergessen, zu welch schrecklichen Dingen Menschen fähig waren.

»Sandy, es tut mir leid, daß –«

»John, das ist nun mal passiert. Ich werde damit fertig.«

Kelly schwieg eine Weile. Ihre Stimme gab ihm Kraft. Vielleicht war das der Unterschied zwischen ihnen. Er führte einen Feldzug, suchte Menschen, die Schlechtes taten, und rechnete mit ihnen ab. Aufspüren und zerstören. Sie hingegen wollte instinktiv schützen, und es dämmerte dem früheren SEAL, daß sie die Stärkere von ihnen beiden war.

»Ich muß dafür sorgen, daß sie medizinisch versorgt wird.« Sandy dachte an die junge Frau, die in ihrem Schlafzimmer lag. Sie hatte ihr beim Ausziehen geholfen und entsetzt festgestellt, daß ihr Körper von Malen übersät war, von den Spuren grausamer körperlicher Mißhandlungen. Am schlimmsten waren jedoch ihre Augen, tot und ohne einen Funken des Widerstands, der selbst noch in jenen Patienten gelegentlich aufschimmerte, die den Kampf gegen den Tod bereits verloren hatten. Trotz all ihrer Jahre auf der Intensivstation wäre sie nie auf den Gedanken gekommen, daß man einen Menschen mit voller Absicht zerstören konnte, durch bewußten, gezielt eingesetzten Sadismus. Sandy war klar, daß die Aufmerksamkeit dieser Täter nun möglicherweise auch auf sie gelenkt worden war, doch größer als ihre Angst vor ihnen war ihre Abscheu.

Kellys Gefühle waren genau entgegengesetzt. »Gut, Sandy, aber Sie müssen mir versprechen, daß Sie vorsichtig sind.«

»Das werde ich. Ich hole Dr. Rosen.« Sie schwieg einen Moment lang. »John?«

»Ja, Sandy?«

»Was Sie da tun ... es ist falsch, John.« Sie haßte sich für diese Worte.

»Ich weiß«, antwortete Kelly.

Sandy schloß die Augen. In ihrer Vorstellung sah sie noch immer die Kinder, die vor ihrem Haus Baseball spielten. Dann sah sie John, wo immer er auch war. Sie wußte, welchen Gesichtsausdruck er in diesem Augenblick gerade hatte. Sie wußte auch, was sie als nächstes sagen mußte, und holte tief Luft. »Aber es macht mir nichts aus, John, jedenfalls nicht mehr. Ich kann es verstehen.«
»Danke«, flüsterte Kelly. »Werden Sie damit fertig?«
»Ich komme schon zurecht.«
»Ich schaue so bald wie möglich bei Ihnen vorbei. Was wir mit ihr anfangen sollen, weiß ich zwar noch nicht –«
»Das lassen Sie nur meine Sorge sein. Wir werden uns schon was einfallen lassen.«
»Gut, Sandy . . . Sandy?«
»Ja, John?«
»Danke.« Die Leitung war tot.

Gern geschehen, dachte sie, als sie auflegte. Was für ein seltsamer Mann! Nach dem, was sein sachlicher Gesprächston ausdrückte, brachte er mit einer ihr bisher gänzlich unbekannten Unbarmherzigkeit – die sie auch gar nicht näher kennenlernen wollte – Menschen um, setzte ihrem Leben einfach ein Ende. Und doch hatte er sich die Zeit genommen und war das Risiko eingegangen, Doris zu retten. Wieder etwas, was sie nicht verstand, sagte sie sich, als sie eine Nummer wählte.

Dr. Sidney Farber sah ganz so aus, wie Emmet Ryan erwartet hatte: ungefähr vierzig, klein, mit Bart, jüdischem Einschlag, Pfeifenraucher. Als sein Besucher eintrat, stand Farber nicht auf, sondern wies ihm einfach mit einer Handbewegung einen Stuhl an. Ryan hatte dem Psychiater vormittags Auszüge aus den Akten der Fälle schicken lassen, und allem Anschein nach hatte der Arzt sie inzwischen gelesen. In zwei Reihen lagen sie aufgeschlagen auf dem Tisch.
»Ich kenne Ihren Partner Tom Douglas«, sagte Farber zwischen zwei Zügen an seiner Pfeife.
»Ich weiß, Sir. Er sagte, Sie hätten ihm im Gooding-Fall sehr geholfen.«
»Dieser Mr. Gooding war sehr krank. Ich hoffe, er bekommt die richtige Behandlung.«
»Und wie krank ist dieser hier?« fragte Lieutenant Ryan.
Farber blickte auf. »Er ist so gesund wie Sie und ich – körperlich eher noch gesünder. Aber das soll uns jetzt nicht interessieren. Sie sagten: ›Dieser hier.‹ Sie vermuten also, daß es sich bei allen Fällen

um denselben Täter handelt. Warum?« Der Psychiater lehnte sich zurück.
»Zunächst wollte ich es nicht wahrhaben. Tom hat es eher erkannt als ich. Der Grund ist die fachmännische Ausführung.«
»Richtig.«
»Haben wir es hier mit einem Psychopathen zu tun?«
Farber schüttelte den Kopf. »Nein. Der echte Psychopath ist ein Mensch, der mit dem Leben nicht zurechtkommt. Er nimmt die Realität auf eine ganz persönliche, exzentrische Weise wahr, gewöhnlich völlig anders als unsereins. In fast allen Fällen zeigt sich diese Störung offen und unübersehbar.«
»Aber bei Gooding –«
»Mr. Gooding leidet unter – dafür gibt es einen neuen Begriff: Er ist ein organisierter Psychopath.«
»Nun gut, aber seinen Nachbarn ist er nicht aufgefallen.«
»Das stimmt. Mr. Goodings Störung fand ihren Ausdruck in der Grausamkeit, mit der er seine Opfer tötete. Aber bei diesem hier gibt es keinen rituellen Aspekt. Weder Verstümmelungen noch eine sexuelle Komponente – die sich gewöhnlich in Schnitten am Hals ausdrückt, wie Sie wohl wissen. Nein –« Farber schüttelte den Kopf – »dieser Kerl geht planmäßig zu Werke. Er findet dabei keinerlei gefühlsmäßige Befriedigung. Er bringt die Menschen einfach um, und das aus Gründen, die möglicherweise rational sind, zumindest für ihn.«
»Wie kommen Sie darauf?«
»Ganz offensichtlich handelt es sich nicht um Raub, sondern um etwas anderes. Er muß sehr wütend sein. Mir sind schon früher Leute wie er über den Weg gelaufen.«
»Wo?« fragte Ryan. Farber zeigte auf die gegenüberliegende Wand. Dort hing ein in einen Eichenrahmen eingefaßtes Stück roter Samt mit einem Combat Infantryman's Badge – der Auszeichnung für absolvierte Kampfeinsätze –, die Jump Wings – das Fallschirmspringerabzeichen – und ein Ranger Flash. Der Kriminalbeamte gab sich keine Mühe, sein Erstaunen zu verbergen.
»Ich war damals ganz schön dumm«, erklärte Farber abwinkend. »Der kleine Jude wollte mal zeigen, was für ein Kerl er ist. Nun –« Farber lächelte »– das ist mir wohl gelungen.«
»Mir hat Europa nicht besonders gefallen, aber ich habe ja auch nicht seine schönen Ecken kennengelernt.«
»Bei welcher Einheit?«
»Luftlandetruppen«, erklärte der Kriminalbeamte, womit er zu-

gab, daß er selber einmal ein dummer Junge gewesen war. Er erinnerte sich noch gut, wie spindeldürr er in jenen Tagen gewesen war, als er aus der Ladeluke der C-47 sprang. »Ich bin über der Normandie und Eindhoven abgesprungen.«

»Und Bastogne?«

Ryan nickte. »Das war kein Spaß. Aber wenigstens sind wir mit dem Transporter dorthin gebracht worden.«

»Gut. Und nun haben Sie es wieder mit einem schweren Fall zu tun, Lieutenant Ryan.«

»Können Sie ihn mir erklären?«

»Hier ist der Schlüssel zum Verständnis.« Farber hielt die Abschrift der Aussage von Mrs. Charles in die Höhe. »Die Verkleidung. Es muß eine Verkleidung sein. Nur wer Kraft in den Armen hat, kann einem anderen ein Messer in die Schädelbasis rammen. Das war kein Alkoholiker. Die haben nämlich alle möglichen körperlichen Probleme.«

»Aber das paßt in kein Konzept«, wandte Ryan ein.

»Ich glaube doch, nur kann man es nicht auf Anhieb erkennen. Versetzen Sie sich doch noch einmal zurück. Sie sind in der Armee, als Elitesoldat in einer Eliteeinheit. Da nehmen Sie sich doch normalerweise Zeit, um ihr Ziel auszukundschaften, nicht wahr?«

»Grundsätzlich ja«, stimmte der Kriminalbeamte zu.

»Jetzt übertragen Sie das mal auf eine Stadt. Wie würden Sie da vorgehen? Sie würden sich tarnen. Und deshalb verkleidet sich unser Freund als Penner. Von denen gibt es auf den Straßen ja weiß Gott genug. Stinkend, schmutzig, aber außer sich selbst tun sie niemandem was zuleide. Und sie sind praktisch unsichtbar, weil keiner sie richtig wahrnimmt.«

»Sie haben noch nicht –«

»Aber wie kommt er rein und raus? Glauben Sie, daß er mit dem Bus fährt – oder mit dem Taxi?«

»Mit dem Auto.«

»Eine Verkleidung läßt sich beliebig an- und ablegen.« Farber hielt die Fotos vom Tatort im Fall Charles in die Höhe. »Er verübt den Doppelmord ein paar Straßen entfernt, sichert seinen Rückzug, kommt hierher – und was glauben Sie, warum?« Rechts auf dem Foto klaffte zwischen zwei geparkten Autos eine Lücke.

»Verdammte Scheiße!« Es war Ryan ausgesprochen peinlich. »Und was habe ich sonst noch übersehen, Dr. Farber?«

»Nennen Sie mich Sid. Nicht mehr viel. Dieses Individuum ist sehr klug. Er ändert ständig seine Methode, und bei diesem Verbrechen hat er zum einzigenmal seine Wut gezeigt. Einmal hat er sich überwältigen lassen – außer vielleicht heute morgen, aber lassen wir das mal beiseite. Hier sehen wir die Wut ganz deutlich. Erst verstümmelt er sein Opfer, und dann bringt er es auf eine besonders schwierige Weise um. Aber warum?« Farber hielt inne, um nachdenklich an seiner Pfeife zu ziehen. »Er war wütend, aber warum? Es muß eine Tat sein, die nicht eingeplant war. Mrs. Charles war nicht vorgesehen. Aus irgendeinem Grunde mußte er etwas Unerwartetes tun, und das hat ihn in Wut versetzt. Und außerdem ließ er sie gehen – obwohl er wußte, daß sie ihn gesehen hatte.«

»Sie haben mir immer noch nicht gesagt –«

»Er ist Kriegsveteran. Und äußerst fit. Das heißt, er ist jünger als wir und durchtrainiert. Ein Ranger, Green Beret oder so etwas in der Art.«

»Was will er da draußen?«

»Das weiß ich nicht. Das müssen Sie ihn fragen. Auf jeden Fall ist er jemand, der sich Zeit läßt. Er hat seine Opfer beobachtet und sich die richtige Tageszeit ausgesucht – wenn sie müde sind und auf den Straßen nicht mehr viel los ist. Dann besteht weniger Gefahr, daß er entdeckt wird. Er raubt sie nicht aus. Möglicherweise läßt er das Geld mitgehen, aber das will nichts heißen. Und jetzt erzählen Sie mir mal von heute morgen.«

»Sie haben das Foto ja schon bekommen. Im ersten Stock war eine Tasche mit einer Riesensumme Bargeld. Wir haben es noch nicht gezählt, aber es müssen mindestens fünfzigtausend Dollar sein.«

»Drogengelder?«

»Wahrscheinlich.«

»Und es waren noch andere Leute dort? Die er gekidnappt hat?«

»Zwei, glauben wir. Ganz bestimmt ein Mann und wahrscheinlich noch eine Frau.«

Farber nickte und zog an seiner Pfeife. »Zwei Möglichkeiten. Entweder ist das die Person, hinter der er die ganze Zeit her war, oder es ist ein weiterer Schritt in Richtung auf etwas anderes.«

»Dann gehörten die Morde an den Dealern also zu seiner Tarnung.«

»Die ersten beiden, die er mit Kabeln gefesselt hat –«

»Die hat er ausgefragt.« Ryan verzog das Gesicht. »Darauf hätten wir auch schon eher kommen können. Das waren die einzigen, die nicht in der Öffentlichkeit ermordet wurden. Wahrscheinlich, damit er mehr Zeit hatte.«

»Nachher ist man immer klüger«, gab Farber zu bedenken. »Machen Sie sich keine Vorwürfe. Es sah ja wirklich ganz nach Raub aus, und Sie hatten damals noch keinerlei weitere Hinweise. Inzwischen haben wir weitaus mehr Informationen vorliegen.« Der Psychiater lehnte sich zurück und lächelte gedankenverloren. Er spielte für sein Leben gern Detektiv. »Bis zu diesem Fall –« er klopfte mit der Pfeife auf das Foto vom letzten Tatort – »hatten Sie wirklich nicht viel in der Hand. Aber durch das hier wird auch alles Frühere klar. Ihr Verdächtiger kennt sich mit Waffen aus. Er hat eine Menge Geduld. Er ist ein kluger Stratege. Wie ein Jäger auf der Jagd pirscht er sich an sein Opfer heran. Er ändert seine Vorgehensweise, um Sie in die Irre zu führen. Aber heute hat er einen Fehler gemacht. Heute ließ er sich erneut ein wenig von seiner Wut überwältigen, denn er hat bewußt ein Messer eingesetzt. Und dann läßt er Rückschlüsse auf seine Ausbildung zu, indem er die Waffe direkt nach der Tat reinigt.«

»Aber Sie halten ihn nicht für verrückt.«

»Nein, ich bezweifele, daß er im klinischen Sinne gestört ist, aber ganz bestimmt gibt es etwas, was ihn antreibt. Derartige Leute sind höchst diszipliniert, vergleichbar mit Ihnen und mir damals. Seine Vorgehensweise wird bestimmt von seiner Disziplin – doch in seiner Motivation zeigt sich seine Wut. Irgendwas hat den Mann zu diesen Taten veranlaßt.«

»›Madam‹.«

Farber richtete sich auf. »Genau! Ausgezeichnet! Warum hat er sie nicht unschädlich gemacht? Sie ist die einzige Zeugin, die wir haben. Er hat sie höflich behandelt und sie gehen lassen ... interessant ... aber nicht ausreichend, um uns wirklich weiterzubringen.«

»Außer der Erkenntnis, daß er nicht zum Spaß tötet.«

»Richtig.« Farber nickte. »Er tut nichts ohne Grund, und er hat eine fundierte Spezialausbildung, die ihm bei seiner Mission von Nutzen ist. Denn um eine Mission handelt es sich hier. Das ist eine äußerst gefährliche Katze, die da durch die Straßen schleicht.«

»Es geht ihm um die Drogendealer, das ist ganz offensichtlich«, erklärte Ryan. »Der eine – oder die zwei – die er gekidnappt hat ...«

»Wenn dabei eine Frau im Spiel ist, wird sie überleben. Der Mann nicht. Vom Zustand seiner Leiche her können wir dann sagen, ob er das Ziel der Mission war.«

»Rache?«

»Das wird sich zeigen. Noch etwas anderes – wenn Sie Polizisten auf ihn ansetzen, dürfen Sie nicht vergessen, daß er mit Waffen besser umgehen kann als der Durchschnitt. Wahrscheinlich wirkt er ganz harmlos. Ihm wird daran gelegen sein, eine Konfrontation zu

vermeiden, denn er will nicht die Falschen umbringen. Sonst hätte er auch Mrs. Charles getötet.«
»Wir müssen ihn in die Enge treiben, und ...«
»Das würde ich Ihnen besser nicht raten!«

»Na, bequem?« fragte Kelly.
Die Druckkammer gehörte zu den siebenhundert Stück, die von der Dykstra Foundy and Tool Company Inc. aus Houston, Texas, im Auftrag der Marine hergestellt worden waren, wie das Namensschild besagte. Der Kegel aus hochwertigem Stahl war dazu gedacht, Druckverhältnisse zu simulieren, wie sie beim Tiefseetauchen herrschen. Am oberen Ende war ein zehn Quadratzentimeter großes Dreifachfenster aus Plexiglas eingefügt. Es gab sogar eine kleine Öffnung, durch die Dinge wie Lebensmittel oder Getränke hineingereicht werden konnten, und im Innern befand sich eine Zwanzig-Watt-Leselampe in einer geschützten Fassung. Unter der Kammer gab es einen kraftvollen, benzinbetriebenen Luftkompressor, der von einem Klappstuhl aus kontrolliert werden konnte. Daneben saßen zwei Druckventile. Eines zeigte in konzentrischen Kreisen Millimeter und Zoll, Pfund pro Quadratzentimeter, Kilogramm pro Quadratzentimeter und »Bar« oder das Vielfache des normalen atmosphärischen Drucks, der 14,7 PSI betrug. Der andere Anzeiger bezog sich auf die entsprechende Wassertiefe in Fuß und Meter. Alle zehn Meter der simulierten Tiefe stieg der Druck um 14,7 PSI oder ein Bar an.
»Hören Sie, was immer Sie wissen wollen, ich ...« drang es über die Sprechanlage.
»Hab mir schon gedacht, daß du jetzt zu Verstand kommst.« Mit einem Zug am Seil setzte Kelly den Motor des Kompressors in Betrieb. Er prüfte nach, ob das einfache Muffenventil neben dem Druckanzeiger geschlossen war. Dann öffnete er das Druckventil, so daß der Kompressor Luft in das Innere der Kammer blies, und sah zu, wie sich die Nadel langsam im Uhrzeigersinn bewegte.
»Kannst du schwimmen?« fragte Kelly, während er Billys Gesicht beobachtete.
Billy hob alarmiert den Kopf. »Was? Bitte! Ertränken Sie mich nicht!«
»Dazu wird es nicht kommen. Also, kannst du schwimmen?«
»Ja, natürlich.«
»Bist du schon mal getaucht?« fragte Kelly als nächstes.
»Nein, noch nie«, antwortete der verwirrte Drogenhändler.

»Nun gut, dann wirst du es jetzt lernen. Du mußt gähnen und schlucken und dich an den Druck gewöhnen«, erklärte Kelly, während die Nadel des Druckanzeigers über zehn Meter »Tiefe« glitt.

»Nun stellen Sie doch endlich Ihre Fragen!«

Kelly schaltete die Sprechanlage ab. In Billys Stimme klang zuviel Angst mit. Kelly mochte anderen nicht weh tun, und er hatte Angst, er könnte Mitgefühl für Billy entwickeln. Er ließ die Nadel bei 35 Metern stehen und schloß das Druckventil, ließ den Motor allerdings laufen. Während Billy sich an den Druck gewöhnte, suchte Kelly einen Schlauch, den er an das Abgasventil des Motors anschloß. Dann legte er den Schlauch nach draußen, damit das Kohlenmonoxyd in die Atmosphäre geleitet wurde. Es würde Zeit kosten, einfach nur abzuwarten, was geschah. Im Augenblick verließ sich Kelly allein auf das, was er noch wußte, und das machte ihm Sorgen. An der Außenseite der Druckkammer war eine verständliche, aber nicht sehr ausführliche Bedienungsanleitung angebracht, die zum Schluß auf ein bestimmtes Taucherhandbuch verwies, das Kelly nicht besaß. In letzter Zeit war er nur selten in die Tiefe getaucht. Das einzige Mal, das zählte, war dieser Auftrag am Golf von Mexiko gewesen, als sie die Ölplattform hochgejagt hatten. Während er die Werkstatt aufräumte, beschäftigte sich Kelly eine Stunde lang damit, sein Gedächtnis und seine Wut zu aktivieren, bevor er zu dem Klappstuhl zurückkehrte.

»Wie geht es dir?«

»Na ja, es geht schon.« Die Stimme schien ihm ziemlich nervös.

»Willst du ein paar Fragen beantworten?«

»Alles, was Sie wollen. Aber lassen Sie mich erst hier raus!«

»Gut.« Kelly nahm einen Notizblock zur Hand. »Hat man dich schon mal verhaftet, Billy?«

»Nein.« Ein wenig stolz, stellte Kelly fest. Gut.

»Warst du beim Militär?«

»Nein.« Eine dumme Frage.

»Du warst also noch nie im Gefängnis, und man hat dir keine Fingerabdrücke abgenommen oder so was Ähnliches?«

»Nein.« Billy schüttelte den Kopf.

»Und woher weiß ich, daß du die Wahrheit sagst?«

»Das ist wahr, Mann! Ich lüge nicht.«

»Vielleicht. Aber wir müssen auf Nummer Sicher gehen.« Mit der linken Hand drehte Kelly den Entlastungshahn auf. Laut zischend strömte die Luft aus der Kammer. Kelly beobachtete den Druckanzeiger.

Billy hatte keine Ahnung, was ihn erwartete, und es war eine Überraschung, die sich als ziemlich unangenehm erwies. In der letzten Stunde war er von knapp dem Vierfachen des normalen Luftdrucks umgeben gewesen, und sein Körper hatte sich daran gewöhnt. Die komprimierte Luft, die er eingeatmet hatte, hatte den Weg von den Lungen in den Blutkreislauf gefunden. Daraufhin hatten sich in seinen Blutgefäßen kleine Gasblasen, hauptsächlich aus Stickstoff, verteilt. Als Kelly die Luft aus der Kammer entweichen ließ, dehnten sich diese Bläschen nun aus. Eine Zeitlang konnte das sie umgebende Gewebe dem Druck noch standhalten, doch nicht für lange. Mit einem Schlag wüteten sie sich aus, bis ein Teil von ihnen platzte und dabei die stärksten und unangenehmsten Körpergefühle auslöste, die Billy je erlebt hatte. Billys Stöhnen ging über in einen Schrei, und dabei war er lediglich um fünfzehn Meter aufgetaucht. Kelly schloß das Entlastungsventil und führte erneut Druck zu. Nach kurzer Zeit war er wieder auf vier Bar angestiegen, worauf der Schmerz nahezu augenblicklich verschwand. Zurück blieb das Gefühl, das sich nach einem anstrengenden Training einstellt, aber das war für Billy eine ungewohnte Erfahrung und auch nichts, was er, wie manche Sportler, willkommen geheißen hätte. Vielmehr zeigten seine erschreckt aufgerissenen Augen, daß er Angst hatte. In seinem Blick lag nichts Menschliches mehr, und das war gut so.

Kelly stellte die Sprechanlage ein. »Das ist die Strafe für eine Lüge. Also, hat man dich schon mal verhaftet, Billy?«

»Mensch, verdammt, nein!«

»Warst du schon mal im Gefängnis? Sind deine Fingerabdrücke gespeichert –«

»Nein, Mann, keine Strafzettel und nichts.«

»Und die Armee?«

»Nein, hab ich doch schon gesagt!«

»Gut, vielen Dank.« Kelly hakte die erste Gruppe von Fragen ab. »Kommen wir nun zu Henry und seiner Organisation.« Es gab noch etwas, was Billy nicht wissen konnte. Bei einem Druck von etwa drei Bar und mehr hatte der Stickstoff, der in den meisten menschlichen Zellen die Funktion von Sauerstoff übernahm, einen narkotischen Effekt, der mit dem von Alkohol und Barbituraten vergleichbar war. Trotz seiner Angst wurde Billy schlagartig in Euphorie versetzt, was gleichzeitig eine Einschränkung seines Urteilsvermögens zur Folge hatte. Doch das war nur ein positiver Nebeneffekt der Verhörtechnik, die Kelly vor allem deshalb ausgesucht hatte, weil man damit schwerste Verletzungen verursachen konnte.

»Und das Geld ist noch da?« fragte Tucker.
»Mehr als fünfzigtausend. Sie waren noch am Zählen, als ich losgefahren bin«, sagte Mark Charon. Sie trafen sich im Kino und waren wieder die beiden einzigen Zuschauer auf dem Balkon. Doch heute aß Henry kein Popcorn, wie der Kriminalbeamte feststellte. Man erlebte nicht oft, daß Tucker sich aus der Ruhe bringen ließ.
»Ich muß wissen, was da vorgeht. Erzählen Sie mir alles, was Ihnen bekannt ist.«
»In der letzten Woche oder in den letzten zehn Tagen wurden ein paar Dealer umgenietet –«
»Ju-Ju, Bandanna und zwei andere, die ich nicht kenne. Das weiß ich. Glauben Sie, da gibt es einen Zusammenhang?«
»Mehr haben wir nicht, Henry. Der, der verschwunden ist, ist das Billy?«
»Ja. Und Rick ist tot. War es ein Messer?«
»Irgendein Wahnsinniger hat ihm das Herz rausgeschnitten«, übertrieb Charon. »Eins von deinen Mädchen ist auch weg?«
»Doris«, bestätigte Henry mit einem Nicken. »Aber das Geld ist noch da ... Warum?
»Vielleicht ein Raub, der schiefgelaufen ist. Aber ich kann mir nicht vorstellen, was schiefgelaufen sein könnte. Ju-Ju und Bandanna wurden ausgeraubt – verdammt, vielleicht hängen die Fälle doch nicht zusammen, und das letzte Nacht war eine ganz andere Sache.«
»Und was?«
»Vielleicht ein offener Angriff auf unsere Organisation, Henry«, antwortete Charon leise. »Wer aus unserem Bekanntenkreis könnte so was anzetteln? Man muß nicht unbedingt ein Bulle sein, um ein Motiv zu finden.« Ein Teil von ihm – und kein geringer – genoß es, für kurze Zeit die Oberhand über Tucker zu haben. »Wieweit ist Billy eingeweiht?«
»In vieles. Mist, ich war gerade so weit, daß ich ihn in –« Tucker hielt inne.
»Ist schon gut. Ich will es gar nicht wissen. Aber jemand anderes weiß es jetzt, und darüber solltest du dir besser mal Gedanken machen.« Ein wenig spät wurde Mark Charon bewußt, wie eng sein Wohlergehen mit dem von Henry Tucker verknüpft war.
»Warum hat er es nicht wenigstens so aussehen lassen, als ob es ein Raub gewesen wäre?« fragte Tucker, während er blicklos auf die Leinwand starrte.
»Da wollte dir jemand eine Botschaft schicken, Henry. Das ist ein

Zeichen der Verachtung. Wen gibt es in unserem Bekanntenkreis, der kein Geld braucht?«

Die Schreie wurden immer lauter. Billy war erneut auf zwanzig Meter aufgetaucht und kurze Zeit dort geblieben. Daß man sein Gesicht beobachten konnte, war eine Hilfe. Kelly sah, wie er die Hände auf die Ohren preßte, als im Abstand von weniger als einer Sekunde beide Trommelfelle platzten. Dann setzte sich der Druck auf Augen und Nebenhöhlen. Die Zähne würden ebenfalls an die Reihe kommen, wenn er Löcher hatte – was bestimmt der Fall war. Doch noch wollte Kelly ihm nicht zu sehr weh tun, noch nicht.

»Billy«, sagte er, nachdem er Druck zugefügt und ihm einen Großteil der Schmerzen genommen hatte. »Ich weiß nicht recht, ob ich dir glauben kann.«

»Du Schweinehund«, schrie der Mann in der Kammer ins Mikrofon. »Ich hab sie erledigt. Ich habe deine kleine Zuckerpuppe sterben sehen, wie Henrys Schwanz sie gefickt und sie für ihn den Hintern bewegt hat. Und du hast wie ein verdammtes Baby geweint, du Heulsuse!«

Kelly achtete darauf, daß sein Gesicht zum Fenster zeigte, als er den Entlastungshahn erneut öffnete. Er holte Billy auf fünfundzwanzig Meter hoch, damit er mal so richtig auf den Geschmack kam. Weil sich die Stickstoffblasen gewöhnlich in den Gelenken sammelten, würde es in den wichtigsten jetzt zu Blutungen kommen. Bei der Dekompressionskrankheit neigte das Opfer gewöhnlich dazu, sich zusammenzurollen wie eine Kugel. Aber Billy im Inneren der Kammer konnte sich nicht zusammenrollen, mochte er es auch noch so sehr versuchen. Sein zentrales Nervensystem war jetzt wahrscheinlich bereits in Mitleidenschaft gezogen, weil die Nervenfasern zusammengedrückt wurden. Das vervielfachte den Schmerz, verursachte stechendes Reißen in Gelenken und Gliedmaßen und sandte glühende Stiche durch den ganzen Körper. Als sich die winzigen Nervenfibern gegen die Behandlung auflehnten, liefen Spasmen durch seinen Körper, und er begann zu zucken, als würde er von Elektroschocks geschüttelt. Diese neurologische Reaktion zu einem derart frühen Zeitpunkt war beunruhigend. Billy hatte genug für heute. Kelly ließ den Druck ansteigen und sah zu, wie die Spasmen verebbten.

»Na, Billy, hast du jetzt eine Ahnung, wie es für Pam gewesen ist?« fragte er, damit er es ja selber nicht vergaß.

»Tut weh.« Jetzt weinte Billy. Er hatte die Arme hochgenommen, hielt die Hände vors Gesicht, aber seine Qual konnte er nicht verbergen.

»Billy«, sagte Kelly geduldig. »Nun hast du ja wohl verstanden, wie es funktioniert. Wenn du lügst, mußt du leiden. Wenn du etwas sagst, was mir nicht paßt, mußt du leiden. Soll ich dich noch ein bißchen leiden lassen?«

»O Gott – bitte nicht!« Billy zog die Hände vom Gesicht, und die beiden Männer blickten sich wenige Zentimeter voneinander entfernt in die Augen.

»Dann vergiß nicht, was sich gehört.«

». . . tut mir leid . . .«

»Mir auch, Billy. Tu, was ich dir sage.« Dies wurde mit einem Nicken bestätigt. Kelly nahm ein Glas Wasser in die Hand. Er prüfte die Verschlußklappen in der Durchreiche, bevor er die Tür öffnete und das Glas hineinstellte. »Wenn du die Tür an deinem Kopf aufmachst, findest du was zu trinken.«

Billy tat, wie geheißen, und sog dann gleich gierig das Wasser durch den Strohhalm.

»Dann wollen wir mal wieder zum Geschäftlichen kommen. Erzähl mir mehr von Henry. Wo wohnt er?«

»Das weiß ich nicht«, japste Billy.

»Das war die falsche Antwort!« schnaubte Kelly.

»Bitte nicht! Ich weiß es nicht. Wir haben uns immer auf einem Parkplatz an der Interstate 40 getroffen. Er wollte nicht, daß wir rauskriegen, wo –«

»Laß dir was Besseres einfallen, oder der Fahrstuhl fährt wieder in den zweiten Stock. Verstanden?«

»*Neiiiiin!*« Der Schrei war so laut, daß er direkt durch den zentimeterdicken Stahl drang. »*Bitte nicht. Ich weiß es nicht – wirklich nicht.*«

»Billy, ich habe keinen Grund, dich mit Samthandschuhen anzufassen«, hielt Kelly ihm vor. »Oder hast du vergessen, daß du Pam auf dem Gewissen hast. Du hast sie zu Tode gefoltert, dir einen dabei runtergeholt, wie du sie mit Zangen bearbeitet hast. Wie viele Stunden, Billy, wie viele Stunden haben deine Freunde und du sie in der Mangel gehabt? Zehn? Zwölf? Verdammt, und unsere Unterhaltung dauert jetzt erst sieben Stunden! Willst mir etwa weismachen, du arbeitest für diesen Kerl seit zwei Jahren und weißt nicht, wo er wohnt? Das nehme ich dir nicht ab. Aufwärts geht's«, sagte Kelly in sachlichem Ton und griff nach dem Hahn. Er brauchte ihn nur umzulegen. Das erste Zischen der komprimierten Luft erzeugte für

Billy solches Entsetzen, daß er aufschrie, noch bevor der Schmerz greifen konnte.
»ABER ICH WEISS ES NIIIIIICHT!«
Verdammt. Und wenn er es wirklich nicht weiß?
Trotzdem, dachte Kelly, ein Versuch kann nicht schaden. Er holte ihn ein Stückchen nach oben, nur auf 28 Meter, genug, um die alten Schmerzen wiederzubeleben, ohne neue Schäden hervorzurufen. Ebenso schlimm wie die Schmerzen war inzwischen die Angst davor, dachte Kelly, und wenn er zu weit ginge, würde der Schmerz selber zum Narkotikum werden. Nein, dieser Mann war ein Feigling, der die Qualen und das Entsetzen anderer genossen hatte. Doch wenn er entdeckte, daß man Schmerzen, wie schlimm auch immer, überleben konnte, würde er womöglich Mut entwickeln. Dieses – zugegebenermaßen geringe – Risiko wollte Kelly nicht eingehen. Er schloß das Entlastungsventil und ließ den Druck ansteigen, diesmal auf achtunddreißig Meter, um Billy alle Schmerzen zu nehmen und seinen Rausch zu verstärken.

»Mein Gott!« keuchte Sarah. Sie hatte die Fotos von Pams Leiche nicht gesehen, und ihre einzige Frage nach dem Zustand des Mädchens war durch eine Warnung ihres Mannes – die sie beherzigt hatte – zum Schweigen gebracht worden.
Doris war nackt und besorgniserregend teilnahmslos. Das einzig Positive war, daß sie mit Sandys Hilfe gebadet hatte. Sam hatte schon seine Tasche geöffnet und reichte Sarah jetzt das Stethoskop. Doris' Puls war bei über neunzig, einigermaßen kräftig, aber zu schnell für ein Mädchen ihres Alters. Der Blutdruck war ebenfalls zu hoch. Ihre Temperatur war normal. Sandy führte die Nadel ein und nahm ihr Blut ab, das im Labor des Krankenhauses untersucht werden sollte.
»Wer bringt so etwas fertig?« flüsterte Sarah. Auf Doris' Brüsten zeichneten sich zahllose Male ab, auf ihrer rechten Wange eine halb verheilte Narbe und auf Körper und Beinen weitere Schwellungen neueren Ursprungs. Sam prüfte ihre Augen auf die Pupillenreaktion. Sie war positiv – abgesehen vom totalen Mangel jeglicher Reaktion.
»Die Leute, die Pam ermordet haben«, antwortete der Chirurg leise.
»Pam?« fragte Doris.
»Kannten Sie sie? Woher?«
»Der Mann, der Sie hierher gebracht hat«, erklärte Sandy. »Er ist der, den –«
»Den Billy erschossen hat?«

»Ja«, antwortete Sam. Erst dann erkannte er, wie dumm ihr Dialog für einen Außenstehenden klingen mußte.

»Ich kenne nur seine Telefonnummer«, sagte Billy, berauscht von dem hochkomprimierten Stickstoffgas. Das Nachlassen der Schmerzen machte ihn willfährig.

»Dann gib sie mir«, befahl Kelly. Billy folgte dem Befehl, und Kelly schrieb die Nummer auf. Mittlerweile verfügte er über zwei volle Seiten handschriftlicher Notizen, Namen, Adressen und ein paar Telefonnummern – dem Anschein nach recht wenig, doch weitaus mehr als noch vierundzwanzig Stunden zuvor.

»Wie kommen die Drogen ins Land?«

Billy wandte den Kopf vom Fenster fort. »Weiß ich nicht...«

»Laß dir was Besseres einfallen.« *Zzzzuhhhhh ...*

Billy begann wieder zu schreien, doch diesmal unternahm Kelly nichts dagegen und sah nur zu, wie der Tiefenmesser auf fünfundzwanzig Meter kletterte. Billy begann zu würgen. Die Funktion seiner Lungen war gestört, und der keuchende Husten erhöhte den Schmerz, der jeden Quadratzentimeter seines gepeinigten Körpers durchdrang. Er wurde aufgebläht wie ein Ballon, oder eigentlich wie mehrere, kleine und große, die explodieren wollten und sich gegenseitig an der Ausdehnung hinderten. Einige waren stärker, andere schwächer, und die schwächeren füllten die wichtigsten Bereiche in Billys Körper. Die Augen taten ihm weh, sie schienen sich in den Höhlen auszudehnen, und daß sich die Nasennebenhöhlen ebenfalls erweiterten, machte es nur noch schlimmer. Es kam ihm vor, als würde sein Gesicht aus dem Kopf gerissen, und verzweifelt drückte er die Hände dagegen, um es an Ort und Stelle zu halten. Der Schmerz war schlimmer als alles, was er jemals gefühlt, und auch schlimmer als alles, was er anderen jemals zugefügt hatte. Er winkelte die Knie so weit an, wie es der Stahlzylinder erlaubte. Die Kniescheiben schienen Mulden in den Stahl zu graben, so fest drückte er sie dagegen. Die Arme konnte er noch bewegen, und in der Suche nach Erleichterung wand er sie um die Brust. Er konnte nicht einmal mehr schreien. Für Billy war die Zeit stehengeblieben und zur Ewigkeit geworden. Es gab kein Licht mehr und keine Dunkelheit, kein Geräusch und keine Stille. Alles, was er fühlte, war Schmerz.

»... bitte ... bitte ...« Das Flüstern drang zu Kelly über die Sprechanlage. Langsam ließ er den Druck ansteigen und hörte erst bei fünfunddreißig Metern wieder auf.

Billys Gesicht war fleckig geworden, wie von einem starken allergischen Ausschlag. Einige Blutgefäße waren geplatzt, vor allem aber eine große Ader an der Netzhaut des linken Auges. Das Weiß hatte sich zur Hälfte rot, fast schon purpurrot gefärbt, wodurch er noch verschreckter aussah als zuvor – wie ein böses Tier in der Klemme, und genau das war er ja auch.

»Meine letzte Frage lautete, wie die Drogen ins Land kommen.«
»Ich weiß es nicht«, jammerte er.

Kelly sprach ungerührt ins Mikrofon. »Billy, eins muß dir klar sein. Bis jetzt hat es – nun, es hat schrecklich weh getan. Aber ich habe noch nichts zerstört. Ich meine, du bist noch nicht wirklich verletzt.«

Billys Augen weiteten sich. Hätte er die Ereignisse kühl betrachten können, wäre ihm bewußt geworden, daß jedes Entsetzen *irgendwann* ein Ende haben muß, eine Erkenntnis, die ebenso falsch wie richtig gewesen wäre.

»Alles Bisherige können Ärzte wieder in Ordnung bringen.« Das war nicht einmal unbedingt gelogen, und das, was folgte, noch weniger. »Aber das nächste Mal, wenn ich das Luftventil öffne, geschehen Dinge, die niemand wieder in Ordnung bringen kann. In deinen Augen platzen Blutgefäße, und du wirst blind. Auch Blutadern in deinem Gehirn werden platzen. Und beides kann man nicht mehr reparieren. Du wirst nicht nur blind, sondern auch verrückt. Und der Schmerz, der wird dir bleiben, dein ganzes Leben lang, Billy. Blind, verrückt und schmerzgebeutelt. Wie alt bist du? Fünfundzwanzig? Dann hast du ja noch einige Zeit vor dir. Vielleicht vierzig Jahre blind, verrückt und ein Krüppel. Also wärst du gut beraten, mich nicht anzulügen, nicht wahr? – Also: Wie kommen die Drogen ins Land?«

Keine Gnade, hielt Kelly sich vor. Einem Hund, einer Katze oder einem wilden Tier hätte er den Gnadenschuß versetzt, wäre es im gleichen Zustand wie dieser ... wie dieses Objekt. Doch Billy war kein Hund, keine Katze, er war auch kein wildes Tier. Er war trotz allem ein menschliches Wesen – allerdings schlimmer als jeder Zuhälter, schlimmer als jeder Dealer. Unter umgekehrten Vorzeichen hätte er sich nicht mit solchen Gefühlen abgegeben wie Kelly jetzt. Er war ein Wesen mit einem äußerst begrenzten Horizont. Seiner umfaßte nur einen einzigen Menschen, nämlich sich selber, umgeben von Personen, die einzig dazu da waren, von Billy zu seinem Spaß oder für seinen Profit manipuliert zu werden. Billy genoß es, anderen Schmerz zuzufügen, sich seine Dominanz über andere zu sichern, deren Gefühle ohne Bedeutung waren, selbst wenn sie unübersehbar existierten. Er hatte nie begriffen, daß es in diesem Universum außer ihm noch Menschen gab, die das gleiche Recht auf Glück und Leben besaßen wie er. Und weil er die Existenz anderer nicht wahrnahm, hatte es auch passieren können, daß er, ohne es zu merken, einem anderen zu nahe getreten war und ihn herausgefordert hatte. Jetzt wurde er zwar eines Besseren belehrt, aber das kam denn doch ein bißchen zu spät. Nun stand er vor der Erkenntnis, daß die Zukunft ein einsames Universum war, nicht von Menschen belebt, sondern allein von seinem Schmerz. Da er klug genug war, dies zu begreifen, brach etwas in Billy entzwei. Es zeigte sich nicht auf seinem Gesicht. Statt dessen begann er zu reden, holpernd und keuchend, doch schließlich völlig ehrlich. Es war nur ungefähr zehn Jahre zu spät, schätzte Kelly, während er von seinen Notizen aufblickte. Fast schon ein Jammer und ganz bestimmt schade für die vielen, die Billys exzentrisches Universum bevölkert hatten. Vielleicht hatte er sich nie vorstellen können, daß jemand ihm das antun würde, was er so vielen anderen, Kleineren und Schwächeren, angetan hatte. Doch auch für derartige Betrachtungen war es jetzt zu spät. Zu spät für Billy, zu spät für Pam und in gewissem Sinne auch zu spät für Kelly. Die Welt war voller Ungerechtigkeit, das war die schlichte Wahrheit. Vielleicht hatte Billy nicht gewußt, daß es da draußen ein Recht gab, das nur auf ihn wartete, es hatte ihn einfach nie jemand gewarnt. Und so hatte er eben gespielt – und verloren. Kelly würde sein Mitleid für andere aufsparen.

»Ich weiß es nicht ... ich weiß –«
»Ich habe dich gewarnt!« Kelly öffnete den Hahn und brachte ihn auf achtzehn Meter zurück. Die Blutgefäße in der Retina mußten frühzeitig geplatzt sein. Kelly meinte, ein wenig Rot in der erweiterten Pupille zu sehen, während ihr Besitzer schrie, obwohl er keine Luft mehr in den Lungen hatte. Seine Knie, Füße, Ellenbogen trommelten gegen die Stahlwand. Kelly ließ es geschehen, er wartete eine Weile, bevor er den Luftdruck wieder ansteigen ließ.

»Sag mir, was du weißt, Billy, oder es kommt noch Schlimmeres auf dich zu. Und beeil dich.«

Die Stimme war jetzt die eines reuigen Sünders. Wenn seine Informationen stimmten, waren sie bemerkenswert. Und kein Mensch mit seinem Charakter war in der Lage, derartiges zu erfinden. Das abschließende Verhör dauerte drei Stunden, in denen die Luft nur einmal für ein oder zwei Sekunden aus der Kammer zischen mußte. Nachdem Kelly ihn allein gelassen hatte, überprüfte er die Antworten, doch er fand keine Abweichungen zu Billys früheren Aussagen.

Vielmehr lieferten sie ihm neue Fakten, mit deren Hilfe er bestimmte Einzelheiten verknüpfen konnte, so daß er einen immer klareren Gesamteindruck bekam. Gegen Mitternacht war er überzeugt, daß aus Billy nichts mehr herauszuholen war. Er hatte alle nützlichen Informationen geliefert, die er kannte.

Fast wäre Kelly von Mitleid überwältigt worden, als er den Kugelschreiber hinlegte. Wenn Billy mit Pam gnädiger verfahren wäre, hätte er vielleicht anders gehandelt, denn seine eigenen Wunden waren, genau wie Billy gesagt hatte, Geschäftsrisiko – oder vielmehr durch seine eigene Dummheit verursacht. Er konnte einem anderen wohl kaum guten Gewissens Schaden zufügen, bloß weil er aus Kellys Fehlern Nutzen gezogen hatte. Doch Billy hatte es nicht damit bewenden lassen. Er hatte die Frau, die Kelly liebte, gefoltert, und aus diesem Grunde war Billy kein *Mann* und hatte Kellys Anteilnahme nicht verdient.

Aber das spielte jetzt ohnehin keine Rolle mehr. Die Schäden waren nicht mehr rückgängig zu machen. Vielmehr gewannen sie an Eigendynamik, indem das bei dem barometrischen Trauma losgelöste Gewebe in den Blutgefäßen mitgeschwemmt wurde, so daß sie eins nach dem anderen verstopften. Die schlimmsten Auswirkungen dieses Vorgangs würden sich in Billys Gehirn zeigen. Schon bald würde sich in seinen blicklosen Augen der Wahnsinn abzeichnen, und obwohl Kelly die letzte Druckanpassung langsam und vorsichtig durchführte, würde das, was ihm beim Öffnen der Kammer gegenüberstand, kein Mann mehr sein – aber das war er ja ohnehin nie gewesen.

Kelly löste die Bolzen an der Einstiegsluke. Sofort schlug ihm ein fauliger Gestank entgegen, den er eigentlich hätte erwartet haben müssen. Der Druck und sein Nachlassen hatten in Billys Verdauungstrakt und Leber die vorhersehbaren Folgen gezeigt. Er würde die Kammer später ausspritzen, beschloß Kelly, während er Billy nach draußen zog und auf den Betonfußboden legte. Er überlegte, ob er ihn anketten mußte. Doch der Körper zu seinen Füßen war für seinen Besitzer nutzlos geworden, die wichtigsten Gelenke nahezu zerstört und das zentrale Nervensystem nur noch dazu da, Schmerzen zu verbreiten. Trotzdem atmete Billy noch, und das war gut so, dachte Kelly. Froh, daß er es hinter sich hatte, ging er in sein Schlafzimmer. Mit ein wenig Glück würde ihm so etwas in Zukunft erspart bleiben. Und mit ein wenig Glück und den entsprechenden Medikamenten würde Billy noch einige Wochen am Leben bleiben. Wenn man es so nennen konnte.

21 / Möglichkeiten

Kelly war direkt etwas verstört, daß er so gut geschlafen hatte. Es war irgendwie nicht angebracht, dachte er beunruhigt, zehn Stunden lang durchzuschlafen, nachdem er Billy das angetan hatte. Merkwürdig, daß sich sein Gewissen ausgerechnet jetzt rührte, sagte Kelly beim Rasieren zu seinem Ebenbild im Spiegel; außerdem meldete es sich reichlich spät. Wenn einer nichts anderes tat, als Frauen zu quälen und mit Drogen zu handeln, dann sollte er sich über die möglichen Konsequenzen im klaren sein. Kelly wischte sich den Schaum ab. Es hob absolut nicht seine Stimmung, daß er einen anderen gefoltert hatte – da gab es keinen Zweifel. Es war nur darum gegangen, notwendige Informationen zu sammeln und gleichzeitig auf ganz besonders angemessene Weise der Gerechtigkeit wieder Geltung zu verschaffen. Daß er sein Verhalten in diese ihm wohlvertrauten Begriffe fassen konnte, trug einiges dazu bei, daß ihn sein schlechtes Gewissen nicht übermannte.

Er mußte noch weg. Nach dem Anziehen holte sich Kelly einen Plastiksack. Der kam hinten aufs Brunnendeck seiner Jacht. Er hatte bereits gepackt und brachte seine Sachen in die Kajüte.

Die Überfahrt würde mehrere Stunden dauern, größtenteils langweilig und zu mehr als der Hälfte im Dunkeln verlaufen. Während er südwärts auf Point Lookout zusteuerte, nahm sich Kelly die Zeit, um die Ansammlung der abgewrackten Schiffe bei Bloodsworth Island in Augenschein zu nehmen. Sie waren für den Ersten Weltkrieg gebaut worden und bildeten eine äußerst bunte Mischung. Einige waren aus Holz, andere aus Beton – was überaus merkwürdig erschien –, und alle hatten die weltweit ersten gezielten U-Boot-Angriffe überstanden, waren aber selbst in den 20er Jahren schon nicht kommerziell einträglich gewesen, als Handelsmatrosen viel billiger zu haben gewesen waren als die Schleppdampferbesatzungen, die regelmäßig in der Chesapeake Bay verkehrten. Kelly ging auf die Laufbrücke, und während der Autopilot den südlichen Kurs hielt, besah er sich seine Zielobjekte durchs Fernglas. Irgendwo würde sich schon etwas regen. Er konnte aber keine Bewegung wahrnehmen und sah auch keine Boote in dem sumpfigen Gewässer, zu dem ihre letzte Ruhestätte geworden war. Das war zu erwarten gewesen, dachte er. Es würde ja kein ständiger Betrieb herrschen, obwohl es bis vor kurzem ein schlaues Versteck für Billys Unternehmungen gewesen war. Er änderte den Kurs auf Westen. Diese Angelegenheit konnte noch warten. Kelly versuchte bewußt, sein Denken in eine andere Richtung zu lenken. Bald würde er wieder im Team, mit Männern seines Schlags zusammenarbeiten. Eine willkommene Abwechslung, dachte er, während der ihm genügend Zeit bleiben würde, sich seine Taktik für die nächste Phase seines Vorgehens zurechtzulegen.

Die Polizeibeamten waren über den Vorfall mit Mrs. Charles lediglich unterrichtet worden, aber nachfolgende Informationen über die Methode, wie ihr Angreifer zu Tode gekommen war, hatten ihre Alarmbereitschaft erhöht. Zusätzliche belehrende Worte waren gar nicht nötig. Streifenwagen mit zwei Mann Besatzung wurden nun ausgeschickt, obwohl auch welche mit nur einem erfahrenen – oder sich sehr sicher fühlenden – Beamten am Steuer in gleicher Funktion unterwegs waren, aber das hätte Ryan und Douglas sehr mißfallen, wenn sie es gesehen hätten. Normalerweise ging ein Polizist vor, während der andere sich im Hintergrund hielt und die Hand lässig an seinem Dienstrevolver hatte. Der vordere Beamte hielt den Stadtstreicher auf, filzte ihn, durchsuchte ihn nach Waffen und fand dabei auch oft ein Messer, aber kein Schießeisen – jeder, der eines besessen hätte, würde es verpfändet haben, um mit dem Geld Alkohol oder in manchen Fällen auch Drogen zu besorgen. In der ersten Nacht wurden elf solche Individuen erkennungsdienstlich behandelt, doch es erfolgten nur zwei Festnahmen wegen Beamtenbeleidigung. Am Ende der Schicht war nichts Verwertbares zum Vorschein gekommen.

»Also – ich hab etwas herausgefunden«, sagte Charon. Sein Auto stand in einer Parklücke neben einem Cadillac vor dem Supermarkt.
»Was denn?«
»Sie suchen nach einem Kerl, der sich als Penner verkleidet.«
»Wollen Sie mich auf den Arm nehmen?« fragte Tucker leicht angewidert.
»Aber wenn ich es doch sage, Henry«, versicherte ihm der Kriminalbeamte. »Sie haben Anweisung, behutsam vorzugehen.«
»Scheiße«, knurrte der Drogenschieber.
»Weiß, nicht besonders groß, Schuhgröße vierzig. Er ist ziemlich

stark und kann sich echt gut bewegen, wenn es sein muß. Sie tun recht geheimnisvoll mit dieser Information, aber etwa zur gleichen Zeit, als er sich bei einem Überfall einschaltete, hat's noch zwei weitere Dealer erwischt. Ich geh jede Wette ein, daß das derselbe Kerl war, der auch die anderen Dealer erledigt hat.«

Tucker schüttelte den Kopf. »Rick und Billy auch? Das ergibt doch keinen Sinn.«

»Henry, ob es einen Sinn ergibt oder nicht, so lauten die Informationen, okay? Also nehmen Sie es ernst. Wer auch immer dieser Kerl ist, er ist ein Profi. Haben Sie kapiert? Ein Profi.«

»Tony und Eddie«, sagte Tucker leise.

»Auf die würde ich als erste tippen, Henry, aber es gibt noch keine Anhaltspunkte.« Charon fuhr aus der Parklücke.

Aber das ergab alles keinen Sinn, sagte sich Tucker, während er die Edmonton Avenue entlangfuhr. Was konnten Tony und Eddie nur wollen? Was zum Teufel ging hier vor? Von seinem Unternehmen wußten sie nicht viel, bloß, daß es existierte und sie ihn und sein Territorium in Ruhe lassen sollten, während er sich zu ihrem Hauptlieferanten entwickelte. Es war nicht logisch, daß sie sein Geschäft schädigten, ohne ihm vorher seine Methode, wie er den Stoff importierte, abspenstig gemacht zu haben. Abspenstig machen – er hatte den falschen Begriff verwendet ... aber ...

Abspenstig gemacht. Was, wenn Billy noch am Leben war? Was, wenn Billy einen Deal auf eigene Faust gemacht hatte und Rick nicht hatte mitziehen wollen – eine Möglichkeit. Rick war schwächer, aber zuverlässiger als Billy gewesen.

Billy ermordet Rick, legt Doris um und läßt sie irgendwo verschwinden – damit kennt sich Billy ja aus –, aber warum? Er hat Verbindung aufgenommen – aber mit wem? Billy, dieses ehrgeizige kleine Arschgesicht, dachte Tucker. *Nicht besonders helle, aber ehrgeizig und zäh, wenn es sein muß.*

Möglichkeiten. Billy nimmt Kontakt mit jemandem auf. Mit wem? Was weiß Billy? Er weiß, wo der Stoff verarbeitet wird, aber nicht, wie er ins Land kommt ... vielleicht der Geruch, der Formaldehydgeruch an den Plastiksäckchen. Früher war Henry deswegen auf der Hut gewesen; als Tony und Eddie ihm in der Anfangsphase beim Verpacken des Stoffs halfen, hatte Tucker sich noch die Mühe gemacht, alles umzutüten, nur um auf Nummer Sicher zu gehen. Aber nicht bei den letzten beiden Lieferungen ... *verdammt.* Das war bestimmt ein Fehler gewesen. Billy wußte ungefähr, wo die Verarbeitung erfolgte, aber würde er die Stelle auf eigene Faust finden? Henry glaubte es nicht. Billy kannte sich mit Booten kaum aus und mochte sie auch gar nicht besonders, und das Navigieren war nichts, was man von heute auf morgen lernen konnte.

Aber Eddie und Tony kennen sich mit Booten aus, du Idiot, fiel Tucker jetzt wieder ein.

Aber *warum* sollten sie sich gegen ihn wenden, wenn doch alles lief wie geschmiert?

Wem war er sonst in die Quere gekommen? Nun, da gab es die Leute in New York, aber mit denen war er nicht einmal direkt in Verbindung getreten. Er hatte sich natürlich in ihren Markt gedrängt, einen Versorgungsengpaß ausgenützt, um sich einen Einstieg zu sichern. Könnten sie vielleicht darüber verstimmt sein?

Was war mit den Leuten in Philadelphia? Sie hatten als Vermittler zwischen ihm und New York fungiert, und womöglich waren sie gierig. Vielleicht hatten sie sich an Billy herangemacht.

Vielleicht hatte auch Eddie einen Schachzug gemacht und gleichzeitig Tony und Henry betrogen.

Vielleicht, vielleicht, vielleicht. Ein bißchen viel von der Sorte. Was auch im Gange war, noch hatte Henry die Hand auf der Zulieferungsroute. Präziser gesagt, er mußte den Dingen ins Auge sehen und sein Territorium und seine Verbindungen verteidigen. Es fing gerade erst an, so richtig lukrativ zu werden. Jahrelange Bemühungen waren erforderlich gewesen, um ihn dorthin zu bringen, wo er jetzt war, sagte sich Henry, der rechts zu seiner Wohnung abbog. Ein Neuanfang wäre mit Gefahren verbunden, die er nicht so leicht ein zweites Mal bewältigen konnte. Eine neue Stadt, dort ein neues Netzwerk aufziehen. Aber bald würde sich die Lage in Vietnam beruhigen. Die Zahl der Gefallenen, von denen er abhängig war, ging zurück. Ein Problem zu diesem Zeitpunkt, und alles ginge den Bach hinunter. Wenn er sein Unternehmen aufrechterhalten konnte, würde er im schlechtesten Fall über zehn Millionen Dollar einsakken – eher zwanzig, wenn er die Karten richtig ausspielte – und könnte ein für allemal aus dem Geschäft aussteigen. Das war eine durchaus verlockende Möglichkeit. Zwei Jahre mit hohen Schmiergeldzahlungen, um es so weit zu bringen. Wahrscheinlich konnte er nicht noch einmal ganz von vorn anfangen. Er mußte sich auf die Hinterbeine stellen und kämpfen.

Stell dich zum Kampf, Junge. Ein Plan zeichnete sich ab. Er hatte die Parole ausgegeben, daß er Billy wollte, und zwar lebend. Er würde mit Tony sprechen und ihm auf den Zahn fühlen, ob Eddie eventuell krumme Sachen machte oder mit Rivalen aus dem Norden in Verbindung stand. Das war seine erste Anlaufstelle für Informationen. Dann erst konnte er weitere Schritte unternehmen.

Das könnte die richtige Stelle sein, sagte sich Kelly. Die *Springer* glitt nur langsam – und lautlos – voran. Kelly mußte eine Stelle finden, wo zwar Leute wohnten, aber niemand weiter darauf achtete, was so vor sich ging. Absolut nichts Ungewöhnliches an dieser Einsatzbedingung, fiel ihm mit einem Lächeln ein. Einfach in eine Flußbiegung vorstoßen – und da war ja auch schon eine. Er überprüfte sorgfältig den Uferstreifen. Sah wie eine Schule aus, wahrscheinlich ein Internat, und die Gebäude waren nicht erleuchtet. Dahinter lag eine Stadt, klein und verschlafen. Auch dort gab es nur wenige Lichter, alle paar Minuten ein Auto, das aber stets auf der Hauptstraße blieb, und von dort konnte ihn garantiert niemand sehen. Er umrundete mit dem Boot noch eine Biegung – hier war es sogar noch besser; eine Farm, dem Anschein nach mit Tabakanbau, ein altes, stattliches Gebäude in etwa sechshundert Metern Entfernung, die Eigentümer hielten sich drinnen auf und genossen ihre Klimaanlage, der Schein der Lampen und des Fernsehapparats verhinderte, daß sie hinausblicken konnten. Hier würde er es riskieren.

Kelly stellte den Leerlauf ein und ging nach vorn, um seinen Treibanker zu setzen. Er ging behend und leise vor, ließ das Schlauchboot ins Wasser und zog es nach achtern. Es war gar nicht so schwer, Billy über die Reling zu hieven, dafür erwies es sich als unmöglich, den Körper ins Schlauchboot zu legen. Kelly eilte in die hintere Kabine und kam mit einer Schwimmweste wieder, die er Billy umlegte, bevor er ihn ins Wasser stieß. So ging es leichter. Er band die Weste ans Heck. Dann ruderte er so schnell er konnte ans Ufer. Nach nur drei oder vier Minuten stieß der Bug des Schlauchboots auf die schlammige Böschung. Kelly sah, daß es eine Schule war. Möglicherweise wurden dort Sommerkurse abgehalten, und mit ziemlicher Sicherheit gab es eine Putzkolonne, die am Morgen aufkreuzen würde. Er stieg aus dem Schlauchboot und zerrte Billy ans Ufer, bevor er ihm die Schwimmweste wieder abnahm.

»Du bleibst jetzt hier.«

»... bleibst ...«

»Genau.« Kelly schob das Schlauchboot wieder in den Fluß. Beim Zurückrudern war er durch seine Sitzposition gezwungen, Billy anzusehen. Er hatte ihn nackt zurückgelassen. Keine Identifizierung. Billy hatte keine besonderen Kennzeichen, die ihm nicht erst Kelly zugefügt hatte. Er hatte mehr als einmal beteuert, daß ihm noch nie

Fingerabdrücke abgenommen worden waren. Wenn das stimmte, dann konnte die Polizei ihn nicht so leicht identifizieren, wahrscheinlich überhaupt nicht. Und in seinem Zustand konnte er nicht mehr lange am Leben bleiben. Das Gehirn war stärker angegriffen, als Kelly beabsichtigt hatte, und das ließ darauf schließen, daß andere innere Organe genauso schwer in Mitleidenschaft gezogen waren. Kelly hatte schließlich doch ein wenig Mitleid gezeigt. Den Krähen würde keine Zeit bleiben, an ihm herumzupicken. Nur den Ärzten. Kurze Zeit später fuhr die *Springer* wieder den Potomac hinauf.

Nach zwei Stunden sah Kelly die Anlegestelle der Marinebasis Quantico. In seiner Müdigkeit steuerte er sie sehr vorsichtig an und suchte sich einen Gästeplatz am Ende einer Pier.

»Wer sind Sie denn?« fragte eine Stimme aus dem Dunkeln.

»Ich bin Clark«, erwiderte Kelly. »Sie sollten mich eigentlich erwarten.«

»Ach ja. Schönes Boot«, sagte der Mann und ging zu dem kleinen Dockhaus hinüber. Nach wenigen Minuten kam ein Auto den Hügel von den Offiziersquartieren herunter.

»Sie sind früh dran«, meinte Marty Young.

»Von mir aus können wir gleich anfangen, Sir. Möchten Sie an Bord?«

»Danke, Mr. Clark.« Er schaute sich die Kajüte an. »Wie sind Sie an das Prachtstück gekommen. Ich plage mich immer noch mit einer kleinen Jolle herum.«

»Ich weiß nicht, ob ich es Ihnen wirklich sagen sollte, Sir«, erwiderte Kelly. »Tut mir leid.« General Young nahm das gelassen hin.

»Dutch sagt, Sie werden an der Operation teilnehmen.«

»Jawohl, Sir.«

»Sind Sie sicher, daß Sie das hinkriegen?« Young bemerkte die Tätowierung auf Kellys Unterarm und fragte sich, was sie wohl bedeutete.

»Ich habe über ein Jahr bei PHOENIX mitgearbeitet, Sir. Was für Leute haben sich gemeldet?«

»Sie kommen alle von der Aufklärungstruppe. Wir bilden sie ziemlich hart aus.«

»Und rütteln sie gegen halb sechs aus dem Schlaf?« erkundigte sich Kelly.

»Genau. Jemand wird Sie abholen.« Young lächelte. »Wir brauchen Sie auch hübsch in Form.«

Kelly lächelte bloß. »Ist nur recht und billig, General.«

»Also, was ist nun so verdammt wichtig?« fragte Piaggi, der verstimmt war, am Wochenende abends so überfallartig behelligt zu werden.
»Ich glaube, da will mir jemand an den Kragen. Und ich möchte wissen, wer.«
»Oh?« Das gab dem Zusammentreffen natürlich Bedeutung, dachte Tony, wenn auch der Zeitpunkt schlecht gewählt war. »Erzähl mir, was passiert ist.«
»Jemand legt auf der West Side einen Dealer nach dem anderen um«, sagte Tucker.
»Ich lese die Zeitung«, versicherte ihm Piaggi. Er schenkte seinem Gast Wein ein. In Augenblicken wie diesen war es wichtig, den Anschein der Normalität aufrechtzuerhalten. Tucker würde nie zur Familie gehören, mit der Piaggi verbunden war, aber dennoch war er ein wertvoller Komplize. »Was ist daran so wichtig, Henry?«
»Derselbe Kerl hat zwei meiner Leute umgelegt. Rick und Billy.«
»Dieselben, die ...«
»Genau. Eines meiner Mädchen fehlt auch.« Er hob das Glas und trank, während er Piaggi in die Augen sah.
»Raubüberfall?«
»Billy hatte etwa siebzigtausend bei sich, in bar. Die Bullen haben es gefunden, unberührt.« Tucker ergänzte noch ein paar Details. »Die Polizei sagt, es schaut irgendwie echt profimäßig aus.«
»Hast du andere Feinde auf der Straße?« wollte Tony wissen. Es war keine schrecklich intelligente Frage – jeder in dem Geschäft hatte Feinde –, aber es kam eben auf das Geschick an.
»Ich hab dafür gesorgt, daß die Cops alle meine Hauptkonkurrenten kennen.«
Piaggi nickte. Das gehörte zum normalen Geschäftsgebaren, wenn es auch etwas riskant war. Er tat es mit einem Schulterzucken ab. Henry konnte ein echter Cowboy sein, Tony und seine Kollegen gelegentlich in Bedrängnis bringen. Henry war aber auch sehr vorsichtig, wenn es darauf ankam, und der Mann schien es zu verstehen, diese beiden Züge gut zu vereinbaren.
»Irgendein bestimmter, der mit dir abrechnen will?«
»Von denen würde keiner soviel Geld liegen lassen.«
»Stimmt auch wieder«, gab Piaggi zu. »Nur zu deiner Information, Henry. Ich selbst lasse soviel Scheine auch nicht liegen.«
Ach, wirklich? fragte sich Tucker, nach außen hin ungerührt. »Tony, entweder ist der Kerl durchgedreht, oder er versucht, mir etwas mitzuteilen. Er hat schon sieben oder acht Leute umgebracht,

der ist echt clever. Rick hat er mit einem Messer umgelegt. Ich glaube nicht, daß er durchgedreht ist, verstehst du?« Das Komische daran war, daß beide Männer vom anderen dachten, der würde bestimmt ohne weiteres zum Messer greifen. Henry bildete sich ein, Messer wären die Waffe der Italiener. Piaggi hielt sie für ein Markenzeichen der Schwarzen.

»Soviel ich gehört hab, legt jemand die Dealer mit einer Pistole um – einer kleinen.«

»Das eine Mal war es eine Schrotflinte, voll in den Bauch. Die Cops filzen die Penner, gehen recht gründlich vor.«

»Davon hab ich nichts gehört«, gab Piaggi zu. Dieser Mann hatte großartige Informationsquellen, aber schließlich lebte er auch näher bei dem betreffenden Stadtteil, da war es durchaus zu erwarten, daß sein Spitzelnetz rascher arbeitete als Piaggis.

»Klingt ganz nach einem Profi«, schloß Tucker. »Ein wirklich guter, weißt du?«

Piaggi nickte verständnisvoll, während sein Denken sich in einer Zwickmühle befand. Die Existenz äußerst geschickter Mafia-Killer war größtenteils eine von Film und Fernsehen genährte Legende. Der durchschnittliche Mord im organisierten Verbrechen war keine fachgerechte Tat, eher etwas, das ein Mann ausführte, der hauptsächlich anderen, finanziell einträglicheren Geschäften nachging. Es gab keine spezielle Riege von Killern, die geduldig neben dem Telefon saßen, zuschlugen, dann in ihre Luxuswohnungen zurückkehrten und auf den nächsten Anruf warteten. Es *gab* zwar schon initiierte Mitglieder, die ungewöhnlich gut oder erfahren im Töten waren, aber das war nicht das gleiche. Man stand einfach irgendwann in dem Ruf einer Person, der ein Mord mehr oder weniger nichts ausmachte, und das hieß dann, die Beseitigung würde mit dem geringsten Aufwand und nicht mit höchster Kunstfertigkeit erledigt werden. Wirklich kaltblütige und gewissenlose Killer waren selten, selbst in den Reihen der Mafia, und stümperhafte Morde waren eher die Regel als die Ausnahme. Für Tony bedeutete profihaft somit etwas, das nur als Fiktion existierte, das Fernsehimage eines Edelmafioso. Aber wie zum Teufel sollte er das Tony verständlich machen?

»Von meinen Leuten ist es keiner, Henry«, sagte er nach einigem Überlegen. Daß er überhaupt keine hatte, stand auf einem völlig anderen Blatt, sagte sich Piaggi, während er die Wirkung seiner Worte auf seinen Komplizen beobachtete. Henry hatte stets angenommen, Piaggi kenne sich mit Morden gut aus. Piaggi wußte aber, daß Tucker mit dieser Seite des Geschäfts schon mehr Erfahrungen gemacht hatte, als ihm je lieb gewesen wäre, aber auch das war wieder ein Punkt, den er erklären müßte, und es war jetzt eindeutig nicht der Zeitpunkt dafür. Einstweilen beobachtete er Tuckers Miene und versuchte, dessen Gedanken zu lesen, während er sein Glas Chianti austrank.

Wie weiß ich, ob er die Wahrheit sagt? Es bedurfte keines besonderen Scharfsinns, um diesen Gedanken zu lesen.

»Brauchst du Hilfe, Henry?« fragte Piaggi, um ein sehr ungemütliches Schweigen zu brechen.

»Ich glaube nicht, daß du die Finger drin hast. Ich denke, dazu bist du zu schlau«, sagte Tucker, der nun sein Glas hob.

»Freut mich zu hören.« Tony lächelte und schenkte ihnen beiden nach.

»Was ist mit Eddie?«

»Wie meinst du das?«

»Wird er je ein ›Mitglied‹ werden?« Tucker blickte zu Boden und schwenkte den Wein in seinem Glas. Das mußte er Tony lassen; er schuf immer die richtige Atmosphäre für eine geschäftliche Unterredung. Das war einer der Gründe, warum sie aufeinander zugegangen waren. Tony war still, überlegt, stets höflich, selbst bei einer heiklen Frage.

»Du triffst da einen empfindlichen Punkt, Henry, und ich sollte das wirklich nicht mit dir bereden. Du wirst nie ›Mitglied‹ werden können. Das weißt du.«

»Keine Chancengleichheit in der »Familie«, was? Aber das geht in Ordnung. Ich weiß, daß ich da nie wirklich reinpassen würde. Gerade so, daß wir Geschäfte zusammen machen können, Anthony.« Tucker setzte ein Grinsen auf, löste damit etwas die Spannung und machte es, wie er hoffte, Tony etwas leichter, seine Frage zu beantworten. Sein Wunsch wurde erfüllt.

»Nein«, sagte Piaggi nach kurzem Überlegen. »Niemand denkt, daß Eddie die Voraussetzungen dafür mitbringt.«

»Vielleicht schaut er sich nach was um, womit er das Gegenteil beweisen kann.«

Piaggi schüttelte den Kopf. »Ich glaub's nicht. Eddie kommt bisher doch finanziell gut weg. Das weiß er.«

»Wer dann?« fragte Tucker. »Wer sonst weiß noch genug? Wer sonst würde einen Haufen Morde begehen, um einen solchen Schritt zu tarnen? Wer sonst würde es so profimäßig aussehen lassen?«

Eddie ist nicht clever genug. Piaggi wußte das oder dachte es zumindest.

»Henry, wenn wir Eddie ausschalten, würde das größere Probleme ergeben.« Er verstummte. »Aber ich hör mich um.«

»Ich danke dir«, sagte Tucker. Er stand auf und ließ Tony mit seinem Wein allein.

Piaggi blieb am Tisch sitzen. Warum mußten die Dinge immer so kompliziert sein? War Henry aufrichtig? Wahrscheinlich, dachte er. Er war Henrys einzige Verbindung zur »Familie«, und wenn er die Leitung kappte, war das für alle Beteiligten sehr schlecht. Tucker konnte es sehr weit bringen, aber er würde nie richtig dazugehören. Andererseits war er clever und lieferte gut. Die »Familie« hatte viele solche Leute, die quasi zwischen Tür und Angel standen, assoziierte Mitglieder oder was auch immer, deren Wert und Status ihrer Nützlichkeit entsprachen. Viele von ihnen übten tatsächlich mehr Macht aus als einige »Familienmitglieder«, aber es bestand immer noch ein Unterschied. Bei einer wirklichen Auseinandersetzung galt die Stimme eines »Familienmitgliedes« viel – in den meisten Fällen war sie die einzig maßgebliche.

Das könnte die Sache erklären. War Eddie auf Henrys Rang eifersüchtig? Sehnte er sich so danach, ein wirkliches Mitglied zu werden, daß er dafür bereitwillig die Vorteile der gegenseitigen Geschäftsbeziehungen aus der Hand geben würde? Das ergab keinen Sinn, sagte sich Piaggi. Aber was ergab dann einen?

»*Springer* ahoi!« rief eine Stimme. Der Marine-Corporal war überrascht, als die Kabinentür sofort aufging. Er hatte schon erwartet, diesen . . . Zivilisten . . . aus seinem kuscheligen Bett schmeißen zu müssen. Statt dessen sah er einen Mann in Kampfstiefeln und Tarnanzug herauskommen. Es war keine Marineausstattung, genügte aber, um zu zeigen, daß der Mann es ernst meinte. Er konnte sehen, wo einige Aufnäher entfernt worden, wo ein Name und noch etwas anderes verschwunden waren, und das ließ Mr. Clark gewissermaßen noch ernsthafter wirken.

»Hier entlang, Sir.« Der Corporal winkte. Kelly folgte wortlos.

›Sir‹ hieß noch gar nichts. Im Zweifelsfall würde ein Marinesoldat noch einen Laternenpfahl mit ›Sir‹ anreden. Er folgte dem jungen Soldaten zu einem Wagen, dann fuhren sie ab, überquerten die Bahngleise und fuhren den Berg hinauf, während Kelly sich nach ein paar Stunden mehr Schlaf sehnte.

»Sind Sie der Fahrer des Generals?«

»Jawohl, Sir.« Das war schon die ganze Unterhaltung.

Etwa fünfundzwanzig Männer standen im Morgennebel, streckten sich und plauderten miteinander, während der Unteroffizier die in Reih und Glied angetretene Truppe abschritt, dabei nach verschlafenen Augen oder müden Mienen Ausschau haltend. Die Köpfe wandten sich um, als der Wagen des Generals anhielt und ein Mann ausstieg. Sie sahen, daß er die falschen Klamotten trug, und fragten sich, wer zum Teufel das nun wieder war, besonders, da er überhaupt keine Rangabzeichen hatte. Er ging direkt auf den ersten Unteroffizier zu.

»Sind Sie Artillerist Irvin?« fragte Kelly.

Gunnery Sergeant Paul Irvin nickte höflich, während er den Besucher musterte. »Korrekt, Sir. Sind Sie Mr. Clark?«

Kelly nickte. »Na ja, der versuche ich zu dieser frühen Stunde zumindest zu sein.«

Die beiden Männer wechselten einen abschätzenden Blick. Paul Irvin war dunkel und hatte eine ernste Miene. Er war nicht so offen einschüchternd, wie Kelly es erwartet hatte. Aber er hatte die Augen eines sorgfältigen, bedächtigen Mannes, wie man es von einem Mann seines Alters und mit seiner Erfahrung erwarten konnte.

»Wie steht es mit Ihrer Kondition?« wollte Irvin wissen.

»Da gibt es nur einen Weg, das herauszufinden«, antwortete ›Clark‹.

Irvin lächelte übers ganze Gesicht. »Gut. Ich überlasse Ihnen die Führung beim Dauerlauf, Sir. Unser Captain ist woanders und macht seine Gymnastik.«

O Scheiße!

»Jetzt wollen wir uns mal auflockern.« Irvin ging wieder zur Formation und ließ sie strammstehen. Kelly reihte sich rechts ins zweite Glied ein.

»Guten Morgen, Marines!«

»Guten Morgen, Sir!« bellten sie zurück.

Die Liegestütze machten nicht gerade Spaß, aber Kelly mußte sich nicht groß in Szene setzen. Er behielt Irvin im Auge, der von Minute zu Minute ernster wurde, seine Übungen beinahe wie ein Roboter ausführte. Eine halbe Stunde später waren alle wirklich aufgelockert, und Irvin ließ sie sich zum Dauerlauf aufstellen.

»Leute, ich möchte euch ein neues Teammitglied vorstellen. Das ist Mr. Clark. Er wird mit mir den Dauerlauf anführen.«

Kelly nahm seinen Platz ein und flüsterte: »Ich hab keine Ahnung, wohin es gehen soll.«

Irvin lächelte spitzbübisch. »Kein Problem, Sir. Sie können uns ja hinterherhecheln, wenn Ihnen die Puste ausgeht.«

»Dann los, Knallkopf«, erwiderte Kelly, denn sie waren ja Profis unter sich.

Vierzig Minuten später führte Kelly immer noch. Von da an konnte er das Tempo bestimmen, und das war das einzig Gute daran. Ansonsten mußte er sich Mühe geben, nicht zu stolpern, was immer schwieriger wurde, da bei einer gewissen Ermüdung zuerst die Feinabstimmung des Körpers nachläßt.

»Links«, sagte Irvin und gab mit der Hand die Richtung an. Kelly konnte nicht wissen, daß der andere zehn Sekunden gebraucht hatte, um genügend Luft für dieses Wort zu schnappen. Irvin war ja noch dadurch zusätzlich belastet, daß er den Sprechgesang vorgeben mußte. Der neue Weg, nichts weiter als ein Trampelpfad, führte sie in Nadelwald.

Gebäude, o Gott, hoffentlich der Endpunkt. Selbst Kellys Gedanken konnten nur noch japsen. Der Weg schlängelte sich noch ein wenig dahin, aber da gab es Autos, das mußte es einfach sein. Aber *was* war das denn? Vor Überraschung wäre er beinahe stehengeblieben. Aus eigenem Ermessen rief er: »Im Gleichschritt, marsch!« um das Tempo der Formation zu drosseln.

Schaufensterpuppen?

»Kommando halt!« rief Irvin. »Rührt euch«, fügte er hinzu.

Nach vorn gebeugt, hustete Kelly ein paarmal. Er gratulierte sich im stillen zu seinen Dauerläufen im Park und um die Insel. Ohne die hätte er diesen Morgen nie durchgestanden.

»Langsam«, war alles, was Irvin ihm im Augenblick zu sagen hatte.

»Guten Morgen, Mr. Clark.« Es stellte sich heraus, daß eines der Autos echt war. James Greer und Marty Young winkten Kelly heran.

»Guten Morgen. Ich hoffe, Sie haben alle gut ausgeschlafen«, begrüßte sie Kelly.

»Sie haben sich ja freiwillig gemeldet, John«, beschied ihm Greer.

»Sie sind heute früh vier Minuten zu langsam«, bemerkte Young. »Aber nicht schlecht für einen Neuling.«

Kelly wandte sich halb angewidert ab. Es dauerte etwa eine Minute, bis er merkte, was dieser Ort darstellte.

»Verdammt!«

»Das ist Ihr Hügel.« Young zeigte mit dem Finger darauf.

»Die Bäume sind höher hier«, sagte Kelly, die Entfernung abschätzend.

»Der Hügel genauso. Es ist eine Geröllhalde.«

»Heute abend?« fragte Kelly. Es war nicht schwer, die Bedeutung der Worte des Generals zu erfassen.

»Meinen Sie, Sie packen es?«
»Das müssen wir erst noch herausfinden. Wann soll das Unternehmen losgehen?«
Green nahm sich dieser Frage an. »Das brauchen Sie jetzt noch nicht zu wissen.«
»Welche Vorlaufzeit habe ich?«
Der CIA-Beamte überlegte kurz, bevor er antwortete. »Drei Tage, bevor wir hier aufbrechen. Wir werden in ein paar Stunden die einzelnen Punkte des Unternehmens durchgehen. Einstweilen schauen Sie zu, wie sich die anderen Männer so anstellen.« Greer und Young gingen zurück zu ihrem Wagen.
»Aye, aye«, rief Kelly ihnen nach. Die Marines waren schon dabei, Kaffee zu machen. Kelly holte sich einen Becher und mischte sich unter die Einsatztruppe.
»Nicht schlecht«, meinte Irvin.
»Danke. Ich hab mir immer gedacht, das ist eines der allerwichtigsten Dinge, die einer in diesem Geschäft wissen muß.«
»Was denn?« fragte Irvin.
»Davonrennen, so weit und so schnell du kannst.«
Irvin lachte. Dann kam der erste Arbeitsgang des Tages, der den Männern eine Verschnaufpause verschaffte und sie zum Lachen brachte. Sie mußten die Schaufensterpuppen herumschieben. Es war schon genau festgelegt, welche Frau zu welchem Kind gehörte. Sie hatten herausgefunden, daß die Puppen beweglich waren, und die Marines machten sich einen Mordsspaß daraus. Zwei von ihnen hatten neue Kleidungsstücke dabei, ziemlich knappe Bikinis, die sie mit großem Hallo zwei sich rekelnden weiblichen Puppen überstreiften. Kelly sah mit ungläubigem Staunen zu, dann erkannte er, daß die Körper der Bademodenpuppen bemalt waren, um alles noch wirklichkeitsgetreuer zu machen. *Mein Gott*, dachte er, *und da heißt es immer, Matrosen hätten eine Schraube locker!*

Die USS *Ogden* war ein neues Schiff, oder doch beinahe neu, denn sie war erst 1964 aus den Hallen der Marinewerft New York vom Stapel gelaufen. Mit ihren knapp zweihundert Metern sah sie ziemlich seltsam aus. Zwar hatte das Vorderteil halbwegs normale Aufbauten und acht Geschütze, um angreifende Flugzeuge zu stören, aber die hintere Hälfte war oben flach und unten hohl. Der flache Teil diente als Hubschrauberlandeplatz, und direkt darunter befand sich ein Brunnendeck, das geflutet werden konnte, damit von dort aus Landungsboote operieren konnten. Sie und ihre elf Schwesterschiffe waren ganz darauf ausgerichtet, bei Landeunternehmen Unterstützung zu leisten, um Marinesoldaten für einen Angriff mit Amphibienfahrzeugen an den Strand zu bringen. Dieses Vorgehen war in den 20er Jahren erfunden und in den Vierzigern vervollkommnet worden. Doch die amphibischen Schiffe der Pazifikflotte waren nun ohne Auftrag – die Marinesoldaten waren ja schon gelandet, im allgemeinen in gecharterten Düsenjets auf normalen Flughäfen –, und deshalb wurden einige der ›Amphis‹ für andere Aufträge umgerüstet. So auch die *Ogden*.

Kräne hievten eine Reihe von Lastzügen auf das Flugdeck. Als sie verstaut waren, brachten Gruppen auf dem Deck verschiedene Funkantennen an. Weiteres Gerät dieser Art wurde an den Aufbauten festgeschraubt. Alle Arbeiten wurden offen ausgeführt – ein 17 000-Tonnen-Kriegsschiff läßt sich einfach nicht so leicht verstecken –, und so trat deutlich zutage, daß die *Ogden*, wie auch zwei weitere Schwesterschiffe, in eine schwimmende Bühne für das Abfangen elektronischer Geheiminformationen verwandelt wurde. Sie dampfte aus der Marinebasis San Diego, gerade als die Sonne unterging, und verließ den Hafen ohne Eskorte und ohne das Marinebataillon, das sie ihrer Bestimmung nach aufnehmen konnte. Ihre Navy-Besatzung, bestehend aus dreißig Offizieren und vierhundertundneunzig Berufssoldaten, machte sich an ihre routinemäßigen Überwachungsaufgaben, führte Probeläufe durch und war allgemein mit dem beschäftigt, wofür sich die meisten extra zur Navy gemeldet hatten, statt zu riskieren, daß sie das Los bei einer Einberufung sonstwohin schickte. Bei Einbruch der Dunkelheit war die *Ogden* bereits am Horizont verschwunden, und ihr neuer Auftrag war einigen interessierten Kreisen mitgeteilt worden, von denen nicht alle der Flagge, unter der sie fuhr, freundlich gesonnen waren. Mit all diesen Lastzügen an Bord und einer Unzahl von Antennen auf dem Flugdeck, die wie ein abgebrannter Wald aussahen – und vor allem ohne die Marinesoldaten –, würde sie niemandem direkt Schaden zufügen. Das wurde allen sonnenklar, die das Schiff gesehen hatten.

Nach zwölf Stunden, zweihundert Seemeilen weiter weg, stellten Bosun's Mates Gruppen aus den an Deck Beschäftigten zusammen und beauftragten einige ziemlich verwirrte junge Männer damit, alle Lastwagen bis auf einen loszumachen – sie waren alle leer – und alle Antennen auf dem Flugdeck abzubauen. Die an den Aufbauten sollten an Ort und Stelle bleiben. Die Antennen wurden als erste in die geräumigen Materialbunker geschafft. Danach wurden die leeren Lastzüge weggeschoben, und das Flugdeck war wie leergefegt.

In der Marinebasis Subic Bay sah der kommandierende Offizier der USS *Newport News* mit seinem Stellvertreter und dem Artillerieoffizier die Aufträge für den kommenden Monat durch. Seinem Kommando unterstand einer der letzten echten Kreuzer der Welt, der mit unvergleichlichen Geschützen bestückt war. Sie funktionierten halbautomatisch, und ihr Pulver wurde nicht in lockeren Beuteln, sondern in Messingkartuschen geladen, die sich nur in der Größenordnung von denen unterschieden, die ein normaler Freizeitjäger in seine Winchester .30-30 steckte. Bei einer Reichweite von beinahe zwanzig Meilen konnte die *Newport News* erstaunliche Salven abfeuern, was ein Bataillon der NVA sehr zu seinem Leidwesen gerade vor zwei Wochen erfahren hatte. Fünfzig Schüsse pro Minute aus jedem Rohr. Das mittlere Geschütz des Gefechtsturms Nr. 2 war beschädigt, und so konnte der Kreuzer verläßlicherweise bloß vierhundert Schüsse pro Minute aufs Ziel abgeben, doch das entsprach schon einer Hunderttausend-Pfund-Bombe. Die Aufgabe des Kreuzers für den nächsten Einsatz, wurde der Kapitän unterrichtet, sollte dem Angriff auf ausgewählte Flugabwehrbatterien an der vietnamesischen Küste gelten. Dagegen hatte er nichts, obwohl er sich insgeheim danach sehnte, eines Nachts in den Hafen von Haiphong einzudringen.

»Ihr Bursche scheint sein Geschäft zu verstehen – bis jetzt zumindest«, bemerkte General Young etwa um Viertel nach zwei.
»Es wäre viel von ihm verlangt, so etwas gleich in der ersten Nacht durchzuziehen, Marty«, entgegnete ihm Dutch Maxwell.
»Ach zum Teufel, wenn er mit meinen Marinesoldaten herumspielen will...« Das war Youngs Art. Sie waren alle »seine« Marinesoldaten. Er war mit Foss vor Guadalcanal geflogen, hatte Chesty Pullers Regiment in Korea beigestanden und gehörte zu den Männern, die direkte Luftunterstützung in der Kunstform ausgebaut hatten, die sie heute war.
Sie standen auf dem Hügel mit Blick auf die Anlage, die Young erst vor kurzem hatte errichten lassen. Fünfzehn Aufklärungssoldaten befanden sich auf den Hängen, und ihre Aufgabe war es, Clark aufzuspüren und auszuschalten, wenn er zu seinem angenommenen Beobachtungsposten hochkletterte. Selbst General Young hielt das für eine überaus harte Prüfung an Clarks erstem Tag im Team, aber

Jim Greer hatte so große Töne gespuckt, wie beeindruckend der Bursche war – und Neuzugänge mußten zurechtgestutzt werden. Dem hatte sogar Dutch Maxwell zugestimmt.

»Was für eine lausige Art, sich seinen Lebensunterhalt zu verdienen«, sagte der Admiral, der schon siebzehnhundert Landungen auf Flugzeugträgern absolviert hatte.

»Löwen, Tiger, Bären«, kicherte Young. »O je! Ich erwarte nicht, daß er es das erste Mal schafft. Wir haben ein paar tolle Leute in diesem Team, nicht wahr, Irvin?«

»Ja, Sir«, stimmte der Gunnery Sergeant sofort zu.

»Also, was halten Sie von Clark?« fragte darauf Young.

»Sieht so aus, als würde er das eine oder andere beherrschen«, gab Irvin zu. »Für einen Zivilisten ist er ganz schön gut in Form – und mir gefallen seine Augen.«

»Oh?«

»Nicht bemerkt, Sir? Er hat kalte Augen. Er ist schon herumgekommen.« Sie sprachen ganz leise miteinander. Kelly sollte zu ihnen vorstoßen, deshalb wollten sie sich nicht durch ihre Stimmen verraten, und schon gar nicht zusätzlichen Lärm erzeugen, der die Geräusche im Wald überdeckte. »Aber heute nacht wird er's schwer haben. Ich habe den Leuten gesagt, was passieren wird, wenn dieser Kerl beim ersten Versuch durch die Linien kommt.«

»Wißt ihr Marinesoldaten denn nicht, was Fair play ist?« wandte Maxwell mit einem Lächeln ein, das niemand bemerkte. Irvin war nicht um eine Antwort verlegen.

»Sir, ›fair‹ heißt lediglich, daß alle meine Soldaten lebendig heimkommen. Die anderen sind mir scheißegal, mit Verlaub, Sir.«

»Schon lustig, Irvin, das war auch immer meine Definition von ›fair‹.« *Dieser Kerl hätte einen verteufelt guten Kommandooffizier abgegeben*, dachte sich Maxwell.

»Haben Sie das Baseballspiel gesehen, Marty?« Die Männer entspannten sich. Clark hatte keine Aussicht, es zu schaffen.

»Ich denke, die Orioles sehen recht stark aus.«

»Meine Herren, wir lassen in unserer Konzentration nach«, warf Irvin diplomatisch ein.

»Ganz recht. Bitte entschuldigen Sie«, erwiderte General Young. Die beiden Flaggoffiziere verstummten wieder und beobachteten nun, wie die Leuchtzeiger auf drei Uhr vorrückten, dem für das Unternehmen vereinbarten Endpunkt. Sie hörten die ganze Zeit über Irvin nicht mehr sprechen, nicht einmal atmen. Das ging eine Stunde so. Für den Marinegeneral verlief sie ganz gemütlich, aber der Admiral war nicht gern im Wald, wo all diese blutsaugenden Stechmücken, wahrscheinlich auch Schlangen und alle möglichen anderen unerfreulichen Dinge lauerten, die es im Cockpit eines Kampfflugzeugs nicht gab. Sie lauschten der in den Fichten raschelnden Brise, hörten den Flügelschlag von Fledermäusen und Eulen und vielleicht noch anderem Nachtgetier. Sonst gab es nichts. Schließlich war es 2 Uhr 55. Marty Young stand auf, streckte sich und suchte in seinen Taschen nach einer Zigarette.

»Hat jemand was zu rauchen? Ich bin blank, und jetzt könnte ich was gebrauchen«, murmelte eine Stimme.

»Hier, Marine«, sagte Young, ganz der gütige General. Er hielt eine Zigarette in den Schatten und ließ sein zuverlässiges Feuerzeug schnappen. Dann sprang er einen Schritt zurück. »Scheiße!«

»Ich persönlich, General, denke, daß Pittsburgh dieses Jahr recht stark aussieht. Die Orioles sind im Zuwurf ein bißchen schwach.« Kelly nahm einen Zug, ohne zu inhalieren, ließ dann den Glimmstengel gleich auf den Boden fallen.

»Wie lange sind Sie schon hier?« wollte Maxwell wissen.

»›Löwen, Tiger, Bären, o je!‹« äffte Kelly nach. »Ich habe Sie gegen 1 Uhr 30 ›erledigt‹, Sir.«

»Sie Hurensohn!« sagte Irvin. »Sie haben *mich* erledigt.«

»Und Sie sind auch so höflich gewesen, sich fein ruhig zu verhalten.«

Maxwell schaltete die Taschenlampe an. Mr. Clark – der Admiral hatte sich bewußt entschlossen, den Namen in seinem Gedächtnis zu ändern – stand nur da, ein Gummimesser in der Hand, das Gesicht mit grünen und schwarzen Schattierungen bemalt, und das erste Mal seit der Schlacht um Midway packte den Admiral die nackte Angst. Das Gesicht des jungen Mannes verzog sich zu einem Grinsen, als er sein ›Messer‹ einsteckte.

»Wie zum Teufel haben Sie das gemacht?« wollte Dutch Maxwell wissen.

»Recht gut, denke ich, Admiral«, kicherte Kelly, der nach Marty Youngs Feldflasche griff. »Sir, wenn ich es verriete, könnte es doch jeder, oder?«

Irvin stand von seinem Platz auf und ging zu dem Zivilisten hinüber.

»Mr. Clark, Sir, ich glaube, Sie schaffen es.«

22 / Ansprüche

Grischanow befand sich in der sowjetischen Botschaft. Hanoi war eine sonderbare Stadt, eine Mischung aus französisch-imperialer Architektur, kleinen gelben Menschen und Bombentrichtern. Die Reise durch ein Land im Kriegszustand war für ihn eine ungewöhnliche Aktion gewesen, noch dazu in einem Auto, das mit Tarnfarbe angestrichen war. Ein amerikanischer Kampfbomber, der gerade von einem Einsatz zurückflog und noch eine Bombe oder einige nicht verwendete 20-mm-Geschosse übrig hatte, hätte den Wagen leicht als Übungsziel benutzen können, aber auf diese Idee schien nie jemand zu kommen. Zum Glück war es ein bewölkter, stürmischer Tag mit geringer Luftaktivität gewesen, was dem Russen zwar Entspannung, aber noch lange keine genußvolle Fahrt gewährt hatte. Zu viele Brücken waren gesprengt, zu viele Krater wühlten die Straßen auf, und die Fahrt hatte dreimal so lange wie üblich gedauert. Ein Hubschrauberflug wäre viel schneller gegangen, aber natürlich reiner Wahnwinn gewesen. Die Amerikaner schienen die irrige Vorstellung zu haben, daß ein Auto vielleicht einem Zivilisten gehören konnte – und das in einem Land, wo ein Fahrrad schon ein Statussymbol war, wunderte sich Grischanow –, aber ein Hubschrauber war ein fliegendes Ziel, und da zählte *jeder* Abschuß. Zu allem Übel saß er in Hanoi nun auch noch in einem Betonbau, wo es nur sporadisch Strom gab – derzeit nicht – und wo eine Klimaanlage ein absurdes Hirngespinst war. Die offenen Fenster mit den schlecht sitzenden Gittern davor ließen den Insekten mehr Entfaltungsmöglichkeiten als den Menschen, die hier arbeiteten und schwitzten. Dennoch hatte diese Reise zur Botschaft seines Landes gelohnt. Denn hier konnte er in seiner Muttersprache reden und einige kostbare Stunden lang aufhören, so etwas wie ein Diplomat zu sein.

»Nun?« fragte sein General.

»Es läuft gut, aber ich brauche mehr Leute. Für einen allein ist es zuviel.«

»Das ist nicht möglich.« Der General schenkte seinem Gast ein Glas Mineralwasser ein. Das hauptsächliche Mineral darin war Salz.

Die Russen tranken hier große Mengen davon. »Nikolaj Jewgenjewitsch, Sie machen mal wieder Schwierigkeiten.«

»Genosse General, ich weiß, ich bin nur ein Kampfpilot und kein politischer Theoretiker. Ich weiß, unsere brüderlichen sozialistischen Verbündeten stehen im Kampf zwischen dem Marxismus-Leninismus und dem reaktionären kapitalistischen Westen in vorderster Linie. Ich weiß, daß dieser nationale Befreiungskampf ein essentieller Bestandteil unserer Bemühungen ist, die Welt von der Unterdrückung zu befreien ...«

»Ja, Kolja –« der General lächelte listig und gestattete dem Mann, der wirklich kein politischer Theoretiker war, sich weitere ideologische Litaneien zu ersparen – »wir wissen, daß dies alles zutrifft. Kommen Sie zur Sache. Ich bin heute sehr beschäftigt.«

Der Oberst nickte dankbar. »Diese arroganten Ratten helfen uns nicht. Sie benützen uns, sie benützen mich, sie benützen meine Gefangenen, um uns zu erpressen. Wenn das Marxismus-Leninismus ist, dann bin ich ein Trotzkist.« Dieser Scherz wäre nur wenigen leicht über die Lippen gekommen, doch Grischanows Vater war Mitglied des Zentralkomitees und von unbescholtenem politischen Ruf.

»Was haben Sie in Erfahrung bringen können, Oberst?« fragte der General, nur um auf dem laufenden zu bleiben.

»Colonel Zacharias verkörpert wirklich alles, was uns berichtet worden ist, sogar mehr. Wir planen doch gerade, wie wir die *Rodina* gegen die Chinesen verteidigen können. Er ist der Leiter des Blue Team.«

»Was?« Der General blinzelte. »Erläutern Sie!«

»Dieser Mann ist Kampfpilot, aber auch ein Fachmann, wenn es darum geht, die Flugabwehr zu überlisten. Ob Sie es glauben oder nicht, er ist in Bombern nur als Gast geflogen, aber er hat tatsächlich Einsätze des strategischen Luftkommandos geplant und mitgeholfen, deren Doktrin zur Vermeidung und Ausschaltung der Abwehr festzulegen. Und jetzt tut er das für mich.«

»Aufzeichnungen?«

Grischanows Gesicht verfinsterte sich. »Drüben im Lager. Unsere brüderlichen sozialistischen Genossen ›studieren‹ sie. Genosse General, wissen Sie, wie wichtig diese Daten sind?«

Der General war von Berufs wegen ein Panzeroffizier, kein Flieger, aber er war auch einer der hellsten Sterne, die gerade am sowjetischen Firmament aufstiegen. Hier in Vietnam befand er sich, um alles genau zu studieren, was die Amerikaner taten. Es war eine der allerwichtigsten Aufgaben im Militärdienst seines Landes.

»Ich kann mir vorstellen, daß sie höchst wertvoll sind.«

Kolja beugte sich vor. »In weiteren zwei Monaten, vielleicht schon in sechs Wochen, werde ich in der Lage sein, die Pläne des Luftkommandos nachzuvollziehen. Ich werde so wie sie denken können. Ich werde nicht nur wissen, was ihre derzeitigen Pläne sind, sondern auch imstande sein, ihre Denkweise für die Zukunft nachzuvollziehen. Entschuldigen Sie, ich hege nicht die Absicht, mich wichtig zu machen«, sagte er aufrichtig. »Dieser eine Amerikaner gibt mir einen Fortgeschrittenenkurs in amerikanischer Denkweise und Philosophie. Ich habe ja die geheimdienstlichen Einschätzungen gesehen, die wir von KGB und GRU bekommen. Mindestens die Hälfte davon stimmt nicht. Und das ist bloß ein Mann. Ein anderer hat mir von ihrer Flugzeugträgerstrategie berichtet, ein weiterer von den Kriegsplänen der NATO. Da ist noch mehr drin, Genosse General.«

»Wie schaffen Sie das, Nikolaj Jewgenjewitsch?« Der General war neu auf seinem Posten und hatte Grischanow bisher erst einmal getroffen, aber er wußte auch, daß dessen militärischer Ruf nicht exzellenter hätte sein können.

Kolja lehnte sich in seinem Sessel zurück. »Freundlichkeit und Mitgefühl.«

»Mit unseren Feinden?« fragte der General scharf.

»Lautet unser Auftrag, diesen Männern Schmerzen zuzufügen?« Er deutete nach draußen. »Das tun die, und was kriegen sie dafür? Hauptsächlich gut klingende Lügen. Meine Abteilung in Moskau hat beinahe alles, was diese kleinen Affen geschickt haben, unbeachtet gelassen. Mir ist aufgetragen worden, *echte* Informationen einzuholen. Und genau das tue ich. Ich nehme jede Kritik in Kauf, um solche Informationen zu bekommen, Genosse.«

Der General nickte. »Also, warum sind Sie hier?«

»Ich brauche mehr Leute! Es ist für einen allein zuviel. Was ist, wenn ich getötet werde, wenn ich Malaria oder eine Lebensmittelvergiftung bekomme; wer wird meine Arbeit weiterführen? Ich kann nicht alle diese Gefangenen persönlich verhören. Besonders jetzt, da sie zu reden beginnen, brauche ich für jeden immer mehr Zeit, und mir geht die Kraft aus. Ich verliere den Faden. Der Tag hat nicht genügend Stunden.«

Der General seufzte. »Ich hab's versucht. Sie bieten Ihnen ihre besten . . .«

Grischanow schnaubte beinahe vor Enttäuschung. »Ihre besten

was? Ihre besten Barbaren? Das würde meine Arbeit zunichtemachen. Ich brauche Russen, Männer, *kulturny*-Männer! Piloten, erfahrene Offiziere. Ich verhöre ja keine einfachen Soldaten. Das sind echte, berufsmäßige Kämpfer. Ihre Kenntnisse sind für uns von hohem Wert. Sie wissen viel, weil sie intelligent sind, und weil sie intelligent sind, werden sie auf grobe Methoden nicht ansprechen. Wissen Sie, was ich wirklich zur Unterstützung brauche? Einen guten Psychiater. Und noch eins«, fügte er hinzu, wobei er innerlich vor seinem eigenen Wagemut zitterte.

»Psychiater? Das kann doch nicht Ihr Ernst sein. Ich bezweifle sowieso, ob wir weitere Männer ins Lager bringen können. Moskau verzögert die Lieferung von Flugabwehrraketen aus ›technischen Gründen‹. Unsere Verbündeten hier machen wieder Schwierigkeiten, wie schon gesagt, und die Verstimmung wächst.« Der General lehnte sich zurück und wischte sich den Schweiß von der Stirn. »Was ist das andere?«

»Hoffnung, Genosse General. Ich brauche Hoffnung.« Oberst Nikolaj Jewgenjewitsch Grischanow hielt sich mühsam in der Gewalt.

»Erklären Sie.«

»Einige dieser Männer sind sich über ihre Lage im klaren. Womöglich haben alle schon einen Verdacht. Sie sind gut darüber unterrichtet, was Gefangenen hier geschieht, und sie wissen, daß sie einen ungewöhnlichen Status genießen. General, diese Männer besitzen ein enzyklopädisches Wissen. Nützliche Informationen, von denen wir jahrelang zehren können.

»Sie wollen auf etwas hinaus.«

»Wir können sie nicht sterben lassen«, sagte Grischanow, der sich augenblicklich korrigierte, um den Eindruck seiner Worte zu mildern. »Nicht alle. Aber ein paar von denen brauchen wir. Einige werden uns dienen, aber ich muß ihnen etwas dafür bieten können.«

»Sie zurückbringen?«

»Nach der Hölle, die sie hier durchgemacht haben . . .«

»Es sind unsere *Feinde,* Oberst! Sie sind allesamt dafür ausgebildet, uns zu *töten*! Sparen Sie sich Ihr Mitgefühl für Ihre eigenen Landsleute!« knurrte der Mann, der im Schnee vor Moskau gekämpft hatte.

Grischanow hielt die Stellung, genau wie es der General damals getan hatte. »Es sind Menschen, die uns nicht unähnlich sind, Genosse General. Sie besitzen nützliches Wissen. Wir müssen nur schlau genug sein, es ihnen aus der Nase zu ziehen. Es ist so einfach.

Ist es denn zuviel verlangt, darum zu bitten, sie nett zu behandeln, ihnen etwas dafür zu geben, daß wir erfahren haben, wie wir unser Land vor möglichem Schaden bewahren können? Wir könnten sie foltern, so wie unsere ›brüderlichen sozialistischen Verbündeten‹, und was bekämen wir dafür? Rein *gar nichts*! Nennt sich das Dienst am Vaterland?« Darauf lief es doch hinaus, und der General wußte es. Er warf dem Oberst der Luftverteidigung einen Blick zu, und der erste Gedanke, den er aussprach, war der naheliegendste.

»Wollen Sie Ihre Karriere und meine gleich mit aufs Spiel setzen? Mein Vater gehört leider nicht dem Zentralkomitee an.« *Diesen Mann hätte ich in meinem Bataillon gebrauchen können* . . .

»Ihr Vater ist Soldat gewesen«, betonte Grischanow. »Und er war wie Sie ein guter Soldat.« Es war ein raffiniertes Spiel, beide wußten das, doch im Grunde zählten einzig Logik und Bedeutung von Grischanows Vorschlag, ein Spionagecoup, der die Berufsspione von KGB und GRU vor den Kopf stoßen würde. Für einen wahren Soldaten mit echtem Pflichtbewußtsein gab es nur eine mögliche Reaktion.

Generalleutnant Jurij Konstantinowitsch Rokossowskij zog eine Flasche Wodka aus seiner Schreibtischschublade. Es war ein Starka, dunkel, trüb, der beste und teuerste. Er schenkte zwei Gläschen ein.

»Ich kann Ihnen nicht mehr Männer besorgen. Auf keinen Fall kann ich Ihnen einen Arzt herholen, nicht einmal einen in Uniform, Kolja. Aber ich werde versuchen, Ihnen etwas Hoffnung zu verschaffen.«

Der dritte Anfall seit ihrer Ankunft in Sandys Haus war nicht mehr so heftig, aber immer noch besorgniserregend. Sarah hatte sie mit einer Barbituratinjektion sediert, die so mild war, wie sie es gerade noch für vertretbar hielt. Die Ergebnisse der Blutuntersuchung waren gekommen, und sie machten deutlich, daß Doris eine wahre Anhäufung von Problemen war. Zwei verschiedene Geschlechtskrankheiten, eine weitere nachweisliche Infektion des Organismus und möglicherweise eine bald ausbrechende Zuckerkrankheit. Sarah bekämpfte die ersten drei Probleme bereits mit einer starken Dosis Antibiotika. Das vierte würde über die Ernährung behandelt und später genauer geprüft werden. Die Spuren körperlicher Mißhandlung waren für Sarah wie etwas aus einem Alptraum von einem anderen Kontinent und einer anderen Epoche, aber es waren die seelischen Nachwirkungen davon, die man am meisten fürchten

mußte, selbst in diesem Moment, wo Doris Brown die Augen schloß und einschlummerte.
»Doktor, ich...«
»Sandy, bitte nennen Sie mich doch Sarah! Wir sind doch bei Ihnen zu Hause.«
Schwester O'Toole brachte ein verlegenes Lächeln zustande. »Okay, Sarah. Ich mach mir Sorgen.«
»Ich genauso. Ich mache mir Sorgen um ihre körperliche Verfassung und auch um ihren seelischen Zustand. Und ihre ›Freunde‹ lassen mir keine Ruhe...«
»Ich mach mir Sorgen um John«, setzte Sandy dagegen. Doris war in guter Obhut. Das konnte sie sehen. Sarah Rosen war eine begabte Ärztin, hatte aber auch etwas von einem Krieger an sich, wie es bei vielen guten Medizinern der Fall war.
Sarah verließ das Zimmer. Unten gab es Kaffee. Sie ging dem Geruch nach. Sandy kam hinter ihr her. »Ja, darüber auch. Was für ein sonderbarer und interessanter Mann.«
»Ich werfe meine Zeitungen nicht weg. Jede Woche einmal bündle ich sie für die Müllabfuhr zusammen – und ich hab mir die letzten Ausgaben durchgesehen.«
Sarah schenkte zwei Tassen ein. Wie anmutig sie sich bewegte, dachte Sandy. »Ich weiß, was ich denke. Jetzt sagen Sie mir, was Sie denken«, meinte die Pharmakologin.
»Ich denke, er bringt Leute um.« Es tat ihr direkt körperlich weh, das auszusprechen.
»Da haben Sie wohl recht.« Sarah Rosen setzte sich und rieb sich die Augen. »Sie haben Pam nie kennengelernt. Hübscher als Doris, gertenschlank, wahrscheinlich vor allem aufgrund falscher Ernährung. Der Drogenentzug war bei ihr viel leichter. Sie war nicht so schlimm mißhandelt worden, jedenfalls körperlich, aber genauso tief seelisch verletzt. Wir haben nie die ganze Geschichte erfahren. Sam sagt, John kennt sie. Aber das ist jetzt nicht wichtig.« Sarah blickte auf, und der Schmerz, den O'Toole bei ihr sah, war echt und tief. »Wir hatten sie schon gerettet, Sandy, und dann ist es geschehen, und dann ist etwas – irgend etwas in John hat sich etwas verändert.«
Sandy drehte sich um und sah aus dem Fenster. Es war Viertel vor sieben Uhr früh. Sie sah Leute in Schlafanzügen und Morgenmänteln ihre Zeitungen und Milchflaschen hereinholen. Die Frühaufsteher strebten schon ihren Autos zu, dieser beständige Strom würde hier in der Gegend so etwa bis halb neun anhalten. Sie wandte sich

wieder um. »Nein, es hat sich nichts verändert. Es ist schon immer dagewesen. Etwas... ich weiß nicht, hat es nur freigesetzt – herausgelassen? Wie wenn man die Tür eines Käfigs öffnet. Was für ein Mann – zum Teil ist er wie Tim, aber den anderen Teil verstehe ich einfach nicht.«

»Was ist mit seiner Familie?«

»Er hat keine. Mutter und Vater sind tot, keine Geschwister. Er ist verheiratet gewesen...«

»Ja, davon weiß ich. Und dann Pam.« Sarah schüttelte den Kopf. »So einsam.«

»Etwas in mir sagt, er ist ein guter Mann, doch andererseits...« Sandys Stimme versiegte.

»Mein Mädchenname war Rabinowicz«, sagte Sarah und trank von ihrem Kaffee. »Meine Familie kommt aus Polen. Papa hat uns verlassen, als ich noch zu jung war, um mich erinnern zu können; Mutter ist gestorben, als ich neun war, Peritonitis. Ich war achtzehn, als der Krieg begann«, fuhr sie fort. Für ihre Generation konnte »der Krieg« nur eines bedeuten. »Wir hatten viele Verwandte in Polen. Ich kann mich erinnern, wie ich ihnen immer geschrieben habe. Dann sind sie alle einfach verschwunden. Alle weg – selbst heute noch kann ich kaum glauben, daß es wirklich geschehen ist.«

»Es tut mir leid, Sarah, das wußte ich nicht.«

»Wer spricht schon gern über so etwas?« Dr. Rosen zuckte die Achseln. »Aber man hat mir etwas genommen, und ich konnte nichts dagegen tun. Meine Cousine Reva ist eine gute Brieffreundin gewesen. Ich vermute, sie haben sie auf irgendeine Art umgebracht, aber wer es war oder wo, habe ich nie herausgefunden. Ich war damals noch zu jung, um zu verstehen. Ich nehme an, ich war am ehesten noch verblüfft. Später bin ich wütend gewesen – aber auf wen? Ich habe nichts getan. Ich konnte nicht. Aber da ist dieser leere Fleck, wo Reva war. Ich habe noch ein Bild von ihr, schwarzweiß; ein kleines Mädchen mit Zöpfen, etwa zwölf Jahre alt, schätze ich. Sie wollte Ballettänzerin werden.« Sarah blickte auf. »Kelly hat auch so einen leeren Fleck.«

»Aber Rache...«

»Ja, Rache.« Die Miene der Ärztin war ausdruckslos. »Ich weiß. Wir sollen denken, er ist ein schlimmer Mensch, nicht? Sogar die Polizei verständigen, ihn dafür ins Kittchen bringen.«

»Ich kann es nicht – ich meine, eigentlich schon, aber ich kann einfach...«

»Genausowenig wie ich. Sandy, wenn er ein böser Mensch wäre,

warum hat er dann Doris hierhergebracht? Er riskiert zweifach sein Leben.«
»Aber etwas an ihm jagt einem Angst ein.«
»Er hätte sie einfach stehenlassen können«, fuhr Sarah fort, die nicht wirklich zuhörte. »Vielleicht gehört er zu der Sorte Mensch, die denkt, sie muß alles selbst in die Hand nehmen. Aber nun müssen wir helfen.«
Das gab Sandy einen Ruck; es verschaffte ihr eine Atempause von ihren wirklichen Gedanken. »Was werden wir tun?«
»Wir werden sie gesund machen, soweit es geht, und alles weitere liegt an ihr. Was können wir sonst tun?« fragte Sarah, die zusah, wie Sandys Gesicht sich wieder veränderte, auf ihr eigentliches Dilemma zurückkam.
»Aber was ist mit John?«
Sarah blickte auf. »Ich habe ihn nie etwas Ungesetzliches tun sehen. Sie etwa?«

Es war ein Tag, der sich gut für Waffenübungen eignete. Bei geschlossener Wolkendecke konnten keine Aufklärungssatelliten, weder amerikanische noch sowjetische, erspähen, was hier unten geschah. Auf dem Gelände wurden Pappzielscheiben aufgestellt, und die leblosen Augen der Schaufensterpuppen sahen vom Sandkasten und von den Schaukeln aus zu, als die Marinesoldaten aus dem Wald auftauchten, durch die Torattrappe stürmten und Geschosse mit niedriger Ladung aus ihren Karabinern abfeuerten. Die Zielscheiben waren im Nu zerfetzt. Zwei M-60-MGs eröffneten das Feuer auf die offene Tür der Mannschaftsquartiere – die zu diesem Zeitpunkt wahrscheinlich bereits von den beiden Huey-Cobra-Kampfhubschraubern zerstört gewesen wären –, während der Greiftrupp in den »Gefangenenblock« stürmte. Dort waren weitere fünfundzwanzig Schaufensterpuppen auf Einzelzimmern verteilt. Jede hatte ein Gewicht von etwa einhundertfünfzig Pfund – niemand dachte, daß die Amerikaner bei SENDER GREEN überhaupt soviel wiegen würden –, und jede wurde einzeln herausgeschleppt, während die andere Abteilung bei der Evakuierung Feuerschutz leistete.
Kelly stand neben Captain Pete Albie, der zu Übungszwecken für tot erklärt worden war. Er war der einzige Offizier der Truppe, eine Abweichung, die durch die Anwesenheit so vieler erfahrener Leute in Unteroffiziersrang wettgemacht wurde. Während sie zusahen, wurden die Puppen zu den Rettungshubschraubern getragen, die auf Sattelschlepper montiert und im Morgengrauen hergeschafft wor-

den waren. Kelly drückte auf die Stoppuhr, als der letzte Mann an Bord war.

»Fünf Sekunden unter der veranschlagten Zeit, Captain.« Kelly hielt die Uhr hoch. »Diese Jungs hier sind schon ganz gut.«

»Außer daß wir es nicht bei Tageslicht tun, oder, Mr. Clark?« Albie wußte wie Kelly, worum es bei dem Unternehmen ging, die Marinesoldaten allerdings nicht – zumindest nicht offiziell. Mittlerweile mußten sie aber eine ziemlich gute Vorstellung davon haben. Er drehte sich um und lächelte. »Na gut, es ist ja erst der dritte Durchlauf.«

Beide Männer gingen auf das Gelände. Die Pappziele waren bloß noch faserige Fetzen, dabei waren es sogar genau doppelt so viele wie die für den schlimmsten Fall geschätzte Anzahl von Wachleuten in SENDER GREEN. Sie ließen im Geiste den Überfall noch mal Revue passieren und überprüften die Schußwinkel. Die Anordnung des Lagers bot Vorteile und Nachteile. Da es entsprechend den Vorschriften eines nicht näher bekannten Handbuchs aus dem Ostblock errichtet worden war, paßte es hier nicht in die Landschaft. Zweckmäßigerweise führte allerdings der beste Angriffsweg direkt auf das Hauptportal zu. Den Vorgaben entsprechend sollte das Lager größtmögliche Sicherheit vor einem eventuellen Ausbruchsversuch der Gefangenen bieten. Das erleichterte damit gleichzeitig einen Überfall von außen – weil genau der nicht erwartet wurde.

Kelly ging noch einmal im Kopf den Angriffsplan durch. Die Marinesondereinheit würde an einem Hügelrücken hinter SENDER GREEN abgesetzt werden. Dreißig Minuten Zeit für die Marines, um sich ans Lager heranzupirschen. M-79-Granaten zum Ausschalten der Wachtürme. Zwei Huey-Cobra-Kampfhubschrauber – wegen ihrer todbringenden Wendigkeit von den Soldaten einfach ›Schlangen‹ genannt, was Kelly besonders gefiel – würden die Quartiere eindecken und massiven Feuerschutz bieten. Allerdings war er überzeugt, daß die Grenadiere im Team die Türme bereits in ein paar Sekunden ausschalten, dann Phosphorgranaten in die Quartiere werfen und die Wachmannschaft mit Fontänen weißer Flammen bei lebendigem Leib verbrennen könnten. Notfalls würden sie völlig ohne die fliegenden ›Schlangen‹ auskommen. Obwohl dieses Unternehmen sehr klein gehalten war, waren bei diesem Zielobjekt und den Fähigkeiten der Mannschaft zusätzliche Sicherheitsfaktoren eingeplant. Er hielt das für Overkill, ein Begriff, der nicht nur für Atomwaffen galt. Bei Kampfeinsätzen gab es nur dann Sicherheit, wenn die andere Seite keine Chance hatte und in kürzester Zeit zwei-, drei- oder gar ein dutzendmal getötet werden konnte. Mit Fairneß hatte so ein Einsatz nichts zu tun. Für Kelly sah der Plan in der Tat sehr gut aus.

»Was ist, wenn sie Minen haben?« sorgte sich Albie.

»Auf eigenem Boden?« fragte Kelly zurück. »Auf den Fotos sind keine Anzeichen dafür zu erkennen. Der Grund ist nicht aufgewühlt. Keine Warnschilder, um die eigenen Leute abzuhalten.«

»Die eigenen Leute werden es doch wissen, oder?«

»Auf einem der Fotos sind vor dem Zaun weidende Ziegen zu sehen, erinnern Sie sich?«

Albie nickte etwas verlegen. »Ja, Sie haben recht. Jetzt fällt es mir wieder ein.«

»Machen wir uns keine unnötigen Sorgen«, sagte ihm Kelly. Er verstummte einen Augenblick. Ihm fiel ein, daß er ja nur ein kleiner Unteroffizier gewesen war, und nun sprach er wie ein Gleichrangiger – sogar eher wie ein Vorgesetzter – mit einem Captain der Marine-Aufklärungseinheit. Eigentlich war das doch – was? Falsch? Wenn dem so war, warum lief alles so glatt, warum nahm der Captain seine Worte hin? Warum war er für diesen kampferfahrenen Offizier *Mr. Clark*? »Wir werden es schaffen.«

»Ich denke, Sie haben recht, Mr. Clark. Und wie kommen Sie heraus?«

»Sobald die Helikopter einfliegen, breche ich auf dem Weg vom Hügel runter zur Landezone den Olympiarekord. Ich würde sagen, ein Zweiminutenrennen.«

»Im Dunkeln?« fragte Albie.

Kelly lachte. »Im Dunkeln bin ich besonders schnell, Captain.«

»Weißt du, wie viele Ka-Bar-Messer es gibt?«

Aus Douglas' Frage hörte Ryan schon heraus, daß es schlechte Neuigkeiten geben mußte. »Nein, aber ich schätze, ich werd's gleich erfahren.«

»Sunny's Surplus haben vor einem Monat erst eintausend von diesen gottverdammten Dingern geliefert bekommen. Bei der Marine sind sie wahrscheinlich eingedeckt damit, und jetzt können die Pfadfinder sie sich für vier fünfundzwanzig kaufen. Woanders auch. Ich habe überhaupt nicht gewußt, daß derart viele dieser Dinger auf dem freien Markt sind.«

»Ich auch nicht«, gab Ryan zu. Das Ka-Bar war eine große und sperrige Waffe. Gangster trugen kleinere Messer, besonders gern

Stiletts, wenn sich im Milieu auch immer mehr Pistolen durchsetzten.

Keiner der beiden wollte offen zugeben, daß sie wieder mal mit leeren Händen dastanden, obwohl sich in dem Sandsteinhaus scheinbar jede Menge Beweismaterial befunden hatte. Ryan blickte auf den aufgeschlagenen Ordner und die etwa zwanzig Fotos aus der Gerichtsmedizin. Mit ziemlicher Sicherheit war eine Frau im Haus gewesen. Das Mordopfer – wahrscheinlich selbst ein Gangster, aber offiziell immer noch ein Opfer – war anhand der Scheckkarten in seiner Brieftasche mühelos identifiziert worden. Die in seinem Führerschein angegebene Adresse hatte sich dann allerdings als leerstehendes Gebäude entpuppt. Seine zahlreichen Strafzettel waren immer rechtzeitig und bar bezahlt worden. Richard Farmer hatte zwar mit der Polizei zu tun gehabt, aber nichts davon war ernst genug gewesen, um genauere Nachforschungen zu rechtfertigen. Man hatte seine Familie aufgespürt, aber dabei war absolut nichts herausgekommen. Seine Mutter – der Vater war schon lange tot – hatte ihn für einen Vertreter gehalten. Aber jemand hatte ihm mit einem Kampfmesser beinahe das Herz herausgeschnitten, so rasch und entschieden, daß das Opfer gar nicht erst zur Pistole hatte greifen können. Ein vollständiger Satz der Fingerabdrücke von Farmer ergab nichts als eine weitere Karteikarte. Das Zentralregister des FBI konnte keinerlei Übereinstimmung mit bereits gespeicherten Daten feststellen. Ebensowenig die Ortspolizei, und obwohl Farmers Fingerabdrücke mit einer großen Auswahl von Unbekannten verglichen werden würden, versprachen sich Ryan und Douglas nicht viel davon. Im Schlafzimmer hatten sie drei vollständige Sätze von Farmer gefunden, alle auf der Fensterscheibe, und Samenflecken hatten mit seiner Blutgruppe übereingestimmt – 0. Einige weitere Flecken wurden als Typ A bestimmt, was auf den Mörder oder den vermeintlich (sicher war das noch nicht) flüchtigen Besitzer des Roadrunner schließen ließ. Soviel sie wußten, konnte sich der Mörder durchaus die Zeit genommen haben, mit der vermuteten Frau eine schnelle Nummer durchzuziehen – es sei denn, sie hatten es hier mit Homosexualität zu tun. In dem Fall existierte die von ihnen vermutete Frau vielleicht überhaupt nicht.

Es gab auch eine Anzahl unvollständiger Fingerabdrücke, von einem Mädchen (von der Größe her angenommen) und von einem Mann (ebenso vermutet), aber sie waren alle so unvollständig, daß keiner von ihnen sich davon noch etwas erwartete. Am schlimmsten aber war, daß die Leute von der Spurensicherung sich den draußen geparkten Wagen erst vorgenommen hatten, als das Auto von der prallen Augustsonne schon so aufgeheizt war, daß nur noch ein paar von der Hitze aufgeweichte Schmierflecken übriggeblieben waren. So wußten sie nicht einmal, ob sie mit den Fingerabdrücken des eingetragenen Wagenbesitzers, eines gewissen William Peter Grayson, übereinstimmten. Manche Leute interessierte es offenbar nicht weiter, daß das Identifizieren von Teilabdrücken mit weniger als zehn möglichen Vergleichspunkten doch recht mühsam war – im besten Falle.

In der neuen zentralen Computerdatei des FBI war über Grayson oder Farmer nichts zu finden. Schließlich hatte auch Mark Charons Rauschgiftdezernat keine Unterlagen zu den genannten Namen. Damit waren sie nicht gleich wieder ganz am Anfang des Spielfelds angelangt. Aber sie standen irgendwo ratlos in der Mitte und mußten andere für sich setzen lassen. Aber das war bei Mordermittlungen ja ständig so. Polizeiarbeit bestand aus einer Mischung von Alltäglichem und Außergewöhnlichem, wobei das erstere allerdings weit überwog. Die Spurensicherung konnte einem viel weiterhelfen. Sie hatten zum Beispiel den Sohlenabdruck einer gängigen Turnschuhmarke gesichert. Offensichtlich fabrikneu – das war eine Hilfe. Sie kannten die ungefähre Schrittweite des Mörders, aus der sie auf eine Körpergröße zwischen 1,70 und 2,00 Metern schlossen, was dummerweise mehr war als Virginia Charles' Schätzung – aber das ließen sie unberücksichtigt. Sie wußten, der Täter war ein Weißer. Sie wußten, daß er stark sein mußte. Sie wußten, daß er entweder sehr, sehr viel Glück gehabt hatte oder mit allen möglichen Waffen vortrefflich umgehen konnte. Sie vermuteten außerdem, daß er wahrscheinlich zumindest rudimentäre Kenntnisse im Nahkampf besaß oder – seufzte Ryan vor sich hin – auch da Glück gehabt hatte; schließlich hatte es nur ein solches Zusammentreffen gegeben, und noch dazu mit einem Süchtigen, der Heroin im Blut gehabt hatte. Daß er sich als Penner verkleidete, galt immerhin als gesichert.

Alles zusammen ergab trotzdem noch nichts Nennenswertes. Mehr als die Hälfte aller Männer fiel in den Bereich der geschätzten Körpergröße. Erheblich mehr als fünfzig Prozent der Männer im Raum Baltimore waren Weiße. Es gab Millionen von Kriegsveteranen in Amerika, darunter viele aus Eliteeinheiten – und Nahkampferprobung hatte nicht nur jeder Kriegsveteran, sondern jeder anständige Soldat, und in diesem Land herrschte schon seit mehr als dreißig Jahren Wehrpflicht, sagte sich Ryan. In einem Umkreis von dreißig Kilometern gebe es wahrscheinlich an die 30 000 Männer, die auf die Beschreibung paßten und die diversen Fähigkeiten des unbekannten Verdächtigen besaßen. War er vielleicht selber im Drogengeschäft? War er ein Straßenräuber? War er, wie Farber vermutet hatte, auf irgendeinem persönlichen Feldzug? Ryan neigte mehr zu dieser letzten Annahme, aber er konnte es sich nicht leisten, die anderen beiden außer acht zu lassen. Psychiater und Kripobeamte hatten sich schon öfter geirrt. Die elegantesten Theorien konnten durch eine einzige störende Tatsache ins Wanken gebracht werden. *Verdammt.* Nein, sagte er sich, der hier war genau das, wofür Farber ihn hielt. Er war kein Krimineller; er war ein Killer, und das war etwas völlig anderes.

»Wir brauchen bloß das eine Steinchen«, sagte Douglas leise. Er kannte diesen Ausdruck im Gesicht seines Kollegen.

»Das eine Steinchen«, wiederholte Ryan. Es war ein privates Kürzel. *Das eine Steinchen,* durch das sich ein Fall aufklären ließ, konnte ein Name, eine Adresse, die Beschreibung oder das Kennzeichen eines Autos oder auch eine Person sein, die etwas wußte. Es gab für den Ermittlungsbeamten, wenn auch stets in anderer Form, immer das entscheidende Teil im Puzzle, das das Bild hervortreten ließ, das gleichzeitig für den mutmaßlichen Täter der Backstein war, der alles zum Einsturz brachte, sobald er aus der Wand genommen wurde. Irgendwo da draußen existierte dieses eine Steinchen, da war sich Ryan ganz sicher. Es mußte einfach vorhanden sein, denn dieser Killer war schlau, schlauer, als gut für ihn war. Ein Verdächtiger, der einen einzelnen Menschen ausschaltete, konnte auf immer unentdeckt bleiben, aber dieser Kerl gab sich ja nicht damit zufrieden, nur eine Person umzubringen, oder? Seine Motive waren nicht Leidenschaft oder Gewinnsucht, er hatte sich auf ein Programm festgelegt, bei dem jeder einzelne Schritt vielfältige Gefahren heraufbeschwor. Das würde ihn zur Strecke bringen. Da war sich der Sergeant sicher. Und wenn er noch so schlau war, diese vielen Einzelheiten würden sich immer weiter über ihm auftürmen, bis etwas Wichtiges aus dem Berg herausfiel. Es konnte sogar schon geschehen sein, dachte Ryan, und da hatte er ja auch ganz recht.

»Zwei Wochen noch«, sagte Maxwell.

»So schnell?« James Greer beugte sich vor und stützte die Ellenbogen auf die Knie. »Dutch, das ist aber wirklich schnell.«

»Sollen wir deiner Meinung nach etwa herumtrödeln?« fragte Podulski.

»Herrgott, Cas, ich habe nur gesagt, es ist schnell. Ich habe nicht gesagt, es ist falsch. Also noch zwei Wochen üben, dann eine Woche für Reise und Organisation?« fragte Greer, was ihm mit einem Nicken bestätigt wurde. »Wie sieht's mit dem Wetter aus?«

»Das liegt nicht in unserer Hand«, gab Maxwell zu. »Aber das Wetter wirkt sich für beide Seiten aus. Es erschwert das Fliegen. Aber es beeinträchtigt auch den Radar und die Zielsicherheit der Luftabwehr.«

»Wie zum Teufel hast du alles so schnell ins Rollen gebracht?« fragte Greer mit einer Mischung aus Ungläubigkeit und Bewunderung.

»Es gibt da Mittel und Wege, James. Verdammt, wir sind doch Admiräle. Wir erteilen Befehle – und nun stell dir bloß einmal vor: Schiffe setzen sich tatsächlich in Bewegung.«

»Also geht das Türchen in einundzwanzig Tagen auf?«

»Korrekt. Cas fliegt morgen zur *Constellation* hinaus. Wir fangen schon an, die Leute der Luftunterstützung zu instruieren. Die *Newport News* ist bereits eingewiesen – na ja, zum Teil jedenfalls. Sie denken, sie sollen die Küste von Flakbatterien sauberfegen. Unser Kommandoschiff schippert jetzt schon über den Großen Teich. Die wissen auch nichts, außer, daß sie sich mit TF-77 treffen sollen.«

»Ich werde wohl eine ganze Menge Instruktionen erteilen«, bestätigte Cas mit einem Grinsen.

»Hubschrauberbesatzungen?«

»Die haben in Coronado trainiert. Heute abend kommen sie nach Quantico. Für sie ist das ein normaler Einsatz, die gewohnte Taktik. Was meint denn dein Mr. ›Clark‹?«

»Auf einmal ist er mein Mann?« fragte Greer. »Er sagt, er ist mit der Entwicklung der Dinge zufrieden. War es schön, umgebracht zu werden?«

»Hat er dir davon erzählt?« kicherte Maxwell. »James, ich habe schon nach dem, was er mit Sonny fertiggebracht hat, gewußt, daß der Junge seine Qualitäten hat, aber es ist anders, wenn du es mit eigenen Augen siehst – ach, verdammt, wenn du es eben *nicht* siehst oder hörst. Er hat Marty Young zum Schweigen gebracht, und das ist keine Kleinigkeit. War auch ziemlich peinlich für einen ganzen Haufen Marines.«

»Sag mir, bis wann ich spätestens die Zustimmung zu dem Unternehmen haben muß«, sagte Greer. Nun war es ernst. Er hatte diese Operation von Anfang an für sinnvoll gehalten, und beim Zusehen, wie sie sich entwickelte, hatte er viel gelernt, was er beim CIA

gebrauchen konnte. Nun hielt er sie auch für durchführbar. BOXWOOD GREEN konnte durchaus gelingen, wenn es denn genehmigt wurde.
»Bist du sicher, daß Mr. Ritter sich nicht verplappern wird?«
»Das wird er bestimmt nicht. Er gehört ja eigentlich zu uns.«
»Er wird einen Probedurchlauf sehen wollen«, warnte Greer. »Bevor du jemanden darum bittest, sich festzulegen, muß er Vertrauen in die Sache haben.«
»Das ist nur recht und billig. Wir werden morgen abend einen kompletten Live-Durchgang mit scharfen Waffen absolvieren.«
»Wir werden da sein, Dutch«, versprach Greer.

Das Team war in einer alten Kaserne untergebracht, die mindestens sechzig Männern Platz bot, und so gab es für jeden viel Platz, sogar so viel, daß niemand eine obere Koje belegen mußte. Kelly hatte sogar ein Zimmer für sich, eines von denen, die in den herkömmlichen Soldatenunterkünften für die Rekrutenausbilder reserviert waren. Er hatte sich entschieden, nicht auf seinem Boot zu wohnen. Er konnte nicht zum Team gehören und gleichzeitig räumlich von ihm getrennt sein.

Sie genossen gerade den ersten dienstfreien Abend nach ihrer Ankunft in Quantico, und eine freundliche Seele hatte für drei Kästen Bier gesorgt. Das ergab für jeden drei Flaschen, da einer von ihnen keinen Alkohol trank, und Master Gunnery Sergeant Irvin achtete darauf, daß keiner das Limit überschritt.

»Mr. Clark«, fragte einer der Grenadiere, »worum geht es hier eigentlich?«

Es war nicht fair, dachte Kelly, sie üben zu lassen, ohne daß sie Bescheid wußten. Sie rüsteten sich für Gefahren, ohne zu wissen, warum, ohne zu wissen, für welchen Zweck sie ihr Leben und ihre Zukunft aufs Spiel setzten. Es war überhaupt nicht fair, andererseits war es auch wieder nicht ungewöhnlich. Er sah dem Mann direkt in die Augen.

»Ich kann es Ihnen nicht sagen, Corporal. Ich kann nur sagen, es ist etwas, worauf Sie alle mal mächtig stolz sein werden. Darauf haben Sie mein Wort.«

Der Corporal, mit einundzwanzig das jüngste und rangniederste Gruppenmitglied, hatte keine Antwort erwartet, aber er hatte fragen müssen. Er quittierte die Antwort, indem er mit dem Bier salutierte.

»Ich kenne diese Tätowierung«, sagte ein Ranghöherer.

Kelly lächelte und trank sein zweites Bier aus. »Ach, ich hab mich nur eines Abends besoffen, und da, schätze ich, bin ich wohl mit jemandem verwechselt worden.«

»Also, meine Mutter hatte mal einen SEAL-Kragen an ihrem Wintermantel, aber wenn ihr mich fragt, ist das einzige, was diese SEALS gut können, ein Ei auf der Schnauze balancieren«, sagte ein dunkelhäutiger Sergeant und ließ einen Rülpser hören.

»Soll ich's mit einem von deinen vorführen?« fragte Kelly wie aus der Pistole geschossen.

»Das war gut!« Der Sergeant schob Kelly ein weiteres Bier hin.

»Mr. Clark?« Irvin deutete zur Tür. Draußen war es genauso stickig wie drinnen. Durch die langnadeligen Kiefern strich eine sanfte Brise, und man hörte das Flattern von unsichtbaren Fledermäusen auf Insektenjagd.

»Was gibt's?« fragte Kelly und nahm einen langen Schluck.

»Das wollte ich Sie fragen, Mr. Clark, Sir«, sagte Irvin leichthin. Dann änderte er seinen Tonfall. »Ich kenne Sie.«

»Ja?«

»Dritte Sondereinsatztruppe. Mein Team hat euch bei ERMINE COAT unterstützt. Für Ihren Rang haben Sie's weit gebracht«, bemerkte Irvin.

»Erzählen Sie's nicht weiter, aber vor meinem Abgang bin ich zum Chief befördert worden. Weiß sonst noch jemand davon?«

Irvin lachte in sich hinein. »Nein. Ich schätze, Captain Albie würde sich todsicher in den Arsch beißen, wenn er es herausfände, und General Young würde einen hysterischen Anfall kriegen. Es bleibt natürlich unter uns, Mr. Clark«, sagte Irvin, womit er unterschwellig zu verstehen gab, auf wessen Seite er stand.

»Es ist nicht auf meinem Mist gewachsen – das hier, meine ich. Admiräle sind leicht zu beeindrucken, nehme ich an.«

»Ich nicht, Mr. Clark. Verflucht, Sie haben mir mit Ihrem Gummimesser fast einen Herzschlag verpaßt. Mir fällt Ihr Name – Ihr richtiger, meine ich – nicht mehr ein, aber sind Sie nicht die Schlange genannt worden? Sie haben doch PLASTIC FLOWER durchgeführt.«

»Das war nicht gerade das klügste, was ich je getan habe«, meinte Kelly.

»Wir waren damals Ihre Hintermänner. Der gottverdammte Helikopter ist verreckt – drei Meter über dem Boden ging der Motor aus: *bumm.* Deshalb haben wir es nicht geschafft. Die nächstbeste Alternative war die Erste Kavallerie. Deswegen hat es so lang gedauert.«

Kelly drehte sich um. Irvins Gesicht war so schwarz wie die Nacht. »Das hab ich nicht gewußt.«

Der Gunnery Sergeant zuckte im Dunkeln die Achseln. »Ich hab die Bilder gesehen von dem, was passiert ist. Der Kapitän hat uns gesagt, Sie wären ein Narr gewesen, so gegen die Regeln zu verstoßen. Aber das war unsere Schuld. Wir hätten zwanzig Minuten nach Ihrer Meldung dort sein müssen. Wenn wir rechtzeitig dagewesen wären, hätte eines oder zwei dieser kleinen Mädchen überlebt. Jedenfalls war der Grund für das Scheitern eine schlechte Dichtung am Motor, bloß ein kleines, vermaledeites Stück Gummi, das gerissen ist.«

Kelly knurrte. Durch solche Kleinigkeiten konnte sich das Schicksal von ganzen Völkern wenden. »Hätte schlimmer kommen können – sie hätte auch hoch oben in der Luft reißen können, dann wären Sie wirklich in der Bredouille gewesen.«

»Stimmt. Verdammt blöde Ursache für den Tod eines Mädchens, nicht wahr?« Irvin verstummte und spähte hinaus in den dunklen Kiefernwald, wie es für Männer seines Berufs typisch ist: sie spähen und lauschen immer. »Ich verstehe, warum Sie es getan haben. Ich wollte nur, daß Sie das wissen. Hätte mich wahrscheinlich genauso verhalten. Vielleicht nicht so gut wie Sie, aber ich hätt's todsicher probiert, und den Schweinehund hätte ich auch nicht am Leben gelassen, Befehl hin oder her.«

»Ich danke Ihnen«, sagte Kelly leise.

»Es geht um Song Tay, nicht wahr?« bemerkte Irvin als nächstes. Er wußte, daß er nun seine Antwort erhalten würde.

»Kommt dem ziemlich nahe, ja. Sie dürften es bald erfahren.«

»Sie müssen mir mehr erzählen, Mr. Clark. Ich hab die Verantwortung für die Marines.«

»Das Gelände ist genau entsprechend dem Original angelegt. Hören Sie, ich geh auch da rein, schon vergessen?«

»Reden Sie weiter«, bat Irvin mit sanftem Nachdruck.

»Ich habe bei der Planung mitgearbeitet. Mit den richtigen Leuten schaffen wir es. Sie haben hier gute Jungs. Ich will nicht sagen, es wird leicht oder irgendeinen ähnlichen Blödsinn, aber ganz so schwer ist es nun auch wieder nicht. Hab schon Schlimmeres gemacht. Sie sicher auch. Das Training läuft prima. Für mich sieht es jedenfalls recht gut aus.«

»Sind Sie sicher, es lohnt sich?«

Das war eine Frage von so tiefgreifender Bedeutung, daß nur wenige sie verstanden hätten. Irvin hatte zwei Einsatzperioden in

Vietnam hinter sich, und obwohl Kelly nicht sein offizielles »Lametta« an Auszeichnungen gesehen hatte, mußte es sich eindeutig um einen Mann handeln, der schon einiges durchgemacht hatte. Nun sah Irvin die mögliche Vernichtung seines Marinekorps vor sich. Männer starben für Hügel, die wieder preisgegeben wurden, sobald sie eingenommen und die Gefallenen beseitigt worden waren, und sechs Monate später lief noch mal das gleiche ab. Ein Berufssoldat haßte Wiederholungen. Wenn sie auch beim Training gang und gebe waren – sie hatten das Gelände unzählige Male »gestürmt« –, so sollte im wirklichen Krieg eigentlich nur einmal um jeden Schauplatz gekämpft werden. Auf die Art konnte ein Mann erkennen, daß es voranging. Und bevor er ein neues Ziel ins Auge faßte, konnte er zurückblicken, um zu sehen, wie weit er gekommen war, und die Erfolgschancen nach dem berechnen, was er zuvor gelernt hatte. Aber wenn man zum drittenmal für dasselbe Stück Boden Soldaten sterben sah, dann wußte man Bescheid. Dann wußte man einfach, wohin das Ganze führen würde. Ihr Land schickte sie immer noch da rüber und verlangte von ihnen, ihr Leben für ein dreckiges Stück Boden aufs Spiel zu setzen, das so schon mit amerikanischem Blut getränkt war. Die Wahrheit war, daß Irvin sich eigentlich nicht freiwillig ein drittes Mal zu einem Kampfeinsatz gemeldet hätte. Aber dabei ging es nicht um Mut, Hingabe oder Vaterlandsliebe. Er wußte einfach, daß sein Leben zu wertvoll war, um für nichts und wieder nichts aufs Spiel gesetzt zu werden. Er hatte den Eid geleistet, sein Vaterland zu verteidigen, das gab ihm dann aber auch das Recht, etwas dafür zu verlangen – ein Unternehmen, für das es sich zu kämpfen lohnte, nicht irgendwelcher sinnloser Kleinkram, sondern etwas *Richtiges*. Dennoch fühlte Irvin sich schuldig. Er fühlte, daß er die Treuepflicht verletzt, das Motto des Korps verraten hatte: *Semper fidelis* – Auf ewig treu. Dieses Schuldgefühl hatte ihn genötigt, sich trotz seiner Zweifel und Fragen ein letztes Mal freiwillig zu einem Einsatz zu melden. Wie ein Mann, dessen Frau einen Seitensprung gemacht hat, konnte Irvin seine Liebe und Zuneigung nicht einfach abstellen. Und er würde es auch hinnehmen, wenn seine Schuldgefühle von denen, die sie ausgelöst hatten, nicht anerkannt wurden.

»Irvin, ich darf Ihnen das nicht sagen, aber ich tu's trotzdem. Unser Einsatzort ist ein Gefangenenlager, wie Sie sich wohl schon gedacht haben.«

Irvin nickte. »Da steckt doch noch mehr dahinter. Muß doch.«

»Es ist kein gewöhnliches Lager. Die Männer dort sind alle tot.«

Kelly stellte sein Bier ab. »Ich hab die Fotos gesehen. Einen Mann haben wir eindeutig identifiziert, einen Colonel der Luftwaffe. Die NVA hat verlauten lassen, er wäre umgekommen, und deshalb glauben wir, daß diese Burschen nie wieder zurückkehren werden, wenn wir sie nicht rausholen. Ich will da auch nicht wieder hin, Mann. Ich hab Schiß, okay? Aber, o Mann, ich bin gut, in solchen Sachen bin ich echt gut. Gute Ausbildung, vielleicht liegt mir so was im Blut.« Kelly hob die Schultern, das Nächstliegende wollte er lieber nicht sagen.

»Ja, aber das geht nur eine Zeitlang gut.« Irvin reichte ihm noch ein Bier.

»Ich dachte, jeder kriegt nur drei.«

»Ich bin Methodist, dürfte eigentlich überhaupt nichts trinken.« Irvin lachte in sich hinein. »Die Leute mögen uns, Mr. Clark.«

»Verdammte Hurensöhne sind wir doch, oder? Dort im Lager verhören womöglich Russen unsere Leute, die alle einen hohen Rang haben und die wir offiziell für tot halten sollen. Für das, was sie wissen, werden sie wahrscheinlich am Spieß gegrillt. Wir wissen, daß sie dort sind, und wenn wir nichts unternehmen ... was macht das aus uns?« Kelly mußte sich beherrschen, denn auf einmal verspürte er den Drang, weiterzugehen und preiszugeben, was er sonst noch tat, weil er da jemanden gefunden hatte, der ihn vielleicht wirklich verstehen würde. Bei aller Besessenheit, mit der er Vergeltung für Pam suchte, lastete die Schuld doch immer schwerer auf seiner Seele.

»Vielen Dank, Mr. Clark. So was nenne ich verdammt noch mal einen Auftrag«, sagte Paul Irvin schließlich den Kiefern und den Fledermäusen. »Sie gehen also als erster rein und als letzter raus?«

»Ich arbeite nicht zum erstenmal allein.«

23 / Selbstlosigkeit

»Wo bin ich?« fragte Doris Brown mit kaum hörbarer Stimme.
»Ja also, Sie sind bei mir zu Haus«, antwortete Sandy. Sie saß in der Ecke des Gästezimmers und schaltete die Leselampe aus und legte das Taschenbuch hin, in dem sie während der letzten paar Stunden gelesen hatte.
»Wie bin ich hierher gekommen?«
»Ein Freund hat Sie hergebracht. Ich bin Krankenschwester. Die Ärztin ist unten und macht das Frühstück. Wie fühlen Sie sich?«
»Entsetzlich.« Sie kniff die Augen zu. »Mein Kopf . . .«
»Das ist normal, aber ich weiß, daß es schlimm ist.« Sandy stand auf, ging zu ihr und legte dem Mädchen die Hand auf die Stirn. Kein Fieber, das war schon mal gut. Danach fühlte sie ihr den Puls. Stark, regelmäßig, wenn auch einen Tick zu schnell. Aus der Art, wie Doris' Augen zusammengekniffen waren, schloß Sandy, daß der ausgedehnte Barbiturat-Kater schrecklich gewesen sein mußte, aber auch das war normal. Das Mädchen roch nach Schweiß und Erbrochenem. Sie hatten versucht, sie sauber zu halten, aber das war vergebliche Liebesmüh gewesen, im Vergleich zu ihren übrigen Bemühungen auch nicht so wichtig. Jetzt würde sich das vielleicht ändern. Doris' Haut war fahl und schlaff, als wäre die Person darin geschrumpft. Seit ihrer Ankunft mußte sie etwa zehn oder fünfzehn Pfund abgenommen haben, was im Grunde ja gar nicht so schlecht war, aber gleichzeitig war sie so schwach, daß sie bisher die Gurte noch gar nicht bemerkt hatte, die um ihre Hände, Füße und Taille geschlungen waren.
»Wie lange?«
»Fast eine Woche.« Sandy wischte ihr mit einem Schwamm das Gesicht ab. »Sie haben uns einen ganz schönen Schrecken eingejagt.« Was noch untertrieben war. Nicht weniger als sieben Anfälle; der zweite hatte sowohl Schwester wie Ärztin beinahe in Panik versetzt, doch der siebte – ein milder – lag jetzt schon achtzehn Stunden zurück, und die Vitalfunktionen der Patientin waren inzwischen stabil. Mit ein bißchen Glück war diese Phase der Gene-

sung nun überstanden. Sandy gab Doris ein wenig Wasser zu trinken.

»Danke«, sagte Doris mit schwacher Stimme. »Wo sind Billy und Rick?«

»Ich weiß nicht, wer das ist«, erwiderte Sandy. Formal stimmte das. Sie hatte die Artikel in den Zeitungen durchgesehen, sich aber immer gescheut, Namen zu lesen. Schwester O'Toole redete sich ein, daß sie eigentlich gar nichts wußte. Es war eine nützliche innere Abwehr gegen ihre Gefühle, die so widersprüchlich waren, daß sie sie, selbst wenn sie sich die Zeit genommen hätte, alles genau zu durchdenken, nur noch mehr in Verwirrung gestürzt hätten. Jetzt war nicht die Zeit für nackte Tatsachen. Davon hatte Sarah sie überzeugt. Jetzt war es Zeit, auf den Wellen der Ereignisse zu reiten, nicht ihnen auf den Grund zu gehen. »Sind sie es, die Sie verletzt haben?«

Doris war nackt, bis auf die Gurte und die übergroßen Windeln, die für Patienten verwendet wurden, die ihre Körperausscheidungen nicht mehr beherrschen konnten. So war sie leichter zu betreuen. Die entsetzlichen Male an ihren Brüsten und ihrem Oberkörper verschwanden allmählich. Die vorher häßlichen, markanten blauen, schwarzen, violetten und roten Flecken verblichen schon zu verschwommenen gelblich-braunen Malen, denn ihr Körper bemühte sich redlich, sich selbst zu heilen. Doris war jung, sagte sich Sandy, und wenn sie auch noch nicht gesund war, so konnte sie es doch werden. Gesund genug, um innerlich wie äußerlich zu genesen. Ihr infizierter Organismus reagierte bereits auf die reichlich verabreichten Antibiotika. Das Fieber war weg, und ihr Körper konnte sich nun eitel weltlichen Wiederherstellungsaufgaben zuwenden.

Doris wandte den Kopf und schlug die Augen auf. »Warum tun Sie das für mich?«

Die Antwort war leicht. »Ich bin Krankenschwester, Miss Brown. Es ist mein Beruf, Kranke zu pflegen.«

»Billy und Rick«, sagte sie dann, als sie ihr wieder einfielen. Erinnern war für Doris eine veränderliche und flüchtige Angelegenheit, weil sie sich hauptsächlich an Schmerz erinnerte.

»Die sind nicht hier«, versicherte ihr O'Toole. Sie schwieg, bevor sie fortfuhr, und war überrascht, bei den folgenden Worten Genugtuung zu empfinden. »Ich glaube nicht, daß sie Sie wieder belästigen werden.« In den Augen der Patientin war fast so etwas wie Verstehen zu erkennen. Fast. Das war ermutigend.

»Ich muß mal. Bitte...« Sie bewegte sich, und da erst spürte sie die Gurte.

»Okay, einen Augenblick.« Sandy löste die Gurte. »Meinen Sie, Sie können heute schon aufstehen?«

»Ich versuch's«, ächzte Doris. Sie richtete sich etwa um dreißig Grad auf, bevor ihr Körper sie im Stich ließ. Sandy half ihr beim Aufsetzen, doch das Mädchen schaffte es schon kaum, den Kopf gerade auf den Schultern zu halten. Sie aufzustellen war sogar noch schwieriger, aber zum Badezimmer war es nicht so weit, und die innere Befriedigung, es bis dorthin geschafft zu haben, war für die Patientin den Schmerz und die Anstrengung wert. Sandy setzte sie hin und hielt ihre Hand. Sie nutzte die Zeit, einen Waschlappen anzufeuchten und ihr erneut das Gesicht abzuwischen.

»Wir machen ja schon Fortschritte«, bemerkte Sarah Rosen von der Tür her. Sandy drehte sich um und lächelte, womit sie die Verfassung der Patientin kundtat. Sie legten ihr einen Morgenrock um, bevor sie sie wieder ins Zimmer brachten. Sandy wechselte noch die Bettwäsche, während Sarah der Patientin eine Tasse Tee einflößte.

»Sie sehen heute viel besser aus, Doris«, sagte die Ärztin, während sie ihr beim Trinken zusah.

»Ich fühle mich entsetzlich.«

»Das muß so sein, Doris. Sie müssen sich entsetzlich fühlen, bevor es Ihnen wieder bessergeht. Gestern haben Sie so gut wie gar nichts gespürt. Meinen Sie, Sie bringen schon einen Toast hinunter?«

»So hungrig.«

»Noch ein gutes Zeichen«, bemerkte Sandy. Der Ausdruck in Doris' Augen war so schlimm, daß Ärztin wie Schwester die hämmernden Kopfschmerzen geradezu *fühlen* konnten. Aber sie würden dennoch nur einen Eisbeutel zur Linderung auflegen. Eine Woche lang hatten sie Doris' Organismus das Gift entzogen, da war jetzt nicht der richtige Zeitpunkt, ihr neue Drogen einzuflößen. »Legen Sie den Kopf zurück.«

Doris gehorchte und ließ ihren Kopf auf die Rückenlehne des prall gepolsterten Sessels sinken, den Sandy einmal auf einem privaten Flohmarkt erstanden hatte. Ihre Augen waren geschlossen, und sie war so wackelig in den Gliedern, daß ihre Arme kraftlos auf dem Stoffbezug liegenblieben, während Sarah ihr die einzelnen Happen Toast verabreichte. Die Schwester holte eine Bürste und widmete sich dem Haar der Patientin. Es war verfilzt und mußte gewaschen werden, aber, dachte Sandy, wenn es wenigstens einmal glatt durchgebürstet wurde, war das auch schon etwas. Patienten gaben sich erstaunlich viel Mühe mit ihrem Erscheinungsbild, und so sonderbar und unlogisch das auch klingen mochte, es war eine Tatsache und deswegen etwas, das Sandy als wichtig erachtete. Sie war etwas überrascht, als Doris unter ihrer Behandlung zu zittern anfing.

»Bin ich noch am Leben?« Die zitternde Angst in dieser Frage war bestürzend.

»Und wie«, antwortete Sarah, die beinahe lächeln mußte, weil sie da ja nun doch ein wenig übertrieb. Sie prüfte den Blutdruck. »Einszweiundzwanzig zu achtundsiebzig.«

»Ausgezeichnet!« bemerkte Sandy. Das war der beste Wert der ganzen Woche.

»Pam . . .«

»Wie bitte?« fragte Sarah.

Doris brauchte eine Weile, denn sie beschäftigte sich immer noch mit der Frage, ob dies denn nun das Leben oder der Tod war, und falls letzteres, in welchem Teil der Ewigkeit sie wohl gelandet war. »Ihr Haar . . . als sie tot war . . . hab es gebürstet.«

Lieber Gott, dachte Sarah. Sam hatte diese Einzelheit aus dem Obduktionsbericht erwähnt, während er bei ihnen zu Hause in Green Spring Valley trübsinnig an einem Highball genippt hatte. Mehr hatte er nicht dazu gesagt. Das war auch nicht nötig gewesen. Das Foto auf dem Titelblatt der Zeitung hatte genügt. Dr. Rosen berührte das Gesicht der Patientin, so sanft sie konnte.

»Doris, wer hat Pam umgebracht?« Sie dachte, daß sie das fragen konnte, ohne der Patientin weiteren Schmerz zu bereiten. Aber da lag sie falsch.

»Rick und Billy und Burt und Henry . . . sie haben sie ermordet . . . vor meinen Augen . . .« Das Mädchen mußte weinen, und das Schluchzen verschlimmerte nur die rasenden Schmerzwellen in ihrem Kopf. Sarah gab ihr keinen Toast mehr, denn es konnte sich bald Übelkeit einstellen.

»Sie haben Sie zum Zusehen gezwungen?«

»Ja . . .« sagte Doris, und ihre Stimme klang, als käme sie selber direkt aus dem Reich der Toten.

»Daran wollen wir jetzt gar nicht denken.« Als sie dem Mädchen über die Wange strich, durchschauerte es Sarahs Körper wie von einem Todeshauch.

»So ist es gut«, sagte Sandy strahlend, in der Hoffnung, sie abzulenken. »So ist es viel besser.«

»Müde.«

»Okay, dann packen wir Sie wieder ins Bett, Liebes.« Die beiden Frauen halfen ihr hoch. Den Morgenmantel durfte sie anbehalten.

Sandy legte ihr einen Eisbeutel auf die Stirn. Fast augenblicklich dämmerte Doris weg.
»Jetzt gibt's Frühstück«, teilte Sarah der Krankenschwester mit. »Lassen wir die Gurte fürs erste.«
»Ihr das Haar gekämmt? Wie war das?« fragte Sandy, als sie die Treppe hinuntergingen.
»Ich habe den Bericht nicht ...«
»Ich habe die Fotos gesehen, Sarah – was sie ihr angetan haben – Pam hieß sie doch, nicht?« Sandy war fast zu müde, um sich zu erinnern.
»Ja. Sie ist auch meine Patientin gewesen«, bestätigte Dr. Rosen. »Sam hat gemeint, sie sah ziemlich schlimm aus. Sonderbar war nur, daß ihr jemand nach ihrem Tod das Haar glattgebürstet hat. Er hat mir davon erzählt. Ich schätze, das war Doris.«
»Oh.« Sandy öffnete den Kühlschrank und holte Milch für den Morgenkaffee heraus. »Ich verstehe.«
»Ich nicht«, sagte Dr. Rosen wütend. »Ich kann einfach nicht verstehen, wie Leute so was tun können. Noch ein paar Monate, dann wäre Doris gestorben. Nur noch ein bißchen ...«
»Mich überrascht, daß Sie sie nicht unter irgendeinem Allerweltsnamen in die Klinik aufgenommen haben«, bemerkte Sandy.
»Nach dem, was mit Pam passiert ist, wäre mir solch ein Risiko zu groß gewesen – und es hätte auch bedeutet ...«
O'Toole nickte. »Ja, das hätte John gefährdet. Soweit verstehe ich es.«
»Hmm?«
»Sie haben ihre Freundin umgebracht, und sie hat dabei zusehen müssen... was sie ihr alles angetan haben... Für die ist sie bloß eine Sache gewesen! ... Für Billy und Rick«, sagte Sandy und merkte nicht, daß sie immer lauter geworden war.
»Und für Burt und Henry«, ergänzte Sarah. »Ich glaube nicht, daß die anderen zwei noch jemandem weh tun werden.« Die beiden Frauen warfen sich über dem Frühstückstisch einen Blick zu. Sie dachten beide dasselbe, obwohl sie beide ein wenig schockiert waren, daß sie derartige Gedanken in ihrem Kopf bewegten, gar nicht zu reden davon, daß sie sie auch noch durch und durch verständlich fanden.
»Gut.«

»Also, wir haben jeden Herumtreiber westlich der Charles Street gefilzt«, berichtete Douglas seinem Lieutenant. »Ein Beamter hat eine Schnittverletzung – keine ernste, aber der Penner ist jetzt zu einer längeren Ausnüchterungsphase in Jessup. Ein paar sind auch angespuckt worden«, fügte er mit einem Grinsen hinzu, »aber wir wissen nach wie vor nicht das geringste. Er ist nicht da draußen, Em. Eine Woche lang nichts Neues.«

Und genauso war es. Die Nachricht hatte sich überraschend langsam, aber unaufhaltsam auf den Straßen verbreitet. Die Straßendealer waren so vorsichtig geworden, daß es schon an Paranoia grenzte. Vielleicht war das die Erklärung, warum nun schon seit über einer Woche niemand mehr sein Leben gelassen hatte. Vielleicht aber auch nicht.

»Er schwirrt noch da draußen rum, Tom.«

»Kann schon sein, aber er unternimmt nichts.«

»Dann hat er das alles nur unternommen, um Farmer und Grayson dranzukriegen.« Ryan warf seinem Sergeant einen Blick zu.

»Das glaubst du doch wohl selber nicht.«

»Nein, aber frag mich nicht, warum, weil ich es nämlich nicht weiß.«

»Also, es wäre hilfreich, wenn Charon uns was erzählen könnte. Er ist ziemlich gut im Ausschalten von Leuten. Erinnerst du dich noch, was er mit der Küstenwache für einen Fang gemacht hat?«

Ryan nickte. »Das war echt gut, aber in letzter Zeit hat er nachgelassen.«

»Wir aber auch, Em«, erklärte Sergeant Douglas. »Das einzige, was wir wirklich von dem Burschen wissen, ist, daß er ein Weißer ist, stark und neue Turnschuhe trägt. Wir kennen weder Alter, Gewicht, Aussehen, Motiv noch, was er für ein Auto fährt.«

»Ja, Motiv. Wir wissen, daß er wegen irgend etwas stinkig ist. Wir wissen, daß er sich mit dem Töten auskennt. Wir wissen, daß er so gnadenlos ist, Leute umzubringen, nur um seine anderen Aktivitäten zu vertuschen ... und er ist geduldig.« Ryan lehnte sich zurück. »Aber auch geduldig genug, um eine Auszeit zu nehmen?«

Tom Douglas kam eine noch beunruhigendere Idee. »Clever genug, um die Taktik zu wechseln.«

Das war ein bestürzender Gedanke. Ryan ließ ihn sich durch den Kopf gehen. Was, wenn er wußte, daß sie sämtliche Penner überprüften? Was, wenn er beschlossen hatte, daß man immer nur für eine bestimmte Zeit bei einer Sache bleiben konnte, und dann mußte man sich etwas anderes einfallen lassen? Was, wenn er aus William Grayson Informationen herausgequetscht hatte, die ihn nun in eine andere Richtung führten – vielleicht sogar aus der Stadt hinaus?

Was, wenn sie es nie erfahren würden, wenn sich diese Fälle nie aufklären ließen? Das wäre eine schwere Kränkung für Ryans Berufsehre, denn er haßte es, einen Fall unabgeschlossen zu lassen, aber er mußte diese Möglichkeit wohl oder übel in Betracht ziehen. Trotz Dutzender von Befragungen hatten sie keinen einzigen Zeugen aufgetrieben, außer Virginia Charles, und die Frau hatte während der ganzen Sache so sehr unter Schock gestanden, daß man ihrer Aussage nicht allzuviel Glaubwürdigkeit zubilligen konnte – sie widersprach noch dazu dem einzig gerichtlich verwertbaren Beweismaterial, das sie überhaupt hatten. Der mutmaßliche Täter mußte größer sein, als sie angegeben hatte, außerdem jünger, und er war so stark wie ein Verteidiger der Football-Profiliga, das war mal sicher. Das war kein Penner, dieser Mann hatte nur beschlossen, sich als Penner zu tarnen. Kein Mensch achtete je auf diese Leute. Wer konnte schon einen streunenden Hund je richtig beschreiben?

»Der Unsichtbare«, sagte Ryan leise und gab damit dem Fall endlich einen Namen. »Er hätte Mrs. Charles eigentlich umbringen müssen. Weißt du, was wir hier haben?«

Douglas schnaubte. »Jemanden, dem ich lieber nicht allein begegnen möchte.«

»Drei Gruppen, um Moskau auszuschalten?«

»Gewiß, warum nicht?« erwiderte Zacharias. »Dort sitzt doch eure politische Führung, oder nicht? Es ist ein riesiges Kommunikationszentrum, und selbst wenn ihr das Politbüro evakuiert, werden sie doch noch den Großteil eurer militärischen und politischen Kommando- und Kontroll-...«

»Wir haben Mittel und Wege, unsere wichtigen Leute wegzubringen«, wandte Grischanow aus beruflichem und vaterländischem Stolz ein.

»Na klar!« Robin war nahe daran, zu lachen, das blieb Grischanow nicht verborgen. Ein Teil von ihm war beleidigt, aber bei genauerer Überlegung war der Russe sehr mit sich zufrieden, daß der amerikanische Colonel inzwischen so unbefangen mit ihm redete. »Kolja, das können wir auch. Wir haben in West Virginia einen echten Fünf-Sterne-Bunker für den Kongreß und so eingerichtet. Die Erste Helikopterstaffel ist in Andrews, und ihr Auftrag lautet, die VIPs um alles in der Welt aus ... aber weißt du, was? Die vermaledeiten Hubschrauber schaffen den Sprung zum Bunker und zurück nicht, ohne auf dem Rückweg aufzutanken. Daran hat niemand gedacht, als sie den Bunker ausgewählt haben, weil das eine *politische* Entscheidung war. Und weißt du, was noch? Wir haben das Evakuierungssystem noch nie getestet. Habt ihr das mit eurem gemacht?«

Grischanow setzte sich neben Zacharias auf den Boden, den Rücken gegen die schmutzige Betonwand gelehnt. Nikolaj Jewgenjewitsch sah nach unten und schüttelte nur den Kopf. Schon wieder hatte er etwas von dem Amerikaner erfahren. »Siehst du? Siehst du jetzt, warum ich sage, daß wir nie gegeneinander Krieg führen werden? Wir *gleichen* uns! Nein, Robin, wir haben es nie getestet, wir haben nie versucht, Moskau zu evakuieren, seit ich als Kind im Schnee herumgestapft bin. Unser großer Bunker ist in Schiguli. Es ist ein Riesenstein, kein Berg, eher eine große – Blase? Ich weiß das Wort nicht; ein großer, kreisrunder Stein aus dem Inneren der Erde.«

»Monolith? Wie der Stone Mountain in Georgia?«

Grischanow nickte. Es schadete ja nichts, diesem Mann Geheimnisse anzuvertrauen, oder? »Die Geologen sagen, er ist ungeheuer fest, und wir haben schon in den späten 50er Jahren Tunnels hineingetrieben. Ich bin zweimal dort gewesen. Ich habe geholfen, den Bau des Luftverteidigungsbüros zu überwachen. Wir gehen davon aus – das ist die Wahrheit, Robin –, wir gehen davon aus, daß unsere Leute mit dem *Zug* dorthin fahren werden.«

»Das wird keinen Unterschied mehr machen. Davon wissen wir. Wenn du weißt, wo es ist, kannst du es auch ausschalten. Es kommt dabei nur darauf an, wie viele Bomben abgeworfen werden.« Der Amerikaner hatte schon hundert Gramm Wodka im Magen. »Die Chinesen wissen wahrscheinlich auch Bescheid. Aber die werden sowieso Moskau aufs Korn nehmen, besonders bei einem Überraschungsangriff.«

»Drei Gruppen?«

»So würde ich es machen.« Robin saß mit gespreizten Beinen über einer Luftnavigationskarte der südöstlichen Sowjetunion. »Drei Vektoren, von diesen drei Stützpunkten aus, jeweils drei Flugzeuge, zwei für die Bomben, das dritte sicherheitshalber zum Stören. Der Störfunker übernimmt die Führung. Alle drei Gruppen reihen sich auf, etwa so, ziemlich weit voneinander im Luftraum verteilt.« Er fuhr mit dem Finger die wahrscheinlichen Routen auf der Karte nach. »Sie gehen ab hier tiefer, um durchzubrechen, lotsen ihre Vögel direkt in diese Täler hier, und bis sie die Ebenen erreichen...«

»Die Steppen«, verbesserte Kolja.

»... sind sie schon durch eure erste Verteidigungslinie hindurch, kapiert? Sie schweben im Tiefflug, etwa hundert Meter, ein. Vielleicht machen sie erst einmal gar keine Störversuche. Vielleicht gibt

es sogar nur eine Spezialeinheit. Leute, die wirklich auf Vordermann sind.«
»Was meinst du, Robin?«
»Es gibt doch Nachtflüge nach Moskau, Passagierflugzeuge, meine ich?«
»Selbstverständlich.«
»Also, sagen wir mal, ihr nehmt einen Badger und laßt die Scheinwerfer an, okay? Und vielleicht bringt ihr am Rumpf noch Lämpchen an, die ihr an und aus machen könnt – daß es nach Fenstern aussieht, verstehst du? Hallo, ich bin ein Passagierflugzeug.«
»Meinst du?«
»Wir haben das jedenfalls mal erwogen. Es gibt noch eine Staffel mit den Lämpchen in ... Pease, glaube ich. Das war die Aufgabe ... der B-47er, die in England stationiert waren. Für den Fall, daß wir aufgrund von Geheimdienstinformationen oder so zu der Überzeugung gekommen wären, ihr hättet einen Angriff auf uns vor, okay? Du mußt für alles einen Plan haben. Das war einer von unseren. Wir haben ihn JUMPSHOT genannt. Ist jetzt wahrscheinlich zu den Akten gelegt worden. Das gehört zu den Spezialitäten von LeMay. Moskau, Leningrad, Kiew – und Schiguli. Drei Vögel in die Richtung, jeder mit doppelter Bewaffnung. Das Ende eurer gesamten politischen und militärischen Kommandoebene. Seht her, ich bin ein Passagierflugzeug!«

Es würde funktionieren, dachte Grischanow, während ihm ein kalter Schauer über den Rücken lief. Zur richtigen Jahreszeit, zur richtigen Tageszeit ... der Bomber kommt auf einer planmäßigen Flugroute für den zivilen Luftverkehr. Selbst in einer Krise würde es ausreichen, Normalität einfach nur vorzutäuschen, denn das, wonach die Leute Ausschau halten würden, wäre natürlich nur alles Ungewöhnliche. Vielleicht würde eine Luftabwehrstaffel ein Flugzeug mit einem jungen Piloten auf Nachtwache hochschicken, während die erfahrenen Männer schliefen. Er würde auf etwa tausend Meter heruntergehen, aber in der Nacht ... in der Nacht sah der Verstand das, was das Gehirn ihm einsagte. Lichter am Rumpf, na klar, ein Verkehrsflugzeug. Welcher Bomber wäre denn schon beleuchtet? Auf so einen Operationsplan war der KGB nie verfallen. Wie viele solche Geschenke würde ihm Zacharias noch machen?

»Jedenfalls, wenn ich ein chinesisches Schlitzauge wäre, böte das schon mal eine Möglichkeit. Wenn sie nicht viel Fantasie haben und einen direkten Angriff starten, über dieses Gelände hier, ja, dann können sie's auch schaffen. Wahrscheinlich mit einer Gruppe, die ein

Ablenkungsmanöver durchführt. Sie haben dann auch ein richtiges Ziel, aber kurz vor Moskau. Die Gruppe fliegt in großer Höhe abseits vom erwarteten Kurs ein. Etwa so weit draußen –« er fuhr mit der Hand über die Karte – »schwenkt diese Gruppe scharf ab und greift etwas an, du kannst dir aussuchen, was wichtig ist, sind 'ne Menge guter Ziele in der Gegend. Da würden eure Abfangjäger sich doch garantiert dranhängen, oder?«

»*Da*.« Sie wären ganz richtig der Meinung, die einfliegenden Bomber würden auf ein zweitrangiges Ziel abschwenken.

»Die anderen beiden Gruppen machen einen Bogen von der anderen Seite her und schweben in geringer Höhe ein. Eine von ihnen wird auch durchkommen. Wir haben das zigmal durchgespielt, Kolja. Wir kennen eure Radare, wir kennen eure Stützpunkte, wir kennen eure Flugzeuge, wir wissen auch, wie eure Ausbildung aussieht. Ihr seid nicht so schwer zu schlagen, und die Chinesen haben mit euch zusammen studiert, richtig? Ihr habt sie eingewiesen. Sie kennen eure Doktrin und alles.«

Es war die Art, wie er es sagte. Völlig ohne Arglist. Und er war ein Mann, der mehr als achtzigmal die nordvietnamesische Luftverteidigung durchbrochen hatte. Achtzigmal.

»Wie kann ich mich also . . .«

»Dagegen wehren?« Robin zuckte die Achseln, beugte sich nochmals über die Karte. »Ich brauche bessere Landkarten, aber als allererstes müßt ihr schön nacheinander die Pässe unter die Lupe nehmen. Denkt daran, ein Bomber ist kein Jäger. Er ist nicht so leicht zu manövrieren, besonders, wenn er niedrig fliegt. Der muß hauptsächlich davor bewahrt werden, daß er nicht am Boden zerschellt, stimmt's? Ich weiß nicht, wie's dir geht, aber das macht mich nervös. Er wird sich ein Tal heraussuchen, in dem er manövrieren kann. Besonders nachts. Dort beordert ihr eure Jäger hin. Und richtet Bodenradar ein. Nichts Aufwendiges. Die Dinger fungieren nur als Alarmglocke. Und dann bereitet ihr euch darauf vor, den Bomber abzufangen, sowie er auftaucht.«

»Die Verteidigung ins Hinterland verlegen? Das kann ich nicht tun.«

»Ihr stellt die Abwehr dort auf, wo sie operieren kann, nicht entlang einer gepunkteten Linie auf einem Stück Papier. Oder ißt du so gern chinesisch? Da habt ihr schon immer eine Schwäche gehabt. Nebenbei verkürzt ihr damit die Linien, oder nicht? Das spart euch Geld und Ausrüstung. Als nächstes denkt daran, der andere Bursche weiß auch, wie Piloten denken – abgeschossen ist abgeschossen, stimmt's? Vielleicht sind da auch Lockvögel, die eure Leute aus ihren Stellungen holen sollen. Wir haben haufenweise Radarköder, die wir einsetzen wollen. Das müßt ihr berücksichtigen. Ihr müßt eure Leute unter Kontrolle haben. Sie bleiben bei ihren Sektoren, außer es gibt einen wirklich triftigen Grund, sie zu verlegen . . .«

Oberst Grischanow hatte sein Tätigkeitsfeld mehr als zwanzig Jahre lang studiert, hatte Dokumente der deutschen Luftwaffe nicht nur in bezug auf Gefangenenverhöre untersucht, sondern auch Studien über die Einrichtung der Kammhuber-Linie ausgewertet. Das hier war unglaublich. Das waren keine Schulungsunterlagen mehr, kein gelehrtes Weißbuch zur Vorlage bei der Woroschilow-Akademie. Das war schon ein ganzes Lehrbuch, streng geheim, aber doch ein Buch. *Entstehung und Entwicklung der amerikanischen Bomberdoktrin.* Mit so einem Buch konnte er es zu Marschallsternen bringen, alles nur wegen seines amerikanischen Freundes.

»Laßt uns hier hinten bleiben«, sagte Marty Young. »Die schießen scharf.«

»Leuchtet mir ein«, sagte Dutch. »Ich bin daran gewöhnt, daß das Zeug ein paar hundert Meter hinter mir hochgeht.«

»Bei vierhundert Knoten Fahrt«, fügte Greer für ihn hinzu.

»So ist es sehr viel sicherer, James«, betonte Maxwell.

Sie standen zweihundert Meter vom Lager entfernt hinter einer Erdberme, wie der offizielle militärische Ausdruck für einen Dreckhaufen lautete. Das erschwerte die Beobachtung, doch zwei der fünf hatten Fliegeraugen, und sie wußten, wo sie hinschauen mußten.

»Wie lang sind sie schon im Anmarsch?«

»Etwa eine Stunde. Müssen jeden Augenblick da sein«, zischte Young.

»Ich höre keinen Mucks«, flüsterte Admiral Maxwell.

Es war schon einigermaßen schwer, das Gelände zu sehen. Die Gebäude waren nur anhand ihrer geraden Linien erkennbar, die die Natur aus irgendwelchen Gründen verabscheut. Bei weiterer Konzentration traten die dunkleren Rechtecke der Fenster hervor. Die Wachtürme, erst an diesem Tag errichtet, waren genauso schwer auszumachen.

»Wir wenden dabei ein paar Tricks an«, bemerkte Marty Young. »Jeder erhält eine zusätzliche Ration Vitamin A für die Nachtsicht. Ergibt ein vielleicht um ein paar Prozentpunkte besseres Sehvermögen. Wir spielen eben alle Trümpfe aus.«

Sie hörten nichts als den Wind in den Baumwipfeln. Ein solcher

Aufenthalt im Wald hatte etwas Surreales. Maxwell und Young waren an das Brummen eines Flugzeugs und das schwache Glimmen der Instrumentenlichter, die zwischen den Ausblicken nach feindlichen Fliegern automatisch mit einem Auge gestreift wurden, sowie an das sanfte Schweben eines durch den nächtlichen Himmel gleitenden Flugzeugs gewöhnt. So an die Erde gebunden, fehlte ihnen das Gefühl der Bewegung, während sie darauf warteten, etwas zu sehen, was sie nie miterlebt hatten.

»Da!«

»Das wäre schlecht, wenn Sie ihn sich bewegen sähen«, bemerkte Maxwell.

»Sir, SENDER GREEN hat keinen Parkplatz mit weißen Autos«, erläuterte die Stimme. Der flüchtige Schatten hatte sich davor abgezeichnet, und das war sowieso nur Kelly aufgefallen.

»Ich schätze, da haben Sie recht, Mr. Clark.«

Das Funkgerät auf der Berme hatte nur statisches Knacksen übertragen. Das änderte sich nun mit vier langen Morsestrichen. In Abständen wurde darauf mit einem, dann zwei, dann drei, dann vier Punkten geantwortet.

»Die Teams sind an Ort und Stelle«, flüsterte Kelly. »Halten Sie sich die Ohren zu. Der vorgesetzte Grenadier gibt den ersten Schuß ab, wenn er soweit ist, und das ist das Signal zum Losschlagen.«

»Scheiße«, spöttelte Greer. Er bereute es bald.

Zunächst hörten sie nur das entfernte Brummen von Hubschrauberrotoren. Das sollte dazu dienen, daß die Köpfe sich umwandten, und obwohl jeder Mann an der Berme den Plan bis ins kleinste kannte, funktionierte es immer noch, was Kelly unendlichen Spaß bereitete. Schließlich war der Plan hauptsächlich auf seine Federführung zurückzuführen. Er war der einzige, der den Kopf nicht drehte.

Kelly dachte, er hätte kurz den Leuchtpunkt am Visier des M-79 von einem Grenadier erhascht, aber es hätte genausogut das Aufglimmen eines einsamen Glühwürmchens gewesen sein können. Er sah das stumme Aufblitzen eines einzelnen Abschusses, und keine Sekunde später den blendend weiß-rot-schwarzen Blitz einer Splittergranate vor dem Boden eines der Türme. Das plötzliche, scharfe Bellen ließ die Männer neben ihm zusammenfahren, aber Kelly gab nicht darauf acht. Der Turm, in dem sich bewaffnete Männer befunden hätten, fiel in sich zusammen. Das Echo davon war in dem Halbrund aus Kiefern noch nicht verhallt, als die anderen drei auch schon auf die gleiche Weise zerstört wurden. Fünf Sekunden später kamen die Kampfhubschrauber knapp über den Baumwipfeln eingeschwebt, die Rotoren keine zwanzig Meter voneinander entfernt, und schon fetzten Minikanonen mit zwei langen Neonfingern in die Mannschaftsunterkunft. Die Grenadiere feuerten bereits phosphorweiße Salven in die Fenster, von Nachtsicht konnte nun auch nicht annähernd mehr die Rede sein.

»Mein Gott!« Die sich im Innern des Gebäudes ausbreitenden Sprühfontänen brennenden Phosphors machten das Spektakel nur noch schrecklicher. Die Minikanonen konzentrierten sich währenddessen auf die Ausgänge.

»Ja«, sagte Kelly laut, um sich Gehör zu verschaffen. »Jeder da drin ist jetzt knusprig gegrillt. Die Schlauberger, die rauszurennen versuchen, geraten direkt ins Feuer. Pfiffig.«

Die Schützenabteilung des Überfallkommandos der Marines feuerte weiter auf die Mannschaftsquartiere und Verwaltungsgebäude, während der Greiftrupp zum Gefangenenblock raste. Nun trafen hinter den AH-1-Huey-Cobras die Rettungshubschrauber ein und landeten geräuschvoll in der Nähe des Haupttores. Die Schützenabteilung teilte sich auf, die eine Hälfte postierte sich rund um den Helikopter, während die andere weiterhin auf die Unterkünfte einschoß. Einer der Kampfhubschrauber kreiste jetzt wie ein eifriger Schäferhund, der Wölfen nachspürt, über dem Gelände.

Es tauchten die ersten Marines auf, die die Gefangenenattrappen gestaffelt heranschleppten. Kelly konnte sehen, wie Irvin am Tor nachprüfte und abzählte. Nun ertönten Schreie, Männer, die Zahlen und Namen gegen das fast alles übertönende Dröhnen der großen Sikorsky-Maschinen anbrüllten. Die letzten Marines, die einstiegen, waren die Feuerschutzteams, und dann drehten die Rettungshubschrauber auf und hoben in die Dunkelheit ab.

»Das war schnell«, flüsterte Ritter, als die Geräusche verklangen. Gleich darauf tauchten zwei Löschfahrzeuge auf, die die von den verschiedenen Explosionskörpern verursachten Brände löschten.

»Das war fünfzehn Sekunden unter der Vorgabe«, sagte Kelly, der seine Uhr hochhielt.

»Was, wenn etwas schiefgeht, Mr. Clark?« fragte Ritter.

Kellys Gesicht belebte sich mit einem verschmitzten Grinsen. »Da ist einiges schiefgegangen, Sir. Vier vom Team sind beim Hereinkommen erschossen worden. Ich schätze, es gab auch ein oder zwei Beinbrüche...«

»Augenblick mal; Sie meinen, es besteht die Möglichkeit...«

»Darf ich es Ihnen erklären, Sir?« sagte Kelly. »Von den Fotos her gibt es keinen Grund zu der Annahme, daß irgendwelche Leute sich zwischen der Landezone und dem Ziel befinden. Keine Landwirtschaft auf diesen Hügeln, okay? Für die Übung heute nacht habe ich vier Leute nach dem Zufallsprinzip ausgeschaltet. Meinetwegen sollen alle einen Beinbruch haben. Die Leute mußten zum Ziel und wieder heraus getragen werden, falls Ihnen das entgangen ist. Alles abgesichert, Sir, ich erwarte eine reibungslose Durchführung, aber ich habe es heute nacht nur zur Kontrolle etwas komplizierter gemacht.«

Ritter nickte beeindruckt. »Ich hatte erwartet, daß bei dieser Übung alles wie am Schnürchen verläuft.«

»Bei jedem Gefecht geht etwas schief, Sir. Ich habe das einkalkuliert. Jeder Mann ist noch für mindestens eine zweite Aufgabe ausgebildet.« Kelly rieb sich die Nase. Er war auch aufgeregt gewesen. »Was Sie eben gesehen haben, war ein simuliertes Unternehmen, das trotz unvorhergesehener Schwierigkeiten erfolgreich war. Das hier wird funktionieren, Sir.«

»Mr. Clark, Sie haben mich hereingelegt.« Der CIA-Mann wandte sich den anderen zu. »Wie sieht's mit medizinischer Hilfeleistung und so was aus?«

»Wenn die *Ogden* sich mit der Task Force 77 trifft, verlegen wir medizinisches Personal dorthin«, sagte Maxwell. »Cas ist gerade unterwegs, um die Leute einzuweisen. Die Task Force 77 gehört zu meinen Leuten, und die werden mitspielen. Die *Ogden* ist ein recht großes Schiff. Wir werden dort alles haben, was wir für die Pflege brauchen, Ärzte, Geräte. Die *Ogden* bringt sie direkt nach Subic Bay. Vom Luftwaffenstützpunkt Clark werden sie dann ausgeflogen. Von der Zeit an gerechnet, da die Helikopter abheben, werden wir sie in ... sagen wir viereinhalb Tagen wieder in Kalifornien haben.«

»Okay, soweit sieht es gut aus. Was ist mit dem Rest?«

Darauf antwortete Maxwell. »Die *Constellation* wird mit allem Drum und Dran in Bereitschaft sein. Die *Enterprise* wird weiter nördlich im Raum Haiphong operieren. Sie soll die Aufmerksamkeit des Luftverteidigungsnetzes und des Oberkommandos auf sich ziehen. Die *Newport News* wird in den nächsten paar Wochen in den küstennahen Gewässern herumschippern und Flakstellungen unter Beschuß nehmen. Es soll nach dem Zufallsprinzip ablaufen, und dieses Gebiet wird das fünfte sein. Sie hat fünfzehn Kilometer Reichweite und verfügt über schweres Geschütz. Damit kann sie den dichten Flugabwehrgürtel erreichen. Zwischen dem Kreuzer und dem Luftkommando können wir einen Korridor freisprengen, damit die Hubschrauber rein- und rauskommen. Im Grunde werden wir so viel unternehmen, daß sie diesen Einsatz erst bemerken dürften, wenn er schon wieder vorbei ist.«

Ritter nickte. Er hatte den Plan bereits durchgelesen und wollte es nur noch von Maxwell persönlich hören – um es genau zu sagen: Ritter wollte wissen, wie der Admiral sich ausdrücken würde. Der war gelassen und zuversichtlich; viel mehr, als Ritter erwartet hatte.

»Es ist dennoch sehr riskant«, sagte er nach einer Weile.

»Das ja«, pflichtete Marty Young bei.

»Was geht unser Land für ein Risiko ein, wenn die Männer im Lager alles ausplaudern, was sie wissen?« fragte Maxwell.

Kelly wollte sich aus diesem Teil der Diskussion heraushalten. Die Gefahr für das Land gehörte nicht mehr zu seinem Betätigungsfeld. Seine Wirklichkeit lag auf der Ebene einer kleinen Einheit – oder in jüngster Zeit sogar noch niedriger –, und obwohl das Wohlergehen seines Staates schon bei diesem kleinsten gemeinsamen Nenner anfing, erforderten die großen Dinge eine Perspektive, die er nicht besaß. Aber er sah gerade keine Möglichkeit, sich elegant zurückzuziehen, und so blieb er, lauschte und lernte.

»Wollen Sie eine ehrliche Antwort?« fragte Ritter. »Ich werde es Ihnen sagen – gar keins.«

Maxwell nahm das mit überraschender Gelassenheit hin, die seine Empörung nur verbarg. »Wollen Sie das nicht vielleicht näher erläutern, mein Sohn?«

»Admiral, es kommt auf die Perspektive an. Die Russen wollen eine Menge von uns wissen, und wir umgekehrt von ihnen. Okay, also kann dieser Zacharias ihnen was über die Kriegspläne unseres Strategischen Luftkommandos erzählen, und die anderen dort vermuteten Leute können ihnen etwas anderes berichten. Na gut – dann ändern wir unsere Pläne eben. Sie machen sich Sorgen um das strategische Zeugs, stimmt's? Erstens ändern sich diese Pläne monatlich. Zweitens, glauben Sie, wir würden sie je durchführen?«

»Eines Tages werden wir es vielleicht müssen.«

Ritter steckte sich eine Zigarette an. »Admiral, *wollen* Sie denn, daß wir diese Pläne ausführen?«

Maxwell stellte sich etwas aufrechter hin. »Mr. Ritter, ich bin mit meiner FGF kurz nach Ende des Krieges über Nagasaki geflogen und habe gesehen, was die Dinger anrichten, und das damals war noch ein kleines Baby.« Das genügte allen als Antwort.

»Und denen geht es genauso. Wie finden Sie das, Admiral?« Ritter schüttelte bloß den Kopf. »Die sind doch auch nicht verrückt. Die haben sogar noch mehr Angst vor uns als wir vor ihnen. Was sie von diesen Gefangenen erfahren, könnte sie vielleicht sogar genug erschrecken, um sie zu ernüchtern. So funktioniert das, ob Sie mir nun glauben oder nicht.«

»Warum unterstützen Sie uns dann – ja, *tun* Sie das denn überhaupt?«

»Natürlich tue ich das.« *Was für eine dumme Frage*, besagte sein Tonfall, was Marty Young ziemlich aufbrachte.

»Also warum dann?« fragte Maxwell.

»Es sind unsere Leute. Wir haben sie hingeschickt. Wir müssen sie zurückholen. Ist das nicht Grund genug? Aber erzählen Sie mir nichts von lebenswichtigen Interessen der nationalen Sicherheit. Das können Sie dem Stab des Weißen Hauses verkaufen, auch denen auf dem Capitol, aber bitte nicht mir. Entweder halten Sie zu Ihren Leuten oder nicht«, sagte der Beobachter, der seine Karriere aufs Spiel gesetzt hatte, um einen Ausländer rauszuhauen, den er noch nicht einmal besonders gut leiden konnte. »Wenn Sie das nicht tun, wenn Sie diese Haltung einnehmen wollen, dann sind Sie es nicht wert, geschützt oder gerettet zu werden, dann hören die Leute auf, Ihnen zu helfen, und *dann* stecken Sie wirklich in der Tinte.«

»Ich bin nicht sicher, ob ich Ihr Verhalten billige, Mr. Ritter«, meinte General Young.

»Durch ein derartiges Unternehmen werden unsere Leute gerettet. Die Russen werden das respektieren. Das zeigt ihnen, daß wir die Dinge ernst nehmen. Das wird meinen Job leichter machen, Agenten hinter den Eisernen Vorhang zu schicken. Das bedeutet, wir werden mehr Agenten rekrutieren können und mehr Informationen bekommen. Auf die Art hole ich mir die Informationen, die Sie wollen, okay? Das Spiel läuft weiter, bis wir eines Tages ein neues erfinden.« Für ihn war der Punkt erledigt. Ritter wandte sich an Greer. »Wann soll ich das Weiße Haus davon in Kenntnis setzen?«

»Ich gebe Ihnen Bescheid. Bob, das ist wichtig – Sie unterstützen uns also?«

»Ja, Sir«, erwiderte der Texaner. Aus Gründen, die die anderen mit Argwohn betrachteten, aber akzeptieren mußten.

»Also? Was gibt's für Beschwerden?«

»Hör zu, Eddie«, sagte Tony geduldig, »unser Freund hat ein Problem. Jemand hat zwei seiner Männer umgelegt.«

»Wer?« fragte Morello. Er war nicht besonders guter Laune. Soeben hatte man ihm mal wieder zu verstehen gegeben, daß er nicht als vollwertiges Mitglied in die ehrenwerte Gesellschaft aufgenommen werden sollte. Nach allem, was er geleistet hatte, fühlte Morello sich betrogen. Nicht zu glauben, daß Tony sich mit einem Schwarzen statt mit einem vom eigenen Fleisch und Blut zusammentat – schließlich waren sie entfernte Cousins –, und jetzt kam der Scheißkerl natürlich angekrochen, weil er Hilfe brauchte.

»Das wissen wir nicht. Seine Kontakte, meine Kontakte; wir haben nichts in der Hand.«

»Na, ist das denn nun nicht einfach zu blöd?« Eddie kam wieder auf das zu sprechen, was ihn eigentlich interessierte. »Tony, er ist zu *mir* gekommen, erinnerst du dich? Über Angelo, und vielleicht hat Angelo versucht, uns hochgehen zu lassen, aber darum haben wir uns ja gekümmert. Ohne mich gäb's dieses Arrangement nicht, und was läuft jetzt? Ich werde ausgeschlossen, und mit ihm rückst du zusammen – also was ist jetzt, Tony, willst du *ihn* statt dessen zum Mitglied machen?«

»Halt dich zurück, Eddie.«

»Wie kommt es denn dann, daß du dich nicht für mich eingesetzt hast?« wollte Morello wissen.

»Ich krieg das nicht hin, Eddie. Tut mir leid, aber ich kann's nicht.«

Piaggi hatte nicht erwartet, daß dieses Gespräch gut verlaufen würde, aber genausowenig war er darauf gefaßt gewesen, wie schlimm es sich nun entwickelte. Natürlich war Eddie enttäuscht. Natürlich hatte er erwartet, aufgenommen zu werden. Aber der dämliche Trottel hatte doch schon ein gutes Leben, und worum ging denn alles im Grunde? Dazugehören oder gut leben? Henry sah das ein. Warum konnte Eddie das nicht? Dann ging Morello sogar noch einen Schritt weiter.

»Ich hab diese Geschichte für dich eingefädelt. Jetzt hast du ein klitzekleines Problemchen, und zu wem gehst du damit? Zu mir! Du *schuldest* mir was, Tony.« Was hinter diesen Worten steckte, war Piaggi klar. Aus Eddies Sicht war es ganz einfach. Tonys Bedeutung innerhalb der Mafia nahm zu. Mit Henry als potentiellem – sehr potentem – Hauptlieferanten würde Tonys Stellung mehr als gesichert sein. Er würde großen Einfluß besitzen. Denen über ihm würde er immer noch Achtung und Ergebenheit bekunden müssen, aber die Befehlsstruktur in der »Familie« war bewundernswert flexibel, und Henrys nach allen Seiten wasserdichte Methoden bedeuteten, daß ein Verbindungsmann zur Mafia, wer es auch immer sein mochte, wirkliche Sicherheit genoß. Ein sicherer Platz in der Organisation war selten und deswegen hoch geschätzt. Piaggi beging den Fehler, daß er den Gedanken nicht einen Schritt weiter dachte. Statt dessen sah er nach innen und nicht nach außen. Er sah lediglich, daß Eddie ihn ersetzen und selber der Vermittler werden konnte, um dann Mitglied zu werden und zusätzlich zu seinem bequemen Leben noch an Status hinzuzugewinnen. Piaggi brauchte nur genau zur passenden Zeit zu sterben. Henry war Geschäftsmann. Er würde sich umstellen. Piaggi wußte das und Morello auch.

»Siehst du nicht, was er macht? Er benutzt dich, Mann.« Sonderbar war nur, daß Morello doch allmählich verstand, daß Tucker sie beide manipulierte, während Piaggi, das Ziel der Manipulation, nichts davon kapierte. Eddies Behauptung war also durchaus zutreffend, aber er hatte einen selten schlechten Zeitpunkt dafür gewählt.

»Darüber hab ich auch schon nachgedacht«, log Piaggi. »Was ist dabei für ihn drin? Eine Verbindung mit Philadelphia, New York?«

»Vielleicht. Vielleicht meint er, er kann's packen. Diese Leute nehmen den Mund etwas zu voll, Mann.«

»Das werden wir mal später durchkauen, ich seh ihn eigentlich nicht so. Aber wir müssen herausfinden, wer seine Leute umlegt. Hast du irgendwas gehört, ob sich vielleicht irgend jemand von außerhalb bei uns rumtreibt?« *Nagle ihn fest,* dachte Piaggi, *laß ihn sich festlegen.* Tonys Augen richteten ihren bohrenden Blick über den Tisch hinweg auf einen Mann, der zu wütend war, um zu bemerken, was der andere dachte.

»Keine Ahnung. Ich hab nichts dergleichen gehört.«

»Streck deine Fühler aus«, wies Tony ihn an, und das war ein Befehl. Morello mußte ihn befolgen, er mußte sich umhören.

»Was ist, wenn das eine interne Säuberungsaktion war und er seine eigenen Leute hat umlegen lassen. Vielleicht waren die ihm nicht zuverlässig genug oder so? Glaubst du, der ist jedem gegenüber loyal?«

»Nein. Aber ich denke auch nicht, daß er seine eigenen Leute ausschaltet.« Tony erhob sich mit einem abschließenden Befehl. »Hör dich um.«

»Klar«, knurrte Eddie, der allein an seinem Tisch zurückblieb.

24 / Begrüßungen

»Das war wirklich ausgezeichnet, meine Herren«, erklärte Captain Albie zum Abschluß seiner Manöverkritik. Zwar hatte es beim Hinmarsch noch einige kleinere Nachlässigkeiten gegeben, aber nichts von Bedeutung. Selbst sein scharfes Auge hatte keine folgenschweren Fehler beim simulierten Sturm auf das Lager entdecken können. Insbesondere die Treffsicherheit war von einer geradezu unmenschlichen Präzision gewesen, und seine Männer hatten so viel Vertrauen zueinander, daß sie inmitten der Feuerstöße auf ihren vorbestimmten Platz zurannten. Die Besatzungen der Cobras hielten im hinteren Teil des Zimmers ihren eigenen Kriegsrat ab. Piloten und Schützen dieser Maschinen wurden von den Marines mit großem Respekt behandelt, ebenso wie die Besatzungen der Rettungshubschrauber der Navy. Die übliche Rivalität zwischen den verschiedenen Waffengattungen war freundlichen Frotzeleien gewichen, so sehr waren sie während der Übungen zusammengewachsen. Schon bald würde die Antipathie völlig überwunden sein.

»Meine Herren«, schloß Albie, »und jetzt sollen Sie erfahren, worum es bei diesem kleinen Picknickausflug geht.«

»Ach-*tung*!« rief Irvin.

Vizeadmiral Winslow Holland Maxwell und Generalmajor Martin Young stellten sich in die Mitte des Podests. Beide Flaggoffiziere trugen ihre besten Interimsuniformen. Maxwells Weiß leuchtete im Schein der Neonröhren, und Marty Youngs Khakianzug war steifgestärkt wie ein Brett. Ein Marineleutnant schleppte eine Tafel heran und stellte sie auf ein Stativ, während Maxwell den Platz hinter dem Rednerpult einnahm. Von der Seite der Bühne aus beobachtete Sergeant Irvin die jungen Gesichter der Zuhörer. Er erinnerte sich noch einmal daran, daß er bei der Eröffnung Überraschung heucheln mußte.

»Nehmen Sie Platz, meine Herren«, begann Maxwell freundlich und wartete, bis sie alle saßen. »Lassen Sie mich zuerst einmal sagen, wie stolz ich bin, daß ich mit Ihnen zusammenarbeiten darf. Wir haben Ihr Training aufmerksam verfolgt. Sie sind hierher gekommen, ohne zu wissen, worum es geht, und trotzdem haben Sie so hart gearbeitet wie noch nie. Und jetzt sage ich Ihnen, was wir vorhaben.« Der Lieutenant nahm das Deckblatt von den Papieren auf der Anzeigetafel und enthüllte eine Luftaufnahme.

»Meine Herren, unsere Mission heißt BOXWOOD GREEN. Sie haben die Aufgabe, zwanzig Männer zu retten, amerikanische Kameraden, die sich in der Hand des Feindes befinden.«

John Kelly stand neben Irvin und beobachtete ebenfalls nicht den Admiral, sondern die Gesichter der Männer. Die meisten waren etwas jünger als er, wenn auch nicht viel. Sie blickten wie gebannt auf die Aufklärungsfotos – kein exotischer Tänzer hätte soviel Aufmerksamkeit auf sich lenken können wie die vergrößerten Aufnahmen der Büffeljäger-Drohnen. Ihre Gesichter waren völlig ausdruckslos. Da sie kaum zu atmen wagten, während der Admiral zu ihnen sprach, wirkten sie wie junge, durchtrainierte, stattliche Statuen.

»Dies hier ist Colonel Robin Zacharias von der U.S. Air Force«, fuhr Maxwell fort, mit einem kurzen Zeigestock in der Hand. »Sie sehen ja selbst, was die Vietnamesen mit ihm machen, weil er zu dem Gerät aufsieht, das dieses Foto aufgenommen hat.« Der Zeigestock fuhr auf den Wächter, der gerade ausholte, um den Amerikaner von hinten zu schlagen. »Nur weil er hochgesehen hat.«

Die Marines kniffen die Augen zusammen; wie Kelly sah, ohne Ausnahme. Eine stille, entschlossene Wut hatte sich in ihnen breitgemacht, äußerst diszipliniert und deshalb tödlicher als jede andere, dachte Kelly, während er ein Lächeln unterdrückte, das nur er verstanden hätte. Und genauso fühlten die jungen Marinesoldaten im Publikum. Es war jetzt nicht die Zeit zu lächeln. Jeder der Anwesenden kannte die Gefahren, die auf sie warteten. Jeder einzelne hatte eine Spanne von mindestens dreizehn Monaten Kampfeinsatz überlebt. Jeder hatte Freunde sterben sehen, auf schrecklichste, brutalste Weise, wie sie nur die schwärzesten Alpträume ausmalen konnten. Doch man durfte das Leben nicht nur von seinen Ängsten bestimmen lassen. Vielleicht bestand es in einer ständigen Suche. Ein Pflichtbewußtsein, das die wenigsten von ihnen in Worte fassen konnten, aber das doch alle fühlten. Eine Vision von der Welt, die Männer miteinander teilen, ohne daß sie sie tatsächlich sehen müssen. Jeder der Männer im Raum hatte dem Tod in all seiner furchterregenden Erhabenheit ins Auge gesehen und war sich bewußt, daß sie alle irgendwann sterben mußten. Doch für sie bestand das Leben nicht nur darin, dem Tod auszuweichen. Das Leben mußte mit Sinn gefüllt werden, und eine Möglichkeit, dies zu tun, lag im Dienst für eine Sache. Zwar hätte keiner der anwesenden Männer sein Leben freiwillig geopfert, doch sie alle würden es riskieren und auf Gott, das Schicksal oder das Glück vertrauen, daß jeder seiner Kameraden das gleiche tun würde. Die Marines kannten die Männer auf den Fotos nicht, aber sie waren Kameraden – und damit mehr als Freunde –, denen sie sich verpflichtet fühlten. Deshalb würden sie für diese Männer ihr Leben aufs Spiel setzen.

»Ich brauche Ihnen wohl nicht zu erklären, wie gefährlich dieser Einsatz ist«, endete der Admiral. »Im Grunde kennen Sie die Gefahren besser als ich. Aber diese Männer sind Amerikaner, und sie dürfen mit Recht erwarten, daß wir sie da rausholen.«

»Erste Sahne, Sir!« rief eine Stimme im Parkett zur Überraschung der Anwesenden.

Um ein Haar hätte Maxwell die Fassung verloren. *Stimmt genau,* dachte er. *Darauf kommt es an. Trotz aller möglichen Fehler sind wir noch immer wer.*

»Vielen Dank, Dutch«, sagte Marty Young und ging zur Mitte des Podiums. »Gut, Marines, nun wissen Sie Bescheid. Sie haben sich freiwillig für dieses Training gemeldet. Und nun erwarten wir Ihre Meldung für den Kampfeinsatz. Einige von Ihnen haben Familie oder eine feste Freundin. Wir zwingen niemanden. Der eine oder andere will vielleicht jetzt seine Meinung ändern.« Er blickte in die Runde und sah an ihren Gesichtern, daß seine bewußte Provokation ihre Wirkung erzielt hatte. »Sie haben den ganzen Tag, um es zu überdenken. Wegtreten.«

Die Marinesoldaten erhoben sich unter dem schurrenden Geräusch der Stuhlbeine auf den Bodenfliesen, und als sie Habachtstellung eingenommen hatten, tönte ihre Stimme wie eine einzige:

»Spürhunde!«

Wer diese Gesichter sah, brauchte nicht mehr zu zweifeln. Sie konnten ebensowenig von diesem Einsatz zurücktreten, wie sie ihre Männlichkeit verleugnet hätten. Einige lächelten jetzt sogar. Die meisten Marinesoldaten tauschten mit ihren Freunden Bemerkungen aus, und was sie vor sich sahen, war nicht die Ehre, sondern ihre Pflicht. Vielleicht hatte dieser Gedanke auch jene Männer bewegt, deren Leben sie nun retten wollten. *Wir sind Amerikaner, und wir sind gekommen, um euch nach Hause zu bringen.*

»Tja, Mr. Clark, Ihr Admiral hat eine verdammt gute Rede gehalten. Schade, daß wir sie nicht aufgezeichnet haben.«

»Sie sind alt genug, um es besser zu wissen, Irvin. Das wird eine vertrackte Angelegenheit.«

Zu Kellys Erstaunen lächelte Irvin verschmitzt. »Ja, ich weiß. Aber wenn Sie es für so brisant halten, warum gehen Sie dann allein da rein?«

»Weil man mich drum gebeten hat.« Kelly schüttelte den Kopf und ging auf den Admiral zu, um ein persönliches Anliegen an den Mann zu bringen.

Diesmal schaffte sie es, gestützt aufs Geländer, schon allein die Treppe hinunter. Ihre Kopfschmerzen, die sie so geplagt hatten, waren mittlerweile erträglich, und so folgte sie dem Kaffeeduft. Aus der Küche drangen Gesprächsfetzen.

Bei ihrem Erscheinen lächelte Sandy. »Guten Morgen!«

»Hallo«, sagte Doris, noch immer bleich und schwach. Doch sie erwiderte das Lächeln, während sie in die Küche trat. »Ich habe vielleicht einen Hunger!«

»Hoffentlich mögen Sie Eier.« Sandy führte sie zu einem Stuhl und schenkte ihr ein Glas Orangensaft ein.

»Ich würde sogar die Schalen essen«, antwortete Doris mit einem ersten Anflug von Humor.

»Dann nehmen Sie erst mal das hier. Die Schalen können Sie ruhig beiseite lassen«, erklärte Sarah Rosen und schob den ersten Gang eines üblichen amerikanischen Frühstücks von der Pfanne auf den Teller.

Mit Doris ging es wieder aufwärts. Ihre Bewegungen waren noch schmerzlich langsam und ihre Koordination die eines kleinen Kindes, aber wie sich ihr Zustand in den letzten vierundzwanzig Stunden verbessert hatte, glich einem Wunder. Die Blutuntersuchung vom vorigen Tag ließ auf das Beste hoffen. Massive Dosen Antibiotika hatten den Kampf gegen die Infektionen aufgenommen, und man konnte kaum noch Nebeneffekte der Barbiturate ausmachen – das, was noch da war, rührte von der einmaligen Dosis Linderungsmittel her, die Sarah ihr verschrieben und injiziert hatte. Doch am ermutigendsten war, wie Doris aß. Ungeschickt faltete sie ihre Serviette auseinander und breitete sie auf dem Schoß über den Frotteebademantel aus. Sie schaufelte das Essen nicht in sich hinein, sondern aß ihr erstes Frühstück seit Monaten mit soviel Anstand, wie es ihre Gesundheit und ihr Hunger erlaubten. Doris wurde allmählich wieder ein Mensch.

Aber bis jetzt wußten sie außer ihrem Namen – Doris Brown – kaum etwas über die junge Frau. Sandy schenkte sich selbst eine Tasse Kaffee ein und setzte sich an den Tisch.

»Woher kommen Sie überhaupt?« fragte sie betont beiläufig.
»Pittsburgh.« Ein Ort, der für ihren Hausgast so fern war wie die abgewandte Seite des Mondes.
»Haben Sie Familie?«
»Nur meinen Vater. Meine Mutter starb 1965 an Brustkrebs«, sagte Doris langsam. Darauf fuhr sie instinktiv mit der Hand unter den Morgenmantel. Es war das erste Mal, seit sie denken konnte, daß ihre Brüste nicht von Billys »Liebkosungen« schmerzten. Sandy sah die Bewegung und erriet ihre Bedeutung.
»Und sonst niemand?« fragte die Krankenschwester leichthin.
»Mein Bruder ... in Vietnam.«
»Das tut mir leid, Doris.«
»Ist schon gut –«
»Ich heiße Sandy, wissen Sie noch?«
»Und ich bin Sarah«, fügte Dr. Rosen hinzu, während sie den leergegessenen Teller durch einen vollen ersetzte.
»Danke, Sarah.« Das Lächeln war noch etwas leer, aber immerhin reagierte Doris Brown auf ihre Umgebung, was weitaus wichtiger war, als ein unbeteiligter Beobachter glauben würde. *Kleine Schritte*, hielt Sarah sich vor. *Es müssen ja gar keine großen Schritte sein. Sie müssen nur in die richtige Richtung führen.* Ärztin und Schwester warfen sich einen Blick zu.

Es gab nichts Vergleichbares. Für jemanden, der nie dabeigewesen war und daran mitgewirkt hatte, war es nur schwer nachvollziehbar. Sandy und sie hatten ins Grab gegriffen und dieses Mädchen der Erde entzogen, die es verschlingen wollte. Drei Monate noch, hatte Sarah geschätzt, vielleicht auch weniger, und ihr Körper wäre so geschwächt gewesen, daß die geringfügigste Beeinträchtigung von außen ihrem Leben in wenigen Stunden ein Ende gesetzt hätte. Aber das war vorbei. Dieses Mädchen würde leben, und die Krankenschwester und die Ärztin teilten ohne Worte das Gefühl, das Gott verspürt haben mußte, als er Adam Leben einhauchte. Sie hatten den Tod in die Flucht geschlagen und das Geschenk wiedergewonnen, das allein Gott geben konnte. Dabei hatten sie sich auf ihre berufliche Qualifikation gestützt, und Momente wie dieser entschädigten sie für all die Wut, die Sorge und die Trauer, die sie verspürten, wenn sie einen Patienten nicht retten konnten.

»Essen Sie nicht zu schnell, Doris. Wenn man eine Zeitlang nichts ißt, schrumpft der Magen ein wenig zusammen«, erklärte ihr Sarah, wieder in ihrer Rolle als Ärztin. Es hatte keinen Sinn, Doris vor den Problemen und Schmerzen zu warnen, die in Kürze in ihrem Verdauungstrakt eintreten würden. Das ließ sich nicht vermeiden, und daß sie überhaupt Nahrung zu sich nahm, überwog im Augenblick alle Bedenken.

»Ja gut. Ich bin sowieso beinahe satt.«

»Dann ruhen Sie sich ein wenig aus. Erzählen Sie uns von Ihrem Vater.«

»Ich bin ausgerissen«, antwortete Doris wie aus der Pistole geschossen. »Damals, als David ... als das Telegramm kam und Daddy ... Daddy hatte Probleme und gab mir die Schuld.«

Raymond Brown war Vorarbeiter am Hochofen Drei der Jones and Laughlin Steel Company, und das war alles, was ihm geblieben war. Sein Haus, eines der vielen freistehenden Fachwerkgebäude aus der Jahrhundertwende mit Holzschindeln, die, je nach Härte des Winters, alle zwei oder drei Jahre gestrichen werden mußten, lag an der Dunleavy Street auf halber Höhe eines der steilen Berge der Stadt. Er hatte die Nachtschichten übernommen, weil ihm nachts sein Haus ganz besonders leer vorkam. Nie mehr hörte er die Stimme seiner Frau, nie mußte er seinen Sohn zum Baseballtraining der Juniorenmannschaft fahren oder mit ihm auf dem abschüssigen engen kleinen Hof Fangen spielen, sich nie mehr um die Verabredungen seiner Tochter am Wochenende Gedanken machen.

Er hatte alles Menschenmögliche versucht, aber erst, als es zu spät war. Ganz so, wie es meistens lief auf dieser Welt. Es war einfach zuviel für ihn gewesen. Erst hatte seine Frau, sein bester und engster Freund, mit siebenunddreißig, also noch in recht jungen Jahren, den Knoten in der Brust entdeckt. Nach der Operation hatte er ihr so gut er konnte beigestanden, doch dann kam ein neuer Knoten, eine weitere Operation, medikamentöse Behandlung. Mit ihr ging es abwärts, und er mußte bis zum Ende stark bleiben. Allein das wäre für jeden Mann schon eine furchtbare Belastung gewesen, doch dann kam der nächste Schlag. David, sein einziger Sohn, wurde eingezogen, kam nach Vietnam und fiel nur zwei Monate später in einem namenlosen Tal. Der Beistand seiner Arbeitskollegen, die alle zu Davids Begräbnis gekommen waren, hatte ihn nicht davon abhalten können, in seiner Verzweiflung seinen letzten Halt an der Flasche zu suchen – und das war sein Verhängnis. Raymond war entgangen, daß auch Doris mit ihrer Trauer nicht fertig wurde, und als sie eines Abends spät nach Hause kam, in Kleidern, die nicht seinem Geschmack entsprachen, hatte er grausame und gemeine Dinge zu ihr gesagt. Er erinnerte sich an jedes einzelne Wort, das gefallen war, bis sie die Haustür hinter sich zugeknallt hatte.

Erst einen Tag später war er wieder zu Verstand gekommen, war mit Tränen in den Augen zur Polizeiwache gefahren und hatte sich vor den Männern angeklagt, die ihn besser verstanden und mehr Mitgefühl für ihn aufbrachten, als er glaubte. Er sehnte sein kleines Mädchen herbei, wollte sie um Verzeihung bitten, etwas, was er selbst sich niemals gewähren konnte. Doch Doris war verschwunden. Die Polizei hatte getan, was sie konnte, und das war nicht viel. Die nächsten beiden Jahre suchte er seinen Lebensinhalt in der Flasche, bis eines Tages dann zwei Arbeitskollegen ihn sich vorknöpften. Sie redeten mit ihm, wie Freunde es tun, nachdem sie sich überwunden hatten, in die Privatsphäre eines anderen Mannes einzudringen. Inzwischen stattete der Gemeindepfarrer seinem einsamen Haus regelmäßige Besuche ab. Und Raymond Brown kam allmählich von der Flasche los – zwar trank er noch, doch nicht mehr bis zum Exzeß, und er hatte sich zum Ziel gesetzt, es ganz aufzugeben. Er mußte es wagen, seiner Einsamkeit nüchtern ins Auge zu sehen und damit fertig zu werden, so gut er konnte. Zwar machte es sich nicht bezahlt, wenn er in seinem Alleinsein die Würde bewahrte, es war leer, doch mehr hatte er nicht, an dem er sich noch festhalten konnte. Manchmal halfen auch seine Gebete, und wenn die immer gleichen Worte auch nicht den Traum verwirklichen konnten, daß seine Familie wie einst mit ihm in diesem Haus lebte, so fand er danach wenigstens hin und wieder Schlaf. Schweißnaß drehte und wendete er sich in seinem Bett, als das Telefon klingelte.

»Hallo?«

»Hallo, spricht dort Raymond Brown?«

»Ja, und wer sind Sie?« fragte er, ohne die Augen zu öffnen.

»Ich heiße Sarah Rosen. Ich bin Ärztin an der Johns-Hopkins-Klinik in Baltimore.«

»Ja, und?« Der Ton in ihrer Stimme ließ ihn hellwach werden. Er starrte an die Decke, an die leere weiße Fläche, die so gut zu seinem jetzigen Leben paßte. Und plötzlich packte ihn die Angst. Warum rief ihn eine Ärztin aus Baltimore an? Eine schreckliche Ahnung, die nur einen Namen hatte, stieg in ihm auf, doch die Stimme fuhr hastig fort.

»Hier ist jemand, der mit Ihnen sprechen möchte.«

»Ja?« Dann hörte er gedämpfte Laute, die von Störungen in der Leitung herstammen konnten. Aber das taten sie nicht.

»Ich kann nicht.«

»Sie haben nichts zu verlieren, Liebes«, sagte Sarah, als sie ihr den Hörer reichte. »Er ist Ihr Vater. Vertrauen Sie ihm.«

Doris nahm den Hörer und hielt ihn mit beiden Händen vors Gesicht. Ihre Stimme war nur ein Flüstern.

»Daddy?«

Hunderte von Kilometern entfernt hallte das geflüsterte Wort nach wie eine Kirchenglocke. Er mußte dreimal tief durchatmen, bevor er überhaupt einen Ton herausbrachte. Und der klang wie ein Schluchzen.

»Doris.«

»Ja – Daddy, es tut mir leid.«

»Bist du gesund, Kleines?«

»Ja, Daddy, es geht mir gut.« So widersinnig das auch scheinen mochte – gelogen war es nicht.

»Wo bist du?«

»Warte mal kurz.« Die andere Stimme meldete sich. »Mr. Brown, hier spricht wieder Dr. Rosen.«

»Ist sie bei Ihnen?«

»Ja, Mr. Brown. Wir haben sie seit einer Woche in Behandlung. Sie ist krank, aber auf dem Wege der Besserung. Haben Sie verstanden? Sie wird wieder gesund.«

Brown faßte sich an die Brust. Sein Herz wurde wie von einer Stahlfaust umklammert, und sein Atem kam in schmerzvollen Stößen, die manchen Arzt in die Irre geführt hätten.

»Geht es ihr gut?« fragte er besorgt.

»Es kommt alles wieder in Ordnung«, versicherte ihm Sarah. »Daran besteht kein Zweifel, Mr. Brown. Das müssen Sie mir glauben.«

»O Herr im Himmel! Wo sind Sie?«

»Mr. Brown, im Augenblick können Sie sie noch nicht sehen. Wir bringen Ihre Tochter nach Hause, sobald sie sich völlig erholt hat. Ich war eigentlich nicht ganz damit einverstanden, daß wir Sie anrufen, bevor Sie sich treffen können – aber dann haben wir es nicht übers Herz gebracht, noch länger zu warten. Ich hoffe, Sie können das verstehen.«

Es dauerte zwei Minuten, bevor Sarah wieder etwas verstehen konnte, doch die Laute, die sie über die Leitung hörte, rührten sie bis ins Innerste. Mit ihrem Griff ins Grab hatte sie zwei Leben gerettet.

»Ist wirklich alles in Ordnung mit ihr?«

»Sie hat schlimme Zeiten durchgemacht, Mr. Brown, aber ich kann Ihnen versichern, daß sie wieder ganz gesund wird. Ich verstehe was von meinem Fach und würde das nicht sagen, wenn es nicht wahr wäre.«

»Ach, bitte, lassen Sie mich doch noch mal mit ihr sprechen, ja?« Sarah reichte den Hörer weiter, und kurz darauf weinten vier Menschen. Am glücklichsten waren Krankenschwester und Ärztin; sie fielen sich in die Arme und genossen ihren Sieg über die Grausamkeiten des Lebens.

Bob Ritter fuhr mit seinem Wagen auf einen Parkplatz am West Executive Drive, der früheren Durchgangsstraße und jetzigen Sackgasse zwischen dem Weißen Haus und dem Executive Office Building. Dann ging er auf das Gebäude zu, das wohl häßlichste Bauwerk in Washington – was schon etwas heißen wollte –, das früher einen Großteil der Staatsbehörden beherbergt hatte, nämlich das Außen-, Verteidigungs- und das Marineministerium. Außerdem befand sich darin der Indian Treaty Room, der einzig zu dem Zweck entworfen worden war, naive Besucher mit dem Glanz viktorianisch überladener Architektur und der Herrlichkeit der Regierung, die dieses überdimensionale Tipi erbaut hatte, zu beeindrucken. Seine Schritte auf dem Marmorfußboden hallten durch die weiten Gänge, als er das richtige Zimmer suchte. Im zweiten Stock fand er schließlich den Raum von Roger MacKenzie, Sonderberater des Präsidenten für Fragen der Nationalen Sicherheit. Durch die Vorsilbe »Sonder-« wurde er paradoxerweise ein Staatsbeamter zweiter Garnitur. Der *Berater* für Fragen der Nationalen Sicherheit verfügte nämlich über ein Eckbüro im Westflügel des Weißen Hauses. Die Beamten, die ihm unterstanden, hatten hingegen ihre Büros in einiger Entfernung, und obwohl der Abstand zum Sitz der Macht auch den Einfluß bestimmte, blieb so etwas wie Selbstherrlichkeit im Amt davon unberührt. MacKenzie mußte sich einen eigenen Stab halten, um sich seiner Stellung zu vergewissern, sei sie nun echt oder eingebildet. Kein schlechter Mann, dachte Ritter, eigentlich ziemlich intelligent. Trotzdem war MacKenzie ängstlich besorgt um seinen Rang. In einer anderen Zeit wäre er der Berater des Kanzlers gewesen, der wiederum den König beriet. Nur, daß sich ein solcher Berater heute auch noch seinen eigenen Assistenten hielt.

»Hallo, Bob, wie steht's in Langley?« fragte MacKenzie vor seinen versammelten Sekretären. Sie sollten erfahren, daß er sich mit einem aufstrebenden CIA-Beamten traf, was ja nur heißen konnte, daß er eben wichtig war.

»Wie üblich«, meinte Ritter lächelnd. *Kommen wir zur Sache.*

»Gab's einen Stau?« fragte MacKenzie, um Ritter darauf hinzuweisen, daß er beinahe zu spät zu ihrer Verabredung erschienen wäre.

»Nichts Nennenswertes.« Ritter wies mit dem Kopf auf MacKenzies Privatbüro. Sein Gastgeber nickte.

»Wally, wir brauchen jemanden, der das Gespräch protokolliert.«

»Ich komme, Sir.« Sein Assistent kam hinter seinem Schreibtisch hervor und brachte einen Notizblock mit.

»Bob Ritter, das ist Wally Hicks. Sie haben sich ja wohl noch nicht kennengelernt.«

»Guten Tag, Sir.« Ritter nahm die Hand, die Hicks ihm entgegenstreckte, und lernte damit einen weiteren ehrgeizigen jugendlichen Regierungsbeamten kennen. New-England-Akzent, gutaussehend, höflich – also praktisch alles vorhanden, was man von solchen Leuten erwarten konnte. Eine Minute später saßen sie in MacKenzies Büro; Innen- und Außentür waren in gußeiserne Rahmen geschlossen, die einen beim Anblick des Verwaltungsgebäudes an ein Kriegsschiff denken ließen. Hicks beeilte sich, Kaffee für sie alle bereitzustellen – wie ein Page an einem mittelalterlichen Hof und keineswegs untypisch für die Umgangsformen in der mächtigsten Demokratie der Welt.

»Und was führt Sie zu mir, Bob?« fragte MacKenzie, der hinter seinem Schreibtisch Platz genommen hatte. Hicks schlug seinen Notizblock auf und schrieb jedes Wort mit.

»In Vietnam hat sich für uns eine einzigartige Möglichkeit ergeben, Roger.« Augen weiteten sich, und Ohren wurden gespitzt.

»Worum handelt es sich?«

»Südwestlich von Haiphong haben wir ein Sonderlager für Kriegsgefangene entdeckt«, begann Ritter. Dann ging er auf das ein, was sie wußten oder vermuteten.

MacKenzie hörte ihm aufmerksam zu. Trotz seiner Aufgeblasenheit war der erst kürzlich nach Washington berufene ehemalige Investitionsberater früher selbst einmal Flieger gewesen. Im Zweiten Weltkrieg hatte er eine B-24 geflogen und an der dramatischen, aber fehlgeschlagenen Mission nach Plojesti teilgenommen. Ein Patriot mit Mängeln, dachte Ritter. Er würde sich das erstere zunutze machen und das zweite ignorieren.

»Zeigen Sie mir Ihr Bildmaterial«, bat MacKenzie nach einigen

Minuten, indem er das richtige Insiderwort anstelle der gewöhnlichen Bezeichnung »Fotos« gebrauchte.

Ritter zog die Bildmappe aus seiner Aktentasche und legte sie auf den Schreibtisch. MacKenzie schlug sie auf und holte ein Vergrößerungsglas aus einer Schublade. »Und wir wissen, wer das hier ist?«

»Weiter hinten sehen Sie eine bessere Aufnahme«, kam ihm Ritter zu Hilfe.

»Das ist ja fast eine Nahaufnahme. Nicht ganz klar, aber es reicht. Wer ist das?«

»Colonel Robin Zacharias von der Air Force. Er war eine Zeitlang auf dem Luftwaffenstützpunkt Offutt beim Strategischen Luftkommando, also bei der Ausarbeitung der Kriegspläne. Er weiß alles, Roger.«

MacKenzie hob den Kopf und pfiff leise, wie er es in einer solchen Situation zu tun müssen glaubte. »Aber der Mann hier ist kein Vietnamese.«

»Das ist ein Oberst der sowjetischen Luftwaffe, Name unbekannt. Man kann sich leicht denken, was er dort will. Aber jetzt kommt der Hammer.« Ritter gab dem anderen eine Kopie der Meldung der Nachrichtenagentur, in der Zacharias als tot gemeldet wurde.

»Verdammt!«

»Und plötzlich wird alles klar, nicht wahr?«

»Diese Angelegenheit könnte die Friedensgespräche gefährden«, überlegte MacKenzie laut.

Walter Hicks durfte sich am Gespräch nicht beteiligen. Er hatte in solch einer Situation nicht das Recht zu sprechen. Er war ein notwendiger Bestandteil – ein lebendes Tonbandgerät –, und er befand sich einzig zu dem Zweck in dem Raum, seinem Chef eine Mitschrift der Unterredung zu liefern. *Die Friedensgespräche gefährden,* kritzelte er auf das Blatt, nahm sich die Zeit, die Worte zu unterstreichen, und obwohl es niemandem auffiel, wurden seine Finger, die den Stift hielten, weiß.

»Roger, wir glauben, daß die Männer, die in diesem Lager gefangengehalten werden, verdammt viel wissen. So viel, daß es eine ernste Gefährdung für unsere nationale Sicherheit darstellt. Wirklich, eine ernste«, sagte Ritter. »Zacharias kennt unsere Pläne für den Fall eines Atomkriegs, er hat an SIOP mitgearbeitet. Wir stehen also vor einem ernsten Problem.« Mit seiner bewußten Erwähnung des »Single Integrated Operations Plan« hatte Ritter dem Gespräch eine neue Bedeutung gegeben. Der CIA-Einsatzoffizier überraschte sich selbst damit, wie geschickt er diese Lüge an den Mann brachte. Es konnte ja sein, daß diese Fatzken aus dem Weißen Haus nicht einsehen wollten, daß man die Männer lediglich deshalb herausholen mußte, weil sie *Menschen* waren. Man mußte die Leute aus der Regierung an ihrem wunden Punkt packen, und die nuklearen Kriegspläne waren der unheiligste Gral in diesem und vielen anderen Tempeln der Regierungsmacht.

»Was haben Sie vor, Bob?«
»Mr. Hicks, nicht wahr?« fragte Ritter, wobei er sich umwandte.
»Ja, Sir.«
»Würden Sie uns bitte entschuldigen.«

Fragend blickte der junge Assistent seinen Chef an. Sein unbeteiligter Gesichtsausdruck verbarg, daß er innerlich betete, bleiben zu dürfen. Doch das wurde ihm nicht gestattet.

»Wally, ich denke, wir machen für einen Augenblick mal allein weiter«, sagte der Sonderberater des Präsidenten. Mit einem Lächeln nahm er dem Hinauswurf seine Schärfe, bevor er zur Tür wies.

»Jawohl, Sir.« Hicks stand auf, verließ den Raum und schloß leise die Tür.

Verflucht, dachte er voller Wut, als er sich wieder an seinen Schreibtisch setzte. Wie sollte er seinen Boß beraten, wenn er nicht wußte, was als nächstes besprochen wurde? Robert Ritter, dachte Hicks. Ein Mann, der schon einmal heikle Verhandlungen an einem heiklen Punkt gefährdet hatte, indem er unbedingt einen verdammten *Spion* aus Budapest herausholen mußte. Aufgrund von dessen Erkenntnissen hatten die Vereinigten Staaten ihre Verhandlungsposition geändert. Und weil die USA aus den Sowjets noch unbedingt was hatten herauskitzeln wollen, obwohl sich diese in ihren Zugeständnissen schon vernünftig wie noch was gezeigt hatten, war der Vertragsabschluß um weitere drei Monate hinausgezögert worden. Dieser Ritter hatte dadurch nicht nur seine Karriere gerettet, sondern war wahrscheinlich noch in der romantischen Auffassung bestätigt worden, daß einzelne Menschen wichtiger waren als der Weltfrieden. Und dabei ging es doch einzig und allein um den Frieden.

Ganz offensichtlich wußte Ritter, wie er Roger nach seiner Pfeife tanzen lassen konnte. Dieses Gerede um geheime Kriegspläne war doch Humbug. Roger hatte die Wände seines Büros mit Fotos aus der guten alten Zeit tapeziert, als er sich mit seinem blöden Flugzeug mitten in die Hölle gestürzt und sich eingeredet hatte, er ganz allein würde den Krieg gegen Hitler gewinnen. Auch nur einer dieser dämlichen Kriege, den die Diplomatie hätte verhindern können, wenn man sich auf die wichtigen Themen konzentriert hätte – so wie

Peter und er es eines Tages halten würden. Bei dieser Sache ging es nicht um Kriegspläne oder SIOP oder den ganzen anderen Mist von Uniformträgern, mit dem die Leute in dieser Abteilung des Weißen Hauses den lieben langen Tag herumspielten. Es ging um die *Männer*, verdammt noch mal! Um Männer in Uniform. Dummärschige Soldaten mit breiten Schultern und beschränktem Horizont, die nichts anderes im Kopf hatten, als zu töten, als ob man dadurch die Welt verändern könnte. Abgesehen davon, sinnierte Hicks, hatten sie gewußt, auf was sie sich einlassen. Wenn sie ein so friedliches und nettes Volk wie die Vietnamesen unbedingt mit Bomben bewerfen wollten, dann hätten sie eben vorher darüber nachdenken müssen, daß es denen bestimmt nicht gefallen würde. Und vor allem: Wenn sie schon so dumm waren, ihr *Leben* aufs Spiel zu setzen, dann gingen sie damit auch das Risiko ein, es zu verlieren. Warum also sollte jemand wie Wally Hicks auch nur einen einzigen Gedanken an sie verschwenden, wenn sich das Blatt gegen sie gewendet hatte? Die hatten doch Spaß an ihren Einsätzen! Immerhin kamen sie damit gut bei Frauen an, die glaubten, wer nicht viel im Kopf hatte, hätte automatisch mehr in der Hose, und die auf Männer standen, die wie gutgekleidete Affen ihre Arme auf dem Boden hinter sich herschleiften.

Das könnte die Friedensgespräche torpedieren. Selbst MacKenzie ist dieser Meinung.

So viele aus seiner Generation waren schon gestorben. Und nun wollten sie wegen fünfzehn oder zwanzig Berufskillern, die wahrscheinlich auch noch Spaß an ihrer Arbeit hatten, riskieren, daß der Krieg weiterging. Das stand in keinem Verhältnis.

Stell dir vor, es ist Krieg, und keiner geht hin, lautete einer der beliebtesten Slogans seiner Generation. Hicks wußte, daß dies immer eine Wunschvorstellung bleiben würde. Männer wie dieser eine – Zacharias – würden es auch zukünftig schaffen, andere auf ihre Seite zu ziehen, weil kleine Leute ohne das Wissen und die Perspektive, wie sie Hicks zur Verfügung standen, einfach nicht begreifen wollten, daß das alles reine Energieverschwendung war. Das war für ihn das erstaunlichste an der Sache. Konnten sie denn nicht verstehen, wie *schrecklich* ein Krieg war? Brauchte man denn soviel Grips, um das einzusehen?

Hicks sah die Tür aufgehen. MacKenzie und Ritter kamen heraus.

»Wally, wir gehen mal für ein paar Minuten rüber ins Weiße Haus. Sagen Sie bitte meiner Verabredung um elf, daß ich so schnell wie möglich zurückkomme.«

»Jawohl, Sir.«

Das war wieder mal typisch. Ritter hatte ihn voll auf seine Seite gezogen, hatte MacKenzie so eingeseift, daß Roger jetzt dem Nationalen Sicherheitsberater den Ball zuspielte. Wahrscheinlich würden sie dann bei den Friedensgesprächen Zeter und Mordio schreien, woraufhin diese dann für mindestens drei Monate stagnieren würden. Wenn nicht irgend jemand die List durchschaute. Hicks nahm den Telefonhörer auf und wählte eine Nummer.

»Büro Senator Donaldson.«

»Hallo, ich möchte mit Peter Henderson sprechen.«

»Tut mir leid, der Senator und er sind zur Zeit in Europa. Nächste Woche kommen sie zurück.«

»Oh, ja richtig. Vielen Dank.« Hicks legte auf. *Verdammt*, das hatte er in seiner Aufregung doch glatt vergessen.

Es gibt Dinge, die man besonders sorgfältig angehen muß. Peter Henderson wußte nicht, daß er den Codenamen CASSIUS erhalten hatte. Er war ihm von einem Analytiker des U.S. Canada Institute zugedacht worden, dessen Begeisterung für Shakespeare der eines Don an einer englischen Universität in nichts nachstand. Das Foto in der Akte sowie das eine Blatt mit der Charakteristik des Agenten hatten den Klassikerfan an den egoistischen »Patrioten« in *Julius Cäsar* erinnert. »Brutus« hätte nicht gepaßt. Henderson, so hatte der Analytiker geurteilt, verfügte nicht über die nötigen charakterlichen Qualitäten.

Die Europareise seines Senators war für »Sondierungen« gedacht, hauptsächlich im Zusammenhang mit der NATO, obwohl sie auch einen Abstecher nach Paris zu den Friedensgesprächen machen wollten. Ein paar entsprechende Fernsehaufnahmen, die die Sender in Connecticut im kommenden Herbst zeigen konnten, würden sich sicher gut machen. Doch im wesentlichen handelte es sich um eine Einkaufsreise, die lediglich jeden zweiten Tag von einer kurzen Lagebesprechung unterbrochen wurde. An diesen Besprechungen mußte Henderson als Sonderexperte des Senators für Fragen der Nationalen Sicherheit teilnehmen, über die restliche Zeit konnte er also frei verfügen. Und so hatte er seine eigenen Verabredungen getroffen. Im Augenblick besichtigte er gerade den White Tower, den berühmten Mittelpunkt des Tower of London, der nun schon seit nahezu neunhundert Jahren Wacht hielt über der Themse.

»Ein warmer Tag für London«, sagte ein anderer Tourist.

»Ob es hier jemals Gewitter gibt?« fragte der Amerikaner beiläufig, während er die ausladende Rüstung Heinrichs VIII. bewunderte.

»Ganz bestimmt«, antwortete der Mann. »Aber nicht so heftige wie in Washington.«

Henderson blickte sich suchend nach dem Ausgang um und ging dann darauf zu. Kurz darauf schlenderte er mit seinem neuen Bekannten über die den Tower umgebende Rasenfläche.

»Ihr Englisch ist ausgezeichnet.«

»Vielen Dank, Peter. Ich heiße George.«

»Hallo, George.« Henderson lächelte, ohne seinen neuen Freund anzusehen. Es war wirklich wie bei James Bond, und daß es hier passierte – nicht nur in London, sondern an einem historischen Schauplatz der britischen Monarchie –, paßte ausgezeichnet ins Bild.

George war sein richtiger Name – oder besser Georgij, das russische Äquivalent –, und er führte nur noch selten persönlich einen Agenteneinsatz durch. Obwohl er als Feldoffizier für den KGB Großes geleistet hatte, war er vor fünf Jahren wegen seiner analytischen Fähigkeiten nach Moskau zurückgerufen, zum Oberstleutnant ernannt und zum Leiter der gesamten Sektion eingesetzt worden. Der inzwischen zum Oberst beförderte Geheimdienstmitarbeiter sah schon seinem ersten Generalsstern entgegen. Er war einzig aus dem Grunde über Helsinki und Brüssel nach London gekommen, um CASSIUS persönlich kennenzulernen – und um ein paar Einkäufe für seine Familie zu tätigen. Im gesamten KGB gab es nur drei Männer seines Alters in einem ähnlich hohen Rang wie er, und seine hübsche junge Frau trug nur zu gern westliche Kleider. Und wo sonst hätte er die einkaufen sollen als in London? George sprach bedauerlicherweise nämlich weder Französisch noch Italienisch.

»Wir werden uns nur dieses eine Mal persönlich treffen, Peter.«

»Sollte ich mich deshalb geehrt fühlen?«

»Wenn Sie wollen.« Für einen Russen war George außerordentlich gutmütig, obwohl dies auch zu seiner Deckung gehörte. Er lächelte den Amerikaner an. »Ihr Senator hat Zugang zu vielen Dingen.«

»Ja, das hat er«, stimmte Henderson zu. Er genoß das Werbungsritual. *Und ich auch,* brauchte er nicht extra hinzufügen.

»Derartige Informationen sind nützlich für uns. Ihre Regierung – und insbesondere Ihr neuer Präsident – jagen uns ehrlich gesagt Angst ein.«

»Mir macht er auch Angst«, gab Henderson zu.

»Aber zur gleichen Zeit besteht auch Hoffnung«, fuhr George in vernünftigem und beherrschtem Ton fort. »Er ist Realist. Die von

ihm vorgeschlagene Détente wird von meiner Regierung als Hinweis angesehen, daß wir ein Übereinkommen auf breitester internationaler Ebene erzielen können. Aus diesem Grunde würden wir gern herausfinden, ob sein Vorschlag für Gespräche ernst gemeint ist. Unglücklicherweise haben wir selbst Probleme.«
»Und die wären?«
»Vielleicht meint es Ihr Präsident tatsächlich gut. Das sage ich in vollem Ernst, Peter«, fügte George hinzu. »Aber er ist äußerst ... ehrgeizig. Wenn er zuviel über uns weiß, könnte er uns in bestimmten Bereichen unter Druck setzen, und das könnte das Abkommen verhindern, das wir uns alle wünschen. Sie haben die unterschiedlichsten Elemente in Ihrer Regierung. Wir aber auch – Überbleibsel aus der Stalinära. Verhandlungen wie die kommenden hängen davon ab, daß beide Seiten vernünftig bleiben. Wir brauchen Ihre Hilfe, um die unvernünftigen Elemente auf unserer Seite zu kontrollieren.«
Henderson war überrascht. Russen konnten anscheinend genauso offen sein wie Amerikaner. »Und was soll ich dabei tun?«
»Es gibt Dinge, die wir nicht durchsickern lassen dürfen. Wenn doch, dann sind unsere Aussichten für eine Détente gleich Null. Sobald wir zuviel über euch wissen oder ihr zuviel über uns, treten wir nicht mehr unter gleichen Voraussetzungen an. Jede Seite ist dann nur noch auf ihren eigenen Vorteil bedacht. Dann kann von einer wirklichen Verständigung keine Rede mehr sein, dann kommt es nur noch darauf an, die Vorherrschaft zu gewinnen, und das wird keine Seite akzeptieren. Verstehen Sie?«
»Ja, das leuchtet mir ein.«
»Deshalb bitte ich Sie, Peter, daß Sie uns von Zeit zu Zeit bestimmte Informationen zukommen lassen, und zwar das, was Sie über uns wissen. Ich will Ihnen gar nicht genau vorschreiben, was. Ich glaube, Sie sind intelligent genug, um das selbst zu wissen. Darin vertrauen wir Ihnen voll und ganz. Ein Krieg scheint ja nun mittlerweile in weite Ferne gerückt. Ob und wann ein Friede kommt – wenn überhaupt – hängt von Leuten wie Ihnen und mir ab. Unsere Völker müssen Vertrauen aufbauen. Und dieses Vertrauen beginnt im Verhältnis von zwei Menschen, einen anderen Weg gibt es nicht. Ich wünschte, es wäre anders, aber nur so kann man den ersten Schritt zum Frieden machen.«
»Frieden – das wäre schön«, gab Henderson zu. »Zuerst müssen wir allerdings diesen verdammten Krieg zu Ende bringen.«
»Wir arbeiten auf dieses Ende hin, wie Sie wohl wissen. Wir – nun,

wir setzen sie nicht unter Druck, aber wir ermutigen unsere Freunde, eine gemäßigtere Linie zu vertreten. Es sind genug junge Männer gestorben. Die Zeit ist reif, daß dem ein Ende gesetzt wird, ein Ende, das beide Seiten akzeptieren können.«

»Das höre ich gern, George.«

»Glauben Sie, daß Sie uns helfen können?«

Sie hatten die Rasenfläche am Tower umrundet und standen jetzt vor der Kapelle. Davor stand ein Hackklotz. Henderson wußte nicht, ob er tatsächlich einmal im Einsatz gewesen war. Er war mit einer niedrig gespannten Kette eingezäunt, auf der gerade einer der Raben Platz genommen hatte, die aus einer Mischung aus Tradition und Aberglauben im Gelände des Towers gehalten wurden. Rechts von ihnen führte ein königlicher Leibgardist ein Häufchen Touristen herum.

»Ich habe Ihnen früher schon geholfen, George.« Damit hatte er recht. Henderson hatte schon seit etwa zwei Jahren hin und wieder die Würmer vom Haken genascht. Nun war es die Aufgabe des KGB-Oberst, den Köder zu versüßen und zu beobachten, ob Henderson ihn schluckte.

»Ja, Peter, ich weiß, aber nun bitten wir um ein wenig mehr, um einige sehr heikle Informationen. Die Entscheidung liegt bei Ihnen, mein Freund. Einen Krieg anzuzetteln ist nicht schwer. Frieden zu schaffen kann weitaus gefährlicher werden. Niemand wird je erfahren, welche Rolle Sie dabei spielen. Die wichtigen Leute auf Ministerebene werden ihr Abkommen treffen und am Verhandlungstisch Hände schütteln. Kameras werden das Ereignis für die Nachwelt festhalten, doch Leute wie Sie und ich, unsere Namen, werden nie in den Geschichtsbüchern auftauchen. Dennoch kommt es auf uns an, mein Freund. Leute wie wir bereiten den Ministern den Weg. Ich kann Sie nicht dazu zwingen, Peter. Sie müssen selbst entscheiden, ob Sie uns auf eigene Verantwortung helfen wollen. Außerdem liegt es in Ihrem Ermessen, was Sie uns wissen lassen wollen. Sie sind ein intelligenter junger Mann, und Ihre Generation hat alle Lektionen gelernt, auf die es ankommt. Wenn Sie wollen, können Sie noch mal eine Zeitlang darüber nachdenken ...«

Doch Henderson hatte seine Entscheidung schon getroffen. »Nein. Sie haben recht. Irgend jemand muß dazu beitragen, daß es Frieden gibt, und mit Zaudern kommen wir auch nicht weiter. Ich helfe Ihnen, George.«

»Aber ohne Gefahr geht das nicht ab. Das wissen Sie«, warnte George. Er mußte sich beherrschen, um keine Reaktion zu zeigen, aber jetzt, wo Henderson den Haken schluckte, wollte er auf Nummer Sicher gehen.

»Ich nehme die Risiken in Kauf. Die Sache ist es wert.«

Ahhh.

»Leute wie Sie müssen beschützt werden. Man wird sich mit Ihnen in Verbindung setzen, wenn Sie nach Hause kommen.« George machte eine Pause. »Peter, ich habe Kinder, eine sechsjährige Tochter und einen zweijährigen Sohn. Durch Ihre und meine Arbeit können Sie in eine bessere Welt hineinwachsen – in eine friedliche Welt. Ich danke Ihnen in ihrem Namen, Peter. Aber jetzt muß ich los.«

»Auf Wiedersehen, George«, sagte Henderson. George wandte sich um und lächelte ein letztes Mal.

»Nein, Peter, das wird es nicht geben.« George ging die Steinstufen hinunter und wandte sich zum Traitor's Gate. Er mußte seine gesamte, nicht unbeträchtliche Selbstkontrolle aufbieten, um nicht laut aufzulachen angesichts des eben Erreichten und der überwältigenden Ironie, die das steinerne Verrätertor vor seinen Augen darstellte. Fünf Minuten später stieg er in ein schwarzes Londoner Taxi und gab dem Fahrer als Ziel das Kaufhaus Harrods in Knightsbridge an.

Cassius, dachte er. Nein, das war nicht angemessen. Eher noch Casca. Doch es war zu spät, um das noch zu ändern, und außerdem, wer hätte die Ironie dabei schon bemerkt? Glatsow griff in seine Tasche und holte die Einkaufsliste heraus.

25 / Abschied

Ein einziger Durchlauf reichte natürlich nicht aus, so perfekt er auch gewesen sein mochte. Die nächsten vier Nächte und dann noch zweimal bei Tageslicht wiederholten sie die Übung, bis auch der letzte Soldat seine Stellungswechsel kannte. Die Männer, die in den Gefängnisblock eindringen sollten, mußten nur drei Meter neben dem Kugelregen aus einer M-60 herlaufen – zum allgemeinen Mißfallen ließen die örtlichen Gegebenheiten des Gefangenenlagers keine andere Möglichkeit zu. Dies war der gefährlichste Teil des eigentlichen Angriffs. Doch gegen Ende der Woche war die Mannschaft von BOXWOOD GREEN schließlich so gründlich trainiert, wie es nur irgend möglich war. Das wußten sie, und das wußten auch ihre Flaggoffiziere. Das nachfolgende Training wurde zwar nicht milder, doch auch nicht schwerer gestaltet, damit die Männer nicht übertrainiert wurden und aufgrund der Routine in ihrer Konzentration nachließen. Nun fehlte nur noch die letzte Phase der Vorbereitungen. Im Verlauf der Übungen legten die Männer immer wieder eine Pause ein und machten kleinere Verbesserungsvorschläge. Gute Einfälle wurden sogleich an einen der dienstälteren Unteroffiziere oder an Captain Albie weitergeleitet und nicht selten in den Plan eingebaut. Dies war fester Bestandteil einer Mission, denn jedes Teammitglied sollte das Gefühl erhalten, das Vorgehen bis zu einem gewissen Ausmaß mit beeinflussen zu können. Dadurch gewannen sie Selbstvertrauen, und zwar nicht etwa dieses Draufgängertum, das Elitetruppen so oft zugeschrieben wird, sondern ein tiefergehendes und damit weitaus bedeutsameres professionelles Urteilsvermögen, das sie einsetzten, um ihre Vorgehensweise zu beurteilen, neu abzustimmen, zu ändern, bis alles bis ins kleinste Detail stimmte – und dann schalteten sie es ab.

Erstaunlicherweise waren sie in ihrer Freizeit jetzt weitaus entspannter als früher. Sie kannten ihre Mission, und die unter jungen Männern üblichen Frotzeleien waren verstummt. Sie sahen fern, lasen Zeitungen oder Bücher und warteten auf ihren Einsatzbefehl. Sie wußten, daß es auf der anderen Seite der Erdkugel Männer gab, die ebenfalls warteten, und insgeheim beschäftigten sich die fünfundzwanzig Soldaten mit den gleichen Fragen. Würde es klappen oder schiefgehen? Wenn es klappte, konnten sie sich stolz auf die Schulter klopfen. Ging es aber schief – nun, sie waren bereits zu dem Ergebnis gekommen, daß diese Sache durchgezogen werden mußte, egal ob sie nun gut oder schlecht ausging. Diese Männer mußten zu ihren Frauen zurückgebracht werden, Väter zu ihren Kindern, Männer zurück in ihr Vaterland. Eins wußten sie alle: Wenn sie schon ihr Leben riskierten, dann war jetzt der richtige Zeitpunkt und der richtige Anlaß dafür.

Auf Sergeant Irvins Betreiben hin stießen Militärpfarrer zu der Gruppe. Einige Männer erleichterten ihr Gewissen. Andere setzten ihr Testament auf – nur für den Fall der Fälle, wie sie peinlich berührt den inspizierenden Offizieren erklärten. Unterdessen stellten sich die Marines innerlich immer mehr auf ihre Mission ein; sie verdrängten überflüssige Sorgen aus dem Bewußtsein und konzentrierten sich auf eine Aktion, die mit einem willkürlich aus zwei Listen ausgesuchten Codenamen bezeichnet wurde. Einzeln schlenderten sie über das Übungsgelände und überprüften Standorte und Winkel, nahmen sich den nächsten Trainingskollegen, übten den Sturmangriff oder suchten sich Schleichwege, die sie einschlagen wollten, sobald das Schießen begann. Sie nahmen ihr persönliches Trainingsprogramm wieder auf und liefen ein oder zwei Meilen zusätzlich zu den Übungen am Morgen oder am Nachmittag, denn es galt, nicht nur Spannungen abzubauen, sondern auch hundertprozentig sicherzustellen, daß sie fit waren. Ein geübter Beobachter konnte es an ihrem Blick erkennen: ernst, aber nicht angespannt, konzentriert, aber nicht verbissen, zuversichtlich, aber nicht überheblich. Die anderen Marines auf Quantico gingen auf Abstand, wenn sie das Team sahen; sie wunderten sich über den abgesonderten Trainingsplatz und den seltsamen Tagesplan, wunderten sich über die Cobras und über die Rettungspiloten der Navy im Quartier. Doch ein Blick auf die Einheit im Fichtenwald brachte die Fragen zum Schweigen, betonte den Abstand. Da war irgendwas Besonderes im Gange.

»Danke, Roger«, sagte Bob Ritter in der Abgeschiedenheit seines Büros in Langley. Er drückte auf einen Knopf an seinem Telefon und wählte eine Nummer in der Hausleitung. »James? Hier ist Bob. Wir haben grünes Licht. Du kannst den Startknopf drücken.«

»Danke, James.« Dutch Maxwell schwang sich in seinem Drehstuhl herum und blickte auf die blaue Aluminiumplatte an seiner Wand. Sie stammte von seiner F6F Hellcat und war mit geraden Reihen rot-weißer Flaggen bemalt, jeweils eine pro Opfer seiner Kampftüchtigkeit. Sie war ein Beweisstück seiner militärischen Fähigkeiten. »Signalmaat Grafton«, rief er.
»Ja, Sir?« An der Tür erschien ein junger Unteroffizier.
»Geben Sie eine Meldung an Admiral Podulski auf der *Constellation* durch: ›Olivgrün‹.«
»Aye aye, Sir.«
»Lassen Sie meinen Wagen vorfahren, und rufen Sie dann Anacostia. In einer Viertelstunde brauche ich einen Hubschrauber.«
»Jawohl, Admiral.«
Vizeadmiral Winslow Holland Maxwell, U.S. Navy, verließ seinen Schreibtisch und ging durch die Seitentür auf den E-Ring-Korridor. Seine erste Station war die Abteilung der Luftwaffe.
»Gary, wir brauchen jetzt den Transport, über den wir schon gesprochen haben.«
»Wird erledigt, Dutch«, erwiderte der General ohne weitere Fragen.
»Geben Sie die Einzelheiten an mein Büro durch. Ich muß jetzt zu einem Termin, aber ich rufe jede Stunde an.«
»Ja, Sir.«
Maxwells Wagen wartete beim Eingang am Fluß. »Wohin, Sir?«
»Zum Hubschrauberplatz in Anacostia.«
»Aye aye, Sir.« Der junge Soldat ließ den Wagen anrollen und fuhr auf den Fluß zu. Er wußte zwar nicht, was da vor sich ging, aber es mußte etwas Wichtiges sein. Der Alte hatte einen Schwung in seinen Schritten wie eine Häuptlingstochter auf dem Weg zum Stelldichein.

Kelly hoffte inbrünstig, daß er keinen einzigen Schuß würde abgeben müssen. Er hatte eine CAR-15-Karabinerversion des M-16-Sturmgewehrs als wichtigste Waffe. Dazu kam ins Schulterhalfter die 9mm-Automatik mit Schalldämpfer, aber seine wahre Waffe war das Funkgerät. Um sicherzugehen, wollte er zwei davon mitnehmen. Dazu Lebensmittel, Wasser, eine Landkarte – und Ersatzbatterien. Alles in allem waren es etwas über zwanzig Pfund, seine Spezialausrüstung für den Vormarsch nicht mitgerechnet. Das war kein übermäßig großes Gewicht, und er stellte fest, daß er damit ohne Mühe durch das Unterholz und über die Berge marschieren konnte.

Für einen Mann seiner Größe bewegte sich Kelly außerordentlich schnell und leise voran. Die Geräuschlosigkeit kam dadurch zustande, daß er darauf achtete, wohin er die Füße setzte, wie er sich durch die Gegend wand und Hindernisse wie Bäume und Büsche umging. Weg und Umgebung hatte er dabei ständig mit gleichbleibender Intensität im Blick.

Nicht übertrainieren, ermahnte er sich. *Du solltest es leichter nehmen.* Nachdem er sich aufgerichtet hatte, ging er, sich ganz auf seinen Instinkt verlassend, den Hügel hinunter. Die Marinesoldaten trainierten in kleinen Gruppen an den Waffen, während sich Captain Albie mit den vier Hubschraubermannschaften beriet. Kelly steuerte geradewegs auf den Landeplatz des Stützpunkts zu, als ein Navy-Hubschrauber eintraf, dem Admiral Maxwell entstieg. Rein per Zufall war Kelly als erster bei ihm. Er erriet den Zweck seines Besuches, noch bevor ein Wort gesprochen wurde.

»Geht's los?«

»Heute abend«, bestätigte Maxwell mit einem Nicken.

Trotz all seiner Vorfreude und Begeisterung fühlte Kelly den üblichen Kitzel. Jetzt war das Training zu Ende. Jetzt kam wieder Schwung in sein Leben. Von ihm hing das Leben anderer Männer ab. Aber er würde die Sache schon schaukeln. *Ich weiß, wie man so was macht,* sagte er sich. Kelly blieb am Hubschrauber stehen, während Maxwell zu Captain Albie hinüberging. Gleichzeitig stieß General Youngs Wagen zu den beiden Männern, so daß die Nachricht gleich weitergeleitet werden konnte. Grüße wurden ausgetauscht, und Captain Albie drückte seinen Rücken noch ein wenig weiter durch, als er den Befehl hörte. Die Marinesoldaten der Aufklärungstruppe versammelten sich um die Männer. Ihre Reaktion fiel erstaunlich nüchtern und sachlich aus. Sie blickten sich lediglich mit einem nichtssagenden Ausdruck an und nickten sich dann entschlossen zu. Sie hatten grünes Licht; der Einsatzbefehl war ausgegeben. Maxwell kehrte zum Hubschrauber zurück.

»Ich nehme an, Sie wollen jetzt Ihren kleinen Ausflug machen.«

»Sie haben es mir versprochen, Sir.«

Der Admiral klopfte dem Jüngeren auf die Schulter und wies auf den Hubschrauber. Nachdem sie Platz genommen hatten, setzten sie Kopfhörer auf. Währenddessen ließ die Mannschaft die Motoren an.

»Wann brechen wir auf, Sir?«

»Kommen Sie bis Mitternacht zurück.« Der Pilot vom rechten Sitz blickte sich fragend zu ihnen um. Maxwell gab ihm mit einer Handbewegung zu verstehen, daß er noch nicht abheben sollte.

»Aye aye, Sir.« Kelly nahm den Kopfhörer ab, sprang aus dem Hubschrauber und schloß sich General Young an.

»Dutch hat es mir schon erzählt«, erklärte Young, ohne seine Mißbilligung zu verbergen. So etwas war doch unerhört. »Was brauchen Sie?«

»Erst muß ich zurück zum Boot und mich umziehen. Können Sie mich dann nach Baltimore fahren? Um die Rückfahrt kümmere ich mich selbst.«

»Hören Sie mal, Clark –«

»General, ich habe bei der Planung dieser Mission mitgeholfen. Ich gehe als erster rein und komme als letzter raus.« Young hätte am liebsten geflucht, doch das verkniff er sich. Statt dessen schickte er Kelly mit einer Kopfbewegung zu seinem Fahrer.

Eine Viertelstunde später war Kelly in einem anderen Leben. Seit er die *Springer* an der Anlegestelle für Besucher festgetäut hatte, war die Zeit stehengeblieben oder sogar rückwärts gelaufen. Nun würde es mal wieder vorwärtsgehen. Mit einem kurzen Blick vergewisserte er sich, daß der Hafenmeister die Dinge im Auge behielt. Nach einer kurzen Dusche zog er seine Zivilkleider an und lief zum Wagen des Generals zurück.

»Nach Baltimore, Corporal. Ich werde es Ihnen leichtmachen. Setzen Sie mich einfach am Flughafen ab. Für den Rest nehme ich ein Taxi.

»Alles klar, Sir«, erwiderte der Fahrer dem Mann, der bereits in den Schlaf hinüberdämmerte.

»Also, was steckt dahinter, Mr. MacKenzie?« erkundigte sich Wally Hicks.

»Es ist genehmigt«, erklärte der Sonderberater, während er ein paar Unterlagen signierte und andere abzeichnete, damit sie in den unterschiedlichen Archiven eingelagert wurden, wo zukünftige Historiker seinen Namen als Randfigur bei den bedeutenden Ereignissen seiner Zeit festhalten würden.

»Können Sie mir mehr darüber sagen?«

Was soll's, dachte MacKenzie. Hicks hatte offiziellen Zugang zu Geheiminformationen, und die Gelegenheit, dem Grünschnabel etwas von seiner Wichtigkeit vor Augen zu führen, war einfach zu verlockend für den Sonderberater. Innerhalb von zwei Minuten hatte MacKenzie ihm die Grundzüge von BOXWOOD GREEN erklärt.

»Das ist eine Invasion, Sir«, wandte Hicks so unbeteiligt wie möglich ein – trotz Gänsehaut und flauem Gefühl im Magen.

»Vielleicht werden die Vietnamesen das so sehen. Ich sehe das anders. Wenn ich mich recht erinnere, sind sie selber in drei souveräne Staaten eingedrungen.«

»Aber die Friedensgespräche – das haben Sie doch selbst gesagt«, kam es dringlicher von Hicks.

»Ach, zum Teufel mit den Friedensgesprächen! Mensch, Wally, es geht dabei um unsere Männer. Sie wissen Dinge, die unsere nationale Sicherheit bedrohen könnten. Abgesehen davon –« er lächelte – »habe ich geholfen, es Henry Kissinger zu verkaufen.« Und wenn sich das rumspricht...

»Aber –«

MacKenzie blickte auf. Hatte der Knabe noch immer nicht kapiert? »Aber was, Wally?«

»Es ist gefährlich.«

»Das hat ein Krieg so an sich, oder wußten Sie das noch nicht?«

»Sir, hier kann ich doch frei sprechen, oder?« fragte Hicks spitz.

»Natürlich, Wally, reden Sie.«

»Die Friedensgespräche sind im Augenblick in einer sehr heiklen Phase –«

»Das sind Friedensgespräche immer.« MacKenzie genoß den pädagogischen Diskurs. Vielleicht würde der Knabe zur Abwechslung mal was lernen.

»Sir, es haben schon zu viele von uns ihr Leben verloren. Und wir haben eine Million von denen getötet. Und wozu das alles? Was haben wir gewonnen? Hat überhaupt jemand was dabei gewonnen?« Seine Stimme war fast schon ein Flehen.

Diese Argumente waren nicht gerade neu, und MacKenzie hatte es satt, darauf zu antworten. »Sie verschwenden Ihre Zeit, Wally, wenn Sie mich dazu bringen wollen, daß ich verteidige, wie wir in diese verfahrene Situation reingerutscht sind. Ein Schlamassel ist es von Anfang an gewesen, aber den hat nicht *diese* Regierung angerichtet, oder? Wir sind gewählt worden, um uns da wieder rauszubringen.«

»Ja, Sir.« Dem konnte Hicks nichts entgegensetzen. »Genau das denke ich auch. Aber diese Mission beschränkt unsere Chancen, das alles zu einem Ende zu bringen. Ich halte sie für einen Fehler, Sir.«

»Nun gut.« MacKenzie entspannte sich und blickte seinen Sekretär wohlwollend an. »Diese Ansicht hat – ich will mal großzügig sein – durchaus ihre Vorzüge. Aber was ist mit unseren Männern, Wally?«

»Sie wußten, auf was sie sich einlassen. Und sie haben verloren«, antwortete Hicks mit der Kaltschnäuzigkeit der Jugend.

»Eine derartige Gleichgültigkeit kann ganz sinnvoll sein. Aber zwischen Ihnen und mir besteht doch ein großer Unterschied: Ich war dort, Sie nicht. Sie haben nie Uniform getragen, Wally, und das ist eine Schande. Sie hätten was dabei lernen können.«

Dieses Argument verblüffte Hicks. »Ich wüßte nicht, was das sein sollte, Sir. Dann hätte ich ja mein Studium unterbrechen müssen.«

»Das Leben ist kein Buch, mein Sohn.« MacKenzie hatte diese Wendung benutzt, um sein Wohlwollen auszudrücken, doch für seinen Sekretär klang sie wie eine Bevormundung. »Im wahren Leben fließt Blut. Die Menschen haben Gefühle und Träume, und sie haben eine Familie. Sie leben ein wahres Leben. Sie hätten beispielsweise lernen können, daß sie Menschen bleiben, auch wenn sie anders sind. Als Mitglied der Regierung dieses Volkes sollten Sie das im Kopf behalten.«

»Jawohl, Sir.« Was sonst sollte er dazu sagen? Dieses Streitgespräch konnte er nicht gewinnen. Verdammt, er brauchte jemanden, mit dem er darüber reden konnte.

»John!« Kein Lebenszeichen in zwei Wochen. Sie hatte schon befürchtet, daß ihm etwas zugestoßen war. Doch nun mußte sie sich an den entgegengesetzten Gedanken gewöhnen – daß er lebte und womöglich etwas getan hatte, wovon sie eigentlich nichts Genaueres wissen wollte.

»Hallo, Sandy!« Ordentlich angezogen, mit Schlips und blauem Sakko, stand Kelly lächelnd vor ihr. Es war so offensichtlich eine Verkleidung, wenn auch eine völlig andere als beim letztenmal, daß sie sich von seinem Auftauchen zutiefst irritiert fühlte.

»Wo sind Sie gewesen?« fragte Sandy, während sie ihn hereinwinkte, damit die Nachbarn ihn nicht sahen.

»Hatte was zu erledigen«, erwiderte Kelly ausweichend.

»Was?« Die Direktheit ihrer Frage erforderte eine konkrete Antwort.

»Nichts Illegales. Ehrenwort«, war alles, was er sagen konnte.

»Stimmt das auch wirklich?« Plötzlich hatte sich zwischen ihnen eine mißtrauische Spannung ausgebreitet. Kelly blieb direkt hinter der Türschwelle stehen. Hin- und hergerissen zwischen Wut und Schuldgefühlen, fragte er sich, warum er hierhergekommen war, warum er Admiral Maxwell um diesen großen Gefallen gebeten hatte. Eine Antwort wußte er bis jetzt noch nicht.

»John!« rief Sarah aus dem ersten Stock und rettete die beiden aus ihrem Schweigen.
»Hallo, Frau Doktor«, antwortete Kelly. Beide waren froh über die Ablenkung.
»Wir haben eine Überraschung für Sie!«
»Was denn?«
Sarah Rosen, die jetzt die Treppe herunterkam, sah trotz ihres Lächelns so unelegant aus wie immer. »Du siehst verändert aus.«
»Ich habe regelmäßig trainiert«, erklärte Kelly.
»Und was bringt dich hierher?«
»Ich muß fort und wollte noch mal vorbeikommen, ehe ich aufbreche.«
»Wo mußt du hin?«
»Das kann ich nicht sagen.« Sofort wurde die Stimmung im Raum deutlich kühler.
»John«, sagte Sandy. »Wir wissen Bescheid.«
»Gut.« Kelly nickte. »Das habe ich mir schon gedacht. Wie geht es Doris?«
»Ihr geht es gut. Das verdankt sie dir«, antwortete Sarah.
»John, wir müssen miteinander reden«, sagte Sandy. Dr. Rosen verstand den Hinweis und ging wieder nach oben, während die Krankenschwester und ihr früherer Patient sich in die Küche zurückzogen.
»John, was haben Sie getan?«
»Zuletzt? Das darf ich nicht sagen. So leid es mir tut, aber das darf ich nicht.«
»Ich meine – ich meine das Ganze. Was haben Sie vor?«
»Besser für Sie, wenn Sie es nicht wissen, Sandy.«
»Was ist mit Billy und Rick?« Schwester O'Toole brachte die Sache auf den Punkt.
Kelly wies mit dem Kopf auf das obere Stockwerk. »Sie haben doch selbst gesehen, was die Doris angetan haben. Dazu haben sie nun keine Gelegenheit mehr.«
»John, Sie dürfen das nicht tun. Die Polizei –«
»– hängt mit drin«, erklärte ihr Kelly. »Die Organisation hat sich jemanden dort gekauft, möglicherweise ein hohes Tier. Deshalb darf ich der Polizei nicht trauen, und Sie auch nicht, Sandy«, schloß Kelly so sachlich wie möglich.
»Aber es gibt doch auch andere, John. Andere, denen –« Erst jetzt verstand sie, was er gesagt hatte. »Woher wissen Sie das?«
»Billy hat mir ein paar Fragen beantwortet.« Kelly schwieg. Ihr Ge-

sichtsausdruck steigerte seine Schuldgefühle. »Sandy, Sie glauben doch nicht im Ernst, irgend jemand würde sich ein Bein ausreißen, um den Tod einer Prostituierten aufzuklären? So schätzt die Polizei den Fall nämlich ein. Glauben Sie, jemand hat ein Interesse an diesen Mädchen? Erinnern Sie sich, wir haben schon einmal darüber gesprochen. Sie haben selbst gesagt, es gäbe kein Hilfsprogramm. Sie nehmen Anteil an ihnen, und deshalb habe ich Doris hierher gebracht. Aber die Polizisten? Nein. Vielleicht kann ich genügend Informationen zusammentragen, um den Drogenring auffliegen zu lassen. Ob ich es schaffe, weiß ich nicht, denn schließlich bin ich dafür nicht ausgebildet. Aber ich versuche es. Wenn Sie mich anzeigen wollen, werde ich Sie nicht daran hindern. Ich tue Ihnen nichts.«

»Das weiß ich«, brach es aus Sandy heraus. »John, Sie dürfen das nicht tun«, fügte sie, schon wieder ruhiger, hinzu.

»Warum nicht?« fragte Kelly. »Sie bringen Menschen um. Sie tun ihnen Schreckliches an, und niemand unternimmt etwas dagegen. Was ist mit ihren Opfern. Die haben keinen Fürsprecher.«

»Dafür gibt es die Gesetze.«

»Und wenn die Gesetze nicht greifen, was dann? Sollen wir sie einfach sterben lassen? Einfach so? Denken Sie an die Fotos von Pam.«

»Ja.« Sandy wußte, daß er damit recht hatte, obwohl sie wünschte, es wäre anders.

»Sie haben Pam stundenlang gefoltert, Sandy, und Ihr ... Gast sah dabei zu. Sie haben sie *gezwungen* zuzusehen.«

»Das hat sie mir erzählt. Und alles andere auch. Pam und sie waren Freundinnen. Sie war diejenige, die Pam nach – nach ihrem Tod gekämmt hat.«

Seine Reaktion traf sie völlig unvorbereitet. Plötzlich wurde ihr klar, daß Kellys Schmerz direkt unter der Oberfläche schlummerte. Nur durch ein paar Worte konnte er mit einer Unvermitteltheit ans Licht gebracht werden, die ihn bitterlich quälen mußte. Er wandte sich ab und blickte sie erst wieder an, nachdem er tief Luft geholt hatte. »Geht es ihr gut?«

»In ein paar Tagen bringen wir sie nach Hause. Sarah und ich fahren sie hin.«

»Das freut mich. Vielen Dank, daß Sie sich um Doris gekümmert haben.«

Das war ein Widerspruch, der ihr schwer zu schaffen machte. Wie konnte er so leichthin erwähnen, daß er anderen Menschen das

Leben nahm, im selben Tonfall wie Sam Rosen, wenn er eine schwierige Operation durchdiskutierte, und sich gleichzeitig ebenso ernsthaft wie ein Chirurg um Menschen sorgen, die er – gerettet hatte. Oder gerächt. Für ihn war es vielleicht das gleiche.

»Sandy, Sie müssen es so sehen. Diese Leute haben Pam getötet. Sie haben sie vergewaltigt, gefoltert und getötet – und zwar zur Abschreckung, damit sie die anderen Mädchen für ihre Zwecke einsetzen konnten. Ich werde mir jeden einzelnen von ihnen holen, und wenn ich dabei sterbe, dann war es mir das wert. Es tut mir leid, daß Sie mich deswegen verabscheuen.«

Sie holte tief Luft. Alles Nötige war gesagt worden.

»Sie haben vorhin erwähnt, Sie müßten fort?«

»Ja. Wenn alles nach Plan verläuft, bin ich in zwei Wochen wieder da.«

»Ist es gefährlich?«

»Wenn ich es richtig anfange, nicht.« Aber Kelly wußte, daß er ihr nichts vormachen konnte.

»Worum geht es dabei?«

»Eine Rettungsaktion. Aber mehr kann ich wirklich nicht sagen, und Sie dürfen mit niemandem darüber sprechen. Heute nacht geht's los. Ich war zum Training auf einem Militärstützpunkt.«

Nun mußte Sandy sich abwenden, ihren Blick auf die Küchentür richten. Er ließ ihr einfach keine Chance. Die Widersprüche waren zu groß. Er rettete ein Mädchen, das ansonsten sicher gestorben wäre, aber außerdem tötete er. Er liebte eine Frau, die nicht mehr am Leben war. Er war bereit, andere um seiner Liebe willen zu töten, und riskierte dafür alles. Er hatte Sarah, Sam und ihr vertraut. Die Mischung aus Fakten und Vorstellungen ließ sich nur schwer vereinbaren. Nach dem, was mit Doris geschehen war, nachdem sie so gekämpft hatte, daß das Mädchen wieder gesund wurde, nachdem sie ihre Stimme – und die ihres Vaters – gehört hatte, da hatte das Ganze einen Sinn ergeben. Mit einem gewissen Abstand war es leicht, die Dinge leidenschaftslos zu betrachten. Aber nun stand ihr der Mann gegenüber, der das alles getan hatte, berichtete von seinen Taten ruhig und ohne Umschweife, log nicht, verbarg nichts, sagte ihr die Wahrheit und bat sie erneut um Verständnis.

»Vietnam?« fragte sie nach einem Augenblick. Sie versuchte, Zeit zu gewinnen und Ordnung in ihre sich überstürzenden Gedanken zu bringen.

»Genau.« Kelly schwieg. Er mußte es ihr zumindest ansatzweise erklären, damit sie ihn verstehen konnte. »Da drüben gibt es Leute, die nicht mehr zurückkommen würden, wenn wir nichts unternehmen. Ich mache dabei mit.«

»Aber warum müssen ausgerechnet Sie da hin?«

»Warum ich? Irgend jemand muß es ja tun, und mich hat man eben gefragt. Warum tun Sie Ihre Arbeit, Sandy? Wissen Sie noch, das habe ich Sie schon einmal gefragt.«

»Verdammt, John. Sie sind mir nicht mehr gleichgültig!« platzte sie heraus.

Ein weiteres Mal zeigte sich in seinem Gesicht der alte Schmerz. »Das dürfen Sie nicht. Es könnte Ihnen wieder großen Kummer bereiten, und das möchte ich nicht.« Damit hatte er genau das Verkehrte gesagt. »Leute, denen ich etwas bedeute, Sandy, müssen mit seelischen Enttäuschungen rechnen.«

In diesem Augenblick traten Sarah und Doris ein und retteten die beiden vor sich selbst. Das Mädchen wirkte wie ausgewechselt. Ihre Augen waren voller Leben. Sandy hatte ihr die Haare gelegt und ihr etwas zum Anziehen herausgesucht. Doris war immer noch schwach, aber sie konnte sich schon ohne Hilfe fortbewegen. Ihre sanften braunen Augen richteten sich auf Kelly.

»Sie waren das«, sagte sie ruhig.

»Ich schätze, ja. Wie geht es Ihnen?«

Sie lächelte. »Ich fahre bald nach Hause. Daddy – Daddy will, daß ich zurückkomme.«

»Das kann ich mir vorstellen, Madam«, sagte Kelly. Sie ähnelte in nichts mehr dem Opfer, das er vor wenigen Wochen gerettet hatte. Vielleicht hatte das alles doch einen Sinn.

Das gleiche schoß in diesem Augenblick Sandy durch den Kopf. Doris war unschuldig, ein wirkliches Opfer von Kräften, in deren Gewalt sie geraten war. Ohne Kelly wäre sie jetzt tot. Nichts sonst hätte sie retten können. Andere hatten dafür sterben müssen, aber – aber *was*?

»Vielleicht war es doch Eddie«, meinte Piaggi. »Ich hab ihm gesagt, er soll sich mal umhören, aber er behauptet, er hätte nichts rausgekriegt.«

»Und seit du mit ihm gesprochen hast, ist nichts mehr passiert. Fast so wie früher«, erwiderte Henry. Damit sagte er Anthony Piaggi nichts, was der nicht bereits wußte, und formulierte auch gleich noch eine Schlußfolgerung, die der andere ebenfalls schon in Betracht gezogen hatte. »Und wenn er nur ein bißchen Wind machen wollte, um sich aufzuspielen, Tony?«

»Möglich.«

Das führte zum nächsten Gedanken. »Ich möchte wetten, wenn Eddie auf Reisen geht, hat dieser Spuk ein Ende.«

»Glaubst du, er will abhauen?«

»Alles andere ergibt keinen Sinn.«

»Wenn Eddie was zustößt, könnten wir Ärger kriegen. Ich glaube nicht, daß –«

»Das laß mal meine Sorge sein. Ich habe eine todsichere Methode.«

»Dann erzähl mir davon«, forderte Piaggi ihn auf. Zwei Minuten später nickte er zustimmend.

»Warum sind Sie hergekommen?« fragte Sandy, als Kelly und sie den Tisch abräumten. Sarah brachte Doris nach oben, damit sie sich ausruhen konnte.

»Ich wollte mal nach Doris sehen.« Aber das war eine Lüge, und keine besonders gute.

»Sie sind einsam, nicht wahr?« Kelly brauchte lange für seine Antwort.

»Ja.« Sie zwang ihn, sich dieser Tatsache zu stellen. Ein Leben in Einsamkeit entsprach keineswegs seinen Vorstellungen. Es war ihm vom Schicksal und von seinem eigenen Wesen aufgezwungen worden. Jedesmal, wenn er sich jemandem genähert hatte, war etwas Schreckliches passiert. Zwar stiftete die Rache an den Verantwortlichen so etwas wie einen Sinn, doch das reichte nicht aus, um die von ihnen geschaffene Leere zu füllen. Und nun zeichnete sich überdeutlich ab, daß ihn diese Taten von einem anderen Menschen entfernten. Wie hatte sein Leben nur so kompliziert werden können?

»Ich finde es nicht richtig, John, auch wenn ich es noch so sehr wünschte. Doris zu retten war eine gute Sache, aber nicht um den Preis von Menschenleben. Es müßte doch eine andere Möglichkeit geben –«

»Und wenn es die nicht gibt, was dann?«

»Lassen Sie mich bitte ausreden, ja?« bat Sandy.

»Entschuldigung.«

Sie strich ihm über die Hand. »Bitte, sehen Sie sich vor.«

»Das werde ich, Sandy, ganz bestimmt.«

»Das, was Sie jetzt vorhaben, das ist doch nicht ...«

Er lächelte. »Nein, das ist ein richtiger Auftrag. Ganz offiziell.«

»Zwei Wochen?«

»Wenn alles nach Plan verläuft.«

»Und wird es das?«

»Manchmal, ja.«

Sie drückte seine Hand. »John, bitte, denken Sie mal darüber nach. Suchen Sie einen anderen Weg, und hören Sie damit auf. Sie haben Doris gerettet, und das ist wunderbar. Können Sie mit dem, was Sie erfahren haben, die anderen nicht ohne – ohne weiteres Blutvergießen retten?«

»Ich will es versuchen.« Er konnte ihr das nicht abschlagen, nicht, wo ihre warme Hand auf der seinen lag. Kelly steckte in der Falle, denn nun, wo er einmal sein Wort gegeben hatte, durfte er es nicht mehr brechen. »Aber im Augenblick habe ich ganz andere Sorgen.« Was sogar stimmte.

»Wie erfahre ich, John ... Ich meine ...«

»Was mit mir los ist?« Es überraschte ihn, daß sie sich dafür noch interessierte.

»John, Sie können mich nicht einfach im Ungewissen lassen.«

Kelly dachte kurz nach. Dann zog er einen Stift aus der Tasche und schrieb eine Telefonnummer auf einen Zettel. »Dies ist die Nummer von – einem gewissen Admiral Greer. Er ist über alles informiert, Sandy.«

»Bitte sehen Sie sich vor.« Ihr Griff und ihre Augen drückten jetzt wirkliche Verzweiflung aus.

»Ganz bestimmt, das verspreche ich. Ich weiß, worauf es ankommt.«

Tim wußte das auch. Das brauchte sie nicht auszusprechen, das sagten schon ihre Augen. Und Kelly merkte, wie grausam so ein Abschied sein konnte.

»Ich muß jetzt los, Sandy.«

»Sorgen Sie dafür, daß Sie zurückkommen.«

»Ganz bestimmt, das tue ich.« Doch selbst in seinen Ohren klangen die Worte hohl. Kelly hätte sie gern geküßt, aber er wagte es nicht. Er rückte vom Tisch ab. Ihre Hand blieb auf seiner liegen. Sie war eine große, starke und tapfere Frau, aber sie hatte einen schmerzlichen Verlust erlitten. Und jetzt fürchtete Kelly, er könnte ihr neuen Schmerz zufügen. »Wir sehen uns dann in ein paar Wochen. Grüßen Sie bitte Sarah und Doris von mir.«

»Ja.« Sie folgte ihm zur Haustür. »John, wenn Sie zurückkommen, dann hören Sie damit auf.«

»Ich denke darüber nach«, sagte er, ohne sich umzuwenden. Er wagte nicht, ihr in die Augen zu sehen. »Das tue ich wirklich.«

Kelly öffnete die Haustür. Draußen war es inzwischen dunkel

geworden, und er mußte sich beeilen, um noch rechtzeitig nach Quantico zu kommen. Er hörte sie hinter sich, hörte sie atmen. Zwei Frauen in seinem Leben waren tot, die eine durch einen Unfall, die andere durch einen Mord. Und die dritte stieß er jetzt womöglich aus eigener Schuld von sich fort.

»John?« Sie hatte seine Hand noch nicht losgelassen, und jetzt mußte er sich trotz seiner Scheu zu ihr umdrehen.

»Ja, Sandy?«

»Komm zurück!«

Er strich ihr über die Wange und küßte ihre Hand. Dann wandte er sich ab. Sie blickte ihm nach, als er zum Volkswagen ging und fortfuhr.

Selbst jetzt, dachte sie. *Selbst jetzt will er mich noch beschützen.*

Ist es genug? Kann ich jetzt aufhören? Aber was war schon »genug«?

»Denk mal drüber nach«, sagte er laut zu sich selbst. »Was weißt du, was die andere Seite auch auswerten kann?«

Und das war nicht wenig. Billy hatte eifrig geplaudert. Die Drogen wurden auf einem der Schiffswracks abgepackt. Über Henry und Burt wußte er Bescheid. Ihm war auch bekannt, daß ein ranghöherer Beamter des Rauschgiftdezernats in Henrys Diensten stand. Konnte die Polizei mit diesen Informationen ein so dichtes Netz um alle Beteiligten spannen, daß sie wegen Rauschgifthandel und Mord hinter Schloß und Riegel kamen? Konnte Henry damit zu Tode verurteilt werden? Und selbst wenn er all diese Fragen mit ja beantworten würde, reichte das dann aus?

Nicht nur Sandys Vorbehalte, sondern auch seine Zusammenarbeit mit den Marines hatten ihm diese Fragen ins Bewußtsein gerufen. Was würden diese Männer von ihm denken, wenn sie wüßten, daß er gemordet hatte. Würden sie seine Taten als Mord betrachten oder sie so einschätzen wie er?

»Die Plastiktüten stinken«, hatte Billy gesagt. »So wie dieses Zeug, das man bei Leichen verwendet.«

Was zum Teufel hat das zu bedeuten? fragte sich Kelly, als er ein letztes Mal die Stadt durchquerte. Mehrmals stieß er auf Streifenwagen im Einsatz. Sie konnten doch nicht alle von korrupten Polizisten gefahren werden? Oder etwa doch?

»Scheiße!« schimpfte Kelly über den Verkehr. »Sieh zu, daß du den Kopf klar kriegst, Seebär. Du hast einen Einsatz vor dir, einen, der sich gewaschen hat.«

Und damit war alles gesagt. BOXWOOD GREEN *war* ein Einsatz, der sich gewaschen hatte, das wurde ihm nun plötzlich überdeutlich bewußt. Wenn nicht einmal jemand wie Sandy ihn verstehen konnte – es war eine Sache, auf sich allein gestellt zu sein, allein zu sein mit seinen Gedanken, seiner Wut und seiner Einsamkeit. Aber wenn selbst diejenigen, die wußten, wie es war und worum es ging, Menschen, die dich gern mochten, was war, wenn selbst die verlangten, daß du aufhörst ...

Was war richtig? Was war falsch? Und wo verlief die Linie, die richtig von falsch trennt? Auf dem Highway war das kein Problem. Die Straßenarbeiter pinselten den weißen Strich, und du mußtest lediglich darauf achten, nicht auf die andere Seite zu geraten. Doch im richtigen Leben war das nicht so einfach.

Vierzig Minuten später war er auf dem Interstate 495, dem Umgehungsring von Washington. Was war wichtiger: Henry zu töten oder die anderen Frauen dort rauszuholen?

Weitere vierzig Minuten später hatte er den Fluß überquert und war in Virginia. Er hatte Doris lebend vorgefunden, nachdem er bei ihrem ersten Zusammentreffen hatte befürchten müssen, sie wäre bald ebenso tot wie Rick. Je mehr er darüber nachdachte, um so froher stimmte es ihn.

Bei BOXWOOD GREEN ging es nicht um das Töten von Menschen. Es war ein Rettungseinsatz. Er wandte sich nach Süden auf die Interstate 95, und nach siebzig Kilometern traf er in Quantico ein. Als er auf das Trainingsgelände fuhr, war es halb zwölf.

»Sie haben's ja gerade eben noch geschafft«, bemerkte Marty Young trocken. Zur Abwechslung trug er eine Tarnuniform anstelle seines Khakihemds.

Kelly blickte dem General offen in die Augen. »Sir, mein Abend war nicht gerade angenehm. Also bitte, seien Sie so nett und verkneifen Sie sich Ihre Bemerkungen.«

Young nahm ihm das nicht übel. »Mr. Clark, das klingt ganz so, als wären Sie jetzt soweit.«

»Darum geht es nicht, Sir. Die Männer in SENDER GREEN sind soweit.«

»Da haben Sie recht, Sie Klugscheißer.«

»Kann ich das Auto hier stehenlassen?«

»Diese Klapperkiste?«

Kelly überlegte kurz, dann war die Entscheidung gefallen. »Ich glaube, es hat seinen Dienst getan. Verschrotten Sie es mit den anderen.«

»Kommen Sie, unten am Berg wartet der Bus auf uns.«

Kelly suchte seine Ausrüstungsgegenstände zusammen und trug sie zu dem Stabswagen. Dann wurden Kelly und der Marineflieger, der die Männer nicht begleiten würde, von demselben Fahrer wie auf seiner Fahrt nach Baltimore zum Bus gebracht.

»Was denken Sie, Clark?«

»Sir, ich glaube, wir haben eine gute Chance.«

»Ich wünschte, wir könnten einmal, nur ein einziges gottverdammtes Mal sagen, diesmal klappt's bestimmt.«

»Haben Sie das schon mal erlebt?« fragte Kelly.

»Nein«, gab Young zu. »Aber man wünscht es sich immer wieder.«

»Wie war's in England, Peter?«

»Ganz nett. In Paris hat es geregnet, aber Brüssel ist eine hübsche Stadt. Ich war zum erstenmal dort«, erzählte Henderson.

Sie wohnten nur wenige Straßenzüge voneinander entfernt, in jenen bequemen Apartments, die Ende der 30er Jahre gebaut worden waren, um die steigende Nachfrage durch Staatsdiener der anwachsenden Bürokratie zu befriedigen. Die massiven Steinbauten waren weitaus solider als die Gebäude neueren Ursprungs. Hicks verfügte über eine Wohnung mit zwei Schlafzimmern, wodurch ausgeglichen wurde, daß das Wohnzimmer relativ klein war.

»Wolltest du mir nicht irgendwas Bestimmtes erzählen?« fragte der Sekretär des Senators, der noch immer unter der Zeitumstellung litt.

»Es ist wieder eine Invasion in den Norden geplant«, seufzte der Assistent aus dem Weißen Haus.

»Wie bitte? Mensch, ich komme gerade von den Friedensverhandlungen, ich habe die Gespräche dort mit eigenen Ohren verfolgt. Es kommt Bewegung ins Ganze. Die andere Seite hat gerade ein paar gewaltige Zugeständnisse gemacht.«

»Das kannst du in den Wind schreiben«, klagte Hicks. Auf dem Couchtisch lag ein Plastiksäckchen mit Marihuana, und er begann, einen Joint zu basteln.

»Du solltest die Finger von dem Mist lassen, Wally.«

»Davon kriege ich wenigstens keinen Kater wie vom Bier. Und überhaupt, wo ist da schon der Unterschied.«

»Der Unterschied ist deine verdammte Sicherheitsüberprüfung, kapiert«, sagte Henderson nachdrücklich.

»Was macht das schon? Man hört uns ja sowieso nicht zu, Peter. Wir reden und reden, und niemand hört uns zu.« Hicks zündete den Joint an und nahm einen tiefen Zug. »Ich mache hier sowieso bald

Schluß. Dad möchte, daß ich ins Familienunternehmen einsteige. Vielleicht verdiene ich demnächst meine erste Million. Und vielleicht hört mir dann endlich mal jemand zu.«
»Du solltest das nicht so schwer nehmen, Wally. So was braucht seine Zeit. Gut Ding will Weile haben. Denkst du etwa, wir können über Nacht die Welt verändern?«
»Ich glaube, wir können überhaupt nichts verändern. Weißt du, das Ganze ist wie bei Sophokles. Irgendwann lassen sie alles hochgehen, und wenn der verdammte *deus* aus seiner verdammten *machina* kommt, erweist sich der *deus* bestimmt als eine Wolke von Interkontinentalraketen. Und dann ist sowieso alles zu spät, Peter. Genauso, wie wir es uns vor ein paar Jahren in New Hampshire vorgestellt haben.« Henderson merkte, daß dies nicht Hicks' erster Joint war. Marihuana brachte seinen Freund immer zum Jammern.
»Wally, erzähl mir mal, worum es eigentlich geht.«
»Nun, sie nehmen an, da gibt es so ein Lager ...« Mit gesenkten Augen erzählte Hicks seinem Freund, was er erfahren hatte.
»Das sind keine guten Nachrichten.«
»Sie glauben, dort würden ein Haufen unserer Leute gefangengehalten, aber das sind reine Vermutungen. Wir wissen nur von einem. Und stell dir vor, wegen einem Mann gefährden die die Friedensgespräche!«
»Mach endlich diesen verdammten Joint aus!« schimpfte Henderson und nahm einen Schluck von seinem Bier. Er konnte das Zeug nicht riechen.
»Nein.« Wally nahm einen weiteren tiefen Zug.
»Wann soll es losgehn?«
»Weiß ich nicht genau. Roger hat kein Datum genannt.«
»Wally, du mußt in deinem Job bleiben. Leute wie dich brauchen wir im System. Irgendwann wird man schon auf uns hören.«
Hicks blickte auf. »Und wann soll das deiner Meinung nach sein?«
»Stell dir vor, dieser Einsatz geht schief. Stell dir vor, man merkt, daß du recht hattest. Dann hört Roger dir zu, und Roger hat bei Kissinger gewissen Einfluß, nicht wahr?«
»Ja, manchmal.«
Welch ein beachtlicher Fortschritt, dachte Henderson.

Auf dem Weg zum Luftwaffenstützpunkt Andrews fuhr der gemietete Bus so viele Umwege, daß die Strecke beinahe doppelt so lang war, merkte Kelly, als er aus dem Fenster blickte. An der Rampe erwartete sie eine neue C-141, zur oberen Hälfte weiß, die untere Hälfte grau gestrichen. Die Positionslichter waren bereits eingeschaltet. Als die Marines aus dem Bus kletterten, wurden sie von Maxwell und Green verabschiedet.

»Viel Glück«, wünschte Greer jedem Mann einzeln.

»Waidmannsheil«, ergänzte Dutch Maxwell.

26 / Transit

Die neue Starlifter erwies sich als ausgesprochen langsame Maschine. Im Durchschnitt legte sie knappe 478 Meilen pro Stunde zurück, und als erster Zwischenstopp war der Luftwaffenstützpunkt Elmendorf in Alaska eingeplant, 3350 Meilen und damit acht Flugstunden von ihrem Ausgangsstandort entfernt. Kelly kam es immer noch komisch vor, daß die kürzeste Strecke von einem Punkt auf der Erde zu einem anderen in einer Kurve verlief, aber vielleicht lag das daran, daß Landkarten flach waren und die Erde eben nicht. Eigentlich hätte sie diese Kurve von Washington nach Da Nang über Sibirien geführt, aber der Bordnavigator hatte Kelly erklärt, das sei nicht möglich. Bei ihrer Ankunft in Elmendorf waren die Marines munter und ausgeruht. Sie kletterten aus dem Flugzeug, um sich die gar nicht so fernen schneebedeckten Berggipfel anzusehen – in wenigen Stunden würde man sie an einem Ort absetzen, an dem das Thermometer über 40 Grad kletterte und die Luftfeuchtigkeit fast 100 Prozent betrug. Zum Amüsement der Männer von der Air Force, die nur selten mit Marines zu tun hatten, nutzten die meisten die Gelegenheit, um ein paar Runden zu joggen. Die Wartungszeit der C-141 betrug alles in allem zweieinviertel Stunden. Nach dem Auftanken und dem Auswechseln eines minder wichtigen Instruments waren die Marines froh, als der nächste Abschnitt der Reise begann, der nach Jakoda in Japan führte. Drei Stunden nach Abflug war Kelly vom Lärm und von der Enge so genervt, daß er ins Cockpit ging.

»Was ist das dort drüben?« fragte er. In der Ferne zeichnete sich eine dunstverhangene, grünbraune Küstenlinie ab.

»Rußland. Die haben uns jetzt auf dem Radar.«

»Oh, wie nett«, stellte Kelly fest.

»Die Welt ist klein, Sir, und denen gehört ein ganzer Brocken davon.«

»Sprechen Sie mit ihnen – wegen der Flugkontrolle, meine ich?«

»Nein.« Der Navigator lachte. »Von guter Nachbarschaft kann hier keine Rede sein. Bei diesem Abschnitt sind wir über Hochfrequenz mit Tokio verbunden, und die Kontrolle erfolgt von Manila aus. Sind Sie mit dem Flug soweit zufrieden?«

»Bis jetzt keine Beschwerden. Nur ein bißchen langweilig.«

»Das kann ich mir vorstellen«, meinte der Navigator, bevor er sich wieder seinen Instrumenten zuwandte.

Kelly kehrte in den Laderaum zurück. Von den Motoren der C-141 und dem Luftstrom kam ein ständiges schrilles Pfeifen, denn im Gegensatz zur zivilen Luftfahrt verschwendete die Air Force keinen Pfennig auf Schallisolation. Die Marines trugen Kopfhörer, die ein Gespräch unmöglich machten, nach einer Weile jedoch auch nicht mehr den Lärm abhielten. Das schlimmste an dieser Reise ist die Langeweile, dachte Kelly, das und die durch den Lärm verursachte Isolation. Schließlich konnte man nicht immer nur schlafen. Um sich zu beschäftigen, schliffen einige Männer Messer, die nie zum Einsatz kommen würden – aber ein Krieger mußte eben ein Messer haben. Andere machten auf dem Metalldeck der Frachtmaschine Liegestütze. Die Männer von der Air Force sahen mit unbewegtem Gesicht zu und verkniffen sich ihr Schmunzeln. Sie hätten gern gewußt, was diese offensichtlich ausgewählte Gruppe von Marines vorhatte, trauten sich aber nicht, zu fragen. Noch eins von diesen Rätseln, an die sie schon gewohnt waren. Was es auch sein mochte, sie wünschten den Marines Glück bei ihrem mysteriösen Einsatz.

Das erste, was ihm durch den Kopf schoß, als er die Augen öffnete, war die Frage: *Was soll ich jetzt unternehmen?* Henderson war verwirrt.

Es war nicht gerade das, was er unbedingt wollte, aber es lag jedenfalls im Rahmen seiner Möglichkeiten. Er hatte schon früher Informationen weitergeleitet. Zunächst, ohne es zu wissen, durch seine Bekannten in der Friedensbewegung. Eigentlich hatte er weniger sein Wissen preisgegeben, als sich vielmehr an den hitzigen Diskussionen beteiligt, die mit der Zeit immer konkreter geworden waren, bis ihm eine Freundin irgendwann eine Frage gestellt hatte, die zu direkt war, um auf zufälligem Interesse zu beruhen. Liebevoll hatte sie die Frage gestellt, in einem liebevollen Augenblick. Doch ihr Blick hatte verraten, daß sie mehr an der Antwort interessiert war als an ihm. Dies hatte sich schnell geändert, nachdem er ihr geantwortet hatte. Ein süßer Köder, hatte er sich später vorgehalten, als er wütend war, daß er in eine derartig offensichtliche und altbekannte Falle getappt war – aber nicht unbedingt ein Fehler. Er mochte sie, sie teilten die gleiche Vorstellung, wie die Welt aussehen sollte, und ihn ärgerte nur, daß sie es für nötig gehalten hatte, seinen Körper zu manipulieren, um etwas zu erhalten, das ihr sein Verstand freiwillig gegeben hätte – zumindest vielleicht.

Sie war nicht mehr da. Henderson wußte nicht, wo sie jetzt lebte, war aber überzeugt, daß er sie nie wiedersehen würde. Eigentlich traurig. Sie war wirklich gut im Bett. Dann hatte auf scheinbar logische und natürliche Weise eins zum anderen geführt, eine Reihe von Schritten, die in die kurze Unterredung am Tower in London gemündet hatte. Und nun – nun hatte er etwas, von dem die andere Seite Gebrauch machen konnte. Nur wußte er nicht, wen er davon unterrichten sollte. Begriffen die Russen überhaupt, was sie mit diesem wahnwitzigen Lager südwestlich von Haiphong in den Händen hatten? Wenn sie diese Informationen richtig nutzten, konnten sie sich viel unbeschwerter auf eine Détente einlassen und ihre Forderungen ein wenig herunterschrauben, woraufhin die USA die Möglichkeit hatten, nachzuziehen. Und das war der einzig mögliche Anfang. Zu schade, daß Wally nicht einsehen wollte, daß man mit kleinen Schritten beginnen mußte und die Welt nicht auf einen Schlag verändern konnte. Peter wußte, daß er seine Botschaft irgendwie an den Mann bringen mußte. Außerdem durfte er nicht zulassen, daß Wally zu diesem Zeitpunkt aus dem Regierungsdienst ausschied und einer dieser großkotzigen Finanzhaie wurde, von denen es weiß Gott schon genug auf der Welt gab. Er war richtig auf seinem Platz, wenn er auch zuviel redete. Aber das kam von seiner Labilität, davon und von seiner Drogensucht, dachte Henderson, als er beim Rasieren in den Spiegel sah.

Zum Frühstück las er die Morgenzeitung. Auf der Titelseite der gleiche Bericht wie jeden Tag: Eine mittelprächtige Schlacht um einen Hügel, der schon ein dutzendmal den Besitzer gewechselt hatte. Soundso viele Amerikaner und soundso viele Vietnamesen gefallen. Dann ein langweiliger und wenig origineller Leitartikel, der sich mit der Auswirkung eines x-beliebigen Luftangriffs auf die Friedensgespräche beschäftigte. Und die geplante Demonstration. Als ob solch eine pubertäre Aktion irgendwas bewirken würde – aber immerhin wurden dadurch gewisse Politiker unter Druck gesetzt und die Aufmerksamkeit der Presse erregt. Wie Henderson gab es viele Politiker, die den Krieg gern beendet hätten, doch leider fand sich dafür keine breite kritische Öffentlichkeit. Sein eigener Senator, Robert Donaldson, zauderte nach wie vor. Allgemein hielt man ihn für einen vernünftigen und bedachten Politiker, doch Henderson fand ihn schlichtweg unentschlossen, weil er alles tatsächlich immer wieder von allen Seiten überdachte, nur um sich dann doch der breiten Masse anzupassen, als ob er sich keinen einzigen Gedanken zu der Sache gemacht hätte. Es mußte doch einen besseren Weg geben. Henderson steuerte ihn an, indem er seinem Senator vorsichtig Vorschläge unterbreitete, die Dinge in einem etwas anderen Licht darstellte und sich in aller Ruhe sein Vertrauen erwarb. Irgendwann, so hoffte er, würde Donaldson ihm Dinge anvertrauen, die er niemandem erzählen durfte. Aber das war das gefährliche an Geheimnissen – irgend jemandem mußte man sie erzählen, dachte Henderson auf dem Weg zur Tür.

Henderson nahm den Bus zur Arbeit. In der Nähe des Kapitols einen Parkplatz zu finden war praktisch unmöglich, und der Bus fuhr fast von Haus zu Haus. Er suchte sich einen Sitzplatz in der letzten Reihe, wo er in Ruhe Zeitung lesen konnte. Zwei Haltestellen weiter setzte sich ein Mann neben ihn.

»Wie war's in London?« fragte er beiläufig, aber so leise, daß man ihn über dem Motorengeräusch kaum verstehen konnte. Henderson blickte ihn kurz an. Er hatte den Mann noch nie gesehen. Waren sie wirklich so gut organisiert?

»Ich habe dort eine interessante Bekanntschaft gemacht«, sagte Peter vorsichtig.

»Ein Freund von mir wohnt in London. Er heißt George.« Keine Spur von Akzent, und sobald der Kontakt hergestellt war, widmete sich der Mann den Sportseiten der *Washington Post*. »Ich glaube, dieses Jahr schaffen es die Senators nicht mehr.«

»George sagte, er hätte hier ... in der Stadt einen Freund.«

Der Mann lächelte über seiner Schlagzeile. »Ich heiße Marvin.«

»Wie können wir ... wie machen wir es ...?«

»Haben Sie heute abend schon was vor?« fragte Marvin.

»Nichts Besonderes. Wollen Sie zu mir kommen?«

»Nein, Peter, das wäre unklug. Kennen Sie ein Restaurant namens Alberto's?«

»Ja, in der Wisconsin Avenue.«

»Halb acht«, sagte Marvin. Er stand auf und stieg an der nächsten Haltestelle aus.

Der letzte Abschnitt begann am Luftwaffenstützpunkt Jakoda. Nach einer erneuten Wartungspause von zweieinviertel Stunden rollte die Starlifter über die Startbahn und schwang sich wieder in die Lüfte. Allmählich wurde den Marines bewußt, was ihnen bevorstand. Sie versuchten zu schlafen, denn das war die einzige Möglichkeit, mit der Spannung fertig zu werden, die im gleichen Verhältnis zunahm, wie sie sich ihrem Ziel näherten. Jetzt sah alles anders aus. Jetzt war das Ganze mehr als nur Training, und sie paßten sich in ihrem Verhalten der neuen Wirklichkeit an. Auf einem anderen Flug, mit einer kommerziellen Fluglinie, wo man sich hätte unterhalten können, hätten sie sich Witze erzählt, sich mit ihren Eroberungen gebrüstet, von zu Hause, ihren Familien und ihren Plänen gesprochen. Doch da dies in dem Lärm der C-141 nicht möglich war, beschränkten sie sich auf ein ermutigendes Lächeln unter verhangenem Blick. Sie waren allein mit ihren Gedanken und Ängsten, die sie eigentlich miteinander hätten teilen müssen, doch in dem Lärm des Frachtraums der Starlifter ging das nicht. Viele von ihnen machten Gymnastik, um den Streß abzubauen und um müde zu werden für den erlösenden Schlaf. Allein mit seinen Gedanken, die noch komplexer waren als die der anderen, sah Kelly ihnen zu.

Es ist ein Rettungseinsatz, sagte er sich. Mit Pams Rettung war alles ins Rollen gekommen, und an ihrem Tod war allein er schuld. Dann hatte er aus Rache getötet und sich selbst eingeredet, daß es in ihrem Angedenken und um seiner Liebe willen geschah. Aber entsprach das auch der Wahrheit? Konnte aus dem Tod eines anderen etwas Gutes erwachsen? Er hatte einen Mann *gefoltert,* und nun mußte er sich eingestehen, daß er aus Billys Schmerzen Befriedigung gezogen hatte. Wie würde Sandy reagieren, wenn sie das erfuhr? Was würde sie von ihm denken? Plötzlich war ihm wichtig, was sie von ihm hielt. Sie, die sich so eingesetzt hatte, um das Mädchen zu retten, die sie behütet und seine eher leichte Rettungsaktion zum Abschluß gebracht hatte. Was würde sie von jemandem denken, der Billys Körper Zelle für Zelle auseinandergerissen hatte? Schließlich konnte er die Welt nicht von allem Übel befreien. Er konnte den Krieg nicht gewinnen, zu dem er jetzt zurückkehrte, und auch ein so geschultes Team wie die Marines von der Aufklärungstruppe konnte das nicht. Sie hatten eine andere Aufgabe. Sie sollten Menschenleben retten, und während sich aus dem Töten nur wenig Genugtuung ziehen ließ, erfüllte sie die Rettung anderer mit größtem Stolz. Das war jetzt seine Mission, und so sollte auch die Mission aussehen, die er nach seiner Rückkehr vollenden wollte. Schließlich waren noch vier andere Mädchen in der Gewalt des Drogenrings. Irgendwie würde er sie da rausholen. Vielleicht sollte er auch die Polizei wissen lassen, was Henry vorhatte, und dann konnten die sich um ihn kümmern. Obwohl er keine Ahnung hatte, wie das aussehen würde. Aber wenigstens würde er damit etwas bewirken, das er nicht ständig vor sich selbst verleugnen mußte.

Zunächst kam es darauf an, daß er diese Mission überlebte, machte Kelly sich klar. Aber das dürfte doch eigentlich nicht schwer sein, oder?

Du bist ein zäher Bursche, sagte er sich mit einem Pathos, das selbst in seinen eigenen Gedanken hohl klang. *Du kannst es schaffen. Du hast so was vorher auch schon geschafft.* Seltsam, dachte er, daß man sich an die haarigen Seiten eines solchen Einsatzes immer erst dann erinnerte, wenn es zu spät war. Vielleicht lag das an der räumlichen Distanz. Vielleicht konnte man sich mit den Gefahren leichter auseinandersetzen, wenn man die halbe Erdkugel davon entfernt war. Und wenn man dann näher kam, sah plötzlich alles anders aus ...

»Der schwerste Teil an der Sache«, rief Irvin ihm zu, der seine hundert Liegestütze beendet hatte und sich neben ihn setzte.

»Da haben Sie recht«, rief Kelly zur Antwort.

»Etwas dürfen Sie nie vergessen, Kumpel. Mich haben Sie neulich nacht auch hochgehen lassen, stimmt's?« Irvin grinste. »Und ich bin selber verdammt gut.«

»Auf ihrem eigenen Gebiet und so dürften sie eigentlich nicht übermäßig wachsam sein«, sagte Kelly nach einer Pause.

»Wahrscheinlich nicht. Jedenfalls nicht so wachsam wie wir an dem Abend. Verdammt, wir wußten noch dazu, daß Sie kommen würden. Das einzige, worauf die warten, ist ihre Ablösung, damit sie endlich nach Hause können zu ihrer Alten. Wahrscheinlich denken die nur daran, wie sie dann abends nach dem Essen 'ne Nummer schieben. Nicht wie wir, Mann.«

»Nein, es gibt nicht viele wie uns«, stimmte Kelly ihm zu. Er grinste. »Ist ja nicht jeder so blöd wie wir.«

Irvin schlug ihm auf die Schulter. »Sie haben's erfaßt, Clark.« Dann zog der Sergeant weiter, um den nächsten Mann aufzumuntern. Das war seine Art, mit der Spannung fertig zu werden.

Danke, Sergeant, dachte Kelly, als er sich zurücklehnte und sich zum Schlafen zwang.

Alberto's war ein Lokal, das den großen Durchbruch noch nicht geschafft hatte – ein kleiner, typisch italienischer Familienbetrieb mit guten Kalbfleischspezialitäten. Eigentlich waren alle angebotenen Speisen gut, und das Besitzerehepaar wartete geduldig auf den Restaurantkritiker der *Post* und den Wohlstand, der sich mit ihm einstellen würde. Bis dahin schlugen sie sich mit Hilfe der Studenten der nahegelegenen Georgetown University und einer treuen Stammkundschaft aus der Nachbarschaft durch, ohne die sich kein Restaurant auf Dauer halten kann. Der einzige Wermutstropfen war die Musik – schmalzige italienische Opernarien aus vorsintflutlichen Lautsprechern. Daran mußten die Besitzer noch arbeiten, dachte er. Henderson wählte eine Nische im hinteren Teil des Lokals. Der Kellner, wahrscheinlich ein Mexikaner, der seinen Akzent auf italienisch getrimmt hatte, zündete die Kerze auf seinem Tisch an und zog dann los, um den Gin-Tonic zu holen, den sein Gast bestellt hatte.

Marvin traf kurze Zeit später ein. Er kam in Freizeitkleidung und hatte eine Zeitung dabei, die er auf den Tisch legte. Er war etwa so alt wie Henderson und von seiner Erscheinung her völlig unauffällig, also weder groß noch klein, weder dick noch dünn, das Haar von durchschnittlichem Braun und mittlerer Länge. Außerdem trug er eine Brille. Ob sie tatsächlich geschliffene Gläser hatte, ließ sich nicht ohne weiteres erkennen. In seinem kurzärmeligen blauen Hemd mit offenem Kragen wirkte er wie ein durchschnittlicher Anwohner Washingtons, der an diesem Abend keine Lust zum Kochen gehabt hatte. »Die Senators haben schon wieder verloren«, sagte er, als der Kellner mit Hendersons Drink auftauchte. »Ich nehme den roten Hauswein«, erklärte er dann dem Mexikaner.

»*Si*«, sagte der Kellner, bevor er wieder ging.

Marvin mußte ein Illegaler sein, dachte Peter, während er den Mann abschätzend musterte. Als Mitarbeiter eines Angehörigen des Kongreßausschusses für Geheimdienst und Spionage hatte Henderson an einer Schulung des FBI teilgenommen.

»Legale« KGB-Offiziere arbeiteten unter der Deckung ihrer Botschaft, mit Diplomatenpapieren, und wenn sie aufflogen, konnten sie lediglich zur *persona non grata* erklärt und nach Hause geschickt werden. Auf diese Weise blieben ihnen die unangenehmen Schikanen durch die amerikanische Regierung erspart, sie waren dafür aber auch leichter aufzuspüren, da man ihren Wohnort und ihre Autokennzeichen kannte. Was illegale oder eingeschleuste Agenten waren, ließ sich schon aus ihrer Bezeichnung ableiten, nämlich sowjetische Offiziere, die mit falschen Papieren ins Land geschmuggelt wurden. Wenn man sie schnappte, kamen sie in ein staatliches Gefängnis, wo sie dann – oft jahrelang – auf ihren Austausch warteten. Diese Tatsache erklärte Marvins ausgezeichnetes Englisch. Ein einziger Fehler konnte ernste Konsequenzen haben. Um so bewundernswerter war sein lässiges Auftreten.

»Sie sind wohl Baseballfan?«

»Hab es früher selbst mal gespielt. Ich war ein ziemlich guter Shortstop, aber mit den wirklich schwierigen Bällen bin ich nie zurechtgekommen.« Marvin lächelte. Henderson ebenfalls. Er kannte die Satellitenfotos von dieser interessanten kleinen Stadt nordwestlich von Moskau, wo Männer wie Marvin ihr Handwerk lernten.

»Wie gehen wir vor?«

»Prima, das gefällt mir. Kommen wir zum geschäftlichen Teil. So was wie heute können wir uns nicht oft leisten. Sie wissen ja wohl, warum.«

Ein weiteres Lächeln. »Ja, es heißt, der Winter in Leavenworth ist die Hölle.«

»Ich mache keinen Spaß, Peter«, sagte der KGB-Offizier. »Das ist eine ernste Angelegenheit!« *Bitte, nicht wieder so ein Cowboy*, dachte er dabei.

»Ich weiß. Tut mir leid«, entschuldigte sich Henderson. »Ich bin noch neu im Geschäft.«

»Zuerst einmal müssen wir festlegen, wie Sie mit mir in Kontakt treten. Die Fenster Ihrer Wohnung haben zur Straßenseite Vorhänge, nicht wahr? Wenn Sie ganz auf- oder zugezogen sind, haben Sie nichts, was uns interessieren könnte. Wenn doch, dann ziehen Sie sie zur Hälfte zu. Ich kontrolliere Ihre Fenster zweimal die Woche. Dienstags und freitags morgens gegen neun. Läßt sich das machen?«

»Ja, Marvin.«

»Zu Beginn beschränken wir uns auf eine einfache Übergabe, Peter. Ich parke mein Auto in einer Straße in Ihrer Nachbarschaft. Es ist ein dunkelblauer Plymouth mit dem Kennzeichen HVR-309. Wiederholen Sie die Nummer! Sie dürfen Sie auf keinen Fall aufschreiben.«

»HVR-309.«

»Ihre Botschaften verstauen Sie darin.« Unter dem Tisch drückte er Henderson einen kleinen Gegenstand aus Metall in die Hand. »Bringen sie den nicht in die Nähe Ihrer Uhr. Darin befindet sich nämlich ein starker Magnet. Wenn Sie an meinem Auto vorbeigehen, können Sie sich nach einem Stück Papier bücken oder den Fuß auf die Stoßstange stellen und sich den Schuh zubinden. Klemmen Sie den Behälter dann einfach an die Innenseite der Stoßstange. Der Magnet sorgt dafür, daß er an Ort und Stelle bleibt.«

Henderson kam die Methode sehr raffiniert vor, obwohl sich alles Gesagte wie Spionage für Anfänger anhörte. Im Sommer ließ sich das machen, doch für den Winter mußten sie sich etwas anderes ausdenken. Der Kellner kam mit der Speisekarte, und beide Männer entschieden sich für Kalbfleisch.

»Ich habe etwas, was Sie interessieren könnte«, sagte Henderson zu dem KGB-Offizier. *Damit er ein für allemal begreift, wie wichtig ich bin.*

Marvin, der mit richtigem Namen Iwan Alexejewitsch Jegorow hieß, hatte eine feste Anstellung und alles, was dazugehörte. Als Vertreter für Schadensbegrenzung bei der Aetna Unfall- und Haftpflichtversicherung hatte er in der firmeneigenen Schulung an der Farmington Avenue in Hartford, Connecticut teilgenommen, bevor er der Zweigstelle in Washington zugeteilt wurde. Seine Aufgabe bestand darin, bei den zahlreichen Kunden des Unternehmens Sicherheitsprobleme festzustellen. Neben der zwangsläufigen Mobilität – der Wagen wurde von der Firma gestellt – brachte die Position den unerwarteten Vorzug mit sich, daß er die Büros namhafter Betriebe besuchen mußte, die Regierungsaufträge ausführten. Und deren Mitarbeiter ließen mit den Papieren auf ihrem Schreibtisch nicht immer die nötige Vorsicht walten. Marvins augenblicklicher Vorgesetzter war mit seinen Leistungen mehr als zufrieden. Der neue Mitarbeiter hatte eine gute Beobachtungsgabe, und seine Berichte ließen nichts zu wünschen übrig. Zur Freude seines Vorgesetzten hatte er eine Beförderung nach Detroit bereits abgelehnt – *tut mir leid, Boss, aber mir gefällt die Gegend von Washington einfach zu gut.* Ein Typ mit seinen Fähigkeiten, der auch noch an seinem bescheiden dotierten Job hing, konnte seiner Dienststelle nur von Nutzen sein. Für Marvin hatte die Stelle den Vorteil, daß er vier von fünf Tagen pro Woche unterwegs war, Leute treffen konnte, wann und wo er wollte, und einen Wagen auf Firmenkosten fuhr – Aetna übernahm sogar den Sprit und die Wartungskosten –, also alles in allem ein Leben wie im Paradies. Eine ehrliche Begeisterung für Baseball führte ihn in das RFK-Stadion, wo ihm die Anomymität der Masse so viele Möglichkeiten für heimliche Übergaben und andere Treffs bot, wie man sie sich im *Einsatzhandbuch für* KGB-Offiziere nur hatte erträumen können. Kurz gesagt, Hauptmann Jegorow war ein Mann auf dem Weg nach oben, der unter angenehmer Deckung und in angenehmer Umgebung den Dienst an seinem Vaterland tat. Er war sogar noch rechtzeitig genug in Amerika eingetroffen, um die letzten Ausläufer der sexuellen Revolution mitzukriegen. Das einzige, was er vermißte, war der Wodka, den die Amerikaner nie richtig hinbekamen.

Wirklich interessant, staunte Marvin in seiner im Stil der 50er Jahre eingerichteten Wohnung. War es nicht noch komisch, daß er ausgerechnet von einem Amerikaner über eine hochkarätige Geheimdienstoperation der Russen unterrichtet wurde? Und damit ergab sich die Möglichkeit, den ärgsten Feinden seines Vaterlands über Mittelsmänner eine Schlappe zuzufügen – vorausgesetzt, sie brachten die Dinge schnell genug ins Rollen. Außerdem konnte er seinem Führungsoffizier berichten, daß die Hunde von der sowjetischen Luftwaffe etwas laufen hatten, was schwerwiegende Auswirkungen auf die nationale Verteidigung haben konnte. Sie würden wahrscheinlich versuchen, sich die Operation unter den Nagel zu reißen. Etwas so Wichtiges wie die nationale Verteidigung konnte man doch nicht den Leuten von der Luftverteidigung anvertrauen – und dieser Kerl, der die Befragungen durchführte, mußte vom PWO Strany sein. Marvin notierte den Gesprächsverlauf in Stichpunkten, fotografierte die Zettel und verstaute den Film in einer winzigen Kassette. Sein erster Termin morgen früh war bei einem hiesigen Bauunternehmer. Anschließend wollte er zum Frühstücken in ein Howard Jonson's fahren, wo er die Übergabe abwickeln konnte. Mit der Diplomatenpost würde die Kassette in zwei, höchstens drei Tagen in Moskau eintreffen.

Als Hauptmann Jegorow mit seinem Tagespensum fertig war, bekam er gerade noch das Ende des Spiels der Senators mit. Wirklich ein Knüller, dachte er, während er sein Bier trank. Mit diesem Henderson hatten sie einen guten Fang gemacht. Niemand hatte ihm erklärt – oder vielleicht hatte man es auch nicht gewußt –, daß er über eine eigene Quelle im Nationalen Sicherheitsrat der Regierung verfügte. Wenn das nicht einschlug wie eine Bombe!

Streß oder nicht, es war eine Erleichterung, als die C-141 unsanft auf dem Flughafen von Da Nang aufsetzte. Alles in allem hatte der Flug dreiundzwanzig lärmerfüllte, nervenzehrende Stunden gedauert. Sie hatten die Nase gründlich voll, bis sie schlagartig von der Realität umfangen wurden. Kaum hatte sich die Ladeluke der Starlifter geöffnet, da traf sie der Gestank. Unter den Veteranen dieses Krieges hieß er allgemein der »Gestank von Vietnam« – als ob der Inhalt zahlloser Latrinen in Fässer gegossen und gemeinsam mit Dieseltreibstoff verbrannt worden wäre.

»Den Geruch kennen wir doch!« Der schlechte Witz eines Marine rief bei den anderen nur ein gequältes Grinsen hervor.

»Absitzen«, rief Irvin, als der Motorenlärm erstarb. Aber das brauchte seine Zeit. Durch die Erschöpfung und das lange Sitzen waren ihre Muskeln steif. Viele schüttelten den Kopf, um die von den

Kopfhörern verursachte Benommenheit loszuwerden. Andere gähnten und streckten sich und zeigten alle typischen Symptome für körperliches Unwohlsein.

Die Besatzung der Maschine stieg aus, als die Marines gerade losmarschieren wollten. Captain Albie ging zu den Piloten und bedankte sich für den zwar langen, aber doch glatten Flug. Nach diesem Marathon freute sich die Mannschaft von der Air Force auf die paar Tage Zwangspause, bis das Team zum Rückflug bereit war, die vielleicht lediglich durch ein paar kurze Abstecher nach Fort Clark unterbrochen werden würden. Dann führte Captain Albie seine Männer fort. Zwei Mannschaftswagen brachten sie zu einem anderen Teil des Flughafens, wo zwei Navy C-2A Greyhounds auf sie warteten. Mit vereinzelten Seufzern suchten sich die Marines ihren Sitzplatz für den nächsten Abschnitt der Reise, einen einstündigen Flug zu dem Flugzeugträger USS *Constellation*. Dort bestiegen sie ein paar CH-46-Sea-Knight-Hubschrauber, die sie auf die USS *Ogden* brachten. Die erschöpften und verwirrten Männer wurden zu den weitläufigen, unbemannten Mannschaftsquartieren geführt, wo sie auf ihre Pritschen sanken. Kelly, der ihnen nachblickte, fragte sich, was ihn nun erwartete.

»Wie war die Reise?« Als er sich umwandte, sah er Admiral Podulski in zerknitterter Uniform, aber mit übertriebener Munterkeit vor sich stehen.

»Als Flieger muß man ja wohl allmählich verrückt werden«, schimpfte Kelly.

»Ja, die Zeit kann lang werden. Folgen Sie mir.« Der Admiral ging voran in die Decksaufbauten, doch Kelly blickte sich erst noch einmal um. Die *Constellation* lag am östlichen Horizont, und er sah Bomber, die auf der einen Seite des Schiffs abhoben, während andere kreisten, bis die Landebahn auf der gegenüberliegenden Seite frei war. Zwei Kreuzer hielten Wacht, und eine Reihe Zerstörer hatte um die Formation einen Ring gebildet. Diesen Teil der Navy, das Blue Team im Einsatz, hatte Kelly bisher nur selten gesehen. »Was ist das?« fragte er und zeigte auf ein Schiff.

»Ein AGI, ein russisches Aufklärungsboot, als Fischkutter getarnt.« Podulski winkte Kelly, ihm durch eine Wasserabschlußtür zu folgen.

»Der fehlt uns gerade noch.«

»Keine Sorge. Damit werden wir schon fertig«, versicherte ihm der Admiral.

Innerhalb der Aufbauten stiegen sie eine Reihe von Stufen hoch, vorbei an den Quartieren der Flaggoffiziere, oder was im Augenblick dafür herhalten mußte. Admiral Podulski hatte für die Dauer der Mission die Außenkabine des Kapitäns übernommen und den Kommandeur der *Ogden* in kleinere Räumlichkeiten in der Nähe der Brücke verwiesen. Kelly fand sich in einem bequemen Salon wieder, in dem er vom Kapitän erwartet wurde.

»Willkommen an Bord«, begrüßte ihn Captain Ted Franks. »Sie müssen Clark sein.«

»Jawohl, Sir.«

Franks war ein fünfundfünfzigjähriger alter Hase, der seit 1944 auf See Dienst tat. Der kurze, gedrungene Mann mit dem schütteren Haar trug immer noch den Ausdruck eines Kriegers in seinem Gesicht, das je nach Situation freundlich oder bitter ernst winkte. Im Augenblick war es das erstere. Er wies Kelly einen Platz an einem Tisch an, auf dem unübersehbar eine Flasche Jack Daniels prangte.

»Das ist doch verboten«, wandte Kelly ein.

»Für mich nicht«, entgegnete Franks. »Fliegerration.«

»Ich habe das arrangiert«, erklärte Podulski. »Von der *Constellation* mitgebracht. Sie brauchen etwas, um nach all den Stunden mit den Scouts von der Air Force abschalten zu können.«

»Mit einem Admiral soll man nicht streiten, Sir.« Kelly ließ zwei Eiswürfel in ein Glas fallen und bedeckte sie mit Whiskey.

»Der stellvertretende Kommandeur spricht gerade mit Captain Albie und seinen Männern. Für ihre Unterhaltung ist gleichfalls gesorgt.« Damit bezog er sich auf die zwei Flachmänner, die ein jeder an der ihm zugeteilten Pritsche finden würde. »Mr. Clark, das Schiff gehört Ihnen. Und zwar alles, was wir haben.«

»Captain, Sie sind der perfekte Gastgeber.« Kelly nahm einen Schluck von seinem Drink, und als der Alkohol in seine Blutbahn strömte, wurde ihm erst richtig bewußt, wie ausgelaugt er war. »Also, wann geht's los?«

»In vier Tagen. Sie sollen sich erst noch von der Reise erholen«, erklärte der Admiral. »In zwei Tagen soll das U-Boot hier eintreffen. Wenn das Wetter es erlaubt, gehen die Marines am Freitag morgen rein.«

»Gut.« Dazu gab es nichts weiter zu sagen.

»Bis jetzt sind lediglich der stellvertretende Kommandeur und ich informiert. Sorgen Sie dafür, daß sich möglichst nichts rumspricht. Wir haben eine verdammt clevere Mannschaft. Die Leute von der Aufklärung haben sich schon an die Arbeit gemacht, und die Sanitäter sollen morgen ankommen.«

»Wie sieht der Informationsstand aus?«

Dieser Frage nahm sich Podulski an. »Wir lassen heute gegen Abend von einer Vigilante auf der *Constellation* noch einmal Fotos schießen, und eine weitere Serie wird zwölf Stunden vor Ihrem Aufbruch angefertigt. Außerdem haben wir fünf Tage alte Aufnahmen der Büffeljäger-Drohnen. Das Lager ist unverändert und wird genauso bewacht wie zuvor.«

»Und die Objekte« fragte Kelly, indem er das übliche Codewort für Gefangene benutzte.

»Wir haben nur drei Aufnahmen von Amerikanern in dem Lager.« Podulski zuckte die Achseln. »Eine Kamera, mit der man durchs Dach schießen kann, gibt es noch nicht.«

»Leider«, meinte Kelly mit einem Gesichtsausdruck, der alles sagte.

»Mir macht das auch Sorgen«, gab Podulski zu.

Kelly wandte sich um. »Captain, haben Sie einen Gymnastikraum oder so was Ähnliches?«

»Wir haben Fitneßgeräte, gleich hinter der Mannschaftsmesse. Wie ich schon sagte, es steht Ihnen alles zur Verfügung.«

Kelly trank sein Glas leer. »Ich glaube, ich haue mich jetzt aufs Ohr.«

»Sie essen mit den Marines. Es wird Ihnen bei uns schmecken«, versprach der Kapitän.

»Das ist ein Angebot.«

»Ich habe zwei Männer ohne Schutzhelm gesehen«, sagte Marvin Wilson zu dem Chef.

»Dann muß ich wohl ein Wörtchen mit ihnen reden.«

»Abgesehen davon möchte ich mich für die gute Zusammenarbeit bedanken.« Insgesamt hatte er elf Sicherheitsempfehlungen abgegeben, die von dem Besitzer der Zementgesellschaft – der auf eine Reduzierung seiner Versicherungsbeiträge hoffte – ausnahmslos akzeptiert worden waren. Marvin nahm seinen weißen Schutzhelm ab und wischte sich den Schweiß von der Stirn. Der Tag würde heiß werden. Hier herrschte im Sommer ein ähnliches Klima wie in Moskau, nur daß die Luft feuchter war. Aber wenigstens waren die Winter milder.

»Man sollte die Dinger mit ein paar Löchern versehen, damit die Luft zirkulieren kann. Dann wären sie angenehmer zu tragen.«

»Habe ich auch schon gesagt«, meinte Hauptmann Jegorow auf dem Weg zu seinem Auto. Eine Viertelstunde später fuhr er auf den

Parkplatz eines Howard Johnson's. Der blaue Plymouth besetzte einen Platz an der Westseite des Gebäudes, und als sein Fahrer ausstieg, trank ein Gast im Lokal den letzten Schluck von seinem Kaffee. Auf dem Tisch ließ er ein Trinkgeld liegen, das die Kellnerin beschäftigen würde. Um die Kosten für die Klimaanlage zu dämpfen, hatte das Lokal Doppeltüren, und als sich die beiden Männer in dem Zwischenraum trafen, wo sie ganz allein und in Bewegung waren und das spiegelnde Glas der Innentür sie vor neugierigen Blicken abschirmte, wechselte der Film seinen Besitzer. Jegorow/Wilson betrat den Raum, und ein »legaler« KGB-Oberst namens Ischenko ging seiner Wege. Erleichtert, die schwierigste Aufgabe des Tages überstanden zu haben, setzte sich Marvin Wilson an die Theke und bestellte einen Orangensaft. In Amerika gab es so viele gute Sachen zu essen.

»Ich esse zuviel.« Nichtsdestotrotz nahm Doris den nächsten Stapel Pfannkuchen in Angriff.

Sarah konnte nicht verstehen, warum die Amerikaner ständig diesem Schlankheitsideal nacheiferten. »Sie haben in den letzten Wochen gewaltig an Gewicht verloren. Es kann nichts schaden, wenn Sie wieder ein bißchen was zusetzen«, erklärte sie ihrem Schützling.

Sarahs Buick, der draußen vor der Tür stand, sollte sie heute nach Pittsburgh bringen. Sandy hatte Doris noch einmal die Haare gelegt und ihr Kleidungsstücke besorgt, die zu dem Anlaß paßten, eine beigefarbene Seidenbluse und einen burgunderroten Rock, der fast bis ans Knie reichte. Es mochte ja angehen, daß der verlorene Sohn in Lumpen vor den Vater trat, doch die verlorene Tochter sollte sich nicht schämen müssen.

»Ich weiß nicht, wie ich Ihnen danken soll«, sagte Doris Brown, während sie die Teller abräumte.

»Werden Sie einfach nur wieder ganz gesund«, entgegnete Sarah. Sie gingen zum Auto, und Doris nahm auf dem Rücksitz Platz. Wenn sie von Kelly etwas gelernt hatten, dann war es Vorsicht. Dr. Sarah Rosen beeilte sich, die Ausfallstraße zu erreichen, wandte sich auf der Loch Raven nach Norden, bog dann auf den Baltimore Beltway ein und fuhr nach Westen auf den Interstate 70. Auf der neuen Autobahn galt eine Geschwindigkeitsbegrenzung von 120 Stundenkilometer, doch während Sarah den schweren Buick in Richtung der Catoctin Mountains steuerte, überschritt sie diese um einiges. Jede Meile, die sie zwischen sich und die Stadt legten, bedeutete zusätz-

liche Sicherheit, und erst als sie Haggerstown hinter sich gelassen hatten, atmete sie auf und begann, die Fahrt zu genießen. Schließlich waren die Aussichten, in einem fahrenden Auto erkannt zu werden, äußerst gering!
Die Fahrt verlief überraschend ruhig. Als sich in den letzten Tagen abgezeichnet hatte, daß sich Doris' Zustand fast völlig normalisieren würde, hatten sie alles genau durchgesprochen. Sie brauchte noch immer Unterstützung bei ihrem Drogenentzug, vor allem aber brauchte sie die Hilfe eines Psychiaters. Aus diesem Grund hatte Sarah sich mit einer Kollegin von der ausgezeichneten medizinischen Fakultät in Pittsburgh in Verbindung gesetzt, einer Frau in den Sechzigern, die schnell begriffen hatte, daß sie der Polizei nichts berichten sollte, da diese Sache bereits in anderen Händen lag. Sarah und Sandy konnten spüren, wie Doris sich zusehends anspannte. Darüber hatten sie mit ihr gesprochen. Doris kehrte in ein Zuhause und zu einem Vater zurück, die sie verlassen hatte, nur um ein Leben zu führen, das sie beinahe mit dem Tod bezahlt hätte. Ihr neues Leben würde noch viele Monate lang von Schuldgefühlen bestimmt sein, die zum Teil berechtigt, zum Teil aber auch unberechtigt waren. Sie hatte noch nicht begriffen, wieviel Glück sie gehabt hatte, denn schließlich war sie überhaupt noch am Leben. In zwei oder drei Jahren, wenn ihr Selbstvertrauen und ihre Selbstachtung wiederhergestellt sein würden, konnte sie ein ganz normales Leben führen, so daß niemand ihre Vergangenheit erraten oder ihre vernarbenden Wunden bemerken würde. Wieder gesund, würde das Mädchen wie ausgewechselt sein, nicht nur ihrem Vater zurückgegeben, sondern auch der Welt der ganz normalen Bürger.
Vielleicht würde sie sogar gestärkt aus dieser Erfahrung hervorgehen, dachte Sarah, vorausgesetzt, die Psychiaterin ließ ihr Zeit und ging vorsichtig zu Werke. Dr. Michelle Bryant genoß einen hervorragenden Ruf, und Sarah hoffte, er war berechtigt. Das war für sie immer das schwerste an ihrem Beruf, dachte sie, während sie mit einer Geschwindigkeit leicht über dem Limit nach Westen brauste. Sie mußte ihre Patienten gehen lassen, bevor sie völlig wiederhergestellt waren. Durch ihre klinische Arbeit mit Drogenabhängigen war sie daran gewöhnt, doch wie in diesem Fall auch, waren sie noch lange Zeit auf Hilfe angewiesen. Und trotzdem kam immer der Zeitpunkt, an dem man seine Patienten gehen lassen mußte und nur hoffen und darauf vertrauen konnte, daß sie ihre Sache gut machen würden. So ähnlich mußten sich Eltern bei der Hochzeit ihrer Kinder fühlen, dachte Sarah. Doch in diesem Fall hätten die Umstände viel

schlimmer sein können. Der Vater hatte am Telefon vernünftig geklungen, und Sarah brauchte keinen Abschluß in Psychiatrie, um zu wissen, daß Doris jetzt mehr als alles andere den Kontakt zu einem anständigen und liebevollen Mann brauchte, damit sie irgendwann später einmal eine ähnliche Beziehung eingehen konnte, die ihr Leben lang halten würde. Zwar waren dafür jetzt andere verantwortlich, doch das hielt Sarah nicht davon ab, sich Sorgen um ihre Patientin zu machen. Jeder Arzt hat etwas von einer besitzergreifenden Mutter an sich, und in diesem Fall war es besonders schwer für sie, sich zurückzuhalten.

Die Straßen waren steil in Pittsburgh. Doris dirigierte sie am Monongahela River entlang und dann in eine Straße nach rechts. Plötzlich, Sandy suchte bereits die richtige Hausnummer, wurde sie nervös. Und dann waren sie da. Sarah zog mit dem Buick in eine Parklücke, und alle holten noch einmal tief Luft.

»Ist alles in Ordnung?« fragte sie Doris, die verängstigt nickte.

»Er ist Ihr Vater, Kleines. Er liebt Sie.«

An Raymond Brown war nichts Bemerkenswertes, stellte Sarah im nächsten Augenblick fest. Er mußte seit Stunden an der Tür gewartet haben, und auch er war nervös, als er die rissigen Betonstufen herunterkam und sich mit zitternden Händen am Geländer abstützte. Er öffnete die Autotür und half Sarah mit einer unbeholfenen Geste heraus. Dann griff er ins Innere, und obwohl er sich bemühte, tapfer zu sein und die Fassung zu bewahren, brach er in Tränen aus, als er seine Tochter berührte. Doris stolperte beim Aussteigen, und ihr Vater fing sie auf und zog sie in die Arme.

»Oh, Daddy!«

Sandy O'Toole wandte sich ab, nicht um ihre Rührung zu verbergen, sondern um den beiden einen ungestörten Augenblick zu gönnen. In dem Blick, den sie Dr. Rosen zuwarf, drückte sich die höchste Befriedigung aus, die Leute in ihrem Beruf empfinden können. Die beiden Frauen bissen sich auf die Lippen, während ihre Augen feucht wurden.

»Laß uns reingehen, Liebes«, sagte Raymond Brown und führte seine Tochter die Stufen hoch. Er wollte sie in seinem Haus, unter seinem Schutz wissen. Die anderen beiden Frauen folgten, ohne darum gebeten worden zu sein.

Das Wohnzimmer war überraschend dunkel. Da er tagsüber schlief, hatte Mr. Brown dicke Vorhänge anbringen lassen und an diesem Tag vergessen, sie aufzuziehen. Der Raum war vollgestopft mit Möbeln aus den Vierzigern, kleinen Mahagonitischen mit Spitzendeckchen. Und auf allen freien Flächen standen gerahmte Fotos. Eine Frau, die nicht mehr lebte. Ein Sohn ... Und eine verlorene Tochter. In der sicheren Abgeschiedenheit des Hauses umarmten sich Vater und Tochter erneut.

»Liebes«, sagte er, wie er es seit Tagen geübt hatte. Was ich damals gesagt habe – ich war im Unrecht. Es war alles so furchtbar falsch.«

»Ist schon gut, Daddy. Vielen Dank ... daß ich –«

»Doris, du bist doch mein kleines Mädchen!« Mehr brauchte er nicht zu sagen. Sie blieben lange umschlungen stehen, bis sich Doris kichernd freimachte.

»Ich muß mal wohin.«

»Du weißt ja, wo das Badezimmer ist«, sagte ihr Vater während er sich die Augen wischte. Doris verließ den Raum und stieg die Treppen in den ersten Stock hoch. Derweilen wandte sich Raymond Brown seinen Gästen zu.

»Ehem, also, ich habe was zu essen vorbereitet.« Er hielt unsicher inne. Dies war nicht der Zeitpunkt für Höflichkeiten oder überlegte Worte. »Ich weiß nicht, was man in solch einer Situation sagt.«

»Das ist schon in Ordnung.« Sarah hatte ihr gütiges Ärztinnenlächeln aufgelegt, das ihm suggerierte, es sei alles in Ordnung, obwohl das eigentlich nicht ganz stimmte. »Aber wir müssen etwas besprechen. Das ist übrigens Sandy O'Toole. Sie ist Krankenschwester und hat mehr als ich dazu beigetragen, daß Ihre Tochter nun wieder gesund ist.«

»Guten Tag«, sagte Sandy, und sie schüttelten sich alle die Hände.

»Doris braucht noch viel Hilfe, Mr. Brown«, erklärte Dr. Rosen. »Sie hat eine entsetzliche Zeit hinter sich. Können wir das kurz besprechen?«

»Natürlich. Bitte nehmen Sie Platz. Möchten Sie etwas trinken?« fragte er beflissen.

»Ich habe Ihre Tochter bei einer Ärztin in Pittsburgh angemeldet. Sie heißt Dr. Michelle Bryant und arbeitet in der Psychiatrie –«

»Soll das heißen, Doris ist ... krank?«

Sarah schüttelte den Kopf. »Nein, nicht richtig. Aber sie hat Schlimmes erlebt, und unter guter medizinischer Betreuung kann sie das besser bewältigen. Verstehen Sie, was ich meine?«

»Ich mache alles, was Sie für richtig halten. Durch meine Firma habe ich eine gute Krankenversicherung. Also ist alles abgedeckt.«

»Darüber brauchen Sie sich keine Gedanken zu machen. Michelle sieht das Ganze als kollegiale Gefälligkeit. Sie müssen mit Doris in ihre Praxis gehen. Außerdem müssen Sie sich mit dem Gedanken vertraut machen, daß Doris schreckliche Dinge erlebt hat, einfach entsetzliche Dinge. Sie wird zwar wieder gesund – ganz gesund sogar, aber dazu müssen auch Sie Ihren Teil beitragen. Michelle kann das alles besser erklären als ich. Was ich sagen will, Mr. Brown, ganz gleich, was dabei ans Tageslicht kommt, bitte –«

»Frau Doktor«, unterbrach er sie leise. »Sie ist meine Tochter. Und sie ist alles, was mir noch geblieben ist. Ich werde nicht ... wieder alles kaputtmachen und sie womöglich noch einmal verlieren. Nicht um alles in der Welt.«

»Mehr wollte ich von Ihnen gar nicht hören, Mr. Brown.«

Kelly erwachte um ein Uhr nachts Ortszeit. Glücklicherweise hatte das ungewohnte Quantum Whiskey keinen Kater verursacht. Er fühlte sich sogar erstaunlich gut erholt. Das sanfte Schaukeln des Schiffs hatte ihn während der durchschlafenen 24 Stunden beruhigt, und in der Dunkelheit seiner Offizierskajüte hörte er das leise Knirschen des Stahls, der aneinander gerieben wurde, als die USS *Ogden* nach Backbord abdrehte. Er machte sich auf den Weg in die Dusche, wo er mit kaltem Wasser seine Lebensgeister weckte. Nach zehn Minuten war er angezogen. Es war Zeit, das Schiff zu erkunden.

Kriegsschiffe schlafen nie. Obwohl die meisten komplizierteren Arbeiten bei Tageslicht erledigt wurden, sorgte auch hier der unumstößliche Wachturnus der Navy dafür, daß immer jemand unterwegs war. Nicht weniger als hundert Soldaten hielten ihre jeweiligen Stationen besetzt, und viele andere bevölkerten im Verlauf ihrer unbedeutenderen Wartungsarbeiten die nur schwach erleuchteten Gänge. Außerdem hielt sich ein Teil der Mannschaft noch immer in den Messen auf und war mit Lesen oder Briefeschreiben beschäftigt.

Kelly trug einen gestreiften Kampfanzug, auf dessen Namensschild Clark angegeben war. Irgendwelche Rangabzeichen hatte er nicht. In den Augen der Mannschaft wurde er damit zu »Mr. Clark«, einem Zivilisten, und man munkelte bereits, er sei vom CIA – was dazu führte, daß ein James-Bond-Witz aufgetischt wurde, wann immer er zu sehen war. Die Matrosen machten ihm Platz, wenn er ihnen in den Gängen begegnete, und grüßten ihn mit einem respektvollen Nicken, das er erwiderte, innerlich schmunzelnd, daß er hier den Rang eines Offiziers genoß. Zwar wußten nur der Kapitän und sein Stellvertreter, was es mit der Mission auf sich hatte, aber die Seeleute waren schließlich auch nicht dumm. Man schickte kein Schiff die ganze Strecke von Dago bis hierher, um einen kleinen

Zug Marines zu unterstützen, wenn es dafür nicht verdammt gute Gründe gab. Und diese hartgesottenen Kerle, die da an Bord gekommen waren, sahen aus, als würde John Wayne bei ihrem Anblick lieber respektvoll einen Schritt zurückweichen.

Kelly ging ans Flugdeck. Außer ihm waren dort noch drei Männer unterwegs. Die *Constellation* lag nach wie vor am Horizont, und noch immer starteten oder landeten die Bomber, deren Positionslampen mit den Sternen um die Wette funkelten. Nach einigen Minuten hatten sich seine Augen an die Dunkelheit gewöhnt. Weit über ihm drehten sich unter dem Summen der Elektromotoren die Radarantennen, doch das dominierende Geräusch war das Zischen, mit dem der Stahl das Wasser zerteilte.

»Mein Gott, ist das schön«, sagte er laut zu sich selbst.

Kelly kehrte in die Decksaufbauten zurück und suchte sich seinen Weg zur Einsatzzentrale. Dort fand er Captain Franks, der wie so viele Kapitäne offensichtlich keinen Schlaf brauchte.

»Ausgeruht?« erkundigte sich der Kommandeur.

»Jawohl, Sir.« Kelly blickte auf den Radarbildschirm und zählte die Schiffe, die die Formation TF-77 bildeten. Viele Lichtpunkte tanzten auf dem Monitor, denn auch Nordvietnam besaß eine Luftwaffe und könnte eines Tages auf dumme Gedanken kommen.

»Welches ist das AGI?«

»Unser russischer Freund liegt hier.« Franks zeigte auf das größte Display. »Der macht das gleiche wie wir. Die Leute von der elektronischen Aufklärung bei uns an Bord werden ihren Spaß mit ihm haben«, fuhr der Kapitän fort. »Normalerweise sind sie auf der Suche nach kleinen Schiffen. Wir müssen ihnen wie die *Queen Mary* vorkommen.«

»Ja, es ist wirklich groß«, gab Kelly zu. »Und auch ziemlich leer.«

»Stimmt. Wir wollten keine Reibereien zwischen meinen Jungs und euch Marines riskieren. Wollen Sie einen Blick in die Karten werfen? Ich habe in meiner Kajüte einen ganzen Packen unter Verschluß.«

»Keine schlechte Idee, Captain. Kann ich dazu auch Kaffee haben?«

Franks' Innenkabine war ausgesprochen komfortabel. Ein Steward brachte Kaffee und das Frühstück. Kelly faltete die Karte auseinander und studierte den Flußlauf, den er hinaufschwimmen würde.

»Hübsch und tief«, bemerkte Franks.

»Zumindest so weit, wie ich ihn brauche«, stimmte Kelly ihm zu. »Unser Ziel liegt genau hier.«

»Ich möchte nicht mit Ihnen tauschen.« Er zog einen Zirkel aus der Tasche und maß die Distanz.
»Wie lange sind Sie schon in diesem Geschäft?«
»Als Navigator bei der Navy?« Franks lachte. »Tja, nach zweieinhalb Jahren haben sie mich aus Annapolis raus- und ins kalte Wasser geschmissen. Ich wollte einen Zerstörer, also gab man mir ein Landungsboot in der ersten Reihe. Stellvertretender Kommandeur, damit es nicht ganz so schlimm ist. Die erste Landung war in Peleliu. In Okinawa war ich dann schon Kommandeur. Und dann kamen Ichon, Wonsan und der Libanon. Tja, ich habe mir schon an verdammt vielen Stränden die Farbe vom Kiel gekratzt. Glauben Sie ...?« Fragend blickte er auf.
»Einen Fehlschlag können wir uns nicht leisten, Captain.« Kelly hatte sich derweilen jede einzelne Biegung des Flusses in Erinnerung gerufen. Dennoch blickte er unverwandt weiter auf die Karte, eine genaue Kopie derjenigen, die er in Quantico studiert hatte. Er suchte irgendeine Veränderung, fand aber keine.
»Gehen Sie allein rein, Mr. Clark? Zum Schwimmen eine weite Strecke«, bemerkte Franks.
»Ich habe ein wenig Hilfe, und ich werde ja wohl nicht zurückschwimmen müssen.«
»Das hoffe ich auch. Wird ein gutes Gefühl sein, die Jungs da rauszuholen.«
»Jawohl, Sir.«

27 / Einschleusung

Phase eins des Unternehmens BOXWOOD GREEN begann kurz vor Tagesanbruch. Nach Übermittlung eines einzigen Codeworts änderte der Flugzeugträger USS *Constellation* abrupt seinen südlichen Kurs. Zwei Kreuzer und sechs Zerstörer drehten zur gleichen Zeit ebenfalls auf Backbord, so daß in neun verschiedenen Maschinenräumen die Hebel auf volle Fahrt geschoben wurden. Die Kessel sämtlicher Schiffe standen bereits unter Volldampf, und die Kriegsschiffe nahmen, während sie noch nach Steuerbord krängten, volle Fahrt auf. Dieses Mänover erwischte die Lauschposten an Bord des russischen Schleppnetzfischers kalt. Nach ihren Erwartungen hätte *Connie* sich genau entgegengesetzt in den Wind drehen sollen, um ihre Flugzeuge starten zu lassen. Sie waren vollkommen überrascht, als der Flugzeugträger an diesem Morgen statt dessen nach Nordosten rauschte. Das getarnte Spionageschiff änderte also ebenfalls den Kurs und nahm Fahrt auf in der vergeblichen Hoffnung, den Kampfverband mit dem Flugzeugträger bald einzuholen. Bei der *Ogden* verblieb noch eine Eskorte von zwei Raketenzerstörern der Adams-Klasse, eine Vorsichtsmaßnahme, die nach dem, was erst vor kurzem der USS *Pueblo* vor der koreanischen Küste zugestoßen war, angebracht erschien.

Kapitän Franks sah eine Stunde später das russische Schiff verschwinden. Zur Sicherheit ließ er zwei weitere Stunden verstreichen. Um acht Uhr früh beendeten dann zwei AH-1 Huey Cobras ihren Flug vom Marineflugstützpunkt Da Nang auf dem geräumigen Flugdeck der *Ogden*. Die Russen hätten sich wohl über die Gegenwart zweier solcher Kampfhubschrauber auf dem Schiff gewundert, das nach ihren verläßlichen Geheiminformationen einen elektronischen Lauschangriff durchführte, der sich von ihrem nicht groß unterschied. Eine schon an Bord befindliche Wartungsmannschaft schob die zwei »Schlangen« sofort an einen geschützten Platz und machte sich daran, eine komplette Funktionsüberprüfung durchzuführen, um sich vom einwandfreien Zustand jedes einzelnen Bauteils zu überzeugen. Die Mannschaft der *Ogden* mit ihren tüchtigen technischen Chiefs stellte den Neuankömmlingen alles zur Verfügung, was ihre Werkstatt zu bieten hatte. Sie waren immer noch nicht über das Unternehmen aufgeklärt worden, aber mittlerweile war auch so klar, daß da etwas überaus Ungewöhnliches vor sich ging. Zum Fragen war es schon zu spät. Was in Dreiteufelsnamen es auch sein mochte, jedes Hilfsmittel ihres Schiffs wurde zur Verfügung gestellt, noch bevor die Offiziere einen entsprechenden Befehl an ihre verschiedenen Abteilungen ausgeben konnten. Cobra-Kampfhubschrauber, das konnte nur heißen, daß es bald rundgehen würde, und alle Mann an Bord wußten, daß sie dem Norden Vietnams weitaus näher waren als dem Süden. Es wurde zwar gehörig spekuliert, aber so wild waren die Vermutungen denn auch wieder nicht. Sie hatten ein Beobachterteam an Bord, außerdem Marines und nun auch noch Kampfhubschrauber. Und noch am Nachmittag würden weitere Helikopter landen. Dem medizinischen Korps an Bord wurde aufgetragen, die Krankenkojen für Neuankömmlinge herzurichten.

»Wir werden die Scheißer überfallen«, bemerkte ein Bosun's Mate zu seinem Chief.

»Das würde ich lieber für mich behalten«, grummelte der achtundzwanzigjährige Veteran.

»Wem, verflucht noch mal, soll ich's schon sagen, Bootsmann? He, Mann, ich bin dafür, verstanden?«

Was ist nur aus meiner Navy geworden? fragte sich der Veteran, der im Golf von Leyte gewesen war.

»Du, du und du«, rief der Untergebene und deutete auf einige neue Matrosen. »Ihr geht Schritt für Schritt das Flugdeck ab.« Die drei untersuchten die Oberfläche gründlich nach Gegenständen, die unter Umständen in die Ansaugöffnung eines Motors geraten konnten. Der Jüngere wandte sich an den Bosun's Mate. »Mit Ihrer Erlaubnis, Bootsmann.«

»Nur weiter.« *Collegebabys, die sich der Einberufung entziehen,* dachte der vorgesetzte Chief.

»Und wenn ich auch nur einen hier rauchen seh, reiß ich ihm den Arsch auf!« sagte der derbe Offizier dritten Grades den Frischlingen.

Die wahre Handlung spielte sich im Offiziersbereich ab.

»Das meiste ist Routine«, sagte der Geheimdienstoffizier seinen Besuchern.

»Wir haben erst kürzlich ihr Telefonsystem bearbeitet«, erklärte Podulski. »Jetzt benutzen sie wieder mehr den Funk.«

»Schlau«, bemerkte Kelly. »Ist vom Zielobjekt etwas gekommen?«

»Einiges, und in der letzten Nacht etwas auf russisch.«
»Das ist der Fingerzeig, der uns noch gefehlt hat!« erwiderte der Admiral sofort. Es konnte nur einen Grund geben, warum ein Russe in SENDER GREEN war. »Hoffentlich kriegen wir den Hurensohn.«
»Sir«, versprach Albie lächelnd, »wenn er dort ist, wird er erwischt.«

Wieder hatte sich das Verhalten geändert. Die Männer waren jetzt ausgeruht und nah am Ziel, und so wurden ihre Gedanken nicht länger von einer abstrakten Furcht beherrscht, sondern konzentrierten sich auf die nackten Tatsachen dessen, was vor ihnen lag. Sie hatten wieder Zuversicht gewonnen – mit Vorsicht und Bedenken vermengt, aber dafür hatten sie ja schließlich geübt. Nun dachten sie an die Dinge, die einfach klappen mußten.

Die letzten Aufnahmen waren inzwischen an Bord angekommen. Sie stammten von einer RA-5 Vigilante, die tief über mindestens drei Abschußstellen für Boden-Luft-Raketen gezischt war, um ihr Interesse an einem kleineren und geheimeren Ort zu vertuschen. Kelly hob die Vergrößerungen hoch.

»Es sind immer noch Leute auf den Wachtürmen.«
»Die bewachen etwas«, pflichtete Albie bei.
»Also keine erkennbaren Veränderungen«, fuhr Kelly fort. »Nur ein Wagen, keine LKWs . . . nichts Auffälliges in der unmittelbaren Umgebung. Meine Herren, für mich sieht das alles ganz normal aus.«
»*Connie* wird vierzig Meilen vor der Küste Position beziehen. Das Medizinerteam geht heute an Bord. Das Kommandoteam trifft morgen ein, und übermorgen . . .« Franks blickte einmal über den Tisch hinweg.
». . . gehe ich schwimmen«, sagte Kelly.

Die unentwickelte Filmspule befand sich im Bürosafe eines Abteilungsleiters der KGB-Anlaufstelle in Washington, die wiederum zur sowjetischen Botschaft in der 16th Street gehörte und nur ein paar Blocks vom Weißen Haus entfernt stand. Das palastähnliche frühere Heim von George Mortimer Pullman – von der Regierung Zar Nikolaus' II. erworben – beherbergte sowohl den zweitältesten Aufzug als auch das größte Spionagenest der Stadt. Das umfangreiche Material, das von über hundert erfahrenen Feldoffizieren herbeigeschafft wurde, konnte an Ort und Stelle gar nicht vollständig bearbeitet werden, und Hauptmann Jegorow nahm eine so untergeordnete Position ein, daß sein Sektionschef seine Informationen gar nicht der Überprüfung für wert befand. So wanderte die Spule schließlich in einen braunen Umschlag und gelangte in die umfangreiche Leinwandtasche eines diplomatischen Kuriers, der ein Flugzeug nach Paris bestieg. Bei der Air France durfte er erster Klasse fliegen. In Orly stieg der Kurier acht Stunden später um in eine Aeroflot-Düsenmaschine nach Moskau. Während des Flugs entspann sich eine dreieinhalbstündige angeregte Unterhaltung mit einem Sicherheitsoffizier des KGB, der für diesen Teil der Reise sein offizieller Begleiter war. Über seine offiziellen Pflichten hinaus kam der Kurier selbst gut weg, da er auf seinen regelmäßigen Westflügen zahlreiche Konsumgüter erwerben konnte. Das Objekt der Begierde waren diesmal Strumpfhosen, wovon zwei Packungen in den Besitz des KGB-Begleitoffiziers überwechselten.

Nach der Ankunft in Moskau und dem Passieren der Zollkontrolle brachte ihn ein bereitgestellter Wagen in die Innenstadt, wo der erste Halt nicht beim Außenministerium stattfand, sondern am KGB-Hauptquartier am Dserdschinsky-Platz Nr. 2. Mehr als die Hälfte des Inhalts der Diplomatentasche wurde dort übergeben, was auch für den größten Teil der flachen Strumpfhosenpackungen galt. Binnen weiterer zwei Stunden erreichte der Kurier seine Wohnung, wo eine Flasche Wodka und sein ersehntes Bett auf ihn warteten.

Die Filmspule landete auf dem Schreibtisch eines KGB-Majors. Der Herkunftszettel sagte ihm, von welchem Außenposten sie kam, und der Verwaltungsoffizier füllte ein Formular aus und rief dann einen Untergebenen zu sich, um sie zum Entwickeln ins Fotolabor zu bringen. Das Labor hatte trotz seiner Größe sehr viel Arbeit, und er würde einen Tag warten müssen, vielleicht sogar zwei, sagte der Leutnant seinem Offizier, als er wieder zurückkam. Der Major nickte. Jegorow war ein neuer, aber vielversprechender Feldoffizier und gerade dabei, einen Agenten aufzubauen, der interessante Verbindungen zur Legislative besaß, aber man rechnete damit, daß es noch eine Weile dauern würde, bis CASSIUS irgend etwas wirklich Bedeutendes ablieferte.

Raymond Brown verließ die medizinische Fakultät der Universität Pittsburgh und mußte sich bemühen, nach dem ersten Besuch bei Dr. Bryant nicht vor Wut zu zittern. Eigentlich war alles ganz gut gegangen. Doris hatte über den Großteil der Ereignisse der vergangenen drei Jahre mit offener, wenn auch brüchiger Stimme Bericht erstattet, und während der ganzen Zeit hatte er ihre Hand gehalten, um sie körperlich wie moralisch zu stärken. Raymond Brown gab sich eigentlich selbst die Schuld für alles, was seiner Tochter widerfahren war. Wenn er sich an jenem Freitagabend vor so langer Zeit doch nur beherrscht hätte – aber das hatte er nicht. Es war nun mal geschehen. Er konnte nichts mehr ändern. Damals war er ein anderer Mensch gewesen. Jetzt war er älter und weiser, und so zügelte er seinen Zorn auf dem Weg zum Auto. Es ging um die Zukunft, nicht die Vergangenheit. Die Psychiaterin hatte ihm das mehr als deutlich zu verstehen gegeben. Er war entschlossen, sich ihrer Führung vollkommen anzuvertrauen.

Vater und Tochter aßen in einem ruhigen Familienrestaurant zu Abend – er hatte nie gut kochen gelernt – und sprachen über ihre Nachbarn und darüber, welche von Doris' Jugendfreundinnen inzwischen was tat. Es war ein zaghafter Versuch, Versäumtes nachzuholen. Raymond sprach ruhig und schärfte sich immer wieder ein, viel zu lächeln und das Reden zum Großteil Doris zu überlassen. Ab und zu stockte ihre Stimme, und auf ihrem Gesicht erschien wieder dieser verletzte Ausdruck. Das war das Zeichen für ihn, das Thema zu wechseln, ihr etwas Nettes über ihr Aussehen zu sagen, vielleicht noch eine Anekdote aus der Arbeit zu erzählen. Vor allem mußte er stark und zuverlässig für sie sein. Während der eineinhalbstündigen ersten Sitzung mit der Ärztin hatte er erfahren, daß die Dinge, die er drei Jahre lang befürchtet hatte, tatsächlich eingetreten waren, und er wußte auch irgendwie, daß andere, noch unausgesprochene Dinge sogar schlimmer gewesen waren. Er würde noch unentdeckte Kraftquellen anzapfen müssen, um seinen Zorn zurückzuhalten, aber sein kleines Mädchen brauchte in ihm einen – einen Fels in der Brandung, sagte er sich. Einen großen, festen Felsen, an dem sie sich festhalten konnte, so sicher wie die Hügel, auf die seine Stadt gebaut war. Sie brauchte auch noch etwas anderes. Sie mußte wieder zu Gott finden. Die Ärztin hatte ihm in diesen Punkt beigepflichtet, und Ray Brown schwor sich, mit Hilfe seines Pastors dafür zu sorgen, während er seinem kleinen Mädchen unverwandt in die Augen blickte.

Es war gut, wieder zu arbeiten. Sandys Abwesenheit war von Sam Rosen als Sonderverpflichtung deklariert worden, was aufgrund seines Rangs als Leiter der Abteilung ungefragt durchgehen würde. Die frisch operierten Patienten setzten sich wie üblich aus schwereren und leichteren Fällen zusammen. Sandys Team organisierte und beaufsichtigte die Pflege. Zwei ihrer Kolleginnen stellten ein paar Fragen nach ihrer Abwesenheit. Sie gab ihnen lediglich zu verstehen, sie habe für Dr. Rosen an einem speziellen Forschungsprojekt gearbeitet, und das genügte völlig, vor allem bei einer vollbelegten Krankenstation, die sie alle auf Trab hielt. Die anderen Mitglieder der Schwesterngruppe sahen, daß sie ein wenig zerstreut war. Von Zeit zu Zeit stahl sich ein abwesender Blick in ihre Augen, sie schien mit den Gedanken woanders zu sein. Wo, wußten die anderen nicht. Vielleicht ein Mann, hofften sie alle. Doch erst einmal waren sie froh, ihre Gruppenleiterin wieder bei sich zu haben. Sandy konnte mit den Chirurgen besser als alle anderen umgehen, und da sie Professor Rosen auf ihrer Seite hatte, ging ihr die Arbeit flott von der Hand.

»Hast du denn schon Ersatz für Billy und Rick?« fragte Morello.
»Das wird noch eine Weile brauchen, Eddie«, erwiderte Henry. »Diese Sache wird unsere Lieferungen durcheinanderbringen.«
»Ach Quatsch! Du hast das alles zu kompliziert aufgezogen.«
»Halt dich da raus, Eddie«, meinte Tony Piaggi. »Bei Henry läuft alles wie am Schnürchen. Die Sache ist sicher und funktioniert...«
»...und sie ist zu kompliziert. Wer wird sich jetzt um Philadelphia kümmern?« wollte Morello wissen.
»Da sind wir gerade dran«, antwortete Tony.
»Du brauchst doch bloß den Stoff abzustoßen und das Geld einzusacken, Herrgott noch mal! Die werden schon keinen ausnehmen, wir haben es mit Geschäftsleuten zu tun, kapiert?« *Nicht mit Straßenniggern.* Das fügte er wohlweislich nicht laut hinzu. Es kam trotzdem rüber. *War nicht so gemeint, Henry.*
Piaggi füllte wieder ihre Gläser. Morello fand diese Geste sowohl aufdringlich wie irritierend.
»Schau«, sagte Morello und beugte sich vor. »Ich hab das mit eingefädelt, vergiß das nicht. Du hättest in Philly noch gar nicht angefangen, wenn ich nicht gewesen wäre.«
»Was willst du damit sagen, Eddie?«
»Ich werde deine verdammte Lieferung übernehmen, während Henry seinen Kram wieder in Ordnung bringt. Wie schwer kann das schon sein, wenn sogar Schlampen es erledigen können?« *Zeig ein bißchen Initiative,* dachte Morello, *zeig ihnen, daß du genau der Richtige bist.* Ach was, wenigstens den Kerlen in Philly würde er es zeigen, und vielleicht konnten die ja für ihn das tun, wogegen Tony sich sträubte. Genau.
»Bist du sicher, daß du es riskieren willst, Eddie?« fragte Henry und konnte sich gerade noch ein Lächeln verkneifen. Dieser Spaghettifresser war so leicht zu durchschauen.
»Verflucht, ja.«

»Okay«, sagte Tony und gab sich beeindruckt. »Du rufst an und machst was aus.« Henry hat recht, sagte sich Piaggi. Es war doch Eddie gewesen, der die ganze Zeit auf eigene Faust gehandelt hatte. Wie blöd. Wo es sich so leicht abstellen ließ.

»Immer noch nichts«, sagte Emmet Ryan und brachte den Fall »Der Unsichtbare« auf den Punkt. »Soviel Beweismaterial – und trotzdem rein gar nichts.«

»Das Ganze ergibt nur einen Sinn, Em, wenn jemand da einen ganz bestimmten Schachzug gemacht hat.« Ein Mörder fing nicht einfach so an und hörte dann wieder auf. Es gab immer einen Grund. Der mochte in vielen Fällen vielleicht schwer, wenn nicht gar unmöglich herauszukriegen sein, aber eine genau durchdachte Mordserie war eine ganz andere Geschichte. Es lief auf zwei Möglichkeiten hinaus. Die eine davon war, daß jemand eine Reihe von Morden begangen hatte, um das eigentliche Ziel zu vertuschen. Dieses eigentliche Ziel mußte William Grayson sein, der von der Bildfläche verschwunden war und wahrscheinlich nie wieder lebend auftauchen würde. Seine Leiche würde eines Tages entdeckt werden – oder auch nicht. Jemand, der wegen irgendwas sehr erbost war, jemand, der sehr behutsam und sehr geschickt vorging – jener Unsichtbare also –, war bis zu diesem Punkt und nicht weiter gegangen.

Ist das einleuchtend? fragte sich Ryan. Darauf gab es noch keine eindeutige Antwort, aber irgendwie schien das alles für einen reinen Aufgalopp viel zu zufällig zu sein. Viel zuviel Aufwand für ein anscheinend unbedeutendes Ziel. Grayson mochte ja vieles gewesen sein, aber bestimmt nicht der Boss irgendeiner Organisation, und wenn die Morde eine geplante Abfolge gehabt hatten, bedeutete sein Tod noch keinen logischen Endpunkt. Zumindest, überlegte Ryan mit gerunzelter Stirn, sagte ihm das sein Instinkt. Wie alle Kriminalbeamten hatte er gelernt, seiner inneren Stimme zu vertrauen. Und doch *hatten* die Morde ganz plötzlich aufgehört. In den letzten paar Wochen waren drei weitere Dealer umgekommen; er hatte mit Douglas jeden Tatort in Augenschein genommen und eindeutig festgestellt, daß da zwei ganz gewöhnliche Raubüberfälle übel ausgegangen waren, während es beim dritten Fall um einen Revierkampf gegangen war, den der eine verloren und der andere gewonnen hatte. Der Unsichtbare war verschwunden oder zumindest inaktiv, und das ließ die Theorie, die ihm als vernünftigste Erklärung für die Morde erschienen war, wie eine Seifenblase zerplatzen. Übrig blieb etwas weitaus weniger Einleuchtendes.

Die andere Möglichkeit ergab in gewisser Weise mehr Sinn. Jemand hatte es auf einen von Mark Charon und seinem Dezernat noch nicht entdeckten Drogenring abgesehen und dessen Dealer ausgeschaltet. Zweifellos wollte er sie dazu bringen, sich einem neuen Lieferanten zuzuwenden. Unter dieser Annahme wäre William Grayson schon etwas bedeutender – und vielleicht gab es noch einen oder zwei bis jetzt nicht entdeckte Morde, durch die die Kommandozentrale des angenommenen Rings ausgeschaltet worden war. Wenn Ryan in seiner Phantasie noch einen Schritt weiterging, hieß das, daß der vom Unsichtbaren ausgeschaltete Ring derselbe war, hinter dem Douglas und er schon die ganzen Monate her waren. Das ließ sich alles in eine sehr saubere Theorie zusammenfassen.

Doch Morde paßten selten in ein sauberes Schema. Ein echter Mord war nicht wie ein abendlicher Fernsehkrimi. Ein Rest blieb immer unaufgeklärt. Wenn bekannt war, wer es getan hatte, war oft nicht herauszubekommen, warum, zumindest nicht auf ganz und gar zufriedenstellende Weise. Und wenn man diese wunderbar glatten Theorien auf einen tatsächlichen Todesfall anwenden wollte, stellte man ganz schnell fest, daß echte Menschen eben nicht besonders gut in Theorien paßten. Einmal angenommen, dieses Erklärungsmodell für die Geschehnisse der vergangenen Monate stimmte, dann bedeutete das außerdem, daß genau jetzt ein sehr umsichtiges, gnadenloses und tödlich erfolgreiches Individuum in Ryans Stadt verbrecherische Machenschaften betrieb – keine besonders angenehme Vorstellung.

»Tom, das kauf ich dir nicht ab.«
»Schön, wenn es sich um den von dir vermuteten Elitekämpfer handelt, warum hat er dann aufgehört?« fragte Douglas.
»Wenn ich mich recht entsinne, warst du doch derjenige, der diese Idee aufgebracht hat.«
»Na und?«
»Und du leistest deinem Lieutenant keine große Hilfe.«
»Wir können das ganze Wochenende lang darüber nachdenken. Ich persönlich werde den Rasen mähen und das Schlagerspiel am Sonntag ansehen und einfach so tun, als wär ich ein ganz normaler Bürger. Unser Freund ist verschwunden, Em. Ich weiß nicht, wohin, aber er könnte genausogut am anderen Ende der Welt sein. Wenn du mich fragst, dann war das jemand von auswärts, der mit einem Auftrag herkam, den Job erledigt hat und nun wieder verduftet ist.«

»Augenblick mal!« Das war eine völlig neue Theorie, mit einem gedungenen Mörder wie im Film, doch solche Leute existierten nicht wirklich. Aber Douglas stürmte schon aus dem Büro und ließ seinem Kollegen keine Chance mehr zu einer Diskussion, bei der wohl auch nur herausgekommen wäre, daß jeder der Ermittlungsbeamten halb im Recht und halb im Unrecht war.

Die Schießübungen wurden unter den wachsamen Augen des Kommandoteams durchgeführt; außerdem unter denen sämtlicher Matrosen, denen eine passende Ausrede eingefallen war, um sich vom Dienst zu entschuldigen. Die Marinesoldaten bildeten sich ein, die beiden neu eingetroffenen Admiräle und der neue CIA-Fatzke müßten im gleichen Maße wie sie unter dem Jetlag leiden. Sie konnten natürlich nicht wissen, daß Maxwell, Greer und Ritter den Großteil der Strecke als VIPs zurückgelegt und den Pazifik schneller und in bequemen Sitzen mit einer Auswahl von Drinks zu ihrer Verfügung überquert hatten.

Alle möglichen Sachen, die nicht mehr gebraucht wurden, wurden bei einer Fahrtgeschwindigkeit von fünf Knoten über die Reling gekippt. Die Marines durchlöcherten die verschiedenen Holzstücke und Papiersäcke bei dieser Übung, die für die Mannschaft eher Unterhaltungs- als Übungswert besaß. Als Kelly an der Reihe war, beherrschte er sicher sein CAR-15 und traf das Ziel mit zweifachen und dreifachen Feuerstößen. Als alles vorbei war, verstauten die Männer ihre Waffen wieder und begaben sich zu ihren Unterkünften. Ein Chief fing Kelly ab, als dieser wieder oben auftauchte.

»Sind Sie der Kerl, der allein reingeht?«

»Das geht Sie nichts an.«

Der Erste Maschinist kicherte bloß. »Folgen Sie mir, Sir.« Sie entfernten sich von der Marineeinheit und landeten unversehens im beeindruckenden Werkstattbereich der *Ogden*. Er mußte schon eindrucksvoll sein, denn er diente nicht nur für die Wartung des Schiffs allein, sondern mußte auch für alles bewegliche Gerät, das eventuell hier landen konnte, zur Verfügung stehen. Auf einer der Werkbänke sah Kelly den Seeschlitten, den er auf seinem Weg flußaufwärts benützen würde.

»Den haben wir schon in San Diego an Bord bekommen, Sir. Unser Erster Elektriker und ich haben ein bißchen daran herumgespielt. Wir haben ihn auseinandergenommen, alles gereinigt und die Batterien überprüft – sind übrigens verdammt gute. Er hat neue Dichtungen, sollte also das Wasser abhalten. Wir haben ihn sogar im

Brunnendeck getestet. Auf der Garantie steht fünf Stunden. Deacon und ich haben da ein bißchen manipuliert. Jetzt hält er sieben Stunden«, sagte der Chief nicht ohne Stolz. »Ich schätze, das paßt Ihnen in den Kram.«
»Wird es, Chief. Vielen Dank.«
»Lassen Sie mal dieses Gewehr sehen.« Kelly händigte es ihm nach kurzem Zögern aus, und der Chief zerlegte es in fünfzehn Sekunden in seine Einzelteile. Doch das war ihm nicht genug.
»Halt, halt!« fauchte ihn Kelly an, als er auch noch die Halterung für das Korn abmontierte.
»Das ist zu laut, Sir. Sie gehen doch ganz allein hin, stimmt's?«
»Ja.«
Der Maschinist sah nicht einmal auf. »Soll ich das Baby hier leiser machen, oder soll es überall rumbrüllen?«
»Das können Sie doch mit einem Gewehr nicht machen.«
»Wer sagt das? Wie weit, schätzen Sie, müssen Sie schießen?«
»Knapp hundert Meter, eher noch weniger. Verdammt, ich möchte es eigentlich gar nicht benutzen müssen...«
»Weil's eben laut ist, stimmt's?« Der Chief lächelte. »Wollen Sie mir zuschauen? Hier gibt's was zu lernen.«
Der Chief ging mit dem Lauf zu einer Bohrmaschine. Das Werkstück wurde eingespannt, und unter den aufmerksamen Augen von Kelly und zwei Unteroffizieren bohrte er einige Löcher in die vorderen zehn Zentimeter des hohlen Stahlrohrs.
»Eine mit Überschall fliegende Kugel läßt sich natürlich nicht ganz zum Schweigen bringen, aber wir können das ganze Gas abfangen, und das macht bestimmt was aus.«
»Selbst bei einer Patrone mit hoher Ladung?«
»Gonzo, bist du bereit?«
»Ja, Chief«, erwiderte der Angesprochene. Der Gewehrlauf wurde in eine Drehbank gespannt und bekam ein feines, aber langes Gewinde eingefräst.
»Ich hab das schon vorbereitet.« Der Chief hielt einen dosenförmigen Schalldämpfer hoch, der ganze acht Zentimeter Durchmesser hatte und fünfunddreißig Zentimeter lang war. Der ließ sich mühelos auf das Laufende schrauben. In eine Lücke der Dose wurde nun wieder das Korn montiert, womit der Schalldämpfer erst richtig befestigt war.
»Wie lange haben Sie daran gearbeitet?«
»Drei Tage, Sir. Nachdem ich mir die an Bord genommenen Waffen angesehen hatte, war es nicht schwer, rauszukriegen, was Sie

brauchen könnten. Ich hatte Zeit dazu. Also habe ich ein bißchen damit herumgespielt.«

»Aber wie zum Teufel haben Sie gewußt, daß gerade ich...«

»Wir stehen in Funkverkehr mit einem U-Boot. Wie schwer ist das dann noch herauszukriegen?«

»Woher haben Sie das gewußt?« wollte Kelly wissen, obwohl er schon die Antwort kannte.

»Schon je ein Schiff gekannt, auf dem etwas geheim geblieben ist? Der Kapitän hat einen Signalmaat, und der plaudert schon mal was aus«, erklärte der Maschinist, während er das Gewehr wieder zusammensetzte. »Die Waffe wird dadurch fünfzehn Zentimeter länger, das macht Ihnen hoffentlich nichts aus.«

Kelly schulterte den Karabiner. Die Balance war sogar etwas besser. Ihm war eine Waffe, die an der Mündung schwer war, sowieso lieber, da sie sich leichter beherrschen ließ.

»Sehr schön.« Natürlich mußte er sie ausprobieren. Kelly und der Chief gingen nach achtern. Unterwegs gabelte der Maschinist eine weggeworfene Holzkiste auf. Am Heck schob Kelly ein volles Magazin in den Karabiner. Der Chief warf das Holzstück ins Wasser und trat einen Schritt zurück. Kelly legte an und drückte ab.

Plopp. Eine Sekunde später war der Aufschlag der Kugel auf das Holz zu hören, der sogar lauter war als das Geräusch der Patrone. Kelly hatte auch deutlich den Bolzenmechanismus schnappen hören. Dieser Obermaschinist hatte für das Sturmgewehr das getan, was Kelly selber bei seiner .22er-Pistole auch gemacht hatte. Der meisterliche Handwerker lächelte wohlwollend.

»Schwierig ist eigentlich nur, sicherzustellen, daß genügend Gas da ist, um den Bolzen anzutreiben. Probieren Sie mal die volle Automatik aus, Sir.«

Kelly tat, wie ihm geheißen, und löste sechs Schuß aus. Es klang schon noch wie Gewehrfeuer, aber der eigentliche Lärm war mindestens zu 95 Prozent reduziert, und das bedeutete, daß über wenige hundert Meter hinaus niemand mehr etwas hören konnte – wohingegen ein normales Gewehr über tausend Meter weit zu vernehmen war.

»Tolle Arbeit, Chief.«

»Was Sie auch vorhaben, Sir, passen Sie auf sich auf, ja?« meinte der Chief nur und ging ohne ein weiteres Wort davon.

»Darauf können Sie sich verlassen«, sagte Kelly, zum Wasser gewendet. Er hob die Waffe noch etwas höher und leerte das Magazin, bevor das Stück Holz zu weit wegtrieb. Die Kugeln verwandelten

die Kiste in Splitter, während dabei kleine weiße Wasserfontänen aufstoben.
John, du bist bereit.

Das Wetter paßte auch, erfuhr Kelly wenige Minuten später. Der Unterstützung von Lufteinsätzen über Vietnam diente der vielleicht ausgeklügeltste Wettervorhersagedienst der Welt – was aber die Piloten gar nicht richtig schätzten oder anerkannten. Der leitende Meteorologe war mit den Admirälen von der *Constellation* herübergekommen. Er wies auf eine Isobarenkarte und das letzte Satellitenfoto.

»Morgen wird es Schauer geben, und wir können in den nächsten vier Tagen immer wieder Regen erwarten. Ziemlich heftigen sogar. Das wird so bleiben, bis dieses nur langsam vorankommende Tief in den Norden nach China abgezogen ist«, sagte ihnen der Militärmeteorologe.

Alle Offiziere waren anwesend. Die vier Flugbesatzungen, die dem Unternehmen zugeteilt waren, prüften diesen Bericht in aller Nüchternheit. Es war kein ausgesprochenes Vergnügen, einen Helikopter bei schlechtem Wetter zu fliegen, und kein Flieger war besonders angetan von verringerter Sicht. Aber Regenfälle würden auch den Motorenlärm dämpfen, und verringerte Sicht wiederum wirkte sich auch für beide Seiten aus. Leichte Flugabwehrgeschütze bildeten die größte Gefahr. Mit ihnen wurde auf Sicht gezielt, und so bot alles, was die Schützen daran hinderte, die Flieger zu hören oder zu sehen, Sicherheit.

»Windstärke?« fragte ein Cobra-Pilot.

»Schlimmstenfalls Böen mit fünfunddreißig bis vierzig Knoten. Es wird in der Luft etwas ruppig werden, Sir.«

»Unser Hauptsuchradar ist für die Wetterbeobachtung gut geeignet. Wir können Sie um das Schlimmste herumdirigieren«, bot Kapitän Franks an. Die Piloten nickten.

»Mr. Clark?« ließ sich Admiral Greer vernehmen.

»Regen erscheint mir günstig. Das einzige, woran sie mich auf dem Hinweg entdecken könnten, sind die Blasen, die zur Oberfläche des Flusses aufsteigen. Bei Regen geht das nicht mehr. Ich könnte dann sogar bei Tageslicht vorstoßen, wenn es sein muß.« Kelly verstummte, denn er wußte, daß jedes weitere Wort ihn gleich unwiderruflich verpflichten würde. »Wartet die *Skate* schon auf mich?«

»Es bedarf nur noch unserer Befehle«, antwortete Maxwell.

»Dann kann ich von meiner Seite grünes Licht geben, Sir.« Kelly spürte, wie es ihn kalt überrieselte. Sein ganzer Körper schien sich zusammenzuziehen, so daß er sich irgendwie kleiner vorkam. Aber nun hatte er das entscheidende Wort gesagt.

Aller Augen wandten sich Captain Albie zu. Ein Vizeadmiral, zwei Konteradmiräle und ein aufstrebender Feldoffizier des CIA waren nun von diesem jungen Marineangehörigen abhängig, der die letzte Entscheidung zu fällen hatte. Er würde den Haupttrupp hinbringen. Er trug letztlich die Verantwortung für das Unternehmen. Dem jungen Captain kam es schon sehr sonderbar vor, daß sieben Sterne auf sein Kommando zum Einsatz angewiesen waren, aber das Leben von fünfundzwanzig Marines und vielleicht noch zwanzig weiteren hochrangigen Soldaten hing von seiner Entscheidung ab. Ihm oblag die Führung dieser Mission, und beim erstenmal mußte alles haargenau passen. Er blickte zu Kelly hinüber und lächelte.

»Mr. Clark, Sir, seien Sie äußerst vorsichtig. Ich denke, es ist Zeit, daß Sie jetzt schwimmen gehen. Ich gebe diesem Unternehmen grünes Licht.«

Es kam keine Freude auf. Tatsächlich blickte jeder Mann am Kartentisch auf die Landkarten und versuchte, die zweidimensionalen Linien auf dem Papier in dreidimensionale Realität zu verwandeln. Dann hoben sich die Köpfe beinahe gleichzeitig, und jedes Augenpaar versuchte, die Blicke der anderen zu lesen. Maxwell richtete als erster das Wort an einen Angehörigen der Hubschrauberbesatzungen.

»Ich schätze, Sie sollten Ihren Heli schon mal warmlaufen lassen.« Maxwell drehte sich um. »Kapitän Franks, würden Sie *Skate* ein Zeichen geben?« Ein knappes »Aye aye, Sir« kam als Erwiderung. Die Männer strafften sich und entfernten sich von den Karten und dem Ort der Entscheidung.

Jetzt ist es zu spät, alles noch einmal durchzudenken, sagte sich Kelly. Er schob seine Angst, so gut er konnte, beiseite und stellte sich geistig auf zwanzig gefangene Amerikaner ein. Es war schon seltsam, daß er sein Leben für Menschen aufs Spiel setzte, die er nie kennengelernt hatte, aber andererseits war Handeln unter Lebensgefahr nie rational. Sein Vater hatte sein ganzes Leben damit zugebracht und war unmittelbar nach der erfolgreichen Rettung von zwei Kindern gestorben. *Wenn ich auf meinen Dad stolz sein kann*, sagte er sich, *dann kann ich ihn am besten auf diese Art ehren.*

Du schaffst es, Mann. Du weißt genau, wie. Er spürte, wie seine Entschlossenheit wuchs. Alle Entscheidungen waren getroffen. Jetzt galt es zu handeln. Kelly trug eine steinerne Miene zur Schau. Er durfte keine Angst mehr vor den Gefahren haben; er mußte ihnen ins Auge sehen. Sie meistern.

Maxwell entging das nicht. Er hatte diesen Ausdruck schon in Bereitschaftsräumen auf Flugzeugträgern gesehen, wenn die Piloten neben ihm sich geistig vorbereiteten, bevor die Würfel fielen. Der Admiral erinnerte sich auch wieder, wie es ihm selber ergangen war, wie seine Muskeln sich angespannt hatten, wie das Sehvermögen mit einem Schlag besser wurde. Als erster rein, als letzter raus, das war oft auch seine Mission gewesen, wenn er seine F6F Hellcat geflogen hatte, um Jäger abzuschießen und dann dem Angriffsflieger auf dem gesamten Heimflug Deckung zu geben. *Mein zweiter Sohn,* kam Dutch auf einmal in den Sinn, *so tapfer wie Sonny und genauso schlau.* Doch er hatte Sonny nie persönlich in die Gefahr geschickt, und Dutch war jetzt viel älter als damals in Okinawa. Es war wohl so, daß die anderen bevorstehende Gefahr größer und schrecklicher war als die, die einer selbst auf sich nahm. Aber so mußte es sein, und Maxwell wußte, daß Kelly ihm vertraute, so wie er zu seiner Zeit Pete Mitscher vertraut hatte. Er trug eine schwere Bürde, noch dazu, da er das Gesicht desjenigen vor sich hatte, den er allein in feindliches Gebiet schickte. Kelly fing Maxwells Blick auf, und ein wissendes Grinsen zeigte sich auf seinem Gesicht.

»Lassen Sie sich keine grauen Haare wachsen, Sir.« Er marschierte aus der Kabine, um seine Ausrüstung zusammenzupacken.

»Weißt du, Dutch –« Admiral Podulski zündete sich eine Zigarette an – »den Kerl hätten wir vor ein paar Jährchen gut gebrauchen können. Ich denke, der hätte toll dazugepaßt.« Es waren natürlich weit mehr als ein »paar Jährchen«, aber Maxwell wußte, wie es gemeint war. Sie waren auch einmal junge Krieger gewesen, und nun kam die neue Generation an die Reihe.

»Cas, hoffentlich paßt er auf sich auf.«

»Das wird er. Genauso wie wir früher.«

Der Seeschlitten wurde von den Leuten, die ihn vorbereitet hatten, aufs Flugdeck geschoben. Die Hubschraubermotoren liefen schon, der fünfblättrige Rotor drehte sich in der Dunkelheit vor Tagesanbruch, als Kelly durch die Tür im Schott auftauchte. Er holte noch einmal tief Luft, bevor er hinaustrat. Ein Publikum wie dieses hatte er noch nie gehabt. Irvin war zusammen mit drei weiteren gleichrangigen Marineoffizieren zur Stelle, dann Albie, die Flaggoffiziere und dieser Ritter. Sie verabschiedeten ihn, als wäre er die leibhaftige Miss

America oder so was. Doch dann kamen die beiden Navy Chiefs zu ihm heran.

»Batterien sind alle voll geladen. Ihre Taucherausrüstung liegt in dem Behälter. Sie ist wasserdicht, also dürfte es keine Schwierigkeiten geben. Das Gewehr ist geladen und schußbereit, aber noch nicht entsichert, falls Sie es in der Eile brauchen. Alle Funkgeräte haben neue Batterien und zwei Reservepackungen. Mir fällt nichts mehr ein, was noch fehlen könnte«, überschrie der Obermaschinist den Lärm der Hubschraubermotoren.

»Klingt gut!« brüllte Kelly zurück.

»Zeigen Sie's denen, Mr. Clark!«

»Bis bald – und danke!« Kelly schüttelte beiden Chiefs die Hände und wandte sich an Kapitän Franks. Aus Jux stand er vor ihm stramm und salutierte. »Erbitte Erlaubnis, von Bord gehen zu dürfen, Sir.«

Kapitän Franks spielte mit. »Erlaubnis erteilt, Sir.«

Dann sah Kelly sich die anderen an. *Als erster rein, als letzter raus.* Ein angedeutetes Lächeln, ein flüchtiges Nicken, größere Gesten waren nicht nötig, um den Männern etwas von der eigenen Zuversicht zu vermitteln.

Der schwere Sikorsky-Rettungshubschrauber hob sich ein paar Meter in die Luft. Ein Mannschaftsmitglied befestigte den Schlitten an der Unterseite des Helikopters, der dann abdrehte aus den Turbulenzen der Schiffsaufbauten, ohne Scheinwerfer in die Dunkelheit flog und im Nu verschwunden war.

Die USS *Skate* war ein altmodisches Unterseeboot, dem ersten atomgetriebenen Boot, der USS *Nautilus*, nachempfunden. Ihr Rumpf war beinahe wie ein richtiges Schiff geformt und nicht wie ein Wal, was sie unter Wasser relativ langsam machte, aber ihre Doppelschrauben gewährten eine größere Manövrierfähigkeit, besonders in seichten Gewässern. Schon seit Jahren tat die *Skate* ihre Pflicht als küstennahes Spionageschiff, kroch dicht an der vietnamesischen Küste entlang und fuhr ihre Antennenfühler aus, um Radar und andere elektronische Botschaften aufzufangen. Sie hatte schon mehr als einen Schwimmer an den Strand gebracht. Dazu hatte vor einigen Jahren auch Kelly gehört. Aber von der Mannschaft war kein einziger mehr an Bord, der sich an sein Gesicht erinnern konnte. Er sah sie an der Oberfläche, ein schwarzes Gebilde, dunkler als das Wasser, glitzernd im Widerschein der abnehmenden Mondsichel, die bald von Wolken verschlungen werden würde. Der Hubschrauberpilot setzte zuerst den Schlitten auf dem Vordeck der *Skate* ab, wo die

Besatzung ihn verstaute. Dann wurde Kelly samt seiner Ausrüstung an einem Seil herabgelassen. Eine Minute später befand er sich im Kommandostand des U-Boots.

»Willkommen an Bord«, sagte Commander Silvio Esteves, der auf seine erste Schwimmermission gespannt war. Sein erstes Jahr als Befehlshaber war noch nicht um.

»Vielen Dank, Sir. Wie lange brauchen wir bis zum Strand?«

»Sechs Stunden, dann noch etwas mehr, bis wir die Lage für Sie geklärt haben. Kaffee? Was zu essen?«

»Wie wär's mit einem Bett, Sir?«

»In der Kabine meines Stellvertreters ist eine Koje frei. Wir werden dafür sorgen, daß Sie nicht gestört werden.« Damit erging es Kelly viel besser als den an Bord befindlichen Technikern der Nationalen Sicherheitsbehörde.

Kelly machte sich auf zur letzten wirklichen Ruhepause für die nächsten drei Tage – wenn alles nach Plan verlief. Er schlief schon, bevor das U-Boot wieder in die Tiefen des Südchinesischen Meeres abtauchte.

»Das ist interessant«, sagte der Major. Er ließ die Übersetzung auf den Tisch seines unmittelbaren Vorgesetzten fallen, ebenfalls ein Major, der aber auf der Liste der Oberstleutnants stand.

»Von diesem Ort habe ich schon gehört. Das liegt in den Händen des GRU. Ich meine, sie versuchen, es in den Griff zu kriegen, aber unsere brüderlichen sozialistischen Verbündeten sind nicht besonders kooperativ. Jetzt wissen also die Amerikaner endlich davon.«

»Lesen Sie weiter, Jurij Petrowitsch«, schlug der Mann vor.

»Aha!« Er blickte auf. »Wer ist denn dieser CASSIUS genau?« Jurij war der Name schon untergekommen, in Verbindung mit einer großen Menge unbedeutender Informationen, die von zahlreichen Quellen innerhalb der amerikanischen Linken stammten.

»Glasow hat ihn erst vor kurzem endgültig für uns gewonnen.« Der Major ließ etwa eine Minute lang weitere Erklärungen folgen.

»Also gut, ich werde es ihm übergeben. Ich bin überrascht, daß Georgij Borissowitsch den Fall nicht persönlich in die Hand genommen hat.«

»Ich denke, das wird er jetzt tun, Jurij.«

Sie wußten, daß etwas im Busch war. Nordvietnam hatte unzählige Suchradare an der Küste aufgereiht. Ihr Hauptzweck bestand darin, vor Fliegerangriffen von der See her zu warnen. Die Angriffe wurden von Flugzeugträgern aus geflogen, die von einer Position aus operierten, die von den Amerikanern Yankee Station genannt wurde – bei den Nordvietnamesen aber ganz anders hieß. Häufig wurden die Suchradare gestört. Doch diesmal waren die Störungen so stark, daß die russischen Radarschirme einhellig nur noch weiße Scheiben abbildeten. Die Techniker rückten etwas näher, um besonders helle Flecken auszumachen, die im Störflimmern die wirklichen Ziele angeben würden.

»Ein Schiff!« ertönte eine Stimme im Radarzentrum. »Ein Schiff am Horizont.« Wieder einmal erwies sich das menschliche Auge als dem Radar überlegen.

Wenn sie so dumm waren, ihre Radare und Geschütze auf die Hügelkuppen zu setzen, war das nicht sein Problem. Der Geschützmeister befand sich am »Punkt 1«, dem vorderen Befehlsturm, der den eindrucksvollsten Teil des Schiffsprofils bildete. Seine Augen spähten durchs Okular des weitreichenden Entfernungsmessers, in den späten 30er Jahren entworfen und immer noch eines der besten optischen Geräte, die in den USA je hergestellt worden waren. Die Hand drehte an einem Rädchen, das nicht viel anders als die Scharfeinstellung einer Kamera funktionierte, nämlich zwei getrennte Bilder in Übereinstimmung brachte. Er stellte das Gerät auf die Radarantenne ein, deren Metallgerüst ohne den Schutz eines Tarnnetzes ein beinahe ideales Ziel bot.

»Mark!«

Der Mann von der Feuerüberwachung neben ihm schaltete das Mikrofon ein und las die Zahlen von der Scheibe ab. »Entfernung eins-fünf-zwei-fünf-null.«

In der Einsatzzentrale sechzig Meter unterhalb von Punkt 1 wurden mechanische Rechner mit den Daten gefüttert und gaben für die acht Geschütze des Kreuzers an, wie weit sie aufgerichtet werden mußten. Das darauf Folgende war ganz einfach. Die bereits geladenen Geschütze drehten sich mit ihren Türmen und stellten sich auf den Neigungswinkel ein, der schon eine Generation vorher von unzähligen jungen Frauen – mittlerweile Großmütter – auf mechanischen Rechenmaschinen bestimmt worden war. Im Rechner waren Kurs und Geschwindigkeit des Kreuzers schon eingegeben, und da sie auf ein feststehendes Ziel feuerten, wurde ein identischer, aber umgekehrter Geschwindigkeitsvektor ausgewiesen. Auf diese Art blieben die Geschütze automatisch konstant auf ihr Ziel ausgerichtet.

»Feuer frei«, befahl der Artillerieoffizier. Ein junger Matrose betätigte die Auslösung, und die USS *Newport News* wurde von der ersten Salve an diesem Tag erschüttert.

»Okay, auf Azimut, wir sind etwa – dreihundert zu kurz«, sagte der Master Chief leise, die Dreckfontänen im Visier seines Entfernungsmessers.

»Um dreihundert hoch«, übermittelte der Sprecher, und die nächste Salve donnerte fünfzehn Sekunden später los. Er wußte nicht, daß die erste Salve unabsichtlich den Kommandobunker der Radaranlage zerstört hatte. Die zweite Salve sauste durch die Luft. »Die schlägt ein«, flüsterte der Master Chief.

So war es auch. Drei der acht Ladungen landeten im Umkreis von fünfzig Metern der Radarantenne und zerfetzten sie.

»Treffer«, sprach er in sein Mikrofon, während er darauf wartete, daß sich der Staub legte. »Ziel zerstört.«

»Schlägt jederzeit ein Flugzeug«, sagte der Kapitän, der alles von der Brücke aus beobachtete. Vor fünfundzwanzig Jahren war er ein junger Artillerieoffizier auf der USS *Mississippi* gewesen und hatte das Bombardieren von Zielen an der Küste des westlichen Pazifiks gelernt, genauso wie sein geschätzter Master Chief an Punkt 1. Das war sicherlich das letzte Hurra für die echten Kreuzer mit Langrohrkanonen, und der Kapitän war entschlossen, daß es ein lautes werden würde.

Einen Augenblick später spritzte tausend Meter weiter Wasser auf. Das kam wahrscheinlich von den 130-mm-Geschützen, die die NVA einsetzte, um die Navy zu ärgern. Er würde sich um sie kümmern, noch bevor er die Flakstellungen in Angriff nahm.

»Abwehrbatterie!« meldete der Skipper der Gefechtszentrale.

»Aye, Sir, wir peilen sie schon an.« Eine Minute später verlegte die *Newport News* ihr Feuer. Die Schnellfeuergeschütze suchten und fanden die sechs 130er, die es wirklich besser hätten wissen sollen.

Sie sollten nur ablenken, wie der Kapitän wußte. Es konnte gar nicht anders sein. Irgendwo war etwas anderes im Gange. Er wußte nicht, was, aber es mußte schon was Gutes sein, wenn es ihm und seinem Kreuzer gestattete, in die Gefechtslinie nördlich der entmilitarisierten Zone vorzudringen. Er würde sich bestimmt nicht darüber beklagen, sagte sich der befehlshabende Offizier, während das Schiff unter ihm wieder erbebte. Dreißig Sekunden später verkündete eine sich rasch ausdehnende orangefarbene Wolke das Ende jener Geschützbatterie.

»Wir haben Folgeexplosionen«, verkündete der Befehlshaber. Die Besatzung der Brücke jubelte kurz und machte sich dann wieder an die Arbeit.

»Da sind wir.« Captain Mason trat vom Periskop zurück.

»Ganz schön nah.« Kelly stellte mit einem Blick fest, daß Esteves gerne was riskierte. Der *Skate* schürfte es praktisch schon die Muscheln vom Kiel. Das Periskop befand sich knapp über Wasser, denn die See umspülte die untere Hälfte der Linse. »Ich nehme an, das reicht aus.«

»Ein guter Regenguß kommt auf uns zu«, sagte Esteves.

»›Gut‹ ist richtig.« Kelly trank seinen Kaffee aus, den echten Navy-Kaffee mit einer Prise Salz. »Den werde ich ausnutzen.«

»Jetzt gleich?«

»Ja, Sir.« Kelly nickte knapp. »Außer Sie haben vor, noch näher heranzurücken«, fügte er mit einem herausfordernden Grinsen hinzu.

»Dummerweise haben wir unten keine Räder, sonst würde ich es versuchen.« Esteves deutete nach vorn. »Worum geht's denn hier? Sonst weiß ich das immer.«

»Sir, ich kann es Ihnen nicht sagen. Nur eins: wenn es klappt, dann erfahren Sie es.« Das mußte genügen. Esteves zeigte auch Verständnis.

»Dann machen Sie sich bereit.«

Auch bei dem warmen Wasser mußte Kelly sich vor einer Erkältung vorsehen. Acht Stunden im Wasser, auch wenn es nur ein paar Grad kälter als sein Körper war, konnten einem die Energie aussaugen wie bei einer kurzgeschlossenen Batterie. Er zwängte sich in einen grünschwarzen Neopren-Taucheranzug, brachte die doppelte Zahl von Bleigewichten an. Allein in der Privatkabine des Seeoffiziers, hatte er seine letzte Bedenkzeit. Er bat Gott, nicht etwa ihm zu helfen, sondern den Männern, die er zu retten versuchte. Kelly hielt es nach dem, was er erst vor kurzem ganz woanders erledigt hatte, zwar schon für seltsam, zu beten, aber er nahm sich die Zeit, um Vergebung zu bitten für alles Übel, das er getan hatte, wobei er sich immer noch fragte, ob er gesündigt hatte oder nicht. Mit dieser Überlegung setzte er sich aber nur kurz auseinander. Nun galt es, nach vorn zu blicken. Vielleicht würde Gott ihm helfen, Colonel Zacharias zu retten, aber er selbst mußte auch etwas dafür tun. Kellys letzter Gedanke, bevor er die Privatkabine verließ, galt dem Foto eines einsamen Amerikaners, der kurz davor stand, von einem kleinen Scheusal der NVA eins über die Rübe zu bekommen. Es war Zeit, das zu beenden, sagte er sich, während er schon die Tür öffnete.

»Die Ausstiegsluke ist dort«, sagte Esteves.

Kelly kletterte die Leiter hoch, von Esteves und wohl noch sechs oder sieben weiteren Männern der *Skate* beobachtet.

»Sorgen Sie dafür, daß wir davon erfahren«, sagte der Captain, der die Luke persönlich schloß.

»Ich werde mein Bestes versuchen«, gab Kelly zurück, gerade als das Metallscharnier einklinkte. Eine Taucherlunge wartete auf ihn. Der Zeiger stand auf Null, sah Kelly, bevor er es noch einmal selber überprüfte. Er nahm das wasserdichte Telefon auf.

»Hier Clark. In der Kammer. Bin bereit.«

»Der Sonar zeigt nichts weiter als heftigen Regen auf der Oberfläche an. Sichterkundung negativ. *Vaya con dios, Señor Clark.*«

»*Gracias*«, gab Kelly schmunzelnd zur Antwort. Er legte den Hörer auf und öffnete das Flutventil. Wasser drang von unten in das Abteil ein und änderte plötzlich den Druck in dem beengten Raum.

Kelly sah auf die Uhr. Es war sechzehn Minuten nach acht, als er die Luke aufstieß und sich auf das unter Wasser befindliche Vordeck der USS *Skate* zog. Er benützte ein Licht, um den Seeschlitten anzuleuchten. Dieser war an vier Stellen angebunden, aber bevor er ihn losmachte, hakte er eine Sicherheitsleine an seinem Gürtel ein. Nicht auszudenken, wenn sein Taxi ohne ihn lostuckern würde. Auf der Tiefenanzeige waren fünfzehn Meter angegeben. Das U-Boot befand sich tatsächlich in gefährlich seichtem Wasser, und je früher er sich aufmachte, desto eher wäre dessen Besatzung wieder in Sicherheit. Er löste den Schlitten, drückte auf den Stromschalter, und zwei verdeckte Propeller begannen sich langsam zu drehen. Gut. Kelly zog das Messer aus seinem Gürtel und klopfte zweimal auf das Deck, dann befestigte er die Flossen am Gerät und steuerte los, auf Kompaßkurs drei-null-acht.

Nun gibt es kein Zurück mehr, sagte er sich. Aber wann gab es das für ihn schon mal?

28 / Als erster rein

Es war schon gut, daß er das Wasser nicht riechen konnte. Zumindest nicht gleich. Kaum etwas geht einem so an die Nerven oder raubt einem die Orientierung, wie nachts unter Wasser zu schwimmen. Glücklicherweise hatten die Konstrukteure des Schlittens, die selbst Taucher gewesen waren, das gewußt. Das Unterwassergefährt war ein wenig länger als Kelly. Es war eigentlich ein modifizierter Torpedo, dessen Fahrtrichtung und Geschwindigkeit von einem Menschen gesteuert werden konnte. Im Grunde war es damit ein Miniatur-Unterseeboot, obwohl es eher der Kinderzeichnung eines Flugzeugs ähnelte. Die »Flügel« – die eigentlich Flossen genannt wurden – waren handgesteuert. Es gab einen Tiefenmesser und eine Anzeige über den Neigungswinkel und die Leistungskraft der Batterie sowie den lebensnotwendigen Magnetkompaß. Ursprünglich waren der Elektromotor und die Batterien dafür konstruiert worden, um das Gefährt mit hoher Geschwindigkeit mehr als zehntausend Meter durchs Wasser zu schicken. Bei geringerer Geschwindigkeit kam es viel weiter und hielt bei fünf Knoten fünf bis sechs Stunden durch, in Kellys Fall sogar noch länger, wenn es stimmte, was die Mechaniker der *Ogden* gesagt hatten.

Es war merkwürdigerweise ähnlich wie beim Herflug in der C-141. Das Surren der Zwillingspropeller war nicht weit zu hören, aber Kelly befand sich keine zwei Meter von ihnen entfernt, und das ständige hochtourige Wimmern ließ ihn in seiner Tauchermaske das Gesicht verziehen. Zum Teil kam das aber auch von dem vielen Kaffee, den er getrunken hatte. Er mußte hellwach sein und war deshalb mit so viel Koffein vollgepumpt, daß es selbst einen Toten wieder zum Leben erweckt hätte. Auf so vieles galt es zu achten. Auf dem Fluß verkehrten Boote. Ob nun Munition für die Flakstellungen von einem Ufer zum anderen transportiert wurde oder ein vietnamesischer Teenager seine Freundin besuchte, es befanden sich jedenfalls Boote hier. Ein Zusammenstoß mit einem davon konnte auf verschiedene Weise tödlich ausgehen, unterscheiden würden sich die diversen Möglichkeiten dabei nur in der Dauer, nicht im Endergebnis. Widrigerweise betrug die Sicht praktisch Null, und so mußte Kelly sich darauf einstellen, daß ihm nicht mehr als zwei oder drei Sekunden zum Ausweichen blieben. Er hielt sich, so gut er konnte, in der Mitte des Flußlaufs. Alle dreißig Minuten drosselte er die Geschwindigkeit und reckte den Kopf aus dem Wasser, um seine Position zu bestimmen. Er konnte überhaupt keine Lebenszeichen sehen. In diesem Land gab es kaum mehr Elektrizitätswerke, und ohne Licht zum Lesen oder Strom zum Radiohören führte die einfache Bevölkerung ein primitives und in den Augen ihrer Feinde unzivilisiertes Leben. Es war alles irgendwie traurig. Kelly war nicht der Meinung, daß das vietnamesische Volk vom Wesen her kriegerischer war als irgendein anderes, aber hier herrschte nun mal Krieg, und die Leute, wie er gesehen hatte, benahmen sich beinahe exemplarisch. Er bestimmte seine Position, tauchte wieder ab und achtete dabei darauf, daß er nicht tiefer als drei Meter ging. Er hatte von einem Fall gehört, wo ein Taucher gestorben war, weil er nach wenigen Stunden Aufenthalt in nur fünf Metern Tiefe zu rasch aufgestiegen war, und er hatte keine Lust, das gleiche zu erleben.

Die Zeit kroch dahin. Immer wieder einmal rissen die Wolken auf, und das Licht der Mondsichel ließ die in den Fluß fallenden Regentropfen sichtbar werden, zarte schwarze Kreise, die sich auf der geisterhaft blauen Fläche drei Meter über seinem Kopf ausbreiteten und auflösten. Dann verdichteten sich die Wolken wieder, und er konnte nur noch ein dunkles, graues Dach sehen. Der Klang der fallenden Tropfen dort oben wetteiferte wahrscheinlich mit dem infernalischen Surren der Propeller. Halluzinationen waren auch eine Gefahr. Kelly hatte einen wachen Verstand und befand sich zur Zeit in einer Umgebung, in der es keine Außenreize gab. Erschwerend kam noch hinzu, daß sein Körper langsam eingelullt wurde. Kelly war in einem fast gewichtslosen Zustand, etwa so, wie es im Mutterleib sein mußte, und die schiere Behaglichkeit dieser Empfindung barg Gefahren. Sein Verstand könnte mit Träumereien darauf reagieren, und das durfte er nicht zulassen. Kelly entwickelte einen bestimmten Ablauf, ließ den Blick über die primitiven Instrumente schweifen, erdachte sich kleine Spiele, wie etwa, sein Gefährt ohne Rückgriff auf die Tiefenanzeige exakt gerade zu halten – doch das stellte sich als undurchführbar heraus. Höhenangst, von der Piloten oft sprachen, konnte einen hier schneller packen als in der Luft, und Kelly stellte fest, daß er sich nie länger als fünfzehn oder zwanzig Sekunden beherrschen konnte, bevor er wieder tiefer zu gehen begann. Immer wieder einmal vollführte er eine komplette Unterwasserrolle, bloß zur Abwechslung, doch hauptsächlich ließ er in endloser Folge den Blick vom Wasser zu den Instrumenten und zurück schweifen, bis auch das gefährlich monoton wurde. Schon nach zwei Stunden Fahrtdauer mußte Kelly sich gewaltsam einschärfen, daß er sich unbedingt konzentrieren mußte, aber er konnte sich nicht auf nur ein oder auch zwei Dinge konzentrieren. Hier hatte er es zwar sehr behaglich, aber jedes menschliche Wesen im Umkreis von zehn Kilometern würde sich wahrscheinlich nichts sehnlicher wünschen, als seinem Leben ein Ende zu setzen. Diese Leute lebten hier, kannten das Land und den Fluß, die Geräusche und Anblicke. Und sie lebten im Kriegszustand, wo alles Ungewöhnliche Gefahr bedeutete, auf den Feind hinwies. Kelly wußte nicht, ob die Regierung Prämien für tote oder lebende Amerikaner zahlte, aber irgend etwas in der Art mußte hier gelten. Für eine Belohnung arbeiteten die Leute härter, besonders für eine, die den Patriotismus förderte. Kelly fragte sich, wie das alles zustande gekommen war. Nicht, daß das von Belang gewesen wäre. Diese Leute waren Feinde. Das würde sich so schnell nicht ändern. Sicherlich nicht in den nächsten drei Tagen, und weiter reichte für Kelly die Zukunft nicht. Wenn danach noch etwas kommen sollte, mußte er so tun, als gäbe es das nicht.

Sein nächster vorgesehener Halt war bei einer hufeisenförmigen Biegung. Kelly verlangsamte den Schlitten und hob vorsichtig den Kopf. Vom Nordufer drangen Geräusche über das Wasser her, aus vielleicht dreihundert Meter Entfernung. Männliche Stimmen redeten in der Sprache, deren Tonfall ihm immer etwas poetisch geklungen hatte – aber rasch häßlich wurde, wenn Wut ins Spiel kam. Er lauschte etwa zehn Sekunden. Dann zog er den Schlitten wieder nach unten und beobachtete, wie sich der Kurs auf dem Kompaß änderte, während er der Flußschleife folgte. Wie merkwürdig vertraulich das gewesen war, wenn auch nur für ein paar Sekunden. Worüber hatten sie gesprochen? Politik? Ein langweiliges Thema in einem kommunistischen Land. Feldarbeit vielleicht? Oder hatten sie über den Krieg geredet? Wahrscheinlich, denn die Stimmen waren leise gewesen. Die USA brachten genügend junge Männer dieses Landes um, daß sie Grund genug hatten zum Haß, dachte Kelly, und der Verlust eines Sohnes konnte hier kaum weniger schmerzlich sein als daheim. Sie mochten einander vielleicht stolz von dem Jungen berichten, der zu den Soldaten gegangen war – aber dann in Napalm geröstet, von einem MG verstümmelt oder durch eine Bombe pulverisiert wurde; die Geschichten mußten sich auf die eine oder andere

Art auswirken, selbst wenn sie gelogen waren, darauf kam es gar nicht an, doch in jedem Fall war er früher mal ein Kind gewesen, das den ersten Schritt getan und in seiner Muttersprache »Papa« gesagt hatte. Also einige dieser Kinder waren groß geworden und hatten sich PLASTIC FLOWER angeschlossen, und Kelly bereute es im mindesten nicht, sie umgebracht zu haben. Das von ihm belauschte Gespräch hatte einigermaßen menschlich geklungen, auch wenn er nichts verstanden hatte, und so stellte sich die beiläufige Frage: Was machte sie anders?

Sie sind anders, Blödmann! Sollen sich die Politiker den Kopf zerbrechen, warum das so ist. Solche Fragen lenkten ihn von der Tatsache ab, daß sich weiter oben am Fluß zwanzig Landsleute von ihm befanden. Er fluchte still vor sich hin und konzentrierte sich wieder auf das Steuern seines Schlittens.

Pastor Charles Meyer ließ sich in der Vorbereitung seiner wöchentlichen Predigten so gut wie nie stören. Denn das war wohl das Wichtigste an seinem Amt, der Gemeinde in klaren, knappen Worten das zu sagen, was ihnen mitgeteilt werden mußte, weil seine Schäfchen ihn nur einmal in der Woche sahen, es sei denn, etwas ging schief – und wenn etwas ganz danebenging, dann brauchten sie das bereits gelegte Glaubensfundament, wenn sein Zuspruch und sein Rat wirklich wirken sollten. Meyer war schon seit dreißig Jahren Pfarrer, sein gesamtes Erwachsenenleben lang, und die natürliche Beredsamkeit, die zu seinen wirklich großen Gaben gehörte, war durch jahrelange Übung so geschliffen worden, daß er eine beliebige Stelle aus der Heiligen Schrift hernehmen und daraus eine feine, auf den Punkt gebrachte Moralpredigt machen konnte. Reverend Meyer war kein strenger Mann. Seine Glaubensbotschaft verkündete Gnade und Liebe. Ein Lächeln und ein Scherz fielen ihm leicht, obwohl seine Predigten notwendigerweise eine ernste Angelegenheit waren, denn das Heil war das ernsteste Ziel der Menschheit. Er sah seine Aufgabe darin, Gottes wahres Wesen kenntlich zu machen. Liebe. Gnade. Barmherzigkeit. Erlösung. Sein ganzes Leben, dachte Meyer, zielte darauf ab, den Menschen zu helfen, nach einer Zeit der Achtlosigkeit gegenüber dem Wort wieder auf den rechten Weg zu finden, Menschen trotz aller Ablehnung mit offenen Armen zu empfangen. Für eine so wichtige Aufgabe ließ er sich schon einmal stören.

»Willkommen daheim, Doris«, verkündete Meyer schon beim Betreten von Ray Browns Haus. Er war nur mittelgroß, aber sein gewaltiger grauer Haarschopf verlieh ihm etwas recht Stattliches und Gebildetes. Er ergriff ihre beiden Hände und lächelte gütig: »Unsere Gebete sind erhört worden.«

Dieser Besuch würde trotz seines freundlichen und hilfreichen Auftretens für alle drei Beteiligten nicht gerade erfreulich werden. Doris war vom rechten Weg abgekommen, wahrscheinlich sehr weit, dachte er. Eingedenk dessen versuchte Meyer, keinen zu strafenden Ton anzuschlagen. Entscheidend war doch, daß die verlorene Tochter zurückgekehrt war, und wenn Jesus seine Zeit auf Erden aus einem bestimmten Grund zugebracht hatte, so sagte diese Parabel alles in nur wenigen Versen aus. Das Christentum in einer einzigen Geschichte. Egal, wie schwer jemand sich versündigt hatte, es würden alle, die den Mut zur Umkehr aufbrachten, mit offenen Armen empfangen werden.

Vater und Tochter saßen nebeneinander auf dem alten blauen Sofa, Meyer zu ihrer Linken in einem Sessel. Auf dem niedrigen Tisch standen drei Tassen Tee. Zu einem solchen Anlaß war Tee immer das richtige Getränk.

»Du schaust überraschend gut aus, Doris.« Er lächelte und vertuschte damit sein großes Verlangen, dem Mädchen die Befangenheit zu nehmen.

»Danke sehr, Pastor.«

»Es ist eine harte Zeit gewesen, nicht wahr?«

Ihre Stimme wurde brüchig. »Ja.«

»Doris, wir alle machen Fehler. Gott hat uns unvollkommen geschaffen. Du mußt das akzeptieren und versuchen, es immer wieder besser zu machen. Wir haben nicht immer Erfolg damit – aber du hast es geschafft. Du bist wieder hier. Das Schlimmste hast du hinter dir, und mit etwas Anstrengung kannst du es für immer hinter dir lassen.«

»Das werde ich«, sagte sie entschlossen. »Das werde ich wirklich. So schlimme Dinge, die ich gesehen ... und getan habe.«

Meyer war nicht leicht zu schockieren. Geistliche müssen sich von Berufs wegen Geschichten über die Hölle auf Erden anhören, weil Sünder keine Vergebung erlangen können, bevor sie nicht sich selbst verzeihen können, und diese Aufgabe erforderte immer ein geneigtes Ohr und eine beruhigende Stimme voller Liebe und Einsicht. Doch was er nun hörte, schockierte ihn doch. Er versuchte, sich innerlich zu wappnen. Vor allem versuchte er sich daran zu gemahnen, daß sein schwer geprüftes Gemeindemitglied bereits hinter sich hatte, was er nun zu hören bekam. Er erfuhr im Verlauf der nächsten zwanzig Minuten Dinge, die selbst er sich nicht hatte träumen lassen,

Dinge aus einer anderen Zeit, seiner Dienstzeit als junger Militärkaplan in Europa. In der Schöpfung steckte der Teufel, darauf hatte sein Glaube ihn vorbereitet, aber Luzifers Antlitz war nicht gut für die ungeschützten Augen der Menschen – schon gar nicht für die Augen eines jungen Mädchens, das in einem zarten und verletzlichen Alter von einem wütenden Vater zu Unrecht aus dem Haus gejagt worden war.

Es wurde immer schlimmer. Prostitution allein war schon erschreckend genug. Der Schaden, den ein solches Leben bei jungen Frauen anrichtete, konnte ein Leben lang bleiben, und mit Erleichterung nahm er zur Kenntnis, daß Doris bei Dr. Bryant in Behandlung war, einer wunderbar begabten Ärztin, an die er schon zwei Mitglieder seiner Gemeinde verwiesen hatte. Viele Minuten lang teilte er Doris' Schmerz und Scham, während ihr Vater tapfer ihre Hand hielt und gegen die eigenen Tränen ankämpfte.

Dann kamen Drogen zur Sprache, erst ihr Gebrauch, dann ihre Vermittlung an andere, böse Menschen. Sie bewahrte – wenn auch zitternd – ihre Ehrlichkeit. Tränen liefen ihr über die Wangen, während sie sich einer Vergangenheit stellte, die die stärksten Herzen verzagen ließ. Dann kam die lange Erzählung von dem sexuellen Mißbrauch und schließlich das Schlimmste von allem.

Pastor Meyer stand es lebhaft vor Augen. Doris schien sich an alles zu erinnern – wie konnte es auch anders sein. Dr. Bryant würde alle ihre Fähigkeiten einsetzen müssen, um dieses Entsetzen in die Vergangenheit zu verbannen. Doris erzählte ihre Geschichte wie einen Spielfilm, sie ließ offensichtlich nichts aus. Es war gesund, alles auf diese Art offenzulegen. Gesund für Doris. Sogar heilsam für ihren Vater. Doch Charles Meyer bekam notwendigerweise all das Entsetzen aufgebürdet, das andere abzuschütteln versuchten. Einige Unschuldige hatten ihr Leben gelassen. Zwei Mädchen, nicht viel anders als jenes vor ihm, waren auf eine Art ermordet worden, die nur Verdammnis verdiente, sagte sich der Pastor mit einer Mischung aus Trauer und Zorn.

»Daß du so nett zu Pam gewesen bist, mein Kind, ist eins der mutigsten Dinge, die ich je gehört habe«, sagte der Pastor leise, nachdem sie alles gebeichtet hatte, und war selbst den Tränen nahe. »Das war gut, Doris. Da hat Gott durch deine Hände gewirkt und dir gezeigt, was für einen guten Charakter du hast.«

»Ja, glauben Sie?« fragte Doris und brach in unbeherrschtes Weinen aus.

Da mußte er etwas tun, und so kniete er sich vor Vater und Tochter hin und ergriff ihre Hände. »Gott ist dir erschienen und hat dich gerettet, Doris. Dein Vater und ich haben für diesen Augenblick gebetet. Du bist zurückgekehrt und wirst nie wieder etwas Derartiges tun.« Pastor Meyer konnte nicht wissen, was ihm nicht berichtet worden war, eben das, was Doris bewußt ausgelassen hatte. Er wußte nur, daß eine Ärztin und eine Schwester in Baltimore sein Gemeindemitglied gesundheitlich wiederhergestellt hatten. Er wußte jedoch nicht, wie Doris überhaupt in diese Lage versetzt worden war, und Meyer nahm an, daß sie, dem fast geglückten Beispiel Pams folgend, geflohen war. Und er wußte auch nicht, daß Dr. Bryant eingeschärft worden war, alle diese Informationen für sich zu behalten. Das hätte allerdings nichts geändert. Es blieben immer noch andere Mädchen in der Gewalt dieses Billy und seines Freundes Rick. So, wie er sein Leben dem geweiht hatte, Luzifer Seelen zu verweigern, so hatte er auch die Pflicht, ihm ihre Körper vorzuenthalten. Er mußte auf der Hut sein. Eine solche Unterredung war im tiefsten Sinne ein Privileg. Er würde Doris den Rat geben, sich an die Polizei zu wenden, wenn er sie auch nicht dazu zwingen konnte. Doch als Bürger, als Gottesmann, mußte er irgend etwas unternehmen, damit diesen anderen Mädchen geholfen wurde. Wie das gehen sollte, war ihm noch nicht klar. Er würde seinen Sohn deswegen um Rat fragen, der bei der Polizei in Pittsburgh als junger Sergeant Dienst tat.

Da. Kellys Kopf tauchte nur so weit aus dem Wasser auf, daß die Augen hervorschauten. Er riß sich mit den Händen die Gummikapuze vom Kopf, damit seine Ohren die Geräusche hier in der Gegend besser aufnahmen. Es gab jede Menge Geräusche. Insekten, flügelschlagende Fledermäuse und am lautesten der Regen, auch wenn es im Augenblick nur leicht nieselte. Im Norden lag Dunkelheit, die vor seinen allmählich angepaßten Augen in einzelne Gebilde zerfiel. Dort war »sein« Hügel, etwa gut einen Kilometer hinter einer niedrigen Erhebung. Von der Luftaufnahme her wußte er, daß es zwischen hier und seinem Bestimmungsort keine Behausungen gab. Nur hundert Meter entfernt lag eine Straße, derzeit vollkommen leer. Es war so still, daß jedes mechanische Geräusch sicherlich zu ihm gedrungen wäre. Aber er hörte nichts. Es war Zeit.
    Kelly steuerte den Schlitten an die Böschung heran. Er suchte sich eine Stelle mit überhängenden Bäumen aus, um zusätzliche Deckung zu haben. Der erste körperliche Kontakt mit nordvietnamesischem Boden fühlte sich an, als würde er von einem Stromschlag durchzuckt. Aber die Spannung ließ sofort wieder nach. Kelly

streifte den Taucheranzug ab und stopfte ihn in den wasserdichten Behälter des nun aufgetauchten Schlittens. Rasch zog er seinen Tarnanzug an. Die Dschungelstiefel hatten Sohlen, die genau den in der NVA verwendeten entsprachen, falls jemand unvermutet auf seine Spuren stoßen sollte. Dann schminkte er sich, dunkelgrün auf Stirn, Wangen und Kiefer, hellere Farben unter die Augen und in den Wangengruben. Er schulterte seine Ausrüstung und legte den Stromschalter des Schlittens um, der in die Mitte des Flusses abtrieb. Die geöffneten Flutkammern ließen ihn auf Grund sinken. Kelly bemühte sich, ihm nicht nachzusehen. Es brachte Unglück, fiel ihm ein, wenn man die Hubschrauber beim Abheben von der Landezone beobachtete. Es zeugte von mangelnder Entschlußkraft. Kelly drehte sich dem Land zu und lauschte wieder, ob auf der Straße Verkehr war. Da er nichts hörte, kletterte er die Böschung hoch und überquerte sofort den Schotterweg, verschwand im Nu im dichten Blattwerk und bewegte sich langsam und zielstrebig den Hügel hinauf.

Hier wurde Brennholz für Kochfeuer geschlagen. Das war beunruhigend – ob wohl morgen hier Leute Holz fällten? –, aber auch hilfreich, da es ihm ein rascheres und leiseres Vorankommen ermöglichte. Er ging tief gebückt, achtete besonders darauf, wo er hintrat, während er beim Gehen beständig Augen und Ohren offenhielt. Den Karabiner hatte er in der Hand. Mit dem Daumen fühlte er nach dem Sicherungshebel, der noch nicht umgelegt war. Im Lauf steckte eine Kugel. Das hatte er bereits nachgeprüft. Der Navy Chief hatte die Waffe ordentlich vorbereitet, würde aber verstehen, daß Kelly sich mit eigenen Augen vergewissern mußte. Doch eines wollte Kelly gerade nicht, nämlich eine einzelne Kugel aus seinem CAR-15 abfeuern.

Eine halbe Stunde lang kletterte Kelly den ersten Hügel hoch. Er hielt oben an, als er auf eine freie Stelle traf, von der aus er seine Umgebung beobachten und lauschen konnte. Es ging auf drei Uhr morgens zu. Die einzigen Leute, die jetzt wach waren, *mußten* es sein, und das würde ihnen nicht besonders gefallen. Der menschliche Körper war an einen Tag/Nacht-Zyklus angepaßt, und um diese Uhrzeit war seine Leistungsfähigkeit auf dem Tiefpunkt.

Nichts.

Kelly ging weiter, den Hügel hinunter. In der Senke plätscherte ein kleiner Bach, der in den Fluß mündete. Die »Schlange« nahm die Gelegenheit wahr, eine der Feldflaschen aufzufüllen, und warf eine Reinigungstablette hinein. Wieder lauschte Kelly, da Geräusche in Tälern und über Bächen sich sehr gut ausbreiteten. Immer noch nichts. Er blickte zu »seinem« Hügel hoch, eine graue Masse unter dem wolkenverhangenen Himmel. Der Regen wurde stärker, als Kelly seinen Aufstieg begann. Hier waren weniger Bäume gefällt worden, was verständlich war, da die Straße nun weiter weg lag. Das Gelände war etwas zu steil für Ackerbau, und da es ganz in der Nähe so gutes Talland gab, war er sich ziemlich sicher, daß er hier wohl kaum auf Menschen treffen würde. Wahrscheinlich war SENDER GREEN deswegen hier eingerichtet worden, sagte er sich. In der Umgebung gab es nichts Auffallendes. Das würde sich in zweierlei Hinsicht auswirken.

Auf halbem Weg eröffnete sich ihm der erste Blick auf das Gefangenenlager. Es war eine freie Fläche mitten im Wald. Er wußte nicht, ob das Gelände vorher eine Wiese gewesen war oder ob die Bäume aus dem einen oder anderen Grund gefällt worden waren. Ein Ausläufer der Flußstraße führte von der anderen Seite »seines« Hügels direkt hierher. Kelly sah ein Licht von einem der Wachtürme aufblitzen – zweifellos jemand mit einer Zigarette. Lernten die Leute denn gar nichts? Es konnte Stunden dauern, um eine wirklich gute Nachtsicht zu erhalten, und das bißchen Licht konnte alles wieder verderben. Kelly sah weg, konzentrierte sich auf den restlichen Aufstieg, umging Büsche, suchte sich offene Flächen, wo seine Uniform nicht an Zweige und Blätter streifte und ein todbringendes Geräusch auslösen würde. Er war beinahe überrascht, als er die Spitze erreichte.

Einen Augenblick setzte er sich hin, blieb völlig still und spähte und lauschte noch etwas, bevor er das Lager in Augenschein nahm. Er fand einen sehr guten Fleck, vielleicht zehn Meter unter der Kuppe. Die gegenüberliegende Seite des Hügels war steil, und jemand, der zufällig hier hochstieg, würde Lärm machen. An dieser Stelle würde er sich für einen Beobachter weiter unten nicht abzeichnen. Sein Plätzchen war gut im Gebüsch verborgen und verwischte seine Umrisse. Das war *sein* Platz auf *seinem* Hügel. Er griff in seine Jacke und zog eines seiner Funkgeräte heraus.

»SCHLANGE ruft GRILLE, over.«

»SCHLANGE, hier GRILLE, empfangen Sie mit Signalstärke und -güte fünf«, erwiderte einer der Funker in der Fernmeldekabine auf dem Deck der *Ogden*.

»An Ort und Stelle, kundschafte aus. Over.«

»Verstanden. Out.« Er blickte zu Admiral Maxwell hoch. Damit war Phase zwei von BOXWOOD GREEN abgeschlossen.

Phase drei begann sofort. Kelly holte das 7×50-Marinefernrohr aus der Hülle und beobachtete eingehend das Lager. In allen vier Türmen befanden sich Wächter, zwei von ihnen rauchten. Das mußte bedeuten, daß ihr Offizier schlief. Die NVA hielt auf eiserne Disziplin und bestrafte Vergehen drastisch – der Tod war kein ungewöhnlicher Preis selbst für eine geringere Übertretung. Unten stand ein einziges Fahrzeug, erwartungsgemäß bei dem Gebäude geparkt, in dem die Offiziere auf diesem Gelände untergebracht sein mußten. Nirgendwo war ein Licht, auch kein Geräusch. Kelly rieb sich das Regenwasser aus den Augen und überprüfte die Scharfeinstellung an beiden Okularen, bevor er seine Inspektion begann. Merkwürdigerweise war es ihm, als befände er sich wieder in der Marinebasis Quantico. Es war unheimlich, wie sich alles im gleichen Winkel und der gleichen Perspektive darbot. Nur in den Gebäuden schienen einige kleinere Unterschiede zu bestehen, aber das konnte von der Dunkelheit oder einem etwas abweichenden Farbanstrich herrühren. Ach nein, erkannte er. Es lag am Hof, am Exerzierplatz – wie immer er ihn auch bezeichnen sollte. Dort wuchs kein Gras. Die Oberfläche war eben und kahl, lediglich der hier übliche rote Lehm. Die andere Farbe und der fehlende Bewuchs ließen die Gebäude gleich anders wirken. Auch die Dächer waren anders gedeckt, hatten aber die gleiche Schräge. Es war tatsächlich wie in Quantico, und wenn alles gutging, würde das Gefecht so erfolgreich verlaufen wie die Übungsdurchgänge. Kelly machte es sich einigermaßen bequem und genehmigte sich einen Schluck Wasser, das so destilliert geschmacklos war wie das auf U-Booten. Gleichzeitig war es so sauber und so fremdländisch wie er hier an diesem Ort.

Um Viertel vor vier flackerte im Schlafquartier gelbes Licht wie von Kerzen auf. Wahrscheinlich die Wachablösung. Die beiden Soldaten in dem ihm am nächsten stehenden Turm streckten sich und unterhielten sich beiläufig. Kelly konnte ihr Gemurmel gerade noch ausmachen, aber keine Worte oder Satzmelodien unterscheiden. Sie langweilten sich, kein Wunder bei diesem Dienst. Vielleicht nörgelten sie auch ein bißchen darüber, aber nicht besonders viel. Die Alternative wäre, auf dem Ho-Chi-Minh-Pfad bis nach Laos zu wandern, und obwohl sie durchaus Patrioten waren, würde nur ein Volltrottel diesen Weg wählen. Hier bewachten sie etwa zwanzig Männer, die in individuelle Zellen eingesperrt und womöglich noch an die Wand gekettet oder sonstwie gefesselt waren. Deren Fluchtchancen in diesem Lager waren genauso hoch wie die, daß Kelly auf dem Wasser wandeln konnte – und selbst wenn sie dieses unmöglichste aller Kunststücke fertigbrächten, was wären sie dann? Zwei Meter große Weiße in einem Land mit kleinen gelben Menschen, von denen kein einziger einen Finger für sie rühren würde. Das Staatsgefängnis Alcatraz konnte nicht sicherer sein. Also hatten die Wächter drei Schichten pro Tag und einen ziemlich langweiligen Dienst, der bestimmt ihre Aufmerksamkeit einlullte.

Gut so, sagte Kelly im stillen, *langweilt euch nur tüchtig, Jungs*.

Die Tür der Mannschaftsunterkunft öffnete sich. Acht Männer kamen heraus. Kein wachhabender Offizier bei der Abteilung. Das fiel auf, weil es überraschend nachlässig für die NVA war. Sie teilten sich in Paare auf und strebten den vier Türmen zu. Völlig erwartungsgemäß stieg erst die Ablösung nach oben, bevor die den Dienst beendende Gruppe herunterkam. Ein paar Bemerkungen wurden ausgetauscht, dann kamen die abgelösten Soldaten herunter. Zwei rauchten und redeten noch miteinander am Eingang. Alles in allem bot sich Kelly hier das Bild einer gemütlichen und durchweg normalen Routine von Männern, die schon seit Monaten das gleiche taten.

Halt mal. Zwei hinken, erkannte Kelly. *Veteranen*. Das war sowohl gut wie schlecht. Leute mit Kampferfahrung waren anders. Wenn es hier rundging, würden sie wahrscheinlich flink reagieren. Selbst ohne kürzliches Training würde sich ihr Instinkt einschalten, und sie würden auch ohne Anweisung von oben wirkungsvoll zurückzuschlagen versuchen. Aber als Veteranen mußten sie auch nachgiebiger sein, ihres Dienstes überdrüssig, wie gemütlich er auch sein mochte, und sollten nicht den unangenehmen Eifer frischer, junger Rekruten haben. Wie jedes Schwert war auch dieses zweischneidig. In beiden Fällen ließ der Angriffsplan Spielraum genug. Leg die Leute ohne Vorwarnung um, dann kommt ihre Ausbildung gar nicht erst ins Spiel, und alles wird erheblich leichter.

Jedenfalls hatte es eine Fehlannahme gegeben. Die zur Bewachung von Kriegsgefangenen verpflichteten Soldaten waren gewöhnlich zweite Garnitur. Die hier hatten zumindest Kampferfahrung, auch wenn sie Verwundungen erlitten hatten, die sie zum Etappendienst verbannten. Noch irgendwelche Fehler? fragte sich Kelly. Bis jetzt waren ihm keine weiteren aufgefallen.

Seine erste Funkmeldung von Belang bestand aus einer einzigen Codemeldung in Morsezeichen.

»Neues von EASY SPOT, Sir.« Der Funker tippte gerade eine Bestätigung.

»Gutes?« fragte Kapitän Franks.

»Nur, daß alles wie erwartet ist und es keine besonderen Vorkommnisse gibt«, erwiderte Admiral Podulski. Maxwell hatte sich kurz aufs Ohr gelegt. Cas würde nicht schlafen, bevor der Einsatz vorüber war. »Unser Freund Clark hat sie auch genau rechtzeitig übermittelt.«

Oberst Glasow haßte es genauso wie seine westlichen Gegenspieler, am Wochenende zu arbeiten, und das um so mehr, als er es einem Fehler seines Verwaltungsassistenten zu verdanken hatte, dem ausgerechnet dieser eine Bericht auf den falschen Stapel geraten war. Wenigstens hatte der Bursche es zugegeben und seinen Chef zu Hause angerufen, um den Fehler zu melden. Glasow konnte eigentlich nicht viel mehr tun, als das Versehen zu tadeln, denn zugleich mußte er die Aufrichtigkeit und den Pflichteifer des Burschen loben. Er fuhr mit seinem Privatwagen von seiner Datscha aus nach Moskau, parkte hinter dem Gebäude und unterzog sich kurz darauf der langwierigen Sicherheitsüberprüfung, bevor er den Aufzug nach oben nehmen konnte. Dann mußte er sein Büro aufsperren und von der Zentralregistratur die richtigen Dokumente herschicken lassen, was am Wochenende auch länger als gewöhnlich dauerte. Seit dem lästigen Anruf, der alles in Gang gesetzt hatte, bis zu dem Punkt, wo er das verdammte Zeug in die Hände bekam, waren zwei Stunden verstrichen. Der Oberst quittierte den Empfang der Dokumente und sah der Büroangestellten beim Hinausgehen nach.

»Bloody hell«, sagte der Oberst auf englisch, als er endlich in seinem Büro im vierten Stock allein war. CASSIUS hatte also einen Freund im Nationalen Sicherheitsrat des Weißen Hauses? Kein Wunder, daß einige seiner Informationen so gut gewesen waren – gut genug, daß sich Georgij Borissowitsch gezwungen gesehen hatte, nach London zu fliegen, um die Anwerbung zum Abschluß zu bringen. Der leitende KGB-Offizier mußte sich tadeln. CASSIUS hatte diese eine Information als As im Ärmel behalten, vielleicht in dem Wissen, daß er seinem verantwortlichen Kontrolloffizier damit einen Knüller liefern würde. Sein Führungsoffizier, Hauptmann Jegorow, hatte sich zum Glück nichts anmerken lassen und das erste Kontaktgespräch in allen Einzelheiten beschrieben.

»Boxwood Green«, sagte Glasow. Bloß ein Codename für das Unternehmen, aufs Geratewohl gewählt, wie es die Amerikaner taten. Die nächste Frage war, ob er die Angaben an die Vietnamesen weiterleiten sollte oder nicht. Das wäre eine politische Entscheidung und eine, die schnell gefällt werden mußte. Der Oberst hob den

Hörer ab und wählte die Nummer seines unmittelbaren Vorgesetzten, der auch zu Hause war und auf der Stelle miese Laune hatte.

Der Sonnenaufgang war eine zweideutige Angelegenheit. Die Wolken wechselten in der Farbe lediglich von Schiefergrau zu Rauchgrau, als die Sonne irgendwo weit oben ihre Anwesenheit bekanntgab; sie würde hier erst wieder scheinen, wenn die Tiefdruckzone nördlich nach China abgewandert war – das hatte zumindest der Wetterbericht vorausgesagt. Kelly sah auf die Uhr, prägte sich zu jedem Zeitpunkt alles ein. Die Wachmannschaft bestand aus vierundvierzig Männern plus vier Offizieren – vielleicht noch ein oder zwei Köche. Alle außer den acht, die im Turm Dienst geschoben hatten, reihten sich nach Tagesanbruch zur Gymnastik auf. Viele hatten Schwierigkeiten, ihre Morgenübungen durchzuführen, und einer der Offiziere, den Schulterstücken nach ein Oberleutnant, ging am Stock – er hatte wahrscheinlich noch dazu einen kaputten Arm, so wie er mit dem Ding umging. *Was hat dich denn erwischt?* fragte sich Kelly. Diese verkrüppelte und schlechtgelaunte niedere Charge schritt die Reihen der Soldaten ab und fluchte in einer Weise auf sie ein, die monatelange Übung verriet. Durchs Fernglas sah sich Kelly die Mienen an, die hinter dem Rücken des Schinders geschnitten wurden. Das verlieh der NVA-Wachmannschaft auf einmal etwas Menschliches, was Kelly überhaupt nicht paßte.

Der Frühsport dauerte eine halbe Stunde. Danach begaben sich die Soldaten in bewußt lässiger und unmilitärischer Art zu ihrer morgendlichen Abfütterung. Die Posten auf den Wachtürmen schauten die meiste Zeit nach innen, ganz wie erwartet, und stützten sich oft auf die Ellenbogen. Ihre Waffen waren wahrscheinlich nicht geladen, eine vernünftige Sicherheitsvorkehrung, die sich entweder in dieser oder der nächsten Nacht (je nach Wetter) gegen sie auswirken würde. Kelly überprüfte ein weiteres Mal seine Umgebung. Er durfte sich nicht ausschließlich auf das Zielobjekt fixieren. Von der Stelle bewegen würde er sich nicht, nicht einmal im grauen Tageslicht, das mit dem Morgen heraufgedämmert war, aber er konnte den Kopf drehen, um zu spähen und zu lauschen. Sich die Abfolge der Vogelrufe einprägen, sich damit vertraut machen, so daß ihm jede Änderung sofort auffallen würde. Er hatte ein grünes Tuch über die Mündung seiner Waffe geworfen und trug einen Schlapphut, um den Umriß seines Kopfes im Gebüsch aufzulösen, dazu war sein Gesicht von Tarnfarbe verschmiert; alles zusammen machte ihn so gut wie unsichtbar, ließ ihn mit dieser warmen und feuchten Umgebung verwachsen. *Warum kämpfen die Leute eigentlich um dieses dämliche Land?* fragte er sich. Er spürte bereits Ungeziefer auf seiner Haut. Die schlimmsten wurden durch das geruchlose Abwehrmittel abgeschreckt, das er versprüht hatte. Aber eben nicht alle, und das Gefühl, daß etwas an ihm herumkrabbelte, verband sich unangenehm mit dem Wissen, daß er keine rasche Bewegung machen durfte. An einem solchen Ort war jedes Risiko ein Risiko zuviel. Er hatte soviel schon wieder vergessen. Training war zwar gut und wertvoll, aber es lief nie auf eine vollständige Vorbereitung hinaus. Die aktuellen, tatsächlichen Gefahren ließen sich auch nicht simulieren, etwa die leicht erhöhte Herzfrequenz, die einen Menschen schon zermürben konnte, wenn er bloß still dalag. Das ließ sich zwar nie ganz vergessen, mußte aber immer wieder neu ins Bewußtsein gerufen werden.

Nahrung, Stärkung, Kraft. Er griff mit langsamer Bewegung in seine Tasche und zog zwei Essensriegel heraus. Woanders hätte er so etwas nicht freiwillig heruntergebracht, aber hier war es lebensnotwendig. Er riß mit den Zähnen die Plastikverpackung ab und begann langsam zu kauen. Die Kräftigung, die sich seinem Körper sofort mitteilte, war wahrscheinlich gleichermaßen ein psychischer Effekt wie eine reale Tatsache, doch beide Faktoren hatten ihren Nutzen, da sein Körper sowohl mit Erschöpfung wie mit dem Streß fertig werden mußte.

Um acht Uhr kam die nächste Wachablösung. Diejenigen, die auf den Türmen gewesen waren, gingen zum Essenfassen hinein. Zwei Männer bezogen am Tor Posten, schon gelangweilt, bevor sie überhaupt dort ankamen. Sie hielten Ausschau nach Fahrzeugen, die wahrscheinlich nie zu diesem Lager am Arsch der Welt kommen würden. Einige Arbeitstrupps wurden gebildet. Die Arbeiten, die sie verrichteten, erschienen Kelly ebenso nutzlos wie denjenigen, die sie stoisch und gemächlich ausführten.

Oberst Grischanow stand kurz nach acht Uhr auf. Er war am gestrigen Abend erst spät zu Bett gegangen, und obwohl er sich vorgenommen hatte, früh aufzuwachen, hatte er zu seinem Leidwesen gerade gemerkt, daß sein mechanischer Wecker endgültig den Geist aufgegeben hatte. In diesem schauerlichen Klima war er einfach verrostet. Zehn nach acht, sah er nach einem Blick auf seine Fliegeruhr. *Verdammt.* Kein Dauerlauf. Dafür würde es bald zu heiß sein, und außerdem sah es so aus, als würde es den ganzen Tag regnen. Er machte auf seinem kleinen Armeekocher das Wasser für seinen Tee heiß. Wieder keine Morgenzeitung zum Lesen. Keine Fußballergebnisse. Keine Besprechung einer Ballettpremiere. Keine Abwechslung an diesem jämmerlichen Ort. So wichtig sein Dienst auch war, er brauchte Ablenkung genauso nötig wie jeder andere. Nicht einmal ein anständiges Klo. Er war zwar an das alles schon gewöhnt, aber was änderte das schon? Mein Gott, heimkehren dürfen. Wieder Leute in seiner Sprache reden hören, an einem kultivierten Ort sein, wo es was zu bereden gab. Grischanow verzog vor dem Rasierspiegel das Gesicht. Es würde noch monatelang so weitergehen, und er murrte schon wie ein gemeiner Soldat, ein verdammter Rekrut. Er sollte es eigentlich besser wissen.

Seine Uniform müßte mal wieder gebügelt werden. Die Feuchtigkeit hier griff die Baumwollfasern an und ließ seinen normalerweise gestärkten Uniformrock wie eine Schlafanzugjacke aussehen. Er hatte auch schon zwei Paar Schuhe verschlissen, fiel ihm ein, während er seinen Tee trank und die Aufzeichnungen von den Befragungen des Vortags durchging. Nur Ernst und kein Spiel ... und er war schon spät dran. Er wollte sich eine Zigarette anzünden, merkte aber, daß die Feuchtigkeit auch seine Streichhölzer unbrauchbar gemacht hatte. Na ja, er hatte ja noch den Kocher. Wo hatte er denn sein Feuerzeug gelassen?

Es gab auch Entschädigungen, wenn sie so genannt werden konnten. Die vietnamesischen Soldaten behandelten ihn mit Achtung, beinahe Ehrfurcht – außer dem Lagerkommandanten Major Vinh, diesem nichtsnutzigen Bastard. Die Höflichkeit gegenüber einem sozialistischen Verbündeten verlangte, daß Grischanow eine Ordonnanz zugeteilt bekam, in seinem Fall ein kleiner Bauerntölpel mit nur einem Auge, der es gerade noch schaffte, das Bett zu machen und das Spülwasser rauszutragen. Der Oberst konnte so mit dem Wissen davongehen, daß sein Zimmer bis zu seiner Rückkehr halbwegs aufgeräumt sein würde. Dann hatte er ja noch seine Arbeit. Wichtig, beruflich anregend. Aber für seine *Sovietskij Sport* am Morgen hätte er glatt einen Mord begehen können.

»Guten Morgen, Iwan«, flüsterte Kelly vor sich hin. Das Fernglas hatte er dafür gar nicht nötig. Schon der Größenunterschied genügte – der Mann maß etwa zwei Meter, und die Uniform sah ordentlicher aus als die der NVA-Leute. Durchs Glas konnte Kelly das Gesicht des Mannes sehen, blaß und rosig, die Augen zusammengekniffen, um sich diesem Tag zu stellen. Der Russe winkte einem kleinen Soldaten, der vor der Tür des Offiziersquartiers gewartet hatte. *Ordonnanz*, dachte Kelly. Ein zu Gast weilender russischer Oberst wollte es doch bequem haben, nicht wahr? Den Streifen über der Jackentasche und der Menge von Ordensbändern nach eindeutig ein Pilot. *Bloß einer?* wunderte sich Kelly. *Ein einziger russischer Offizier, um bei der Folterung der Gefangenen zu helfen? Schon sonderbar, wenn man sich das mal überlegt.* Es hieß andererseits, daß sie nur einen Nicht-Vietnamesen umlegen mußten, und obwohl er politisch nicht besonders versiert war, wußte Kelly, daß die Ermordung eines Russen nur Scherereien bringen würde. Er sah zu, wie der Russe über den Exerzierplatz ging. Dann trat ein vietnamesischer Major auf ihn zu. *Noch ein Hinkebein.* Der kleine Major salutierte vor dem großen Oberst.

»Guten Morgen, Genosse Oberst.«
»Guten Morgen, Major Vinh.« *Das kleine Scheusal kann nicht einmal ordentlich salutieren. Vielleicht will er vor Vorgesetzten einfach keine ordentliche Haltung einnehmen.* »Wie steht es mit den Rationen für die Gefangenen?«
»Sie müssen sich mit dem zufriedengeben, was wir haben«, erwiderte der kleine Mann in schauderhaftem Russisch.
»Major Vinh, es ist wichtig, daß Sie meinen Standpunkt verstehen«, sagte Grischanow und trat einen Schritt näher, um so wirkungsvoller auf den Vietnamesen herunterfunkeln zu können. »Ich benötige ihre Informationen. Die aber kann ich nicht bekommen, wenn sie zu krank zum Reden sind.«
»*Towarischtsch*, wir haben Probleme genug, unsere eigenen Leute zu ernähren. Sie verlangen von uns, gutes Essen an Mörder zu verschwenden?« Der vietnamesische Soldat gab leise Antwort. Er schlug dabei einen Ton an, der zugleich seine Verachtung für den Ausländer zeigte und in den Ohren seines Untergebenen doch respektvoll klang. Die hätten nämlich nicht ganz verstanden, worum es hier ging. Schließlich hielten sie die Russen für ihre festen Verbündeten.
»Ihr Volk hat nicht das, was mein Land braucht, Major. Und wenn mein Land bekommt, was es braucht, dann könnte Ihr Land mehr von dem bekommen, was es wiederum selber braucht.«
»Ich habe meine Befehle. Wenn Sie Schwierigkeiten mit der Befragung der Amerikaner haben, kann ich gerne etwas nachhelfen.« *Arroganter Schnösel.* Diese Worte brauchten nicht ausgesprochen zu werden. Vinh wußte, wie er jemanden auf die Palme bringen konnte.
»Danke bestens, Major. Das wird nicht nötig sein.« Grischanow

salutierte nun seinerseits, aber noch salopper als zuvor dieser unangenehme kleine Mann. Es wäre schön, ihn sterben zu sehen, dachte der Russe, als er zum Gefangenentrakt hinüberging. Seinen ersten »Termin« hatte er mit einem amerikanischen Navy-Flieger, der kurz davorstand, geknackt zu werden.

Ganz schön lässig, dachte Kelly einige hundert Meter entfernt. *Die beiden müssen ja ziemlich gut miteinander auskommen.* Er beobachtete das Lager nun ganz entspannt. Seine größte Angst war die, daß die Wachmannschaft Sicherheitspatrouillen ausschicken würde, so wie es eine Fronteinheit in Feindesland garantiert getan hätte. Aber sie befanden sich nicht in Feindesland, und hier war eigentlich auch keine Fronteinheit. Sein nächster Funkspruch an die *Ogden* bekräftigte, daß sich alles innerhalb der hinnehmbaren Risikogrenzen hielt.

Sergeant Peter Meyer rauchte. Das gefiel seinem Vater nicht, aber er nahm diese Schwäche seines Sohnes hin, solange er es draußen tat, so wie jetzt nach dem sonntäglichen Abendessen auf der hinteren Veranda des Pfarrhauses.
»Es geht um Doris Brown, stimmt's?« fragte Peter. Mit sechsundzwanzig war er einer der jüngsten Sergeants seines Reviers und wie die meisten seiner Generation ein Vietnamveteran. Er stand kurz davor, seinen Abschluß an der Abendschule zu machen, und überlegte sich, ob er sich an der Akademie des FBI bewerben sollte. Es hatte sich allmählich herumgesprochen, daß das mißratene Mädchen zurückgekehrt war. »Ich kann mich an sie erinnern. Sie hatte vor ein paar Jahren den Ruf, eine richtig heiße Nummer zu sein.«
»Peter, du weißt, ich kann nichts sagen. Es fällt unter das Beichtgeheimnis. Ich werde der Person raten, sich an dich zu wenden, wenn die Zeit gekommen ist, doch . . .«
»Paps, ich weiß ja, daß du da gebunden bist. Aber du mußt auch verstehen, daß es hier um Mord geht. Zwei Tote, dazu noch das Drogengeschäft.« Er schnippte den Stummel seiner Salem ins Gras.
»Das sind ganz schön schwere Fälle, Paps.«
»Es ist sogar schlimmer«, berichtete sein Vater noch leiser. »Sie bringen die Mädchen nicht einfach um. Nein, sie foltern und vergewaltigen sie. Es ist ganz entsetzlich. Die Betreffende ist deswegen in Behandlung. Ich weiß, daß ich was unternehmen muß, aber ich kann nicht . . .«
»Jaja, ich weiß, daß es nicht geht. Also gut, ich kann die Leute in Baltimore anrufen und sie davon unterrichten, was du mir mitgeteilt

hast. Eigentlich sollte ich noch warten, bis wir denen etwas wirklich Brauchbares liefern können, aber, wie du sagst, wir müssen etwas unternehmen. Ich werde sie morgen früh gleich als erstes anrufen.«
»Würde es Doris – ähm, die Betreffende – in Gefahr bringen?« fragte Reverend Meyer, böse auf sich selbst, weil es ihm nun doch rausgerutscht war.
»Eigentlich nicht«, vermutete Peter. »Wenn sie sich davongemacht hat – ich meine, die dürften eigentlich nicht wissen, wo sie ist, und wenn doch, dann hätten sie sie bereits erwischt.«
»Wie können Menschen nur so etwas tun?«
Peter zündete sich noch eine an. Sein Vater, überlegte er, war einfach ein zu guter Mensch, um das zu verstehen. Es ging ja nicht einmal ihm selbst in den Kopf. »Papa, ich seh so was die ganze Zeit, und ich hab schon Schwierigkeiten, es zu glauben. Wichtig ist, die Scheusale dingfest zu machen.«
»Ja, das glaube ich auch.«

Der KGB-*Rezident* in Hanoi hatte den Rang eines Generalmajors, und seine Aufgabe bestand hauptsächlich im Ausspionieren der vermeintlichen Verbündeten seines Landes. Was waren deren wirkliche Ziele? War ihr scheinbares Abrücken von China echt oder vorgetäuscht? Würden sie mit der Sowjetunion zusammenarbeiten, wenn und sobald der Krieg erfolgreich beendet war? Würden sie der sowjetischen Marine nach dem Abzug der Amerikaner die Benutzung eines Stützpunktes gestatten? War ihre politische Entschlossenheit wirklich so unumstößlich, wie sie behaupteten? Das waren alles Fragen, auf die er schon die Antworten in der Tasche zu haben meinte, aber Anweisungen aus Moskau sowie seine eigene Skepsis allem und jedem gegenüber zwangen ihn dazu, beharrlich weiterzufragen. Er hatte Agenten innerhalb des Außenministeriums und auch anderswo für sich arbeiten, Vietnamesen, deren Informationsbereitschaft selbst einem Verbündeten gegenüber ihnen womöglich den Tod einbringen konnte – obwohl diese Tode, um es ganz klar zu sagen, als »Selbstmorde« oder »Unfälle« getarnt werden würden, denn es lag schließlich nicht im Interesse eines der beiden Länder, einen förmlichen Bruch zu provozieren. Lippenbekenntnisse waren in einem sozialistischen Land noch wichtiger als in einem kapitalistischen, das wußte der General, denn Symbole ließen sich weitaus leichter schaffen als die Wirklichkeit.
Die verschlüsselte Botschaft auf seinem Schreibtisch war interessant, und zwar vor allem deswegen, weil sie keine genaue Anwei-

sung enthielt, wie er sich verhalten sollte. Das sah den Moskauer Bürokraten wieder ähnlich. Sonst waren sie immer schnell zur Hand, sich in Sachen einzumischen, die er selbst erledigen konnte, aber jetzt wußten sie nicht, was sie tun sollten – aber sie hatten Angst, untätig zu sein. Also bürdeten sie ihm alles auf.

Er wußte natürlich von dem Lager. Auch wenn es eine Sache des militärischen Geheimdienstes war, hatte er doch seine Leute im Büro des Attachés, der ihm ebenfalls unterstand. Der KGB beobachtete schließlich jeden, das war seine Aufgabe. Oberst Grischanow wandte ungewöhnliche Methoden an, aber er hatte gute Ergebnisse vorzuweisen, bessere, als das Büro des Generals von diesen kleinen Wilden erhielt. Nun war der Oberst mit der aberwitzigsten Idee überhaupt aufgekreuzt. Anstatt die Gefangenen zu entsprechender Zeit von den Vietnamesen umbringen zu lassen, sollten sie heim zu Mütterchen Rußland gebracht werden. Es war auf seine Art brillant, und der KGB-General stand vor der Frage, ob er den Vorschlag tatsächlich nach Moskau weiterleiten sollte, wo diese Entscheidung sicherlich bis hinauf zur Ministerebene, womöglich sogar bis zum Politbüro gelangen würde. An sich hatte die Idee ihre Vorzüge, dachte er ... und das entschied die Angelegenheit.

So erfreulich es für die Amerikaner wäre, ihre Leute mit diesem Unternehmen BOXWOOD GREEN zu retten, und so sicher es auch den Vietnamesen wieder einmal zeigen würde, daß sie als ausgesprochener Satellitenstaat enger mit der Sowjetunion zusammenarbeiten sollten, würde es andererseits auch bedeuten, daß das in den Köpfen jener Amerikaner eingeschlossene Wissen für sein Land verloren war, und an dieses Wissen mußten sie unbedingt herankommen.

Wie lange, fragte er sich, konnte er die Angelegenheit ruhenlassen? Die Amerikaner gingen rasch vor, andererseits aber nicht zu rasch. Die Mission war vom Weißen Haus erst vor etwa einer Woche gebilligt worden. Alle Bürokratien glichen sich schließlich. In Moskau würde es ewig dauern. Die Operation KINGPIN hatte sich endlos hingezogen, sonst wäre sie vielleicht ein Erfolg gewesen. Nur durch den glücklichen Zufall mit jenem untergeordneten Agenten aus den Südstaaten der USA hatten sie Hanoi warnen können, gerade noch in letzter Minute – doch jetzt waren sie wirklich vorgewarnt.

Die Politik war von den Geheimdienstunternehmen nicht zu trennen. Bisher war ihm vorgeworfen worden, Angelegenheiten zu verzögern – zu solchen Klagen würde er ihnen keinen Anlaß mehr geben. Selbst Satellitenstaaten sollten als Genossen behandelt werden. Der General hob den Telefonhörer ab, um einen Mittagstermin zu vereinbaren. Er würde seinen Kontaktmann in die Botschaft einladen, nur um sicherzugehen, daß er etwas Vernünftiges zu essen bekam.

29 / Als letzter raus

Es machte allen Spaß, zuzusehen. Die fünfundzwanzig Marines schlossen gerade ihren Frühsport mit einem Dauerlauf um die auf dem Deck abgestellten Hubschrauber ab. Die Matrosen schauten stumm zu. Es hatte sich herumgesprochen. Zu viele Matrosen hatten den Seeschlitten gesehen, und wie professionelle Geheimdienstoffiziere hatten sie beim Essen in der Messe die wenigen Fakten zusammengefügt und sie mit Spekulationen garniert. Die Marines sollten in den Norden vorstoßen. Wohin genau, wußte niemand, aber jeder stellte sich diese Frage. Vielleicht, um eine Raketenstellung zu zerlegen und wertvolles Anschauungsmaterial mitzubringen. Vielleicht auch, um eine Brücke zu sprengen, doch am ehesten ging es wohl um Menschen. Vielleicht die vietnamesische Parteiführung.
»Gefangene«, sagte ein Bosun's Mate, während er seinen in der Navy »Slider« genannten Hamburger verdrückte. »Es müssen Gefangene sein«, fügte er hinzu, während er mit dem Kopf zu dem neu eingetroffenen Medizinerteam hinwies, das an einem eigenen, abgesonderten Tisch aß. »Sechs Sanitäter, vier Ärzte, schrecklich viel Aufwand, Leute. Was meint ihr, weswegen die hier sind?«
»Himmel, natürlich«, bemerkte ein anderer Matrose, der an seiner Milch nuckelte. »Du hast völlig recht, Mann.«
»Könnte ein Ruhmesblatt für uns werden, wenn's klappt«, meinte ein anderer.
»Scheißwetter heute abend«, warf ein Quartermaster ein. »Der Wetterfrosch der Flotte hat sich eins gegrinst, dabei habe ich den Kerl gestern abend gesehen, wie er sich die Seele aus dem Leib gekotzt hat. Ich schätze, der verträgt nichts, was kleiner als ein Flugzeugträger ist.« Die USS *Ogden* hatte wirklich eine rauhe Fahrt, was auch mit ihrer Bauart zusammenhing, und da sie zudem breitseits im böigen Westwind schlingerte, war alles noch schlimmer. Es machte immer Spaß, einen Unteroffizier seine Mahlzeit – in diesem Fall das Abendessen – wieder von sich geben zu sehen, und es widersprach der Logik, daß ein Mann *froh* über Wetterbedingungen war, die ihn seekrank machten. Da mußte schon ein triftiger Grund

dahinterstecken. Die Schlußfolgerung lag auf der Hand, und sie war genau das, was einen Sicherheitsoffizier nur zur Verzweiflung bringen konnte.

»Herrgott, hoffentlich schaffen sie's.«

»Grasen wir noch mal das Flugdeck nach Schafen ab«, schlug ein junger Bosun's Mate vor. Reihum wurde genickt. Ein Arbeitstrupp war rasch zusammengestellt. Binnen einer Stunde würde nicht einmal soviel wie ein Streichholz auf dem schwarzen, rutschfesten Belag zu sehen sein.

»Ein toller Haufen, Captain«, bemerkte Dutch Maxwell, der von der Steuerbordseite der Brücke die Gruppe das Flugdeck absuchen sah. Immer wieder bückte sich ein Mann und hob etwas auf, einen Fremdkörper, der unter Umständen ein Triebwerk kaputtmachen konnte, was dann »SCHAF«, »Schaden durch Fremdkörper«, genannt wurde. Was immer auch in der Nacht schiefging, am Schiff und seiner rührigen Besatzung würde es nicht liegen.

»Da sind eine Menge Jungs vom College darunter«, erwiderte Franks, der seinen Leuten mit Stolz zusah. »Manchmal denke ich, die Deckabteilung ist so schlau wie mein Offiziersstab.« Was eine durchaus verzeihliche Übertreibung war. Franks wollte eigentlich etwas ganz anderes sagen, das gleiche, was alle dachten. *Was rechnen Sie sich für Chancen aus?* Er behielt den Gedanken für sich. Das würde nämlich schlimmstes Unglück bringen. Selbst ihn laut zu denken, könnte den Auftrag gefährden, doch sosehr er sich auch bemühte, er konnte nicht verhindern, daß ihm die Worte in den Kopf kamen.

In ihrem Mannschaftsquartier waren die Marines um ein Sandkastenmodell des Angriffsziels versammelt. Sie hatten die Mission bereits einmal besprochen und taten es nun noch mal. Vor dem Mittagessen würde das Ganze ein weiteres Mal wiederholt werden, und noch viele Male danach, mit der kompletten Gruppe und in den einzelnen Teams. Jeder konnte alles schon mit geschlossenen Augen sehen, denn er dachte an das Übungsgelände in Quantico und durchlebte noch einmal den Gefechtsdurchgang mit scharfer Munition.

»Captain Albie, Sir!« Ein Signalmaat betrat die Kabine. Er übergab eine Meldung. »Nachricht von Mr. Schlange.«

Der Captain der Marines grinste. »Danke, haben Sie sie gelesen?«

Der Signalmaat wurde richtig rot. »Entschuldigen Sie, Sir, ja, das hab ich. Alles in Ordnung.« Er zögerte eine Weile, bevor er eine eigene Meldung hinzufügte. »Sir, meine Abteilung wünscht Ihnen viel Glück. Zeigen Sie's ihnen, Sir.«

»Wissen Sie, Skipper«, sagte Sergeant Irvin, als der Signalmaat verschwunden war, »es könnte sein, daß ich keinen solchen Deckschrubber mehr vermöbeln kann.«
Albie las die Meldung. »Leute, unser Freund ist vor Ort. Er hat vierundzwanzig Wachleute, vier Offiziere und einen Russen gezählt. Ganz normaler Dienstablauf, keine ungewöhnlichen Vorkommnisse.« Der junge Captain blickte auf. »Also dann, Marines. Heute nacht geht's los.«
Einer der jüngeren Marines griff in seine Hosentasche und zog ein breites Gummiband heraus. Er zerriß es, malte mit seinem Stift zwei Augen drauf und legte es dann auf den Hügel im Modell, der mittlerweile der »Schlangenhügel« genannt wurde. »Der Bursche«, sagte er seinen Teamgenossen, »ist ein echt klasse Draufgänger.«
»Die Leute, die Feuerunterstützung geben, mal herhören!«, verkündete Irvin laut. »Denkt bitte daran, daß er den Berg runterrasen wird, sobald wir aufkreuzen. Hütet euch, ihm eins auf den Pelz zu brennen.«
»Klarer Fall, Gunny«, sagte der Anführer der Schützen.
»Marines, wir brauchen jetzt was zwischen die Kiemen. Ich möchte, daß ihr euch heute nachmittag ausruht. Eßt eure Rübchen. Ihr braucht Luchsaugen im Dunkeln. Waffen sind um siebzehn Uhr zerlegt und gereinigt zur Inspektion vorzuführen«, sagte ihnen Albie. »Ihr wißt alle, worum es geht. Wenn ihr kühlen Kopf bewahrt, dann kriegen wir das auch hin.« Für ihn war es Zeit, sich noch einmal mit den Hubschrauberbesatzungen zu einem letzten Blick auf die Flugrouten zu treffen.
»Aye aye, Sir«, sagte Irvin für seine Männer.

»Hallo Robin.«
»He, Kolja«, sagte Zacharias schwach.
»Ich versuche immer noch, besseres Essen für dich zu kriegen.«
»Das wäre schön«, sagte der Amerikaner anerkennend.
»Probier mal das hier.« Grischanow gab ihm ein Stück Schwarzbrot, das seine Frau ihm geschickt hatte. In dem Klima hier war es schimmlig geworden, aber Kolja hatte das schon weggeschnitten. Der Amerikaner verschlang es jedenfalls mit Heißhunger. Ein Schluck aus der Feldflasche des Russen half noch etwas nach.
»Ich werde dich in einen Russen verwandeln«, sagte der sowjetische Luftwaffenoberst mit einem unkontrollierten Auflachen. »Wodka und gutes Brot gehören zusammen. Ich würde dir gerne meine Heimat zeigen.« Er äußerte dies bloß, um den Keim einer Idee

zu pflanzen, in ganz freundlichem Ton, so wie Männer unter sich reden.
»Ich habe eine Familie, Kolja. So Gott will ...«
»Ja, Robin, so Gott will. Oder Nordvietnam oder auch die Sowjetunion. Oder irgendwer.« Diesen Mann und auch die anderen hier würde er schon retten. So viele waren jetzt seine Freunde. Er wußte eine Menge von ihnen, von ihren guten oder schlechten Ehen, ihren Kindern, ihren Hoffnungen und Träumen. Diese Amerikaner waren so sonderbar, so offen. »Und auch wenn die Chinesen sich entschließen, Moskau zu bombardieren, dann habe ich jetzt einen Plan, der sie daran hindern wird.« Er breitete die Karte aus und legte sie auf den Boden. Das war das Ergebnis seiner Gespräche mit dem amerikanischen Kollegen. Alles, was er erfahren und analysiert hatte, war auf einem einzigen Stück Papier aufgeschrieben. Grischanow war ziemlich stolz darauf, nicht zuletzt, weil es die klare Darstellung eines höchst ausgeklügelten Operationsplans enthielt.

Zacharias fuhr mit dem Finger darüber, las die Eintragungen in Englisch, was auf einer Landkarte mit kyrillischen Buchstaben unpassend aussah. Er lächelte anerkennend. Ein heller Kopf, dieser Kolja, der rasch dazulernte. Wie er seine Einsatzkräfte staffelte, wie er die Flugzeuge eher nach rückwärts als nach vorwärts patrouillieren ließ. Jetzt verstand er gründlich was von Verteidigung. Hinter den am ehesten in Frage kommenden Gebirgspässen standen Boden-Luft-Raketen wie eine Mausefalle bereit, um für das größtmögliche Überraschungsmoment zu sorgen. Kolja dachte nun eher wie ein Bomberpilot als wie ein Jagdflieger. Das war der erste Schritt zum Verständnis derartiger Vorgänge. Wenn jeder russische Luftverteidigungskommandant das verstünde, dann hätte das Strategische Luftkommando der USA schwere Zeiten vor sich ...

Mein Gott.

Robins Hand verharrte regungslos.

Das hier geht ja gar nicht um die Rotchinesen.

Zacharias blickte auf, und sein Gesicht verriet bereits, was er dachte, noch bevor er die Kraft aufbringen konnte, zu sprechen.

»Wie viele Badger haben die Chinesen?«
»Jetzt? Fünfundzwanzig. Sie sind dabei, mehr zu bauen.«
»Du kannst alles weiterentwickeln, was ich dir gesagt habe.«
»Das werden wir müssen, so wie sie ihre Streitkräfte ausbauen, Robin. Das habe ich dir schon gesagt«, meinte Grischanow rasch und leise, doch es war schon zu spät, das konnte er sehen, zumindest in einer Hinsicht.

»Ich habe dir alles verraten«, sagte der Amerikaner, während er auf die Karte hinuntersah. Dann schloß er die Augen, und seine Schultern zitterten heftig. Grischanow nahm ihn in die Arme, um den Schmerz, den er sah, zu lindern.

»Robin, du hast mir gesagt, wie ich die Kinder in meiner Heimat schützen kann. Ich habe dich nicht angelogen. Mein Vater hat wirklich die Universität verlassen, um gegen die Deutschen zu kämpfen. Ich bin tatsächlich als Kind aus Moskau evakuiert worden. Ich habe in jenem Winter auch Freunde im Schnee verloren – kleine Buben und Mädchen, Robin, Kinder, die erfroren sind. Das ist so passiert. Ich habe es mit eigenen Augen gesehen.«

»Und ich habe mein Vaterland verraten«, flüsterte Zacharias. Die Erkenntnis war ihm mit dem Tempo und der Gewalt einer fallenden Bombe gekommen. Wie hatte er so blind, so dumm sein können? Robin lehnte sich zurück, denn plötzlich spürte er Schmerzen in der Brust. Er betete in diesem Augenblick, es möchte ein Herzanfall sein, wünschte sich zum erstenmal in seinem Leben den Tod. Aber so war es nicht. Nur sein Magen hatte sich verkrampft und eine große Menge Säure ausgestoßen. Geschah ihm eigentlich ganz recht, wenn es seinen Magen so zerfraß, wie sein Verstand an den Schutzwällen seiner Seele nagte. Er hatte den Treueschwur für sein Vaterland und für seinen Gott gebrochen. Er war verflucht.

»Mein Freund...«

»Du hast mich *benutzt*!« zischte Robin, der sich abzuwenden versuchte.

»Robin, jetzt hör mir bitte mal gut zu.« Grischanow ließ nicht locker. »Ich liebe meine Heimat, Robin, wie du deine. Ich habe einen Eid geschworen, sie zu verteidigen. Ich habe dir nie etwas vorgelogen, und jetzt ist es wohl Zeit, daß du auch noch etwas anderes erfährst.« Sein Freund mußte verstehen, Kolja mußte es ihm klarmachen, so wie Robin dem Russen so viele Dinge verdeutlicht hatte.

»Was denn?«

»Robin, du bist ein toter Mann. Die Vietnamesen haben deinem Land mitgeteilt, du seist tot. Du wirst nie wieder heimkehren dürfen. Deshalb bist du nicht im Gefängnis – Hoa Lo, Hilton, so nennt ihr es doch, oder?« Es gab Koljas Seele einen Stich, als Robin ihn ansah. Dieses anklagende Gesicht war fast nicht zu ertragen. Als er wieder sprach, lag geradezu ein bitterer Tonfall in seiner Stimme.

»Was du jetzt denkst, ist falsch. Ich habe bei meinem Vorgesetzten darum gebettelt, daß ich euer Leben retten darf. Ich schwöre es dir beim Leben meiner Kinder. Ich werde dich nicht sterben lassen. Du wirst nicht mehr nach Amerika gehen können. Aber ich werde für dich ein neues Zuhause schaffen. Du wirst wieder fliegen können, Robin! Du wirst ein neues Leben führen. Mehr kann ich nicht tun. Wenn ich dich deiner Ellen und deinen Kindern wiedergeben könnte, ich täte es. Ich bin kein Ungeheuer, Robin. Ich bin ein Mann wie du. Ich habe ein Vaterland wie du. Ich habe eine Familie wie du. Im Namen deines Gottes, Mann, versetze dich in meine Lage. Was hättest du an meiner Stelle getan? Was würdest du an meiner Stelle empfinden?« Er bekam keine Antwort außer einem Seufzer der Scham und Verzweiflung.

»Soll ich euch denen wieder zum Foltern überlassen? Ich könnte es. Sechs Männer sind in diesem Lager gestorben, hast du das gewußt? Bevor ich hierher kam, sind sechs Männer umgekommen. Ich habe das unterbunden! Seit meiner Ankunft ist nur noch einer gestorben – nur einer, und um den habe ich geweint, Robin, daß du es weißt! Major Vinh, diesen kleinen Faschisten, würde ich mit Freuden umbringen. Ich habe dich gerettet! Alles in meiner Macht Stehende habe ich getan und habe um mehr gebeten. Ich gebe dir von meinem eigenen Essen ab, Robin; Sachen, die mir Marina schickt!«

»Und ich habe dir erzählt, wie ihr amerikanische Piloten vom Himmel holen könnt ...«

»Nur, wenn sie mein Land angreifen, nur dann kann ich ihnen weh tun. Nur, wenn sie mein Volk zu töten versuchen, Robin! Möchtest du, daß sie meine Familie auslöschen?«

»So ist es doch nicht!«

»Doch, so ist es. Siehst du denn nicht? Das ist kein Spiel, Robin. Du und ich, wir beide betreiben das Geschäft des Todes. Und um Leben zu retten, mußt du auch welches vernichten.«

Hoffentlich sieht er es bald ein, dachte Grischanow. Er war ein kluger Mann, ein vernünftiger Mann. Sobald er die Zeit haben würde, die Fakten genau zu prüfen, würde er einsehen, daß das Leben besser war als der Tod, und vielleicht konnten sie wieder Freunde sein. *Einstweilen,* sagte sich Kolja, *habe ich dem Mann jedenfalls das Leben gerettet. Auch wenn dieser Amerikaner mich dafür verflucht, die Atemluft, mit der er seinen Fluch spricht, verdankt er mir.* Oberst Grischanow würde diese Bürde mit Stolz tragen. Er hatte seine Informationen bekommen und dabei ein Leben gerettet, wie es sich für einen Abwehrpiloten der Luftverteidigungsstreitkräfte gehörte, der seinen wirklichen Lebensschwur als verängstigter und verwirrter Junge auf dem Weg von Moskau nach Gorkij geleistet hatte.

Kelly sah, daß der Russe rechtzeitig zum Abendessen aus dem Gefangenenblock kam. Er hielt ein Notizbuch in der Hand, zweifellos voller Informationen, die er aus den Gefangenen herausgepreßt hatte.

»Deinen räudigen roten Arsch werden wir schon kriegen«, flüsterte Kelly vor sich hin. »Sie werden drei Phosphorgranaten durch dieses Fenster schmeißen, Kumpel, und dich zum Abendessen weichkochen – zusammen mit deinen ganzen verfluchten Aufzeichnungen. Jawohl.«

Er spürte es jetzt wieder, dieses persönliche Vergnügen, zu wissen, was kommen würde, die gottgleiche Befriedigung, in die Zukunft zu blicken. Er nahm einen Schluck aus seiner Feldflasche. Auf keinen Fall durfte er austrocknen. Es wurde zunehmend schwieriger, Geduld zu bewahren. In seinem Blickfeld befand sich ein Gebäude mit zwanzig einsamen, verängstigten und schwer angeschlagenen Amerikanern, und obwohl er noch keinen von ihnen kennengelernt und nur von einem den Namen kannte, war es die Aufgabe wert. Ansonsten versuchte er sich auf sein Latein aus der High-School zu besinnen. Etwa *morituri non cognant.* Die Todgeweihten sind ahnungslos. Das war Kelly ganz recht.

»Morddezernat.«
»Hallo, ich versuche, Lieutenant Frank Allen zu erreichen.«
»Am Apparat«, antwortete Allen. Er war an diesem Montagvormittag erst seit fünf Minuten an seinem Schreibtisch. »Wer spricht?«
»Sergeant Peter Meyer aus Pittsburgh«, erwiderte die Stimme. »Captain Dooley hat mich an Sie verwiesen, Sir.«
»Mit Mike habe ich schon eine ganze Weile nicht mehr gesprochen. Schaut er sich immer noch so gern die Spiele der Pirates an?«
»Jeden Abend, Lieutenant. Ich guck mir selber auch manchmal ein Spiel an.« Baseballfans verstehen sich immer.
»Was kann ich für Sie tun?« fragte Allen.
»Lieutenant, ich habe Informationen für Sie. Zwei Morde, beide Opfer waren weiblich, junge Frauen Anfang Zwanzig.«
»Bleiben Sie bitte dran.« Allen holte ein Blatt. »Woher haben Sie das?«
»Das kann ich jetzt noch nicht preisgeben. Es ist noch nicht offiziell. Ich bin dabei, das zu ändern, aber es kann noch eine Weile dauern. Kann ich weitermachen?«
»Aber klar. Namen der Opfer?«

»Das letzte hieß Pamela Madden – noch gar nicht lange her, erst vor ein paar Wochen.«

Lieutenant Allen bekam ganz große Augen. »Mein Gott – der Mord an der Fontäne. Und das andere?«

»Die hieß Helen, war irgendwann im letzten Herbst. Beides recht unschöne Morde, Lieutenant, Folter und sexueller Mißbrauch.«

Allen, den Hörer dicht am Ohr, beugte den Oberkörper noch weiter vor. »Sie wollen mir sagen, Sie haben einen Zeugen für beide Morde?«

»Ganz genau, Sir. Ich habe auch noch zwei Personalien für Sie. Zwei Weiße, einer heißt Billy, der andere Rick. Keine genauen Beschreibungen, aber da kann ich auch noch was herauskitzeln.«

»Okay, das sind nicht meine Fälle. Das wird in der City bearbeitet – Lieutenant Ryan und Sergeant Douglas. Ich kenne beide Namen – die der Opfer, meine ich. Das sind sehr heiße Fälle, Sergeant. Wie verläßlich ist Ihre Information?«

»Ich halte sie für sehr verläßlich. Ich habe einen beweiskräftigen Hinweis für Sie. Dem Opfer Nummer zwei, Pamela Madden, wurde nach ihrer Ermordung das Haar gebürstet.«

Bei jedem großen Fall werden stets einige wichtige Angaben nicht an die Presse weitergegeben, um die übliche Schar von Irren gleich aussieben zu können, wenn sie die Polizei wieder mit ihren Bekenneranrufen bombardierten und Geständnisse ablegten, die ihnen ihre verdrehte Fantasie eingab. Die Sache mit dem Haar war so nachhaltig unter Verschluß gehalten worden, daß selbst Lieutenant Allen nichts davon wußte.

»Was haben Sie noch?«

»Die Morde stehen in Zusammenhang mit Drogen. Beide Mädchen waren Mulis.«

Bingo! rief Allen im stillen. »Sitzt Ihr Informant im Kittchen oder was?«

»Ich überschreite hier meine Befugnisse, aber – okay, ich werde es Ihnen verraten. Mein Vater ist Prediger. Er betreut das Mädchen. Lieutenant, das darf in keinen Bericht rein, verstanden?«

»Ich verstehe. Was soll ich Ihrer Meinung nach tun?«

»Könnten Sie bitte die Meldung an die ermittelnden Beamten weiterleiten? Sie können über die Wache mit mir Verbindung aufnehmen.« Sergeant Meyer gab seinen Namen durch. »Ich bin hier für die Fortbildung zuständig und muß jetzt los, um an der Polizeischule einen Vortrag zu halten. Gegen vier bin ich wieder zurück.«

»In Ordnung, Sergeant. Ich werd's weitergeben. Besten Dank für die Meldung. Sie werden von Em und Tom hören, verlassen Sie sich darauf.« *Mein Gott, wenn wir diese Hunde einbuchten, dann darf Pittsburgh von mir aus Meister werden.* Allen schaltete eine neue Leitung.

»He, Frank«, sagte Lieutenant Ryan. Als er seine Kaffeetasse abstellte, sah das wie in Zeitlupe aus, doch dieser Effekt war gleich wieder weg, als er einen Stift in die Hand nahm. »Reden Sie weiter. Ich schreibe mit.«

Sergeant Douglas war an diesem Morgen wegen eines Unfalls auf seiner Strecke zu spät dran. Als er mit seinem üblichen Kaffee und Gebäckstück eintrat, sah er seinen Vorgesetzten hektisch kritzeln. »Das Haar gebürstet? Hat er das gesagt?« fragte Ryan. Douglas beugte sich über den Schreibtisch, und der Blick in Ryans Augen glich dem eines Jägers, der das erste Rascheln im Unterholz hört. »Okay, was für Namen hat er . . .« Die Hand des Kriminalbeamten ballte sich zur Faust. Ein tiefer Atemzug. »In Ordnung, Frank, wo ist der Kerl? Danke. Tschüs.«

»Durchbruch?«

»Pittsburgh«, sagte Ryan.

»Hä?«

»Ein Polizeisergeant aus Pittsburgh hat angerufen, er hat wahrscheinlich eine Zeugin für die Morde an Pamela Madden und Helen Waters.«

»Kein Scheiß?«

»Es ist die, die ihr Haar ausgebürstet hat, Tom. Und rate mal, was uns noch für Namen genannt worden sind?«

»Richard Farmer und William Grayson?«

»Rick und Billy. Ist das nicht verdammt nah? Wahrscheinlich ein Muli für den Drogenring. Wart mal . . .« Ryan lehnte sich zurück und starrte an die vergilbte Decke. »Als Farmer ermordet wurde, war dort doch ein Mädchen – das haben wir zumindest vermutet«, verbesserte er sich. »Da haben wir den Zusammenhang, Tom. Pamela Madden, Helen Waters, Farmer, Grayson, die gehören alle zusammen . . . und das bedeutet . . .«

»Die Dealer auch. Hängt alles irgendwie zusammen. Was verbindet sie, Em? Wir wissen bloß, daß sie alle – wahrscheinlich alle – im Drogengeschäft waren.«

»Zwei verschiedene Vorgehensweisen, Tom. Die Mädchen sind hingeschlachtet worden wie – nein, nicht einmal Vieh kann für einen Vergleich herhalten. Die übrigen jedoch sind vom Unsichtbaren umgelegt worden. Der Mann mit einem Ziel! Das hat doch Farber gesagt, ein Mann mit einem Ziel.«

»Rache«, meinte Douglas, der Ryans Analyse mit seiner eigenen fortführte. »Wenn mir eines der Mädchen viel bedeutet hätte ... Herrgott, Em, wer könnte es ihm verargen?«

Es gab nur eine Person, die mit beiden Mordserien in Zusammenhang stand und mit einem der Opfer eng befreundet gewesen war, und sie war der Polizei doch bekannt, oder etwa nicht? Ryan griff zum Telefon und rief noch einmal Lieutenant Allen an.

»Frank, wie hieß noch der Kerl, der den Gooding-Fall gemacht hat, der von der Navy?«

»Kelly. John Kelly, er hat das Gewehr vor Fort McHenry gefunden, dann hat das Stadtbüro ihn angestellt, um unsere Taucher auszubilden, weißt du noch? Oh! Pamela Madden! Gütiger!« rief Allen aus, als ihm die Verbindung aufging.

»Erzählen Sie mir was über ihn, Frank.«

»Verdammt netter Kerl. Ruhig, irgendwie bedrückt – hat seine Frau verloren, Autounfall oder so.«

»Veteran, stimmt's?«

»Froschmann, UDT, Underwater Demolition Team. Damit verdient er sich seinen Lebensunterhalt. Jagt unter Wasser Zeug in die Luft und so.«

»Nur weiter.«

»Körperlich ist er ungeheuer fit, hält sich in Form.« Allen verstummte kurz. »Ich habe ihn mal tauchen sehen; er ist gezeichnet, ich meine, er hat 'ne Menge Narben. Er weiß, was ein Gefecht ist, und hat einige Kugeln abbekommen. Ich habe seine Adresse und alles, wenn Sie wollen.«

»Habe ich schon in meinen Unterlagen, Frank. Vielen Dank, Kollege.« Ryan legte auf. »Das ist er, der Unsichtbare.«

»Kelly?«

»O verdammt! Ich muß heute früh ins Gericht«, schimpfte Ryan.

»Nett, Sie wiederzusehen«, sagte Dr. Farber. Der Montag war für ihn kein schwerer Tag. Er hatte schon seinen letzten Patienten verabschiedet und wollte gerade zu einem Tennismatch mit seinen Söhnen aufbrechen. Die Beamten erwischten ihn, als er sein Büro verließ.

»Was wissen Sie von den UDT-Leuten?« fragte Ryan, der mit ihm in den Flur hinausging.

»Froschmänner, meinen Sie? Navy?«

»Genau. Sind recht zähe Burschen, nicht wahr?«

Farber grinste trotz der Pfeife in seinem Mund. »Das sind die allerersten am Strand, noch vor den Marines. Na, was glauben Sie?« Er verstummte. In seinem Gedächtnis machte es *klick*. »Jetzt haben sie sogar noch was Besseres.«

»Was meinen Sie damit?« fragte der Lieutenant der Mordkommission.

»Also, ich arbeite nebenbei immer ein bißchen fürs Pentagon. Hier in der Hopkins-Klinik wird viel für die Regierung erledigt. Labor für Angewandte Physik, eine Menge Spezialgeschichten. Mein Gebiet kennen Sie ja.« Er schwieg kurz. »Manchmal berate ich sie bei psychologischen Tests, mit denen wir herausfinden wollen, wie sich der Kriegseinsatz auf die Leute auswirkt. Das sind Verschlußsachen, was ich Ihnen verrate. Es gibt da jetzt eine neue Sondereinheit. Ein Ableger von UDT. Sie heißen SEALs, für »Sea Air Land« – es sind Kommandos, Typen, mit denen absolut nicht zu spaßen ist. Ihre Existenz ist weithin geheim. Die sind nicht bloß zäh. Nein, auch schlau. Sie sind so ausgebildet, daß sie ihren Grips einsetzen, vorausplanen. Nicht bloß Muskeln, auch Hirnschmalz.«

»Die Tätowierung«, fiel Ryan ein. »Er hat eine Robbe auf seinen Arm tätowiert.«

»Doc, was passiert, wenn einer dieser SEAL-Typen eine Freundin hat, die brutal ermordet wird?« Es lag auf der Hand, aber er mußte die Frage trotzdem stellen.

»Dann haben Sie die Mission, nach der Sie gesucht haben«, sagte Farber, der aus der Tür trat und nun nichts mehr preisgeben wollte, auch nicht für eine Mordermittlung.

»Das ist unser Junge. Fehlt nur eins«, sagte Ryan leise, als die Tür sich hinter ihnen geschlossen hatte. »Ich weiß. Keinerlei Beweise. Nur ein faustdickes Motiv.«

Die Nacht brach herein. Der Tag in SENDER GREEN war für alle außer John Kelly langweilig gewesen. Das Exerziergelände war Matsch, übersät mit großen und kleinen Wasserlachen. Die Soldaten hatten den Tag über hauptsächlich versucht, trocken zu bleiben. Die Turmbesatzungen hatten ihre Positionen nach der wechselnden Windrichtung ausgerichtet. So ein Wetter wirkte sich auf die Menschen aus, die meisten wurden eben nicht gern naß. Sie wurden reizbar und stumpfsinnig, was sich noch durch einen öden Dienst, wie es hier der Fall war, verstärkte. In Nordvietnam bedeutete dieses Wetter weniger Luftangriffe, noch ein weiterer Grund für die Männer da unten, sich gehenzulassen. Die im Lauf des Tages ansteigende

Hitze hatte die Wolken weiter aufgeladen und ihnen Feuchtigkeit zugeführt, die sie prompt wieder an den Boden abgaben.

Was für ein Scheißtag, sagten die Bewacher bestimmt beim Abendessen zueinander. Alle würden nicken und sich auf ihr Essen konzentrieren, nach unten, nicht nach oben blicken, nach innen, nicht nach außen schauen. Die Wälder waren tropfnaß. Auf feuchtem Laub waren Schritte viel leiser als auf trockenem. Keine spröden Zweige, die knackten. Die feuchte Luft erstickte Geräusche, statt sie weiterzutragen. Es war mit einem Wort ideal.

Kelly nutzte die Dunkelheit, um sich etwas zu bewegen, denn er war steif vom reglosen Herumliegen. Er setzte sich unter seinem Busch auf, wischte sich die Haut ein wenig trocken und aß noch etwas von seiner konzentrierten Nahrung. Er leerte eine ganze Feldflasche, dann streckte er Arme und Beine aus. Er konnte die Landezone sehen und hatte bereits seinen Weg dorthin festgelegt. Hoffentlich saß den Marines nicht der Finger zu locker am Abzug, wenn er auf sie zurannte. Um 21 Uhr gab er seinen letzten Funkspruch durch.

Grünes Licht, schrieb der Funker auf seinen Block. *Keine besonderen Vorkommnisse.*

»Das ist es. Das ist das letzte, was wir noch gebraucht haben.« Maxwell warf einen Blick in die Runde. Alle nickten.

»Phase vier des Unternehmens BOXWOOD GREEN beginnt um zweiundzwanzig Uhr. Kapitän Franks, geben Sie der *Newport News* Bescheid.«

»Aye aye, Sir.«

Auf der *Ogden* zogen die Flugmannschaften ihre Feuerschutzanzüge über und gingen dann zu ihren Maschinen, um sie für den Flug vorzubereiten. Sie trafen auf Matrosen, die noch einmal alle Scheiben sauberwischten. In den Soldatenkabinen zogen die Marines ihre Uniformen an. Die Waffen waren sauber, die Magazine voll mit frischer, gerade erst aus luftdicht verschlossenen Behältern entnommener Munition. Die einzelnen Infanteristen setzten sich paarweise zusammen, um dem jeweils anderen Tarnbemalung zu verpassen. Nun gab es kein Lächeln, keine Witze mehr. Alle waren so erregt wie Schauspieler vor einer Premiere, und die Feinarbeit des Schminkens setzte einen seltsamen Kontrapunkt zu dem, was die Abendvorstellung hier bieten würde. Nur einer bildete eine Ausnahme.

»Vorsicht mit dem Lidschatten, Sir«, sagte Irvin einem etwas zittrigen Captain Albie, der den üblichen Bammel eines Kommandanten hatte und einen Sergeant brauchte, um ihn zu beruhigen.

Im Bereitschaftsraum an Bord der USS *Constellation* gab ein kleingewachsener und junger Staffelkommandant namens Joshua Painter die letzten Anweisungen. Er hatte acht bis an den Stehkragen bewaffnete F-4 Phantom zur Verfügung.

»Wir sichern heute nacht einen Sondereinsatz ab. Unsere Ziele sind Stellungen von Boden-Luft-Raketen südlich von Haiphong«, fuhr er fort, ohne zu wissen, wofür das alles gut sein sollte. Er hoffte nur, es lohnte den Einsatz der fünfzehn Offiziere, die diesmal mit ihm aufsteigen würden, denn das war schon seine ganze Staffel. Zehn A-6 Intruder flogen ebenfalls »Iron Hand«, das heißt, sie provozierten die NVA, ihre Raketen abzuschießen, um die so lokalisierten Abwehrstellungen zu zerstören. Außerdem würde fast der gesamte Rest des Luftgeschwaders der *Connie* sich an der Küste breitmachen und soviel elektronischen Störlärm erzeugen, wie es nur irgend ging. Er hoffte, es war alles wirklich so wichtig, wie Admiral Podulski es dargestellt hatte. Sich mit Boden-Luft-Raketen anzulegen, war wirklich kein Spaß.

Die *Newport News* befand sich nun fünfundzwanzig Meilen vor der Küste und näherte sich einem Punkt, der sie genau zwischen die *Ogden* und den Strand plazieren würde. Die Radarschirme waren ausgeschaltet, und die Küstenstationen wußten wahrscheinlich nicht genau, wo sie war. Seit den letzten paar Tagen hatte die NVA etwas mehr Umsicht im Umgang mit ihren Überwachungssystemen an der Küste bewiesen. Der Kapitän saß auf dem Kommandositz. Er warf noch einen Blick auf die Uhr, öffnete dann einen versiegelten braunen Umschlag und las hastig die Einsatzbefehle, die seit zwei Wochen in seinem Safe gelegen hatten.

»Hmm«, sagte er. Dann: »Mr. Shoeman, lassen Sie im Maschinenraum die Kessel eins bis vier unter Dampf setzen. Ich möchte so bald wie möglich volle Kraft zur Verfügung haben. Wir werden heute nacht wieder etwas surfen. Meine Empfehlung an den stellvertretenden Kommandeur, den Artillerieoffizier und seine Chiefs. Ich möchte sie auf der Stelle bei mir in der Kabine sehen.«

»Aye, Sir.« Der Offizier vom Dienst machte die notwendigen Meldungen. Wenn alle vier Maschinen liefen, brachte es die *Newport News* auf vierunddreißig Knoten, womit sie schnell auf die Küste zustechen, aber auch rasch wieder von ihr wegdampfen konnte.

»›Surf City, here we come!‹« sang der Unteroffizier am Steuer laut, sobald der Kapitän die Brücke verlassen hatte. Es war der offizielle Slogan an Bord – weil er dem Kapitän gefiel –, doch eigentlich war er vor etlichen Monaten einem Matrosen eingefallen. Gemeint war damit die Annäherung an die Küste bis in die Brandungszone, um aus größter Nähe zu schießen.»›Going to Surf City, where it's two-to-one!‹«

»Achten Sie auf Ihren Kurs, Baker?« rief der Offizier vom Dienst, um den Refrain zu unterbrechen.

»Stetig auf eins-acht-fünf, Mr. Shoeman.« Er bewegte seinen Körper im Rhythmus des Takts. »*Surf City, here we come!*«

»Meine Herren, falls Sie sich wundern sollten, womit wir den Spaß der letzten Tage verdient haben, hier ist die Lösung«, sagte der Kapitän in seiner Kabine genau unter der Brücke. Er fuhr noch mehrere Minuten mit seinen Erklärungen fort. Auf seinem Schreibtisch lag eine Landkarte des Küstenstreifens, auf der anhand der Fotos von Aufklärungsflugzeugen und Satelliten jede Flakbatterie eingezeichnet worden war. Seine Artilleriemannschaft besah sich das Ganze. Es gab jede Menge Hügelkuppen zum Anpeilen für die Radare.

»Aha!« äußerte der Master Chief, der für die Feuerbefehle verantwortlich war. »Sir, alles? Auch die 127-Millimeter?«

Der Skipper nickte. »Chief Skelley, wenn wir einen Schuß Munition wieder zurück nach Subic Bay mitnehmen, dann bin ich sehr enttäuscht von Ihnen.«

»Sir, schlage vor, wir benutzen das 127-Millimeter-Geschütz Nummer drei für die Leuchtkugeln und schießen, soviel wir können, auf Sicht.«

Es war im Grunde eine Geometrieaufgabe. Die Artillerieexperten – der befehlshabende Offizier eingeschlossen – beugten sich über die Karte und entschieden ohne großes Zögern, wie sie vorgehen würden. Sie waren in das Unternehmen bereits eingeweiht. Einzig in ihren Erwartungen, bei Tageslicht losschlagen zu können, sahen sie sich getäuscht.

»Da wird keiner mehr am Leben sein, um auf diese Hubschrauber zu schießen, Sir.«

Auf dem Schreibtisch des befehlshabenden Offiziers klingelte das Bordtelefon. Er nahm ab. »Hier der Kapitän.«

»Alle vier Töpfe laufen, Sir. Volle Fahrt beträgt dreißig mit Spielraum bis dreiunddreißig.«

»Nett zu wissen, daß der Chefingenieur wach ist. Sehr schön.

Geben Sie den allgemeinen Mannschaftsquartieren Bescheid.« Er legte auf, als auch schon der Schiffsgong ertönte. »Meine Herren, wir haben ein paar Marines zu beschützen«, sagte er zuversichtlich. Schließlich war seine Artillerie ebensogut wie früher die der *Mississippi.* Zwei Minuten später stand er wieder auf der Kommandobrücke.

»Mr. Shoeman, ich übernehme das Steuer.«

»Der Kapitän übernimmt das Steuer«, stimmte der diensthabende Offizier mit ein.

»Rudereinstellung auf neuen Kurs zwei-sechs-fünf.«

»Rudereinstellung, aye, geht auf neuen Kurs zwei-sechs-fünf, aye.« Unteroffizier Sam Baker drehte am Steuerrad. »Sir, mein Ruder ist neu eingestellt.«

»Sehr schön«, sagte der Kapitän anerkennend und fügte noch hinzu: »›Surf City, here we come!‹«

»Aye aye, Sir«, gab der Rudergänger zurück. Der Skipper war für sein Alter wirklich noch gut drauf.

Jetzt nur die Nerven bewahren. *Was könnte schiefgehen?* fragte sich Kelly auf dem Hügel. Eine ganze Menge. Die Hubschrauber könnten in der Luft zusammenstoßen. Sie könnten direkt auf eine unbekannte Flakstellung treffen und vom Himmel geputzt werden. Irgendeine kleine Schraube oder Dichtung könnte den Geist aufgeben und sie am Boden zerschellen lassen. Was, wenn die örtliche Nationalgarde heute nacht eine Gefechtsübung veranstaltete? Ein Rest blieb immer dem Zufall überlassen. Er hatte schon früher Missionen aus irgendwelchen dummen und unvorhersehbaren Gründen scheitern sehen. Aber nicht heute nacht, schwor er sich. Nicht nach all der Vorbereitung. Die Helikopterbesatzungen hatten drei Wochen lang intensiv trainiert, genauso wie die Marines. Die Vögel waren mit aller Liebe in Schuß gehalten worden. Die Matrosen auf der *Ogden* hatten sich allerhand hilfreiche Sachen ausgedacht. Das Risiko ließ sich nie ganz ausschalten, aber Vorbereitung und Training konnten es verringern. Kelly vergewisserte sich, daß seine Waffe in Ordnung war, und blieb aufrecht sitzen. Jetzt befand er sich nicht in einem Eckhaus in West-Baltimore. Das hier war die harte Wirklichkeit. Damit würde er alles hinter sich lassen. Sein Versuch, Pam zu retten, war durch sein eigenes Versagen fehlgeschlagen, aber vielleicht hatte es schließlich doch einen Zweck gehabt. Bei der jetzigen Mission hatte er keinen Fehler begangen. Auch niemand sonst. Er sollte nicht nur eine Person retten, sondern zwanzig. Kelly sah auf das

Leuchtzifferblatt seiner Uhr. Der große Zeiger schien sich irgendwie viel zu langsam zu bewegen. Kelly schloß die Augen in der Hoffnung, daß die Uhr, wenn er wieder hinsah, schneller gehen würde. Natürlich tat sie das nicht. Aber er wußte sich zu helfen. Der ehemalige Chief der SEALs befahl sich, einmal tief Luft zu holen und sich weiter auf den Einsatz zu konzentrieren. Das hieß für ihn, den Karabiner quer über den Schoß zu legen und den Feldstecher zur Hand zu nehmen. Er mußte seinen Spähauftrag genau bis zu dem Augenblick fortsetzen, da die erste M-79-Granate auf die Wachtürme abgefeuert werden würde. Die Marines zählten auf ihn.

Nun, vielleicht würde dies den Kerlen aus Philly zeigen, wie wichtig er war. *Henrys Organisation bricht zusammen, und ich nehme die Dinge in die Hand.* Eddie Morello ist wichtig, dachte er und streichelte damit sein Ego, während er sich auf dem Highway 40 Aberdeen näherte.

Der Idiot kann nicht mal sein eigenes Unternehmen führen, verläßliche Leute finden. Ich hab Tony gesagt, er ist schlauer, als ihm guttut, zu raffiniert, kein seriöser Geschäftsmann. – Aber nein, er ist doch seriös! Ernsthafter als du, Eddie. Henry wird der erste Nigger sein, der Mitglied wird. Warte nur ab, der wird's schon schaffen. Für den kann Tony ein Wort einlegen, aber nicht für dich. Dein eigener Cousin kann nichts für dich tun, nachdem du ihn erst mit Henry in Verbindung gebracht hast. Der gottverdammte Handel wäre ohne mich gar nicht zustande gekommen. Ich hab das Kind geschaukelt, aber Mitglied werde ich deshalb noch lange nicht.

»Verflucht!« grollte er an der roten Ampel. *Irgend jemand ist dabei, Henrys Unternehmen hochgehen zu lassen, und sie bitten ausgerechnet mich, da nachzuforschen. Als könnte Henry das nicht auf eigene Faust. Wahrscheinlich nicht, ist wohl doch nicht so schlau, wie er immer meint. Aber er muß sich unbedingt zwischen mich und Tony drängen.*

Das war es doch – oder? dachte Eddie. *Henry wollte mich von Tony trennen – genauso wie er dafür gesorgt hat, daß Angelo ausgeschaltet wurde. Angelo war sein erster Kontaktmann. Angelo hat ihn mir vorgestellt ... und ich hab ihn Tony vorgestellt ... Tony und ich kümmern uns um die Verbindung mit Philly und New York ... Angelo und ich waren zwei Kontaktleute ... Angelo war der schwache ... und Angelo geht hops.*

Tony und ich sind wieder zwei Kontaktmänner ...

Er braucht nur einen, oder? Besser nur eine Verbindung zur Mafia. Wenn er mich und Tony auseinanderbringt ...

Verflucht.

Morello angelte sich eine Zigarette aus seiner Jackentasche und ließ den Anzünder in seinem Cadillac Cabriolet einschnappen. Das

Dach war zurückgeklappt. Eddie mochte Sonne und Wind. Es war fast so wie draußen auf seinem Angelboot. Außerdem verschaffte es ihm gute Sicht. Daß ihn das auch leichter aufspürbar machte, war ihm noch nicht eingefallen. Neben ihm auf dem Boden stand eine lederne Aktentasche. Darin befanden sich sechs Kilo reiner Stoff. In Philadelphia, hatte es geheißen, wären sie knapp dran und würden den Verschnitt selbst besorgen. Das brachte das große Geld. Eine identische Tasche, die gerade nach Süden unterwegs war, würde mit nichts Geringerem als Zwanziger-Scheinen gefüllt sein. Zwei Typen. Kein Grund zur Sorge. Sie waren Profis und standen schon lange in geschäftlicher Verbindung mit ihm. Zwar brauchte er keinen Überfall zu befürchten, aber er hatte trotzdem seine Knarre dabei, unter seinem lockeren Hemd verborgen, genau an der Gürtelschlaufe, dem zweckdienlichsten, aber auch unbequemsten Platz.

Er mußte das gründlich durchdenken, schärfte sich Morello ein, am besten, bis ihm alles klar war. Henry trieb mit ihnen sein Spielchen genauso wie mit der Mafia. Ein Nigger versuchte, sie auszustechen.

Und hatte damit Erfolg. Womöglich ließ er selbst seine Leute hops gehen. Der Scheißkerl behandelte Frauen wie den letzten Dreck – besonders weiße. Das paßt ins Bild, dachte Morello. Diese Nigger waren alle gleich. Obwohl Henry wahrscheinlich ganz schön gerissen war. Nun, er war tatsächlich ziemlich schlau. Aber nicht schlau genug. Nicht mehr. Es würde nicht schwer sein, Tony das alles zu erklären. Da war sich Eddie sicher. *Erledige die Übergabe und fahre zurück. Ein Abendessen mit Tony. Ganz gelassen und vernünftig bleiben. Das imponiert Tony. Als wenn er in Harvard gewesen wäre oder so. Wie einer von diesen verdammten Anwälten. Dann knöpfen wir uns Henry vor und reißen uns sein Unternehmen unter den Nagel.* Schließlich ging es ums Geschäft. Henrys Leute würden mitspielen. Sie waren ja schließlich nicht dabei, weil sie ihn gern hatten. Bei ihnen zählte nur das Geld, wie bei allen. Dann könnten er und Tony das Unternehmen weiterführen, und dann endlich würde Eddie Morello ein vollwertiges Mitglied werden.

Ja. Jetzt hatte er alles beisammen. Morello sah auf die Uhr. Pünktlich bog er auf den halbleeren Parkplatz eines Restaurants ein. Es war ein altmodisches Restaurant, eingerichtet in einem ausrangierten Eisenbahnwagen – die Pennsylvania-Eisenbahnlinie war ganz in der Nähe. Ihm fiel sein erstes Essen außer Haus mit seinem Vater ein. Das war auch an so einem Ort gewesen, wo er den vorbeifahrenden Zügen hatte nachschauen können. Bei der Erinnerung mußte er

lächeln, während er seine Zigarette ausrauchte und sie auf den Asphalt schnippte.
Schließlich kam der andere Wagen. Es war ein blauer Oldsmobile, ganz wie er erwartet hatte. Die zwei Kerle stiegen aus. Der eine trug eine Aktentasche und ging auf ihn zu. Eddie kannte ihn nicht, sah aber, daß es sich um einen gutgekleideten, achtbaren Mann in einem feinen braunen Anzug handelte, wie ein Geschäftsmann eben aussehen sollte. Wie ein Anwalt. Morello lächelte vor sich hin und blickte möglichst unauffällig in dessen Richtung. Der zweite Mann sah sicherheitshalber vom Auto aus zu. Jaja, seriöse Leute. Und bald würden sie erfahren, daß Eddie Morello genauso seriös war, dachte er, die Hand im Schoß, zehn Zentimeter von seinem versteckten Revolver entfernt.
»Hast du den Stoff?«
»Hast du das Geld?« fragte Morello zurück.
»Du hast einen Fehler gemacht, Eddie«, sagte der Mann ohne Vorwarnung, während er die Aktentasche öffnete.
»Was soll das heißen?« fragte Morello, auf einmal hellwach, aber etwa zehn Sekunden und ein Leben zu spät.
»Es heißt: Gott befohlen, Eddie«, fügte der andere leise hinzu.
Sein Blick sagte alles. Morello griff hastig nach seiner Waffe, aber darauf hatte der andere Mann nur gewartet.
»Polizei, keine Bewegung!« rief dieser, kurz bevor die erste Kugel durch die geöffnete Tasche krachte.
Eddie konnte zwar noch seine Waffe ziehen und eine Kugel in den Wagenboden jagen, aber der Polizist stand nur einen Meter entfernt und konnte ihn unmöglich verfehlen. Der zweite Beamte lief bereits her, überrascht, daß Lieutenant Charon den Gangster nicht einfach nur festnahm. Vor seinen Augen flog die Aktentascche zu Boden, und der Kriminalbeamte streckte den Arm aus, drückte den Dienstrevolver fast auf die Brust des Mannes und feuerte ihm direkt ins Herz.
Auf einmal war Morello alles so klar, doch nur für knapp zwei Sekunden. Henry hatte es geschafft. Er hatte für sich selbst gesorgt, das war's. Und Morello wußte, daß sein einziger Lebenszweck der gewesen war, Henry und Tony zusammenzubringen. Viel war das eigentlich nicht, jetzt jedenfalls nicht.
»Verstärkung!« schrie Charon über dem sterbenden Mann. Er schnappte sich Eddies Revolver. Innerhalb einer Minute trafen mit quietschenden Reifen zwei Wagen der Staatspolizei auf dem Parkplatz ein.
»So ein verdammter Idiot«, sagte Charon fünf Minuten später

seinem Kollegen, am ganzen Körper zitternd, wie es bei Männern üblich ist, die gerade jemanden getötet haben. »Er hat direkt nach seiner Waffe gegriffen – als hätte ich ihn nicht schon in Schach gehalten.«
»Ich hab alles gesehen«, erklärte der jüngere Beamte und glaubte auch noch, was er sagte.
»Nun, genau was Sie vorausgesehen haben«, meinte der Sergeant der Staatspolizei. Er öffnete die Tasche, die am Boden des Cadillacs gestanden hatte. Sie war mit Beuteln voller Heroin gefüllt. »Fette Beute.«
»Jaja«, knurrte Charon. »Bloß daß die trübe Tasse als Toter niemandem mehr etwas sagen kann.« Was exakt zutraf. Bemerkenswert, dachte er, während er den Drang niederkämpfte, über die Doppeldeutigkeit dieses Satzes zu lächeln. Er hatte gerade den perfekten Mord begangen, unter den Augen eines anderen Polizeibeamten. Nun war Henrys Organisation sicher.

Gleich würde es soweit sein. Die Wache war abgelöst worden. *Zum letztenmal.* Der Regen fiel weiterhin beständig. *Gut.* Die Soldaten in den Türmen kauerten sich zusammen, um trocken zu bleiben. Der trübselige Tag hatte sie über Gebühr angeödet, und gelangweilte Männer waren weniger wachsam. Nirgends brannte mehr ein Licht. Nicht einmal Kerzen im Mannschaftsquartier. Kelly suchte mit dem Feldstecher noch einmal langsam und sorgfältig das ganze Lager ab. Am Fenster der Offiziersunterkunft stand eine Gestalt, ein Mann, der in den Regen hinaussah – das war doch der Russe? *Oh, das ist also dein Schlafzimmer? Toll. Der erste Schuß von Grenadier drei – Corporal Mendez, nicht wahr? – ist für dieses Fenster bestimmt. Gerösteter Russe. Bringen wir es hinter uns. Ich habe eine Dusche nötig. Mein Gott, ob die wohl noch etwas von dem Jack Daniels übrig haben?* Dienst war Dienst, und Schnaps war Schnaps.
Die Spannung stieg. Es lag nicht an der Gefahr. Kelly hielt sich nicht weiter für gefährdet. Das gefährliche war das Einschleusen gewesen. Nun war alles von den Navyfliegern abhängig und dann von den Marines. Sein Beitrag war beinahe geleistet.

»Eröffnen Sie das Feuer«, befahl der Kapitän.
Die *Newport News* hatte erst vor wenigen Augenblicken ihre Radargeräte eingeschaltet. Der Navigator befand sich in der Gefechtszentrale und half der Artillerieabteilung, durch Radarpeilung auf markante Geländepunkte die genaue Position des Kreuzers fest-

zulegen. Darauf wurde äußerste Sorgfalt verwendet, aber das durfte man bei diesem Auftrag ja wohl auch verlangen. Nun konnten alle mit Hilfe der Navigations- und Gefechtsradare ihre Position bis auf eine Stelle hinterm Komma ausrechnen.

Die ersten Geschosse wurden vom Backbordgeschütz abgefeuert. Das scharfe Bellen des 127-mm-Zwillingsgeschützes strapazierte das Trommelfell, aber zugleich stellte sich damit etwas merkwürdig Schönes ein. Mit jedem Schuß erzeugten diese Kanonen einen gelben Feuerring. Das war eine Eigenheit nur dieses Waffentyps. Ein jeder Ring sah wie eine gelbe Schlange aus, die ihrem eigenen Schwanz nachjagt und in den wenigen Millisekunden ihres Lebens aufzuckt.

Gleich darauf verschwand er wieder. In sechstausend Metern Distanz zündeten die ersten Leuchtkugeln und verströmten das gleiche metallische Gelb, das vor ein paar Sekunden noch aus der Geschützlafette ausgetreten war. Die feuchte, grüne Landschaft Nordvietnams wurde in orangefarbenes Licht getaucht.

»Sieht wie eine 57-Millimeter-Stellung aus. Ich kann sogar die Besatzung sehen.« Der Entfernungsmesser auf Punkt 1 war bereits entsprechend eingestellt. Bei dieser Beleuchtung ging es natürlich leichter. Master Chief Skelley tippte die Entfernung mit bemerkenswertem Feingefühl ein. Sie wurde augenblicklich an die Zentrale durchgegeben. Zehn Sekunden später donnerten acht Geschütze los. Nach weiteren fünfzehn Sekunden verschwand die Flakstellung in einer Wolke aus Staub und Feuer.

»Erste Salve im Ziel. Ziel Alpha zerstört.« Der Master Chief empfing von unten den Befehl, das nächste Ziel anzupeilen. Wie der Kapitän würde er sich bald pensionieren lassen. Vielleicht konnten sie gemeinsam ein Waffengeschäft eröffnen.

Es klang wie ferner Donner, aber doch nicht ganz so. Überraschenderweise kam von dort unten keine Reaktion. Durch den Feldstecher konnte er sehen, daß ein paar Köpfe sich umwandten. Vielleicht fielen auch einige Bemerkungen. Aber sonst nichts. Schließlich befand sich das Land im Kriegszustand, und unerfreuliche Geräusche waren hier normal, besonders die, die wie ferner Donner klangen. Eindeutig zu weit weg, um sich Sorgen zu machen. Nicht einmal ein Aufblitzen war bei diesem Wetter zu sehen. Kelly hatte erwartet, daß ein oder zwei Offiziere heraustreten und sich umsehen würden. Er hätte das an ihrer Stelle getan – wahrscheinlich. Sie aber nicht.

Die letzten neunzig Minuten waren angebrochen.

Die Marines hatten wenig Ausrüstung dabei, als sie nach achtern gingen. Einige Matrosen hatten sich als Zuschauer eingefunden. Albie und Irvin zählten ihre Männer ab, als diese auf das Flugdeck hinaustraten, und teilten sie den Hubschraubern zu.

Die letzten Seeleute, die sich aufreihten, waren Maxwell und Podulski. Beide trugen ihre ältesten und abgetragensten Khakiuniformen. In diesem sommerlich-tropischen Aufzug hatten sie damals auf See die Kommandos erteilt und verbanden damit gute Erinnerungen und Glück. Selbst Admirale waren abergläubisch. Zum erstenmal sahen die Marines, daß der blasse Admiral – wie sie ihn insgeheim nannten – die Ehrenmedaille hatte. Das Ordensband wurde mit anerkennenden Blicken und respektvollem Nicken kommentiert, was der Betreffende mit ungerührter Miene zur Kenntnis nahm.

»Alle bereit, Captain?« fragte Maxwell.

»Ja, Sir«, erwiderte Albie, trotz seiner Nervosität äußerlich ruhig. Beginn der Vorstellung. »Wir sehen uns in etwa drei Stunden wieder.«

»Waidmannsheil.« Maxwell stand stocksteif da und salutierte vor dem jüngeren Mann.

»Die schauen recht beeindruckend aus«, bemerkte Ritter. Er hatte auch seine Khakiuniform angezogen, um sich anzupassen. »Mein Gott, hoffentlich klappt's diesmal.«

»Ja«, seufzte James Greer, als das Schiff beidrehte. Deckmatrosen mit Leuchtstäben stellten sich vor beide Truppentransporter, um ihren Start zu lenken, und dann hoben die großen Sikorskys nacheinander ab, richteten sich in den Luftwirbeln aus und zogen nach Westen, dem Land und ihrem Auftrag entgegen. »Jetzt liegt es in ihren Händen.«

»Das sind gute Jungs, James«, sagte Podulski.

»Dieser Clark scheint auch mit allen Wassern gewaschen zu sein. Schlau«, bemerkte Ritter. »Was macht er im normalen Leben?«

»Soweit mir bekannt ist, hängt er im Augenblick etwas durch. Warum?«

»Wir haben immer Platz für einen Kerl, der weiß, was er tut. Der Junge ist ein helles Köpfchen«, betonte Ritter nochmals, als sie wieder zur Einsatzzentrale zurückgingen. Auf dem Flugdeck waren die Cobra-Besatzungen bei ihren letzten Überprüfungen vor dem Abflug. Sie würden in fünfundvierzig Minuten abheben.

»GRILLE an SCHLANGE. Zeitvergleich. Bestätigen.«
»Ja«, sagte Kelly laut – aber nicht zu laut. Er gab drei lange Morsezeichen über sein Funkgerät durch und erhielt zwei zur Antwort. Die *Ogden* hatte soeben angekündigt, daß die Mission angelaufen war, und seine Bestätigung erwidert. »Noch zwei Stunden bis zur Freiheit, Leute«, sagte Kelly den Gefangenen unten im Lager. Daß dieses Ereignis für andere Menschen im Lager nicht so befreiend sein würde, belastete sein Gewissen nicht weiter.

Kelly verzehrte seine letzte Essensration und stopfte den Verpackungsmüll in die Schenkeltaschen seines Tarnanzugs. Dann kroch er aus seinem Versteck. Jetzt, da es dunkel war, konnte er es sich erlauben. Doch er wandte sich noch einmal um und versuchte, alle Spuren seiner Anwesenheit zu tilgen. Ein solches Unternehmen könnte ja noch einmal angesetzt werden, und warum sollte die Gegenseite erfahren, wie es zustande gekommen war? Die Spannung stieg schließlich so weit, daß sich seine Blase meldete. Fast schon komisch. Er kam sich vor wie ein Konfirmand, dabei hatte er an diesem Tag immerhin fast zwei Liter getrunken.

Dreißig Minuten Flugdauer bis zur ersten Landezone, dann weitere dreißig für den Anmarsch. Wenn sie über den Hügel dort kommen, nehme ich direkten Kontakt mit ihnen auf, um ihr letztes Vorrücken zu überwachen. – Packen wir's an.

»Feuer nach rechts verlegen. Ziel Hotel in Sicht«, berichtete Skelley.
»Entfernung ... neun-zwei-fünf-null.« Die Kanonen donnerten erneut los. Eine der 100-mm-Geschützstellungen feuerte jetzt tatsächlich zurück. Die Besatzung hatte zusehen müssen, wie die *Newport News* den Rest ihres Flugabwehrbataillons vernichtete, und da sie ihre Geschütze nicht verlassen konnten, versuchten sie zumindest, zurückzufeuern und das Ungetüm zu verwunden, das da ein Stück vor ihrer Küste lag.

»Dort sind die Helikopter«, sagte der stellvertretende Kommandant an seinem Posten in der Einsatzzentrale. Die Pünktchen am Hauptradarschirm überquerten die Küste genau dort, wo die Ziele Alfa und Bravo gewesen waren. Er nahm den Hörer ab.
»Hier der Kapitän.«
»Hier der Stellvertreter, Sir. Die Helikopter sind über Land, nehmen genau den Korridor, den wir freigeschossen haben.«
»Wunderbar. Bereiten Sie das Einstellen des Feuers vor. Diese Hubschrauber werden in dreißig Minuten auf Instrumentenflug umstellen. Halten Sie also ein wachsames Auge auf diesen Radar.«

»Aye, Sir.«
»Du lieber Himmel«, entfuhr es einem Radartechniker, »was geht hier vor?«
»Erst brennen wir ihnen eins auf den Pelz«, meinte sein Nachbar, »dann kriechen wir ihnen in den Pelz.«

Es verblieben nur noch Minuten, bis die Marines am Boden sein würden. Der Regen fiel mit unveränderter Stärke vom Himmel herunter, nur der Wind hatte sich gelegt.
Kelly befand sich nun auf einer freien Fläche. Das bedeutete keine Gefahr, denn er hob sich nicht gegen den Himmel ab. Hinter ihm war genügend Bewuchs. Seine gesamte Kleidung und die bloßliegende Haut waren so bemalt, daß er mit seiner Umgebung verschmolz. Er ließ seinen Blick überallhin schweifen auf der Suche nach Gefahr, nach etwas Ungewöhnlichem, aber er konnte nichts entdecken. Es war verdammt schlammig. Der feuchte und rote Lehm dieser erbärmlichen Hügel war zu einem Teil seines Körpers geworden, eingedrungen in den Uniformstoff und in jede Pore.
Sie hatten noch zehn Minuten bis zur Landezone. Das ferne Donnern von der Küste her war noch vereinzelt zu hören, aber weil es schon so lange andauerte, klang es nicht mehr so gefährlich. Inzwischen hörte es sich viel eher wie Donner an, und nur Kelly wußte, daß es die Geschütze eines Kriegsschiffs waren. Er setzte sich hin, ließ die Ellbogen auf den Knien ruhen und beobachtete mit dem Fernglas das ganze Lager. Immer noch keine Lichter. Immer noch keine Bewegung. Der Tod raste auf sie zu, und sie waren ahnungslos. Er konzentrierte sich so sehr auf die Augen, daß er das Gehör beinahe vernachlässigte.
Es war auch schwer herauszuhören bei dem Regen. Ein fernes Rumpeln, dumpf und schwach, das aber nicht mehr verschwinden wollte. Es verstärkte sich sogar. Kelly setzte den Feldstecher ab, wandte sich mit offenem Mund um und versuchte, das Geräusch zu orten.
Motoren.
Lastwagenmotoren. Nun gut, in der Nähe ist ja eine Straße – nein, die Hauptstraße liegt zu weit weg ... in der anderen Richtung.
Ein Versorgungslaster vielleicht, der Nahrung und Post bringt.
Mehr als einer.
Kelly stieg zur Spitze des Hügels hoch, lehnte sich an einen Baum und blickte dorthin, wo der Ausläufer einer Lehmstraße an die stieß, die am nördlichen Flußufer entlanglief. Da bewegte sich etwas. Er stellte den Feldstecher darauf ein.

LKWs ... zwei ... drei ... vier ... oh, mein Gott ...
Sie hatten Licht an, das aus den zu Schlitzen verklebten Scheinwerfern drang. Das konnten nur Militärfahrzeuge sein. Der zweite Wagen beleuchtete den ersten ein wenig. Zu beiden Seiten der Ladefläche waren Leute aufgereiht.
Soldaten. – Halt, Johnnyboy, keine Panik. Immer mit der Ruhe ... vielleicht ... Sie kamen um den Fuß des Schlangenbergs herum. Der Wächter in einem der Türme rief etwas. Der Ruf wurde weitergegeben. Im Offiziersquartier gingen Lichter an. Jemand trat heraus, wahrscheinlich der Major. Er war nicht angezogen und rief eine Frage.
Der erste LKW machte am Tor halt. Ein Mann stieg aus und brüllte, es solle ihm einer aufmachen. Das andere Lastauto hielt dahinter. Soldaten stiegen ab. Kelly zählte ... zehn ... zwanzig ... dreißig ... noch mehr ... doch die Zahl war nicht das entscheidende. Viel schlimmer war, was sie taten.
Er mußte wegsehen. Was würde das Schicksal ihm noch alles entreißen? Warum nahm es ihm nicht einfach das Leben und ließ es dabei bewenden? Aber das Schicksal war gerade nicht an seinem Leben interessiert. Das war es nie. Kelly trug wie immer die Verantwortung für mehr als nur sein Leben. Er schaltete das Funkgerät ein.
»SCHLANGE an GRILLE, over.«
Nichts.
»SCHLANGE an GRILLE, over.«

»Was gibt's?« fragte Podulski.
Maxwell nahm das Mikrofon. »SCHLANGE, hier ist GRILLE auf Empfang, was haben Sie zu melden, over?«
»Abbrechen, abbrechen, abbrechen – bestätigen Sie«, war alles, was sie hörten.

»Wiederholen Sie, SCHLANGE, wiederholen Sie.«
»Brechen Sie die Mission ab«, sagte Kelly, schon zu laut für seine eigene Sicherheit. »Abbrechen, abbrechen, abbrechen. Sofort bestätigen.«
Es dauerte ein paar Sekunden. »Wiederholen Ihren Befehl zum Abbruch. Empfang bestätigt. Mission abgebrochen. Bleiben Sie auf Empfang.«
»Roger, bleibe auf Empfang.«

»Was ist los?« fragte Major Vinh.
»Wir haben erfahren, daß die Amerikaner möglicherweise Ihr Lager überfallen werden«, erwiderte der Hauptmann mit einem Blick auf seine Männer. Sie verteilten sich geschickt, die eine Hälfte drang in den Wald ein, die andere bezog Stellungen innerhalb der Lagerbefestigung. Sie begannen mit dem Graben, sobald sie ihre Plätze ausgesucht hatten. »Genosse Major, ich habe Befehl, die Verteidigung zu übernehmen, bis weitere Einheiten eintreffen. Sie sind aufgefordert, Ihren russischen Gast aus Sicherheitsgründen nach Hanoi zu bringen.«
»Aber...«
»Die Befehle kommen von General Giap persönlich, Genosse Major.«
Das regelte die Angelegenheit umgehend. Vinh trat in seine Unterkunft zurück, um sich fertig anzukleiden. Sein Lagerfeldwebel ging den Fahrer wecken.

Kelly konnte nur hilflos zusehen. Fünfundvierzig, vielleicht mehr. Da sie sich bewegten, konnte er sie nicht genau zählen. Gruppen hoben Löcher für MG-Nester aus. Im Wald schwärmten Spähtrupps aus. Das bedeutete unmittelbare Gefahr für ihn, aber er wartete dennoch. Er mußte sicher sein, daß er richtig entschieden hatte, daß er nicht in Panik reagiert hatte, nicht auf einmal zum Feigling geworden war.

Fünfundzwanzig gegen fünfzig wäre nicht schwer, wenn sie nach Plan vorgingen und das Überraschungsmoment ausnutzten. Fünfundzwanzig gegen hundert, ohne Überraschung ... aussichtslos. Er hatte richtig entschieden. Es war unvernünftig, fünfundzwanzig weitere Leichen auf die Totenliste zu setzen, die in Washington geführt wurde. Mit so einem Fehler oder dem Verlust so vieler Leben konnte er sein Gewissen nicht belasten.

»Die Helikopter kommen zurück, Sir, auf dem gleichen Weg, wie sie hingeflogen sind«, sagte der Radartechniker dem stellvertretenden Kommandanten.
»Zu schnell«, sagte der Stellvertreter.

»Verdammt noch mal, Dutch! Also was ...«
»Das Unternehmen ist abgeblasen, Cas«, sagte Maxwell, während er vor sich auf den Kartentisch starrte.
»Aber warum bloß?«

»Weil Mr. Clark es gesagt hat«, antwortete Ritter. »Er ist das Auge, er sitzt am Funkgerät. Das muß Ihnen doch nicht extra gesagt werden, Admiral. Wir haben diesen Mann noch dort sitzen, meine Herren. Das dürfen wir nicht vergessen.«
»Wir haben ganze zwanzig Männer dort.«
»Stimmt, Sir, aber heute nacht kommt nur einer raus.« *Und das auch nur, wenn wir Glück haben.*
Maxwell blickte zu Kapitän Franks auf. »Nehmen Sie Kurs auf den Strand, so schnell Sie können.«
»Ja, Sir.«

»Hanoi? Warum?«
»So lauten die Befehle.« Vinh schaute auf den Marschbefehl, den der Hauptmann ihm übergeben hatte. »Die Amerikaner wollen hierherkommen. Sollen sie doch! Das wird kein zweites Song Tay werden!«
Die Vorstellung eines Infanterieeinsatzes bereitete Oberst Grischanow nicht gerade Freude, und ein Ausflug nach Hanoi, selbst ein unangekündigter, versprach auch einen Besuch in der Botschaft.
»Lassen Sie mich packen, Major.«
»Aber machen Sie schnell!« schnarrte der kleine Mann, der sich fragte, ob diese Fahrt nach Hanoi wegen irgendeiner Verfehlung angeordnet worden war.
Es könnte schlimmer sein. Grischanow hatte seine Aufzeichnungen nun alle beisammen und steckte sie in den Rucksack. Seine ganze Arbeit, die Vinh ihm netterweise wieder ausgehändigt hatte. Er würde sie bei General Rokossowskij abliefern, und wenn sie erst in offiziellen Händen war, konnte er sich dafür einsetzen, daß die Amerikaner am Leben gelassen wurden. Des einen Unglück ist des anderen Glück. Grischanow liebte Sprichworte.

Er konnte sie kommen hören. Sie waren noch weit weg und bewegten sich ziemlich ungeschickt, wahrscheinlich waren sie müde. Aber sie rückten näher.
»SCHLANGE an GRILLE, over.«
»Wir hören Sie, SCHLANGE.«
»Ich mache mich auf den Weg. Auf meinem Hügel sind Leute, die auf mich zukommen. Ich entferne mich nach Westen. Können Sie mir einen Hubschrauber schicken?«
»Geht in Ordnung. Passen Sie auf sich auf, mein Sohn.« Das war Maxwells Stimme, voll Besorgnis.

»Ich setze mich in Bewegung. Ende.« Kelly steckte das Funkgerät ein und ging auf den Hügelrücken zu. Er nahm sich einen Augenblick Zeit, um sich noch einmal umzusehen, und verglich, was er jetzt sah, mit dem, was er vorher gesehen hatte.

Im Dunkeln renne ich besonders schnell, hatte er den Marines gesagt. Jetzt war die Zeit gekommen, es zu beweisen. Nach einem letzten Horchen auf die näher rückenden NVA-Soldaten suchte sich Kelly eine Stelle, wo das Unterholz nicht so dicht war, und rannte den Hügel hinunter.

30 / Agenten auf Reisen

Es war allen klar, daß etwas nicht in Ordnung war. Kaum eine Stunde nach ihrem Abflug landeten die beiden Rettungshubschrauber wieder auf der *Ogden*. Einer wurde sofort weggeschoben. Der andere, in dem der erfahrenere Pilot saß, wurde aufgetankt. Captain Albie sprang noch während des Aufsetzens heraus und sprintete zu den Deckaufbauten, wo die Kommandogruppe auf ihn wartete. Er spürte förmlich, daß die *Ogden* und ihre Eskorte auf den Strand zurauschten. Seine niedergeschlagenen Marinesoldaten stiefelten schweigend und gesenkten Blickes heraus und legten ihre Waffen ab.
»Was ist passiert?« fragte Albie.
»Clark hat alles abgeblasen. Wir wissen lediglich, daß er von dem Hügel weg ist, weil dort Leute waren. Wir werden ihn rauszuholen versuchen. Wo, denken Sie, wird er sich hinwenden?« fragte Maxwell.
»Er wird nach einer Stelle Ausschau halten, wo der Helikopter ihn aufnehmen kann. Schauen wir mal auf die Karte.«

Wäre ihm Zeit zum Nachdenken geblieben, hätte Kelly vielleicht darüber sinniert, wie schnell sich Gut in Böse verwandeln konnte. Aber das ging jetzt nicht. Überleben war ein Spiel, das allen Einsatz forderte, und derzeit war weit und breit nichts anderes geboten. Auf jeden Fall würde es nicht langweilig und mit etwas Glück auch nicht zu strapaziös werden. So viele Soldaten zum Absichern des Lagers gegen einen Überfall waren noch nicht da, sie genügten – noch – nicht, um effektive Abwehreinheiten auszuschicken. Wenn sie Angst vor einem zweiten Einsatz im Stil von Song Tay hatten, dann würden sie ihre Feuerkraft in der Nähe behalten. Sie würden Spähposten auf die Hügel verlegen und wohl einstweilen nichts weiter unternehmen. Die Spitze des Schlangenhügels lag nun schon fünfhundert Meter hinter ihm. Kelly verlangsamte den Abstieg, damit er wieder zu Atem kam – er war eher atemlos vor Angst als wegen der Anstrengung, obwohl beide Faktoren heftig um die Vorherrschaft stritten. Er kam zu einem weiteren Hügelrücken und ruhte sich auf

der rückwärtigen Seite aus. Während er so verharrte, konnte er hinter sich Worte hören – Reden, aber keine Bewegung. Nun gut, die taktische Situation hatte er richtig eingeschätzt. Wahrscheinlich würde bald eine Truppenverstärkung eintreffen, doch dann wäre er schon über alle Berge.
Wenn sie den Hubschrauber herbringen können.
Ein angenehmer Gedanke.
Ich war schon tiefer in der Klemme, verkündete die innere Auflehnung.
Wann? erkundigte sich der Pessimismus vorsichtig.
Im Augenblick war es das sinnvollste, soviel Abstand wie möglich zwischen sich und die NVA zu legen. Dann erhob sich die Notwendigkeit, etwas zu finden, was einem Landeplatz gleichkam, damit er schleunigst von hier verduften konnte. Es bestand noch kein Anlaß, in Panik zu geraten, aber herumtrödeln konnte er auch nicht. Bis Tagesanbruch könnten weitere Truppen eintreffen, und wenn deren Kommandant seine Sache verstand, dann würde er wissen wollen, ob sich auf seinem Gelände ein feindlicher Spähtrupp befand. Wenn Kelly es nicht schaffte, vor der Morgendämmerung von hier wegzukommen, würden seine Chancen, je wieder dieses Land zu verlassen, spürbar sinken. *Beweg dich. Finde eine gute Stelle. Ruf den Helikopter her. Schau, daß du schleunigst von hier wegkommst.* Bis Tagesanbruch hatte er noch vier Stunden Zeit. Der Hubschrauber würde etwa dreißig Minuten bis hierher brauchen. Kelly blieben schätzungsweise zwei bis drei Stunden, um eine passende Stelle zu finden und die Funkmeldung durchzugeben. Das erschien nicht überaus schwierig. Kelly kannte das Gebiet von SENDER GREEN ja durch die Aufklärungsfotos. Er nahm sich ein paar Minuten Zeit, um sich umzusehen und zu orientieren. Der schnellste Weg zu einer offenen Stelle verlief dort über die Straßenbiegung. Das war ein Wagnis, das den Einsatz lohnte. Er rückte sein Gepäck zurecht und verlegte seine Ersatzmagazine so, daß er sie leichter erreichen konnte. Nichts fürchtete Kelly mehr als die Gefangennahme. Dann wäre er nämlich der Gnade von Männern wie bei PLASTIC FLOWER ausgeliefert, könnte sich nicht wehren und hätte sein Leben nicht mehr in der Hand. Ein leises Stimmchen im Hinterkopf sagte ihm, daß der Tod dem noch vorzuziehen wäre. Sich gegen unüberwindliche Widrigkeiten zu wehren, war kein Selbstmord. Okay. Das war ausgemacht. Er setzte sich in Bewegung.

»Sollen wir ihn anfunken?« fragte Maxwell.
»Nein, noch nicht.« Captain Albie schüttelte den Kopf. »Er wird uns rufen. Mr. Clark ist jetzt beschäftigt. Lassen wir ihn in Ruhe.« Irvin kam zur Lagebesprechung hinzu.
»Was ist mit Clark?« fragte der Artillerist.
»Ist unterwegs«, teilte Albie ihm mit.
»Brauchen Sie mich und ein paar Leute mit der Waffe im Anschlag im Rettungshubschrauber Eins?« Es stand außer Frage, daß man versuchen würde, Clark herauszuholen. Marines haben eine eingefleischte Abneigung dagegen, Leute im Stich zu lassen.
»Das übernehme ich, Irvin«, meinte Albie.
»Sie leiten besser die Rettung, Sir«, redete Irvin ihm zu. »Mit dem Gewehr kann hier schließlich jeder umgehen.«

Maxwell, Podulski und Greer hielten sich aus dieser Unterredung heraus, sahen und hörten den beiden Berufssoldaten nur zu, die wußten, wovon sie redeten. Der Kommandant der Marines beugte sich der Logik seines nach ihm ranghöchsten Offiziers.

»Nehmen Sie mit, was Sie brauchen.« Dann wandte Albie sich an Maxwell. »Sir, ich möchte den Rettungshubschrauber Eins nun in Bereitschaft haben.«

Der stellvertretende Befehlshaber der Marineoperationen (Luft) übergab den Kopfhörer einem erst achtundzwanzigjährigen Marineoffizier; damit gab er auch das taktische Kommando über die aufgeflogene Mission ab. Und damit wurde zugleich das Ende der Karriere von Dutch Maxwell eingeleitet.

Wenn er in Bewegung blieb, war die Angst geringer. Sich zu bewegen gab Kelly das Gefühl, er hätte sein Leben im Griff. Das war natürlich eine Illusion, was er vom Kopf her auch wußte, aber sein Körper faßte es anders auf. Und das war nur gut so. Er erreichte den Fuß des Hügels, geriet in dichter bewachsenes Gelände. Da. Auf der anderen Seite der Straße lag eine offene Fläche, so etwas wie eine Wiese, vielleicht ein Überschwemmungsgebiet des Flusses. Das würde genügen, auch wenn es nicht ideal war.

Er funkte: »SCHLANGE an GRILLE, over.«
»Hier ist GRILLE. Wir verstehen Sie gut und bleiben in der Leitung.«

Die Meldung kam abgehackt, kurzatmig. »Westlich von meinem Hügel, hinter der Straße, drei Kilometer westlich des Zielorts ist ein freies Feld. Ich bin in der Nähe. Schickt den Hubschrauber. Ich kann Blinkzeichen geben.«

Albie blickte auf die Karte, dann auf die Luftaufnahmen. Gut, das sah halbwegs einfach aus. Er tippte mit dem Finger auf die Karte, und der Unteroffizier für die Luftüberwachung gab die Information sofort weiter. Albie wartete auf die Bestätigung, bis er sich wieder bei Clark meldete.
»Verstanden. Wiederhole. Rettungshubschrauber Eins fliegt jetzt los, Flugzeit zwanzig Minuten.«
»Verstanden.« Albie hörte aus dem Grundrauschen die Erleichterung in Clarks Stimme heraus. »Mache mich bereit. Ende.«

Herrgott, ich danke dir.
Kelly ließ sich jetzt Zeit und bewegte sich langsam und geräuschlos auf die Straße zu. Sein zweiter Abstecher nach Nordvietnam würde doch nicht so lange dauern wie der erste. Diesmal würde er auch nicht herausschwimmen müssen, und nach all den Impfungen, die er vor dem Einsatz verpaßt bekommen hatte, würde er diesmal vielleicht nicht einmal von dem fauligen Flußwasser krank werden. Er entspannte sich zwar nicht wirklich, dennoch ließ seine Anspannung spürbar nach. Wie auf ein Stichwort hin verstärkte sich der Regen, dämpfte die Geräusche und verringerte die Sicht. Um so besser. Vielleicht hatten Gott, das Schicksal oder der Mann im Mond schließlich doch nicht beschlossen, ihn zu verfluchen. Er hielt wieder an, zehn Meter vor der Straße, und blickte sich um. Er genehmigte sich ein paar Minuten Entspannung und ließ den Streß abklingen. Es hatte keinen Sinn, dort rüberzupreschen, bloß um in offenes Gelände zu kommen. Freie Flächen waren gefährlich für einen Mann allein in Feindesland. Er hielt seinen Karabiner, den Teddybär des Infanteristen, fest im Griff, während er sich zwang, tief durchzuatmen, um seinen Herzrhythmus zu senken. Erst als er sich halbwegs wieder normal fühlte, näherte er sich der Straße.

Miserable Straßen, dachte Grischanow, *sogar noch schlimmer als die in Rußland.* Das Auto war seltsamerweise ein französisches Fabrikat. Bemerkenswert, daß es sogar recht gut lief oder zumindest bei einem vernünftigen Fahrer gut gelaufen wäre. Major Vinh hätte selbst fahren sollen. Als Offizier beherrschte er das wahrscheinlich auch, aber als statusbewußter, eingebildeter Laffe mußte er seine Ordonnanz dafür einspannen, und dieser Bauerntölpel konnte wohl gerade noch einen Ochsen steuern, aber sonst nichts. Das Auto schlingerte im Matsch. Der Fahrer konnte im Regen noch dazu kaum etwas sehen. Grischanow auf dem Rücksitz schloß die Augen und klammerte sich an seinen Rucksack. Lieber nicht hinsehen, das konnte ihm nur Angst einjagen. Es war wie Fliegen bei schlechtem Wetter, dachte er, etwas, was keinem Piloten behagte. Schon gar nicht, wenn ein anderer am Steuer saß.

Kelly wartete, schaute sich vor dem Überqueren der Straße um, lauschte, ob er einen Lastwagen hörte, was für ihn die größte Gefahr darstellte. Nichts. Also gut, in etwa fünf Minuten müßte der Helikopter eintreffen. Kelly richtete sich auf, langte mit der linken Hand nach hinten und griff nach seiner Signallampe. Während er über die Straße ging, schaute er beständig nach links, denn von dort würden die LKWs mit den Truppenverstärkungen auf das nun völlig sichere Gefangenenlager zufahren. *Verdammt!*
Selten hatte sich Konzentration negativ für Kelly ausgewirkt, aber diesmal war es der Fall. Das Geräusch des näher kommenden Autos, das auf der schlammigen Straße dahinschlidderte, war den normalen Lauten der Umgebung ein bißchen zu ähnlich, und bis Kelly den Unterschied bemerkt hatte, war es schon zu spät. Als der Wagen um die Kurve kam, stand er mitten auf der Straße wie ein vom Scheinwerfer geblendeter Hirsch, und der Fahrer konnte ihn gar nicht übersehen. Der Rest ergab sich ganz automatisch.
Kelly riß den Karabiner hoch und feuerte eine kurze Salve auf den Fahrersitz. Der Wagen brach überhaupt nicht aus, und so schickte er einen zweiten Feuerstoß auf den Beifahrersitz. Da kam das Auto vom Weg ab und knallte frontal gegen einen Baum. Das Ganze mußte sich in drei Sekunden abgespielt haben, und nach einem entsetzlich langen Aussetzer begann Kellys Herz wieder zu schlagen. Er rannte zum Auto. Wen hatte er getötet?
Der Fahrer war durch die Windschutzscheibe geflogen; er hatte zwei Kugeln im Hirn. Kelly riß die Beifahrertür auf. Die Person dort war – der Major! Auch am Kopf getroffen. Die Schüsse hatten ihn an der Seite erwischt, und obwohl die Schädeldecke rechts aufgerissen war, zitterte der Körper noch. Kelly zog ihn aus dem Fahrzeug und kniete sich hin, um ihn zu durchsuchen, als er ein Stöhnen vom Rücksitz hörte. Er beugte sich rasch ins Wageninnere und entdeckte am Boden noch einen Mann – den Russen! Kelly zog auch ihn heraus. Der Mann hielt seinen Rucksack umklammert.
Auch hier lief alles so automatisch ab wie das Schießen. Kelly schlug den Russen mit dem Gewehrkolben bewußtlos, dann wandte er sich schnell wieder dem Major zu, um dessen Uniform nach Geheimdienstunterlagen zu durchsuchen. Er stopfte sich alle Doku-

mente und Papiere in die Taschen. Der Vietnamese sah ihn an, ein Auge bewegte sich noch.
»Das Leben ist schon ein gemeines Biest, nicht wahr?« sagte Kelly kaltblütig, als die Augen leblos wurden.
»Was zum Teufel soll ich mit dir anstellen?« fragte Kelly, dem Körper des Russen zugewandt. »Du bist doch der, der unseren Jungs so zugesetzt hat, oder nicht?« Er kniete sich hin, öffnete den Rucksack und fand ganze Bündel von Papier, womit die Frage beantwortet war – denn der sowjetische Oberst selbst war dazu absolut nicht in der Lage.
Denk schnell, John – der Hubschrauber ist nicht mehr weit weg.

»Dort ist das Blinksignal«, sagte der Copilot.
»Dann aber dalli.« Der Pilot holte das letzte aus dem Sikorsky heraus. Zweihundert Meter vor der Lichtung drosselte er die Rotoren, und die Steigungshaltung von 45 Grad bremste den Geradeausflug rasch ab. Es war ein einwandfreies Manöver, denn der Hubschrauber blieb ganz nahe bei dem blinkenden Infrarotstrahler in der Schwebe, einen Meter über dem Boden. Der Navy-Commander mußte gegen alle möglichen Kräfte ankämpfen, um den vom Wind gebeutelten Hubschrauber ruhig zu halten. Erst langsam drang etwas in sein Bewußtsein, das seine Augen schon längst erfaßt hatten. Er hatte gesehen, wie der Rotorluftstrom seinen Überlebenden umwarf, aber ...
»Hab ich da draußen wirklich *zwei* Leute gesehen?« fragte er über Bordfunk.
»Los, los, los!« sagte eine andere Stimme auf der Bordfrequenz.
»Wir haben alles an Bord, also los!«
»Jetzt aber raus aus dem Schlamassel!« Der Pilot stellte alles auf Steigflug, trat aufs Pedal für das Seitenruder, senkte die Nase des Hubschraubers und steuerte so mit wachsender Geschwindigkeit auf den Fluß zu. *Sollte da nicht bloß eine Person gewesen sein?* Er verscheuchte den Gedanken. Jetzt mußte er fliegen, und es lagen fünfzig verzwickte Kilometer bis zum sicheren Wasser vor ihnen.
»Wer zum Teufel ist das?« fragte Irvin.
»Ein Anhalter«, antwortete Kelly im Motorengedröhne. Er schüttelte den Kopf. Erklärungen würden jetzt zu lange dauern. Irvin verstand. Er bot ihm seine Feldflasche an. Kelly trank sie in einem Zug leer. Dann setzte das Zittern ein. Vor der Hubschrauberbesatzung und fünf Marines zitterte Kelly, als wäre er in der Arktis, schlang die Arme um sich, ließ aber trotzdem seine Waffe nicht los,

bis Irvin sie ihm wegnahm und abstellte. Der Sergeant der Artillerie sah sofort, daß aus ihr gefeuert worden war. Er würde später noch erfahren, warum und auf wen. Die Schützen an den Türen behielten das Flußtal im Auge, während ihr Fluggerät kaum sechzig Meter über dessen gewundenem Lauf seewärts dröhnte. Alles verlief ohne Zwischenfälle und ganz anders, als sie erwartet hatten, aber das ließ sich ja von dieser ganzen Nacht sagen. Was war nur falsch gelaufen? Das wollten sie alle wissen. Nur der Mann, den sie gerade aufgeklaubt hatten, konnte das beantworten. Doch wer zum Teufel war der andere, der hatte doch eine russische Uniform? Zwei Männer beugten sich über ihn. Einer band ihm die Hände zusammen. Ein dritter verschloß den Rucksack wieder.

»Rettungshubschrauber Eins an CRICKET. SCHLANGE an Bord. Over.«

»Hier CRICKET. Verstanden. Over.« Albie sah auf. »Na, das war's also.«

Podulski nahm es sich am schwersten zu Herzen. BOXWOOD GREEN war ursprünglich seine Idee gewesen, und wenn es funktioniert hätte, wäre damit vielleicht alles anders geworden. Es hätte den ganzen Kriegsverlauf beeinflussen können – und der Tod seines Sohnes wäre dann vielleicht nicht ganz umsonst gewesen. Er sah auf und blickte sich unter den anderen um. Fast hätte er gefragt, ob sie es nicht doch noch versuchen wollten, aber er wußte es ja besser. Die Sache war fehlgeschlagen. Eine bittere Erkenntnis für jemanden, der seinem angenommenen Vaterland fast dreißig Jahre lang treu gedient hatte.

»'nen schweren Tag gehabt?« fragte Frank Allen.

Lieutenant Mark Charon war überraschend munter für einen Mann, der gerade einen tödlichen Schußwechsel und die fast ebenso nervenaufreibende Befragung danach durchgestanden hatte.

»Der verdammte Narr. Das hätte so nicht kommen sollen«, sagte Charon. »Ich schätze, ihm hat das Leben in der Falls Road nicht zugesagt«, fügte der Lieutenant vom RD hinzu, womit er auf das Staatsgefängnis von Maryland anspielte. Das in der Innenstadt von Baltimore gelegene Gebäude war so schrecklich, daß die Insassen es als Frankensteins Schloß bezeichneten.

Allen mußte ihm nicht viel erzählen. Die Prozedur bei so einem Vorfall war immer die gleiche. Charon würde zehn Arbeitstage vom Dienst befreit werden, während das Dezernat sich vergewisserte, daß der Gebrauch der Schußwaffe nicht im Widerspruch zu den offiziellen Polizeirichtlinien für die Anwendung des »finalen Rettungsschusses« stand. Im Grunde war das ein bezahlter zweiwöchiger Urlaub. Charon würde nur noch ein paar zusätzliche Befragungen über sich ergehen lassen müssen. In diesem Fall war das nicht mal wahrscheinlich, da mehrere Polizeibeamte alles mitangesehen hatten, einer sogar nur aus kaum fünfzehn Meter Entfernung.

»Die Sache liegt bei mir, Mark«, informierte ihn Allen. »Ich habe schon mal reingeschaut. Sieht aus, als würden Sie da sauber rauskommen. Haben Sie vielleicht irgendwas getan, das ihn nervös gemacht haben könnte?«

Charon schüttelte den Kopf. »Nein. Ich habe nicht geschrien oder so, bis er nach seinem Eisen gegriffen hat. Ich habe versucht, ihm gut zuzureden, wissen Sie, ihn zu beruhigen und so. Aber er hat falsch darauf reagiert. Eddie Morello ist an seiner eigenen Blödheit gestorben«, bemerkte der Lieutenant, der es im stillen genoß, daß er damit die exakte Wahrheit verkündete.

»Na ja, ich werde dem Tod eines Dealers keine Träne nachweinen. Eigentlich war es ein durchaus erfolgreicher Tag, Mark.«

»Wie das, Frank?« Charon setzte sich und schnorrte eine Zigarette.

»Ich habe heute einen Anruf aus Pittsburgh erhalten. Anscheinend gibt es eine Zeugin für den Mord an der Fontäne, den Em und Tom bearbeiten.«

»Im Ernst? Das ist ja erfreulich. Was haben wir denn in der Hand?«

»Der Kerl hat von einem Mädchen gesprochen, das gesehen hat, wie Madden und Waters abgemurkst wurden. Sieht so aus, als hätte es sich dem Gemeindepfarrer anvertraut, und der versucht nun, sie zu einer richtigen Zeugenaussage zu bewegen.«

»Toll«, bemerkte Charon, in diesem Moment sein innerliches Entsetzen so gut verbergend wie zuvor die Genugtuung über seinen ersten Mordauftrag. Noch eine Sache, die bereinigt werden mußte. Mit etwas Glück wäre damit dann alles erledigt.

Der Helikopter landete sanft auf der USS *Ogden*. Sobald er aufgesetzt hatte, traten die Leute aufs Flugdeck hinaus. Die Mannschaft an Deck machte den Hubschrauber mit Ketten fest. Zuerst stiegen die Marines aus, erleichtert, wieder in Sicherheit zu sein, aber auch bitter enttäuscht darüber, wie sich die Nacht entwickelt hatte. Sie wußten, daß der Zeitablauf nahezu perfekt gewesen war. Das war die vorbestimmte Zeit für ihre Rückkehr aufs Schiff mit ihren geretteten Kameraden. Auf diesen Augenblick hatten sie sich so gefreut wie eine Sportmannschaft auf die Siegesfeier in der Umkleidekabine. Aber die gab es nun nicht. Sie hatten keinen Erfolg gehabt und wußten immer noch nicht, warum.

Irvin und ein weiterer Marinesoldat kletterten mit einem Körper in den Armen heraus, was die versammelten Flaggoffiziere wirklich überraschte, zumal danach Kelly putzmunter ausstieg. Der Hubschrauberpilot machte große Augen, als er das sah. Auf der Wiese waren also doch zwei Menschen gewesen. Aber hauptsächlich war er erleichtert, daß ihm wenigstens eine halbwegs erfolgreiche Rettungsaktion in Nordvietnam geglückt war.

»Wer zum Teufel ...?« fragte Maxwell, während das Schiff schon nach Osten abdrehte.

»Äh, Leute, schafft diesen Kerl gleich nach drinnen und isoliert ihn!« sagte Ritter.

»Er ist bewußtlos, Sir.«

»Dann holt einen Sanitäter«, befahl Ritter.

Sie wählten für die Nachbereitung eine der vielen leeren Mannschaftskabinen der *Ogden* aus. Kelly durfte sich das Gesicht waschen, aber sonst nichts weiter. Ein Sanitäter untersuchte den Russen und verkündete dann, daß dieser benommen, aber gesund sei. Beide Pupillen reagierten gleich, er habe also keine Gehirnerschütterung erlitten. Zwei Marinesoldaten bewachten den Gefangenen.

»Vier LKWs«, sagte Kelly. »Die fuhren geradewegs ins Lager. Ein erweiterter Zug Verstärkung, etwa fünfzig Mann, ein bewaffneter Zug wahrscheinlich, der aufgetaucht ist, während unsere Einsatztruppe schon unterwegs war. Sie haben gleich angefangen, sich einzugraben. Ich mußte abblasen.«

Greer und Ritter tauschten einen Blick aus. *Das kann kein Zufall sein.*

Kelly sah Maxwell an. »Es tut mir schrecklich leid, Sir.« Er hielt kurz inne. »Unter diesen Umständen wäre die Mission nicht mehr durchführbar gewesen. Ich mußte vom Hügel herunter, weil sie Horchposten ausgeschickt haben. Ich meine, selbst wenn wir das in den Griff bekommen hätten ...«

»Wir hatten ja auch Kampfhubschrauber, vergessen Sie das nicht«, knurrte Podulski.

»Halt dich zurück, Cas«, warnte ihn James Greer.

Kelly sah den Admiral lange an, bevor er auf die Anschuldigung einging. »Admiral, die Erfolgsaussichten waren gleich Null. Sie haben mich beauftragt, das Zielobjekt im Auge zu behalten, damit wir

es im kleinen Rahmen erledigen können, stimmt's? Mit großem Aufwand hätten wir es unter Umständen schaffen können – das Song-Tay-Team hätte es geschafft. Es hätte zwar ein Gemetzel gegeben, aber die hatten genug Feuerkraft, um es durchzuziehen, so, wie sie direkt ins Ziel vorgestoßen sind.« Er schüttelte nochmals den Kopf. »Aber auf unsere Art nicht.«
»Sind Sie sicher?« fragte Maxwell.
Kelly nickte. »Ja, Sir. Todsicher.«
»Danke, Mr. Clark«, sagte Captain Albie ruhig, der das Gehörte nicht im geringsten bezweifelte. Kelly saß da, noch immer angespannt von den nächtlichen Ereignissen.
»Okay«, sagte Ritter nach einer kurzen Pause. »Was ist mit unserem Gast, Mr. Clark?«
»Ich hab Mist gebaut«, gab Kelly zu und erklärte, wie das Auto so nahe hatte herankommen können. Er griff in seine Tasche. »Ich habe den Fahrer und den Lagerkommandanten – ich denke wenigstens, er war es – getötet. Das da hatte er bei sich.« Kelly händigte die Dokumente aus. »Der Russe hat auch eine Menge Papiere bei sich. Ich habe mir gedacht, es wäre unklug, ihn dort zu lassen. Ich war der Meinung, er könnte uns nützlich sein.«
»Die Papiere sind in Russisch«, verkündete Irvin.
»Zeigen Sie mal her«, befahl Ritter. »Ich kann ganz gut Russisch.«
»Wir brauchen auch jemand, der Vietnamesisch lesen kann.«
»Da habe ich einen«, sagte Albie. »Irvin, holen Sie Sergeant Chalmers her.«
»Aye aye, Sir.«
Ritter und Greer gingen zu einem Tisch in der Ecke. »Meine Herren!« bemerkte der Feldoffizier, als er die schriftlichen Aufzeichnungen durchblätterte. »Der Kerl hat eine Menge . . . Rokossowskij? Der ist in Hanoi? Hier ist eine Zusammenfassung.«
Der Geheimdienstspezialist Chalmers machte sich daran, die Major Vinh abgenommenen Unterlagen durchzulesen. Alle übrigen warteten, bis die Spezialisten die Aufzeichnungen durchgegangen sein würden.

»Wo bin ich?« fragte Grischanow auf russisch. Er versuchte, an seine Augenbinde zu kommen, konnte aber die Hände nicht bewegen.
»Wie fühlen Sie sich?« ertönte eine Stimme in der gleichen Sprache.
»Das Auto ist irgendwo gegengeknallt.« Die Stimme verstummte.
»Wo bin ich?«

»Sie sind an Bord der USS *Ogden,* Oberst«, erklärte Ritter ihm auf englisch.
Der an das Wandbett geschnallte Körper erstarrte, und der Gefangene erwiderte sofort auf russisch, daß er kein Englisch spräche.
»Warum sind aber dann einige Ihrer Aufzeichnungen in Englisch?« fragte Ritter sachlich.
»Ich bin sowjetischer Offizier. Sie haben kein Recht...«
»Sie glauben doch auch, Sie hätten das Recht, amerikanische Kriegsgefangene zu verhören und auf deren Ermordung hinzuarbeiten, Genosse Oberst.«
»Was meinen Sie?«
»Ihr Freund Major Vinh ist tot, aber wir haben seine Depeschen. Ich schätze, Sie waren mit der Befragung unserer Leute fertig, stimmt's? Und die NVA hat sich schon den bequemsten Weg überlegt, sie auszuschalten. Wollen Sie mir sagen, Sie hätten das nicht gewußt?«
Der Fluch, den Ritter hörte, war ein ganz übler, aber in der Stimme lag auch echte Überraschung, das fiel Ritter auf. Dieser Mann war zu angeschlagen, um sich wirklich zu verstellen.
Ritter sah Greer an. »Ich habe noch einiges zu lesen. Wollen Sie diesem Menschen hier Gesellschaft leisten?«

Eine gute Seite hatte diese Nacht für Kelly doch, denn Kapitän Franks hatte die Rationen für die Flieger nicht beiseite geschafft. Nach seiner Berichterstattung begab er sich in seine Kabine und stürzte drei Whiskeys hinunter. Als die Spannung der Nacht sich löste, packte den jungen Mann die körperliche Erschöpfung. Die drei Drinks gaben ihm den Rest, und er fiel wie ein Stein auf seine Pritsche, ohne vorher noch geduscht zu haben.
Es wurde entschieden, daß die *Ogden* wie geplant weiterfahren und mit zwanzig Knoten auf Subic Bay zuhalten sollte. Auf dem großen Schiff wurde es sehr still. Die Crew, die sich für eine wichtige und dramatische Mission ins Zeug gelegt hatte, litt unter dem Fehlschlag. Die Wachen wechselten, das Schiff funktionierte reibungslos, aber in der Messe war nur das Geräusch der Metalltabletts und Bestecke zu hören. Keine Witze, keine Geschichten. Für das zusätzliche medizinische Personal war es am schwersten. Da sie niemanden zu behandeln hatten, wanderten sie ziellos herum. Vor Mittag flogen die Hubschrauber ab, die Cobras nach Da Nang und die Rettungsmaschinen wieder zurück zu ihrem Flugzeugträger. Die Horchposten gingen zu ihrem regulären Dienst über, suchten die

Frequenzen nach Funkmeldungen ab und fanden eine neue Aufgabe als Ersatz für die alte.

Kelly wachte erst gegen sechs Uhr abends auf. Nachdem er geduscht hatte, ging er nach unten zu den Marines. Er schuldete ihnen schließlich noch eine Erklärung. Einer mußte es ihnen ja sagen. Sie waren am alten Platz. Das Sandkastenmodell war auch noch da.

»Genau dort war ich«, sagte er, als er das Gummiband mit den zwei Augen drauf entdeckte.

»Wie viele böse Buben?«

»Vier LKWs; die sind auf dieser Straße rangekommen und haben hier gehalten«, erklärte Kelly. »Sie haben sich mit ihren Waffen hier und hier eingegraben. Dann haben sie Leute auf meinen Hügel geschickt. Ich hab noch eine Mannschaft da hinaufsteigen sehen, kurz bevor ich mich verdrückt hab.«

»Herrgott«, bemerkte ein Staffelführer. »Direkt auf unserem Zugangsweg.«

»Mhm«, bestätigte Kelly. »Eben deshalb.«

»Woher haben sie gewußt, daß sie Verstärkung herschicken sollen?« fragte ein Corporal.

»Das ist nicht meine Abteilung.«

»Danke, Schlange«, sagte der Staffelführer, der von dem Modell aufblickte, das bald weggeworfen werden würde. »Das war um Haaresbreite, nicht wahr?«

Kelly nickte. »Es tut mir leid, Kamerad. Beim Allmächtigen, es tut mir wirklich leid.«

»Mr. Clark, in zwei Monaten erwarten wir zu Hause ein Baby. Wenn Sie nicht gewesen wären, na ja, dann . . .« Der Marine zeigte mit der Hand auf das Modell.

»Ich danke Ihnen, Sir.«

»Mr. Clark, Sir?« Ein Matrose steckte seinen Kopf in die Kabine. »Die Admiräle suchen nach Ihnen. Oben im Offiziersbereich, Sir.«

»Doktor Rosen«, sagte Sam, den Hörer am Ohr.

»Hallo, Doktor. Hier ist Sergeant Douglas.«

»Was kann ich für Sie tun?«

»Wir versuchen, Ihren Freund Kelly aufzuspüren. Er geht nicht ans Telefon. Haben Sie eine Ahnung, wo er ist?«

»Ich habe ihn schon lange nicht mehr gesehen«, sagte der Neurologe wohlüberlegt.

»Kennen Sie jemanden, der was von ihm weiß?«

»Ich werde mich umhören. Worum geht's denn?« fügte Sam in

dem Wissen hinzu, daß er wahrscheinlich eine höchst unbequeme Frage stellte. Er war auf die Antwort gespannt.
»Ich, äh, kann es Ihnen nicht sagen, Sir. Ich hoffe, Sie verstehen das.«
»Mhmmmm. Ja, okay, ich werde mich erkundigen.«

»Fühlen Sie sich besser?« fragte Ritter als erstes.
»Einigermaßen«, räumte Kelly ein. »Was gibt es von dem Russen zu berichten?«
»Clark, Sie haben uns wahrscheinlich einen großen Dienst erwiesen.« Ritter deutete auf einen Tisch, auf dem sich in zehn Reihen Dokumente stapelten.
»Sie haben vor, die Gefangenen umzubringen«, sagte Greer.
»Wer? Die Russen?« fragte Kelly.
»Die Vietnamesen. Die Russen wollen sie am Leben lassen. Der Kerl, den Sie aufgegabelt haben, wollte versuchen, sie in sein Land zu bringen«, sagte Ritter, indem er ein Blatt hochhob. »Hier ist der Entwurf eines Briefs, worin er das begründet.«
»Ist das gut oder schlecht?«

Zacharias hatte den Eindruck, die Geräusche von außen hätten sich verändert. Es waren auch mehr. Sehr zweckgerichtete Rufe, wenn er auch nicht wußte, was dieser Zweck wohl sein konnte. Zum erstenmal seit einem Monat hatte Grischanow ihn nicht besucht, nicht einmal für ein paar Minuten. Die Einsamkeit, die er fühlte, wurde noch bedrückender, und mit ihr ging die Erkenntnis einher, daß er der Sowjetunion einen Fortgeschrittenenkurs in kontinentaler Luftverteidigung gegeben hatte. Er hatte es nicht tun wollen. Er hatte nicht einmal gewußt, was er tat. Das war aber kein Trost. Der Russe hatte ihn zum Narren gehalten – Colonel Robin Zacharias, USAF, hatte alles ausgeplaudert, übertölpelt von ein wenig Nettigkeit und kameradschaftlichem Gehabe eines Atheisten ... und vom Alkohol. Dummheit und Sünde, die alte Kombination menschlicher Schwächen, und er hatte sie sich alle zuschulden kommen lassen.
In seiner Scham konnte er nicht einmal Tränen vergießen, sie steckte viel zu tief. Er saß auf dem Boden seiner Zelle und starrte auf den rauhen, dreckigen Beton zwischen seinen nackten Füßen. Er hatte den Treueschwur gegenüber seinem Gott und seinem Land gebrochen, sagte sich Zacharias, als sein Abendessen durch den Schlitz unten an seiner Tür geschoben wurde. Eine dünne, gehaltlose Kürbissuppe und madiger Reis. Er rührte nichts davon an.

Grischanow wußte, daß er ein toter Mann war. Sie würden ihn nicht ausliefern. Sie durften nicht einmal zugeben, daß sie ihn hatten. Er würde so wie andere Russen in Vietnam verschwinden, einige bei den Raketenstellungen, einige bei der Verrichtung anderer Aufgaben für diese undankbaren kleinen Affen. Warum ernährten sie ihn so gut? Es mußte ein großes Schiff sein, aber er war auch das erste Mal auf See. Selbst das sehr annehmbare Essen brachte er kaum hinunter, aber er schwor sich, sich nicht zu blamieren, indem er jetzt seekrank wurde. Er war ein Kampfpilot, noch dazu ein guter, der schon dem Tod ins Auge geblickt hatte, hauptsächlich am Steuer eines defekten Flugzeugs. Er erinnerte sich daran, wie er sich damals gefragt hatte, was sie seiner Marina sagen würden. Das fragte er sich jetzt auch. Ein Brief? Was sonst? Würden seine Offizierskollegen von der Luftverteidigung sich um seine Familie kümmern? Würde seine Pension für sie ausreichen?

»Wollen Sie mich auf den Arm nehmen?«
»Mr. Clark, auf der Welt kann es sehr verwirrend zugehen. Warum, dachten Sie, daß die Russen sie mögen?«
»Sie geben ihnen doch Waffen und bilden sie aus, oder nicht?«
Ritter drückte seine Winston im Aschenbecher aus. »Das geben wir Völkern auf der ganzen Welt. Es sind nicht immer nette Menschen, aber wir müssen mit ihnen zusammenarbeiten. Die Russen sind in der gleichen Lage, vielleicht nicht ganz, aber sehr viel anders kann es nicht sein. Jedenfalls hat sich dieser Grischanow ziemlich viel Mühe gemacht, unsere Leute am Leben zu erhalten.« Ritter hielt ein weiteres Blatt hoch. »Hier ist eine Anforderung für besseres Essen – sogar für einen Arzt.«
»Also, was machen wir mit ihm?« fragte Admiral Podulski.
»Das, meine Herren, ist mein Ressort«, sagte Ritter, während er Greer ansah, der zustimmend nickte.
»Einen Augenblick mal«, warf Kelly ein. »Er hat Informationen aus ihnen herausgelockt.«
»Na und?« fragte Ritter. »Das war sein Job.«
»Das führt uns vom eigentlichen Punkt weg«, sagte Maxwell.
James Greer schenkte sich Kaffee ein. »Ich weiß. Wir müssen rasch vorgehen.«
»Und schließlich –« Ritter klopfte auf die Übersetzung einer vietnamesischen Meldung – »wir wissen, daß jemand den Einsatz verraten hat. Und wir werden mit allen Mitteln herausfinden, welcher Schweinehund das war.«

Kelly war noch zu benommen vom Schlaf, um dem allem folgen zu können. Selbst unter der Folter hätte er nicht sagen können, wie er mitten in diese Affäre geraten war.

»Wo ist John?«
Sandy O'Toole sah von ihrer Schreibtischarbeit auf. Ihre Schicht war bald vorüber, und Professor Rosens Frage brachte eine Sorge wieder an die Oberfläche, die sie seit über einer Woche erfolgreich niedergekämpft hatte.
»Außer Landes. Warum?«
»Heute hat mich die Polizei angerufen. Sie suchen nach ihm.«
O Gott. »Warum?«
»Hat man mir nicht gesagt.« Rosen blickte sich um. Sie waren allein auf der Schwesternstation. »Sandy, ich weiß, er hat irgendwelche Sachen gemacht – ich glaube zu wissen, was, aber ich habe nichts . . .«
»Ich habe auch nichts von ihm gehört. Was sollen wir tun?«
Rosen verzog das Gesicht und sah zur Seite, bevor er antwortete. »Als brave Bürger sollten wir mit der Polizei zusammenarbeiten – aber wir machen das nicht, oder? Keine Ahnung, wo er ist?«
»Er hat mir was gesagt, aber ich soll nicht . . . er macht etwas für die Regierung . . . drüben in . . .« Sie konnte den Satz nicht beenden, weil sie das Wort nicht über ihre Lippen brachte. »Er hat mir eine Nummer hinterlassen, wo ich anrufen kann. Ich habe keinen Gebrauch davon gemacht.«
»Ich würd's an Ihrer Stelle tun«, sagte ihr Rosen und ging.
Es war nicht recht. Er war weit weg auf einer bedenklichen und wichtigen Mission, und bei seiner Rückkehr würde gleich die Polizei auf ihn warten. Schwester O'Toole kam es so vor, als ob die Ungerechtigkeit der Welt noch nie so schlimm gewesen wäre. Aber sie irrte sich.

»In Pittsburgh?«
»Das hat er gesagt«, bekräftigte Henry.
»Echt klasse übrigens, daß du ihn als deinen Mann im Polizeidienst hast. Absolut profimäßig«, sagte Piaggi voller Hochachtung.
»Er hat gemeint, wir sollten uns schnell darum kümmern. Sie hat bis jetzt noch nicht viel verraten.«
»Sie hat alles gesehen?« Piaggi brauchte nicht hinzuzufügen, daß er das wiederum für überhaupt nicht profimäßig hielt. »Henry, Leute an der Kandarre zu halten, ist eine Sache, sie zu Zeugen zu machen, ist eine andere.«

»Tony, ich werde mich darum kümmern, aber wir müssen das Problem echt schnell angehen, kapiert?« Henry Tucker sah sich schon auf den letzten Metern, und hinter dem Zielstrich waren sowohl Sicherheit wie Wohlstand. Daß fünf weitere Menschen sterben mußten, um ihn über diese Linie zu bringen, war nach dem bereits gelaufenen Rennen eine Kleinigkeit.
»Mach weiter.«
»Der Nachname lautet Brown. Vorname Doris. Ihr Vater heißt Raymond.«
»Bist du ganz sicher?«
»Die Mädchen sprechen doch miteinander. Ich habe den Namen der Straße und alles. Du hast die Verbindungen. Ich möchte, daß du sie spielen läßt. Und zwar bald.«
Piaggi notierte sich Tuckers Angaben. »Okay. Unsere Verbindungsleute in Philly können das erledigen. Wird nicht billig werden, Henry.«
»Das habe ich auch nicht erwartet.«

Das Flugdeck sah richtig verlassen aus. Alle vier kurzfristig der *Ogden* zugeteilten Fluggeräte waren nun weg, und das Deck diente wieder in seiner früheren Funktion als der offizielle Marktplatz des Schiffs. Die Sterne waren immer noch die gleichen, nun, da das Schiff wieder unter klarem Himmel fuhr, und zu dieser frühen Stunde hing die Sichel eines abnehmenden Monds hoch am Himmel. Matrosen waren jedoch gerade nicht auf Deck. Wer um diese Zeit wach war, hatte Dienst, aber für Kelly und die Marines war der Tag/Nacht-Rhythmus durcheinandergeraten, und die grauen Stahlwände ihrer Kabinen waren zu beengend für ihre Gedanken. Das Kielwasser des Schiffs zeigte ein seltsames, leuchtendes Grün, was von dem durch die Schiffsschrauben aufgewirbelten Fotoplankton herrührte, und hinterließ eine lange Spur, die seinen Weg anzeigte. Ein halbes Dutzend Männer standen achtern und starrten wortlos darauf.
»Es hätte erheblich schlimmer kommen können, wissen Sie.« Kelly drehte sich um. Es war Irvin. Es konnte nur er sein.
»Hätte aber auch erheblich besser sein können, Sergeant.«
»War also kein Zufall, daß sie gerade da aufgekreuzt sind, hm?«
»Ich glaube nicht, daß ich das verraten darf. Genügt diese Antwort?«
»Ja, Sir. Und unser Herr Jesus sagte, ›Vater vergib ihnen, denn sie wissen nicht, was sie tun.‹«

»Und was ist, wenn sie es doch wissen?«
Irvin gab ein Knurren von sich. »Ich denke, Sie kennen meine Einstellung. Wer immer es auch war, sie hätten uns alle umbringen können.«
»Wissen Sie, Sergeant, bloß einmal, bloß ein einziges Mal möchte ich etwas richtig zu Ende bringen«, sagte Kelly.
»Ja.« Irvin wartete eine kleine Weile ab, bis er fortfuhr – und weiterbohrte. »Warum zum Teufel sollte jemand so etwas tun?«
Ganz in der Nähe hielt sich noch ein Schatten. Es war die *Newport News*, eine hübsche Silhouette nur zweitausend Meter entfernt, die auf geisterhafte Weise sichtbar war, obwohl sie keine Lichter an hatte. Auch sie befand sich auf dem Heimweg, der letzte große Kreuzer der Navy mit Langrohrgeschützen, das Geschöpf einer vergangenen Ära, das nach dem gleichen Fehlschlag heimkehrte, mit dem sich Kelly und Irvin eben beschäftigt hatten.

»Sieben-eins-drei-eins«, sagte eine weibliche Stimme.
»Hallo, ich versuche, Admiral James Greer zu erreichen«, sagte Sandy der Sekretärin.
»Er ist nicht da.«
»Können Sie mir sagen, wann er wieder da sein wird?«
»Leider nein, ich weiß es nicht.«
»Aber es ist dringend.«
»Wer spricht denn, bitte?«
»Wo bin ich denn gelandet?«
»Hier ist das Büro von Admiral Greer.«
»Nein, ich meine, sind Sie im Pentagon?«
»Wissen Sie das nicht?«
Sandy wußte es wirklich nicht, und diese Frage führte sie in eine Richtung, die sie nicht verstand. »Bitte, ich brauche Ihre Hilfe.«
»Wer ruft denn an, bitte?«
»Bitte, ich muß wissen, wo Sie sind.«
»Das kann ich Ihnen nicht sagen«, erwiderte die Sekretärin. Sie fühlte sich wie einer der Festungswälle, die die nationale Sicherheit der Vereinigten Staaten beschützten.
»Ist da das Pentagon?«
Nun, das konnte sie verraten. »Nein, das ist es nicht.«
Was dann? fragte sich Sandy. Sie holte tief Luft. »Ein Freund von mir hat mir diese Nummer genannt. Er ist bei Admiral Greer. Er hat gemeint, ich könnte hier anrufen, um zu erfahren, ob es ihm gutgeht.«

»Ich verstehe nicht.«
»Schauen Sie, ich weiß, daß er nach Vietnam gegangen ist.«
»Miss, ich kann mich mit Ihnen nicht darüber unterhalten, wo sich Admiral Greer befindet.« *Wer hat die Schweigepflicht gebrochen?* Sie würde das melden müssen.
»Es geht nicht um ihn, es geht um John!« *Beruhige dich. Auf diese Art kommst du nicht weiter.*
»John wer?« fragte die Sekretärin.
Tief Luft holen. Schlucken. »Bitte geben Sie das an Admiral Greer durch. Hier ist Sandy. Es geht um John. Er wird es verstehen. Okay? Er wird schon verstehen. Es ist überaus wichtig.« Sie gab ihre Adresse und ihre Kliniknummer an.
»Danke schön. Ich will tun, was ich kann.« Die Leitung war tot. Sandy wollte losschreien, sie war kurz davor. Also war der Admiral auch dort. Gut, so würde er in Johns Nähe sein. Die Sekretärin würde die Nachricht durchgeben. Das mußte sie. Es tat meistens seine Wirkung bei Leuten, wenn man das von »überaus wichtig« sagte, da konnten sie nichts abschlagen. *Beruhige dich.* Jedenfalls konnte die Polizei ihn dort, wo er war, nicht erwischen. Doch für den Rest des Tages und auch den nächsten schienen die Zeiger der Uhr stillzustehen.

Die USS *Ogden* lief am frühen Nachmittag in die Marinebasis Subic Bay ein. Das Anlegen schien in der feuchten Tropenhitze ewig zu dauern. Endlich wurden die Leinen ausgeworfen, und eine Laufplanke wurde an das Schiff geschoben. Ein Zivilist sprintete schon hoch, noch bevor das Schiff richtig festgemacht hatte. Kurz darauf marschierten die Marines in Reih und Glied ab zu einem Bus, der sie nach Cubi Point bringen würde. Die Deckbesatzung sah ihnen stumm nach. Es waren ein paar Hände geschüttelt worden, als jeder zumindest eine gute Erinnerung an das kurze Abenteuer mitnehmen wollte, aber »Gut gemacht« paßte nicht so, und »Viel Glück« erschien gotteslästerlich. Die C-141 für ihren Rückflug in die Staaten stand schon bereit. Mr. Clark war nicht unter ihnen, stellten sie fest.

»John, es scheint, Sie haben eine Freundin, die sich Sorgen um Sie macht«, sagte Greer und reichte ihm einen Zettel. Es war noch die freundlichste Nachricht gewesen, die ihm der jüngere CIA-Offizier von Manila hergebracht hatte. Kelly überflog sie, während die drei Admiräle die anderen durchsahen.

»Habe ich Zeit, um sie anzurufen, Sir? Sie macht sich Sorgen um mich.«

»Sie haben ihr meine Büronummer gegeben.« Greer war ein klein wenig verstimmt.

»Ihr Mann ist bei der Ersten Kavalleriedivision gefallen, Sir. Deshalb ihre Sorgen«, versuchte Kelly zu erklären.

»Na gut.« Greer schob seine eigenen Probleme beiseite. »Ich lass' ihr durch Barbara ausrichten, daß Sie in Sicherheit sind.«

Die übrige Post war weniger erfreulich. Die Admiräle Maxwell und Podulski waren zurück nach Washington beordert worden, um so bald wie möglich über den Fehlschlag von BOXWOOD GREEN Bericht zu erstatten. Ritter und Greer hatten gleichlautende Befehle, aber sie hatten noch ein As im Ärmel. Ihre KC-135 wartete auf dem Luftwaffenstützpunkt Clark auf sie. Ein Aufklärungsflugzeug würde sie über das Gebirge bringen. Das beste im Augenblick war noch, daß ihr gestörter Schlafrhythmus sich während des Flugs zur amerikanischen Ostküste wieder normalisieren würde.

Oberst Grischanow trat zusammen mit den Admirälen hinaus ins Sonnenlicht. Er trug von Kapitän Franks geborgte Kleidung – sie waren ungefähr gleich groß – und wurde von Maxwell und Podulski begleitet. Kolja machte sich keine Illusionen, daß er hier fliehen könnte, nicht von einer amerikanischen Marinebasis auf dem Boden eines Verbündeten der USA. Ritter unterhielt sich leise auf russisch mit ihm, als alle sechs zu den wartenden Wagen gingen. Zehn Minuten später bestiegen sie eine zweimotorige C-12 Beechcraft der Luftwaffe. Eine halbe Stunde darauf kam das Flugzeug neben der größeren Boeing zum Stehen, die, nicht ganz eine Stunde nachdem sie von Bord der *Ogden* gegangen waren, abhob. Kelly suchte sich einen schönen breiten Sitz und schnallte sich an. Er war schon halb eingeschlafen, bevor der fensterlose Düsenjet losrollte. Die nächste Zwischenlandung, hatte es geheißen, sei Hickam auf Hawaii, und dafür lohnte es sich nicht, wach zu bleiben.

31 / Der Jäger ist wieder daheim

Für die anderen war der Flug nicht so geruhsam. Greer hatte zwar vor dem Abflug noch ein paar Meldungen abgehen lassen, aber er und Ritter waren dennoch ziemlich beschäftigt. Ihr Flugzeug – die Luftwaffe hatte es ihnen für diese Mission geliehen, ohne Fragen zu stellen – war fast so etwas wie eine VIP-Schleuder. Sein Heimatflughafen war der Luftwaffenstützpunkt Andrews, und es wurde oft für sogenannte Dienstreisen von Kongreßmitgliedern benutzt. Daher gab es einen reichlichen Vorrat an Spirituosen, und während die amerikanischen Offiziere schwarzen Kaffee tranken, kam in die Tassen ihres russischen Gastes noch Schnaps, zuerst nur ganz wenig, dann immer mehr, bis Grischanows coffeinfreies Gebräu die Wirkung nicht mehr abschwächen konnte.

Das Verhör führte hauptsächlich Ritter. Gleich zu Anfang erklärte er Grischanow, daß sie nicht vorhatten, ihn umzubringen. Ja, sie wären vom CIA. Klar, Ritter war ein Feldoffizier – ein Spion, wenn Sie wollen –, der eine Menge Erfahrung hinter dem Eisernen Vorhang gesammelt hatte – entschludigen Sie, der als schleichender Spion im friedliebenden sozialistischen Ostblock herumgeschnüffelt hat –, aber das war sein Beruf, so wie Kolja – darf ich Sie Kolja nennen? – seinen hatte. Nun, Oberst, können Sie uns bitte die Namen unserer Männer nennen? (Sie standen allerdings schon in Grischanows umfangreichen Aufzeichnungen.) Ihre Freunde, sagen Sie? Aber ja, wir schulden Ihnen Dank für Ihre Bemühungen, sie am Leben zu erhalten. Wie Sie wissen, haben sie alle Familie, genau wie Sie. Noch etwas Kaffee, Oberst? Ja, ein guter Kaffee, nicht? Aber natürlich werden Sie zu Ihrer Familie nach Hause kommen. Für was halten Sie uns, für Barbaren? Grischanow war anständig genug, diese Frage nicht zu beantworten.

Verdammt, dachte Greer, *Bob beherrscht das aber, das muß man ihm lassen.* Hier waren nicht Mut oder Vaterlandsliebe gefragt. Hier ging es um Menschlichkeit. Grischanow war ein zäher *hombre,* wahrscheinlich ein verteufelt guter Flieger – wie schade, daß sie Maxwell oder gar Podulski nicht hinzuziehen konnten! –, aber im Grunde eben ein Mann, und seine Charakterfestigkeit arbeitete gegen ihn. Er wollte die amerikanischen Gefangenen nicht sterben lassen, dazu der Streß der Gefangennahme wie die Verblüffung über die Behandlung und vor allem der viele gute Schnaps, dies alles wirkte zusammen, um seine Zunge zu lösen. Es half auch sehr viel, daß Ritter für die Sowjetunion schwerwiegende Angelegenheiten nicht einmal ansprach. *Zum Teufel, Oberst, ich weiß, daß Sie keine Geheimnisse verraten werden, deshalb frage ich erst gar nicht.*

»Ihr Mann hat Vinh umgebracht, nicht wahr?« fragte der Russe, als sie den Pazifik schon zur Hälfte überquert hatten.

»Ja, das hat er. Es war ein Unfall und...« Der Russe unterbrach Ritter mit einer Handbewegung.

»Gut. Er war *nekulturny*, ein tückisches, kleines faschistisches Scheusal. Er hat diese Männer umbringen, ermorden lassen wollen«, fügte Kolja, unterstützt von sechs Schnäpsen, hinzu.

»Gut, Oberst, wir werden hoffentlich einen Weg finden, das zu verhindern.«

»Neurologie West«, sagte die Schwester.
»Ich möchte mit Sandra O'Toole sprechen.«
»Einen Augenblick bitte. Sandy?« Die Schwester, die Bürodienst hatte, hielt den Hörer hoch. Die Leiterin des Schwesternteams nahm ihn ihr ab.
»O'Toole am Apparat.«
»Miss O'Toole, hier ist Barbara. Wir haben schon einmal miteinander gesprochen. Das Büro von Admiral Greer.«
»Ja?«
»Admiral Greer läßt Ihnen ausrichten, John geht es gut, er ist jetzt auf dem Heimflug.«

Sandy warf den Kopf herum, um in eine Richtung zu blicken, wo niemand ihre plötzlichen Tränen der Erleichterung sehen konnte. Es war zwar eine zwiespältige Glücksbotschaft, aber sie tat dennoch wohl. »Wissen Sie, wann er hier eintrifft?«
»Irgendwann morgen, mehr weiß ich nicht.«
»Danke schön.«
»Gern geschehen.« Die Leitung wurde sofort unterbrochen.
Nun, das ist schon mal was – vielleicht sogar eine ganze Menge. Sie fragte sich, was geschehen würde, wenn er hier eintraf, aber wenigstens kehrte er lebend zurück. Mehr, als Tim vergönnt gewesen war.

Das harte Aufsetzen in Hickam – der Pilot war müde – ließ Kelly hochfahren. Ein Sergeant der Air Force rüttelte ihn zur Sicherheit noch freundlich an der Schulter, als das Flugzeug auf einem abgelegenen Teil des Stützpunkts ausrollte, um aufgetankt und inspiziert zu werden. Kelly nutzte die Zeit für einen kleinen Spaziergang im Freien. Hier war es warm, aber es war nicht so eine drückende Hitze wie in Vietnam. Er befand sich auf amerikanischem Boden, und hier war alles anders ...

Garantiert anders. Einmal nur, nur ein einziges Mal möchte ich ... fielen ihm seine eigenen Worte wieder ein. *Ja, ich werde die anderen Mädchen heraushauen, genauso wie ich Doris herausgeholt habe. Es dürfte nicht allzu schwer sein. Als nächstes knöpfe ich mir Burt vor, und dann reden wir miteinander. Möglicherweise lasse ich den Mistkerl sogar laufen, wenn ich fertig mit ihm bin. Ich kann nicht die ganze Welt retten, aber* ... *bei Gott, ein bißchen was von ihr schon!*

Er fand ein Telefon im Warteraum und wählte.

»Hallo?« sagte eine abgespannte Stimme achttausend Kilometer weiter weg.

»Hallo, Sandy. Hier ist John«, sagte er lächelnd. Selbst wenn diese Piloten jetzt noch nicht heimkehrten, so kam zumindest er, und er war dankbar dafür.

»John? Wo sind Sie?«

»Ob Sie's glauben oder nicht, in Hawaii.«

»Geht es Ihnen gut?«

»Ein bißchen müde, aber sonst, ja. Ich habe keine neuen Löcher oder so«, berichtete er mit einem Lächeln. Allein der Klang ihrer Stimme heiterte diesen Tag auf. Aber das hielt nicht lange vor.

»John, da gibt es noch was.«

»Der Sergeant am Empfangsschalter sah, wie das Gesicht des Mannes am Telefon plötzlich blaß wurde. Aber er verlor gleich wieder jedes Interesse, als Kelly sich von ihm wegdrehte.

»Okay. Es muß Doris sein«, sagte der. »Ich meine, nur Sie und die Ärzte wissen von mir, und ...«

»Wir waren es bestimmt nicht«, versicherte ihm Sandy.

»Schon gut. Bitte rufen Sie Doris an und ... gehen Sie behutsam vor, aber ...«

»Soll ich sie davon abbringen?«

»Können Sie das machen?«

»Ja!«

Kelly versuchte, sich ein wenig zu entspannen, was ihm beinahe

gelang. »Ich werde in etwa... oh, neun oder zehn Stunden wieder zu Hause sein. Sind Sie dann in der Arbeit?«
»Ich habe frei.«
»Okay, Sandy. Bis bald.«
»John!« rief sie dringend.
»Was?«
»Ich will... ich meine...« Ihre Stimme verstummte.
Kelly lächelte wieder. »Darüber können wir reden, wenn ich bei Ihnen bin.« Vielleicht kam er nicht bloß nach Hause. Vielleicht kam er nach Hause zu jemandem. Kelly ging im Geiste schnell durch, was er alles getan hatte. Seine umgebaute Pistole und andere Waffen hatte er noch auf dem Boot, aber alles, was er bei seinen Einsätzen getragen hatte, Schuhe, Strümpfe, Jakken, sogar Unterwäsche, waren mittlerweile irgendwo auf einer Müllhalde. Er hatte keinerlei Beweismaterial zurückgelassen, jedenfalls soweit er wußte. Die Polizei wollte vielleicht gerne mit ihm reden. Er aber mußte nicht mit ihr reden, wenn er nicht wollte. Das war einer der Vorteile der amerikanischen Verfassung, dachte Kelly, als er zum Flugzeug zurückging und die Treppe hochstieg.

Die erste Bordcrew legte sich gleich hinter der Steuerkanzel schlafen, während die Ablösung die Triebwerke anwarf. Kelly setzte sich zu den CIA-Offizieren. Der Russe war, wie er sah, laut schnarchend in seligen Schlaf gesunken.

Ritter kicherte. »Er wird einen mordsmäßigen Kater haben.«
»Was haben Sie ihm eingeflößt?«
»Mit gutem Schnaps haben wir angefangen. Aufgehört haben wir mit kalifornischem Zeug. Schnaps macht mich am nächsten Tag immer fix und fertig«, sagte Ritter müde, als die KC-135 anrollte. Jetzt, da sein Gefangener nicht mehr in der Lage war, Fragen zu beantworten, trank er einen Martini.
»Und was gibt's zu berichten?« fragte Kelly.
Ritter erklärte, was er erfahren hatte. Das Lager war in der Tat als so etwas wie ein Faustpfand für die Russen eingerichtet worden, aber anscheinend hatten die Vietnamesen dieses Pfand nicht sehr effektiv genutzt und dachten nun daran, es mitsamt den Gefangenen zu beseitigen.
»Meinen Sie, wegen des Überfalls?« *O Gott!*
»Korrekt. Aber beruhigen Sie sich. Wir haben einen Russen, und der ist auch ein Faustpfand, Mr. Clark«, sagte Ritter mit einem knappen Lächeln. »Ich bewundere Ihre Arbeitsweise.«
»Was meinen Sie damit?«

»Indem Sie den Russen mitgebracht haben, haben Sie lobenswerte Initiative bewiesen. Und auch die Art, wie Sie den Einsatz abgeblasen haben, zeugte von gutem Urteilsvermögen.«

»Schauen Sie, ich wollte nicht – ich meine, ich konnte nicht...«

»Sie haben nicht durchgedreht, wie es vielleicht ein anderer getan hätte. Sie haben eine rasche Entscheidung gefällt, und zwar die richtige. Sind Sie daran interessiert, Ihrem Land weiter zu dienen?« fragte Ritter mit einem leicht alkoholbenebelten Lächeln.

Sandy wachte um halb sieben auf, was spät für sie war. Sie holte die Zeitung, kochte Kaffee und beschloß, sich zum Frühstück nur einen Toast zu machen. Sie sah auf die Küchenuhr und fragte sich, wie früh sie in Pittsburgh anrufen konnte.

Der Aufmacher der Zeitung berichtete von einem erschossenen Drogenhändler. Ein Polizist hatte sich einen Schußwechsel mit einem Dealer geliefert. Nicht schlecht, dachte sie. Zehn Kilo »pures« Heroin, so hieß es im Bericht – das war eine ganze Menge. Sie fragte sich, ob es dieselbe Bande war, die ... nein, der Anführer dieser Gruppe war ein Schwarzer, zumindest hatte Doris das gesagt. Auf jeden Fall war ein weiterer Dealer aus der Welt geschafft. Wieder sah sie auf die Uhr. Immer noch zu früh für einen Anruf. Sie ging ins Wohnzimmer, um den Fernseher einzuschalten. Es war schon heiß, und der Tag lud zum Faulenzen ein. Sie war am vorigen Abend lange aufgeblieben und hatte nach Johns Anruf Schwierigkeiten gehabt, wieder einzuschlafen. Sie versuchte, die aktuelle Morgensendung anzusehen und merkte gar nicht, wie ihr die Lider wieder schwer wurden...

Erst nach zehn Uhr schlug sie die Augen wieder auf. Verärgert über sich selber schüttelte sie die Benommenheit aus dem Kopf und ging wieder in die Küche. Die Nummer von Doris war neben das Telefon gepinnt. Sie rief an, hörte das Freizeichen ... vier ... sechs ... zehnmal, aber niemand hob ab. Zu dumm. Waren sie beim Einkaufen? Bei Dr. Bryant in der Sprechstunde? Sie würde es in einer Stunde erneut probieren. In der Zwischenzeit würde sie sich genau zurechtlegen, was sie sagen würde. Ob das ein Vergehen war? Behinderte sie die Justiz? Wie tief steckte sie in der Sache drin? Dieser Gedanke kam überraschend, und die Überraschung war nicht angenehm. Aber sie steckte mit drin. Sie hatte geholfen, dieses Mädchen aus großer Gefahr zu retten, und jetzt konnte sie nicht mehr zurück. Sie würde Doris lediglich sagen, daß sie den Leuten, die ihr geholfen hatten, keinen Schaden zufügen sollte und daß sie sehr, sehr vorsichtig sein mußte. Bitte.

Reverend Meyer war spät dran. Er war durch einen Anruf im Pfarramt aufgehalten worden und konnte bei seinem Beruf niemand mit der Behauptung abwimmeln, daß er einen wichtigen Termin einhalten müsse. Während er einparkte, bemerkte er einen Blumenlieferwagen, der den Hügel hinauffuhr, rechts abbog und aus dem Blickfeld verschwand. Meyer stand in der Parklücke ein paar Türen vom Haus der Browns entfernt, in der gerade noch der Lieferwagen geparkt hatte. Eine leichte Besorgnis beschlich ihn, als er sein Auto abschloß. Er mußte Doris überreden, mit seinem Sohn zu sprechen. Peter hatte ihm versichert, daß sie äußerst behutsam vorgehen würden. ›Ja, Dad, wir können sie schützen.‹ Jetzt mußte er das nur noch einer verängstigten jungen Frau und einem Vater beibringen, dessen Liebe die härtesten Prüfungen durchgestanden hatte. Nun, er hatte schon heiklere Probleme als dieses bewältigt, sagte sich der Pfarrer. Etwa Scheidungen verhindert. Das Aushandeln von Verträgen zwischen Nationen konnte nicht schwerer sein als die Rettung einer zerrütteten Ehe.

Dennoch erschien Meyer der Weg zum Eingang schrecklich steil, als er mit der Hand am Geländer die abbröckelnden und abgetretenen Betonstufen hinaufstieg. Oben standen ein paar Eimer mit Farbe. Wahrscheinlich wollte Raymond jetzt sein Haus renovieren, da es wieder eine Familie beherbergte. Ein gutes Zeichen, dachte Pastor Meyer, als er auf den Klingelknopf drückte. Er konnte die zwei Gongtöne hören. Raymonds weißer Ford war direkt vor dem Haus geparkt. Er wußte, daß sie zu Hause waren . . . aber niemand kam zur Tür. Nun ja, vielleicht war gerade einer von ihnen beim Umziehen oder im Badezimmer oder in sonst einer Verlegenheit, wie es so oft passierte, ausgerechnet, wenn jemand vor der Tür stand. Er wartete noch eine weitere Minute und runzelte die Stirn, als er den Knopf dann wieder drückte. Erst nach einer Weile fiel ihm auf, daß die Tür gar nicht ganz geschlossen war. *Du bist Pfarrer*, sagte er sich, *kein Einbrecher.* Mit leichtem Unbehagen stieß er die Tür auf und steckte den Kopf in den Flur.

»Hallo! Raymond? . . . Doris?« rief er, laut genug, daß es im ganzen Haus gehört werden konnte. Im Wohnzimmer-Fernseher lief irgendeine hirnlose Spielshow. »Halloooo!«

Das war merkwürdig. Er trat ein, etwas verlegen, daß er so mit der Tür ins Haus fiel, und fragte sich, was nur los war. Im Aschenbecher glomm eine Zigarette, beinahe bis zum Filter heruntergebrannt, und der senkrecht aufsteigende Rauchfaden war eine deutliche Mahnung, daß hier etwas nicht in Ordnung war. Ein gewöhnlicher Bürger, der seine fünf Sinne beisammen hatte, hätte sich spätestens jetzt zurückgezogen, aber Reverend Meyer war kein gewöhnlicher Bürger. Er sah eine Schachtel mit Blumen geöffnet auf dem Teppich liegen. Drinnen waren langstielige Rosen. Rosen liegen gewöhnlich nicht auf dem Boden herum. Jetzt fiel ihm seine recht unerfreuliche Militärdienstzeit wieder ein, aber dazu gehörten auch die erhebenden Momente, da er sich um die Seelennöte von Männern gekümmert hatte, die den Tod vor Augen hatten – er wunderte sich, daß dieser Gedanke ihm so deutlich in den Sinn gekommen war. Dessen plötzliche Bedeutsamkeit verursachte ihm starkes Herzklopfen. Meyer durchquerte das Wohnzimmer und lauschte. Auch die Küche war leer. Ein Topf mit Wasser stand kochend auf dem Herd; Tassen und Teebeutel befanden sich auf dem Küchentisch. Die Tür zum Untergeschoß stand auch einen Spaltbreit offen, das Licht war sogar an. Jetzt konnte er nicht mehr zurück. Er öffnete die Tür ganz und stieg hinunter. Schon auf halbem Weg sah er ihre Beine.

Vater und Tochter lagen mit dem Gesicht nach unten auf dem blanken Betonboden, und das Blut aus ihren Kopfwunden hatte auf der unebenen Fläche eine Lache gebildet. Plötzliches Entsetzen überwältigte Meyer. Sein Mund klappte auf, und er zog stoßartig die Luft ein, als er auf diese zwei Gemeindemitglieder hinuntersah, deren Beerdigung er in zwei Tagen durchzuführen haben würde. Er sah, daß Vater und Tochter sich an den Händen hielten. Sie waren zusammen gestorben, aber der Trost, daß diese schwer geprüfte Familie nun bei ihrem Gott vereint war, hinderte ihn nicht, einen wuterfüllten Aufschrei gegen diejenigen auszustoßen, die erst vor zehn Minuten in diesem Haus gewesen waren. Meyer erholte sich nach einigen Sekunden wieder, lief den Rest der Treppe hinunter und kniete sich hin, berührte die verschränkten Hände und beschwor Gott, ihren Seelen gnädig zu sein. Was das betraf, war er zuversichtlich. Sie habe zwar ihr Leben verloren, aber nicht ihre Seele, und ihr Vater habe die Liebe seiner Tochter wieder zurückgewonnen, würde Meyer bei der Beerdigung sagen. Er würde seiner Gemeinde verkünden, daß beide errettet worden seien, versprach sich Meyer. Doch nun mußte er seinen Sohn anrufen.

Der gestohlene Blumenwagen wurde auf dem Parkplatz eines Supermarkts stehengelassen. Zwei Männer stiegen aus, gingen, weil sie vorsichtig sein wollten, in den Laden und verließen ihn durch die rückwärtige Tür, um zu ihrem Wagen zu gelangen. Sie fuhren auf der Ausfallstraße nach Südosten und würden in drei Stunden wieder in Philadelphia sein. Es konnte eventuell auch länger dauern, dachte der Fahrer. Sie wollten ja nicht von einem Staatspolizisten aufgehalten werden. Beide Männer waren gerade um zehntausend Dollar reicher geworden. Die Hintergründe kannten sie nicht. Die brauchten sie auch nicht zu wissen.

»Hallo?«
»Mr. Brown?«
»Nein. Wer spricht?«
»Sandy. Ist Mr. Brown da?«
»Woher kennen Sie die Familie Brown?«
»Wer ist denn dran?« fragte Sandy und blickte aufgeschreckt aus dem Küchenfenster.
»Hier ist Sergeant Peter Meyer von der Pittsburgher Polizei. Und wer sind Sie nun?«
»Ich bin diejenige, die Doris hingefahren hat – was ist denn los?«
»Ihren Namen bitte!«
»Geht es ihnen gut?«
»Sie sind offensichtlich ermordet worden«, erwiderte Meyer zwar geduldig, aber in barschem Ton. »Nun muß ich Ihren Namen haben und ...«
Sandy drückte mit dem Finger auf die Gabel, unterbrach die Leitung, bevor sie noch mehr zu hören bekam. Hätte sie noch mehr gehört, wäre sie gezwungen gewesen, Fragen zu beantworten. Ihre Beine zitterten, zum Glück stand ein Stuhl ganz in der Nähe. Ihre Augen waren weit geöffnet. Das war doch nicht möglich, sagte sie sich. Wie konnte irgendwer erfahren haben, wo sich Doris aufhielt? Sie wird doch nicht die Leute anrufen, die – nein, unmöglich, dachte die Schwester.

»Warum?« flüsterte sie vernehmlich. »Warum, warum, warum?« *Sie kann doch keinem was antun – o ja, doch ... aber wie haben die das herausgefunden?*

Die müssen jemand bei der Polizei eingeschleust haben. Johns Worte fielen ihr wieder ein. Er hatte offenbar doch recht.

Das war aber nicht entscheidend.

»Verdammt noch mal, wir hatten sie schon gerettet«, entfuhr es Sandy. Sie konnte sich an fast jede Minute der beinahe schlaflosen ersten Woche erinnern. Da waren die Fortschritte gewesen, das Hochgefühl, die ungetrübte Zufriedenheit darüber, eine Arbeit professionell und gut erledigt zu haben, und dann noch die Freude, als

sie den Blick im Gesicht von Doris' Vater gesehen hatte. Alles futsch. Alles vergeudete Zeit.
Nein.
Keine Zeitvergeudung. Es war ihre Lebensaufgabe, Kranke wieder gesund zu machen. Das hatte sie getan. Darauf konnte sie stolz sein. Es war keine Zeitvergeudung, es war gestohlene Zeit, zwei gestohlene Leben. Sie mußte weinen und ging ins Bad, wo sie sich mit Papiertüchern die Augen abtupfte. Dann schaute sie in den Spiegel und sah Augen, die sie noch nie zuvor erblickt hatte. Und da verstand sie voll und ganz.
Die Krankheit war ein Drache, gegen den sie vierzig Stunden und mehr in der Woche kämpfte. Da Sandra O'Toole eine erfahrene Schwester und Lehrerin war, die gut mit den Ärzten ihrer Abteilung zusammenarbeitete, kämpfte sie auf ihre Art gegen diese Drachen an, mit Professionalität, Freundlichkeit und Intelligenz, wobei sie öfter gewann als verlor. Und es wurde jedes Jahr besser. Es konnte ihr zwar nie schnell genug vorangehen, aber sie spürte reale und meßbare Verbesserungen, und vielleicht würde sie noch lange genug leben, um zu sehen, wie der letzte Drache in ihrer Abteilung endgültig starb.
Aber es gab ja mehr als eine Art von Drachen, oder etwa nicht? Einige waren nicht mit Freundlichkeit, Medikamenten und pflegerischer Sorgfalt zu töten. Einen hatte sie besiegt, aber dennoch war Doris von einem anderen ermordet worden. Und für jenen Drachen gab es nur das Schwert in der Hand eines Kriegers. Das Schwert war doch nur ein Werkzeug? Es war notwendig für den, der genau jene Drachen erschlagen wollte. Sie würde es wahrscheinlich nicht selbst in die Hand nehmen können, aber es blieb dennoch ein notwendiges Werkzeug. Jemand mußte dieses Schwert in die Hand nehmen. John war überhaupt kein schlechter Mensch, er war nur realistisch.
Sie bekämpfte ihre Drachen, er die seinen. *Es ist der gleiche Kampf.* Es war falsch gewesen, ihn zu verurteilen. Nun verstand sie, da sie in ihren Augen die gleiche Emotion wahrgenommen hatte, die sie vor Monaten bei ihm gesehen hatte. Ihre Empörung verflog zwar nicht ganz, aber doch so weit, daß sie einer Entschiedenheit Platz machte.

»Nun, alle sind heil davongekommen«, sagte Hicks, der ein Bier rüberreichte.
»Wie das, Wally?« fragte Peter Henderson.

»Die Mission ist buchstäblich ins Wasser gefallen. Sie ist gerade rechtzeitig abgebrochen worden. Es ist Gott sei Dank niemand verletzt worden. Sie fliegen jetzt gerade alle heim.«
»Das ist eine gute Nachricht, Wally!« Henderson meinte, was er sagte. Er wollte auch nicht, daß jemand getötet wurde. Er wollte nur, daß der verdammte Krieg zu Ende ging, genauso wie Wally. Die Männer in jenem Lager waren zwar zu bedauern, aber manche Dinge ließen sich nicht ändern. »Was genau ist denn passiert?«
»Das weiß noch niemand. Möchtest du, daß ich es herausfinde?«
Peter nickte. »Sieh dich vor. Das sollte die Geheimdienstkommission erfahren, wenn der ›Dienst‹ solche Scheiße baut. Ich kann ihr die Informationen vermitteln. Aber du mußt behutsam vorgehen.«
»Kein Problem. Ich weiß mittlerweile schon, was Roger für Streicheleinheiten braucht.« Hicks zündete sich den ersten Joint an diesem Abend an, was seinem Gast gar nicht gefiel.
»Wenn du so weitermachst, kannst du deine Sicherheitseinstufung verlieren, weißt du das?«
»Na und, dann muß ich eben bei Papa einsteigen und ein paar Mille an der Wall Street machen.«
»Wally, möchtest du das System verändern, oder willst du, daß andere Leute es so belassen, wie es ist?«
Hicks nickte. »Na ja, eigentlich schon.«

Dank Rückenwind konnte die KC-135 den Sprung von Hawaii zur Ostküste schaffen, ohne noch einmal aufzutanken, und diesmal landete sie sanft. Kellys Schlafrhythmus war nun wieder im Lot. Es war fünf Uhr nachmittags, und in weiteren fünf Stunden würde er wieder schlafen können.
»Kann ich ein oder zwei Tage Urlaub haben?«
»Wir brauchen Sie noch einmal in Quantico zu einer ausführlichen Nachbesprechung«, sagte ihm Ritter, der vom langen Flug steif und mißgelaunt war.
»Fein, dann werde ich also nicht in Gewahrsam genommen oder so. Kann mich jemand nach Baltimore bringen?«
»Ich werde sehen, was ich tun kann«, sagte Greer, als das Flugzeug zum Stillstand kam.
Zwei Sicherheitsoffiziere des CIA waren als erste auf der Gangway, noch bevor die übergroße Laderaumtür aufschwang. Ritter weckte den Russen auf.

»Willkommen in Washington.«
»Bringen Sie mich zu meiner Botschaft?« fragte er hoffnungsvoll. Ritter lachte ihm fast ins Gesicht.
»Jetzt noch nicht. Aber wir finden schon ein nettes, gemütliches Plätzchen für Sie.«
Grischanow war zu groggy, um Einwände zu erheben. Er rieb sich den Kopf, brauchte unbedingt etwas gegen das Hämmern in seinem Schädel. Er ging mit den Sicherheitsoffizieren die Treppe hinunter zum wartenden Wagen. Dieser machte sich sofort auf den Weg zu einem sicheren Haus in der Nähe von Winchester, Virginia.
»Vielen Dank für den Versuch, John«, sagte Admiral Maxwell und ergriff die Hand des jüngeren Mannes.
»Es tut mir leid für das, was ich vorher gesagt habe«, meinte Cas.
»Sie hatten recht.« Auch auf sie wartete ein Auto. Kelly sah zu, wie sie einstiegen.
»Was passiert jetzt mit ihnen?« fragte Greer.
James zuckte mit den Achseln und ging vor Kelly die Treppe hinunter. Der Lärm des Flugzeugs machte seine Worte schwer verständlich. »Dutch war nahe daran, eine Flotte und vielleicht einen Posten im Führungsstab der Marine zu bekommen. Damit, schätze ich, ist es jetzt vorbei. Die Operation – nun ja, sie war sein Baby, und es wurde nicht geboren. Das ist das Aus für ihn.«
»Das ist nicht fair«, sagte Kelly laut. Greer wandte sich um.
»Nein, natürlich nicht, aber so laufen die Dinge eben.« Auch für Greer stand ein Fahrzeug bereit. Er wies den Fahrer an, zum Hauptquartier des Geschwaders zu fahren, wo er für Kelly einen Wagen nach Baltimore besorgte. »Ruhen Sie sich erst mal aus, und rufen Sie mich an, wenn Sie bereit sind. Bob hat Ihnen ein ernsthaftes Angebot gemacht. Lassen Sie sich das mal durch den Kopf gehen.«
»Ja, Sir«, erwiderte Kelly, als er auf den blauen Kombiwagen der Luftwaffe zuging.
Schon verblüffend, dachte Kelly, *wie das Leben so spielt.* Innerhalb von fünf Minuten hatte der Sergeant bereits die Autobahn erreicht. Kelly war noch keine vierundzwanzig Stunden vorher auf einem Schiff mit Kurs auf Subic Bay gewesen. Weitere sechsunddreißig Stunden davor hatte er sich noch auf feindlichem Boden befunden – und nun saß er hier auf dem Rücksitz eines regierungseigenen Chevy, und die einzige ihm drohende Gefahr ging von anderen Autofahrern aus. Zumindest für eine kurze Weile. Die Autobahnschilder in dem angenehmen Grünton hatten so etwas Vertrautes für ihn, als der Wagen im schon abebbenden Stoßverkehr dahinfuhr.

Alles hier kündete von der Normalität des Lebens, und dabei war er vor drei Tagen noch in einer fremden und feindseligen Umgebung gewesen. Am verblüffendsten aber war, daß er sich auch darin zurechtgefunden hatte. Der Fahrer stellte ihm keine Fragen. Er wollte nur wissen, wo er hinfahren sollte. Trotzdem mußte er sich wundern, wer dieser mit einem Sonderflug eingetroffene Mann wohl war. Wahrscheinlich, überlegte Kelly, als das Auto von der Hauptstraße abbog, bekam er viele solcher Aufträge, jedenfalls genug, als daß er sich über Dinge, die er ohnehin nie erfahren würde, schon lange keine Gedanken mehr machte.

»Vielen Dank fürs Mitnehmen«, sagte Kelly.

»Gern geschehen, Sir.« Der Wagen brauste davon, und Kelly ging zu seiner Wohnung. Er fand es lustig, daß er seine Schlüssel auf dem ganzen Weg nach Vietnam und wieder zurück dabeigehabt hatte. Wußten die Schlüssel, wie weit sie gereist waren? Fünf Minuten später stand er unter der Dusche – eine der Grundkonstanten des amerikanischen Lebens – und wechselte von einer Realität in die andere. Nach weiteren fünf Minuten hatte er eine leichte Hose und ein kurzärmliges Hemd angezogen und marschierte aus der Tür zu seinem Scout, der einen Block entfernt geparkt war. Zehn Minuten später stellte er den Wagen in einer Parklücke in Sichtweite von Sandys Bungalow ab. Der Weg vom Scout zu ihrer Haustür war ein weiterer Übergang. *Ich bin zu jemandem nach Hause gekommen*, sagte sich Kelly. *Zum erstenmal.*

»John!« Er hatte nicht erwartet, daß sie ihn umarmen würde, und erst recht nicht, daß sie Tränen in den Augen hätte.

»Schon gut, Sandy. Mir geht's prima. Keine Löcher, Schrammen oder sonstwas.« Erst allmählich spürte er, wie verzweifelt sie sich an ihn klammerte. Zunächst fand er es ja nur angenehm. Doch dann fing sie an seiner Brust zu schluchzen an, und da wußte er, daß es nicht um ihn ging. »Was ist los?«

»Sie haben Doris umgebracht.«

Wieder einmal blieb die Zeit stehen. Sie schien in viele Scherben zu zersplittern. Schmerzerfüllt schloß Kelly die Augen. Er befand sich plötzlich wieder auf seinem Hügel mit Blick auf SENDER GREEN und sah die NVA-Soldaten eintreffen, lag wieder in seinem Krankenhausbett und blickte auf ein Foto, stand vor einem namenlosen Dorf und lauschte auf das Schreien von Kindern. Er war zwar heimgekommen, aber da wartete nur wieder alles, was er verlassen hatte. Nein, erkannte er, er hatte es gar nicht verlassen, es folgte ihm auf Schritt und Tritt. Er würde dem nie entkommen, weil er nie etwas zu einem Ende gebracht hatte. *Kein einziges Mal.*

Aber diesmal hatte die Sache eine bisher unbekannte Komponente: Diese Frau hielt ihn umfangen und verspürte den gleichen brennenden Schmerz, der auch ihm bis ins Herz drang.

»Sandy, was ist passiert?«

»John, sie war wieder völlig gesund. Wir haben sie heimgebracht, und dann habe ich heute angerufen, wie du gesagt hast, und ein Polizist hat abgehoben. Doris und ihr Vater sind ermordet worden.«

»Okay.« Er schob sie zum Sofa. Er wollte sie erst zur Ruhe kommen lassen, sie nicht zu fest halten, aber das gelang nicht. Sie klammerte sich weiter an ihn, ließ all den Gefühlen freien Lauf, die sie zusammen mit der Sorge um sein Wohlergehen verdrängt hatte. Mehrere Minuten lang lag Sandys Kopf an seiner Schulter. »Was ist mit Sam und Sarah?«

»Ich habe es ihnen noch nicht gesagt.« Sie hob das Gesicht und sah sich mit verschleiertem Blick im Zimmer um. Dann setzte sich die Krankenschwester in ihr wieder durch, wie nicht anders zu erwarten gewesen war. »Wie geht es dir?«

»Ein bißchen kaputt von der weiten Reise«, sagte er, nur um auf ihre Frage etwas zu entgegnen. Dann mußte er ihr die Wahrheit sagen. »Es war ein Schlag ins Wasser. Die Mission hat nicht geklappt. Die sind immer noch dort.«

»Ich verstehe nicht.«

»Wir haben versucht, ein paar Leute aus Nordvietnam herauszuholen, Gefangene – aber irgendwas ist schiefgegangen. Wieder ein Fehlschlag«, fügte er leise hinzu.

»Ist es gefährlich gewesen?«

Kelly gab ein Brummen von sich. »Ja, Sandy, das kann man sagen, aber ich bin mit heiler Haut davongekommen.«

Sandy überging das. »Doris hat gesagt, da wären noch andere Mädchen in deren Gewalt.«

»Ja, Billy hat das gleiche gesagt. Ich werde versuchen, sie herauszuholen.« Kelly merkte, daß sie auf die Erwähnung von Billys Namen nicht reagierte.

»Das bringt doch nichts – sie rauszuholen, außer ...«

»Ich weiß.« *Das, was mich die ganze Zeit verfolgt,* dachte Kelly. Es gab nur einen Weg, dies alles abzustellen. Davonlaufen konnte er nicht. Er mußte sich der Sache stellen.

»Der kleine Auftrag ist also heute früh erledigt worden, Henry«, verkündete ihm Piaggi. »Sauber und ordentlich.«
»Sie haben keine Spuren ...«
»Henry, da waren Profis am Werk! Sie haben den Auftrag erledigt und sind jetzt längst wieder daheim, einige hundert Kilometer weit weg. Sie haben nichts außer zwei Leichen zurückgelassen.« Das hatte der telefonische Bericht eindeutig klargestellt. Es war eine leichte Aufgabe gewesen, da die Opfer nichts geahnt hatten.
»Das ist also erledigt«, bemerkte Tucker zufrieden. Er langte in die Tasche und zog einen dicken Umschlag heraus, den er Piaggi aushändigte. Als guter Geschäftspartner hatte dieser das Geld vorgestreckt.
»Jetzt, da Eddie aus dem Weg geräumt und das andere Loch gestopft ist, sollte alles wieder normal laufen.« *Die beste Anlage für zwanzig Riesen, die ich je gemacht habe*, dachte Henry.
»Und die anderen Mädchen, Henry?« fragte Piaggi mit Nachdruck. »Du hast jetzt ein echt großes Geschäft laufen. Miezen wie die können zur Gefahr werden. Kümmere dich darum, okay?« Er steckte den Umschlag ein und stand vom Tisch auf.

»Zweiundzwanziger, beide in den Hinterkopf«, gab der Ermittlungsbeamte aus Pittsburgh am Telefon durch. »Wir haben das ganze Haus auf den Kopf gestellt – nichts. Die Blumenschachtel – nichts. Der Lieferwagen – nichts. Der Wagen ist letzte Nacht oder eher gegen Morgen irgendwo gestohlen worden. Der Florist besitzt acht davon. Verdammt, wir haben ihn entdeckt, bevor der Mord in den Nachrichten gemeldet wurde. Das waren sehr versierte Leute, da gibt es keinen Zweifel. Für Kerle von hier ging es zu reibungslos, zu glatt. Auf der Straße war nichts zu erfahren. Die Täter sind wahrscheinlich schon längst über alle Berge. Zwei Personen haben den Lieferwagen gesehen. Einer Frau sind zwei Männer an der Haustür aufgefallen. Sie hat gedacht, die würden Blumen abliefern, und außerdem war sie einen halben Block entfernt auf der anderen Straßenseite. Keine Beschreibung, nichts. Sie kann sich nicht einmal erinnern, welche Hautfarbe sie hatten.«
Ryan und Douglas hörten das Gespräch mit, und ihre Blicke trafen sich alle paar Sekunden. Der Tonfall des Mannes verriet schon alles. Genau der Fall, den Polizisten hassen und fürchten. Kein augenscheinliches Motiv, keine Zeugen, kein brauchbares Beweismaterial. Keine Anhaltspunkte, von denen sie ausgehen konnten. Die weiteren Schritte waren so vorhersagbar wie vergeblich. Sie würden die

Nachbarn nach Informationen ausquetschen. Doch es handelte sich um ein Arbeiterviertel, und um diese Zeit war normalerweise kaum jemand zu Hause. Den Leuten fiel meist das Ungewöhnliche auf, und ein Blumenlieferwagen war nicht ungewöhnlich genug, um die Neugier der Leute anzustacheln, was bekanntermaßen erst zu einer Personenbeschreibung führen konnte.

Das perfekte Verbrechen stellte eigentlich gar keine so hohen Anforderungen – ein Geheimnis, das in der Gemeinde der Kriminalbeamten zwar bekannt war, doch von den unzähligen Kriminalromanen ignoriert wurde. Dafür wurden die Leute der Kripo zu übermenschlichen Wesen hochstilisiert, was sie nie von sich behauptet hätten, nicht einmal, wenn sie in einer Bar unter sich waren. Eines Tages würde der Fall gelöst werden. Einer der Killer würde wegen etwas anderem geschnappt werden und diese Tat zugeben, um damit ein Geschäft mit dem Staatsanwalt abzuschließen. Eventuell würde auch einer darüber reden, um sich damit vor einem Informanten zu brüsten. Dieser würde es dann jemand anderem weitersagen. Doch in beiden Fällen würde noch eine ganze Weile verstreichen, und die Spur, die jetzt schon kalt war, würde bis dahin noch kälter sein. Das war der enttäuschendste Teil der polizeilichen Arbeit. Unschuldige Menschen waren gestorben, und es gab niemanden, der für sie sprechen oder ihren Tod rächen würde. Später würde es weitere Fälle geben, und die Cops würden diese Akten beiseite legen, um sich Vielversprechenderem zuzuwenden. Nur hin und wieder würde einer die Akte hervorziehen und sie sich durchsehen, sie aber danach gleich wieder in die Schublade mit der Aufschrift »Unerledigt« zurückpacken. Dort würde sie allein durch die Formulare, die verkündeten, daß es zu dem Fall immer noch nichts Neues gab, immer dicker werden.

Für Ryan und Douglas war es noch schlimmer. Wieder einmal hatte es eine mögliche Verbindung gegeben, die über zwei ihrer »Unerledigt«-Akten hätte Aufschluß geben können. An Raymond und Doris Brown würden alle Anteil nehmen. Diese beiden Opfer hatten Freunde und Nachbarn, offenbar auch einen guten Pfarrer gehabt. Man würde sie vermissen, und Menschen würden mit großem Bedauern an sie zurückdenken ... Aber die Akte auf Ryans Schreibtisch handelte von Leuten, um die sich außer den Polizeibeamten niemand kümmerte. Das verschlimmerte die Sache, weil eben nicht bloß Cops in Ausübung ihres Berufs um die Toten trauern sollten. Erschwerend kam hinzu, daß eine weitere neue Vorgehensweise in einer Kette von Morden aufgetaucht war, die irgendwie zusammenhingen, aber nicht so, daß es einen Sinn ergab. Das war nicht ihr Unsichtbarer gewesen. Zugegeben, auch hier war eine .22er benutzt worden, aber er hatte schon zweimal die Möglichkeit gehabt, Unschuldige umzubringen. Er hatte Virginia Charles verschont und sich selbst zusätzlichen Gefahren ausgesetzt, um Doris Brown am Leben zu erhalten. Er hatte sie wahrscheinlich vor Farmer und Grayson und sogar noch jemand anderem gerettet ...

»Detective«, fragte Ryan, »in welchem Zustand befand sich die Tote?«

»Was meinen Sie?«

Schon als ihm die Frage in den Sinn gekommen war, fand er sie absurd, aber der Mann am anderen Ende der Leitung würde schon verstehen. »Wie war ihr körperliche Zustand?«

»Die Autopsie ist erst morgen, Lieutenant. Sie war ordentlich angezogen, sauber, das Haar in Ordnung, sah ziemlich anständig aus.« *Bis auf die beiden Löcher im Hinterkopf,* brauchte der Mann nicht hinzuzufügen.

Douglas las in den Gedanken seines Kollegen und nickte. *Jemand hat sich die Mühe gemacht, sie gesund zu pflegen.* Das war ein Ansatzpunkt.

»Ich wäre Ihnen dankbar, wenn Sie mir alles schicken, was nützlich sein könnte. Damit wird uns wie Ihnen geholfen«, versicherte ihm Ryan.

»Irgendein Kerl hat einige Hebel in Bewegung gesetzt, um sie zu ermorden. So was sehen wir nicht häufig. Mir gefällt das überhaupt nicht«, fügte der Kriminalbeamte hinzu. Es war eine sehr kindliche Schlußfolgerung, aber Ryan verstand voll und ganz. Wie sollte er es sonst sagen?

Es konnte im wahrsten Sinne des Wortes ein sicheres Haus genannt werden. Das stattliche Gebäude befand sich auf einem Grundstück in der welligen Hügellandschaft Virginias, dazu kam ein Stall mit zwölf Boxen, der zur Hälfte mit Jagdpferden belegt war. Der Mann, der im Grundbuch eingetragen war, besaß noch ein weiteres Grundstück in der Nachbarschaft. Er hatte dieses hier an den CIA verpachtet – das heißt, eigentlich an eine Scheinfirma, die nur auf dem Papier und als Postfachadresse existierte –, weil er beim militärischen Geheimdienst OSS gewesen war und außerdem das Geld gut gebrauchen konnte. Von außen war nichts Ungewöhnliches zu erkennen, doch bei näherem Hinsehen fiel auf, daß Türen und Türrahmen aus Stahl und die Fenster ungewöhnlich dick und versiegelt waren. Das Gebäude war so sicher vor einem Angriff von außen oder einem

Ausbruchsversuch von innen wie ein Hochsicherheitsgefängnis; es sah nur sehr viel schöner aus.

Grischanow fand Kleidung für sich und Rasiersachen vor, mit denen er sich keinen Schaden zufügen konnte. Der Badezimmerspiegel war aus blankem Stahl und der Zahnputzbecher aus Lackpappe. Das Ehepaar, das das Haus bewohnte, sprach passabel Russisch und war überaus freundlich. Die beiden wußten über ihren neuen Gast bereits Bescheid – sie waren eher Überläufer gewohnt –, aber alle, die zu ihnen kamen, standen unter dem »Schutz« einer Gruppe von vier Sicherheitsbeamten. Zwei dieser Beamten wohnten ständig in der Hausmeisterwohnung neben den Stallungen.

Wie üblich hatte sich ihr Gast noch nicht an den örtlichen Zeitrhythmus angepaßt. Dieses irritierende Unbehagen machte ihn gesprächig. Zu ihrer Überraschung hatten sie Anweisungen erhalten, die Gespräche auf Alltägliches zu beschränken. Die Hausherrin machte ihm ein Frühstück – stets die beste Mahlzeit für einen vom Jetlag Geplagten –, während ihr Mann ein Gespräch über Puschkin begann und erfreut war, daß sich Grischanow wie viele Russen intensiv mit Literatur beschäftigte. Der Sicherheitsbeamte lehnte am Türrahmen, bloß um die Dinge im Auge zu behalten.

»Die Dinge, die ich tun muß, Sandy . . .«

»Ja, ich verstehe«, sagte sie bestimmt. Es überraschte sie beide, wie fest ihre Stimme klang, wie entschieden. »Früher konnte ich das noch nicht, aber jetzt verstehe ich es.«

»Als ich drüben war« – war es wirklich erst drei Tage her? – »habe ich an dich gedacht. Ich muß mich bei dir bedanken«, sagte er ihr.

»Wofür?«

Kelly blickte auf den Küchentisch. »Schwer zu erklären. Die Sachen, die ich mache, sind heikel. Es hilft mir, jemanden zu haben, an den ich denken kann. Entschuldige – ich meine nicht . . .« Kelly brach ab. Aber eigentlich meinte er doch. Die Gedanken machen sich selbständig, wenn jemand allein ist, und seine Gedanken waren zu ihr gewandert.

Sandy nahm seine Hand und lächelte sanft. »Ich habe Angst vor dir gehabt.«

»Warum?« fragte er verblüfft.

»Wegen der Sachen, die du machst.«

»Ich würde dir nie weh tun«, sagte er, ohne aufzublicken. Er war betroffen, weil sie gemeint hatte, sich vor ihm fürchten zu müssen.

»Das weiß ich mittlerweile.«

Trotz ihrer Worte spürte Kelly den Drang, sich zu erklären. Er wollte, daß sie ihn verstand, und hatte noch nicht erkannt, daß sie das längst tat. Wie sollte er anfangen? Ja, er brachte Leute um, aber aus gutem Grund. Wie war er zu dem geworden, der er jetzt war? Sicher hatte seine Ausbildung daran Anteil gehabt, die harten Monate in Coronado, die Zeit und Mühe, die es gekostet hatte, sich automatische Reaktionen einzuimpfen und – noch tödlicher – Geduld zu lernen. Damit hatte sich gleichzeitig eine neue Art eingestellt, die Dinge zu betrachten – und dann hatte er sich diese Sicht angeeignet und auch die Rechtfertigung, warum man manchmal töten mußte. Gemeinsam mit dieser Rechtfertigung hatte er einen Kodex entwickelt, der eine Abart von dem war, was er von seinem Vater gelernt hatte. Gewöhnlich wurde ihm der Zweck seiner Handlungen – den er immer wissen mußte – von anderen mitgeteilt, aber sein Verstand war agil genug, daß er seine eigenen Entscheidungen treffen und seinen Kodex in einen neuen Kontext einpassen konnte. Intelligent genug, ihn in die Tat umzusetzen. Dabei mußte er zwar vorsichtig sein, aber ein Zurückschrecken gab es nicht. Seine Persönlichkeit war durch vielerlei Erfahrungen geprägt, und manchmal war er selbst am meisten überrascht, was schließlich dabei herausgekommen war. Jemand mußte es tun, und meistens war er am besten dafür geeignet...

»Du liebst zu intensiv, John«, sagte sie. »Wie ich.«

Diese Worte ließen ihn aufblicken.

»Bei mir auf der Station verlieren wir Patienten, wir verlieren sie die ganze Zeit – und ich hasse das! Ich hasse es, mitanzusehen, wie sich das Leben davonmacht. Ich hasse es, die Angehörigen weinen zu sehen und zu wissen, daß wir es nicht haben verhindern können. Wir tun alle unser Bestes. Professor Rosen ist ein wundervoller Arzt, aber wir gewinnen eben nicht immer, und ich hasse es, wenn wir verlieren. Und bei Doris, da hatten wir schon gewonnen, John, und dann hat jemand sie trotzdem erledigt. Und es war keine Krankheit oder irgend so ein blödsinniger Autounfall. Jemand hat es mit voller Absicht getan. Sie war eine von meinen Patientinnen, und jemand hat sie und ihren Vater umgebracht. Deshalb kann ich dich verstehen. Ganz im Ernst.«

Mein Gott, das tut sie wirklich ... besser als ich.

»Jeder, der mit Pam und Doris zu tun hatte, ist jetzt in Gefahr.«

Sandy nickte. »Du hast wahrscheinlich recht. Sie hat uns einiges

von Henry erzählt. Ich weiß, was das für ein Typ ist. Ich werde dir alles berichten, was sie uns gesagt hat.«
»Du weißt aber schon, was ich mit diesen Informationen anfangen werde?«
»Ja, John. Bitte sei vorsichtig.« Sie verstummte, gab ihm dann aber doch noch zu verstehen, warum sie ihn darum bat. »Ich möchte, daß du zurückkommst.«

32 / Die Beute in der Falle

Aus Pittsburgh kam als einzig brauchbare Information ein Name: Sandy. Sandy hatte Doris Brown zu ihrem Vater gefahren. Nur ein Wort, nicht einmal ein vollständiger Name, aber manche Fälle wurden auch aufgrund von geringerem Wissen geknackt. Es war so, als ob man an einem Faden zog. Manchmal bekam man nur ein abgerissenes Stück Garn in die Hand, manchmal kam soviel nach, bis sich das ganze Knäuel entwirren ließ. Also eine junge Frau namens Sandy. Sie hatte aufgelegt, bevor sie noch mehr sagte. Es war dennoch kaum wahrscheinlich, daß sie mit den Morden zu tun hatte. Manche kehrten an den Tatort zurück – das kam wirklich vor –, aber nicht per Telefon.

Wie paßte das alles zusammen? Ryan lehnte sich in seinem Stuhl zurück und starrte an die Decke, während sein geschulter Verstand alles durchging, was er wußte.

Die wahrscheinlichste Annahme war die, daß die verstorbene Doris Brown in direktem Kontakt zu dem Verbrecherring gestanden hatte, der Pamela und Helen Waters ermordet hatte. Und zu dem Richard Farmer und William Grayson gehört hatten. John Terrence Kelly, der UDT-Matrose und wahrscheinlich ein SEAL der Navy geswesen war, war irgendwie auf Pamela Madden gestoßen und hatte sie gerettet. Einige Wochen darauf hatte er Frank Allen angerufen, ihm aber nicht viel gesagt. Irgend etwas war dann arg schief gegangen – kurz gesagt, er war ein Esel gewesen – und Pamela Madden hatte deswegen sterben müssen. Die Fotos der Leiche würde Ryan nie wieder ganz aus dem Gedächtnis tilgen können. Kelly war schwer angeschossen worden. Ein ehemaliger Angehöriger einer Sondereinheit, dessen Freundin brutal ermordet worden war, rief Ryan sich nochmals ins Gedächtnis. Fünf Dealer wurden eliminiert, als wäre James Bond auf den Straßen Baltimores aufgetaucht. Eine zusätzliche Tötung, als der Mörder aus unbekannten Gründen bei einem Straßenraub eingegriffen hatte. Richard Farmer – »Rick«? – war mit einem Messer erledigt worden; das zweite mögliche Anzeichen von Zorn (und das erste zählte nicht, ermahnte sich Ryan).

William Grayson war womöglich entführt und umgebracht worden. Wohl gleichzeitig wurde Doris Brown gerettet, während einiger Wochen gesund gepflegt und nach Hause gebracht. Das bedeutete doch eine Art von medizinischer Betreuung? Wahrscheinlich. *Vielleicht*, korrigierte er sich. Der Unsichtbare ... hätte er das selbst tun können? Doris war das Mädchen gewesen, das Pamelas Haar glattgebürstet hatte. Das war die Verbindung.
Rekapituliere.
Kelly hatte das Mädchen Pamela gerettet, aber bei ihrer Entwöhnung Hilfe in Anspruch genommen. Professor Rosen und seine Frau, eine weitere Ärztin. Wenn Kelly also Doris Brown findet, zu wem wird er sie dann bringen? Ryan griff zum Telefonhörer.
»Hallo.«
»Doc, hier ist Lieutenant Ryan.«
»Ich wußte gar nicht, daß ich Ihnen meine Durchwahl gegeben habe«, sagte Farber. »Was gibt's?«
»Kennen Sie Sam Rosen?«
»Professor Rosen? Sicher. Er leitet eine Abteilung, kann verteufelt gut mit dem Skalpell umgehen, Weltklasse. Ich sehe ihn nicht sehr oft, aber wenn Sie mal am Kopf operiert werden müssen, dann ist er genau der Richtige.«
»Und seine Frau?« Ryan konnte den Mann an seiner Pfeife ziehen hören.
»Ich kenne sie ziemlich gut. Sie ist Pharmakologin, hat ihre Forschungsstelle gleich gegenüber; sie arbeitet bei unserem Drogenhilfeprojekt mit. Manchmal helfe ich auch bei dieser Gruppe aus, und wir ...«
»Danke.« Ryan schnitt ihm das Wort ab. »Noch ein Name: Sandy.«
»Sandy wer?«
»Mehr habe ich nicht«, gab Lieutenant Ryan zu. Er konnte sich Farber nun gut vorstellen, wie er sich mit Denkermiene in seinem wuchtigen Ledersessel nach hinten lehnte.
»Ich möchte mich nur vergewissern, daß ich alles richtig mitbekommen habe, okay? Stellen Sie mir diese Fragen, um im Rahmen einer Ermittlung etwas über zwei Kollegen zu erfahren?«
Ryan überlegte kurz, ob er es sich leisten konnte, zu lügen. Der Mann war Psychiater. Von Berufs wegen forschte er in den Gedanken der Leute herum. Darin war er gut.
»Ja, Doktor, das mache ich«, gab der Beamte nach einer Pause zu, die lang genug war, daß der Psychiater den Grund dafür exakt erraten konnte.

»Sie werden schon noch etwas deutlicher werden müssen«, meinte Farber gelassen. »Sam und ich sind nicht gerade die dicksten Freunde, aber er gehört zu den Leuten, die nie einer Seele was zuleide tun. Und Sarah ist zu diesen verkorksten Kindern, die wir hier haben, wie ein Engel. Dafür verschiebt sie sogar wichtige Forschungsarbeiten, Sachen, mit denen sie sich großes Ansehen erwerben könnte.« Doch da fiel Farber ein, daß sie in den vergangenen Wochen sehr oft nicht dagewesen war.

»Doktor, ich versuche nur, Informationen zu sammeln, ja? Ich habe überhaupt keinen Grund zur Annahme, daß einer der beiden in eine illegale Sache verwickelt ist.« Seine Worte waren zu förmlich, und das wußte er. Vielleicht noch ein anderer Vorstoß. Der war vielleicht sogar ehrlich. »Wenn meine Spekulationen zutreffen, dann könnte ihnen eine Gefahr drohen, von der sie nichts wissen.«

»Geben Sie mir ein paar Minuten Zeit.« Farber unterbrach die Verbindung.

»Nicht schlecht, Em«, sagte Douglas.

Wir fischen im trüben, dachte Ryan, aber zum Teufel, er hatte fast alles andere schon probiert. Die nächsten fünf Minuten, bis das Telefon wieder klingelte, erschienen ihm schrecklich lang.

»Ryan.«

»Farber. In der Neurologie gibt es keine Ärztin dieses Namens. Dafür eine Schwester, Sandra O'Toole. Sie leitet dort das Pflegeteam. Ich kenne sie nicht persönlich. Sam hält aber große Stücke auf sie, das habe ich gerade über seine Sekretärin erfahren. Sie hat kürzlich einen Sonderauftrag für ihn erledigt. Er hat die Gehaltsabrechnung türken müssen.« Farber hatte bereits seine eigenen Schlüsse gezogen. Sarah war zur selben Zeit nicht in der Klinik gewesen. Da sollte die Polizei aber selbst drauf kommen. Er war weit genug entgegengekommen – schon zu weit. Schließlich waren es Kollegen, und das hier war kein Spaß.

»Wann war das?« fragte Ryan beiläufig.

»Vor zwei oder drei Wochen, ging über zehn Arbeitstage.«

»Vielen Dank, Doktor. Ich werde mich wieder melden.«

»Die Verbindung«, bemerkte Douglas, als die Leitung wieder unterbrochen war. »Was willst du wetten, daß sie auch Kelly kennt?«

Die Frage war freilich eher von Hoffnung als von gesicherten Informationen getragen. Sandra war ein einigermaßen geläufiger Name. Aber nun waren sie an diesem Fall, dieser endlosen Serie von Todesfällen, schon länger als sechs Monate dran, und nach der langen Zeit, in der sie auf kein Beweismaterial und keine Verbindungen gestoßen waren, tauchte dies wie der Morgenstern auf. Nur war es jetzt abends, und es war Zeit, zum Essen zu Frau und Kindern heimzufahren. Jack würde in etwa einer Woche wieder ins College nach Boston fahren, fiel Ryan ein, und er sah seinen Sohn doch so selten.

Es war alles gar nicht so leicht zu organisieren. Sandy mußte ihn nach Quantico fahren. Sie war das erste Mal auf einem Marinestützpunkt, aber es war ein kurzer Besuch, denn sie kam nur bis zur Anlegestelle. Schon wieder, dachte Kelly. Da kam er einmal heim und war körperlich im Einklang mit dem Tag/Nacht-Zyklus, und schon mußte er ihn wieder stören. Sandy war noch nicht wieder auf dem Highway, als er vom Dock wegglitt, auf die Flußmitte zuhielt und, sobald es ging, die Gashebel auf volle Fahrt stellte.

Die Frau besaß zu ihrem Mumm auch Verstand, sagte sich Kelly, während er sein erstes Bier nach sehr langer Zeit trank. Er hielt es für normal, daß eine Klinikschwester ein gutes Gedächtnis hatte. Henry war in bestimmten Augenblicken anscheinend recht mitteilsam, zum Beispiel, wenn er ein Mädchen direkt in seiner Gewalt hatte. Ein Großmaul erster Güte, dachte Kelly. Er hatte immer noch keine Adresse zu der Telefonnummer, aber er hatte einen neuen Namen, Tony P sonst was – Peegee oder so. Weiß, Italiener, fuhr einen blauen Lincoln. Und er hatte eine recht anständige Personenbeschreibung. Wahrscheinlich ein Mitglied der Mafia. Dann noch jemand namens Eddie – aber Sandy hatte diesen Namen einem Kerl zugeordnet, der von einem Polizeibeamten erschossen worden war; das hatte im Lokalblatt sogar Schlagzeilen gemacht. Kelly ging noch einen Schritt weiter. Was, wenn dieser Cop der Mann war, den Henry sich gekauft hatte? Es hatte ihn hellhörig gemacht, daß ein ranghoher Beamter wie ein Lieutenant in eine Schießerei verwickelt worden war. Das war Spekulation, sagte er sich, aber der Überprüfung wert – er war sich bloß nicht ganz sicher, wie er das machen sollte. Er hatte ja noch die ganze Nacht und eine glatte Wasserfläche vor sich, die seine Gedanken so wie die Sterne widerspiegelte. Bald kam er an der Stelle vorbei, wo er Billy ausgesetzt hatte. Zumindest hatte jemand die Leiche geborgen.

Der Boden setzte sich über dem Grab an einem Ort, den einige immer noch Potter's Field nannten, was auf jemanden mit dem Vornamen Judas zurückging. Die Ärzte im Ortskrankenhaus, die den Mann behandelt hatten, gingen immer noch den pathologischen Befund des Medizinischen Instituts in Virginia durch. Baro-Trauma. Im ganzen Land gab es pro Jahr weniger als zehn schwere Fälle dieses Typus, und alle in den Küstengebieten. Es war keine Schande, daß sie nicht auf die Diagnose gekommen waren, und, so fuhr der Bericht fort, es hätte auch nichts geändert. Die genaue Todesursache war ein Stück Knochenmark gewesen, das irgendwie in eine Gehirnarterie gelangt war, sie verschlossen und einen tödlichen Schlaganfall ausgelöst hatte. Die anderen Organe waren so schwer geschädigt gewesen, daß er höchstens noch ein paar Wochen gelebt hätte. Der Arterienverschluß durch das Knochenmark war die Folge eines sehr raschen Druckwechsels, wahrscheinlich 3 bar oder mehr. Selbst jetzt noch fragte die Polizei nach Tauchern im Potomac, der an einigen Stellen sehr tief war. Es bestand noch Hoffnung, daß ein Angehöriger Anspruch auf den Toten anmelden würde, dessen letzte Ruhestätte im Büro der Bezirksverwaltung verzeichnet war. Aber sie war nicht groß.

»Was soll das heißen, Sie wissen es nicht?« erkundigte sich General Rokossowskij in barschem Ton. »Er ist mein Mann! Haben Sie ihn weggeschickt?«
»Genosse General«, erwiderte Giap scharf, »ich habe Ihnen alles erzählt, was ich weiß!«
»Und Sie sagen, ein Amerikaner hat es getan?«
»Sie haben die Geheimdienstunterlagen genausogut wie ich gesehen.«
»Der Mann ist im Besitz von Informationen, die die Sowjetunion benötigt. Es fällt mir schwer, zu glauben, daß die Amerikaner einen Überfall geplant haben, der nur die Entführung des einen sowjetischen Offiziers in der Gegend zum Ziel hatte. Ich würde Ihnen raten, Genosse General, sich etwas mehr zu bemühen.«
»Wir befinden uns im Krieg!«
»Ja, das ist mir nicht entgangen«, bemerkte Rokossowskij trocken. »Warum, glauben Sie, wäre ich sonst hier?«
Giap hätte den größeren Mann, der vor seinem Schreibtisch stand, vor Wut am liebsten angeschrien. Er war schließlich Oberbefehlshaber der Streitkräfte seines Landes und ein tüchtiger Heeresführer. Der vietnamesische General schluckte nur mit Mühe seinen Stolz hinunter. Er brauchte leider die Waffen, die nur die Sowjetunion liefern konnte, und so mußte er sich vor diesem Russen zum Wohl seines Landes entwürdigen. Einer Sache war er sich indes sicher. Das Lager war den Ärger nicht wert, den es ihm eingebracht hatte.

Das seltsame war, daß der tägliche Ablauf relativ angenehm geworden war. Kolja war nicht mehr da. Das war sicher. Zacharias war schon so desorientiert, daß er nicht mehr genau festlegen konnte, wie viele Tage verstrichen waren, aber seit vier Schlafperioden hatte er die Stimme des Russen nicht mehr vor der Tür gehört. Desgleichen war seither niemand mehr hergekommen, um ihn zu mißhandeln. Er hatte gegessen und einsam seinen Gedanken nachgehangen. Zu seiner Überraschung war alles besser statt schlechter geworden. Die mit Kolja verbrachte Zeit war zu einer gefährlicheren Sucht als sein Zwischenspiel mit dem Alkohol geworden. Die Einsamkeit war jetzt sein wahrer Feind, nicht der Schmerz, nicht die Angst. Robin stammte aus einer Familie und einer Glaubensgemeinde, die Kameradschaft förderte, und hatte eine Berufslaufbahn eingeschlagen, die ebenso davon lebte, und da ihm dies nun verwehrt wurde, war er mit seinen Gedanken allein gelassen. Noch ein bißchen Schmerz und Angst, was ergab das? Etwas, das sich von außen sehr viel leichter sehen ließ als von innen. Kolja hatte das zweifellos wahrgenommen. *Wie du*, hatte er oft gesagt, *wie du.* So also erledigte er seinen Job, sagte sich Zacharias. Ganz schön schlau, das mußte der Colonel zugeben. Auch wenn er Fehler und Versagen nicht gewohnt war, so blieb er doch nicht dagegen gefeit. Er hatte sich am Luftwaffenstützpunkt Luke aus Leichtsinn beinahe selbst umgebracht, als er Jagdflugzeuge fliegen gelernt hatte. Und fünf Jahre später, als er sich gefragt hatte, wie es wohl im Innern eines Gewitters aussah, war er beinahe wie ein Blitz in den Boden eingeschlagen. Nun hatte er einen weiteren Fehler begangen.

Zacharias kannte den Grund nicht, warum er von den Verhören verschont blieb. Vielleicht war Kolja weggefahren, um über seine neuen Kenntnisse Bericht zu erstatten. Was auch immer der Grund war, Robin hatte nun die Möglichkeit, nachzudenken. *Du hast gesündigt,* sagte er sich. *Du hast dich sehr dumm verhalten. Aber das wirst du nicht wieder tun.* Ein schwacher Entschluß, und Zacharias wußte, daß er noch daran arbeiten mußte. Glücklicherweise blieb ihm jetzt Zeit zum Nachdenken. Wenn es auch keine wahre Erlösung war, so war es immerhin etwas. Mit einem Schlag war er voll bei Bewußtsein, ganz wie bei einem Kampfeinsatz. *Mein Gott,* dachte er, *dieses Wort. Ich hatte Angst, um Erlösung zu beten ... und doch ...* Seine Wächter wären überrascht gewesen, das nachdenkliche Lächeln in seinem Gesicht zu sehen, besonders, wenn sie gewußt hätten, daß er wieder mit dem Beten angefangen hatte. Beten, so war ihnen allen gelehrt worden, war eine Farce. Aber das war ihr Pech und könnte seine Rettung sein.

Vom Büro aus konnte Ritter nicht anrufen. Das wäre unstatthaft gewesen. Auch von daheim wollte er nicht telefonieren. Der Anruf würde über einen Fluß und eine Staatsgrenze gehen, und er wußte, daß für Telefongespräche im Bereich der Hauptstadt aus Sicherheitsgründen besondere Vorkehrungen getroffen waren. Sie wurden alle mitgeschnitten. Das war aber der einzige Ort in den USA, wo das der Fall war. Dennoch gab es für das, was er vorhatte, ein Verfahren. Er hätte es sich offiziell absegnen lassen müssen. Er hätte es mit dem Sektionschef besprechen sollen, dann mit einem Direktoriumsmitglied; es hätte gut den ganzen Weg bis zum »Großen Büro« im siebten Stock gehen können. Ritter wollte nicht so lange warten, nicht, wenn Menschenleben auf dem Spiel standen. Er nahm sich einen Tag frei, schützte ganz plausibel vor, er bräuchte die Zeit, um sich von der Reise zu erholen. So entschloß er sich, in die Stadt zu fahren, und wählte das Smithsonian Museum für Naturgeschichte aus. Er ging am Elefanten in der Vorhalle vorbei und konsultierte die Orientierungstafel an der Wand, um die öffentlichen Telefone zu finden. Dort warf er seine Münze ein und rief die Nummer 347 1347 an. Das war beinahe schon ein im Amt geläufiger Scherz. Jene Nummer verband ihn mit einem Telefon auf dem Schreibtisch des KGB *rezident*, dem Dienststellenleiter für Washington, D.C. Sie wußten es und wußten auch, daß die betreffenden Kreise ebenfalls wußten, daß sie es wußten. Die Spionagearbeit konnte ganz schön maniert sein, sagte sich Ritter.

»Ja«, meldete sich eine Stimme. Ritter machte das zum erstenmal; er erlebte eine ganze Reihe neuartiger Empfindungen – seine eigene Nervosität, die Gelassenheit der Stimme am anderen Ende der Leitung, der aufwühlende Augenblick. Was er zu sagen hatte, war jedoch klar festgelegt, so daß Unkundige nicht in den offiziellen Geschäftsgang eingreifen konnten.

»Hier ist Charles. Ich habe Informationen, die Sie betreffen. Ich schlage deshalb eine kurze Aussprache vor. In einer Stunde bin ich im Zoo am Gehege für die weißen Tiger.«

»Erkennungszeichen?« fragte die Stimme.

»Eine Nummer der *Newsweek* in der linken Hand halten.«

»Eine Stunde«, grummelte die Stimme. Wahrscheinlich hat der Mann heute vormittag eine wichtige Sitzung, dachte Ritter. Wie schade für ihn. Der Feldoffizier des CIA verließ das Museum und ging zu seinem Wagen. Auf dem Beifahrersitz lag eine Nummer der *Newsweek*, die er auf dem Weg in die Stadt gekauft hatte.

Taktik, dachte Kelly, während er endlich Point Lookout umrundete und nach Backbord drehte. Es stand ihm nicht viel zur Auswahl. Er hatte in Baltimore unter falschem Namen immer noch die sichere Wohnung. Die Polizei hätte wohl gern mit ihm gesprochen, aber sie hatte noch nicht mit ihm Kontakt aufgenommen. Er müßte versuchen, es dabei zu belassen. Der Feind wußte nicht, wo er war. Das war sein Ansatzpunkt. In der Hauptsache ging es darum, drei Faktoren auszugleichen, nämlich, was er wußte, was er nicht wußte und wie er das erste verwenden konnte, um das zweite zu beeinflussen. Das dritte Element, das *Wie*, war die Taktik. Er konnte sich auf das vorbereiten, was er noch nicht wußte. Aber noch konnte er nicht sein Vorgehen danach ausrichten, doch eigentlich wußte er schon, was er tun würde. Um an diesen Punkt zu gelangen, mußte er das Problem strategisch angehen. Es war dennoch frustrierend. Vier junge Frauen warteten auf sein Eingreifen. Auf eine noch unbestimmte Zahl von Männern wartete der Tod.

Kelly wußte, daß ihnen die Angst im Nacken saß. Sie hatten Pam und Doris gefürchtet, so sehr, daß sie sie ermordet hatten. Er fragte sich, ob der Tod von Edward Morello ein weiterer Beweis dafür gewesen war. Sie hatten garantiert um ihrer Sicherheit willen gemordet, und nun fühlten sie sich womöglich sicher. Das war gut. Wenn Angst ihr Motiv gewesen war, dann würden sie gerade jetzt, da sie sie überwunden glaubten, noch mehr davon zu spüren bekommen.

Kummer bereitete ihm der Zeitfaktor. Er mußte sich beeilen. Die Polizei schnüffelte ihm nach. Obwohl er meinte, sie hätten nichts gegen ihn in der Hand, konnte er sich dessen dennoch nicht so sicher sein. Die andere Sorge war die Sicherheit – er schnaubte – dieser vier jungen Frauen. Ein langandauerndes Unternehmen, das auch gut war, gab es nicht. Nun ja, in der einen Sache müßte er sich in Geduld fassen, und mit viel Glück blieb es nur bei dieser einen Sache.

Er war schon seit Jahren nicht mehr im Zoo gewesen. Ritter fiel ein, er müßte hier wieder einmal mit den Kindern hin, wo sie jetzt alt genug waren, um das alles mehr zu schätzen. Er nahm sich die Zeit für einen Blick auf den Bärengraben – Bären hatten schon etwas Interessantes an sich. Kinder hielten sie für große, lebendige Ausgaben ihrer ausgestopften Plüschtiere, die sie abends mit ins Bett nahmen. Nicht so Ritter. Sie waren das Bild des Feindes, groß und stark, längst nicht so tapsig und weit intelligenter, als sie einem vorkamen. Es wäre gut, das im Gedächtnis zu behalten, sagte er sich,

während er auf den Tigerkäfig zusteuerte. Er rollte die *Newsweek* in der linken Hand zusammen, betrachtete die großen Katzen und wartete. Er machte sich nicht die Mühe, auf die Uhr zu blicken.
»Hallo Charles«, sagte eine Stimme neben ihm.
»Hallo Sergej.«
»Ich kenne Sie nicht«, bemerkte der *rezident*.
»Dieses Gespräch ist inoffiziell«, erklärte Ritter.
»Sind das nicht alle?« meinte Sergej. Er lief ein Stück weiter. Ein einzelner Ort könnte verwanzt sein, aber nicht ein ganzer Tierpark. Aber dafür könnte sein Kontaktmann ein verstecktes Mikrofon bei sich haben, was jedoch gegen die ungeschriebenen Regeln verstoßen hätte. Er und Ritter spazierten auf dem leicht abfallenden Gehweg zur nächsten Abteilung. Der Sicherheitsbeamte des *rezident* folgte dichtauf.
»Ich bin gerade aus Vietnam zurückgekommen«, sagte der CIA-Offizier.
»Dort ist es wärmer als hier.«
»Nicht auf See. Draußen ist es recht angenehm.«
»Was war der Zweck Ihrer Reise?« fragte der *rezident*.
»Ein ungeplanter Besuch.«
»Ich glaube, daraus ist nichts geworden«, sagte der Russe, nicht höhnisch, er ließ ›Charles‹ nur wissen, daß er schon unterrichtet war.
»Nicht ganz. Wir haben jemand mitgebracht.«
»Wer sollte das sein?«
»Er heißt Nikolaj.« Ritter übergab Grischanows Soldbuch. »Es wäre für Ihre Regierung peinlich, wenn bekannt werden würde, daß ein sowjetischer Offizier amerikanische Kriegsgefangene verhört.«
»Nicht allzu peinlich«, erwiderte Sergej, der kurz das Soldbuch durchblätterte und es dann einsteckte.
»Nun, eigentlich doch. Sehen Sie, die Leute, die er verhört hat, sind von Ihren kleinen Freunden für tot erklärt worden.«
»Das verstehe ich nicht.« Er sagte die Wahrheit, und Ritter mußte einige Minuten lang erklären. »Davon habe ich nichts gewußt«, sagte Sergej, nachdem er mit den Tatsachen vertraut gemacht worden war.
»Es stimmt, das versichere ich Ihnen. Sie werden es über Ihre eigenen Kanäle verifizieren können.« Das würde er selbstverständlich auch tun. Ritter wußte das, und Sergej wußte, daß er es wußte.
»Und wo ist unser Oberst?«
»An einem sicheren Ort. Er ist besser aufgehoben als unsere Leute.«

»Oberst Grischanow hat auf niemanden Bomben abgeworfen«, betonte der Russe.

»Das ist richtig, aber er hat teilgenommen an einem Prozeß, der mit dem Tod amerikanischer Gefangener enden wird, und wir haben klare Beweise, daß sie jetzt noch am Leben sind. Wie schon gesagt, eine womöglich peinliche Situation für Ihre Regierung.«

Sergej Woloschin war ein überaus scharfsinniger politischer Beobachter und brauchte sich das nicht von diesem jungen CIA-Offizier sagen zu lassen. Er sah auch schon, wo diese Unterredung hinführen sollte.

»Was schlagen Sie vor?«

Es würde uns sehr helfen, wenn Ihre Regierung Hanoi überreden könnte, diese Männer sozusagen wieder zum Leben zu erwecken, soll heißen, sie in dasselbe Gefängnis zu bringen, wo sich die anderen Gefangenen befinden, und die entsprechenden Mitteilungen zu machen, damit ihre Angehörigen endlich erfahren, daß sie noch am Leben sind. Im Austausch dafür wird Oberst Grischanow unverletzt und unverhört ausgeliefert werden.«

»Ich werde diesen Vorschlag nach Moskau weiterleiten.« Und ihn befürworten, drückte sein Tonfall deutlich aus.

»Bitte beeilen Sie sich. Wir haben Grund zur Annahme, daß die Vietnamesen sich drastische Schritte überlegen, um sich dieser potentiellen Verlegenheit zu entledigen. Das wäre eine sehr ernsthafte Komplikation«, warnte Ritter.

»Ja, das vermute ich auch.« Er verstummte. »Was garantiert mir, daß Oberst Grischanow wohlbehalten und am Leben ist?«

»Ich kann Sie in – oh, etwa vierzig Minuten – zu ihm bringen, wenn Sie wollen. Glauben Sie, ich würde bei einer Sache von solcher Bedeutung lügen?«

»Nein. Aber ich muß einige Fragen stellen.«

»Ja, Sergej, ich weiß. Wir beabsichtigen nicht, Ihrem Oberst etwas anzutun. Er scheint sich in der Behandlung unserer Leute recht nobel verhalten zu haben. Er kann auch sehr erfolgreich verhören. Ich habe seine Aufzeichnungen.« Ritter fügte noch hinzu: »Das Angebot, ihn zu treffen, steht, wenn Sie davon Gebrauch machen wollen.«

Woloschin dachte kurz darüber nach, doch er sah die Falle. Wenn er dieses Angebot annahm, müßte es erwidert werden, denn so liefen die Dinge nun mal. Wenn er Ritter beim Wort nahm, würde das seine Regierung zu etwas verpflichten, und Woloschin wollte das nicht ohne Anweisung auf sich nehmen. Außerdem wäre es Wahnsinn von seiten des CIA, in einem solchen Fall zu lügen. Jene Gefangenen

konnten sie jederzeit noch verschwinden lassen. Nur der gute Wille der Sowjetunion konnte sie retten, und nur ihr fortdauerndes Wohlwollen würde ihr Wohlergehen garantieren.
»Ich glaube Ihnen aufs Wort, Mister ...«
»Ritter. Bob Ritter.«
»Ah! Budapest.«
Ritter grinste ziemlich dämlich. Nach allem, was er getan hatte, um seinen Agenten herauszuholen, war klar, daß er nie wieder zurück ins »Feld« gehen konnte, zumindest nicht an einen bedeutenden Ort – was für Ritter hinter der Elbe hieß. Der Russe stieß ihm spielerisch an die Brust.
»Sie haben Ihren Mann toll rausgebracht. Ich finde Ihre Loyalität zu Ihren Agenten sehr lobenswert.« Woloschin achtete ihn vor allem für die Risiken, die er auf sich genommen hatte. Das war beim KGB undenkbar.
»Danke, General. Und auch vielen Dank für Ihr Eingehen auf meinen Vorschlag. Wann kann ich Sie anrufen?«
»Ich werde zwei Tage brauchen... soll ich mich bei Ihnen melden?«
»Nein, ich werde in achtundvierzig Stunden anrufen.«
»Ganz wie Sie wünschen. Guten Tag.« Sie schüttelten sich die Hände, denn schließlich waren sie Profis. Woloschin ging zurück zu seinem Fahrer und Leibwächter und schritt auf seinen Wagen zu. Ihr gemeinsamer Spaziergang hatte am Gehege der Kodiakbären geendet, großen, braunen und starken Wesen. War das Zufall? fragte sich Ritter.
Auf dem Weg zu seinem Auto merkte er, daß die ganze Sache eigentlich ein glücklicher Zufall war. Aufgrund seines mannhaften Vorgehens würde Ritter Sektionschef werden. Auch wenn die Rettungsaktion mißglückt war, so hatte er den Russen ein wichtiges Zugeständnis abgerungen, und es war alles nur der Geistesgegenwart eines jüngeren Mannes zu verdanken, der voller Angst auf der Flucht gewesen war, sich aber dennoch Zeit zum Nachdenken genommen hatte. Solche Leute wie ihn brauchte er im ›Dienst‹, und nun hatte er den Köder, um ihn anzulocken. Kelly hatte sich auf dem Rückflug von Hawaii geziert und auf Zeit gespielt. Nun gut, dann mußte eben etwas nachgeholfen werden. Das mußte er mit Jim Greer ausarbeiten, aber Ritter entschied auf der Stelle, daß seine nächste Aufgabe darin bestand, Kelly aus der Kälte oder der Hitze, oder wie immer das bei Spionen hieß, herauszuholen.

»Wie gut kennen Sie Mrs. O'Toole?« fragte Ryan.
»Ihr Mann ist tot«, sagte die Nachbarin. »Er mußte nach Vietnam, gleich nachdem sie das Haus gekauft hatten, und dann ist er gefallen. Ein so netter junger Mann. Sie ist doch nicht in Schwierigkeiten, oder?«
Der Kriminalbeamte schüttelte den Kopf. »Nein, überhaupt nicht. Ich habe nur Gutes von ihr gehört.«
»Drüben ist schrecklich viel los gewesen«, fuhr die ältere Dame fort. Sie war genau die richtige Person zum Reden, etwa fünfundsechzig, eine unbeschäftigte Witwe, die die Leere in ihrem Leben dadurch kompensierte, daß sie dem Leben aller anderen nachspürte. Wenn Ryan ihr versicherte, daß sie niemandem Schaden zufügte, würde sie alles berichten, was sie wußte.
»Was meinen Sie damit?«
»Ich glaube, sie hatte vor einer Weile einen Gast. Auf jeden Fall hat sie viel mehr eingekauft als sonst. Sie ist so ein nettes, hübsches Mädchen. Das mit ihrem Mann ist traurig. Sie sollte wirklich wieder mehr ausgehen. Ich würde ihr das ja gern sagen, aber ich will nicht, daß sie mich für aufdringlich hält. Auf jeden Fall hat sie viel eingekauft, und noch jemand ist fast jeden Tag hergekommen und sogar öfter über Nacht geblieben.«
»Wer war das?« fragte Ryan, der seinen Eistee trank.
»Eine Frau, so klein wie ich, aber fülliger, mit wirren Haaren. Sie hat einen großen Wagen gefahren, einen roten Buick, glaube ich, der einen Aufkleber auf der Windschutzscheibe hatte. Ah! Jetzt hab ich's.«
»Was denn?« fragte Ryan.
»Ich war draußen bei meinen Rosen, als die junge Frau herauskam, und da habe ich diesen Aufkleber gesehen.«
»Welche junge Frau?« fragte Ryan arglos.
»Für die hat sie eingekauft!« sagte die ältere Dame, erfreut über ihre plötzliche Entdeckung. »Sogar Kleider hat sie gekauft. Ich erinnere mich noch an die Einkaufstüten des Modegeschäfts.«
»Können Sie mir sagen, wie diese Frau ausgesehen hat?«
»Oh, sie war jung, etwa neunzehn oder zwanzig, dunkles Haar. Etwas blaß sah sie aus, als wäre sie krank. Sie sind weggefahren, warten Sie mal, wann war das? Oh, jetzt fällt's mir ein. Es war an dem Tag, an dem meine neuen Rosen von der Gärtnerei geliefert worden sind. Der elfte. Der Lieferwagen ist sehr früh gekommen, weil ich die Hitze nicht ertrage, und ich habe im Garten gearbeitet, als sie herausgekommen sind. Ich habe Sandy zugewinkt. Sie ist ja so ein nettes

Mädchen. Ich komme nicht oft mit ihr ins Gespräch, aber wenn, dann hat sie immer ein nettes Wort für mich. Sie ist Krankenschwester, wissen Sie, und arbeitet am Johns Hopkins, und ...«

Ryan trank den Tee aus. Seine Zufriedenheit gab er nicht zu erkennen. Doris Brown war am Nachmittag des elften nach Pittsburgh zurückgekehrt. Sarah Rosen fuhr einen Buick, hatte zweifellos eine Parkplakette am Wagen. Sam Rosen, Sarah Rosen, Sandra O'Toole. Sie hatten Miss Brown behandelt. Zwei von ihnen hatten auch Miss Madden gepflegt, und sie hatten sich um Mr. Kelly gekümmert. Nach den enttäuschenden Monaten war Lieutenant Emmet Ryan endlich einen großen Schritt weiter.

»Da ist sie ja«, sagte die Dame und weckte ihn damit aus seinen Gedanken. Ryan wandte sich um und erblickte eine attraktive junge Frau, ziemlich großgewachsen, die eine Tüte mit Lebensmitteln trug.

»Ich frage mich, wer der Mann war?«

»Welcher Mann?«

»Der war letzten Abend da. Vielleicht hat sie endlich einen Freund. So groß wie Sie, dunkles Haar – stattlich.«

»Wie soll ich das verstehen?«

»Ja, so wie ein Footballspieler, wissen Sie, stattlich. Aber er muß nett sein. Ich habe gesehen, wie sie ihn in die Arme geschlossen hat. Das ist gerade erst gestern gewesen.«

Ich muß Gott danken, dachte Ryan, *daß es noch Leute gibt, die nicht fernsehen.*

Als große Waffe hatte sich Kelly ein .22er Savage Modell 54 ausgesucht, die leichtere Version der mit der Anschütz baugleichen Waffe. Es war einigermaßen teuer mit seinen 150 Dollar inklusive Steuern. Das Leupold-Zielfernrohr mit Aufsatz ging genauso ins Geld. Das Gewehr war für seinen ursprünglichen Verwendungszweck, die Kleinwildjagd, fast zu gut und hatte eine besonders schöne Schulterstütze aus Walnuß. Es tat ihm direkt leid, daß es Kratzer abbekommen würde. Aber es wäre noch unverzeihlicher gewesen, die Lektion des Obermaschinisten ungenutzt zu lassen.

Das schlimme am Ableben von Eddie Morello war der Verlust einer großen Menge puren, unverschnittenen Heroins, der in Kauf genommen werden mußte, um der Polizei die Geschichte schmackhaft zu machen. Sechs Kilogramm waren dem Giftschrank der Polizei vermacht worden. Das mußte ausgeglichen werden, Philadelphia hungerte nach mehr, und auch Tuckers Verbindungsleute in New York zeigten gesteigertes Interesse, nachdem sie ihre erste Kost-

probe erhalten hatten. Er würde noch einen letzten Schub auf dem Schiff fertigmachen. Nun konnte er bald seinen Standort verlegen. Tony war dabei, ein sicheres Labor einzurichten, das leichter zu erreichen und Henrys florierendem Erfolg angemessen war, doch bis das betriebsbereit war, müßte er es noch einmal auf die alte Art machen. Er selbst würde aber nicht rüberfahren.
»Wann soll es denn sein?« fragte Burt.
»Heute abend.«
»Geht in Ordnung, Boss. Wer geht mit mir?«
»Phil und Mike.« Die beiden Neuen kamen von Tonys Organisation, waren jung, aufgeweckt und ehrgeizig. Sie kannten Henry noch nicht und würden auch nicht zu seinem lokalen Verteilernetz gehören, aber sie konnten die Überlandlieferungen regeln und waren bereit, die bei dem Geschäft anfallende Dreckarbeit zu erledigen, das Mischen und Verpacken. Sie sahen es nicht unzutreffend als Übergangsstadium, als einen Startpunkt, von wo aus sie ihr Ansehen und ihre Verantwortung vergrößern konnten. Tony verbürgte sich für ihre Verläßlichkeit. Henry akzeptierte das. Er und Tony waren nun verbunden, waren verschworene Geschäftspartner. Er würde nun auch Tonys Ratschläge befolgen, da er ihm vertraute. Sein Verteilernetz mußte neu aufgezogen werden, seine weiblichen Kuriere würde er nicht mehr brauchen, und mit dem Wegfall ihres Zwecks endete auch ihre weitere Daseinsberechtigung. Es war jammerschade, aber bei drei Ausfällen lag es auf der Hand, daß sie allmählich eine Gefahr darstellten. Sie waren nur noch ein Klotz am Bein.
Aber alles der Reihe nach.
»Wieviel?« fragte Burt.
»Genug, daß ihr eine Weile beschäftigt sein werdet.« Henry deutete auf die Kühlboxen. Darin war nun nicht mehr viel Platz für Bier, aber das sollte auch so sein. Burt trug sie zu seinem Auto, nicht lässig, aber auch nicht verspannt. Eben geschäftsmäßig, so wie die Dinge sein sollten. Wahrscheinlich würde Burt sein wichtigster Leutnant werden. Er war loyal, ordnete sich unter, konnte hart zupacken, wenn es darauf ankam, und war weitaus verläßlicher als Billy und Rick, denn er war sein Bruder. Es war eigentlich komisch. Billy und Rick waren am Anfang notwendig gewesen, da die Hauptverteiler immer weiß waren, und er hatte sie quasi als Unterpfand aufgenommen. Das Schicksal hatte das mittlerweile geregelt. Nun kamen die weißen Jungs zu ihm.
»Nimm Xantha mit.«

»Boss, wir werden beschäftigt sein«, wandte Burt ein.
»Ihr könnt sie dort lassen, wenn ihr fertig seid.« Eine nach der anderen, das war wahrscheinlich die beste Lösung.

Es war ihm nie leichtgefallen, sich in Geduld zu üben. Diese Tugend hatte er sich gewissermaßen aus reiner Notwendigkeit angeeignet. Es ging besser, wenn er sich dabei beschäftigen konnte. Also spannte er den Gewehrlauf in den Schraubstock und beschädigte dabei den makellosen Schliff, noch bevor er überhaupt etwas daran getan hatte. Er stellte die Fräsmaschine auf Hochtouren und bohrte in regelmäßigen Abständen eine Reihe von Löchern in die letzten zwanzig Zentimeter des Laufs. Eine Stunde später hatte er eine dosenartige Vorrichtung aus Stahl angebracht und das Zielfernrohr wieder hingeschraubt. Das so umgebaute Gewehr erwies sich als recht genau, stellte Kelly fest.

»Eine harte Nuß, Dad?«
»Elf Monate Arbeit, Jack«, gab Emmet beim Abendessen zu. Er war zur Freude seiner Frau einmal rechtzeitig nach Hause gekommen – oder zumindest beinahe.
»Immer noch dieser schreckliche Fall?« fragte seine Frau.
»Nicht beim Essen, Liebling, ja?« erwiderte er und beantwortete damit schon ihre Frage. Emmet versuchte, seine Familie mit diesem Teil seines Lebens möglichst nicht zu behelligen. Er schaute seinen Sohn an und beschloß, zu einer Entscheidung, die dieser vor kurzem getroffen hatte, seinen Kommentar abzugeben. »Die Marines also?«
»Weißt du, Dad, damit lassen sich doch ihre letzten beiden Schuljahre bezahlen.« Das sah seinem Sohn ähnlich, solche Dinge im Kopf zu haben wie die Kosten für die Schulausbildung seiner Schwester, die noch auf die High-School ging und derzeit in einem Zeltlager Ferien machte. Und genau wie sein Vater sehnte sich Jack nach ein wenig Abenteuer, bevor er sich an irgendeinem Ort, den das Leben ihm zeigen würde, häuslich niederließ.
»Mein Sohn, ein Marine«, murmelte Emmet gutmütig. Aber er machte sich auch Sorgen. Vietnam war noch nicht ausgestanden und würde es wohl auch nicht sein, wenn sein Sohn die Uni abschloß. Wie viele Väter seiner Generation fragte er sich, warum zum Teufel er sein Leben aufs Spiel hatte setzen müssen, um gegen die Deutschen in den Krieg zu ziehen – bloß damit seinem Sohn das gleiche blühte, nämlich gegen ein Volk zu kämpfen, von dem Emmet, als er so alt war wie sein Sohn, noch nie etwas gehört hatte.

»Was fällt vom Himmel, Dad?« fragte Jack mit lausbubenhaftem Grinsen und verfiel damit in den Jargon der Marines.

Solche Worte machten Catherine Burke Ryan Sorgen, denn sie erinnerte sich noch gut daran, wie sie Emmet verabschiedet hatte, wie sie am 6. Juni 1944 in der Kirche St. Elizabeth den ganzen Tag gebetet und ihren Mann trotz der regelmäßigen postalischen Lebenszeichen noch lange Zeit in ihre Fürbitte eingeschlossen hatte. Sie erinnerte sich auch noch an das Warten auf ihn. Sie wußte, daß Emmet dieses Gerede ebenfalls nicht behagte, wenn auch nicht aus dem gleichen Grund.

Was fällt vom Himmel? Ärger, hätte der Kriminalbeamte seinem Sohn am liebsten gesagt, denn auch die Luftlandetruppen hatten ihren Stolz. Aber dann behielt er es doch für sich.

Kelly. Wir haben ihn anzurufen versucht. Wir haben die Küstenwache auf der Insel nachschauen lassen, die er bewohnt. Sein Boot war nicht da. Es war nirgends aufzuspüren. Wo war er bloß? Er war wieder zurückgekehrt, wenn die Aussage der kleinen alten Dame stimmte. War er weg gewesen? Aber nun war er wieder da. Die Morde hatten nach der Farmer-Grayson-Brown-Sache aufgehört. Am Jachthafen war das Boot etwa um die Zeit gesehen worden, aber dann war er mitten in der Nacht – *jener Nacht* – weggefahren und schlichtweg verschwunden. Da bestand doch ein Zusammenhang. Wo war das Boot gewesen? Wo befand es sich jetzt? Was fällt vom Himmel? Ärger. Genau der hatte sich aus heiterem Himmel eingestellt. Und war so plötzlich verschwunden, wie er gekommen war.

Da merkten seine Frau und sein Sohn wieder, daß Emmet beim Essen ins Leere starrte. Unfähig, seine Gedanken abzuschalten, ging er die Informationen immer wieder durch.

Kelly ist gar nicht so anders als ich damals, dachte Ryan. Die Schreiadler der 101. Infanteriedivision (Luftlandeabteilung), die immer noch in ihren ausgebeulten Hosen herumstolzierten. Emmet hatte als Schütze Arsch begonnen und war gegen Kriegsende in den Rang befördert worden, den er heute noch innehatte: Lieutenant. Er erinnerte sich noch, wie stolz er gewesen war, etwas ganz Besonderes darzustellen. Ein Gefühl, unbezwingbar zu sein, hatte sich gleichzeitig mit dem Schrecken eingestellt, aus einem Flugzeug springen und als erster in Feindesland eindringen zu müssen, im Dunkeln und nur mit leichten Waffen. Die härtesten Männer mit dem schwersten Auftrag. Dazu hatte er auch einmal gehört. Aber niemand hatte je seine Frau umgebracht ... was wäre wohl 1946 passiert, wenn jemand das Catherine angetan hätte?

Nichts Gutes.
Kelly hat Doris Brown gerettet. Er hat sie in die Obhut von Menschen gegeben, denen er trauen konnte. Einen davon hat er gestern getroffen. Also weiß er, daß sie tot ist. Er hat Pamela Madden gerettet; sie wurde getötet, und er kam ins Krankenhaus, und ein paar Wochen nach seiner Entlassung wurden auf einmal Leute auf sehr ausgeklügelte Weise umgebracht. Ein paar Wochen ... um sich in Form zu bringen. Dann hörten die Morde schlagartig auf, und Kelly war nirgends zu finden.

Was, wenn er nur verreist war?

Jetzt war er zurück.

Irgend etwas würde bald passieren.

Damit konnte er vor Gericht nicht bestehen. Das einzige handfeste Beweisstück, das sie hatten, war der Sohlenabdruck einer ganz gewöhnlichen Turnschuhmarke, die täglich zu Hunderten verkauft wurde. Basta. Ein Motiv war vorhanden. Doch wie viele Morde geschahen jedes Jahr, und wie wenige Menschen wurden dafür belangt? Sie hatten die Gelegenheit, ihn zu fassen. Aber konnte Kelly vor einer Jury darlegen, wie er seine Zeit verbracht hatte? Das konnte niemand. Wie, dachte der Kriminalbeamte, erkläre ich das einem Richter – nein, einige Richter würden es verstehen, aber eben keine Jury, nicht, wenn ihnen ein frischgebackener Jurist zuvor einige Dinge erklärt hat.

Der Fall war gelöst, dachte Ryan. Er wußte Bescheid. Aber außer dem Wissen, daß bald etwas passieren würde, hatte er nichts in der Hand.

»Wer könnte das sein?« fragte Mike.

»So'n Sportfischer, wie's aussieht«, bemerkte Burt hinterm Steuerrad. *Henry's Achte* hielt schön Abstand zu der weißen Jacht. Bald würde die Sonne untergehen. Es war schon fast zu spät, um noch durch die gewundene Fahrrinne, die nachts ganz anders aussah, bis zu ihrem Labor zu navigieren. Burt warf einen Blick auf das weiße Boot. Der Mann mit der Angel winkte herüber, Burt grüßte zurück, während er nach Backbord drehte – für ihn war das bloß links. Ihnen stand eine lange Nacht bevor. Xantha wäre sicher keine große Hilfe. Na ja, vielleicht ein bißchen bei den Essenspausen. Eigentlich schade. Sie war ja kein schlechtes Mädchen, bloß doof und schon zu kaputt von den Drogen. Vielleicht sollten sie ihr noch einmal echt guten Stoff verpassen, bevor sie die Netze und die Zementblöcke benutzten, die ganz offen im Boot herumlagen;

Xantha hatte nicht die geringste Ahnung, wofür sie waren. Nun, das war nicht sein Problem.
Burt schüttelte den Kopf. Es gab wichtigere Dinge zu überlegen. Wie würden sich Mike und Phil als seine Untergebenen anstellen? Freilich mußte er sie behutsam anfassen. Sie würden schon mitmachen. Bei dem Geld, das da drin war, sollten sie es eigentlich. Er entspannte sich in seinem Sitz, schlürfte sein Bier und hielt nach der roten Markierungsboje Ausschau.

»Sieh einer an«, flüsterte Kelly. Es war eigentlich gar nicht so schwer. Billy hatte ihm schon alles Wissenswerte mitgeteilt. Sie hatten dort ein Versteck. Sie kamen mit dem Boot von der Buchtseite her, gewöhnlich abends, und fuhren am folgenden Morgen wieder weg. Bei der roten Leuchtboje fuhren sie hinein. Höllisch schwer zu finden, im Dunkeln fast unmöglich, zumindest, wenn jemand sich in dem Gewässer nicht auskannte. Kelly aber wußte Bescheid. Er holte die köderlose Leine ein und hob sein Fernglas. Größe und Farbe stimmten. *Henrys Achte* hieß es. Alles klar. Er lehnte sich zurück, sah zu, wie es nach Süden zog, dann an der roten Boje nach Osten drehte. Kelly trug das auf seiner Karte ein. Mindestens zwölf Stunden. Die Zeit sollte eigentlich reichen. Ein so sicheres Versteck hatte den Nachteil, daß alles von der Geheimhaltung abhing. Wenn die einmal nicht mehr gegeben war, wurde der Ort zu einer verhängnisvollen Falle. Das kapierten die Leute nie. Gleicher Hin- und Rückweg – im Grunde nur eine andere Art, Selbstmord zu begehen. Er würde bis Sonnenuntergang warten. Unterdessen holte Kelly eine Sprühdose mit Farbe hervor und brachte an seinem Dingi grüne Streifen an. Das Innere besprühte er mit Schwarz.

33 / Wermutstropfen

Billy hatte ihm gesagt, es dauere gewöhnlich die ganze Nacht. So blieb Kelly Zeit zum Essen, Entspannen und Vorbereiten. Er steuerte die *Springer* nah an die unwegsamen Sumpfgebiete heran, in denen er heute jagen würde, und setzte seine Anker. Er machte sich zum Essen nur Sandwiches, aber das war schon besser als das, was er auf »seinem« Hügel vor knapp einer Woche gehabt hatte. *Mein Gott, vor einer Woche war ich noch auf der Ogden und habe mich bereit gemacht,* dachte er mit einem wehmütigen Kopfschütteln. Wie konnte das Leben nur so verrückt sein?

Sein nun getarnter Dingi setzte sich rasch wieder in Bewegung. Er hatte am Heckwerk einen kleinen elektrischen Schleppnetzmotor installiert und hoffte, die Batterien würden für die Hin- und Rückfahrt reichen. So weit konnte es nicht sein. Der Karte nach war das Gebiet nicht groß, und ihr Schlupfwinkel mußte, um bestens versteckt zu sein, in der Mitte liegen. Mit geschwärztem Gesicht und ebenso bemalten Händen fuhr er in das Labyrinth der Schiffswracks, steuerte den Dingi mit der linken Hand, während er Augen und Ohren offenhielt für alles Ungewöhnliche. Der Himmel war sein Verbündeter. Es war Neumond, und das Sternenlicht reichte gerade aus, um ihm das Gras und Schilf zu zeigen, das in diesem Marschland wuchs, seitdem die Schiffsrümpfe hier liegengelassen worden waren, diesen Teil der Bucht verschlickt und ihn zu einem Gebiet gemacht hatten, das die Vögel im Herbst gern ansteuerten.

Es war fast wie ein Déjà-vu-Erlebnis. Das leise Surren des Schleppnetzmotors glich so sehr dem des Seeschlittens. Kelly bewegte sich mit etwa zwei Knoten voran, sparte Strom und ließ sich diesmal von den Sternen leiten. Das Marschgras wuchs etwa zwei Meter aus dem Wasser, und es war leicht zu begreifen, warum sie hier nachts nicht navigierten. Für einen, der sich nicht auskannte, war es wirklich ein Irrgarten. Aber Kelly wußte Bescheid. Er beobachtete die Sterne, wußte, welchen er zu folgen hatte, während ihre Positionen am Himmelsgewölbe rotierten. Es war wirklich beruhigend. Sie kamen aus der Stadt, waren keine Seeleute wie er, und wenn sie sich auch in der Auswahl des Orts zur Herstellung ihres illegalen Produkts sicher waren, so fühlten sie sich hier an diesem Platz voller unheimlicher Gebilde und ungewisser Wasserwege nicht wohl. *Kommt doch in mein Wohnzimmer,* sagte Kelly bei sich. Er konzentrierte sich nun mehr aufs Lauschen als aufs Schauen. Eine sanfte Brise rauschte durch das hohe Gras, folgte dem breiteren Kanal hier durch die Schlickbänke; so verschlungen er auch war, es mußte der sein, den sie immer entlangfuhren. Die fünfzig Jahre alten Schiffsrümpfe um ihn herum sahen wie die Geister eines anderen Zeitalters aus, was sie eigentlich auch waren, abgestoßenes Gut einer einfacheren Zeit, das in seltsamen Winkeln angeordnet war, vergessenes Spielzeug eines großen Kindes. Dieses Kind war sein Land, und es hatte sich zu einem sorgenvollen Erwachsenen entwickelt.

Eine Stimme. Kelly schaltete den Motor aus, ließ sich ein paar Sekunden treiben, drehte den Kopf, um sie zu orten. Er hatte mit dem Kanal richtig geraten. Kurz vor ihm bog die Fahrrinne nach rechts, und das Geräusch war ebenfalls von rechts gekommen. Nun schlich er vorsichtig und langsam um die Biegung. Da waren drei Wracks. Vielleicht waren sie miteinander vertäut gewesen, und die Skipper der Schleppboote hatten sie vielleicht aus einer persönlichen Laune heraus in einer gerade ausgerichteten Linie zurückgelassen. Das westlichste saß etwas gekippt, krängte um sieben oder acht Grad nach Backbord, da es auf Treibsand ruhte. Es hatte ein altertümliches Profil mit tiefgelegenen Aufbauten, deren hoher Stahlschornstein schon lange weggerostet war. Aber dort, wo die Brücke sein mußte, war ein Licht. Er meinte, Musik zu hören, Rockmusik, von einem Sender, der nachts die Lastwagenfahrer wachhalten sollte.

Kelly wartete ein paar Minuten, bis er sich in der Dunkelheit ein vollständiges Bild gemacht hatte, und suchte sich seine Zugangsroute aus. Er würde sauber am Bug ankommen, so daß der Schiffskörper ihn abschirmen würde. Nun konnte er mehr als eine Stimme hören. Ein plötzliches Auflachen, wohl nach einem Witz. Er hielt wieder inne, suchte die Umrisse des Schiffs nach einem nicht dazugehörigen Umriß ab, einem Wachtposten. Nichts.

Dieses Plätzchen hatten sie sich schlau ausgesucht. Es war so abgelegen, wie sich nur denken ließ, selbst von den heimischen Fischern übersehen, aber sie mußten einen Aussichtspunkt haben, weil kein Ort jemals ganz sicher war ... da war das Boot. Okay. Kelly kroch mit einem halben Knoten Fahrt näher, hielt sich dicht an die Seite des alten Schiffs, bis er an ihrem Boot war. Er vertäute seine Fangleine an der nächsten Klampe. Eine Strickleiter führte zum

Wetterdeck des Wracks hinauf. Kelly holte tief Luft und kletterte hoch.

Die Arbeit war von vorn bis hinten so erbärmlich und öde, wie ihnen Burt vorher gesagt hatte, dachte Phil. Das leichteste war noch, den Milchzucker zu mischen, ihn in große Edelstahlschüsseln genau wie Mehl für einen Kuchen zu sieben und dabei aufzupassen, daß alles gleich verteilt war. Ihm fiel wieder ein, wie er als kleines Kind seiner Mutter beim Backen geholfen hatte, wie er ihr zugesehen und Dinge gelernt hatte, die der Knirps wieder vergaß, sobald er Baseball für sich entdeckte. Nun war ihm beim Rütteln des Siebs und beim Vermischen der Pulver alles wieder gegenwärtig. Es war eigentlich ein ziemlich angenehmer Ausflug in eine Vergangenheit, da er noch nicht früh hatte aufstehen und zur Schule gehen müssen. Aber das mit dem Milchzucker war noch das einfachste. Dann kam die langweilige Aufgabe, genau abgemessene Portionen in die kleinen Plastiktüten zu verteilen, die verschlossen, verklammert, gezählt und verstaut werden mußten. Er wechselte einen erschöpften Blick mit Mike, dem es genauso wie ihm erging. Burt empfand wahrscheinlich das gleiche, ließ es sich aber nicht anmerken, aber er war so nett gewesen, für ein bißchen Unterhaltung zu sorgen. Ein Radio spielte, und für die Pausen hatten sie dieses Mädchen Xantha, das halb weggetreten von den Pillen war und auch noch die Periode hatte, wie sie alle bei ihrer mitternächtlichen Pause feststellen konnten. Sie hatten sie dennoch hübsch müde gemacht. Nun schlief sie in der Ecke. Um vier Uhr würde es eine weitere Pause geben, damit jeder sich ausruhen konnte. Es fiel schwer, wach zu bleiben, und Phil machte sich Sorgen wegen all des Pulvers, das zum Teil als Staub in der Luft herumwirbelte. Atmete er es ein? Könnte er von dem Zeug high werden? Wenn er das wieder zu machen hatte, versprach er sich, würde er eine Maske mitbringen. Es war schon toll, mit dieser Droge Geld zu machen, aber er verspürte nicht den Wunsch, sie selber auszuprobieren. Na ja, Tony und Henry richteten ein anständiges Labor ein. Das umständliche Hin- und Herfahren würde aufhören. Das war doch was.

Wieder eine Ladung geschafft. Phil war etwas schneller als die anderen, weil er es hinter sich bringen wollte. Er ging zur Kühlbox und hob den nächsten Ein-Kilo-Sack hoch. Er roch daran wie bei den anderen. Übler, chemischer Geruch wie bei den Chemikalien, die sie im Biologielabor seiner High-School verwendet hatten, Formaldehyd oder so was ähnliches. Mit einem Brieföffner schlitzte er den

Sack auf, schüttete den Inhalt in die erste Mischschüssel und fügte dann die abgemessene Menge Milchzucker hinzu. Im Licht einer der Glühstrumpflampen rührte er die Masse dann mit einem Löffel um.
»Hallo.«
Es hatte keinerlei Vorwarnung gegeben. Auf einmal stand ein Fremder in der Tür, mit einer Pistole in der Hand. Er trug einen Tarnanzug, und sein Gesicht war grün und schwarz bemalt.

Er brauchte nicht für Ruhe zu sorgen. Das besorgten seine Opfer schon selbst. Kelly hatte seinen Colt wieder in eine .45er verwandelt, und er wußte, daß das Loch vorn in der Automatik denen im Raum so groß erscheinen würde, als könnten sie darin einen Wagen abstellen. Er fuchtelte mit der linken Hand. »Dorthin. Auf Deck, mit dem Gesicht nach unten, Hände in den Nacken, einer nach dem anderen. Du zuerst«, sagte er dem an der Mischschüssel.
»Wer zum Teufel bist du?« fragte der Schwarze.
»Du mußt Burt sein. Mach keine Dummheiten.«
»Woher weißt du meinen Namen?« wollte Burt wissen, als Phil sich aufs Deck legte.
Kelly wies auf den anderen Weißen, dirigierte ihn neben seinen Freund.
»Ich weiß eine ganze Menge«, sagte Kelly, der nun auf Burt zuging. Dann sah er das schlafende Mädchen in der Ecke. »Wer ist das?«
»Sieh doch selber nach, Arschloch.« Die .45er war nur eine Armlänge entfernt genau auf Höhe seines Gesichts.
»Wie belieben?« fragte Kelly in beiläufigem Ton. »Jetzt runter aufs Deck.« Burt folgte sofort. Kelly sah, daß das Mädchen schlief. Das würde er eine Weile noch so lassen. Zuerst galt es, sie nach Waffen zu durchsuchen. Zwei hatten kleine Handfeuerwaffen. Einer hatte ein nutzloses Messerchen.
»He, wer bist du? Vielleicht können wir miteinander reden«, schlug Burt vor.
»Das werden wir auch. Erzähl mir was über die Drogen«, fing Kelly an.

In Moskau war es zehn Uhr morgens, als Woloschins Depesche von der Dekodierabteilung zurückkam. Da er ein hochrangiges Mitglied der obersten Führungsriege des KGB war, hatte er Verbindungen zu allen möglichen höheren Offizieren. Einer davon war ein Akademiker, ein Amerikaspezialist, der die Führung des KGB und das Außenministerium zu dieser neuen Entwicklung beriet, die die amerikanischen Medien Détente nannten. Dieser Mann, der innerhalb der Hierarchie des KGB keinen paramilitärischen Rang innehatte, war womöglich die geeignetste Person, die für ein schnelles Handeln sorgen konnte, obwohl auch ein Durchschlag der Depesche an den stellvertretenden Vorsitzenden gegangen war, der die Oberaufsicht für Woloschins Direktorium hatte. Eine wie gewohnt kurze und prägnante Botschaft. Der Akademiker war entsetzt. Der Abbau der Spannungen zwischen den beiden Supermächten, während eine von ihnen mitten im Krieg stand, war schon fast ein Wunder. Da er noch dazu gleichzeitig mit der Annäherung der USA an China zusammentraf, konnte damit gut und gern eine neue Ära in den Beziehungen eingeläutet werden. Das hatte er dem Politbüro bei einer ausführlichen Besprechung vor zwei Wochen mitgeteilt. Die öffentliche Enthüllung, daß ein sowjetischer Offizier in so eine Geschichte verwickelt gewesen war – das war Wahnsinn. Welcher Schwachkopf beim GRU hatte sich das ausgedacht? Einmal angenommen, es stimmte tatsächlich, was er noch überprüfen mußte. Deswegen hatte er den stellvertretenden Vorsitzenden angerufen.

»Jewgenij Leonidowitsch. Ich habe eine dringende Depesche aus Washington.«

»Ich auch, Wanja. Deine Empfehlung?«

»Wenn die Behauptungen der Amerikaner zutreffen, empfiehlt sich unverzügliches Handeln. Wenn die Öffentlichkeit von dieser Dummheit erfährt, könnte das verheerende Folgen haben. Könntest du bestätigen, daß es sich tatsächlich so verhält?«

»*Da*. Und weiter ... Das Außenministerium?«

»Ja, gut. Beim Militär würde es zu lang dauern. Werden die überhaupt auf uns hören?«

»Wer, unsere brüderlichen sozialistischen Verbündeten? Die hören auf eine Lieferung mit Raketen. Danach schreien sie schon seit Wochen«, erwiderte der stellvertretende Vorsitzende.

Das ist wieder typisch, dachte der Akademiker, *um das Leben von Amerikanern zu retten, werden wir Waffen liefern, um damit noch mehr umzulegen, und die Amerikaner werden das verstehen.* Völlig verrückt. Wenn es je ein anschauliches Bild dafür gab, daß eine Détentepolitik notwendig war, dann war es dies. Wie konnten zwei Großmächte ihre Angelegenheiten regeln, wenn beide mittelbar oder unmittelbar in die Angelegenheiten kleinerer Länder verwickelt waren? Was für eine überflüssige Ablenkung von wichtigen Dingen.

»Ich rate zu schnellem Handeln, Jewgenij Leonidowitsch«, wiederholte der Akademiker. Wenn er auch im Rang weit unter dem stellvertretenden Vorsitzenden stand, so waren sie früher Klassenkameraden gewesen, und ihre Laufbahnen hatten sich oftmals gekreuzt.

»Ich stimme dir voll zu, Wanja. Ich melde mich heute nachmittag noch mal.«

Ein Wunder, dachte Zacharias, sich umblickend. Er hatte seit Monaten seine Zelle nicht mehr von außen gesehen, und allein schon die Luft zu schnuppern, die so warm und feucht war, erschien wie ein Geschenk Gottes. Er zählte die anderen, achtzehn weitere Männer in einer einzigen Reihe, Männer wie er, alle innerhalb einer Altersspanne von fünf Jahren. Im schwindenden Licht der Abenddämmerung sah er ihre Gesichter. Da war der eine, den er vor langer Zeit gesehen hatte, dem Aussehen nach einer von der Navy. Sie tauschten einen Blick und ein sparsames Lächeln aus. Alle Männer hier taten das. Wenn die Bewacher sie nur reden ließen, doch der erste Versuch hatte einem von ihnen einen Schlag ins Gesicht eingetragen. Dennoch genügte es einstweilen, bloß ihre Gesichter zu sehen. Es reichte sogar schon, nicht mehr allein zu sein, zu wissen, daß noch andere da waren. So eine Kleinigkeit nur. Eine Riesenkleinigkeit. Robin stand so gerade, wie es sein verletzter Rücken zuließ, und straffte die Schultern, während jener kleine Offizier etwas zu seinen Leuten sagte, die aufgereiht standen wie ihre Gefangenen. Der Colonel hatte nicht genügend Vietnamesisch aufgeschnappt, um diese schnelle Rede zu verstehen.

»Das ist der Feind«, sagte der Hauptmann seinen Leuten. Er mußte seine Einheit bald in den Süden verlegen, und nach all den Unterrichtsstunden und Kampfübungen bot sich ihnen hier unerwartet ein wirkliches Anschauungsbeispiel. Sie seien doch nicht so zäh, diese Amerikaner, sagte er ihnen. Schaut, so groß und furchteinflößend sind sie gar nicht, oder? Auch sie krümmen sich, lassen sich kleinkriegen und bluten – das geht ganz einfach! Und das ist noch ihre Elite, diejenigen, die Bomben auf unser Land abwerfen und unsere Leute umbringen. Gegen diese Männer werdet ihr kämpfen. Habt ihr jetzt noch Angst vor ihnen? Und wenn die Amerikaner so dumm sind und versuchen, diese Hunde zu retten, werden wir uns früh in der Kunst üben können, sie zu töten. Mit diesen aufmunternden Worten entließ er seine Soldaten und schickte sie zu ihren nächtlichen Wachtposten.

Er könnte es tun, dachte der Hauptmann. Es würde sowieso bald nichts mehr ausmachen. Er hatte über seinen Regimentskommandanten ein Gerücht gehört, daß dieses Lager, sobald die politische Führung die Finger davon gelassen hatte, endgültig geschlossen werden würde, und seine Männer könnten so in der Tat ein bißchen Übung bekommen, bevor sie sich auf Onkel Hos Pfad in Marsch setzten, wo sie die Gelegenheit erhalten würden, als nächstes dann bewaffnete Amerikaner umzulegen. Bis dahin hatte er die hier als Trophäen, die er seinen Männern vorweisen konnte, um ihnen ein wenig die Angst vor dem Unfaßbaren eines Gefechts zu nehmen, und auch, um ihrer Wut ein Ziel zu geben. Denn das hier waren tatsächlich die Männer, die ihr herrliches Land in die Steinzeit zurückbomben wollten. Er würde Rekruten auswählen, die besonders hart und gut trainiert waren ... neunzehn an der Zahl, damit sie einen Geschmack vom Töten bekamen. Das würden sie brauchen. Der Infanteriehauptmann fragte sich, wie viele von seinen Leuten wieder heimkehren würden.

Kelly legte zum Auftanken am städtischen Dock von Cambridge an, bevor er nach Norden weiterfuhr. Nun hatte er alles – auf jeden Fall genug, sagte sich Kelly. Volle Bunker, und den Kopf angefüllt mit nützlichen Angaben, und zum erstenmal hatte er diesen Schweinen richtig weh getan. Zwei Wochen, vielleicht sogar drei, fiel ihr Produkt aus. Das würde die Verhältnisse ins Wanken bringen. Er hätte alles vielleicht für sich behalten und als Köder verwenden können, aber das brachte er nicht über sich. Er wollte es nicht um sich haben, besonders jetzt, da er vermutete, wie es hergeschafft wurde. Irgendwo von der Ostküste, das war alles, was Burt tatsächlich gewußt hatte. Wer auch immer dieser Henry Tucker war, für einen Paranoiker war er schlau, schottete seine Organisation intern auf eine Art ab, die Kelly unter anderen Umständen bewundert hätte. Doch es war asiatisches Heroin. Was kam alles aus Asien, gelangte in die östlichen Vereinigten Staaten und roch nach Tod? Kelly fiel nur eines ein, und die Tatsache, daß er Männer gekannt hatte, deren Leichen im Luftwaffenstützpunkt Pope abgefertigt worden waren, schürte nur seine Wut und seine Entschlossenheit, diese Sache durchzuziehen. Er richtete die *Springer* nach Norden aus, am Backsteinturm des Leuchtfeuers Sharp Island vorbei, und steuerte wieder eine Stadt an, wo vielfältige Gefahren auf ihn warteten.
Ein letztes Mal.

Im Osten der Vereinigten Staaten gab es wenige so verschlafene Gegenden wie den County Somerset. Im ganzen Bezirk, der aus einem Gebiet mit großen und weit verstreuten Bauernhöfen bestand, gab es nur eine High-School. Eine einzige Autobahn gestattete den Menschen, das Gebiet rasch und ohne Zwischenhalt zu durchqueren. Der Verkehr zum Badeort Ocean City umging den Bereich, und die nächste Überlandstraße lag auf der anderen Seite der Bucht. In diesem County war die Verbrechensrate so niedrig, daß sie beinahe nicht auffiel, außer jemand machte sich die Mühe, von äußerst geringfügigen Zuwachszahlen bei dem einen oder anderen Vergehen Notiz zu nehmen. Ein einziger Mord konnte im Lokalblatt wochenlang für Schlagzeilen sorgen, und Einbruch stellte in einer Gegend, wo Hausbesitzer einen nächtlichen Eindringling mit einem Kleinkaliber und einer Frage empfingen, kein Problem dar. Nur die Verkehrsmoral war problematisch. Doch dafür gab es die Staatspolizei, die in ihren hellgelben Wagen auf den Straßen patrouillierte. Quasi zur Entschädigung für die Langeweile besaßen die Streifenwagen an der Ostküste Marylands ungewöhnlich große Motoren, um damit Raser jagen zu können, die nur zu oft vorher noch einen Spirituosenladen besuchten, weil sie etwas anstellen mußten, um Leben in die langweilig gemütliche Gegend zu bringen.

Der Staatspolizist Ben Freeland befand sich auf seiner gewöhnlichen Streifenfahrt. Irgendwann einmal würde wirklich was passieren, und er hielt es für seine Pflicht, die Gegend kennenzulernen, und zwar jeden Zentimeter, jede Farm und jede Kreuzung, so daß er den schnellsten Weg kannte, wenn tatsächlich einmal ein dringender Funkruf kam. Freeland, der vor vier Jahren seine Ausbildung in Pikesville abgeschlossen hatte, grübelte gerade über seine Beförderung zum Corporal nach, als er einen Fußgänger auf der Postbox Road in der Nähe eines Weilers mit dem ungewöhnlichen Namen Dames Quarter entdeckte. Das war ungewöhnlich. Hier fuhr jeder. Selbst Kinder benützten schon frühzeitig Motorräder, fingen bereits als Minderjährige zu fahren an, was eines der schweren Vergehen darstellte, mit denen er so etwa einmal im Monat zu tun hatte. Aus weiter Entfernung sah er ihn bereits – das Land war sehr flach –, aber er achtete nicht weiter darauf, bis er den Abstand zwischen ihnen um mehr als die Hälfte verkürzt hatte. Nun war eindeutig zu erkennen, daß es sich um eine Frau handelte. Sie hatte einen merkwürdigen Gang. Nach weiteren hundert Metern war zu sehen, daß sie nicht wie eine Einheimische gekleidet war. Das war sonderbar. Fremde kamen hier nur mit dem Auto her. Sie lief auch im Zickzack, ihre Gehweise änderte sich von einem Schritt auf den anderen, und das ließ auf Trunkenheit in der Öffentlichkeit schließen, eine gewaltige Übertretung hier, wie der Polizist grinsend feststellte. Das bedeutete natürlich, daß er anhalten und sie überprüfen mußte. Er lenkte den großen Ford auf den Schotterstreifen, ließ ihn fünfzehn Meter vor ihr sanft und sicher ausrollen. Dann stieg er aus, setzte vorschriftsmäßig seinen zur Uniform gehörigen Stetson auf und rückte seinen Pistolengürtel zurecht.

»Hallo«, sagte er freundlich. »Wo geht's denn hin, junge Dame?« Nach einem Augenblick blieb sie stehen und sah ihn aus Augen an, die von einem anderen Stern zu kommen schien. »Wer sind Sie?« Der Polizist beugte sich zu ihr. Sie roch nicht nach Alkohol. Freeland wußte, daß es hier bisher keine Drogenprobleme gab. Das mußte sich geändert haben.

»Wie heißen Sie?« fragte er schon mehr im Befehlston.

»Xantha«, antwortete sie lächelnd.

»Wo kommen Sie her, Xantha?«

»Aus der Gegend.«

»Aus welcher Gegend?«

»Lanta.«

»Nach Atlanta ist es ein weiter Weg.«

»Das weiß ich.« Dann lachte sie auf. »Er hat nicht gewußt, daß ich noch ein paar hatte.« Sie hielt das wohl für einen ziemlich guten Witz und ein Geheimnis, das sie ihm anvertrauen mußte. »Heb ich in meinem BH auf.«

»Was soll jetzt das heißen?«

»Meine Pillen. Sind in meinem Büstenhalter, und das hat er nicht gewußt.«

»Kann ich sie sehen?« fragte Freeland, der sich gehörig wunderte und wußte, daß er heute eine echte Verhaftung zu machen hatte.

Sie lachte, als sie in ihren Ausschnitt langte. »Jetzt treten Sie aber 'n bißchen zurück.«

Freeland gehorchte. Es hatte keinen Sinn, sie mißtrauisch zu machen, obwohl seine rechte Hand schon in Reichweite seines Dienstrevolvers war. Während er zusah, langte Xantha in ihre größtenteils aufgeknöpfte Bluse und brachte eine Handvoll roter Kapseln zum Vorschein. Das war es also. Er öffnete den Kofferraum seines Wagens und holte aus dem Verbandskasten einen Umschlag heraus.

»Tun Sie die doch hier rein, damit Sie keine verlieren.«

»Okay!« Was für ein Freund und Helfer dieser Polizist doch war.

»Kann ich Sie mitnehmen, Madam?«

»Na klar. Bin müde vom Laufen.«
»Na, dann kommen Sie mal.« Das übliche Verfahren sah vor, daß er einer solchen Person Handschellen anlegte, und während er ihr half, auf dem Rücksitz Platz zu nehmen, tat er das auch. Sie schien sich nicht im geringsten daran zu stören.
»Wohin fahren wir denn?«
»Also, Xantha, ich denke, Sie brauchen einen Platz, wo Sie sich hinlegen und etwas ausruhen können. Da bring ich Sie jetzt hin, okay?« Freeland war klar, daß er es hier mit einem todsicheren Fall von Drogenbesitz zu tun hatte, als er wieder auf die Straße fuhr.
»Burt und die anderen zwei ruhen auch aus, bloß daß sie nicht mehr aufwachen werden.«
»Was heißt das, Xantha?«
»Er hat sie übern Haufen geschossen, bumm bumm bumm.« Sie ahmte es mit der Hand nach, wie Freeland im Rückspiegel sah. Dabei kam er fast von der Straße ab.
»Wer denn?«
»Er ist 'n weißer Junge, hab seinen Namen nicht mitbekommen, auch sein Gesicht nicht gesehen, aber er hat sie übern Haufen geschossen, bumm bumm bumm.«
Heiliger Strohsack.
»Wo?«
»Auf dem Boot.« Wußte das nicht jeder?
»Welches Boot?«
»Da draußen auf dem Wasser, Dummkopf.« Das war recht lustig.
»Mädel, verarschst du mich?«
»Und wissen Sie das Lustigste, er hat auch alle Drogen dort gelassen, der weiße Junge. Bloß war er grün.«
Freeland hatte keine Ahnung, worum es ging, aber er nahm sich vor, das so schnell wie möglich herauszufinden. Zunächst einmal schaltete er das Blaulicht an und gab so viel Gas, wie der große V-8-Motor nur hergab. Er steuerte das Polizeihauptquartier »V« in Westover an. Eigentlich hätte er sich vorher über Funk melden sollen, aber dabei wäre nicht viel mehr herausgekommen, als daß sein Captain ihn für einen Drogenberauschten gehalten hätte.

»Jacht *Springer*, werfen Sie einen Blick nach Backbord.«
Kelly nahm das Mikrofon. »Jemand, den ich kenne?« fragte er, ohne sich umzublicken.
»Wo zum Teufel haben Sie gesteckt, Kelly?« fragte Oreza.
»Geschäftsreise. Warum interessiert Sie das?«

»Habe Sie vermißt«, kam als Antwort. »Werden Sie mal ein bißchen langsamer.«
»Ist es wichtig? Ich muß noch wohin, Portagee.«
»He, Kelly; von Seemann zu Seemann, drosseln Sie die Fahrt, okay?«
Hätte er den Mann nicht gekannt ... nein, er mußte so oder so mitspielen. Kelly schob die Gashebel zurück, damit der Kutter in ein paar Minuten längsseits gehen konnte. Dann würde er auch noch gebeten werden, jemand an Bord kommen zu lassen, wozu Oreza jederzeit das Recht hatte, und es würde zu nichts führen, wenn er das zu verhindern versuchte. Kelly schaltete seine Motoren in den Leerlauf, worum er gar nicht gebeten worden war, und drehte bei. Ohne um Erlaubnis zu fragen, schob sich der Kutter längsseits, und Oreza hüpfte an Bord.
»He, Chief«, sagte der Mann zur Begrüßung.
»Was gibt's?«
»Ich bin in den letzten paar Wochen zweimal unten bei Ihrer Sandbank gewesen, weil ich ein Bier mit Ihnen trinken wollte, aber Sie waren nicht zu Hause.«
»Oh, ich wollte Sie nicht dienstuntauglich machen.«
»Mir wird immer so einsam, wenn ich niemandem auf die Nerven gehen kann.« Auf einmal war klar, daß beiden Männern nicht wohl zumute war, aber keiner wußte, warum es dem anderen so erging.
»Wo zum Teufel sind Sie gewesen?«
»Ich mußte außer Landes. Geschäfte«, antwortete Kelly. Er machte damit deutlich, daß er keine weiteren Auskünfte geben würde.
»Schön für Sie. Werden Sie die nächste Zeit in der Gegend bleiben?«
»Ja, das habe ich vor.«
»Okay, vielleicht komme ich nächste Woche vorbei, dann können Sie mir ein paar Lügen auftischen, was ein Navy Chief alles so macht.«
»Navy Chiefs brauchen nicht zu lügen. Soll ich Ihnen ein paar Hinweise zum seemännischen Benehmen geben?«
»Sie können mich mal! Vielleicht soll ich bei Ihnen gleich jetzt eine Sicherheitsüberprüfung machen!«
»Ich dachte, das wäre ein Freundschaftsbesuch«, bemerkte Kelly, und beiden Männern wurde es noch ungemütlicher. Oreza versuchte, sich mit einem Lächeln darüber hinwegzuretten.
»Na gut, ich lasse es noch mal durchgehen.« Aber das half nicht.
»Ich erwische Sie dann nächste Woche, Chief.«

Sie gaben sich die Hand, aber etwas war anders geworden. Oreza winkte sein Boot her und sprang geübt an Bord. Der Kutter dampfte unverzüglich ab.
Da steckt was dahinter. Doch Kelly schob die Gashebel ungerührt nach vorn.

Oreza beobachtete die *Springer* auf ihrem nördlichen Kurs und fragte sich, was wohl wirklich vorging. ›Außer Landes‹, hatte er gesagt. Sein Boot war garantiert nirgendwo in der Chesapeake gewesen – doch wo dann? Warum hatte die Polizei so ein Interesse an ihm? Kelly, ein Mörder? Nun, für irgend etwas hatte er sein Navy-Kreuz ja bekommen. Oreza wußte nur, daß er beim UDT war. Davon abgesehen war er ein guter Kerl, mit dem man ein Bier trinken konnte, und auf seine Art ein ernsthafter Seemann. Es wurde alles eindeutig schwieriger, wenn man nicht mehr bloß den Such- und Rettungsdienst machte und statt dessen die ganze andere Polizeiarbeit leistete, sagte sich der Quartermaster, während er nach Südwesten in Richtung Thomas Point steuerte. Er mußte einen Anruf machen.

»Also, was ist passiert?«
»Roger, sie haben gewußt, daß wir kommen würden«, antwortete Ritter mit festem Blick.
»Wie, Bob?« fragte MacKenzie.
»Das wissen wir noch nicht.«
»Eine undichte Stelle?«
Ritter langte in seine Tasche und zog die Fotokopie eines Schriftstücks heraus, die er hinüberreichte. Das Original war auf vietnamesisch geschrieben. Unter dem Text der Kopie befand sich die handgeschriebene Übersetzung. Aus dem Gedruckten stachen die englischen Worte »green bush« hervor.
»Sie kannten den Namen?«
»Das ist nun ein Loch in ihrem Geheimhaltungssystem, Roger, aber ja, es sieht ganz danach aus. Ich nehme an, sie hatten vor, diese Information bei irgendeinem der Marines einzusetzen, die sie vielleicht gefangengenommen hätten. So etwas eignet sich hervorragend, Leute auf die schnelle zusammenbrechen zu lassen. Aber wir haben noch mal Glück gehabt.«
»Ich weiß. Es ist niemand verletzt worden.«
Ritter nickte. »Wir haben einen Kerl am Boden vorausgeschickt, ein SEAL von der Navy, der hervorragende Arbeit geleistet hat. Jedenfalls war er auf dem Beobachtungsposten, als die NVA-Verstär-

kung gekommen ist. Er hat das Unternehmen abgeblasen. Dann ist er einfach den Hügel runterspaziert.«Es wirkte immer weitaus dramatischer, zu untertreiben, vor allem bei jemandem, dem selbst schon die Kugeln um die Ohren gesaust waren.
Das war MacKenzie einen Pfiff wert. »Muß ein abgebrühter Bursche sein.«
»Noch viel besser«, sagte Ritter leise. »Auf dem Rückweg hat er noch den Russen eingesackt, der mit unseren Leuten gesprochen hat, und den Lagerkommandanten. Sie sind bei uns in Winchester. Lebendig«, fügte Ritter mit einem Lächeln hinzu.
»So haben Sie die Depesche erhalten? Ich habe gedacht, das wäre der Abhördienst gewesen«, meinte MacKenzie. »Wie hat er das zustande gebracht?«
»Wie Sie schon sagten, ein abgebrühter Bursche.« Ritter lächelte. »Das ist die gute Nachricht.«
»Ich weiß gar nicht, ob ich die schlechte hören will.«
»Wir verfügen über Angaben, daß die Gegenseite das Lager und alle darin Befindlichen eliminieren möchte.«
»Mein Gott... Henry ist gerade in Paris«, sagte MacKenzie.
»Das ist der falsche Weg. Wenn er das auf den Tisch bringt, selbst in einer der informellen Sitzungen, werden sie es glattweg abstreiten, und es könnte sie so stark verschrecken, daß sie versucht wären, vollendete Tatsachen zu schaffen, damit sie alles garantiert abstreiten können.« Es war gut bekannt, daß die wahre Arbeit bei solchen Konferenzen während der Pausen erledigt wurde, nicht dann, wenn die Leute die Punkte förmlich am Konferenztisch ansprachen, über dessen Form allein schon endlos debattiert worden war.
»Stimmt! Was dann?«
»Wir versuchen es über die Russen. Da haben wir einen Zugangsweg. Ich habe den Kontakt selbst aufgenommen.«
»Lassen Sie mich wissen, wie es sich entwickelt.«
»Darauf können Sie sich verlassen.«

»Vielen Dank, daß ich mit Ihnen sprechen kann«, sagte Lieutenant Ryan.
»Was soll denn nun das Ganze?« fragte Sam Rosen. Sie waren in seinem Büro. In dem kleinen Raum drängten sich vier Menschen, denn Sarah und Sandy waren auch anwesend.
»Es geht um Ihren früheren Patienten – um John Kelly.« Die Mitteilung kam nicht überraschend, das sah Ryan. »Ich muß mit ihm sprechen.«

»Was hält Sie davon ab?« fragte Sam.
»Ich weiß nicht, wo er ist. Ich habe irgendwie gehofft, Sie hier wüßten es.«
»Worum geht's?« fragte Sam.
»Um eine Mordserie«, antwortete Ryan sofort, weil er hoffte, sie zu schockieren.
»Wer ist ermordet worden?« Diese Frage stellte die Krankenschwester.
»Zum einen Doris Brown und noch einige andere.«
»John hat ihr nichts angetan«, sagte Sandy, bevor Sarah Rosen ihr die Hand auflegen konnte.
»Dann wissen Sie, wer Doris Brown ist«, bemerkte der Kriminalbeamte ein kleines bißchen zu schnell.
»John und ich haben uns angefreundet«, sagte Sandy. »Er ist in den vergangenen Wochen außer Landes gewesen. Er hat gar niemand umbringen können.«

Auweia, dachte Ryan. Das war eine gute wie eine schlechte Nachricht. Er hatte bei Doris Brown zu hoch gepokert, obwohl die Reaktion der Schwester auf die Unterstellung etwas zu emotional ausgefallen war. Eine Spekulation hatte sich jedoch gerade erhärtet.
»Außer Landes? Wo? Woher wissen Sie das?«
»Ich glaube nicht, daß ich das sagen darf. Ich sollte es gar nicht wissen.«
»Was meinen Sie damit?« fragte der Cop überrascht.
»Tut mir leid, ich glaube nicht, daß ich das sagen darf.« Die Art, wie sie die Frage beantwortete, zeugte eher von Aufrichtigkeit als von Ausflüchten.

Was zum Teufel sollte das bloß bedeuten? Das ließ sich nicht beantworten, und Ryan beschloß, weiterzumachen. »Jemand namens Sandy hatte im Haus der Browns in Pittsburgh angerufen. Das waren doch Sie, nicht wahr?«
»Officer«, sagte Sarah, »mir ist nicht ganz klar, warum Sie all diese Fragen stellen.«
»Ich versuche, Informationen zu bekommen, und ich möchte, daß Sie Ihrem Freund sagen, er muß mit mir reden.«
»Ist das eine polizeiliche Ermittlung?«
»Ja, genau.«
»Und da stellen Sie uns Fragen«, bemerkte Sarah. »Mein Bruder ist Anwalt, soll ich ihn herbitten? Sie scheinen uns zu fragen, was wir über einige Morde wissen. Sie machen mich nervös. Ich habe auch eine Frage – steht einer von uns unter irgendeinem Verdacht?«

»Nein, aber Ihr Freund.« Was Ryan gerade jetzt nicht brauchen konnte, war die Anwesenheit eines Anwalts.

»Einen Augenblick mal«, meldete sich Sam. »Wenn Sie meinen, daß John irgendwas Unrechtes getan hat, und wollen, daß wir ihn für Sie finden, dann wollen Sie damit doch sagen, daß Sie der Meinung sind, wir wüßten, wo er steckt, nicht wahr? Macht uns das nicht zu möglichen ... Helfern, Komplizen heißt es doch, oder?«

Sind Sie das denn? hätte Ryan gerne gefragt. Er fuhr fort: »Habe ich das gesagt?«

»Ich bin noch nie mit solchen Fragen behelligt worden, und sie machen mich nervös«, sagte der Arzt zu seiner Frau. »Ruf deinen Bruder an.«

»Schauen Sie, ich habe keinen Anlaß, zu glauben, daß jemand von Ihnen etwas Unrechtes getan hat. Ich möchte Ihnen nur Folgendes sagen: Sie tun ihm einen Gefallen, wenn Sie ihm Bescheid geben, daß er mich anrufen soll.«

»Wen soll er umgebracht haben?« drängte Sam.

»Einige Leute, die mit Drogen handeln.«

»Wissen Sie, was ich mache?« fragte Sarah schroff. »Mit was ich den Großteil meiner Zeit verbringe, wissen Sie, womit?«

»Ja, gnädige Frau, das weiß ich. Sie arbeiten viel mit Süchtigen.«

»Wenn John wirklich so etwas tut, dann sollte ich ihm eher eine Waffe kaufen!«

»Tut weh, wenn man verliert, nicht wahr?« fragte Ryan leise, was sie aufbrausen ließ.

»Das tut es sehr wohl. Wir üben diesen Beruf nicht aus, um Patienten zu verlieren.«

»Was war das für ein Gefühl, als Sie Doris Brown verloren haben?« Sie gab keine Antwort, aber nur, weil ihre Intelligenz sie davon abhielt, das zu sagen, was ihr auf der Zunge lag. »Er hat sie doch zu Ihnen gebracht, damit Sie helfen? Und Sie und Mrs. O'Toole haben sich angestrengt, sie clean zu kriegen. Glauben Sie, ich verurteile Sie deswegen? Doch bevor er sie bei Ihnen abgeliefert hat, hat er zwei Menschen ermordet. Das weiß ich, Punktum! Es waren wahrscheinlich Leute, die Pamela Madden getötet haben, denn auf die hatte er es abgesehen. Ihr Freund Kelly ist ein sehr harter Bursche, aber so schlau, wie er denkt, ist er auch nicht. Wenn er sich stellt, so ist das eine Sache. Wenn wir ihn fangen müssen, ist es was ganz anderes. Sagen Sie ihm das. Damit tun Sie ihm einen Gefallen, okay? Aber auch sich selbst tun Sie einen Gefallen. Ich glaube nicht, daß Sie bis jetzt gegen das Gesetz verstoßen haben. Wenn Sie aber irgend etwas unternehmen außer dem, was ich Ihnen gesagt habe, dann könnte es ein Verstoß sein. Normalerweise warne ich Leute nicht«, verkündete Ryan ihnen streng. »Sie sind keine Kriminellen, das weiß ich. Es war bewundernswert, was Sie für dieses Brown-Mädchen getan haben, und es tut mir leid, daß es so hat enden müssen. Aber Kelly läuft da draußen herum und bringt Leute um, und das ist falsch, verstanden? Ich sage Ihnen das nur, falls Ihnen bei der ganzen Sache irgendwas abhanden gekommen ist. Ich mag auch keine Drogenfreaks. Der Fontänenmord, der Fall Pamela Madden, das ist mein Fall. Ich möchte diese Leute unbedingt hinter Gittern sehen, ich möchte zusehen, wie sie in die Gaskammer gehen. Der Gerechtigkeit Geltung zu verschaffen ist mein Beruf. Nicht seiner, sondern meiner. Verstehen Sie das?«

»Ich glaube schon«, antwortete Sam Rosen, wobei er an die Gummihandschuhe dachte, die er Kelly gegeben hatte. Jetzt war es anders. Doch damals hatte er den Ereignissen ferngestanden – zwar war er von den schrecklichen Umständen sehr betroffen, aber weit weg von dem, was sein Freund tat. Er hatte sich darüber gefreut, wie nach dem Lesen eines Sportartikels über den Sieg seiner Baseballmannschaft. Jetzt war es anders, und er steckte da mit drin.

»Sagen Sie mir, wie nahe sind Sie den Leuten, die Pam umgebracht haben, denn auf den Fersen?«

»Wir wissen so einiges«, antwortete Ryan und merkte dabei nicht, daß er sich mit dieser Antwort wieder alles verscherzt hatte, nachdem er schon so weit gekommen war.

Oreza war wieder an seinem Schreibtisch bei einer Arbeit, die ihm verhaßt war. Das war auch der Grund, weshalb er zögerte, sich um die Beförderung zum Chief zu bewerben, denn da bekäme er sein eigenes Büro und würde zur Verwaltung gehören und nicht mehr bloß Bootsführer sein. Mr. English war im Urlaub, und sein Stellvertreter war unterwegs, um irgendwas zu regeln, und so blieb nur noch er. Aber Schreibtischarbeit konnte er ohnehin nicht delegieren. Oreza suchte auf seinem Schreibtisch nach einer Visitenkarte und wählte dann die Nummer.

»Morddezernat.«
»Lieutenant Ryan bitte.«
»Er ist nicht da.«
»Und Sergeant Douglas?«
»Ist heute im Gericht.«
»Gut, dann rufe ich später noch mal an.« Oreza legte auf. Er

schaute auf die Uhr. Es ging schon auf vier Uhr nachmittags zu – er war seit Mitternacht im Dienst. Er zog eine Schublade auf und machte sich daran, in die Formulare die Treibstoffmenge einzutragen, die er verbraucht hatte, um die Chesapeake Bay für betrunkene Bootseigner sicher zu machen. Danach wollte er heimfahren, zu Abend essen und schlafen.

Ihre Aussagen ergaben allmählich einen Sinn. Aus seiner Praxis auf der anderen Straßenseite wurde ein Arzt hergebeten, der die Diagnose Barbiturat-Intoxikation stellte, was keine große Neuigkeit war, und dann noch sagte, daß sie einfach warten müßten, bis ihr Organismus das Zeug wieder abgebaut hatte. Für diese Auskunft stellte er dem County zwanzig Dollar in Rechnung. Die mehrstündigen Gespräche mit ihr hatten sie abwechselnd amüsiert und verdrossen, aber sie war bei ihrer Geschichte geblieben. Drei Männer tot, *bumm bumm bumm.* Das war für sie jetzt nicht mehr so lustig. Sie erinnerte sich allmählich, zu was Burt fähig war, und da kamen üble Sachen zutage.

»Wäre dieses Mädchen nur noch ein bißchen mehr high, dann flöge sie mit den Astronauten zum Mond«, dachte der Captain laut.

»Drei Tote auf einem Boot da draußen, mit Namen und allem«, wiederholte Staatspolizist Freeland.

»Glauben Sie das?«

»Die Geschichte bleibt sich doch immer gleich.«

»Jaja.« Der Captain blickte auf. »Wenn Sie sich da draußen auf die Suche machen wollten, wo würden Sie anfangen, Ben?«

»Etwa bei Bloodsworth Island.«

»Wir behalten sie über Nacht wegen Erregung öffentlichen Ärgernisses hier ... sie ist ja sowieso des Drogenbesitzes überführt, nicht wahr?«

»Captain, ich habe sie nur bitten müssen. Sie hat mir das Zeug regelrecht aufgedrängt.«

»Okay, dann regeln Sie mal die Formalitäten.«

»Und dann, Sir?«

»Fliegen sie gern mit dem Hubschrauber?«

Diesmal suchte er sich einen anderen Jachthafen. Das stellte sich als recht einfach heraus, da ständig Boote zum Fischen oder Feiern auf See waren. Hier gab es genügend Gästebuchten für Boote auf der Durchreise, die den ganzen Sommer über die Küste abklapperten und unterwegs genauso zum Essen, Tanken und Ausruhen anhalten

mußten wie Lastwagenfahrer. Der Dockmeister sah ihm zu, wie er gekonnt am drittgrößten Gästesteg anlegte, was bei Eigentümern größerer Jachten nicht immer der Fall war. Noch mehr überraschte ihn das jugendliche Alter des Besitzers.
»Wie lange haben Sie vor, zu bleiben?« fragte der Mann, der beim Vertäuen half.
»Ein paar Tage. Geht das in Ordnung?«
»Sicher.«
»Macht es Ihnen was aus, wenn ich in bar bezahle?«
»Bares nehmen wir immer gern«, versicherte ihm der Dockmeister.
Kelly blätterte die Scheine hin und kündigte an, er werde diese Nacht an Bord schlafen. Was er am nächsten Tag vorhatte, behielt er für sich.

34 / Auf der Pirsch

»Wir haben was übersehen, Em«, verkündete Douglas um zehn nach acht morgens.
»Und was war's diesmal?« fragte Ryan. Daß sie etwas übersahen, war in ihrem Geschäft nicht gerade eine Seltenheit.
»Woher wußten sie, daß das Mädchen in Pittsburgh war? Ich habe diesen Sergeant Meyer angerufen und ihn gebeten, die Ferngespräche zu überprüfen, die von dem Haus aus getätigt wurden. Und im letzten Monat haben die Leute nicht ein einziges Mal nach auswärts telefoniert.«
Der Lieutenant drückte seine Zigarette aus. »Dann müssen wir eben annehmen, daß unser Freund Henry wußte, woher sie stammte. Da ihm schon zwei Mädchen ausgerissen waren, hat er die anderen vielleicht gefragt. Aber du hast recht«, sagte er nach kurzem Überlegen. »Eigentlich mußte er annehmen, daß sie ebenfalls umgebracht worden ist.«
»Wer wußte, wo sie war?«
»Die Leute, die sie hingebracht haben. Aber die haben es bestimmt nicht rumerzählt.«
»Und Kelly?«
»Hat es erst gestern über das Hopkins Hospital erfahren. Er war im Ausland.«
»Ach, wirklich? Wo?«
»Diese Schwester O'Toole sagt, sie weiß es, darf es uns aber nicht sagen. Was immer das auch heißt.« Er schwieg. »Also sind wir wieder bei Pittsburgh.«
»Sergeant Meyers Vater ist Pfarrer, müssen Sie wissen. Er hat das Mädchen besucht und seinem Sohn ein wenig von ihr erzählt. So weit, so gut. Der Sergeant erzählt es weiter, und zwar bis rauf zu seinem Captain. Der wiederum kennt Frank Allen, und der Sergeant ruft ihn an, um sich zu erkundigen, wer für den Fall zuständig ist. Frank verweist ihn an uns. Sonst hat Meyer mit niemandem gesprochen.« Douglas zündete sich eine Zigarette an. »Also, wie haben es unsere Freunde rausgekriegt?«

Dieser Vorgang war normal, aber nicht besonders angenehm. Die beiden Männer wußten, daß ihr Fall sich jetzt von allein lösen würde. Hin und wieder geschah es tatsächlich, daß eins zum anderen führte. Und dazu gehörte gewöhnlich auch, daß sich die Ereignisse überstürzten, daß sie keine Zeit mehr hatten, die Vorfälle zu analysieren und sie richtig einzuordnen.
»Wie wir schon dachten, sie haben jemand aus unseren Reihen.«
»Frank?« fragte Douglas. »Der hatte mit den ganzen Fällen doch überhaupt nichts zu tun. Er kam nicht mal an die Informationen, für die unsere Freunde Verwendung gehabt hätten.« Das war richtig. Den Fall Helen Waters hatte zunächst ein junger Mitarbeiter von Frank Allen aus dem Western District bearbeitet, aber angesichts der bei dem Mord angewandten Gewalt war die Sache bald darauf Ryan und Douglas übertragen worden. »Ich glaube, so was nennt man Fortschritt, Em. Nun wissen wir mit Sicherheit, daß es im Polizeipräsidium eine undichte Stelle gibt.«
»Und was gibt's sonst noch Schönes?«

Die Staatspolizei verfügte lediglich über drei Hubschrauber – alle miteinander Bell Jet Rangers –, die darüber hinaus auch noch höchst selten zum Einsatz kamen. Trotzdem war es nicht gerade einfach, an sie heranzukommen. Doch der für die Kaserne »V« zuständige Captain war ein erfahrener Mann, der einem ruhigen Bezirk vorstand. Dies war weniger das Ergebnis seiner Leistungen als eine Eigenart der Region. In der Polizeistatistik allerdings kam es einzig auf die Zahlen an, wenn man überhaupt welche erhielt. Der Hubschrauber setzte Viertel vor neun auf dem offiziellen Landeplatz vor der Kaserne auf. Captain Ernest Jones und Trooper Freeland warteten schon. Beide waren noch nie mit einem Hubschrauber geflogen, und als sie sahen, wie klein die Maschine war, wurde ihnen ein wenig mulmig. Von nahem sieht ein Haubschrauber immer klein aus, und noch kleiner wirkt er, wenn man drinnen sitzt. Da die Maschinen hauptsächlich für Rettungseinsätze gebraucht wurden, bestand die Besatzung aus einem Piloten und einem Sanitäter. In diesem Fall waren es zwei mit Waffen behangene Staatspolizisten in schnittigen Overalls, der, wie sie wohl meinten, einzig passenden Ergänzung zu ihren Schulterhalftern und Fliegerbrillen. Die vorgeschriebene Sicherheitsunterweisung dauerte ganze neunzig Sekunden und wurde so schnell heruntergehaspelt, daß man kein Wort verstand. Die Landratten stiegen ein, und der Pilot startete die Maschine. Er verkniff sich einen Raketenstart, denn schließlich war der ranghöhere Polizist ein Captain. Abgesehen davon war es eklig, wenn man die Kotze aus dem Heck putzen mußte.

»Wohin?« fragte er über den Bordfunk.

»Nach Bloodsworth Island«, erklärte ihm Captain Joy.

»Alles Roger«, erwiderte der Pilot, wie es einem Flieger anstand. Er drehte nach Süden ab und senkte die Nase der Maschine. Der Flug dauerte nicht lange.

Von oben sieht die Welt anders aus, und wenn jemand zum erstenmal im Leben in einem Hubschrauber fliegt, erfolgt immer die gleiche Reaktion. Das Abheben, das der Fahrt in einem der neumodischen Jahrmarktskarussells gleicht, ist beängstigend, doch kurz darauf setzt die Faszination ein. Unter den Augen der beiden Beamten veränderte sich die Welt, und plötzlich ergab alles einen Sinn. Straßen und Felder breiteten sich aus wie eine Landkarte. Freeland bemerkte es als erster. Da er das Gebiet wie seine Westentasche kannte, stellte er nun fest, daß seine Vorstellung nur zweidimensional gewesen war, daß er die Dinge nicht aus der richtigen Perspektive wahrgenommen hatte. Nur dreihundert Meter hoch, eine Distanz, die er mit dem Auto in Sekunden zurückgelegt hätte, und doch sah alles anders aus. Er merkte, daß er noch viel lernen konnte.

»Dort habe ich sie gefunden«, erklärte er dem Captain über den Bordfunk.

»Ziemlich weit von unserem Bestimmungsort entfernt. Ob sie wohl die ganze Strecke gelaufen ist?«

»Nein, Sir.« Zur Küste hingegen war es nicht so weit. Drei Kilometer vor sich erblickten sie die Anlegestelle einer verlassenen Farm, und von dort waren es nur noch acht Kilometer – oder knapp zwei Flugminuten – bis zu ihrem Ziel. Die Chesapeake Bay erstreckte sich wie ein blaues Band im Morgendunst. Im Nordwesten lag der weitläufige Patuxent-River-Testflughafen der Marine, und sie sahen die Flugzeuge abheben und landen – zur Sorge ihres Piloten, der ständig nach Tiefffliegern Ausschau halten mußte. Die Jungen von der Navy liebten solche Späße.

»Da vorne«, sagte er. Der Sanitäter zeigte mit dem Finger, um seinen Passagieren zu erklären, wo vorne war.

»Von hier oben sieht alles anders aus«, meinte Freeland mit einem jungenhaften Staunen in der Stimme. »Ich gehe hier oft fischen. Von oben könnte man denken, das wäre ein Marschgebiet.«

Aber das sollte sich gleich ändern. Aus dreihundert Meter Höhe dachte man zunächst an Inseln, verbunden durch Streifen von gras-

bewachsenem Schlick. Als sie näher herankamen, nahmen die »Inseln« regelmäßige, zunächst rautenartige Formen an und schließlich die klaren Umrisse von Schiffen, überwachsen und umgeben von Schilf und Gras.
»Mensch, sind das viele!« staunte der Pilot. Er war bisher kaum in diese Gegend gekommen, und wenn, dann nachts, ausgerüstet mit Nachtsichtgeräten.
»Aus dem Ersten Weltkrieg«, sagte der Captain. »Mein Vater hat mir erklärt, das sind die Schiffe, die die Deutschen nicht gekriegt haben.«
»Was genau suchen wir eigentlich?«
»Das ist nicht ganz klar, aber wahrscheinlich ein Boot. Gestern haben wir eine Drogensüchtige aufgegriffen«, erzählte der Captain. »Auf dem Boot sollen sich ein Labor und drei tote Männer befinden.«
»Echt? Ein Drogenlabor in diesem Gestrüpp?«
»Das behauptet jedenfalls die Dame«, bestätigte Freeland. Gleichzeitig fiel ihm etwas auf. So unmöglich es von oben auch schien, es gab offensichtlich doch Fahrrinnen zwischen den Wracks. Wahrscheinlich ein guter Platz zum Krabbenfischen. Vom Deck seines Sportboots hatte es immer wie eine einzige Insel ausgesehen, doch jetzt wußte er es besser. Interessant.
»Habe eben aus der Richtung einen Lichtreflex gesehen.« Der Sanitäter wies den Piloten nach rechts. »Glas oder etwas in der Art.«
»Dann wollen wir mal nachsehen.« Der Pilot senkte den Jet Ranger nach rechts. »Ja, zwischen den drei Wracks da liegt ein Boot.«
»Gehen Sie mal näher ran«, befahl der Sanitäter mit einem Grinsen.
»Wie Sie wollen.« Endlich durfte er mal wieder zeigen, was er konnte. Der ehemalige Pilot eines Huey-Kampfhubschraubers der 1. Air Cavallery gierte nach Gelegenheiten, mit seiner Maschine zu spielen. Geradeaus konnte schließlich jeder fliegen. Er umrundete die Stelle, prüfte den Wind, drosselte die Fahrt und ging schließlich auf sechzig Meter herunter.
»Würde sagen, ein Sechsmeter-Boot«, meinte Freeland. Ganz deutlich konnte man das weiße Nylontau erkennen, mit dem es an einem der Schiffsrümpfe festgemacht war.
»Tiefer«, befahl der Captain. Kurz darauf schwebten sie zwanzig Meter über dem Deck des verdächtigen Objekts. Das Boot war leer.

In der Ecke stand eine Kühltasche, und im Heck stapelten sich Pakete. Aber das war auch alles. Als aus den verrosteten Aufbauten eines Wracks ein Schwarm Vögel aufstieg, schoß der Hubschrauber nach vorn. Instinktiv wich der Pilot den Tieren aus. Eine einzige Möwe, die von seinem Motor aufgesogen wurde, konnte dazu führen, daß er ewiger Bestandteil dieses von Menschenhand geschaffenen Moors wurde.

»Der etwaige Bootsinhaber scheint sich für unsere Ankunft nicht besonders zu interessieren«, sagte er über den Bordfunk. Freeland hinter ihm zielte drei fingierte Schüsse in die Luft, und der Captain nickte.

»Ich glaube, du hast recht, Ben.« Und zum Piloten gewandt: »Können Sie die genaue Position auf einer Karte eintragen?«

»In Ordnung.« Er erwog die Möglichkeit, ganz herunterzugehen und die Passagiere an Deck abzusetzen. Doch dann erschien ihm die Aktion, die in der Cavallery noch an der Tagesordnung gewesen wäre, als zu gefährlich. Derweilen zog der Sanitäter eine Karte hervor und machte seine Eintragungen. »Haben Sie genug gesehen?«

»Ja, fliegen wir zurück.«

Zwanzig Minuten später war Captain Joy am Telefon.

»Küstenwache Thomas Point.«

»Hier ist Captain Joy von der Staatspolizei. Wir brauchen Ihre Hilfe.« In den nächsten Minuten erklärte er, warum.

»Wir brauchen etwa eineinhalb Stunden«, sagte Warrant Officer English schließlich.

»In Ordnung.«

Kelly bestellte ein Taxi und ließ sich am Haupteingang des Jachthafens abholen. Der erste Punkt auf seiner Tagesordnung war eine obskure Firma namens Kolonel Klunker, wo er sich unter Vorauszahlung einer Monatsrate einen Volkswagen Baujahr 1959 mietete. Ohne Kilometerbegrenzung.

»Vielen Dank, Mr. Aiello«, sagte der Firmenchef. Kelly lächelte. Er benutzte den Ausweis eines Mannes, der dafür keine Verwendung mehr hatte. Mit dem Käfer kehrte Kelly zum Jachthafen zurück und lud die Dinge ein, die er brauchen würde. Niemand schenkte ihm weiter Beachtung, und nach einer Viertelstunde war er wieder unterwegs.

Kelly nutzte die Gelegenheit, um in der Gegend, wo er auf Jagd gehen wollte, den Verkehr zu studieren. Dieses Viertel jenseits einer öden Durchgangsstraße namens O'Donnel Street, das er jetzt zum erstenmal sah, war angenehm leer. Kaum jemand wohnte hier, freiwillig wohl sowieso nicht. Die Luft stank nach verschiedenen, größtenteils übelriechenden Chemikalien. Da es hier offensichtlich nicht mehr so geschäftig zuging wie früher, waren viele Gebäude leer. Wichtiger noch, es gab reichlich freie Flächen; zwischen vielen Häusern klafften unbebaute Grundstücke mit nacktem Boden, die von diversen Lkws zum Wenden genutzt wurden. Hier gab es keine Jugendlichen, die Baseball spielten, kein Wohnhaus weit und breit und somit auch keine Streifenwagen. Ein kluger Schachzug seiner Feinde, dachte Kelly; zumindest aus einer Perspektive. Ihn interessierte hauptsächlich ein alleinstehendes Gebäude mit einem halb abgebrochenen Firmenschild über dem Eingang. Die Rückseite bestand aus einer fensterlosen Wand. Die drei Türen befanden sich zwar an zwei unterschiedlichen Seiten, konnten aber trotzdem von einem Punkt aus im Auge behalten werden. In Kellys Rücken stand ein anderes Gebäude, eine hohe Halle aus Beton mit unzähligen zerbrochenen Fensterscheiben. Nachdem er seine erste Erkundung abgeschlossen hatte, fuhr Kelly nach Norden.

Oreza fuhr nach Süden. Auf einer Routinepatrouille war er schon einmal fast bis hierher gekommen. Damals hatte er sich gefragt, warum die Küstenwache ihren Wirkungsbereich nicht auch bis zum Ostufer, zum Eastern Shore, oder vielleicht bis Cove Point Light ausdehnte, wo es eine Wachstation gab. Aber anscheinend verbrachten die Knaben dort ihre wachen Stunden – wenn sie überhaupt welche hatten – damit, aufzupassen, ob die Birne im Leuchtfeuer noch brannte. In Orezas Augen nicht gerade eine herausfordernde Aufgabe, womöglich aber für den Mann, der sie ausfüllte. Schließlich hatte ihm seine Frau gerade Zwillinge geschenkt, und die Küstenwache war im Gegensatz zu vielen anderen Bereichen des Militärs familienorientiert.
Er hatte einen untergebenen Seemann ans Ruder gelassen und genoß, von außen an das niedrige Ruderhaus gelehnt, einen Becher Kaffee in der Hand, den Morgen.
»Funkspruch«, sagte da einer aus der Mannschaft.
Oreza ging ins Ruderhaus und nahm das Mikrofon. »Hier spricht Einundvierzig-Alpha.«
»Einundvierzig-Alpha, hier spricht English von Thomas Point. Ihre Fahrgäste warten am Dock in Dame's Choice. Wahrscheinlich sehen Sie die Streifenwagen schon von weitem. Wann können Sie da sein?«

»Schätze, in zwanzig bis fünfundzwanzig Minuten, Mr. English.«
»Alles Roger, over.«
»Wieviel Faden?« fragte Oreza nach einem Blick auf seine Karte. Das Wasser sah ziemlich tief aus. »Einsfünfundsechzig.«
»Einsfünfundsechzig, aye aye, Sir.«

Xantha war zwar mehr oder weniger nüchtern, fühlte sich aber ziemlich matschig. Ihr dunkles Gesicht schimmerte grau, und sie klagte über bohrende Kopfschmerzen, denen Tabletten kaum etwas hatten anhaben können. Sie wußte mittlerweile, daß sie festgenommen worden und ihr Vorstrafenregister über den Fernschreiber eingetroffen war. Immerhin war sie gewitzt genug, um zu den Verhören einen Rechtsanwalt zu verlangen. Seltsamerweise hatte das die Polizisten nicht weiter gestört.

»Meine Klientin«, erklärte der Anwalt, »ist bereit, mit Ihnen zusammenzuarbeiten.« Um diese Zusage zu erreichen, hatte er ganze zehn Minuten gebraucht. Wenn sie die Wahrheit sagte und in kein schweres Verbrechen verwickelt war, würde man die Klage wegen Drogenbesitzes fallenlassen und dafür sorgen, daß sie in ein Entzugsprogramm aufgenommen wurde. Das war weitaus mehr, als Xantha Matthews in den letzten Jahren angeboten worden war. Und schon bald darauf wußte sie auch, warum.

»Die wollten mich umbringen«, sagte sie. Jetzt, wo der Einfluß der Barbiturate abgenommen und der Rechtsanwalt ihr die Erlaubnis zu sprechen gegeben hatte, konnte sie sich plötzlich wieder genau erinnern.

»Wer sind ›die‹?« fragte Captain Joy.

»Die Leichen. Er hat sie einfach abgeknallt, dieser Weiße. Und die Drogen, die ganzen Säcke mit Stoff, hat er stehenlassen.«

»Erzählen Sie uns von dem Weißen«, sagte Joy mit einem Blick zu Freeland, der eigentlich ungläubig hätte ausfallen müssen, es aber nicht war.

»Ein großer Kerl, wie der da –« sie wies auf Freeland – »mit einem Gesicht grün wie ein Frosch. Als er mich runtergebracht hat, hat er mir die Augen verbunden. Dann hat er mich zu einem Pier gefahren und gesagt, ich soll den Bus nehmen oder so was in der Art.«

»Woher wissen Sie, daß es ein Weißer war.«

»Von den Handgelenken. Die Hände waren auch grün, aber das hier oben nicht«, sagte sie und zeigte, welche Stelle sie meinte. »Er hatte grüne Klamotten mit Streifen an, so wie ein Soldat, und eine große .45er dabei. Als er geschossen hat, habe ich geschlafen. Er hat mich aufgeweckt. Gesagt, ich soll mich anziehen, mich aufs Boot gebracht und dann an Land abgesetzt.«

»Was für ein Boot?«

»Ein großes, weißes, ziemlich breit und lang, ungefähr zehn Meter.«

»Xantha, wie können Sie wissen, daß Sie umgebracht werden sollten?«

»Der Weiße hat mir das erzählt und mir die Sachen gezeigt, die in dem kleinen Boot, meine ich.«

»Was meinen Sie damit?«

»Dieses beschissene Fischernetz und so, und die Zementblöcke. Er sagt, die hätten das schon mal getan.«

Der Rechtsanwalt kam zu dem Ergebnis, daß er auch mal etwas sagen mußte. »Meine Herren, meine Mandantin verfügt anscheinend über Informationen, die eine verbrecherische Organisation auffliegen lassen könnten. Von daher ist sie auf Schutz angewiesen. Als Gegenleistung für ihre Hilfe beantragen wir finanzielle Unterstützung für den Drogenentzug.«

»Lieber Herr Anwalt«, erwiderte Joy freundlich, »wenn ihre Aussage hält, was sie verspricht, dann zahle ich den Drogenentzug sogar aus meiner eigenen Kasse. Aber ich möchte vorschlagen, daß sie gegenwärtig hinter Schloß und Riegel bleibt. Das scheint mir im Interesse ihrer Sicherheit als beste Lösung.« Der Captain von der Staatspolizei verhandelte bereits seit Jahren mit Rechtsanwälten, und allmählich redete er selbst schon wie einer.

»Das Essen hier ist zum Kotzen«, schimpfte Xantha mit schmerzlich verzogenem Gesicht.

»Ich werde mich darum kümmern«, versprach Joy.

»Ich glaube, sie braucht medizinische Versorgung«, stellte der Rechtsanwalt fest. »Läßt sich das regeln?«

»Doktor Paige wird sie sich gleich nach dem Mittagessen ansehen. Ich habe den Eindruck, Ihre Klientin ist augenblicklich nicht in der Lage, für sich selbst zu sorgen. Sobald wir die Bestätigung für ihre Geschichte haben, werden die Klagen fallengelassen. Außerdem erhält sie im Gegenzug für ihre Mitarbeit alles, was Sie wollen. Aber mehr kann ich nicht für Sie tun.«

»Meine Klientin erklärt sich mit Ihren Bedingungen und Vorschlägen einverstanden«, sagte der Anwalt, ohne mit Xantha Rücksprache gehalten zu haben. Das County würde sogar sein Honorar bezahlen. Abgesehen davon kam er sich vor, als hätte er gerade eine

gute Tat vollbracht. Zur Abwechslung mal was anderes, als betrunkene Autofahrer aus dem Knast loszueisen.
»Dort hinten ist eine Dusche. Sie sollte sich waschen. Außerdem können Sie ihr vielleicht was Anständiges zum Anziehen besorgen. Geben Sie uns die Rechnung.«
»Mit Ihnen verhandele ich gern, Captain Joy«, sagte der Anwalt, als der Kommandeur der Kaserne mit Freeland zu dessen Wagen ging.
»Ben, da bist du über was Hochkarätiges gestolpert. Und du hast sie wirklich nett behandelt. Das werde ich mir merken. Und jetzt zeig mir mal, was deine Kiste draufhat.«
»Dann warten Sie mal ab, Captain.« Freeland stellte das Blaulicht an, bevor er die Tachonadel auf hundertvierzig klettern ließ. Sie trafen gerade in dem Augenblick am Dock ein, als die Küstenwache aus der Fahrrinne abbog.
Der Mann trug die Rangabzeichen eines Lieutenant – obwohl er sich Captain nannte –, und deshalb grüßte Oreza ihn militärisch, als er an Bord kam. Weil es die Vorschriften der Küstenwache auf kleineren Booten verlangten, legten die beiden Polizeibeamten Schwimmwesten an. Dann zeigte Joy Oreza die Karte.
»Können Sie in dieses Dickicht vordringen?«
»Nein, aber unser Beiboot kann es. Was gibt es dort?«
»Möglicherweise drei Mordopfer, eventuell im Zusammenhang mit Drogendelikten. Das Fischerboot liegt an dieser Stelle.«
Oreza nickte so ungerührt wie möglich und ging dann selbst ans Steuerrad, wo er den Gashebel bis zum Anschlag durchdrückte. Bis zum Schiffsfriedhof – wie Oreza ihn getauft hatte – waren es knappe acht Kilometer, und auf der letzten Distanz wollte er kein Risiko eingehen.
»Können wir nicht näher ran?« fragte Freeland. »Wir haben im Augenblick gerade Flut.«
»Das ist ja das Problem«, meinte Oreza. »Zu Stellen wie dieser hier fährt man am besten bei Ebbe. Wenn man festsitzt, braucht man einfach nur die Flut abzuwarten. Von hier aus nehmen wir das Beiboot.«
Während die Mannschaft die kleine Barkasse fertigmachte, überstürzten sich seine Gedanken. Vor einigen Monaten war er in einer stürmischen Nacht mit Lieutenant Charon aus Baltimore einer Drogensache auf der Spur gewesen, die irgendwo auf der Bay abgewickelt werden sollte. Diese Kerle dürfen wir nicht unterschätzen, hatte Charon damals gesagt. Vielleicht bestand da ein Zusammenhang.
Unter dem Tuckern des 10-PS-Außenbordmotors lavierten sie

sich vorsichtig zwischen den Wracks hindurch. Der Quartermaster achtete auf die Gezeitenströmung, während er einem Kanal folgte, der offensichtlich schon öfter befahren worden war. Dieser führte im wesentlichen auf ihr auf der Karte markiertes Ziel zu. Es herrschte Totenstille, und Oreza fühlte sich an seinen Einsatz für die Operation MARKET TIME in Vietnam erinnert, als die Küstenwache die Navy unterstützt hatte. Damals hatte er als Steuermann auf den Swift-Booten, die von der Trumpet-Werft in Annapolis hergestellt wurden, einige Zeit bei den Sumpftauchern verbracht. Das hohe Schilf, in dem sich Leute mit angelegten Waffen verbergen konnten und dies auch oft taten, sah gar nicht so anders aus als dort. Er war gespannt, ob sich ihnen hier auch jemand in den Weg stellen würde. Die Polizisten nestelten nervös an ihren Revolvern, und Oreza fragte sich – wieder einmal zu spät –, warum er seinen Colt nicht mitgenommen hatte. Nicht, daß er besonders viel damit hätte anfangen können. Dann fiel ihm ein, daß er jetzt gern Kelly an seiner Seite gehabt hätte. Er wußte nicht genau, was mit diesem Mann los war, doch er hielt ihn für einen der SEALs, mit denen er kurz im Mekong-Delta zu tun gehabt hatte. Schließlich durfte ihm das Navy Cross kaum ohne Grund verliehen worden sein, und die Tätowierung auf seinem Arm war wohl auch kein Zufall.

»Verdammt noch mal!« Oreza stieß die Luft aus. »Sieht nach einer Starcraft Sechzehn aus... nein, wohl doch eher Achtzehn.« Er nahm sein tragbares Funkgerät in die Hand. »Einundvierzig-Alpha, hier spricht Oreza.«

»Portagee, ich höre.«

»Wir haben das Boot am angegebenen Standort gefunden. Bleiben Sie dran.«

»Roger.«

Plötzlich wurde es spannend. Die beiden Polizeibeamten warfen sich einen Blick zu, in dem sich ihr Bedauern ausdrückte, daß sie nicht mehr Leute mitgenommen hatten. Oreza steuerte das Beiboot an den Fischkutter heran. Und die Polizisten kletterten vorsichtig an Bord.

Freeland zeigte nach hinten. Joy nickte. Dort lagen sechs Zementblöcke und ein zusammengerolltes Fischernetz. Xantha hatte in dieser Hinsicht also nicht gelogen. Außerdem führte von dort aus eine Strickleiter nach oben. Joy ging als erster, den Revolver in der rechten Hand. Oreza sah zu, wie Freeland ihm folgte. Sobald sie auf Deck angekommen waren, umschlossen sie die Waffen mit beiden Händen. Dann verschwanden sie für, wie es den Zurückgebliebenen schien, eine Ewigkeit in den Aufbauten – in Wahrheit waren es jedoch nur vier Minuten. Einige Vögel stoben aufgeschreckt in die Höhe. Als Joy wieder in Sicht kam, hatte er den Revolver weggesteckt.

»Hier sind drei Leichen und ein Riesenberg von – tja, allem Anschein nach – Heroin. Rufen Sie bitte Ihr Boot, damit die in unserer Kaserne Bescheid sagen. Wir brauchen die Spurensicherung. So, Seebär, jetzt werden Sie wohl eine Zeitlang Fährmann spielen müssen.«

»Sir, die Boote der Sportclubs sind dafür besser geeignet. Soll ich die um Hilfe bitten?«

»Gute Idee. Sie könnten sich derweilen ein bißchen hier umsehen. Das Wasser scheint recht klar zu sein. Unsere Zeugin meint, daß in dieser Gegend ein paar Leute versenkt worden sind. Sehen Sie die Sachen dort auf dem Fischkutter?«

Mein Gott. »Wird gemacht. Ich ziehe hier ein paar Runden.« Was er tat, nachdem er seinen Funkspruch aufgegeben hatte.

»Hallo, Sandy!«
»John! Wo bist du?«
»In meiner Wohnung in der Stadt.«
»Gestern war ein Polizeibeamter hier. Sie suchen dich.«
»Ja?« Kelly runzelte die Stirn, während er von seinem Sandwich abbiß.
»Er hat gesagt, du sollst bei ihm vorbeikommen. Er möchte dich sprechen, und zwar so schnell wie möglich.«
»Wie nett von ihm!« Kelly hörte, wie sie kicherte.
»Was hast du jetzt vor?«
»Ist besser, wenn du das nicht weißt.«
»Bist du sicher?«
»Ja, das bin ich.«
»Bitte, John, überleg es dir noch mal.«
»Das habe ich schon, Sandy. Es geht bestimmt nicht schief. Vielen Dank für die Nachricht von dem Polizisten.«
»Ist was passiert?« fragte eine Schwester, als Sandy aufgehängt hatte.
»Nein«, entgegnete Sandy. Aber ihre Freundin wußte, daß sie log.

Hmm. Kelly trank den letzten Schluck von seiner Cola. Das bestätigte den Verdacht, der ihm schon bei Orezas kurzem Besuch gekommen war. Jetzt wurde es also ein bißchen kompliziert – doch wenn er es genau bedachte, war es das vor einer Woche auch schon gewesen. Er wollte gerade ins Schlafzimmer gehen, als es an seiner Tür klopfte. Der Schreck fuhr ihm in die Glieder, aber er durfte das Klopfen nicht ignorieren. Er hatte die Fenster der Wohnung zum Lüften geöffnet, und somit war klar, daß jemand zu Hause war. Er holte einmal tief Luft und öffnete die Tür.

»Ich habe mich gewundert, daß man Sie gar nicht mehr sieht, Mr. Murphy«, sagte der Verwalter zu Kellys Erleichterung.

»Ich hatte zwei Wochen im Mittleren Westen zu tun und habe dann noch eine Woche Florida drangehängt«, log er mit einem gewinnenden Lächeln.

»Sehr braun sind Sie aber nicht geworden.«

Ein verlegenes Grinsen. »War ja auch die meiste Zeit im Hotelzimmer.« Der Verwalter fand das ganz in Ordnung.

»Wie schön für Sie. Ich wollte nur mal nachsehen, ob alles seine Richtigkeit hat.«

»Ja, hier gibt's keine Probleme«, versicherte Kelly dem Mann und schloß die Tür, bevor er noch weitere Fragen stellen konnte. Er brauchte jetzt dringend seinen Schlaf. Es kam ihm so vor, als würde seine Arbeit immer nur nachts stattfinden. Als stünde man auf der anderen Seite des Lebens, sagte sich Kelly, als er sich auf die klumpige Matratze sinken ließ.

Für den Zoo war es eigentlich zu heiß. Sie hätten sich besser im Panda-Haus treffen sollen, wo sich die Leute drängten, die einen Blick auf dieses niedliche Tier werfen wollten, das dem Zoo als Zeichen ihres guten Willens von der Volksrepublik China – in Ritters Worten: von chinesischen Kommunisten – geschenkt worden war. Das Haus war klimatisiert und bequem eingerichtet. Doch Geheimdienstoffiziere fühlten sich an solchen Orten nur selten wohl. Und deshalb schlenderte er heute durch die außergewöhnlich weitläufige Anlage für die Schildkröten von den Galapagos-Inseln. Warum sie soviel Platz brauchten, wußte er nicht. Welch eine Verschwendung für Tiere, die sich ungefähr ebenso schnell fortbewegten wie ein Gletscher.

»Hallo, Bob.« »Charles« war nun ein überflüssiges Täuschungsmanöver, obwohl Woloschin den Anruf angeregt hatte – direkt bis zu Ritters Schreibtisch, um zu zeigen, wie clever er war. So lief es beim Geheimdienst in beide Richtungen. Wenn die Russen einen Anruf anregten, gebrauchte man den Codenamen »Bill«.

»Hallo, Sergej.« Ritter zeigte auf die Reptilien. »Erinnert das nicht daran, wie unsere Regierungen arbeiten?«

»Nicht mein Teil davon.« Der Russe nippte an seiner Limonade.
»Und Ihrer auch nicht.«
»Nun gut. Was sagt Moskau?«
»Sie haben bei Ihrer Erzählung was ausgelassen.«
»Und was war das?«
»Daß Sie außerdem noch einen vietnamesischen Offizier haben.«
»Was geht das Sie an?« fragte Ritter leichthin. Anscheinend wollte er damit überspielen, wie sehr es ihn ärgerte, daß Woloschin informiert war. Seinem Gesprächspartner blieb das nicht verborgen.
»Das verkompliziert die Sache. Moskau weiß nämlich noch nicht Bescheid.«
»Dann behalten Sie es doch einfach für sich«, schlug Ritter vor. »Denn, wie Sie gesagt haben, es verkompliziert die Sache. Ich versichere Ihnen, daß Ihre Alliierten nichts wissen.«
»Wie ist das möglich?« fragte der Russe.
»Sergej, würden Sie mir erzählen, welche Tricks Sie anwenden?« entgegnete Ritter und beendete damit diesen Teil der Unterhaltung. Ein Teil, der äußerste Vorsicht verlangte, und das nicht nur aus einem Grund.
»Unsere sozialistischen Brüder sind unsere Verbündeten.«
»Ja, und wir haben in ganz Lateinamerika Bollwerke der Demokratie. Wollen Sie mit mir einen Schnellkurs in politischer Philosophie abhalten?«
»Das Gute an Feinden ist, daß man weiß, wo sie stehen. Bei Freunden ist das anders«, gab Woloschin zu. Damit erklärte er zugleich, warum die sowjetische Regierung mit dem gegenwärtigen Präsidenten Amerikas so gut zurechtkam. Ein Schlitzohr, gewiß, aber ein durchschaubares. Und außerdem, gestand Woloschin sich insgeheim ein, hatten sie nur wenig Verwendung für den Vietnamesen. Die eigentliche Auseinandersetzung spielte sich in Europa ab. Das war immer so gewesen, und so würde es auch bleiben. Dort wurde seit Jahrhunderten der Lauf der Geschichte entschieden, und daran ließ sich nicht rütteln.
»Nennen Sie es doch eine unbestätigte Meldung, die erst noch überprüft werden muß. Zögern Sie es hinaus. Bitte, General, es steht einfach zuviel auf dem Spiel. Wenn unseren Männern etwas zustößt, dann werden wir mit Ihrem Offizier an die Öffentlichkeit treten; das verspreche ich Ihnen. Das Pentagon ist informiert, Sergej. Dort will man unsere Männer zurückhaben und schert sich einen Dreck um den Friedensvertrag.« Die Unverhülltheit, mit der er sprach, zeigte, was Ritter wirklich dachte.

»Stimmt das? Gilt das auch für Ihre Direktoren?«
»Natürlich würde uns ein Vertrag das Leben erleichtern. Wo waren Sie 1962, Sergej?« fragte Ritter, der es zwar wußte, es aber gern noch einmal von ihm selbst hören wollte.
»In Bonn, das wissen Sie doch. Ich habe zugesehen, als Ihre Truppen in Alarmbereitschaft versetzt wurden, weil Nikita Sergejewitsch sein dummes Spielchen durchziehen wollte.« Gegen den Rat des KGB und des Außenministeriums, wie beide Männer wußten.
»Freunde werden wir wohl nie werden, aber selbst Feinde können sich auf bestimmte Regeln einigen. Ist das nicht alles, was zählt?«
Der Mann handelt überlegt, dachte Woloschin erfreut. Das machte sein Verhalten vorhersehbar, und mehr als an allem anderen war den Russen daran gelegen. »Sie haben mich überzeugt, Bob. Können Sie mir versprechen, daß unsere Alliierten nichts davon wissen?«
»Ganz bestimmt nicht. Und mein Angebot, Ihren Mann zu treffen, gilt nach wie vor«, fügte er hinzu.
»Ohne daß Sie das gleiche verlangen?« hakte Woloschin nach.
»Dafür brauche ich die Genehmigung von oben. Wenn Sie mich darum bitten, kann ich es versuchen, aber in gewisser Weise würde das die Sache ebenfalls verkomplizieren.«
»Aber ich bitte Sie darum«, stellte Woloschin klar.
»Gut. Ich rufe Sie an. Und als Gegenleistung?«
»Als Gegenleistung werde ich Ihr Anliegen überdenken.« Ohne ein weiteres Wort brach Woloschin auf.
Hab ich dich! dachte Ritter, als er zu seinem Auto ging. Er hatte ein vorsichtiges, aber raffiniertes Spiel gespielt. Es gab drei Stellen, an denen BOXWOOD GREEN durchgesickert sein konnte. Er hatte alle betreffenden Personen aufgesucht. Den einen hatte er erzählt, man hätte bei der Aktion einen Mann gefangengenommen, der dann an seinen Verletzungen gestorben sei. Die zweiten hatten zu hören bekommen, der Russe sei so schwer verwundet, daß er eventuell nicht durchkommen würde. Doch das beste Netz hatte er an der Stelle ausgelegt, die er für das wahrscheinlichste Leck hielt. Nun hatte er Klarheit. Der Kreis war jetzt auf vier Verdächtige begrenzt. Roger MacKenzie, sein Grünschnabel von Berater und zwei seiner Sekretäre. Eigentlich wäre das ein Auftrag für das FBI gewesen, doch er wollte zusätzliche Komplikationen vermeiden. Und eine geheimdienstliche Untersuchung in einer Behörde des Präsidenten der Vereinigten Staaten war so ungefähr das Komplizierteste, was man sich vorstellen konnte. Als er in seinem Auto saß, beschloß er, sich mit

einem Freund aus der Abteilung für Ausstattung und Technologie des CIA zu treffen. Ritter hatte großen Respekt für Woloschin. Der Mann war klug, vorsichtig und ging überlegt zu Werke, wie er als Agentenführer seiner zahlreichen Leute in ganz Europa bewiesen hatte. In die Residentur in Washington war er erst kürzlich berufen worden. Er würde sein Wort halten und gleichzeitig darauf achten, daß er sich mit seinen Abmachungen nicht in Schwierigkeiten brachte, indem er sich strikt an die augenblicklichen Regeln seiner heimischen Organisation hielt. Darauf legte Ritter größten Wert. Und wenn man diesen Erfolg gemeinsam mit dem anderen Coup in Betracht zog, dann wäre jetzt eigentlich eine Beförderung angesagt. Wichtiger war ihm jedoch, daß er, der Sohn eines einfachen Texas Ranger, sich nach oben gedient hatte, also nicht zu den pickligen Protegés irgendeines Politikers gehörte. Er hatte als Kellner gejobbt, um sich seinen Abschluß in Baylor zu finanzieren. Sergej hätte das sicher als gute marxistisch-leninistische Tradition zu schätzen gewußt, schmunzelte Ritter, als er in die Connecticut Avenue einbog. Ein Sprößling der Arbeiterklasse auf dem Weg nach oben.

Für Kelly war es eine ungewöhnliche Methode, Informationen zu sammeln, und dazu doch so angenehm, daß er sich glatt daran gewöhnen konnte. Er saß an einem Ecktisch im Mama Maria's und arbeitete sich langsam durch seinen zweiten Gang – nein danke, keinen Wein, ich muß noch fahren. In seinem CIA-Anzug, mit dem neuen, sportlichen Haarschnitt und der sorgfältigen Aufmachung zog er die Blicke der wenigen alleinstehenden Frauen auf sich, und es gefiel ihm, daß er von der Kellnerin – vielleicht wegen seiner höflichen Umgangsformen – besonders zuvorkommend behandelt wurde. Die Qualität der angebotenen Speisen erklärte, warum das Lokal so voll war, und die zahlreichen Gäste erklärten, warum Tony Piaggi und Henry Tucker die Räumlichkeiten für eine ungestörte Unterredung gewählt hatten. Mike Aiello war in dieser Hinsicht sehr freimütig gewesen. Mama Maria's gehörte tatsächlich der Familie Piaggi und versorgte seit Beginn der Prohibition die örtliche Gemeinde nun schon in der dritten Generation mit Pasta und anderen, weniger legalen Leistungen. Der Besitzer war ein Bonvivant, der seine Stammkunden persönlich begrüßte und sie mit europäischer Beflissenheit zu den Tischen führte. Legt großen Wert auf Kleidung, stellte Kelly fest, während er über seinen Calamares Aussehen, Gesten und Eigenheiten des Mannes studierte. Da kam ein Schwarzer in einem gutgeschnittenen Anzug herein. Er schien das Lokal zu kennen, lächelte der Kellnerin zu und wartete ein paar Sekunden auf ihre Reaktion.

Piaggi blickte auf und eilte zum Eingang, nicht ohne vorher noch kurz die Hand eines Gastes zu schütteln, an dem er vorbeiging. Er begrüßte den Schwarzen und führte ihn an Kellys Tisch vorbei zu der Hintertreppe, die zu den Privaträumen führte. Niemand achtete sonderlich auf die beiden. Es waren andere schwarze Gäste im Lokal, die behandelt wurden wie jedermann sonst auch. Nur daß diese Schwarzen ihr Geld mit ehrlicher Arbeit verdienten, wie Kelly zu wissen glaubte. Doch er durfte sich nicht ablenken lassen. *Das ist also Henry Tucker. Der Mann, der Pam umgebracht hat.* Er sah nicht unbedingt wie ein Monster aus. Aber das taten Monster selten. Für Kelly sah er aus wie eine Zielperson, und auch seine Besonderheiten registrierte Kelly sorgfältig. Zu seiner Überraschung stellte er fest, daß die Gabel in seinen Händen verbogen war.

»Was ist los?« fragte Piaggi im Hinterzimmer. Als guter Gastgeber goß er ihnen beiden ein Glas Chianti ein. Schon als er die Tür geschlossen hatte, hatte er Henry angesehen, daß etwas nicht stimmte.
»Sie sind nicht zurückgekommen.«
»Phil, Mike und Burt?«
»Ja«, stieß Henry hervor. Eigentlich meinte er *nein*.
»Nun beruhige dich! Wieviel Stoff hatten sie dabei?«
»Zwanzig Kilo unverschnittenen. Das hätte eine Weile für mich, Philadelphia und New York reichen sollen.«
»'ne ganze Menge, Henry.« Piaggi nickte. »Aber vielleicht sind sie noch nicht fertig.«
»Sie hätten aber schon da sein müssen.«
»Mensch, Phil und Mike sind noch neu. Wahrscheinlich stellen sie sich dabei genauso blöd an wie Eddie und ich zu Anfang – und das waren damals nur fünf Kilo, weißt du noch?«
»Das habe ich schon eingerechnet«, sagte Henry, wobei er sich fragte, ob seine Berechnung stimmte oder nicht.
»Henry«, sagte Tony und trank einen Schluck Wein. Er versuchte, ruhig und vernünftig zu wirken. »Warum regst du dich so auf? Haben wir nicht alles getan, um Probleme zu vermeiden?«
»Irgendwas ist schiefgelaufen, Mann!«
»Aber was?«
»Das weiß ich nicht.«
»Willst du dir ein Boot besorgen und nachsehen?«
Henry schüttelte den Kopf. »Das dauert zu lange.«

»Das Treffen mit den anderen Jungs ist erst in drei Tagen. Verlier nicht die Nerven. Wahrscheinlich sind sie jetzt gerade unterwegs.«

Piaggi meinte zu verstehen, warum Henrys Nerven nicht mehr mitmachten. Dies hier war sein großer Einstieg. Zwanzig Kilo reiner Stoff ergaben für den Handel auf der Straße einen unvorstellbaren Batzen Geld. Und da er das Zeug verschnitten und abgepackt lieferte, konnte er seine Abnehmer davon überzeugen, daß sie es jetzt mit einem der Großen der Szene zu tun hatten. Dies war der Coup, auf den Henry seit Jahren hingearbeitet hatte. Allein schon das Geld zusammenzukratzen, um diese Menge zu bezahlen, war eine Staatsaktion gewesen. Verständlich, daß ihm jetzt der Arsch auf Grundeis ging.

»Und wenn es nun doch nicht Eddie gewesen ist?«

Ein Seufzer. »Du warst derjenige, der Eddie für den Schuldigen hielt.«

Aber das stimmte nicht ganz. Tucker hatte eher nach einer Ausrede gesucht, um den Mann loszuwerden, den er für eine unnütze Belastung hielt. Zwar beruhten seine Ängste tatsächlich auf dem, was Piaggi vermutete, aber das war noch nicht alles. Diese Vorfälle, die zu Beginn des Sommers angefangen und dann ohne ersichtlichen Grund wieder aufgehört hatten – er hatte sich eingeredet, daß sie auf Eddie Morellos Mist gewachsen waren. So lange eingeredet, bis er es geglaubt hatte, weil er es glauben wollte. Doch in einer Ecke seines Kopfes hatte ihm die innere Stimme, die ihn bisher so weit nach oben gebracht hatte, etwas anderes gesagt. Und jetzt war sie zurück, die Stimme, und es gab keinen Eddie mehr, den er für seine Ängste und seine Wut verantwortlich machen konnte. Als gewiefter Straßenkämpfer, der es durch eine einzigartige Kombination von Verstand, Mut und Instinkt so weit geschafft hatte, vertraute er dieser Stimme mehr als allem anderen. Aber jetzt sagte sie ihm Dinge, die er nicht verstand. Tony hatte recht. Vielleicht stellten sie sich bei der Arbeit wirklich nur blöd an. Das war auch einer der Gründe, weshalb er sein Labor im Osten Baltimores einrichten wollte. Das konnte er sich leisten, in Anbetracht der Erfahrung, die er gesammelt hatte, und der vertrauenswürdigen Scheinfirma, die ab der kommenden Woche als Deckadresse diente. Er trank seinen Wein und entspannte sich, während der Alkohol seine aufgewühlten Gefühle beruhigte.

»Geben wir ihnen Zeit bis morgen.«

»Was hat sich ergeben?« fragte der Mann am Steuerrad. Nachdem sie die Stunde Fahrt von Bloodsworth Island schweigend zurückgelegt hatten, meinte er, jetzt sei der Zeitpunkt gekommen, an dem er diese Frage stellen durfte. Schließlich hatten sie alle in der Nähe gestanden und gewartet.

»Die haben einen Kerl an die Krabben verfüttert«, erklärte ihnen Oreza. »Mit zwei Quadratmetern Netz und ein paar Zementblöcken versenkt – und jetzt ist praktisch nichts mehr von ihm übrig außer den Knochen!« Soweit er wußte, berieten die Leute von der Spurensicherung immer noch, wie sie ihn am besten rausholten. Oreza wußte genau, daß er Jahre brauchen würde, um diesen Anblick zu vergessen: Wie der Schädel neben dem Skelett schwamm, die Knochen, noch immer von Kleidern umhüllt, sich in der Strömung bewegten – oder von den Krabben bewegt worden waren. So genau hatte er gar nicht hinsehen wollen.

»Verdammte Scheiße«, stimmte der Helmsman zu.

»Wissen Sie, wer das war?«

»Was meinen Sie, Portagee?«

»Damals im Mai, als dieser Charon bei uns an Bord war ... das Segelboot mit den Bonbonstreifen – bestimmt war das der Mann.«

»Ach ja, damit könnten Sie recht haben, Boss.«

Aus reiner Höflichkeit, auf die er im nachhinein lieber verzichtet hätte, der er jedoch in der konkreten Situation nicht ausweichen konnte, hatten sie ihm alles gezeigt. In der Gegenwart von Polizeibeamten durfte er nicht kneifen, denn schließlich war er praktisch auch einer von ihnen. Und so war er, nachdem er die Leiche nur knapp fünfzig Meter von dem herrenlosen Boot gefunden hatte, die Strickleiter hinaufgeklettert. Da hatte er dann die drei anderen gesehen, die mit dem Gesicht nach unten auf den Planken in dem Raum gelegen hatten, der offensichtlich die Messe gewesen war. Allen war säuberlich eine Kugel von hinten in den Nacken geschossen worden, und in den Wunden hatten Vögel gepickt. Als ihm das klar wurde, hätte er beinahe die Fassung verloren. Die Vögel waren sogar so vernünftig gewesen, die Drogen in Ruhe zu lassen.

»Die Polizisten meinten, das waren zwanzig Kilogramm von dem Mist. Etwa eine Million Kröten«, erklärte Oreza.

»Ich hab ja schon immer gesagt, ich hab mir den falschen Beruf ausgesucht.«

»Na ja, die von der Polizei sehen so aus, als wären sie was gewohnt. Besonders dieser Captain. Hat den Anschein, als würden sie heute die ganze Nacht dort bleiben.«

»Hallo, Wally?«
Leider war die Aufnahme nicht besonders klar. Schuld waren die alten Telefonleitungen, wie der Mann von der Technik erklärte. Dagegen konnte man nichts tun. Der Schaltkasten in dem Gebäude ließ sich auf die Zeit zurückdatieren, als Alexander Graham Bell die Hörhilfe erfunden hatte.
»Ja, was gibt's«, entgegnete eine irgendwie unsichere Stimme.
»Es geht um das Geschäft mit dem vietnamesischen Offizier, den sie geschnappt haben. Bist du sicher, daß deine Informationen stimmen?«
»Jedenfalls hat Roger mir das erzählt.« *Volltreffer*, dachte Ritter.
»Wo halten sie ihn fest?«
»Ich glaube, zusammen mit dem Russen draußen in Winchester.«
»Bist du sicher?«
»Berechtigte Frage. Mich hat das auch überrascht.«
»Ich wollte das eigentlich schon längst nachprüfen – na ja, du weißt ja, wie das ist.«
»Natürlich.« Und dann war die Leitung tot.
»Wer war das?« fragte Greer.
»Walter Hicks. Nur die allerbesten Schulen – Andover und Brown. Der Vater ist ein berühmter Investmentberater, der im Hintergrund ein paar Fäden gezogen hat. Und wo der Junge gelandet ist, sehen wir ja.« Ritter ballte die Hand zur Faust. »Wollen Sie wissen, warum unsere Leute immer noch in SENDER GREEN sind? Hier haben Sie's.«
»Was wollen Sie jetzt unternehmen?«
»Ich weiß es nicht.« Aber nichts, was legal ist. Der Mitschnitt des Telefongesprächs war es schließlich auch nicht. Die Leitung war ohne Gerichtsbeschluß angezapft worden.
»Überlegen Sie sich das gut, Bob«, warnte Greer. »Vergessen Sie nicht, ich war auch dort.«
»Was machen wir, wenn Sergej nicht schnell genug mit unseren Bedingungen durchkommt? Dann hat es dieses kleine Arschloch geschafft und zwanzig Männer auf dem Gewissen.«
»Das würde mir auch nicht besonders gefallen.«
»Und mir ganz und gar nicht.«
»Landesverrat ist hierzulande immer noch ein Kapitalverbrechen, Bob.«
Ritter blickte auf. »Das ist auch richtig so.«

Das war wieder mal ein langer Tag. Allmählich beneidete Oreza den Kollegen, der den Leuchtturm am Cove Point besetzt hielt, um seinen Dienstplan. Der konnte wenigstens regelmäßig bei seiner Familie sein. Orezas kleine Tochter war im Kindergarten die Klügste, und er hatte sie bisher kaum gesehen. Vielleicht würde er nun doch diese Stelle als Lehrer in New London annehmen, dann könnte er wenigstens ein oder zwei Jahre ein Familienleben führen. Dafür sorgen, daß seine Kinder es einmal bis zum Offizier schafften, und vorher noch gute Seeleute aus ihnen machen.

Meistens war er mit seinen Gedanken allein. Seine Mannschaft hatte sich in ihren Kojen aufs Ohr gehauen. Er hätte es ihnen gleichtun sollen, aber die Bilder in seinem Kopf verfolgten ihn. Der Mann, der von den Krabben aufgefressen war, und die anderen, die als Vogelfutter gedient hatten, würden ihn nicht schlafen lassen, ehe er sich nicht jemandem anvertraut hatte . . . und er hatte ja schließlich eine gute Ausrede. Oreza durchwühlte den Schreibtisch nach einer Visitenkarte.

»Hallo?«

»Lieutenant Charon? Hier spricht Quartermaster Oreza von Thomas Point.«

»Es ist schon reichlich spät«, gab Charon zu bedenken. Er hatte sich gerade schlafen legen wollen.

»Erinnern Sie sich an den letzten Mai, als wir das Segelboot gesucht haben?«

»Ja. Warum?«

»Ich glaube, wir haben Ihren Mann gefunden, Sir.« Oreza meinte zu hören, wie die Gedanken des anderen arbeiteten.

»Wissen Sie mehr darüber?«

Das tat Portagee, und als er es ihm erzählte, spürte er, wie das Entsetzen ihn verließ.

»Wer ist der Captain bei der Staatspolizei, der den Fall leitet?«

»Er heißt Joy, Sir, Bezirk Somerset County. Kennen Sie ihn?«

»Nein.«

»Ach ja, und noch etwas anderes«, fiel Oreza ein.

»Was?« Charon machte sich eine Anzahl Notizen.

»Kennen Sie einen gewissen Lieutenant Ryan?«

»Ja, er arbeitet hier bei uns in der Stadt.«

»Er hat mich gebeten, einen Mann namens Kelly zu überprüfen. Sie haben ihn schon einmal gesehen. Erinnern Sie sich?«

»Was meinen Sie damit?«

»In der Nacht, als wir das Segelboot gesucht haben, trafen wir gegen Morgen den Mann auf der Jacht. Er lebt auf einer Insel nicht weit von Bloodsworth. Jedenfalls hat Ryan mich gebeten, ihn zu suchen. Und jetzt ist er wieder aufgetaucht, Sir. Vielleicht im Augenblick sogar in Baltimore. Ich wollte ihn anrufen, aber er war nicht da. Ich selbst war den ganzen Tag unterwegs; deshalb möchte ich Sie bitten, das weiterzuleiten.«

»Natürlich«, sagte Charon, dessen Gedanken sich mittlerweile überstürzten.

35 / Umgangsformen

Mark Charon befand sich inzwischen in einer ziemlich heiklen Position. Daß er sich als Polizist hatte korrumpieren lassen, hieß noch lange nicht, daß er auch dumm war. Im Gegenteil, normalerweise ging er vorsichtig und überlegt zu Werke und war nicht blind für die Fehler, die er gemacht hatte. Und so war er wieder am Grübeln, als er das Gespräch mit dem Mann von der Küstenwache beendet und den Hörer aufgelegt hatte. Zunächst einmal würde Henry nicht gerade begeistert sein, wenn er erfuhr, daß er sein Labor losgeworden war und dazu noch drei Leute. Darüber hinaus sah es ganz so aus, als ob eine große Menge Drogen beschlagnahmt worden waren, und selbst Henrys Nachschub war begrenzt. Am schlimmsten aber war, daß sie nicht wußten, was der oder die unbekannten Täter überhaupt vorhatten.

Dieser Kelly hingegen war ihm inzwischen bekannt. Charon hatte den Faden sogar bis zu dem erstaunlichen Zufall zurückverfolgt, daß Pamela Madden an dem Tag, an dem sie Angelo Vorano ausgeschaltet hatten, von Kelly aufgelesen worden war. Sie mußte damals auf seinem Boot gewesen sein, keine sechs Meter vom Kutter der Küstenwache entfernt. Und jetzt wollten Em Ryan und Tom Douglas mehr über diesen Mann erfahren und hatten sogar zu der ungewöhnlichen Maßnahme gegriffen, ihn von der Küstenwache überprüfen zu lassen. Warum? Eine ergänzende Befragung eines Zeugen, der sich augenblicklich nicht in der Stadt befand, wurde gewöhnlich am Telefon erledigt. Em und Tom bearbeiteten den Springbrunnenmord sowie die anderen, die in den folgenden Wochen entdeckt worden waren. »Kelly ist einer von diesen reichen Pinkeln«, hatte Charon Henry neulich noch erklärt. Doch nun interessierte sich das Spitzenteam der Abteilung Gewaltverbrechen für den Mann. Er hatte direkten Kontakt zu einem der Verräter aus Henrys Organisation gehabt, er besaß ein Boot und lebte nicht weit von dem Labor entfernt, das Henry dummerweise immer noch benutzte. Das war eine außergewöhnlich lange und unwahrscheinliche Kette von Zufällen und um so besorgniserregender, als Charon – wie er jetzt begriff – nicht länger ein Polizeibeamter war, der Verbrechen untersuchte, sondern als Krimineller an den Verbrechen beteiligt war, die untersucht wurden.

Diese Erkenntnis traf den Lieutenant schwer. Bisher hatte er sich noch nie als Krimineller gesehen. Charon hatte immer geglaubt, er stünde über den Dingen, als Beobachter, der gelegentlich ein paar Fäden zog, doch nicht als Beteiligter an den Vorgängen, die sich vor seinem Auge abspielten. Schließlich konnte er die größte Erfolgsserie des Drogendezernats für sich verbuchen, die darin gipfelte, daß er persönlich Eddie Morello unschädlich gemacht hatte. In seinen Augen war das noch immer der geschickteste Schachzug in seiner beruflichen Laufbahn – hatte er doch einen Drogendealer in Anwesenheit von nicht weniger als sechs Polizeibeamten durch einen vorsätzlich geplanten Mord ausgelöscht. Später hatte man Eddie des bewaffneten Widerstands beschuldigt, und zusätzlich zu dem, was Henry ihm gezahlt hatte, war Charon mit einem bezahlten Urlaub belohnt worden. Irgendwie war ihm das alles wie ein anregendes Spiel erschienen und gar nicht so anders als die Arbeit, für die er von den Bürgern dieser Stadt bezahlt wurde. Die Leute leben in ihren Illusionen, und darin unterschied sich Charon nicht vom Rest der Menschheit. Nicht, daß er sich einredete, das, was er tat, wäre richtig – vielmehr hatte er sich einfach von den Hinweisen leiten lassen, die Henry ihm zugespielt hatte. So hatte er jeden Straßendealer festgenommen, der Henrys Position auf dem Markt bedrohte. Da er wußte, welche Fälle seine einzelnen Detectives bearbeiteten, hatte er das gesamte Geschäft in die Hände des einzigen Lieferanten legen können, über den in ihren Akten nichts zu finden war. Das wiederum hatte es Henry ermöglicht, sein Unternehmen auszudehnen, bis er die Aufmerksamkeit von Tony Piaggi und seiner Organisation von der Ostküste auf sich gezogen hatte. Bald – und das hatte er Henry mitgeteilt – mußte er seinen Kollegen erlauben, an den Rändern von Henrys Organisation zu knabbern. Doch Henry hatte das verstanden, zweifellos, nachdem er Piaggi zu Rate gezogen hatte, der clever genug war, die Feinheiten dieses raffinierten Spiels zu verstehen.

Aber nun hatte jemand ein Streichholz in seine hochexplosive Mischung geworfen. Alle Informationen, die ihm zur Verfügung standen, deuteten in eine Richtung. Aber das reichte nicht; er mußte noch mehr herauskriegen. Charon überlegte kurz und nahm dann den Hörer auf. Nach drei Anrufen hatte er endlich die richtige Nummer.

»Staatspolizei.«

»Hier ist Lieutenant Charon von der städtischen Polizei Baltimore. Ich möchte mit Captain Joy sprechen.«
»Sie haben Glück, Sir. Er ist gerade zurückgekommen. Bleiben Sie dran.« Der nächste Mann, mit dem er sprach, klang sehr müde.
»Captain Joy.«
»Hier spricht Lieutenant Charon. Mark Charon vom Drogendezernat der Polizei Baltimore. Sie haben ja anscheinend einen großen Fang gemacht.«
»Ja, das kann man wohl sagen.« Charon hörte, daß sich der andere mit einer Mischung aus Befriedigung und Erschöpfung in seinem Stuhl zurücksinken ließ.
»Können Sie mir kurz berichten, was geschehen ist? Möglicherweise kann ich Ihnen mit Informationen unter die Arme greifen.«
»Wie haben Sie überhaupt davon erfahren?«
»Durch Oreza, den Seebär von der Küstenwache, auf dessen Boot Sie waren. Ich habe mit ihm bei ein paar Fällen zusammengearbeitet. Erinnern Sie sich an die spektakuläre Festnahme der Marihuanaproduzenten von der Farm im Talbot County?«
»Ach, das waren Sie? Das wurde doch der Küstenwache zugeschrieben.«
»Auf meine Veranlassung hin, um meine Informanten nicht zu gefährden. Wenn Sie meine Angaben bestätigt haben wollen, dann rufen Sie doch bei der Küstenwache an. Ich gebe Ihnen die Telefonnummer von Paul English, dem Leiter der Station.«
»Gut, Charon, Sie haben mich überzeugt.«
»Im letzten Mai haben wir einen Tag und eine Nacht die Spur von einem Mann verfolgt, der uns dann durch die Lappen gegangen ist. Ihn und sein Boot haben wir nie gefunden. Oreza sagt –«
»Der Krabbenmann«, seufzte Joy. »Man hat ihn versenkt, und es sieht so aus, als ob er schon eine ganze Weile dort unten war. Wissen Sie etwas über ihn?«
»Wahrscheinlich heißt er Angelo Vorano. Kommt aus Baltimore, ein kleiner Dealer, der offensichtlich größer ins Geschäft einsteigen wollte.« Charon gab dem anderen eine Personenbeschreibung.
»Die Größe scheint zu stimmen. Für eine eindeutige Identifizierung müssen wir aber noch sein Gebiß überprüfen lassen. Gut, das hilft uns schon weiter, Lieutenant. Und was brauchen Sie von mir?«
»Alles, was Sie wissen.« Mehrere Minuten lang machte Charon sich Notizen, »Was haben Sie mit dieser Xantha vor?«
»Wir behalten sie als wichtigste Belastungszeugin in Schutzhaft, übrigens mit Zustimmung ihres Rechtsanwalts. Wir müssen auf das

Mädchen aufpassen. Anscheinend haben wir es hier mit ausgesprochen unangenehmen Zeitgenossen zu tun.«

»Das glaube ich auch«, erwiderte Charon. »Ich will mal sehen, was ich für Sie in dieser Angelegenheit noch tun kann.«

»Mein Gott!« sagte Charon, als er aufgelegt hatte. *Ein Weißer... mit einem großen weißen Boot.* Burt und zwei Männer, die der Organisation offensichtlich von Tony zur Verfügung gestellt worden waren, umgelegt, mit einer .45er in den Nacken. Klassische Hinrichtungen waren im Drogengeschäft noch nicht in Mode, und die Abgebrühtheit, mit der diese hier durchgeführt worden waren, jagte Charon eine Gänsehaut über den Rücken. Noch mehr aber beschäftigte ihn die Effektivität. Wie bei den Straßendealern, den Fällen, die Tom Douglas und Emmet Ryan bearbeiteten. Die beiden wollten Kelly sprechen, und Kelly war ein Weißer mit einem großen weißen Boot, der nicht weitab vom Labor wohnte. Zu viele Zufälle auf einmal.

Wenigstens hatte er die Möglichkeit, Henry anzurufen, ohne ein Risiko einzugehen. Er kannte jede Telefonnummer, die im Zusammenhang mit Drogenermittlungen angezapft war, und bisher war niemand Henrys Organisation auf die Spur gekommen.

»Ja?«

»Burt und seine Freunde sind tot«, verkündete Charon.

»Wie bitte?« fragte die Stimme, mit einem Schlag hellwach.

»Du hast mich gehört. Die Staatspolizei von Somerset hat sie gefunden. Und auch Angelo oder das, was von ihm übrig ist. Das Labor kannst du vergessen, Henry, und die Ware dazu. Sie haben Xantha in Schutzhaft.« Trotz allem empfand er dabei eine gewisse Befriedigung. Charon war immer noch so sehr Polizist, daß er mit Genugtuung registrierte, wenn eine kriminelle Organisation ausgehoben wurde.

»Was zum Teufel geht da vor?« gellte die Stimme am anderen Ende der Leitung.

»Ich glaube, das kann ich dir erklären. Wir müssen uns treffen.«

Kelly warf noch einmal einen Blick auf seinen Einsatzort, indem er mit seinem gemieteten Käfer daran vorbeifuhr. Er war müde, aber die ausgezeichnete Mahlzeit hatte in ihm auch ein angenehmes Gefühl hinterlassen. Nur durch den Mittagsschlaf hatte er den langen Tag überhaupt durchhalten können, doch jetzt war er unterwegs, um seine Wut zu bändigen, etwas, was er oft durch Fahren erreichte. Er hatte den Mann gesehen. Den Mann, der Pamela mit einem Schnürsenkel den Rest gegeben hatte. Es wäre ein leichtes gewesen, ihn gleich an Ort und Stelle zu erledigen. Kelly hatte noch nie mit bloßen Händen getötet, doch er wußte, wie man das machte. Eine ganze Anzahl erfahrener Leute hatten eine ganze Reihe von Tagen damit verbracht, ihn die Feinheiten zu lehren, bis Kelly keinem Menschen mehr begegnen konnte, ohne ihn im Geiste in eine graphische Darstellung zu zerlegen – diese Stelle für den Griff und jene für den anderen. Jetzt wußte er, daß sich dieser Aufwand gelohnt hatte, trotz der Gefahr und der Folgen, die eine solche Tat mit sich brachten. Aber das hieß nicht, die Gefahr zu suchen und die Folgen mutwillig in Kauf zu nehmen – sein Leben zu riskieren war etwas anderes, als es wegzuwerfen. Das war die Kehrseite der Medaille.

Doch immerhin war jetzt das Ende in Sicht, und er mußte allmählich planen, was nach dem Ende kam. Und er mußte noch vorsichtiger als sonst vorgehen. Gut, die Polizei wußte also, wer er war, aber mit Sicherheit hatten sie nichts in der Hand. Und wenn das Mädchen, diese Xantha, eines Tages vor der Polizei ihre Aussage machte, konnte sie sein Gesicht nicht identifizieren – dafür hatte er mit der Tarnfarbe gesorgt. Wenn, dann kannte sie lediglich die Zulassungsnummer seines Bootes, die sie bei seinem Ablegen vom Dock hatte lesen können. Aber das bereitete ihm keine großen Sorgen. Ohne handfeste Beweise konnte man ihm keinen Prozeß machen. Sie wußten, daß er etwas gegen gewisse Leute hatte – nun gut. Sie wußten, daß er über die nötige Ausbildung verfügte – auch gut. Das Spiel, das er angefangen hatte, orientierte sich an ganz bestimmten Regeln. Ihr Spiel hatte andere. Doch wenn man sie einander gegenüberstellte, käme er mit einem blauen Auge davon, und sie hätten das Nachsehen.

Er blickte aus dem Fenster des Autos, maß Winkel und Entfernung, faßte einen vorläufigen Plan und spielte ihn in verschiedenen Varianten durch. Sie hatten sich eine Gegend ausgesucht, in der es wenig Streifenwagen und viel offene Fläche gab. Niemand hätte sich problemlos an sie anschleichen können, ohne gesehen zu werden ... vielleicht, damit sie das, was sie dort drinnen hatten, notfalls vernichten konnten. Es war die logische Lösung ihres taktischen Problems, abgesehen von einem Faktor. Sie hatten nicht bedacht, daß es auch andere Möglichkeiten gab.

Aber das soll nicht meine Sorge sein, dachte Kelly auf dem Rückweg zu seiner Wohnung.

»Allmächtiger...« Roger MacKenzie war blaß geworden, und seine Knie zitterten. Sie standen auf der Frühstücksveranda seines Hauses im Nordwesten Washingtons. Seine Frau und seine Tochter waren zum Einkaufen ihrer Herbstgarderobe nach New York gefahren. Ritter war ohne Voranmeldung um Viertel nach sechs bei ihm aufgetaucht; sein offizieller Anzug und seine entschlossene Miene standen in krassem Widerspruch zu der frischen, sanften Morgenbrise. »Ich kenne seinen Vater seit dreißig Jahren.«

Ritter trank einen Schluck Orangensaft, obwohl die Säure seinem Magen nicht gerade guttat. Dies war Landesverrat der übelsten Sorte. Hicks hatte gewußt, daß er seinen Landsleuten, von denen er einen sogar namentlich kannte, Schaden zufügte. Ritter war in dieser Sache bereits zu einem Ergebnis gekommen, doch er mußte Roger Zeit lassen, die volle Tragweite der Ereignisse zu begreifen.

»Wir waren zusammen in Randolph und dann auch noch in derselben Bomberstaffel«, sagte MacKenzie gerade. Ritter kam zu dem Ergebnis, den anderen ausreden zu lassen, selbst wenn es eine Weile dauern würde. »Wir haben zusammen Geschäfte gemacht...« Der Mann sprach nicht weiter. Er blickte auf das Frühstück, das er nicht angerührt hatte.

»Ich werfe Ihnen nicht vor, daß Sie ihn in Ihr Team aufgenommen haben, Roger. Aber jetzt ist der Junge als Spion überführt.«

»Was wollen Sie mit ihm machen?«

»Es ist Gesetzesbruch, Roger«, erklärte Ritter.

»Ich höre bald auf. Sie wollen mich in die Mannschaft holen, die die Wiederwahl vorbereitet, und zwar als Verantwortlichen für den gesamten Nordosten.«

»So früh?«

»Jeff Hicks leitet die Kampagne für Massachusetts. Ich habe dann ständig mit ihm zu tun.« MacKenzie blickte zu dem Mann, der ihm gegenüberstand. Er sprach in abgehackten Sätzen. »Bob, ein Spionagefall in unserer Behörde – das könnte alles ruinieren. Wenn wir... wenn Ihre Mission bekannt wird... ich meine, was da alles schiefgelaufen ist...«

»Das tut mir sehr leid, Roger, aber dieser Schurke hat unser Land verraten.«

»Ich könnte seine Unbedenklichkeitserklärung widerrufen und ihn rauswerfen –«

»Das reicht nicht«, entgegnete Ritter kalt. »Möglicherweise müssen wegen dem, was er getan hat, Leute sterben. Er darf damit nicht durchkommen.«

»Aber wir können Ihnen Anweisung geben –«
»Das Gesetz zu umgehen, Roger?« stellte Ritter fest. »Denn genau das wäre es. Er hat ein Verbrechen begangen.«
»Die Leitung anzuzapfen, war illegal.«
»Die Wahrung der nationalen Sicherheit – schließlich befinden wir uns im Krieg – verlangt manchmal nach leicht außergewöhnlichen Maßnahmen. Abgesehen davon brauchen Sie ihm das Gespräch nur vorzuspielen, und er gesteht alles.« Dessen war sich Ritter sicher.
»Und gehe damit das Risiko ein, daß der Präsident gestürzt wird? Jetzt, in diesem Augenblick! Glauben Sie etwa, das würde unserem Land guttun? Was ist mit unseren Verhandlungen mit den Russen? Im Augenblick können wir uns das nicht leisten, Bob.« Als ob wir das jemals könnten, hätte Ritter am liebsten hinzugefügt, doch er verkniff sich die Bemerkung.
»Nun, ich bin hier, um mir Ihren Rat zu holen«, sagte Ritter. Und nach einer ganzen Weile hatte er bekommen, was er wollte.
»Wir können uns keine Untersuchung leisten, die in ein öffentliches Gerichtsverfahren mündet. Das ist politisch untragbar.« MacKenzie hoffte, daß der andere ihn verstanden hatte.
Ritter nickte und stand auf. Die Rückfahrt zu seinem Büro nach Langley verlief trotzdem nicht besonders angenehm. Mochte es auch noch so zufriedenstellend sein, freie Hand zu haben, mußte er sich nun an eine Aufgabe machen, die er nicht zur Gewohnheit werden lassen wollte. Als ersten Punkt auf der Tagesordnung mußte er dafür sorgen, daß die Leitung nicht mehr angezapft wurde. Und zwar so schnell wie möglich.

Nach allem, was geschehen war, gab die Zeitung den letzten Anstoß. Der vierspaltige Artikel unten auf der Titelseite berichtete von dem dreifachen Drogenmord im verträumten Somerset County. Ryan las den Bericht aufmerksam durch. Deshalb schaffte er es nicht mehr bis zu den Sportseiten, denen er morgens normalerweise eine Viertelstunde widmete.
Das kann nur er gewesen sein, dachte der Lieutenant. *Wer sonst würde eine »große Menge Drogen« und drei Leichen zurücklassen?* Zur Überraschung seiner Frau brach er vierzig Minuten früher als gewöhnlich zur Arbeit auf.

»Mrs. O'Toole?« Sandy hatte gerade ihre erste Morgenrunde beendet und sich ein paar Formblätter zum Ausfüllen vorgenommen, als das Telefon klingelte.

»Ja?«
»Mein Name ist James Greer. Sie haben, glaube ich, schon einmal mit meiner Sekretärin gesprochen.«
»Ja, das stimmt. Womit kann ich Ihnen helfen?«
»Ich störe Sie nur ungern, aber wir sind auf der Suche nach John Kelly. Er ist nicht zu Hause.«
»Soweit ich weiß, ist er in der Stadt, aber ich habe keine Ahnung, wo er sich aufhält.«
»Wenn Sie von ihm hören, sagen Sie ihm doch bitte, er möchte mich anrufen. Meine Nummer hat er. Hoffentlich nehmen Sie mir mein Anliegen nicht übel«, fügte er noch hinzu.
»Nein, keineswegs.« *Und was soll das jetzt wieder?* fragte sie sich. Allmählich wurde es ihr zuviel. Die Polizei wollte John sprechen. Sie hatte es ihm gesagt, er sich jedoch anscheinend nicht darum gekümmert. Und nun versuchte jemand anders, ihn aufzutreiben. Warum? Da fiel ihr Blick auf die Morgenzeitung, die in der Besucherecke über den Tisch ragte. Der Bruder einer ihrer Patientinnen beschäftigte sich mit der Innenseite, so daß sie die Schlagzeile auf der unteren Hälfte der Titelseite lesen konnte: DROGENMORD IN SOMERSET.

»Für den Kerl interessiert sich anscheinend jeder«, stellte Frank Allen fest.
»Wie meinen Sie das?« Unter dem Vorwand, er wolle sich über den Stand der Untersuchung über den Schußwechsel zwischen ihm und Morello informieren, war Charon in das Revier des Western District gefahren. Allen hatte ihm erlaubt, die Aussagen der anderen Beamten und der drei Zivilzeugen durchzulesen. Da Charon großzügig auf sein Recht verzichtet hatte, einen Rechtsbeistand hinzuzuziehen, und die Schießerei allem Anschein nach sauber gewesen war, konnte Allen darin nichts Ungebührliches entdecken, solange es vor seinen Augen geschah.
»Nun, direkt nachdem wir aus Pittsburgh erfahren haben, daß die kleine Brown erschossen wurde, hat Em hier angerufen und sich nach ihm erkundigt. Und jetzt auch noch Sie. Wie kommt das?«
»Wir sind über seinen Namen gestolpert. Was dahintersteckt, wissen wir noch nicht, aber wir wollen ihn sicherheitshalber überprüfen. Was wissen Sie über ihn?«
»Sie haben wohl ganz vergessen, daß Sie im Urlaub sind, Mark?« wollte Allen wissen.
»Das ändert nichts daran, daß ich demnächst wieder zur Arbeit

muß. Soll ich mein Gehirn im Urlaub abstellen, Frank? Oder ist mir vielleicht ein Zeitungsartikel entgangen, in dem gemeldet wird, daß die Ganoven ebenfalls eine Ruhepause eingelegt haben?«

Allen mußte ihm zustimmen. »Angesichts dieser ganzen Aufmerksamkeit könnte ich glatt auf den Gedanken kommen, daß mit dem Kerl irgendwas nicht stimmt. Ich glaube, ich habe was über ihn – ach ja, richtig, das habe ich ganz vergessen. Warten Sie mal kurz.« Allen verließ seinen Schreibtisch und ging in den Aktenraum. Charon gab vor, in den Zeugenaussagen zu lesen, bis er zurückkam. Dann landete ein dünner Pappordner in Detective Charons Schoß. »Hier.«

Es handelte sich um einen Auszug aus Kellys Dienstakte, war jedoch nicht alles, wie Charon feststellte, als er die Seiten durchblätterte. Enthalten waren sein Taucherzertifikat, die Beurteilung seines Ausbilders, ein Foto und noch weitere Nebensächlichkeiten. »Er lebt auf einer Insel, habe ich gehört?«

»Ja, ich habe ihn danach gefragt. Seltsame Geschichte. Aber warum interessiert Sie das alles?«

»Weil wir über ihn gestolpert sind. Vielleicht ist nichts dran, aber ich wollte es trotzdem mal nachprüfen. Ich habe was von einer Organisation läuten hören, die vom Wasser aus ihr Unwesen treibt.«

»Eigentlich hätte ich die Unterlagen schon längst an Em und Tom schicken müssen. Habe es total vergessen.«

Um so besser. »Ich muß sowieso in die Richtung. Soll ich sie vorbeibringen?« – »Das wäre nett.«

»Gern geschehen.« Charon klemmte sich den Ordner unter den Arm. Zuerst fuhr er bei einer Zweigstelle der Pratt Library vorbei, wo er die Unterlagen für zehn Cents die Seite kopierte. Dann ging er in ein Fotogeschäft. Dank seiner Polizeimarke erhielt er fünf Vergrößerungen des Paßfotos in weniger als zehn Minuten. Diese ließ er im Auto, als er den Wagen vor dem Polizeipräsidium abstellte; trotzdem hielt er sich nur so lange in dem Gebäude auf, bis er einen Beamten gefunden hatte, der die Unterlagen in die Abteilung Gewaltverbrechen mitnehmen wollte. Er hätte den Ordner auch für sich behalten können, doch nach kurzer Überlegung war er zu dem Ergebnis gekommen, es sei besser, sich wie ein ganz normaler Polizeibeamter zu verhalten, der ganz normal seiner Arbeit nachging.

»Also, was ist los?« fragte Greer, als Ritter die Tür zu seinem Büro geschlossen hatte.

»Roger meint, eine Untersuchung hätte unangenehme politische Folgen«, antwortete Ritter.

»Und was wäre daran so schlimm?«
»Und dann hat er gesagt, wir sollten die Sache in die Hand nehmen«, fügte Ritter hinzu. Nicht so direkt, aber das hat er gemeint. Es hatte keinen Sinn, die Dinge zu verkomplizieren.
»Was wollte er damit sagen?«
»Was glauben Sie, James?«

»Woher kommt das?« fragte Ryan, als der Ordner auf seinem Schreibtisch landete.
»Ein Detective hat es mir unten mitgegeben«, entgegnete der junge Beamte. »Ich kenne ihn nicht, aber er sagte, es ist für Sie.«
»Gut.« Ryan entließ ihn mit einer Handbewegung und schlug den Ordner auf. Zum erstenmal sah er ein Foto von John Terrence Kelly vor sich. Dieser war zwei Wochen nach seinem achtzehnten Geburtstag in die Navy eingetreten und dort ... sechs Jahre geblieben, ehrenhaft entlassen im Rang eines Unteroffiziers. Ihm sprang ins Auge, daß die Akte gründlich gesäubert worden war, da sich die Polizeibehörde hauptsächlich für seine Talente als Taucher interessierte. Insofern waren sein Abschlußzeugnis von der entsprechenden Ausbildungsstätte, der UDT School, sowie seine spätere Zulassung als Tauchlehrer darin enthalten. Außerdem fand er ein blumiges Empfehlungsschreiben von einem Drei-Sterne-General, den das Polizeipräsidium offensichtlich für bare Münze genommen hatte. Um die städtische Polizei von Baltimore zu beeindrucken, hatte sich der General die Mühe gemacht, Kellys Orden in allen Einzelheiten aufzuzählen: Navy Cross, Silver Star, Bronze Star mit dem Combat »V« und zwei Spangen anstelle einer Wiederholung der gleichen Auszeichnung. Purple Heart mit zwei Spangen anstelle ...

Mein Gott, der Kerl ist wirklich das, was ich dachte!

Als Ryan den Ordner hinlegte, sah er, daß er zu der Akte des Gooding-Falls gehörte. Das bedeutete Frank Allen – schon wieder. Er rief ihn an.

»Vielen Dank für die Informationen über Kelly. Ist Ihnen das plötzlich wieder eingefallen?«

»Mark Charon war hier«, erklärte ihm Allen. »Ich leite die Nachuntersuchung zu der Schießerei, in die er verwickelt war. Er erwähnte den Namen und sagte, er sei bei einem seiner Fälle darüber gestolpert. Tut mir leid, mein Guter, daß ich Ihr Anliegen vergessen hatte. Er hat versprochen, Ihnen das Zeug vorbeizubringen. Er ist nicht gerade die Sorte Mensch, die ...« Er redete weiter, doch nichts von dem, was er sagte, interessierte Ryan im Augenblick.

Jetzt geht es schnell, viel zu schnell.
Charon. Irgendwie mischt er immer mit, oder nicht?
»Frank, ich habe noch eine wichtige Frage. Als Sergeant Meyer aus Pittsburgh damals bei Ihnen anrief, haben Sie anschließend mit jemandem darüber gesprochen?«
»Was meinen Sie damit, Em?« fragte Allen. Als er sich vorstellte, was der andere andeuten wollte, stieg Ärger in ihm auf.
»Ich habe ja nicht behauptet, Sie hätten die Zeitungen angerufen, Frank.«
»Das war der Tag, an dem Charon den Dealer umgepustet hat, nicht wahr?« Allen überlegte. »Vielleicht habe ich ihm gegenüber ein paar Worte fallenlassen ... er war der einzige, mit dem ich an dem Tag geredet habe, wenn ich mich recht erinnere.«
»Gut, vielen Dank, Frank.« Ryan suchte die Nummer der Kaserne »V« der Staatspolizei heraus.
»Captain Joy«, sagte eine müde Stimme. Der Kommandeur hätte sich auch zum Schlafen auf eine Pritsche in seinem eigenen Gefängnis gehauen, wenn es hätte sein müssen, doch traditionell war die Staatspolizei damit nicht ausgestattet. So hatte er sich für die viereinhalb Stunden, die ihm noch blieben, etwas Bequemeres gesucht. Joy wünschte allmählich schon, daß in Somerset County wieder der Normalzustand Einzug hielt, obwohl ihm diese Episode eventuell den Rang eines Majors einbringen würde.
»Lieutenant Ryan, Abteilung Gewaltverbrechen der städtischen Polizei.«
»Ihr Stadtbullen interessiert euch ja plötzlich brennend für uns«, bemerkte Joy trocken. »Was wollen Sie wissen?«
»Wie meinen Sie das?«
»Na, gestern, als ich ins Bett gehen wollte, rief ein anderer von euch an, ein gewisser Lieutenant Chair – oder so was in der Art. Ich habe mir den Namen nicht aufgeschrieben. Er meinte, er könnte einen der Ermordeten identifizieren ... das allerdings habe ich mir irgendwo aufgeschrieben. Tut mir leid, ich komme mir allmählich schon wie ein Nachtwandler vor.«
»Können Sie mich einweihen? Ich nehme auch die Kurzfassung.« Aber selbst die erwies sich als reichlich lang. »Haben Sie die Frau in Schutzhaft?«
»Darauf können Sie Gift nehmen.«
»Captain, behalten Sie sie da, bis Sie von mir etwas anderes hören. Entschuldigen Sie, bitte behalten Sie sie da. Sie könnte die Hauptbelastungszeugin in mehreren Mordprozessen werden.«

»Das weiß ich, oder haben Sie das vergessen?«
»Ich meine, auch hier bei uns, Sir. Zwei schlimme Fälle, in die ich schon neun Monate investiert habe.«
»Die nächste Zeit bleibt sie erst mal hier«, versprach Joy. »Wir haben selbst einiges mit ihr zu bereden, und ihr Rechtsanwalt spielt uns die Bälle zu.«
»Haben Sie sonst noch ein paar Einzelheiten?«
»Nur, was ich schon sagte: Männlich, Weißer, etwas über einsachtzig, mit grüner Tarnfarbe im Gesicht, meinte das Mädchen.« Das hatte Joy in seinem ersten Bericht ausgelassen.
»Was?«
»Sie sagt, sein Gesicht und seine Hände waren grün, mit Faschingsschminke gefärbt, vermute ich. Eins noch«, fügte Joy hinzu.
»Er ist ein verdammt guter Schütze. Bei den drei Leuten, die er umgelegt hat, war nur ein einziger Schuß erforderlich. Direkt in den Ansatz der Wirbelsäule – einfach perfekt.«
Ryan schlug noch einmal den Ordner auf. Ganz unten auf der Liste von Kellys Auszeichnungen fand er es: Schütze mit Auszeichnung.
»Ich melde mich wieder bei Ihnen, Captain. Sieht so aus, als hätten Sie für einen Mann, der nicht viel mit Gewaltverbrechen zu tun hat, die Sache ausgezeichnet im Griff.«
»Geschwindigkeitsüberschreitungen sind mir lieber«, erklärte Joy, bevor er einhängte.
»Du bist früh dran«, stellte Douglas fest, der zu spät kam. »Hast du die Zeitung gelesen?«
»Unser Freund ist zurück und sammelt wieder Punkte.« Ryan gab ihm das Foto hinüber.
»Heute sieht er älter aus«, meinte der Sergeant.
»Das machen die drei Purple Hearts«, klärte Ryan Douglas auf.
»Willst du nach Somerset fahren und das Mädchen verhören?«
»Glaubst du ...?«
»Ja, ich glaube, wir haben unsere Zeugin. Und außerdem haben wir unseren Verräter«, erklärte Ryan seelenruhig.

Er hatte sie nur angerufen, um ihre Stimme zu hören. So nah am Ziel konnte er es sich erlauben, zurückzuschauen. Es war zwar nicht besonders professionell, doch trotz all seiner Professionalität war Kelly auch nur ein Mensch.
»John, wo bist du?« Ihre Stimme klang sogar noch eindringlicher als am Tag zuvor.

»Ich bin irgendwo untergekommen.« Mehr wollte er nicht sagen.
»Ich soll dir etwas ausrichten. James Greer bat, du möchtest ihn anrufen.«
»Gut.« Kelly verzog das Gesicht – er hätte sich eigentlich schon gestern melden sollen.
»Warst du das, wovon die Zeitungen berichten?«
»Was meinst du?«
»Ich meine«, flüsterte sie, »die drei Morde am Eastern Shore.«
»Ich melde mich wieder«, sagte er beinahe ebenso schnell, wie der Schreck sich in ihm ausbreitete.

Aus verständlichen Gründen ließ Kelly sich keine Zeitung in die Wohnung liefern, doch nun brauchte er dringend eine. An der Ecke stand ein Automat, fiel ihm ein. Nach einem Blick auf die Titelseite war ihm alles klar.

Was weiß sie von mir?

Für Selbstvorwürfe war es zu spät. Er hatte mit ihr vor dem gleichen Problem gestanden wie mit Doris. Solange er bei der Arbeit war, hatte sie geschlafen, doch dann war sie von den Schüssen wach geworden. Er hatte ihr die Augen verbunden und ihr erklärt, daß Burt sie hatte umbringen wollen. Dann hatte er ihr genügend Geld zugesteckt, daß sie einen Greyhound nehmen konnte. Trotz der Drogen war sie aufgeschreckt und verängstigt gewesen. Und nun hatte die Polizei sie schon aufgegriffen. Wie zum Teufel hatte das geschehen können?

Frag nicht nach dem Wie! Fest steht, daß sie sie haben.

Und plötzlich hatte sich wieder alles für ihn verändert.

Gut, also was willst du jetzt tun? Diese Frage beschäftigte ihn den ganzen Weg zurück zu seiner Wohnung.

Zunächst mußte er seine .45er loswerden, aber das hatte er ohnehin schon vorgehabt. Selbst wenn er sonst keine Beweise hinterlassen hatte, könnte man darüber eine Verbindung zu ihm herstellen. Wenn er seine Mission beendet hatte, mußte das aufhören. Doch jetzt brauchte er Hilfe, und wo sonst hätte er sie finden können als bei den Leuten, für die er getötet hatte?

»Admiral Greer bitte. Hier spricht Clark.«
»Einen Moment«, hörte Kelly. »Wissen Sie nicht mehr, daß Sie schon gestern anrufen sollten?«
»Ich kann in zwei Stunden bei Ihnen sein, Sir.«
»Wir erwarten Sie.«

»Wo ist Cas?« fragte Maxwell, der sich so sehr ärgerte, daß er den Spitznamen benutzte. Der Chief, der für sein Büro verantwortlich war, konnte ihn verstehen.
»Ich habe schon bei ihm zu Hause angerufen, Sir. Es hat niemand geantwortet.«
»Komisch.« Das war es keineswegs, doch der Chief verstand das ebenfalls.
»Soll ich jemand von Bolling losschicken, der mal nachsieht, Admiral?«
»Gute Idee.« Maxwell nickte und kehrte in sein Büro zurück.
Zehn Minuten später fuhr ein Sergeant der Sicherheitspolizei der Air Force von seiner Wachstation zu der Ansammlung von Doppelhäusern, die von ranghöheren Offizieren während ihres Aufenthalts in Washington bewohnt wurden. Auf dem Schild am Eingang stand Konteradmiral C. P. Podulski, USN, und darüber prangte das Fliegerabzeichen. Der Sergeant war erst dreiundzwanzig und hatte mit Flaggoffizieren nicht mehr zu tun, als es sein Dienst erforderte. Doch er hatte auch den Auftrag, nachzusehen, ob alles in Ordnung war. Die Morgenzeitung lag noch auf den Stufen. In der Einfahrt standen zwei Autos, eines mit dem Ausweis fürs Pentagon unter der Windschutzscheibe, und er wußte, daß der Admiral mit seiner Frau allein lebte. Nachdem er ausreichend Mut geschöpft hatte, klopfte der Sergeant an die Tür, fest, aber nicht zu laut. Keine Antwort. Dann klingelte er. Keine Antwort. *Was nun?* fragte sich der junge Mann. Diese Anlage war Regierungsbesitz, und mit dienstlichem Auftrag hatte er das Recht, die Häuser zu betreten. Außerdem hatte er einen Befehl, und sein Lieutenant würde ihm wahrscheinlich den Rücken decken. Also öffnete er die Tür. Zu hören war nichts. Er blickte sich im Erdgeschoß um, fand aber nichts, was nicht bestimmt schon seit gestern abend dagewesen wäre. Seine Rufe blieben ohne Antwort, und so wurde ihm klar, daß er nach oben gehen mußte. Als er die Treppe hochstieg, lag seine Hand am weißen Lederhalfter ...
Admiral Greer traf zwanzig Minuten später ein.
»Herzanfall«, sagte der Arzt von der Air Force. »Vielleicht sogar im Schlaf.«
Doch das galt nicht für seine Frau, die neben ihm lag. Sie war einmal sehr hübsch gewesen, erinnerte sich Dutch Maxwell, aber sie hatte den Tod ihres Sohnes nicht verkraften können. Auf dem Nachttisch stand – auf einem Taschentuch, damit das Furnier keine Flecken bekam – ein halbvolles Glas Wasser. Sie hatte sogar die Pillendose wieder geschlossen, bevor sie sich neben ihren Mann

gelegt hatte. Dutch blickte auf den hölzernen Hausdiener. Dort hing sein Uniformhemd, bereitgelegt für einen weiteren Tag im Dienst des von ihm adoptierten Vaterlands, die Wings of Gold über einer Reihe von Ordensbändern, deren oberstes hellblau war und fünf Sterne zeigte. Sie hatten ein Treffen geplant, um über seine Pensionierung zu sprechen. Irgendwie war Dutch nicht überrascht.

»Gott sei ihnen gnädig«, sagte Dutch über den einzigen akzeptablen Opfern der Operation BOXWOOD GREEN.

Was soll ich sagen? fragte sich Kelly, als er durch das Tor fuhr. Trotz seines Ausweises betrachtete ihn der Posten sehr genau; wahrscheinlich wunderte er sich, daß der CIA seine Einsatzagenten so schlecht bezahlte. Aus diesem Grunde stellte Kelly seine Schrottkarre auf dem Besucherparkplatz ab, der günstiger gelegen war als der Parkplatz für die Angestellten, was ihm reichlich verrückt erschien. Als Kelly in die Halle kam, wurde er von einem Sicherheitsoffizier begrüßt und nach oben geführt. Es war ihm mulmig zumute, als er die eintönigen, stereotypen Korridore mit all den unbekannten Gesichtern entlangging, denn er wußte, daß dieses Gebäude in gewissem Sinn der Beichtstuhl einer Seele werden sollte, von der noch nicht entschieden war, ob sie gesündigt hatte oder nicht. Er war noch nie in Ritters Büro gewesen. Dieses lag im vierten Stock und war erstaunlich klein. Kelly hatte den Mann immer für bedeutend gehalten – und obwohl er das auch tatsächlich war, ließ sein Büro nicht darauf schließen.

»Hallo, John«, sagte Admiral Greer, der noch immer mit der Neuigkeit beschäftigt war, die er vor einer halben Stunde von Dutch Maxwell erfahren hatte. Greer wies Kelly einen Platz zu, und die Tür wurde geschlossen. Zu Kellys Mißfallen rauchte Ritter eine Zigarette.

»Freuen Sie sich, daß Sie heil zurückgekommen sind, Mr. Clark?« erkundigte sich der Einsatzoffizier. Auf seinem Schreibtisch lag eine Ausgabe der *Washington Post*, und überrascht stellte Kelly fest, daß über die Morde in Somerset County auch hier auf der ersten Seite berichtet wurde.

»Ja, Sir, das kann man wohl sagen.« Beiden älteren Männern fiel auf, daß das nicht ohne Einschränkung gemeint war. »Warum wollen Sie mich sprechen?«

»Das habe ich Ihnen bereits im Flugzeug erklärt. Durch Ihre Entscheidung, den Russen mitzunehmen, können unsere Leute womöglich doch noch gerettet werden. Wir brauchen Männer, die

selbständig denken. Ich möchte Ihnen einen Platz in einer Abteilung meiner Organisation anbieten.«
»Und was muß ich dann tun?«
»Was wir Ihnen sagen«, antwortete Ritter. Er hatte sogar schon etwas im Sinn.
»Aber ich habe nicht mal einen College-Abschluß.«
Ritter zog die dicke Akte, die auf seinem Schreibtisch lag, näher zu sich heran. »Ich habe mir das hier aus St. Louis schicken lassen.« Kelly erkannte die Seiten. Es waren die kompletten Unterlagen über seine Zeit bei der Navy. »Sie hätten das College-Stipendium wirklich annehmen sollen. Ihr Intelligenz-Quotient ist sogar noch höher, als ich dachte, und Sie haben ein besseres Sprachtalent als ich. James und ich können das mit dem mangelnden Abschluß schon deichseln.«
»Ihr Navy Cross macht das wieder wett«, ergänzte Greer. »Und auch alles, was Sie bei der Planung von BOXWOOD GREEN und später bei Ihrem Einsatz geleistet haben.«
Kellys Gefühle kämpften gegen seinen Verstand. Er konnte nur nicht sagen, welcher Teil die Oberhand hatte. Dann kam er zu dem Ergebnis, daß er irgend jemandem die Wahrheit sagen mußte.
»Da gibt es ein Problem, meine Herren.«
»Um was handelt es sich?« fragte Ritter.
Kelly zeigte mit dem Finger auf den Artikel auf der Titelseite.
»Vielleicht sollten Sie das erst lesen.«
»Das habe ich schon. Na und? Jemand hat der Gesellschaft einen Dienst erwiesen«, sagte der Offizier unbeeindruckt. Dann erkannte er den Ausdruck in Kellys Augen, und seine Stimme wurde augenblicklich besorgt. »Reden Sie weiter, Mr. Clark.«
»Das war ich, Sir.«
»Was wollen Sie damit sagen?« fragte Greer.

»Die Akte ist unterwegs, Sir«, sagte der Archivbeamte am Telefon.
»Was heißt das?« fuhr Ryan auf. »Ich habe einen Teil der Unterlagen direkt vor mir.«
»Bleiben Sie mal einen Augenblick dran? Ich gebe Ihnen meine Vorgesetzte.« Die Leitung war unterbrochen, etwas, was Ryan gewöhnlich nicht ausstehen konnte.
Ryan blickte aus dem Fenster und zog eine Grimasse. Er hatte sich mit dem Zentralarchiv der Armee in St. Louis verbinden lassen, wo in einem gesicherten und bewachten Gebäudekomplex jedes Fitzelchen Papier, das irgendwie mit einem männlichen oder weiblichen

Militärangehörigen in Zusammenhang stand, aufbewahrt wurde. Die Existenz einer solchen Einrichtung war ein Kuriosum, aber ein nützliches, denn Ryan hatte schon mehrfach brauchbare Informationen daraus bezogen.

»Irma Rohrerbach«, sagte eine Stimme nach kurzem elektronischen Pfeifen. Vor seinem geistigen Auge tauchte augenblicklich das Bild einer übergewichtigen Weißen auf, deren Schreibtisch mit Akten überhäuft war, die eigentlich schon vor einer Woche hätten bearbeitet sein sollen.

»Hier ist Lieutenant Emmet Ryan von der städtischen Polizei Baltimore. Ich brauche Informationen aus einer Personalakte, die bei Ihnen liegt –«

»Sir, die Akte ist nicht hier. Mein Mitarbeiter hat mir schon erklärt, worum es sich handelt.«

»Was soll das heißen? Soweit ich weiß, dürfen Sie keine Unterlagen außer Haus geben.«

»Das ist nicht ganz richtig. In bestimmten Fällen dürfen wir das durchaus, und dies war ein solcher Fall. Wir bekommen die Akte zurück, aber ich weiß nicht, wann.«

»Wer hat sie jetzt?«

»Das darf ich Ihnen nicht sagen, Sir.« An ihrem Tonfall erkannte Ryan, wie gleichgültig ihr das Ganze war. Die Akte war fort, und ehe sie nicht zurückkehrte, gehörte sie nicht länger zu dem Universum, das für sie zählte.

»Sie wissen, ich könnte mir einen Gerichtsbeschluß besorgen.« Normalerweise wirkte das bei Leuten, denen nur höchst selten die Aufmerksamkeit einer höheren Institution zuteil wurde.

»Ja, das können Sie. Kann ich sonst noch was für Sie tun, Sir?« Sie war also auch daran gewöhnt, daß man sie unter Druck setzte. Schließlich kam der Anruf aus Baltimore, und ein Schreiben von einem Richter mehr als tausend Kilometer entfernt schien eine vage und unwirkliche Drohung. »Haben Sie unsere Postadresse, Sir?«

Aber eigentlich war er noch nicht soweit. Er hatte immer noch nicht genug in der Hand, um damit zum Richter zu gehen. Derartige Angelegenheiten wurden in der Regel aus Gefälligkeit erledigt und nicht aufgrund irgendwelcher Vorschriften.

»Danke, ich versuche es später noch mal.«

»Schönen Tag noch.« Mit dieser Floskel wurde eine weitere Banalität im Alltag einer Archivbeamtin einfach vom Tisch gewischt.

Außer Haus. Warum? Wer hatte sie jetzt? Und was zum Teufel war so Besonderes an dem Fall? Aber Ryan wußte, daß dieser Fall viele

Besonderheiten hatte. Und er fragte sich, ob er sie überhaupt schon alle kannte.

»Das haben sie mit ihr gemacht«, erklärte ihnen Kelly. Zum erstenmal sprach er darüber mit Fremden, und als er die Einzelheiten aus dem Bericht des Pathologen aufzählte, kam es ihm vor, als hörte er die Stimme eines anderen reden. »Wegen ihrer Vergangenheit hat die Polizei den Fall nie besonders ernst genommen. Ich habe dann noch zwei andere Mädchen rausgeholt. Eine wurde umgebracht. Und die andere ...« Er wies auf die Zeitung.
»Warum haben Sie sie überhaupt freigelassen?«
»Hätte ich sie umbringen sollen, Mr. Ritter? Das ist es, was die anderen vorhatten.« Kelly blickte immer noch auf den Boden. »Sie war mehr oder weniger nüchtern, als ich sie gehen ließ. Zu etwas anderem hatte ich keine Zeit. Aber da habe ich mich wohl verschätzt.«
»Wie viele?«
»Zwölf, Sir.« Kelly wußte, daß Ritter nach der Anzahl der Morde gefragt hatte.
»Guter Gott!« meinte Ritter. Im Grunde hätte er am liebsten gelächelt. Es hatte schon Überlegungen gegeben, ob der CIA in den Kampf gegen den Drogenhandel eingespannt werden sollte. Er selbst hatte sich dagegen ausgesprochen – dies war nicht so bedeutend, als daß man deswegen Leute von ihrer eigentlichen Aufgabe, das Land vor Bedrohungen der nationalen Sicherheit zu schützen, hätte abziehen können. Doch er durfte nicht lächeln, dazu war die Angelegenheit zu ernst. »In dem Artikel heißt es, es waren zwanzig Kilogramm Stoff. Stimmt das?«
»Möglicherweise.« Kelly zuckte die Achseln. »Ich habe ihn nicht gewogen. Da ist noch etwas anderes. Ich glaube, ich weiß, wie die Drogen ins Land kommen. Die Tüten stinken nach – Leichenkonservierungsmittel. Und das Heroin stammt aus Asien.«
»Ja, und?« fragte Ritter.
»Verstehen Sie denn nicht? Asiatischer Stoff. Konservierungsmittel für Leichen. Kommt direkt zur Ostküste. Sie benutzen die Leichen unserer Gefallenen, um das Zeug einzuschleusen.«
All das, und dazu noch die analytischen Fähigkeiten!
Ritters Telefon klingelte. Es war die Hausleitung.
»Ich hatte doch gesagt, keine Anrufe«, schimpfte der Agent.
»Es ist ›Bill‹, Sir. Er sagt, es sei wichtig.«

Gerade der richtige Zeitpunkt, dachte der Hauptmann. Die Gefangenen wurden in die Dunkelheit hinausgetrieben. Natürlich gab es wieder keinen Strom, und die einzige Beleuchtung, die sie hatten, stammte von den paar batteriebetriebenen Taschenlampen und den wenigen Fackeln, die sein Wachtmeister hastig zusammengeschustert hatte. Den Gefangenen waren die Füße gefesselt, außerdem hatte man ihnen Hände und Arme auf dem Rücken zusammengebunden. Sie marschierten mit gesenktem Kopf. Das diente nicht nur der besseren Kontrolle, sondern auch der Demütigung. Zusätzlich war jedem Mann ein Wehrpflichtiger zugeteilt, der ihn antrieb, sich bis in die Mitte des Platzes zu bewegen. Das hatten sich seine Leute wirklich verdient, dachte der Hauptmann, denn schließlich war ihre Ausbildung hart genug gewesen. Jetzt standen sie kurz vor dem Aufbruch zu ihrem langen Marsch in den Süden, wo sie sich der Aufgabe widmen würden, ihr Land zu befreien und wieder zu vereinigen. Die Amerikaner waren verwirrt und offensichtlich beunruhigt über den Bruch in ihrer gewohnten Routine. Für sie war das Leben in den letzten Wochen ein wenig leichter gewesen. Vielleicht hatte er einen Fehler gemacht, als er die Gruppe neulich zusammen antreten ließ. Möglicherweise hatte er dadurch unterstützt, daß sie sich gegenseitig Mut machten, doch das war durch den praktischen Anschauungsunterricht für seine Soldaten mehr als wettgemacht. Bald würden seine Leute Amerikaner in größeren Gruppen als dieser töten, und irgendwo mußten sie es ja schließlich lernen. Er brüllte einen Befehl.

Wie in einer einzigen Bewegung rissen seine zwanzig ausgesuchten Soldaten das Gewehr hoch und stießen es den ihnen zugeteilten Gefangenen in den Magen. Ein Amerikaner hielt sich nach dem ersten Schlag noch auf den Beinen, nicht jedoch nach dem zweiten.

Zacharias war überrascht. Dies war der erste direkte Angriff auf seine Person, seit Kolja damals den Vietnamesen aufgehalten hatte. Durch die Wucht des Aufpralls wurde ihm die Luft aus den Lungen gepreßt. Aufgrund irgendwelcher Spätfolgen, die von seinem Aussteigen mit dem Schleudersitz herstammten, und der erzwungenen gebeugten Haltung tat ihm ohnehin schon der Rücken weh, und nun raubte der Schlag mit der Kalaschnikow seinem geschwächten und geschundenen Körper die letzte Kraft. Er fiel zur Seite, halb über einen anderen Gefangenen, und versuchte, die Beine anzuziehen, um seinen Körper zu schützen. Dann begannen die Fußtritte. Da ihm die Hände hinter dem Rücken gefesselt waren, konnte er sein Gesicht nicht schützen, dafür aber seinem Angreifer direkt in die Augen sehen. Ein Junge von etwa siebzehn, mit einem weibischen Aussehen und dem Gesichtsausdruck einer Puppe. Ebenso ausdruckslos blickten seine Augen. Keine Wut, nicht einmal ein Zähnefletschen; er versetzte ihm seine Tritte wie ein Kind, das nach dem Fußball tritt. Zacharias verspürte keinen Haß auf den Jungen, doch er verachtete ihn für seine Grausamkeit, und selbst, nachdem seine Nase gebrochen war, blickte er ihn unverwandt an. Robin Zacharias hatte die tiefste Verzweiflung kennengelernt, hatte gespürt, wie in seinem Innersten etwas zerbrochen war, und hatte vertraute Werte verraten. Doch er hatte auch Zeit gehabt, diese Vorgänge zu verstehen. Er war ebensowenig Feigling wie Held, er war einfach nur ein Mann. Er würde die Schmerzen als Strafe für seine früheren Sünden hinnehmen und Gott weiterhin um Kraft bitten. Und so richtete Colonel Zacharias seinen Blick auf den Jungen, der ihn folterte. *Ich werde es überleben. Ich habe Schlimmeres überlebt, und selbst wenn ich sterbe, bin ich immer noch ein besserer Mensch, als du es je sein wirst,* sagten seine Augen dem jungen Soldaten. *Ich habe die Einsamkeit überlebt, und die ist schwerer zu ertragen als deine Tritte.* Im Augenblick betete er nicht um Erlösung. Das mußte von innen kommen, und wenn ihm jetzt der Tod bevorstand, dann würde er ihm ebenso ins Angesicht blicken wie seiner Schwäche und seinem Versagen.

Auf einen weiteren Befehl hin ließen die Soldaten von den Gefangenen ab. Im Fall von Zacharias bedeutete es noch einen abschließenden Stoß. Er blutete, ein Auge war wie zugeschwollen, und aus seiner Brust drang ein keuchender, schmerzender Husten. Aber er lebte noch, war noch immer Amerikaner und hatte eine weitere Prüfung überstanden. Er blickte hinüber zu dem Hauptmann, der seinem Unteroffizier einen Befehl erteilte. Im Gegensatz zu dem jungen Soldaten war sein Gesicht wutverzerrt. Robin fragte sich, warum.

»Scheucht sie hoch«, brüllte der Hauptmann. Zwei Amerikaner waren bewußtlos und mußten von jeweils zwei Vietnamesen aufgerichtet werden. Das war das Beste gewesen, was er für seine Männer hatte herausholen können. Lieber hätte er die Gefangenen umgebracht, aber das verbot ihm der Befehl in seiner Tasche, und in dieser Armee wurde Mißachtung von Befehlen nicht toleriert.

Robin blickte wieder in die Augen des Jungen, der ihn angegriffen hatte. Ohne jede Gefühlsregung starrten sie ihn an. Und so verbannte auch er jeden Ausdruck aus seinen Augen. Eine kleine und ganz intime Kraftprobe. Kein Wort fiel dabei, obwohl beide Männer schwer atmeten, der eine wegen der Anstrengung, der andere vor Schmerz.

Willst du es eines Tages noch mal versuchen? Nur wir zwei? Du glaubst wohl, du kannst mit mir Schlitten fahren, Kleiner? Oder schämst du dich vielleicht? Hat es Spaß gemacht? Bist du dadurch zum Mann geworden? Ich glaube, nicht, und vielleicht vergißt du es so schnell wie möglich, denn wir beide wissen, wer gewonnen hat, nicht wahr? Ohne daß seine Augen etwas verrieten, trat der Soldat zu Robin hin und faßte ihn mit einem festen Griff am Arm. Wir behalten diesen Mann besser unter Kontrolle. Robin nahm es als Sieg. Trotz allem hatte der Junge noch immer Angst vor ihm. Das war einer von denen, die am Himmel kreisten – verhaßt, gewiß, aber auch gefürchtet. Folterung war die Waffe der Feiglinge, das wußten diejenigen, die sie anwandten, ebensogut wie die, die sie erleiden mußten.

Beinahe wäre Zacharias gestolpert. Wegen der aufgezwungenen Haltung durfte er nicht aufblicken, und so sah er den Wagen erst, als er direkt davorstand. Es war ein ramponierter russischer Transporter mit Maschendraht über der Ladefläche, der sowohl eine Flucht verhindern als auch Einblick verwehren sollte. Sie wurden also woanders hingebracht. Robin hatte keine genaue Vorstellung, wo sie sich befanden; deshalb konnte er sich kaum denken, wo es hingehen sollte. Nichts konnte schlimmer sein als dieses Lager – und trotzdem hatte er es irgendwie überlebt, wunderte sich Robin, als sich der Wagen in Bewegung setzte. Die Umrisse des Lagers verschwammen in der Dunkelheit und mit ihnen die schwerste Prüfung, die das Leben für ihn bereitgehalten hatte. Der Colonel senkte den Kopf und flüsterte ein Dankesgebet. Und dann, zum erstenmal seit Monaten, betete er um Erlösung, wie immer sie auch aussehen mochte.

»Das ist Ihr Verdienst, Mr. Clark«, sagte Ritter mit einem bedeutungsvollen Blick auf das Telefon, nachdem er den Hörer aufgelegt hatte.

»Aber ich habe dabei keinen Plan gehabt, Sir.«

»Nein, sicher nicht. Doch anstatt den Russen zu töten, haben Sie ihn mitgenommen.« Ritter blickte fragend Admiral Greer an. Kelly konnte nicht sehen, daß dieser mit einem Nicken seinem Leben eine neue Wendung gab.

»Ich wünschte, Cas hätte das noch miterleben können.«

»Also, was wissen sie?«
»Sie haben Xantha lebend in die Finger gekriegt, und jetzt sitzt sie im Gefängnis des County. Was kann sie denen erzählen?« fragte Charon. Tony Piaggi war auch gekommen. Die beiden sahen sich

zum erstenmal. Für ihr Treffen benutzten sie das zukünftige Labor im Osten Baltimores. Wenn er sich ein einziges Mal hier blicken ließ, ging er ja wohl noch kein Risiko ein, meinte der Drogenfahnder.

»Ein großes Problem«, stellte Piaggi fest. Für die anderen war das eine überflüssige Bemerkung, bis er fortfuhr. »Aber das kriegen wir schon in den Griff. Oberstes Gebot ist allerdings, daß wir die Lieferung für meine Freunde fertigmachen.«

»Mensch, die haben uns zwanzig Kilo abgenommen!« wandte Tucker ein. Er wußte jetzt, was Angst war. Allem Anschein nach gab es da draußen etwas, was seine Angst rechtfertigte.

»Hast du noch anderen Stoff?«

»Ja, in meiner Wohnung sind zehn Kilo.«

»Bewahrst du das Zeug etwa zu Hause auf?« entrüstete sich Piaggi. »Mensch, Henry!«

»Das Flittchen weiß doch nicht, wo ich wohne.«

»Aber sie kennt deinen Namen, Henry. Und mit einem Namen können wir schon eine ganze Menge anfangen«, klärte ihn Charon auf. »Oder was denkst du, warum meine Leute euch bisher nicht auf den Pelz gerückt sind?«

»Wir müssen die ganze Organisation neu aufbauen«, erklärte Piaggi besonnen. »Das ist kein Problem. Außerdem müssen wir umziehen, aber auch das ist nicht weiter schwer. Henry, du kriegst deinen Stoff über andere Kanäle, nicht wahr? Du bringst ihn rein, und wir bringen ihn raus. Und so haben wir im Handumdrehen eine neue Organisation.«

»Aber dann verliere ich meine Leute hier!«

»Deine Leute kannst du vergessen, Henry. Ich übernehme die Belieferung der gesamten Ostküste. Denk doch endlich einmal nach, um Himmels willen! Du verlierst dabei vielleicht ein Viertel deiner erwarteten Einnahmen. Aber das haben wir in zwei Wochen wieder drin. Denk nicht immer in so kleinen Dimensionen!«

»Dann kommt es jetzt darauf an, alle Spuren zu verwischen.« Charon fand allmählich Interesse an Piaggis Zukunftsvorstellungen. »Xantha steht bis jetzt ganz allein da, und noch dazu ist sie drogensüchtig. Sie war auf Pillen, als man sie aufgegriffen hat. Wenn sie nicht noch was anderes haben, können sie mit einer solchen Zeugin nicht viel anfangen. Verlegt also die Firma in eine andere Gegend; und dann dürfte eigentlich nichts mehr passieren.«

»Die anderen müssen so schnell wie möglich abtauchen«, drängte Piaggi.

»Ohne Burt fehlt mir der Rückhalt. Ich kann mir ein paar Leute besorgen, die ich kenne...«

»Unmöglich, Henry. Du kannst zu diesem Zeitpunkt keine neuen Leute dazuholen. Ich werde Philadelphia anrufen. Du weißt, wir haben noch zwei Männer in Reserve.« Mit einem Nicken war diese Sache besiegelt. »Als nächstes müssen wir meine Freunde zufriedenstellen. Wir brauchen also zwanzig Kilo Stoff, verschnitten und abgepackt, und das verdammt schnell.«

»Ich habe nur zehn«, gab Henry zu bedenken.

»Aber wir beide wissen, wo noch mehr zu holen ist, nicht wahr, Lieutenant Charon?« Diese Frage versetzte dem Drogenfahnder einen solchen Schock, daß er vergaß, ihnen von der anderen Sache zu erzählen, die ihm Sorge bereitete.

36 / Gefährliche Drogen

Es war Zeit, daß Kelly in sich ging. Was es nun zu erledigen gab, hatte er noch nie zuvor auf Geheiß von anderen getan, außer in Vietnam, was aber auf einem ganz anderen Blatt stand. Dazu mußte er noch einmal nach Baltimore fahren, was nun genauso gefährlich war wie seine Sondereinsätze. Er hatte zwar eine neue Identität, aber sie gehörte einem offiziell schon Toten, was jeder mit geringem Aufwand herausfinden konnte. Er erinnerte sich beinahe rührselig an die Zeit, als die Stadt in zwei Zonen eingeteilt war – eine relativ kleine gefährliche und eine viel größere sichere. Das hatte sich geändert. Jetzt war es überall gefährlich. Die Polizei hatte seinen Namen. Bald würden sie auch sein Aussehen kennen, was bedeutete, daß in jedem Polizeiauto – in letzter Zeit schien es davon schrecklich viele zu geben – Leute saßen, die ihn ohne weiteres aufspüren konnten. Schlimmer noch, er konnte sich gegen sie nicht wehren, er konnte ja schließlich keine Polizisten umbringen.

Und nun das... Es ging an diesem Tag ganz schön viel durcheinander. Keine vierundzwanzig Stunden vorher hatte er sein ultimatives Ziel in Reichweite gehabt, doch nun fragte er sich, ob er seinen privaten Feldzug je würde abschließen können.

Vielleicht wäre es besser gewesen, wenn er nie damit angefangen hätte, Pams Tod hingenommen und weitergemacht hätte, während er es der Polizei überließ, den Fall zu lösen. Aber nein, sie hätte den Durchbruch nicht geschafft, hätte dem Tod einer Hure nie soviel Zeit und Arbeitskraft gewidmet. Kellys Hände umkrampften das Steuer. Ihre Ermordung wäre nie tatsächlich gesühnt worden.

Hätte ich den Rest meiner Tage damit leben können?

Ihm fiel der Englischunterricht an der High-School ein, während er auf der Verbindungsstraße Baltimore–Washington nach Süden fuhr. Das tragische Prinzip des Aristoteles. Der Held mußte einen tragischen Makel haben, mußte sich selbst in sein Schicksal verstricken. Kellys Makel... er liebte zuviel, sorgte sich zuviel, engagierte sich zu sehr für Dinge und Menschen, die mit seinem Leben in Berührung kamen. Er konnte sich nicht abwenden. Wenn eine Abkehr ihm womöglich auch das Leben rettete, sie würde es ihm genauso vergiften. Und so mußte er das Risiko eingehen und sich durchschlagen.

Er hoffte, daß Ritter es verstand. Verstand, warum er tat, worum er gebeten worden war. Er konnte sich einfach nicht abwenden. Nicht von Pam. Nicht von den Männern in BOXWOOD GREEN. Er schüttelte den Kopf. Aber er wünschte sich, sie hätten einen anderen gefragt.

Die Verbindungsstraße war mittlerweile zur Stadtstraße geworden, der New York Avenue. Die Sonne war schon lange untergegangen. Der Herbst kündigte sich an, bald würde die feuchte Hitze des hiesigen Sommers vorüber sein. Die Football-Saison würde beginnen und die Baseball-Saison enden, und so zogen die Jahre dahin.

Peter hatte recht, dachte Hicks. Er mußte drin bleiben. Sein Vater pirschte sich nun auf seine Weise an die Schalthebel der Macht, wurde zu einem der wichtigsten Männer im Hintergrund der Politik, zum Geldbeschaffer und Wahlkampforganisator. Der Präsident würde wiedergewählt werden, und Hicks würde seine eigene Macht erweitern. Dann würde er allen Ernstes die Ereignisse beeinflussen können. Daß er jenen Überfall vereitelt hatte, war das Beste, was er je getan hatte. Ja, doch, es fügte sich alles zusammen, dachte er, während er den dritten Joint an diesem Abend anzündete. Er hörte das Telefon klingeln.

»Wie geht's denn so?« Es war Peter.
»Ganz gut. Wie steht's mit dir?«
»Hast du ein paar Minuten Zeit? Ich möchte etwas mit dir besprechen.« Henderson war nahe daran, einen Fluch loszulassen, denn er hatte gleich gemerkt, daß Wally wieder high war.
»In einer halben Stunde?«
»Also bis dann.«
Kaum eine Minute später klopfte es. Hicks drückte seine Tüte aus und ging an die Tür. Für Peter war das zu früh. Konnte es ein Cop sein? Zum Glück war es keiner.
»Sind Sie Walter Hicks?«
»Ja, wer sind Sie?« Der Mann war in seinem Alter, wenn auch nicht ganz so aus dem Ei gepellt.
»John Clark.« Er blickte sich nervös im Flur um. »Ich müßte ein paar Minuten mit Ihnen reden, wenn es Ihnen recht ist.«
»Worüber?«
»BOXWOOD GREEN.«

»Ich verstehe nicht.«
»Es gibt da einiges, was Sie wissen müssen«, sagte ihm Clark. Nun arbeitete er für den CIA, also hieß er auch Clark. Das machte alles irgendwie leichter.
»Kommen Sie rein; aber ich habe nur ein paar Minuten Zeit.«
Clark folgte der einladenden Handbewegung und roch sofort den süßlichen Qualm brennenden Hanfs. Hicks wies auf den Sessel gegenüber von seinem.
»Kann ich Ihnen irgendwas anbieten?«
»Nein, danke, nichts«, antwortete Clark. Er gab acht, wo er mit seinen Händen hinkam.
»Ich bin dort gewesen.«
»Was meinen Sie?«
»Ich bin in SENDER GREEN gewesen, erst letzte Woche.«
»Sie gehörten zur Mannschaft?« fragte Hicks ungeheuer neugierig. Dabei erkannte er gar nicht die Gefahr, die gerade in seine Wohnung gekommen war.
»Das stimmt. Ich bin derjenige, der den Russen mit herausgebracht hat«, sagte sein Besucher ruhig.
»Sie haben einen Sowjetbürger entführt? Verflucht, warum haben Sie das getan?«
»Warum ich das getan habe, ist jetzt unwichtig, Mr. Hicks. Wichtig ist eines der Dokumente, das ich ihm weggenommen habe. Es war ein Befehl, die Ermordung aller Kriegsgefangenen in die Wege zu leiten.«
»Das ist aber schlimm«, sagte Hicks mit einem flüchtigen Kopfnicken. *Oh, dein Hund ist gestorben. Das tut mir aber leid.*
»Sagt Ihnen das nichts?« fragte Clark.
»Ja, das tut es, aber die Leute leben gefährlich. Augenblick mal.« Hicks' Augen wurden kurz ausdruckslos, und Kelly sah, daß er sich etwas wieder ins Gedächtnis zurückzurufen versuchte, das ihm entfallen war. »Ich habe gedacht, wir hätten auch den Lagerkommandanten, oder nicht?«
»Nein, den habe ich selbst umgelegt. Diese Information ist Ihrem Chef zugespielt worden, damit wir den Namen des Kerls rausfinden konnten, der die Mission verraten hat.« Clark beugte sich vor. »Das waren Sie, Mr. Hicks. Ich bin dort gewesen. Es war schon fast alles gelaufen. Diese Gefangenen sollten jetzt bei ihren Angehörigen sein – alle zwanzig.«
Hicks wischte das beiseite. »Ich habe nicht gewollt, daß sie sterben. Aber, wie schon gesagt, die Leute leben gefährlich. Verstehen Sie

denn nicht, daß es den Aufwand nicht wert war? Also was haben Sie vor, wollen Sie mich verhaften? Wegen was? Glauben Sie, ich bin blöd? Das war eine Nacht-und-Nebelaktion. Sie können das nicht an die Öffentlichkeit bringen, denn sonst gehen Sie das Risiko ein, die Friedensgespräche zu vermasseln, und das Weiße Haus wird das niemals zulassen.«
»Das stimmt. Ich bin hier, um Sie umzubringen.«
»Was?« Hicks fing fast zu lachen an.
»Sie haben Landesverrat begangen. Sie haben zwanzig Männer verraten.«
»Schauen Sie, das war eine Gewissensfrage.«
»Das hier auch, Mr. Hicks.« Clark langte in seine Tasche und zog eine Plastiktüte heraus. Darin waren Drogen, die er seinem getöteten alten Freund Archie abgenommen hatte, sowie ein Löffel und eine gläserne hypodermische Spritze. Er warf ihm die Tüte in den Schoß.
»Ich werd's nicht machen.«
»Na schön.« Hinter dem Rücken holte er sein Ka-Bar-Messer hervor. »Ich habe Leute auch schon so erledigt. Dort drüben sind zwanzig Männer, die jetzt zu Hause sein könnten. Sie haben ihnen ihr Leben gestohlen. Sie haben die Wahl, Mr. Hicks.«
Sein Gesicht war nun sehr blaß. Er starrte Clark aus großen Augen an.
»Jetzt machen Sie mal einen Punkt, Sie würden doch nie . . .«
»Der Lagerkommandant war ein Feind meines Landes. Genauso wie Sie. Sie haben eine Minute.«
Hicks sah auf das Messer, das Clark in seiner Hand drehte, und wußte, daß er nicht die Spur einer Chance hatte. Er hatte noch nie solche Augen gesehen, aber ihre Botschaft war unmißverständlich.
Während er abwartend dasaß, dachte Kelly an die vergangene Woche, sah sich wieder im vom Regen aufgeweichten Schlamm sitzen, nur ein paar hundert Meter von zwanzig Männern entfernt, die jetzt hätten frei sein können. Das machte ihm das hier ein klein wenig leichter, obwohl er hoffte, er müßte nie wieder einen solchen Befehl befolgen.
Hicks blickte sich im Zimmer um, in der Hoffnung, etwas zu sehen, das die Situation ändern würde. Während er sich noch überlegte, was hier vorging, schien die Uhr am Kamin stillzustehen. Mit dem Gedanken an den Tod hatte er sich 1962 in Andover theoretisch befaßt und sein Leben danach in Übereinstimmung mit diesem theoretischen Bild weitergeführt. Die Welt war für Walter Hicks eine Gleichung gewesen, etwas, das man regulierte und ausglich. Nun, da

er wußte, daß es zu spät war, sah er, daß er bloß eine weitere Variable darin und eben nicht der Mann mit der Kreide in der Hand an der Tafel war. Er überlegte kurz, ob er vom Sessel aufspringen sollte, aber sein Besucher beugte sich schon vor, kam mit dem Messer ein paar Zentimeter näher, die Augen auf die dünne, silbrige Linie auf der gehärteten Schneide gerichtet. Sie sah so scharf aus, daß Hicks sich kaum noch zu atmen traute. Wieder blickte er auf die Uhr. Wenigstens der große Zeiger rückte vor.

Peter Henderson ließ sich Zeit. Es war ein Werktagabend, und da ging Washington früh zu Bett. Alle Bürokraten, Adjutanten und Sonderbeauftragten standen zeitig auf und mußten ihre Ruhe haben, so daß sie bei der Regelung der Angelegenheiten ihres Landes ihre fünf Sinne beisammen hatten. Daher waren in Georgetown, nicht weit vom Weißen Haus, die Gehsteige leer, deren Betonplatten von Baumwurzeln hochgedrückt wurden. Er sah zwei ältere Leute, die ihr Hündchen Gassi führten, aber sonst nur noch eine weitere Person bei Wallys Block. Einen Mann etwa seines Alters, der fünfzig Meter vor ihm in sein Auto stieg, dessen Rasenmäherton es als Käfer auswies. Wahrscheinlich ein älteres Modell. Diese abstoßend häßlichen Biester liefen und liefen und liefen. Ein paar Sekunden später klopfte er an Wallys Tür. Sie war nicht ganz geschlossen. In manchen Dingen war Wally nachlässig. Zum Spion würde er es nie bringen. Henderson schob die Tür auf, schon mit einem Vorwurf an seinen Freund auf den Lippen, da sah er ihn in seinem Sessel sitzen.

Hicks hatte den linken Ärmel hochgekrempelt. Die rechte Hand war in seinen Kragen gekrallt, als hätte er sich mehr Luft verschaffen wollen, aber die wahre Ursache steckte in seiner linken Armbeuge. Peter näherte sich der Leiche nicht. Einen Augenblick lang tat er gar nichts. Dann wußte er, daß er hier verschwinden mußte.

Er holte sein Taschentuch heraus und wischte die Türklinke ab, schloß die Tür und ging davon. Er mußte sich bemühen, seinen Magen unter Kontrolle zu halten.

Verdammt noch mal, Wally! Henderson tobte. *Ich habe dich gebraucht. Aber so zu sterben, an einer Überdosis.* Die Endgültigkeit des Todes stand ihm mit unerwarteter Klarheit vor Augen. Aber Wallys Glaubensgrundsätze würden bleiben, dachte Henderson, als er heimschritt. Zumindest die starben nicht. Dafür würde er sorgen.

Die Fahrt dauerte die ganze Nacht. Jedesmal, wenn das Lastauto in ein Schlagloch fuhr, ging es wie ein Aufschrei des Protestes durch die

Muskeln. Drei Männer waren schwerer verletzt als Robin, zwei lagen bewußtlos auf der Pritsche, und da ihm Hände und Füße gefesselt waren, konnte er rein gar nichts für sie tun. Aber eine gewisse Genugtuung gab es doch. Jede zerstörte Brücke, die sie umfahren mußten, war für sie ein Sieg. Jemand schlug zurück, jemand tat diesen Scheusalen weh. Ein paar Männer flüsterten miteinander. Robin fragte sich, wohin sie gebracht wurden. Am bewölkten Himmel waren keine Sterne als Orientierungshilfe, doch mit der Morgendämmerung ließ sich bestimmen, wo der Osten lag, und so wurde klar, daß sie nach Nordwesten fuhren. Über ihren wahren Bestimmungsort wollte sich Robin gar keine Hoffnung machen, aber dann entschied er, daß er die Hoffnung niemals aufgeben sollte.

Kelly war erleichtert, daß es vorbei war. Er empfand keine Genugtuung über den Tod von Walter Hicks, der ein Verräter und Feigling gewesen war. Doch es hätte einen besseren Weg geben können. Er war froh, daß Hicks entschieden hatte, sich selbst das Leben zu nehmen, denn er war sich gar nicht so sicher, ob er ihn mit dem Messer – oder auf eine andere Art – hätte umbringen können. Hicks hatte sein Schicksal verdient, darüber hegte er keine Zweifel. *Aber das haben wir doch alle,* dachte Kelly.

Er packte seine Kleidung in den Koffer, der groß genug war, daß alles hineinpaßte, und trug ihn nach draußen zum Wagen. Damit war sein Aufenthalt in dieser Wohnung beendet. Es war nach Mitternacht, als er wieder nach Süden ins Zentrum der Gefahrenzone fuhr. Er war bereit, ein letztes Mal in Aktion zu treten.

Für Chuck Monroe hatte sich die Lage beruhigt. Er hatte immer noch mit Einbrüchen und allen möglichen anderen Vergehen zu tun, aber das Niedermetzeln von Dealern in seinem Revier hatte aufgehört. Ein bißchen schade fand er das schon, und er gab das gegenüber anderen Streifenbeamten auch soweit zu, und zwar beim »Mittagessen« – das in seinem Fall eine gnädigerweise nicht näher bezeichnete Mahlzeit um drei Uhr früh war.

Monroe fuhr mit dem Funkstreifenwagen auf seiner so gut wie regulären Route und hielt immer noch nach außergewöhnlichen Dingen Ausschau. Er bemerkte, daß zwei neue Leute Ju-Jus Platz eingenommen hatten. Er mußte ihre Straßennamen erfahren, sie vielleicht durch einen Informanten herausfinden lassen. Vielleicht konnten die Leute vom RD hier ein paar Dinge in Gang setzen. Jemand hatte das sogar schon getan, wenn auch nur ganz kurz, gestand Monroe sich ein, als er nach Westen an den Rand seines Reviers fuhr. Wer zum Teufel das auch immer gewesen war. Ein Stadtstreicher. Darüber mußte er in der Dunkelheit lächeln. Der inoffizielle Name in diesem Fall erschien ihm ungeheuer passend. Der Unsichtbare. Erstaunlich, daß die Zeitungen die Bezeichnung nicht aufgegriffen hatten. Er kam auf solche Gedanken, weil in dieser Nacht nichts los war. Er war dankbar dafür. Die Leute waren lange aufgeblieben, um zuzuschauen, wie die Orioles es den Yankees zeigten. Er hatte gelernt, daß sich Straßenkriminalität oft nach den Sportmannschaften und ihren Spielen richtete. Die Orioles waren auf der Siegerstraße, und es sah danach aus, als würden sie es mit der Schlagkraft von Frank Robinson und der Fanghand von Brooks Robinson bis ganz nach oben schaffen. Selbst Gauner mögen Baseball, dachte Monroe, von der Ungereimtheit verdutzt, aber er mußte es als Tatsache hinnehmen. Das würde eine langweilige Nacht werden, aber ihm machte das nichts aus. Es gab ihm die Chance, seine Strecke abzufahren und dabei zu beobachten und zu lernen und auch nachzudenken. Mittlerweile kannte er alle ständigen Anbieter auf der Straße und lernte nun, auf das zu achten, was anders war, es so im Auge zu behalten, wie es ein erfahrener Cop tun würde. Dann konnte er entscheiden, was er überprüfen mußte und was er durchgehen lassen konnte. Wenn er das beherrschte, würde er so weit kommen, daß er einige Verbrechen verhindern und nicht mehr bloß auf sie reagieren konnte. Das war ein Geschick, das nicht rasch zu erlernen war, dachte sich Monroe.

Die westliche Grenze seines Gebiets war eine von Norden nach Süden verlaufende Straße. Die eine Seite gehörte noch ihm, die drüben einem anderen Beamten. Er war schon dabei, umzudrehen, als er wieder einen Stadtstreicher sah. Irgendwie kam ihm die Person bekannt vor, wenn sie auch nicht zu denen gehörte, die er vor etlichen Wochen gefilzt hatte. Er war es leid, bloß im Wagen zu sitzen, und es langweilte ihn heute nacht, nichts weiter als ein einziges Verkehrsdelikt zu haben, also fuhr er an den Bordstein.

»He, bleib stehen, Kamerad.« Die Gestalt ging weiter, langsam, ungleichmäßig. Vielleicht bahnte sich da eine Verhaftung wegen Trunkenheit in der Öffentlichkeit an, wahrscheinlich aber handelte es sich nur um einen Obdachlosen, dessen Gehirn auf Dauer vom ewigen Saufen billigen Fusels geschädigt war. Monroe steckte den Schlagstock in die Ringhalterung und schritt schnell aus, um aufzuholen. Es waren nur zwanzig Meter, doch es schien, als wäre der arme alte Krüppel taub oder so, er hörte nicht einmal das Klicken der

Stiefelabsätze auf dem Gehsteig. Monroe legte dem Penner die Hand auf die Schulter. »Ich hab gesagt, stehenbleiben.«
Durch den Körperkontakt änderte sich plötzlich alles. Diese Schulter war fest und stark – auch angespannt. Monroe war einfach nicht darauf gefaßt, war zu müde, zu gelangweilt, zu eingelullt, hatte sich vom Anschein zu sehr blenden lassen, und obwohl sein Hirn augenblicklich *der Unsichtbare* schrie, war sein Körper nicht einsatzbereit. Das traf aber nicht auf den Penner zu. Schon bevor er ihn richtig packen konnte, sah er die Welt heftig von unten rechts nach oben links wirbeln. Er hatte erst den Himmel, dann den Gehsteig, dann wieder den Himmel vor sich, doch der Blick zu den Sternen wurde ihm von einer Pistole verwehrt.
»Warum haben Sie nicht einfach in Ihrem Scheißauto bleiben können?« fragte der Mann zornig.
»Wer . . .«
»Still!« Die Pistole an seiner Stirn stellte das beinahe sicher. Aber da sah er die Operationshandschuhe, und das zwang den Polizisten dann doch zum Sprechen.
»Herrgott.« Es war ein ehrfürchtiges Flüstern. »Sie sind es.«
»Ja, ich bin's. Nun, was zum Teufel soll ich mit Ihnen machen?« fragte Kelly.
»Ich werde mich nicht aufs Betteln verlegen.« Der Mann hieß Monroe, sah Kelly am Namensschild. Er sah nicht danach aus, als würde er um Gnade flehen.
»Das brauchen Sie nicht. Drehen Sie sich um – so!« Der Polizist tat, wie ihm geheißen. Kelly zog ihm die Handschellen vom Gürtel, ließ sie um beide Handgelenke einschnappen. »Nur ruhig, Officer Monroe.«
»Was soll das heißen?« Der Mann redete immer noch sehr beherrscht, was dem Überrumpler Bewunderung abnötigte.
»Das soll heißen, daß ich keine Cops umlege.« Kelly stellte ihn auf die Füße und dirigierte ihn zurück zum Wagen.
»Das ändert überhaupt nichts, Kamerad«, sagte ihm Monroe, der darauf achtete, leise zu sprechen.
»Sagen Sie mal, wo Sie die Schlüssel haben.«
»Rechte Seitentasche.«
»Danke.« Kelly nahm sie an sich, als er den Polizisten auf dem Rücksitz verstaute. Dort befand sich eine Blende, damit Verhaftete nicht den Fahrer belästigen konnten. Er ließ den Streifenwagen rasch an, parkte ihn bald darauf in einer Nebenstraße. »Geht das mit den Händen, sind die Handschellen auch nicht zu fest?«

»Ja, mir geht's verflucht gut da hinten.« Den Cop schüttelte es nun, hauptsächlich vor Wut, schätzte Kelly. Das war verständlich.
»Beruhigen Sie sich. Ich möchte Ihnen nicht weh tun. Ich werde den Wagen absperren. Die Schlüssel werde ich in einen Gully werfen.«
»Soll ich mich bei Ihnen auch noch bedanken oder was?« sagte Monroe.
»Darum habe ich nicht gebeten, oder?« Kelly fühlte den überwältigenden Drang, sich für die Belästigung zu entschuldigen. »Sie haben es mir leichtgemacht. Das nächste Mal passen Sie besser auf, Officer Monroe.«
Als auf seiner raschen Flucht die Spannung bei ihm nachließ, mußte er fast lachen. *Gott sei Dank*, dachte er, während er sich wieder nach Westen wandte, *aber nicht für alles*. Sie griffen also immer noch Betrunkene auf. Er hatte gehofft, daß sie im letzten Monat davon genug bekommen hätten. Eine weitere Komplikation. Kelly hielt sich so weit wie möglich im Schatten und an die Gassen.

Es war ein Laden, ein aufgelassenes Geschäft mit leerstehenden Häusern links und rechts, ganz wie Billy ihm verraten und Burt bestätigt hatte. Unter den richtigen Umständen waren sie ja so mitteilsame Menschen. Kelly sah es sich von der anderen Straßenseite aus an. Das Erdgeschoß war zwar leer, aber oben schien ein Licht. Der Vordereingang, sah er, war mit einem großen Messingschloß verriegelt. Der hintere wahrscheinlich auch. Nun, er konnte die Tür hier auf die harte Tour öffnen... oder die andere. Aber die Zeit raste. Diese Cops mußten ein regelmäßiges Kontrollsystem haben. Und selbst wenn nicht, dann würde Monroe früher oder später einen Funkruf erhalten, er solle jemandes Katze von einem Baum holen. Sein Sergeant würde sich ganz schnell wundern, wo bloß sein Officer war, und dann würden die Cops überall herumschwirren und nach dem Vermißten suchen. Sie würden sorgfältig und akribisch vorgehen. Das war ein Risiko, das Kelly nicht erwägen wollte, und eins, das durch Warten nicht geringer wurde.

Rasch überquerte er die Straße, gab zum erstenmal in der Öffentlichkeit seine Tarnung auf, nachdem er die Risiken abgewogen und Irrwitz den Ausschlag gegeben hatte. Aber das ganze Unternehmen war doch von Anfang an verrückt gewesen, oder nicht? Dann versuchte er, so gut es ging, diese Straßenseite nach Leuten abzusuchen. Da er niemanden entdeckte, nahm Kelly das Ka Bar aus der Scheide und ging damit auf den Kitt um die Glasscheibe in der alten Holztür los. Wahrscheinlich waren Einbrecher nicht geduldig genug, dachte er, oder bloß doof – oder auch schlauer als er im Augenblick. Er brauchte beide Hände, um den Kitt herauszubrechen. Es dauerte sechs endlose Minuten, und alles spielte sich unter einer nicht einmal fünf Meter entfernten Straßenlampe ab. Endlich konnte er das Glas herausheben, wobei er sich zweimal schnitt. Kelly fluchte stumm, als er auf den tiefen Schnitt an der linken Hand schaute. Dann stieg er seitlich durch die Öffnung und hielt auf die Rückseite des Gebäudes zu. Ein Tante-Emma-Laden, dachte er, der aufgegeben worden war, wohl weil das Viertel selbst abstarb. Nun, es hätte schlimmer kommen können. Der Boden war staubig, aber ohne Gerümpel. Hinten war eine Treppe. Kelly konnte oben Geräusche hören, doch er stieg hoch, ließ sich von seiner .45er leiten.

»Es ist nett gewesen mit dir, Schätzchen, aber jetzt ist es vorbei«, sagte eine männliche Stimme. Kelly hörte den Sarkasmus heraus. Darauf folgte das Winseln einer Frau.

»Bitte ... du willst doch nicht etwa ...«

»Tut mir leid, Mäuschen, aber so stehen die Dinge eben«, sagte eine andere Stimme. »Ich nehm mir die vorn vor.«

Kelly schlich durch den Flur. Wieder war der Boden ohne Hindernisse, nur dreckig. Der Holzbelag war alt, aber kürzlich erst ...

Es knarrte ...

»Was ist das?«

Kelly erstarrte ganz kurz, aber ihm blieb keine Zeit, noch dazu konnte er sich nun nicht mehr verstecken, und so hetzte er die letzten fünf Meter vor, stürzte geduckt hinein, rollte sich auf den Rücken und brachte die Pistole in Anschlag.

Kelly bemerkte zwei Männer, beide um die zwanzig, eigentlich bloß Umrisse, während sein Verstand das Belanglose herausfilterte und sich auf das konzentrierte, was zählte: Größe, Entfernung, Bewegung. Einer griff nach seiner Waffe, noch während Kelly sich herumwälzte, und schaffte es sogar, die Waffe aus dem Gürtel zu ziehen und sich umzudrehen, bevor zwei Kugeln in seine Brust und eine in seinen Kopf drangen. Kelly schwenkte die Waffe herum, schon bevor der Tote umfiel.

»Herr im Himmel! Okay! Okay!« Ein kleiner verchromter Revolver fiel zu Boden. Von der Vorderseite des Gebäudes kam ein lauter Schrei, den Kelly ignorierte, als er wieder aufstand, die Automatik fest auf den zweiten Mann gerichtet, als wäre sie durch eine Stange mit ihm verbunden.

»Sie wollten uns umbringen.« Es war eine überraschend piepsige Stimme, verschreckt und von Drogen benebelt.

»Wie viele?« herrschte Kelly sie an.

»Bloß die zwei, sie werden . . .«
»Jetzt nicht mehr«, sagte ihr Kelly, der nun stand. »Wer bist du?«
»Paula.« Kelly hatte weiter auf sein Opfer angelegt.
»Wo sind Maria und Roberta?«
»Sie sind im vorderen Zimmer«, sagte ihm Paula, immer noch zu verwirrt, um sich zu wundern, wie er die Namen wissen konnte. Der andere Mann sprach für sie.
»Völlig weggetreten, Kumpel.« *Laß uns reden,* versuchte der Blick des Mannes zu sagen.
»Wer bist du?« Eine .45er bringt Leute seltsamerweise immer zum Reden, dachte Kelly, der nicht wußte, wie sein Blick hinter Kimme und Korn wirkte.
»Frank Molinari.« Ein Akzent und die Erkenntnis, daß Kelly kein Bulle war.
»Wo kommst du her, Frank? – Du bleibst, wo du bist!« sagte Kelly zu Paula mit ausgestreckter linker Hand. Er hielt die Waffe gerade, ließ die Augen herumschweifen, während seine Ohren auf Geräusche lauschten, die Gefahr bedeuten konnten.
»Philly. He, Mann, wir können doch reden.« Er zitterte, die Augen blinzelten zur Waffe, die er gerade hatte fallen lassen, während er sich fragte, was zum Teufel hier gespielt wurde.
Warum erledigte jemand aus Philadelphia Henrys schmutzige Arbeit? Kellys Gedanken rasten. Zwei der Männer im Labor hatten auch so gesprochen. Tony Piaggi. Natürlich, die Verbindung zur ehrenwerten Gesellschaft. Und Philadelphia . . .
»Schon mal in Pittsburgh gewesen, Frank?« Die Frage war ihm plötzlich herausgerutscht.
Molinari versuchte, so gut wie möglich dahinterzukommen. Aber er ritt sich erst recht rein. »Woher wußtest du das? Für wen arbeitest du?«
»Habt Doris und ihren Vater umgebracht, stimmt's?«
»Das war ein Auftrag, Mann; schon mal einen Auftrag erledigt?«
Kelly gab ihm die einzig mögliche Antwort, und von vorn kam ein weiterer Schrei, als er die Waffe wieder an die Brust zog. Zeit zum Nachdenken. Aber er hatte keine Zeit mehr. Kelly ging hinüber und riß Paula hoch.
»Das tut weh!«
»Komm schon, holen wir deine Freundinnen.«
Maria hatte nur ein Höschen an und war zu bekifft, um sich noch nach etwas anderem umzusehen. Roberta war bei Bewußtsein und hatte Angst. Er wollte sie jetzt noch nicht ansehen. Dazu hatte er

nicht die Zeit. Kelly trieb sie zusammen und scheuchte sie die Treppe hinunter und auf die Straße. Keine hatte Schuhe an, und weil sie in ihrem weggetretenen Zustand nicht richtig auf Splitt und Glasscherben achteten, gingen sie wie Krüppel, winselten und heulten auf dem ganzen Weg. Kelly stieß sie, fauchte sie an, damit sie sich schneller bewegten, da er nichts mehr fürchtete als ein vorbeifahrendes Auto, weil das schon genügte, alles zum Scheitern zu bringen. Geschwindigkeit war lebenswichtig, aber es dauerte dennoch zehn Minuten, so endlos wie sein Sprint den Hügel von SENDER GREEN hinunter. Das Polizeiauto stand aber noch da. Kelly sperrte vorn auf und sagte den Frauen, sie sollten einsteigen. Was den Schlüssel anging, hatte er gelogen.

»Was soll der Quatsch?« beschwerte sich Monroe. Kelly händigte die Schlüssel Paula aus, die er noch für die fahrtüchtigste hielt. Zumindest konnte sie den Kopf oben halten. Die anderen beiden kauerten sich rechts von ihr zusammen, paßten auf, daß sie mit den Beinen nicht ans Funkgerät stießen.

»Officer Monroe, diese Damen werden Sie zu Ihrer Wache fahren. Ich habe Anweisungen für Sie. Sind Sie bereit, zuzuhören?«

»Habe ich denn eine andere Wahl, Blödmann?«

»Wollen Sie Ihre Machtspielchen treiben oder einige sachdienliche Hinweise bekommen?« fragte Kelly so vernünftig, wie er konnte. Es gab einen langen, ganz nüchternen Blickwechsel. Monroe rang seinen Stolz nieder und nickte.

»Also los.«

»Sie müssen mit Sergeant Tom Douglas sprechen – ja, mit niemand anderem. Diese Damen sitzen ganz tief in der Tinte. Sie können zur Aufklärung einiger schwerer Fälle beitragen. Nur Tom Douglas – das ist wichtig, okay?« *Wenn du das vermasselst, dann sehen wir uns wieder*, sagten ihm Kellys Augen.

Monroe wußte die Botschaft zu deuten und drückte seine Zustimmung aus. »Jaja.«

»Paula, du fährst, halte auf keinen Fall an, egal, was er sagt, hast du kapiert?« Das Mädchen nickte. Sie hatte ihn zwei Männer umbringen sehen. »Dann fahr los!«

Sie war eigentlich zu berauscht, um fahren zu können, aber es war noch das Beste, was er veranlassen konnte. Der Polizeiwagen kroch davon, schrammte in der Gasse noch einen Telefonmast, dann bog er um die Ecke und war verschwunden. Kelly holte tief Luft, kehrte dann zu seinem Auto zurück. Pam hatte er nicht gerettet, genausowenig Doris. Aber er hatte diese drei und Xantha heil rausgebracht.

Und das unter Lebensgefahr, was zum Teil sowohl unabsichtlich wie notwendig gewesen war. Nun reichte es allmählich.
Aber noch nicht ganz.

Der Lastwagenkonvoi mußte mehr Umwege als geplant machen und kam erst nach der Mittagszeit am Zielort an. Der war das Gefängnis in Hoa Lo. Der Name bedeutete »Platz der Kochfeuer«, und die Amerikaner wußten genau, womit sie es zu tun hatten. Als die LKWs in den Hof gefahren und die Tore geschlossen waren, durften die Männer von der Ladefläche steigen. Wieder wurde jedem Mann ein eigener Bewacher zugeteilt, der ihn abführte. Sie durften einen Schluck Wasser trinken. Sonst bekamen sie nichts, sondern wurden gleich in Einzelzellen gesteckt. Auch Robin Zacharias kam in eine, die wie seine vorherige aussah. Er suchte sich eine Stelle am Boden aus, setzte sich hin und lehnte müde von der Reise den Kopf an die Wand. Es dauerte einige Minuten, bis er das Klopfen hörte.

Rasieren und Haareschneiden, ein Sechser.
Rasieren und Haareschneiden, ein Sechser.

Er öffnete die Augen. Erst mußte er nachdenken. Die Kriegsgefangenen benutzten einen Kommunikationscode, der so einfach wie alt war, ein graphisches Alphabet.

A	B	C	D	E
F	G	H	I	J
L	M	N	O	P
Q	R	S	T	U
V	W	X	Y	Z

Tap-tap-tap-tap-tap, Pause, tap-tap.

5/2, dachte Robin, während die überraschende Neuigkeit sich mühsam durch die Erschöpfung in sein Bewußtsein kämpfte. *Buchstabe W. Okay, das beherrsche ich.*

1/5, 4/2, 1/4, 1/1.

Tap-tap-tap-tap-tap-tap ... Robin brach das ab, um selbst zu antworten.

4/2, 3/4, 1/2, 2/4, 3/3, 5/5, 1/1, 1/3.

Tap-tap-tap-tap-tap-tap.

1/1, 3/1, 5/2, 1/1, 3/1, 3/1.

Al Wallace? Ist Al noch am Leben?

Tap-tap-tap-tap-tap-tap.

Wie geht's, fragte er mit dem nächsten Klopfen seinen Freund, den er seit fünfzehn Jahren kannte.

So lala, kam die Erwiderung, dann ein Zusatz für seinen Landsmann aus Utah.
1/3, 3/4, 3/2, 1/5, 1/3, 3/4, 3/2, 1/5, 5/4, 1/5.
›Come, come, ye saints ...‹
Robin schnappte nach Luft, denn er hörte nicht die Klopfzeichen, sondern den Chor, die Musik und was damit gemeint war.
Tap-tap-tap-tap-tap-tap.
1/1, 3/1, 3/1, 2/4, 4/3, 5/2, 1/5, 3/1, 3/1, 1/1, 3/1, 3/1, 2/4, 4/3, 5/2, 1/5, 3/1, 3/1.
Robin Zacharias schloß die Augen und dankte seinem Gott zum zweiten Mal an diesem Tag und zum zweitenmal seit über einem Jahr. Es war doch ein dummer Gedanke gewesen, daß die Erlösung nicht kommen würde. Es schien nicht der geeignete Ort zu sein, und die Umstände waren seltsam, aber in der Nachbarzelle befand sich auch ein Mormone. Ein Zittern durchlief seinen Körper, als er im Geiste sein liebstes Kirchenlied hörte, dessen letzte Zeile überhaupt keine Lüge war, sondern eine Bekräftigung.
›All is well.‹ Alles ist gut.

Monroe wußte nicht, warum diese Paula nicht auf ihn hörte. Er versuchte es auf die vernünftige Tour, dann mit einem barschen Befehl, doch sie fuhr einfach weiter, folgte aber seinen Richtungsangaben, kroch die frühmorgendlichen Straßen mit höchstens 25 Stundenkilometern entlang und hielt selbst dabei selten und nur mit Mühe die Spur. Es dauerte vierzig Minuten.

Zweimal verfuhr sie sich, verwechselte rechts mit links und hielt einmal an, als eine ihrer Beifahrerinnen aus dem Fenster kübeln mußte. Ganz langsam dämmerte es Monroe, was hier vorging. Mehrere Faktoren wirkten zusammen, vornehmlich war es aber die Zeit, die ihm half, die Dinge zu verstehen.

»Was hat er getan?« fragte Maria.

»D-d-die wollten uns umbringen, genau wie die anderen, aber er hat die beiden erschossen.«

Meine Güte, dachte Monroe. Jetzt machte es *klick* in seinem Kopf. »Paula?«

»Ja?«

»Haben Sie eine Pamela Madden gekannt?«

Langsam hob und senkte sie den Kopf, während sie sich weiter auf die Straße konzentrierte. Nun war die Wache in Sicht.

»Gott sei Dank«, zischte der Polizist. »Paula, biegen Sie rechts in den Parkplatz ein. Fahren Sie hinten ran... so ist's brav, Mädchen...

Sie können gleich hier anhalten, fein.« Der Wagen blieb mit einem Ruck stehen, und Paula fing jämmerlich zu heulen an. Er konnte nichts weiter tun, als ein paar Minuten zu warten, bis sie über das Schlimmste hinweg war. Monroe bekam nun Angst um die Mädchen, nicht um sich. »Okay, nun möchte ich, daß Sie mich rauslassen.«
Sie öffnete ihre Tür und dann die hintere. Der Cop brauchte Hilfe, um auf die Beine zu kommen, und sie half ihm.
»An den Wagenschlüsseln hängt auch einer für die Handschellen. Können Sie die öffnen, Miss?« Nach drei Versuchen bekam sie seine Hände frei. »Vielen Dank.«

»Hoffentlich ist es die Mühe wert!« knurrte Tom Douglas. Das Telefonkabel streifte das Gesicht seiner Frau und weckte sie ebenfalls auf.
»Sergeant, hier ist Chuck Monroe, Western District. Ich habe drei Zeuginnen zum Fontänenmord.« Er hielt inne. »Ich glaube, ich habe auch zwei weitere Leichen, die noch auf das Konto des Unsichtbaren gehen. Er hat mir eingeschärft, ich soll nur mit Ihnen reden.«
»Hah?« Das Gesicht des Kriminalbeamten zuckte in der Dunkelheit zusammen. »Wer?«
»Der Unsichtbare. Möchten Sie nicht herkommen, Sir? Ist eine lange Geschichte«, sagte Monroe.
»Reden Sie mit niemandem sonst. Keinem anderen, verstanden?«
»Das hat er mir auch gesagt, Sir.«
»Was war das eben, Liebling?« fragte Beverly Douglas, nun so hellwach wie ihr Mann.
Acht Monate waren seit dem bedauerlichen Tod eines Mädchens namens Helen Waters vergangen. Dann Pamela Madden. Darauf Doris Brown. Jetzt würde er die Schufte kriegen, sagte sich Douglas – voreilig.

»Was willst du hier?« fragte Sandy den Mann, der neben ihrem Wagen stand, den er vor kurzem repariert hatte.
»Mich für eine Weile verabschieden«, meinte Kelly leise.
»Was willst du damit sagen?«
»Ich muß verschwinden. Ich weiß nicht, für wie lange.«
»Wohin?«
»Das kann ich dir wirklich nicht sagen.«
»Wieder nach Vietnam?«
»Vielleicht. Ich weiß es nicht. Ganz ehrlich.«
Jetzt war nicht die richtige Zeit, dachte Sandy. Als ob es das je wäre. Es war früh am Morgen, sie mußte um halb sieben bei der

Arbeit sein, und obwohl sie nicht spät dran war, verfügte sie nicht über die notwendigen Minuten, um das mitzuteilen, was gesagt werden mußte.
»Wirst du zurückkommen?«
»Wenn du willst, ja.«
»O ja, John.«
»Danke, Sandy ... Ich hab vier rausgeholt«, sagte er noch.
»Vier?«
»Vier Mädchen so wie Pam und Doris. Die eine ist drüben an der Ostküste, die anderen drei befinden sich hier in der Stadt auf einer Polizeiwache. Kannst du dafür sorgen, daß jemand sich um sie kümmert?«
»Ja.«
»Egal, was dir zu Ohren kommt, ich komme wieder. Bitte glaube mir.«
»John!«
»Keine Zeit, Sandy. Ich komme wieder«, versprach er und ging.

Weder Ryan noch Douglas trugen eine Krawatte. Beide schlürften Kaffee aus Styroporbechern, während die Leute von der Spurensicherung wieder ihre Arbeit erledigten.
»Zwei in den Körper«, sagte einer gerade, »eine in den Kopf – das ist garantiert tödlich. Die Tat eines Profis.«
»Eines echten«, flüsterte Ryan seinem Kollegen zu. Es mußte eine .45er gewesen sein. Nichts sonst richtete so eine Schweinerei an – und außerdem lagen sechs Messinghülsen auf dem Holzboden, alle für den Fotografen mit Kreide umrahmt.
Die drei Frauen befanden sich in einer Zelle in der Polizeiwache unter ständiger Aufsicht eines uniformierten Beamten. Er und Douglas hatten gerade lange genug mit ihnen gesprochen, um sich davon überzeugen zu lassen, daß ihnen für den Mordprozeß gegen einen gewissen Henry Tucker nun Zeuginnen zur Verfügung standen. Name, Personenbeschreibung, sonst nichts, aber das war schon sehr viel mehr, als sie noch vor wenigen Stunden gehabt hatten. Erst würden sie ihre eigenen Akten nach dem Namen durchsuchen, dann das nationale Register des FBI für Kapitalverbrecher und sich schließlich in den Straßen umhören. Sie würden die Führerscheinkartei nach dem Namen durchforsten. Das war nur noch reine Routine, und mit einem Namen würden sie ihn erwischen, vielleicht bald, vielleicht erst später. Aber da war auch noch diese andere kleine Angelegenheit zu erledigen.

»Beide von auswärts?« fragte Ryan.
»Philadelphia. Francis Molinari und Albert d'Andino«, bestätigte Douglas, der die Namen von ihren Führerscheinen ablas. »Was würdest du wetten, daß...«
»Keine Wette, Tom.« Ryan drehte sich mit einem Foto in der Hand um. »Monroe, kommt Ihnen dieses Gesicht bekannt vor?«
Der Streifenbeamte nahm Ryan das kleine Paßbild aus der Hand und besah es sich im schwachen Licht der oberen Wohnung. Er schüttelte den Kopf. »Eigentlich nicht, Sir.«
»Was soll das heißen? Sie haben dem Kerl doch von Angesicht zu Angesicht gegenübergestanden!«
»Er hatte längere Haare, hatte sich etwas ins Gesicht geschmiert; als er ganz nah war, habe ich hauptsächlich die Mündung seines Colts gesehen. Es ging zu schnell und war zu dunkel.«

Es war nicht ungefährlich, aber das kannte er ja. Vier Wagen standen vor dem Haus. Er durfte auf keinen Fall Lärm machen – doch gleichzeitig boten ihm die vier draußen geparkten Wagen Sicherheit. Kelly kletterte auf den schmalen Sims eines zugemauerten Fensters und griff nach der Telefonleitung. Er hoffte, daß gerade niemand telefonierte, als er die Drähte durchtrennte und rasch seine eigenen Anschlüsse anklemmte. Als er das getan hatte, sprang er herunter und ging an der Rückseite des Gebäudes entlang nach Norden, ließ seinen Leitungsdraht nachschleifen und einfach auf dem Boden liegen. Er bog um die Ecke, ließ die Spule wie einen Henkelmann von der linken Hand baumeln, als er die kaum befahrene Straße überquerte und sich unbekümmert wie ein Mensch bewegte, der hier zu Hause ist. Nach weiteren hundert Metern änderte er wieder die Richtung, ging in das verlassene Gebäude und stieg zu seinem Ausguck hinauf. Sobald er dort angelangt war, kehrte er noch einmal zu seinem Auto zurück und holte das heraus, was er noch benötigte, darunter seine vertraute Whiskeyflasche, gefüllt mit Leitungswasser, und einen Vorrat an Snickers. Nun war er bereit für den nächsten Schritt.
Das Gewehr war nicht ganz einvisiert. So verrückt es erschien, aber die vernünftigste Vorgehensweise war die, das Gebäude als Ziel zu benutzen. Er schulterte im Sitzen die Waffe und suchte die Mauer nach einer geeigneten Stelle ab. Dort, ein ausgeblichener Backstein. Kelly brachte seinen Atem unter Kontrolle, stellte das Zielfernrohr auf maximale Vergrößerung ein und drückte sanft ab.
Es war seltsam, mit diesem Gewehr zu schießen. Die .22er Rand-

feuerpatrone ist klein und von sich aus schon leise, und wegen des präzise konstruierten Schalldämpfers hörte er zum erstenmal in seinem Leben das musikalische *Pinggg* des Hahns, der auf die Zündnadel traf, und gleich darauf das gedämpfte *Pop* des Abschusses. Der neuartige Eindruck lenkte Kelly beinahe von dem weitaus lauteren *Platsch* des Einschlags der Kugel ab. Das Geschoß wirbelte ein Staubwölkchen auf, fünf Zentimeter mehr links und drei Zentimeter höher als sein Zielpunkt. Kelly legte den Hebel um, schob drei Patronen ins Magazin und stellte das Zielfernrohr wieder kleiner.

»Hast du das gehört?« fragte Piaggi müde.

»Was war das?« Tucker sah von seiner Arbeit auf. Seit mehr als zwölf Stunden saß er an dieser Scheißarbeit, die er schon für immer hinter sich gebracht zu haben glaubte. Er war noch nicht mal zur Hälfte fertig, trotz der beiden »Soldaten« aus Philadelphia. Tony gefiel es genausowenig.

»Als wär was runtergefallen«, sagte Tony, der den Kopf schüttelte und weitermachte. Das einzig Gute an der Sache war, daß er sich damit weiteren Respekt verschaffen würde, wenn er diese Geschichte seinen Komplizen an der Küste erzählte. Anthony Piaggi, ein ernst zu nehmender Mann. Wenn alles in die Hose ging, dann packte er auch persönlich mit an. Liefert pünktlich und kommt seinen Verpflichtungen nach. Auf Tony ist Verlaß. Um dieses Ansehen zu erreichen, lohnte sich auch dieser Einsatz. Zumindest dreißig Sekunden lang konnte ihn der Gedanke trösten.

Tony schlitzte ein weiteres Säckchen auf, bemerkte den üblen Chemikaliengeruch, erkannte aber nicht wirklich, was es war. Das feine weiße Pulver kam in die Schüssel. Als nächstes schüttete er den Milchzucker dazu. Dann mischte er die beiden Substanzen, indem er sie langsam mit dem Löffel umrührte. Er war sich sicher, daß es für diese Arbeit eine Maschine gab, aber sie war womöglich zu groß, wie etwa die, die sie in Großbäckereien benutzten. Er lehnte sich hauptsächlich dagegen auf, weil er glaubte, daß dies eine Arbeit für die kleinen Nummern war, die Hilfskräfte. Aber trotzdem mußte er diese Lieferung machen, und es gab niemanden sonst, der aushelfen konnte.

»Was hast du gesagt?« fragte Henry müde.

»Vergiß es.« Piaggi konzentrierte sich auf seine Arbeit. Wo zum Teufel waren Albert und Frank? Sie sollten schon seit ein paar Stunden hier sein. Hielten sich wohl für was Besonderes, weil sie Leuten eins auf die Rübe gaben; als ob so was zählte.

»Hallo, Lieutenant.« Der Sergeant, der das Zentrallager für Beweismaterial unter sich hatte, war ein früherer Verkehrspolizist, dessen Motorrad von einem achtlosen Autofahrer übersehen worden war. Das hatte ihn ein Bein gekostet und ihn in den Verwaltungsdienst verbannt, was dem Sergeant ganz recht war, der seinen Schreibtisch, seine Dough-nuts und seine Zeitung hatte und dazu einige Schreibarbeiten, die sich in drei vollen Stunden pro Arbeitstag erledigen ließen. Das Ganze nannte sich Pensionierung im Dienst.
»Wie geht's daheim, Harry?«
»Fein, danke. Was kann ich für Sie tun?«
»Ich muß die Nummern an den Drogen, die ich letzte Woche angeschleppt habe, überprüfen«, sagte ihm Charon. »Ich glaube, da sind Etiketten durcheinandergekommen. Jedenfalls muß ich das nachprüfen.« Er zuckte die Achseln.
»Okay, in einer Minute hab ich ...«
»Lesen Sie nur Ihre Zeitung, Harry. Ich kenn mich schon aus«, sagte ihm Charon mit einem Schulterklopfen. Laut Dienstvorschrift durfte in diesem Lager niemand ohne Begleitung herumlaufen, aber Charon war ein Lieutenant, und Harry hatte nur ein Bein, dazu machte ihm seine Prothese wie üblich zu schaffen.
»Das war ein toller Schuß, Mark«, sagte der Sergeant dem Davongehenden. *Was ist schon dabei*, dachte er, *Mark hat dem Kerl, der das Zeug bei sich hatte, eins draufgebrannt.*
Charon schaute und horchte, ob noch jemand im Raum war, aber das war nicht der Fall. Für das hier würden sie ihn sehr großzügig bezahlen. Wollten mit ihrem Unternehmen umziehen, was? Ihn im Regen stehen lassen, wo er wieder Straßendealern nachjagen durfte ... na ja, eigentlich war es nicht ganz so schlimm. Er hatte schon eine Menge Geld auf diversen Konten, um seine frühere Frau bei Laune zu halten und die drei Kinder, die er ihr gemacht hatte, gut erziehen zu lassen, und natürlich blieb ein bißchen für ihn selbst. Wahrscheinlich würde er bald befördert werden, weil er mit Erfolg etliche Drogenschieber hatte hochgehen lassen ... ah, da.
Die zehn Kilo, die er aus Eddie Morellos Auto genommen hatte, waren in einer beschrifteten Pappschachtel, die im dritten Regal stand, genau wo sie sein sollten. Er holte die Schachtel herunter und sah hinein, um sicherzugehen. Jedes der zehn Ein-Kilo-Säckchen war geöffnet, geprüft und wieder verschlossen worden. Der Laborant, der dafür verantwortlich gewesen war, hatte die Schildchen nur mit seinem Namenskürzel versehen, das leicht nachzuahmen war. Charon langte in sein Hemd und seine Hose, holte Plastiktüten mit

Milchzucker hervor, der die gleiche Farbe und Beschaffenheit wie das Heroin hatte. Diese Beweismittel würde nur sein Büro anrühren, und das konnte er überwachen. In einem Monat würde er mit einer schriftlichen Eingabe die Vernichtung des Beweismaterials vorschlagen, da der Fall abgeschlossen war. Sein Vorgesetzter würde zustimmen. Er würde es unter der Aufsicht von einigen Leuten in den Ausguß schütten, und die Plastiktüten würden verbrannt werden. Niemand würde etwas erfahren. Für ihn sah das äußerst einfach aus. Nach drei Minuten marschierte er wieder Richtung Ausgang.

»Zahlen überprüft?«

»Ja, Harry, vielen Dank«, sagte Charon und winkte ihm beim Hinausgehen zu.

»Jetzt soll mal einer an das verfluchte Telefon gehen«, knurrte Piaggi. Wer zum Teufel könnte denn hier anrufen? Einer der Leute aus Philly ging hin und nutzte die Zeit, um sich eine Zigarette anzuzünden.

»Ja?« Der Mann drehte sich um. »Henry, für dich.«

»Was soll denn das?« Tucker ging hin.

»Hallo, Henry«, sagte Kelly. Er hatte ein Feldtelefon an die Leitung des Gebäudes angeschlossen und es damit gleichzeitig von der Außenwelt abgeschnitten. Da saß er nun neben dem leinwandbezogenen Gerät, hatte die andere Nummer einfach angerufen, indem er die Kurbel gedreht hatte. Es kam ihm ziemlich primitiv vor, war aber vertraut und bequem und funktionierte.

»Wer ist dran?«

»Kelly ist mein Name, John Kelly«, sagte er ihm.

»Und wer ist John Kelly?«

»Vier von euch haben Pam ermordet. Von denen bist du als einziger noch übrig, Henry«, sagte die Stimme. »Die übrigen habe ich erwischt. Jetzt bist du dran.« Tucker drehte sich und blickte im Zimmer umher, als könnte er die Stimme dort finden. Spielte ihm jemand einen üblen Streich?

»Wie – wie bist du an diese Nummer gekommen? Wo bist du?«

»Ich bin ganz in der Nähe, Henry«, sagte Kelly. »Hast du es nett und gemütlich dort drinnen mit deinen Freunden?«

»Hör mal, ich weiß nicht, wer du bist ...«

»Ich habe dir doch gesagt, wer ich bin. Du bist dort mit Tony Piaggi. Ich habe dich kürzlich in seinem Restaurant gesehen. Wie

war übrigens das Abendessen? Meines war ausgezeichnet«, spottete die Stimme.
Tucker stand aufrecht da, die Hand fest über der Muschel. »Also was zum Teufel hast du vor?«
»Ich werde dich nicht auf beide Wangen küssen. Ich habe Rick, ich habe Billy, ich habe Burt, und jetzt werde ich dich bekommen. Tu mir den Gefallen und gib mir Piaggi«, schlug die Stimme vor.
»Tony, komm doch mal her«, sagte Tucker.
»Was ist denn, Henry?« Piaggi stieß beim Aufstehen den Stuhl um. *Bin so verdammt müde. Diese Blödmänner in Philly sollen bloß das Bargeld bereithalten.* Henry gab ihm den Hörer.
»Wer ist da?«
»Diese zwei Kerle auf dem Boot, die du Henry überlassen hast, die hab ich erwischt. Heute früh habe ich die anderen beiden auch drangekriegt.«
»Wer zum Teufel ist dran?«
»Finde es heraus.« Die Leitung war tot. Piaggi sah zu seinem Partner hinüber, und da das Telefon ihm keine Antwort geben konnte, mußte er sie sich von Tucker holen.
»Henry, was geht hier verdammt noch mal vor?«

Okay, schauen wir mal, was das auslöst. Kelly genehmigte sich einen Schluck Wasser und ein Snickers. Er befand sich im dritten Stock des Gebäudes. Irgendein Lagerhaus, dachte er, fest aus Stahlbeton gebaut, genau der richtige Aufenthaltsort, wenn die große Bombe losging. Das taktische Problem war interessant. Er konnte nicht einfach hereinplatzen. Selbst wenn er ein MG hätte – was er nicht besaß –, war vier gegen einen zu ungleich, besonders, wenn er nicht wußte, was hinter der Tür war, und vor allem, wenn er nicht darauf vertrauen konnte, sich heimlich heranpirschen zu können. Also mußte er ein anderes Vorgehen probieren. Er hatte noch nie so etwas getan, aber von seinem Ausguck konnte er jede Tür des Gebäudes in Schach halten. Die Fenster auf der Rückseite waren zugemauert. Alle Ausgänge lagen in seinem Blickfeld und waren nur etwas über hundert Meter entfernt. Er hoffte, daß sie es versuchen würden. Kelly schulterte das Gewehr, hielt aber den Kopf erhoben, ließ den Blick stetig und geduldig von links nach rechts schweifen.

»Das ist er«, sagte Henry leise, so daß die anderen es nicht hören konnten.
»Wer?«

»Der Kerl, der alle Dealer umgelegt hat, der Kerl, der Billy und die anderen erwischt hat, der Kerl, der das Boot hat hochgehen lassen. Der eben.«

»Also wer ist er, Henry, verflucht noch mal?«

»Ich weiß es nicht, zum Teufel.« Die Stimme war jetzt lauter, und die anderen beiden merkten auf. Tucker beherrschte sich wieder. »Er sagt, er will, daß wir rauskommen.«

»Oh, das ist ja großartig – was kommt da auf uns zu? Warte einen Augenblick.« Piaggi hob den Hörer hoch, aber es kam kein Freizeichen. »Was soll das schon wieder?«

Kelly hörte das Summen und nahm ab. »Ja, was ist?«

»Wer bist du, verflucht noch mal.«

»Du bist Tony, stimmt's? Warum mußtest du Doris umbringen, Tony? Sie bedeutete keine Gefahr für dich. Jetzt muß ich dich auch erledigen.«

»Ich habe doch niemanden ...«

»Du weißt schon, was ich meine. Übrigens möchte ich mich bedanken, daß du diese beiden hierher gebracht hast. Es war eine offene Frage, die ich noch klären wollte, aber ich hatte nicht erwartet, daß ich so bald Gelegenheit dazu haben würde. Sie sind mittlerweile im Leichenschauhaus, nehme ich an.«

»Versuchst du mich einzuschüchtern?« wollte der Mann in der knackenden Telefonleitung wissen.

»Nein, ich will lediglich versuchen, dich zu töten«, sagte Kelly.

»Verflucht!« Piaggi knallte den Hörer auf.

»Er sagt, er hat uns im Restaurant gesehen. Sagt, er ist dort gewesen.«

Den anderen beiden war mittlerweile klar, daß etwas nicht stimmte. Aufmerksam, aber vor allem neugierig, blickten sie her, da sie die zwei ranghöheren Gauner in Aufregung sahen. Was zum Teufel ging hier vor?

»Wie konnte er wissen – oh«, sagte Piaggi, der die Stimme senkte. »Ja, sie haben mich gekannt ... Herrgott.«

Es gab nur ein Fenster mit klarem Glas. Das andere hatte Glasbausteine, die Licht hereinließen, aber nicht so leicht von Vandalen einzuschlagen waren. Sie verhinderten auch, daß jemand hinausschauen konnte. Das eine durchsichtige Fenster ließ sich unten ein Stück aufkippen. Dieses Büro war wahrscheinlich von einem Trottel von Manager eingerichtet worden, der nicht wollte, daß seine Sekretärinnen aus dem Fenster schauten. Nun, der Lump hatte seinen Willen bekommen. Piaggi kippte das Fenster – versuchte es zumindest, doch die Scheibe ging nur bis zu einem Winkel von vierzig Grad auf, bevor der Mechanismus einrastete.

Kelly sah die Bewegung und fragte sich, ob er seine Anwesenheit auf deutlichere Weise bemerkbar machen sollte. Lieber nicht, dachte er, lieber Geduld bewahren. Das Warten zermürbt nur die, die nicht wissen, was vor sich geht.

Bemerkenswert war, daß es mittlerweile zehn Uhr vormittags war, ein klarer, sonniger Spätsommertag. Auf der O'Donnell Street, nur einen halben Block entfernt, herrschte Geschäftsverkehr, Lieferwagen und Privatautos fuhren vorbei. Wahrscheinlich sahen die Fahrer das hohe, verlassene Gebäude, in dem Kelly sich befand, und rätselten wie er, wofür es gebaut worden war. Und wenn sie die vier Fahrzeuge am ehemaligen Speditionsgebäude sahen, fragten sie sich vielleicht auch, ob der Betrieb wieder aufgenommen wurde; aber wenn schon, dann war es den Leuten, die Arbeit zu erledigen hatten, kaum mehr als einen flüchtigen Gedanken wert. Das Drama wurde vor aller Augen aufgeführt, aber das wußten nur die Mitspieler.

»Ich seh kein bißchen was«, sagte Piaggi, der sich hinkauerte, um aus dem Fenster zu sehen. »Da ist niemand draußen.«
Das ist der Kerl, der die Dealer erledigt hat, sagte sich Tucker, als er vom Fenster zurücktrat. *Fünf oder sechs Leute. Hat Rick mit einem Scheißmesser umgebracht ...*
Tony hatte den Standort ausgesucht. Es sollte das vorzeigbare Gebäude einer kleinen Spedition sein, deren Eigentümer Verbindungen zur Mafia hatten und sich sehr diskret im Hintergrund hielten. Einfach ideal, hatte er gedacht, so nah an größeren Ausfallstraßen, in einer ruhigen Ecke der Stadt, wo sich wenig Polizei blicken ließ, denn es war bloß ein nichtssagendes Gebäude mit anonymen Geschäften. Ideal, hatte Henry gedacht, als er es gesehen hatte.
O ja, einfach ideal ...
»Laß mich mal sehen.« Jetzt konnte er nicht den Schwanz einziehen. Henry Tucker hielt sich nicht für einen Feigling. Er hatte gekämpft und gemordet, und nicht nur Frauen. Er hatte Jahre gebraucht, um sich durchzusetzen, und anfänglich war es nicht ohne Blutvergießen abgegangen. Außerdem konnte er jetzt keine Schwäche zeigen, nicht vor Tony und den beiden »Soldaten«. »Nix«, bestätigte er.

»Laß uns mal was versuchen.« Piaggi ging zum Telefon und hob ab. Es kam kein Freizeichen, bloß ein Summen . . .

Kelly blickte auf das Feldtelefon, hörte auf die Geräusche, die es von sich gab. Er rührte es jetzt nicht an, ließ sie zappeln. Auch wenn er die taktische Ausgangslage bestimmt hatte, so waren seine Optionen doch begrenzt. Reden, nicht reden. Schießen, nicht schießen. Bewegung, keine Bewegung. Bei nur drei Wahlmöglichkeiten mußte er seine Handlungsweise sorgfältig aussuchen, um die gewünschte Wirkung zu erzielen. Das war nicht bloß ein physischer Kampf, er ging wie die meisten auch im Kopf vor sich.

Es wurde allmählich warm. Die letzten heißen Tage, bevor sich das Laub verfärbte. Dreißig Grad, vielleicht schon über fünfunddreißig. Er wischte sich den Schweiß von der Stirn, betrachtete das Gebäude, lauschte auf das Summen, ließ sie wegen etwas anderem als der Tageshitze schwitzen.

»Scheiße«, knurrte Piaggi, während er wieder den Hörer aufknallte. »Ihr zwei!«

»Ja?« Es war der größere, Bobby.

»Geht mal um das Gebäude . . .«

»Nein«, sagte Henry, der nach einem Einfall suchte. »Was, wenn er direkt draußen ist? Aus dem Fenster ist rein gar nichts zu sehen. Er könnte gleich an der Tür stehen. Willst du das riskieren?«

»Was meinst du?« fragte Piaggi.

Tucker ging nun auf und ab, atmete etwas schneller als gewöhnlich, befahl sich, nachzudenken. *Wie würde ich es machen?* »Ich meine, der Mistkerl trennt die Telefonleitung durch, ruft an, jagt uns einen Schrecken ein, und wartet draußen einfach auf uns, oder so.«

»Was weißt du von diesem Kerl?«

»Ich weiß, daß er fünf Dealer umgebracht hat, und vier von meinen Leuten . . .«

». . . und vier von meinen, wenn er nicht lügt . . .«

»Also müssen wir schlauer vorgehen als er, okay? Wie würdest du es deichseln?«

Piaggi ging das Ganze im Kopf durch. Er hatte nie gemordet. Es hatte sich einfach nicht ergeben. Er war mehr der denkende Kopf des Unternehmens. Seinerzeit hatte er in todernsten Prügeleien schon auch Leute zusammengeschlagen, und das kam dem sehr nahe. *Wie würde ich es machen?* Henrys Idee war richtig. Der Kerl brauchte bloß in Lauerstellung zu gehen, etwa hinter einer Ecke, in einer Gasse, im

Schatten, und sie brauchten bloß in die andere Richtung zu schauen, dann wäre es um sie geschehen. Die nächste Tür, diejenige, durch die er gekommen war, ging nach links auf. Und das ließ sich von draußen an den Angeln erkennen. Da dies der einzige Fluchtweg war, würde er sicher erwarten, daß sie sie benutzten.
Ja.
Piaggi sah zu seinem Partner hinüber. Henry blickte nach oben. Die Schalldämmplatten waren von der Decke entfernt worden. Dort oben führte eine Ausstiegsluke auf das Flachdach. Sie war mit einem schlichten Schnappschloß verriegelt, um Einbrecher draußen zu halten. Sie ließ sich leicht, vielleicht sogar leise öffnen. Von da könnte jemand auf das mit Teer und Kies belegte Dach gelangen, an die Kante gehen und hinunterschauen, um dann demjenigen, der neben der vorderen Tür wartete, eins auf den Pelz zu brennen.
Ja.
»Bobby, Fred, kommt mal her«, befahl Piaggi. Er unterrichtete sie von der taktischen Lage. Mittlerweile hatten sie zwar schon erraten, daß irgendein Unheil drohte, aber es waren nicht die Bullen – denn das war das Schlimmste, was ihnen in die Quere kommen konnte, dachten sie –, und so empfanden sie die Versicherung, daß es sich nicht um Cops handelte, als Erleichterung. Beide hatten Knarren. Beide waren gewieft. Fred hatte schon einmal jemand umgebracht, als er ein Familienproblem in Philadelphia zu regeln gehabt hatte. Die beiden schoben einen Schreibtisch unter die Luke. Fred war eifrig bemüht, zu zeigen, daß er ein ernst zu nehmender Bursche war, um damit in Tonys Ansehen zu steigen, der auch ganz nach einem harten Mann aussah. Er stellte sich auf den Schreibtisch. Das reichte nicht ganz. Also stellten sie noch einen Stuhl auf den Tisch, womit es ihnen endlich gelang, die Luke zu öffnen und auf das Dach zu blicken.

Aha! Kelly sah den Mann dort stehen – vorerst waren nur Kopf und Oberkörper sichtbar. Das Gewehr wurde angelegt, das Gesicht ins Visier genommen. Beinahe hätte Kelly losgeschossen. Was ihn zurückhielt, war die Art, wie der Mann seine Hände am Rahmen hatte, wie er sich umblickte, das Flachdach absuchte, bis er sich weiter hervorwagte. Er wollte da oben rauf. *Also laß ihn mal,* dachte Kelly, während ein Sattelschlepper in fünfzig Meter Entfernung vorbeirumpelte. Der Mann zog sich aufs Dach. Durch das Zielfernrohr konnte Kelly einen Revolver in seiner Hand sehen. Der Mann stellte sich aufrecht hin, sah sich überall um und bewegte sich dann langsam auf die Vorderseite des Gebäudes zu. Eigentlich keine schlechte

Taktik. Es war immer gut, erst eine Erkundung zu machen. *Oh, das denken sie also. Zu schade.*

Fred zog seine Schuhe aus. Der feine, erbsengroße Kies tat seinen Füßen zwar weh, wie ihm auch die vom klebrigen, schwarzen Teer unter den Steinchen zurückgestrahlte Hitze zusetzte, aber er mußte leise sein – außerdem war er ein harter Bursche, wie schon mal jemand am Ufer des Delaware zu schmecken bekommen hatte. Die Hände schlossen sich geübt um den Griff der kurzläufigen Smith. Wenn der lästige Kerl dort war, würde Fred direkt nach unten schießen. Tony und Henry würden die Leiche reinziehen, das Blut mit Wasser wegschwemmen und sich dann wieder an die Arbeit machen, weil es eine wichtige Lieferung war. Schon die halbe Strecke. Fred war jetzt ganz konzentriert. Er näherte sich der Brüstung, schob die Füße vor, lehnte den Oberkörper zurück, bis seine bestrumpften Zehen an die niedrige Steinmauer stießen, die sich um die Dachkante zog. Dann beugte er sich rasch vor, die Waffe nach unten gerichtet – nichts. Fred sah die ganze Gebäudefront entlang.
»Scheiße!« Er drehte sich um und rief: »Da ist niemand unten!«
»Was?« Bobbys Kopf tauchte in der Öffnung auf, aber Fred schaute jetzt bei den Autos unten nach, ob da jemand lauerte.

Für Kelly bestätigte sich wieder, daß Geduld fast immer belohnt wurde. Dank dieser Einstellung hatte er das Jagdfieber unterdrücken können, das ihn immer packte, wenn er ein Ziel im Visier hatte. Sobald er aus den Augenwinkeln eine Bewegung an der Luke mitbekam, richtete er das Gewehr nach links. Ein hellhäutiges Gesicht, um die zwanzig, dunkle Augen, sah zum anderen Mann auf dem Dach hin. Auch dieser Mann hatte eine Pistole in der rechten Hand. Er war bloß noch ein Ziel. *Kümmere dich zuerst um ihn.* Kelly nahm ihn genau ins Fadenkreuz und drückte sanft ab.

Platsch. Fred wandte den Kopf, als er einen Ton hörte, den er mit etwas Feuchtem wie etwas Hartem assoziierte, doch es war nichts zu sehen. Er hatte nichts weiter gehört als diesen undefinierbaren Ton, doch nun gab es ein Geklapper, als wäre Bobby mit dem Stuhl vom Tisch gekippt und auf den Boden gefallen. Sonst nichts, aber aus einem unerfindlichen Grund setzte sich ein eiskaltes Gefühl in seinem Nacken fest. Er zog sich von der Dachkante zurück, schaute sich hektisch überall am Horizont um. Nichts.

Das Gewehr war neu, und das Schloß ging noch etwas schwer, als er die zweite Patrone schußbereit machte. Kelly schwenkte es wieder nach rechts. Zwei zum Preis von einem. Der Kopf drehte sich nun schnell herum. Er sah die Angst in dem Gesicht, denn sein Opfer wußte, daß Gefahr in der Luft lag, aber sonst rein gar nichts. Dann bewegte sich der Mann wieder auf die Luke zu. Das konnte Kelly nicht zulassen. Er schickte wieder etwa zwölf Zentimeter Blei auf die Reise, als er abdrückte. *Pinggg.*

Platsch. Das Aufschlaggeräusch war weitaus lauter als das gedämpfte *Plop* des Schusses. Kelly warf die verbrauchte Hülse aus und schob eine weitere Patrone nach, als ein Wagen in die O'Donnell Street einbog.

Tucker sah noch auf Bobbys Gesicht, als sein Kopf rasch nach oben schnellte, da er einen dumpfen Aufschlag hörte, der die Stahlträger des Dachs erschütterte. Das konnte nur ein weiterer Toter sein. »Oh, mein Gott...«

37 / Höhere Gewalt

»Sie sehen viel besser aus als das letzte Mal, Oberst«, sagte Ritter freundlich auf russisch. Der Sicherheitsoffizier stand auf und ging aus dem Wohnzimmer, überließ die beiden Männer sich selbst. Ritter hatte eine Aktentasche dabei, die er auf den Couchtisch stellte.
»Bekommen Sie was Gutes zu essen?«
»Ich kann mich nicht beklagen«, sagte Grischanow träge. »Wann darf ich nach Hause?«
»Wahrscheinlich heute abend. Wir warten noch auf etwas.« Ritter öffnete die Tasche. Kolja wurde es etwas unbehaglich, aber er ließ sich nichts anmerken. Es hätte ja eine Pistole da drin sein können. Auch wenn seine Gefangenschaft ganz angenehm war und seine Unterhaltungen mit den Hausleuten hier freundlich abliefen, war er dennoch auf feindlichem Boden in der Gewalt des Gegners. Das ließ ihn an einen anderen Mann an einem fernen Ort unter ganz anderen Verhältnissen denken. Diese Diskrepanz nagte an seinem Gewissen und ließ ihn sich für seine Furcht schämen.
»Was ist das?«
»Die Bestätigung, daß unsere Leute im Hoa-Lo-Gefängnis sind.«
Der Russe senkte den Kopf und flüsterte etwas, das Ritter nicht mitbekam. Grischanow blickte wieder hoch. »Das freut mich zu hören.«
»Wissen Sie, das glaube ich Ihnen sogar. Ihr Briefwechsel mit Rokossowskij hat mir das klargemacht.« Ritter goß sich Tee aus der Kanne am Tisch ein und füllte auch Koljas Tasse.
»Sie haben mich anständig behandelt.« Grischanow wußte nicht, was er sonst sagen sollte, und das Schweigen lastete schwer auf ihm.
»Wir haben schon viel Erfahrung darin, mit sowjetischen Gästen umzugehen«, versicherte ihm Ritter. »Sie sind nicht der erste, der hier ist. Reiten Sie?«
»Nein. Ich habe nie auf einem Pferd gesessen.«
»Mhm.« Die Aktentasche war mit Papieren vollgestopft, sah Kolja und fragte sich, was sie wohl beinhalteten. Ritter nahm zwei große

Karteikarten und ein Stempelkissen heraus. »Geben Sie mir bitte Ihre Hände.«
»Ich verstehe nicht.«
»Darüber brauchen Sie sich keine Sorgen zu machen.« Ritter ergriff die linke Hand, drückte die Finger nacheinander erst auf das Stempelkissen und dann auf die dafür angegebenen Felder der einen sowie der anderen Karte. Der Vorgang wurde mit der rechten Hand wiederholt. »So, hat doch nicht weh getan, oder? Waschen Sie am besten gleich Ihre Hände, bevor die Stempelfarbe trocken wird.« Ritter schob eine der Karten in den Ordner und nahm dafür eine andere heraus. Die zweite Karteikarte kam nur obenauf. Er schloß die Tasche, trug dann die alte Karte zum Kamin, wo er sie mit dem Feuerzeug anzündete. Sie brannte schnell, vermischte sich mit der Asche des Feuers, das die Hausleute abends öfter schürten. Grischanow kam mit sauberen Händen zurück.
»Ich begreife das immer noch nicht.«
»Das braucht Sie wirklich nicht zu kümmern. Sie haben mir gerade mit etwas geholfen, das ist alles. Was meinen Sie, wollen wir zusammen essen? Dann können wir einen Landsmann von Ihnen treffen. Bitte entspannen Sie sich, Genosse Oberst«, sagte Ritter so beschwichtigend wie möglich. »Wenn Ihre Seite sich an die Vereinbarungen hält, dann können Sie schon in etwa acht Stunden auf dem Heimweg sein. Ist das nicht gut?«

Mark Charon fühlte sich nicht wohl in seiner Haut, als er herkam, obwohl der erst seit kurzem benutzte Ort Sicherheit versprach. Aber es würde ja nicht lang dauern. Er parkte seinen unauffälligen Ford vor dem Gebäude, stieg aus und ging zur vorderen Tür. Sie war verschlossen. Er mußte klopfen. Tony Piaggi riß sie auf, eine Waffe in der Hand.
»Was ist das denn?« wollte Charon aufgeschreckt wissen.

»Was ist das denn?« fragte sich Kelly seinerseits. Er hatte nicht erwartet, daß das Auto direkt zum Gebäude fuhr. Als der Mann ausstieg, war er gerade damit beschäftigt, zwei weitere Patronen in den Clip zu schieben. Das Gewehr war noch so schwergängig, daß er den Clip nur mühsam wieder reinschieben konnte, und bis er so weit war, bewegte sich die Gestalt zu schnell für einen Schuß. Verdammt. Freilich wußte er nicht, wer das war. Er stellte das Zielfernrohr auf größte Stärke und betrachtete das Auto. Billiges Modell ... eine zusätzliche Funkantenne ... ein Polizeiauto? Die spiegelnden Scheiben hinderten ihn daran, ins Innere zu sehen. Verdammt. Er hatte einen kleinen Fehler gemacht. Nach dem Umlegen der beiden Männer auf dem Dach hatte er eine ruhige Phase erwartet. *Nimm nie etwas als gegeben an, Dummkopf!* Er verzog das Gesicht wegen dieses kleinen Irrtums.

»Was zum Teufel geht hier vor?« herrschte Charon sie an. Dann sah er die Leiche am Boden, die ein Loch links knapp über dem offenen rechten Auge hatte.

»Es ist er! Er ist da draußen!« sagte Tucker.

»Wer?« – »Na, der, der Billy, Rick, Burt und . . .«

»Kelly!« rief Charon aus und drehte sich, um einen Blick auf die geschlossene Tür zu werfen.

»Sie wissen, wie er heißt?« fragte Tucker.

»Ryan und Douglas sind hinter ihm her – sie jagen ihn wegen einer Reihe von Morden.«

Piaggi knurrte. »Die Reihe ist um zwei länger geworden. Bobby hier und Fred auf dem Dach.« Er duckte sich wieder am Fenster. *Er muß direkt auf der anderen Straßenseite sein . . .*

Charon hatte mittlerweile seine Waffe gezückt, obwohl es keinen Grund dafür gab. Irgendwie kamen ihm die Heroinsäckchen nun ungewöhnlich schwer vor, und er legte seinen Dienstrevolver hin, holte sie unter seiner Kleidung hervor und stellte sie auf den Tisch zu dem übrigen Stoff, der Mischschüssel, den Tüten und der Heftmaschine. Als er das erledigt hatte, blieb ihm nichts weiter übrig, als die anderen beiden anzusehen. Da klingelte das Telefon. Tucker nahm ab.

»Hast du deinen Spaß, du Arschgeige?«

»Hat es dir denn Spaß mit Pam gemacht?« fragte Kelly eiskalt zurück. Dann fuhr er freundlicher fort: »Wer ist denn Ihr Freund? Ist es der Bulle, den Sie auf der Gehaltsliste haben?«

»Du glaubst wohl, du weißt alles, was?«

»Nein, nicht alles. Ich weiß nicht, wie ein Mann Befriedigung dabei empfinden kann, Mädchen umzubringen, Henry. Willst du mir das verraten?« fragte Kelly.

»Ich werd's dir gleich besorgen, Mann!«

»Oh, willst du rüberkommen und es versuchen? Bist du so einer, Süßerchen?« Kelly hoffte, Tucker würde, so hart wie er den Hörer auf die Gabel knallte, das Telefon nicht kaputtmachen. Der andere wußte eben nicht, was gespielt wurde, und das war gut. Und wer die Spielregeln nicht kannte, konnte sich nicht wirksam wehren. Tuckers und Piaggis Stimmen hatten etwas erschöpft geklungen. Der eine auf dem Dach hatte sein Hemd nicht zugeknöpft gehabt, und es war zerknittert, sah Kelly, als er die Leiche durch das Zielfernrohr in Augenschein nahm. Die Hose hatte in den Kniekehlen Falten, als hätte der Mann die ganze Nacht so gesessen. War es nur ein verlotterter Bursche? Das war nicht wahrscheinlich. Die Schuhe, die er an der Luke zurückgelassen hatte, waren auf Hochglanz poliert. Wahrscheinlich sind sie die ganze Nacht aufgeblieben, schätzte Kelly nach kurzer Überlegung. *Sie sind müde, haben Schiß und wissen nicht, was gespielt wird. Wunderbar.* Er hatte sein Wasser und seine Schokoriegel – und den ganzen Tag für sich.

»Wenn Sie den Namen dieses Mistkerls kannten, wie kommt es dann – oh, verflucht noch mal!« schimpfte Tucker. »Sie haben mir erzählt, er sei ein reicher Strandheini. Ich habe gesagt, ich könnte ihn im Krankenhaus umlegen, erinnern Sie sich? Aber nein, Sie haben gemeint, ich soll ihn verdammt noch mal gehen lassen!«

»Komm wieder zu dir, Henry«, meinte Piaggi so gelassen, wie er konnte. *Da haben wir einen sehr ernst zu nehmenden Burschen draußen. Er hat sechs meiner Leute erledigt. Sechs! Herrgott! Jetzt nur nicht die Nerven verlieren.*

»Wir haben Zeit, das durchzudenken.« Tony rieb sich die langen Stoppeln in seinem Gesicht, riß sich zusammen und strengte seine grauen Zellen an. »Er hat ein Gewehr und ist in dem weißen Gebäude drüben auf der Straße.«

»Willst du einfach rübergehen und ihn erwischen, Tony?« Tucker deutete auf Bobbys Kopf. »Schau, was er hier angerichtet hat.«

»Schon mal was vom Einbruch der Nacht gehört, Henry? Da draußen ist ein Licht, direkt über der Tür.« Piaggi ging zum Sicherungskasten, überprüfte die Aufschriften im Türchen und schraubte die entsprechende Sicherung heraus. »So, das Licht geht nicht mehr. Wir können warten, bis es dunkel wird, und dann unseren nächsten Zug machen. Er kann uns nicht alle erwischen. Wenn wir uns schnell genug bewegen, könnte er überhaupt niemand treffen.«

»Was ist mit dem Stoff?«

»Lassen wir doch jemand zur Bewachung hier. Wir kommen dann mit Verstärkung wieder her, holen uns den Mistkerl und führen das Geschäft zu Ende, okay?« Ein machbarer Vorschlag, dachte Piaggi. Der andere hielt nicht alle Trümpfe in der Hand. Er konnte nicht durch Mauern schießen. Sie hatten Wasser, Kaffee, und die Zeit arbeitete für sie.

Die drei Aussagen glichen sich so sehr aufs Wort, wie es sich unter den Umständen nur hoffen ließ. Die Mädchen waren getrennt verhört worden, sobald sie sich von den Pillen soweit erholt hatten, daß sie sprechen konnten, und ihr aufgewühlter Zustand erleichterte die Arbeit. Namen, der Tatort, daß dieses Scheusal Tucker sein Heroin neuerdings auch außerhalb der Stadt vertrieb, der merkwürdige Geruch der Säckchen, von dem Billy gesprochen hatte, was sich im »Labor« auf dem Schiffswrack bei ihrer Durchsuchung bestätigt hatte. Von Tucker waren nun die Nummer seines Führerscheins und seine mögliche Adresse bekannt. Die Adresse mochte falsch sein – sehr wahrscheinlich sogar –, aber dafür hatten sie seine Automarke sowie das Kennzeichen. Ryan hatte alles beisammen, oder zumindest war es soweit, daß er das Ende der Ermittlungen absehen konnte. Es war Zeit, in den Hintergrund zu treten und den Dingen ihren Lauf zu lassen. Die Angaben wurden in diesem Augenblick über Funk durchgesagt. Bei den kommenden Einsatzbesprechungen auf den Revieren würden der Name Henry Tucker, sein Wagen und sein Autokennzeichen den Streifenbeamten bekanntgegeben werden, die die wirklichen Augen der Polizeikräfte waren. Mit viel Glück konnten sie ihn rasch fassen, einbuchten, vor Gericht stellen, anklagen, verurteilen und auf ewig aus dem Verkehr ziehen, selbst wenn das Oberste Gericht die zweifelhafte Gnade walten ließ und ihm das Ende versagte, das sein Leben verdient hatte.

Und doch.

Und doch wußte Ryan, daß er dem anderen einen Schritt hinterherhinkte. Der Unsichtbare benutzte nun eine .45er, nicht mehr den Schalldämpfer; er hatte seine Taktik geändert, war auf rasches, sicheres Töten aus ... Lärm war ihm jetzt egal ... und er hatte mit den Opfern gesprochen, bevor er sie umbrachte. Deshalb wußte er wahrscheinlich mehr als Ryan. Die gefährliche Katze, die Farber ihm beschrieben hatte, war draußen auf den Straßen, jagte mittlerweile wohl schon bei Tageslicht, doch Ryan hatte keine Ahnung, wo.

John T. Kelly, Chief Bosun's Mate der Navy-SEALs. Wo zum Teufel bist du? Wenn ich an deiner Stelle wäre ... wo würde ich mich aufhalten? Wohin würde ich gehen?

»Immer noch da?« fragte Kelly, als Piaggi den Hörer abnahm.

»Ja, Mann, wir essen spät zu Mittag. Willst du rüberkommen und mitessen?«

»Kürzlich hatte ich mir in eurem Lokal Calamares bestellt. Nicht

schlecht. Hat deine Mutter das gekocht?« wollte Kelly wissen, während er sich fragte, wie die Antwort lauten würde.
»Ganz recht«, erwiderte Tony freundlich. »Altes Familienrezept, hat meine Großmutter aus der Heimat mitgebracht, weißt du.«
»Also du überraschst mich.«
»Wie das, Mr. Kelly?« fragte der Mann höflich, mit jetzt entspannterer Stimme. Er wollte wissen, wie sich das auf den am anderen Ende der Leitung auswirken würde.
»Ich hatte erwartet, du würdest mir ein Geschäft vorschlagen. Eure Leute haben das versucht, aber ich bin nicht darauf eingegangen«, sagte ihm Kelly und ließ etwas Unsicherheit in seiner Stimme erkennen.
»Wie ich schon angeboten habe, komm doch rüber, dann können wir beim Essen reden.« Die Leitung war wieder tot.
Ausgezeichnet.

»Hah, das dürfte dem Mistkerl zu denken geben.« Piaggi goß sich noch eine Tasse Kaffee ein. Der war mittlerweile abgestanden und bitter, aber so stark mit Koffein angereichert, daß Piaggi die Hände nur mit größter Konzentration ruhig halten konnte. Dafür war er immerhin hellwach, sagte er sich. Er sah die beiden anderen an, lächelte und nickte zuversichtlich.

»Das mit Cas tut mir leid«, bemerkte der Direktor zu seinem Freund.
Maxwell nickte. »Was soll ich sagen, Will? Er war eigentlich noch nicht reif für die Pensionierung. Keine Angehörigen mehr, hüben wie drüben. Sein Leben spielte sich hier bei uns ab, und auf die eine oder andere Weise näherte es sich seinem Ende.« Keiner der beiden ging darauf ein, was Casimirs Frau getan hatte. Vielleicht würden sie in ein oder zwei Jahren begreifen, daß der Tod zweier Freunde auch eine poetische Harmonie an sich hatte, aber noch waren sie nicht soweit.
»Ich habe gehört, Sie haben um Ihre Papiere gebeten, Dutch.« Der Direktor der US-Marineakademie konnte das nicht verstehen. Es war doch gemunkelt worden, daß Dutch im Frühjahr höchstwahrscheinlich ein Flottenkommando erhalten würde. Erst vor ein paar Tagen war dieses Gerede verstummt, und er wußte nicht, warum.
»Das stimmt.« Was dahinter steckte, konnte Maxwell nicht sagen. Die Befehle – in Form eines »Vorschlags« gekleidet – waren über den Leiter der Marineoperationen vom Weißen Haus gekommen. »Ich habe es lange genug gemacht, Will. Zeit, daß frisches Blut rein-

kommt. Wir Veteranen aus dem Zweiten Weltkrieg ... nun ja, ich schätze, wir sollten langsam unsere Posten räumen.«
»Geht es Ihrem Sohn gut?«
»Ich bin schon Großvater.«
»Das freut mich!« Zumindest stand eine gute Nachricht im Raum, als Admiral Greer eintrat. Diesmal trug er sogar Uniform.
»James!«
»Ein schönes Chefzimmer«, bemerkte Greer. »Hallo, Dutch.«
»Oh, wem oder was verdanke ich diesen hochrangigen Besuch?«
»Will, ich möchte eines Ihrer Segelboote entführen. Haben Sie etwas Hübsches und Bequemes, mit dem zwei Admiräle zurechtkommen?«
»Große Auswahl. Wollen Sie ein Sechsundzwanziger?«
»Das dürfte genügen.«
»Also dann rufe ich bei der Seefahrtsabteilung an, damit eines für Sie losgeeist wird.« Das klingt vernünftig, dachte der Admiral. Beide hatten Cas sehr nahe gestanden, und wenn man sich von einem Seemann verabschiedete, tat man das auf See. Greer erledigte den Anruf, und die anderen beiden verließen ihn.

»Sind dir die Ideen ausgegangen?« fragte Piaggi. Seine Stimme zeigte nun trotzige Zuversicht. Dem auf der anderen Straßenseite blies jetzt der Wind ins Gesicht, dachte der Mann. Warum das nicht noch etwas verstärken?
»Ich sehe nicht, daß du irgendwelche Einfälle hast. Ihr Ratten wagt euch ja nicht mal ans Tageslicht. Ich zeig euch mal was!« schnarrte Kelly. »Paßt auf!«
Er legte den Hörer auf und hob das Gewehr, zielte auf das Fenster.
Plop.
Klirr.

»Du dämliches Arschloch!« brüllte Tony ins Telefon, obwohl er wußte, daß die Leitung unterbrochen war. »Siehst du's? Er weiß, daß er uns nicht kriegen kann. Er weiß, daß die Zeit für uns arbeitet.«
Zwei Scheiben waren zerschmettert, dann hörte der Beschuß gleich wieder auf. Statt dessen klingelte das Telefon. Tony ließ es eine Weile läuten, bevor er ranging.
»Daneben, du Blödmann!«
»Ich sehe nicht, daß ihr euch vom Fleck bewegt!« Das Gebrüll war laut genug, daß Tucker und Charon das Krächzen aus dem Hörer noch in fünf Meter Entfernung hörten.

»Es ist eher Zeit, daß du dich auf die Socken machst, Kelly. Wer weiß, vielleicht kriegen wir dich nicht. Vielleicht erwischen dich aber die Bullen. Die sind nämlich auch hinter dir her, wie ich gehört habe.«

»Ihr sitzt doch in der Falle, denkt daran.«

»Das sagst du, Mann.« Piaggi legte auf, weil er zeigen wollte, wer die Oberhand hatte.

»Und wie geht es Ihnen, Oberst?« fragte Woloschin.

»Es war eine interessante Reise.« Ritter und Grischanow saßen auf den Stufen des Lincoln-Denkmals, bloß zwei Touristen, die nach einem heißen Tag müde waren und denen sich ein Freund als dritter anschloß. Doch alles geschah unter den wachsamen Augen eines einige Schritte entfernt stehenden Sicherheitsbeamten.

»Was macht Ihr vietnamesischer Freund?«

»Wer?« fragte Kolja ziemlich überrascht. »Welcher Freund?«

Ritter grinste. »Das war ein kleiner Kunstgriff meinerseits. Wir mußten bei uns die undichte Stelle suchen, wissen Sie.«

»Ich habe mir schon gedacht, daß Sie dafür verantwortlich waren«, bemerkte der KGB-General säuerlich. Zwar war die Falle so offensichtlich gewesen, aber er war trotzdem hineingetappt. Oder beinahe. Das Glück war ihm hold gewesen, und Ritter wußte das womöglich nicht.

»Das Spiel läuft weiter, Sergej. Werden Sie um einen Verräter weinen?«

»Um einen Verräter nicht. Um einen, der an eine friedliche Welt geglaubt hat, schon. Sie sind sehr schlau, Bob. Sie haben gute Arbeit geleistet.« *Oder vielleicht auch nicht,* dachte Woloschin. *Ich bin vielleicht nicht so weit in die Falle getappt, wie du glaubst, mein junger amerikanischer Freund. Du hast einen voreiligen Zug gemacht. Diesen Hicks hast du zwar aus der Welt geschafft, aber CASSIUS nicht. Zu ungestüm, mein junger Freund. Du hast dich verrechnet und weißt es noch gar nicht.*

Jetzt aber zur Sache. »Was ist mit unseren Leuten?«

»Wie vereinbart, sind sie bei den anderen. Rokossowskij bestätigt das. Genügt Ihnen mein Wort, Mr. Ritter?«

»Ja, sehr gut. Heute abend um Viertel nach acht fliegt eine Pan-Am-Maschine vom Flughafen Dulles nach Paris. Ich werde ihn dort absetzen, wenn Sie sich noch von ihm verabschieden wollen. Sie können ihn in Orly abholen lassen.«

»Einverstanden.« Woloschin schritt davon.

»Warum ist er ohne mich weggegangen?« fragte Grischanow, eher überrascht als besorgt.
»Weil er auf mein Wort baut, Oberst, genauso wie ich auf seines.« Ritter stand auf. »Wir haben noch ein paar Stunden zum Totschlagen...«
»Totschlagen?«
»Entschuldigung, das ist so ein Ausdruck. Wir haben noch ein paar Stunden Zeit für uns. Möchten Sie sich gerne Washington ansehen? Im Smithsonian ist ein Felsbrocken vom Mond ausgestellt. Aus irgendeinem Grund gefällt es den Leuten, ihn anzufassen.«

Halb sechs. Die Sonne schien ihm nun direkt in die Augen. Kelly mußte sich öfter übers Gesicht fahren. Wenn er auf das zum Teil zerschossene Fenster sah, konnte er nichts außer einem gelegentlichen Schatten erkennen. Er fragte sich, ob sie sich ausruhten. Das konnte er nicht zulassen. Er hob den Hörer und drehte an der Kurbel. Sie ließen ihn lange warten.
»Macht euer Restaurant auch Lieferungen ins Haus?«
»Wir werden doch nicht Hunger kriegen?« Pause. »Vielleicht willst du mit uns ins Geschäft kommen.«
»Kommt raus, dann können wir darüber reden«, erwiderte Kelly. Die Antwort war ein *Klick*.
Genau richtig, dachte Kelly, während er die Schatten über den Boden wandern sah. Er trank sein Wasser aus und aß seinen letzten Riegel, vergewisserte sich noch einmal, ob sich in der Gegend etwas verändert hatte. Er hatte bereits entschieden, was er tun würde. In gewisser Weise hatten sie ihm die Entscheidung abgenommen. Wieder lief die Zeit ab, tickte auf den Punkt Null zu, der flexibel, aber dennoch endgültig war. Er könnte einfach von hier weggehen, wenn es sein mußte, aber... nein, konnte er nicht. Er blickte auf die Uhr. Es würde gefährlich werden, und die Zeit würde auch nichts daran ändern. Sie waren schon vierundzwanzig Stunden wach, vielleicht sogar länger. Er hatte ihnen Angst eingejagt und sie dann damit vertraut werden lassen. Sie dachten, sie hätten nun leichtes Spiel, genau das, was er zu hoffen gewagt hatte.
Kelly rutschte auf dem Zementboden rückwärts. Seine Sachen ließ er zurück, denn er würde sie nicht mehr brauchen, egal, wie sich die Dinge entwickelten. Als er stand, klopfte er seine Kleidung ab und überprüfte seinen Colt Automatik. Eine in der Kammer, sieben im Magazin. Er streckte sich kurz, und dann wußte er, daß er sich keine Verzögerung mehr leisten konnte. Er stieg die Treppe hinun-

ter, zog den Schlüssel für den VW heraus. Der Käfer sprang sofort an, trotz seiner plötzlichen Angst, er würde es nicht tun. Während er den Verkehr auf der von Norden nach Süden verlaufenden Straße vor ihm beobachtete, ließ er den Motor warmlaufen. Schließlich schoß er über die Straße, wobei er sich die lautstarke Schimpfkanonade eines nach Süden steuernden Fahrers zuzog, reihte sich dann aber sauber in den Feierabendverkehr ein.

»Siehst du irgendwas?«

Charon hatte die Vermutung geäußert, daß Kelly einen Blickwinkel hatte, der ihn daran hinderte, ganz in ihr Gebäude zu sehen. Sie dachten, er könnte eventuell versuchen, herüberzukommen, doch zwei von ihnen konnten je eine Seite des weißen Gebäudes absichern. Und sie wußten, daß er noch dort war. Sie würden zu ihm kommen. Ihr Gegner hätte es nicht ganz durchdacht, verkündete Tony. Er wäre ziemlich clever, aber doch nicht clever genug, und so würden sie im Schatten der Dunkelheit den Vorstoß wagen. Es würde klappen. Eine niedliche .22er konnte keine Karosserie durchschlagen. Wenn sie ihn überrascht hatten und erst mal im Auto saßen, könnten sie ...

»Bloß normaler Verkehr auf der anderen Seite.«

»Geh nicht zu nah ans Fenster, Mann.«

»Verfluchtes Aas«, sagte Henry. »Was ist mit der Lieferung?«

»Mann, bei uns in der Familie heißt es, lieber spät als gar nicht, kapiert?«

Charon fühlte sich von allen dreien am unbehaglichsten. Vielleicht deshalb, weil die Drogen zum Greifen nahe waren. Übles Zeug. *Ein bißchen spät, jetzt daran zu denken.* Gab es nicht doch einen Ausweg?

Das Geld für den von ihm beigesteuerten Stoff lag direkt neben dem Schreibtisch. Er hatte eine Waffe.

Sterben wie ein Verbrecher? Er beobachtete die anderen, die links und rechts vom Fenster standen. Sie waren doch die Kriminellen. Er hatte nichts getan, um diesen Kelly gegen sich aufzubringen. Nein, nicht daß er wüßte. Henry hatte das Mädchen umgebracht, und Tony hatte für den Tod des anderen gesorgt. Charon war nur ein korrupter Cop. Das hier war für Kelly eine persönliche Angelegenheit und war auch nicht schwer zu verstehen. Pam auf diese Art umzubringen, war brutal und dumm gewesen. Das hatte er Henry gesagt. Er könnte noch als Held aus der Sache hervorgehen, oder etwa nicht? Habe einen Tip bekommen und mich direkt in die Höhle des Löwen gewagt. Irrer Schußwechsel. Er könnte Kelly sogar helfen. Und er würde sich niemals wieder in etwas Derartiges reinziehen lassen. Das Geld auf die Bank bringen, sich befördern lassen und mit seinem Insiderwissen Henrys Organisation auffliegen lassen. Sie würden ihn später nicht drankriegen können. Er mußte nur an das Telefon herankommen und mit dem Mann vernünftig reden. Blieb lediglich eine Kleinigkeit.

Kelly bog links ab, fuhr einen Block weiter nach Westen, dann wieder links, so daß er in südlicher Richtung auf die O'Donnell Street zufuhr. Seine Hände schwitzten jetzt. Sie waren dort zu dritt, und er mußte sehr, sehr gut sein. Aber er war ja gut und mußte die Sache erledigen, selbst auf die Gefahr hin, daß die Sache ihn erledigte. Einen Block weiter vorn stellte er den Wagen ab, stieg aus, schloß ab und ging den Rest der Strecke bis zum Gebäude. Die anderen Büros waren nun geschlossen – er hatte drei gezählt, die den ganzen Tag über geöffnet hatten. Niemand hatte etwas von dem bemerkt, was vorging ... dabei war ein Büro sogar direkt auf der anderen Straßenseite gewesen.

Also, du hast das doch richtig geplant, oder?

Ja, Johnnyboy, aber bisher war auch alles leicht.

Danke. Er stand direkt an der Ecke des Gebäudes, schaute in alle Richtungen. Er sollte lieber die andere Seite nehmen. Also ging er zu der Ecke mit dem Telefonanschluß, kletterte dort wieder auf den schmalen Fenstersims, griff zur Dachbrüstung hinauf und versuchte, den Telefondrähten möglichst nicht nahe zu kommen.

Okay, jetzt brauchst du bloß über das Dach zu gehen, ohne Lärm zu machen.

Auf Teer und Kies?

Es gab dazu eine Alternative, die er erst jetzt sah. Kelly stellte sich auf die Brüstung. Sie war seiner Schätzung nach mindestens zwanzig Zentimeter breit. Auf ihr balancierte er wie auf einem Hochseil geräuschlos zur Öffnung im Dach. Währenddessen fragte er sich, ob sie das Telefon benutzten.

Charon mußte seinen Schritt bald tun. Er stand auf, sah zu den anderen hin und streckte sich ziemlich theatralisch, bevor er auf sie zuging. Seine Jacke hatte er abgelegt, die Krawatte gelockert, und seine fünfschüssige Smith hing rechts an der Hüfte. *Erschieß die Gauner einfach und rede dann mit dem Typen Kelly am Telefon. Warum*

nicht? Sie waren doch Ganoven, oder? Warum sollte er für etwas sterben, was sie getan hatten?
»Was machen Sie denn da, Mark?« fragte Henry, der die Gefahr nicht witterte, weil er zu sehr auf das Fenster konzentriert war. *Gut.*
»Ich mag nicht mehr sitzen.« Charon zog das Taschentuch aus der rechten Hosentasche und wischte sich das Gesicht ab, während er Schußwinkel und Entfernung zum Telefon abschätzte, wo seine einzige Sicherheit lag. Davon war er überzeugt. Es war seine einzige Chance, hier rauszukommen.
Piaggi gefiel sein Blick nicht. »Warum setzen Sie sich nicht einfach wieder hin und entspannen sich, okay? Es wird bald einiges los sein.«
Warum schaut er zum Telefon? Warum sieht er uns an?
»Halten Sie sich zurück, Tony, verstanden?« sagte Charon herausfordernd, während er das Taschentuch wieder einsteckte. Er wußte nicht, daß seine Augen ihn bereits verraten hatten. Seine Hand hatte noch gar nicht den Revolver berührt, als Tony zielte und ihm einen Schuß in die Brust jagte.
»Sie halten sich wohl für besonders schlau?« sagte Tony dem sterbenden Mann. Dann bemerkte er, daß der längliche Lichtstreifen, der von der Dachluke einfiel, einen Schatten aufwies. Piaggi schaute immer noch auf den Schatten, als dieser wieder verschwand und statt dessen ein verschwommener Umriß auftauchte, den er aus den Augenwinkeln kaum wahrnahm. Henry starrte auf Charons Leiche.

Der Schuß überraschte ihn, und der naheliegendste Gedanke war der, daß er auf ihn gezielt gewesen war – aber nun kam es darauf an, und er sprang in die rechteckige Dachluke. Es war wie beim Fallschirmspringen. *Halte die Füße beisammen, die Knie gebeugt, den Rücken gerade, rolle dich zur Seite, wenn du auftriffst.*
Er kam hart auf. Es war ein mit Fliesen belegter Betonboden, aber seine Beine fingen das Schlimmste auf. Kelly rollte sich sofort seitlich ab und streckte den Arm aus. Piaggi stand ihm am nächsten. Kelly hob die Waffe, richtete die Kimme auf dessen Brust aus und feuerte zweimal, zog höher und traf den Mann ein drittes Mal unter das Kinn.
Ziel wechseln.
Kelly rollte wieder herum; das hatte er von einem Angehörigen der NVA gelernt, auf den er einmal getroffen war. Da war der andere. In diesem Augenblick blieb die Zeit stehen. Henry hatte seine eigene Waffe gezückt und zielte. Ihre Blicke trafen sich. Eine

ganze Ewigkeit, wie es Kelly schien, sahen sie sich bloß an, Jäger und Jäger, Jäger und Beute. Dann erinnerte sich Kelly als erster, was er im Visier hatte. Sein Finger drückte den Abzug und löste einen gut gezielten Schuß aus, der Tucker direkt in die Brust drang. Der Colt zuckte in seiner Hand, und Kellys Gehirn arbeitete nun so schnell, daß er den Schlitten zurückgleiten sah, der die leere Messingpatrone auswarf, und dann vorschnellte, um eine neue zu laden, gerade als die Spannung in seinem Handgelenk die Waffe wieder ausrichtete. Auch diese Kugel traf den Mann in die Brust. Tucker verlor die Balance. Entweder rutschte er auf dem Boden aus, oder der Einschlag der beiden Geschosse brachte ihn aus dem Gleichgewicht und ließ ihn auf die Fliesen fallen.

Auftrag ausgeführt, sagte sich Kelly. Wenigstens hatte er nach all den Fehlschlägen dieses freudlosen Sommers eine Aufgabe erfolgreich bewältigt. Er stand auf, ging zu Henry Tucker hinüber und trat ihm die Waffe aus der Hand. Er wollte dem Gesicht, das noch lebte, etwas sagen, aber ihm fehlten die Worte. Vielleicht würde Pam jetzt in größerem Frieden ruhen, aber vielleicht auch nicht. So lief es ja nicht ab, oder? Die Toten waren weg und wußten nichts mehr, kümmerten sich auch nicht darum, was sie hinter sich gelassen hatten. Wahrscheinlich. Kelly wußte wirklich nicht, wie es ablief, obwohl er sich das oft genug gefragt hatte. Wenn die Toten sich immer noch in irdischen Gefilden aufhielten, dann im Gedächtnis derjenigen, die sich an sie erinnerten, und für diese Erinnerung hatte er Henry Tucker und all die anderen getötet. Vielleicht würde Pam nicht in größerem Frieden ruhen. Aber dafür er. Kelly sah, daß Tucker aus dem Leben geschieden war, während er nachgedacht, seine Gedanken und sein Gewissen ergründet hatte. Nein, es gab keine Gnade für diesen Mann, auch nicht für die anderen. Kelly sicherte seine Pistole, sah sich im Zimmer um. Drei Tote, und das Beste, was sich dazu sagen ließ, war, daß er nicht dazugehörte. Er ging zur Tür und trat hinaus. Sein Auto stand einen Block entfernt, und er mußte immer noch eine Verabredung einhalten und ein weiteres Leben beenden.

Auftrag ausgeführt.

Das Boot war noch an Ort und Stelle. Kelly parkte nach einer Stunde Fahrt den Käfer, nahm den Koffer heraus. Er verriegelte den Wagen, ließ aber die Zündschlüssel innen stecken, denn auch ihn würde er nie wieder brauchen. Die Fahrt durch die Stadt zum Jachthafen war in segensreicher Gedankenlosigkeit verlaufen. Kelly hatte nur me-

chanisch agiert, den Wagen gesteuert, an roten Ampeln angehalten und war bei grünen durchgebraust und zum Meer oder eher der Bucht gefahren, einem der wenigen Orte, wo er sich heimisch fühlte. Er nahm den Koffer, ging auf den Steg, wo die *Springer* lag, und hüpfte an Bord. Alles sah ordnungsgemäß aus, und in zehn Minuten würde er alles hinter sich gelassen haben, was ihn noch mit der Innenstadt verband. Kelly schob die Tür zur Hauptkajüte auf und blieb stocksteif stehen, als er zuerst Rauch roch und dann eine Stimme hörte.
»John Kelly, stimmt's?«
»Wer sind Sie denn?«
»Emmet Ryan. Meinen Kollegen Tom Douglas haben Sie ja schon kennengelernt.«
»Was kann ich für Sie tun?« Kelly stellte den Koffer an Deck ab, während er an den Colt Automatik dachte, den er unter der aufgeknöpften Buschjacke am Rücken stecken hatte.
»Sie können mir verraten, warum Sie so viele Menschen umgebracht haben«, schlug Ryan vor.
»Wenn Sie der Meinung sind, daß ich es war, dann wissen Sie, warum.«
»Stimmt. Ich suche augenblicklich nach Henry Tucker.«
»Sehen Sie ihn hier?«
»Vielleicht können Sie mir aber weiterhelfen.«
»Am besten schauen Sie an der Ecke O'Donnell und Mermen nach. Er wird nirgendwo mehr hingehen«, sagte Kelly dem Kripomann.
»Was soll ich denn mit Ihnen machen?«
»Die drei Mädchen heute morgen, sind sie ...«
»Sie sind in Sicherheit. Wir werden uns um sie kümmern. Sie und Ihre Freunde haben sich rührend um Pam Madden und Doris Brown bemüht. Es war nicht Ihre Schuld, daß es nicht gut ausgegangen ist. Na ja, vielleicht ein bißchen.« Der Beamte schwieg kurz. »Ich muß Sie festnehmen, wissen Sie.«
»Wegen was?«
»Wegen Mordes, Mr. Kelly.«
»Nein.« Kelly schüttelte den Kopf. »Mord ist es, wenn Unschuldige dran glauben müssen.«
»Ryan kniff die Augen zusammen. Er sah eigentlich nur die Umrisse des Mannes vor dem gelb werdenden Himmel. Aber er hatte Kellys Worte gehört, und etwas in ihm wollte ihm zustimmen.
»Das Gesetz lautet aber nicht so.«

»Ich bitte nicht um Vergebung. Ich werde Ihnen keinen weiteren Ärger mehr machen, aber ich werde auch nicht ins Gefängnis gehen.«

»Ich kann Sie nicht laufen lassen.« Aber seine Waffe hatte er nicht gezückt, sah Kelly. Was hieß das?

»Ich habe Ihnen jenen Officer Monroe zurückgeschickt.«

»Ich danke Ihnen dafür«, räumte Ryan ein.

»Ich bringe nicht einfach Leute um. Ich bin zwar dafür ausgebildet, aber es muß irgendwo einen Anlaß geben. Ich hatte einen triftigen Grund.«

»Mag sein. Aber was meinen Sie denn erreicht zu haben?« fragte Ryan. »Das Drogenproblem wird nicht verschwinden.«

»Henry Tucker wird keine Mädchen mehr umbringen. Das habe ich erreicht. Ich habe nie mehr erwartet, aber ich habe diesen Drogenring erledigt.« Kelly hielt inne. Da war noch etwas, das dieser Mann wissen mußte. »In dem Gebäude dort befindet sich auch ein Cop. Ich glaube, er hatte Dreck am Stecken. Tucker und Piaggi haben ihn erschossen. Vielleicht kann er noch als Held aus der Geschichte hervorgehen. Dort ist haufenweise Stoff. Auf diese Art wird Ihre Abteilung nicht so schlecht dastehen.« *Und Gott sei Dank habe ich keinen Cop töten müssen – selbst einen schlechten.* »Ich sage Ihnen noch was; ich weiß, wie Tucker seinen Stoff bekommen hat.« Kelly gab eine kurze Erklärung dazu.

»Ich kann Sie nicht einfach so gehen lassen«, sagte der Kriminalbeamte wieder, obwohl er zum Teil wünschte, es wäre anders. Aber das ging eben nicht, und er hätte es auch nicht gemacht, denn sein Leben gehorchte gewissen Regeln.

»Können Sie mir noch eine Stunde Frist geben? Ich weiß, daß Sie mich weiter beobachten werden. Eine Stunde. Es wird für alle Beteiligten besser sein.«

Die Bitte kam völlig überraschend für Ryan. Es widerstrebte allem, wofür sein Beruf stand – aber bei den Ungeheuern, die der Mann ermordet hatte, verhielt es sich ja genauso. *Wir schulden ihm etwas ... hätte ich ohne ihn alle diese Fälle geklärt? Wer hätte für die Toten gesprochen ... und außerdem, was kann der Mann schon tun? ... Ryan, bist du jetzt übergeschnappt? Ja, vielleicht.*

»Sie bekommen Ihre Stunde. Danach kann ich Ihnen einen guten Anwalt empfehlen. Wer weiß, ein guter haut Sie vielleicht noch raus.«

Ryan stand auf und schritt auf die seitliche Tür zu, ohne sich umzusehen. Er blieb nur für eine Sekunde an der Tür stehen.

»Sie haben Leute verschont, die Sie hätten umbringen können, Mr. Kelly. Deshalb. Ihre Stunde beginnt jetzt.«
Kelly sah dem abziehenden Ryan nicht nach. Er schaltete die Dieselmotoren ein, ließ sie warmlaufen. Eine Stunde dürfte gerade genügen. Er stolperte aufs Deck hinaus, machte die Leinen los und ließ sie am Poller hängen. Bis er wieder in der Kajüte war, waren die Dieselmotoren einsatzbereit. Sie sprachen sofort an, und er drehte das Boot einmal um die eigene Achse, so daß er aus dem Hafen herausfahren konnte. Sobald er das Hafenbecken hinter sich gelassen hatte, schob er die Gashebel bis zum Anschlag hoch und brachte die *Springer* auf ihre Höchstgeschwindigkeit von zwanzig Knoten. Da die Schiffahrtsrinne nicht befahren war, stellte Kelly auf Autopilot um und traf in aller Eile die notwendigen Vorbereitungen. Bei Bodkin Point schlug er eine Abkürzung ein. Das mußte er, denn er wußte ja, wen sie ihm nachschicken würden.

»Küstenwache, Thomas Point.«
»Hier spricht die Stadtpolizei Baltimore.«
Leutnant zur See Tomlinson nahm den Anruf entgegen. Er hatte gerade erst die Ausbildungsstätte der Küstenwache in New London verlassen und war hier, um seine ersten praktischen Erfahrungen zu sammeln. Obwohl er im Rang unter dem befehlshabenden Deckoffizier der Küstenwachstation stand, verstanden sowohl der Junge wie der Mann, worum es ging. Paul English dachte, daß der erst Zweiundzwanzigjährige, dessen Offiziersstreifen noch makellos glänzten, nun mit einem Auftrag betraut werden sollte, aber auch nur, weil ja eigentlich Portagee die Sache in der Hand haben würde. *41-Bravo*, das zweite große Patrouillenboot der Station, war bereits warmgelaufen und bereit zum Auslaufen. Tomlinson sprintete hinaus, als könnte es auch ohne ihn abdampfen, was English sehr amüsierte. Fünf Sekunden später hatte der junge Bursche seine Rettungsweste umgeschnallt, und *41-Bravo* tuckerte vom Dock weg. Beim Leuchtturm Thomas Point drehte sie nach Norden.

Der Mann hat mir bestimmt keine lange Leine gelassen, dachte Kelly, als er den Kutter von Steuerbord herankommen sah. Nun, er hatte um eine Stunde gebeten, und die hatte er bekommen. Beinahe hätte Kelly sein Funkgerät zu einem Abschiedsgruß eingeschaltet, aber das wäre nicht recht gewesen und hätte alles nur noch schlimmer gemacht. Einer der Motoren lief heiß, und das war schon schlimm genug, obwohl ihm nicht mehr viel Zeit zum Heißlaufen bleiben würde.

Es war nun so etwas wie ein Rennen. Schon gab es eine Komplikation, denn ein großer französischer Frachter hielt aufs Meer zu, genau dort, wo Kelly hin mußte, und er würde bald zwischen ihm und der Küstenwache eingekeilt sein.

»So, da wären wir«, sagte Ritter und entließ den Sicherheitsbeamten, der ihnen den ganzen Nachmittag wie ein Schatten gefolgt war. Er zog ein Flugticket aus der Tasche. »Erster Klasse. Da sind die Drinks frei, Oberst.« Sie hatten dank eines vorherigen Anrufs die Paßkontrolle umgehen können.

»Vielen Dank für Ihre Gastfreundschaft.«

Ritter kicherte kurz. »Ja, die US-Regierung hat Sie um drei Viertel des Erdballs geflogen. Ich schätze, den Rest kann jetzt Aeroflot erledigen.« Ritter verstummte und fuhr dann förmlicher fort. »Ihr Benehmen unseren Gefangenen gegenüber war angesichts der Umstände sehr korrekt. Ich habe mich dafür zu bedanken.«

»Ich wünsche mir, daß sie wohlbehalten nach Hause kommen. Es sind keine schlechten Männer.«

»Das gleiche gilt für Sie.« Ritter geleitete ihn zum Flugsteig, wo ein großer Bus darauf wartete, ihn zu einer brandneuen Boeing 747 zu bringen. »Kommen Sie doch mal wieder. Dann kann ich Ihnen noch mehr von Washington zeigen.« Ritter sah zu, wie er an Bord ging, und wandte sich dann an Woloschin.

»Ein guter Mann, Sergej. Wird das seiner Karriere schaden?«

»Bei dem, was er im Kopf hat? Ich denke, nicht.«

»Wunderbar«, sagte Ritter und schritt davon.

Ihre Voraussetzungen waren praktisch gleich. Das andere Boot hatte einen leichten Vorteil, da es in Führung lag und den Kurs wählen konnte, während der Kutter den Vorteil seines halben Knotens mehr Fahrt dafür brauchte, um schmerzlich langsam aufzuholen. Hier zählte nur das Können, doch auch das unterschied sich bei beiden kaum um ein Jota. Oreza sah zu, wie der andere Mann mit seinem Boot über die Heckwelle des Frachters glitt, regelrecht darübersurfte, indem er die vom Schiff erzeugte Welle anschnitt und backbord entlangglitt, wodurch er vielleicht einen halben Knoten zusätzlich herausholte. Oreza mußte sich seine Bewunderung eingestehen. Er konnte gar nicht anders. Der Mann ließ sein Boot in die Wellentäler gleiten, als könne er sich der Macht von Wind und Wellen widersetzen. Oreza fand daran allerdings keinen Spaß. Nicht angesichts der mit geladenen Waffen am Steuerhaus stehenden Mannschaft. Und schon gar nicht, weil es gegen einen Freund ging.

»Um Himmels willen, paßt mir mit diesen verdammten Waffen auf!« schnarrte Oreza, während er ein wenig nach Steuerbord drehte. Die anderen Mannschaftsmitglieder im Ruderhaus drückten die Schnallen an ihren Pistolenhalftern zu und ließen ihre Knarren in Ruhe.

»Er ist gefährlich«, sagte der Mann hinter Oreza.

»Nein, nicht für uns.«

»Was ist mit all den Leuten, die er . . .«

»Die Mistkerle hatten es vielleicht verdient!« Noch ein bißchen mehr Fahrt, und Oreza ging wieder auf Backbord. Er war dabei, die Wellen nach ruhigen Stellen abzusuchen, bewegte das Wachboot ein bißchen nach links und rechts, um die kleine Oberflächendünung auszunützen und auf seiner Verfolgungsjagd ein paar wertvolle Meter zu gewinnen, was allerdings der andere auch tat. Kein Rennen zum America's Cup war so spannend gewesen wie dieses, und insgeheim zürnte Oreza dem anderen Mann, daß der Anlaß dafür so irrwitzig war.

»Vielleicht sollten Sie . . .«

Oreza blickte unverwandt nach vorn. »Mr. Tomlinson, sind Sie etwa der Meinung, daß jemand anderes das Boot besser steuern kann als ich?«

»Nein, Mr. Oreza«, sagte der andere förmlich. Oreza schnaubte die Scheibe an. »Vielleicht könnten wir einen Hubschrauber von der Navy anfordern?« schlug Tomlinson halbherzig vor.

»Wofür, Sir? Was glauben Sie, wie weit der noch kommt, etwa bis Kuba? Ich habe einen doppelt so großen Bunkerraum und bin einen halben Knoten schneller, und er hat nur dreihundert Meter Vorsprung. Rechnen Sie es sich doch aus, Sir. Sie können es drehen und wenden, wie Sie wollen, wir sind in zwanzig Minuten längsseits, da kann er noch so gut sein.« *Behandeln Sie den Mann doch mit Achtung,* behielt Oreza dann lieber für sich.

»Aber er ist gefährlich«, wiederholte Tomlinson.

»Ich gehe das Wagnis ein. Da . . .« Oreza ließ das Schiff nach Backbord abdriften, ritt durch die Heckwelle des Frachters und benutzte die vom Schiff erzeugten Stromwellen, um seine Fahrt zu beschleunigen. *Interessant, so machen es die Delphine . . . hat mir einen ganzen Knoten mehr eingebracht, und mein Rumpf eignet sich dafür besser als seiner . . .* Im Gegensatz zu allem, was er hätte empfinden sollen, lächelte Manuel Oreza. Er hatte da gerade etwas Neues über Bootsführung gelernt, dank eines Freundes, den er wegen Mordes verhaften sollte, und zwar weil dieser Mann Leute ermordet hatte, die es verdient hatten, nicht zu vergessen. Er fragte sich, wie wohl die Anwälte damit umgehen würden.

Nein, er mußte ihm mit Achtung begegnen, ihn sein Rennen machen lassen, so gut er konnte. Sollte er doch sein Heil in der Flucht suchen, obwohl sein Schicksal besiegelt war. Ihm das nicht zu gönnen, würde den Mann demütigen und, gestand Oreza sich ein, ihn selbst auch. Wenn alles andere nicht mehr galt, gab es immer noch die Ehre. Es war womöglich das letzte Gesetz der See, und Oreza war wie der von ihm Verfolgte ein Mann, für den die See alles bedeutete.

Es wurde verteufelt knapp. Portagee ging einfach zu gut mit seinem Boot um, und deswegen wurde das, was Kelly vorhatte, um so riskanter. Er tat sein Bestmögliches. Als er mit der *Springer* diagonal die Heckwelle des Schiffs durchschnitt, hatte er das geschickteste Manöver seines Lebens auf See ausgeführt, aber dieser verdammte Küstenwachoffizier hatte es mit seinem Tiefgang pariert. Beide Motoren der *Springer* waren im roten Bereich, beide liefen jetzt heiß. Dieser elende Frachter fuhr noch dazu für seine Verhältnisse ein bißchen zu schnell. *Warum hat Ryan nicht noch zehn verfluchte Minuten warten können?* fragte sich Kelly. Der Schalter für den Brandsatz war in Reichweite. Fünf Sekunden nachdem er ihn gedrückt hätte, würden die Treibstofftanks in die Luft gehen, aber das war keinen Pfifferling wert angesichts des Küstenwachkutters, der nur zweihundert gottverdammte Meter zurücklag.

Was nun?

»Ich habe gerade zwanzig Meter gewonnen«, bemerkte Oreza mit ebensoviel Genugtuung wie Kummer.

Er sah, daß Kelly sich nicht umblickte. Der mußte schon Bescheid wissen. *Mein Gott, bist du gut,* sagte sich der Küstenwachoffizier insgeheim und bedauerte, daß er dem Mann so zusetzen mußte, aber der andere mußte wissen, daß dies nur ein Kräftemessen zwischen zwei Seeleuten war. Indem er das Rennen auf diese Art durchführte, zollte er Oreza Respekt. Er mußte Waffen haben und hätte sich umdrehen und feuern können, um seine Verfolger abzulenken und aus der Fassung zu bringen. Aber das tat er nicht, und Portagee Oreza wußte, warum. Damit hätte er gegen die Regeln eines solchen Rennens verstoßen. Er würde das Rennen nach besten Kräften für sich zu entscheiden suchen, und wenn es soweit war, würde er die

Niederlage hinnehmen. Zwar würden beide Männer Stolz und Bedauern empfinden, doch jeder hätte immer noch Achtung vor dem anderen.

»Wird bald dunkel«, sagte Tomlinson und zerstörte den Wachtraum des Offiziers. Der Junge begriff einfach nicht, aber er war ja nur ein frischgebackener Leutnant zur See. Vielleicht würde er es eines Tages lernen. Das taten sie meistens, und Oreza hoffte, daß Tomlinson aus der heutigen Lektion eine Lehre ziehen würde.

»Nicht früh genug, Sir.«

Oreza ließ kurz den Blick über den Horizont schweifen. Der unter französischer Flagge fahrende Frachter nahm etwa ein Drittel seines Sichtfelds ein. Der turmhohe Schiffsrumpf, der majestätisch über die Wasseroberfläche glitt, glänzte im frischen Anstrich. Die Mannschaft dort wußte nichts von dem, was hier vor sich ging. Ein neues Schiff, registrierte das Gehirn des Offiziers, und seine knollige Bugnase verursachte eine hübsche Reihe von Bugwellen, die das andere Boot wieder zum Surfen benutzte.

Die schnellste und einfachste Lösung war die, den Kutter auf der Steuerbordseite des Frachters herankommen zu lassen, schnell quer vorm Bug zu kreuzen und dann das Boot in die Luft zu jagen ... aber ... es gab noch einen anderen, einen besseren Weg ...

»Jetzt!« Oreza drehte das Steuer um vielleicht zehn Grad, glitt nach Backbord und gewann offenbar im Nu volle fünfzig Meter. Dann drehte er das Ruder wieder zurück, hüpfte über einen weiteren Zweimeterbrecher und bereitete sich darauf vor, das Manöver zu wiederholen. Einer der jungen Seeleute johlte vor Begeisterung auf.

»Sehen Sie, Mr. Tomlinson? Wir haben für dieses Manöver eine bessere Rumpfform als er. Er kann uns in ruhiger See um Haaresbreite schlagen, aber nicht, wenn es kabbelig ist. Dafür sind wir besser ausgerüstet.« Innerhalb von zwei Minuten hatte sich die Entfernung zwischen den Booten halbiert.

»Sind Sie sicher, daß Sie sich ein Ende dieses Rennens wünschen, Mr. Oreza?« fragte Tomlinson.

Er ist doch nicht so dumm. Na ja, er war schließlich Offizier, und da sollte es doch hin und wieder schlaue darunter geben.

»Alle Rennen gehen einmal zu Ende, Sir. Es gibt immer einen Gewinner und einen Verlierer«, stellte Oreza fest und hoffte, daß sein Freund das verstand. Portagee holte aus seiner Brusttasche eine Zigarette und zündete sie sich mit der linken Hand an, während er mit der rechten – eigentlich nur den Fingerspitzen – das Rad bewegte, winzige Korrekturen ausführte, die der Teil seines Gehirns verlangte, der jede Kräuselung auf der Wasseroberfläche erkannte und darauf reagierte. Zwanzig Minuten, hatte er Tomlinson gesagt. Er war pessimistisch gewesen. Nun war er sich sicher, daß er es früher schaffen würde.

Orezas Blick schweifte wieder über das Wasser. Es waren viele Boote draußen, die zumeist landeinwärts fuhren, doch keines bekam mit, daß hier ein Rennen lief. Der Kutter hatte keine Polizeilichter an. Oreza mochte die Dinger nicht; sie waren eine Beleidigung für seinen Beruf. Wenn ein Kutter der Küstenwache der Vereinigten Staaten längsseits kam, sollte er keine Polizeilichter brauchen, dachte er. Außerdem war dies ein privates Rennen, das nur Profis erkannten und verstanden. So, wie die Dinge eben sein sollten, weil Zuschauer dem Ganzen immer abträglich waren und die Spieler vom Wettkampf ablenkten.

Er befand sich nun mittschiffs des Frachters, und Portagee hatte den Köder geschluckt. *Was auch sonst?* dachte Kelly. Trotzdem war der Kerl verdammt gut. Noch eine Seemeile, dann wäre Oreza längsseits gewesen und hätte Kellys Handlungsspielraum auf exakt Null reduziert. Aber als er die zum Teil aus dem Wasser ragende Bugnase des Schiffs sah, hatte er seinen Plan gefaßt. Wie an jenem ersten Tag mit Pam blickte ein Mannschaftsmitglied von der Brücke herunter, und ganz kurz wurde es Kelly bei der Erinnerung flau im Magen. So lange her, soviel war inzwischen geschehen. Hatte er richtig oder falsch gehandelt? Wer konnte das beurteilen? Kelly schüttelte den Kopf. Das würde er Gott überlassen. Kelly blickte zum erstenmal in diesem Rennen nach hinten, maß die Entfernung ab. Es war verdammt knapp.

Das Boot saß achtern auf, war etwa fünfzehn Grad nach oben geneigt, und sein geräumiger Rumpf pflügte sich tief durch die kabbelige See. Er schaukelte in einem Bogen von zwanzig Grad von links nach rechts, während seine großen Dieselmotoren auf ihre typische Art wie Katzen schnurrten. Alles lag in Orezas Händen, Hebel und Räder gehorchten seinen geschickten Fingerspitzen, während sein Blick unentwegt prüfte und Maß nahm. Seine Beute tat genau das gleiche, Kelly holte nach allen Regeln der Kunst das Letzte aus seinen Motoren heraus. Doch seine Aktivposten beliefen sich auf etwas weniger als die Portagees. Das war zwar schade, aber so waren die Dinge eben.

Da sah Oreza das Gesicht des Mannes, der zum erstenmal zurückblickte.
Es ist aus, mein Freund. Komm schon, beenden wir das ehrenhaft. Vielleicht hast du Glück und kommst nach einer Weile raus, dann können wir ja wieder Freunde sein.

»Komm schon, droßle die Motoren und dreh nach Steuerbord«, sagte Oreza, der kaum wahrnahm, daß er laut redete, während jedes einzelne Besatzungsmitglied genau das gleiche dachte und froh war, daß sie und ihr Skipper die Dinge in derselben Weise auslegten. Wenn das Rennen auch erst seit einer halben Stunde lief, so war es schon eine abenteuerliche Geschichte, an die sie sich während ihrer ganzen Laufbahn erinnern würden.

Der Mann wandte wieder den Kopf. Oreza lag nun kaum eine halbe Schiffslänge zurück. Er konnte mit Leichtigkeit den Namen am Heck lesen, und es hatte keinen Sinn, die Sache bis zum letzten Zentimeter auszureizen. Das würde das Rennen verderben. Es würde von niederer Gesinnung zeugen, die auf See nichts zu suchen hatte. So was taten Jachtbesitzer, aber keine Profis.

Dann machte Kelly etwas Unerwartetes. Oreza sah es als erster, und seine Augen maßen die Entfernung einmal, dann zweimal und noch ein drittes Mal, doch in jedem Fall ergab sich eine falsche Antwort, und so griff er schnell nach seinem Funkmikrofon.

»Lassen Sie das!« brüllte der Offizier auf der Notfrequenz.

»Was?« fragte Tomlinson schnell.

Tu das nicht! schrie Orezas Verstand, der sich plötzlich allein auf einer winzigen Welt sah, die Gedanken des anderen las und sich dagegen auflehnte. So durfte die Geschichte nicht ausgehen. Das war unehrenhaft.

Kelly drehte das Ruder nach rechts, um die Bugwelle zu erwischen, während er den schäumenden Vordersteven des Frachters beobachtete. Als der richtige Augenblick gekommen war, legte er das Ruder um. Das Funkgerät piepste. Es war Portagees Stimme, und Kelly lächelte, als er sie hörte. Was für ein feiner Kerl er war. Das Leben wäre so einsam ohne solche Männer.

Durch die Wucht der scharfen Richtungsänderung schlingerte die *Springer* nach Steuerbord, was durch den vom Bug des Frachters aufgeworfenen Wasserberg noch verstärkt wurde. Kelly hielt sich mit der linken Hand am Steuerrad fest und griff mit der rechten nach der Sauerstoffflasche, um die er sechs Bleigewichte geschlungen hatte. *Herrgott,* kam ihm blitzschnell in den Sinn, als die *Springer* sich um neunzig Grad drehte, *ich habe nicht nachgesehen, wie tief es hier ist. Was, wenn das Wasser zu seicht ist – o Gott ... o Pam ...*

Das Boot drehte scharf nach Backbord. Oreza sah aus nur hundert Metern zu, doch angesichts seiner Möglichkeiten, einzugreifen, hätten es genausogut tausend Meilen sein können. Im Geiste sah er alles schon vor sich, bis ihn die Wirklichkeit einholte. Da die Jacht durch die Drehung bereits nach rechts krängte, stieg sie auf der schäumenden Bugwelle des Frachters noch weiter auf und drehte sich gegen die Wellenkrone vollständig um die eigene Achse. Der weiße Rumpf verschwand augenblicklich im schäumenden Fahrwasser des Frachtschiffs ...
Das war keine Art für einen Seemann zu sterben.

41-Bravo drosselte augenblicklich die Fahrt und wurde dabei von der anrollenden Heckwelle des Schiffs heftig hin und her geschaukelt. Auch der Frachter ließ sofort alle Maschinen stoppen, kam aber erst nach zwei Seemeilen zum Stillstand, und bis dahin dümpelten Oreza und seine Leute zwischen den Wrackteilen dahin. In der zunehmenden Dunkelheit wurden Suchscheinwerfer eingesetzt, doch die Leute von der Küstenwache blickten immer noch finster drein.
»Küstenwache 41, Küstenwache 41, hier ist ein Segelboot der Navy auf Ihrer Bordfrequenz. Brauchen Sie Hilfe, over?«
»Wir könnten noch ein paar Augen mehr gebrauchen. Wer ist an Bord?«
»Wir sind Admiräle; der Sprecher selbst gehört zur fliegenden Truppe, wenn das was hilft.«
»Kommen Sie nur her.«

Er war noch am Leben. Kelly wunderte sich darüber ebenso sehr, wie Oreza es getan hätte. Das Wasser hier war so tief, daß er mit der Sauerstoffflasche gleich mehr als zwanzig Meter auf den Grund gesunken war. Er bemühte sich, den Behälter in der heftigen Turbulenz des über ihn hinwegfahrenden Schiffs auf die Brust zu schnallen. Dann flüchtete er eiligst vor den Motoren und anderen schweren Teilen, die von seiner teuren Jacht übriggeblieben waren. Erst nach zwei oder drei Minuten wurde ihm bewußt, daß er dieses Gottesurteil tatsächlich überlebt hatte. Im nachhinein wunderte er sich, daß er so verrückt gewesen war, das überhaupt zu riskieren, doch er hatte diesmal den Drang verspürt, sein Leben einer höheren Gewalt anzuvertrauen, war bereit gewesen, jegliche Konsequenzen in Kauf zu nehmen. Das Urteil war zu seinen Gunsten ausgefallen. Kelly sah den Kiel des Küstenwachkutters im Osten ... und im Westen den tiefer reichenden Umriß eines Segelbootes. *Gott gebe, daß es das richtige ist.* Kelly machte vier der Bleigürtel von der Sauerstoffflasche los und schwamm auf das Schiff zu, etwas ungeschickt, weil er sie ja verkehrt herum angeschnallt hatte.

Sein Kopf schnellte hinter dem Segelboot, das beigedreht hatte, aus dem Wasser. Er war nahe genug, um den Namen lesen zu können. Noch einmal tauchte er unter. Es dauerte eine weitere Minute, bis er auf der Westseite wieder hochkam.

»Hallo?«

»Mein Gott, sind Sie es?« rief Maxwell.

»Ich denke schon.« *Nun, nicht ganz.* Er streckte die Hand aus.

Der rangälteste Marineflieger langte über die Bordkante, zog den angeschlagenen und erschöpften Mann ins Trockene und schickte ihn unter Deck.

»Einundvierzig, hier ist Navy, nun westlich von euch ... das sieht gar nicht gut aus, Leute.«

»Ich fürchte, Sie haben recht. Sie können die Suche jetzt abbrechen. Ich denke, wir werden noch eine Weile bleiben«, sagte Oreza. Es war nett von ihnen gewesen, drei Stunden lang die Wasseroberfläche zu durchkämmen, eine gute Hilfeleistung von den Flaggoffizieren. Sie gingen sogar halbwegs vernünftig mit ihrem Segelboot um. Zu einem anderen Zeitpunkt hätte er den Gedanken weitergesponnen und einen Scherz über die seemännische Leistung der Navy gemacht. Aber nicht jetzt. Oreza würde mit der *41-Bravo* noch die ganze Nacht weitersuchen, aber nur Wrackteile finden.

Die Zeitungen brachten es ganz groß, aber viel Sinn ergab es nicht. Detective Lieutenant Mark Charon, der in seiner Freizeit auf eigene Faust einer Spur gefolgt war – denn er war vom Dienst befreit worden, weil er bei einem Einsatz von der Schußwaffe hatte Gebrauch machen müssen –, war auf ein Drogenlabor gestoßen und hatte in treuer Pflichterfüllung beim anschließenden Schußwechsel sein Leben gelassen, nicht ohne zuvor noch zwei bedeutende Drogenhändler zu erschießen. Weil im Zusammenhang damit drei junge Frauen in Freiheit gelangt waren, konnte der eine der verstorbenen Dealer als ein besonders brutaler Mörder identifiziert werden, was wohl Charons heldenhaften Einsatz erklärte. Unter eine Reihe von Fällen konnte so auf eine Weise, die die Polizeireporter überaus passend fanden, der Schlußstrich gezogen werden. Auf Seite sechs war eine Kurzmeldung über einen Bootsunfall.

Drei Tage später rief eine Verwaltungsangestellte aus St. Louis Lieutenant Ryan an und sagte, die Akte Kelly wäre wieder aufgetaucht, aber sie könne nicht sagen, von woher. Ryan dankte ihr für ihre Mühe. Er hatte den Fall mit einigen anderen schon abgeschlossen und nicht einmal beim Archiv des FBI nach einem Eintrag über Kelly gefragt, womit er Bob Ritters ersatzweises Einschieben der Fingerabdrücke von jemand, der höchstwahrscheinlich nie wieder nach Amerika kommen würde, im nachhinein überflüssig machte.

Die einzige offene Frage, die Ritter große Sorgen bereitete, war ein Telefonanruf. Aber sogar Verbrecher durften einen Anruf tätigen, und Ritter wollte Clark bei so etwas nicht in die Quere kommen.

Fünf Monate später kündigte Sandra O'Toole ihre Stelle am Johns Hopkins und zog an die Küste von Virginia, wo sie aufgrund einer sehr lobenden Empfehlung von Professor Samuel Rosen ein ganzes Stockwerk des Lehrkrankenhauses in dieser Gegend übernahm.

Epilog / 12. Februar 1973

»Wir sehen es als große Ehre, die Gelegenheit zu erhalten, unserem Land in schwierigen Zeiten zu dienen«, sagte Captain Jeremiah Denton und beendete mit einem »Gott segne Amerika« seine nur aus vierunddreißig Wörtern bestehende Ansprache, die über die Rampe am Luftwaffenstützpunkt Clark hallte.

»Was sehe ich denn da?« sagte der Berichterstatter, der dafür bezahlt wurde, dieses Erlebnis mitzuteilen. »Direkt hinter Captain Denton steht Colonel Robin Zacharias von der Luftwaffe. Er ist einer von dreiundfünfzig Gefangenen, über die wir bis vor kurzem keine Informationen besaßen und der mit ...«

John Clark hörte nicht weiter zu. Er schaute auf das Fernsehgerät, das auf der Kommode seiner Frau im Schlafzimmer stand, blickte auf das Gesicht eines Mannes eine halbe Welt weiter weg, dem er vor nicht allzu langer Zeit persönlich schon einmal viel näher und geistig sogar noch enger verbunden gewesen war. Er sah, wie der Mann seine Frau umarmte, von der er wohl fünf Jahre getrennt gewesen sein mußte. Er erblickte eine Frau, die vor Kummer gealtert war. Doch nun machte die Liebe zu ihrem schon totgeglaubten Ehemann sie wieder jung. Kelly mußte mit ihnen weinen, da er zum erstenmal das Gesicht des Mannes als lebendes Bild sah und entdeckte, daß Freude wirklich den Schmerz ersetzen konnte, egal, wie tief er gewesen war. Er drückte Sandy die Hand so fest, daß er ihr fast weh tat, bis sie seine nahm und auf ihren Bauch legte, damit er spürte, wie sich ihr künftiges Erstgeborenes bewegte. Da klingelte das Telefon, und Kelly ärgerte sich zuerst über die plötzliche Störung des häuslichen Friedens, bis er die Stimme vernahm.

»Ich hoffe, Sie sind stolz auf sich, John«, sagte Dutch Maxwell. »Wir bekommen alle zwanzig zurück. Ich wollte sichergehen, daß Sie es erfahren. Ohne Sie wäre es nicht möglich gewesen.«

»Ich danke Ihnen, Sir.« Clark legte auf. Es gab nichts weiter zu sagen.

»Wer war das?« fragte Sandy, die noch seine Hand hielt.

»Ein Freund«, sagte Clark, der sich die Augen wischte, seiner Frau zuwandte und ihr einen Kuß gab. »Aus einem anderen Leben.«

Danksagung

Ohne Hilfe schafft man es nie!
   Bill, Darrell und Pat für ihren »professionellen« Rat; C. J., Craig, Curt, Gerry und Steve für Hilfestellung der gleichen Art; Russell für sein unerwartetes Spezialwissen

Außerdem für unschätzbare Hilfe ex post facto: G. R. und Wayne, weil sie es gefunden haben; Shelly, weil sie die Arbeit gemacht hat; Craig, Curt, Gerry, Steve P., Steve R. und Victor, weil sie mich eines haben verstehen lassen:

Frage dich, wo des Menschen Ruhm beginnt und endet. Und sieh, daß mein Ruhm nur auf meinen Freunden gründet.
William Butler Yeats

Spannende Unterhaltung aus dem Bechtermünz Verlagsprogramm:

Marie Smith:
MordsFrauen
324 Seiten, Format 12,5 x 18,7 cm,
gebunden
Best.-Nr. 758 862
ISBN 3-8289-0227-8
Sonderausgabe nur DM 15,–

Cindy Blake:
Schwarze Hochzeit
288 Seiten, Format 13,5 x 21,5 cm,
gebunden
Best.-Nr. 749 481
ISBN 3-8289-6645-4
Sonderausgabe nur DM 18,–

Colin Forbes:
Todesspur
544 Seiten, Format 12,5 x 18,7 cm,
gebunden
Best.-Nr. 768 630
ISBN 3-8289-6643-8
Sonderausgabe nur DM 19,90

Frederick Forsyth:
Das vierte Protokoll
512 Seiten, Format 12,5 x 18,7 cm,
gebunden
Best.-Nr. 749 176
ISBN 3-8289-6642-X
Sonderausgabe nur DM 19,90

Sylvia T. Haymon:
Mord im Druidenhain
336 Seiten, Format 12,5 x 18,7 cm,
gebunden
Best.-Nr. 741 296
ISBN 3-8289-6661-6
Sonderausgabe nur DM 18,–

Ken McClure:
Trauma
384 Seiten, Format 12,5 x 18,7 cm,
gebunden
Best.-Nr. 741 447
ISBN 3-8289-6662-4
Sonderausgabe nur DM 18,–

A. R. Morlan:
Der Fluch des Amuletts
624 Seiten, Format 12,5 x 18,7 cm,
gebunden
Best.-Nr. 769 042
ISBN 3-8289-6638-1
Sonderausgabe nur DM 18,–

Morten Harry Olsen:
Die Osiris-Morde
304 Seiten, Format 12,5 x 18,7 cm,
gebunden
Best.-Nr. 741 280
ISBN 3-8289-6655-1
Sonderausgabe nur DM 18,–